开封志怪

上

尾鱼

作品

四川文艺出版社

图书在版编目（CIP）数据

开封志怪 / 尾鱼著. -- 成都：四川文艺出版社，
2021.5

ISBN 978-7-5411-5999-2

Ⅰ.①开… Ⅱ.①尾… Ⅲ.①长篇小说—中国—当代
Ⅳ.①I247.5

中国版本图书馆CIP数据核字(2021)第068467号

KAI FENG ZHI GUAI

开封志怪

尾鱼 作品

出 品 人　张庆宁
出版统筹　赵丽娟　杨　琴
选题策划　木本水源　众和晨晖
责任编辑　彭　炜
特约编辑　陈乐意
责任校对　汪　平
封面设计　VIOLET
版式设计　唐　昊

出版发行　四川文艺出版社（成都市槐树街2号）
网　　址　www.scwys.com
电　　话　028-86259287（发行部）　　028-86259303（编辑部）
传　　真　028-86259306

邮购地址　成都市槐树街2号四川文艺出版社邮购部　610031
印　　刷　大厂回族自治县德诚印务有限公司
成品尺寸　165mm×235mm　　　开　　本　16开
印　　张　53.5　　　　　　　　字　　数　1070千
版　　次　2021年5月第一版　　印　　次　2021年5月第一次印刷
书　　号　ISBN 978-7-5411-5999-2
定　　价　128.00元（全三册）

背倚青石靠，细流绕柳腰。

非是主人引，不过端木桥。

若是别人这般对我，我也会生气。

对你的话，大概还可以再忍一忍。

甫进书房，便看见耷拉着脑袋的张龙、赵虎。

展昭心中咯噔一声。

若没记错，张龙、赵虎今日是奉了包大人之命，去拘拿锦绣布庄双尸命案的主凶白雪仙。

如此垂头丧气，一定是无功而返。

果然，张龙眼皮子抬了抬，嘟囔出一句牢骚："论理是我们先到，细花流的人比我们到得晚……"

是你们先到，你们先到一时三刻也好，先到三年五载也好，细花流的人只要鼻子轻轻哼上一哼，你们再心不甘情不愿，也要把嫌犯交到他们手上。

展昭无奈地笑："那么，算是结案了？"

"结案了。"公孙策点头。

众人的目光转向包拯。

包拯将案前摊开的卷宗拂到一旁："结案。"

越两日，锦绣布庄双尸命案告破，据开封府放出的消息，主凶白雪仙公然拒捕，打伤多名衙役，被四品带刀护卫展昭毙于剑下，当场血溅七步。

目录

第一章　细花流与端木翠　001

第二章　镜妖　007

第三章　人偶娃娃　018

第四章　六指　026

第五章　红线　041

第六章　蚊蚰　054

第七章　蛇羹　066

第八章　梳妆台　079

第九章　状书　097

第十章　细花流新主　125

第十一章　落发　135

第十二章　瀛洲图　149

第十三章　惊变　　　　　　　　　169

第十四章　恶疾　　　　　　　　　197

第十五章　地下三丈三　　　　　　230

第十六章　人间冥道　　　　　　　261

第十七章　温孤苇余　　　　　　　302

第十八章　初至沉渊　　　　　　　347

第十九章　是邪非邪　　　　　　　363

第二十章　水落石出　　　　　　　388

第二十一章　旦夕惊变　　　　　　430

第二十二章　魂兮归来　　　　　　459

第二十三章　嫁衣　　　　　　　　480

目录

第二十四章　春情劫　523

第二十五章　皇城魇　580

第二十六章　青花记事　631

第二十七章　买路钱　676

第二十八章　生死盘　691

第二十九章　天上人间　728

第三十章　风雪同路　760

番外一　小青花的枕下日志　785

番外二　好事近　799

番外三　雨霖铃　806

番外四　岁月静好　811

独家番外　冥市　818

第一章　细花流与端木翠

照例，是要巡街。

一条街，又一条街，有的人悠哉，有的人忙碌。悠哉的人抬起头，堆着满满的笑，恭敬地称一声："展大人。"

忙碌的人依然忙碌，并不知道那个忽然过来帮一把手的人就是开封府的展护卫。

都说巡街是苦差，在展昭看来，却是再悠闲不过的事情了。

见惯了刀光剑影、横死暴卒，忽然间能如此悠游地放缓步子，在天光渐去暮色泛起的时分，行走于长街里巷，哪怕听到的是夫妻口角，闻到的是饭生菜焦，胸中亦有淡淡暖意。

这些烦恼琐碎，却是很多人毕生的难以企及。

转过一条街，街中的万花楼门口围了一大堆人，隐隐有争执之声。

展昭与张龙、赵虎互递了个眼色，快步过去。

争闹的是一个油头粉面的年轻公子，手里捏着两张银票，一张脸憋得通红："说好了两百两银子让我赎翠玉，我凑足了银子，你们又交不出人来，当爷是供你们消遣的吗？"

半老徐娘的老鸨，一张脸涂得煞白，一开口说话白粉便扑簌簌掉落："不敢欺瞒张公子，那翠玉确是离开了万花楼呀。"

"胡说！"张公子眼睛一瞪，声音提高了八度，"你定是看李公子出的银子多，把翠玉偷偷许了李家。今日你交不出人来，我就拆了你的万花楼。"

张公子身后的一干恶仆闻言立刻撸起袖子，露出一副穷凶极恶的神色来。

老鸨为难至极。

张公子继续威逼利诱："翠玉说好了要在万花楼等我，怎么会不辞而别？妈妈收了李公子的好处，一起来诓我不成？"

老鸨还是不开口。

张公子眼睛又是一瞪："给我砸！"

众恶仆喏的一声，兴高采烈，围观的人群鼓噪有声，展昭觉得，也许是时候出手了。

忽然，老鸨尖细的嗓音飙起，飙得人耳朵嗡嗡作响。

"是细花流，细花流的人带走了翠玉！"

张公子张了张嘴，似乎没听明白："你说什么？"

"是细花流。"老鸨气势汹汹，"有种的去找细花流，找端木翠，莫在我这里逞英雄。"

人群中嘘声一片。

张公子忽然觉得很没面子。

"找就找。"张公子拍着胸脯说，"你们怕那端木翠，我可不怕。"

人群中又是嘘声一片，紧接着四下而散。

"你们别走啊。"张公子着急，"我真的敢，我这就去砸了端木翠的家，你们别走啊。"

有一个仆人看不下去了，拽拽张公子的衣袖："公子，听说开封府都让着细花流三分……时辰不早了，该回去了。"

"回去什么回去？"张公子瞪那人。他眼睛本就不大，偏喜欢瞪眼睛，瞪得眼角生疼："我这就去找端木翠，我这就去找她理论。"

说着转身大踏步地离开，走了一段路回头看看，那些个誓死效忠的仆从一个都没跟上来。

"你们都不要跟来，"张公子自找台阶下，"我自己去找端木翠。"

"他死定了。"展昭忽然拍了拍一个仆从的肩膀。

那仆从如丧考妣地点点头，然后抬头看是谁如此胆大直言。

"展……展……"仆从结巴。

"我叫展昭，不叫展展。"展昭又拍拍他的肩，"你们在这里等着，我去把你们那不知死的公子给追回来。"

行了两步，又回过头："当然，也可能给你们追回来一个死的。"

看情形，张公子是真的很生气。

这一点可以从他走路的姿势分析出来——他走路的时候，双脚重重地踏在地上，双臂很是夸张地左摆右摆，有一段时间，由于节奏掌握得不好，导致同手同脚。

展昭不疾不徐地跟在他后面丈余远，张公子察觉之后，很是挑衅地回头："展昭，我要去砸了端木翠的家，你敢吗？"

"展昭不敢。"展昭老老实实地回答，同时由张公子喷出的酒气，悟出了张公子如此无畏无惧的原因。

酒壮庸人胆，展昭心想，古人诚不我欺。

端木翠的家，在西郊十里的山脚下，依山傍水，很是清幽。越过一座木桥，便是端木翠的草庐小院，自篱笆门看进去，与普通的农家小院也无甚不同，只是收拾得分外干净些。

"端木翠，"张公子双手抓住篱笆门乱撼，"你把翠玉藏到哪里去了，端木翠？"

回头又欲与展昭说些什么，这才发现展昭还远远地站在木桥的另一头。"你怎么不过来？"张公子纳闷。

为什么不过来，这当然是包拯的吩咐。

——背倚青石靠，细流绕柳腰，非是主人引，不过端木桥。

又不是吃饱了撑的，谁要去招惹身为细花流之主的端木翠？

张公子笑他："展昭，都说你是御猫，我看你是胆小如鼠。"

展昭笑笑："这话你说与我听也就算了，千万别在白玉堂面前说。"

话音未落，张公子忽然用右手抓住左手，张皇大叫："咬我……这篱笆门咬我！"

谁叫你好死不死，去抓端木翠的篱笆门？传闻中细花流以机巧冠绝天下，不要说做出会咬人的门，就算是会吃人的门也不奇怪。

"真的是咬我，我明明看见一张嘴，咦，怎么就不见了？"张公子揉揉眼睛，如陷云里雾里。

说话间，一个碧色罗衣的窈窕女子含笑自屋内而出。

张公子立刻又想起翠玉的事情来："你是端木翠？"

"是啊，"端木翠笑笑，"你是来找翠玉的？"

"翠玉果然在你这儿。"张公子火起，"你为什么要抓她？"

"你想知道，自己进来问她啊。"端木翠打开门。

张公子哼一声，脑袋仰得老高，下巴对着端木翠的脸。

端木翠笑嘻嘻的，也不生气，又招呼展昭："展大人也一起进来吧。"

展昭呼一口气，这才过桥。

进屋围桌坐下，张公子东张西望："翠玉呢？"

"还在涂脂抹粉吧。"端木翠说，"总不能蓬头垢面地与公子相见啊。"

张公子露出得意之色。

"有一句话我想当面问过公子，公子对翠玉可是真心？"

张公子眼睛一瞪，把胸脯拍得嘭嘭响："此心可昭日月。"

张公子真的很喜欢瞪眼睛，也真的很喜欢拍胸脯。

"可是，"端木翠现出忧郁的神色来，"女子以色事人，终不能长久，万一翠玉将来年老色衰……"

"我是如此肤浅之人吗？"张公子又瞪了一下眼睛。

"原来如此……"端木翠别有深意地拉长了音调，"既如此，我便放心了。张公子说过什么，自己需得记得，切莫出尔反尔，伤了翠玉的心啊。"

"那是自然。"张公子满口应允。

端木翠又看展昭："展大人的胆色如何？"

"勉强说得过去。"

"那便好，待会儿如有变故……"

"展某自会应付。"

端木翠讳莫如深地一笑。

如有变故？会有什么变故？

端木翠适才的话似有所指，莫非这翠玉，并不是张公子想象中的貌美娇妍？否则，端木翠为什么一再要张公子表明"并非为了容貌"而爱上翠玉？

思忖间，内间丝竹之声渐起，曼妙宛然。伴随着丝竹之声，一个盛装美貌女子自内屋款款而出。

张公子激动不已，霍地站起身迎上去，握住那女子双手："翠玉。"

翠玉低首一笑，娇羞无限，甩开张公子双手，就着丝竹之声，在方丈之地翩然起舞。

张公子看得双眼发直，痴痴退回桌边坐下，目不转睛地追随着翠玉的一颦一笑，飘飘然不知身在何处了。

　　展昭看看翠玉又看看张公子，浑然不明白端木翠葫芦里卖的什么药。端木翠只是微微一笑，示意展昭留意翠玉。

　　展昭又看了片刻，渐渐看出了些许端倪。

　　这翠玉甫一露面，确是千娇百媚、楚楚动人，只是渐歌渐舞之间，容颜愈显怪异，却又说不出怪异在哪儿。电光石火之间，展昭蓦地了然：翠玉老了。

　　眼前的翠玉，虽然体态娇妍，然而眉目之间，已缀上细络纹路，似乎已经老了十岁。

　　展昭骇然，看向端木翠时，端木翠知他已看出究竟，微微点头。那张公子犹自不知，依然陶醉在翠玉的曼妙舞姿之中。

　　再过得片刻，张公子的脸色渐渐变了，身子也止不住地颤抖起来。

　　翠玉实在是老得太厉害了。

　　她的眼皮下耷，两颊深深地陷了进去，脸色由白嫩红润转为干瘪蜡黄，背渐渐佝偻下去，头发亦有了苍色。

　　张公子的额头冒出颗颗冷汗，忽地大叫一声，向着门外狂奔而去。哪知端木翠的动作更快，起落之间便将张公子的胳膊扣住，冷笑道："张公子，你莫忘记答应过我什么，眼前之人，可是要与你举案齐眉的娘子。"

　　张公子喉头嗬嗬有声，却一句话都说不出来。翠玉忽地咧嘴一笑，原先的扁贝玉齿变作了黄黑相间的松动老牙，稀疏的牙齿之间，露出猩红牙肉来。

　　张公子再也忍不住，惨叫一声，扯破了半幅衣袖，连滚带爬，夺门而去。

　　端木翠哈哈大笑，忽地看向翠玉："孽畜，还不现形！"

　　话音刚落，翠玉身上的衣服裂帛而飞。展昭再看时，哪里还有翠玉的半分影子，分明是一个身高不及两尺、弓腰缩背的干瘪老太。头上只剩几缕白发，指甲弯曲细长，周身皱纹堆叠，竟说不清她已有多老了。

　　展昭倒吸一口凉气。那东西忽地伸出舌头，在嘴周遭舔了一舔，昂首嗷叫片刻，旋即如同兽一般窜进了内屋。

　　丝竹之声立止，内室杳无声息，方才所现，竟恍如一梦。

　　良久，展昭才道："端木姑娘，这不会只是细花流的易容术吧？"

　　端木翠笑道："什么易容术，这是一只活了四百多年的魃。"

　　展昭骇然。

端木翠哧哧而笑："人间有法，鬼蜮有道。开封府掌世间法理，细花流收人间鬼怪，展大人，现在你可明白？"

展昭沉默良久。

难怪跟细花流有关的案子，包大人总是不再追审。所谓魑魅魍魉妖魔精怪，他一直以为只是志怪之说，没想到今日会亲眼得见。

端木翠笑道："人老化鬼，物老成精，这世上，本就是人妖共存。展大人见多了人就觉得世间无妖，那妖见多了妖岂不也觉得世上无人，唯妖是尊吗？"

展昭默然。

端木翠又道："这道理并不难解，你是聪明人，包大人能明白，你也一定能明白。"

"包大人？"

"细花流多次从开封府手中带走人犯，依包大人的性子，不问得清楚，怎么会干休？"

见展昭仍有迷惘之色，端木翠心中微哂，又道："一时半刻你未必能了解，不过无妨，以后互通往来，你自然明白。"

"互通……往来？"

"包大人让我请你进端木草庐，你不会真当只为看魑戏吧？"端木翠嫣然一笑，"今日点到即止，展大人请回吧。"

"那展某不叨扰了。"展昭起身离去，行至门口忽又回转，"适才张公子曾说被篱笆门咬了一口，又说曾看见一张嘴……"

"还是那句话，物老成精。"端木翠意味深长地笑。

端木翠笑得很美，展昭却被她笑得遍体生寒，再看那院中，一草一木，一帚一箕，都似窃窃私语，成了活物。

你让展昭自己走出去，他当真心头发怵。

"非是主人引，不过端木桥。"展昭尴尬，"烦请姑娘引路。"

面对江洋巨匪山泽悍盗也不曾退却半步的展昭，向着满目精怪，禁不住毛骨悚然。

还要互通往来？罢了罢了，人间有法，鬼蜮有道，人鬼殊途，还是老死不相往来的好。

第二章　镜妖

难得今日不当值。

展昭换了便服，和公孙策去距离开封府最近的茶楼喝茶。掌柜的见了官府的差爷官爷，别提有多客气了，躬着腰，一迭声的"楼上请楼上请"。

靠窗坐定，饮着上好白茶，品着茶果，吹着小风，公孙策自觉舒心适意，诗兴大发，正待吟上两句，小二从旁经过。

展昭叫住小二，问："最近这一带可还安稳？没什么犯事儿的吧？"

公孙策皱眉：这个展护卫，说好了今日出来消闲，只谈风月，不论公事，他怎么又犯规了。

小二汗巾子一甩，笑得合不拢嘴："展大人，看您这话说得，这是哪儿啊，出门就望见开封府，谁吃了熊心豹子胆了，敢在这儿不规矩？用戏文上的话说，那是道不拾遗，夜不闭户呢……"

展昭微笑，公孙策捋着山羊胡子，面上装着不在意，实则心里早已乐开了花：与有荣焉，与有荣焉！

好像是老天成心要打他们的脸，就在这个时候，楼下不远处，忽然有人尖叫："我的银两！我的银两不见了！"

这是闹贼了。

展昭探身朝楼下看，街头有一处已经围拢了一堆人，一个文士模样的正焦急地伸手在怀里掏来摸去："家母得了急病，这可是抓药的钱呢，怎生是好啊！"

本待下去查看，但巡街的官差已经到了，别人的分内差事，他也不好手伸得太长。展昭坐回原位，一抬头，那小二还没走，满脸的尴尬，说："展大人，你看，这必然是外地的蟊贼，刚来，不懂规矩……"

说得其实有几分道理，城里的蟊贼，确实不敢在开封府周遭犯案。

展昭笑了笑，正想说什么，街尾又是一声呼喝："我的银票！我的银票不

见了！"

片刻之间，街头街尾，两起盗案，若是一般的蟊贼，得了手逃为上策，哪还敢原地耽留？更何况，官差都到了。

如此看来，不是普通人物，而且，必然还没有走远。

展昭低声向公孙策道："公孙先生稍坐，展某去去就来。"

他急步下楼，左右看了一回，不动声色，汇入人流之中，且走且停，看似浑不经意，但目光如炬，几乎不曾放过左近任何一个人，哪怕是背影。

来了，太白酒坊门口，新酒到店，一脸富态的老板正笑呵呵地检视伙计卸货，浑然没留意到，有一只手，正迅速探向他腰间挂着的羊脂白玉环。

展昭急掠过去，与酒坊老板擦身而过，在那只贼手触到玉环之前，迅速攥住那人手腕，往边上一带……

那无知无觉的老板，竟还不知道发生了什么事，不悦地掸掸肩膀，嘀咕说："怎么撞人呢。"

入手柔软，纤若无骨，是个姑娘家？再低头看那人容貌，展昭忽地脑子一蒙，迅速撒手。

这……这是……

背倚青石靠，细流绕柳腰，非是主人引，不过端木桥。

这不是那个细花流的门主，端木姑娘吗？

端木翠皱着眉头，揉揉手腕，又不悦地看他一眼。

这姑娘满门的怪力乱神，展昭不想跟她太多牵扯。

"端木姑娘这是……"

"展昭，细花流的事，用不着一件件跟你解释吧？"

当然不用，展昭小心求证了一下："适才这条街上，那些盗案，都是姑娘所为？"

"嗯哪。"

"都跟精怪有关？"

她眼一瞥："不然呢？"

如此便好，确认就行，展昭侧身给她让开一条道，很是客气："是展某唐突，端木姑娘走好。"

回到楼上，茶水尚温，公孙策抛来一个欲问又止的疑惑眼神，展昭轻呷一口茶：

"细花流。"

这样啊,公孙策顿时没了好奇心:"来,来,喝茶,继续喝茶。"

茶不错,入口生津,但街面上传来的越来越嘈杂的人声,还是让展昭心中生出一丝疑窦来。

即便是收服精怪,跟偷盗财物有必然的关系吗?

晚上,展昭向今日负责巡差的张龙查问,才知道一日之内,那条街上,盗案竟有数十起。

手法奇快,让人防不胜防,苦主也参差有别,有富得流油的,也有穷得冒泡的,简直像是沿街扫荡。不明就里的张龙愤愤:"展大哥,你知道吗,连黄四婆婆的棺材本儿都被掏了!"

展昭心里咯噔一声:黄四婆婆?

这黄四婆婆展昭认识,是附近的一个乞婆,常见她沿街乞讨,晚上便在破庙栖身。展昭和开封府里的人时常接济她,黄四婆婆把讨到的每一文钱都缝在贴身的衣袋里。有一次,展昭问她,这钱攒起来,做什么用啊。

黄四婆婆回答:"展大人啊,你不知道,我们老家有个说法,人死了,一定要体体面面用棺材收葬,这样来世再投胎,会有副好身板儿。倘若只是苇席一卷——你想啊,那苇席头尾漏风,阴间的风可凉啦,来世投胎,要么得头疼病,要么腿上有病,那可不划算。"

说完了絮絮念叨:"留着钱,可得攒一副好棺材。"

所以黄四婆婆攒的,是真真正正的棺材本儿。

展昭心中生出反感来:端木姑娘这次,未免有些过分了。收妖便收妖,何必欺穷?

思来想去,还是决定去找她问个清楚。

开封城外,西郊十里。

端木姑娘大概是已经歇息了,其实时候还早,端木草庐却已经漆黑一片。展昭在桥头踟蹰数次,要么,明日再来?

转身想走,身后忽然一阵窸窣。

展昭猛然回头,一声断喝:"谁?"

似乎只是处草丛,无声无息。若是常人,可能笑笑便罢,但展昭不同,他相

信自己的眼睛，方才，那草丛里，确实有微影晃动。

他晃亮火折子，伸手想去拨开草尖。就在这个时候，对面的草庐忽然掌灯，他听到端木翠的声音："谁？"

看来，是被他先问的那声"谁"给惊动了。

展昭冲着那边拱手："开封府展昭，有事求见端木姑娘。"

"过来吧。"

既是得了主人"首肯"，也就等同于"主人引"了，展昭吁一口气，信步上桥。

身后，那处草丛晃了几晃，骨碌碌滚出来一只青花瓷碗。

这青花瓷碗小细胳膊小细腿，心有余悸，说："好险啊，我还以为是碗儿找来了呢。"

展昭很讲礼数，进了屋，先向端木翠道歉："打扰姑娘休息，展某很是过意不去。"

端木翠说："没关系，反正我也还没睡。"

没睡？那刚刚，整个草庐黑灯瞎火的，她在干什么？

"绣花啊。"

绣花？

顺着她的目光看过去，展昭注意到屋里的绣架，数十根拖着五彩丝线斜插在布面上的银针，绣图只起了个轮廓，绣的似乎是蝶舞莺飞，春色满园。

展昭说场面话："端木姑娘真是颇具闲情雅趣。"

端木翠可不跟他拽文："混口饭吃罢了。"

混口饭吃？怎么有些听不懂呢？

"要绣成此图，须得耗费不少时日吧？"

她回："用不着。"

说话间，向着那绣架方向扬起双手，啪啪啪，轻拍三下。

顷刻间，绣面上银光烁动，又如彩雾氤氲。展昭定神去看，才发现那数十枚银针正带着彩线迅速穿插，进退有度，针脚细密，不到一盏茶工夫，刺绣已成。

展昭想夸她的场面话刹那间憋了回去：这哪是你的功劳？连苦劳都没有吧，都是不知哪来的针精线怪在忙活。

她却像是完成了大工程，把绣布从绣架上收起，对叠，再对叠，自言自语："又

可换回一笔银钱。"

展昭觉得奇怪："细花流还要自己挣钱？"

端木翠说："那是自然，君子爱财，取之有道，出力挣钱，这不是你们人间的规则吗？我们细花流，入乡也得随俗的。"

不对不对，有什么地方不对劲。

展昭问得小心翼翼："其实，端木姑娘颇具法力，探囊取财，易如反掌……"

"你是说偷吗？"端木翠瞪他一眼，"展护卫，这像是开封府的带刀护卫说出来的话吗？"又嘀咕，"叫我大哥知道，还不打死我。"

"那姑娘今日在开封府附近，连做数十起盗案……"

端木翠双目一瞪："展昭，饭可以乱吃，话可不能乱说。我今儿一天都没出过端木草庐，什么时候去了开封府附近？"

"展某亲眼看到……"

"人有相似，展护卫是眼花了吧。"

"但那姑娘的长相穿着，确实跟端木姑娘一模一样……"

展昭硬着头皮实话实说，同时暗暗做好撤退的准备：万一这端木姑娘不是好说话的主儿，恼怒起来精怪齐动，那可是要人命的。

谁承想，端木翠忽然不说话了。

她秀眉微蹙，问他："真的跟我一模一样？"

展昭肯定："一模一样。"

端木翠双眸之中渐渐蕴上愠色，两手渐渐攥紧，那叠好的布匹在她掌中，渐渐拧皱。

有点不妙，这姑娘像是生气了。

果然，下一刹那，她两手一分，布帛居然撕裂成无数碎片。有那么一瞬间，蝶舞莺飞，花瓣与碎布齐落，落地即无，鼻端还余淡淡暗香。

端木翠咬牙切齿："吃了熊心豹子胆了，连我细花流都敢冒充！"

合着，是李逵撞上李鬼了。

又是茶楼喝茶日。

还是公孙策和展昭。

楼下人来人往，一派热闹繁华气象。

饮着茶，品着茶果，吹着小风，这一趟，是公孙策先犯规。

"展护卫，听说这一阵子，这一带安稳得像是普世大同，巡街的弟兄们闲得身上都快长毛了。"

展昭淡淡一笑："招摇撞骗到细花流身上，也是胆子太大。"

公孙策压低声音："听说那个端木门主很生气？这些天真的安排细花流所有门人都在这条街上进出？"

展昭点头。

公孙策好奇，探头朝楼下看："细花流的门人，听起来就好生气派，也不知长得什么模样，必然是器宇轩昂眉目不凡，真想见识一下。"

展昭也好奇，堂堂细花流，听起来是个泱泱大气象的门派，门众没有千百也有几十吧？都住到哪里去了？端木翠的家，只那么普普通通几间草庐，论理也住不下啊。

公孙策又向他打听："那查到蛛丝马迹没有？"

没有，完全没有。

这一晚，展昭照例巡夜，居然遇到端木翠。

当然，这"遇"也不是普通的遇，而是无意间一仰头，看到太白楼的楼顶，酒幌子猎猎翻飘的地方，端木翠正坐在那儿。

一回生，二回熟，不好装着没看见，展昭犹豫了一下，提气猱身，几个起纵落在端木翠身边。

咦……

她居然在吃馄饨，端着碗，拈着筷子，馄饨碗里热气袅袅，撒着虾皮碎末，倒是挺香的。

展昭尴尬，只好没话找话："端木姑娘怎么一个人在这儿吃饭，倒是……挺风雅的。"

端木翠说："谁一个人吃饭了，我在训斥门人呢。"

说着，转头看向一边，恨铁不成钢："找了这么多日子了，连蛛丝马迹都没发现，丢人不丢人？真真酒囊饭袋！"

她在跟谁说话？那里，只有酒幌子在飘。

难不成……

展昭指那酒幌子问她："这、这是你门人？"

她还没答话，那酒幌子忽地无风自起，一块飘布蓦地褶皱成人脸形状，送给他一个怪异而热情的笑："见过开封府展大人。"

猝不及防，堪称惊吓，展昭下意识后退两步，踩到檐瓦滑边，险些失足——饶是仗着功夫精深稳住身形，还是好生狼狈。

一次两次都在端木翠面前露拙，展昭两颊微烫。

端木翠同情地看他，伸手往半空中虚抓，指间忽地翻出一张符纸来："送你。"

"这是什么？"

"镇活符，你折好了带在身上，这些小精小怪断不敢在你面前放肆。"

的确管用，镇活符入怀，那块酒幌子重新在空中猎猎展展，又成日晒雨打破布一块。

馄饨是自临近的夜摊上买的，吃完了，碗还得还回去。

横竖也是巡夜，展昭陪她去还，两人穿过窄窄的巷子，衣裾偶尔碰在一起。

真是计划赶不上变化，本来还打算跟这个端木姑娘老死不相往来呢。

正想着，前头不远处，一扇房门忽然"砰"一声打开，跌滚出一个中年汉子来。紧接着，碗碟瓢盆、枕头被褥，一样接一样地往那男人头脸上扔砸。

间杂着一个妇人呜咽的声音："又去见那小狐狸精，你还要不要这个家了……"

司空见惯，夫妻口角，屡见不鲜，三角关系。

既然遇见了，还是得调解一下，大半夜的，扰民就不好了。

展昭上前两步，把那男人扶起来，那人见是开封府的展大人，局促得恨不得立正敬礼才好。门内，那个女人正端着锅准备开砸，见来的是官，登时也就不敢动了。

展昭笑笑："一家人，哪有解不开的疙瘩，何必让左邻右舍看热闹。"

这话没错，左近的住户，虽然都还没出来，但是点灯的点灯，开门缝的开门缝，那叫一个绝对现场。

那男人忽然悲从中来，抓住展昭的胳膊不放："展大人，你可得给我做主啊。"

事情的原委是这样的，这个男人，早年娶妻之前，与东四道卖冰糖梨水的彩

凤两情相悦，因此妻子文娘过门之后，对他看得很严，三令五申，严防死守。

哪晓得今儿下午，文娘逛街的时候，竟然亲眼看见，自己的相公和那个彩凤，一前一后进了一户人家的门，足足两个时辰都没见出来！

两个时辰啊，能干多少事情啊，文娘的心都碎了，豁出去了要闹个天翻地覆。为了扩大社会影响，还故意挑的夜深人静时分，要把所有人都惊起来围观，没承想刚刚起了个头就遇到了开封府的展大人。

她是妇道人家，敢对自家相公撒泼，却不敢跟官府的人较劲，但听她男人没完没了地絮絮叨叨，终于忍不住还嘴。

——"我一双眼睛看得真真儿的，你还敢狡辩！"

——"看错了？我怎么会看错？你的样子，化成灰我都认得。更何况，你鞋帮子上破了个口，我自己拿棉线给你缝上的，那补口我都看得清清楚楚……"

展昭听着听着，忽然觉得这景况似曾相识。那天，自己不是也在街上撞见那个"一模一样真真切切"的端木姑娘吗？

端木翠也想到了，急急打断文娘："那户人家，是哪一户啊？"

文娘说的那户人家，展昭也有印象，没打过交道，但是人来人往，极其兴旺，是个大户人家。

文娘说自己相公去了，那男人抵死发誓没去，那么进出那户人家的，会不会是又一个"李鬼"？由此推论，那户人家，莫非就是那帮冒名顶替者的老巢？

还了碗筷，展昭与端木翠信步走到那家门口，的确高门大院，檐下吊着大大的宅灯，上书"靳府"二字。

端木翠拉住门环，在搭铁上轻磕，砰砰砰三下。

门房分明没睡，隐隐还能听到门内吆五喝六玩牌九的声音，但估计是懒得开门，回得粗声粗气："这么晚了，老爷不见客，明儿再来吧。"

端木翠冷笑，摆出撸袖子的架势。展昭怕她莽撞，伸手拦她："或者我通过包大人，先查一下这靳府簿籍来历，还是别打草惊蛇的好。"

"也好。"

她嘴上说着"也好"，袖子却越撸越高。展昭警惕地看她，她很是有理："当初包大人见我，都是客客气气好茶好水招待，敢给我吃闭门羹……"

这些大姑娘小媳妇儿的，估计心眼儿都是小的，展昭叹气："你想怎么样？"

"他们不是在门内玩牌吗，我把头伸进去，吓上一吓。"

既能御精使怪，这种遁地穿墙，想来也是不在话下的，只是一想到她脑袋在里头，半个身子却在外面，那画面……

展昭觉得发瘆，又有点好奇。

眼看着端木翠整整发型，向着门扇慢慢倾斜过去……

发髻没入门内不见了，然后是额头、眼睛，展昭努力说服自己镇定，就在这当儿，她忽然停住了。

只看到她一张嘴说："不对！"

说完了，噌的一下，身子站正，发髻面容丝毫无损，再看那门上，完好无缺，连凹都未凹一块。

面色却是又惊又喜的，又掩饰不住自得之意："难怪呢，这种小妖，我竟一时没想到。"

展昭按捺不住，追问她："怎么回事？"

"你猜。"

展昭气结，脸忽地沉下来："开封府查案，讲究证据、逻辑、法理，我们从来不靠猜。"

端木翠白他："那天，你见到的那个人，跟我穿的，是不是一模一样？"

她一边说一边双臂外展，衣袂尽现，似乎专门要他看个清楚。

没错，发型、衣着、簪钗，一般无二。

展昭点头："一模一样。"

"不不不，展昭，有个地方不一样，你一定想得到的，再想想看。"

她说得如此笃定，必然不是在诓他。办案多年，展昭对自己的目力和细节观察能力都颇为自信，他仔仔细细打量一遍端木翠，又闭上眼睛，脑子里描摹出那天的场景来。

——太白酒坊的老板，晃动着微胖的身躯，有一只手，探向他腰间的白玉环……

——端木翠揉着手腕，不悦地看着他，头一扬，鬓上插着的翠簪微微颤动，像行将飞去的蝶……

电光石火间，展昭忽然明白过来，他很快睁开眼睛，指向端木翠头上的簪子。

"方向，方向不一样。"

端木翠点头："跟我来。"

她带他走到更僻静的地方，那是靳府的后墙，打眼看去，青砖砌石，也没有什么不同。

"我刚刚是想穿墙进去，但是穿墙的刹那，忽然发觉，那门的材质，跟普通的门不一样。门面上，似乎还附着些什么。"

她从袖子里一抽，抽出一大幅四方白锦，白锦四围有抽绳。端木翠把白锦扬起，那布便方方正正立在半空，像一扇正正方方的门。

端木翠把抽绳的头递给展昭："拿着，帮我兜风，我去去就回。"

兜风？展昭听不懂。

"风伯送我的兜风巾，展昭，即便是微风拂面，到底还是有风的。积少成多，聚沙成塔，现在风这么小，想要一场大风，自然要慢慢地兜，慢慢地等。你可得帮忙拿好了。"

她很快离开，步伐轻快，想是有了应对之策。

展昭握紧那抽绳，半分也不敢懈怠。端木翠说得没错，那兜风巾，原先只是平展竖立的一大幅布，慢慢地开始内凹，内凹的幅度越来越大，像是成了一个风包。展昭被拉得站立不稳，好在，端木翠的确是"去去就回"了。

她接过展昭手中抽绳，顺便把手中蒙着布的物事递给展昭。转身时，展昭赫然发现，她后腰竟插着一柄铜锤。

这么窈窕标致的姑娘，抢一把大锤吗？怎么想怎么突兀。

而交给他的那件物事，揭开了布看，是一面菱花镜。

料得不差，为什么两个人看起来一模一样，连经久办案的公人、同住一个屋檐下的娘子都分辨不清，因为那是镜像所成，惟妙惟肖，分毫不差。

唯一的突破点在于，镜像是反的。

端木翠交代他："兀那小妖，没什么了不得的，待会儿我完事了之后，听我吩咐就行。"

展昭点头，退开两步。端木翠长吁一口气，将那风包斜斜对向墙面，猛地抽绳一拉："去！"

真个平地骤起狂风，刹那间，摧枯拉朽之势。

展昭终于明白她"兜风"是为了什么——墙面的表层经不住这压力，慢慢剥蚀起皮，露出了底下锃亮而又晕黄模糊的镜面来。

整个靳府的外墙，包括外门，都被这样一层镜子包裹着。

端木翠腾身跃起，近前时拔下翠簪，在镜面上划开一道破口，伸手揪住边缘往外猛拉。随着她快速半空撤步，整个镜面被剥离而起，像一条半空中舞动的、带着光泽的巨大镜带。

她动作好快，抓着镜子一角，半空中上下腾挪，对折、再对折、又对折。再也对折不下去时，她带着镜带落到地上，从后腰拔出那柄铜锤，高高扬起，狠狠落锤。

另一手把兜风巾往上一扬，那白巾胀大开，四角抓地，像个鼓开的帐篷。

站在兜风巾外，只见她频频落锤，那方镜带越捶越小，从尺余见方到铜盆大小，但是一点声音都听不到。

展昭尝试着迈步进去，一只脚刚迈进兜风巾，只觉金石之声震耳欲聋，脑袋轰轰作响，赶紧退了出来。

约莫半盏茶工夫，那方镜带只剩了菱花镜大小。兜风巾收起，端木翠抹一把额上的汗，抓着镜带站起来。

低头去看，镜面上烁动不定，而又凹凸不平，像是有什么东西挣扎着想出来。

端木翠看展昭："镜子。"

展昭赶紧把那面菱花镜递给她，看着她把两面镜子镜面相对，慢慢合到一起。

刹那间，光华四敛，周遭一片寂静。

夜风拂过，又像回到了开封平常的夜晚，无人的巷道。

端木翠招呼展昭："走，可以进去看了。"

偌大靳府，没有人，也没有灯，荒草萋萋，宅室破败，这可全然不像是在闹市的大宅子。

刚刚的人声呢？

端木翠说："这是镜妖，但还未能修成形体。所以以外墙门户为镜，照出来往众生相，久而久之，得以复制。为着掩人耳目，可以安然在闹市长居，便以这些众生相，做出门庭兴旺的假象来，又利用这些镜像，行方便之事。"

"也包括盗案、敛财？"

"这个自然，有句老话你没听过吗，有钱能使鬼推磨。有了真金白银，方便它上下打点，这修取人身之路，没准儿会走得更加顺畅。"

所以，这镜妖并非有意假冒细花流的名头，而是因为，端木翠经常路过这街巷，被那镜面摄取了形象而已。

展昭忽然想到什么："那我……"

"你天天在周遭行走，想来也在被它祸害之列。"

"那它会不会……"

"你是官差，身份更加方便。没准儿也被它利用过，做一些欺压鱼肉之事，这可说不准。"

真是防不胜防，展昭背上发冷，再看端木翠手中那聚合的物事，难免有些后怕。

"这就算收了它吗？"

端木翠狡黠一笑："它是镜子，对着的也是镜子，两两相对，无穷世界，它觉得可以用镜像愚弄世人吗？很好，以后它就困在这里头，自己跟自己玩儿吧。"

第三章　人偶娃娃

现在，展昭往端木草庐去的次数很勤。

其实他每次去的时候，端木翠未必会在。端木翠不在的时候，展昭会在临院的桌旁坐下，自己为自己斟一杯杜康。只此一杯，那小小的酒壶，斟出这一杯后，再倒不出半滴。

有几次酒到中途，端木翠恰好回来，嘻嘻笑道："我也来喝一杯。"

伸手倒时，那酒壶便又汩汩倾出美酒来。

端木翠问："那镇活符可还管用？"

展昭点头："管用。每次进来，这草庐中的精怪都成了寻常物事，不开口，不说话，不作怪。"

端木翠接口："只是你每次转身离开，它们便挤眉弄眼，互通有无，说不定对你品头论足，喋喋不休。"

展昭脊背发凉，道："别再说了。"

端木翠偏不住口："若你此时回头，说不定能看见那架上的酒壶，长出两只绵软的脚来，在架上行来走去……"

话音未落，展昭已逃至数十丈外。

端木翠笑弯了腰。

数次之后，再吓不到展昭。

又有一次，展昭问端木翠："经常听说细花流的人在拿人，细花流的门人住在哪里？"

端木翠说："当然是跟我住在一起。"

展昭不信："我来了这许多次，一个都没见着。"

端木翠指指内屋："不信自己进去看。"

第一次见端木翠时，那幻作翠玉的魅便是自内室出来，又归寂于内室，是以展昭心中，对内室始终存了三分忐忑疑惧。

端木翠眼眸轻转："你不敢？"

展昭不答，大步过去，抬手掀开布帘。

只是普通的狭长内室，甚至没有家什。

右首边的墙上，每隔五六寸便有一层隔板，隔板上密密麻麻，立满了各色各样的人偶娃娃。

有穿红的、着绿的、年老的、年少的、男的、女的、美的、丑的、握刀的、持剑的、抚琴的、下棋的、垂钓的、酣眠的，形形色色，不一而足。

而左首边的墙上，却贴满了大大小小的黄色符纸，朱砂画就的符，展昭一个也不认识。

展昭恍然："根本就没有什么细花流门人，都是你所驱的精怪？"

"是啊，"端木翠笑答，"各行各业，只有我想不到，没有我做不到。"

那以后，展昭再去寻端木翠，经常会给她带去一两个人偶娃娃。大都是巡街的时候看着喜欢，便买了。

端木翠先还不说，后来就沉不住气了。

"展昭，你莫再买这些玉皇大帝、观音菩萨、猪精猴怪，这些人上街拿人，岂不是要吓死一大片？"

展昭浑似没听见，下次再来，送来的还是妖魔鬼怪。

端木翠长叹一口气，也就由他去了。

那日张龙和赵虎缉拿人犯回来，帽子歪了，头发散了，衣服也撕破了，两人互相推揉着进门，悻悻地来找展昭。

张龙先开口："展大人，那个叫端木翠的女人是不是很了不起？"

展昭心里咯噔一声，抬起头，目光在张龙的脸上停留了一回，又转到赵虎的脸上。

"也不是很了不起，但是在路上遇到她，能躲着走最好。"

张龙似乎哆嗦了一下，赵虎也有点傻眼了。

"那，如果我们不小心……我指的是不小心……"赵虎小心翼翼斟酌字眼的同时亦在小心翼翼斟酌着展昭的脸色，"砸了她的家……"

赵虎没有继续说下去，恁谁看到展昭现在的脸色，都不会自讨没趣的。

"你们两个这么大胆色，"展昭一字一顿地说，"怎么没想着去把庞太师的家给砸了呢？"

赶往端木草庐的路上，展昭一直斟酌着该怎么向端木翠赔礼道歉。

据张龙、赵虎所言，两人在西郊端木草庐附近追到了逃犯，经过一番激烈打斗方才把逃犯制服，打斗过程中难免殃及池鱼。

这"池鱼"指的就是端木草庐。

所以，张龙和赵虎是"公事公办"，殃及端木草庐实属"无心之过"，还望端木姑娘"大人大量"，千万不要"放在心上"。

端木翠俏生生立于端木桥头，似笑非笑地看着疾步过来的展昭。

展昭先去看端木草庐，还好，原以为端木草庐可能是被"夷为平地"那么惨，现在看来，只是破了边边角角，摔了锅锅碗碗，不似想象中那么惨不忍睹。

"还好？"端木翠柳眉一挑，"展昭，你真是站着说话不腰疼。"

说话间，手指轻挑，展昭怀中的"镇活符"竟似有了活气般，施施然飘将出来。端木翠再伸手从符上拂过，那符渐转褶皱，有火苗自符中央燃起，转瞬工夫，便只燃剩了灰烬。

"自己看看听听，是不是还好？"

院落中先还一片死寂，紧接着絮叨呻吟之声络绎不绝，那些个平常物事如同冬眠醒转的活物，慢慢翻转了身、伸展了四肢、支撑了躯体，茫茫然四下观望。篱笆门弓下背来，原本稀疏错落的篱笆条纠成一团，颇似一张痛楚的人脸，见展昭看它，忽地张口抱怨道："张龙端得我好狠。"

展昭吓了一跳，下意识地后退两步，却听脚下哎哟一声，低头看时，却是一只摔豁了口的青花瓷碗，圆睁了两只绿豆大的眼睛，先看一眼展昭，然后滴溜溜四处乱瞄，口中喃喃有声："门牙，摔了我的门牙。劳驾，让个道。"

一时间，草庐内外，尽是呻吟之声埋怨之语，有闪了腰的、折了腿的、断了胳膊的，那些个锅碗瓢盆扫帚茶壶，果真如端木翠之前所说，"长出绵软的脚来"，举步蹒跚，一摇三晃，四下踯躅，偶尔撞在一起，更是唠唠叨叨没完没了。

展昭先还觉得骇然，看到后来竟有些恍惚，觉得面前这牢骚满腹的锅锅碗碗，像极了怨艾不满的众生万相。

端木翠道："众生皆是皮相。展昭，我倒觉得这些物事，比那些伪善卑劣之人有人味多了。"说着俯身捡起一片碎瓷，掷向那青花碗，"接住你的牙。"

那青花碗东张西望，已行至篱笆门弓处，一听此话，骨碌碌滚将回来，伸出两只火柴梗粗细的胳膊，满心欢喜地将那门牙接过去，郑重其事地安在豁口之上。

展昭听端木翠语气中并无责怪之意，心中稍稍舒展，笑道："这便没事了吧？"

"没事？"端木翠依然是一副不痛不痒的调调，"事大了去了，你去内室看看。"

说着双手轻拍，院中嘈杂纷乱的物事立刻原路回转各归各位。扫帚规规矩矩地回立于墙角，锅锅碗碗列队回归灶房。那青花碗行在队伍最末，不忘回头跟端木翠说一句："多谢啊……"豁口尚未长合，说话丝丝漏风，展昭险些便笑出声来。

内室看来并无异样，那些个人偶娃娃，排排列于隔板之上，倒不似锅碗瓢盆般缺胳膊少腿龇牙咧嘴。

展昭狐疑地看端木翠，端木翠朝展昭努努嘴，示意他努力再看。

于是再看，又再看，最后展昭双手一摊："展昭愚钝，还请姑娘指点一二。"

端木翠伸出食指，点了点二层隔板右首边的一个空位："喏，少了一个。"

展昭气结："这些个人偶娃娃有的离得近些，有的离得远些，我还以为本就是这么排列的，哪能看出少了一个？"

"我又没说猜出有奖猜不出要罚，你这么在意作甚？"端木翠乜了展昭一眼，倒似是展昭小肚鸡肠。

唯女子与小人难养也，古人诚不我欺，展昭腹诽。

"少了个什么？少了又怎样？"展昭不解。

"这就要问你们开封府了。"端木翠一副好戏开锣的表情，"开封府的展护卫巴巴儿送了个猪妖来，张龙、赵虎两校尉又把猪妖给纵了出去……"

"猪妖？纵了出去？"展昭顿感不妙。

"是呀，知道的是他们缉捕逃犯，不知道的还以为他们要开天辟地，左砍右劈大呼小叫，撞翻了人偶娃娃，弄坏了好些符纸。亏得只走脱了一个猪妖，要是你送的这些个妖魔鬼怪都跑了出去，就等着看开封群魔乱舞吧。"

"猪妖……会四处作祟？"

"要么怎么叫妖呢，不过这猪妖道行浅得很，三五人三五棍，就能送它升天。"

"猪妖……会吃人吗？"

"就我的浅见，猪是不大爱吃人肉的，人倒是对猪肉的兴趣更大。"端木翠一本正经。

展昭有一种想揍人的冲动。

终究是不敢。

"还请端木姑娘指点一二，这猪妖会往何处去？"

"这个嘛，就要看猪最喜欢往何处去了。"端木翠耸耸肩，俨然一副事不关己的架势。

猪，当然是最喜欢待在猪圈里了。

这是公孙先生给出的答案。

"你觉得呢？"展昭问张龙。

张龙点头。

"你认为呢？"展昭问赵虎。

赵虎猛点头。

很好，张龙、赵虎即日起不用查案，也不用巡逻，各带上一队衙差，去查看开封城内外大大小小的猪舍猪圈，需要特别注意"表现异常"的猪。

"为什么呀，这是为什么呀？"张龙很想买块豆腐一头撞死。

赵虎的眼光更长远一点："展护卫，是否有什么江湖重犯，很可能匿藏在猪圈里？"

嗯，似乎也可以这么说，展昭点头。

果然江湖中什么怪人怪癖好都有，赵虎心想。

当然，有疑惑的不只是张龙和赵虎。

你展护卫忽然抽调了这些人手去查看猪圈，不能不向包大人报备一下吧？

"此事跟细花流有关，属下也是无可奈何。"

原来如此，一听到细花流的名字，包拯连问都懒得再问，大手一挥："展护卫自行安排便是。"

第一天巡查下来，异常的猪没有，张龙和赵虎倒是各自拎了好几串猪肉归来。

"我有什么办法。"见展昭面有不悦之色，张龙振振有词，"那些个农户见我们人人带刀，虎视眈眈盯着猪圈里的猪，脸都吓白了，生怕我们牵了猪就走，非得把猪肉塞给我们，不拿还不让走……"说到这里，忽地心念一动，"展大哥，你让我们去查猪圈，不是因为自己想吃猪肉吧？"

展昭喜怒不现于颜色："明天再去，记得把肉钱付给人家，要双倍的。"

于是又有了第二日、第三日，开封内外依然与往常无异，并没有听说什么猪吓人吓死人的案子。展昭心中疑惑，又跑了几次端木草庐，端木翠这几日倒未外出，对着一把生了锈的菜刀苦思冥想。据说这是庖丁的解牛刀，如果能设法唤出刀中的精怪，展昭便有幸一睹昔日庖丁的解牛神技。

"我现在对解牛真的没有什么兴趣，我满心都是怎么抓猪妖。"

"哦。"端木翠耸耸肩，奉送了一个爱莫能助的表情。

展昭忽然心生疑窦："你怎么如此漫不经心？莫非那猪妖并未逃出去，你只是借机出口气，折腾一下开封府？"

"你要这么想，我也没办法。"端木翠眼皮都没抬一下，"那你就把张龙、赵虎他们召回来呗。"

召回来？说得倒轻巧，问题是：我敢冒这个险吗？

展昭心中愤愤，又道："如果抓到了猪妖，是不是要派人通知你去收服？"

"用不着派人这么麻烦。"端木翠忽地想到什么，从怀中掏出一张符纸，用手撕成蝴蝶形状。

"好看吗？"

撕出来的蝴蝶怎么会好看？展昭正预备呛她两句，端木翠已将蝴蝶拈于指尖。说来也怪，那蝴蝶竟立于指尖不倒，蓦地，蝶翅颤巍巍地一动。

展昭以为自己看错了，揉揉眼睛再看，原先糙黄的蝴蝶已隐现斑驳的色彩，触须轻巧巧地颤着，羽翼扇了又扇，忽地振翅而起，在展昭面前翩然而舞。

展昭一脸的不可置信，正要夸赞蝴蝶精巧，端木翠扬起手掌，"啪"的一声，将蝴蝶拍扁在展昭右肩。

"你你你……"眼见端木翠如此涂炭"生灵"，展昭险些跳起来。

"我我我什么，"端木翠瞪展昭，"这是信蝶，若发现了猪妖，轻拍三下，它自会唤我前去。"

展昭低头，右肩哪有什么蝴蝶，再仔细看时，才发现红色官服上透出一个暗红色的蝴蝶轮廓。

又两日，包大人要审张龙、赵虎那日大闹端木草庐时抓回来的逃犯。

张龙、赵虎拿人不易，很想旁听审案，刚往开封府大堂走了几步，就听到展护卫别有深意的咳嗽声。

算了，还是继续查看猪圈去，张龙一张脸皱成了苦瓜。

赵虎则是哈欠连天。昨儿晚上，留守猪圈的衙差火烧火燎地通知他发现一只猪行止异常，待得赵虎赶到现场，才发现那只举止异常的猪只不过是出于"男大当婚"的懵懂冲动。

开封府的大堂。

包拯正襟危坐于案台之后，惊堂木一拍："带人犯！"

被带进大堂的人犯，视死如归者有之，两股战战者有之，张扬跋扈者有之，含泪抱屈者有之，但像今次这位，被两个衙差拎进堂来、屁股高撅、脖颈里缩、眼神迷离、嘴巴嘟起、涎水横流的，实属平生仅见。

包拯皱眉："这是为何？"

两个衙差将人犯放下，其中一人愁眉苦脸："大人，小的也不知其中缘由。这逃犯数日前逃狱，被张龙、赵虎两位大人捉回之后，就性情大变。整天嚷嚷着饿，每餐要给他十几个馒头十几碗面糊饭，睡觉时趴缩至一团，近来愈发连人话都不会说了，有事没事四处乱拱……"

说话间，那人喉底嘀嘀有声，又在那衙差脚踝处拱来拱去，嘴边不断流下涎水来。

那衙差有心给他一脚，又怕在包大人面前放肆，只好不断往边上避让。外人看来，竟似被那人犯拱开了好几尺远一般。

包拯与公孙策面面相觑，良久，公孙策感喟："这哪里是个人，这分明是只猪啊……"

展昭硬着头皮上前："大人，依属下看，怕是要请细花流的端木姑娘过府一叙了。"

包拯恍然："既是这样，还不快请。"

展昭退至门外，看看四下无人，轻拍右肩三下，那斑斓信蝶，翩翩然振翅而起，便逾墙而去。

幸好这猪妖道行尚浅，不致兴风作浪。幸好这猪妖附在人犯身上，一直被深锁于开封大狱，不致在民间为怪。

看着信蝶翩然远去，展昭竟有点后怕起来。

端木翠步出草庐，那信蝶在空中绕了几圈，旋即回返而去。

"他们终于知道那猪妖是附于人犯身上了吗？"端木翠狡黠一笑，回顾庐内，"此番略施惩戒，可帮你们报了仇了。"说着打开门，自向城内而去。

草庐内依然寂静如初，只那篱笆门，忽地咧嘴一笑，怡然自得。

第四章　六指

端木翠出远门了。

她从庖丁的解牛刀上得到启发，要去齐鲁之地寻找春秋时齐国名厨易牙的旧物。

"只要我找齐易牙用过的刀、锅、铲，略施符咒，唤出附着其上的精怪，他们自然会为我奉上易牙独家烹制的珍馐美食，美食啊展昭。"端木翠双目放光，食指大动。

"我听说易牙的为人不怎样，蒸了自己的儿子给齐桓公吃。"展昭泼端木翠冷水。

"展昭，你需要明白，做菜的技艺跟人品通常是不挂钩的，"端木翠白了展昭一眼，"你的人品不错，你上次煮粥，还不是险些把开封府的灶房都给烧了？"

展昭险些跳起来："你……是谁告诉你的？"

在场的只有公孙策和王朝、马汉，几人都信誓旦旦表示绝不会说出去。

端木翠得意扬扬："当然是灶神了。"

跟灶神都攀上关系了，展昭倒吸一口凉气，同时得出一个结论——人虽然能修炼成神仙，但是这八卦长舌家长里短的毛病，依然如影随形。可见神性人性，在某些时候，还是有共通之处的。

"那你走了，如果有鬼怪作祟怎么办？"展昭一如既往心忧苍生。

"哪有那么多鬼怪作祟啊？"端木翠拍拍展昭肩膀，"再说了，不是有信蝶吗？"

展昭终于挑不出什么刺了："你什么时候走，我去送你。"

"哪那么麻烦，就此别过。"端木翠朝地上跺了几跺，"土地，借个道。"

接下来，端木翠的身子就矮了下去，说是矮了下去也不太贴切，准确地说，应该是端木翠脚下的土地忽然变得绵软，而端木翠就这么施施然陷了下去，直至没顶。

莫非这就是传说中的土遁？

展昭目瞪口呆，还未反应过来，又听端木翠叫他："展昭，展昭？"

低头一看，头皮发麻——端木翠只一颗脑袋露出地面，急急交代："帮我看着点家，没事过来看看。"

"知道知道。"展昭脊背生凉，"你可以走了。"

端木翠脸上露出满意的笑容，倏地又没入地下。

展昭伸手抹去额上冷汗：跟端木翠打交道，的确是需要过硬的心理素质。

头两天，展昭还抽空来端木草庐小坐，第三日起便不得空了——城内西四街锦绣布庄出了桩命案。

像开封这么大的地方，出个把命案是一点都不稀奇的。话又说回来，如果不出命案，整日价尽是邻里纠纷争风吃醋缺斤短两之类的事宜，开封府早改名叫开封调解中心了。

受害者是锦绣布庄的老板李松柏，男，五十上下，人际关系简单，中年丧妻，膝下无子，自远亲处过继了个干儿子，名曰李光宗。

这李光宗尚未成家，好吃懒做不事生产，很是不得李松柏欢心。

据目击者户部刘尚书的家仆鲁阿毛回忆，当晚现场的情形是这样的：

那晚鲁阿毛得了府中嬷嬷的吩咐，去布庄为夫人取一匹凌霄红布，刚走到布庄门口，就看见李光宗神色慌张地出来，还差点撞到了鲁阿毛。鲁阿毛心中奇怪，不见李松柏出来迎客，便往内室去寻，一进内室，就见李松柏仰面倒于地上，双目圆睁，舌头外吐，已然气绝身亡。

于是鲁阿毛一边大叫"杀人啦"一边追出门来，恰好遇上巡夜至此的王朝、马汉。根据鲁阿毛提供的疑犯行踪，王朝、马汉追了没两条街，就把李光宗给抓住了。

据王朝讲，李光宗被抓住以后就一直没闭过嘴，不待王朝发问便开始自我检讨近三年来犯下的恶行，包括酒楼赖账三次、顺手牵羊两次、调戏良家妇女一次，还有最近的一次：从锦绣布庄偷拿了十两银子喝花酒。

基本上，李光宗自我剖析到一半时，王朝已经感觉李光宗不是凶手了，后来仵作的尸检也证实了这一点：李松柏是被人活活闷死并掐死的，至于是先闷后掐还是先掐后闷已不可考，关键是李松柏脖颈的掐痕指印纤细，明显属于女子。更重要的是，从掐痕的指印来看，这女子两手皆是六指。

　　精简一下，就是：锦绣布庄的老板李松柏死了——他是被人掐死的——掐死他的是个女人——这个女人两手皆是六指。

　　李光宗的杀人嫌疑被洗清了，他本来可以被释放的——如果不是他絮絮叨叨交代了那么多罪行的话。

　　线索只剩下一个：六指女人。

　　也并不难找，嫌疑人很快就浮出了水面：东二道第四户磨豆腐的郑巧儿。买过她豆腐的人，都知道郑巧儿双手天生六指。

　　郑巧儿生性泼辣凶悍，正好端端地卖豆腐，忽地被一队如狼似虎的衙差抓了就走，哪里肯依？一路又踢又咬又挠又叫，可怜了押她的衙差，素日被人挠只是五道血印，今次一挠就是六道。

　　听说抓到了六指凶嫌，展昭诸人心中都感欣喜，哪知跟郑巧儿一照面，浑如一盆冷水当头浇下。

　　这郑巧儿长得也太瘦太小太矮了，虽说已经成年，身板儿依然单薄得如同十一二岁的幼女，站直了还不到展昭胸口。虽然挠人的气势很是汹汹，但用衙差的话讲："力气比鸡仔也大不了多少……"

　　李松柏可是人高马大、虎背熊腰，你能相信是郑巧儿活活掐死了李松柏？

　　案情进展到这里，基本上线索全断，办案人员进入一筹莫展的态势——只要有不在场的证明，第二犯罪嫌疑人郑巧儿也就会被无罪释放了。

　　但是，"山重水复疑无路，柳暗花明又一村"这句话通常都是应用于这种场合的。

　　当日晚间，展昭与王朝、马汉巡夜时，一个满头白发的老婆婆，拄着拐杖颤巍巍地过来，抓住展昭的胳膊大放悲声："展大人呀，巧儿是冤枉的啊，巧儿是不会杀人的啊……李松柏这个黑心烂肚肠的，害了郑家还不够，死了还要拉巧儿陪葬啊……"

　　展昭立刻听出不对："李松柏害了郑家？李松柏和郑家有什么恩怨？"

　　白发老婆婆老泪纵横，开始追忆前尘旧事。

　　老人家思路不清、絮絮叨叨，偶尔思维跳跃离题万里，我们也就不详述了，简单归纳如下：

　　二十年前，李松柏只是布庄请的一个掌柜，锦绣布庄的主人名叫郑万里，娶妻刘喜妹。一日郑万里外出收账，彻夜未归，隔天消息传来，原来郑万里路遇劫匪，横遭不幸。

刘喜妹悲痛欲绝，若不是有孕在身，恨不得自杀殉夫。郑家原本就人丁寥落，郑万里一死，布庄的生意便由李松柏接手。这李松柏见财起意，觑着主母有孕无暇顾及生意，暗地里施了些卑鄙手段，只几个月光景，便将布庄的银钱暗地转走，对外只说是经营不善周转不继。那刘喜妹为保住夫家家业，被李松柏哄着以布庄名义借下了好几笔高利贷。可以想见，后续债主纷纷上门逼债，刘喜妹无力还债，便萌了死志，将女儿郑巧儿托付给奶娘张氏后，一把火烧了布庄，自己也葬身火场之内。

债主并不知郑家孤女得脱，只道郑家无人幸存，那些债也只能作罢。倒是那李松柏，俨然以郑家忠仆的名义出面，郑重其事地为主母发丧，顺便接手了郑家的余产，重开锦绣布庄。

追忆完毕，白发老婆婆，亦即上文提及的奶娘张氏泣不成声："展大人，你说这个李松柏还是人吗……巧儿，巧儿她是冤枉的啊……"

展昭与王朝、马汉面面相觑。

好吧，这的确是一个听者落泪闻者动容的百姓悲情故事，李松柏的人品的确让人不齿。

关键是——

这对郑巧儿有用吗？

郑巧儿原本很快就能归家，毕竟她既有不在场的证明，又无杀人动机，而现在，由于张氏的"积极奔走"，郑巧儿短期内是不得脱身了。

尽管她当夜不在场，但是杀人并不一定要亲自动手，买凶也很流行。

她有杀人动机，事涉上代仇怨。

她有杀人嫌疑，她是六指。

说到六指，就不能不提及张氏提供的另外一条信息，郑巧儿的母亲刘喜妹，也是六指。

由一件案子牵扯出案中案，在开封府诸人的办案生涯中并不离奇。事情只过去二十余年，想问出当年的一些情况也不是难事。

果然，王朝自一位老衙差处探听到当年锦绣布庄失火的情形。据称当时的火势极大，众街坊虽有心施救，但俱被火势逼退。大火之中传来刘喜妹凄厉至极的惨叫，闻者无不心惊。

大火过后，除了熬制染浆的铜锅铁炉尚存，其他所有，均化为灰烬。更可怜的是刘喜妹，被烧得尸首都不曾留下。

"连尸首都不曾留下吗？"展昭的心里咯噔一声。

王朝、马汉一同看向展昭，三人几乎同时想到了一个可能。

刘喜妹，可能并没有被烧死。

展昭决定去锦绣布庄看一看。

在布庄门口遇上探头探脑的鲁阿毛。看到展昭怀疑的眼神，鲁阿毛吓了一跳，赶紧撇清自己："我家夫人惦记着凌霄红布，差我来看看锦绣布庄会不会再开张。"

展昭不解："城中的布庄多的是，为什么非要在锦绣布庄买？"

"小的也是这么问，"鲁阿毛挠脑袋，"可夫人说凌霄红布只锦绣布庄有的卖。"

这怎么可能，开封是天下奇巧汇集之处，区区凌霄红布，也能奇货可居？

展昭不以为然。

推门进屋，铺子里灰暗得很，只短短几天，处处蒙尘。都说人死灯灭，现下看来，人死尘生似乎更贴切些。

柜台上一本打开的账本，展昭低头去看，最后一条赫然是"刘府，凌霄红布一匹"。

随手往前翻了翻，锦绣布庄的生意不错，蜡染、夹染、丝麻绢纱、绫罗绵绸，进出的量不在少数。展昭笑笑，转身往内室走，走了没两步，忽地想到什么，又折身回来，将账册重新过了一遍。

适才鲁阿毛说，凌霄红布只有锦绣布庄有的卖，那么凌霄红布应该是锦绣布庄的特制，交易量不在少数。为什么整本账册，只有刘府这么一笔？

展昭剑眉微蹙，转身进入内室，打开收置布庄账本的木柜。木柜里满满当当，存放着李松柏重开锦绣布庄二十余年来的账册。

先看今年的，蜡染、夹染、丝麻绢纱、绫罗绵绸……没有凌霄红布。

翻开第二本，蜡染、夹染、丝麻绢纱……没有。

第三本，蜡染、夹染……没有。

……

最后一本，第一页，第一笔，"王府，凌霄红布，一匹"。

刘尚书夫人，出阁前名唤王鬟。

锦绣布庄开张二十年，只做了两笔凌霄红布生意，都是卖给王鬟。

展昭缓缓地合上手中的账册。

自刘尚书夫人王鬟处听到的，却是一个稀松平常的故事。

"那还是二十余年前，一日路过新开张的锦绣布庄，看到架上搁着的一匹凌霄红布，色极正极润，便买下了，裁就了一件大红襦裙做嫁衣。前两天大人的内侄女出阁，看了好多大红布样，都觉得不中意，我便想起了锦绣布庄的凌霄红布。遣下人去问时，掌柜的说记得还有一匹，只是要去库房翻找，我便让鲁家的儿子晚上去取，谁知……"

王鬟似有感喟，摇首轻叹，侍女雅儿乖巧地递上沏好的碧螺春。王鬟接过，却不忙喝，只是看展昭："记得的也只有这么多了，不知帮不帮得到展大人？"

当然是帮不到的，展昭想了想，又问："夫人当年的那件凌霄红布嫁衣还在吗？"

雅儿快人快语，抢着作答："展大人，说起来，这也是件稀罕事呢。夫人那日让我翻找，说拿出来让侄小姐看看样式。我从箱底翻出来，就搁在手边，哪知一转眼就不见了——问府里的下人，都说没见过。真真怪事，难道那件衣服自个儿长了脚跑了吗？"

……

从刘府出来，展昭长长叹了口气。

这案子一忽儿浑无头绪，一忽儿千头万绪，真是让人苦恼。

若是端木翠在就好了。

端木翠虽然得空就爱呛他，但脑子是极聪明的，说不准就能揪出那根异样的线头，紧接着将这大团乱麻理顺。

就这么想着，不觉又来到锦绣布庄门口。

时候已是深夜，夜色极重，月光却散淡得如同一抹月雾。

面前的锦绣布庄异样安静，门口的老树于黑暗中无声无息抽伸着枝，枝头立着黑羽的枭，一双透着诡异精光的怪眼随着展昭的近前徐移徐动。

展昭缓缓推开了锦绣布庄的门。

门开了，门轴发出吱呀吱呀的声响，看不见的尘自顶端飘落，在如纱如笼的月光中妖行魔舞。

展昭点燃随身带的火折子，硝石和烟的呛味稍稍驱散了内室的腐气和湿重。

展昭走得很慢，火折子的明火飘忽不定，同样不定的还有展昭映在墙上的影子，忽而长，忽而短。

空气中流转着些许不明的况味，似乎有什么不对劲。就好像暗处有一双眼睛，逡巡在你的后背，你到哪里，目光就跟到哪里。

那目光是冷的。

展昭停下脚步。

他清楚看到墙上的影子，除了自己，背后还有别人。那人夸张地张开手臂，墙影被烛火牵扯得巨大而怪异。

展昭暗中扣了一枚袖箭在手，心念一转，又将箭尖卸下。

继续缓步向前，后面那人亦步亦趋。展昭微微一笑，忽地腕上发力，甩手出箭，同时一个空中旋身，回头看向那人。

没有人。

有人的话，不会这么安静。

只一件宽大的凌霄红襦裙，轻飘飘直立浮于半空，绶带轻拂，空空的袖管向两边张开，如同一个人展开双臂。

展昭的手心冰凉，握紧巨阙。

火光下，那凌霄红襦裙周身泛着妖异的暗光，依然浮于半空，只是不知为什么，后背微微弓起，如同即将发起攻击的兽。几乎是在展昭长剑出鞘的同时，那凌霄红裙向着展昭俯扑下来。

巨阙的奋力一击没有起到任何作用，力道无声无息散失于空气之中。那襦裙却兜头裹将上来，愈收愈紧，似乎要与皮肉长成一体，还要伸出无数触手，探进血肉躯体，凉气丝丝透骨。

火折子咕噜噜滚至一边，火苗明灭，倏忽即没。

展昭全身都被死死裹缠于襦裙之中，不能动弹半分。那襦裙越缠越紧，缠得展昭透不过气来。

窒息间，一双女子的手缓缓缠上展昭的脖颈。十二根冰凉的手指，如同毒蛇腻滑的外皮。

展昭忽然想起了右肩的信蝶。

来不及了，他的全身都已沦入这层层裹就的黑暗，再也触不到信蝶，端木翠也不会知道他在这里。

这里，是连月光都拂不到的角落。

从端木桥到端木草庐是七步，从端木草庐到端木桥还是七步。

王朝就这样在木桥和草庐之间走走停停、停停走走，偶尔看向无人声的端木草庐，重重叹气。

王朝已经在端木草庐门口等了三天。

三天前，张龙、赵虎在锦绣布庄找到了彻夜未归的展昭。

或者那并不是展昭，只是一个赤红色的人形蛹而已。

是的，就是蛹。

赤红色的布裹着的，应该是一个人，周身微温，按下似乎是人的皮肤，凝神细听，有极细极微的呼吸。

旁边散落的是展昭的巨阙和火折子。如果所料不错，这里面的人当是展昭。

可是，该怎么把展护卫给"放出来"？

那布，似乎和皮肤粘连在一起，不知从何解起，想用刀把布割开，不论下刀多么轻，用力多么小，都立时有血渗出。

无可奈何之下，只得回报包大人。

包拯的震惊是可想而知的，但是大家未曾料到包拯的镇定。

"去细花流，找端木翠。"

王朝应声，行了没两步又被包拯叫住："她若没回来，就在那儿等她。记得，千万不要擅入端木草庐。"

晚饭时马汉过来了一次，给王朝带了些酒菜，问起展护卫时，马汉颓然摇头，眼眶都红了。

"不知道展大人是中了什么妖法。"王朝心中难过，"希望真如包大人所说，细花流能有办法。"

入夜，马汉先行回府，王朝依然在木桥和草庐间走走停停，实在累了，便在桥边坐下。

端木翠就是这个时候出现的。

当时，王朝愁眉紧锁，看着桥下的流水出神，忽然间，水下冒出一个人来。

端木翠身背铁锅，一手持着锅铲，一手拿把菜刀，脑袋上还顶了几蓬水草，口中喃喃有声："水遁的确是要快多了……"

"来……来……来者何人？"王朝的声音打战，比声音颤得更厉害的是他的双腿。

端木翠白了他一眼："这话该我问你才是吧？你站在我家门口干什么？"

王朝反应过来："你是端……端……端……端木翠？"

端木翠的回答颇具娱乐精神。

"对呀，我就是端……端……端……端木翠。"

"端木姑娘，你可要救救展大人啊。"王朝眼泪险些流了出来，"扑通"一声跪倒。

这回轮到端木翠发愣了。

"这样啊。"听完王朝对事情的简述，端木翠吁了口气，"你先回去，我梳洗一下就过去看他。"

"你还要梳洗一下？"王朝险些晕了过去。

所以说，女人，是永远分不清轻重缓急，不能予大事也。

看着端木翠一副事不关己闲庭信步的模样，王朝恨恨。

端木翠很快换了身干净衣裳，出来时，手上还搭了一件。

穿一件，还要带一件，又不是请你去看灯会，王朝忍不住想翻白眼。

"你，"端木翠指王朝，"把我带回来的锅刀铲都拿上。"

王朝忍不住了："为什么？"

"因为展昭需要补一补。"端木翠煞有介事。

王朝很想大声反驳说，你别以为包大人清廉，开封府就什么都没有，我们是有锅的，两口！

可是不知道为什么，他不敢。

饶是做足了心理准备，见到展昭时，端木翠还是倒吸了一口凉气。

"展昭，"端木翠喃喃，"我走的时候你还是展昭，回来的时候你就成粽子了。"

彼时公孙策正端了茶盏进来，闻听此言，脚下一个趔趄，险些把茶水给洒了。

张龙和赵虎没敢笑，他们吃过端木翠的苦头，不想跟猪圈猪舍乃至猪制品再有任何交集。

王朝也没笑，背着锅锅铲铲往开封府过来的路上，他猛然意识到他忽略了一件事。

那就是：端木翠是从水里冒出来的。按理说，端木翠如果潜在水中，只应露出小半个身子，为什么跟他讲话时，整个人似乎是踩在水上的？

越想越寒，噤若寒蝉。

只有马汉，咧开了嘴想笑，看看左右一脸的严肃，又把嘴给闭上了。

"你，去冰窖给我凿一块冰。"端木翠吩咐马汉。

又回头看公孙策："麻烦在院中支起一口瓮缸，缸里注满水，子夜时分把水烧滚。"

冰取来了，酷暑天气，从冰窖到展昭的卧房，连跑带赶，那冰还是有了淋漓的融意。

端木翠接过冰块，自腰间取出嵌金丝的碧玉小刀，执刀于手，运刀如飞。

王朝、马汉根本看不清端木翠使刀的手法，只知道刀锋过处，片片冰片飞落，晶莹剔透，薄如蝉翼，很快便在床边垒作一小堆，叫人眼花缭乱，叹为观止。

"东街卖刀削面的王二若能请到端木姑娘这样的能人……"马汉禁不住想入非非。

最后一片冰翩然落下，缥缥缈缈如同垂死冰蝶。端木翠唇角带笑，左手往上轻招，低低一声："起。"

说来也怪，展昭的身体，啊不，是那人形蛹，似乎被什么东西托起，缓缓浮于半空。

与此同时，王朝双腿发软，马汉两眼发直，张龙、赵虎相顾心惊：难怪展大人总说端木翠惹不得，看来勘察猪圈还是轻的，没被编派一辈子住猪圈实乃三生有幸。

正庆幸间，端木翠伸出右手，缓缓拂过垒起的冰片。那冰片竟似有了精魄般，随着端木翠的手势袅袅而起，均匀铺陈于展昭周身，片片严丝合缝，在那红衣之外，又镀上一层冰衣，竟似手工片片贴上。

俄顷，端木翠双掌轻击，低喝一声："入。"那层冰片瞬间浸入红衣，不留半分痕迹。

端木翠指着展昭对诸人道："待到子夜时分，瓮缸中的水滚开之后，便将展护卫放进去。"

将展护卫放进……滚开的水中？

搁着以往，张龙、赵虎老早跳起来了，现下见识了端木翠的非常手腕，哪敢再说半个"不"字？煎炒烹煮但凭吩咐，倒油放醋只管张口。展大人，展大哥，非是兄弟不仗义，实在形势不饶人，您忍耐些先。

子时三刻，一瓮缸的水烧至滚开，那人形蛹上下浮沉于滚水之中，看得王朝马汉诸人触目惊心。正惶然间，忽听得有断断续续的女子哭声，嘤嘤而起，如泣如诉，忽而远在墙外，忽而近在耳边，直听得众人毛骨悚然，根根汗毛倒竖。

正战战不知所措时，滚水中"噗"的一声，一团黑影分水而出，向着高处急蹿而去。说时迟那时快，端木翠猛身而起，将搭在臂上的锦衣抛将过去，那团黑影蓦地被锦衣团团包住，紧接着重重坠落地上。

仔细看时，只是一件空衣，却在地上翻来滚去抵死挣扎，痛苦呻吟之声不绝于耳，竟似罩了个看不见的人般。

众人不觉悚然色变。

就听端木翠冷笑道："孽障，我端木翠的衣服，也是你随便穿的。"

包拯睡得迷迷糊糊间，被王朝推醒。

"大人，起来审案啦。"

"审案？"包拯诧异，看看王朝，又看看一片墨黑的门外，"审什么案？"

"锦绣布庄的命案，凶嫌已经抓到了。"

"此话当真？"包拯双目圆睁，睡意全无。

同一时间，公孙先生睡得很不踏实。

一方面是担心展昭，另一方面，他很想知道，端木翠在院中支起烧滚的瓮缸，是为了什么。

但是端木翠只安排四大校尉在侧，婉拒了公孙先生留守的要求。

"先生还是回房休息吧。"端木翠一本正经，"我不想救活了一个，又吓没了一个。"

公孙策当时听得云里雾里，后来一琢磨，才反应过来端木翠是变着法儿说他胆小。

说的这叫什么话嘛，公孙策很是愤愤不平，一个姑娘家，说话一点都不含蓄。

约莫三更的时候，公孙策被敲门声吵醒，马汉扯着嗓子喊："公孙先生，起来啦，大人升堂啦。"

升堂？

民间那首歌谣是怎么唱来着？

"开封有个包青天，铁面无私辨忠奸，南侠展昭来相助，智囊公孙动笔尖，四大校尉两边列，三座铡刀护周边，朗朗乾坤有白日，清平世道望青天。"

民谣里都说是"白日"了，这黑灯瞎火的，凑什么热闹啊？

公孙策极其纳闷地一路往公堂过来，还未走近便听到包拯的声音。

"本府……实在没有审过这样的犯人。"

"一回生二回熟，审多了就习惯了。"这声音一听就是端木翠，永远是这样漫不经心站着说话不腰疼。

"人间有法，鬼蜮有道，妖孽作祟，似乎理应由端木姑娘来办。"

"话是如此，但是苦主可都是阳世之人，李松柏殒命，展护卫也险些羽化登仙，包大人岂能不为他们做主？"

听到"羽化登仙"四字，有人重重地咳嗽了两声。

这人是……展护卫？！

公孙策三步并作两步抢进堂来，果然，那一身蓝衣腰悬巨阙的，可不就是展昭？

"展护卫，你没事吧？"公孙策喜出望外。

"是，登仙不成，重返开封。"展昭故意说给端木翠听，端木翠嘻嘻一笑，不以为意。

"听说凶嫌已然归案，不知……"公孙策四下张望，不见有人。

"哦，在那儿呢。"端木翠随手一指，"这孽障用心歹毒，险些带累展昭性命，我要让它吃点苦头。"

为什么是往屋顶指的?

公孙策毫无心理准备地抬头。

阔大的屋梁周遭,烟尘隐现,那一袭空落衣袍,撕扯浮沉于黑暗之中,如同张开翅膀的巨大狰狞蝙蝠,时而发出暗哑咽唲的呻吟之声。

公孙先生连哼都没哼一声,身子便软软倒将下来。

"公孙先生!"展昭慌忙上前一步,扶住了公孙策的身体。

端木翠做了个鬼脸:"公孙策,我还真没低估你的胆色呢。"

公孙策再次醒来的时候,天光大亮,艳阳高照,日头正好。

昨夜所见,恍然如梦。

出得门来,张龙、赵虎正在院中弈棋,公孙策怪道:"不用去查案吗?"

"查案,锦绣布庄的案子吗?"张龙头也不抬,"昨夜已结案了。"

结结结……结案?

那么复杂的案子,那么怪异的案情,一切似乎只刚刚开了个头,你现在跟我说,已经结案了?

公孙策的眼睛瞪得老大。

"是结案了。"赵虎落子,"李松柏死有余辜,买通劫匪杀害布庄原主人郑万里在前,放火活活烧死主母刘喜妹在后,犯了两条人命,现下被凌霄红衣索命,也是天理昭彰,报应不爽。"

索命?这又是哪一出?

公孙策忽然觉得自己过时了,只过了短短一夜,究竟错过了哪些关键情节?为什么听来如坠云里雾里,不得要领?

眼见张龙、赵虎专心弈棋,浑然没有搭理自己的打算,公孙策决定去找王朝、马汉一探究竟。

王朝、马汉在门房坐着喝茶,或者说是聊天,顺便饮茶。

"听说锦绣布庄一案已经了结了?"公孙策发问。

"结了。"王朝看向马汉,心有余悸,"想不到大火那日,刘喜妹走投无路之下,竟纵身跳入染坊熬制染浆的铜锅铁炉之中,被烧至骨消肉化,想来都不寒而栗。"

"李松柏舍不得丢了那些铜锅铁炉,重新拿来熬什么朱红染料,红色本就大凶,还唤出了刘喜妹的怨戾之气，命中注定有此报应。"

"他只知那凌霄红布稀罕，如果早知道上头已经附了刘喜妹的戾气，恐怕也是不敢用的。"

"只是这案子过去二十多年了，那凌霄红衣有灵，为什么不早些出来作怪报仇？"

"若是早些出来，郑巧儿尚未长成，夺回了锦绣布庄又交予谁？现下包大人将锦绣布庄判给了郑巧儿，不是正遂了刘喜妹心意？"

"只是冤有头债有主，杀了李松柏也就罢了，要害我们展大哥是大大地不该。"

"你没听她说嘛，只是想找个替死鬼，夺人肉身，将冤情禀明大人。"

"展大人这趟好生凶险，若不是有端木姑娘赠予的信蝶护身，只怕精魄早已散去……"

两人话头既开，自说自话，你一言我一语，完全无视公孙策。

这到底是个什么故事？公孙策木然：肉身？精魄？冤情？怨戾之气？莫非是城里新兴的梨园戏？

再问也问不出个端倪来，索性直接去寻展昭。

咦，包大人也在。

"展护卫，你经此一劫，元气大伤，端木姑娘既嘱你多多休息，你安心静养便是。"

"此案如此怪异，大人预备以何名义结案？"

"如今看来，只好对外宣称是李松柏做贼心虚，惊吓而死，至于所谓六指掐痕，让仵作不要宣扬便是。锦绣布庄原是郑家产业，将布庄判归郑巧儿，也算遂了刘喜妹心愿。说到刘喜妹，也是一个可怜人，做了近二十年的孤魂野鬼，如今还要受这枭桃鬼衣之苦……"

"端木姑娘是气那刘喜妹险些伤了属下性命，这才对她施以枭桃鬼衣之刑……"

为什么连包大人和展护卫的对话，都如此莫名其妙？

包大人又吩咐了展昭几句方才离去，公孙策赶紧追问展昭："什么枭桃鬼衣？什么鬼衣之刑？"

展昭笑笑："是端木姑娘带来的那件衣服，听说是用枭桃制成，桃是五木之精，

枭桃在树不落，主杀百鬼，这件枭桃鬼衣，够那刘喜妹受的了……"

公孙策似懂非懂："端木姑娘在哪儿？我还是去问她比较方便些。"

"你找端木姑娘？她在灶房，说是要做些滋补的饭菜……"

未近灶房，就看到灶房的伙计和掌勺师傅都坐在后院的石凳之上。问起时，掌勺师傅翻白眼："把我们都赶出来了，一个人在那儿也不知鼓捣些啥，不是我吹，什么秘密菜式我没见过，还怕我偷师吗真是……"

掌勺师傅兀自唠叨个没完，公孙策已来到灶房门口。平日里做饭烧菜总是门户大敞，换了端木翠，门扇紧闭窗牖关合，知道的是在做菜，不知道的还以为是闭门谋反。

公孙策抬手叩门："端木姑娘……"

端木翠来得倒快，只把门轻轻开了半扇："是公孙先生，有事吗？"

"是……有事……那个……锦绣布庄……刘喜妹……是怎么……回事？"

短短一句话，公孙策说得艰难，说到后来，后背发凉，两腿发抖，嘴唇都禁不住变了颜色。

公孙策已察觉有异。

掌勺师傅说灶房只剩了端木翠一人，端木翠在门边同他说话，那么屋内手持菜刀把砧板剁得震天响的是谁？手持锅铲在铁锅中翻来炒去的是谁？是谁将那滚油倒入锅中，激起滋滋油气？是谁拨弄得碗碟乒乓作响？

"到底有什么事啊？"端木翠嫣然一笑，笑得公孙策毛骨悚然。

"没……真的没事，端木姑娘辛苦了。"

公孙策词不达意，语无伦次，僵硬地笑两声，逃也似的去了。

端木翠耸耸肩，重新将门关上，转头看砧板上空上下起落的菜刀，又看那柄忙得没有片刻歇息的锅铲。

为了给展昭补补元气，易牙，此番真是辛苦你了。

第五章　红线

事情源于两个月之前。

那日展昭自外办案归来，路过西四大街，正值午市，熙熙攘攘分外热闹，不知是谁家马惊，一头往街心冲撞过去。众人惊吓而散，推搡间，一名荷衣女子被撞倒在地，眼见马蹄翻飞美人溅血……

好吧，不在这儿酸溜溜回溯当日场景了，总之是展昭出手，在那千钧一发之际救回美人。

美人名唤琼香，是开封城中大户许家独女。你莫问我深闺娇娥缘何现身闹市，许是一时兴起，许是偷出闺阁，这些不是重点。

重点是，这窈窕千金素日养于闺阁，父兄行商，钱眼里讨生活，家中的小厮不是贼眉鼠目便是唯唯诺诺，何曾见过这样英姿飒爽、剑眉星目的谦和男子？更何况方才生死悬于一线，若不是他……

一瞥之下，两颊飞红，芳心暗许，愁肠百转。

展昭却连她是眉长目短都未看清，见许家下仆过来，便匆匆转身离去。

这相遇，于她，是寡淡生命中的惊鸿绝艳，是至此后时时刻刻心心念念梦牵魂绕；于他，只是区区小事举手之劳。

展昭当然不会知道，这就是整件事的开端。

"展大哥，展大哥……"展昭方跨出开封府大门，就听到王朝在身后唤得急切。

展昭回转身，险些撞上急急奔来的王朝。

"听先生说展大哥要去端木草庐。"王朝笑得喜气洋洋，"刚买了二两核桃桂花糕，我端木姐喜欢吃。"

你……端木姐？端木翠比你还小了几岁，是你哪门子的姐？

好吧，展昭承认，自从六指一案后，端木翠在开封府的声望节节飙升，不但包大人说起时赞不绝口，就连公孙先生也尽力克服自身的惊惧与端木翠互通往来，但是张龙、赵虎一干人的表现，也未免太过狗腿奉承了。

展昭无语，接过王朝手中的核桃桂花糕，然后挥挥手，示意王朝可以哪儿凉快去哪儿了。

"其实还有枣泥的云片糕。"王朝继续絮絮叨叨，"这次忘了买，端木姐要是喜欢……"

抬头看时，展昭早去得远了。

路过西街集市，无意中看到街边有卖人偶娃娃，其中一个碧色衣衫的女童人偶，打眼看去竟有些像端木翠的娃娃版。展昭的唇角不由漾出笑意，那摊主察言观色，忙将那娃娃包起，递与展昭。

展昭付了钱，接过娃娃转身欲走，迎面撞上个破落的江湖术士。那人四十上下，鹑衣百结，腌臜不堪，留着两撇山羊胡子，一双鼠眼滴溜溜乱转——尽在展昭身上打转。

展昭被那人看得心中发毛，正欲绕开了走路，那人却啊呀一声扑将上来，大声嚷嚷道："公子有福啊，红鸾星动，将遇大喜啊……"

幸亏展昭没有在喝水，否则铁定活活呛死。

费了九牛二虎之力才摆脱那人，赶至端木草庐时，端木翠正要出门。

"西山妖气大盛，不知要生什么精怪，我得过去看看……王朝送的桂花糕？正好路上吃……人偶也是王朝送的吗？人家送的娃娃好歹似模似样，不像你总送些妖魔鬼怪……"

"你……"展昭未及开口，端木翠已如一阵风样，刮得无影无踪，只余展昭气结，立于当地。

气了一阵，摇头苦笑，待要进屋将人偶娃娃放下，端木翠却倏忽回返："忘了同你讲，桌上有春秋时太吴公做的鱼羹，最是滋补不过……喝了之后，把汤碗给我洗了。"

初听微觉暖意，再听如被冰霜。

端木翠转身欲走，忽似又发觉了什么，咦了一声："展昭，你红云罩顶……"

"红鸾星动是吧？"展昭没好气。

"红鸾星动？美得你。"端木翠啐一声，"红云罩顶印堂发黑，桃花成劫才是真的，又招惹哪家姑娘了？"

未及展昭回答，端木翠又如风样，呼啦啦刮得无影无踪。

从端木草庐回来，迈进开封府的第一步起，展昭就发觉有异样。

门口守卫的衙役见到展昭，按捺不住一脸笑意；进得门来，迎头遇上两个洒扫小厮，两人朝展昭作揖："展大人大喜。"

大喜？这是唱的哪一出？

展昭心头发毛，进得厅中，公孙策笑得春风得意，伸手拍了拍展昭的肩膀："展护卫，恭喜啦。真是看不出来，平时不声不响的——不鸣则已，一鸣惊人啊。瞒得我们好紧。"

展昭彻底糊涂了：一鸣惊人？自己干什么了？

公孙策笑得合不拢嘴，朝堂上示意。

那案前一脸憨笑的，竟是……

展家老仆展忠！

展忠为了展昭的婚事而来。

"主母已经应下了这门亲。许家是京中大户，听闻那琼香小姐姿容出众贤良淑德，跟少爷是再合适不过了……"展忠眉开眼笑，浑然没注意到展昭的眉头越锁越紧。

"展护卫也该成家了。"不识趣如公孙策者，言笑晏晏，"既有媒妁之言又有父母之命，看来开封府是要有喜事了……"

"可是展叔，这件事太过突然……"展昭真不知该如何开口。

"突然？这不是少爷应许的吗？"展忠愕然，"媒人还带来了少爷赠予琼香小姐的剑穗。那剑穗是主母亲手所结，上绾三颗如意珠，主母一眼便认出，知道是少爷先应许，这才顺水推舟应了亲事。听说琼香小姐回赠了少爷翡翠玉珠剑穗，少爷不是一直在用吗？"

一派胡言，我什么时候用了那许姑娘的翡翠玉珠剑穗，我明明用的是……

展昭将巨阙横于胸前，正要唤展忠细看，自己却忽地傻了眼。

那五色丝绦结成的同心结剑穗，末梢绾了两颗小小的翡翠玉珠，润泽莹亮，俏皮地一荡一漾，甚是可爱。

这这这……

这是什么时候的事？！

"不是吧展昭？"端木翠不满，"不带你们这样玩儿的，开封府出了怪事来找我，出了喜事也来找我，我可没支过你们开封府一钱银子，可不兴拿我当管家婆使唤。"

展昭不语，良久，从齿缝中迸出几个字："这不是喜事。"

"嫁娶还不算喜事，那么对你来说，什么才算喜事？"端木翠好奇，开始低头掰手指，"他乡遇故知、洞房花烛夜、金榜题名时，你的意思是许琼香最好也是常州武进人，这样你在洞房花烛夜顺便可以'遇故知'，然后皇上金口一开，再给你封个'金牌御猫'什么的？"

展昭气结，俄顷，又从齿缝中迸出两个字："损友。"

"咦，展大人生气啦？"端木翠眉开眼笑，"展大人预备拿损友怎么办呀，是割席分座呢还是割袍断义？"

展昭不出声，眉宇间渐渐蕴上了怒色。

端木翠倒是兴奋，她还真没见过展昭真正发怒的样子。

反正，也不怕得罪他。

"我才不会中了你的圈套。"展昭忽然双臂抱于胸前，优哉游哉地向后倚于墙上，"你以为我不知道，你就巴望着我生气，巴望着我拂袖而去，这样你就不用出力帮我解决了对吧？门儿都没有，为了大局着想，展某还是可以忍辱负重的。"

说着，很是自鸣得意地白了端木翠一眼。

展昭那白眼实是翻得太过惟妙惟肖，饱含了诸如"轻蔑""自鸣得意""尽在我意料之中""你奈我何"等诸多情感，将"欠扁"一词刻画得入木三分，让人觉得，你若是没有行动，实在是对不住这惊艳的白眼。

所以，端木翠想都不想，一拳挥了过去。

"好了，"展昭将叠好的热毛巾敷于脸侧，"我被你奚落也奚落过了，打也打过了，你总该为我解决问题了。"

端木翠很是不情愿地点点头。

"不过展昭，有一句话我得说在前头，"端木翠正色，"结缡之亲，命固前定，不可苟求。伉俪之道，亦系宿缘。若你和许琼香的姻缘，早已载于月老婚牍之中，那我也就无法可施了。只要红线牵足，两个人哪怕是仇敌之家、贵贱相隔、天涯从宦、吴楚异乡，也是非结亲不可的。"

"我不至于这么背吧。"展昭心头有些发毛。

"那可没准儿。"端木翠悻悻，"你出去看看，今夜有月亮没有？"

展昭不解，但还是依言去到院中，抬头看了看天："有，不过是云遮月。"

"那就等等，等月亮都露出来的时候再说。"

见展昭茫然，端木翠解释："月老是向月检书，月下结绳，只有借着月光，才能让你足上的红线显形，循着红线，去找你的命定之人。若那人就是许琼香，我也没有办法；若那人不是，此中必有蹊跷，我再设法追查。"

唯今之计，似乎也只有如此了。

月亮终于自云雾间现出身来。

端木翠拈两根点燃的线香，携展昭在院落中央站定，轻阖双目，双唇微微翕动，也不知念的什么符咒。展昭侧过头，细细打量端木翠，彼时月光如水，端木翠凝神敛容，神姿清发，与平日里的玩味谐笑判若两人。

俄顷，端木翠睁开眼睛，却不看展昭，只留意手中的线香。

展昭循端木翠的目光看过去，心中微微一愕：那线香燃起的烟气，原本是袅袅娜娜蔓向上空，现下无风，却改了方向，斜往上蜿蜒而去，竟如蛇行一般。

端木翠轻吁一口气，悄声向展昭道："月老总算受了这香火。"

展昭这才发觉那烟气蜿蜒所向，正是蟾宫所在。因问道："远近各处的月老庙不少，他不是整日都受着香火吗？偏你的香火稀罕些？"

端木翠得意："那是自然，素日里那些人上的香，除了把他熏得半死之外，还能有什么用？而我这线香，自然大不同……"正说着，一瞥眼看到展昭兴趣盎然，立刻收了话头："说了你也不懂。"

展昭哭笑不得。

须臾线香燃尽，端木翠精神为之一振，喜道："这便好了。"说着，伸手往半空，似是撷取什么东西，口中兀自喃喃道："千丝万缕，究竟是哪一根来？"

展昭亦睁大眼睛："难道是月老将红线抛给你了吗，怎么我看不到？"

正说着，就听端木翠笑道："是了，是这根了。"

展昭转头看时，只见端木翠的掌心之中拂着一根莹亮细丝，那丝线极细，目几不能见。缥缥缈缈，轻盈无根，周身暗光隐现明灭，忽而如通透金丝，忽而如暗夜雾线，竟看不清长至几许。展昭喃喃道："这便是红线吗？竟这么美。"

端木翠笑道："什么红线，这是月老赠予我的一根月光。"

一根……月光？

从未有人将月光以根为计，可试想月光真能如丝缕般细细点数，该是怎样的绝美和摄人心魄？

端木翠伸手将月光递至展昭面前："都说掬水月在手，弄花香满衣，你闻闻，单这月光，也是有暗香的。"

展昭低头，鼻端果然有幽香浮动，只是，这似乎应是端木翠身上的粉黛香。

展昭生怕自己说闻不到，会被端木翠奚落成是凡夫俗子闻不到上界神香，装模作样道："正是。"

端木翠也不生疑，忽地翻过手掌，掌心向下，道："去。"

那根月光似通人语，在展昭足踝处绕了三绕，稍顿片刻，似有所觉，出了端木草庐，向着东首方向迤逦而去。

端木翠拉着展昭一同俯下身子，道："看，是你的红线。"

果然，那根月光交缠着展昭的红线，循着红线方向延伸而去，而那朱丹的红线，在月色的掩映下泛着暗红色的哑光。

不知为什么，展昭有些许失望。

端木翠低声道："跟上去。"

都说千里姻缘一线牵，亏得展昭的姻缘没有牵到千里之外那么远，否则又要惊动土地河伯，土遁水遁一番劳顿。

开封城，东首，朱雀大街。

愈是往这边走，展昭的心中愈是空落。

若没记错，许家就在左近。

到此处，红线自朱门中缝罅隙处伸进，仰头看时，门楣处的"许府"二字被红盏灯笼映得异样刺眼。

展昭伸手拉住端木翠："算了，不用进去了。"

声音前所未有的疲惫，端木翠回头看时，他退在门楣的暗影之中，掩不去一身落寞。

"展昭……"端木翠也不知道该说什么，"我真的没有办法……"

"不怪你，你已经帮了我许多。"

素日里习惯了和展昭互相奚落互相抢白，忽然见到他郁郁寡欢的样子，端木翠居然有点难受。

隔了半晌，端木翠才道："也许没有那么糟糕……你和许家小姐相处久了，也许……也许你就喜欢她了……"

展昭默然，好久，才低声道："我并不喜欢她。"

不喜欢，又能怎样呢？

从古至今，月老牵成的，并不都是良缘。

两人便在此地分开，展昭回开封府，端木翠回端木草庐。

没有他话，多说无益。

那根月光，不知什么时候，失去了所有的光泽，暗成不经意的灰。

展昭的婚事似乎就这样定了下来。

张龙、赵虎还记得刚开始时展昭对这桩婚事是多么抗拒，可是自端木翠那里回来之后，似乎一切都无所谓了。

"天意如此。"展昭淡淡道，"随它去吧。"

前后的判若两人难免叫人心生揣测。

"哎，你说，"王朝伸肘捣了捣马汉，神秘兮兮地凑过来，"展大哥是不是对我端木姐有那个意思啊，结果端木姐对展大哥又没那个意思，于是展大哥觉得这日子没意思了，也就应了许小姐这桩婚事了。"

马汉被王朝绕得晕头转向："你什么意思啊，什么这个意思那个意思的？你能不能说得明白点啊？"

王朝没好气地瞪了马汉一眼："就是那个意思啊。"

马汉张了张嘴巴，终于明白过来："哦，你说那个意思啊。"

王朝点点头："你觉得呢？"

"我觉得有可能。"马汉一本正经，"你想我端木姐多大本事啊，现在就能斩妖除魔飞天遁地，将来还不得道成仙白日飞升啊？戏里头不都演了嘛，要修成正果就得斩断俗世之念。"

"是啊是啊。"王朝赶紧附和，"依你这么说，端木姐飞升了，会不会也带着我们成仙啊？不是有一句古话，怎么说来着，一人得道，鸡犬升天？"

一番话说得马汉浮想联翩："也是啊，我们要是成仙了，应该是天兵天将级

别的吧？"

旁听许久亦被无视许久的公孙策终于忍无可忍："烧得不轻啊，要不要我跟大人说一声，今晚你们就不用巡夜了？"

但见王朝、马汉二人面红耳赤，逃也似的去了。

张龙、赵虎二人随展忠去许府下聘归来，于熙熙攘攘的西街闹市，乍逢端木翠。

"端木姐！"张龙喜出望外，大老远就打招呼。

听到"端木姐"三字，展昭亦朝这边看过来。端木翠原来就在自己身后两三个人位处，眯着眼睛对着日头细细端详着手中一块老玉。

"是你们哪。"端木翠朝两人身后看过去，"展昭呢，没跟你们一起吗？"

"我们跟展老伯去许府，展大人说有事，没有跟我们一起。"

展昭原本是回头看向端木翠的，听张龙如此说，略略将身子侧了回去。

其实展昭在人群中也算扎眼，奈何展忠老眼昏花，耳聪目健的两人又满眼都是端木翠，愣是没人发现展昭也在此地。

"这样啊。"端木翠不作声了。

"端木姐，展大哥这事，真的没办法了？"赵虎还想做些尝试。

端木翠摩挲着手中的老玉，良久才道："天意如此，我有什么办法。"

"展大哥也是这么说呢。"张龙一声长叹，偷眼看了看展忠，凑近端木翠低声道，"其实我看，展大哥真的不喜欢许小姐，到现在都不愿去许府跟许小姐照面。"

"穷不斗富，富不斗官，人不斗天。"端木翠叹口气，忽地又想起什么，"你们见到许琼香了？她怎么样？美不美？"

"你说许小姐啊？"赵虎挠了挠脑袋，"在门外张望过一眼，她在那儿拜菩萨，就看到她背影。"

"那不是菩萨，"张龙纠正，"是个背背囊的老头，倚在门槛上，手里拿着个线团绕啊绕……"

端木翠哭笑不得："什么老头，那是月老，他的背囊中存放着天下男女婚牒；那也不是什么线团，是红线。"

赵虎懵懵懂懂："那画看上去黑咕隆咚的，像是夜里——他还去绕红线，能看清楚吗？"

端木翠恨不得敲赵虎一个栗暴："你没看见天上有月亮吗？对月检书、望月结绳，你没听过啊？"

"没月亮啊。"赵虎茫然。

"那可能就是半月，你没看清楚。"端木翠没好气。

"端木姐，你这就是不了解我了。"赵虎不服气，"说别的我不行，论目力，我老赵在开封府校尉中绝对是居首的。张龙，你来说，你看到月亮了没？"

"这个……好像真的是……似乎没看到。"张龙期期艾艾。

端木翠的脸色忽然现出一股子怪异的神色来："真的没有月亮？"

"没有。"赵虎肯定。

"没有月亮……没有月亮……没有月亮……"端木翠喃喃，那块老玉自左手抛至右手，又自右手抛至左手，抛得摊主心惊胆战，正想出声阻止，就听得端木翠一声怒喝，"月老三，你骗得我好苦！"

张龙、赵虎吓了一跳，正想说些什么，端木翠怒气冲冲，以足顿地："土地，借个……"

"道"字尚未脱口，忽地有人攥住了端木翠的手臂。

回头一看，竟是展昭。

"端木翠，"展昭看了端木翠一眼，又示意了一下周遭，"众目睽睽之下，你不会就要土遁吧？"

端木翠这才了然身居闹市而非端木草庐，很不情愿地停了下来，忽而想到什么，展颜一笑，拍了拍展昭肩膀："展大人、展护卫，你真是好福气，帮我把玉钱付了，我解你此厄。"

说着嘻嘻一笑，将老玉在展昭面前晃了晃，步履轻捷地去了。

"果然是……什么时候都不吃亏。"展昭低头自腰囊处取出银子，却忍不住露出了笑意。

线香燃起，香雾袅袅，那细致眉目的女子，双手合于胸前，虔诚低语："今日展家过府议聘，小女子心愿得偿，叩谢月老媒恩。许氏琼香愿折二十年寿元，以谢月老成全。"

语毕，缓缓屈身，双膝跪于蒲团之上。

一拜。

那贴于墙上的月老贴像忽地翘起了边角。

二拜。

那月老贴像整个自墙上剥落，飘飘悠悠浮于半空。

三拜。

月老贴像平平展展，自窗扇罅隙处伸展而出。

礼毕，起身。

目光所及，许琼香忽地脸色惨白，跌跌撞撞上前，伸出手指，颤巍巍抚向空空如也的墙面。

窗外，端木翠将贴像缓缓卷起，低低叹了口气，几不可闻。

回至端木草庐，端木翠直奔灶房，屈指在灶台上连叩三下："举火。"

呼啦一声，灶膛中火起焰灼，端木翠将手中纸卷揉成一团，径自扔进了火中。

就听得有人啊呀一声惨呼，手脚并用，自火中往灶口爬来。觑着那脑袋伸出灶口，端木翠毫不客气，一脚踹了回去。

那人又是一声怪叫，奋力再次向外爬，这一次端木翠倒没有为难他，端了把椅子，悠然坐于其上，专等那人出炉。

那人一出灶口，满屋乱跳，呼哧呼哧着扑打身上火焰。端木翠冷眼打量，但见那人尖嘴猴腮，两撇山羊胡，一双绿豆眼，身上的衣服补丁缀补丁，眉毛被烧得不剩下几根，乱蓬蓬的头发还冒着焦臭余烟。

蹦跶了一顿，那人忽地停下来，恶狠狠看向端木翠："你戏弄月老，该当何罪？"

"呦，还真把自己当棵葱呢。"端木翠斜眼看那人，"月老三，我要是把这事捅出去……你想着，你还能在阳间蹦跶几年？"

月老三忽地便矮了一截，伸手指端木翠："你你你，你知道我是月老的……"

端木翠懒懒靠于椅背之上："月老三兄弟，月老大位列仙班，对满月结绳，掌人间上等良缘。月老二修成精怪，对缺月结绳，牵男女中下姻亲。剩下你这月老三，资质奇差，凡胎俗骨，本来早该堕入轮回，偏偏两个兄长怜你是幼弟，偷偷与了你赤绳红线，让你在世间打着他们的幌子招摇撞骗，姻缘乱牵一气，混骗那些痴男怨女的寿元苟延存世，我说的是也不是？"

月老三耷拉着脑袋，嘟嘟囔囔做垂死挣扎："我也不是全都是混牵一气，有好几次我也牵成了良缘的……"

端木翠冷笑："瞎猫都能碰上死耗子，你胡牵出几个良缘，你就有理了？"

月老三不吭声了。

"展昭和许琼香的红线，是你牵的？"

"是，"月老三极力拔高自己的牵线动机，"我见那许家小姐挺可人的，跟展昭登对得很，有心成人之美……"

"是贪许琼香二十年寿元吧。"端木翠一语道破。

"算是吧。"月老三倒也不赖皮，"可是那样一个出身门第模样都不差的姑娘，为了能跟展昭在一起愿意折损二十年的寿元，不是怪可怜的吗？她也没有别的坏心思，牵给展昭怎么了？"

"再说了，"月老三越说越来劲，"那展昭足上还没有系上红线，保不准就是一个天煞孤星，我好心给他牵线，算便宜他了。"

"展昭足上没有红线？"端木翠吃了一惊。

"正是。"

"我不听你叽叽歪歪这么多废话。"端木翠转回正题，"你趁早把你混系在展昭足上的红线给我解开。"

"为什么呢？"月老三不解，"展昭尚无红线，那许琼香的红线是我二哥牵的，属下等姻亲。一个下等姻亲一个足无红线，凑到一起不是皆大欢喜吗？"

"什么为什么为什么？"端木翠愠怒，"不为什么，你解开就是了。"

月老三忽然不说话了，若有所思地盯着端木翠，盯得端木翠心头发毛。

"我说呢！"月老三一拍大腿，"是你自己看上他了吧，怪不得你这么帮他。我看你道行不错，怎么说都该是个上界仙胎，我奉劝你啊姑娘，不要为了一介凡夫俗子断了自己的大好前程。"

端木翠听得心头火起，一瞥眼看到架子上那只豁了口的青花瓷碗支起两只小胳膊看热闹看得出神，想也不想，抢起那瓷碗便向月老三扔了过去。

就听两声哎哟，月老三是给吓的，那青花瓷碗却是结结实实撞到墙上，所幸身子骨尚属结实，只是又多了个豁口。

青花瓷碗眼泪汪汪。端木翠的罪孽感油然而生，想了想说："你先下去，有什么赔偿条件，我们再谈。"

听到"赔偿"二字，青花瓷碗双目放光，喜滋滋一瘸一拐离开。

端木翠按捺下怒气，又看向月老三："你究竟解是不解？"

月老三忌惮端木翠，又不肯乖乖就范，嘟囔道："解开不是不可以，可是为什么不让展昭自己决定。如果他知道自己没有红线，没准儿他就愿意娶那许家小姐了，有总比没有强是不是？"

端木翠冷笑："谁说展昭没有红线？若展昭没有红线，我就去把你大哥的红线都抢了来，展昭喜欢哪个姑娘我便帮他牵哪个姑娘，他喜欢一个我就牵一个，喜欢十个我就牵十个，你倒瞧瞧我有没有这能耐！"

月老三看了看刚刚把自己烧得鬼哭狼嚎的灶膛，又抬头看了看端木翠，终于意识到端木翠绝不是在开玩笑。他别别扭扭地，正想顺水推舟做个应承，外间传来声音。

"好大焦味，端木翠，你又在烧什么呢？"

是展昭笑着进来，刚一进门，目光就落在月老三身上："是你？"

"你认识他？"端木翠好奇。

"也不算认识。"展昭笑笑，"那日在街上，就是他冲过来说我红鸾星动。"

原来如此，端木翠恍然，他就是借着那个机会给展昭缠上红线，趁乱李代桃僵换了剑穗的吧。

端木翠两肘支于桌上，看似百无聊赖，实则全神贯注，不欲漏过院中传来的每一句话。

原以为解开红线便罢了，没想到展昭还这么多事。

"若说是展某退婚，恐伤了许姑娘名节,老丈不妨让许家对外言说是合了八字，二人八字不合……"

"好的好的。"月老三撸着山羊胡子摇头晃脑,俨然真把自己当成了"老丈"。

"端木姑娘说过,姻缘前定,红线已牵,又劳烦老丈解开,展某实在过意不去。"

"不客气不客气。"月老三装模作样。

端木翠撇撇嘴。

"此番少不得要为许姑娘重牵红线,展某希望老丈能为许姑娘牵一份举案齐眉的好姻亲……"

"这个……"月老三略有迟疑,眼角余光觑到端木翠一脸寒霜,赶紧应承,"我尽力就是,尽力就是。"

居然有这么多要啰唆的……端木翠翻白眼，忽然看到那豁了口的青花瓷碗，正憋红了脸爬上桌子。

"那个，"见端木翠瞪着自己，青花瓷碗心虚地抹了一把汗，"白天你提过赔偿……"

细雨蒙蒙。

一把油纸伞，伞下谦谦君子，窈窕美人。

这君子若不是展昭，美人若不是端木翠，本可以成就温柔缱绻画面，可惜……

"下雨天何必一定要出来买碗。"展昭抱怨，"开封府里的碗多了去了，又不是不让你用……"

端木翠白展昭一眼："有碗红鸾星动，一定要个如花似玉的美碗相伴，我有什么办法？若不是为你解那劳什子的红线，我也不会把青花瓷碗扔出去……说到底都是为了你，拉你出来陪我买碗，就这么不情愿吗……"越说越气，举起半湿袖口，"你公报私仇，故意淋湿我对不对？"

展昭不答，侧过身子，让端木翠看自己湿了大半的肩膀。

事实胜于雄辩，端木翠若有所思："这样啊……"

忽地伸手拉了拉伞柄，将整个伞盖都罩于自己顶上："都为我打着好了，你皮糙肉厚，淋些雨没坏处。"

简直是……欺人太甚……

展昭正想把伞盖全倾到自己这边，忽听到端木翠意味深长的声音："这世上的痴心女子，可不止许琼香一个，若再有人诚心求那月老……"

说着故作不经意地瞟了瞟展昭足踝。

展昭心中咯噔一声。

算了，小不忍则乱大谋，还是不要得罪她的好。

第六章　蚊蚋

开封府有两个姓赵的。

一个是校尉，一个是衙差。

校尉就不用多介绍了，赵虎是也。

衙差原名赵大，包拯未曾上任开封府之前，赵大就已经在府中做衙差了，虽说年纪不大，但俨然是开封府的老字辈。

为什么说是"原名"，这里头有一番缘故。

当年四大校尉都是威风八面的山大王，为了追随包大人，遣散寨中兄弟，卷卷铺盖上开封。习惯了绿林草莽打家劫舍，忽地要几人换位思考抓贼抓盗兼反打家劫舍，总得给人适应的过程不是？

如何适应心理落差，各人有各人的方法。比如张龙，在这段时间内学会了下一手好棋；再比如王朝，不声不响地投入了一场缠绻恋情，虽然最终结局是"送你离开千里之外"，但是王朝看得很开，表示不在乎天长地久，只在乎曾经拥有。

至于赵虎，他排遣落寞的方法与上述都不同，他迷上了"连宗"。

根据现代权威解惑工具百科的解释，连宗的意思是：封建社会时，同姓没有宗族关系的人认作本家。

说白了，就是仗着五百年前同姓赵，今生也来认一家。

赵虎的动机也是可以理解的，乍来到人生地不熟的天子帝都，人人都渴望亲朋的关爱不是？有亲朋的靠亲朋，没亲朋的创造亲朋。

没想到开封府的赵姓族人是如此稀缺，问遍上上下下，只寻到赵大一人。

其实这完全是赵虎的目标领域错误，开封府姓赵的可能不多，但是皇宫大内那可是一簇又一簇啊……

偏题了，言归正传。

却说赵虎寻到赵大，把自个儿意思这么一提，赵大也是欢喜得不行：一来赵虎是个校尉，官衔比他大；二来赵虎这人憨直实在，赵大也的确愿意跟他结交。

再论岁数，赵虎比赵大长了好几岁，赵大得管赵虎叫声"大哥"。

这么一来，赵大就觉得自己名字别扭了，明明不居长，称什么大呢，不行，改个名。

赵虎过意不去了，连个宗而已，哪能带累人家改名字呢，别改，叫赵大挺好的。

争来争去，也没争出个结果。碰巧那天马汉在侧，出主意说："那这个'大'字就别去了，再加个字呗。你大哥是虎，你就是猫，赵大猫。"

赵虎一听脸就拉下来了，哪有这么编派人的，谁用猫做自己名字啊……

马汉其实也就是信口说说，没料到把赵虎的火给勾起来了，当下尴尬得不行。赵大这个人心眼实诚，一看马汉下不来台，赶紧上来劝和。

"赵大猫这名字挺好啊，猫有虎相，大哥是虎，我就是小老虎，小老虎不就是猫嘛。这名字好，我以后就叫赵大猫了，谁也别劝我，谁劝我我跟谁急。"

事情就这样稀里糊涂地定了。

赵大猫这名字叫了没两天，又出状况了。

展昭耀武楼演武，圣上龙颜大悦，金口一开，赐封"御猫"。

开封府上下喜气洋洋，唯独赵大猫愁得接连几天都没睡好。

人家展护卫是猫，他还能叫"猫"吗？他还叫"大猫"，摆明了要压展护卫一头啊，不行，得改名……

改什么呢？总不能改叫耗子吧……

正想着呢，就听得外头走砖掀瓦，噼里啪啦，出去一打听，才知道有个叫锦毛鼠的为了御猫名号打上门来了。

看来叫耗子也不保险啊，赵大猫惊得脸都白了。

后来，还是请教了公孙先生，改了个名叫"赵小大"。

亏得小白菜一案是发生在清末而非宋初，否则，让赵小大知道自己跟苦主葛小大重名，又有的郁闷了。

蚊蚋这个故事，主角正是赵小大。

说起来，时候已是暮秋，那日赵虎查案归来，路过门房时，就见赵小大避在门房一角，姿势别扭得厉害，再仔细一瞧，赵小大一只手自后领口伸进去，左挠

右抓，满脸通红。

"抓痒呢？"赵虎反应过来。

"嗯。"赵小大头也没抬，"正好在后背心上，上头够不着，下头也够不着，够呛。"

"我来看看。"作为兄长，赵虎义不容辞。

揭开衣服一瞅，也就是个普通的红疙瘩，一看就知道是叫蚊子咬的。

"屋里湿气太重了吧，都秋凉了，还有蚊子？"赵虎纳闷。

"不是刚叫蚊子咬的，"赵小大解释，"咬了有些日子了。"

"那我回头朝公孙先生给你讨些药。"赵虎把掀开的衣服放下，"别老挠它，越挠越痒。"

临走时，多问了一句："什么时候被咬的呀？"

赵小大的回答差点让赵虎晕过去："咬了有十五六年了吧。"

"我真是不明白，"展昭看赵虎，"赵小大被蚊子给咬了，跟端木翠有什么关系？"

"关系大了去了。"见展昭不明白，赵虎急了，"展大哥，你不觉得这事儿蹊跷吗，什么样的蚊子叮的包能十五六年不消不退啊？"

展昭不置可否。

"展大哥，此中必有玄虚。"赵虎企图进一步说服展昭，"有了怪事，我们就应该告诉我端木姐不是？端木姐不是说了，细花流主收人间鬼怪吗？"

展昭终于开口了："赵小大的包若是叫鬼给叮的，你去找端木翠我没意见，现下就是被蚊子咬了一口……"

他拍拍赵虎的肩膀："今天被蚊子咬了去找她，改天被蜘蛛叮了、黄蜂蜇了是不是都要去找她？端木翠有正事要做，你不要拿这些事给她添乱。"

展昭的话说得这么明白，赵虎还能说些什么？

见赵虎蔫蔫得打不起精神，王朝、马汉给他出主意。

"你别听展大哥这么说就泄了气，展大哥是展大哥，端木姐是端木姐，他展大哥不同意，不代表我们端木姐不同意，是吧？"

王朝一开口就把共事多时、同生共死的展昭划归"他"类，而将端木翠划归

"我"方。

"可是，"赵虎依然有点犹豫，"展大哥说端木姐很忙……"

"端木姐是细花流的门主，有什么事自会差遣门人去做，能忙到哪里去？"马汉分析得有板有眼，"你们也看见了，这些日子，我端木姐不是鼓捣易牙的锅就是摆弄吴太公的铲，哪真的就那么忙？"

"真有你的。"赵虎顿时对马汉的观察力刮目相看。

说端木翠不忙吧，她有时的确是忙到昏天黑地；说她忙吧，她偏偏又会闲到要去恒河找沙数。

比如现在，端木翠正双手托腮趴在地上，看那只青花瓷碗忙得不可开交。

"这里插一根，这里又插一根，这里再插一根。"青花瓷碗将手中发丝样粗细的蜡烛一根根插好，抬起头满怀期待地看端木翠，"怎么样，是个什么形状？"

端木翠眯缝着眼睛看了半天："鬼画符一样，谁能看出是什么字。"

青花瓷碗泄气："不是'碗儿'两个字吗？我是按着你写在地上的字样儿插的，怎么会看不出是什么字？"

"我怎么知道？"端木翠白了青花瓷碗一眼，"依葫芦画瓢都弄得这么糟糕，说你笨还不承认。"

青花瓷碗气鼓鼓地回瞪端木翠，端木翠漫不经心地指指天："太阳快下山了，赶紧的。"

待到插得似模似样时，天色已然暗下来。青花瓷碗拉拉端木翠垂下的一缕头发："点上，点上看看呀。"

端木翠"嗯"一声，伸出手，在半空中打了一个响指。

那些蜡烛的头上，便真的冒出细小的火焰来，歪歪扭扭的"碗儿"两字，明明灭灭在渐沉的暮色之中。

"好好看哦。"青花瓷碗双手交叉置于胸口，一脸的陶醉。

端木翠百无聊赖地从地上爬起来，拍拍衣裳上的尘土进屋做饭。她真是够无聊的，居然花了一下午的时间陪着青花瓷碗做……

忽听得青花瓷碗啊呀一声惨叫，如同鸭子被踩着了脖子。

端木翠吓了一跳，赶紧出来看，就见赵虎一脸尴尬地立于当地，两手都拎着桂酥斋的点心包，迈在前头的那只脚，抬也不是，不抬也不是。

他踩的那块地方，原本是该有"碗儿"两个字的。

端木翠长叹一口气。

果然，经过了先头的惊愕与愤怒，青花瓷碗悲从中来，号啕大哭："我布置了一下午的烛光晚宴啊，我怎么对碗儿交代啊……"

"端、端木姐……"赵虎心虚，"我……我……"

"进来说吧。"端木翠将赵虎让进屋子。

屋外，青花瓷碗大放悲声；屋内，端木翠漫不经心，赵虎如坐针毡。

"那个……"赵虎艰难地开口，"我本来也不想来打扰端木姐的……"

"哦……"

"展大哥说什么也不让我来，还说端木姐一定不会同意的，还说端木姐会嫌我多事……"

"哦……嗯？"端木翠圆睁了双眼抬起头来，"什么我一定不会同意的？他怎么知道我一定不会同意的？"

"我也是这么说啊，你展大哥又不是端木姐，怎么就知道端木姐一定不同意呢？"赵虎打蛇随棍上，立刻开始添油加醋回溯赵小大事件。其间青花瓷碗见无人关注自己的悲鸣，于是将哭诉现场自屋外转移至屋内，绕着赵虎的官靴且行且哭，且数次撸起赵虎的官袍下摆擤鼻涕。

"说起来，我也只是希望把这样的怪事告诉端木姐知道。"赵虎装得很有三分悲愤，"我也不是存心来烦端木姐，可是展大哥他……"

"我知道了。"端木翠的表现如他所愿，"他既这么说了，我还偏要去看一看这个赵小大，偏要找出事情的究竟来。你先回去，明儿我就去开封府。"

赵虎喜出望外，抬脚便走。那青花瓷碗眼见肇事者要潜逃，哪肯罢休？深吸一口气，准备再亮个嗓子，端木翠低下头恶狠狠道："你再啰唆，我就把你昨天晚上跟小碟去河边看星星的事说出来。"

青花瓷碗吓了一跳，提起来的一口气便松了。端木翠哼了一声，将赵虎送出门去。

青花瓷碗眼巴巴地看着二人离去，确定端木翠不会再听到它说话，两手叉腰，头昂得老高，大声道："这是污蔑，绝对的污蔑。"

四下无声，满室寂然，谁也没注意到蜷缩于暗影中的绯闻女主角小碟，正恨

恨地瞪着青花瓷碗，将手中一条小手绢儿绞了又绞。

　　第二日，端木翠如约而至。

　　她未能见到展昭。展昭一早被包大人遣去了八王府办差。

　　公孙策及四大校尉在旁观摩，赵小大诚惶诚恐。

　　背心上，赫然一粒叮包，左看右看上看下看，都再普通不过。

　　端木翠跟赵小大确认："听你说法，咬了只有十五六年？"

　　只有？

　　赵虎一脸崇拜地看着端木翠，端木姐的气势就是不一样，除了展昭不以为意，他们开封府上上下下听闻这件事都险些惊掉了下巴，连一贯持重的包大人都诧异不已："居然咬了十五六年了？"

　　看看人端木姐怎么说，人说的是"只有"。

　　短短两字，说明了端木姐举重若轻、不以为意，眼皮都不眨就能化解此厄。

　　此所谓高人也，赵虎叹服。

　　"诊疗"完毕，公孙策一行将端木翠送至开封府大门口。

　　"也没有什么大不了的。"端木翠轻描淡写，"只是成了怪的蚊蚋而已，龟缩在那叮包之中，认赵小大做宿主，只吸食这一人之血。幸好只是十五六年，尚不成气候……去药铺买只天龙，捣碎了之后加半碗水熬浆，然后将稠浆敷在那叮包之上。两个时辰之后，包破脓出，那蚊蚋自会飞出。届时记得将那蚊蚋拍死，免得它再去祸害旁人。"

　　"好的好的、一定一定、明白明白。"赵虎点头如捣蒜。

　　待端木翠走远，赵虎一脸纳闷地看公孙策："公孙先生，天龙是什么东西？"

　　公孙策哭笑不得："你既不知道天龙是什么，方才对着端木姑娘，你还一迭声地明白明白？"

　　赵虎挠挠头，憨笑。

　　"天龙又称天龙壁虎，是壁虎去除内脏之后焙干而成，寻常药铺都能买到。"公孙策啧啧有声，"这壁虎本来就性食蚊蚋，用天龙壁虎对付成了怪的蚊蚋，倒是一剂好方子。"

　　当晚，展昭办差归来，赵虎将经过一五一十地告知展昭。

"展大哥，"赵虎很是自得，"我便说此事不寻常吧，果然端木姐慧眼如炬，看出是蚊蚋成怪。"

言下之意是你展护卫太过疏忽，险些放过精怪铸成大错。

展昭笑笑："给赵小大用药了吗？"

"交代了灶房，现正熬浆，熬好了让伙夫陈六给赵小大送过去。"赵虎喃喃，"此番又麻烦了端木姐，改天一定要登门致谢。"

当晚赵虎轮值巡夜，回府时赵小大已经睡下，赵虎怏怏归房，惦记着明日一早再去探望。

第二日用完早膳，赵虎兴冲冲地又去探赵小大，一边厢以手叩门一边厢大声道："兄弟，做哥哥的看你来啦。"

无人答门，无人应声，赵虎等得心焦，忍不住大力将门撞开，触目所及脸色遽变，腾腾腾倒退三步，被门槛绊倒于门外。

地上散着药碗的碎片，昨日送药给赵小大的伙夫陈六尸横当场。

而赵小大，杳然不知所终。

这是开封府头一次发生命案。

张龙一路疾奔，汗流浃背气喘吁吁，远远看到端木翠正在院中汲水，遥呼道："端木姐，不好啦，出事了。"

端木翠迎到门口，张龙一手扶住篱笆门，上气不接下气："端木姐，赵小大他不见了。"

"不见了？"端木翠皱眉，"那么大一个活人，腿长在他自己身上，一时寻不到他有什么打紧？"

"不是啊。"张龙一时半刻说不清，急得跺脚，"真的出大事了，展护卫走不开，让我赶紧找你过去。"

果然是出事了。

看到陈六的尸体，端木翠倒吸一口凉气。

"他全身的血几乎都被吸干了。"展昭眉头紧皱，"我从未见过这样的死法。"

"方才我查看现场，在梁上发现了脚印。"展昭抬头看大梁，"端木，这脚印非常奇怪，人站立在梁上，脚印只会留在大梁的正面，但这脚印却是印在大梁底面……端木？"

见端木翠脸色苍白，展昭忙扶端木翠坐下："这屋里有些闷，你要不要去外面待会儿？"

端木翠摇头，忽地伸手牵住展昭衣角，低声道："展昭，是我犯错了。"

展昭见端木翠双唇几乎毫无血色，牵住他衣角的手微微颤抖，心中不忍，问她："怎么了？"

"我犯错了。"端木翠眼圈泛红，"我本该看出那蚊蚋宿在赵小大体内决计不止十五六年，却轻信赵小大之言，盲目托大，带累世间一条人命。"

"如何能怪你。"展昭安慰她，"那赵小大如此说，我们便都这么信了，你一时未能察觉也是有的。"

"你怎么会明白？"端木翠情绪似乎有些控不住，胸口起伏得厉害，"细花流主收人间鬼怪，我是细花流之主，却轻疏纵怪。且不去想什么责罚，单是造下这等杀孽……"

"端木！"展昭愠怒，"陈六横死，我们都很难过，但是一码事归一码事，陈六不是你杀的，怎么能说是你造下了杀孽。"

"我不杀伯仁，伯仁却因我而死，如果不是我的疏忽，陈六焉能折此阳寿。"端木翠颓然，忽地又想到什么，喃喃道，"不行，我要在它再造杀孽之前阻止它。"

"你又想到什么？"展昭注意到端木翠神情有异。

端木翠只是摇头，忽地起身，未及展昭反应过来，她已经飞身掠了出去。展昭追出时，早已失了端木翠踪迹。

正无计较间，就见公孙策急急过来，问："展护卫，端木姑娘脸色不对，那么着急是去哪里？"

"她往哪个方向去了？"

"往北面玄武大街去了，她……"话未说完，只觉眼前红影一闪，待及反应过来，哪还有展昭的影子？

"一个是这样，两个还是这样。"公孙策摇头叹气。

展昭觉得不妙。

自认识端木翠以来，每次收鬼罗怪，端木翠从来不曾如今次般，临敌对战，尚不知敌之所处，已然自乱阵脚。

端木翠固然神通广大，但是以这样的失措去迎敌，只怕会阴沟里翻船。

端木翠一直向北，出玄武大街，入北郊，人烟渐少，脑子里只有一个念头，赶在那蚊蚋再造杀孽之前阻止它。

小小蚊蚋，于世间残喘，生存不易，为饱口腹之欲，常临身死之灾。于是乎有那特别机巧聪明的，便拣了单一的宿主，一心一意只吸食宿主之血。

如若只是需求少少，点滴即止倒也罢了，大不了经世痴缠，至你死它方休。可惜这蚊蚋受了活人血肉滋养，时日已久，渐渐成灵作怪，反噬宿主，遂成祸害。

十五为蚊蚋，二十始成精，二五穿皮囊，祸在半甲子。

这谶言里说，蚊蚋宿在人体内超过二十年便会成精；二十五年反客为主，"穿了宿主的皮囊"，内里便是一只精怪；"半甲子"三十年时便会为祸害人。

现在想来，那蚊蚋寄居赵小大体内，只怕已超过三十年。

赵小大被那蚊蚋吮食得只剩了皮囊，所谓的"十五六年"，只不过是那蚊蚋的自保之语，骗过赵虎他们也就罢了，自己身为细花流之主，怎么也会如此失察？

蚊蚋只为蚊蚋时，些许人血便可饱其口腹，现下长成如此精怪，片刻间便可吸干一个人的血，如不尽早阻止，会有更多的人受害。而这一切杀孽，都源于她的疏忽纵怪。

边上似有动静，端木翠骤然停下，抬头往道旁的树上看去。

一只被吸干了血的成年猕猴，正软软地搭在树丫之上，尾巴耷拉下来，随着风过，轻轻摆动。

这是一片很幽很深的林子，越往里走越是晦暗。林中掠过的风似乎都比外面要冷些，带着腐烂湿冷的木叶味道。

端木翠向密林深处走去，每一步都小心翼翼。

寻常蚊蚋的寿命只有不到三个月，现下要对付的，是存活超过三十年的蚊蚋精怪。端木翠暗存了一丝侥幸，希望这蚊蚋精怪，只是寻常家蚊幻化。

不远处，是一个堆满了腐烂木叶的死水池塘。

蚊虫孳生于水，应该是这里了。

端木翠定了定神，右手屈起三指，捏起一个三昧真火诀。

就听"砰"的一声，水面腾起一大片黑云。那黑云在半空停了片刻，便朝着端木翠扑将过来。

端木翠急退数步，右手向着半空虚弹。就见半空中一道火舌蜿蜒而生，初时只是火舌，瞬间便扩成偌大火障，将那成群蚊蚋与端木翠隔开。定睛看时，只见火障那侧几有上千蚊蚋，足有半指大小，触须和三对步足更是长约一指，且那细长步足之上，隐约有白色纹斑。端木翠识得这是蚊蚋中最为凶猛的一类，俗称花蚊子，不禁心中一沉。

这么快便产卵了吗？

端木翠目光蓦地转为凌厉，沉声喝道："去。"

话音刚落，就见那平展火障如同尺布般对半交叠，将那大群蚊蚋裹于当中。嗡嗡声忽地扬起，瞬间转于无声无息，只鼻端闻到焦臭味道。那火障旋又缩至一线火舌，直到杳然无踪。

端木翠轻吁一口气，这才往池塘过去，行至塘边，俯身细看。

寻常蚊蚋一次产卵数以千计，方才消灭的只是先长成的幼蚊。这水面之上，应该还有刚刚孵化的幼虫子孑。

果然，饶是池水污浊，端木翠还是看到水面之上，无数孑孓蠕蠕而动。

端木翠微微一笑，正要再捏三昧真火诀，忽地想到什么，身子僵了一僵，一股凉气自脊背蔓延开来。

那水中的人面，她一直以为是自己的倒影，没有多加留意，此刻才发现那脸浮肿惨白，带着诡异谲笑。

那分明是赵小大的脸！

端木翠暗叫不好，待要起身已是不及。水中突地伸出六只巨大步足，两只搭上端木翠的脖颈，两只环在端木翠腰间，剩余两只勾住端木翠脚踝，瞬间将她带入死水之中。

甫一入水，万声沉寂，端木翠只觉有无数细刺扎入周身，初始还觉微痛，紧接着便是麻痹无感。知道这蚊蚋精怪要用自己的血去给养孑孓幼虫，端木翠心中大急，也不知哪来的力气，伸手扼住蚊蚋精怪咽部，腾身而起分水而出。半空中一个急转，待要挣脱缠住自己的步足，哪知那精怪如影随形，步足忽地缩紧，端木翠被缠匝得喘不过气来，气力顿失，与那精怪双双跌落在水畔。

那精怪将端木翠翻压在地，喉间嗬嗬有声。端木翠抬眼看时，那脸分明还是赵小大的脸，头颅却已扭曲作半球形状，复眼翻转，上下颚锯齿轻搓。那偌大的

喙刺，便向着她咽喉刺落。

端木翠拼尽全身气力躲开这喙刺一击，那喙刺失了准头，生生刺入端木翠右肩。端木翠只觉剧痛无比，体内气血翻腾，紧接着周身血液都向右肩急涌，待要捏起口诀，哪里还有半分力气？眼前渐渐模糊，耳畔只听到那精怪的吞咽之声。

忽地听到展昭怒喝："端木翠！"

那精怪身形一滞，未及抬头，四支袖箭破空而来，上下两路各两根，来势无比凌厉，将那精怪喙刺生生击断作三截。

那精怪痛呼一声，向后翻倒。与此同时，展昭已掠至近前，伸臂用力扶起端木翠，急道："你怎么样？"

目光触及端木翠右肩血如泉涌，心中巨震，伸手便去按压她的伤口，哪里按压得住？只觉得温热鲜血，源源不断自指缝中溢出。端木翠虚弱之极，断断续续道："好精怪，它体内的毒，让我的血不得凝固……"

展昭再无犹疑，扯落官袍下摆便去包扎端木翠伤口，忽听得身后异声，急回头看时，那精怪摇摇晃晃站起，身形几有一人多高，喙刺虽断，颚中上下锯齿磨挫有声。

展昭心中一凛，便将端木翠挡在身后。端木翠勉力道："你快走，你是凡人，斗它不过。"

展昭低声道："除非展昭死了，断不得让它动你分毫。"

端木翠眼眶一热，未及答话，展昭业已猱身跃空，巨阙寒光如水，便向那精怪胸腹斩落。但觉着刃之处，坚硬如铁，心中骇然。这精怪喙刺易破，大概是罩门，但周身如被铁甲，真不知如何才能伤它。

他急回头看一眼端木翠，蓦地向旁掠开，心中打定主意，要将这精怪引开。这一来虽然自己置身险地，端木翠或可得脱，总好过两人受厄。

端木翠挣扎着扶树站起，见到展昭从旁掠开，知他心意，暗暗摇头，因想，你这一来或能救我脱困，然若你敌它不过，纵了精怪，予它喘息之机，让它产下妖孽，不知又有多少生灵涂炭。

念及至此，端木翠奋力稍定气息，捏了三昧真火诀在手，觑准时机，喝道："展昭，躲开！"

展昭与那精怪缠斗正急，忽听端木翠呼喝，不及细想，急退数丈。尚未站定，只觉有一股热浪掠面而去，竟燎焦了鬓边几缕额发。抬眼看时，那精怪如同被火布包裹，惨叫连连，不多时黑烟腾空，焦臭盈林。

端木翠唇角漾起一抹微笑，背倚那树软软瘫倒。展昭急掠过来，扶住端木翠慢慢坐下，将端木翠的伤口缠起。

端木翠笑道："你不用忙了，没用的。"

展昭不答，只帮端木翠将伤口缠紧，回头再看她时，忽地如被雷噬，半晌说不出话来。

常人失血，不过脸色苍白，反观端木翠，先时面无血色，后来竟渐渐幻作透明，整个人如雾如气般，似乎行将羽化。见展昭怔住，端木翠反平静下来，道："我疏忽纵怪，是天要罚我，我失了凡人的血，是再不得留在这世间了。"

传说中，上仙不得久留世间，欲留则转投人胎，一旦凡血流尽，便需重回洞天。

展昭问："是不是有了凡人的血，就可以留下来？"

他将巨阙抽出寸许，就着臂膊深深划了一道，将伤处凑至端木翠唇边，轻声道："说好了要收人间精怪，精怪尚未收尽，怎么可以走？"

展昭背着端木翠回草庐。

开始的时候，端木翠很轻很轻，展昭甚至不敢回头，怕哪一次回头，背上的人已经不见了。

后来，端木翠气息渐重，展昭的心定下来，柔声道："你感觉好些了？"

端木翠淡淡"嗯"一声，似有心事。

期期艾艾良久，终于开口道："展昭，区区蚊蚋精怪，本是两三下就可收服的，我却被它搞到如此狼狈，传出去脸都丢尽了，你可不可以……不要说出去？"

展昭先是愕然，继而哭笑不得。他原本以为端木翠不开口是身体不适，哪知竟是为了这等小事，失笑道："端木翠，你原来这么好面子。"

继而又正色道："我会考虑不说出去。"

"只是考虑不说？"端木翠气急。

"是啊。"展昭忍住笑，"你既有求于我，当然不能口头上央求便罢了，正巧前日里大人提过开封府的庭除需要洒扫，府里人手不够，你若……"

"你让我去给开封府打扫庭除？"端木翠气急败坏，顺手在展昭胳膊上重重一拧，"你做梦……"

就听展昭痛呼，这才想起自己拧的地方正是方才展昭割伤的地方，吓得赶紧缩手："你、你痛不痛？"

展昭回过头，眉目间尽是笑意："嘴上这么凶，下手也这么重，看来是真的没事了。"

端木翠心中一暖。

回到端木草庐，已是晚间，未到门口，端木翠要展昭把自己放下。

"身为细花流之主，不能这么狼狈归来。"

理由挺好，可她刚一站到地上就双腿发软，若不是展昭眼疾手快扶住，只怕又要摔倒。

"那就让你扶我进去吧。"端木翠叹气。

展昭哭笑不得，明明是在帮她，怎么端木翠的口气竟似自己求着要扶她一般。

刚进院子，就听得屋内吵嚷有声。两人愕然，就见那青花瓷碗，对，就是那只豁了口的青花瓷碗，以手抱头，两条小细腿转得比车轱辘还快，自屋内飞快逃窜出来，不忘大声嚷嚷："只是看了星星，就只是看了星星……"

"在河边坐了一夜，就是看星星那么简单？"另一只细纹描花碗自门内追出，手中还挥舞着一根棍子，"小碟都告诉我了，她说你们还从诗词歌赋谈到人生哲学……"

"看星星？"展昭和端木翠相视而笑，忍不住抬头看天。

今夜的星空，的确分外清明。

第七章　蛇羹

《捕蛇者说》，柳宗元记，收于《柳河东集》，后世乡民代代口传。

他世居于永州，捕蛇为业。目不识丁，却能磕磕绊绊背下《捕蛇者说》的前几句。

"永州之野产异蛇，黑质而白章；触草木，尽死；以啮人，无御之者。然得而腊之以为饵，可以已大风、挛踠、瘘疠，去死肌，杀三虫。"

关于这蛇，柳河东的文章向外传达出两个信息。

奇毒无比，可为良药。

历唐至宋，永州仍有不少乡民捕蛇为业。

他们小心翼翼避开蛇的毒牙，规规矩矩地依着柳宗元所记，"得而腊之以为饵"，然后将成品或做赋税上缴，或至市集买卖，换回少得可怜的几许银钱，日子依旧贫不到头，苦无止境。

独独他一人，操祖业捕蛇，由孑然一身而至怀拥美妻，进而兴宅屋、置田地，席中不缺酒肉，裁衣不短绫罗，出入不乏车马。

由朝不保夕的小小捕蛇者，一跃而成永州大户。

可有致富良方？无他，脑子活络而已。

譬如现下，他眯缝着眼睛端详竹篓中的蛇。

啊不，他端详的不是蛇，是行将流入腰包的花花银钱。

他笑，掀开竹盖，觑准了那蛇的七寸，两指拿捏，拽出笼来。

那蛇似知道大限将至，躯尾扭动，芯子丝丝外吐。

他镇定自若，自旁侧案上抓起剪刀，那剪刀的刃磨得发亮。将蛇颈置于剪刃之间，剪起头落。一同落的，还有那轻噬即可致命的毒獠。

略呈三角形状的蛇头，骨碌滚出去很远，死不瞑目。

丢了头的蛇尚有知觉，蛇身剧烈抽搐。他不慌不忙，伸手捏住蛇尾，送到脚下踩住，另一头握住那断颈上拉，将蛇身扯得笔直如弦，又用剪刀在断颈处剪了个小缝，刀尖自那小缝处插入，往下一劐到底。

温热的蛇血溅在他脸颊之上，他却想：好一张蛇皮！

这蛇皮，黑中透亮，白章宛然，拿去做刀剑握柄的蒙皮，再好不过。

那蛇兀自盘扭不休，他小心翼翼地放下剪刀，剥开蛇颈端的皮揪住，左右手一分，"哧"一声轻响，皮肉剥离。右手揪着整张蛇皮，左手握着微微泛粉的鲜嫩蛇身，晶莹中透着鲜亮，良久才有血迹如汗般渗出。

他郑而重之地将蛇皮放入漆盘之中，伸手去蛇颈肉中扯住骨节，右手上搋，左手下拉，又是一个大力，骨肉分离。

蛇骨，如同虎骨，亦是难得药材。

还没有完。

不能忘记蛇胆，他将手伸进腥热的蛇腹，摸索着，摸索着，掐下那颗饱满的蛇胆。

小小蛇胆，椭圆状，呈墨绿色，在他眼中，是比翡翠还要水润精贵的颜色。

这便完结？

不不不，尚未行至正题。

他做得一手好羹。

先起一锅烧沸的清水，将蛇身烫至将熟而未熟，千万不要烫老，人老可憎，蛇肉老了便少了那份爽滑。然后起一砂锅薄淡的乌鸡汤，要薄淡不要浓稠，这是蛇羹，乌鸡不可喧宾夺主。

待得鸡汤煮沸，便将齐整的蛇身置入，还要加整葱。葱白是一味，葱叶亦是一味，姜片、陈皮、桂圆、黄酒，文火细细熬煮。只熬半个时辰，时辰一到便将蛇身捞起，细细撕成细丝。要手撕不要刀切，生冷的铁器会坏了蛇羹的味道。

再然后要上炒锅，将锅烧热，融少许油脂，下蛇丝、烧鸭丝、鸡丝、冬笋丝、冬菇丝、火腿丝，倾一勺黄酒，加梅盐、醯醢、甘蔗糖浆、胡椒粉，烧开后用菱粉勾成薄芡，推匀起锅，每碗盛至七分满，浇一勺乌鸡汤，撒上柠檬叶丝、香菜末、白菊花并桂花碎之后，再浇上一勺乌鸡汤。

这才收尾，堪称完美。

第一碗留给自己，其余的端上台面，众食客蜂拥争抢，僧多粥少，奈何？

那好办，价高者得。

这样的一碗蛇羹，你愿出几许银钱？

靠着这蛇皮、蛇骨、蛇胆、蛇羹，他坐地生财，衣食无忧。

有的人薄有家财便袖手收山，他不，饶是富甲一方，依然每日孑然一人，入山捕蛇。

那一日运气极好，素日里只捕两三条，那日竟得了六条之多。心满意足地下山，于半山道上，遭遇一耄耋老者。

老者背倚山石，远远便冷冷盯着他，他心中发毛，快步自老者身边走过。

那老者于背后森然道："如此戕害蛇灵，不怕祸及子孙吗？"

他心惊，回头看时，山石杳然，哪有什么老者？

战战兢兢地下山，一路忐忑，离家还很远，便看见家中的小厮欢天喜地地一路寻来。

"老爷大吉，"小厮带着讨好的笑，"夫人有喜了。"

有喜了？

他方才想起夫人这些日子一直抱怨身子不舒服，提及央个大夫瞧瞧。

却原来是有喜了。

他傻傻地笑，末了，让小厮帮他将那装满蛇的竹篓扔去山里。

积阴德这种事，还是要做的。

数月堪堪而过，夫人诞下麟儿。满月宴上，亲朋好友都来道贺，他立于门首迎来送往，止不住地喜上眉梢。

忽地看到贺喜的人群中，有一耄耋老者，立于当地，向他冷笑，张口说了一句话。

字字如惊雷。

"如此戕害蛇灵，不怕祸及子孙吗？"

他"啊"的一声大叫向后便倒，侍立的下仆忙架住他。他揉揉眼睛再看，贺喜的人流一派喜庆扰攘，哪有什么耄耋老者？

自此疑心生暗鬼，夜不能寐。

他猜测那蛇，可能已经盯上他的独子。

无数次噩梦，他看见蛇嘴翻张，将他的独子一点点吞入腹中，蛇身中段高高鼓起，分明小儿形状，几能辨出哪里是口鼻哪里是手脚。

他双目充血，口中嗬嗬有声，操刀将那蛇剁成几段，救回的却是被蛇的体液腐蚀至黏稠且面目模糊的婴尸。

夜半醒转，大汗淋漓，转头看床铺内侧，那婴孩气息匀长，睡得正酣。

他暗暗下定决心，无论如何，一定要护住自己这仅有的根苗。

这日外出收账，归家已晚，他轻手轻脚推开门扇，周身的血忽地直冲头顶。

他看见一条蛇，蜿蜒扭动，盘曲而上床脚，下一刹那便要探入那帷帐之中。

真真天可怜见，让他逮个正着！

他一个箭步上前，死死捏住那蛇的七寸，本要唤醒夫人，听夫人的呼吸轻慢，便息了这念头。

端详眼前这蛇，忽地想到，自夫人有孕之后，他便再未尝过蛇羹。

念头一起，馋虫大动，腹内似有无数小手，揉捏他的胃肠，又似有无数小口，嗷嗷翕合，听那细细低语，都是"我要""我要"。

他再按捺不住，紧捏那蛇，直奔灶房。

素日杀蛇做羹的器具都在，略已蒙尘，他竟顾它不得，手起剪落，那蛇头骨碌碌滚至脚边，死不瞑目。

来不及精心准备佐料，他急匆匆在灶上的铁锅中倒入好几瓢水，生火，又折至砧板旁，顾不得剥皮去骨，急急抓起旁边的菜刀，高高扬起，狠狠下刀，将那蛇身剁成一段段。好几次用力过狠，那刀深深陷入砧板之中，费了好些力气方才拔出。

水沸，蛇身被扔入水中，腥热之气蓦地盈满灶房，他贪婪地大口吸着这久违的气息。

蛇段便在汤锅中上下沉浮，他守在旁侧，痴痴地等，痴痴地看，直到门口响起一声惨叫。

转头看，夫人只着亵衣，软软瘫倒在门侧，伸出一只手，颤巍巍地指向他。

他觉得好笑，做蛇羹而已。

夫人的惨叫声唤起了家中的下人，那些个使女小厮纷纷披衣过来。他不解地看他们在门口乱作一团，那些个使女一迭声地骇叫，小厮们脸色惨白。吵声越来越大，引来了邻人，然后是更多邻人，最后是衙差。

他低头看汤锅，身子一下子软了。

那白森森的，分明是小儿指骨。

他张了张嘴，一抬脚，踢到什么圆溜溜的东西。

是小儿的头颅，骨碌碌滚至夫人身前。夫人张嘴，却发不出声音，俄而昏死过去。

他被判了斩刑，秋后决。

第一阵萧瑟秋风撼落开封道旁的黄叶之时，这案宗被呈交到开封府。

端木翠两只胳膊肘支在桌上，两手托腮，眼巴巴看着面摊的老板在热腾腾的面锅前忙得不亦乐乎。

一锅烧滚的水，面疙瘩，捏些盐撒下去，快起锅时烫两片菜叶子，然后扔些葱花。

再然后，端木翠的面前，便多了一大海碗飘着两片青菜叶子的面疙瘩汤。

刚出锅的面疙瘩汤烫得很，下不去口，端木翠小心地吹着碗中的汤，吹两口气便咽一下口水。天知道，这些日子，顿顿都是易牙的羹、吴太公的精馔，她闻着味儿就想吐。

不是所有吃食都是白米饭，经得起今儿吃，明儿吃，后儿还吃。

所谓人间正道是粗粮。

好容易等到汤水不那么烫口，端木翠两手将汤碗端至嘴边，正准备喝它一大口且已经付诸行动之时——

"听说包大人要重审永州食子命案。"

"吓，你也知道这桩案子？"

"当然知道，哪有这么残忍的爹，竟活活煮了自己的骨肉。"

"这还不说，我听说他被人发现的时候，正抱着小儿的头颅啃噬，这不是失心疯是什么？"

"人证物证俱在，包大人为什么还要重审此案？"

"我寻思着多半是鬼神托梦……"

以上对话证明了以下两点：

一，百姓在以讹传讹方面之精力无穷。

二，百姓想象力之广袤无边。

其时，端木翠一口面汤将下未下，听到边侧食客如此郑而重之地发表见解，忍不住扑哧笑出声来。这一笑乐极生悲，被那口面汤呛到面红耳赤。

食客甲乙不悦地打量了一眼端木翠，然后继续方才的对话。

"听说明日开审，可允百姓观审？"

"那是当然，开封府复审的死囚案，平民百姓都可观审。"

"吓，那我一定要去看看那凶犯面目是何等可憎……"

接下来就是两人预约明日几时相见、何地会面，继而一并同行，然后两人又展望了今秋的庄稼播种事宜，同时预料了明春收成的喜人形势，由此可以推测出

两人的职业应是农户。

更进一步的，我们可以得出这样一个结论：在当时各种信息传播方式比较落后的情况下，永州食子案的传播范围和受众居然如此之广，可见此案堪称宋初大案。

既然是大案，那么端木翠就不可能没听过。

事实上，她不但听说过，还曾派过细花流的门人前往彻查。当然不是彻查犯罪动机，而是查访有无精怪作祟。

得出结论：无。

既无精怪作祟，凶嫌又在第一犯罪现场被抓个正着，此案实在没有重审的必要。

既如此，开封府蹚这趟浑水作甚？

端木翠一边喝面汤一边皱着眉头思量，在不到四分之一炷香的时间里，她做了一个决定。

既然明天开审，而她明日又恰好有空，那么不妨去凑个热闹，瞻仰下青天审案的赫赫威仪。

第二日，端木翠特意起了个大早，兴冲冲地赶往开封府。

可惜的是，她压根儿连开封府的门边都没摸着。

形形色色各色人等，将开封府入口处堵得水泄不通。人龙长队，啊不，是长堆，一直延伸至街外。有一两次，端木翠确信自己看见开封府的衙役扒在墙头要求外头的百姓肃静。

端木翠傻眼了，她悻悻地在人堆之外踱了几步，然后准备走人。

就在转身欲走的当儿，她忽然看见了一个人。

准确地说，是一个耄耋老者，昂然拄杖扒拉着人群往前冲、憋得脸红脖子粗的众人外侧，很是显眼。

端木翠看了他一会儿，走上前去，拍了拍那老者的肩膀。

"老丈，可不可以借一步说话？"

那老者愣了下，看了看端木翠，脸上的神色转为戒备："老朽与姑娘并不相识。"

"谁也不是生下来就相识的啊。"端木翠笑嘻嘻道，"难道你在娘胎里的时候，啊不，在蛋中尚未孵出的时候，就认识你爹娘或是兄弟姐妹？"

那老者的脸色骤变。

"走啦，借一步说话。"端木翠依然笑得热络，"我知道有家面摊的面疙瘩汤做得不错，不如我请你？"

还是那个面摊，卖的只有面疙瘩汤。

端木翠吃得津津有味，耄耋老者如坐针毡。

"吃啊。"端木翠喝汤之余不忘招呼耄耋老者，"你要是嫌没味道，可以向老板讨些米醋。"

"不知道姑娘有什么话要同老朽讲？"耄耋老者终究按捺不住。

"你问这个啊？"端木翠似乎已经完全把这事给忘了，此时才重又想起来，四下看了看，依然坐于当地，却将上半身往老者这边凑近，压低声音神秘兮兮道，"我看你道行不浅，再苦修些时日便将有所成。你不在深山修行，却跑到这市井之地转悠什么？"

耄耋老者张了张嘴，没有说话。

"我本来是可以收了你的道行，把你打回原形的。"端木翠说得如同吃饭一般平常，"可是我娘从小就教我要多栽花少种刺，看你品行不坏，是循正道修行的材料，就不同你为难了。"

耄耋老者舒一口气。

"可是做人做妖，都得找准自己的位置。"端木翠继续话题。

"上头是神仙府邸。"端木翠指指天。

"下头是鬼怪老巢。"端木翠指指地。

"至于你们，合该老老实实居于丘林菏泽之中。"端木翠叹气，"人境哪是你们该到的地方。"

"小人原本也不敢擅入人境，只是那永州食子案的凶嫌委实冤枉，小的不忍罔顾人命，这才一路尾随而来。"

"又是永州食子案？"端木翠微微错愕，"此案并无精怪作祟，若他确系冤枉，包大人自会彻查，又何必你一路相随？"

"并无精怪作祟是真，但个中缘由诡异莫辨，非人力彻查所能明。"耄耋老者忽地站起，向着端木翠深深一揖，"小人修道日久，好生明了不可因族类私仇而害人性命，还请姑娘成全，允小人在人境略略滞留，小人定当寻机谒见包大人，以辩那人清白。"

事实上，凭着端木翠与开封府的交情，大可带那老者大摇大摆自正门出入，全然不必套上这身夜行衣翻墙行事。

这要归咎于那老者坚持自行其是，一再谢绝端木翠的帮忙。

这点小小心思，焉能瞒得过我，端木翠嗤之以鼻。

嘴上说不欲麻烦端木翠，事实上还不是想独揽功德？救下无辜之人，那老者功德无量；若是借了端木翠之手与人洗冤，功德难免旁分。

拯人性命还存功利之心，端木翠暗暗摇头，看来此人的修道之路漫漫且修远兮，莫说上下求索了，就算上下左右前后求索都未必能遂意啊。

"姑娘，"见端木翠立于墙下整装待发，啊不，是整装待翻，那老者再三辞谢，"小人一力即可，不须劳烦姑娘。"

端木翠斜了那老者一眼："谁说我要帮你了？你进去找包大人，我进去是找展昭，大家各行其是，互不相干。"

那老者犹有疑色，却不再相询，胸腹贴于墙身，倏地蜿蜒而上，迅捷如蛇。

废话，人家本来就是蛇。

端木翠看得目瞪口呆，半晌，不甘心道："施展法术有什么稀奇，我半点法术不用，单凭一己之力，也会爬进去。"

言出必践，果然弃了轻身功夫，借着铁爪一步步上爬，显见平日疏于练习，爬了不到几步便歇好久，歇得展昭忍无可忍。

"端木翠，"展昭仰头，"你要见我，走门便是，又搞什么玄虚？"

端木翠吓了一跳，低头看展昭："你……都看到了？你什么时候来的？"

"该看到的都看到了。"展昭叹气，"你下来吧，依照你这歇法，半夜都翻不到顶。"

"谁说的？"端木翠气结，"我只不过是要凭着人力爬过这围墙而已，再歇片刻就能爬过去。"

展昭头痛："那你就这样……趴在墙上跟我说话？"

"我喜欢这样跟你说话。"端木翠发狠，"而且上面比较凉快。"

话音刚落，展昭一撩衣襟，平地上跃。端木翠尚未反应过来，已被展昭带了下来。

甫一接地便双脚无力，端木翠赶紧扶住展昭，两只手臂都似在微微颤抖。

"手脚都发软吧？"展昭忍住笑，扶端木翠在墙角坐下，"上头虽然凉快，却不是那么好待的。"

端木翠狠狠剜展昭一眼："我只是想不施法术，单凭人力爬过……"

"好啦。"展昭啼笑皆非，又抬头看了看墙檐，"方才翻过去的那老者是谁？身法那般怪异。"

"你也知道有人翻过去了，还在这儿不紧不慢，也不说去保护包大人。"端木翠一边按捏发酸的小腿，一边低声嘟囔。

"我听到你二人对话，你自然不会带歹人来危害大人。"展昭微笑。

端木翠看展昭："展昭，包大人为什么要重审永州食子案？"

展昭已猜到端木翠十有八九是为永州案而来，倒并不讶异："永州案上报开封之后，大人和公孙先生就一直好生关注，且大人经常叹说虎毒尚不食子，据街坊言说，那凶嫌平日里并不残恶，做出这样的事情实在让人匪夷所思，此其一也。"

"其二呢？"端木翠追问。

"公孙先生给永州长吏去书详询此事，长吏回信中有一点颇让大人生疑。据说凶嫌下狱之后就不曾开过口，半句话也未曾为自己辩解过，他又目不识丁，也不能将自己的冤屈写出来，只是目中常含悲苦之色，看到的人无不心酸落泪。"

"那今日堂审可有进展？"

"能有什么进展？"展昭苦笑，"口不能言笔不能写，就算大人有心重审此案，又有何力回天？"

一灯如豆。

包拯和公孙策还在试图找出永州食子案的突破口。

今日堂审，包拯界方一拍："你可知罪？"

那人僵跪于当地，一动不动，良久目中流下泪来。

"依学生看，"忆起白日所见，公孙策嗟叹不已，"那人确有苦衷，但观其神色，他似乎对自己能否洗冤并不在意。"

"此话怎讲？"

"回大人，他虽然口不能言，但肢体活动无碍。若果真有心申冤，大人问他是否知罪之时，理应摇头否认或是点头服罪，但他却若泥胎木塑，阖目向天涕泪长流……"

"公孙先生所言有理，"包拯点头，"他这般行止，此中必有极大隐情。只

是他不开口，本府又从何为他洗冤……公孙先生，你可有良策……公孙先生？"

连唤两声不见公孙策应答，包拯略感诧异，抬头看公孙策。

公孙策双目圆睁，满目惊惶，上下牙关磕磕撞撞，抖抖索索伸手，指着那紧闭的门扇。

包拯循着公孙策所指看将过去，倒吸一口凉气。

有什么东西，正自那紧闭的门扇缝隙处挤将进来。初时薄透如纸张，整个透入之后便在原地飘摇转荡，竟是一个轻软飘忽的纸片人。包拯眉头皱起，正待开口训斥是谁这等促狭胡闹，就见那纸片人悠转之间，慢慢鼓胀成形，平展如纸的面上慢慢凸起耳鼻凹进双目，紧接着十指虚展、双足委地，摇摇晃晃之下，长成一耄耋老者。

"草民佘公旦……"

"妖怪！"

公孙先生的神经显然紧绷至极点，忽地大喝一声抓起桌上砚台向着那耄耋老者掷了过去。

在此，实在应该为公孙策的勇气三击掌。要知道在《六指》这个故事当中，公孙先生可是话也没说半句，当场就栽了过去。

谁也不是天生胆大，展昭初进端木草庐时，还不是冷汗涔涔？公孙策由当日的直接昏厥成长为今日的奋勇迎敌，与端木翠的影响不无关系。

假以时日，公孙策必将进一步进阶，群魔舞于前而不色变。

这是后话，略过不提。

却说那大力掷来的砚台，除了将架上的瓶瓯击得四分五裂，并未能伤及老者分毫。在此，我们就不批评公孙策的掷投精度了。

那老者被公孙策的怒喝吓得一激灵，竟手足无措起来。包拯上前一步，不怒自威："你适才说，你叫佘公旦？"

佘公旦向着包拯一拜到底："草民此来，实是为了永州食子案。"

"你的意思是说，那人的夫人从未真正诞下婴孩？"展昭吃了一惊。

"也不能这么说。"端木翠抬脚跨进府门，顺便冲着当值的衙差笑了一笑，"那人活杀了那许多蛇，又嗜啖蛇羹，久而久之，那些蛇临死时的怨气便郁结在那人体内，上下蹿撞，苦寻出路，趁着那人与妻子欢好之时，便……嗯……你明白吧？"

展昭一愣，旋即反应过来，耳根处隐隐发热："嗯……明白。"

"所以，这怨气便转至那人妻子体内，与腹中的元胎合二为一。那人妻子所诞下的，在百日未足之前，并不算是真正的婴孩……"

"可否以精怪论之？"两人拾级而上，转入游廊。

"个中并无精怪，如果一定要说，只能说是因果报应使然。"

"因果报应？"

"该怎么说呢，"端木翠想了许久，"展昭，你有没有听人说过，多儿多女多冤家，无儿无女坐莲花，又有人说，儿女是父母欠下的债，是前来讨债的？"

"听过。"

"凶嫌杀蛇无数，欠下历历血债，蛇的戾气郁结成胎，托作婴孩，也算是今世前来讨债。但是形体的转换与托生并非顷刻便成，在百日未足，尚未浸染足够尘世人气之前，总还改不了之前习性。所以那人夜归之时，会看到那婴孩幻作蛇形游走。"

展昭只觉匪夷所思。

"不只是蛇，所有由畜生道投生为人的，百日未足之时，总是改不了做牲畜时的习性，只不过幻作原形的少之又少罢了。退一步说，哪怕是人再世投生，你当那一碗孟婆汤，便真的立时抹消了前生记忆？他们都还是略略记得些的，所以刚出生的婴儿只会啼哭不会说话，待他们学会说话时，故旧之事也就忘得差不多了。"

"你的意思是说，百日未足之时，那婴孩可人可蛇，所以那人当日所杀是蛇而不是人。"展昭略有所悟，"但是百日之后，那婴孩就再转不了蛇身，届时那婴孩就是人而不是蛇？"

说得好生别扭，展昭自己都觉得拗口。

"可以这么说吧。"端木翠怅然，"所以他当日看到的和所杀的，只是一条蛇。只不过那蛇死后，蛇灵涣散，剩下了原有的人形肉胎。旁人看到了，自然会认定他是杀亲子而啖之。"

"这样的案子，让大人如何去判？"展昭苦笑，"说它是蛇，它百日之后又会完完全全蜕变为人；说它是人，它偏又幻化了蛇遍地游走，那人杀的究竟是蛇

还是人？”

说话间，二人已行至包拯的书房门前。

"那就要看包大人作何想法了。"端木翠嫣然一笑，伸手叩响了门扇。

闹得沸沸扬扬的永州食子案，终于尘埃落定。

端木翠说得不错，个中并无精怪，因果报应使然。

若无那次偶然的"夜归"，一切都会在不经意间发生——上半生辛辛苦苦积累的家业，下半世都会败在那前来讨债的"蛇子"身上。

偏那投作人胎的蛇一时半刻转不过性来，幻作了蛇形四下游走，叫他逮个正着，手起刀落，又是一锅蛇羹。

他杀的是蛇，还是人？

"他当日看到的是蛇，杀的也是蛇。"包拯喟然，"他若看到的是那小儿四下爬玩，怎么可能动杀戮烹煮之念？"

虽说子不语怪力乱神，但此案终以妖法障目而结。

大堂之上，结此奇案，观者哗然，议论纷纷。

那人却无丝毫喜色，木木然任人除去镣锁木枷，似乎犯案的是旁人，得释的也是旁人。

张龙、赵虎奉了包大人之命，与了那人些许银子，将他送至开封城郊。

由始至终，那人未曾说过一句话，拜别了张龙、赵虎，闷头而走，直到猝然间撞上一个人。

端木翠。

"我只是很想知道，为什么自那之后，你从来不曾开口讲过一句话。"

那人躲闪着端木翠的目光，绕开她站的位置，想继续行路。

"你不说，我也会知道。"端木翠笑笑，忽地右手虚张，旋即往半空一带。草丛中一只惊慌失措的老鼠，不知被什么力道牵扯而出，吱呀乱叫着腾跃于半空。

那人猛地转过头来，自口中吐出丈二长的蛇芯子，裹住那老鼠身躯，倒卷入口，连皮夹肉，生咬猛嚼，嘴角流下腥臭的血来。

他早已不能说话。

避过了开封府的问责和人间律法，终未躲得过异蛇报应。

第八章　梳妆台

本着治学严谨的精神，我去查了一下"梳妆台"的意思。

——梳妆台，就是用来化妆的家具装饰。

这回答很诚恳，但是我的绝倒也同样发自内心。

让我如何能认，这干巴巴的一句话，可以诠释梳妆台的意义？

难道你们愿意承认，梳妆台之于你们的意义，如同板凳、条桌，甚至……马桶，都只是家具的一种？

请闭上眼睛，想象一个细雨如雾的黄昏。

暮色如无声无息的灵，向着屋内蔓延，蔓过镂空的梨木花窗，自窗棂铺排而下，行进处带起丝丝的冷，有着雾的形骨。

这空荡而又华美的女子闺房，内外之间横亘如纱帷幕。帷幕的那一边影影绰绰，似在窃窃私语，唤你去看。

一阵不知从何而来的风过，掀开帘幕一角。你看到，在内室的角落之处，巨大的阴影之中，矗立着梳妆台。

最古朴的样式，暗红而泛着亮泽的釉彩漆光，周身盘满最繁复华丽而又精美的纹路。

稳重、不起眼、不扰攘、不哗众取宠，隐在暮色与暗影之中，慵懒而散漫。有那么片刻，对，你没有看错，她秀眸惺忪，粉腻酥融，空气中盈满致命的魅惑娇娆，唇角微微勾起不着痕迹的笑。

朱唇轻启，似是对你说：来吧，这里有钗钿步摇、胭脂螺黛，发绺梳篦、香泽兰膏，哪怕你容颜惨淡形同媒母，我也可以把你细细研作风鬟雾鬓、颜如舜华。

梳妆台，她是静候在暗处、以女子为食的妖。

那青衣的牵驴小童，对着王朝抽抽搭搭哭诉了大半个时辰。王朝有些不耐，但仍按压着性子，好声好气跟他解释。

"你家公子可能在哪里吃酒吃醉了，或是一时迷路……你不是说他头次到京城吗？"王朝耐心劝导，"一夜未归也不稀奇，你去客栈好生等着，没准儿他早已回返，找不着你大发脾气呢。"

好说歹说，终于将青衣小童劝走。

进得府内，马汉他们看着王朝直乐。其实四人是一并回府的，偏那守候在府门口的小童一眼盯上了王朝，死攥住王朝衣角不放，说是要喊冤。

"终于劝回去了？"马汉说，"倒是个忠心的仆从。"

"他们家公子一夜未归，他便急得大哭，不知哪个促狭鬼捉弄他，让他来开封府喊冤。"王朝抹一把额上的汗，"我见得多了……这些个进京赶考的书生，一到京城便迷了心智花了眼，一夜未归……哼，没准儿就醉在哪个酒楼、宿在哪条花街柳巷……"

"话也不能这么说。"展昭恰巧经过，驻足听了片刻，"那人若是这样的性子，贴身童仆岂会不知？也不会如此焦惶无措了。"

几人忙站起："展大哥。"

"那小童还说了些什么？"展昭看向王朝。

"还说……"王朝摸摸后颈，"还说他们公子夜半温书困乏，就到旁边的玄武大街东四道走走……直至今晨还未归返。"

"东四道……"展昭沉吟，"东四道要偏僻些，他若真是在东四道走丢的，必不是去了什么青楼楚馆。今晚你们巡夜时，多多留意那头。"

"展大哥尽可放心。"张龙拍胸脯，"今儿是我和赵虎巡玄武大街，东四道若有什么不对劲，我们定会查个究竟。"

张龙言出必行，当晚和赵虎在东四道逶巡良久，细细查探，一无所获。

"早说了展大哥是多心了。"瞅着四下无人，赵虎很是不顾官仪地伸了个懒腰，"那书生没准儿已经回去了。"

两人再看一回，出了东四道，经由玄武大街回府。

行至玄武大街中段时，张龙忽地咦一声，示意赵虎看向道旁。

借着客栈檐上高挂的灯笼，赵虎看得明白，那蜷缩在客栈墙角处的，正是白日的青衣小童，靠着墙壁睡得正香，手中还紧紧握着一截绳，牵驴的绳。

可惜的是，另一头并没有驴。

赵虎近前，俯下身细看，那缰绳另一头破口甚是平展，显是有人剪断了缰绳顺手牵驴，可叹这小童睡得太死，丢了家当都不自知。

"小兄弟，"赵虎晃那小童肩膀，"怎么睡在这儿了？"

那小童睡眼蒙眬，打着呵欠醒转。

如张龙所料，醒转之后先哭驴，哭了约莫一盏茶工夫，尔后抽抽噎噎、断断续续道出个中原委。

其实那小童未曾说时，张龙心中已猜了个八九分，现下那小童所言，只是印证了他心中所想罢了。

果然，那书生尚未归返，客栈老板只乐意跟钱对话而不愿意讲人情——当然，客栈老板跟这小童也没什么人情可讲，于是乎将其扫地出门。

小童哀哀哭个没完，张龙和赵虎面面相觑，长叹一口气，暂且将小童领回开封府。

来寻展昭时，展昭正要睡下，只着白色里衣裤过来开门。张龙拣紧要处跟展昭说了一说，算是对展昭日间吩咐有个交代。

那小童一直站在张龙背后，小脸糊得像个花猫。眼泪总算止住，悲戚之情不减，好几次又有抽噎的势头，还有一次鼻涕流将下来，哧溜一声又吸了回去。

展昭看着既觉心酸，又感好笑。

送走张龙，展昭没了睡意，在室内踱了一回，心下有了计较，穿上蓝衫抓起桌上巨阙，悄无声息自府中后院跃了出去，直奔东四道。

东四道其实勉强算是一条街铺，只是位置既偏离主街又远，白日里生意尚且寥寥，更遑论夜间了。两边商铺，这两年搬走了不少，剩下些许几家更不成气候，不到晚间便已关门落锁，到了夜半更加静得骇人。

展昭便在青石板铺就的道上来回走了几遭。张龙说得没错，的确没什么异样之处。

若我是那书生……

展昭放缓脚步，蹙眉细细思量：若我是那书生，温书困倦，来这东四道信步闲走……有什么人会出现？偷？贼？抢？盗？

不对，他轻轻摇头，一个身无长物财帛寡薄的书生而已，贼盗哪会对他生出兴趣？

百般思量不得解，展昭摇头苦笑，便欲回返。

走了没两步，忽地停下。

左首边，似乎有什么异样。

展昭缓缓转至左侧。

方才看时，左侧只是普通的商铺，黑魆魆的大门紧闭，普通的破落衰颓。

现下，却不见有商铺，突兀现出一条幽长的深巷，薄雾缭绕，巷子深处，似乎有什么东西正往这边来。

展昭下意识握紧手中巨阙，凝神细看。

一顶双人抬的轻乘小轿，穿过那些浮沉的乳色雾气，悄无声息地出现在展昭面前。

抬轿的两人，一身下仆装扮，两人一般的目光呆滞、木然僵直，若非说二人有什么不同，那就是右首边那人年纪稍轻些，站立时背脊驼得厉害。

轿帘轻掀，下来一位年轻的女子。

那女子着一身白色罗裙，挽凤髻，两鬓的发松松散落，闲闲绾三两绢花，冰肌玉肤，细润如脂，铅丹其面，点染曲眉，端的是芳馨满体，瑰姿艳逸。

饶是展昭定力如斯，也不觉心荡神移，堪叹世间竟有如此美色。

"公子，"那女子低眉敛额，吐气如兰，"小女子歆慕公子丰神俊朗，暗自心折，不知能否邀公子移步一叙？"

这样的良辰，这样的美人，若搁了你，魂魄早飞了九天去，骨头酥麻软透，除了点头称是，眼睛都舍不得移开半分，哪还会问眼前玉人的来历缘故？

展昭忽地有些明白，那书生究竟去往何处了。

那女子面颊泛红，眉目流转之间，叫人不忍拂她之意。

"相请不如偶遇，"展昭微微一笑，"烦请姑娘前头带路。"

这巷子远比看起来的要幽深漫长，愈往里走便愈是云霭浓重，阴冷浸衣。那女子弃了软轿，与展昭并肩而行。

巷子很窄，触手是湿漉漉的巷壁，壁角是积年的暗绿色苔藓，周遭很静，偶尔会听到滴答的水声，还有展昭自己的脚步声。

是的，只有自己的脚步声。

那女子并那两个轿夫，走起路来落脚无声。有几次，展昭恍惚中觉得，只有自己一人在这条深不见底的巷中行走，不知为何而来，也不知要往何处去。

或者，自己是迷路了，不知道是迷失在哪个幽暗而古旧的梦里。似乎转过一个弯，就会有殷勤的店小二拎着茶壶迎上来，招呼一声："客官喝茶。"而远处的绣楼上，凭栏而立的华服女子正用团扇遮了脸，欲语还休的眼波微转，便醉了楼下痴痴仰望的翩翩少年。

不知道过了多久，那女子停下脚步，向着展昭嫣然一笑："到了。"

到了？

展昭抬起头，高处的匾额之上，"天香楼"三个朱漆篆字似真似幻，忽而近在眼前忽而远在云端，忽而遒劲有力忽而绵软无骨。展昭揉了揉眼睛，再去看时，那三个字似乎动了起来，一忽儿分开一忽儿又凑至一处，似在窃窃私语指指点点。

他记得清楚，开封城中，这许多街道巷陌，并无一家叫作"天香楼"的门面。

展昭觉得渐渐昏沉，头重得厉害，眼前的颜色也似乎泛着诡异的色泽，有香气盈于鼻端，那女子的纤纤玉手攀住他的肩，凑至他耳边低声道："公子，你醉啦。"

语音靡软，吐气如兰，展昭低头，对上如水双眸。

那眸子，似蕴藏说不出的魔力，牵引他沉溺其中。

周遭渐渐喧嚣，轻歌曼舞，丝竹盈空，有人执着牙板，咿咿呀呀不知唱谁的艳词丽赋，门内传来呢喃绵软的女子娇嗔。忽地哎哟一声低呼，不知是谁倒翻了酒杯，那酒香慢慢溢开，愈溢愈满，愈满愈暖，通体竟是说不出的舒畅。

那女子扶住展昭，悄声道："公子，梦蝶扶你进去啦。"

梦蝶，如此绮梦，艳异若蝶。

坐于厅堂，莺歌燕语，软香袭人，梦蝶偎依于展昭身侧，一杯杯劝他水酒。说来也怪，明知不该饮，酒到唇边，还是不由自主啜下。

"公子，"梦蝶清喉娇啭，"公子可喜欢梦蝶？"

喜欢？刹那间，展昭竟有片刻失神，喜欢她吗？似乎不是，如果不是，喜欢的是谁？

待要去想，头痛欲裂，低首看时，眼前的玉人腮晕潮红，羞娥凝绿，秋波流转，眸中尽是希冀之色。

"公子尚未回答梦蝶。"梦蝶含娇细语，"公子是否喜欢梦蝶？"

要怎生回答？

梦蝶的目光，柔情似水又灼热如火。展昭额上渗出细汗来，"喜欢"二字哽在喉间，是说还是不说？

进退维谷之间，身后忽地有人扑哧一笑，道："展昭，你叫我好找，原来是叫梦蝶姐姐勾了魂儿。"

展昭浑身一震。

这声音，除了端木翠，再不作第二人想。

香风袭面，环佩叮当，明知来的是端木翠，整个人却似魔住了般，动弹不得、出声不得。恍惚间看见一身碧色罗衣的端木翠在身侧款款落座，眉眼间似笼了层纱，怎么看也看不真切。

"听妹妹的口气，跟这位公子竟是旧识？"梦蝶不动声色地为端木翠斟上一杯酒，"只可惜……"

"可惜什么？"端木翠粲然一笑。

"可惜天香楼不讲先来后到。"梦蝶眼底掠过几分自得，"他既是我带回来的，便是我的人……规矩使然，只能在这儿跟妹妹赔个不是了。"

"这样啊。"端木翠笑笑，"姐姐说得也不尽然，人确是你带回来的，可是能不能留得住，现下还很难说。"

梦蝶身形一滞，执壶的手便僵在半空之中。周遭诸人似也发现两人言语不对，俱都侧目而视。

"听妹妹的口气，似乎要和我抢？"

"不是似乎。"端木翠认真纠正梦蝶的语病，"是明摆着，明摆着要和你抢。"

梦蝶不语，良久摇头轻笑："罢了，你是新来的，这次便不和你计较……妹妹醉了，赶紧回房休息是正经。"

没叫她"滚回房"，已经很是客气。

"我今晚没什么胃口，东西吃得少，酒更是半滴未沾。"端木翠不领情，"倒是姐姐你，对我的说辞推三阻四，你是喝多了，还是害怕了？"

梦蝶强按下心头怒气："端木翠，我已给足你面子。"

"姐姐这话就更不知从何说起了。"端木翠故作讶异，"我的面子是自己挣的，从来都不是别人给的。"

梦蝶怒极，衣袂微颤，竟说不出话来。

　　"人我是带走了，"端木翠扶起展昭，冲着梦蝶嫣然一笑，"姐姐不高兴的话，尽可以来抢，我就在楼上，随时候驾。"语毕，似乎是故意气梦蝶，她颇为亲密地凑近展昭耳畔，柔声道："展昭，我扶你回房……"

　　说到后来，面现娇羞之色，声音细不可闻。

　　周遭诸人只当端木翠是说了什么亲密之语，俱都会心而笑。梦蝶脸色煞白，恨恨看向端木翠，恨不得生啖其肉。

　　只有展昭，将端木翠的话听了个齐全。

　　端木翠说："展昭，我扶你回房……回去再揭你的皮。"

　　梦蝶眼睁睁看着端木翠扶住展昭离开。

　　先是气，只觉腹内一团火，腾腾腾冒将起来，心肝肺肚肠，通通炙烤得难受，然后是手脚发颤，整个人都站不住，抖索着扶住桌沿坐下，不消抬头，她都知道周遭是什么样的目光。

　　跟红顶白、拜高踩低，素来就是天香楼的习气。

　　居然用抢的，居然来抢！怎么可以来抢！

　　刹那辰光，梦蝶转了无数个念头：她既抢走，我便上去再抢回来，还要在她脸上狠狠抽上一记方得解气。

　　不，不，怎么作如此想？这不是她梦蝶的作为。

　　绮如梦，丽胜蝶，梦蝶是什么人物，多少公子王孙一掷千金，只为博她红颜一笑。这世上的物，只要她喜欢，眼眉儿轻轻一扫，自有人争着呈上。这世上的男人，只消见了她的面，无不心心念念魂牵梦绕。只有他们追着她亦步亦趋，哪有她去倒追别人的道理？

　　任何时候，她姿态都端的好看，她高高在上，她矜持婉转，只听过蜜蜂逐花而走，哪有花儿逐蜂的道理？

　　她是天香楼最娇妍盛放的花，展昭没理由不喜欢她。

　　初时的盛怒渐渐消弭，梦蝶神色自若地端起方才为端木翠斟就的酒，一饮而尽。

　　"端木妹妹。"梦蝶缓缓抬起头来，手中兀自把玩饮空的酒杯。

　　端木翠停下脚步，回头看梦蝶。

　　"你喜欢展昭，硬要把他带走，做姐姐的也不好留他。"梦蝶粲然，"只是，他今晚若来找我，做姐姐的是接，还是不接？"

言下之意：人是被你强行带走的，可心还留在我这儿，瞅着空子，他还会回来。

端木翠笑笑："不劳姐姐费心，我信他不会的。"

"不会吗？"梦蝶不知是自言自语，还是故意说与端木翠听，"妹妹恐怕还不知道展昭已经中了我的'迷梦'吧？端木妹妹，不消多时，他的眼里心里都是我，连他的梦里都只有我——只要他对我说出'喜欢'二字……"

听到"迷梦"二字，端木翠的脸瞬间转作煞白，双唇紧咬，顿了片刻，一声不吭，扶住展昭便走。

"你当然不爱听。"梦蝶喃喃，"只要他对我说出'喜欢'二字，他的魂魄就会认我做主人。端木翠，你不是喜欢抢吗，我倒要看看，届时你怎么来抢。"

推开门扇，端木翠的腿蓦地发软，再扶不住展昭，两人几乎是一并跌进门内去的。

肢体似乎再不听自己使唤，若搁了平时，怎么会摔倒？展昭苦笑，那梦蝶不知给自己用了什么毒，先是身不能动口不能言，现下更是连眼睛都睁不开了。

凝神听周遭动静，还好，端木翠似乎没有摔倒，只是，她倚着门栏坐了好久，才慢慢地起身关门。

落闩之后，端木翠低低唤了几声展昭，便伸手来探展昭鼻息。

展昭心中好笑，忽地有温热液体滴落脸颊，心中蓦地一紧：端木翠竟哭了。

再一细想，不觉得脊背发凉：她为什么哭？难道她连我的鼻息都探不到了？

正怔忪间，就听端木翠低声道："展昭，我第一次见你，跟你说过什么？"

说过什么？

"我同你说，人间有法，鬼蜮有道，开封府掌世间礼法，细花流收人间鬼怪。收服精怪本就是我做的事情，你为什么多管闲事？"

是啊，为什么多管闲事？他看见梦蝶之时，就知晓梦蝶必是妖孽，既是如此，为什么不即刻收手？

"你素来就是这样，能做的事要做，不能做的也要去做。展昭，你只是一介凡人，也只有一条命，为什么不好好珍惜自己？"

珍惜自己？这许多年，为天下，为百姓，为青天，为公理，为道义，多少次险象环生，多少次命悬一线，唉，早忘却了自己。

"展昭，你听得到我说话吗，你已经陷在'迷梦'之中了吗？"

见展昭不答，端木翠一颗心如坠冰窖，只觉得浑身的力气都抽离了一般，怔怔瞧了展昭好久，缓缓俯下身子，在展昭额头轻轻吻了一吻。

九天之上，阴曹之内，人世之间，大罗神仙也好，妖魔鬼怪也罢，身入迷梦者，未尝见有得归。

展昭初时尚听得到端木翠说话，后来倦意袭来，明知不该睡，还是睡去，渐渐遁入黑甜之乡。

这一觉不知睡了多久，许久都未曾睡得如此舒服了，四肢百骸都似得了喘息之机，懒懒地不肯动弹。鼻端是青草的芳香气息，脸颊痒痒的，似有什么在蹀爬。展昭并不睁眼，唇角却漾出一丝笑意，蓦地伸手去扑，睁眼看时，一只小不丁丁的促织正惊慌失措地四下乱撞。展昭玩心顿起，只把促织拢在手中不让它出去，过了好久才松开，那促织如逢大赦，扑扑晃晃地去了。

展昭这才懒懒舒了个懒腰，四下看时，却是在林中睡了个长长的午觉。日头已然西斜，阳光却仍有些刺目，伸手摸向腰间，还好，巨阙还在。

行走江湖，居然如此大意，大剌剌在林中睡了这许久——幸好没被过路的小贼牵了兵器摸了盘缠，否则，这脸可就丢大了。

展昭掸了掸如雪白衣，忽地回转头，向着林子深处嘬了个呼哨。果然，不多时，就听得马儿蹄踏声响，踏雪似是等得不耐，只顾自己疾奔，越过展昭身侧，竟是停也不停。

展昭吃惊不小，道："好家伙，连主子都不认了。"虽如此说，脚下却半分不慢，一个疾步赶上踏雪，翻身上马，踏雪嘶鸣一声，越发奔得快了。

策马出林，沿山道蜿蜒而下，极目四望，远山的轮廓渐弥于暮光之中，向下看时，偎依于山脚的湖泽如粼粼镜面，无穷无尽伸广开去。

饶是紧赶慢赶，行至山脚已是暮色四合。展昭跃下马来，牵着踏雪沿着水泽之侧缓步而行，近岸的芦荡随风摇曳，远处的湖心尚有晚归的渔舟，一盏风灯悬于舟首，明明灭灭如同萤光。

忽听得有人唤他："展昭。"

心中一动，就听吱吱呀呀的摇桨击水之声自芦荡深处一路过来，回头看时，

却是一艘黑魆魆的乌篷船。端木翠一手掌灯，一手掀开篾篷的帷帘，眉目间尽是盈盈笑意。

展昭心中一喜，松开踏雪缰绳，一个箭步抢上船去，笑道："你竟先到了。"

端木翠嘘了一声，回身指了指船篷之内。展昭心中会意，果噤声不再言语，探身向船内看时，见床上躺着个书生模样的年轻人，鼻息绵长，睡得正香。

展昭笑着低声道："你动作倒快，竟将卢生劫了出来……这样也好，这书生身子单薄，挨不得牢狱之苦。"

端木翠点点头，反手将帷帘掩上，示意展昭在船沿坐下，将风灯置于身侧，悄声道："你呢，在淮阳城中可有收获？"

展昭点头："已经找到药店的掌柜，证实当日是卢张氏而非卢生在他处买过砒霜……这卢张氏伙同奸夫害死夫君，却浑口胡言，买通了淮阳县令要将杀人之罪栽赃在小叔子卢生头上……若非我们无意中勘知此事，这卢生只怕要稀里糊涂掉了脑袋。"

端木翠道："我自水路过来时，听人说开封府尹包大人不日会取道淮阳城入京。展昭，不如把这案宗交到包大人手上，包大人铁面无私明察秋毫，定会还卢生一个公道，将那奸夫淫妇绳之以法。"

展昭笑道："我心下正是这么打算的。算起来包拯应该明后日就到，届时寻个便宜之处，将这案子细禀就是。"

端木翠忽地啊呀一声："展昭，我自淮阳大狱将卢生劫出……你说包拯会不会问我劫狱之罪？"

展昭振臂舒了个懒腰，仰天躺倒于舱板之上。端木翠秀眉微蹙，伸手拉展昭衣袖道："展昭，你倒是说呀，包拯若问我劫狱之罪，我该怎么办？"

展昭反手握住端木翠的手，笑道："包黑子什么都好，就是太不通情理了些。按说劫狱也是为了救人，可是依他的执拗脾气，倒是有七分可能去问你的罪。这须不能怪他，官场之上自是比不得江湖之中率性恣意。届时救了卢生，我们便逃之夭夭去也，就算包拯要问你之罪，也是鞭长莫及。"

端木翠禁不住咯咯笑出声来，伸手去刮展昭鼻端道："堂堂南侠，也是个不守法理之人。"

展昭偏头躲开，亦笑道："不守法理之人多了，白玉堂、欧阳春，岂不都是如此？

只消无愧侠义二字便是。"

端木翠低低嗯一声，亦在展昭身侧躺倒，先是点数空中星星，忽地偏头看展昭，柔声道："展昭，此间事了，我们要去往何处？"

展昭道："你也说是'此间'事了，此间事了便去别处。天下这么大，拯危济困行侠仗义的事，便是做一辈子也做不完。"

端木翠却不出声，良久才喃喃道："拯危济困行侠仗义……展昭，你会带上我一起吗？"

未及回答，她又道："展昭，你会带上我一起吗？我也陪着你一辈子行侠仗义，你倦了我便与你说笑话听，你饿了我便做饭给你吃，不管是开心还是难过，我都与你一起，你喜欢吗？"

展昭心中一颤，抬眼看时，端木翠双颊微晕，敛了眼眉，说不出的女儿家娇羞情态。

见展昭不答，端木翠双唇紧咬，忽地抬起头，双眸亮如明星，低声道："展昭，你喜欢吗？你……喜欢我吗？"

展昭只觉一阵难以言喻的怪异流转于胸，一时间竟空旷茫然起来，忽地想到，不对，端木怎么会说出这样的话来？

端木翠见展昭不答，不由心下发急，言语间带了三分不耐，道："展昭，你倒是说呀，你是喜欢还是不喜欢？"

展昭仍是不答，眼前似乎有什么端倪若隐若现，只是抓之不住，一时间耳畔尽作金石冗杂相撞之声，颅内纷乱如搅，不觉以手扶额，痛呻有声。

端木翠再沉不住气，连声催促道："展昭，你为什么不说话，你只消答一声喜欢，我这一辈子都会陪在你身边……"

电光石火之间，展昭灵台蓦地转于清明，猛地抬起头，厉声道："你不是端木翠。"

端木翠一愣，双眸之中渐渐蒙上阴鸷之色，忽地森冷一笑，五官渐自扭曲，依稀便是梦蝶面貌。展昭待要看得仔细，忽觉身下一空，什么湖泽、乌篷船通通转作虚空，整个人直如一片飘萍，空落落坠向无穷无尽处。

不知过了多久，肩背实实触到地面，蓦地睁眼，竟是身处女子绣房之中。展昭忆起先时是端木翠扶他回房，勉力撑坐起上身，抬眼看时，只觉心中一突：面

前肃立的女子，竟是梦蝶。

见展昭面有惊愕之色，梦蝶淡淡道："你怕什么，你从迷梦之中得脱，我便寻到此处，候你醒来。"

展昭不语，四下看了看，沉声道："端木翠呢？"

梦蝶冷笑一声，并不回答，直直盯视展昭良久，忽地俯下身子，嘶声道："展昭，我有什么地方不好，你为什么不喜欢我？"

展昭一愣，偏过脸去避开梦蝶，站起身道："梦蝶姑娘，喜欢与否，缘分使然，不可强求。"

梦蝶冷笑，双目之中透出狰狞之意来，道："见过我的男人，没有不喜欢我的。展昭，凭什么你便是例外？"

展昭只觉匪夷所思，无奈摇头："梦蝶姑娘，你似乎太过偏执了些。"

梦蝶双目暴起，面貌竟扭曲得异样丑陋，道："展昭，你是否嫌弃我不够貌美？"

展昭见梦蝶执念如斯，心生不悦，却又有几分怜悯之意，顿了一顿才道："展昭并非贪慕美色之人。"

梦蝶嗬嗬冷笑，语带讥讽道："我先时还以为你是另有所爱，可是适才在迷梦之中，你还不是一样不喜欢端木翠？既然你并非心有所属，你怎么会不喜欢我？你定是嫌我不够貌美，是也不是？"

展昭听她胡搅蛮缠，不觉眉头皱起，不欲与她多话，谁知梦蝶忽地攥住展昭手臂，道："跟我走。"

原来天香楼后院别有天地。

精雕细画的屋子，镂空的梨木花窗，室内不举灯火，一片漆黑暗沉。

端木翠轻轻掀开垂地的纱幕，角落里立着梳妆台，黑暗中看过去，周身墨一般黑，只镜面泛着些许暗光。

奇怪，端木翠抿了抿嘴唇，重又将纱幕放下。

老早便侦知东四道有异样妖孽，并不怎么放在心上，只是派了细花流门人暗暗查访。派出去的门人男女杂半，女弟子一无所获，悻悻回归，男弟子竟一个都未曾回返。

怪哉，要知道细花流门人，都是精魂附于人偶，就算遇到异状伤了肢体，精

魂也会自然折返端木草庐，怎么会一去杳然，浑无消息？

终于按捺不住性子，亲自出马，终于发现东四道不起眼的一隅，竟通往妖孽之所。

略一思忖，心下有了计较，敛去上仙光华，尾随那些个外出诱男的女子，一路来到天香楼。

在楼外踟蹰许久，正不明所以间，楼内的鸨母出门看见，脸上竟有些许怜悯之色："姑娘是哪一方的游鬼，居然到了这里？"

居然以为她是游鬼吗？端木翠不动声色，给她来了个默许。

鸨母见端木翠容颜姣好，心下一动，便起了收纳的心思。

"虽说是个游鬼，"鸨母喃喃，"不过难得是个好模样儿……"

就此得以留下。

老实说，鬼蜮的声色场所，端木翠是无心去管的。都有欲望渴求，不能因为人家非人就歧视人家，禁止人家经营娱乐场所。

端木翠要管的是"越界"，如同她对佘公旦说的那样，做妖做人，都得"守本分"。

冷眼旁观几日，终于让她瞧出几分端倪。这天香楼中，游鬼女妓不在少数，倒也规规矩矩从无逾越，而以梦蝶为首的另一干女子，却是人而非鬼。那些在东四道诱惑阳世男子的，正是梦蝶诸女。

如此盘桓几日，竟无其他发现，明知个中必有蹊跷，居然查探不出。端木翠不由心下戒备，幕后若果有妖孽为怪，此妖道行，委实深不可测。

再然后，就是展昭出现。

念及展昭，端木翠难掩心下黯然。

展昭身陷迷梦之中，这一世怕是都无从折返。

迷梦，是另一个世界。

譬如黄粱一梦，那人在现实之中，只是个寥落不堪的穷书生，然而迷梦之中，诸多欲念得以成真，官拜卿相、妻美妾娇、奴仆环绕、令行禁止。你若让他挑，他会愿意长驻迷梦不复醒，还是醒转做他的穷书生？

换了你，现实之中劳碌营役苦闷困乏，迷梦之中要风得风唤雨得雨，你愿意回归现实，还是投身迷梦？

你认为迷梦是幻象吗？不，你当它是真，它便是真。

譬如庄子梦蝶，扑朔迷离，究竟是庄周梦作蝴蝶，还是蝴蝶梦为庄子？焉知你现下生活，不是另一个世界中你的一场迷梦？

而展昭，若能抛开加之于己的种种道义、责任，亦有自己向往的生活吧？以南侠之身而入公门，太多人嘲讽他为名利所诱甘当朝廷走狗，他虽然不争不辩，但或许，心里向往的还是仗剑快意江湖、鲜衣怒马天地。

正迷茫间，忽听得脚步杂沓往这边过来。端木翠一愣，三指屈伸，捏了个隐字诀，渐隐不复见。

梦蝶"砰"的一声推开门扇进屋，拿起案上的火折子，点起桌上烛台。

展昭撩起下袍，抬脚进来，四下环视。梦蝶冷冷道："不用看了，端木翠不在这里。"

事实上，端木翠就在她身后，听梦蝶如此说，促狭之心顿起，待要想个法儿捉弄她一把，忽地一抬眼看到展昭，惊得呆立于当地。

半晌闭上眼睛，口中喃喃"幻象幻象"，复又睁开眼睛，见展昭朗眉星目，分明旧时模样，蓦地了然展昭是自迷梦当中折返，心中又惊又喜，明知展昭看不见听不到自己，仍是雀跃不已，几步赶至展昭身边，连连追问道："展昭展昭，你怎么回来的？"

就听梦蝶道："展昭，你等我一等，我必不会让你失望。"

说着执起灯烛，撩开纱幕，径自去了内室。

端木翠心下好奇，也顾不得展昭在侧，待要跟着进去，忽地心念一转，回身行至展昭身边，踮起脚尖冲着展昭颈间吹了一口气，待看到展昭悚然色变，得意之至，咯咯笑着去了。

进得内室，就看到梦蝶端坐于梳妆台之前，对着菱花铜镜急急敷粉描眉，只是手颤得厉害，好几次将眉画偏，又用绢帕重重揩去。口中喃喃道："是你说凭借着美貌，便可拴住男人的心，可他眼里心里都没有我，是否我还不够美？"

说话间又重重往脸上涂擦香粉，手下力大，似乎要将一张面皮儿都搓将下来。端木翠心下骇然，心道，这女人真是失心疯了。

忽地心下生疑：她口口声声"是你说"，这个"你"又是谁？

正思忖间，梦蝶停了下来，凑近铜镜左右端详，喃喃道："是了，我的眼睛不够清亮，得换一对才好。"说话间伸手探入眼眶，生生将一对目珠抠了出来。

可怜端木翠离得极近，看到这一幕时只觉一阵反胃。梦蝶伸手抽开小橱一格，从中掏出两颗目珠，重又塞于眼底，俄顷转了转眼珠，又用绢帕将眼底流出的血擦干，展颜一笑道："这便好多了。"

言笑晏晏，竟似无事人一般。

直到此刻，端木翠才觉出是这梳妆台有异。

只是这梳妆台半分妖气都无，木讷讷立于当地，是当真蠢笨，还是大智若愚？

愣神间，梦蝶整装完毕，急急奔将出去，险些被纱幕绊倒："展昭，我新整的容妆，你可还喜欢？"

展昭如何察觉不出梦蝶容颜有变，只觉脊背凉气冉冉而起，半晌强自定神，摇头道："梦蝶姑娘，你为何执念如斯？"

一语既出，梦蝶满怀希冀的脸庞瞬间颓败，胭脂涂就的双唇竟也现出灰白之色来，颤声道："你还是不喜欢，我还是得不了你欢心……是你说凭借美貌就能留住男人的心，为什么还是不行？"说到后来，声嘶力竭，仰天大笑，眼中不断落下泪来，喃喃道，"原来你一直都在骗我……什么美貌，全是骗人的东西……"说到后来，软软瘫倒在地，面上俱是幻灭凄绝之色。

与此同时，梳妆台的菱花镜面，忽地迸出一道细小裂缝，长不逾一指，方才迸出，旋即收愈。

端木翠鼻端蓦地嗅到妖异气息，一瞥眼看到镜面裂痕行将隐去，不遑多想，低斥一声："去。"

掌心之内丝丝缕缕赤红色的三昧真火交缠而去，那裂痕收口受阻，撑得片刻，不敌三昧真火之力，裂缝便往周遭四散，蛛丝般蔓延开来。

端木翠只觉鼻端妖气大盛，心中大喜，催动念诀，三昧真火初时如丝如缕，继而如涓如流，紧接着如同火蛇出洞一般撞击镜面。那镜面渐渐里凹，就听毕剥一声，镜面哗然而倒。那火蛇得了出处，更往梳妆台深处钻伸而去，俄顷就听梳妆台腹内有闷雷般低吼之声，紧接着四下晃动，似要爆裂开来。

端木翠得意一笑，收了三昧真火，心道：看我不将你炸得四分五裂。

转头行了两步，忽听得背后炸雷般震响，不由暗叫糟糕：竟高估了这精怪，下了这许多猛料，眼见它是撑不住了，炸死了它事小，只展昭还在外间，不可带累于他。如此心念急转，忙脱下身上裙袍，就听轰然一声，气浪翻滚，端木翠被气浪掀翻出去，恰好跌落展昭身侧，觑准展昭所在，将那袍子张开出去。那裙袍将几人罩于身下，遮了个严严实实。

展昭见梦蝶哭得凄楚，本待宽慰于她，忽听得室内巨响，紧接着翻出一个女子来。那女子甫一着地便将外袍张起，说来也怪，那外袍竟如金钟罩一般胀实了开去。展昭识得是端木翠，心中一宽，道："你果然在这里。"

就听隆隆翻炸之响不绝于耳，周遭更是灼热逼人，端木翠先去看梦蝶，待看到梦蝶的脸时，低低叹一声，道："我果真未猜错。"

展昭闻言低头，委顿于地上的女子仍是先前装束，但眉目寡淡，容颜稀疏平常，不复先前的琼姿花貌。

展昭心中一凛，看向端木翠道："她……她也是精怪吗？"

端木翠摇头道："她算什么精怪，依附于精怪的可怜人罢了。"想想又觉后怕，倒是多亏了梦蝶，否则上天入地，都未必能找得出那精怪影踪。

展昭问她："那精怪可怕得很吗？"

端木翠失笑："我哪里看到它真身了，速速一把三昧真火喂它升天。亏得眼疾手快，待得它裂缝合上，我都不知该如何对付。"

梦蝶先时不语，听到此处，浑身一震，颤道："你……你毁了那梳妆台？"

端木翠道："怎么，你还舍不得？这梳妆台日日吸取你的娇妍寿元，终有一日害你油尽灯枯、血亏髓空。"

梦蝶惶然道："你混说什么，是它许我如花美貌……"

"如花美貌？"端木翠冷笑连连，"这世上多少女子，为着仙姿玉貌，整日对着梳妆台傅粉施朱，离了半刻都觉惴惴不安，却从未有人想到，你对着它日日厮磨之时，它已于无声无息处吸取你的容颜韶华，拿走你的绮年玉貌，在你额上缀下纹络，返你一堆铅粉朱丹、胭脂眉黛，你却还当作宝贝一般珍视，真真好笑。"

梦蝶嘶声道："你胡说，我本就样貌平凡，容颜老去是年岁使然，与梳妆台何干？"

端木翠忽地凑近梦蝶耳畔，冷冷道："是吗？你发觉你自己愈来愈丑愈来愈老，哪一次不是在梳妆台前？你茫然无措甚至绝望自苦，却不知彼时彼刻，它正在镜中看着你笑……"

　　一席话说得梦蝶心底生凉，忽地想到：是了，我发觉自己不复往日娇颜，有哪一次不是在梳妆台前发觉的？

　　端木翠又道："你以为是它赋予你如花美貌，哼，在我看来，它只不过是给了你一张铅朱假面而已。你觉得眼睛不够清亮，它便给你换一对目珠；你觉得自己的脸不够俏丽，它也能给你再换一张面皮。说到底，它给你的都是假的，可是它要的都是真的。它要你真的血气娇妍，而你为了充盈血气，又去攫取阳世间男子的精魂。可笑你自己，还觉得这桩交易多么公平合算。"

　　梦蝶愈听愈是心如死灰，端木翠气她害展昭身陷迷梦，兀自不依不饶："最可笑就是你这样的女子，自恃貌美为所欲为，忽一日遇到男子不受迷惑，你只会疑心自己不够美，单往容貌上寻出路。吓，依你这么想，那些样貌平常之人岂非不要活了，我还是头一遭见到你这种……"

　　展昭见梦蝶如遭雷噬的委顿模样，不觉起了怜悯之心，伸手拉了拉端木翠，示意她别再说了。端木翠瞪了展昭一眼，虽不情愿，还是住了口。

　　梦蝶沉默良久，低声开口："我本是寻常人家女子，许了夫家之后只盼夫唱妇随举案齐眉，谁知道自从夫君纳得美妾……"

　　展昭喟然，已然猜到后续情状。

　　"初时还只是冷落于我，尔后听信妾侍谗言，竟要休了我……七出之条我犯了哪个，要受此侮辱……

　　"那日对镜理容顾影自怜，梳妆台竟开口说话，言说可以予我绝世姿容，让世间男子都匍匐于我脚下……"

　　说到后来，声如蚊蚋，不复可闻。

　　端木翠叹了一口气，向展昭道："她这般执拗，也不是没有好处……若不是她受不了你不对她动心，她也不会拉你来此处重整容妆。若不是她最后绝望怨愤，那梳妆台也不会有所感应迸出裂纹让我有机可乘……"

　　展昭疑道："那梳妆台怎么会对梦蝶有所感应呢？"

　　"它吸取了梦蝶血气，梦蝶若有大悲大恸，它难免受到波及……不过我相信它应是吸取了太多女子的血气，虽然有所感应迸出了裂缝，但是愈合极快。我动手若是慢上一慢，就收服它不得了。"

　　展昭奇道："既是精怪，缘何难于收服？"

端木翠叹道："它是不同的，它身上半分妖气都无……也许……也许这些女子都是出自自愿，至死无悔，怨愤渴切之气太强，反遮了它的妖气吧……"

正唏嘘时，梦蝶忽地抬头看向端木翠："端木姑娘，我还可以活多久？"

端木翠倒不瞒她，坦言道："也就在一时三刻之间，你的血气被吸去太多，梳妆台既毁……"

梦蝶点点头，又看展昭道："展昭，我想问你，在那迷梦之中，你是如何识破我的？"

展昭一愣，抬头看端木翠，大有踌躇之色。

端木翠知道这是不欲自己在场，心头有气，因想着，迷梦之中，梦蝶要展昭对她说出"喜欢"二字，也不知道使出什么勾引的手段，吓，自然是不方便对我讲的。嘴上却道："有什么稀罕的，说与我听我也不要听。"

想着外头应该平复下来，恨恨瞪了展昭一眼，掀开袍裙出去，终是心有不甘，临走时狠狠踩了展昭一脚。

展昭不提防端木翠竟来了这么一手，脚上吃痛，当真哭笑不得。

梦蝶看在眼中，面上露出羡慕的神色来，轻声道："这样看来，你二人却是极好的。只是那迷梦之中，你始终也不曾说出喜欢二字。"

展昭不答，良久才道："你适才问我是如何识破你的……你在迷梦之中曾说会一辈子陪着我，你却不知道，端木，她不知道什么时候便会走，她是没有一辈子这么久的时间的。"

梦蝶笑道："你当真是傻，难道你不知道迷梦当中，一切向往都会成真？你在迷梦之中仗剑江湖行走天下是何等畅快，只消你愿意，你就能过上这样的生活，而端木翠，也永远不会离开。"

展昭沉默许久，方才淡淡一笑："抛下包大人、道义、职责的展昭，并不是我所认识的展昭，而情愿追随这样一个展昭的端木翠，亦不是我认识的端木翠。"

端木翠恨恨出了袍裙，方觉日光刺眼，赫然已是正午时分，鼻端尚有硫黄硝味蔓延，周遭横七竖八或坐或躺着一些痴傻男子，想来都是曾被诱入天香楼之人。命是捡回来了，惜乎精魂已去，也不知是喜是忧。

正愣神间，忽听有人喜气洋洋地叫她："端木姐。"

听声音不止一人，抬头看时，果然是张龙、赵虎他们，正兴高采烈地往这边过来。未及端木翠开口，几人已经你一句我一句地说开了。

"端木姐，你可见到展大哥？"

"展大哥平白便不见了，真真急坏了大人和公孙先生。"

"方才就听震天轰响，然后百姓奔走言说东四道出了变故，大人差我们过来看。吓，竟发现这么些失踪许久的人……"

"只是都呆呆傻傻的，好生奇怪……"

"端木姐，你怎生在这里？难不成是你在收妖？难怪如此阵仗，我就知道只要端木姐出手，端的不凡。"

几人叽里呱啦，端木翠连插一句嘴的机会都无。还是张龙眼尖，忽地看到远处张起的袍裙："端木姐，那坟包模样的东西是什么？"

端木翠翻白眼："你管它是什么，你展大哥在那儿上演倩女幽魂话别离的戏码，连我都被赶将出来，你们还是少凑趣为妙。"

"倩女幽魂？"几人面面相觑，咂舌不已。

正值这当口，一个尚显稚气的青衣小童牵了个呆呆傻傻脊背驼得厉害的书生过来，扯了扯王朝衣角，期期艾艾地开口："王朝大哥……"

王朝低头看时，咧嘴一乐："可找到你家公子了，现下放心了吧……"

"公子是找到了，"小童有几分忸怩，"要是还能找到驴，就更好了……"

第九章　状书

已是深秋时候，端木翠率细花流一干门人，远赴晋阳。

临行前夜，展昭前往端木草庐，帮端木翠打点行装。

深宵露寒，冷风透骨，端木翠一边收拾一边抖抖索索："展昭，人家说越往

北去越冷，我此趟岂非要冻死。"

展昭见端木翠只着一身单衣，不禁皱眉："你若一直穿这么少，留在此地也不见得能活。"

气得端木翠瞠目结舌。展昭心中好笑，面上只作不知，将府中诸人交托给端木翠的东西一一点过，祁红茶饼是公孙先生给的，说是冬日常饮生热暖腹；王朝、马汉备的是一袭轻暖连帽氅裘；张龙、赵虎送的是个五蝶捧寿镂空雕花紫铜手炉。端木翠先时生气不欲搭理展昭，后来见那紫铜手炉委实可爱，忍不住拿过来把玩，道："他们此番倒客气起来，只不过出趟远门，哪用得着送这么些东西？"

展昭笑道："一走便是三个月，北地苦寒，难得他们这番心意……此番收妖，可有凶险？"

一提收妖，端木翠顿时没了精神，蔫蔫道："凶险倒是没有，只是大费周章劳动筋骨，说起来，总是你们皇帝的爹不好。"

展昭哑然。

前些日子，端木翠来开封府拜会包大人，开口便要大人帮忙"搞件龙袍"，唬得大人半晌没反应过来。端木翠走后，包大人和公孙先生密谈许久，第二日便进宫面圣，说来也玄乎，竟当真从宫中带回一件龙袍来。

据公孙先生说，一切都是为着太宗年间晋阳毁城一事。

关于此事，展昭略有耳闻。

大宋立国之初，因着五代十国大多在山西发迹，民间纷纷传言山西有王气，龙脉在晋阳。太祖一直心心念念要拔下晋阳城，惜乎有生之年未能毕其功，直到太宗赵光义时方得实现。赵光义攻下晋阳城后，为了尽毁晋阳王气，先是火烧晋阳城，据说大火烧了三年方灭，尔后引汾、晋二水灌城，城中兵丁居民死伤无数，晋阳城也彻底沦为废墟。

因事涉本朝太宗，一般人讳莫如深，久而久之，知道的人变少了，不知道的反多些。

展昭将龙袍送去给端木翠时，端木翠先问"皇帝给得痛快不痛快"，尔后便一迭声地抱怨晋阳冤魂无数怨气遮天，"你们皇帝的爹做下错事"，"却要我去化戾气为祥和"，"弄件衣裳前去烧烧，也算是告慰亡魂了"。

展昭这才恍然端木翠要龙袍的用意。

　　端木翠走了堪堪逾月，方才托人捎回一封信来，寥寥几行，抱怨晋阳之冷，少不得又把"你们皇帝的爹"责怪一番。开封府内几人皆传阅了一遍，包拯道："端木姑娘的信，看完还是烧了为妙，否则让别有用心的人告到官家那里，少不得又是一通麻烦。"

　　想想也是，叫皇上看到满纸的"皇帝的爹"，不气死也得抓狂。

　　而后公孙策执笔，给端木翠回书一封，重点是关注晋阳态势，当然这也是皇上的意思，做皇帝的总不希望听说境内某处戾气大盛有碍社稷之类。重点表述完毕之后，就是开封府诸人各自对端木翠表上问候。赵虎很是憨厚地说："公孙先生，你帮我问问端木姐，她既能土遁，就该回来看看我们。"

　　书信差人捎至晋阳，端木翠当真有口难言。说起来，总是土地婆婆这个醋坛子不好，端木翠为着土遁，跟土地公公难免接触频繁，一来二去，不知怎么着引发土地婆婆疑神疑鬼，把土地公公禁足了不说，还一本正经地同端木翠说什么上仙前段日子土遁往来频繁，引发土质疏松，小神夫妇这段时间忙于整治云云。言下之意就是近期请端木上仙莫要土里地里地折腾了。

　　这还不够，又偷偷去跟河伯的夫人嚼舌根，说什么上仙地位尊贵，年轻貌美，你们家那口子难免心猿意马，长此以往必对你审美疲劳云云。河伯夫人没什么主见，闻听此话悲从中来，扯了根绳子就要上吊，闹得河伯府鸡飞狗跳。舆论总是同情弱者的，周遭虾兵蟹将等等都指责河伯喜新厌旧德行有亏，一干在野党反对派还蠢蠢欲动意欲罗织罪名弹劾河伯。河伯公一个脑袋三个大，对端木翠避之唯恐不及，哪里还敢去见她？因此端木翠土遁不成，水遁无门，气得将桌子拍得砰砰响，大呼三姑六婆长舌妇害人不浅。

　　依着端木翠性子，当然不会承认自己摆不平土地河伯，索性对开封府的来信不闻不问，权当没看见，直到三个月忽忽而过，才草草回了封信道此间收妖事了，不日回京云云。

　　开封府上下两月不闻其音讯，俱心下惴惴。赵虎更是念叨要择日告假前往晋阳探望端木姐。展昭嘴上不说，每隔几日都要询问门房晋阳可有信到。其实哪需他询问，公孙先生老早嘱了门房"端木翠的书信一到，立刻回复大人"。

　　因此，收到端木翠的来信，众人都松了一口气。掐指一算日子，端木翠只要路上不耽搁，回到开封之时，恰恰赶上过年。

彼时，众人喜气洋洋翘首以盼，谁也未曾料到，这顿年夜饭，端木翠竟不曾赶上。

回头再说端木翠。在晋阳三月，设坛祭天，作法抚鬼，委实累了个够呛，好容易挨到事毕，正值北方最冷的一月。端木翠最是怕冷，哪还待得住？吩咐了底下收拾行装，立马返程，一路上又把土地河伯等数落了个遍，因想着若不是他们误事，现下略施土遁，早已回到开封。

紧赶慢赶，这天方到文水地界，当晚投宿在文水县最大的连锁客栈分店悦来客栈之中。本待第二日一早赶路，谁知道晚膳之时，却自邻座客人口中，得知明日文水县城的一桩"大事件"。

坦白说，若是什么婚嫁出殡、私奔浸猪笼，端木翠是断提不起兴致来的，偏偏这件事跟端木翠专业相关，术语称之为"收妖"。

端木翠委实纳闷，进文水县之前，她无聊之下也曾用排山掌法、九星飞伏之术暗暗掐算，这文水县虽非富贵旺地，但也无惊无险无风无浪，周遭云气平和细散匀净，怎么着也跟妖扯不上关系。收妖？收哪门子的妖？莫非挂羊头卖狗肉招摇撞骗？在自己面前卖弄收妖，岂不是鲁班门前弄大斧？

端木翠决定在文水耽搁一日，明日前去会会那所谓的收妖大师，然后当众拆穿其虚伪面目，顺便警醒文水县居民收妖要认准诸如细花流一样的专业品牌，不能盲目上当。

如此一想，扬扬得意，做梦都是笑的。

第二日便兴致勃勃前往观瞻，本来还想着若是找不到地方便沿路打听，其实哪用她问，满街人流所趋，都是前往本次收妖所在地王大户家中。

一路上，端木翠混于人流之中，倒是把事情缘由本末了解了个大概。

事情倒是简单，文水首富王大户的女儿王绣，婚嫁在即突发怪病，群医束手，均道无救。忽一日有游方的道士上门，言说王大户家宅上方黑气盘绕，必是有妖作祟，要择吉日收妖。

当真一派胡言，进王大户家门之前，端木翠特意留意了王大户家宅上方，除了灶房烟囱往上冒黑烟之外，哪有什么"黑气盘旋"？

前来看热闹的百姓将王大户家宅围得密密匝匝，争先恐后一睹收妖壮举。守门的下人只敬罗衣不认人，将大半看热闹的都拦在门外，见端木翠穿着气度不凡，也顾不得看着面生，竟客客气气请了进去。

饶是经过严格筛选，院内还是拥挤得很，不时有撞挤踩踏的抱怨之声。端木翠正往里走时，忽听边上啊呀一声，有个托了茶盏的年轻小厮不知怎地脚下一滑，便往端木翠这边倒过来。端木翠眼疾手快，赶紧伸手将那人扶住。

那人窘得满脸通红，茶水洒了一身，忙不迭地跟端木翠致歉。端木翠抬眼看时，面前的男子不过十八九岁，虽说穿得寒酸，但面皮儿白净，眉清目秀，话虽不多，礼数却周到，心中便有三分喜欢，也不怪他冲撞，反拿话宽慰他说："人这么多，撞到蹭到也是难免的，小心些就是。"

那年轻小厮先还心下惴惴，见端木翠如此说，满眼的感激之色，恰此时一个小丫鬟过来，见那小厮打翻了茶盏，不满道："姑爷，你倒是悠着些，这茶水又不是不要钱的。"

端木翠吃了一惊，看向那小厮道："你……你是王家的姑爷，那王绣岂不是你的……"

那年轻人低了头不答话，匆匆收拾了茶盏离开。端木翠见他后襟老大一块补丁，不由失笑，心下忖道：怕是我听错了，穿着这么寒酸，一个小丫鬟都能对他指手画脚，怎么可能是王家的姑爷呢。

俄顷金锣三响，却是收妖的道士在院中起坛。人群往院中蜂拥而去，端木翠不去凑这热闹，远远地寻了张椅子坐下。

有人过来替端木翠斟茶，抬眼看时，却是方才见到的那年轻小厮。

端木翠咦了一声，笑道："又是你，方才那小丫鬟怎么称呼你作'姑爷'？"

那小厮似是十分犹豫，良久才低声道："在下梁文祈，王家长女王绣，确系小生未过门的妻子。"

端木翠愣了一愣，想到自己一直当他是小厮，倒有些局促起来："原来是梁公子，怎么敢劳动公子为我斟茶。"

梁文祈声音压得更低："无妨，我原本就是在岳丈家中做些打杂之事。"

端木翠如坠云里雾中，明知不该问，还是没忍住："你既在王家打杂，那王老爷怎么会将女儿允了你？"

先前梁文祈撞到端木翠时，端木翠不但没有恶语相向，反而温言宽慰，因此梁文祈对她怀了三分感激之意，听她如此问，也不觉为忤，勉强笑道："先时定亲之时，两家尚是门当户对，后来家父遭人构陷，在下唯有投奔岳丈……"

说到后来，面露伤感之色，声几不可闻。

端木翠听他开口说"先时结亲之时"，便已猜了个大概。彼时门当户对，自然乐于结亲，现下一方家道中落，另一方自然就露出悔亲之意来。虽说碍于颜面收留梁文祈，但是作践他做些下人粗活。料想梁文祈在此处的日子也不好过，日后这门亲事作不得数还说不定，不由有些喟然，于是将话题岔开："这王家小姐，生的什么怪病，大夫竟瞧不好吗？"

提及王绣，梁文祈眉宇间更是笼上忧色，摇头道："也不知绣妹是怎么了，入冬就卧床不起，我几番想去探她，唉……"

端木翠听他如此说，便知王家人必然不允他去探王绣，也不知该拿些什么话宽慰他。倒是梁文祈微笑道："姑娘且坐，我去别处斟茶。"

端木翠心中五味杂陈，捧起茶碗慢饮。那道士原本哼哼哈哈不知念些什么咒语，此际忽地提高声音，大喝道："神师杀伐，不避豪强，先杀恶鬼，后斩夜光。何神不伏，何鬼敢当？急急如律令！刀去！"

只听人群惊呼有声，似有刀声破空，端木翠急抬头时，直觉眼前一迷，一道温热鲜血便喷在脸上，勉强睁眼，茶碗中的茶水都已染成赤红。

尚未了然发生何事，就听那老道厉声喝道："好妖孽，此番叫你尸首分家！"

人群鼓噪欢呼，大堆人便往端木翠身遭不远处围拥过去，不时有人呼喝。

"好个妖孽，竟混在此间这么久。"

"亏得道长作法，收服此妖。"

"此番王家大小姐的病可要大好了。"

说话间，那道长又高声道："速速将那妖首献上，贫道要用太上老君三昧真火将其烧成灰烬，否则不出三刻，那头颅便和尸身合为一体，届时此妖又要为祸人间。"

人群吓了一吓，尖叫后退。有人高高擎起那妖首，大声呼喝道："在这儿在这儿，让道让道，我将妖首送去给道长。"

端木翠目光落在那妖首之上，蓦地面色苍白，耳际便如鸣鼓般震荡不休。

那鲜血淋漓的人头，不是梁文祈却又是谁？

那老道接了人头，掷于先前置好的铜炉之中，几个下人赶紧过来举火。不多时火势大起，铜炉之中逸出焦臭之味来，离得近的人忍不住掩鼻后退。偏还有人凑上前去，往那铜炉中窥视，道："好个妖怪，烧起来都这般臭。"

不多时妖首烧尽，又有几个下人将剩下的尸身用草席裹将出去。那王大户满面喜色，自内院出来，冲道士作揖道："道长神术，小女果然大好了。"又摇头叹息，"我这个姑爷，真真想不到，竟被妖孽迷了心了。"末了向人群拱手："多谢各位乡亲前来助阵，在下后院薄设酒宴，今日小女大好，宴请众乡亲。"

人群之内欢声大作，你推我搡，欢天喜地俱往后院去了，此间只留下几个下人丫鬟洒扫。

先前斥责梁文祈的小丫鬟萍儿正挨桌收起茶碗，忽地看到近前一个轻裘大氅的年轻女子，仍是立于当地不动，不由上前道："姑娘，此间要收拾了，客人都往后院去了。"

唤了两声，那女子只是不答，萍儿心中奇怪，伸手推那女子，谁知刚挨到身子，那女子竟应声而倒。

萍儿脸色刷地煞白，旁边的小厮李三大着胆子过来探那女子鼻息，忽地啊呀一声，吓得魂飞魄散，手足并用爬将开去，颤声道："当家的，可了不得了，这姑娘竟被活活吓死了。"

每个城市都活跃着这样一群人，他们夏天摇着扇子就着树荫吃瓜，冬天笼着袖子拥着火炉取暖，不热亦不冷的辰光，他们就晃迹于熙熙攘攘的热闹街市，以追看夫妻操戈、兄弟阋墙、地痞闹事、流氓群殴、官差捕人为乐，乐此不疲，疲完还乐。

癞头三就是开封城中此类人群的典型代表。

这一天午后，天色灰蒙蒙的，冷风直往人的颈子里灌，一场大雪就在眼里。路上的行人不多，仅有的几个也是瑟缩着脖子匆匆赶路。眼瞅着今日没什么热闹可看，原本蹲坐在酒楼外墙角的癞头三叹口气，起身拍了拍屁股上的土，忽然想起了什么，抬脚踢了踢与自己志同道合且正倚着墙角打盹的疤四。

"四子，你有没有发现，"癞头三若有所思，"细花流已经很久没到街面上拿人了……有多久了？一个月？"

"不止吧……"疤四打了个哈欠，换了个方向继续打盹，连眼睛都懒得睁开，

"我记得年前细花流就没露过面了，满打满算也快两个月了。"

"怪了……"癞头三嘀咕，"细花流的人都去哪儿了？"

抬头看时，忽地又咦了一声："下雪了，什么时候下的？"

什么时候下的，自然是不经意间。就如同不经意间，细花流销声匿迹，像是涨潮时漫上岸的潮水，不知什么时候退得干干净净。

暮色四合之时，大雪已将整个开封笼为素白。

马蹄踏踏，初听尚在远处，再看已到眼前。守门的衙差迎上去，喜道："展大人，你回来啦。"

展昭翻身下马，那衙差忙执了缰绳，道："包大人言说展大人暮时必到，请展大人先去书房。"

展昭点点头，往台阶上行了几步，忽又止住，问那衙差道："王朝回来了吗？"

衙差点头："回来了，比展大人早到了约莫一个时辰。"

展昭眼底的喜色一掠而过。

进得书房，包大人、公孙先生并四大校尉都在。展昭先看王朝，王朝却似做了什么亏心事般，将头扭了开去。

展昭的心一沉，面上却不露声色，向包拯道："属下幸不辱使命，已将肖秦氏死前留下的血书寻得。"

包拯心中一宽，公孙策笑道："这便好了，有了肖秦氏的血书为证，阎诚想不认罪都难。"

紧接着包拯便将后续审案关节同公孙策细细商榷，又对展昭道："展护卫，你一路奔波劳碌，还是先下去休息吧。"

展昭点头，旋即退下。

待展昭走远，包拯重重叹一口气，原先舒展开的眉头重又皱起，向王朝道："这么说，你一路打探，都没有端木姑娘一行的行踪？"

王朝点头："在晋阳一带问询时，倒是不少人有印象，说是确曾见到端木姑娘一行出城。文水县悦来客栈的老板还说有一行人在他处留宿，依形容来看与端木姑娘他们很是相像，但是一夕之内走得干干净净，也不知道去哪儿了。文水县之后，就再也没人见过了。"

包拯沉吟良久，向公孙策道："公孙先生，你怎么看？"

公孙策道："依学生看，端木姑娘一行应是在文水县出了变故。"

"本府也是这般猜想。"包拯叹息，"但是依着端木姑娘的神通，本府委实猜不透会出怎样的麻烦。退一步说，若是真出了什么事，怕也不是凭开封府之力可以策应的。"

公孙策心中一动："所以，大人才有意支开展护卫……"

"展护卫与端木姑娘交厚，本府怕他知道了……王朝，你见到展护卫之时也莫要提起此节，只说还在托人打探便是……这一路奔波不易，且先下去休息吧。"

王朝行礼退下，刚迈出书房大门，忽地一愣，展昭示意他跟自己过来。

"展大哥，"觑着距书房已远，王朝忍不住开口，"我不是有心瞒你……"

"还打听出些什么？"

王朝一愣，旋即摇头，顿了顿又道："端木姐应该不会有事的，她在晋阳之时，也曾两个月不与我们通音讯。展大哥，我想端木姐也许是临时有事，不及知会我们便去了。"

展昭不语，良久才道："若她只是临时有事，怎么连开封城内的细花流门人，全都失了踪迹。"

王朝哑然，端木翠身在晋阳之时，城内的细花流门人照旧拿人，也不见得因为主子不在就消极怠工，只是近两月间忽地消失不见，细推起来，似乎与端木翠的消失不无关系。

"也许……也许端木姐此番要做的事情异常凶险，所以把细花流的门人全招了过去。"

"既能回来叫走细花流门人，也该到开封府来打个招呼。"展昭叹气，"罢了，她一贯就是这样的性子。"

"展大哥，你没事罢？"王朝听展昭语气沉郁，不由有些担心。

展昭闻言一笑，双眸愈显清亮："我没事，你先去休息吧，开封许久未下雪了，我看看雪景。"

王朝心中难过，却也不知说什么才好，只得去了。

黑暗中，隐约可见远处近处的莹泽素白。

展昭忽然记起了端木翠临走那晚自己说的话。

"你若一直穿这么少，留在此地也不见得能活。"

忽然之间，说不出得难受懊恼：那日，为什么要拿这样不祥的话去说她？

第二日清晨，展昭带马汉去巡街，一路行至玄武大街西巷，忽听得前面吵吵嚷嚷。抬头看时，开源当铺门口正撕扯得厉害。

展昭与马汉交换了一个眼色，行至近前，就见两个当铺的伙计往外推搡一个破衫褴褛的老头，嘴里兀自骂着："没抓你见官已是对你客气了，你还敢闹事。"

那老头急得要命，不管不顾要往当铺里冲："那确实是老汉的裘氅，不偷不抢，凭什么扣下，若不还我，老汉必跟你没完。"

其中一个伙计冷笑："你的裘氅？也不撒泡尿照照你的模样，穷酸成这副德性，怎么会有那样的裘氅？再不走，老子打得你走。"说着扬起手来。

待要照着老汉面目扇过去时，忽觉腕部一紧，不知是被谁牢牢扼住。那伙计恼羞成怒，扭头欲骂，忽地看清面前之人的长相，吓得赶紧住口，之前嚣张气焰也立时短了三分，赔笑道："展、展大人。"

展昭沉声道："这是怎么回事？"

老汉瑟缩不答，那伙计忙道："是这样的，展大人，这老头一早拿了件女子的裘氅到当铺来典当。那裘氅做得甚是考究，值上好几两银子，这老头如此穷酸，我们因想着不是偷的便是抢的，就想留下了报官。谁承想这老头不依不饶，反闹将起来……"

尚未说完，马汉冷笑打断道："留下了报官？依我看，是你们欺负他孤老无依，想自己偷偷讹下吧？"

那伙计被马汉说中心思，窘得满脸通红，暗暗懊恼今日背运，竟撞上开封府的官差。另一个伙计瞅着情形不对，忙进屋将那裘氅取出，赔笑塞给那老汉道："老人家，我们原本要留了报官，现今既官差在这儿，你便自去与官爷说清楚，横竖与我们开源当铺是不相干的。"

果真机巧圆滑，短短两句话便将开源当铺的责任撇了开去。

那老汉哼一声，接了裘氅便走，对着展昭和马汉竟连半个谢字都无。展昭不以为忤，正待招呼马汉离去，却见马汉脸色有变，忽地追了过去，道："老人家，你等一等。"

说话间，伸手拿过老人掖在臂中的裘氅。

那老汉大急，劈手夺过。展昭赶至近前，责马汉道："马汉，你这是作甚？"

马汉嘴唇嗫嚅，看看那老汉又看展昭，惶急道："展大哥，我决计认得没错，这是端木姐走时，我和王朝送她的那件裘氅。"

王朝方起床不久，就听门外扰攘有声。马汉急急推门进来，道："王朝，你过来看看，这是不是我们当初送端木姐的那件裘氅？"

王朝听到"端木姐"三字，心中一凛，接过马汉手中的裘氅细看，忽地想到什么，将氅领处凑至近前："不错，我记得当时裁缝短了黑线，我们又催得紧，他便用绿线将这氅领收口，还说氅领处即使颜色不同也不易发现。你来看看，这不是绿线吗？端木姐的裘氅，你从哪里寻得？莫非……"

忽地便往不祥的地方想过去，只觉脊背生冷。

马汉跺脚："今日我跟展大人巡街，看到一个破衫老汉在典当这件裘氅。"

王朝急道："怎么让人典当了？那老汉呢？"

马汉道："展大人带了见包大人去了。"

王朝赶紧穿靴披衣，急急同马汉一同往书房去。

刚踏进书房大门，就听包拯问道："你且细说，你要告什么状？这裘氅又是从何而来？"

王朝和马汉心中一宽，俱想：还好赶个正着，不至于漏过什么。

那老汉道："小的原本是不要告状的，也不知道什么开封府包大人，只是那日……那日……"他忽地打了一个寒噤，似是十分害怕。

公孙策近前道："老人家，你且莫急，你姓氏为何，家在何方，因何到开封府告状，一一道来便是。"

那老汉忙道："是是，老汉姓刘，啊不，小人姓刘，家中排行第七，人称刘老七。小的是山西文水县人……"

听到"文水"二字，诸人心中俱是一动，王朝更是失声道："文水？"

刘老七看了王朝一眼，又道："小的家中贫苦，又好喝酒，说起来，小的喝酒都喝破了家底啦……那日城中王大户家收妖……"

包拯咦了一声，问道："收妖？文水县也有收妖？你看得清楚，可是一位姑娘收的？"

刘老七茫然："姑娘？小的只见到是道士收的。"

108

包拯微感失望："你且说下去。"

刘老七道："那日城中王大户家中收妖，收完之后便开宴席，小的混进去喝了许多酒，直喝到天黑才回，迷迷糊糊地走差了路，竟转到城外的乱葬岗。小人喝得多了，也不晓得害怕，就和衣在乱葬岗里睡了，半夜里听见有姑娘家叫小人的名字'刘老七''刘老七'。

"小的睁眼去看，看见一个顶好看的姑娘，身上穿的就是小人今日典当的裘氅。小的纳闷得紧，那个姑娘就跟小人说，要小人带一封状书到开封府，来找包大人告状。

"小人心中好笑，就说哪有平白去找官大人告状的道理，那姑娘却说小的只要把状书呈给包大人就是了。小人又说小人是穷光蛋，养活自己的钱都没有啦，哪能到开封府告状啊。那姑娘想了想，说自己出来得匆忙，身上也没带银两，便把一个雕着花的手炉给小人，还把身上的裘氅也脱下来，说'你把这两样给典当了，就该有钱上路了'。小的还是不想来告，那姑娘不耐烦，就沉了脸，说：'你要是不去，可别怪我找你麻烦。'小人吓了一跳，就醒啦。"

公孙策疑道："醒了？这么说你之前都是在做梦？"

刘老七先是点头，忽地又摇头，道："小的也以为在做梦，哪知道一揉眼睛，看到身边就放着那裘氅、手炉，还有一封状书。小的唬了一跳，爬起来看时，才发觉自己睡在一座新坟之上，吓，可不是鬼魂托梦的说。"

话音刚落，就听张龙怒道："你胡说。"

刘老七吓了一跳。包拯看向张龙，面有责怪之色。张龙的声音不由低了下去，但仍忍不住道："属下一时失口，只是听刘老七说是什么'鬼魂托梦'，情急失言。"

包拯不语，又向刘老七道："适才你说有一封状书，状书何在？"

刘老七忙从怀中掏出一卷素帛，公孙策接过递给包拯。刘老七道："小的是一眼也没看过，小的曾经想偷偷看是什么样，谁知怎生也打不开。"

马汉哼了一声，心说：我端木姐的东西，当然不是随随便便谁都能打开的。

包拯展开素帛，忽地咦了一声，唤公孙策道："公孙先生，你过来看。"

公孙策近前一看，亦是讶然。展昭上前看时，见那素帛从中裂开，只有一半，上面只潦草写了一个字"有"。因着先时卷成一卷，需得展开之后，才知缺了一半。

包拯心中生疑，看向刘老七："这素帛你还曾交由何人看过？"

刘老七赶紧磕头："小的不敢，小的连打都打不开，更不会交由别人看了。"

公孙策沉吟："这就怪了，端木姑娘传书，怎么会只给一半，这个'有'字，却不知是有什么？"

展昭心中一动，已猜到端木翠的用意，道："依属下看，应是'有冤'二字。"

包拯点头道："不错，既是前来开封府告状申冤，自然是'有冤'，只是为什么只有'有'字而无'冤'字？这'冤'字又在何处？"

展昭心中透亮，沉声道："依属下看，'冤'字在文水。端木姑娘托梦刘老七将状书送至开封府，意在知会大人，'文水有冤，冤在文水'。"

夜阑人静，公孙策经过游廊，见到展昭室内透出烛火微光。

推门进屋，展昭正坐在案旁沉思，案上放着打好的包裹和佩剑巨阙。

"展护卫，还没有休息吗？"

展昭微笑："先生不也是一样。"

"明日就要随大人前往文水，还有些文书未曾收拾。"公孙策话锋忽地一转，面上透出笑意来，"怎么，像王朝他们一样，得了端木姑娘的消息，反睡不着了？刚从他们那边经过，他们也还未睡，在猜测文水究竟发生了什么事要劳动端木姑娘大驾。"

展昭笑了笑，眉宇间却始终笼着一层不展之意。

公孙策心中咯噔一声，却也素知展昭习性，知他若不愿说，再追问也是无益，心中暗暗叹气，道："你早些休息吧。"

转身刚行了两步，就听展昭轻声叫他："公孙先生。"

公孙策一怔，回头看时，展昭立于桌边，面色甚是踌躇，良久才道："公孙先生，我有些担心端木姑娘。"

公孙策不解："端木姑娘久无音讯，今日总算有了消息，前往文水之后便可与她会合，你反担心她？"

"虽说得了她的消息，但越想越觉不对。她若真的没事，为什么自己来不了，反要托刘老七送状书？就算……就算一定要托刘老七送状书，为什么不能当面同他讲而要托梦？而且，她甚至没有时间去寻银钱给刘老七，以至于要把王朝他们送她的东西交给刘老七典当，甚至……甚至连状书都如此草草写就……"

公孙策愈听愈是心惊，忍不住道："展护卫，你想到了什么？"

展昭低声道："没有想到什么，也不想去想，待到了文水，也许……"

也许什么？展昭没有说，公孙策也没有问。

按着规矩，依然是包公微服，御猫先行。

马不停蹄，披星戴月，两昼夜的工夫，已到文水。

文水县的确不大，只城中央的主街热闹些，往两旁去便是稀稀落落的住户，再往外走便是出城的荒道了。

那城墙，说是城墙，不如说是道幌子。黄泥夯成一人多高，多处豁了口，进城时，展昭就亲见有小儿在城墙破口处爬进爬出，玩闹不休。

守城的官兵应是四个，有一个倚着墙垛子打盹，有两个争色子争得面红耳赤，还有一个……

展昭四下观望了很久，才确定那在城门口烤薯的亦是守城官兵之一，果然守门增收两不误。

想必是天高皇帝远，政令不举，号令难行，连带得一干官员兵士都疏懒麻木起来。

晌午时分，展昭牵着踏雪，沿街缓行。

文水县甚少见到如此温文尔雅谦和有礼的男子，因此，展昭并不知道，有许多大姑娘小媳妇缩在屋里，偷偷将窗子掀开一角，飞红了脸儿对他品头论足，其中不乏一见御猫误终身者。

其间，展昭也曾试图从街边卖烧饼的姑娘那儿打听些什么，哪知话没说几句，那姑娘的头低得越来越厉害，后来竟把夹烧饼的铁叉一扔，跑了。

这位姑娘也未免太害羞了些，最后还是展昭动手，用铁叉将那些烧饼一个个从火灶中取出，免得烧焦了。

日暮时分，展昭入住悦来客栈，下榻在端木翠之前住过的同一间客房。

一天打听下来，他几乎可以断定梁文祈被杀必有蹊跷，多半是王家起了悔亲之意，假收妖之名行杀人之实。另外，端木翠十有八九是在王大户家失踪的，因为当日不少人亲见有个打扮不俗的美貌姑娘进了王家，其后却不见出来。

至于悦来客栈这边，可以推知当时端木翠是一人独行，并没有带细花流门人，但端木翠失踪的当晚，细花流门人忽然如逢救令，也不顾夜静更深，全部离店而去。

　　"我当时很纳闷，"悦来客栈文水分店大掌柜追忆道，"这么晚了，出了文水县，周遭百十里地都没有落脚的地方，他们能去哪儿？"

　　他们能去哪儿？

　　这也是展昭要搞清楚的问题。

　　当晚亥时初刻，展昭一身黑衣，夜探王大户宅院。

　　说是夜探，不如说是夜逛更贴切些。王大户家虽然请了几名护院，但只是身子比一般人壮实，个中并无练家子，而且文水县也不流行用狗来看家护院。展昭先还小心翼翼，后面便在宅院之内很是显眼地晃来晃去，也不是没被人发现，有个老眼昏花的管事就很是趾高气扬地冲着展昭大吼："再不去睡觉，就扣你工钱。"

　　展昭没说话，那管事的从鼻子里重重哼一声，双手叉着腰走了。

　　待他走远，展昭才轻声笑道："要扣我工钱，你说了不算。"

　　正轻笑间，忽听背后脚步声响，展昭心中一动，疾步闪入暗影之中。

　　只见一个披着棉衣的下人，抖抖索索地急急跑至墙边，裤带一解，放起夜尿来。

　　此人正是李三。

　　却说李三小解完毕，通体舒畅，一边哼着小调一边系上裤带，忽地颈间一凉，正想开口骂是谁这等促狭，一低头看到亮晃晃的剑身横在面前，吓得立马又激出几滴尿来。

　　展昭沉声道："你们家姑爷是怎么死的，你当日听到什么、看到什么，速速从实招来。"

　　李三的确是个厚道的后生仔，心眼实诚得很，果然事无巨细，从实招来，连自己当日衣饰如何搭配，早餐吃了几个馒头喝了几碗馍馍汤都絮絮叨叨描画个没完，展昭不得不多次提醒他说重点。

　　说到那陌生女子已然气绝时，展昭握住剑的手蓦地一抖。

　　这一抖，那剑就在李三的脖子上划拉了一道。当然，只是轻轻的一道，但是李三不这么认为，他认为身后的人要对他痛下杀手，于是杀猪一样地惨叫起来。

　　如他所愿，不少屋子亮起了灯烛，但是还没等救兵开门露面，展昭已然带着他越过了院墙。

　　落地之时，李三的眼是直的，勾勾的那种直；腿是软的，筛糠似的那种软。

　　"那个姑娘，你们把她葬在什么地方？"

112

"城、城、城西乱葬岗。"

"带我去。"

于是带他去。

开始，李三像是踩在棉花上，深一脚浅一脚，有一段时间他以为自己是在做梦，于是狠狠掐了几下自己的大腿。

确定不是在做梦之后，他偷偷打量了一下展昭。

要求李三带自己去乱葬岗之后，展昭就未曾说过一句话。夜色太浓，看不清他的脸色，黑暗中，只觉他的背挺得很直，也许，挺得太直，接近僵直。

晃亮火折子，四下打量一番，乱葬岗并不像之前所想的那般杂草丛生白骨处处，这多少让展昭舒了一口气。

"哪一个是那位姑娘的？"

李三瑟缩着上前，伸手指了指两座新坟中的一座。

展昭沉默许久，俯下身子，低声道："端木，得罪了。"

李三只觉得刹那间眼前剑光纷乱，紧接着覆坟之土满头满脸扑将过来，忙不迭地掩面后退，再睁眼看时，见展昭正执着火折子看着穴中的棺材出神，俄顷伸手叩了叩棺盖，向李三道："这棺材是你们家老爷备下的？"

李三点头："老爷说姑爷虽是妖，但总算翁婿一场；这姑娘被吓死，到处寻不着她家人，王家总是脱不了干系，因此上都备了棺材发丧。"

展昭点头："你们家老爷有心。"

因着是薄皮棺材草草入葬，棺材周遭也没有钉上铆钉。展昭犹豫许久，方才一手掀开了棺盖。

李三先时想着人都死了这许久，虽说天寒地冻尸体不易腐烂，但也必定气味难闻，因而赶紧捂住口鼻站开，哪知展昭吩咐他："你过来，替我执着火折子。"

李三没奈何，只得上前去接过展昭手中的火折子，却也不敢伸头朝棺内探望，生怕看见一张狰狞面目，自此后夜夜不得安寝。谁知展昭竟俯下身去，将那女子自棺内抱出。

李三吓了一跳，心想："他连死人都敢抱。"

虽说心中害怕，却又有几分好奇，借着给展昭照明之时，忍不住偷眼看向展昭怀中，一颗心突突突跳将起来。

但见展昭怀中的女子，虽是双目紧闭毫无气息，但肌理细腻眉目细致，哪是死了两个月的模样？

因想：哪有人死了这么多时日还是活着一般样貌，这女人难不成是妖精？转念又一想，长得这般好看，必不是妖精，应该是神仙了。

越想越觉得自己判断得对，浑然忘了妖魔鬼怪之中，长得好看的却也不在少数。

正胡思乱想，忽听展昭低声道："端木，你说句话。"

李三吓了一跳，抵死也不相信这女子还能开口说话。虽如是想，还是立时把双耳竖起，生怕错过了半点声息。

等了许久，也未听到那女子开口，火折子的光焰明灭跃动，在展昭脸上投下捉摸不定的暗影。

展昭怀中，端木翠的身体，冰一般冷。

三天之后，包拯并公孙策一行也到达文水。

与展昭会合小议案情之后，张龙、赵虎陪同包拯前往文水县衙，王朝、马汉深入市井打探梁文祈及王大户其人，公孙策则被展昭拉去看端木翠。

"公孙先生，端木翠的情形如何？"

公孙策将切脉的手自端木翠腕间移开："既无脉搏，又无鼻息，若搁了常人，是必死无疑了。"

"先生的意思是……"

公孙策呵呵一笑："展护卫，你我都知道，不可用常人之理推测端木姑娘。依着李三所说，端木姑娘已然身死两月，普通人哪有亡故逾月尸身不腐的道理？依我推断，端木姑娘应是元神出窍，不知淹留何地，是以尚未折返而已。"

展昭轻舒一口气道："我也作如是想，只是……"

公孙策起身道："端木姑娘的事，我们想帮忙也不知从何插手，只能安心等她回来……倒是梁文祈一案，颇多蹊跷。"

展昭点头："先生所言极是，这一两日间，我也探过许多当日在场之人的口风，被访之人不论男女老少，都一口咬定那梁文祈本是妖孽，死有余辜。此地民风愚鲁，王家凭借收妖之名于众目睽睽之下斩杀梁文祈，又借着众人之口将自己的罪责遮掩开去，此计委实歹毒。若不是端木翠从旁得知，梁文祈的沉冤只怕今生今世也难昭雪，身后还要留下骂名无数。"

公孙策不语，良久才叹道："天下之大，在我们看不见的地方，不知有多少个如梁文祈一样的含冤之人，端木姑娘能帮得了几个，包大人又能审得了几个呢？"

展昭抬起头，双眸竟是异常黑亮："抓得一个，恶人便少一个；审得一个，天下便干净一分。不求尽善尽美，但求问心无愧。"

王朝和马汉打探归来，又带回两条突破性的信息。

一是就在几日之前，闻说王大户将女儿王绣许了城西刘家的独子刘彪。

二是这刘彪虽是一介书生，但他的老爹早年却是镖局的一名镖师，认识不少江湖上的匪寇。

至此，案情已有七分明了。当日那掷刀杀人的道士，只怕不是道士，而是刘家延请的江湖人物。

是夜，文水县衙大张灯火，夜审梁文祈一案。

文水县地处偏僻，百姓平日里精神文化生活极为贫瘠，难得逢上名满天下的包青天审案，自然挤破了脑袋也要一睹风采。当然也不全是为了包大人，展昭、公孙策及四大校尉各有拥趸，只可惜王朝、马汉留在客栈守着端木翠——但这并不妨碍这一夜县衙内外拖家带口济济一堂，分外热闹。

王大户虽是一方大户，但也从不曾见过这等架势，战战兢兢立于公堂之上，一抬眼看到堂上包公肃容满面，竟不自觉联想到森罗殿的阎罗王，双膝一软，跪倒在地。

包拯执起界方，重重拍于案台之上。界方落下，王大户的身子又是一阵哆嗦。

"本府问你，梁文祈之死，可有隐情？"

"回大人，其中并无隐情。"王大户连连叩首，"小女重疾缠身，那一日忽有个游方道士上门，言说王家有妖孽盘踞。小人依着道长之言，在家宅之内设坛捉妖，文水县百余乡亲都看在眼里……"

说到此，旁观的百姓之中，便有那好事之徒鼓噪有声："王老爷说得没错，那梁文祈就是个妖怪。"

包拯不语，展昭手按巨阙，转身向人群之中扫了一眼，目光凛冽冷峻。诸人心头一唬，竟再不敢出声。

因着方才有人附和，王大户的胆子亦壮了一壮，抬头看包拯道："草民所言，句句是实，还请包大人明察。"

"句句是实？"包拯声色俱厉，"单凭游方道士一面之词就断定梁文祈是妖，何其荒唐！那游方道士何在？"

"游、游方去了。"王大户额上渗出冷汗。

"可知他道号为何？从何而来？在何处道观挂居？"

"这……"王大户傻眼了，半晌才嗫嚅道，"当时小女病重，小民情急之下乱投医，直把那道士当成救命稻草一般，顾不得这许多。现下听大人如此说，的确是有些……有些……"

"大人，可否容小民一言？"人群让开一条道，一个虎背熊腰、满脸虬髯的大汉越众而出。

"堂下何人？"

"草民刘天海，王刘两家今日刚结了亲家，犬子刘彪，不日将迎娶王家独女王绣。"

包拯不动声色："你有什么话说？"

刘天海满脸倨傲之色，双手朝着堂上一拱："适才听大人所言，这梁文祈一案可能另有内情。然而梁文祈是那游方道士所杀，王家老爷并不知情，大人不去追缉那游方道士，反在这儿对王家老爷苦苦相逼，未免……"

刘天海故意不把话说完，面上挑衅之色毕露。围观的百姓为他所煽，不由交头接耳窃窃私语起来。

"况且，"刘天海愈说愈是得意，"大人不由分说，将王家老爷提到堂前，人说对簿公堂，却不知原告何在？"

包拯一愣，此案的确并无原告，只有端木翠托人千里送上的半封状书。若照着平时，包拯必不会草率接下，但既是端木翠差人所送，开封府上下都料定必无差池，这才远道而来异地开审，不提防刘天海有此一问。若说原告是端木翠，未免太过不合常理，况且端木翠生死未卜，未必能够现身与刘天海一辩。

正踌躇间，就听展昭朗声道："原告自然是梁文祈。"

此言一出，莫说是围观诸人并同刘天海、王大户凉气倒吸，连包拯、公孙策等都愣怔住了。展昭向包拯道："请大人传梁文祈上堂。"

包拯略一沉吟，见展昭胸有成竹，于是依言点头："传。"

这一传非同小可，人人均知当日梁文祈被收妖的道士斩杀，如何还能前来对簿公堂？因此上一个个脖子伸得老长，唯恐错过好戏。就见两个县衙的衙差，抬了个担架上堂，担架之上白布之下依稀可见是个失了头颅的人形，入鼻尽是刺鼻的生石灰粉味道。知道是衙差将梁文祈的尸身从地下起出，围观诸人唬得忙不迭退后。

刘天海先时尚有惊愕之色，待看清只不过是具尸身时，忍不住冷笑连连，转身向包拯道："包大人，这就是你所谓的原告？小民愚鲁，还请大人明示，一个死人如何告状，如何呈上状书呢？"

话音未落，就听展昭沉声道："公孙先生，请将开封府收到的状书示下。"

公孙策一愣，见包拯微微颔首，依言从案上取下状书，示于王大户。刘天海失声大笑："有？有什么？这便是状书吗？包大人，都说您断案如神，是再世青天，只怕是民间误传吧？"

话音未落，张龙、赵虎齐齐踏前一步，怒斥道："住口，公堂之上，不得对大人无礼。"

刘天海生性彪悍，加上早年行镖颇沾染了些悍匪习气，是以并不为惧，冷冷哼一声，向包拯拱手道："包大人，告状的是个死人，状书又是这般莫名其妙，依草民所见，大人实在不该为难王家老爷。若是大人尚未查到凶手，不妨再耐心寻访几日，恕草民今日不奉陪了。"

语毕，围观百姓又是鼓噪有声，此番倒是失望多些，因想：都传说包大人能够审权贵断鬼神，现下看来，也不过尔尔。

刘天海哈哈一笑，转身朝人群之中使了个眼色，一个灰衣书生便携了身边小童转身向外走。展昭看得分明，虽不知那书生是谁，但心忖其中必有蹊跷，正想上前拦下，忽地眼前一迷，就听风声大作，阴冷透骨，裹挟着沙石扑面而来。一时间堂上飞沙走石，手肘之侧不辨人形，一干人眼睛都睁不开，唯有战战兢兢龟缩抱头而已。

俄顷风住，展昭睁眼看时，不觉心中一悸。

大堂之上，庭院之中，是夜不知举了多少灯烛，顷刻之间，竟尽数熄灭了。

一时间寂静非常，人人惊惧莫名。公孙策忽觉手中的状书蠢蠢欲动，低头看时，那半幅状书竟摇摇晃晃似欲挣脱开去，泛出碧绿色的磷光来。其时县衙内外一片漆黑，诸人都将目光聚在公孙策手中，公孙策心中一动，松开手，那状书飘飘摇摇，自向半空去了，未几舒展平铺开来，帛书的裂口都清晰可见。与此同时，覆在梁文祈身上的白布徐徐掀起，另半幅泛着惨绿磷光的状书自梁文祈怀中缓缓飞升而上。展昭蓦地了然：另半幅状书竟在梁文祈怀中。

却说两幅状书于半空之中拼接为一，"有冤"二字赫然在目。人群中惊呼连连，夹杂着扑通栽倒的声音，还有人失声道："梁文祈果然是冤死的，现下找包大人告状来啦！"

包拯心中愕然，凝神看那状书，只见那"有冤"二字渐渐消弭隐去，却有淡淡的碧色雾霭，自状书之上络络而下，于堂下汇聚为一团。先时看如同沸水之上聚合的雾气，渐渐便现出成人的轮廓来，有离得近的看得明白，那却不是梁文祈是谁？

其时情状当真诡异，梁文祈虽成人形，但人人皆知其无实体，若是伸手推他，只怕手掌会穿到他身体另外一侧。胆子小些的早已晕了过去，胆子大些的兴奋莫名，因想着：今儿可真真叫我开了眼了。

王大户早已吓得呆了，磕磕巴巴道："你、你……"

梁文祈双目含悲，对着王大户深深拜倒，道："岳丈，小婿当真冤枉。"

王大户未及回答，就听包拯界方重拍，喝道："王大户，你因嫌弃梁文祈家世清贫，遂起悔婚之意，串通游方道士以收妖为名，行斩杀梁文祈之实，是也不是？"

王大户被包拯这么一喝，脑子更是一片混沌，哆哆嗦嗦道："草民不曾……"

话音未落，就听有女子哀恸之声："爹，真的是你，真的是你设计杀了祈哥吗？"

展昭抬眼看时，却是一个小童打扮之人跌跌撞撞分开众人上前，忽地想起方才刘天海曾向人群之中使过眼色，当时的书生和小童，想来便是刘彪和王绣二人。想不到王绣竟扮作小童，混于人群当中听审。

王大户被王绣这么一说，更是失了方寸，强自镇定道："胡说，我何曾做过这样的事情。"

王绣不答，眼中不住滚下泪来，旁观诸人便有看不下去的，冷嘲热讽道："王家老爷，人说不见棺材不掉泪，现下你姑爷都告上堂了，还如此嘴硬，不怕死后下十八层地狱吗？"

王绣直直盯住王大户许久，眼中尽是凄绝之色，俄而转身向梁文祈道："祈哥，是我王家对不住你。"

梁文祈不答，只是缓缓向后退了一步，忽地露出一个古怪之极的笑容来，道："绣妹，你的身上缘何如此浊臭？"

王绣一愣。

其实何止是王绣，堂上众人中十个倒有八个丈二和尚摸不着头脑。

明明是王大户计杀梁文祈，梁文祈怎么反嫌上了王绣？

正莫名间，展昭跨前一步，沉声道："王绣，你串通外人杀害梁文祈在先，公堂之上混淆视听，试图嫁祸生身父亲在后，如此泯灭人性，还不低头认罪？"未及王绣回答，展昭转向包拯道，"包大人，梁文祈被杀，王绣嫌疑，远在王大户之上。"

包拯点头："展护卫可是发现了什么？"

"之前属下前往城西乱葬岗寻找端……和梁文祈，起坟之时，发觉两人都备具薄棺下葬，问起王家下人李三时，他也说是王大户念及翁婿一场，不忍将梁文祈草草入葬。

"若是王大户设计杀梁文祈，他完全不用如此善待梁文祈的尸身。因此，属下当时就曾怀疑，王大户虽然不是很喜欢梁文祈，但是也不至于要杀他，此其一也。"

包拯暗暗称是。

"其二，属下记得端木姑娘说过，世间烟火气重，常人嗅觉受阻，只能分辨人间五味。然若能跳脱皮囊之外，是可以嗅出灵台清浊的。灵台之味，洁净有之，甘醇有之，酸腐有之，浊臭有之，想那王绣若不是身造杀孽，如何会被梁文祈嗅出浊臭之味？王绣，你的精心布局或许瞒得住世人耳目，但断避不过幽冥之眼。"

王绣紧咬双唇，默然不语，只衣袂微微颤动，显出内心极为不宁。

梁文祈惨然道："绣妹，我无论如何都不会想到竟是你要杀我。"

王绣仍不答话，脸色渐转煞白。

王大户看看展昭又看看王绣，一脸的不可置信，急道："绣儿，当真是你设的局？若不是你，你快说句话呀。"

王绣凄然一笑，淡淡道："是我。"

围观诸人哗然，包拯暗自叹息。

就见王绣泰然自若，伸手理顺鬓发，又略略整了整衣襟，方正色道："是我，是我想出这法子，一心一意要杀了你。"

梁文祈踉跄着退了两步，伸手指向王绣，颤声道："绣妹，你说什么？"

"我是富甲一方的王家长女，自小锦衣玉食，没受过半分委屈，凭什么为着早年的一纸婚书，就要嫁给你过一世衣不蔽体的穷酸日子？

"爹爹怕人说他嫌贫爱富，虽然心中不喜，仍不愿悔这门亲事，我却不甘心。一想到今后要与你同床共枕了此一生，我就恨得夜夜不得安眠。后来我与刘公子邂逅，我心中喜欢他，便愈恨你，你若不死，我如何能过上自己喜欢的日子？

"因此上我假作重病，设下这收妖之计来杀你。杀了你之后，我不知多么痛快。没想到你活着不让我好过，死了也不让我安生，还要告状拉我一起死。也罢，这一世，我王绣就把这条命赔给你，下辈子、下下辈子，与你姓梁的再无干系！"

开封府诸人先前讨论案情之时，都以为是那王大户起了悔亲之意害人之心，哪曾疑到王绣身上，现下听王绣如此说，俱都愣怔住了。展昭心道：设下如此毒计杀人，不惜嫁祸老父，现下还如此言之凿凿毫无悔意，这位王姑娘，的确是个狠心之人。想那梁文祁不过一老实文弱书生，哪里是她对手？

梁文祈木然呆立于当地，良久才道："绣妹，我却不知你竟如此恨我……在我心中，我对你确是真心诚意，我一心只想为你好……"

王绣冷笑打断梁文祈："谁稀罕你的真心诚意了，你只想着要对我真心诚意，却不想想我想不想要你的真心诚意。我若不喜欢，你的真心诚意跟要杀我的刀有什么两样！"

此话一出，堂上诸人皆是一震，连包拯都禁不住想：在梁文祈看来，他对王绣真心诚意便是好，殊不知王绣对他的心意避之唯恐不及，他对王绣的"好"，恰恰是王绣"不好"的根源所在。

旁人眼中的好，到了王绣这里便成了大大的"不好"，世人常说"推己及人"，但是由己去推人，未必正确，说不定还会适得其反。

梁文祈如遭雷噬，直直盯住王绣良久，双目中竟似流下泪来，身形晃了一晃，便跌跌撞撞往堂外去。

堵在门口的众人见他过来，唬得赶紧往边上避开，倒是给梁文祈让出一条宽敝的道来。

就听梁文祈喃喃道："罢了，我喜欢你，竟给你带来这许多烦恼，早知如此，我还来告状作甚，平白连累了端木上仙……"

此言一出，旁人倒还无恙，只展昭浑身一震，喝道："你说什么？此事跟端木翠又有什么干系？"

梁文祈却似是痴了，浑然听不到展昭问话一般，自拐出门去了。展昭疾步追至堂外，四下看时，那梁文祈已到屋角，那处立着一白一黑二人，两人将手中铁链往梁文祈脖颈上一套，便把梁文祈拖过屋角去。展昭疾步赶上，却与急匆匆过来的一人撞了个满怀。

就听那人啊呀一声，展昭顾不得那人，四下看时，哪有什么梁文祈并黑白衣人？竟似凭空消失了一般。正讶异间，那人一把抓住展昭胳膊，急道："展大哥，你快回去看看端木姐，她不好啦。"

展昭听出是马汉声音，待听他如此说，只觉心下一沉，急道："你……你说什么？"

马汉一跺脚，竟带上了哭音："我也不知道啊，我们一直守着端木姐，谁知道方才她口中忽然溢出血来……"

话未说完，眼前人影一闪，展昭已然飞身离去。公孙策恰自堂内追出，见到展昭离开，不觉讶然。马汉忙将方才的话又说了一遍，公孙策心中大惊，思忖片刻，嘱马汉留在此地听候包大人差遣，自急急往客栈去了。

回头再说王朝，在端木翠房中等得坐立难安，忽听到门外急促步声，忙去开门，哪知门扇竟被"砰"的一声撞开，亏得躲闪及时，否则这一把非撞得头破血流不可。

展昭也顾不得王朝，疾步掠至床边，先去看端木翠，但见端木翠容色与先时无异，唇边却不断溢出鲜血来，只是细细一道，却已在枕边积作一摊，红得煞是触目惊心。

展昭又急又气，向王朝怒道："我让你看着她，你……这是怎么回事？"

这一问却是委屈了王朝。王朝和马汉留守客栈看护端木翠，碰也不敢乱碰，待到端木翠无端口中溢血，两人直吓得呆了，哪里知道是怎么回事？

展昭话出口，也觉得自己问得不当，却也不及向王朝解释什么，先探端木翠鼻息，入手仍是无温，心中焦急，伸手掏出帕子，替端木翠擦去唇边血痕，低低唤道："端木，醒醒。"

等了半晌，不见端木翠应声，方才本已将血痕擦干，此刻唇边又有鲜血溢出。展昭只觉周身发冷，心头酸楚难以自控。

不知过了多久，身后响起脚步声，就听公孙策道："展护卫，你且让开，让我为端木姑娘号一号脉。"

展昭浑身一颤，直如大梦初醒一般，抬头看了看公孙策，起身让开。公孙策眼见展昭双目泛红，心中难过，心想：展护卫与端木姑娘一直交好，若是端木姑娘就此不治，唉……

伸手搭上端木翠腕间，与先时无异，半点脉搏都无。公孙策本待将手拿开，见展昭目中透出关切之意，竟生出不忍。倒是展昭，面上希冀之色一点点暗下去，最后别转了脸去，低声道："她总是不会有事的，只不知遇上什么麻烦罢了。"

王朝忙附和道："展大哥，我也是这么想，公孙先生不是说端木姐是元神出窍吗，依我看是元神受伤了罢……端木姐如此神通，必不会有事的。"

公孙策听二人如此说，心中喟然，便欲将端木翠手臂放回被褥之下，方抬起时，忽地目光触及端木翠臂上有异，低低啊了一声，抬头去看展昭。展昭听得公孙策语声有异，亦回头去看公孙策。就听公孙策道："展护卫，你来看看端木姑娘臂上，这不是……"

展昭心头升起不祥预感，也顾不得男女有嫌，忙将端木翠的衣袖撸开，但见手臂的表面尚好，方才压着的手臂背面，尽是大片大片的紫红色斑块，一时间胸口如遭重击，整个人都怔住了。

就听王朝急道："展大哥，这不是尸斑吗？"

包拯一干人自县衙归来，已近子时，先说了梁文祈一案进展，那王绣不欲连累刘家，一人扛下所有罪名，但料想延请江湖人物扮作道士斩杀梁文祈，不是她这等闺阁女子能轻易办到的，刘家父子亦脱不了干系，还要从刘家父子口中得出那案犯所在等等。好在堂审已毕，后续之事慢慢了结不难。

因着来路上听马汉说了端木翠之事，包拯问及端木翠情况，公孙策摇头叹道："方才流血倒是突然止住了，也不知是喜是忧。"又提及端木翠身上出现尸斑，包拯惊道："端木姑娘下葬逾月而尸身无恙，怎么会无端端于此刻出现尸斑？"

公孙策摇头道："端木姑娘的事情历来非常理所能揣测，学生也说不出所以然来。"

对答已毕，包拯方才发觉四下不见展昭，公孙策知包拯心意："展护卫在楼上看护端木姑娘。"

包拯长叹一口气："吉人自有天相，希望端木姑娘转危为安才好。"

不说这话还好，一说出口，张龙、赵虎等俱都红了眼圈。包拯暗悔失言，正待说些什么，忽听得远处隐有哀恸之乐，忽近忽远，虚无缥缈，乐声悲苦，催人泪下。

王朝愣愣道："这声音，却像是从半天际飘下来的。"

话音未落，就听有人呵呵而笑，再一看时，门口跨进一个道士打扮的老者来，须发皆白，似乎年已耄耋。仔细看时，其人年岁五十余许，肌肤光华，面有童子之色，向着包拯作揖二拜，笑道："原来星主在此，老夫这厢有礼了。"

说着，将手中拂尘往臂上一搭："老朽前来，实为迎回端木上仙。上仙身犯戒律，不得再于尘世淹留。"

包拯心中一凛，公孙策上前一步，问他："老人家口中的端木上仙，是否就是端木翠？"

老者点头，公孙策又问："方才老人家说端木翠身犯戒律，不知犯了哪一条戒律？"

老者笑道："说与你们听倒也无妨。梁文祈身死，黑白无常拘命，端木上仙横加干涉，为助梁文祈告状，将其三魂封在一半状书之中，七魄封于另一半，使得梁文祈魂魄不聚，黑白无常难以复命。直到状书合二为一时，方才令其显形于星主面前诉其冤屈。常言道，阎罗叫人三更死，谁敢留人到五更，端木翠身为方外上仙，乱六道扰轮回，不是干犯戒律是什么？"

包拯沉吟许久，方道："老人家所言自是在理，端木姑娘此举虽稍嫌鲁莽，但她不忍梁文祈无辜惨死，故而挺身相助，本心却是好的，老人家不能网开一面吗？"

老者看向包拯，哈哈大笑："自星主口中说出'网开一面'四字，当真不易。都说法不容情，星主手下的铡刀自是铡了不少大奸大恶，难道就未曾铡过有情有义之人？星主可曾因为他们情有可原，铡刀之下网开一面？人间法理尚不容变通，何况是天界律条？"

包拯一愣，无言以对。

老者拂尘微扬，道："还请星主示明端木上仙身在何处。"

其实若是他当真想知道，何须包拯"示明"？包拯无奈，抬头看向楼上，却不由一愣：那楼梯之上站着的，却不是展昭是谁？

也不知他立于那边多久了。

听到了也好，否则真不知如何开口同他讲。

那老者微微一笑，顺着楼梯拾级而上，经过展昭身边时，展昭忽道："老人家。"

那老者停下脚步，转身看展昭。

"适才老人家说端木翠干犯律条，此番离去，她是否会受到责罚？你们是否会……为难于她？"

老者哈哈一笑道："你害怕我们会折磨她吗？小惩大戒而已，放心吧，不会让她受皮肉之苦。"

展昭犹有疑色："那么适才，她为什么会口中溢血？"

那老者脸上透出古怪之色来，盯着展昭看了许久，道："展昭，你当真不明白吗？那不是她的血，是你的血。

"先前你助端木上仙收服蚊蚋精怪之时，为将上仙留在世间，曾让上仙吸取你的血。现下时辰已到，端木上仙重返瀛洲，尘世牵绊，一概算个清楚，那血，便是她还给你的。"

老者说完，大步进得屋去，包拯等紧随其后。经过展昭身边时，公孙策停了一停，劝道："展护卫，一同进去，送端木姑娘最后一程吧。"

展昭没有动，抬头看向端木翠的房间，目中露出惘然之色来。

公孙策叹口气，撩起下袍自往上去，就听得展昭喃喃："瀛洲，那便是端木翠的家乡吧。"

《史记·秦始皇本纪》载："齐人徐市等上书，言海中有三神山，名曰蓬莱、方丈、瀛洲。"

《十洲记》中说，瀛洲在东海中，地方四千里，去西岸七十万里。上生神芝仙草。又有玉石，出泉如酒，洲上多仙家，风俗似吴人，山川如中国也。

进得房来，老者径自行至床边，摇头叹道："端木上仙，魂兮返故乡，元神已在瀛洲，肉身何故淹留？要见之人已见，要还之血已还，弃此尘世苦，还归神仙洲。"

语毕，拂尘轻摆，端木翠的身体莹莹泛出柔光来，紧接着便转为通透，真如明泉净光。张龙唯恐自己看错了，低头揉眼时，忽听一声清冷脆响，似是琉璃碎裂，急抬眼看时，床上衾枕被褥尚在，却哪还有端木翠的影子？

忽地想到：自此后便再见不到端木翠，一时间胸中苦涩非常，真不知是何滋味。

那老者也不向包拯等人作别，哈哈一笑，大步离去，行至门外时，不觉一愣，见展昭仍立于方才所立之地，竟是不曾挪动分毫。

展昭听到脚步声，回头看向那老者。那老者本欲自顾自离去，待触及展昭的目光时，竟是有几分不忍，不由停下步子。

就听展昭低声道："老人家，端木翠还会回来吗？"

老者似是并不明了展昭的问题，皱眉道："什么叫她会不会回来？她就算回来，与你也无干系了。"

展昭听他说"就算回来"，似乎事情还有转圜之机，忍不住道："那么，便是会回来了？"

那老者这才恍然展昭所问，哈哈一笑，道："难道你没听过'天上方一日，人间已数载'吗？就算端木上仙来日得归，这尘世间怕是早已改朝换代沧海桑田，届时她连你的坟冢都无处去寻，她回来或是不回来，与你有什么相干？"

展昭的身子晃了一晃，再不言语。

那老者便大踏步去了。

身入夜幕之时，忽地大声唱起歌来，歌声长长扬扬，便在这无边夜色之中荡漾开去。

只听他唱道："踏歌蓝采和，世界能几何？红颜一春树，流年一掷梭。古人混混去不返，今人纷纷来更多。朝骑鸾凤到碧落，暮看沧田生白波……"

展昭并不知这是唐末八仙之一的蓝采和飞升之际所吟的《踏歌》，只是听到"红颜一春树，流年一掷梭"之句时，心中蓦地生出空落落无边无际的茫然来，忽地想到那老者的话："就算端木上仙来日得归，这尘世间怕是早已改朝换代沧海桑田，届时她连你的坟冢都无处去寻，她回来或是不回来，与你有什么相干？"

不知过了多久，堂中桌上的蜡烛燃到尽头，突地爆了个烛花，灭了。

黑暗中，展昭忽然觉得，文水的冬夜，比这一生经历过的任何一个夜晚，都要更冷。

第十章　细花流新主

人们经常说，如果冬天来了，春天还会远吗？

春天当然不会远的，事实上，这个春天过得很快，不只是春天，紧接着的夏天，也很快。

但是一入秋，日子的脚步似乎突然就慢了下来。

第一场秋雨撼落开封的黄叶之时，展昭忽然想起了一年前的秋天。

那个时候，也是秋雨绵绵的时分，端木翠百无聊赖地坐在草庐临院的檐廊上，双手托着腮看屋檐边淅淅沥沥的雨线，一看就是大半个时辰。

展昭很好奇地问端木翠在干吗。

"在发愁。"端木翠说。

端木翠说出"发愁"两个字的时候，眉尖微微蹙起，长长叹一口气，秀美的脸庞之上尽是惘然之色，衬着漫天细雨，恍惚是宣纸晕染的美人图。

"发愁什么？"展昭问得很轻声，更确切地说，轻得接近于"悄声"，似乎是生怕声音大了，眼前的一切就成了受惊吓的鸟儿，扑棱棱拍着翅膀飞去。

跟他演对手戏的如果不是端木翠，这婉约而又忧郁的画面也许会延续得更久一些。

但是端木翠硬是很不解风情地回答："刚入秋就这么难挨，到了冬天我岂不是会给冻死？展昭，你说我要不要到南方避一避？"

方才还是唯美的琴棋书画诗酒花，端木翠不开口还好，一开口便将上述七样点金成石，大踏步奔向柴米油盐酱醋茶。

"这个问题的确是很愁人。"展昭没好气道，"你慢慢想。"

126

事后跟王朝说起时，王朝诧异道："我端木姐是属大雁的吧，一到秋天还往南飞不成？"

念及前情，展昭的唇角漾出一丝微笑，几乎是下意识地，他抬起头看天。

这时节，正是大雁南迁的时候。

天灰蒙蒙的，比灰蒙蒙的天浅淡些的是灰蒙蒙的云，连带得雨也似乎染了晦暗的颜色。偶尔有风过，雨线斜斜打在展昭的蓝衣下摆之上，不多时，衣襟下摆便尽数湿了。

远处，整个开封的高檐飞角都笼在茫茫烟雨之中，异样寂寞。

展昭不知在廊边立了多久，直到张龙脸色煞白地闯进内院。

赵虎伤得不轻。

断了两根肋骨，再偏得几分，其中一根就会直插心肺。

说起的时候，公孙策的声音都有些颤抖。

"是谁下这么重的手？"展昭问得并不大声，但屋中诸人却突然沉默了，连一直呻吟着的赵虎，都偏转了头去不再作声。

"是谁下这么重的手？"展昭的脸色很平静，黑亮的双眸之中却渐渐燃起焰光。

"展大哥，算了吧。"张龙没敢抬头。

"展大哥，我真的没事。"赵虎勉强笑了笑，"一点小伤。"

展昭沉默许久，忽地一撩下袍，大踏步向外走。

"展大哥。"赵虎急了，挣扎着便想去拦，亏得公孙策眼疾手快拦住了，却牵动了伤口，忍不住呻吟出声。

展昭的身形微微一顿。

"展大哥，不要去了。"张龙几乎是在恳求，"是我们不对，明知道不该惹细花流……"

果然又是细花流。

展昭的脸上掠过一丝不易察觉的怒色。

"展护卫，还是不要去了。"公孙策苦笑，"即便你去了，也见不到温孤苇余公子，更何况……"

更何况什么，公孙策没有说。

虽然没有说，每个人心里都明镜样。

不看僧面看佛面，细花流的旧主，毕竟是端木翠。

答应了公孙先生息事宁人不再追究，当晚巡夜时，展昭却仍是忍不住来到朱雀大街晋侯巷。

雨尚未停歇，巷口向内铺陈的青石板道被雨洗得发亮，一盏又一盏老旧蒙尘的红灯笼，一个又一个屋檐地挂过去，整条巷子氤氲着黯淡的晕红的光。

尽头处，高高院墙的宅子，黑漆铜兽首门环，门楣处横亘着题有细花流字样的牌匾，还有檐下高悬的两盏红底灯笼，比巷道旁挂着的灯笼要分外亮些，亮得灼人的眼。

展昭止住了脚步。

他并不常来这里，确切地说，他踏足晋侯巷的次数屈指可数。

部分是因为温孤苇余性情乖僻为人刻薄。

而更深的原因却是……

晋侯巷所有的一切，不管是华丽张扬的牌匾、黑漆锃亮的门扇、恣意高悬的灯笼，还是低首触及的青石板道，都无时无刻不在提醒着他：细花流的端木翠时代已经过去了。

而今执细花流牛耳的，是温孤苇余公子。

端木翠走后三个月，沉寂许久的细花流重现影踪。

那一日，拜帖送至开封府，署名处是"温孤苇余"。

展昭清楚地记得，那是一个春水融冰，大地行将回暖的日子，开封府诸人都已换上了春日夹衣，可是从马车上下来的温孤苇余，却依然着初冬狐毛轻裘，披紫金大氅，俨然一副春日不胜寒的架势。

瀛洲来的人，都这么怕冷吗？

温孤苇余的身量与展昭相差无几，因此，当他渐行渐近，目光直视处，正是展昭的眼睛。

事实上，步下马车的那一刻开始，温孤苇余的目光，就一直胶着于展昭身上。

这并不是友好的目光，带三分轻蔑，三分讥诮，三分敌意，一分冷笑。

擦肩而过时，展昭听到温孤苇余叹息般的低语："不过尔尔。"

不过尔尔？谁不过尔尔？是展昭，还是开封府？

展昭忍不住回头。

温孤苇余却没有回头，他的心底膨胀着某种阴冷而又玩味的满足，他的背挺得笔直，相信展昭会从他倨傲的背影之中读出不加掩饰的蔑视和敌意。

这蔑视和敌意，来得并不汹涌，但却如同悄无声息蔓延而入的阴影，不知不觉间，罩去了开封府惯有的清明日光。

应包大人所嘱，公孙策特意泡上了御赐的龙凤石乳茶。《事物纪原》载："龙凤石乳茶，宋朝太宗皇帝令造，江左乃由研膏茶供御，即龙茶之品也。"

以御赐乳茶待客，足见心意隆盛。

茶碗捧到近前，袅袅茶雾携着香气。

"谢了。"温孤苇余并不伸手来接。

自进屋开始，温孤苇余的目光就再清楚不过地透出疏离冷漠。他似乎太过吝啬自己的目光，不愿意在任何人身上做片刻停留，好比一个人爱惜自己的白衣，不愿纤尘污洁素——目光在面前的任何事物上停留，都会弄脏了。

弄脏了？公孙策摇摇头，暗笑自己想得荒诞：也许温孤公子天生性子清冷吧。

躬身正要放下茶碗，耳边传来温孤苇余淡淡的声音："我从来不喝人间的茶。"

声音不大，却足以让书房中的每一个人都听得清楚。

公孙策的身子一僵，捧在手中的茶碗似乎一下子成了烫手的山芋：是放下还是不放下？

包拯有些微的错愕，眼底的不悦一掠而过；展昭双唇紧抿，不发一言。

"人间凡品，自不能与瀛洲仙品比肩，上仙不习惯也是有的。"公孙策很快便恢复了惯常的沉稳机变，轻轻将茶碗搁在桌上。

碗底触及桌面，发出轻微的磕碰之声。

这磕碰之声似乎吸引了温孤苇余的注意，他饶有兴味地看向茶碗，伸手拈起茶盖，拿茶盖一下下触叩杯沿。屋内异样安静，触叩之声听来分外刺耳。

温孤苇余终于开口了。

"此趟前来，一是因为我新掌细花流，于情于理都要来开封府走个过场；二来……"说到此处，略略一顿，绯色的唇角微微上挑，"二来我对端木门主之前的作为并不十分赞同。"

"愿闻其详。"包拯不动声色。

"都说开封府掌世间法理，细花流收人间鬼怪，各有专攻，无须借鉴，互通往来更是多此一举。端木门主若不是之前和开封府过从甚密，恐怕最后也不会贸贸然插手梁文祈一案，最终无法毕细花流之功而折返瀛洲。

"因此，我温孤率下的细花流，专职收服精怪，不会与开封府之人夹缠不清。此次登门，就是想与包大人将话挑个明白，日后细花流在开封出入，只为收妖，与收妖无干之事一概不理。若是遇到开封府官差办案，细花流门人能闪就闪能避就避，绝不会挡了人家的道；反之……包大人总该明白我的意思吧？"

"自然明白。"

什么开封府官差办案细花流门人能闪就闪能避就避，你是想绕着弯儿说让开封府不要碍细花流的事吧？

"那就好了。"温孤苇余微微一笑，"把话说明白，以后便少了很多麻烦。"

少了很多麻烦？不不不，麻烦才刚刚开始。

很多命案，表面上并看不出是精怪作祟，难免与细花流频起冲突，这冲突明明可以息于口角，却往往因为细花流的张扬跋扈而升级。有一阵子，开封府不少官差总是鼻青脸肿。

不止一次，公孙策告诫张龙、赵虎他们："不要跟细花流之人起争端。"

"公孙先生，你以为是我们起的争端吗？"赵虎好生委屈，"你是没有见到细花流之人多么嚣张跋扈，我们忍气吞声任人讽刺，是他们出言辱及包大人和展大哥，我们这才出言喝止……"

公孙策无言以对。

事实上，人人心里都明镜一般透亮，端木翠在时，细花流对开封府秋毫无犯甚至礼遇有加，换了温孤苇余，就恶化至这般田地。一朝天子一朝臣，细花流只是俯首听命的一干朝臣，那高高在上的"天子"，才是细花流的行止俯仰所向。

只是，展昭不明白，温孤苇余为何这般厌恶开封府？

身后传来轻微的脚步声，展昭回头看时，却是一个红衣女子，正往晋侯巷过来。此刻雨尚未歇，那女子只将纸伞握在手中，低头似是想着什么，全身上下俱已湿透仍是浑然不觉。快至巷口时，展昭往边上让了一让，那女子这才发觉巷口有人，抬起头来。

展昭低头看时，见那女子面貌甚是清秀，鬓发俱被雨水打湿，杂乱贴于面上，却更显楚楚动人，只是眉宇间颇多惆怅，似乎有事郁结于心。

那女子看到展昭时，低低"咦"了一声，面上现出又是诧异又是欣喜的神色来，道："你……你是……展大人？"

问得颇为忐忑，连展昭都听出她语气中的不确定来。

展昭未曾想那女子竟认识他，有些错愕，仔细看那女子，确信并不认识，笑道："在下正是开封府展昭，姑娘是？"

问话之时，不动声色将伞盖向那女子倾了过去。

那女子先时浑身都被雨淋湿尚不自觉，此际展昭帮她覆伞，她却立时察觉到了，只觉心中一暖，抬头看了一看，柔声道："展大人，谢谢你啦。"

展昭原以为自己做得不露痕迹，听那女子点破，不觉有些窘迫。那女子道："展大人，我叫红鸾，你或许不认识我，我却是认识你的……温孤公子执掌细花流之后，换掉了大部分以前的门人，能够留下的只有些微几个，我便是其中之一……我从前是跟随端木门主的。"

展昭听她提及端木翠，只觉得五味杂陈，一时间思潮翻滚，竟说不出话来。

"展大人，我们都知道你和端木门主是极好的朋友，门主在文水出事之后……"红鸾语至中途，忽地看到展昭神思惘然，似是心神缥缈，旋即停住话头，不安道，"展大人，是否我说错话了？"

展昭一怔，这才反应过来，微笑摇头："这么晚了，红鸾姑娘早些回去歇息吧。"

语毕，明知这般离去有些不近人情，还是抱歉地冲红鸾笑了笑转身离开，走得一两步，又停下步子向红鸾道："淋湿了容易着凉，姑娘多爱惜自己。"

红鸾愣了半晌，这才反应过来展昭是让自己打伞，下意识握紧手中油伞，只是点头，见展昭走远，忍不住出声道："展大人。"

展昭停下步子，就见红鸾急步过来，咬了咬嘴唇，低声道："展大人，如果可能的话，不要再与细花流起冲突……开封府决讨不了好处的。"

展昭心中一凛，眉目间渐现犀利，道："红鸾姑娘，你的意思是……"

红鸾向周遭看了一看，现出局促之色来，压低声音："我也不好多说，温孤公子他……总之，展大人，你小心便是。"

说完，也不待展昭回答，快步向巷中去了。

展昭思忖了片刻，本待原路返回开封府，走了一两步，忽地折返向西。

算起来，也该去端木草庐看看了。

当初，端木翠前往鲁地寻找易牙留下的锅，临走时说："展昭，帮我看着点家，没事过来看看。"

这是端木翠嘱托过的。

温孤苇余卧房的灯还亮着。

红鸾的心没来由地一沉，犹豫了一回，悄无声息地退向后院。

就快跨过月亮门时，身后忽然响起了低沉的声音："怎么，就这么怕我吗？"

红鸾僵在当地，良久才缓缓回过头来。温孤苇余正站在卧房门口，远远地看着她。

卧房的烛光晕着微黄，将温孤苇余全身镀上了一层柔和的莹润。

"门主，"红鸾的声音有些微的失措和张皇，"我以为这么晚了，门主已经睡了。"

"是吗？"温孤苇余面无表情，转身退回了卧房。

门却没有关上。

烛光下，温孤苇余用丝帛细细擦拭焦尾琴，案上供着的檀香余烟袅袅，纯香满室。

红鸾立于门侧，进也不是，退也不是。

良久，温孤苇余抬起头来，向红鸾道："过来，之前教你的那首《竹溪曲》，弹与我听。"

红鸾嗫嚅道："我……我弹得不熟。"

"那便多弹几次好了。"

琴音起，纤指拨朱弦。

其实这首曲子，红鸾早已弹得很熟。

明月、竹林、溪水潺潺，清音弦上起，幽然忘古今。

温孤苇余微微阖目，似乎已然沉醉于曲中。

烛光下，温孤苇余俊美却略显苍白的脸庞之上现出难得一见的柔和来，也只有在他闭上眼睛的时候，会给人以这种错觉——红鸾很怕看到温孤苇余的眼神，深邃却不宁静，底处涌着数不尽的暗流与阴鸷。

不像展昭……

是了，展昭。

红鸾忽然恍惚起来。

展昭的眼睛永远是那么澄澈而清亮，就算是在这样凄风冷雨的夜里，他也是那样的温暖，只消看你一眼，心中的河冰都会消融……

手上一颤，琴音已乱。

温孤苇余蓦地睁开眼睛，目光中尽是森冷之意。

周身渐渐泛起寒意，似乎直刺骨髓，红鸾的脑中一片空白。

恍惚中，温孤苇余的手已经抚摩上她的发，顺着她的面庞，直至脖颈。

"你在想什么？"

"没……没有。"红鸾微颤的声音几不可闻。

温孤苇余微微一笑，手上忽地用力，已将红鸾整个带至怀中。

红鸾的心几乎都要跳出来，瑟缩着，却又不敢挣扎。

温孤苇余慢慢凑近红鸾的耳边，低声耳语道："我要你明白，你只是一个精怪……瀛洲不会在意精怪的生死，端木翠驱使的精怪全部被我打散了魂魄，你若想灰飞烟灭……"

红鸾嗫嚅："上仙这么做，若被瀛洲知道……"

温孤苇余冷笑："他们怎么会知道？你想去报信吗？"

红鸾瑟缩了一下："没有，我不敢。"

"不敢就最好了，最好也不要三心二意。"

"我明白。"

"你明白？"温孤苇余讥诮一笑，伸手勾起红鸾的下巴，"你明白什么？"

"我不会违逆门主的意思，门主要我做什么，我便做什么。"

"要你做什么你便做什么？"温孤苇余似乎并不相信，"我说什么你便做什么？"

"是。"

"不会违抗？"

"不会。"

温孤苇余讳莫如深地一笑，手指滑入她衣衫之内："若我要你陪我呢？"

红鸾颤声道："要我做什么，我便做什么。"

温孤苇余的眼底露出悲哀的神色来，慢慢站起身道："你跟了端木翠这么久，竟连她一分的性子都没有学到。"

低头看着红鸾，眼中忽然现出煞气，抬起脚来，重重踢向红鸾的心窝。

红鸾尚未回过神来，只觉心口剧痛，整个人飞将出去，重重撞在墙壁之上又滚落地下，一时间四肢百骸剧痛难当。

勉力抬头时，眼前模糊一片，看不清温孤苇余的面目，就听他冷冷道："你只不过是一个下贱的精怪，你有什么资格来侍候我？"

影影绰绰中，她看到温孤苇余重又在案前坐下，十指轻拂，一曲《竹溪曲》宛若行云流水，迤逦跃然弦上。

其实这首曲子，红鸾早已弹得很熟。

因为，端木翠曾经教过她弹。

温孤苇余自然是弹得很好的，只是还不及端木翠。

刚过端木桥，篱笆门已然自行吱呀一声开了。

展昭在门前立了许久，端木草庐内漆黑一片，那些个灯烛什物怕是都已睡了，还是莫要惊动它们的好。

端木草庐废弃之后，曾有流浪汉夜半入宿，上半夜还好，睡到下半夜时，忽听嘈杂声大振，睁眼看时，险些吓得半死，连滚带爬，逃出端木草庐。

事后说起，仍是惊魂未定，道："你是不见当时情景，屋里不知道什么时候亮满了灯火，有个豁了口的青花瓷碗领头，带着一队碟儿碗儿在后头撵我。灶房里不知怎地飞出一把刀来，追着我就砍，若不是我逃得快，这条小命就赔在那儿了……"

一传十十传百，从此无人敢犯端木草庐。

展昭微笑，心中又止不住酸楚，正想悄然离开，忽地发现不高的院墙之上，青花碗抱膝睡得正酣。也不知它在那儿睡了多久，一定很久了，因为碗里的雨水都几乎满溢了出来。

"小青花，"展昭伸手推了推青花碗，"怎么睡着了？"

青花瓷碗老大不情愿地"哼"了一声，翻了个身继续睡，让人止不住想为它扶额叹气——翻身也要考虑自己的体形不是——于是我们的小青花骨碌碌翻下了院墙。

亏得展昭眼疾手快，将小青花接住了。

青花瓷碗吃此一吓，终于清醒了，揉了揉眼睛，看清楚面前的是展昭，掩饰不住一脸的失望之色。

"怎么是你呀。"小青花嘟囔。

展昭将小青花放回院墙之上："不是我，你以为是谁？"

"我以为是我家主子。"小青花站在院墙之上，一手搭在眼前，伸长脖子看向远处，而后悻悻坐回原地。

展昭竟不知该说些什么，良久才道："今天怎么想起你家主子了？"

小青花白了展昭一眼："我每天都在这里等，你不知道罢了……我可不像你，没事才想起过来。"

"你跟你家主子一样，不抢白我两句心里就不开心。"展昭的唇角绽出微笑来，只是很快便又消逝下去，"小青花，你有没有想过，如果你主子永远都……"

"不可能的，不可能的！"小青花似乎被踩了尾巴一般跳了起来，双手紧紧捂住耳朵，"我不想跟你说话，我不想听你说话。"

展昭沉默，好久小青花方才安静下来，气哼哼地瞪着展昭。

展昭轻声道："小青花，我只希望你过得开心一些，日子总是要继续的。"

"我不想跟你讲话。"小青花说，"你们要继续自己的日子，你们就把我的主子忘记好了，我是要记得的，我是要继续等下去的。就算我将来死了，我也是个忠烈之碗，我会名垂青史，名垂碗的青史！"

"好好好。"展昭不做无谓争论，"那么今晚我陪你一起等吧，我们去屋里等好不好？"

"不去。"

"如果你被雨淋得发烧或是得了风寒，最后病重不治，那么你就是一个病死的笨碗，而不是名垂青史的忠义烈碗。"展昭提醒它。

小青花歪着脑袋想了一会儿，终于点了点头："有点道理。"

展昭微笑着伸出手去："我接你进去。"

"不用了。"小青花很是高傲地拒绝，"我相信凭我一己之力，是可以爬下去的……我就是这样爬上来的。"

"那好，我帮你打伞。"展昭微笑，"然后我们一起进屋。"

雨还是没有停的意思，小青花很是吃力地一步步攀下院墙，有好几次脚下一滑，险些栽下来。还有一次，小青花双脚都踩空，只两条小胳膊拼命扒着院墙的凸处，好不容易才重新找到落脚的地方。

看着看着，展昭的眼眶不觉便湿了。小青花说，它每天都要爬上这院墙等端木翠，只不知，它是怎样一步步艰难地爬上来，又怎样一步步艰难地爬下去。

小青花，你要如何才能明白，继续自己的日子并不是把她忘掉。倘若端木翠还在，她一定希望小青花可以继续和碗儿或者碟儿一起，在小河边看星星看月亮，从诗词歌赋谈到人生哲学吧？

只是今夜，无星亦无月。

第十一章　落发

深山，古刹，斜阳，余晖，合起来，便是一种难得境界。

缁衣僧人在前，展昭牵马在后，幽静山道上，只有踏雪的马蹄声嘚嘚作响。

平日里听来，马蹄声只是马蹄声，大多数时候，心境纷扰，明知马儿在跑，却不知蹄声响在何处。

今日却不同，不紧不慢的蹄声，像极了流淌在山道上的悠扬小调，只要还在行走，这调子就洋洋洒洒连绵不绝，而一旦停下，缁衣僧人、红衣展昭还有白色踏雪，便定格为那般生动又那般清幽的山间涂鸦。

这样的景，这样的心境，展昭很多年都不曾见过也不曾有过了。

若不是此趟赴陈州公干，若不是从陈州返回时误了渡口的船只，若不是另绕山路误了投宿的客栈，若不是在山下饮马时偶遇下山汲水的好心寺僧……

想着这一连串的"若不是"，展昭的唇角扬起淡淡的微笑。

很多时候，一件事的发生，看似稀松平常，殊不知不知不觉间，某些老旧且荒废许久的齿轮已开始在暗处慢慢转动，它必然会拨动或是改变某个人的人生。只是当时，你并不知道这个人是谁罢了。

就如同此时，展昭在秋日斜晖掩映下的山道上安静地走着，这种安静来得如此突然又如此珍贵，让习惯于置身湍流漩涡之中的展昭有些许的醺醉。他并不知道，脚下山道的尽头处，一桩被人遗忘许久的旧事正自尘埃与沉渣中慢慢抽伸筋骨，慢慢抬起头来，慢慢等着……他的到来。

山道的尽头处，便是缁衣僧人所说的清泉寺。

展昭初出江湖时也曾广为游历，见过不少恢宏寺庙——南北中轴线上，山门、天王殿、大雄宝殿、法堂、观音殿次第排开；中轴线东侧置僧房、香积厨、斋堂、职事堂、荣堂；西侧设纳四方来者的客房，晨钟响暮鼓鸣之时，别有一番泱泱气象。

清泉寺却不同，只一门一殿，殿中供结"施无畏印"的释迦牟尼佛，佛前香几，上设燃灯、烧香、饮食，东院僧房与香积厨，西院两间小小客房。除展昭与缁衣僧人外，院中再无旁人。

见展昭面有疑惑之色，缁衣僧人解释说，师父山中采药去了。

缁衣僧人口中的师父，便是清泉寺的住持。

看来这清泉寺，平日里只住持与寺僧二人，今日热闹些，多了展昭做客，还有系在山门外的踏雪。

展昭被安排在西侧其中一间客房住下，客房收拾得很干净，家什只有桌凳和床。晚饭时僧人送来了斋饭，如展昭所料，寡淡无味，好在饱腹是没有问题的。

寂寂山间寥寥古寺，时间都变得异常难挨，加上白日行路疲累，亥时初刻展昭便准备就寝。宽衣时，听到僧人打开山门的声音，紧接着便是絮絮话声，却是那僧人提起寺中有住客，另一人只是"嗯"了几声，语音听来甚是平淡。展昭猜是住持归来，客居于此，总要和主人家打个招呼，因此又穿衣束带，推门出去时，那住持恰好进了僧房，转身将门关起。

一出一进一开一关之间，便失了照面的机会，只隐约看到那住持的身形，并不高大，背有些弓。

展昭犹豫着是否要上前叩门厮见，最终还是息了这心思：也罢，明日见过不迟。

正待转身回房，无意中看到僧房的竹篾纸窗上映出住持单薄而佝偻的影子。

展昭心中生出些感慨意味：这住持与这清泉寺一样，避缩在远离喧嚣的尘世一隅，山中无甲子，寒尽不知年，外界不管发生何许纷扰，于他们，都是无干无涉吧。

约莫二更时分，展昭忽然醒了。

醒来之后第一个反应，便是去握枕边的巨阙。

剑鞘冰冷，凉意渗透进掌心的皮肤，顺着身体里的经脉一路沿行，直达心脏。

屋里……似乎……有人。

这一生中并不是没有经历过刺客夜半入室的时刻，但没有任何一次如今次般恐惧。

以往，即使是在睡梦中都保持高度的警觉，一有风吹草动，久历江湖养成的敏锐直觉会第一时间唤他醒来，救他性命。

这一次却不同。他睡得那般熟，无知无觉，直到那种让人窒息的压迫与恐惧近在肘边，他才蓦地惊醒。

若此人是刺客，自己的先机已失。

因此上，展昭紧紧握着巨阙，静静卧于床榻，并不出声，亦不有所动作。

横竖已失了先机，不妨俟敌先动。

屋内静得可怕，月光透过竹篾窗纸，在床前投下银色的月影。

所谓"床前明月光，疑是地上霜"描摹的应该就是此刻场景，只可惜展昭没有望明月思故乡的雅兴。

当此刻，半分松懈不得，牵一发而动全身，生死系于两端。

也不知过了多久，展昭忽然反应过来：这屋子里，从头至尾，并无第二个人的呼吸声。

凝神再听，的确是没有。

紧紧绷着的弦刹那间断开，展昭吁出有生以来最如释重负的一口气。

或许，是自己太过紧张了，置身清净无争的夜间山寺，反不习惯。

想想真真好笑，伸手扶额，额上竟已渗出微汗。

自己吓自己，实在是能吓死自己的。

带着半是好笑半是自嘲的心绪，展昭重又沉沉睡去。

他睡得很熟，气息匀长而又宁和，月光依然在床榻之前投下一片惨淡的白。

所以，他并没有发觉，在月光延伸不到的角落里，床榻之上、被褥之上、枕具周边，尽是凌乱疏落的长发。

就好像方才有女子在这里梳头，手中执着篦子，篦齿插入发间，自上直梳而下，每梳一下，便带下发根不稳的头发来。那头发在篦齿间挂不住，落了下来，那女子走到哪儿，那发便落到哪儿。

她必是在此逗留了很久，也梳理了很久，否则，怎会落下这么多的发？

当然，以上只是臆测，一切，需待展昭醒来。

难得的秋晴之日，一睁眼，便是跃动于满室的金色日光。

红鸾的脸上不觉露出笑意来，伸手去拂那道道金线。

之前听门人聊天时提过，端木门主曾经向月焚香，从月老那儿讨得一根月光。月光若能以根数，日光也必然能以根计，不知道将日光缠于指间是什么感觉。

月光清冷，日光煦暖，若是将日月光华缠于腕间……吓，那该是怎样一副华彩闪耀而又流光莹泽的镯子？

红鸾闭上眼睛，想象着那日月之镯在自己的腕间熠熠生辉。

良久，幽幽叹一口气。

罢了，所谓的日月之镯，也只有上界那些姿容绝代、仪态万方的女仙才可佩戴。日月之辉，焉能饰精怪之身？

红鸾用力甩了甩头，披衣下床。

温孤苇余在练字，案旁放着一小碗青粳米粥，早已凉透。

"人间的饭食，总是透着一股子世俗之味。"说这话的时候，温孤苇余的眉头轻蹙，面上露出嫌恶的神色来。

"门主在瀛洲待得久了，一时不习惯也是有的。"红鸾恭恭敬敬，"只是入乡随俗，也只能将就些。"

温孤苇余"嗯"了一声，墨笔在宣纸上辗转拖曳开来。红鸾没有留意他在写些什么，也不想去留意他在写些什么。

收拾了碗碟，红鸾托了餐盘正要出门，就听温孤苇余道："慢着。"

这一声很轻，但红鸾的心跳似乎都跳漏了半拍。

自她进屋开始，温孤苇余似乎根本没有抬眼看过她一眼，为什么要让自己站住，难道自己方才又有什么地方做得不合他心意？

"你的眉毛，画得似乎有些淡了。"

眉毛？

红鸾恍惚记起，方才梳妆之时，确实只是匆匆扫了扫眉梢。

"我这就去房中补过。"

"那也未免太麻烦了些。"温孤苇余淡淡道，"过来，我帮你画上。"

红鸾的身子有些僵硬，事实上，自听他说要给她画眉那一刻起，神经就未曾舒展半分。

为什么要给她画眉？温孤苇余又在想些什么？画眉有什么特殊的寓意和典故吗？

似乎，只有极亲密的关系，男子才会为女子画眉的。

她与温孤苇余，断断称不上亲密，为什么温孤苇余总是这般，一而再，再而三地做出这样让人费解的举动？

与红鸾的紧张相比，温孤苇余似乎要舒展许多。

他手执青螺子黛石，蘸了些水，晕开的石墨便在红鸾的眉梢迤逦开来。温孤苇余的眼中，只看得到红鸾的眉，精描细画，似是在雕琢一件世间独一无二的珍品。

红鸾的背上渗出细汗。

"这样看起来便好很多。"温孤苇余将手中的黛石放下，"要去见展昭，总得收拾清爽才好。"

红鸾怔住，张了张口又闭上，面上现出慌乱的神色来。

"我……我没有要去见展昭。"

"哦……"温孤苇余似乎是突然才想起来，"我忘记告诉你，展昭在偏厅等你。"

"展昭，在偏厅？他来找我？"红鸾有些不可置信。

"是。"

"他什么时候来的？"

"来了很久了。"温孤苇余似是在说一件不相干的事情，"似乎有急事找你。"

红鸾咬了咬嘴唇，明知不该问，却还是忍不住问出口："门主怎么没早些告诉我？"

温孤苇余抬起头来，眼底尽是深不可测的笑意："让他多等等不好吗？姑娘家总得矜持一点。"

"不是的。"红鸾忽然惶恐起来，努力要撇清些什么，"不是门主想的那样，我和展大人之间并没有什么。我知道门主不喜欢门人和开封府的人有往来，我没有……"

"你和展昭有往来，这样很好。"

很……好？

红鸾又一次怔住，不认识一般看着温孤苇余。

她确信自己从未对温孤苇余的情绪表达理解错误，以往温孤苇余说起开封府，尤其是展昭时，从来不曾掩饰眼底深深的嫌恶和轻蔑。

为什么这一次，会"很好"？

"你该去偏厅了。"温孤苇余将毛笔轻轻置入笔洗之中，墨色登时在水中蕴散开来，"不要让人等太久。"

目送红鸾走远，温孤苇余的唇角扬起一丝笑意。

低头看时，宣纸上的字墨早已干了。

"柳叶双眉久不描，残妆和泪湿红绡。长门自是无梳洗，何必珍珠慰寂寥。"

这是唐玄宗时梅妃江采萍的一首诗。

传说唐玄宗专宠杨贵妃后就冷落了其他妃子，但又难免旧情难忘，便给梅妃江采萍密赐了一斛珍珠以示歉意。谁料个性强烈的梅妃却把珍珠原封不动地退回来，并附上上述的诗。

"倒是可惜了梅妃，不过喜新厌旧本就是男子的癖性，不是吗？"温孤苇余喃喃自语，眼底的笑意越来越胜，"届时你便会发现，由始至终，对你一心一意的，便只有我一人。"

展昭此来，是为了清泉寺夜半落发之事。

先将前情细细演说，红鸾听得极入神，愈听愈是心惊，到后来忍不住出言催促："那么后来呢？你清晨起身见到满室落发，竟不害怕吗？那住持和寺僧也见到了？他们做何反应？"

"做何反应？"展昭苦笑，"自然是把我赶出来了。"

"赶出来了？"红鸾吃惊，"为什么要把你赶出来？"

"那住持言说，佛门乃清净之地，请施主莫要故意寻衅。"

红鸾愣了半晌，蓦地反应过来："那住持他、他以为是你故弄玄虚？"

展昭点头："你是不曾看到那住持脸色有多么难看，况且那发极长，一见便知是女子发丝——堂堂寺庙掩藏女子，这样的诘问，怕是任何一个佛门中人都无法接受的。"

"那么展大哥认为，清泉寺中有无掩藏女子呢？"

展昭摇头："若是掩藏，那女子如何能在我房中自由出入？依展某的武功，也不至于察觉不出夜半有人藏身房内……可是若无掩藏，满室落发从何而来？个中又有何深意？愈想愈觉怪异莫测，难作考量。"

"那么展大哥来找我……"红鸾疑惑。

"既然怪异莫测不合情理，自然生了向细花流求助的念头。"展昭微微一笑，"红鸾姑娘，依你看，此中可有精怪作祟？"

红鸾忽地现出俏皮神色来，道："展大哥，你这次可是猜差啦，哪有精怪敢在佛祖面前放肆？"

红鸾的确是善体人意，即使不赞同展昭的想法，也说得这般和风细雨，言笑晏晏。若换了端木翠，定然要绗绗眉头，翻翻白眼，然后狠狠数落一通："展昭，你今早出门脑袋是叫哪头驴给踢了？你也不想想，佛祖的地头，哪个精怪活腻味了去砸场子？"

送走了展昭，红鸾多少有点心事重重：她自然是有心要帮展昭的，奈何灵力所限，实无头绪。

如果端木门主还在，展大哥应该会轻松很多吧……

红鸾若有所思地在廊道阶上抱膝坐下，低头看旁侧蔫蔫的枯草。

可是……展大哥既来找我，他必是对我有信心的，我怎可叫他失望？或许……或许我是比不上端木门主，但是也不至于这么不济。

思忖再三，忽地想到了温孤苇余。

不不不，不行，方才温孤门主已经怀疑自己和展大哥暗通款曲，此刻为了展昭的事央告过去，岂不是将温孤苇余的疑心坐实？

可是，适才温孤门主不是说"你和展昭有往来，这样很好"吗？既然"很好"，说明温孤苇余并不反对，既然不反对……

"佛祖常怀悲天悯人之心，不容精怪作祟是真，但是对于含冤莫白者，自然网开一面。"温孤苇余难得如此好声气好耐性。

红鸾有些不明白："网开一面？那也就是说还是有精怪作祟？"

温孤苇余的眉头微微皱起，眼中露出讥诮的神色来："含冤莫白，只是冤气弥久不散，无碍旁人，无害旁人，怎可以精怪论之？"

红鸾听得云里雾里，明知再发问会惹得温孤苇余不悦，还是忍不住开口："既无精怪，展大人的房中又怎会有落发？"

"落发而已，又不曾伤及展昭性命。"

"那么……"红鸾咬了咬嘴唇，"我是否可以同展大人说，清泉寺的事情……不理也罢？"

"那要看展昭怎么想了。"温孤苇余讳莫如深，"清泉寺有冤，依他的性子，你觉得他是会管，还是不管？"

"可是，"红鸾犹豫，"冤气之说，终属玄异，展大人只是凡人，怕是……"

"你若不放心他，大可与他同去。"

"与他同去？"红鸾几乎要怀疑自己听错了，"门主的意思是，我可以跟展大人一起去清泉寺？"

"腿长在你自己身上，你若想去，谁还拦你不成？"

接到红鸾带来的消息，展昭几乎片刻也未曾耽搁——好在清泉寺离着开封不算太远，晌午时分出发，日落西山时二人已入山中。

时候是暮秋，一入夜便凉得厉害，山中更是分外冷些，愈往上行风愈大。红鸾冻得上下牙关打碰，展昭何等心细，旋即停下脚步，四下看了看，指了指一个背风的山凹道："赶了这么久的路，我竟是有些倦了，红鸾姑娘，我们在此处歇一歇可好？"

红鸾一愣，立时猜到展昭用意，心中好生感激，点头道："但凭展大人安排。"

两人便在山凹处停歇下来，展昭将地上的落叶枯枝收拢来点了堆火，火光融融，周遭立时多了几分暖意。红鸾吁了一口气，对着火堆搓了搓手，道："今年似乎比去年冷得更早些。"

展昭笑道："依我看还好，你们姑娘家身子骨弱，自是更畏冷些。"

红鸾笑着嚷嚷道："展大人，我还算怕冷的吗？你是没见过我们端木门主，她怕冷才真真是怕到份儿上了。"

展昭正往火堆上添枝，听红鸾如此说，手上的动作不由一滞，偏转脸看红鸾道："哦，她怎么怕冷了？"

其实端木翠怕冷，展昭是再清楚不过了，只是不知为何，心中只是盼着多听红鸾说些端木翠的事，是以故意装作不知。

红鸾只怕展昭跟自己一处觉得闷，现见展昭有兴趣，心中欢喜得什么似的，道："我也只是听门人说的，听说先时瀛洲的长老想让端木门主下界收妖，端木门主是一千一万个不愿意。长老几次上门相请，端木门主急了，说：'听说人固有一死，最重莫过于泰山，最轻莫过于冻死。我若冻死了，岂非让三界众生笑话？'长老听得莫名其妙，便问她：'这话你是听谁说的？'端木门主说，自然是写《史记》的司马迁说的。"

展昭听到"最重莫过于泰山，最轻莫过于冻死"之时便有些啼笑皆非，听到端木翠装模作样把帽子扣在司马迁头上，更是禁不住为之喷饭，笑道："你莫要告诉我那长老当真被端木翠给蒙住了？他竟连《史记》也没读过吗？"

红鸾咯咯笑道："可不就是这么说嘛，要说瀛洲的长老，炼丹烧汞、升仙吐纳之说研究得透彻，太史公的《史记》还当真没好好读过，当时还真被端木门主给混过去了，临走时还一迭声地埋怨太史公尽写些乱七八糟的东西……不过他也是多了心，又去翻了《史记》求证，这才知道原文是'或重于泰山，或轻于鸿毛'，气得吹胡子瞪眼睛……事情传到端木门主耳中，门主知道再混不过去，马上收拾了行囊去长老处请辞。长老原本是要狠狠数落她一通的，现下见她笑嘻嘻地主动要去，也便不好说她什么了。"

展昭先时还在笑，后来笑意便渐渐隐了去，待到火堆的火焰渐熄了下去，方才回过神来，用手中的木枝将火堆拨旺了些，低声道："聪明。"

红鸾双手环膝，感慨道："端木门主此番在瀛洲，可以过个好冬啦。瀛洲也是下雪的，不过并不冷，一年四季都如春天般舒适。若是什么时候，我也能去瀛洲过冬就好啦。"

展昭摇头道："瀛洲是上仙所居，哪是随意便能去的？"

红鸾轻轻叹口气，忽地眼睛一亮，似是想到了什么，道："展大人，你说得也不尽然。据我所知，上古蒙昧，人神杂处，譬如天神大禹，便在人间治水多年。

只是后来不知为了什么,才有了严格的三界划分,人、鬼、神各处一界,不相干犯——说是不相干犯,其实越界的事情还是常有的,否则便不会有那么多精怪为害人间啦。所以说,三界之间,其实是互有通路的,你们常说的黄泉路,便是人间通往冥界的路。"

展昭双眉一挑,问她:"那么人间通往仙界的路呢?"

红鸾眼中露出盈盈笑意来,道:"展大人,你怎生糊涂了,蓬莱、方丈、瀛洲三座仙山,就是人间通往仙界的路啊。"

展昭心中略感失望,道:"若真是这样,那么有路同无路也没什么两样,从古至今,能登上三座仙山的,能有几人?"

红鸾说:"仙山难登,但是那些上仙的确是为登上仙山留下了路的——听说上仙们在人间留下了三幅图,《蓬莱图》《方丈图》《瀛洲图》,找到这三幅图,便等于找到了通往三座仙山的路。"

展昭心中一颤,抬头看红鸾:"那么,这三幅图现今在哪儿?"

红鸾露出无奈的神气来:"这就不知道了。从古至今,描摹仙山的图画数以万计,谁能知道哪一幅才是当年的上仙留下来的?我们便也只是当作传说听听罢了。"

展昭低下头去,跃动的火焰在他面上投下不定的暗影,良久,方才轻声道:"时辰差不多了,进寺去罢。"

时辰"差不多",不是指"差不多"该睡觉了,而是指寺中的僧人"差不多"都已经睡熟了。无须投石问路,展昭和红鸾大刺刺跃入墙内,先时红鸾还屏息静气,放轻了步子慢慢走,后来见周遭并无动静,也便渐渐放松下来。展昭回头笑道:"寺中僧人并非武僧,小心些便好,只要不是砸了缸或者破门而入,他们多半不会醒的。"

首要目的地自然是展昭住过的西侧客房。窗扇半开,借着月光清楚可见室内的陈设,那日的落发自然已被寺僧打扫干净——现下左看右看,这都是一间再普通不过的客房。

门上却落了锁,展昭略一沉吟,巨阙出鞘。红鸾忙伸手搭住剑鞘,悄声道:"展大人,杀鸡焉用牛刀,开锁而已,市井小毛贼都会的伎俩,我怎会打不开?"

展昭恍然:"我倒忘了,有细花流高人在此。"

　　红鸾脸上一热，偏过了头去不看展昭，自怀中掏出一张符纸，径自贴于锁扣之上，旋即默念咒文。不多时，那锁扣"咯噔"一声，自行启开。展昭轻吁一口气，正待推门而入，红鸾摆摆手，凝神静立于门前片刻，俄顷面露失落之色，低声道："展大人，这屋内似乎也没什么特别的。"

　　展昭虽不甚明了，却也多少猜到方才红鸾是在感应屋内有无异样之处，道："进屋再说。"

　　红鸾点点头，先行进屋，展昭四下看了看，亦跟了进去，反手将门掩上。

　　虽有月光透入，屋内还是昏暗得厉害。展昭不觉又想起那一晚夜半惊醒之时的心悸，道："红鸾姑娘，那晚……"

　　话未说完，就听红鸾紧张道："展大哥，噤声。"

　　展昭听红鸾如此说，心中"咯噔"一声，当下闭口不言，仔细听时，却也不觉有异，看向红鸾，却见红鸾一脸的肃然，秀眉微蹙，若有所思，头微微侧偏，似是注意听着什么，俄顷缓缓抬头，望向高处。

　　展昭亦仰头上看，高处便是木梁架柱，夜晚看去，什么也看不清楚。但可怕常在未知，展昭不觉有些悚然，轻声问她："红鸾姑娘，那里有什么？"

　　红鸾摇头："我看不见，但是我却能听见某些特定的声音——展大哥，我未成精怪之前，本形是一株红色木棉花，是以花的根须伸展、破土发芽、抽枝结苞等声音虽然细微，我却能听得清清楚楚。展大哥，适才在门外之时，屋内浑无动静，可是我们进屋之后……"

　　"你是说我们进屋之后，你便听到梁上有……花草根须伸展，破土发芽，以致抽枝结苞……的声音？"

　　红鸾点头："展大人，你信我，我决计没有听错。"

　　展昭不语，少顷伸手入怀，红鸾只觉眼前火光一闪，再定睛看时，却是展昭点着了火折子。

　　展昭将火折子举高，道："梁上有什么，看看便知。"

　　红鸾笑道："展大人，待我助你一臂之力。"

　　说话间轻轻往上吹了口气，说来也怪，那火苗飘忽于火折子顶端，原本只一粒花生米大小，经红鸾这么一吹，竟分散作十几二十余朵火花，冉冉错落布于屋舍上端，如同最闪耀的星斗，将室内照得彻亮。

展昭笑道："我又忘了，有细花流高人在此，这火折子本是不该出来献丑的。"说话间抬头看向大梁，忽地倒吸一口凉气。

但见大梁之上，果如红鸾所言，抽长出碧绿根茎，顶端两个拳头大小的花苞，其色殷红，外壁的花瓣微微翕动，竟似是随时都要开放般。

木头上长出些旁物，并不奇怪，最常见的是长虫、蛀虫，其次是长出些木耳蘑菇——私以为是不能吃的，当然如果你想吃，也不能剥夺你勇于尝试的机会——但是那多半都是腐湿的烂木头，板板正正凿得平展的大梁木上忽然长出绿的茎红的花来，我是没见过，至多做梦时见过。

展昭和红鸾的看法大抵与我相同，两人都觉怪异，一时间也不知该说些什么，只是盯着那两个花苞出神。

右首边的花苞忽然有了抽展的大动作——毕竟就算是双胞胎出世也得分先后——很明显，右首边的花骨朵儿要开了。

绽放的动作只在瞬间，似乎只是一眨眼的工夫，原本闭合向内的花瓣往四围伸展开来，露出蕊心来。

这花盛放时，颇似芍药形状，更奇的是花蕊，状如细发，密密簇簇，可以千数。展昭只觉口唇发干，伸手指向花蕊，未及开口，就见花蕊陆续散落而下，而花蕊之中，重又长出新蕊来。俄顷新蕊散落，更新蕊又生，落而复生，生而又落，竟似无穷无尽一般。一时间但见无数细发花蕊，在空中悠荡飘散，不多时便将房中各处覆盖上薄薄一层。红鸾俯身拾起一缕："展大人，是头发。"

展昭点头，就在这个时候，院中忽起吵扰之声，有人惶然道："师父，西厢怎么会有灯火？"

红鸾急道："糟糕，被他们发现了。"

展昭淡淡道："发现了也好，这里到底出过什么事，他们比我们清楚得多了。"

说到这里，忽地扬声："小师父，在下是前番借住在此的路客。"

就听外头"咦"了一声，紧接着便有急促步声过来。有人一边推门一边道："这位施主，你三更半夜潜入寺庙所为何来？你——头发……"

小师父原本是来兴师问罪的，只是话说了一半便傻了眼——莫要笑他，换了你，看到半空之中落发如雨，多半也淡定不得。

那寺僧立于当地，双眼发直，忽觉身后大力过来，整个人被推了个踉跄。红鸾抬头看时，却是个年岁大些的老和尚，背弓得厉害，应该是展昭提过的清泉寺住持。

那住持抬头看大梁，干瘪的双唇微微翕动，目中露出恐惧之意来。展昭冷冷盯视他良久，道："住持，清泉寺中可曾发生过什么事？"

住持浑身一震，抬头迎上展昭目光，只觉锐利如刀，不觉心头发忧，避开了不看，强自镇定道："老衲不懂施主在说些什么。"

展昭面上罩上一层薄怒："先时我已怀疑清泉寺内曾经掩藏女子……目下所见，你做何解释？"

住持缄口不答，忽地痛呼一声抬起手来。展昭鼻端闻到焦味，定神看时，却是一缕发丝落于住持手上，将住持的手背灼出一道血痕来。红鸾冷笑道："你还嘴硬，这发丝落在别人身上就无碍，落到你身上便给你苦头吃，你做过什么亏心事，竟不敢说吗？白白亵渎佛门清净之地。"

住持面色苍白，身子便如秋风中枝头仅存的残叶般抖得厉害，明知那发丝于己有害，竟是不动分毫，不多时脸上、头上、手上便被灼出了数道伤痕。那寺僧急上前推那住持道："师父，快避出去罢。"

任他怎么使力，那住持就似被人施了定身法般动也不动。红鸾哼了一声道："现下在这儿假惺惺装什么，你究竟做过什么……"

忽听展昭道："另一朵花亦开了。"

红鸾咦了一声，抬头看时，另一朵花果然也绽放开来，只是花蕊与之前不同，似是碧绿一块。红鸾只觉碧光一闪，有什么东西掉落下来，正想伸手去接，展昭上前一步，扬手接住，递与红鸾，道："是根碧玉簪子。"

那住持听展昭如此说，猛地抬起头来，双目几欲迸出血来，嘶声道："是根簪子？簪身是不是有字？"

红鸾将簪子举起细看，道："是镌了字，只是看不清楚，王氏……香……"正待细细辨认，忽听风声有异，那住持竟是发了狂一般扑将过来。展昭伸臂一带，那住持失了重心，面朝下栽倒在地，饶是如此，红鸾手中的簪子还是叫他夺了去。

红鸾吃了一惊，一颗心怦怦直跳。展昭见红鸾无碍，放下心来，转头看住持道："寺中究竟发生过什么事，你还是不肯说吗？"

那住持仍是趴在地上，竟是没有起来的意思。

展昭忽地生出不祥预感来，疾步抢上，将住持的身子扳过，不觉心头巨震：那住持喉头之上，赫然插着方才那根玉簪。玉簪插入之处，已然殷红一片。

那寺僧不提防片刻间生此剧变，竟是吓得呆了。红鸾抢上去便要拔那簪子，展昭伸臂挡住，沉声道："拔不得，一拔便马上不得活了。"

低头看住持时，却见住持脸上露出如释重负的神色来，嘴唇开合翕动，似是在说些什么。展昭心中一动，将耳朵凑至住持唇边，就听住持断断续续道："是我们心生邪念……怕被外人发觉，毒哑了她，又将她落发，想混作寺僧……未想到她当夜便吊死，头发不知道哪里去了，一根也未剩……那头发，都钻进这大梁中了吗……"声音愈来愈小，终至湮没不可闻。展昭伸手探他鼻息，心中一沉，向红鸾摇了摇头。红鸾咬住嘴唇，伸手指向住持，道："他的眼睛……他至死都是看着大梁的。"

展昭颓然起身，缓步行至院中。红鸾呆了片刻，亦追了出去，正想说些什么，就听展昭道："那玉簪之上的字，还能辨出几个？"

红鸾摇头道："王氏……香，其他的都认不出了……或许可以让地方官府探听下，这几十年中，是否有名中带香的王氏年轻女子失踪。"

展昭叹气："也唯有如此了。住持已死，那寺僧年纪尚轻，寺中前事他未必知晓。若那女子不是当地百姓，而是行路寄住客商的女眷，那么更查不出她是何方人氏了。行路寄住，必非一人独行，当日清泉寺中究竟发生何事，是否还有其他人遇害，行凶者是那住持一人还是另有同伙，唉……"

红鸾先时只道当年寺僧见色起意，可能戕害了一名女子，浑未想到还有其他可能，现下听展昭如此说时，心下一沉。因想着：展大人一心想为含冤之人张目，可是如今次般，陈年旧案，死无对证，却要如何去查，如何去雪？这王氏女幸而遇到展大人，当年冤屈浮出水面，要那住持以命相抵，可是这世上有多少冤屈，静悄悄压下无声无息，多年后零落成泥，连让人知道的机会都没有？

如此一想，只觉心中空落一片，连那半空中的一抹银白，也似是无限落寞，无尽凄凉。

第十二章　瀛洲图

故事的最初，发生在一个有月有风的夜里。

什么什么？月白风清，如此良辰美景？

非也非也，这里说的有月有风，是指"月黑杀人夜，风高放火天"。

风很大，大到月光都被刮得模糊散漫。

火先从寄傲山庄的柴房烧起来，风助火势，火舌吞吐，瞬间便在整个山庄内肆虐开来。黑烟翻卷着四下弥漫，周遭充斥着木头被烧的毕剥的声音。

一般而言，这样的场景之下，少不了撕心裂肺的叫嚷和惊怖的呼救声，一般还会有管事模样的人呼喝着组织家丁进行扑救。

但是这里没有。

火势愈大，风声愈猛，便愈是衬托出此处的异样死寂。

于是，让人忍不住要下断言：此处根本没人。

就在此刻，火场深处，忽然隐约现出两个人的身形来。

一个虎背熊腰，一个纤细妖娆。

那男人大剌剌踩过地上的尸身，问道："拿到了吗？"

那女子正双臂撑地，俯身舔舐着地上蕴成一摊的鲜血，听闻那男人问话，缓缓抬起头来，狭长而妖媚的碧眼莹然生光，舌头倏地伸出，将唇边溢下的血痕舔净。

"拿到了，《蓬莱图》《方丈图》，现下，我们只差《瀛洲图》了。"

难得的晴朗冬日。

展昭抬头看天，入眼是干净而旷远的浅蓝。

目光稍稍回收，随风轻摆的是淡褐枯黄的干草，摇摆的姿势不似春日般灵动跳脱，凭白蒙上一层呆滞的老迈。

而目光再回收一些，便是寄傲山庄。

视线中突兀而现的焦黑残墟，映衬着浅蓝的天际，恁地触目惊心。

展昭不易察觉地皱了皱眉头。

"展大人。"守在寄傲山庄门口的衙差老远便冲展昭行礼。

展昭微微点头，目光却落在跌坐一旁的仵作身上。那人脸色惨白，一手攥住领口，另一手拢住膝盖，止不住地浑身打战。

循着展昭的目光，衙差不无怜悯地看了仵作一眼："验尸时便吐了一次，方才重又进去，出来时双腿筛糠般，站都站不住。"

仵作听衙差这般说，饶是惊惧未定，面上仍现出不悦之色来，忍不住道："验尸的可不是你。"

衙差哼了一声，待要呛他几句，终顾忌着展昭在侧，没有继续口角。展昭问那仵作："可以进去了吗？"

仵作赶紧起身："见过展大人，展大人请。"

包拯凝神看向半开的窗扇之外，庭院之中，疏落植了几株梅树，弯曲的虬枝形销骨立——这时节虽冷，却还未到寒梅吐芳之时。

书房之内，如豆烛火行将暗去，公孙策上前一步，将灯芯重又捻了一捻，室内顿时亮堂了不少。

"展护卫，依那仵作所言，寄傲山庄一干人均是死于猛兽利爪之下？"

"正是。"伫立在旁的展昭点头。

"说不通。"包拯眉头紧皱，缓缓摇头，"寄傲山庄距离京畿不远，京畿远近，从未听闻有猛兽为祸。"

"属下先时也不相信，可是尸身上的抓痕，的确非人力所能及，而且……"展昭顿了一顿，"火势虽大，并未将所有尸身全部焚毁。留存尚好的几具尸体身上，都有被啃噬过的痕迹，肚腹破开，其状惨不忍睹。"

"就算当真是猛兽为祸，又是何种猛兽呢？"包拯百思不得其解，"狼？虎？抑或是豹子？"

"依学生之见，还是说不通。"公孙策摇头，"展护卫，你方才说，那抓痕力道极其之狠？"

"不错。"念及白日所见，展昭竟有几分心悸，"属下原本以为纵有抓痕，亦不过是皮外伤，经那仵作提点，方才发现尸身背骨之上，犹有几道深深的抓痕，如同刀刻。"

"展护卫的意思是——"公孙策忍不住五指虚张作爪，在空中划了一道，"利爪不但破入皮肉，还深入骨中？"

展昭默然。

"普天之下，怎会有这样的猛兽？"公孙策喃喃。

"有倒的确是有的，属下早年行走江湖，向北曾到过辽境的山地密林之中。据当地人讲，林中有人熊出没，人熊身量庞大，利爪如刀，一爪击出，可以击碎野牛的脊背……只是……"

"只是辽境山地中的人熊，怎么可能出没于我大宋京畿？"公孙策接口道，"况且，寄傲山庄最终是毁于火厄，人熊杀人容易，但到底是畜生，哪里省得放火？而且就算真的有人熊，寄傲山庄的人，也总该能逃出一两个……"

展昭蓦地想到什么："大人，会不会是有人故弄玄虚，江湖仇杀，灭人满门，却假以猛兽伤人之状掩人耳目？"

"有此可能！"包拯心中一凛，"展护卫，你明日带同张龙、赵虎，前往寄傲山庄左近打探消息——山庄主人可曾与他人结怨或起争执，这几日山庄可有可疑人物出入……任何蛛丝马迹，都须细细查探！"

计划赶不上变化，展昭与张龙、赵虎第二日的寄傲山庄之行当夜便告终结。

皆因半路杀出个意想不到的人物，这类人物，有一个统一的名姓，唤作"程咬金"。

是谓半路杀出个程咬金。

当时的情形是这样的。

子时已过，开封内外一片沉寂，纵使素有挑灯夜读嗜好的公孙先生，也已渐入黑甜之乡。远处传来更夫的打梆之声，提醒"天干物燥"，务必"小心火烛"，百余年来，社会在发展，科技在进步，但更夫的当值口号，从未与时俱进。

言归正传。

却说当此万籁俱静之刻，开封府正门前的大道上，忽然出现了一个黑巾蒙面、黑衣罩身、腰悬长剑、目光炯炯、小心翼翼的……碗！

但见它掩身于拴马石之后，探出头来，前后左右查探一番，尔后两条小细腿左右开动，以迅雷不及掩耳之势，横穿大道，一举来到开封府墙根之下。

虽然整个过程之中，完全无人注意到它，此碗还是本着小心驶得万年船的夜行方略，在墙根下屏息静气了一段时间。确信无人跟踪无人偷窥之后，此碗定了定神，将两条胳膊上的衣袖都撸起至臂弯，然后朝着掌心"呸呸"吐了两口唾沫，狠狠搓了一搓。

搓完之后，此碗抬起头来，打量了一下开封府的围墙。

"包大人也忒怕死了。"此碗倒吸一口凉气，"把墙造这么高，摆明了同我过不去。"

包拯梦中有知，只怕要对天三呼冤枉。且莫说包拯只是开封府的住客而非建造者，就算开封府真是包拯督造的——我敢越俎代庖对天发誓——包大人绝没有同碗兄你过不去的意思，更加没有"摆明"了同你过不去的意思。

不过相较于一只碗的身量，这围墙也的确太高了些。

良久，黑衣蒙面夜行碗终于做了一个决定。

"为了我家主子，拼啦。"

"展大哥，展大哥，"王朝披衣站在展昭门口，把门扇拍得啪啪作响，"有客到，小青花来啦。"

其实前院的扰攘声一起，展昭便已醒了——但他很快便分辨出这并非刺客临门的恐慌或是苦主鸣冤的嘈杂，是以他仍静拥被衾波澜不惊。最初听到王朝的声音，他甚至有几分疑惑：小青蛙？都这个时节了还有小青蛙？小青蛙到开封府来干什么？

下一刻，展昭反应过来，王朝口中的"小青蛙"，指的是小青花，端木草庐的青花瓷碗。

"展大哥……"王朝继续伸手拍门，却拍了个空。

门扇自内打开，展昭披衣出来："小青花在哪儿？"

"在公孙先生房……"话未说完，展昭已去得远了。

离着公孙策门口尚有几步，便听到"阿啾阿啾"的喷嚏声，夹杂着小青花絮絮叨叨的抱怨声："不是我批评你们，"小青花痛心疾首，"你们开封府的警惕性也忒差了些，我在墙头挂了有半宿，愣是没一个人发觉。也亏得我是上门拜访的客人，如果我是刺客的话，这还得了……啊啾……"

"是的是的。"这是张龙。

"的确的确。"这是赵虎。

"受累受累。"这是马汉。

公孙策黑线中。

有哪个刺客会扒拉在墙头半宿下不来被冻到半死的？若你真是刺客，买凶的客人准是烧坏脑子了。

"那个……"公孙策清了清嗓子，"这位……小兄弟看起来受了风寒，要不要我吩咐厨房……煮碗姜汤？"

公孙策愈说愈觉心里没底：煮碗姜汤不难，关键是：小青花这身材造型，是递给它喝呢，还是直接给它灌上？

看到眼前的一派纷乱，展昭的唇角不知不觉浮出笑意来。

"展大哥。"见展昭进门，围着小青花打转的张龙、赵虎俱都抬起头来。

小青花立刻转移了发牢骚的对象："展护卫，我刚在墙头挂了半宿，这就是开封府的待客之道吗？"

"开封府的客人很少有爬墙的，就算有，也很少有挂在墙头下不来的……"展昭本待多说几句，一瞥眼看见小青花气红了脸，当下住了口不说，看向诸人，"是谁发现它的？"

赵虎伸手挠了挠脑袋，嘿嘿笑道："晚上多喝了几盏，起夜回来看见墙头上黑乎乎的一团……"

原来如此。

展昭哑然失笑："小青花，此番多亏了赵虎，否则，你可要在墙头挂足一宿了。"

此话一出，旁侧几人俱忍俊不禁。小青花翻了翻白眼，气鼓鼓道："展护卫，我找你可是有要事，你到底要听还是不要听？"

要事？

展昭的笑意渐渐淡了去，莫说是展昭，周遭诸人也都安静下来。

"要事"于不同的人有不同的内容。文生的要事在读书，官差的要事在办案，而它小青花的要事，断断跟一个人脱不了干系。

那句问话，在展昭心上反复掂量许久，竟是开不了口。

还是张龙迟疑着开口："是关于……我端木姐的？"

小青花很是不满诸人反应之迟钝："你们也不看看我是跟着谁混的，不为我家主子，我这么辛苦折腾是为什么？"

"好了。"展昭轻声打断小青花，"你倒说说看，是为了什么事？"

"这要说起来可就话长了，简直要追溯到鸿蒙初辟，上古人神杂处的时候啊。"小青花顿时来了精神，"譬如说吧，大禹是天神，他却在人间治水……"

这番说辞，展昭似乎在什么地方听过。

小青花继续滔滔不绝："虽说后来人、鬼、神三界分开，但是其间还是留有通路的。最常为人道的便是黄泉路，黄泉路是什么？就是人间和冥界的通道。"

作为听众，张龙、赵虎等人异常配合，齐齐发出"啊"的惊叹之声。

见自己的说辞引起了诸人回应，小青花越发兴高采烈："那么，人间和仙界之间是否留有通路呢？当然是有的，那就是众所周知的东海之上三座仙山……"

"《瀛洲图》，小青花，你是不是在找《瀛洲图》？"沉默许久的展昭忽地开口。

小青花傻眼了。

"你、你、你……"小青花结结巴巴，"我不知道查了多少古书，你是怎么知道的？"

展昭眼帘低垂，看似不以为意，声音却带出些微颤意来："是红鸾告诉我的。"

"红鸾是谁？"小青花继续发蒙。

"是细花流门下的一个姑娘。"张龙道，"展大哥前些日子还和她一起查案来着。"

"哦……"小青花不无嫉妒地看向展昭，小声嘟囔，"原来走的是异性路线……"

说话间又偷偷瞅一眼展昭，烛光下，展昭眼眸湛然，面部轮廓说不出的柔和俊美，却又不失坚毅。

"长得俊了不起吗……"小青花继续酸溜溜地喃喃自语。

"你知道多少？"展昭不理会小青花的话，定定看向小青花道，"关于《瀛洲图》，你知道多少？"

"知道的也没多少。"本准备好好抖抖包袱，谁知道用意被展昭一语道破，小青花登时没了精神，"我也不知道为什么有了图便可通往仙山……不过，先去找图总是没错的。"

“那么，你找到了吗？”张龙忍不住插嘴。

小青花叹了口气：“本来差不多快找到了，说起来，都要怪寄傲山庄的人，他们若不是那么不济，我也不至于要来开封府搬救兵……”

话音未落，忽觉室内静得出奇，小青花抬头看，发现诸人的神色都比方才怪异了许多。

“寄傲山庄？”公孙策一颗心跳得厉害，“你说的寄傲山庄，莫非就是前日里遭了火厄的寄傲山庄？”

“火厄？”小青花挠了挠脑袋，“好像是的，他们杀人之后，的确是又放了把火。”

“你怎么知道？”若非小青花身量太小，公孙策恨不得抓住它的肩膀前摆后摇，“莫非你当时在场？”

“在啊。”小青花对公孙策的激动很不理解，“本来我是要好好找图的，谁知道忽然闯进两个凶神恶煞般的人来，又是杀人又是放火，最后还拿走了图——说起来，总是寄傲山庄的护院太过差劲，他们要是能撑上片刻……”

“小青花！”展昭忽地厉声道，“那两个人杀人之时，你也在场？”

“在啊。”小青花很是奇怪地瞅了瞅展昭，“我不是说了，我在那儿找图吗？”

展昭的黑眸之中渐渐蕴出怒色：“死了那么多人，你先时竟提也不提？”

“世上每天都死很多人，凭什么我就要提？”小青花有些不高兴，“展昭，我找你是来谈正事的，你不要总打岔好不好？”

“正事？”展昭强自按下心头的怒火，“小青花，人命关天，那两个凶徒，你可曾看清他们的形容面目？可曾听到他们说过些什么？”

小青花露出不耐烦的神色来：“我忙着找图，哪有空去注意他们的样貌。”

张龙见展昭面沉如水，心叫不好，赶紧出来打圆场：“小青花，寄傲山庄的人死得冤枉，展大哥也是想早日擒得凶嫌，你若是有什么线索，不妨……”

小青花打断张龙：“你们开封府的人真真奇怪，一天到晚地办案办案，也不嫌麻烦，要我说多少次，我是去找图的。”

展昭怒极，一掌重重拍于桌案之上。

公孙策摇头叹道：“小青花，找图固然重要，但是……你眼中只看得到图，竟看不到别的吗？”

小青花看了看公孙策，又抬头看了看展昭，一声不吭地起身，将身上的衣裳理了理，径自爬下桌子。

赵虎眼见越说越僵，竟至小青花要走人，啊不，走碗的境地，忙打哈哈道："展大哥，你何必跟小青花计较这个，它一个碗，不懂事也是有的。"

展昭极轻地叹了口气，正想说些和缓的话，就听小青花怒道："什么叫'它一个碗，不懂事也是有的'？我没日没夜地东奔西走，我图什么了？我不就图早日见到我家主子？我怎么就不懂事了？"

基本上，如果两人行将发生争吵的时候有第三方在场，那么第三方的宿命无外乎两种。

一，充当和事佬，将一场争执消弭于无形。

二，积极参与，将两人争执升级为三人斗殴——如果第三方人数允许——升级为群殴。

而群殴这种事，发生在开封府的可能性基本为零。

所以事态并没有进一步激化，张龙、赵虎、马汉与公孙策自动划分为两派，门柱派开始劝说展昭，擅长说服教育的公孙策则重点针对小青花展开思想攻势。

张龙："展大哥，小青花一时失言，你何至于跟它生气。"

公孙策："小青花，戒骄戒躁，不要为了一时激愤而误事。"

赵虎："展大哥，上门总是客。"

公孙策："小青花，你夜半造访开封府，究竟有何要事？"

马汉："展大哥，不看僧面看佛面，你跟小青花生气，我端木姐面子上也不好看。"

······

最终结局皆大欢喜——说白了，展昭已有了和缓的意思，至于小青花，和大多数一怒拂袖的人一样，作势要走的潜台词都是"其实不想走，其实我想留"。

对比方才，小青花总算是提供了一些有价值的信息。

"我知道他们没拿到图，因为我听到那女的说，'我们只差《瀛洲图》了。'

"那男的说，'那就兵分两路，我去找姓温的，你去太师府拿《瀛洲图》。'

"那男的还说，'上头吩咐过，现在还不是闹的时候，太师府戒备森严，你莫要闹大发了。'"

"你就没看清那两人长得什么模样？"赵虎忍不住。

小青花火噌噌直冒："当时情势危急，我缩在床底下，能分出一男一女已经很不容易了。再说了，你们人还不就长那个样？都是两眼一鼻子，还能长出花来？"

"受累受累。"赵虎没想到小青花反应这么激烈，赶紧噤声。

公孙策看向展昭："展护卫，你怎么看？"

"寄傲山庄的凶嫌是两人，有温姓第三人涉案。寄傲山庄之后，他们的下一个目标是太师府。京中的太师府不少，但谈到戒备森严，非庞太师府莫属。"

"庞太师府这两日并无异样，看来凶嫌还没有动手。"公孙策思忖片刻，"既然如此，我们不妨……"

"守株待兔。"

展昭与张龙、赵虎、马汉几乎是同时出声。

只有小青花，仰着脑袋看看这个又看看那个，嘟囔道："我管你们是去守猪还是逮兔子，总之我是去找图的……"

依着小青花的说法，迟一刻风险便大一分，若是被别人抢先拿到图……想想都不寒而栗，因此催着展昭赶紧动身。

其实展昭的动作已然不慢，回房、取剑、换衣。

"展大人，刻不容缓啊。"展昭穿衣束带的当儿，小青花原地围着展昭转圈，时不时扯扯展昭的衣襟下摆，"刻不容缓啊，你倒是快点啊。"

"小青花，你简直是个管家婆。"展昭无奈——原本回房时让小青花在公孙先生房中等着，小青花偏不听，亦步亦趋跟着他回房，一路上不知催了他多少次。

"不过，你对端木这份心当真难得。"

随口一句话，引出了小青花无穷感喟。

"其实吧，我主子对我也不是那么好。"小青花叹气，"不说别的，就说我的感情生活吧，不知被她破坏了多少次，每次我跟小碟外出看风景，转天她肯定要告诉给碗儿听……平时也是逮着我就欺负……"小青花越说越觉委屈，"偏偏我吧，还这么对她忠心耿耿，唉，怎么说呢，真是孽缘啊。"

展昭的神情仿佛是被什么噎到了，半晌才道："小青花，主仆之情是不好用孽缘来说的。"

"那孽缘是用来说什么的？"小青花半信半疑。

"孽缘，多半是用来说姻缘或是男女……之情的。"展昭微微发窘。

"哦……"小青花满腹狐疑地看了展昭一眼，"你快点，我去门口等你。"

展昭舒了口气，正俯身系上官靴，忽听得小青花断断续续的嘟囔声。

"孽缘，这么好听的词儿不让我用……多半是想留着自己用……别以为我看不出来……"

庞太师的宅子，够华丽够气派。

展昭站在高大院墙的暗影之中，抬头看时，墙檐似与无边夜色融为一体。

"你们人都很怕死吧？"小青花趴在展昭的肩膀上，两手支腮，使劲仰着头往上瞧，"围墙造得一个赛一个的高，愈是有钱有势，这墙就造得愈高愈大……我猜你们皇帝住的地方，墙更要高，对吧？"

展昭没好气，有心呛它两句，细想想还真是这个理，只得不情愿地"嗯"了一声。

"啧啧，"小青花咂嘴，顿了顿又伸出手指戳戳展昭，"能进去了吧？"

"贼人未到，我们进去做什么？"展昭瞥了小青花一眼，"不是你说三幅图之间相互有感应，得用《蓬莱图》和《方丈图》去寻《瀛洲图》吗？否则黑灯瞎火的，太师府这么多院落房屋，要到哪里去找？"

小青花双手撑着展昭的肩膀站起，踮起脚尖四下瞅了瞅，面上露出失望的神色来，一屁股坐倒，嘟囔道："这两人磨叽什么呢，要来抢图也不赶紧的……"

"最好捎个信告诉你什么时辰到，免得让你白等是吧？"展昭一本正经。

小青花很是理所当然地"嗯"了一声。

展昭苦笑，忽地想起了什么："依你说，那些神仙为什么会把图留在寄傲山庄？"

小青花很是鄙夷地看了展昭一眼："你以为是什么，传家宝啊，还要选定一户人家一代代传下来？这三幅图其实最普通不过了，跟书坊画肆卖的没什么两样，笔法也稀松平常得很，你看了，没准儿还瞧不上呢。"

"哦？"展昭饶有兴致地追问，"神仙的东西，为什么这么普通——不应该是很稀罕的吗？"

"这就是神仙的不同凡响之处了。"小青花一脸对神仙的崇拜与向往，"东西做得太稀罕，就成了宝贝了。你们这点觉悟，破铜烂铁都要争抢，见到宝图，还不抢疯了？"

"破铜烂铁？"

"就是铜钱啦银两啦什么的。"小青花很是气派地挥挥手，精准地诠释了什么叫视金钱如粪土，"神仙在世间留下这图，未必就想让人去到仙山，就好像……就好像你在大街上遇到人拉你去吃饭，人家不一定是真的想请你，说不准就是跟你客气客气，你滴明白？"

为了强调，小青花还特意使用了东瀛扶桑人氏的说话方式。

"你说的我大概明白，神仙留图的目的，不是真的希望凡人去到仙山，也许只是想让这图湮没于人世。就如同很多地方的衙门，门扇大开，不一定真的欢迎百姓前来告状，只是假惺惺地张起公理的幌子而已。看来即便是神仙，也存着门第高低之见。"见小青花面有赞同之色，展昭话锋一转，"不过，大街上拉住展某吃饭的人，倒都是真心实意的。"

"你就吹呗……"小青花翻白眼，"这三幅图的最大不同之处是遇水不濡、经火不毁，所以这图会永远在世上留存下来，不管是在湖底、山涧、人家，哪怕是被人折了用来垫桌脚，它都是一定在的。"

"你的意思是，这图出现在寄傲山庄和太师府只是因缘际会？"

小青花点头："图在太师府中，你以为是高高挂在厅堂正中吗？没准儿压在哪个下人的箱底做铺纸，所以只有等那两个有图的人来了，借由三幅图之间的感应才能找到《瀛洲图》。"

"那么，你是怎么找到寄傲山庄的？"

小青花得意："不是跟你说我翻了很多古书吗，尤其是我主子留下的书。书里说，心诚则灵，要燃香九日不停，第九日的晚上枕着一件来自仙山的物事入睡——我主子走得匆忙，有那么一两件物事遗下了没带走——然后在梦里可以看到一些线索。我在梦里看到《蓬莱图》在寄傲山庄，所以就赶去了，谁知道慢了一步。那两人应该是先得了《方丈图》，借由《方丈图》找到《蓬莱图》的……"

说到此，小青花忽然挠了挠头："不过，我有一件事怎么想都想不通。展昭，书上说只有这一个法子才能找到图，那两个人应该也是借由这个方法先找到《方丈图》的。'要枕着来自仙山的物事入睡'，用你们的话说，他们又杀人又放火，自然是坏人，坏人怎么会有仙山的东西呢？"

展昭不答。

小青花觉得有些奇怪，忍不住去拉展昭垂于肩侧的头发："展昭？"

展昭还是不答。

月光下，他的眉头深深蹙起，目光缓缓游移于地下。

小青花愣了愣，下意识地低下头去。

四周静得出奇，有一片巨大的黑影，正极其缓慢地漫过展昭足下。

"展昭，"小青花上下牙关嗝嗝打战，"那……那……那是什么东西？"

"影子。"展昭的声音压得很低。

"那……那……那是什么的影子？"

"抓紧了！"

"啊？啊……"

前一个"啊"带着莫名和不解，后一个"啊"带着深深的绝望。

因为第一"啊"的时候，小青花还站在展昭的肩膀上，第二"啊"的时候，小青花已经急速下坠。

当然，不是它自己想坠的。坠落的一刹那，它终于明白展昭是让它抓紧手边一切可以抓紧的东西，也就是说——动手的时候到了。

初次合作，难免沟通不畅。

两枚袖箭破空而去，带起嗖嗖风声，顺带搭上小青花的两滴辛酸泪。

"完了。"小青花闭上了眼睛，还不忘文绉绉地为自己的结局吟诗一句，"出师未捷身先死……"诗没吟完，耳边忽然响起一声凄厉的喵呜之声。与此同时，小青花被一只手稳稳地托住。

如果小青花方才没有闭上眼睛的话，它一定不会错过展昭行云流水一气呵成的潇洒身法——扬手、甩箭、撤步、救人。

呃……错了，是救碗。

接下来的八分之一炷香的时间里，小青花直勾勾地看着正前方，双眼失去了聚焦的对象。很显然，它还沉浸在劫后余生再世为碗的不可置信当中。

八分之一炷香时间之后，小青花开始了正常的生理反应，譬如两股战战，譬如牙关打战，譬如问出了一个脑残问题："展昭，你救我的时候为什么要喵呜一声？"

展昭无语。

小青花继续在错误的道路上愈行愈远："你救人的时候就会喵呜一声，这就是'御猫'的由来？"

"不是我喵呜，"展昭终于被打败了，示意了一下院墙之上，"是它。"

小青花终于意识到现场还有第三方在，它抬起头看向高处，似是不相信自己所见，伸手揉了揉眼睛，努力把眼睛瞪到最大。

"展昭，那是……猫吗？"

那的确是一只猫。

它的周身漆黑莹亮，如同上了一层油膏，眼睛在黑暗中发出幽绿色的光芒，贪婪狡黠而又阴险，霍霍向外散着游丝般的杀气。如钢针般的胡须两边乍起，上下微微颤动，前爪在院墙之上来回扒抓，似乎是在拨弄着什么东西。最后，带着些许嘲弄和讥讽，它的爪子用力向外一拨——两支被折弯的铜制袖箭，一先一后跌落在墙角下，发出咣当的响声。

展昭的目光自袖箭上淡淡扫过，重又落在那只黑猫身上。

不过，看起来，那黑猫没有再奉陪的意思了。

它弓起后背，抖索了一下周身，轻巧地跃进了内院的茫茫夜色之中。

一只深夜造访太师府、弄弯了展昭袖箭的黑猫……

小青花咋舌，伸手去拉展昭衣袖："展昭，那是……妖怪吧？"

"难不成呢？你以为那是神仙？"展昭淡淡回了一句，俯身去捡那两枚袖箭。

就着展昭俯身的当儿，小青花手脚并用爬下了地，眼巴巴地抬头看展昭："那我们是跟进去呢，还是不跟？"

未及展昭回答，身后忽然传来细碎的脚步声。

"展……大人？"

展昭直起身子，面上露出笑意来："我方才还在想谁的轻功这么好，离得这般近我都不曾察觉……想来也该是细花流的人。"

转身看时，眼底映上红鸾如水样澄澈的容颜。

小青花百无聊赖地踢着小石子，走一段，踢一段，然后回转身，踢一段，走一段。

不远处，展昭和红鸾正在树下细谈。

"有没有搞错，"小青花愤愤，"看见姑娘家就走不动路了……"

于是继续踢小石子，想象着那便是展昭……

"红鸾姑娘，依你所说，你是自寄傲山庄一路循妖气而来？"

红鸾点头："寄傲山庄的命案起得蹊跷，我去现场看时，明显察觉到有妖气遗留。一路寻来，那妖气中途却分作两道，一道入城，一道出城。我命其他细花流门人跟随出城的那道，自己跟进城的这道，没想到会在这里遇到你。"

展昭点点头，看向远处踢石子踢得正起劲的小青花："与小青花说得不差，小青花在寄傲山庄时曾听到凶嫌说'那就兵分两路，我去找姓温的，你去太师府拿《瀛洲图》'，如此看来，方才的猫妖，便是二妖之一了。"

"瀛洲是什么样的地方，"红鸾冷笑，"这些个妖怪，以为拿到了《瀛洲图》，便能登得仙山吗？也不想想端木门主便住在瀛洲——它们去瀛洲，可不是有去无回吗？"

展昭微微一笑："依着往常，追究到此，开封府理应不再插手，但是小青花一心要找《瀛洲图》……"

循着展昭的目光望过去，小青花已经停止了踢石子的游戏，蹲在地上用石子划拉着什么，嘴里念念有词。

红鸾"扑哧"一声笑道："我认得它，不过它未必认得我——细花流上下都对端木门主恭敬得很，只它得空就跟门主拌嘴，每次都被门主欺负到哭，偏又不长记性，隔几日又死皮赖脸跟在门主身后，赶都赶不走……"

小青花似是猜到两人在谈它，很是警惕地朝这边看过来。

"如果我此刻入内拘妖，难免惊动太师府里的人，反而麻烦。待那猫妖拿到《瀛洲图》出来之后，我再作法收它。"

"可有用得着展某的地方？"

红鸾俏皮一笑："的确是有些体力活要做……麻烦展大哥了。"

展昭拎着一布袋生姜片，沿着太师府的围墙且走且撒，小青花顶着满满一大碗拍碎的蒜瓣，走几步便伸手扔两颗。

"这样真的有用吗，展昭？"

"红鸾姑娘说猫最怕姜蒜的刺鼻味道，我们将其他的出口都撒上姜蒜，只留下一个设好了套的出口供它进出，不愁逮不住它。"

"最好是这样。"小青花翻了翻白眼，顺手又丢出去一枚蒜瓣。

万事俱备，只欠东风。

展昭和小青花退到较远些的地方，只留红鸾一人在太师府正门处守候。但见红鸾面门而立，嘴唇微微翕动，俄顷双手合十，向着正门连行三下躬礼。

那紧闭的门扇，忽地发出莹莹柔光来。

就见小青花伸长了脖子，啧啧有声道："难怪单单留出正门来供那猫妖进出，原来是要请门神助阵……那是……秦琼和尉迟恭？"

朦胧的柔光之中，依稀显出两个粗壮的男人身形来，全装怒发，手执玉斧，腰带鞭练弓箭，端的威风赫赫。展昭先还以为是捉鬼门神神荼和郁垒，听小青花如此说，才知道是唐初武将秦琼和尉迟恭。

传说玄武门事变后，李建成、李元吉冤魂不息，每夜在李世民寝宫外鬼哭狼嚎，三宫六院无一刻安宁。要知道噪声污染最是扰人睡眠，久而久之李世民就扛不住了，渐渐露出神经衰弱的征兆来。身为臣子，自然要为君分忧，于是秦琼上奏说："臣平生杀人如摧枯，积尸如聚蚁，何惧小鬼乎？愿同敬德戎装以伺。"当晚秦琼和尉迟恭二人全副武装，在李世民宫门之外做怒目金刚状从日落西山守到旭日高升……

后续的故事是，李世民不忍爱将日日守夜，派人绘了两位将军的图像悬于宫门两侧，自此邪祟得以平息。

"请出了门神，那猫妖要玩完了……"小青花恶狠狠地挥舞着花生粒大小的拳头，"捉了猫妖喂老虎，杀，杀，杀！"

"噤声。"展昭忽地压低声音，"它来了。"

小青花闻言抬头望过去，冷不丁打了一个寒噤。

夜色中，那只猫立于屋脊正中，一动也不动，若不是那双泛着森冷寒意的幽绿眼珠，小青花真的要疑心那只是一尊石像。

良久，又是一声凄厉的猫叫，那黑猫向着红鸾的站立之处俯扑下来。

眼见森森利爪迎面抓下，左右忽地伸出两柄戟叉，将那黑猫在空中架翻了一个筋斗。

那黑猫没料到竟有伏敌，喉间发出愤怒的低吼声，半空中一个猛身，重又扑将上来。

二门神之一，不知是秦琼还是尉迟恭，亦是一声怒喝，拔出腰间玉斧，甩手朝着黑猫面门劈将过去。

下一刻，本该是那黑猫血溅当场……

异变就发生在刹那之间，锋利的猫爪，忽地伸长作纤细的女子玉指，稳稳握住了斧柄；适才的狰狞猫面，也换成了一张女人的脸，眼眸狭长，碧然生光，发髻高耸，环佩叮当，七分销魂蚀骨，三分杀人肝肠。

两位门神的脚步，硬生生刹于当地，俄顷，竟同时退开了一步。

红鸾心中忽地生出不祥的预感来。

"我至今还记得长安的牡丹花会，香气馥郁，穿堂过室，一直延绵至森冷的宫闱深处。"那女子的面上现出迷离的笑意来，"皇恩浩荡，太宗赐下的美酒余香犹在，两位将军这么快就忘了自己本姓李唐？"

秦琼和尉迟恭二人讷讷不语，尴尬地对视一眼，门扇的柔光重又泛起，两人无声无息地步入柔光之内。俄顷光芒散去，夜色重又裹挟过来，似乎方才的一切，都未曾发生过。

再然后，那女子缓缓偏转了头，目光落在红鸾的脖颈之上。

红鸾脖颈处的肌肤，柔嫩而又饱满。

那女子不易察觉地吞咽了一下口水，喉头微微耸动了一下。

奔忙了大半夜，是时候进食了。

小青花气得浑身哆嗦：它期待且深深仰慕的门神出场打了八分之一炷香时间的酱油之后就弃权罢赛，决然谢幕，留下红鸾一人苦撑战局。

在小青花的心目之中，神仙是高高在上不可置疑不可战胜完美无缺的，虽然端木翠老是挑战它的信仰欺负弱小，但那顶多算是白璧微瑕——不是有瑕不掩瑜这种说法吗？可是临阵脱逃这种事，神仙怎么可以做？

越想越是愤怒，门神把神仙的脸都给丢尽了，连带着自然也把自己主子的脸给丢尽了。

此时便是为主出征挽回神仙尊严的关键时刻，我不入地狱，谁入地狱？

念及至此，小青花热血沸腾，刷地抽出佩剑，虎目圆睁，作起跑势，怒吼一声："呀……"

呀了半天，一步未动，双脚反离了地面，却是展昭抓住碗沿，把小青花提了起来。

"麻烦把尊手从鄙头上移开。"小青花杀气腾腾地将佩剑空劈几下，"我要过去抢图，你瞧见没有，她后背上缚着的那个画卷……"

"看情形，红鸾姑娘敌不过那猫妖。"展昭眉头愈皱愈紧，稍一思忖，果断道，"小青花，我发袖箭射落她背后的画卷，你得了画卷之后立时离开，去细花流搬救兵。"

"那你呢？"

"我帮着红鸾姑娘拖住猫妖，你记得，要快。"

"可是……"

话音未落，两枚袖箭激射而出，直取那女子背后的缚绳。那女子与红鸾斗得正紧，忽觉背上一松，心知不妙，急回头看时，巨阙当喉带到，若不是闪避得快，只怕身首业已分家。

那女子怒极，猛地滞住身形，眼眸间异光烁动杀气大盛，右手整条手臂之上顷刻间覆满浓密毛发，利爪森然，锃亮如刀。

红鸾心中一凛，未及向展昭出言示警，就见那女子冷笑一声，身形不动，只是伸爪凌空虚抓。

明明离着尚远，这一抓也看似浑无威胁，岂知劲风四起，五股力道宛如排风破浪，尚未近前便迫得展昭喘不过气来。展昭不及细想，横剑挡于身前，耳边立时响起铁石金器摩擦的尖锐刺耳之声，几欲震穿鼓膜。

展昭脚下站立不定，腾腾腾急退几步，低头看时，巨阙的剑身之上霍然五道极深的抓痕。

忽然便想起寄傲山庄死者身上的抓痕深可及骨——方才若不是巨阙挡击，后果不堪设想。正如此想时，蓦地发觉自己的面上濡热一片，伸手拭时，竟摸了一手的血。知是被方才的劲风震伤，展昭心中一沉，面上却不动声色，只用衣袖覆住手掌，将脸上的血拭去，与此同时，目光看似不经意地落在那女子身后不远处——小青花正拖了那画卷，吭哧吭哧跑得正欢。

见小青花依计而行，展昭心中稍稍宽慰了些，待看到小青花的行进速度，直如一盆凉水当头兜下。

忽然就明白了小青花方才说的那句话。

"可是……"

言下之意是：可是我体型摆这儿了，我能跑多快？能跑多远？

照这速度，小青花能够逃离现场已是三生有幸，指望它去细花流搬救兵？简直是痴人说梦。

好在，那女子还未曾留意到身后的异动。

展昭略一思忖，心下已有了计较，与红鸾交换了一个眼神，低声道："走！"

甫一出声，两人伸手交握，同时足下发力飞身而走，却是朝着小青花相反的方向。

那女子冷笑连连，待得两人奔出数十丈远时，方才张开双臂，直冲入空，驾风而行如履平地，先时还落在展昭、红鸾之后，不多时投射在地上的暗影便迅速逼近了两人。那场景直如追逐奔兔的猎鹰，觑准方位俯冲而下。

红鸾眼见暗黑的投影已然漫上周身，只觉得手足发冷，因想着：难不成今日要死在这里？

忍不住侧头看展昭。展昭恰于此刻回过头来，淡然一笑。

"展大人，你怕吗？"

"我只怕该做的事没有做完。记得务必收擒此妖，还有，帮小青花达成心愿。"

红鸾眼底露出困惑的神情来，电光石火间，她突然明白了什么。

只是，她明白得太晚了。

展昭出手很快，以至于她甚至没有看清展昭的招式，身子已被推出数十丈外。

下一刻，红鸾已经看不到展昭的脸，她只看到巨阙华光如水，还有那个义无反顾的背影。

红鸾的视线蓦地糊成了一片。

世人谁不惜命，你怎么可以……这么不在乎？

周遭蓦地黑下来，猫妖俯扑而至的身形愈来愈大，似乎要将仅有的夜光都阻隔开去。

巨阙的剑柄还紧握于掌中，剑尖却已被猫妖的利爪牢牢攫住，再进不得分毫。

那头便是猫妖的脸，扭曲而又狰狞，幽深的碧眼中似乎有着摄人心魄的魔障，燃着吞噬掉所有意念的烈焰。

一个剑身的距离，悬存亡，定生死。

猫妖身上的恶臭袭来，真不知它吞咽了多少血骨，希望此举可以助红鸾得脱，重结细花流的人力，剪除猫妖。

剑身渐渐被强力阻弯。

不知为什么，耳边最后响起的，竟是端木翠的话。

"展昭，我第一次见你，跟你说过什么？

"我同你说，人间有法，鬼蜮有道，开封府掌世间礼法，细花流收人间鬼怪。收服精怪本就是我做的事情，你为什么多管闲事？

"你素来就是这样，能做的事要做，不能做的也要拼了命去做，展昭，你只是一介凡人，也只有一条命，为什么不好好珍惜自己？"

展昭的眼底渐渐现出温柔的笑意来。

端木，你在时我便改不了，你不在，我更是学不会了。

希望小青花见到你时，会记得代我问一声好。

巨阙崩折的刹那，猫妖张开嘴巴，露出两排如锥的白亮利齿，长满了倒刺的肉红色长舌向展昭的脸上探过来。

行将舐舐到展昭脸颊的一刹那，有什么东西，从展昭的右肩急掠而起。

开始只手掌大小，见风便长，顷刻间已有一人多高，双翅招展，竟是一只巨大的斑斓彩蝶。

那猫妖面上现出惊诧之色来，未及回过神来，那蝴蝶双翅虚张，倏地便将那猫妖裹于翅下。展昭登时得脱，勉力跃开两步，手中只握着半柄巨阙，待要俯身捡那剩下的半截剑身时，目光触及眼前情景，直惊得呆住了。

但见那猫妖被蝴蝶翅膀紧紧裹住，四下挣扎扭动，怒吼不止，就听"哧"的一声，蝶翅被利爪破开一道尺余长的口子，一只毛茸茸的猫爪探了出来。

正愣神间，红鸾抢将上来，急道："展大人，快走，信蝶撑不了多久。"

奔出很远，展昭忍不住回头看，那猫妖还被死死裹于蝶翅之中，只是利爪不断探出，也不知信蝶身上多了多少创口。

红鸾循着展昭的目光看过去，面有不忍之色："展大哥，信蝶以死护主，我们还是快走吧，莫要辜负了信蝶忠义。"

展昭默然，忍不住伸手探向右肩。

端木翠留下的最后一件物事，终是失去了。

一声巨震，信蝶四下迸裂，斑斓蝶翅如雪片般飘散。

那女子静立于巷道中央，忍不住伸手去接蝶翅残片。

当此刻，她已恢复人身的纤细娇美，十指青葱，红唇柔润，若不是狭长碧眼中偶尔流露出的阴狠毒辣，谁也不会将这衣袂飘飘的女子与猫妖联系在一起。

俄顷，那女子眸中现出狠绝之色来，忽地猛身蹿上屋脊，片刻工夫，身形已消失在远处楼阁高高低低的翘檐飞角之间。

开封府。

红鸾将浸泡在热水中的毛巾取出绞干，细心帮展昭擦拭脸上的伤痕。

伴随着小青花时不时的嘿嘿傻笑声，公孙策一脸无奈地自内室出来，将手中的瓷瓶递给展昭。

"每日睡前敷在伤处——伤在面上，总是有碍观瞻。"

展昭伸手接过，顺势一并接过红鸾手中的毛巾，淡淡笑道："我自己来就行。"

"就是可惜了巨阙这把好剑。"公孙策拿起桌上断剑，忍不住唏嘘，"明日让城中最好的打铁师傅瞧瞧，能不能续上。"

"巨阙是神器，平常的打铁师傅哪里能续。"红鸾笑道，"西海凤麟洲有连金泥，能续弓弩断折之弦，连刀剑断折之金。展大哥，我回去问一下门主，他有办法取到连金泥也说不定。"

"巨阙已折，换一把便是，些许小事不用麻烦温孤门主。倒是那猫妖法力无边，走脱了后患无穷——红鸾姑娘，猫妖一事，就拜托细花流了。小青花怎样？"

后一句话却是问公孙策的。

"还能怎样？"公孙策无奈，"自回来之后就没正常过，抱着那画卷左看右看，看一会儿笑一会儿，一忽儿嚷嚷叫我去看仙山图，我真去了它又死死抱着不让我看。我看它还得疯上一阵……"

"那么这一夜，总算不是徒劳无功。"展昭伸手抚向右肩，声音几不可闻。

朱雀大街，晋侯巷，细花流。

今晚的夜色很好。

温孤苇余也不知哪来的兴致，后半夜时悠悠醒转，只披一件外袍，挟了焦尾琴登上屋脊。

指尖轻勾琴弦，一曲《竹溪曲》悠扬婉转，流金泻玉般与夜色融作一体。

这样的天籁之音，本不应该中断的。

风声有异，温孤苇余蓦地飞身而起，避开迎面扑来的重击，稳稳落于屋脊的另一边。铮铮断弦之声不绝于耳，回头看时，焦尾琴被硬生生从中抓作两半，若非他方才躲得快……

温孤苇余叹了口气，很是为这张人世难求的焦尾琴感到唏嘘。

"阿武妖滑，翻覆至此！愿我来世投胎成猫，阿武为鼠，生生扼其喉。"温孤苇余意味深长地看向那女子，"狸姬娘娘，武后之后，我还不曾见你如此动怒。"

第十三章　惊变

"少废话。"狸姬的目中似欲喷出火来，"一面让我抢图，一面又唆使门人阻我夺图，神也是你鬼也是你，温孤苇余，你什么时候改行做了唱戏的？"

"那么，狸姬此行，并未拿到《瀛洲图》？"温孤苇余的语气一如既往的淡漠，让人猜不透他是失望还是惊讶，抑或……浑不在意。

"我本不会失手的。"狸姬冷冷看向他，"若不是细花流门人横加阻拦……"

"没有人比我对细花流门人更清楚了。"温孤苇余不动声色，"他们之中，没有任何一个是你的对手。不要说是他们，即便是我……也无十足胜算。"

千穿万穿，马屁不穿。

狸姬的面上犹有怒色，眼底稍纵即逝的倨傲与得意却已偷偷出卖了她的心思，低头思忖了一回，将方才发生的事情和盘托出。

温孤苇余的面色愈来愈沉，眸子也愈收愈紧。

"敢明着帮展昭的，只有红鸾，不过，她没那个能耐驱使信蝶，信蝶是端木翠的。"

"端木翠？"狸姬低声将这个名字反复念了几次，唇边现出一抹阴狠之色，"但叫我遇见她，我定会像对信蝶般将她撕得粉碎。"

"你？"温孤苇余失笑，明知不该激怒狸姬，却抑制不住面上的轻蔑之色，"你该去拜拜菩萨——保佑你这辈子都不要遇见她。"

果然，狸姬霎时色变。

"温孤苇余，若不收回你的话，我会叫你后悔。"

"平心而论，我很是尊敬狸姬娘娘，但我说的都是实话。"温孤苇余依然是一派云淡风轻处之泰然的模样，"你可以瞧不起瀛洲的大部分神仙，他们都是些痴求长生的迂腐之人，只知道诵读经文、炼制仙丹，以图白日飞升，得仙之后亦不见何作为，故作清高地驾乘云气上天入地，动辄三两聚宴夸夸其谈。在我看来，也没什么了不起，比常人多些法力的不死人而已。

"可是你不可以瞧不起端木翠。她以武将之身登临瀛洲，被派作细花流的第一任门主，不是没有道理的。更何况，她的后台……可硬得很哪。"

"是吗，说得我真是害怕。"狸姬冷笑连连，忽地做出一副惧怕的神情来，"武将之身？她是北魏的花木兰，还是当朝的穆桂英？"

温孤苇余心下反感，眉目间隐现嫌恶之意，不欲与狸姬在这个话题上再做纠缠："总之，你去到瀛洲之后，对端木翠能躲多远就躲多远——好在她为着梁文祈一案被瀛洲长老禁足，你应该见不到她。"

"去到瀛洲？温孤苇余，你还真是吃的灯草灰，放的轻巧屁。"狸姬嘴上浑不客气，"连图都没拿到，怎么去瀛洲？"

"你不是说图被展昭拿走了吗？"温孤苇余双手负于身后，很是悠哉地抬头望月，"你说，他愿不愿意拿《瀛洲图》出来，换红鸾的命？"

小青花终于没辙了。

一连两天，它对着《瀛洲图》苦思冥想，正着看歪着看倒着看翻过来看透着火看，能用的招都用上了，愣是没看出《瀛洲图》的玄虚来。

事实上，不管你怎么看，它都是一幅再普通不过的图。

偌大的图面上，远处是雾气缭绕若隐若现的瀛洲仙山，近处是一只样式普通的独木舟，然后便是无边无际的海，无际无边的天。

没有落款，没有题签，没有提示，没有解码秘籍。

有片刻工夫，小青花甚至要怀疑夺回来的是不是一幅赝品——不过经再三确认，这幅图的确水打不湿火烧不透。

小青花觉得自己要抓狂了，它很想揪着自己的头发咆哮一通——如果它长头发的话。

更让它愤愤不平的是自己的孤军作战。

那个什么公孙策，号称是天下第一主簿，居然连《瀛洲图》的玄机都猜不透，盯着《瀛洲图》琢磨了大半个时辰之后打了个哈欠，头也不回地回房了。

张龙、赵虎他们就更指望不上了，摸着脑袋面面相觑，很是默契地一一退场。

还有展昭，表面上似乎是在看图，目光都不知涣散到哪儿去了——别以为瞒得过它小青花，它一眼就看出展昭在开小差：他以为带点怅然若失的忧郁表情就能掩饰他心不在焉的事实了？呸。

至于那个红鸾，天一亮就回细花流了，说是要去找什么连金泥去续展昭的剑。

什么剑这么金贵嘛，铁匠铺子里一搂就是一大把，这些人，怎么都分不清轻重缓急的？

一个个都是靠不住的。

看来，还是得自力更生啊。

小青花叹气，第 N 次地对着面前的图发愣。

是夜，月洗中庭。

细花流的院落正中，矗立着一株木棉，高约丈二，枝叶繁茂，一树彤花盛放得正烈，远远看去，似火正燃。

"听说在汉代，木棉又名烽火树，'至夜光景愈燃'，果真是名不虚传，狸姬娘娘以为如何？"温孤苇余伸手摩挲着木棉的旁枝，直到虬枝尽头。

尽头处，俏生生矗立一朵微微绽放的橙红色五瓣木棉。

狸姬只是路过，一时好奇驻足观望，本待转身离去，听得温孤苇余叫破自己的名字，只得走上前来。

"这木棉树就是那丫头的本体？"

"知道我为什么看不起细花流的精怪吗？"温孤苇余答非所问，"因为他们连自己的命都掌握不了，别人要他活他便活，不想要他活的话……"

话没有说完，轻抚木棉花的手掌蓦地攥紧，几乎是毫无声息地，那花便离了枝头，只剩下光秃秃的枝丫微微颤动。

再次摊开手掌时，先时饱满丰润的鲜花已是焦黑一片，风起，拂作了尘。

"我很乐意为温孤公子尽绵薄之力。"狸姬似笑非笑，五指成爪，猛地当空虚抓。

劲风起，枝木折，一地落花。

对着满目狼藉，温孤苇余略略皱了皱眉，似乎对狸姬的做派颇为不满。

"我还以为狸姬娘娘多少会有点怜香惜玉的心思……"

"怜香惜玉？"狸姬似乎听到了世上最可笑的笑话，"我被阿武那个贱人斩断手脚浸泡于酒瓮中日日哀号之时，可没有人跟我讲什么怜香惜玉。温孤苇余，我没空跟你废话，到底要怎么样拿红鸾的命换回《瀛洲图》？"

"很简单，不过不能像你这么蛮干……"温孤苇余带着些许讥诮的目光扫过面前中腰折断的木棉树，"难道你不知道，要毁掉一棵树，最最紧要是毁掉它的根吗？"

在一片异样的寂静之中，他的袖底爬出了一只黑褐色的长虫，节状的躯干，缓慢地蠕动，行进之处留下一道惨绿色的印迹。它蜿蜒着绕过温孤苇余的手腕，悄无声息地坠落到地上，然后就如同被尘土吞没的水珠一样，消失在木棉树下的泥土之中。

"狸姬娘娘可以出发了。"温孤苇余解下腰囊间小巧的翠玉铃铛递给狸姬，"去得晚了，红鸾怕是挨不住这噬根之痛……记得，铃铛双响，痛楚方可得止。若是展昭不愿拿图出来，这铃铛，也就不用响了。"

对于温孤苇余打发自己来开封府的由头，红鸾没有半点疑心。

"猫妖性情阴毒，恐怕受挫之下，会对开封府诸人不利。这两日你不妨留在开封府，万一出什么事，也好及时策应。"

虽然不明白为什么一贯讨厌开封府的温孤苇余态度来了如此大的一个转弯，

但是所有的疑惑，都被能够见到展昭的喜悦所淹没。

知道红鸾的来意之后，公孙策也是满心欢喜——有人来帮忙总是好事，于是张罗下去，吩咐人收拾客房。

问及展昭时，才知是巡街去了，入夜才可回来。

红鸾心中便有些小小失望，想了一会儿又暗笑自己太过患得患失：展大人自然是有自己的事要忙的。

又看了一回小青花，小青花对红鸾有些爱理不理——这也不能怪它，它满眼满心的《瀛洲图》，自然不把旁人当一回事。

一时间好生无聊，这一日的时辰也过得分外慢些，好容易盼来日头西沉，盼到掌灯，盼过晚膳，盼到公孙先生过来问了好几回红鸾姑娘是不是先回房歇息，才听到门外传来展昭的声音。

红鸾心中一喜，也顾不得细想是否妥当，忙起身迎了出去，险些带翻手边的茶盏。

身后，是公孙策略带诧异的眼神，他若有所思地看着红鸾的背影，似乎明白了什么，俄顷摇了摇头，极轻地叹了口气。

一出门，才留意到不知什么时候已下起雪来，极小极小的雪末子，簌簌打在衣上，发出沙沙的声音，分外好听。展昭正立在廊下，轻轻拍掸着肩上的雪末，屋内晕黄的烛光透窗洒在他的身上，整个人都罩上了一层温和的光华。听见红鸾的脚步声，展昭微微侧过头来，乌黑剔透的眼眸中带着淡淡的笑意。

红鸾猜想，他大概会开口叫她："红鸾姑娘。"

那样平和的声音、温暖的笑容和熨帖人心的温度，每次听到展昭叫她的名字，红鸾都会有恍惚的幸福和不真实感，似乎整个人都沉浸在宁谧如水的安静祥和之中，整颗心踏实下来。

不像温孤苇余，声音不大，平和得没有起伏，却能将你拖拽到最冰冷的深水之中，四下挣扎着无法呼吸。

红鸾忽然觉得有些眩晕，眼前的事物蓦地便幻成了叠影，展昭的眉目也似乎蒙上了一层雾霭。她努力地甩甩头，想将一切的不适都甩到脑后，脚下却突地一空，身子软软地瘫了下去。

满心以为会摔得很惨，幸好没有，她跌进一个温暖而又宽阔的怀抱之中。

"红鸾姑娘。"展昭低下头，轻声唤红鸾的名字。

红鸾茫然地睁大眼睛，眼底映入展昭关切的目光。

我没事，红鸾勉强牵动了一下嘴角，想给展昭一个笑容。

刹那间，钻心的痛楚排山倒海，整个胸腔如同被硬生生撕扯开，血肉淋漓。

公孙策赶到的时候，红鸾眼见是不得活了，眼神涣散了开去，脸上死人一般苍白，垂下的手指突地痉挛几下，鼻端几乎探不到温热的气息。

公孙策束手无策地站着，徒劳地伸出手指切在红鸾的脉上，脑中却突突突乱作一团——就在片刻之前，他还看到红鸾带着女儿家的惊喜与娇俏奔出门去。门外喧哗声起的时候，他还犹豫着是否要回避，以免打扰展昭与红鸾的会面……

哪承想竟会是如此局面？

什么样的疫症会发作得如此之快？莫不是中了邪了？

念及此节，公孙策忍不住打了个寒噤。

"公孙先生？"展昭的声音不大，却透着显见的焦灼。

公孙策反应过来："进房，先进房再说。"

展昭俯身去抱红鸾，方移动红鸾身体，就见红鸾蓦地双目圆睁，发出凄厉至极的一声惨呼，紧接着双手死死抓向胸口，十指屈伸，竟似要将心生生挖出一般。

公孙策冷不防听到如此凄绝的声音，只觉双腿发软，险些便跌坐地上，就听展昭冷静道："不能动红鸾姑娘的身体，一动她更受不住。"

此间如此扰攘，业已惊动了在门房处歇息的张龙、赵虎。两人手按刀柄奔将过来，尚未闹清楚发生了什么事，就见小青花从门内探出头来，很是不满道："你们这么大呼小叫的，还让不让人安生……红鸾姑娘这是怎么啦？"

没人理会小青花。

对于自己的被无视，小青花显然很是愤愤，正要提高声调再问一遍，不知为什么，话到嘴边又咽了下去。

似乎有什么……不对劲。

原先空中飘洒的极细碎的雪末子已被大片大片的雪花替代，怪异的风穿过中庭，将下落的雪花裹挟旋转着上升，忽地又散开，杂乱无序地抛撒开来。

有压得极低的女子哧哧笑声远远传来，忽而前，忽而后，飘忽的声道有如一条细长的游蛇，辗转着蜿蜒穿过夜色中纷杂雪花的间隙，钻入耳膜。

风忽地大起来，裹着雪片直往人脸上扑。小青花忙眯起眼睛，隐约看到院落的黑暗处现出一个女人的轮廓来。

展昭的手缓缓移向腰间的佩剑。

那女子冷笑一声，缓缓走上前来，黑色的纱衣裙裾被寒风鼓振飘起，如同张牙舞爪的黑色触手，说不出的诡谲妖异。

透窗而出的微弱烛光终于覆上了她姣好的容颜，妖艳的红唇挑出阴鸷的笑。

"展昭，想红鸢活命的话，拿《瀛洲图》来换。"

看清来的是猫妖，小青花已觉得不妙。

再听到猫妖的话，不知为什么，小青花直觉展昭会把《瀛洲图》交出去。

因此上，趁着众人或惊愕或沉默的当儿，小青花偷偷溜回了内室，手脚并用地爬上床，将摊放在床上的《瀛洲图》飞快地卷作一轴。门口是出不去了，跳窗也不现实，小青花打量了一下周遭，眼珠子滴溜溜转了一转，拖着图钻进了床底。

几乎是刚藏好，张龙便急吼吼地冲进来，大声道："小青花，快把图……咦，小青花？"

小青花蜷缩在床底墙角处，死死盯住张龙的黑色官靴和官服下摆，只盼着张龙寻不见图快快离去。

哪知眼前忽地一亮，却是张龙一把掀开床单下沿，持着烛台俯身探了进来。

烛光将小青花的位置完完全全暴露了。

"小青花！"张龙又气又急，"红鸢姑娘就快死啦，你怎生这么不懂事，快把图给我！"

"她死了关我什么事？"小青花本待气势汹汹地回嘴，哪知一开口就带了哭音，"这图是我用来找我家主子的……"

"事有轻重缓急，是找人重要还是救人重要？"张龙心急如焚，知道红鸢半分耽误不得，情急之下，抛了烛台伸手来夺。小青花碗小力薄，哪里抢得过张龙，只觉怀中一空，心下大急，"哇"的一声哭了出来，跌跌撞撞跟在后头追。

方追到门口，就见张龙已将图交至展昭手中，狸姬冷笑一声，趋前来取。

小青花眼见展昭将图递向狸姬，只觉浑身的血霎时冲向脑顶，也不知哪来的力气，嘶声道："展昭，你敢！"

展昭浑身一震，手上的动作略停，转头向小青花看来。

"那不是你的图，那是我的图。"小青花满腹委屈，眼泪哗啦啦直淌，"是我告诉你图在太师府的，是我一路把图从太师府带回来的，那是我的图，我的，我的！"

果然，展昭的眼底现出迟疑的神色来，慢慢将手缩回。

"展护卫，"见展昭犹豫，公孙策忍不住出言提醒，"红鸾姑娘撑不了多久了。"

狸姬皱了皱眉头，不置一词。

临行之前，温孤苇余再三提醒，不可在开封府动手。

"星主府上，可以有宵小刺客盗贼，绝不能蔓生妖气。否则惊动上界，谁都不好交代。"

想想也是，文曲星下凡，上界多少双眼睛盯着，被凡人构陷谋算只是尘世区区劫难，但是如若起了妖气……

这只脚万不可跨过界，玩火可以偶尔为之，至于飞身扑火……只有没脑子的蛾子才干得出来。

因此强自收敛，与展昭心平气和做这笔交易。

展昭眼睫低垂，面上看不出什么表情，脑中却转过无数念头。

红鸾的气息愈见微弱，不知道经受的是怎样巨大的痛苦，竟连皱眉的气力也失了，失神的双眸直直地对着半空，扣住胸口的手僵硬在那里，怎么掰也掰不开。

展昭几乎能够感觉到红鸾仅存的生命，正游丝般一缕缕抽离出去。

卷轴不重，分量却一直压到心里。

他从未迟疑过要用《瀛洲图》去交换红鸾的性命，一为相见，一为救人，轻重缓急，高下立分。

从一开始，他也并不相信利用《瀛洲图》就可以与端木翠见面——天机难测，这图到了己方手中，实与平常的字画无异，要到哪一日才能参透玄机？

真正让展昭进退两难的，是小青花的话。

自己不是《瀛洲图》的主人，有何资格决定《瀛洲图》的归属去留？

狸姬终于不耐烦了。

"展昭，你若拿不定主意，便慢慢想吧，顺便替这丫头备口棺材——今日拿不到图，我还可改日来拿，可这丫头今日若是死了……"

狸姬故意将话只说了一半，冷笑连连，转身欲走。

"慢着。"

果不其然，狸姬心中得意，面上却做出诧异神色来："怎么，改主意了？"

展昭示意赵虎扶住红鸾，缓缓站起身来："救人要紧，救回红鸾之后，展某自会将《瀛洲图》双手奉上。"

狸姬双眉微挑："为什么不是你先把图给我？我拿到图之后，自会救人。"

"展某前日曾败在你手上，你若要动手抢图，我也未必拦得住，"展昭眸光一冷，话锋随即一转，"既然不准备动手，就要省得交易的规矩。"

狸姬的目光在展昭身上逡巡一回，阴恻恻地一笑："也好，你若是出尔反尔，我自是有手段让这丫头死得更快。"

《蓬莱图》《方丈图》《瀛洲图》。

三幅仙山图，飘飘悠悠悬于书房半空，案上的烛火颇有些飘忽，在图幅上投下跃动不定的暗影。

"我真是不明白，"狸姬伸手轻拂图轴，"你是神仙，做神仙的，有什么事是自己不能做的，偏偏要与妖为伍……"

"你的话，未免太多了些。"温孤苇余漠然。

"和你这样的人合作，我不得不多问些。"狸姬冷笑，"温孤苇余，我不管你在谋算些什么，我想要的东西，你可是一直都清楚的。"

"当然清楚，仙山的不死药而已。狸姬，你已修成精怪，可以得享千年寿元，还嫌不够吗？"

"千年之后呢，还不是要死？况且仙山的不死药，吃了是可以登仙的。"

"做神仙有什么好？"

"总比做妖好。"

温孤苇余叹气："秦汉之后，上界久不度凡人升仙，不死药所剩无几了。"

"我当然知道，否则也不会与你合作。"狸姬现出倨傲之色。

"瀛洲的不死药藏在金峦观青离玉几之下，待事情办完之后，我自会去帮你取。"

"放着《瀛洲图》在这儿，为什么不能现在去取？"狸姬咄咄逼人。

"《瀛洲图》和人间的通路，朔日子时正才会开启。"

"还有九日便是朔日。"

"疣熊氏还没有找到温先生。"

"找到你口中的温先生,是迟早的事。"狸姬面色愈来愈沉,"温孤苇余,你推三阻四,到底是为什么?"

温孤苇余沉默半晌,方道:"端木翠正在金峦观禁足,撞上了她,有去无回。"

"又是端木翠!"狸姬怒极反笑,"她究竟是什么来头,要我对她退避三舍?"

"你真的想知道?"温孤苇余面上透出极怪异的神色来。

"愿闻其详。"狸姬昂然扬首。

温孤苇余瞥眼看到书案砚中尚有余墨,袍袖一甩,劲风带起砚台,墨汁便往狸姬处洒过来。

狸姬一惊,正想错身避开,那墨汁竟似有了灵气般,在半空之中四下舒展迤逦开来,俄顷便布作四个龙飞凤舞的大字。

凤鸣岐山。

"要线香,最好的线香,要香炉,最好的耀州窑香炉。"小青花一边抹眼泪一边哽咽,"要连点九日的香,我才能做梦,神仙才会告诉我《瀛洲图》在哪儿……"

公孙策点头,忙提笔在纸上记下。

展昭恻然,半晌柔声道:"你放心,我会买回来。"

"不要你买,谁要你买,我不稀罕你买。"小青花几乎是吼将出来,吼完了,嘴一撇,眼泪又下来了。

"我去买,我去买。"赵虎一见不对,忙伸手扯过公孙策记下的纸,"你放心。"

"要多买些。"小青花抽噎着补充。

"一定一定,"赵虎恨不得对天起誓,"我一定多多地买,莫说连烧九日,连烧十九日都够。"

"那还不去?"

"这就去这就去。"赵虎将字纸往怀中一揣,忙不迭地跨出门去,险些被门槛绊着。

展昭心中轻轻叹口气,看着小青花红肿的眼睛,心里委实有些愧疚。

"小青花,你听我……"

"我不要听你说话，听你说话就头疼！"小青花双手抱头，一屁股坐倒在桌案上，两条小细腿四下乱踢，"你滚得远远的，有多远滚多远！"

展昭不语，倒是公孙策先开口："小青花这里有我照顾，你去看红鸾姑娘吧。虽说救过来了，身子还是虚得很。"

"可是……"

"还可是什么？"公孙策佯装生气，不由分说拽起展昭便往门外走，快到门边时才悄悄冲展昭使了个眼色，低声道，"它现在火大得很，小娃娃家使性子，不多时便好了……你且先避避。"

"那此处有劳先生了。"展昭轻声道，"小青花若想要什么，先生尽管答应，若力有未逮，便来找我。"

公孙策未及答话,就听得小青花在屋内暴跳如雷:"不要你假惺惺,适才捅刀子,现在又来扮好人！"

慌得公孙策连推带搡，总算是劝得展昭离去。

九日后，朔日。

朔日的晚上是没有月亮的。

朱雀大街，晋侯巷，细花流。

夜近子时，细花流内外一片寂静，长长的晋侯巷道空落无声，两边檐下的风灯悉数灭了，只余正门悬着的两盏红底灯笼大亮，远远看去，如同暗夜中一对荧荧赤红的目珠。

细花流上下俱已歇下，偌大院落一片漆黑暗沉，就听极轻微的吱呀一声，后院厢房的门缓缓打开，有人探出半个身子，四下看了看，轻手轻脚迈出门来，又极小心地把门带上。

再然后，那个黑色人影，匆匆穿过后院，跨过月亮门，很是熟稔地东转西拐，不多时便来到书房门口，四下又张望一回，将门推开一扇，快速侧身进去，反手将门带上。

书房内没有烛火，却并不妨碍她视物。

因为浮于半空的三幅图中，有一幅图正泛着柔和的光芒。

《瀛洲图》。

狸姬上前一步，颤抖着伸出手去，轻轻按在《瀛洲图》的独木舟之上。

阴险的人和阴险的人合作，合作本身不是问题，能否相互信任才是关键。

很明显，狸姬并不相信温孤苇余。

她要的是不死药，她的手段或许毒辣，但用心清清楚楚——温孤苇余不同，他讳莫如深似是而非，对她的问题从不正面回答，直至现在还不肯透露自己的真实意图——这样的合作，多少让她有些忐忑。

说白了，她觉得温孤苇余很有过河拆桥卸磨杀驴的潜质，她怕到头来竹篮打水一场空，白白辛苦一场，什么都得不到。

她更怕的是不能全身而退——温孤苇余身为神仙却费尽心思要夺取仙山图，难道他已入魔障，站到了神仙的对立面？

拜托，这可玩大了，她虽是妖，却从来没想过要跟神仙对决。

愈想愈觉得心惊肉跳，索性横了一条心，瞒过温孤苇余，先上瀛洲自己去寻不死药，倘若运气好，拿了不死药之后便远走高飞，寻个去处躲上一阵，温孤苇余也不一定能寻到她。

什么凤鸣岐山，拿端木翠来吓唬她，吓，封神榜上，可从来没有端木翠的名字。

《瀛洲图》的光芒涨大开来，渐渐裹住狸姬的全身。

她忽然又有些犹豫了。

谁知道瀛洲与人间的通路究竟是什么样的，万一出了岔子呢，万一到不了瀛洲呢，万一温孤苇余没有撒谎，金峦观中，正面遭遇端木翠，岂不是自寻死路？

狸姬的想法渐渐有些动摇了，她看向自己按上独木舟的手，犹豫着是否该撤回。

忽然，耳边一声巨大的击钟震响，子时已到！

那团柔光蓦地亮得刺眼，刹那间眼前一片雪亮，身子似乎被倒卷进急速旋转的飓风之中，五脏六腑都几乎要被甩脱出去。

下一刻神志复又清明，竟置身茫茫大海间的一叶独木舟上。风高浪急，涛声震天，独木舟上下颠簸，一忽儿被抛上半空，一忽儿又被卷入浪底。海风透骨而过，一时间耳边只余猎猎风声，头发被风狠狠扯起，似乎要从头皮扯脱出去，衣服死死贴于身上，绷得人几乎喘不过气来。

狸姬的心都几乎从喉间跳出来，冻僵的双臂抖抖索索着想去扶住独木舟的沿，忽然间，她的目光像是被什么粘住了，半分动弹不得。

前方数里处，一座巍峨仙山直入云天，白云浮玉日月摇光，鹤衔紫芝凤翯龙翔。

那仙山愈来愈近，狸姬痴痴看着渐渐清晰明楚的巉岩峭壁、森密古柏，眼眶没来由地一热。

终于还是到了……瀛洲。

临睡前，展昭过来公孙策房中看小青花，刚到门边，便见公孙策持着书卷出来。公孙策猜到展昭用意，指了指房内，低声笑道："已睡下了，焚香九日，就等着今日一梦。"

语罢又摇头叹气道："就算梦得又能如何，《瀛洲图》在猫妖手中，那妖恁地厉害，展护卫，你真要前去夺图？"

不待展昭回答，又疑惑道："说起来，这个温孤苇余当真无为，当日端木姑娘在时，何曾纵过精怪？这么些日子，只见红鸾姑娘这干细花流门人四下奔走，温孤公子究竟在忙些什么？"

他自己自问自答，说得不亦乐乎，展昭好不容易才得了机会插口："温孤门主身为一门之主，运筹帷幄决胜千里，未必要事事亲力亲为。"

公孙策想想也觉在理："希望如此吧，不过这猫妖收服不易，连红鸾姑娘也险些丧命——待得小青花夜梦《瀛洲图》所在何处之后，还是去请温孤门主帮忙，胜算也多些。"

"展昭也如此想……"

两人在门外对答，话头儿一句不落，全部飘进了小青花的耳朵里面，小青花冷哼一声，翻身向内。

展昭，就算我梦得《瀛洲图》在何处，也不会告诉你，否则，就算得了图又能怎样，猫妖再拿个红姑娘绿姑娘的性命过来要挟，你还不是照旧乖乖把图交出去？

吃一堑长一智，这一次夺图，我一碗之力足矣。

沿着蜿蜒小道上山，一路行来，烟云冉冉白石苍苍，行至半山腰，隐有高谈阔论笑语谐声传来，狸姬心下一动，循着声音过去，掩身于树后悄悄去看。

云台之上，围坐着五六个高冠博带的男子，周遭侍立数位容貌鲜妍的女仙，再细看时，旁侧几案之上，尽是生平所未曾见的珍馐鲜果，香气馥郁，闻之令人

馋涎欲滴。

狸姬心下羡慕不已，又听了一会儿，那艳羡之心渐渐消了去，反生出些许无聊不屑之意来，只觉几人所谈之事无趣之至，直让人昏昏欲睡。

到底在谈些什么呢？

先谈老子木公广成子，再谈周穆王燕昭王魏伯阳，继之萧史东方朔张道陵，古往今来得道成仙者，似乎都要一一数个遍；数累了又谈升仙秘籍，什么《五岳真形图》《灵光生经》《六甲灵飞真经》；再接着从理论深入实践，谈淮南王刘安烧制仙药，一人得道鸡犬升天，啰里啰唆没完没了，言语之间时不时流露出身为仙人的优越感和对凡人命如飘萍不得掌握的唏嘘之情。

恍惚之间，狸姬似乎回到金罗玉织、花团锦簇的大唐宫苑，眼前的众仙，可不像极了那些个脑满肠肥饱食终日无所事事贪花恋酒的达官贵人们？一样的夸夸其谈、眼高手低、自以为是。

温孤苇余的话说得不错，什么神仙，比常人多些法力的不死人而已。

狸姬心中顿时生出鄙薄之意来，转身走时，故意踏断一根落枝。

断枝的声音不算小，但是云台上的诸仙，连眼皮儿都没抬，更遑论往这边看上一眼了。

他们安逸得太久了，刀枪入库马放南山，在瀛洲这样的洞天福地自在逍遥，早已提不起半点的警惕。

妖，只可能存在于下界。瀛洲怎么会有妖呢？

狸姬冷笑数声，计议已定，转身直奔金峦观。

温孤苇余曾向她明示过瀛洲的地形方位，重点指出金峦观，是为了让她避开。

谁承想当日的避，换作今日的直取。

计划赶不上变化，世事如棋日日新。

金峦观的位置很偏，在仙山顶端，峭壁之外，云台之上，虚无缥缈，若隐若现。

进得金峦观，观内的摆设一如寻常人家，并不似人间道观般将老君神像高高供起。狸姬先还觉得奇怪，转念一想，又暗笑自己荒唐：瀛洲遍地都是神仙，想来也是不稀罕立什么神像的。

又想起温孤苇余所说，不死药放在金峦观青离玉几之下，四下翻寻不获，便沿着通往后院的甬道过来。后院却是别样天地，春草吐茵，夏莺清啼，秋菊怒放，寒梅竞香，凡间节气时序，在此竟是不受约制。狸姬艳羡之心又起，因想着：不管怎样，做神仙总不会差到哪儿去。

沉吟间，目光很快扫视院落，忽地触及一人，浑身一震，下意识飞身避回观内，以手抚胸，只觉一颗心突突跳得厉害，两腿竟有些松软无力之感，良久方才平静下来，忍不住探身出去偷偷打量。

那女子却似毫无察觉般，一袭碧衫如水，手中执了一支丹砂小豪，笔的另一端却置于唇齿间轻啮，良久似乎想到什么，提笔在半空之中轻描转画，画毕伸指轻点，一只肥嘟嘟的绿翅鹦鹉，扑棱棱扑着翅膀飞将出来，惜乎身形太过沉重，不多时便停在一株梅花树上哇哇直叫。

那女子叹口气道：“一个人禁足在这金峦观，真真是要闷死。”说着扬起手来，袍袖内收，就见云气翻腾风声唳唳，院中景物，什么花草莺鸟，统统化作虚无。再细看时，哪有什么后院，分明是云台云气最深重之处，云气之下，便是望不见底的万丈深渊，而那女子身后不远处的云气之中，又有另一重楼阁，想来便是金峦观的后殿了。

狸姬这才省得方才所见皆是那女子无聊时的戏作，待得听那女子说“一个人禁足在这金峦观”，旋即醒悟：难道她就是端木翠？

那女子怏怏了一阵，忽地抬头向前殿看来。狸姬脑袋“嗡”的一声，满心以为被发现了，哪知那女子叹口气，又低下头去，伸手拨弄着身周云雾，甚是郁郁寡欢。

狸姬一颗心狂跳不止：那不死药必是在金峦观的后殿，可是端木翠在此禁足，我要怎生才能拿到药？若是拿不到，此趟岂不是白来了？

又偷眼看那女子，心道：温孤苇余口口声声说端木翠是武将出身，可是现下看来，跟上山时见的女仙也没什么不同，法力未必强到哪里去，我若尽全力一击，她未必挡得住……

正犹豫时，那女子伸手掸了掸裙裾，转身往前殿过来。都说人有急智，这十几步的距离，狸姬的脑中业已转过无数念头，猛地将心一横：她和那群神仙一样，必想不到瀛洲竟闯进妖来，如此一来我便占了上风——明枪易躲暗箭难防，我须竭尽全力偷袭重创于她，这样她才不会碍我的事。

如此一想，右臂渐转胀大，黑色皮毛尽覆其上，整条手臂坚硬如铁，指端利爪直如钢锥。狸姬暗暗催动妖力，只觉体内气血翻滚，无数力道尽数涌往右臂。眼见得那女子渐近，狸姬暴喝一声，拼尽浑身气力，五爪抓出。

先前狸姬和展昭对阵时，只是随意一抓，便可在巨阙剑身留痕逼退展昭，更何况今次立意偷袭直如以命相搏？这一抓劲道何等凌厉，便是巨石也叫它化了齑粉，那女子正觉百无聊赖，哪料到变起仓促之间？整个身子都被劲力掀翻出去，鲜血喷射而出，几乎将周遭云雾都染作了血色。

狸姬心中一喜，也顾不得看她伤势如何，身子飞举，直冲后殿而去。才刚飞离半身之距，只觉踝上剧痛，如被铁烙，却是那女子伸手死死抓住狸姬脚踝，嘶声道："下来。"语罢竟硬生生将狸姬自半空拽了下来。

狸姬直如被一盆水泼个透心凉：那一抓竟未曾伤到她？

急回头看时，见那女子眉梢眼底尽是凛冽煞气，忍不住心头一惊，再仔细看时，心中又是一宽：她一手紧紧捂住喉间，温热鲜血不断自指缝中溢出，显是伤得不轻。

狸姬当下一个急蹿，将脚踝自她手中拔出。那女子这一抓实可说是情急之下耗尽全身气力，哪还经得起再有冲撞？脱手之下，身子晃了一晃，待想开口说话，一张口便有鲜血溢出，退了两步抵住墙壁，只是冷冷盯住狸姬。

狸姬先还张皇，待见她已无反击之力，只觉又惊又喜，再顿一顿，竟生出欣喜若狂的意头来，心头鼓胀着尽是自得之意，忍不住道："端木翠，有人跟我说要去拜菩萨，保佑我这辈子都不要遇见你，依我看，该拜菩萨的是你吧？"

语罢连声长笑，只觉痛快之至，忽地飞身而起，其疾如箭，急掠入后殿。

待得狸姬一走，那女子再撑不住，双膝一软，跪倒在墙壁之下，只觉指间又是黏稠又是腻滑，除了喉间创口，胸腹之间亦是血流如注，直将身上罗衣浸成血衣，不由心中一沉，暗道糟糕，忙抱神守一，提注仙气，因想着紧要护住精魄，否则身创而元神散，后果不堪设想。正凝神静气时，就听风声有异，却是狸姬去而复返，停在自己面前。

抬眸看时，狸姬恰俯下身子，将手中羊脂玉瓶递到她眼前晃了一晃，得意道："日后同列仙班，还有赖端木上仙照拂着。"

那女子怒气蕴上眉目，厉声道："你是来夺药的！"

话一出口，只觉喉间剧痛，痛哼一声，一手抚喉，一手支地，只眼眸之间，尽是怒色。

狸姬笑道："说起来，还要多谢端木上仙赐药了。"言罢哈哈大笑，手捧玉瓶，大摇大摆便往观外去。

才走得几步，就听她喝道："站住。"

狸姬微微一愣，身形滞在当地，眼角余光觑到那女子竟是立于当地，心下怪道：她竟有气力站起来了。

尚未回过神来，忽见那女子银牙紧咬，面罩寒霜，眸中尽是以死相拼之色，心中已感不妙。待想躲开时，就见一道火舌自她掌间激射而出，下一刻只觉手上剧痛难当，急撒手时，那玉瓶被三昧真火一激，"砰"的一声爆裂开来，连同瓶中不死药俱作飞灰。

狸姬大恸，手臂之上亦被三昧真火所侵，当真痛入骨髓，但眼见不死药被毁，心中之痛更甚于身，呆立半响，面上肌肉簌簌而动，良久透出狰狞狠绝之色来，转向端木翠道："端木翠，这是你自找的！"

那女子长吁一口气，淡淡一笑，以手背擦去唇边血迹，容色竟是说不出的平静。

小青花浑身一震，醒了过来。

子时已过，远远传来丑时的打梆声，在这死寂夜间，没来由地叫人堵心。

屋内传来匀长的气息声，旁侧公孙策睡得正熟，小青花呆呆坐了半响，只觉心底苦涩得很，竟生出绝望和无依的感觉来，又坐了一会儿，忽地跳起来，想着：梦里神仙跟我说了《瀛洲图》在哪儿，我却在这儿干坐着作甚？真是该抽！

如此一想，果真狠狠捆了自己几巴掌，黑暗中摸到自己衣服，窸窸窣窣地穿上，又偷眼打量了一眼睡得正熟的公孙策，心中生出得意的感觉来：这次我自己偷偷地去，待你们发觉时，嘿嘿，我早到了瀛洲了。

愈想愈是沾沾自喜，小心翼翼绕过公孙策爬下床来，又在桌案上摸到佩剑别在腰间，从半支起的窗子爬将出去，四下看一回，确信无人发觉，这才豪情满怀地直取晋侯巷。

依照着梦中神仙指点的方位走街串巷，这一路倒是顺利，只是到了晋侯巷底才冷不丁猛吃了一惊，心道：这不是细花流吗，怎么《瀛洲图》在这里？难道新门主已经降服了猫妖把图给抢回来了？那么我去偷图岂非大大的不对？

这么一想顿觉事态严重，煞有介事地背着双手在细花流门口踱过来踱过去，俨然一副思想者的架势，踱了半天踱不出一个所以然来，自言自语道："总不能白来一趟，且进去看看再说。"

说起来，细花流的围墙比之开封府是要容易征服得多了，饶是依旧费了好一番气力，小青花最终还是成功翻墙入院。脚刚挨着地，一口大气没喘匀，就听见"砰"的一声震响，急抬眼往声响处看过去，就见人影一晃，进了一扇门去。

小青花心下好奇，蹑手蹑脚去到门边，踮起脚尖越过门槛往里张望，就见一个一身白色中衣的男子正侧向而立，身姿英挺，长眉星目，薄唇微抿，面上怒色不断蕴积，显是气得不轻。

小青花恍然：这位想必就是细花流的新门主温孤苇余了，竟然生得这么好看。

转念一想：我的主子也生得极好看的，神仙当然会生得好看。

其实温孤苇余样貌虽说出众，但尘世之中未必没有能出其右的人物，远的不说，近搁着开封府的展护卫……

小青花看人看事，总脱不掉神仙崇拜的情结，哪怕仙凡旗鼓相当，在它心中总是神仙更胜一筹。相貌再丑的神仙，在它看来都是飘逸出尘个性独特，不走寻常路，深更半夜在细花流对着温孤苇余冒星星眼实属寻常。好容易淡定下来，目光蓦地溜到温孤苇余身遭悬空的三幅仙山图，心中猛地一跳：三幅图果然都在这里，神仙一出手端的不凡，早知如此，我还去找展昭帮忙作甚，早些来找温孤门主，没准儿这会儿都到瀛洲了。

因想着怎生上去跟温孤苇余打个招呼，又想着来得仓促，连份见面礼也没备上，显得礼数不周，再一想翻墙进来，连个拜帖都没递，实在不符流程，思来想去，进退维谷、左右为难，又在那儿哼哼哈哈，钻起牛角尖了。

且不说小青花在这头愁肠百转纠结得不行，室内的温孤苇余却是越来越耐不住了，眼梢尽处掩不住的躁狂之色，两手死死攥住，骨节处咯咯作响，泛出青白的颜色来。

忽地海浪声起，极为突兀。

小青花鼻端蓦地闻到海风腥咸气息，只觉怪异之至，方一抬头，就听温孤苇余喉间低吼一声，右手虚抓，向着《瀛洲图》猛探过去。说来也怪，甫一挨图，手臂旋即没入，竟像是图面凹了进去。

小青花揉揉眼睛，未及反应过来，温孤苇余生生自图内抓出一个人来，五指紧扼那人脖颈，狠狠摜于地上。

小青花但觉地面微微一震，惊得险些跳起来，心想：这样子摜将下去，岂不是要死人的？

温孤苇余怒不可遏，道："孽障，谁允你去的瀛洲？"

那人闷哼一声，这一摔极其之狠，须臾间竟是动弹不得。俄顷缓缓偏过头来，面色极是痛楚，眼底却现出讥诮神色来。

这一偏正将脸庞对着小青花，小青花看得分明，差点儿惊呼出声，幸好手快捂住了嘴巴，心中直如擂鼓般震个不停：那不正是猫妖吗？

正惶惶无措间，屋内的温孤苇余反停住了，缓缓凑近狸姬嗅了嗅，死死盯住她道："你身上的血是谁的？"

狸姬面上神色怪异莫测，忽地龇起尖利獠牙，冷笑道："我的齿缝之间都是血肉，你要不要辨辨这是谁的？"

温孤苇余面上阴晴不定："你去了金峦观？"

狸姬听出温孤苇余声音微颤，抬头看时，竟自他眼中捕捉到稍纵即逝的惊怖之色，顿觉十分快意，恶毒道："你要问什么，倒是问呀，怎么不敢问了？"

温孤苇余双手紧攥，一言不发。

"你不敢问，我就帮你说罢。"狸姬一笑，挣扎着站起身子，"你想问我去了金峦观有没有遇到端木翠，想问我端木翠是不是死了——因为她若活着，绝不会放我逃脱，是吧？"

"我不需要问，你根本不是端木翠的对手。"

狸姬嫣然一笑，好整以暇地以袖覆手，便往温孤苇余的额头拭去，柔声道："还说不急，出了这么些汗。"语罢仰起脸来，微笑道，"你说得没错，我的确不是她对手……瀛洲的神仙迂腐是迂腐，法力自是极好的，可惜都太大意了些，否则也不会让我偷袭得手……"

话未说完，温孤苇余的手如铁箍般攥住狸姬的右腕。

方才温孤苇余现出怒色时，狸姬并不觉得可怕，可此时此刻，心头反而有些忐忑，强笑道："怎么，你……"

语到中途，就听有手骨咔嚓碎裂之声。狸姬一愣，旋即醒悟那是自己的手腕，方一省得，只觉剧痛丝丝穿心，冷汗涔涔，几欲站立不住，一时间怒从心头起，怒骂道："温孤苇余，死了一个端木翠而已，又不是死了你全家……"

下半句话生生扼在喉中，因为温孤苇余那只刚刚扼断了她右腕的手，已搭上她的喉咙。

温孤苇余的手并不冷，甚至微温，但狸姬却打了一个寒噤，凉意自喉间蜿蜒而下，似乎四肢百骸都斥满了寒意。

这还不是最冷的。

更冷的，是温孤苇余的眼神，眸间流转的，都凝作冰凌。

"杀了你，也换不回端木翠。"温孤苇余的眼神有些飘忽，目光似乎穿透狸姬的身体，停留在远得没有边际的地方，"但是，会让我好过些。"

喉间的禁锢越来越紧，狸姬挣扎着去抓温孤苇余的手臂，意识愈来愈飘忽，渐渐地眼珠外凸，眼前的一切都模糊起来。

恍惚中，自己好像又低低地蜷缩回那个小小的酒瓮之中，手脚俱已不在，浸泡身体的酒水中混着断肢处涌出的血液，面前雍容华贵头戴凤冠的女人睥睨着看她，嘴角挑起胜利的微笑，优雅地伸指点向她："自此后，萧氏就改姓为枭吧……"

这一世，就这样完了吗？

还是命不该绝，因为，恰在此时，有一个人猛冲进来。

"温孤公子，"疣熊氏惊惶道，"这是做什么，我已经将温先生带回来了，他就在门外……"

温先生？

温孤苇余慢慢清醒过来，纷乱的思绪一拨拨重新归位，他开始想起自己一直要做的事情，想起自己长久以来的谋划。

他松开狸姬，没有再去看她，甚至没有心思去理会立于门口东张西望不明所以的"温先生"。

"带温先生下去休息。"温孤苇余淡淡道，"有什么事明日再议。"

出门时，忽觉眼前一黑，身子晃了一晃，伸手扶住门楣，脚下不知踢到什么，骨碌碌滚出去好远。

小青花原本一直趴在门槛上听墙角，愈听愈是不对，待听到狸姬说"死了一个端木翠而已"，只觉得脑子"嗡"的一声，直如一个响雷正劈在头上，又如"万丈高楼失脚，扬子江心断缆"，耳边嘈嘈切切芜杂一片，后面发生了些什么也记不真切了。

恍恍惚惚间，感觉有两人过来，其中一人惊呼一声冲进屋去，不知和里头的人说了些什么，失魂落魄之下，也忘记自己是偷入细花流，摇摇摆摆便往外走，方才走了几步，不知被谁踢了一脚，骨碌碌滚下台阶去。

最后一下结结实实撞到地上，却也不觉得疼，只觉得地上冰凉冰凉，寒气一阵阵地往身上浸，静静躺了片刻，忽地醒悟过来：我的主子已不在了。

这个念头不生还好，一旦生出来，眼泪再止不住，心中悲苦交加，哆嗦得如同秋风中瑟瑟发抖的叶子，只把脸深深埋进土中，呜咽着哭得喘不过气来。

它平日哭时，只是雷声大雨点小，恨不得吼到四邻八舍都听到，真到伤心处时，反哭不出声音来了，只觉得一口气在喉间上不上下不下，哪一次转不过来，兴许就哭死过去了。

天蒙蒙亮时，公孙策打了个激灵醒过来，转头看时，不见了枕边的小青花，心中怪道：又跑到什么地方去了？

四下又看一回，寒气直透肌肤，反没了睡意，忙穿衣起来，出门去寻。

刚寻至前院，就见张龙、赵虎急吼吼拽了个差役进来，见着公孙策，忙上前拦住，道："公孙先生，展大哥不在房中吧？"

公孙策心中奇怪："展护卫应该护送大人上朝去了，不过算起来也该回来了，你们找他有事吗？"

赵虎跺脚道："有什么事，哪敢让他知道。"说着便将那差役推搡过来："你自己说与公孙先生听，你在晋侯巷看到什么。"

公孙策奇道："晋侯巷？那不是细花流的地方吗？"

那差役回道："先生说得是，我今儿当班巡朱雀大街，刚才巡回来遇到赵头儿和张头儿……"

张龙急道："谁问你巡街的事了？拣紧要的说，你在晋侯巷都看什么了？"

那差役被张龙这么一抢白，结巴道："小的看、看到……晋侯巷在举、举丧……"

公孙策被他这么一说，更是如坠云里雾中："在举丧？举什么丧？为什么举丧？"

那差役道："小的也是这、这么想，可也不敢上去问，细花流的人素来凶神恶煞的，张头儿吩咐过好几回见着细花流的人得避着走……"

这回是赵虎先急了，恨不得在那差役头上敲几个栗暴："你长脑子不长？管张龙跟你说什么，你只跟先生说你听见什么。"

那差役被赵虎这么一喝，说话反顺溜了："小的听他们说，是为细花流前任门主举丧。"

公孙策一愣："前任门主？那不就是端木翠吗？端木姑娘好好在瀛洲待着，要他们举哪门子的丧？"

张龙见公孙策仍绕不过弯子来，急道："好好在瀛洲待着自是真，可谁知道会不会有诡诈妖人也去了瀛洲？公孙先生，你莫要忘了九天前的事，《瀛洲图》可是在开封府手上丢了的。"

公孙策茫然道："是啊，是那猫妖用红鸾姑娘的性命相要挟，展护卫才……"话到一半猛地刹住，张龙眼瞅着公孙策渐渐变了脸色，叹气道："先生终于想到了？我和赵虎也是想到这一点，才急着找先生商议。"说着摆摆手，让那差役下去。

公孙策呆了半晌，道："你们是说那猫妖夺《瀛洲图》上了瀛洲，是为了加害……端木姑娘？"

语毕只觉不可思议，不待两人回答便道："不可能。端木姑娘收妖无数，怎么会折在猫妖手下。"

张龙和赵虎对望了一眼，赵虎嗫嚅道："若是光明正大自是不怕，可那猫妖阴狠诡诈，怕它使出些卑劣手段来……"

公孙策只是摇头不信："那猫妖跟端木姑娘有什么过节，巴巴地夺了《瀛洲图》去杀她？不通，不通。"

张龙见赵虎期期艾艾，公孙策又满目狐疑，心中又急又气，大声道："我管那猫妖跟谁结过什么梁子，你们倒是说，好端端的，细花流为什么要为我端木姐举丧？！"

一语惊醒梦中人。

公孙策浑身一震，一股凉气直入心肺：没错，细花流为什么要为端木翠举丧？

一时间三人都沉默下来，正讷讷时，忽听身后有人问道："你们方才说，细花流在为谁举丧？"

张龙吓得浑身都僵住了，良久才回过头来，对着展昭勉强挤出一个笑，话说得磕磕巴巴："展、展大哥，今日怎么这么早？早朝散了吗？"

　　"每日散朝都是这个时辰。你方才说，细花流为谁举丧？"

　　张龙求救似的看向赵虎和公孙策，赵虎咳了两声，低头开始研究自己的鞋尖，公孙策故作云淡风轻地目送一轮金乌冉冉升起，同时搜肠刮肚准备随时来一首《红日词》蒙混过去。

　　"我是说……"张龙结结巴巴道，"细花流不知道为谁举丧，准是那温孤苇余法力太差，若是我端木姐在，哪会纵容妖孽伤及门人……"

　　"是吗？"展昭看向赵虎。

　　"是……呃。"赵虎心虚。

　　"公孙先生？"展昭半信半疑。

　　"他们二人素来看不惯温孤苇余的做派，一时多说了几句。"公孙策定了定神，"展护卫还未用早膳吧，灶房那边应该在准备着了，或者我去催一催……"

　　展昭探询的目光在公孙策脸上转了个来回，公孙策只觉得脸颊发烫，努力做出不动声色的姿态。

　　"也好，有劳先生。"展昭淡淡一笑，转身离去。

　　良久。

　　张龙吁一口气。

　　公孙策提着的一口气也松懈下来。

　　只赵虎挠了挠脑袋，疑惑道："展大哥说'也好'，用膳不是应该进府的吗？怎么反出去了？"

　　公孙策张了张嘴巴，忽地大叫起来："快……快追，他……他往细花流去了。"

　　晋侯巷两侧屋檐下的灯笼已然撤下，远远望去，都挂上了写有奠字的白盏灯笼。

　　温孤苇余披着白色狐裘，立在细花流的牌匾之下，边上两个细花流的门人扶住长梯，仰着头指点梯顶在换大红灯笼的人。

　　"往左点，对，把挂钩取下，过了过了，再偏些……"

　　台阶下站了四个灯笼坊的篾匠，两两抬着个巨大的白色灯笼，在寒风中冻得瑟瑟发抖，不住跺着脚取暖，忽听得身后有脚步声，回头看时，认得是开封府的展护卫，赶紧往旁侧挪了挪。

展昭的目光停在篾匠手中的白灯笼上，俄顷抬头看向细花流的牌匾。

那梯顶的门人正将红灯笼卸下，一低头看到展昭，脸上现出恨色来，眼中异光一转，"啊呀"一声，故作失手，那灯笼便向着展昭顶上砸下。

展昭足尖虚点，轻身跃起，空中接住灯笼轻轻放下。那梯顶的门人刷地跳将下来，恨恨道："展昭，你还有脸来？"

展昭一愣，就听温孤苇余不悦道："细花流不幸，怎么能随意迁怒于人？还不进去？"

那门人愣了一下，忽地"呸"了一声，狠狠剜了展昭一眼，转身大踏步进府。旁侧扶梯子的两人也是冷笑连连，将梯子收起，向那些个篾匠道："把灯笼抬进来，随我去账房支银子去。"

待那几人去得远了，温孤苇余才长叹一声，转向展昭道："展大人大人大量，不要同他们计较——他们虽不是初始就跟随端木门主，但同属细花流一脉，难免伤情。"

展昭摇头："展某听不明白，还请温孤门主明示。"

"你听不明白也不奇怪。"温孤苇余笑了笑，"都说天有不测风云，其实何时起风何时布云并不难猜，难猜的是这阵风云过处，会殃及哪个无辜——谁也料不到端木门主会遭此不幸的。"

展昭只觉周身发寒，嘴唇嗫嚅了几下，却说不出话来。

"说来也是天命使然，瀛洲千百年来就是海外洞天福地，谁知昨夜竟有妖孽登临，瀛洲上下猝不及防，险些大乱。"

温孤苇余连连唏嘘，一瞥眼看到展昭面色苍白，心中冷笑，又道："虽说最终擒住了猫妖，但是折损瀛洲一员上仙，实是细花流之大不幸。审问之下，才知那猫妖借了《瀛洲图》之力才得以登临瀛洲，说起来，总是上仙们当日思虑不周，留下仙山图，这些个阴狡孽畜才会有可乘之机……"

"端木翠怎么样了？"

温孤苇余话刚说至一半便被展昭打断，心头止不住恼怒，冷笑道："展大人这话问得就奇怪了，看不见我细花流上下举丧吗？"

展昭猛地抬头："端木是瀛洲上仙，怎么会折于猫妖之手？"

“这便是展大人不明了了。”温孤苇余渐露出冷酷之色来，“神怪之分，就如同世间正邪之别，名门正道并不全是好手，邪魔外道也会有不世出的高人。端木门主法力不弱，但难免大意——若我未记错，她之前收服蚊蚋精怪时，就险遭不测。这猫妖妖力极强、心思诡诈，谁会料到她在暗处算计端木门主？”

展昭呆立半晌，只觉清明意识如同水覆，不可抑止地涣散下去，脑中如同千针穿刺，酸楚之气渐渐蒙住眼眸，耳膜鼓振鸣响，分明不该听到什么，却偏将温孤苇余接下来的字字句句都听得明明白白——

“后来才知那《瀛洲图》是你亲手交予猫妖的，若无《瀛洲图》，猫妖终极此生，都未必能够登临瀛洲，端木门主也不会死……世事难料，此事怪不得你。但所谓你不杀伯仁，伯仁因你而死，细花流门人免不了对你有怨懑。展昭，你宰相肚里能撑船，卖我半分薄面，也卖给横死的端木翠一个面子，不要同他们计较了吧？”

这话说得何其恶毒，展昭本就逆血上涌难以抑制，被温孤苇余拿话一激，喉头一甜，强自咽下，口中尽是腥甜之气，伸手压住胸口，转身离去。

温孤苇余自昨夜以来，又是悲苦又是愤恨，只不知如何发泄，今日见到展昭，竟将一腔怨气尽数撒在展昭身上，见展昭丧魂落魄一般，只觉心中畅快无比，仰天狂笑起来。

展昭听到温孤苇余笑声，身子晃了一晃，腿上忽地失了劲力。迎面张龙、赵虎赶到，见此情形，心中凉了一半，忙抢上来一左一右扶住展昭，低声道：“展大哥，我们回府罢。”

温孤苇余笑了一阵，忽地哽住，缓缓合上双目，良久突然重重飞起一脚，将地上撤下的红灯笼远远踢飞了去。

公孙策自包拯书房出来时，正看到张龙托着餐盘从展昭房中出来，赵虎跟在后头反掩上门。

抬头见到公孙策，张龙冲着房内努了努嘴又摇了摇头，径自向灶房去了。公孙策紧走几步迎上赵虎，低声道：“展护卫怎么样？”

“还能怎么样，”赵虎蔫蔫道，“莫说是展大哥，我今儿个也吃不下饭去。也不知道温孤苇余跟展大哥说了些什么，可是看展大哥的反应，端木姐的事情，似乎不是混说的。公孙先生，你说端木姐会不会真的……”

话未说完，自己先忍不住打了个寒战。

他二人早上自差役口中得知此事时，虽说心下忐忑有此推断，但并不当真如此以为，及至在细花流门口看到展昭和温孤苇余，方才心生不祥之感。一天下来，待见到展昭的反应，心里一阵凉似一阵，口上不说，心中也大致明白，端木翠身死的传言，应该有八九分的准了。

两人相对无言，遥想起端木翠昔日形状，又是愣怔又是难受。赵虎再开口时，已有几分哽咽："公孙先生得空劝劝展大哥，我先下去了。"

公孙策叹了口气。

说起来，开封府诸人中，与端木翠关系最为亲厚的自然是展昭。白日间和大人说起时，大人也叹言端木姑娘与展护卫交情不浅，要公孙策多多开解展昭，可是说得容易，要如何去开解？

另一面，公孙策也的确摸不准展昭现下心中究竟作何想法，算起来，端木翠离开开封已有一年多，去岁在文水时，那老者也说端木翠是不会再下界了……

明知这么想并不恰当，还是忍不住去想：一个今生永不可能再见的人，是生是死，于留下的人，又有什么分别呢？

可是这话，能拿去跟展昭说吗？

犹豫好久，还是推开了展昭的房门。

展昭坐在桌旁，凝神看桌上的灯烛，烛泪早在案上蕴作一摊，烛光微弱得很，跃跃着似乎就要熄灭。

公孙策在门口站了一会儿，故意大声咳嗽了几声。

展昭没有动。

公孙策好生尴尬，想了想不知如何开口，讷讷站了一会儿，转身便想出去，忽地停下了。

那是……

旁侧柜上站着的，不是小青花是谁？

它是什么时候进来的？

一天不见，小青花直如变了一个人……呃不，变了一个碗，浑身上下又脏又破，似是刚在泥坑中跌爬了一圈，脸上白一道黑一道结了不少泥垢，两只眼睛高高肿起，偏生慑人的亮，狠狠锥视着展昭。

"小青花！"公孙策失声道，"这一日你都去哪儿了？你知不知道……"

想想又将后半句话咽了下去：看这情形，多半是知道了。

听到小青花的名字，僵坐着的展昭身子一颤，缓缓回过头来。

公孙策忽然觉得不对劲，小青花这样惨烈的表情和这般痛恨的眼神，是他从未见到过的。

"展大人，展护卫，展南侠，这下你可满意了吧？"

这般阴阳怪气的语调，公孙策只觉得头皮发麻。

展昭不语，只是极其苦涩地一笑，眸中掠过深重的痛楚之色。

"小青花，"公孙策急急过来，"我知道你心中难受，但这事怪不得展护卫，他当时也是为了救红鸾姑娘……"

"救一个死一个，你们开封府做的好交易！"

公孙策还想说些什么，却被人拉住了——回头看时，却是展昭过来，朝公孙策摇了摇头，轻声道："它心中有气，你便让它骂吧，它好受些，我也好受些。"

"它好受些，我也好受些？"小青花怪声怪气，"展昭，都到了这个时候，你不装好心会死吗？"

展昭只觉心力交瘁。

小青花冷笑数声，话锋一转："我本来想，就是死了也不再踏进你开封府，可是……我主子死前有话带给你，你要听还是不听？"

展昭一愣，不及作答，就听小青花道："我主子说，端木草庐之中，尚有几件……"

声音越说越小，展昭下意识俯下身去，忽觉眼前白光一闪，就听公孙策急道："小心！"

未及反应便觉鬓角处刺痛，有针样利器从鬓角往后一劐到底，抬头看时，小青花双手执剑，面上又是狰狞又是狠毒。

伸手去抚时，指尖微黏，递于面前看时，果然是血。

公孙策大急，展昭摇头道："它能有多大气力，不碍事。"

公孙策不理会展昭，赶紧查看他伤势，见确是细细一道，血色微红，知道无毒，方才放下心来，一瞥眼又看到小青花，只觉怒火难扼，又是愤怒又是痛心，颤声道："什么叫不碍事？方才若偏上一偏，你就要废一只招子了。"

越想越是后怕，抖抖索索伸出手指向小青花："你有没有点脑子？杀人的是猫妖，跟展护卫有什么干系？"

小青花双眼血红，嘶声道："我不管杀人的是谁，猫妖没有图一辈子都上不了瀛洲，不上瀛洲我主子就不会死！

"猫妖若是凶手，展昭就是帮凶，断脱不了干系！

"展昭，我必不放过你，你小心些，不要犯在我的手上！"

撂下话来，冷笑数声，转身便走。

公孙策见小青花如此做派，又是扼腕又是费解，恨不得敲开小青花的脑壳，看看它的脑子是怎么长的，怎可如此黑白颠倒是非不分，一转脸看到展昭脸色黯然，又忍不住出言说和："你莫同它计较，你也知道它，素来是没什么道理可讲的，一根筋扭不转，一条道走到黑，现下它火上了脑子，什么都分不清，待冷静下来，自然就明晓了……"

展昭不语，烛台灯芯燃到尽头，飘忽几下，室内蓦地暗了下去。

公孙策叹了口气，记得灯烛应在柜下抽屉中，俯身去拿。

黑暗中，就听展昭轻声问他："公孙先生，是我做错了吗？"

公孙策身子一僵，停在当地。

"这一日，我一直在想，那时红鸾命在覆手之间，我真的忍心看她丧命吗？思前想后，就算再有一次选择，还是会把图交出去吧。

"可是如果那时我知道交出图会害死端木，我还会不会把图交出去？

"红鸾无辜，我不能因为要护住端木罔顾她的性命。但是如果因此害了端木，展昭一生都会痛苦愧疚。

"公孙先生，若是你，你会怎么做？"

怎么做？公孙策愣怔，思前想后，情怀辗转，竟是痴了。

世间安得双全法，不负如来不负卿。

第十四章　恶疾

日子过得很快，如同风翻卷了公孙先生的书页，哗啦啦一阵，又到除夕。

这个时候，除夕下午的巡街就不能称之为差事，用赵虎的话来说，"美事一桩"。

你想呀，家家喜气洋洋，户户张灯结彩，爆竹声不断，嬉闹声不绝，灶房的锅盖一揭开，热气腾腾，香味扑鼻，烹的肉、蒸的馒头、下的饺子、煮的汤圆……

这场景，啧啧。

一路这么巡过来，眼底看的，耳畔听的，暖融融熨帖人心，别提心里有多美了。

看到百姓安居乐业，乐乐呵呵迎春，这一年所有的辛苦和艰险，似乎都不算什么了。

更何况巡完街之后，开封府中还有一顿热腾腾的年夜饭相候，到时候就能尝到公孙先生的手艺了——据说饺子馅是公孙策亲自调的，还能跟展护卫一同把酒言欢，届时包大人一定是乐呵呵地捋着胡须，黑脸膛泛着红光……

赵虎越想越美，忍不住嘿嘿笑出声来。

身旁的张龙没好气地瞪了赵虎一眼："严肃点。"

严肃点，哦，也是，怎么说正在巡街不是？

于是清清嗓子，正正衣冠，敛容肃颜，目不斜视，向着下一条大街过去。

下一条大街是朱雀大街。

再走一阵，便是晋侯巷。

路过晋侯巷时，两人不约而同地停下了脚步。

有些特别的地方，总会提醒你想起平时不会或者不愿去想的事情。

青石板一路铺至晋侯巷的尽头，细花流的门楣下方依然高悬两盏白色灯笼。灯笼已经豁了口，兴许还落了尘，耷拉着的浆纸一遇风便哗啦哗啦地响，更添寥落。

与别处的喧嚣热闹相比，异样死寂。

太安静的时候，人的思绪往往就会扯着绊着走出很远很远。

赵虎忽然发觉，满以为是最最难熬的日子，居然也就这么悄然地……过去了。

端木翠身死的消息传来之后，小青花与开封府失和，一怒出走，再无影踪。

越两日，端木草庐走水——草庐的位置本就偏僻，左近无人施救，待展昭等得讯到场，早已满目焦土。

王朝、马汉他们私下揣测，这火，九成是小青花放的。

说起来，这小青花的脑子也当真怪异，换了别人，只会扛着汽油桶去烧仇家的房子，哪有一气之下把自己房子报废的道理？

又或者，小青花是觉得主人既已不在，这草庐留着徒增伤感，干脆一了百了了吧。

背倚青石靠，细流绕柳腰，非是主人引，不过端木桥。

青石冉冉，细流潺潺，小桥如故，人面不在。

展昭对着已毁的端木草庐沉默了许久，从黄昏一直站到深夜。子夜时，起了很大的风，下了很大的雪，风呼啸着将焦黑的灰烬扬起，半空中混杂于纷纷扬扬的鹅毛大雪之中，黑白二色，煞是触目惊心。

张龙他们持着马灯，远远地守在展昭身后，马灯的光微弱而黯淡，在黑魆魆的天与地之间瑟缩着稀薄下去，展昭的影子被拉得很长很长，长得单薄、孤独、落寞。

张龙忽然想哭。

素日里大大咧咧的汉子，挨了刀挂了剑都不会皱一下眉头，在这样一个安静的落着雪的夜晚，模糊了视线。

展昭转过身来，对着他们微微一笑，道："回去罢。"

自此后，开封府上下，绝口不提端木翠。

张龙长长吁了一口气，忍不住伸肘捣了捣赵虎："你说，细花流的人去哪儿了？"

赵虎正盯着细花流紧闭的大门出神，闻言摇头："不知道，像上次一样，忽然就消失了。甚至都顾不上来开封府接一下红鸾姑娘。"

哦，对了，红鸾，被猫妖重创之后便一直在开封府静养，待得舒缓过来，细花流业已人去楼空。

"莫不会出事了吧？"张龙猜测，"会不会遇到难缠的精怪，一股脑儿搭进去了？"

"那感情好。"赵虎冷哼，"恶人自有恶人磨，温孤苇余这个……活该吃苦头。"这个什么？没说。

细花流门前，还是给温孤苇余留了三分薄面。

听说，如果背地里有人骂你，你就会打喷嚏，如果运气不好引发你的过敏性鼻炎，你就会一连打上十几个喷嚏停不下来。

温孤苇余的身体不算好，总是一副苍白而又怕冷的样子，但是他偏偏一个喷嚏都没打。

此时此刻，他站在距离开封百里之遥的宣平县城楼上，居高临下俯瞰着城中的数千户人家，眼中透出悲悯的神色来。你若是第一次见他，包准会以为他是个心怀苍生的菩萨——最不济，也肯定是个修佛的大善人。

如果这样定位温孤苇余，未免大错特错了。

脚边传来啃噬声，温孤苇余颇为嫌恶地往旁边让了让，道："疣熊氏，斯文些。"

正扒开守城兵卫肚腹大快朵颐的疣熊氏茫然地抬起头来，蹭了蹭满头满面的血。弄清楚温孤苇余的意思之后，他整张脸都红了——当然，由于脸上都是血，你未必会看出来，他拘谨地缩了缩肩膀，慢慢地伸手去掏那兵卫的内脏——果然斯文了许多。

身后不远处，狸姬正坐在城垛高处，扬起头伸出舌头去舔爪上的鲜血，两条腿在城墙之外优哉游哉地荡来荡去，从远处看，你真会疑心这只是个大胆的玩闹的女孩子。

再远一点的地方，是那个曾经露过一面却再无戏份的"温先生"。他抖抖索索地攘着个破皮囊袋依着城垛口站着，被垛口处的穿堂风吹得东倒西歪，但他认为这样多少会让自己好过些：因为这么一来，鼻端的血腥气就不那么重了。

"怎么了瘟神？"温孤苇余斜乜了他一眼，"到了这个时节，反犹豫了？"

原来"温先生"实应作"瘟先生"，此瘟非彼温。

"温孤公子，这这这……这可不是闹着玩的啊……"数九寒天的冷风都吹不散瘟神脑门上的汗珠子，"万一叫上界的神仙给晓得了……"

"朔望晦三日，狸姬已经先后登瀛洲、蓬莱、方丈，"温孤苇余看也不看瘟神，"三座仙山的饮泉之中都已下了你的药，现下，他们睡得正香，不管人间发生什么事，他们都不会睁开眼睛。仙山这条通路一断，上界神仙更成了瞎子，你还怕什么？"

"温孤公子，你要的可不是一条两条人命啊。"想到可能造成的后果，瘟神激灵灵打了个寒战，"这一城有几千户上万口，戕害生灵，是要遭天谴的啊。"

温孤苇余没有说话，倒是一直怡然自得的狸姬开口了。

"瘟先生，此时后悔，未免不太适合吧？"看似淡然的口气中显而易见地透出威胁的意味，"早些时候你怎么不后悔？疣熊氏去请你的时候你大可以不来，温孤公子向你讨药的时候你大可以不给。你来也来了，给也给了，放倒了三座仙山的神仙，临门一脚，你跟我说你不玩了？"身形疾动，面上带着妩媚的笑，泛着血腥气的利爪业已搭上瘟神的肩膀，"做神仙可不能这么着啊，你说对不对？"

瘟神的腿肚子开始打战："那是，那是。"

温孤苇余显然很是满意狸姬的表现，大棒过后，金元出场。

"只是借用一下先生的皮囊袋而已。"温孤苇余微笑着安慰瘟神，如果可以的话，他甚至不介意做慈爱状去摸摸瘟神的秃脑壳，"待仙山的神仙醒了，人间的疾疫已过，我会把场子收拾得干干净净，不会有人知道这里发生了什么。我也不会忘记先生的功劳，自此后，先生的香火是断不了的……"

"香火"二字击中了瘟神，他沉默了。

他是谁？瘟神。

不要以为沾上"神"的都过着舒服日子，他大小总算是个神，那又怎样，自古只有敲锣打鼓送瘟神，跟人人争抢的财神不可同日而语。别的神仙都有舒舒服服的神仙府邸自在安闲，他过的是什么日子？老鼠过街人人喊打，居无定所食不果腹，稍一露面就惹得天怒人怨，整日价颠沛流离，荷包瘪瘪鹑衣百结，知道的道一声瘟神，不知道的还以为是哪处飘来的过路恶鬼。

再这样混下来，只有两条路可走，一曰死，二曰亡。

罢了，人活着，神活着，还不都是为了图口饭吃？横竖已经上了贼船，最后一刻还装什么迷途知返立地成佛？

心一横，终于递出了那个攥得紧紧的皮囊袋。

爆竹声起，街头攒着街尾，声声辞旧岁。

焰火花耀，一门邻着一户，朵朵迎新春。

传说，除夕夜放爆竹，是为了惊走"年兽"。

这一夜的宣平县，户户烛火通明，守更待岁，谁也不曾想到，驱走了"年兽"，迎来的却是无穷无尽、遮天蔽日的恶疾……

正月刚过，宣平县便传来大疫的消息。

那几天，开封府上下正为了年初五福茂钱庄的三尸命案忙得焦头烂额。这一晚讨论案情，至丑时方理出些头绪。凶嫌的排查范围一缩再缩，眼看那团迷雾就可能明朗开来……

宣事太监陈公公就是这个时候到的。

往常在宫里见到时，陈公公总是一副不紧不慢不疾不徐的调调，拿着架子的同时也拿着嗓子，不管是宣要见驾的臣子还是去整治犯了事的宫娥，都会摆出一副看花逗鸟的姿态来。你若是露出心急火燎的神色，他定要用他那辨识度颇高的尖细声音"啊呀呀"起个调子，然后无意识地翘起兰花指，细声细气地同你讲些"官家面前切忌不耐""稳重端容方显我大宋气度"的话，嗡嗡嗡嗡嗡嗡，直如蚊蝇共舞，鸦雀齐噪，怎一个崩溃了得。

因此上，当这位素日里行婉约之道的陈公公忽地跨出豪放派的步伐，自开封府衙外横冲直撞直至书房门口，气沉丹田一路疾呼"包拯何在"的时候，事情的严重性不言而喻。

接下来发生的事堪称其疾如风，说不了两句话，陈公公便火烧火燎地要包大人赶紧入宫见驾，看那情形，若非顾忌着包拯是二品大员，他撸起袖子就要上来拽了。

简言之，开封府诸人还在瞠目结舌不明所以之中，陈公公那边已经连推带搡将包拯"请"进轿子，起轿走人。

看来事有轻重缓急，"大宋气度"也要审时度势，因时因地制宜。

整个后半夜，开封府诸人的心头忐忑，展昭打发王朝、马汉出去探听消息。两人去了半晌，回报说差不多在同一时刻，南清宫、王丞相府、庞太师府，都有轿子急急往皇城去了。

听了王朝、马汉的回报，展昭没说什么，倒是公孙策喟然长叹道："如此阵仗，怕是出大事了。"

的确是出大事了。

御书房内，翡翠鎏金丝香炉中的龙涎香雾袅袅上升，四下迤逦，颇为微妙地拂动着周遭低沉且凝滞的空气。

年轻的天子坐在书案之后，面无表情地扫视着垂手而立的几位臣子，顿了一顿，又将目光转到书案下战战兢兢陈词的宣平县令身上。

宣平县令的额上早已渗出细汗，他的声音有些抖，腿肚子也一直打战，但他尽量压服这些反应，尽量以平静的语气回报这些天发生在宣平县的事。

临来时，他打了无数次腹稿，将遣词造句一再润色，务求雅正工丽，因为风闻这位天子喜好尔雅文章——他甚至梦想天子会被他的辞采或者风范折服，遗憾着之前怎么没有发现这颗遗落在朝外的明珠，当场擢升他为一品大员。

所以在准备的过程中，他一度热血沸腾，一度眼眶发热，一度以为祖坟冒了青烟，光大门楣有望，甚至数次喉头发哽——宣平县突如其来的这场大疫，直接促成了他和当朝最炙手可热的人物直接会晤，简直是老天开眼，一眼相中他，佛光普照，偏没照旁人。

汇报完毕。

天子没有说话，在座的几位权臣也都默然。

宣平县令的心中有些忐忑，一颗心在希望与失望的水域上下浮沉。

俄顷，天子挥挥手，示意他退下。

这就……退下了？

失望瞬间黯淡了他眼中的希冀之光，整颗心扑通一声沉到最深处。

但他还是故作镇静地行礼告退，动作堪称标准，举手投足无懈可击——如果那个时代有所谓的大宋官员礼仪基准，毫无疑问他能成为举国上下的标兵模范。

谁知道呢，或者天子会为了他这不卑不亢落落大方的退场而赏识于他？

跟在宣事太监陈公公背后出门，无比眷恋地回望那扇向他渐渐掩上的门。

终究还是心有不甘，怀着最后一线希望问陈公公："公公，下官方才的表现如何？"

陈公公半晌说不出话来，他开始怀疑这个县令是不是脑子有病——大灾当前，连他这种常年在宫中走动的人都知道轻重，这人头猪脑的县令还在纠结自己的御前表现？

于是陈公公当机立断，言简意赅地回了一个字。

"呸。"

"众卿有何想法，但说无妨。"还是天子最先打破了沉寂。

庞太师缩了缩脑袋，慷慨地把第一发言权让给了旁人。

垂垂老矣的王丞相刻意压低了清嗓子的声音——看情形，他也没有先动的意思——年岁已大，愈近告老还乡，他便愈是谨言慎行：这个年纪，万一出言不慎，哪还有翻身的资本？明哲保身，不说不错。

包拯的眉心深深蹙成一个川字，脑中飞快地闪过宣平县的若干资料——可巧年前复审过宣平一桩命案，县驿情况还有印象——宣平，又称宣屏，去京畿百二十里，三千六百七十二户，一万零二十二口。这是前年的数字，到今年，户数口数都应该有增。方才那宣平县令说疫疾散播速度极其之快，阖县重疫者十之一二，那便有两千余人病重，不治立焚者逾百，有疫疾症状者不可计。

这是那县令离城时的统计，离城之后紧赶慢赶一日到京，为防带疾又在太医院候查数日……这几日中，宣平县内又有何变故？愈想愈是心惊，天子说了些什么，他竟是未曾听到。

与素日议事无异，还是八贤王最先开口。

见八贤王开口，庞太师先松一口气：本来嘛，你是小皇帝的亲戚，说错了说岔了都不打紧，就该你先出头，为大伙儿试试水深水浅。

"臣以为，"八王爷果怀悲天悯人之心，"应该速从太医院抽调名医前往宣平，佐药石汤剂，解民疾苦。"

说的倒也没错，有病可不得治嘛。

天子的脸隐在暗影之中，半晌"嗯"了一声，没有激赞却也未见反对。

王丞相瞅着靠谱，立刻做若有所思状微微点头，点头的幅度不大，只要天子一有异动，他可立刻改旗易帜。

"这宣平县令倒也不是全无脑子，"天子看似不经意地一提，"出城之时闭了宣平门户……"

话未完，意已传，关键是，听众中有人解其意。

"老臣以为，"庞太师往前一步，双手向着八贤王微微一拱，"八王爷体恤黎民，用心良苦，然济之以医，起不了治本断根之效。"

"哦？"天子的身子微微前倾，语意中终于有了一丝起伏，"太师之意？"

"宣平之危，危不在疾疫，危在开封。"

"讲。"天子不动声色。

"自古以来，疾疫过处，哀鸿遍野，侵城掠地，如入无人之境。况且听那宣平县令所言，聚城中名医，不识疫种，束手无策，就算开封济之以名医，安知几时可奏效，几时可压服？"庞太师话锋一转，"更何况宣平县距我开封仅百有余里，开封二十六万余户，渠通八方，道抵南北，人流如织，进出频繁，一旦疾疫进入开封……皇上，开封危则大宋危，不可不慎！"

包拯心中长叹，庞太师所言亦是他心中所想，只是，紧接着的话，叫他如何说得出口。

"反观宣平，户千余，口不足万，既然宣平县令临来时已封了宣平门户……臣请圣上，在宣平城外十里处设枷栏路障，不可放一人出城，亦不可放一人入城！"

"太师此言，"八贤王皱眉，"是要舍宣平万余百姓性命？"

"八王爷，"庞太师面上现出倨傲之色来，"适才王爷也听到宣平县令所言，疾疫来势汹汹，昨日还无恙的青壮，第二日便口生恶疮体上流脓，身子弱的挨不过当晚，身子壮些的也就三五日间。不知疫起何处，和疫者相处过的会死，深处闺中大门不出二门不迈的千金小姐竟也接连死了几个……依我看，这宣平早已处处流毒，留它不得。"

"留它不得是什么意思？"一贯儒雅有礼的八贤王现出怒色来，"依太师的意思，是要一把火烧了宣平，不管城中百姓死活？"

庞太师心中想着"正是如此"，口上却不敢和八贤王正面交锋，转身向着天子一拱手："还请皇上裁夺。"

"皇叔心存悲悯，朕如何不知？"天子缓缓起身，步下龙案，"只是，若果真无他良策，宣平弃之亦可。"

顿了顿，无奈笑道："皇叔，朕不是宣平县令，宣平县令或许只顾宣平即可，但朕，不能不考虑天下百姓。"

这话说得也不尽然，"宣平县令只顾宣平即可"？非也非也，他跑得比谁都快。

天子此言，不啻判了宣平死刑。

一股寡淡的悲凉况味在包拯的胸臆之间弥漫，口中泛起苦涩的意味来。

天下只是赵氏腕边的一局棋，舍车保帅合情合理，宣平这颗棋子只能悄无声息地退场。

太多人看到的只是棋起棋落，包拯却自棋盘后的暗影中听到绝望的嘶喊渐渐偃声，看到血与烈焰寸寸蚀化宣平的每一个角落。

襟袍微振，跨前一步，迎上天子错愕的眼神。

"臣有本奏。"

回到开封府衙，已是天曙时分，包拯连早膳都顾不上用，急召展昭和公孙策在书房议事。

先将前事约略叙过。

"圣上将此事交由庞太师全权处理，太师今日就将秘密调兵卫出城。"

"八贤王与本府一再进言，圣上终于同意抽调一十二名太医院的大夫一同前往，只是……"包拯叹气，"太医院的大夫亦由庞太师调度。"

"如此一来，派与不派有何分别？"展昭蹙眉。

包拯不答，却转向公孙策："公孙先生……"

"学生明白。"多年共事，公孙策业已猜到包拯用意，"学生只要烧白芷、艾草熏衣，药巾蒙面，应当能够暂抵疾疫之毒，若能够有半日时间，细观疾症，能够找出应对之法也未可知。"

"宣平县令离城之时已经闭了门户，庞太师又将在城外十里设枷栏路障，"展昭微笑，"先生一介书生，想来通行不易，展昭自当随行，以应万全。"

包拯沉默着，不知该说些什么。

回来的路上，他思来想去，唯有此法，或许还能为宣平百姓带来一线生机。只是，庞太师领圣命而去，必将死死困住宣平，破枷栏路障谈何容易？宣平死疫横行，身入此城又是何等艰险？

犹豫许久，终于横下心来，没想到尚未开口，这二人已然请缨。

包拯的眼眶一热。

现在想来，归途中的犹豫是多么可笑，看轻了展昭，也看轻了公孙策。

坦白说，展昭办案，跟四大校尉频繁合作，跟五鼠也偶尔搭档。这期间，公孙策都是咨询顾问的角色，忽地要正儿八经两两拍档，这感觉，还真有点怪。

午时过后，乔装过的公孙策骑着毛驴，驴屁股上搭着俩包裹，嘚儿嘚儿地由北门出了开封。在北郊十余里的茶棚候了一盏茶的工夫，会合了扮作车夫从南门赶车出城的展昭，舍驴就车，一路直奔宣平。

平心而论，庞太师这个人，除了心眼有些小，气量有些窄，作为有些下三烂——其他方面，还是有两把刷子的。

别的不说，单说昨夜的御书房讨论会，庞太师察言观色、词中辨义等临场反应能力还是杠杠的。

这只是嘴上的一套，反映到现实行动中，人也绝不落后。

午夜入宫、早起点兵、配以良马，一路快马加鞭风驰电掣，未时三刻，宣平已遥遥在望。

距城十里处下马，设最外围路障，刀兵手护枷栏，平地起木瞭台，弓箭手辅之。

距城五里处再设路障，依然是刀兵手护枷栏，平地起木瞭台，弓箭手辅之。

距城三里处随机挖设尖刀陷阱，上掩浮土枯草，插羽翎为记。

距城一里以内，派宣平县令留下的守城兵卫巡视查看，围城一匝及城墙之上泼火油，一有异动，旋即举火。

布阵完毕，素日里养尊处优的庞太师饶是累得够呛，仍然不辞劳苦地在两名护卫的陪同下爬上木瞭台，激动地俯瞰兼远望着自己辛勤劳动的成果。

"这么周密的布置，"庞太师忍不住给自己加冕，"我倒要看看有谁能进得了宣平！"

庞太师显然忘了一句俗语：到晚才能说阴晴——话说得太满，圆场不易。

因为，左首边数里之遥，忽地火把憧憧扰攘有声，有沉不住气的敲起了示警的铜锣，还有猫在木瞭台上猫得发慌的弓箭手，嗖嗖嗖地直放连环箭。

庞太师傻眼了。

"这、这、这……是怎么回事？"

暂时，这些个慌得手忙脚乱的兵卫们是顾不上去给庞太师解惑了。

带头的小头目刷地抽出腰刀："给我追！"

追字未落，一枝白翎羽箭擦着耳朵"嗖"地飞了出去，小头目"嗷"的一声叫，转身捂着耳朵跳脚骂："你娘的，看着点！"

与此同时，旁边的兄弟们已经呼啦啦追了开去，亮锃锃的刀剑在火光照映下忽明忽暗，锋刃直指前方那个向着宣平城疾掠而去的白衣女子。

"站住！"

"给我站住！"

"你站不站住？"

废话，当然不站住。

百忙之中，那女子还好整以暇地回头一笑，显是不把这群素日里精干勇武的京畿兵卫放在眼里。

眼看快到五里枷栏处，喊话的对象也随之改变。

"拦住，拦住她，拦住她！"

听了喊话，守在五里枷栏处的刀兵手纷纷兵刃出鞘，木瞭台上的弓箭手显然也没闲着，因为追过来的兵卫们一边厢抱头鼠窜一边厢骂不绝口。

那女子在箭雨刀锋之间身形疾动，脚下错步如电，眨眼工夫，已过了五里枷栏。

于是两拨兵卫合二为一，骂骂咧咧直追过去，身后铜锣震响，好在羽箭没再飞了。

再追了一阵，兵卫们忽地想起：此处不是设尖刀陷阱了吗？

收步不及，几个先驱者已然啊呀啊呀下去了，再仔细看时，只余数只手扒住陷阱的沿，杀猪一样叫："救命啊！救命！"

于是追兵再次分流，小部分救助同僚，大部分绕开陷阱继续追，脚下不停，心中却纳闷得不行：这女子莫非是内奸？她怎么知道要绕开羽翎标记？

这边的轰天响动早已惊动了城墙处的巡卫，纷纷拔刀前挡，哪知眼前一花，白影风动，激灵灵打个寒战时，那女子已在身后丈余。

眼见那女子距城墙不远，一个巡卫急中生智，将手中火把往城墙上直甩过去。就听轰的一声，烈焰扬起，那些不及躲开的巡卫们被热浪袭到，鬼哭狼嚎之声不绝于耳。

哪知那女子脚下不停，疾掠入火，穿墙而没。

有一瞬间，整个场子都静下来了。

火还在烧，火龙绕城一匝，将宣平的夜空映得赤红。再然后，不知是谁撕心

裂肺地来了一嗓子："鬼呀……"

宣平城内，那女子正自墙内出来，方拍掸身上灰烟，忽听得墙外叫声，没好气道："你才是鬼！你全家都是鬼！"

宣平外围火起的时候，公孙策正在不远处的密林深处倚着马车辕啃着带来的干馍馍，忽见火光冲天，惊得浑身一激灵，随手把馍馍塞到一边吭哧吭哧喷白气的辕马嘴里。

"莫不是……展护卫被发现了？"

想想又觉不应该——展昭素来缜密谨慎、思虑周全，断不会如此贸然鲁莽。激起这般大阵仗的人，若非冒失到了极点，便一定是自视甚高，不将这十里枷栏路障放在眼里。

果然，过不多久，便听到窸窣步声，正是着一身黑色夜行衣的展昭。

"展护卫，"公孙策忙迎上去，同时伸手指向外围，"那是？"

展昭摇头道："是南门生变，那时我刚探到北边，隔着太远看不真切。听起来……应是有人先我们一步闯了十里枷栏。"

"打草惊蛇，岂不糟糕？"

"未必糟糕。"展昭露出狡黠笑意来，"趁火能打劫，浑水可摸鱼，公孙先生，我们就从南门入。"

愈往林子边缘走，亮簇簇的刀剑便愈是打眼。

南门生变，此间的人手又增了不知几许，更重要的是，前方不远处，庞太师正带同人马，气势汹汹地赶往方才的"鼓噪"之地。

公孙策忍不住向展昭道："展护卫，此间增了人手，想必别处的防备会虚些，何不从……"

展昭不答，忽地竖指嘘了一声，猫下腰向外走了几步，自腰囊中取出几块碎银子，先向较远处扔了一块，另一块却扔在身前几步处。

公孙策正看得纳闷，展昭又俯身从地上捡起两颗石子屈指弹出，第二颗去势更劲些，半空中正撞上第一颗，发出"噌"的声响。这声响不大不小，刚好引得一个较近些的兵卫回过头来。

那兵卫分明听到异声，转头看时却又辨不出什么端倪，忍不住又向这边跨了一步。

啊，那在皎洁的月光下泛着诱人的银光的，是什么？

接下来，该名兵卫便开始了血脉偾张的月下寻银之旅，旅途以被人点中睡穴拖进林中脱掉盔甲解下腰刀而告终。

如法炮制，招无虚发，第二名寻宝者乐颠颠走上第一位的老路。

一炷香的工夫之后，两名兵卫晃晃悠悠地混进了庞太师的卫队，缀在队尾，打眼看去，也没什么特别的。

如果非要挑些毛病出来，我们只能说，作为勇武刚猛的京畿卫队的一员，其中一人未免太过瘦弱了些，盔甲盔帽都明显大了一号，抱刀的姿势也颇为吃力。

"展护卫，"公孙策忍不住小声对展昭表达了一下敬仰之意，"这刀够沉的，你们平日里舞刀弄剑，可真不容易。"

句句发自肺腑，不当家不知过日子的艰难呀。

再走一阵，地上霍然几个大坑，探头看时，坑底尖刀根根直竖，看得公孙策脊背发凉。

边上还有人嚷嚷："都看着点走啊，下去了可没人捞你上来，现填上土就是你老家。"

公孙策琢磨了半天才醒悟"老家"所指为何，顿觉市井俚语、道上行话之逼真形象寓意无穷妙不可言，比之"之乎者也子曰诗云"更是别有一番风味，他日得空，理当好好整理收集，也算是保存些民间集锦。

此是后话，暂过不表。

临近南门，火已扑救了下去，只是城墙外围焦黑一片，烟味呛鼻，墙根下垂头丧气立了一排的兵卫，正接受着庞太师暴跳如雷的训话。

"穿墙而过，穿墙而过，你们怎么不说钻地里去了呢？说是钻地我还更信些，江湖上现放着彻地鼠的例子。"越说越气，伸手指向城墙，"既然钻过去了，怎么连个洞都没？你们倒是钻给我瞧瞧！"

"太师喝水。"揣摩着太师兴许骂得口干，随侍的师爷赶紧递茶。

庞太师伸手去接茶盏。

就在这将接未接的当儿，丈余外的两名兵卫，忽地身形纵起，中途也不知在谁的头顶借力，刹那间已在城墙半腰处。待得一干人反应过来，两人已跃上城头，其中一人脚下打滑，头上掉下一物来。

庞太师仰头愣在当地，嘴巴张得老大，说来也巧，那物事正掉在庞太师身侧丈余，还心有不甘地朝太师脚下滚了几滚。

定睛看时，却是京畿兵卫寻常戴的盔帽。

半晌，城外才传来庞太师气急败坏的叫骂声。

展昭忍俊不禁，脱下罩身的盔甲，从怀中掏出准备好的药巾蒙于面上。

此趟入城，出乎意料顺利，倒是多亏了那位过路朋友先搅了庞太师布好的局，否则带着公孙先生连闯十里枷栏路障……

展昭转头看了看惊魂甫定的公孙策。

一个字，难！

在城楼之上稍事休息，俯瞰全城，偌大宣平，竟无一家举火，透出一股子说不出的死寂诡异。

难不成，城中之人，都已经……死了？

适才因顺利入城而稍显轻快的心瞬间重如千钧。

展昭有刹那间的失神，旁侧火光一亮，却是公孙策晃亮了火折子。

"走吧，展护卫。"公孙策低声叹息，"早一些找着人，救治的希望也大些。"

展昭点头，自墙边置火的槽洞内起出一根火把，在墙脚处盛放火油的瓮中搅了一回，就着公孙策的火折子点燃，四下探过，道："城梯在那头。"

顺着跃动不定的火光看过去，黑魆魆的登城梯口，就如同夜兽探不清深浅的喉，只等着吞噬冒失误入的来者。

公孙策不由自主地惊出一身冷汗。

似是看出公孙策的惊惧，展昭先行下阶，火把前探，将下行的石阶映得忽明忽暗。

公孙策暗叫惭愧，紧走几步，跟上展昭。

不过，这世上事，还真是怕什么便来什么。

才刚往下走了一段，展昭的身子骤然停下，扬手示意公孙策止步。

公孙策不明所以，往边上挪了一挪，目光所及，吃了一惊，一颗心直如鼓样震播。

但见城梯折下拐角之处，突兀地现出两只人脚来，右脚的鞋子脱落一旁，露出光溜溜的脚丫子，叫人心头发毛。

展昭以眼神示意公孙策留于当地，手按剑柄，缓缓步下城梯，待走近时，轻轻吁了口气，向公孙策摇了摇头，俯下身去查看死者。

公孙策松了口气，几步跨下城梯，道："是否因疫而亡？"

展昭不答，面上神色却渐渐凝重起来，薄唇紧抿，眉心渐渐蹙成一个川字，俄顷似是想到了什么，又将火把移向那人颈部，道："公孙先生，你来看。"

公孙策趋前，但见那人头颅歪在一旁，只颈间略剩些皮肉与躯干相连，细端详创口却又并不平整，不似刀剑所伤，疑道："这是……"

展昭将火把缓缓移至那人腹部："利爪断颈，开膛破肚，跟寄傲山庄命案凶嫌的手法很像。"

公孙策猛地反应过来："你是说……猫妖？"

话一出口又觉不对："那日温孤门主不是说……猫妖已在瀛洲被擒了吗？"

展昭摇头道："我不知道。"顿了一顿，又道，"若不是猫妖，当然很好；若是她……更好。"

公孙策绝少听到展昭如此说话，心中一凛，抬眼看时，竟似从他眼底看到转瞬即逝的凌厉杀气，直疑心是自己看错了，定了定神再看，展昭已然直起身子，沉吟道："这人只是寻常百姓装扮……按理说，就算那县令闭了宣平门户，城中也应该留有兵卫巡查镇守……兵卫都到哪里去了？普通百姓又怎么会上了城楼？"

这个问题很快便有了答案。

因为内城墙的墙角之下，横七竖八地躺满了兵卫的尸首，有些是硬生生摔死的。大多数兵卫的死状与城梯之上的死者相同，周身抓痕密布，肠穿肚烂，脏腑滚了一地，若非天气寒冷，只怕早已腐烂发臭蔓生蛆虫了。

看来这宣平城中，远不止疾疫这么简单。

沿着主街往内城走，越往里走，恶臭腥气越重，饶是有药巾蒙面，还是难抵恶心不适，幸好公孙策随身带了白芷艾棒，点起了且熏且行，方才好些。

又走了一段，展昭忽地停下步子，低声向公孙策道："公孙先生，好像有人声。"

公孙策一愣，正想回说什么都未曾听见，忽听铜锣震响，右首侧两条街外已传来鼎沸人声，就听有人高呼道："中计了中计了，套住她！"

与此同时，展昭平地拔起，直掠上房，向右首外张了一张，急道："公孙先生，往这边走。"

不待公孙策回应，足下虚点，提气纵身，踏瓦过檐，身形如电掣般疾掠而去。

　　且不说公孙策是如何紧赶慢赶往事发处疾走，单说展昭赶到时，眼见街巷之中少说也有百十来人，青壮不少，妇孺老迈亦多，手中或荷锄挥棒或提灯持火，口上呼喝有声。街巷正中处，十来个膀大腰圆的汉子正各自死死拽住粗索绳网的一角。展昭看得分明，那在绳网之内左冲右突的，不是狸姬是谁？

　　虽说展昭先时也曾疑心狸姬就在城中，但是想到温孤苇余曾言"猫妖瀛洲被擒"，对自己的猜测倒是并不尽信，现下突然当真见到狸姬，心头震惊可想而知。正惊疑不定间，就听狸姬一声怒喝破网而出，那十几个汉子猝不及防，脚下踉跄，伴随着旁观之人的惊呼之声，纷纷仰后摔了去。

　　狸姬哈哈大笑，半空中一个旋身，觑准一个呆立当地的女童，作势抓下。

　　手到半空，忽觉耳侧风声有异，躲避不及，肩上吃痛，伸手抚时，却是两枚袖箭直插入肉。

　　狸姬心下大怒，急回头时，眼前剑光一闪，当下不敢硬接，往旁侧疾掠。哪知那人如影随形，迎身欺上，剑锋冰冷，招招直击周身要害，竟是不给她容缓之机。

　　火光掩映之下，只见此人药巾蒙面，也辨识不出面貌，狸姬不由心下焦躁：这小小宣平城，怎的有如此难对付的好手？

　　搁着平时，她自然不会将来人放在眼里，但前次手骨被温孤苇余捏碎，身手已不如前，对付乡野小民尚绰绰有余，若与武林高手对阵，不免落了下风。当下计较已定：待有喘息之机，便要催动妖力，杀他个血流漂杵。

　　哪知展昭竟似看透她的心思般，指翻如电腾挪变招，以快打快剑势绵绵，前招未老，后招已至，招招或撩喉或封要穴，一时间竟杀得狸姬险象环出首尾不能相顾。街巷中人直看得呆了，半晌才有人迭声叫好："好汉，杀了这妖怪！"

　　狸姬心中冷笑，暗道：你们且得意，待我催动……

　　正如此想，展昭目中忽地露出异样之色，骤然收招，旋即向旁侧跃开。

　　狸姬瞬间得脱，心中大喜，还道老天遂人愿，终于给她寻到机会施出妖力。她自是不知，就在她身后的夜空之中，一道枪头白链势如流星，银蟒探海般直直向她后心穿插过来。

　　只是"噗"的一声轻响，再低头时，心口已露出一段银亮枪头，枪头不沾血迹，足见来势之快。

　　狸姬全然呆住，竟不觉痛楚，颤抖着伸手去触那银枪，尚未触及，就听极细微的一声响，那枪头绽作无数根弯曲钩针，根根倒扣入狸姬心口，万针穿心，莫过于此。

狸姬哪受得住此等苦楚，惨呼一声，身子整个儿蜷作一团，忽觉大力后拽，链身一绷，身不由己，整个人便向半空倒飞了出去。说来也怪，身入半空，竟像是突入一道看不见的屏障，就这么凭空自众人眼前消失了。

众人惊喝出声，展昭难掩心头错愕，疾步上前，止于狸姬消失之处，忍不住伸手前触。

视线所及处，天与地之间，似乎有人张起巨大的透明帷帐，蒙蔽了他的眼睛。眼前看似只是街道的另一段，其实，那是另一个世界。

展昭失神良久，方才垂下手来，暗笑自己异想天开。

他自是不知，就在方才，他举手所停不及盈寸之处，正立着一个容颜姣好的白衣女子，那女子脚边，挣扎翻滚着痛苦不堪的狸姬。那白衣女子没有理会狸姬，只是看着展昭蒙着药巾的脸出神，眼眸亮若晨星，唇角绽出温柔笑意来。直到展昭转身，她才叹了一口气，喃喃道："真的是很像……只是，若是展昭，使的是巨阙才对。"

轻吁一口气，又自言自语道："不过也没什么打紧的，到了开封，自然就见到了。"

如此一想，眉宇间的郁郁之色散去不少，低头看向狸姬："怎么，挨不住了？你这么大本事，敢在瀛洲杀人，我还以为你什么都不怕呢……起来寻个安静地头，咱们好好把账理理清楚。"

有一段时间，狸姬痛得昏厥过去。

昏厥也并不能让她好过多少，痛楚的知觉更加清晰，心脏的每一下收缩，都伴随着无数钩针的一离一插。迷迷糊糊中，似乎看到自己的一颗心真真切切膨胀于眼前，上面是数不清的血洞、汩汩的血水，还有亮得灼目的利刃，在她的心肉之间起起落落。

她的头疼得似要迸裂开来，身子无意识地蜷缩作一团，五指深深地抠进地下，一个念头重重地在脑中冲撞："为什么要受这样的痛苦，为什么还不死，为什么还不能死？"

就这样，呻吟着、痉挛着、战栗着，在撕心裂肺的痛楚中死去，又活转，最后，睁开眼睛。

眼睛已经开始充血，看什么都蒙着一层血雾，她吃力地转动头颅四下打量，所在的似乎是一间农庐。

最普通不过的农庐，身下是凹凸不平的黄泥地面，身后是半人高的柴堆，对面是泥夯的灶台，灶膛外围跟里头一样烟黑，灶窗的糊纸破烂不堪，透过疏落的篾条窗格，可以看到半天上高高的一轮冷月亮。

窗下的八仙桌旁，似乎坐了一个白衣女子，正聚精会神地拨弄着桌上的灯烛，吹一口气，灯灭，伸指一拨，火起。再吹一口气，灯又灭，再伸指一拨，火又起……

一吹一拨，乐此不疲。

狸姬疑心是自己看错了，忍不住伸手揉了揉眼睛，又向那边看过去。

不错，是坐了个白衣女子。

候了半晌，见那女子没有理睬自己的意思，狸姬忍不住开口道："你是谁？抓我做什么？"

那女子手上动作不停，只淡淡道："看你本形，应该是个猫妖，怎生长了个猪脑子？难不成你以为，在瀛洲犯了事，还能太太平平地过日子？"

狸姬一愣，下意识道："你是瀛洲来的？瀛洲的神仙不是都睡……"忽地意识到失言，赶紧刹住话头。

果然，那女子手上动作略停，转过头来："瀛洲的神仙都怎样？睡……睡着了？"

狸姬不敢接口，索性装聋作哑，倒是那女子，沉吟了一会儿，道："看来，我离开瀛洲之后，你又去过？"

狸姬听那女子句句猜中，不由得又惊又惧——那日自瀛洲归来之后，遵着温孤苇余之命，的确在下一个朔日又上瀛洲，将瘟神之药下在瀛洲的饮泉之中。临去之前，她也曾担心金峦观之事是否会引致瀛洲警惕，但温孤苇余言说，凡间的一个月，在瀛洲至多一日光景，金峦观少有人至，应该不会有人发觉端木翠遇害才是。

听这女子所说，她应该是在端木翠死后不久就发现了变故，并且很快离开瀛洲追凶——所以自己二上瀛洲的时候，药倒了其他神仙，却漏掉了此女。

念及至此，心生悔意：早知如此，就该再去那金峦观看一看的。怪就怪自己下药得手之后太过心慌意乱，急急折返，竟未顾及此节。

那女子细察狸姬脸色，冷笑道："看来，我又猜对了。那我不妨再猜上一猜，要药倒瀛洲神仙，普通的迷药是不奏效的，算起来，三界之中，也就只有太上老君的黑甜丹、药王孙思邈的安神汤，还有瘟神药囊中的昏睡散能起作用。老君离得太远，想来你这样的小妖也勾连不上；孙思邈为人耿直刚正，耻与妖孽为伍，就算你逼迫于他，他也定不会将汤剂的方子给你；倒是这瘟神……"

说到瘟神时，故意语音加重似有余味，觑那狸姬时，果见她眉目间惊惧之色一闪而过，当下心中便有了几分底："倒是这瘟神，在上界没有宅邸，成日价在人间游荡。胆小如鼠，常见强低头；摇摆不定，易受人唆使；身无财帛，易见利忘义；唯唯诺诺，神怪不分，战战兢兢，听人摆布，实在是拖下水去沉瀣一气的不二人选，对吧？"

说到"对吧"二字时，忽地展颜一笑，甚是明媚。

狸姬听她又是一语道破，心下又是惶急又是惊怖，待要张嘴为瘟神开脱几句，那女子袍袖一挥，道："你想为他说话吗？越描越黑，还是免开尊口的好。"

三言两语，竟是将瘟神的罪给坐实了。

狸姬呆了半晌，忽地对这面前女子生出惧怕之意来：自己话说了不到几句，便被她虚虚实实假假真真套出这许多内情，果然言多必失，为谨慎计，还是不再言语的好。

方打定主意，就听那女子又道："只是我还有一事不明……瘟神地位虽然鄙薄，大小也是个神仙，你这样的精怪，是怎么跟他搭上的？莫非，有人从中给你们牵线搭桥？"

狸姬心中一震，额上瞬时便冒出豆大汗滴，心下一横，要将话题岔开了去，嘶声道："你莫问东问西了，你不是从瀛洲一路追来吗？不错，就是我在金峦观中杀了端木翠，要杀要剐，随你就是。"

此言一出，只觉十分畅快，带着几分恶毒之意抬起头来，就见那女子显然愣怔，眸中露出不解之色来。

狸姬顿有扳回一局之感，勉力伸手将蓬乱汗湿的鬓发拂开，眼底掩不住的挑衅之意。岂知那女子蹙了蹙眉，道："你说什么？我几时被你杀了？"

接下来便是异样的沉默。

狸姬几近嘶吼："我在金峦观杀的，不是端木翠吗？"

"难不成有人告诉你，你在金峦观杀的是端木翠？"

冷冷的一句反驳，狸姬竟无法回应。

恍惚中，思绪飘飘摇摇荡涤开去：到底是哪里出了错？

一开始，是温孤苇余不愿意给她取不死药。

"端木翠正在金峦观禁足，撞上了她，有去无回。"

再然后呢？

再然后，她偷偷去了瀛洲，悄悄进了金峦观，她看到那个女子，听到她说："一个人禁足在这金峦观，真真是要闷死。"

从头到尾，那女子没有说过自己是端木翠。

是自己，以为她是，认定她是，却原来……不是。

一颗心缓缓下沉，明知于事无补，仍旧困兽犹斗地抱着最后一丝希望："你不是在金峦观中禁足吗？"

"的确是禁过。"端木翠唇边闪过一抹讥诮，"不过，瀛洲的长老哪里敢真的罚我？难道你不知道，我的后台很硬吗？"

她的身后，可是有很大一尊神，大得连王母娘娘都忌惮三分呢。

狸姬终于绝望了。

她的眼神一点点涣散下去，嘴角牵扯出苦涩之极的笑容："我认栽了，不过，你休想从我这里套出什么。"

"我不想从你嘴里套出什么。"端木翠笑笑，"我想知道的，你都告诉我了。"迎上狸姬诧异的眼神，端木翠的眸中流光烁动，"我被长老禁足，瀛洲所有的神仙都知道。但我被长老解禁，瀛洲的神仙里，只有一个人不知道。这个人，主动向长老请缨，去人间接我的细花流门主之位，所以，他只知道我禁足，不知道我解禁。

"不要跟我说你不知道这个人是谁，如果没有他，你不可能找到《瀛洲图》——即使找到了，你也不会知道朔日子时可登瀛洲的秘密。为你和瘟神牵线搭桥的，也是他没错吧？"

狸姬的脸色渐渐转作惨白。

她突然觉得，端木翠其实真的是可怕的。

温孤苇余的话，忽然那般清晰地在耳边回荡——

"你该去拜拜菩萨，保佑你这辈子都不要遇见她。"

原以为，遇见了之后，是自己终结了她，却原来，是自己要了结在她手里吗？

"不管你和温孤苇余或是瘟神之间有什么样的勾当，我想，至此刻都可以结束了。或者说，在你这里，是可以结束了。"端木翠站起身，"温孤苇余不是我的对手，他不可能从我这里将你救出去……当然，我很怀疑，他会不会来救你。"

狸姬忽然觉得好笑。

温孤苇余来救自己？简直是痴人说梦。

端木翠说得没错，她与温孤苇余的合作，至此是可以结束了。——回溯，细细盘点，从头至尾，她的出现，都只是闹剧一场。

一路以来，没少为温孤苇余冲锋陷阵，到头来怎样？不死药没有拿到，险些被温孤苇余扼死，最后，还折在端木翠手中。

当初在长安毁弃宫殿中为妖的日子是多么惬意，翻手为云覆手为雨，远近亡魂都是她帐下仆佣，那天一定是疯了，听了温孤苇余的话，居然血冲上脑想吞服不死药做万世神仙。

于是头脑发热一脚踏进这趟浑水，悔不当初。

那么痴狂地去追求不可能得到的，而今，连曾经拥有的都遗失殆尽。

一时间，数百年间支撑着她的愤怒、怨懑、狂热与狠煞绝尘而去，留下的，是前所未有的疲倦。她匍匐在地上，把脸埋在双臂之间，双肩战栗地抽搐着。

良久，她才缓缓抬起头来。

"能给我一杯水吗？"她说，"我渴了。"

端木翠看了狸姬一眼，到水缸边俯身舀出一勺水递给她。

狸姬大口大口地喝水，水冷得恰到好处，适时抚慰了她那颗痛楚而灼烫的心。

"温孤苇余去哪里了？"

"我不知道。"狸姬仰起头，用衣袖擦了擦嘴角边溢出的水，"他没有说，真的。"

"瘟神呢？"

"跟他一起走了。"狸姬笑笑，"我猜想，是他的胃口很大，一个宣平，怕是满足不了他。"

于是，狸姬今夜第一次看到端木翠皱起了眉头。

"他将我留下，对我说，如果到最后，宣平还有人没死完，便由我送他们一程。"

"是吗？"端木翠冷笑，"看起来，你是尽职得过了头了。"

"我也要填饱肚子的。"狸姬平静道，"猫妖虽然平时吃的是腐尸，但是若有活人供我吃，我还是愿意吃活的。就像有两串葡萄，一串新鲜的，一串烂的，你选哪串？"

狸姬觉得自己的这个问题问得很巧妙，不动声色间便将自己的罪恶掩饰过去。

若是你，你选哪串？端木翠，我就不信你会选烂的。

"哪串也不选。"端木翠淡淡道，"我根本不喜欢吃葡萄。"

狸姬愣怔了一下，张了张嘴，又闭上。

"对了，"端木翠忽地想起了什么，"有件事还得你帮忙。"

"帮忙？"狸姬惊讶，"我能帮你什么？"

没有回答，端木翠已经不见了。

不多时，端木翠笑吟吟地自门口进来，左手托了个墨钵，钵中斜靠一支毛笔，右手拿了一叠宣纸。她将笔墨宣纸在八仙桌上放好，才向狸姬道："请你帮忙，将温孤苇余的样子给我画出来。"

画出来？

狸姬满面讶色，端木翠右手微收，就听一声清脆链响，狸姬心口的枪链倏地弹将出来，顷刻转小变细，直向端木翠飞去，在端木翠腕上缠了三绕。

"过来画呀。"端木翠催她。

狸姬迟疑着起身，一步步挪到八仙桌前，伸手拿起笔在墨钵沿过了一过，目光却落在端木翠腕上。

那里，一根极细极精巧的银链，扣钩处是一朵精致的莲花。

"这链子……"狸姬嗫嚅，"真……好看。"

她当然不是真心夸赞这根链子好看，刚才，她险些就死在这根链下。

"是吗？"端木翠嫣然一笑，"它叫穿心莲花。"

"是别人送你的吧？"

"尚父送的，平日里就做链子带，打仗时就做链枪。"端木翠面上现出笑意来，"尚父说，哪吒有风火轮，杨戬有神戟，我也该有个称心应手的兵器才是，小心……"

这句小心却是向着狸姬说的，狸姬这才发觉毛笔饱蘸的墨已滴到宣纸上，忙将最上面弄脏的一张揉团扔在一边。

小心翼翼地下笔，忍不住问端木翠："为什么让我画温孤苇余，你没见过他吗？"

"见是见过几次，"端木翠又一次蹙眉，"可是，我不大记得他长什么样子。"

"你不记得他的长相？"狸姬只觉不可思议，"你们同在瀛洲为仙……"

"也不奇怪啊。"端木翠道，"瀛洲那么多神仙，总不见得我要一个个都记得清楚。再说了，瀛洲神仙以道论高下，温孤苇余道浅术高，只是瀛洲看管上古典籍的末等小仙，我不记得他也平常得很。"

"你说的术，指的是法术？"狸姬斟酌着字眼，"法术高的，反而屈下？"

"上界排位道主而术辅，法术高的，未必是了不得的上仙。"语毕又提醒狸姬，"快些画，我急着用。"

狸姬点头，果用心细细描画开。昔日做萧淑妃时，琴棋书画无不精绝，要画一个温孤苇余，自然是信手拈来。

端木翠在旁细看，两人便有一搭无一搭闲说些话。狸姬这头，自知逃生无门，反自平静下来；端木翠既已擒住狸姬，也并不落井下石冷嘲热讽，因此上旁人眼中看来，倒像是闺中密友互话家常一般，哪里能猜出一为仙一为妖，前一刻还是生死仇敌？

事实上，端木翠此番下界，目的实非追凶。

当日金峦观生变，长老第一时间便寻到端木翠，问说瀛洲之外有九重水火天幕，为何还会生此惨变，端木翠便猜到妖人是利用《瀛洲图》出入。

这一来长老甚为惶恐，直言当日将仙山图遗留人世实为一大过失，若听之任之，蓬莱、方丈、瀛洲都存有隐患；又虑及此妖在瀛洲自由出入，戕害女仙，妖力必然高强，普通上仙不是对手，这才要求端木翠立刻前往人间，务必自此妖手中寻到仙山图，带回抑或毁弃皆可。

未想寻经宣平，戾气大盛，隐有当日晋阳天愁地惨之势，不觉心惊，入城查看时在城楼之下发现守城兵卫的尸体，借由尸身妖气，察觉狸姬亦在城中，这才

将狸姬一举成擒。

其时狸姬妖气已被戾气掩去，端木翠若不入城，未必能寻到狸姬，这也是阴差阳错，狸姬命数使然。

俄顷图毕，端木翠将图幅举起细看，不觉道："这便是温孤苇余？他生得倒是一副好模样。"

狸姬闻言心中一动，忍不住看向端木翠，见她眉目细致姿容出尘，又想到温孤苇余，不知为什么，竟有些唏嘘起来，因想：那日听闻端木翠身死，温孤苇余大失常态，险些便将我扼死，那时便觉他应是对端木翠有意，没想到端木翠竟连他的模样也想不起，正应了一句古话来，什么落花有意，流水无情……正胡思乱想间，就见端木翠伸手将剩下的宣纸拿过，在空中抖了几抖，又指了指温孤苇余的图幅道："睁大眼睛给我看清楚了，现下就四面八方去寻他，寻到了立刻来回。"

再仔细看时，那叠宣纸本只图幅见方大小，忽地翩翩而动四下散开，竟散作无数白色纸蝶，翼翅微扇，顿了一顿，或向窗，或由门，飞散而去。

端木翠忽道："慢着。"

那些个纸蝶顿时定在半空，凭桌看去，甚是好看。

端木翠笑道："都机灵着点儿，若是被人发现了，便现了形装死……都去吧。"说着轻展衣袂，劲风过处，那些个纸蝶东南西北，尽数被卷开了去。

目送纸蝶远走，端木翠方才回头看狸姬。

狸姬惨然一笑，道："轮到我了吧，你要怎生处置我？"

再说展昭这头，狸姬无故失踪之后，那些个百姓便拥将上来，大侠长大侠短地扰攘不休。不多时公孙策赶到，只说自己是开封来的大夫，一问起城中疾疫，身边顿时拥了几十来号人，争相告备，诉苦者有之，寻方者有之，还有的当下便要拉着公孙策回家看病，蜂拥争诉，倒也在意料之中。

展昭便向旁侧的老汉问起猫妖，那老汉垂泪道，宣平本就有疾疫之祸，未想闭城之后，夜间竟有猫妖作孽，接连戕害几十条人命。一时间人心惶惶，不及入夜便躲在家中不再出门，想不到那猫妖竟至破门害命，到后来各门各户即使不举灯火，也免不了亡丁丧口。

要知压迫的底线就是反抗，这几日，众人终于耐不住，决定拼上一拼，混着铁链结了绳网，又以人为饵想擒住猫妖，没想到……

说话间，那数十壮汉拖着绳网经过，看向展昭时，想到此人竟与猫妖缠斗而不落下风，目中止不住的敬羡之意。

不多时公孙策过来，向展昭道："展护卫，这城中疫况，比我们先前所想似要好些，只是那些未染疾疫之人不知避防之法，如此下去大为不妙。我拟从城中药铺中多寻些白芷、艾草——方才已同此街聚客楼的李掌柜说好，明日便就着聚客楼的场子，熬煮避疫的汤剂分发下去——你意下如何？"

展昭点头："但凭先生安排。另外，重疫病者如同他人杂处，恐疾症散布开来难以控制，如能另外划拨区域让重疫、轻疫及无恙者分开，是否更为妥当些？"

公孙策喜道："展护卫，无怪乎大人总赞你心细，我竟不曾想到。"

计议初定，便同众人商议此法，这些百姓自县令弃城之后便群龙无首，惶惶然心无所依，早巴望着有人出来振臂一呼好应从跟随，眼见着公孙策是开封来的大夫，展昭又是能与猫妖相斗的人物，哪有不乐意的？当下便划分下任务来，谁谁谁去药铺筹药，谁谁谁去知会旁人，谁谁谁明日去聚客楼给公孙策打下手，谁谁谁又把院落空出安置病人。众人争相领命，竟是进行得分外顺利。

饶是如此，还是费了一个多时辰方才指派完毕。那聚客楼的李掌柜便过来引领二人前往聚客楼安歇，方走了几步，展昭忽地心有所动，回过头道："是谁？"

公孙策一愣，转头一看，墙角暗影处挪出一个八九岁的女童来，一身灰布衣裳，头上梳了两个髻，甚是怯怯，不觉奇怪，因想：这又是谁？

展昭亦是茫然，那女童走上前来，仰脸看展昭道："大哥哥，刚才你救了我，我还……没有谢你。"

展昭这才想起她是自己自猫妖手中救下的女童，低头笑道："你不用谢我，这么晚了，快些回家去吧，你爹娘该着急了。"

那女童听到爹娘二字，脸色蓦地一暗，那李掌柜的叹道："这位公子，这丫头的娘前些日子得疫去了，爹又叫猫妖给害了，唉，家中只剩下瞎眼的奶奶，可怜得紧。"

展昭心中恻然，心想，怪道她大半夜的跑到外头来看捉妖。忍不住低下身子，单膝支地，伸手帮那女童拂了拂头发，柔声道："你叫什么名字？"

那女童见展昭虽是药巾蒙面，但眉目间尽是温和可亲之意，一双黑眸亮如朗星，忍不住伸出手去在展昭眉上指划，咧嘴笑道："我叫小翠。"

展昭一愣，喃喃道："你叫小翠？"

小翠嗯呀一声，神情甚是可爱。

展昭轻轻捉住小翠在自己眉上指划的手，问她："你家在哪里？我送你回去。"

小翠小小的手被展昭的手包住，只觉又是温暖又是开心，伸出另一只手指了指街尾，道："就在那边。"

展昭向公孙策点了点头，便拉着小翠往街尾过去。

一路上，小翠咿咿呀呀蹦蹦跳跳，说不出的欢欣喜悦。展昭低头看着小翠，唇边不觉带出笑意来。忽见小翠仰起头来，眼睛瞪得滚圆，指前方道："大哥哥，蝴蝶！"

展昭抬头看时，果见前方似有白蝶翩飞，心中奇怪，有心逗小翠开心，一个提气纵身翻将过去，伸手一捉，便将白蝶笼于手中。

蝶一入手，便知不是，那边小翠已然拍掌叫道："大哥哥好厉害！"

展昭微笑摇头，伸手将掌中物事给小翠看，道："你看错了，不是蝴蝶。"

小翠"咦"了一声，低头看时，见只是一方小小的碎纸屑，不由失望摇头道："原来不是。"

说着鼓起腮帮子，呼的一声，将纸屑吹落地去。展昭笑笑，不以为意，拉起小翠继续往前走。

待两人走开了几步，那落于地上的碎纸屑忽地动了一动，蓦地扇开双翅，翩翩然原地旋了一旋，这才愈飞愈高，越过檐角，消失在无边无际的暗夜之中。

第二日的天气不算好，阴恻恻冷飕飕，日头掩在厚密的云后，洒下些许寡淡的日光来，半点暖意都无。街面上传来疏落人声时，伏桌而眠的端木翠方才醒转，乍看到周遭家什，一时间竟忘却身在何处。

昨夜事毕，她将狸姬送入炼狱。

这是长老吩咐过的——

"戕害上仙，万死不足赎其罪。要她永堕九重炼狱，日日哀号，夜夜惨呼，披发沥血，周而复始，无止无尽。"

也许这人世间，最痛苦的并非是死，而是死不得。清醒地知道死不得，于是加之于身的种种苦痛，永无止歇。最后一点得脱的希望都被掐灭，没有将来某一天，有的，只是命中注定如影随形挥之不去的噩梦。

死，对狸姬来说，更仁慈些吧。

可是显然，在长老眼中，狸姬的命与上仙的命，是画不上等号的。就如同在人间，王孙公子的性命，比之平民百姓，要金贵得多。

罢了，何必五十步笑百步，纵使是神仙福地，众仙家还不是被分作了三六九等？财神趾高气扬，瘟神东躲西藏，玉帝王母稳坐殿上，一干小神苦苦奔忙。

端木翠自嘲地笑笑。

炼狱虚掩的巨大铜门之后，冲天的烈焰正炽，忽而幽碧惨绿，忽而赤红如血，幢幢鬼影虚无缥缈于四壁，这里已是地下最深处，但呜咽喑哑如泣如诉哀哀恸哭之音，仍像是从更深处而起，自脚下的泥土缓缓渗出，丝丝缕缕，透衣而入，漫过体肤，侵入骨髓，生生世世，都在你耳畔絮絮低语，甩不脱、赶不走，与你至死痴缠。

"这就是我的下场？"狸姬眼底映出赤红焰光，喃喃低语，竟是痴了。

举步前行，背影说不出的单薄凄凉。

鬼使神差地，端木翠叫住了她。

"你叫什么名字？"

"名字？"

狸姬站住了，生平第一次，她的眼中露出茫然的神色来。

她到底叫什么名字？

转而为妖，她自称狸姬，妖仆尊她一声狸姬娘娘。

在那之前，武则天废萧姓为枭，史书提及她时，称她为枭氏。

再之前，是为淑妃，犹记得那日天光大好，高宗亲自在她鬓边插上一朵牡丹，馥郁娇花压低了云鬓，她伸手去扶，冷不丁碰上武氏讳莫如深的眸光。

更远之前，她还是萧良娣，徜徉在后宫花苑，在太子惊艳的目光中红了白玉双颊，眼睫低垂，团扇轻收，欲迎还拒，娇羞无限。

那最最初的时候呢？

眼中含着泪，她终于忆起最初。

那时候，她还叫萧晚儿，与女伴嬉戏于萧家高高的院墙之后，春末的落花遍洒秋千架，抬眼便看到四四方方的一角天，明净如水。

女伴羡她美貌，说："不知我们晚儿，将来会嫁得怎样的如意郎君。"

她高高昂起头："谁也不嫁，要嫁，就嫁给皇帝。"

彼时心高气傲，一心要做天子枕边人，哪知一入宫门深似海，命如悬珠。再然后斗宠输于武后，死不瞑目，立誓为妖，生生世世扼武后之喉。

造化弄人，她如愿作妖，武后却不知投胎何处。

接着被温孤苇余挑引，动了升仙之念，用尽手段，哪料得抬首处已是炼狱？

一步步，咎由自取，怨不得旁人。

若当日没有立那毒誓，哪怕不能投胎富贵人家，做个平常农妇也好，愿得一心人，白首不相离，粗茶淡饭，荆钗布裙，养儿育女，含饴弄孙……

都说再世为人重新投胎，她连这最后的希望也失去了。

沉默许久，她才轻声道："我叫萧晚儿。"

声音很低，但固执而坚决，就像少女时，那般固执地说："谁也不嫁，要嫁，就嫁给皇帝。"

端木翠醒来的刹那，脑中还闪过狸姬的脸，平静而又悲伤。

"我这是怎么了，"她苦恼地伸手按压鬓角，对自己的恍惚很是不解，"竟可怜起妖怪来了。"

这些个妖怪，索性便狠毒狰狞到底好了，是杀是收她都不会难受，可是像昨夜狸姬那样……

端木翠忍不住又伏回桌上，将头埋在两臂之间，一通呻吟叹气。下一刻，忽地想到什么，腾地跳将起来："我真是疯了，宣平祸将倾城，我还在这里为了个妖怪伤春悲秋……"

定定神，略整衣衫，就着缸里的凉水扑了扑脸，困倦疲怠之意总算是消了些。

临出门时，反泄了气。

也是，出去能做什么呢？

瘟神腰间只悬了个疾疫囊，手中可不曾握有解药袋。但凡布瘟，哪次不是尸横遍野，收魂无数？须得旷日费时，这疫疾倦了兴风作浪的性子，才能慢慢消弭了去。

况且这疫疾离了瘟神的腰囊，在人间不知又沾染到什么，遇腥臊沆瀣则变本加厉，遇制抗之物则日渐式微，因物而异一日数变，哪是她能左右得了的？唯今之计，只有寄希望于某个交好运的大夫，误打误撞得了抑制这疫疾的方子才好。

还有，尽快找到温孤苇余。

想到温孤苇余，端木翠怒火难扼。

虽然还不了解温孤苇余这么做是为了什么，但是，如有可能，一定亲手将这败类送入炼狱。

思忖良久，方才踏出门去。

当此时，一静不如一动，与其闷在这偏远农庐，不如四处走走看看，兴许有意外收获。

这辰光，聚客楼内外人声鼎沸，呼喝喧嚣之声，远远传至几条街外。

公孙策未交五更便已起身，依着前晚所约，不久便有人前来，将第一批白芷艾草送到，经公孙策分拣配搭之后，聚客楼即刻起灶熬制。俄顷药草柴火不断送至，聚客楼的灶房不及熬煮，便有人在门前空地现起炉灶，另有不少人从家中拎出泥炉，就在堂前生火。一时间内外人来人往烟雾缭绕，鼻端所嗅，尽是炭火药草味道。

待天色稍稍亮了些，便在门外空地上摆上条桌，用瓮坛装了药汤分发，临近百姓三三两两过来，或盆或碗，打了汤剂回去，路上间或见到蒙了药巾的壮汉，呼喝着抬着担架过来，知是将重疫者抬往东城城隍庙，赶紧往边上闪避。

却说公孙策忙了半晌，至此刻才得空喘口气，李掌柜忙将他让至一旁喝茶。方取下药巾喝了几口，便觉有人伸手拽他衣角，低头看时，却是个稚龄女童，愣了一愣，方才省得：这是小翠。

小翠仰头道："伯伯，大哥哥哪里去了？"

公孙策笑着摸了摸小翠的脑袋，道："大哥哥在城隍庙那头照顾病人，你且等他一等，就快过来了。"

小翠噘了噘嘴，也不理公孙策，双手旁拨，使劲在人群中取出空隙来往外钻。她身量尚小力道不足，直挤得小脸通红，公孙策哈哈一笑，也不去管她，重又将药巾蒙于面上。

小翠好容易挤到门边，却没留意到台阶，一脚踏了个空，好在迎面有人过来，伸手将她扶住。

抬头看时，却是个白衣服的女子。

来的正是端木翠。

原来端木翠出了农庐，一路往城中过来，中途见到有人持盆奉碗，询问之下，才知有开封来的大夫在聚客楼发放汤药，好奇之下，便过来看看。

扶住小翠之后，顺手端起旁侧桌上的药碗，送到鼻端闻了闻，知是驱疫的寻常汤药，随手搁下，无意中瞥到小翠正看着自己出神，奇道："你看什么？"

小翠一双眼睛瞪得溜圆，长长地啊了一声，感慨道："姐姐，你长得真好看。"

又点评："你要是头上戴两朵花，穿那种花的衣裳，衣服上还有那种带花的圆珠子，就更好看了……"说着还伸手在自己头上身上拼命比画，一脸的心向往之。

头上戴花，穿花衣裳，衣服上还有带花的圆珠子……

好了小翠，甭闹了，端木姑娘又不是花仙子……

端木翠哭笑不得，往内堂看了看，喃喃道："怪了，这药是用来驱疫的，那么那些重疫的人又被安置在哪儿了？"

"城隍庙。"小翠想也不想，脱口而出。

"城隍庙？在哪边？"

"那边。"坚定地、毫不迟疑地……随手一指。

公孙策朝这边看过来，纯粹是无心之举。

就是那么随意地，抬头看了一眼。

便看到小翠仰着头跟一个白衣服的姑娘说话。

公孙策笑笑，低头去拣手中的草药。

拣到一半，忽然回过神来：那不是……端木姑娘吗？

腾地跳将起来，带翻了一簸箕的草药，跌跌撞撞，绊了桌子倒了凳子，慌得满屋的人忙不迭地避让。终于去到门口，气喘吁吁，一颗心突突乱跳。

门口却只有小翠一人，张大了嘴巴看他，奇道："伯伯，原来你跑得这么快。"

公孙策还没来得及回答，小翠忽然睁大眼睛，身子一矮，自公孙策腋下钻过，噔噔噔跑了出去，欢快道："大哥哥！"

转头看时，小翠正抱住展昭双腿，仰着头不知说些什么。俄顷展昭俯下身来，说了几句什么，小翠便乖乖松了手，趁展昭不备时，却又攥了他的衣角不放。展昭摇头苦笑，却也无计可施。

公孙策几步赶过去，也顾不得问展昭城隍庙那边的情况，只看小翠道："小翠，刚才跟你说话的姐姐是谁？"

展昭听公孙策的语气有异，心下一怔，就听小翠道："不知道呀，我不认识她。"

"那么，她有没有说要去哪儿？"

小翠想了想，摇头道："好像说了，可是我忘记了。"

"刚说的话，怎么会忘记？"公孙策真急了。

小翠怯怯地向展昭身后缩了缩，小嘴一扁，带了哭音道："我那时在想花衣裳，她说些什么，我没在意……"

展昭见小翠眼泪直在眼眶中打转，心下疼惜，向公孙策道："公孙先生，如要找人，慢慢打听便是，小翠兴许是真的不记得。"

公孙策却似是没听见般，只喃喃道："也不知是也不是，理应不会看错，可论理不当是她，难道是我眼花……"

一席话只把展昭听得云里雾中，公孙策自言自语了半晌，忽地想到什么，几步走到空地炉灶边，自灶膛处抽出根柴火来，抬脚将火踩灭，就着烧得漆黑的一头在地上画起画儿来，寥寥几笔，抬头招呼小翠："你来看看，同你说话的是不是她？"

公孙策只怕是自己一时眼花看错了，竟将端木翠的样貌勾勒出来。

小翠探头看了看，破涕为笑，拊掌道："伯伯，你真厉害，画得这般像。"

不知为什么，得了小翠认可，公孙策反有些不确信了，顿了半晌，才转头看展昭道："展护卫，我像是看到端木姑娘了，你要不要……四处寻一寻？"

展昭的目光在画像之上停留许久，才轻声道："人有相似，公孙先生，想必你是看错了。"

语毕轻撩前襟，缓步上阶，竟是把小翠和公孙策撂在当地。

公孙策急道："展护卫，就算是我真的看错了，四处找找总是不打紧的。"

展昭身形一顿，仍是没有转身的意思。

良久，公孙策叹道："罢了，是我看错了，就算长得再像，也一定不是。"

小翠抬头看看展昭，又看看公孙策，忍不住走到展昭身边，拽拽展昭的衣角，道："大哥哥，你怎么啦？"

展昭默然许久，缓缓低下身子，单膝支地，将小翠拉近身前，轻声道："小翠，你看到的那个姐姐，是不是真的跟公孙伯伯画的一模一样？"

小翠点点头，道："一样。"

想了想又摇头道："那个姐姐要好看些。"

再想了想，又补充："她若是戴上花，穿上花衣裳……"

展昭打断道："她往哪边去了？你带我去找好不好？"

小翠下意识道："好。"

好字出口，才觉心下一片茫然，愣愣往街口看过去，因想着：那位姐姐到底是往哪边走的？

公孙策看着小翠拉着展昭走远，这才抬起袖子，抹去额上虚汗，心道："我说是，你不敢信；我说不是，你又不愿信。不管是与不是，你不亲自去看看，总归是不死心的。"

小翠拉着展昭走了几条街，愈走愈偏，展昭心下生疑，停下步来，道："小翠，你当真看见她朝这边走了？"

小翠眼泪刷地出来，拼命点头道："是。"

她自是不知端木翠往哪边去了，但先时是不想让展昭失望，现下是怕展昭发觉自己撒谎再也不理睬她。小女儿心性，索性一横心犯错到底，一口咬定端木翠是往这边走了。

展昭破案无数，如何猜不出小翠是在撒谎？心中既是失望又是苦涩，却又不忍去责小翠，顿了一顿，方才柔声道："小翠，我们回去罢。"

小翠拼命摇头，哽咽道："就是这边，就是往这边走。"

展昭未及开口，就听身后有女子哼了一声道："这位仁兄，你若是问路，最好去找旁人，莫要像我一样，让这丫头乱指一气，平白走了多少冤枉路。"

展昭只觉脑中轰的一声，刹那间一片空白，耳膜处震响不歇，有如千蜂扰攘，但想扭过头来，脖颈却似僵住了般，半分动弹不得。

似乎有那么片刻，心跳都被一帧一格无限放缓了去，整个人似是沉在水中，透过漾着温柔纹络的碧水看长空如洗。天与地之间，鸿蒙初辟般安静，只余泛着暖意的日光，在水的那一边粼粼跃动。

小翠似是发觉展昭有异，很是不解地抬起头来，担心道："大哥哥，你怎么啦？"

"别管别人怎么了，小丫头，你给我指的什么路，存心讨打是不是？"端木翠走近几步，故意沉下了脸，俯身作势去点小翠的额头。

小翠登时便慌了，躲闪着避到展昭身后，将脸埋在展昭的后襟之间，俄顷小心翼翼探出头来，未料正对上端木翠佯怒瞪她的目光，忙不迭地又缩回去。

端木翠忍俊不禁，扑哧笑出声来，这才仰起头去看展昭。

心头蓦地一悸。

人还是昨夜见到的那人，面上蒙着药巾，周身装束与昨日无二致，可是自他眼中透出那般熟悉的和煦暖意与亲厚之色……这世上，绝不做第二人想。

端木姑娘若再认不出，真的可以一头去撞南墙了。

不对，南墙都为她羞得慌，轰一声自塌。

还想板着脸说两句，眼眉唇角，却都止不住笑意，道："是展昭吗？"

说话间，伸手去摘他蒙面的药巾。

手到中途，却又止住，向展昭道："先说好，若不是，你可要糟糕……我非打得你是。"

展昭只觉眶中微热，轻声笑道："端木姑娘未免太霸道了些。"

端木翠抿嘴一笑，便去摘展昭药巾，未想竟拉之不脱，"咦"了一声，又将另一只手伸过去，两手一并绕到后面去解药巾结扣，忍不住抱怨道："系得这么紧，也不怕拿不下……"

话未说完，只觉腰间一紧，已被展昭拥入怀中。

端木翠惊道："展昭……"

"一下就好，端木。"

端木翠微怔，迎面而来久违而又熟悉的气息，竟让她有片刻的恍惚。

展昭的怀抱很温暖，透着让人安心的力度。可是，她还是自其中捕捉到了一丝浅淡而又惆怅的忧伤。

展昭，他……很难过吗？端木翠忍不住去想：我在瀛洲这十多天，发生过什么事？

下意识地伸手拥住展昭，似乎这样可以稍带给他些慰藉和鼓舞的力量。

低头时，无意间看到一旁的小翠，眼睛睁得滚圆，嘴巴张得老大，可以塞进一个苹果。

你还是……别看了吧……

端木翠嫣然一笑。

于是小翠眼前的图景突然变了。

她看见自己置身于百花环绕之中，头上插满了花，穿着绣满了花的衣裳，衣裳上缀了无数颗带花的圆溜溜的珍珠，手中还捧着一大束采摘的野花……

真美呀，小翠心想，人间最美的图景也不过于此了吧……

第十五章　地下三丈三

说起来，人的想法的确是很奇怪的——明明是公孙策起了头儿撺掇着展昭去找端木翠，可展昭当真把端木翠带回来了，公孙策反傻眼了。

还不是一般的傻眼。

因此上，开口第一句话便是："你不是易容的吧？"

问得也挺合理呀，一朝被蛇咬，十年怕井绳，当年开封府上下不是被个假包公折腾到鸡飞狗跳吗？就不兴哪个歹人灵光一闪易容成端木翠？

"公孙先生真是一如既往慧眼如炬。"端木翠一本正经，"我不但是易容的，我还是男的易容的……先生看出来没？"

"没……"公孙策也不知是绕晕了还是老实过头。

展昭忍笑忍得很辛苦。

"这可不行呀。"端木翠越发认真，"身为开封府主簿，死活不辨、男女不分，月俸合该减半才是……"

端木姑娘，不带这么玩儿的，这么久不见，一见面就扣人一半工资……公孙先生挣点银子容易吗……

展昭终于破功，笑出声来。

这一笑，把公孙策笑清醒了。

那姑娘低头咬唇一笑，伸手将盖布揭开，递了个刚蒸的馍饼给何三贵，道："累坏了吧贵哥，吃馍饼。"

何三贵嘴上应着，手上却不动，只顾看着那姑娘憨笑，那姑娘嘴巴一噘，道："你要是不要？"

何三贵一惊，抢也似的接过来，似是生怕被人夺了去。那姑娘扑哧笑出声来，嗔道："傻样。"

说话间，两人便往边上去，经过展昭身侧时，何三贵恭敬道："展公子。"

展昭点头微笑，那姑娘见展昭形容不俗，一身气度端的出众，忍不住多看了两眼，又同何三贵低语着去了。

展昭目送二人走远，心头渐生出融融暖意来，因想着：这世上之人，若尽数如他们般祥和喜乐，都过着无忧无虑的生活，那便好了。

正出神间，就听得有人在旁故意咳嗽了两声，道："展昭，莫再看了，再看，眼珠子就掉出来了。"

展昭不觉露出笑意来，转头看时，端木翠手中正捧了个茶碗，脸上绷得严肃，眼底却掩不住促狭之意："累坏了吧昭哥，喝口……"

茶字尚未脱口，已然忍不住哎哟一声笑弯了腰，手上托不住，一盏茶尽数洒在展昭前襟下摆之上。

展昭知她听到何三贵与那姑娘对答，故意学来打趣自己，只是摇头苦笑，等了一阵，见端木翠仍没有停的意思，叹气道："端木姑娘，莫再笑了，再笑，这腰怕是直不起来了。"

这一说，端木翠笑得果没方才那么厉害了，正抬起头来，就见展昭摇头道："端木姑娘方才在灶房真是烧火吗，别是钻进了灶膛吧。"

端木翠啊呀一声，忙用手背在脸上擦了擦，紧张道："真的吗，难怪方才在里头她们冲我笑……还有吗？"

其实端木翠只脸颊处沾了些许煤灰，不抹还好，这一抹将开来，恰如有人拿蘸了淡墨的笔在她面上横过，说巧不巧，便在鼻尖处留了一大块墨渍，偏她还一脸紧张严肃，惄地滑稽。

展昭忍住笑道："还好，只还有一些。"说着，抬手欲帮她擦去。

手到中途，忽地心念一动：礼教有防，男女有别，这样终是不好。先时他与端木翠久别乍逢，情难自已，行止略有逾矩，倒还说得过去——饶是如此，事后他亦暗忖是否孟浪——彼时尚且如此，换了此刻，当街之上，若是自行其是，岂不唐突？

瞬息之间，脑中已转过这许多念头。

端木翠先时听展昭说"还有一些"，原想伸手去擦，见展昭抬手，自然而然便将手放下，眼见展昭中途反停住，不由奇道："展昭？"

展昭回过神来，低头微微一笑，温言道："别动。"

说话间，已然不着痕迹地笼手于袖，覆了袖布，细心帮端木翠揩去面上灰渍。

世间女子，遑论人仙，对自己的妆容怕是没有不在意的——端木翠果然立了不动，少有的顺从乖巧，只一双眼睛闲不住，四下顾盼。

忽地脸上带出笑意来，向展昭身后道："公孙先生，你回来啦。"

展昭回过头来，果见公孙策正自街口过来——公孙策过午之后便就近奔走登门看疾，想必是倦了。

果然，近前看时，公孙策满脸的郁郁之色。

展昭心中一沉："公孙先生，今日看诊，可是收效甚微？"

公孙策点了点头，沙哑的声音中带了几许干涩："一时间也不知如何入手，开了些应对寻常疫病的方子，也不知有没有用。"随即似是想到什么，满怀希冀地看向端木翠："端木姑娘，你是方外上仙，有没有什么仙丹灵药、祥霖甘露，可以……"

话未说完，端木翠已摇头道："这都是民间流传的故事罢了……瘟神布的瘟，我懂得实在也少。"

公孙策"哦"了一声，掩不住满面的失望之色，强笑道："我想也是，你若有办法，也不会等到此刻……"

想了想又向展昭道："路上我倒想到了一些方子，事不宜迟，我思忖着拣齐了草药，今夜就熬剂试药。"

展昭已然明白公孙策的意思，点头道："先生将所需草药列下，我速去药铺采买便是。"

计议已定，几人倒也不耽搁，进了聚客楼中寻了笔墨，公孙策便将所需的草药一一列明。俄顷写毕，字墨犹湿，端木翠便将纸笺捧在手中小心吹干，公孙策这才省得日间劳碌，竟是未能与端木翠详叙，心下便有几分歉然，道："端木姑娘，宣平事急，近日怕是都腾不出空来为你接风，待过几日……"

端木翠头也不抬，道："还接什么风，信蝶的消息就快到了，我今夜便走。"

公孙策心头一震，料天料地，也没料到端木翠竟这般作答，一时呆在当地，说不出话来。

良久，才听到展昭低声道："不……多留一日吗？"

端木翠摇头："我要尽快寻到瘟神，不能让他在人间布瘟。迟上一迟，不知又要有多少无辜的人送命。"说着便将纸笺递于展昭。

瘟神受温孤苇余挑引，恣意妄为，于人间布瘟，说来实是仙家丑事，端木翠含糊其词不尽不实，多少也存了为仙家遮羞的意思。

展昭伸手接过纸笺，慢慢折起，许久才道："也是。"又顿了一顿，实不知该说些什么，微微一笑道，"我去药铺取药。"

公孙策本想叫住他，待见到展昭转身离开的落寞之色，又将伸出的手慢慢缩了回去。

直到展昭走远，才长叹一声，向端木翠道："端木姑娘，你此番回返，真不如……不回。"

端木翠正看着展昭的背影出神，倒没留神公孙策说了些什么，低头思忖一回，蹙眉道："公孙先生，这次回来，我总觉得展昭跟从前不大一样，可又说不清哪里不一样——我不在这几天，开封府出什么事了吗？"

公孙策听到端木翠说"这几天"，惊得险些跳起来："什么叫这几天？你自己走了多久，自己反不清楚？"

"如果不算上晋阳的日子，在瀛洲也就待了十来日而已。"

公孙策心头震荡，怔怔看了端木翠好久才平静下来："那么你在瀛洲这十来日，都做些什么？"

"也没做些什么。"端木翠面上露出惘然之色来，"开头和长老争执不休，他们说我犯错，我觉得自己没错。我当日在侧，难道眼睁睁看梁文祈枉死不成？可是后来他们还是说我违了戒条，叫我去金峦观禁足，一气之下也就去了。好在我大哥来看我，长老们不敢再关我，禁了几日之后就放出来。没多久瀛洲窜进了妖，戕害女仙，长老便急急叫我下界……实是没做什么，虚耗长日，亦无生趣。"

　　一番话说得公孙策心中空落，竟生出荒诞之感，闷闷道："端木姑娘，我实是不知瀛洲的日子是怎么算的……可是我记得，你去晋阳收妖，已经是前年的事了。"

　　端木翠这下吃惊不小，不可置信道："前年的事？"

　　再细想一回，渐渐变了脸色，喃喃道："不错，上界的日子格外慢些，先时麻姑就同我说，长久不在人间走动，昔日的沧海都变作了桑田……我竟是未曾想到……原来都已经这么久了……"喃喃许久，再抬头时，眸中已盈上一层水雾，看着公孙策道，"公孙先生，真是……好久不见。"

　　公孙策喟然道："你跟我说好久不见，你自己实在不觉得有多久的，你方才也说是虚耗长日……可是于开封府来说，这段日子何其难熬。尤其是展护卫，他一直以为是自己害你身死，心中的愧疚自责，实是常人难以承受。"

　　端木翠惊怔失语，只觉千头万绪难以理清，疑道："他怎么会以为是他害我身死？我不是一直好端端的吗？"

　　公孙策长叹一声，知她对这一年多发生的事全然不知，便拣紧要处，将温孤苇余执掌细花流之后与开封府交恶、猫妖挟红鸾逼展昭交出《瀛洲图》，及细花流为端木翠举丧之事说了一遍，语毕叹道："你身死的谣言传出之后，展护卫自责甚深，较往日里沉默许多……你这趟回来，他虽嘴上不说，但我看得出，他心中……实在是……很欢喜的。"

　　这一番话直说得端木翠泪盈于睫，想到展昭素日里便是将心事藏着掖着不外道的性子，内里煎熬，对外却要强作无恙，一时间好生替他难受，只恨自己彼时不能在旁开解于他——她却是忘了，若她在旁，哪还会有什么害她身死的误传？

　　良久才道："公孙先生，若现在有什么事，我能做了让他高兴，我真是……死了都愿意的。"

　　诸位，端木姑娘此时情绪激荡，一时真情流露脱口而出，也在情理之中。但大家切莫当真——你若真要她去死，她只怕立时就要耍赖了。

　　公孙策心道：哪要那么严重，你只需多留两日，他自然高兴的。

　　只是瘟神布瘟，戕害人命无数，迟一刻不知又添多少冤魂，这话又哪里说得出口？

　　正想长叹一声说句罢了，就见端木翠眼睛一亮，道："我知道了，公孙先生，

你且等着，我去去就来。"

公孙策的表情由疑惑不解转为目瞪口呆，眼睁睁地看着端木翠陷入地下直至没顶……

第一反应（惊叹地）：这就是传说中的土遁？

第二反应（幻灭地）：苍天哪，她土遁了！

一时间叫苦不迭，恨不得在端木翠消失处一通猛捶敲打把端木翠给敲打出来：我给你讲这么多，可不是要你跑路啊！

屋漏偏逢连夜雨，当此刻，屋外传来何三贵与展昭的说话声。

公孙策瞬间石化。

展昭已回来了，要怎生跟他说？

展昭进得门来，目光四下扫过，一寸黯淡过一寸。

末了平静道："知道了。"

你知道什么了呀？公孙策急得额上直冒虚汗，拼了命地解释："她说去去就来。"

"知道了。"

"她真的说了去去就来。"

"知道了。"

什么叫欲哭无泪啊，什么叫捶胸顿足啊，公孙策这回真的是"知道了"。

接下来展昭异样沉默异样平静，晚膳时吃得很少，似是满怀心事，公孙策心惊肉跳，又解释了一回："她真的说了去去就来。"

"先生，食不言。"

公孙策哑口无言，"食不言"这句话，是他吃饭时嫌四大校尉聒噪拿来呛张龙他们的，没承想被展昭来了一招还施彼身。

公孙策被堵到，于是气冲冲地吃饭，恶狠狠地下筷夹菜，其下筷速度之快，瞄物之精准，直叫展昭望尘莫及。

晚间试药时，偷眼看展昭，后者面无表情，抱剑静立窗前，目光深邃，不知落在几许远处。

于是同情心又起，浑然忘了吃饭时被堵一事，忍不住老调重弹："她真的是说要去去就来的。"

"先生，安心试药。"

公孙策那叫一个气，正待反驳几句，忽听得一直在外拾掇的李掌柜啊的一声惨叫，接着便是重物倒地的闷响。再接着，是端木翠赔小心的声音："对不住，不是故意吓晕你的。"

公孙策只觉得浑身的血直冲脑门，腾地站起身，顿有拨开云雾见青天、多年沉冤得昭雪之感，就差手舞足蹈双泪沾襟，激动道："我早说，她说了是去去就来的。"

展昭转身看公孙策，少有的气定神闲："公孙先生，我也早说了，我'知道了'。"

出得门来，端木翠正俯身对着晕倒的李掌柜长吁短叹，听到展昭步声，抬起头来展颜一笑，将手中物事扔了过来："展昭，给你的。"

展昭想也不想，应声接住，入手便是冰凉的刚硬，还有古朴但熟稔于心的凹凸印纹。

眼眸蓦地一亮，嘴角笑意似隐若藏。

久违了，巨阙。

铮的一声拔剑出鞘，剑身如水，光华泻地，分明一把绝世好剑，哪有断剑重续的颓丧？

端木姑娘果然巧手。

而边上，公孙策叹着气，再一次尝试着去掐李掌柜的人中。

心中嘀咕：不就是见到有人土遁而出嘛，哪至于吓成这样，见识忒少……

耳边絮絮传来展昭与端木翠的语声。

"开封府倒没怎么变样。"

"是。"

"你房里收拾得挺齐整。"

"是。"

"只是我翻找巨阙时，被我翻乱了。"

"……"

"王朝好像胖些了……"

"是……你怎么知道？"

"我拿了巨阙要走时，恰好看到他从窗前过，我觉得他胖些了，特意过去跟他说要少吃点。"

"他……说什么？"

"我急着回来，说了就走，没顾上他答什么。"

……

百里之外的开封府，王朝呆若木鸡双眼发直牙关打战双腿发软，对着张龙、赵虎、马汉絮絮叨叨，颇有赶超祥林嫂的势头。

"我真看见了。"王朝咽了口口水，语无伦次中，"我看到有个女贼在展大哥房里翻箱倒柜，我想躲在窗外伏击她。谁知她一抬头，正跟我打了个照面，我一看，那不是端木姐吗？她还跟我笑来着，说'王朝，你胖了，得少吃点'……"

李掌柜醒来的那一刻，心中还是坚信自己的确是看到端木翠鬼魅般破土而出的。

但是四分之一炷香的时间之后，他就推翻了之前的论断。

因为从开封来的那位忠厚儒雅的公孙先生和那位温文有礼一表人才的展公子，都一口咬定李掌柜是看错了。

"掌柜的是操劳过度啊。"公孙策动情地说，"为了宣平百姓义无反顾，实是我大宋之福。"

扣了一顶高帽子过去还嫌不够，大笔一挥，给李掌柜开了一系列安神补脑、强身健体的方子。

至于展昭，则从江湖人的角度为李掌柜细细剖析事情的前因后果："端木姑娘是江湖人，江湖人的行事自然与常人不同，李掌柜可曾听说过彻地鼠韩彰？他便是在地下打洞行走的高手。江湖中无奇不有，端木姑娘这一招实属寻常……"

唬得李掌柜一愣一愣的，他自然从未听说过什么彻地鼠，但是他发自内心地觉得：展公子这么好的人，当然是不会说谎的，他说是，就一定是。

为了佐证展昭所言，那位秀气的端木姑娘，还很是江湖气地冲他一拱拳，豪气万丈道："李掌柜，江湖人不拘小节，适才多有得罪，还请你多多包涵。"

李掌柜心中便有几分惋惜，他觉得这么好的姑娘，实是不该在江湖中行走漂泊的。

于是他开口了。

"姑娘啊，听我老人家一句……"接下来便是苦口婆心旁征博引，引用家乡旧识张二牛"不学无术欺压乡里继而落草为寇拦路行劫最终在一个黄叶飘飘的凄凉秋日泪洒刑场大吼一声我真的还想再活五十年"的悲情故事，希望可以劝得端木翠回头是岸，走上相夫教子的幸福之路，还主动请缨说自己认识不少相貌堂堂的年轻公子，家中有屋又有田生活乐无边，若是端木翠有意向可先将生辰八字给他，找了风水先生合了八字之后就可以择个黄道吉日玉成好事云云……

展昭沉着脸打断他时，李掌柜颇有意犹未尽之感。若给他足够时间发挥，他还可以帮端木翠展望一下未来含饴弄孙四世同堂其乐融融的老年生活。但是来不及了，他只能匆匆作结："姑娘，江湖险恶，及早抽身啊。"

一千个百姓心中就有一千个江湖，李掌柜心中的江湖就等同于张二牛的悲惨一生，这也是没办法的事。不过他觉得自己的话多少起了些作用，那位端木姑娘虽然神情古怪，但一双美目之中分明噙着迷途知返幡然悔悟的泪花。

于是李掌柜心满意足地拈着安神补脑强身健体的方子回房去了。

他若是走得慢些，一定会看到端木翠笑趴在桌上，一边抹眼泪一边拽住展昭不依不饶："展昭，都是你出的馊主意……"

折腾了这一回，公孙策继续回房中试药，展昭陪着端木翠坐在屋外阶上说话。不多时端木翠嚷嚷着饿，展昭便回房将日间留好的糕点拿来给她。

端木翠些须吃了几块就搁下了，仰起脸看着高处的夜空出神。展昭知她是在等信蝶，只觉心中五味杂陈，也不知从何开口，只是低头不语。

端木翠忽然道："展昭，这地下有古怪。"

展昭一愣，抬头看时，端木翠不知何时将目光自夜空中收回，颇为专注地盯着地面。

"我适才土遁时，有霎那时间眼前一黑，只觉心中极不舒服，当时急着来回，加上那时间又极短，就没放在心上。现在想来，其中必有蹊跷。"说话间，撩起裙裾起身下阶，来回踱了几步，屈膝伏下身去，双手撑地，将耳朵贴于地面，凝神细听。

展昭过来时，就听端木翠喃喃自语道："这地气汹涌得很哪。"说话间，竖指于唇，示意展昭莫要开口，曲起手指，低声示数："一丈，两丈，三丈，三丈二，三丈三……是了，是三丈三，地下三丈三，暗合九九之数，属吉则大吉，属凶则大凶。宣平祸将倾城，必不是吉数，难道大凶的源头，就在这地下三丈三处？"

思忖良久，方才拍掸着衣裾起身。展昭笑道："看起来，你是发现什么了？"

端木翠双眉一挑："如果所料不差，我该是找到了宣平大疫的祸患之源。"

"此话怎讲？"

"都说一方水土养一方人，水、土皆承接于地，人食五谷，五谷亦生于地——由此推之，地气佳则人间祥泰，地气凶则世人愁困。民间把地气称作饮食之气，饮食是入口之物，你想想，若你吃了不洁之物，你的身子会舒服吗？"

"你的意思是，宣平的地气遭到玷染？"

"不只是玷染这么简单，若我所料没错，宣平的地气已与疫气相混合，所以才会如此汹涌不定。"

"瘟神一贯都是如此布瘟？"

"不，此次反常。一般而言，瘟疫只会布于人身，风吹辄散火起而消，随四时变化，短则数月，长则年许，即告消亡。但若深入地下三丈三，与地气相混，则经久不退，污饮水、毒五谷之根，使得生灵断饮食之源。待到天气转暖，地气上浮，又会蹿升至地面之上三丈三，届时全城都在浊恶疫气的笼罩之下，所有存活之物，人畜草木一概不能免，只怕飞鸟经过都会不敌浊气而坠。而天气转冷之后，地气又会滞重沉回地下，来年又起，周而复始。展昭，这样一来，宣平便成了寸草不生的死城，永无出头之日。如此布瘟，分明是要宣平不留活口。"

展昭甚是警觉："适才你说天气转暖之后地气上升，那么此时宣平的瘟疫还不是最厉害的？"

端木翠摇头："此时天气还很冷，地气受制不得上升，瘟疫还没有四下散开。"

展昭心惊："地气尚且受制，已经死了这么多人，如若地气上升……"

略想一想，已觉不寒而栗，忍不住道："你可有解救之法？"

"治病救人我不行，可是整治这地气，我还是有八成把握的。"端木翠的脸上终于露出笑容来，"只要断了这地疫之根，宣平的瘟疫就算是解了九成了。"

于是进屋来找公孙策，三两句将地气之事言明，尔后示下："公孙先生，你去跟李掌柜说，明日要他召集城中的精壮汉子，人人面蒙双层药巾，在宣平至阴之地掘一个三丈三尺深的大坑，安排另一路人备好盆桶及盛水器皿，我要作法先以水吸纳地气，再起三昧真火烧之。"

公孙策先惊后喜，顾不上说什么，急急上楼去寻李掌柜，兴许走得太急，脚下一个趔趄险些滑倒。端木翠正觉好笑，忽听展昭低声唤她："端木。"

端木翠应声回头："怎么？"

展昭不答，只是抬手指了指窗外。

循向望去，浩渺夜空之中，先是星星点点，而后如攒如聚，直如长空落雪，倏起倏落。

端木翠忙迎了出去。

信蝶来归，希望幸不辱命。

展昭却没有动，下意识握紧巨阙，嘴角牵出一个极浅淡的微笑。

人生本就如飘萍，聚散离合，都属寻常，既避不过，那便淡然处之吧。

虽如此想，心底仍浮起淡淡惆怅，挥之不去，缭缭绕绕，化作几不可闻的一声叹息。

就在此刻，室外传来端木翠带怒的斥声："为什么上天入地，都找不到温孤苇余？"

"端木姑娘发脾气啦？"公孙策和李掌柜刚下得楼来，便听到端木翠在屋外发怒，忍不住向展昭打听。

展昭默然。

李掌柜探头朝窗外看了看："女娃娃家发脾气，总喜欢摔打撕扯东西，你们看，就这么会儿工夫，撕了多少纸。"

展昭苦笑。信蝶寻人不获，端木翠恼怒之下收了法力，现在身周尽是宣纸碎屑，也难怪李掌柜会说是她撕坏的。说话间，端木翠已进得屋来，神色甚是不耐。公孙策本想上前关心几句，待见到端木翠脸色，立时把话咽了下去。

端木翠与三人擦肩而过，正想径自上楼去，忽然——

"端木，你有事瞒着我们。"

公孙策暗自叹一口气，他觉得此时此刻，展昭实在是不该开口的。

果然，端木翠顿了一顿，慢慢回过头来："我有什么事瞒着你？"

公孙策听出端木翠语气不对，忙向展昭使眼色。

展昭将头偏转开，只作没看见，语气平和道："日间你说要走，是为了早日找到瘟神。但是我适才听你发怒时说的话，你真正想找的是温孤苇余。"

公孙策又忍不住叹气，他觉得展昭未免太过较真了些，端木翠一贯吃软不吃硬，这样一来，难免会有冲突。

久别重逢，何必呢……

果然，端木翠答得毫不客气："瞒着你的事还多得很，是不是样样都要知道？上界的事，与你何干？"

公孙策皱眉，他觉得端木翠的话说得有些重了。

展昭不答，良久垂目一笑，将眼底的复杂心思都掩了去："你说得是。"

"知道便好。"端木翠撂下话来，反身上楼。

李掌柜有点摸不清状况。

公孙策为展昭鸣不平，任谁都看得出端木翠是心里不痛快，撞上了谁都必有一番口角。

虽说他与端木翠也相熟，但是仔细算起来，自然跟展昭更亲厚些。眼看着展昭受端木翠抢白，公孙策心里也有些不舒服。

忍不住向展昭道："端木姑娘脾气未免大了些，你……"他本是想劝展昭莫要放在心上，岂知展昭微微一笑，反向他道："端木一贯就是这样的脾气，先生不要介意。"

介意？我介意什么？我有什么好介意的？公孙策张了张嘴，想了想又闭上了。

忽听得蹬蹬步声，却是端木翠去而折返，腾腾腾自楼上下来，下了一大半楼梯又停住，扶住扶栏硬邦邦向展昭道："刚才我心里不痛快，话说得重了些，你不要放在心上。"

明明是道歉，让她说出来，一股子打家劫舍、威胁恐吓的语气，还透着缭缭绕绕的话外音：若是放在心上……

公孙策和李掌柜一起扭头看展昭。

展昭唇边漾起笑意来，摇头道："不会。"

端木翠盯住展昭，一字一顿道："不会最好。"

语毕也不多话，转身腾腾腾上楼。

李掌柜目瞪口呆，直以为是自己看错了，满腹狐疑看向公孙策："那位姑娘……刚才是来……赔不是的？"

众默。

良久，公孙策才慢吞吞道："好像是的。"

能把赔不是赔得像持刀上门逼债一样……李掌柜叹为观止。

江湖和江湖人，在他心目中，又多了一层扑朔难解的迷雾。

夜已深，展昭辗转许久，终是睡不着，索性披衣起来。细想想，他从前跟端木翠虽会互相抢白，但的确是不曾有过口角。

不由生出几分悔意来，她找的是瘟神还是温孤苇余，由得她去便是，何必如此较真？

搁了平常，即使心生疑窦，也一定不动声色暗中琢磨，不会如此贸然发问。

或者，他是觉得与端木翠交厚，问一问也无妨吧。

端木翠那句"与你何干"，明明白白，划地为界，初听尚不觉得，细想难免神伤。

胸中泛起苦涩况味，自觉笑也牵强。

正觉惘然，门上忽然传来笃笃敲声。

展昭回过神来，心中奇怪，起身去开门。

门开处，端木翠一声长叹："展昭，我适才话说得重了，你不会往心里去罢？"

展昭一怔，下意识道："怎么还不睡？"

"心中有事，哪里睡得着。"

展昭见端木翠一身中衣外只披了件外衫，忙将她让进屋来。其时宋人守礼，男女夜半共处一室甚是不妥，但二人一来交厚，二来都是心怀坦荡之人，三来端木翠身份也的确比较特殊，是以并无尴尬之感。

端木翠在桌边坐下，先还两手托腮，后来似是倦极，往桌上一趴，将头枕在交叠的手上，看展昭道："我不是修行得道成了仙的，所以性子总也压服不下，你不要怪我。"

展昭正掩上门，闻言微笑道："我没有怪你……适才不是也跟你说了吗？"

端木翠无精打采道："你说得那般没有诚意，我自然不相信。"

那样还叫没有诚意……

展昭长叹一口气："我以为，比起端木姑娘的道歉来，我已经足够有诚意了。"

"哈。"端木翠直起身子，目中含笑，"你果然心里头还是介意的。"

展昭摇头："我自然不会介意。只是，以后不要这般赔不是。如果人家本来心里就恼，你这么一来，火上浇油，适得其反。"

端木翠嗯了一声，看展昭道："那你呢，你也会更生气？"

"若是别人这般对我，我也会生气。对你的话，大概还可以再忍一忍。"

端木翠笑，想了想又道："那时向你道歉，我是真心诚意的。"

这话的确没错，上楼时她已后悔了，要不也不会折返下去。

展昭点头："我知道。"

"早说啊。"端木翠深深为自己感到不值，"害我又跑一趟。"

"那是你自己觉得自己的道歉方式不妥，心中不安。"

"才不是。"被人一语道破，端木翠本能反驳。

"哦，那是为什么？因为我接受你道歉的态度不够有诚意？"

"是因为我是神仙，做神仙的自然要心胸宽广，不可斤斤计较。"

展昭面上笑意更深，也不说话，却将桌上烛火移近，对着端木翠细细看了一回，喃喃道："没红。"

"什么？"

"牵强附会，脸也不红。"

端木翠气结，俄顷，缓缓闭上眼睛，慢慢压下怒气，再睁眼时，不怒反笑，异样妖媚。

展昭立时觉得不妙。

"你就这么喜欢脸红吗？"端木翠语气少有的温柔，"我可以让你一辈子都脸红，你要不要试试？"

"不用。"展昭头皮发麻。

"试试嘛。"端木翠笑得越发明媚，"你的官服不就是红色的吗，可见红色跟你素来就搭得很，脸上再飞上两抹酡红，不知要迷死多少姑娘。"

"不麻烦端木姑娘了。"展昭恨得牙痒痒。

"不麻烦。"端木翠笑得无害，"一抬手的事儿。"

说话间，忽地抬起右手。

展昭反应端的不慢，一记漂亮的小擒拿手，便把端木翠的手截住。

方握住端木翠的手，眉头便已颦起："怎么这么冷。"

端木翠愣了愣，抽回手来，将双手笼到嘴边呵了呵气，搓手道："是好冷。"

展昭知她素来怕冷，穿得又这样少，心中虽极盼能跟她多说会儿话，仍是忍不住催她回房："赶紧回去，早些歇息。"

端木翠摇头："我找你有事，事还没说，回去作甚？"

展昭将自己的外衫除下给她披上："什么事？"

"温孤苇余的事。"端木翠将外衫拢紧，"实在……也不该瞒你的。"

于是将自己对瘟神和温孤苇余的猜测一一道来。

展昭的眉头愈皱愈紧，眸中怒火渐炽。

"我就知道你要生气。"端木翠垂下头，双手无意识地攥紧外衫，"你定会说什么做神仙的如此无耻，这般涂炭生灵……这话在我脑中不知道响过多少回了。你若生气，便在心里骂好了，也不要说出来……怎么说我跟温孤苇余一样都是瀛洲的神仙，你骂他，我也光彩不到哪儿去……"

展昭不语，良久才道："我不说便是。"

端木翠松了口气，偏转了脸看桌上烛火，许久才道："可是派出了那么多信蝶，也找不到温孤苇余，我真是……心烦得很。"

展昭沉吟了一回，宽慰她道："你也不用着急，找不到温孤苇余，也许不失为一件好事。"

端木翠惊讶："怎么会？"

"至少，他没有在人间继续作恶。"

端木翠不语，继而摇头："你能相信他只是为杀而杀，做了这样残酷的事之后就此罢手？我是不信的，他一定还酝酿着更大的阴谋。"

"真的找不到温孤苇余？"

"找不到。"一提到这事，端木翠的心情便跌落谷底。

"三界当中，有没有信蝶到不了的地方？"

"没有……"端木翠摇头，顿了顿似是想到什么，"不过严格说来，其实是有一个的。"

"哪里？"

"人间冥道。"

虽然并不了然人间冥道是什么，展昭还是不禁猜测："温孤苇余是否有可能藏在那里？"

"不可能。"不待展昭说完，端木翠已然摇头。

"这么肯定？"展昭有些不置信，"世上事不一定这么绝对，端木，如果……"

"没有如果。"端木翠显然听不进展昭的话，"展昭，温孤苇余能进人间冥道的可能性跟你能生孩子一样小。"

展昭哭笑不得："你太为难我了，端木。"

第二日一早，公孙策便来寻展昭商量在宣平至阴之地开掘的事，言说李掌柜已经集好人手，只等早膳后一并前往南郊荒废的义庄。展昭收整完毕，便欲同公孙策一并下楼，哪知公孙策反拉住他，迟疑了一回才道："展护卫，端木姑娘那边，你多让着她些。"

见展昭不解，公孙策便絮絮叨叨解释说姑娘家难免面皮儿薄，展昭主动低头谦让一回也就罢了，否则这么久没见，一见面就闹崩了实在不好，身为男儿自然更须胸襟宽广不应斤斤计较，然后似乎察觉到斤斤计较用词不当，又补充强调说他不是指展昭斤斤计较，只是拿来作比而已。

展昭哑然失笑，这才明白公孙策是在为昨晚的事说和。

说话间，前头门扇吱呀一声开启，却是端木翠一边低头绾发一边出来，耳边两粒碧玉坠子一晃一晃，甚是俏皮。

公孙策立刻紧张起来。

"展护卫，你先下去用膳。"说话间便将展昭往楼下推，"端木姑娘这边我来同她说，想来她过了一夜气也消得差不多了，你杵在这里反而坏事。总之一切有我，我办事你放心……"

尚在慷慨激昂力陈一己承担之决心态度，眼角余光便瞥到端木翠向这边过来，公孙策心下暗叫糟糕，只恨没个麻袋柜子什么的将展昭收进去——

端木翠已然开口："展昭。"

公孙策心中犯嘀咕：这语气，听来似乎……相当平和。

"早上才发觉裙摆扯破了，懒得缝补，这两日来来回回，弄得好脏。你带了银子没有，我想去现买几件应付下。"

"城中应该有衣坊，只不知还开不开门迎客，今日事了，我陪你去便是。"

"先说好，没有银子还你。"

"这样说话，别人定不会借给你。"

"所以只向你借。"

……

两人言笑晏晏，并肩下楼，将公孙策晾在当地。中途遇上李掌柜，李掌柜眼见昨晚剑拔弩张的两人今日和风细雨，只觉丈二和尚摸不着头脑，愣了许久，方才上来寻公孙策。

"那个……"终究好奇心重，忍不住探听，"毕竟是年轻人，气来得快也消得快，这么着……就……握手言和了？想必是先生说和的吧？"

公孙策忽然气不打一处来。

"关我什么事？我什么都不知道，以后这两人的事莫要找我，找我我也不管。"

一甩袖，扬长而去。

南郊荒废的义庄，前身是乱葬岗，再追溯到前百十年是个淫乱的尼姑庵。落了发的姑子欲念疯长，坑害多少好人家子弟，后来被仇家寻到，铁链铜锁闭了前门后院，自墙头上淋进滚油，一把火起，烈焰盈天。施救的人近不得前，里头的人奔逃无门，惨声长呼，发疯般去撼那门扇，噼噼啪啪的拍门声且急且重，一下绝望过一下，后来渐渐没了声，那火，也终于灭了。

左近乡邻这才进得了门去，莫说寻到活人了，连尸骨都寻不到，墙身和门扇上布满扭曲狰狞的人形——有些见识的人便说，那是庵中的人奔到绝路，被身后的大火焚化在墙上，尸骨是烧融了，死前最后一刻的挣扎和无望却留下了影像。更让人唏嘘的是，每一个人形的双臂都无一例外地拼命往上攀抓——也许，死亡愈是近肘，求生的欲望便来得愈加狠切吧。

大火过后，夜深人静之时，左近住户总能隐约听到一些异声。仔细听辨，那声音分明传自废弃的尼姑庵。

啪……啪……啪……长一下短一下，这是拍门声。

救我……救我……极细小极缓慢，呻吟一般的呼救声。

还有院落之中，井头吊着的汲桶突然坠入井中，激起哗啦水声；盛水的瓦罐摔到地上，一声脆响。

战战兢兢、抖抖索索拿被褥蒙住头，满心以为是被梦魇住了。

待天光亮了起床，才知不是，地上一条濡湿水迹，蜿蜿蜒蜒，向着那废弃的所在延伸而去。

上了岁数的人说，那是困在庵子里头的怨念，还惦记着泼水救火呢。

长此以往，谁受得了？于是三三两两、疏疏落落，搬离了南郊。

再后来，行逢乱世，朝不保夕，南郊一带，便成了乱葬岗。每到夜间，白骨森森，鬼火磷磷，城中百姓谈之色变。

大宋立国之后，宣平阖县整饬，这一块也重加修整，做了义庄。

只是到底还是心中忌讳，加上有一年守庄的老头不明不白吊死在庄内，关于南郊的传闻越发邪乎起来。再后来，宣平县在北城另起义庄，这南郊义庄，便自然而然荒废掉了。若不是端木翠指明了要寻宣平至阴之地开掘，这南郊荒废之所，还真没人想得起来。

正是日上三竿时分，展昭与端木翠他们赶到时，义庄的土坑挖掘工作已经进行到地下丈半深处。展昭略略扫了一眼，庄内挥锹下铲的，大多是那日夜间在街巷内网擒猫妖的汉子——自打与猫妖对阵及昨日熬制汤剂分发之后，公孙策及展昭一行，俨然成了宣平百姓默认的领头人。李掌柜也由小小的酒楼掌柜跃升为信息传达者兼联络官，东奔西走传达指示，自我认同感暴涨，心里别提多美了。

端木翠估摸着一时半刻挖不到三丈三尺深，立在边上看了一会儿便嫌闷，自去外头转悠着看风景。不一会儿公孙策出来，向端木翠道："昨日说要挑选至阴之地，李掌柜便讲了这义庄如何邪乎，现在看来，城中百姓确是对义庄忌惮得很——我看有些人身上都戴了桃符辟邪。"

端木翠摇头道："定是以讹传讹，我方才仔细探过，这义庄之内，可是出奇干净，方圆十里地也绝找不出一个鬼来。"

公孙策奇道："当真？他们传得如此厉害，竟是无中生有？"

端木翠也觉费解："这城中死了不少人，戾气虽大，鬼气却不重，非但不重，还异样干净——难不成都被收走了？黑白无常什么时候这么勤快起来？"

公孙策跟黑白无常没什么交情，也不好对人家勤快与否发表意见，正含糊间，端木翠忽转了话头："公孙先生，依你昨日所说，小青花走了之后，就再也没出现了？"

公孙策没料到端木翠会突然提到小青花，愣了一愣方才点头："是，它心里头对展护卫恼得很。"

"都是随手搜罗来的精怪，"端木翠喃喃，"也难为它还如此惦记着我。"

"小青花也是精怪？"

"当然是。"端木翠失笑，"都是些与人无害的小精怪，没什么法力也没什么道行。我还以为我走了之后，它们也就四下散去了。"

"怎么会呢，"公孙策不解，"相处久了，生出情谊，自然就会惦记着牵挂着。难道你在瀛洲时，就不曾惦记过别人？"

"那都是很久之前的事了。"

端木翠的声音柔和起来，眼眸之中忽然多了许多深深浅浅说不清的情愫："公孙先生，是不是惦记一个人，哪怕自己是辛苦的，但是心里依然甘之如饴？"

公孙策迟疑了一下，点头道："是。"

"那么，我也是惦记过的。"端木翠好看的唇角微微扬起，明明是抬头看着公孙策的，目光却似乎落在远得触不到边际的地方，"也不知他现在过得好不好。"

"他……是？"公孙策出言试探。

"先生不认识，是我在西岐的旧友。"忆起西岐旧事，端木翠不觉微笑，"那时尚父被商军围攻，我夜半孤身突围去找援军，半道撞上他领兵来救。他不信我是尚父身边女将，还出言笑我，被我打落马下。后来我亮出将令，收编了他的兵马……之后尚父一直笑他是独孤将军，做将军的，兵马都被人家给收了，可不是既独且孤嘛。"

端木翠自说自话，浑然没有留意到公孙策的震惊之色。

"尚父……难道是姜尚，姜子牙？被称为'太公望'的姜子牙？"

端木翠点头。

早知道端木翠必然大有来历，但当真跟那般久远的朝代勾连起来，公孙策还是结结实实被震撼住了。

"武王伐纣，凤鸣岐山，姜子牙……"公孙策喃喃，"粗粗算来，距今也有……"

"两千年了吧。"端木翠接口。

"是，"公孙策叹为观止，"太公望被尊为百家宗师，齐国始君，他的后人齐桓公九合诸侯，何等威风。远的不说，近搁着咱们大宋，先帝就曾加封他为昭烈武成王。"

"那些都是虚名罢了。"端木翠缓缓摇头，"百家宗师也好，九合诸侯也罢，最后还不是落得晚景凄凉？齐国兴衰，我都是看在眼里的。说起来，也不能全怪姓田的狼子野心，尚父后人，也忒不争气了些。"

公孙策默然，史载齐国是齐王建四十四年被秦国所灭，但严格说来，齐康公十九年田氏代齐之后，齐国就已经不在太公后人的手中了。端木翠既称姜子牙为尚父，自然对姜氏后人有特殊照拂，她对田齐不满，也在意料之中。

"方才你提到的那位旧友，"公孙策想了想又道，"居然也是位将军吗？三两下就被你打落马下，对阵功夫可不见得怎么高明……"

"不不不，他功夫极好的。"端木翠赶紧解释，"后来我同他私下交手，也没能占到上风，也不知为何第一次时他要让我。"

这般说时，忽然想到那夜月华如水，那人一身披挂，顶盔贯甲，手中的青铜戈斜斜指向她，颇有兴味道："我听说端木翠是丞相身边唯一的骁勇女战将，怎么可能似你这般，一阵风都能把你卷走……"

饶是隔了两千年日月天光，唇角依然止不住浮现与那夜一般无二的张扬浅笑："那么你就试试，一阵风能不能卷得走我。"

"你的那位朋友……他没有封神？"

端木翠的笑渐渐隐去，缓缓摇头道："没有，封神哪是那么容易的事……即便是我，封神榜上也是没有的……还是尚父弃了上界神位，一心保我登仙……至于他，不知道在轮回第几世了……"

那么，也说不准他就投生在当世，会再遇到吗？真遇到的话，端木姑娘认得出吗？

公孙策正思忖时，忽听身后步声过来，转头看时，却是展昭。

"里面就快好了。"展昭微笑，"依你所言，庄内布置了好几十口瓮缸，里头也贮满了水……端木，你何时作法？"

"就现在吧。"端木翠向义庄方向看去，"让他们都远远避开，地气一起，他们的身子绝扛不住。"

"那你……"展昭迟疑。

"你们也避开，忙自己的事就是。这边好了之后，我便去找你们。"

目送着诸人走远，端木翠才转身掩上义庄的门。

依着她昨日吩咐，庄中院内已经起出三丈三尺深的土坑，坑边横七竖八散落着锹铲。稍远一些的地方，几十口瓮缸分三列排开，漾得满满的清水与缸口齐沿。

端木翠沿着坑边走了一圈，边沿的土有些疏松，脚步稍放得重些，便不断有土块滚落下去。

"想来也没什么难的。"端木翠撇了撇嘴，很是不以为意地扫一眼坑底，"就是要烧上许久，无聊得紧。"说话间，眸光一冷，右手虚指，坑底中央之处忽地滚水般上下沸腾不休，紧接着迅速四下蔓延开来。俄顷就听轰的一声，底面黄土四下崩散，一道巨大的黑色雾柱喷射而出，不待端木翠反应过来，已将她冲翻在地。

端木翠先时想当然地以为：既是地气，自然如蒸汽般慢慢氤氲，哪里料到会这般激烈？暗下里叫苦不迭，袍袖一挥，几十口瓮缸瞬间飞临土坑上空，呈圆环状绕转一回，一并缸口侧倾水柱下泻，登时便将那雾柱的上腾之势压服下来。

端木翠心中稍安，这才觉得双目刺痛，口鼻处又是难受又是痛痒，忍不住咳嗽起来。这一下咳得厉害，只觉胸腔处的恶疫之气四下撞突不休，再咳得狠些，只怕心肺都要咳将出来。

不过，饶是咳得要死，心中却想：好在将公孙策他们远远支开了去，否则让他们撞见自己出师不利，岂不是大大丢脸？栽了跟头不要紧，堕了上仙的威名可是大大不妙。

于是乎一边厢咳个不停，一边厢暗自庆幸，运起三昧真火，道道火蛇嘶鸣着盘旋而去，在雾柱间若隐若现，所到之处，不断泛起嗤嗤白烟。

展昭和公孙策依着端木翠所言，尽量避得开些，守在远处等候，哪知尚未见端木翠作法，何三贵反急急奔了来，满脸惶急，一开口便哽了声。

一问之下，才知何三贵的爹早起踩空，在坑下摔了一跤，先时还没事，过不久竟脸歪嘴斜、口齿不清、浑身抽搐，何三贵这才着了慌，急急出来寻医。

"糟了，可别是中风。"公孙策脸色突变，拉起何三贵便欲走。展昭下意识地也想跟上，公孙策急阻住他道："你去了也帮不上忙，留在这儿等端木姑娘，她若有事，你也好策应。"

展昭迟疑了一下，还想向何三贵说些什么安慰的话，后者已急拉着公孙策离去了。

除了先头猝不及防被地气冲撞得够呛之外，端木翠其他地方还都预测得差不离：也没什么难的，就是烧得久些。

若是烧地气能离得了人也就罢了，大可撒手出去遛弯，烧得差不多了再回来拾掇场子——偏三昧真火离不了端木翠的法力维持，必须一直在旁候着。

这场景，放在别人眼里，没准儿还挺动人的。

你想啊，一年轻的姑娘，还是九天仙女下凡尘级别的，一身白衫衣袂飘飘，长发微扬，眼神迷离，唇角带笑，淡定非常地单手外推，掌心三昧真火如丝如缕络绎不绝，与那黑恶疫气盘错交缠，斗得个你死我活……

【离题插入一】带大家解读一下关键词：

——九天仙女下凡尘级别的：这不是吹嘘，这是事实啊，谁让人本来就是仙女呢，就算人长得形同嫫母你也不能抹杀人家是仙女的事实不是？

——一身白衫衣袂飘飘：其实当事人自己好像还挺嫌弃这身衣服的。人不是说了嘛，土里来地里去的，已经脏得不行了，早上还朝展昭拉赞助了，希望南侠友情支援几套……

——眼神迷离：那是困得，眼皮都睁不开了。

——唇角带笑：笑也有苦的。

以上只是为了婉转而浅显地道出一个道理：眼睛看到的，往往只是表象。

【离题插入二】用更加贴近现代生活的事例帮助大家体会端木翠的感受：

——套句大白话来说，家里烧煤气的，能离得了煤气罐吗？没了煤气罐那火还闹腾得起来吗？所以端木姑娘很不幸地充当了煤气罐的角色——干瞪着眼在一边站着，源源不断地将自己的煤气……呃不，是法力输将出去。家里用煤气管道代替煤气罐的，你们也可以把端木姑娘等同于煤气管道。只是个人以为，端木姑娘杵在一旁目光呆滞的形象，跟煤气罐更贴近一些，毕竟煤气罐是立着的，煤气管道是趴着的……

咳咳，歪文了，言归正传。

这一烧，便烧到了日落西山。

眼见得最后一丝黑色疫气在火舌吞吐间渐渐隐去，端木翠长吁一口气，止住三昧真火诀。

俯身看时，坑底焦黑一片，鼻端焦气不绝，好在恶臭之气已然无存。端木翠心下一宽，袍袖轻举，早间挖在一旁的黄土如雨般自行覆向坑底，不多时便将土坑填满，再伸手微微做下压状，黄土已然夯实，与周遭严丝合缝，再好目力，也瞧不出此地曾经开掘过。

"剩下的，便交给李掌柜他们去收拾。"端木翠喃喃，"做了一天的烧火丫头，我足够意思。"

转身迈步，腿上一麻，险些摔倒，幸好及时扶住身边一口瓮缸。

端木翠俯身去揉站得僵直的小腿，忍不住又嘀咕："怪道涂山氏女日夜盼夫站成了望夫石，我站上这半天，也跟石头差不多了……人家是望夫，我这般折腾也不知为的谁。"

末了一声长叹：罢了，谁叫你是神仙，认命罢。

吱呀一声推开门扇出来。适才在里头待久了，习惯了疫气味道，乍闻到外间气味，反有些不适，嗓子一痒，又咳嗽起来，加上倦极，脑子昏昏沉沉，上下眼皮直打架，忽地有人从旁扶住，轻轻帮她拍背。

鼻端闻到淡淡的草药气息，知道来的是展昭，索性把脸埋在展昭臂间，含含糊糊道："展昭，我乏得很，我要回去……睡觉。"

"也好，我先送你回去歇着，晚间再带衣服给你。"

"衣服，什么衣服？"端木翠不解地抬头。

"早间你提过的，自己反忘了？"展昭眼中笑意愈深，"现下你身上又是土又是水，不买也不行了。"

"这样啊。"端木翠恍然，想了想叹口气，强打精神，"那我还是跟你一起去吧，你买的一定不好看。"

"谁说的？"没来由被鄙视了一把，展昭哭笑不得。

"看你自己穿衣就晓得啦。"说话间，还很是不屑地拈起展昭衣角摇摇晃晃，"不是蓝的就是红的，想来你也知道自己不会挑衣，穿来穿去都是这几件……"

展昭忽地便起了玩闹的心性，故意慢吞吞道："小时候，我娘跟我说，我穿什么都好看。"

展昭毕竟是展昭，虽说偶尔促狭心起，但终究不是这样的性子，话一出口，面上便觉发热，再一想，又觉好笑。

端木翠没笑，非但没笑，看上去还很严肃。

非但很严肃，目中还饱含着同情之色。

"小时候，我娘也跟我说，对于某些特殊的孩子，一定要多夸夸他们，长得再难看也要说好看。"说到"再难看"的时候，狠狠加重了一下语气，"那时候，我就常夸别人说，你真好看，穿什么都好看……展昭，你娘用心良苦，你要好好孝敬她老人家。"语毕，重重拍了拍展昭的肩，以示展昭肩上的担子沉重。

以前，展昭觉得下雨天洗衣服、下雪天晒太阳是很浪费生命的事，现在，他有了新一层的认识。

最浪费生命的事，莫过于去跟端木翠抬杠。

跟她较真儿什么呢，反正怎么说也说不过她，说轻了她听不进去，说重了她要恼，说得再重些她就遁地跑，找都没处找。

凭着前几日入城时的模糊印象，再加上一路打听，果然寻到了一家尚在开门迎客的衣坊。

坊内没有掌灯，想来这时节谁都没有当真做生意的心思。饶是如此，见有客上门，帮工还是赶紧上前招呼，一边厢点起灯烛，一边厢请客人稍等，言说马上就从后头将成衣拿上来——却原来为着时下生意清淡，连原本挂在四壁的样衣都撤下了。

衣裳送过来也没花什么工夫，帮工捧到端木翠面前却傻眼了，直拿眼看展昭。展昭微感讶异，看端木翠时，不由一愣。

方才还有一搭没一搭地说话，不知什么时候，她已伏在案上睡着了。长长的睫毛微微颤动，在眼睑下方投下浅浅暗影。

"客官……"帮工的刚开口便被展昭以眼神止住，不由犯了难：这下还怎生挑衣裳？

展昭尽量轻地起身，用手指了指角落处，帮工会意，轻手轻脚地捧了衣服过去。展昭看了看端木翠，微微一笑，执起桌上烛台，也跟了过去。

端木翠睡得极浅，其间不知怎地惊到，迷迷糊糊睁开眼睛，蒙眬间看到屋子角落处烛光氤氲，帮工举着件衣服，展昭正低头比画交代些什么。

不由得心中奇怪，待要开声询问，困意排山倒海般过来，又昏昏睡了过去。

也不知过了多久，恍惚中听到展昭低声唤自己的名字，睁眼看时，展昭轻声道："端木，该走了。"

端木翠无意识地"嗯"一声。

嗯归嗯，眼皮又不由自主地合上。

展昭无奈，只得伸手拍她："端木，该走了。"

拍多几次，端木翠不耐烦，腾地起身，瞪一眼展昭，嘴里嘟囔了一句什么。

展昭依稀听到"包大人……铡了……"的字眼，料想不是什么好话，也就不再追问。

出得门来，才行了几步，端木翠"啊呀"一声回过神来，急道："不是说买衣裳吗？"

展昭一声不吭，将提在手中的包裹递过去。

"你挑的？"反应过来的端木翠开始懊恼，"我应该看着些的……"

正说时，衣坊的帮工出来闭门，笑着向端木翠道："姑娘，这位公子看得仔细得很，连腰身都让我们重新改过。"

端木翠大奇，看展昭道："你怎么会知道我的……哦，是了，你抱过。"

话一出口，那帮工的嘴巴张得几乎能塞下四五个鸡蛋，不过他很快就反应过来，还向展昭递过去一个会意的坏笑。

原本他会笑得更持久些的，如果不是对方的眼神忽然转作犀利和不客气的话。

于是那个帮工非常知趣地退了回去。

几乎是在同时，端木翠意识到说了不该说的话，至少，在礼教如此严责的大宋，不应该讲这样的话。

"那个……"端木翠偷眼打量着展昭的脸色，"我错了，我保证没有下次了……真的，我发誓……"

语气和脸色都足够诚挚。

展昭沉着脸打断她："我不怕人家说。"

"也是呀，"端木翠典型的给点阳光就灿烂，"又不是见不得人的事……"

回应她的是展昭分量颇重的一记眼刀。

端木翠立刻垂下头。

同时腹诽：真是难伺候呀……

幸好这时候，突发的状况分散了展昭的注意力。

临街的一幢宅子里，忽然间哭声四起，哀声不绝。

展昭与端木翠对视一眼，不约而同向那发出哭声的宅子过去。还没等近前，黑漆漆的门洞内，走出面色略嫌疲倦的一人，却是公孙策。

展昭一愣，旋即反应过来："先生，莫不是何兄弟的爹……"

公孙策点头，叹气声越发滞重："到的时候就已经来不及了，老人家走得太急……现下能到的亲眷都在，宣平的习俗，入暮时分哭丧……"

展昭心中一沉，面上亦现出戚戚之色。端木翠不解，看看展昭又看看公孙策，迟疑道："又是……瘟疫吗？"

展昭摇头："是中风。"

端木翠低低哦了一声，良久才道："生老病死，都是命中的劫命里的坎，既躲不过，看开些才好。"

公孙策心中一震，只觉端木翠的话看似随意，细细咂摸起来，却别有一番透彻出世况味。老、病、死固然是命里劫数，但把"生"也比作命中劫的说法倒不常听说。再念及生平所见，开封府经手的无数冤案、那些个活得伤痕累累的苦主、目下宣平战战兢兢无一日安宁的百姓，不由心头酸楚：活着，何尝不是一件呕心沥血、披荆斩棘的艰难责任，某些时候，也许比死来得更困难些吧。

展昭见公孙策面色黯然，知他心中伤感，有心开解他，想了想道："公孙先生，端木已经将城中的疫气祛除，想来这瘟疫不会再蔓延了。至于已病倒的百姓，多些大夫照料诊治，亦会大好的。"

公孙策喜道："真的？"俄顷似是想到什么，又苦笑摇头，"庞太师在宣平城外设了枷栏路障，随行十二名太医都是拦在城外的摆设……他们医术高超，若得他们助力，何愁宣平疾疫不解？不过……就算宣平疾疫已除，依着庞太师的性子，他会心甘情愿撤了宣平之围？现下刚过年关，普通人家衣食贮藏尚足，再过一阵子，却要到哪里去寻饱腹之食？"

"庞太师？"端木翠秀眉一挑，"他设的枷栏路障？我说呢，那日入城，一群人撵着我穷追猛打，原来都是他搞的鬼。他听皇帝的话不听？让皇帝叫他撤兵便是。"

展昭苦笑，公孙策叹道："端木姑娘，就是当今圣上下令让他围城的。"

"这个皇帝的脑子跟他爹有的拼啊。"端木翠没好气，"他爹搞出了个晋阳，他就跟上闹出个宣平，父子俩变着法儿折腾我，以为我很闲是不是？上梁不正下梁歪。"

展昭哑然，公孙策黑线。

上梁不正下梁歪，一句话把这几十年为数不多的天字第一号人物浇得狗血淋漓。

只是这始作俑者似乎没什么反省的意思，想了想又开始出馊主意："让皇帝的爹跟你们皇帝说说，别跟宣平过不去了。"

公孙策清清嗓子，好心提醒端木翠："端木姑娘，先帝已经驾崩了。"

展昭生怕端木翠搞什么先帝鬼魂显灵斥责今上的把戏，紧跟上一句："今上的身子不是很好，经不起惊吓。"

端木翠下半句话及时咽了下去——她的确是准备让仁宗先人的魂魄故地重游的。

之所以不说出来，倒不是被展昭那句"今上身子不是很好"难住了，反正在她看来，今上的脑子已经不好使了，身子不是很好也理所当然。她只是突然想到，皇帝的爹或者是爹的爹的魂魄应该早已投胎转世了，就算把地府翻个底朝天，也未必能找到。

"那……"蹙眉又想了一回，期期艾艾道，"那就托梦吧，公孙先生，你画个皇帝的爹的样儿给我，我作法让这个假爹去给你们的皇帝托个梦，你说怎么样？"

假爹？公孙策欲哭无泪。

放在大宋当世，谁敢弄个假爹去糊弄圣上？那可是一货真价实的欺君之罪啊。

这主意，也只有端木翠才想得出来。

再一想，似乎还真有那么几分……可行性。

但是身为大宋官府公务员的一分子，公孙策心中止不住地觉得别扭：这可是典型的知法犯法啊。

求救似的看向展昭："展护卫？"

展昭的目光尽量不与公孙策碰触："依展某看……不失为一计。"

公孙策倒吸一口凉气，心头直泛苦水：展护卫从前是多好的娃儿啊，抗旨不遵都要自我悔恨自请就铡刀，现在好了，受了端木翠的蛊惑，连假爹这样的大不敬行为都默许了……

"先生，"似是看出了公孙策的迟疑，展昭言辞恳切，"百姓即天下，都是为了宣平百姓，即便大人知道了，想必也会体察。"

"还有，"目光转向端木翠，好整以暇地一笑，"此事是端木姑娘主使，端木姑娘何等神通，我等即使有心阻止，也是无力回天，只得徒增唏嘘而已……"

这番话多少也是实情，叫公孙策心里稍微安慰了些。

倒是反应过来的端木翠恼怒不已："展昭，你狡猾！"

"你才知道。"展昭的笑容中忽然就多了些许得意，凑近端木翠耳畔道，"展某未入公门之前，在江湖上行走多时，蒙江湖朋友抬举，赠号南侠，难不成你以为，那么些年都是白混的？"话未说完，眼角余光忽地瞥到公孙策脸上意味深长的微笑，蓦地了然此举有些亲昵，微微一窘，不易察觉地避开了些。

端木翠却不觉，兀自恨恨道："你们皇帝看走了眼，你哪里是猫，分明是狐狸。托梦时要让皇帝把你的封号改一改，改叫御狐狸，玉面狐狸，玉面花狐狸……"

这一下，连公孙策都禁不住笑出声来，连连摇手道："端木姑娘，我们展护卫是什么都好，可千万不能是花狐狸……"

"为什么不能？"端木翠瞪展昭，忽地想起小翠，"小翠不是喜欢花吗，展昭，她捧着花，穿上花衣裳，再牵上你这只花狐狸……真是……叫人难受……"

前头说得不怀好意，最后一句话忽地转作哽咽，脸色亦随即悲苦，抓住展昭臂膀低下头去。展昭尚未反应过来，就听到身后步声，紧接着是何三贵的声音："公孙先生，今日多有麻烦，不及送先生……"

原来方才三人说话时，展昭和公孙策背对门洞，只端木翠能看到里间，正言笑晏晏时，一瞥眼见到有穿孝服的人往这边走，立时省得在此说笑甚是不妥，对亡者亦是不敬，仓促间赶紧变脸。

展昭和公孙策也反应过来，心下不安，忙转身向何三贵还礼。何三贵是明理之人，虽然今日公孙策不及施救，依然好生谢过，这才转身离去。

才走了没两步，就听端木翠厉声道："给我站住！"

何三贵这一下吓得不轻，回头看时，端木翠伸手向他一指："说你们俩呢，给我滚出来！"

我们……俩？

何三贵茫然地打量了一下自己：虽然身子不算单薄，但怎么着也不会给人"俩"的错觉啊……

正莫名其妙，就见端木翠的目光自他身上徐徐后移，最后定焦在身前丈余处。

看那神情，似是打量着什么人。

可她面前，明明什么都没有！

何三贵糊涂了。

倒是展昭，微微一笑，以眼神示意他离去。

何三贵对展昭很是信服，虽说疑窦丛生，还是点头离开了。

端木翠冷笑道："你二人最近辛苦得很哪，屋前屋后、街头巷尾，忙坏了吧？"

展昭不解，公孙策却是心头一动：端木姑娘白日间说"黑白无常勤快得很"，莫非现下她面前站的，是黑白无常？

想想倒也合理，何三贵的爹新丧，算算时辰，此际黑白无常进来罗魂也不稀奇。

也不知黑白无常回了句什么，端木翠怒道："胡说，宣平死了这么多人，亡魂不是你们收走的，还有谁？"

顿了顿，似是更加不耐，道："生死簿拿来我看。"

说话间，劈手夺过什么，似是厚厚一本册子，一手捧住，细翻几页，眉头愈皱愈紧，大力将手上之物摔了回去，口中道："真真荒唐，普天之下，除了阎罗殿，亡魂还有第二个去处？"

也不知对面之人答了句什么，端木翠的脸色突然奇怪起来，道："说下去。"

过不多久，端木翠的呼吸便急促起来，眉目间尽是焦灼之意，几次欲言又止，双手无意识地缠绞在一处。

末了，展昭听到端木翠压得极低的声音："那么……就只有人间冥道了？"

人间冥道，这一日一夜间，已是展昭第二次听到。

宣平不见的那些亡魂，是在人间冥道吧。

那么温孤苇余，很可能……也在那里。

开封志怪

中

尾鱼 作品

四川文艺出版社

第十六章　人间冥道

三人就这般站了好久，各怀心事。

还是端木翠最先打破沉寂，道："这一日乏得很，公孙先生，我们回去吧。"

公孙策立时想到端木翠这一日劳心劳力，至此刻水都未喝上一口，暗悔自己不察："李掌柜那边应已备下晚膳，我们快些回去才是。"

聚客楼里，的确已经备下一桌酒菜。

李掌柜并不明白公孙策一行今日为什么兴师动众，要去挖掘那么大的一个土坑，但见几人一日未归，心中多少也料到事情绝不简单，自己别的忙帮不上，备下些酒菜犒劳几人还是不难的。

这一顿饭吃得闷闷，公孙策几次欲言又止，就是找不出话来打开僵局。展昭动筷很少，至于端木翠，神思恍惚，筷子倒是夹在手中，只是一直未曾动过。

展昭终于忍不住："端木，是菜不合胃口吗？"

端木翠似乎这才意识到身在饭桌，随口应了一声，伸筷夹起什么就往嘴里送。

展昭轻叹："那是辣椒。"

公孙策有些沉不住气："端木姑娘，适才隐约听你提到什么人间冥道，那是……什么地方？"

端木翠整个人都震了一下，她抬头看了公孙策一眼，很快又低下头去。

"人间冥道，那是……"

说话间，蓦地瞥到自己垂在肩前的发上有残留的黄土，忍不住将后面的头发拢到前头，用手梳理了一回，摇头道："这么脏，我去洗个澡。"

李掌柜恰拾掇了东西进来，闻言忙道："浴桶在客房，都是现成的。我先去烧水，端木姑娘，你吃完饭时，水也就好了，正好不耽搁。"

端木翠摇头："不用烧了，浴桶里灌上凉水就成。我白日烧了那么久，不在乎多烧这一桶。"

李掌柜听得丈二和尚摸不着头脑，忍不住出言劝阻："端木姑娘，这么冷的天，用冷水洗，身子怎受得住？"

端木翠也不理会他，起身径自向客房去了。李掌柜愣了一回，才向展昭道："展公子，江湖人……都是这么奇怪的？"

展昭沉默片刻，才道："掌柜的依她便是。"

端木翠洗了很久很久。

其实真正洗的时间倒不久，大多时候，她都浸在水中发呆。

一直到整桶水都凉透了，冷得她打了寒噤，才反应过来，又用三昧真火烧热，热了之后又发呆，如此反复，也不知来回了几次。

想到心灰意冷时，把头靠在木浴桶内壁上，只觉周身的力气都散去了；还有几次，不知出于怎样的心理，忽然就把头埋入水中，眼眶处酸涩发热，眼泪刚流出便被周遭的水吞咽湮没。直到呼吸再不能继续时，才哗啦一下将头抬出水面，大口大口贪婪地呼吸着外间的空气。

自始至终，脑中都是混沌的，忽而空落忽而芜杂，但不管是空落还是芜杂，一个试图回避的想法都以越来越执拗跋扈狰狞的姿态步步攫取她的神经：温孤苇余怎么会进了人间冥道？

昨日她还那般笃定地跟展昭表示温孤苇余不可能藏在那里，今日便因为黑白无常说的话而大失常态。

方才，他们是怎么说的？

——"阎罗殿并非亡魂的唯一去处，上仙难道忘记了上古时被女娲娘娘封印的人间冥道？"

当然不曾忘记，人间冥道，是每个上界神仙都熟悉而陌生的。

说熟悉，因为耳濡目染；说陌生，因为远不可及。

就如同你每日一抬头便可看见的太阳，你对它熟悉吗，自然；你对它了解吗，未必。

人间冥道，正是这样一个所在。

有很多次，她还与相熟的女仙们饶有兴致地谈起人间冥道，更多谈起的，是与人间冥道并起的那个大时代。

也许在旁人看来，她身处的朝代已属传奇，武王伐纣、凤鸣岐山、群魔乱舞、众仙临凡，但这一切，又如何比得上人间冥道出现时的天崩地裂、惊心动魄、日月无光！

《淮南子》里这样提及——

"共工与颛顼争为帝，怒而触不周山，天柱折，地维绝，四极废，九州裂，天不兼覆，地不周载，火滥焱而不灭，水浩洋而不息。猛兽食颛民，鸷鸟攫老弱。"

天愁地惨，命贱如尘，这才有女娲娘娘应时而出，"炼五色石以补苍天"，"断鳌足以立四极"，力挽狂澜，拯民于水火。

人间书册如斯落笔，瀛洲典籍所记却另有玄虚。

"共工怒触不周山，天倾西北，地陷东南，阎殿崩摧寸裂，亡魂不履黄泉。佞邪奸恶，聚于人间；妖魔厉鬼，尽归冥道。人母女娲震怒，剖心为烛，沥胆成光，烛起百千之丈，光耀灼目之芒，神目视下，冥道无藏。封之印之，以正万世伦常。"

白纸黑字，明明白白：封之印之，以正万世伦常。

在端木翠的意识之中，人间冥道，近乎一个不真实的传说，虽然时常听到，但永不可能出现。

可是突然有一天，它真的出现了。

不但出现，它与自己之间，还有着绝不容回避的关系。

如果温孤苇余真的就在人间冥道，那么，毫无疑问，她必须追查。

这是瀛洲的神仙挑起的祸患，既然其他神仙还在沉睡，就让同样来自瀛洲的自己来结束这场人间浩劫。

这样想着，脑海中突然跳出了平时很少用到的两个词。

第一个是家门不幸。

第二个是……清理门户。

"清理门户……"端木翠喃喃，微微垂下眼帘，唇角缓缓勾起异常冷静的微笑，"为瀛洲清理门户……责无旁贷。"

先时的惶惑、惧怕、气愤、怨懑如潮水一般缓缓退去，遗留下一片湿润平静而又杀气渐浓的滩涂。

恍惚中，身处的好像并非这个窄窄小小家什简陋的客房，视野逐渐广阔，旌旗猎猎，四野弥漫开的浓重血腥味遮去了春日萌发的青草气息，远处矗立着商汤的重镇崇城，坚硬黑色巨石垒作的城墙之上涂沥着西岐将士的血，一层又一层，凝固着死不瞑目的将士亡魂。

端木翠站在军帐之外，泪眼模糊之中，崇城的影像反分外清晰。

她知道申公豹策动崇城哗变，她也知道变起仓促，西岐将官折损无数，她还知道这场哗变，尚父痛失帐前勇将。

她只是不知道，死的那人原来是他。

左近的西岐将领自四面八方赶来驰援，将士的愤怒如同冲天炽焰，尚父军帐却迟迟没有发出军令。

不知是谁振臂高呼了一声："请战！"

一呼十人应，而后是百千人，紧接着，漫山遍野，声如雷震。崇城的固若金汤，势必在这如虹的血仇气势中战栗，继而崩摧。

日上中天之时，军帐外终于挂出了战牌。

她并不是最先动的，杨戬比她动得更早，最先拿到那块青铜战牌，但只是一错身的工夫，他被人重重撞开，手中一空，战牌已失。

眼前银白色战袍的衣袂飘起，不用抬头，他已知是谁夺牌。

端木翠转过头，唇角一抹极其冷酷的微笑，再然后，缓缓举起手来。

纤长苍白而泛着青色的手指，死死攥住那块青黑色的战牌，几乎要把战牌攥碎于掌中。

一字一顿，字字沥血。

"杀叛将，为西岐清理门户，端木翠责无旁贷。"

静默片刻，外围一隅欢声雷动，端木翠麾下将士战鼓九擂，戟钺指天，为主帅请得崇城一战呐喊助威。

午时过后，人人均知，下一个出战崇城的，是尚父义女，西岐女战将端木翠。

两千年天光悠游漫过，震天的鼓点湮没在远年尘埃深处，取而代之的，是瀛洲内外经久不息曼妙吟长的管弦丝竹。

靡靡之音，最是侵肤入骨销蚀人心，卸下寒铁气浓重的战甲，披上绶带轻拂的丝绢，十指纤纤，弦上游走，竹管小毫，纸上锦绣，不复再握直取仇敌性命的穿心莲花。

乍听到温孤苇余身在人间冥道的消息，居然会失措、恐惧、惊怔以致落泪，真的是过了太久的悠闲日子，连以往的胆气与诛灭奸佞的豪气都一并埋葬了吗？

昔日骁勇斗狠的西岐战将换作了今日畏首畏尾心生怯懦的女仙，尚父泉下有知，该是何等唏嘘失落？

不为别的，哪怕只是为了尚父，都绝不能后退半步。

如此想着，心情慢慢平复下来，长吁一口气，这才起身。

穿好中衣之后，先将自己的白色外衫拎起展开，见确实脏得够呛，这才依依不舍地将衣服丢下，去到一旁将包着新衣的包袱打开。

略略翻拣，三套襦裙一件狐裘大氅，都是上好的料子，端木翠捡了件银白暗压团花的襦裙穿上，外头罩上浅紫滚银边的褙子，又将掌宽的锦绣玉环绶带系于腰间，去到铜镜之前，细细看过。

她先时在瀛洲所着，都是上界织女所制的天衣，《灵怪录·郭翰》中记曰："天衣本非针线为也"，后人衍为"天衣无缝"，是以乍穿到这种细密针脚的衫裙，只觉好生新奇。况且宋时衣着与商末已大为不同，更加纤细雅致些，褙子旁缀飘带，平添几分柔美，左右端详，竟是再合身不过了。

端木翠心下欢喜，因想着：我说展昭不会挑衣，倒是冤枉了他。

转念又一想：穿上衣服好看要人美衣服也美，衣服好看是人家裁缝师傅的手艺好，长得好看一大半是娘的功劳一小半是自己争气，横竖跟展昭是没什么关系的。

出得门来，四下一片静寂，想来时辰不早，旁人皆已睡下了。

路过展昭房间时，忽地瞥到门缝底下透出晕黄的一线光来，不由心中好奇：展昭还没睡吗？

如此想着，便欲上前叩门，手刚挨到门扇却又收了回来，念头一转，眼底露出促狭坏笑，伸手捏了个穿墙诀，有心要进去吓吓展昭。

哪知穿过门去站定，却没有等到预计的惊讶之声，抬眼一看，展昭倒是在屋，只是枕臂伏于桌案之旁，已然沉沉睡去，另一手搁在桌上，手中兀自握着一卷书册。

端木翠心中叹气，原先设计好的场景没有上演，难免有些蔫蔫，因想着：哪有这样的人，要睡便好生上床睡觉，一边厢假充斯文挑灯夜读，一边厢埋头睡觉，害我劳心劳力，白白穿墙一把。

没好气之下，转身便欲离去，忽地又想到什么，伸手拭了拭展昭衣裳，不由皱起眉头：这么冷的天还穿得这么单薄，也不知美个什么劲。

其实展昭穿得倒未必单薄，只是冬日夜冷，白日着衣到了夜间便显得颇为不足。

端木翠四下打量一番，正看到床上叠得方方正正的被褥，不由露出笑意来，伸出手来冲着被褥挑了一挑，又指指展昭，接着两臂微拢，做了一个拥抱的姿势。

说来也怪，经她这么一比画，那被褥倒当真慢慢四下展开，接着晃晃悠悠，向着展昭覆将过来，四角微拢，披盖在展昭身上。

端木翠犹嫌不足——日常披衣，草草一盖，未覆之处甚多，的确也不见得暖到哪去——是以继续伸手指指画画，指点那被褥左挪右移上下贴合，直到把展昭包得如同褟褓中的婴孩，这才满意。

彼时烛光柔润，打眼看去，展昭剑眉轻展，鼻如玉柱，唇似涂朱，面部线条坚毅不失俊美，端木翠心中一动，因想着：没想到展昭竟生得如此好看。

如此一想，倒不愿就此离去了，就近在展昭旁侧的凳子上坐下，支颐托腮，目不转睛地看着展昭，一双美目扑闪扑闪，细密长睫便如小扇子般一上一下。

大家不要以为端木翠被展昭半夜三更喷涌而出的外在美震住走不动路了，错乎哉，大错也，她现在操心的事儿多了去了。

因为她突然想到：展昭的那根红线已经被解去了，要给他牵个怎样的姑娘才好？

以前倒不觉得这是个难事，横竖牵个好人家的姑娘便是，现在问题复杂了，展昭生得如此好看，总得牵个模样儿拔尖的姑娘不是？

再往深了一想，模样儿拔尖还不够，这性子总得和顺些才好，那些个尖酸刻薄斤斤计较的，就算生成了西施、杨玉环也不能要啊。

再说家世，家世太好的也需斟酌斟酌，怕就怕那姑娘仗着自己娘家有权势欺负展昭，这便大大不妙。还有，这姑娘要会武功不会？最好是会一点，否则总要展昭照顾，也不是个轻省活儿。

再者，厨艺也需过得去，展昭总在外头办案，风里来雨里去几多辛劳，回到家里顿顿就着咸菜啃窝窝头岂非叫人心酸？哦对了，缝补技艺也不能差，展昭素日里跟人动手的时候太多，衣裳难免割了划了，身边人会缝补便好很多，不是说新三年旧三年缝缝补补又三年嘛……如能通晓琴棋书画更好，增添些生活情趣……

愈想愈是诸般挑剔要求多多，想到后来连那木匠活儿洒扫活儿抹墙覆瓦活儿都希望未来的展夫人大包大揽，理由是展昭办案辛劳，外请工匠诸多麻烦，展夫人若能一力承担，那便皆大欢喜了。

最后一合计，梦想照进现实，顿觉幻灭非常：这样三百六十行行行占鳌头的姑娘要去哪里寻啊，给你寻个神仙都不够啊……

念及此节，兴味索然，再一琢磨，决定把这个难题抛给展老夫人。

"做娘的，总该为儿子着想，你挑的，一准没错。"

如此一想，心头顿时轻快不少，一时无所事事，目光又停在展昭手中的书卷之上。

"想来也不会读什么圣贤文章，半夜三更，偷偷摸摸，徒耗灯烛，不知在看什么乌七八糟的书……"喃喃自语间，便伸手去拽那书卷，一拽不脱，二拽，还是拽不动。

端木翠忽地心头起疑，看看那书卷，又看看展昭。

"展昭，你早就醒了吧？"

展昭没动，嘴角却不易察觉地勾起稍许弧度。

端木翠恨得牙痒痒："还装？信不信我叫你这辈子都醒不过来？"

面对威胁，展大人从来就无惧无畏，因此依旧睡得四平八稳酣畅无比。

端木翠咬牙切齿，索性一不做二不休，狠狠一脚踹向展昭身下的圆凳。

有些时候，就得玩儿狠的，这一踹，总算把展昭踹出响动来了。

随着圆凳"咣当"一声翻倒，展昭一记漂亮的鹞子翻身，衣袂微振，稳稳落地，顺手将身上滑落的被子捞住，看向端木翠时，只觉眼前一亮，笑道："好看。"

端木翠眼珠子一转："人好看还是衣服好看？"

展昭反应也不慢："人好看。"

末了，意味深长地加上一句："端木姑娘长得好看，穿什么衣裳都好看。"

端木翠白了展昭一眼："我就知道你会这么说，展昭，你真是个小气猫，我说你穿什么都好看，你不反说我一句你心里就不舒服。"

展昭无辜道："这有什么办法，都是娘教的。小时候，我娘就常跟我说，对于某些人，再难看也要说好看……"

语毕，很是自得地看着端木翠被自己气到说不出话来，顿觉神清气爽。

不对不对，端木翠的脸色怎么渐和缓了去，反笑得分外藏刀？展昭隐隐觉得头皮发麻，某些情况下，端木翠的脸色便是衡量事态走向的晴雨表，此刻，分明书写着反败为胜扭转乾坤。

果然，端木翠语出惊人："展昭，那是你娘说的吗，那分明是我娘说的，我娘什么时候成了你娘？难不成你想管我娘叫娘？可是我娘没生过你这样的儿子啊，除非你做我娘的女婿，可那也得先问我同意不同意啊。"

这么一长串话，你娘我娘其绕无比，端木翠筛豆子般噼里啪啦一气呵成，朗朗上口字字清亮，都不带换气儿的。

展昭先是有些发蒙，待得反应过来，脸上红一阵白一阵，张了张嘴又闭上，末了深切体会到什么叫兵败如山倒。

好在端木翠原为武将，很是明白穷寇莫追的道理，嘻嘻一笑，岔开了话去："展昭，你是什么时候醒的？"

"学武之人，若是身侧有人都察觉不出，未免太不济了些。"说话间，将臂上搭着的被褥送回床上，"话说回来，你方才在桌边坐了这么久，嘟嘟哝哝自言自语，到底是做什么？"

"当然是将上界的咒语一一念过。"端木翠说得煞有介事，"与温孤苇余对阵在即，临阵磨枪，不快也光咯。"

"半夜三更，跑到我房里来，对着我念上界咒语？"展昭不信。

"旁人都睡下了，只有你屋里有亮光啊。"端木翠理直气壮，"你睡得这么死，点着蜡烛也是浪费，那么我就来用咯，有什么奇怪的？"

这话说得……

明明破绽百出，细想想却也没什么好反驳的，兴许人端木翠的确是有资源共享的意识也说不定。

见展昭犹有疑色，端木翠兵行险招："展昭，你不会以为是你长得好看，我看迷了眼舍不得走了吧？"

诸位，撒谎骗人最高明的招数绝不是信口开河见天忽悠，假话大话空话三花聚顶。端木姑娘的做法更加棋高一着：所谓三句假夹一句真，假作真时真亦假，说假话时表情要真，说真话时神色要假，真真假假，难辨真假，最终要它真便真，要它假便假。

展昭苦笑："看来你今晚精神不错，连带着斗志水涨船高，口齿越发伶俐，我还是少往枪头上撞。"

语毕似是想到什么，自枕边取出一幅字画递给端木翠："这是公孙先生适才画的先帝图，交由你作那托梦之法。"

端木翠一愣，她先时与展昭争强斗胜，心下扬扬得意，倒将正事撇了去，此际听到展昭所言，方才想起温孤苇余之事，心头随之一沉，面上轻快之色亦敛了不少，接过字画展开看过，道："公孙先生见过皇帝的爹吗？画得像吗？"

展昭摇头道："听先生所言，未曾见过。此画是依据之前老宫人的描述所画，应该是有八分像的。"

端木翠叹气道："横竖都是假的，能唬到皇帝便行。"

说着伸出一指，沿着字画上真宗的轮廓徐徐移动，双唇微微翕合，也不知念些什么咒语，末了屈指对着画像轻轻一弹，低声道："去跟你的皇儿好好说说，速速解了宣平的围困才是。"话音未落，那字纸如同飞灰般四下散开，个中滑落一缕人形，依稀便是身着绛红皇袍、通天冠的模样，尚未看得真切，那人形已然飘飘忽忽，穿墙而去。

此法并不耗神，端木翠却有些郁郁。先时关于人间冥道的落落情绪重又袭来，愣怔半晌，伸手将展昭落在桌上的书拿过，随手一翻，却是一本残破的《史记·周本纪》。

端木翠心中一动，似是想到什么，一时间却又难以明了，就听展昭从旁道："晚间听公孙先生说起你出身西岐，我对商周间事所知不多，便托李掌柜寻了这书来看。"

端木翠随口"嗯"一声，只觉心底一隅某个答案呼之欲出，偏又触之不及，没来由地心急，因想着：到底是什么，到底是什么来着？

展昭见端木翠不答，笑了笑又道："远年旧事，多亏有了典籍记载，否则今人去哪里知道……"

话音未落，就听端木翠失声道："我明白了！难怪温孤苇余可以打开人间冥道，他在瀛洲看管上古典籍，每日拥卷自坐，有什么是他不知道的？"

如此一想，茅塞顿开，先前想不明白的事情，直如春水融冰，一一消释开来。正心潮起伏间，就听展昭温和道："端木，人间冥道，你已经提过许多次了，那到底是个什么地方？"

端木翠这才省得展昭对人间冥道一无所知，略略迟疑，便将人间冥道的由来大略说了说。展昭听得颇为仔细，末了问道："你方才说，女娲娘娘'剖心为烛，沥胆成光'，一定要如此这般才寻得着冥道吗？"

端木翠笑道："冥道这个地方，最是奇怪不过，明明藏污纳垢，汇聚了全天下至阴至邪至奸至恶的戾气，偏偏无色无味无形，就算近在手肘，你也察觉不出，只有以神光照之，才可迫其显形，所以上界有句话说：欲进冥道，先显其形。如果不能让冥道显形，任你天大本领，都直如没头苍蝇般乱撞，穷其一生，连冥道的边边角角都摸不到。"

展昭极轻地叹了口气，道："我不是问这个，我是想问你，一定要学那女娲娘娘剖心沥胆才能让冥道显形？"

端木翠心念一转，已然猜到展昭用意，笑道："展昭，你是怕我剖心沥胆不得活吗？"

说着伸手在腹前比画了一刀，脑袋一歪，两眼一翻，舌头一伸，正要怪叫一声"我死啦"，目光蓦地触及展昭眸中的关切之色，心中一暖，收了怪相，坐正身子道："冥道未进就杀身成仁，我哪有那么笨？女娲娘娘虽然神力无边，但她毕竟是很久很久之前的神仙，后来的神仙想出了很多省力的法子，用不着剖心沥胆那么麻烦啦。"

简言之，就是时代在发展，科技在进步，神仙们也在创新。

展昭这才放下心来："那么，你有什么法子让冥道显形？"

"只要攫取天地之间最亮的一道光。"端木翠眸中异彩大盛，"展昭，考你一考，这是什么光？"

"最亮的一道？"展昭沉吟片刻，有些不确定，"雷电之光？"

端木翠撇撇嘴，露出不屑的神色来："那样闹哄哄急嘈嘈转瞬即逝的电光，怎么可能当得起天地间最亮这样的称誉？"

展昭笑笑，旋又思忖开来，端木翠道："展昭，想不出就认输吧，当初我也是想了许久才想出来的……"话音未落，就见展昭微微一笑，徐徐步行至窗前，缓缓将窗扇支开。

打眼看去，窗外一片漆黑暗沉，冷风得了空当儿进来，端木翠不由打了个寒噤。

展昭微笑，转身向端木翠做了个"请"的手势。

端木翠哼了一声，道："怎么，你又想说是月光还是星光？"

展昭摇头道："都不是，你若有耐心，再过一个多时辰，便会看到。"

　　端木翠心头咯噔一声，旋即反应过来，喜道："你想到啦？"

　　展昭笑而不答，重又向窗外看去，俄顷端木翠过来，只觉窗口处寒意更甚，忍不住双臂抱起，向展昭靠了靠，仰脸看展昭道："当初我想了很久才想到，展昭，你怎么会这么聪明？"

　　展昭低下头，正对上端木翠澄澈双眸，鼻端闻到她发上淡淡的皂角气息，不由心中情动，忙收敛心神，移开目光道："也不知为什么，突然就想到了。"

　　端木翠"哦"了一声，不再追问，两人并立窗前，目光落于溶溶夜色深处，竟都忘却了寒意。

　　不知为什么，展昭的眼眶忽然有些温热。

　　那刺透重重夜幕的第一道曙光，可不就是天地间最亮的一道光么。

　　它或许没有日上中天之时的阳光炽烈，也不如日落长河时的夕光柔美，可是若没有这道直面浓重阴霾与暗沉的曙光，又如何能拉开无际夜幕，现出一片生机盎然的清平天下？

　　……

　　"端木。"

　　"嗯？"

　　"曙光现时，便要动身去人间冥道？"

　　"是。"

　　"那我送你。"

　　"……好。"

　　夜色依旧浓稠，正是入曙之前最暗的时辰。

　　端木翠与展昭一前一后，小心翼翼绕开地上陈尸，登上宣平城楼。

　　站在垛口处向外看去，远处点点灯火，侧耳细听，隐有呼喝之声。

　　庞太师还真是尽忠职守，知道宣平疫重不敢入城，但城外的守备，丝毫都不放松。

　　"也不知道冥道长得什么模样。"端木翠深吸一口气，想了想两手合十拜了一拜，"女娲娘娘，你梦中有知，得好好保佑我才是。"

　　展昭笑道："为什么是梦中有知？女娲娘娘也跟瀛洲的神仙一样，都睡下了？"

端木翠得意道："展昭，这你就不知道了，所谓长江后浪推前浪，一代新人换旧人，女娲娘娘、伏羲大帝这样的神仙开山鼻祖，老早就隐退啦。"

隐退？一时之间，展昭倒真是有些不解。

"就好比江湖中的门派咯。"自打展昭教她以江湖人自居蒙过李掌柜之后，端木翠俨然一副老江湖的架势，"老一辈的掌门传位给新一代的掌门，新掌门老了之后又将位子传下去，否则一个人总霸着掌门的位子有什么意思，早晚有做腻的一天。再说了，你老不让位，弟子们没有出头之日，心里头也不痛快呀。"

"就好比上古时的禅让？"展昭有些明白过来。

端木翠点点头，想了想又摇摇头："有那么几分像，可也不全是。我琢磨着，是他们自己做神仙做腻了，做了成千上万年，也做不出什么花样来了，索性甩手睡觉去。反正天地已成乾坤已定，剩下的，后人爱怎么折腾就怎么折腾吧。"

"所谓天地不仁，以万物为刍狗，倒确实是这个道理。"展昭微笑，"不过，做神仙也会做腻吗？"

端木翠白了展昭一眼："你不做神仙，当然不知道做神仙的辛苦。刚开始时还挺新鲜，可以在天上飞，可以在水里跑，可是展昭，我又不是有病，谁还见天飞来飞去的不下来？我没做神仙时，总觉得要什么就有什么，想什么就成什么的日子是最惬意不过了，真的过上了这种日子，反而觉得没什么劲。女娲娘娘他们过了上万年，不烦才怪。"

"所以，就陆续睡去了？"细细一想，倒也合情合理，反正新一代神仙已然长成，放手让后来人去做也未尝不可，"睡在哪里？"

端木翠俏皮一笑，伸出手臂比画了个大圈："偌大天地，我也不知他们都睡在何处。听说女娲娘娘化作一块青石，沉睡于茫茫大山之间；伏羲神化作深海巨树，枝干抽生数里之遥，无数鱼虾在枝丫间洄游……你不用担心他们被吵醒，再大声响都吵不醒他们。"

"若是睡得太久，自己醒了呢？"

端木翠愣了一下，半晌才犹犹豫豫道："自他们睡去，至今还从未听说有谁醒来……醒了的话，可能翻个身再睡吧。"

展昭忍住笑："若是睡多了，不也会觉得无聊吗？"

"怎么会？"端木翠答得很是认真，"他们这样的沉睡，是真真正正封存了五官、断了七情六欲，没有感觉也没有知觉，就算真的无聊，他们也感觉不到的……况且，现在越来越多的神仙都已经沉睡了，难道你不觉得，那些白日飞升显露神迹之事，大都是汉晋间口口相传，唐时已大为减少，大宋开国之后，几乎不曾听说吗？"

说的倒确是事实。

那些个神仙逸事，上古时自不必说，秦时徐福率三百童男童女寻海外仙山，渺然无归；汉武帝年间，《内传》记曰："元封六年四月，武帝于承华殿前迎西王母"；唐时民间盛传玄宗夜半架梯登月，造访广寒清虚之府，似乎那时的富贵帝王家与仙真之间过往甚密交情不浅，但是近百十年来，听的多是宫闱秘事，什么烛影斧声、狸猫换太子，俨然与上界毫无瓜葛。难道真如端木翠所说，是因为"越来越多的神仙都已经沉睡了"？

展昭于升仙修真之事本就无甚了了，因此上只是一笑置之，正欲说些什么，端木翠又道："待我将来沉睡了，展昭，你说我幻作什么形好？"

展昭心知端木翠若是开了此类话头，必然信口开河没边没际，便想岔开话题，哪知端木翠那边已然兴致勃勃地谋划开了："不如我去找你，展昭，到那时你应该已经作古了，我幻形作石像给你守坟好不好？"

若换了别人，开口说你"作古"，闭口为你"守坟"，展昭纵是再好脾气，只怕也会心生不悦，可是经由端木翠说出，再念及她的身份性子，知她确是无心，也没法驳她什么，唯有摇首苦笑："不劳烦端木上仙。"

"不麻烦呀，在哪儿不是睡？"端木翠毫不气馁，"要不，我幻作你坟上一棵青松？"

展昭婉言谢绝："不用了，那么小的坟冢上凭空长出你这么大的青松，我怕把上坟的人吓着。"

"说来说去，你还不就是嫌弃我。"端木翠瞪展昭，"旁人请我去我还不乐意去呢。"

有谁会请你去……

展昭叹气，想了想还是折中下："你幻作些普通的花花草草便好。"

思来想去，坟冢之地，多的是不知名的野花野草，不至于那么突兀。

端木翠显然不是这么想的："花花草草……要不就……牡丹？"

　　"端木，"展昭决定尽快结束这场怪异荒诞而又匪夷所思的讨论，"荒草萋萋的坟冢之上长出你这么艳丽无匹的牡丹，旁人会以为我在地下成了精的。若有好事者非要掘开一查究竟，我更是不得安宁了……你好好做你的神仙，沉睡的事情容后再议。"

　　端木翠哼一声，也不知听没听进去。

　　好在，她的注意力很快被吸引了开去。

　　"展昭，"端木翠似是怕惊动了什么，声音忽然压得极低，"曙光……到了。"

　　在展昭看来，此刻的夜色与方才同样浓重，实在是没有什么分别的。所以，有那么片刻，他忽然羡慕起端木翠来：做神仙，的确是比凡人要强上那么一些，最不济，目力是要好得多了。

　　不过，也只是心里想想而已，并没有说出来，一来不想助长端木翠的嚣张气焰；二来，万一她又生出些傻主意，每日旁敲侧击要度化自己成仙，那可够他受的。

　　端木翠自是不知道展昭转了这么些心思，在旁静立合目，默念法咒，俄顷单手抬起，平举于前，神情甚是郑重。展昭知她必是凝神作法，当下静默肃然。

　　不多时，东向厚重的云幕之后，忽地光斑耀起。那斑点极小，光却极亮，展昭直视之下，只觉双目疼痛酸涩，周遭事物登时模糊。

　　就听端木翠急道："展昭，闭眼！"

　　展昭依言合目，饶是如此，双目还是肿胀跳突，被冷风一激，更是呛得难受，脚下虚浮，眼泪都流了出来。正连连嘘气间，端木翠已拉住他，柔声道："展昭，你把头低一低。"

　　展昭含糊应了一声，扶住端木翠的身子低下头来，忽觉目上一凉，却是端木翠伸手覆住了他的眼睛。

　　如此一来，目上的灼热之感立消，沁沁凉意，似有抚慰人心的安详力度。展昭定了定神，道："好多了。"

　　端木翠歉然："是我不好，竟忘了曙光乍现之时，你的眼睛是承受不了的……你先闭目歇息，过会儿再睁开。"

　　展昭下意识点头，下颌正触到端木翠额前细密黑发，心下一悸，知她离得极近，连头也不敢点了——但不知为什么，要他此际将头抬起，心中却又不愿，倒是宁可维持着现下这个别扭又不舒服的姿势。

也不知过了多久，端木翠方才将手拿开，低声道："展昭，你看。"

展昭听她语声虽低，个中却不乏欣喜之意，睁眼看时，见她左手微微举起，衣袂稍稍滑落，露出一截皓腕如玉，掌心上方寸许处，虚托着一团绣球大小的玉色柔光，再仔细看时，才知那团玉色只是莹光漫涨，个中真正散出光来的，只鸡子大小，竟由无数针尖般的光点簇拥而成，忽而异彩璀璨如晶石，忽而莹光烁动如流水。展昭直看得呆住了，连带着呼吸都悄静了许多，生怕惊扰了面前这许多睡眼惺忪的曙光之灵。

端木翠目中尽是疼惜之色，柔声道："你看，它们也困得很，张开眼睛时，这光便亮些，闭上眼睛时，这光又暗些。赤乌尚能在羲和驾驭的日神车上多睡那么一会儿，它们却不可以，迷迷瞪瞪间就要推搡着出发，为后头的日神车照出一条路来。若没有它们，不知道羲和会把日神车驾到哪儿去，没准一头撞进了海里也说不定。那样韩愈就写不出什么'金乌海底初飞来，朱辉散射青霞开'的诗来啦。"

展昭听她说什么"张开眼睛"，只觉匪夷所思：那么些光点只针尖麦芒大小，眼神若晃上那么一晃，只怕就糊成了一片白光，哪还能细究什么鼻子眼睛？如此想着，心头慢慢生出新奇呵怜暖意，蓦地觉得这世上事物之美好熨帖，委实难描难画。

如此贪恋了一回，忽地想起什么："你拿走了曙光，人间会怎样？"

"也不怎样。"端木翠嘻嘻一笑，"日出会延后一个时辰——这一日，少了一个时辰。"

"不会有人发觉吗？"

"不会。"端木翠狡黠一笑，"展昭，难道你没发觉，现下跟方才，有什么不同吗？"

"不同？"展昭沉吟，目光四下一掠，眉峰微皱，"与方才相比，没有风了。"

"还有呢？"

"还有，似乎……也没有声音。"

"还有呢？"

展昭显然没有料到会有这么多的"还有"，又思忖了一回，委实无索，正想苦笑摊手，眼角余光忽地瞥到宣平城外的营地篝火，脊背骤然一僵。

276

不管是白日还是夜间，那火光都应是跳脱跃动的，而不是像现在这般，凝固成眸底一抹静默可怕的明亮。

"想来你是猜到了。"端木翠的目光亦循着展昭看的方向过去，"不可思议吧，我拿走曙光的刹那，人世间的一切行止就此凝滞，连本该跃动不息的火焰都止于上一刻的情态，更遑论人或草木了。'碧水成玉，雨作悬珠'，说的就是当下了。"

碧水成玉，雨作悬珠？

是了，既然"人世间的一切行止就此凝滞"，原本无一刻停歇的流水静成了碧玉，天上的落雨也颗颗凝成了悬珠又有什么稀奇？再想开了去，飞花不能飞，落叶亦不能落吧。

"会有人察觉吗？"

"不会。"端木翠摇头，"所有人都失了这一个时辰，低眉尚是寅时，抬首已然入卯，他们只会省得今日辰光过得出奇快，却不会猜到是被人拿走了。"

"这一个时辰，冥道就会显形？"

"是，但愿这一个时辰之内，我会将所有事情了结。"

"若没有了结，会怎样？"

端木翠身子微微一颤，顿了顿才轻声道："若了结不了，而我又没有及时归来，大抵……会与冥道一起消失吧。"

展昭心中一紧，下意识道："既如此，我与你同去。"

"你不行！"端木翠面色一沉，少有的严词厉色，"展昭，你不可进冥道。原本，我都不应让你送我的。你远远避开去，不可靠近冥道半步。一个时辰之后，若我回来，便同你一起回去。若我不回来，你自己回去。"

展昭垂目一笑，淡淡道："该怎么做，我心中省得。"

端木翠见他应得爽快，不禁心中生疑，又添上一句："这是我的事，你不可插手。"

展昭抬起头来，含笑迎上端木翠目光，还是云淡风轻的一个字："好。"

也不知为什么，他愈是平静，端木翠反愈是惊惧不定，低眉间心头业已有了计较，银牙一咬，一字一顿道："该怎么做，我心中也省得。"

话未落音，忽地后撤开去，眼眸中寒芒乍现。展昭尚未反应过来，就听身周铮铮金石陷地之声，急伸手推时，果然便似推在一堵透明砖墙之上，换了个方位再试，亦是如此。

端木翠竟画地为牢，将他困于屏障之内。

展昭急道："端木，你这是做什么？"

端木翠上前一步，伸手轻抚那屏障，嫣然一笑道："这样便好多了，冥道凶险，谁也不知届时会有什么状况，你若随意走动，撞上些妖魔鬼怪，岂不是让人担心？"

展昭强自平心静气："你把这屏障撤了，我就在此地等你，不会擅入冥道。"

端木翠摇头："迟啦，展昭，从前我跟你说过多少次，让你不要做自己力所未逮之事，你有哪一次听过我的？但凡你以前的行止让人放心些，今日我都不会这般对你。"

展昭苦笑，他的确已是"劣迹斑斑"，倒也难怪端木翠这么说他。不会擅入冥道？这话连他自己都不信。

端木翠见展昭无言以对，顿了顿又道："我这么做也不全是为了困住你，总之……你好生待在里头，什么妖怪都伤不了你。一个时辰之后，冥道消失，这屏障也就自然打开了。"

展昭听她语气虽是柔和，但目中透出的决绝之色却是不容置疑，心知拗她不过，唯余默然。

端木翠也不与他多说，径自念动咒诀，不多时那团玉色便自她掌上缓缓升起，徐徐上行。展昭禁不住抬起头，目送那曙光渐高，耳边听到端木翠喃喃语声："待这曙光挂上中天之时，冥道，也就该显形了。"

事已至此，展昭也无话可说，沉默了一回，才道："你多加小心才是。"

端木翠先还有些忐忑，担心展昭因为自己对他施法而心生不悦，现下听他语气，个中并无责备，反多关切之意，心中一松，转身向展昭道："你放心，我自然……"

话到中途，忽地生出不祥预感来。这不祥之感犹如极细电光，在脑中瞬间穿刺，稍纵即逝，却余下尾梢丝丝缕缕，尖利无匹，向着更深处钻升，再然后，似是为了验证她的预感，原本可见度尚可的周遭，刹那间裹入一片漆黑。

这感觉……

很像是走在一条幽闭却又看不到尽头的山腹甬道之中，顶上悬着晃动而又昏黄的马灯，脚步声在甬道内空响，不知几许远处，有水渍自褐色岩壁缓缓下渗，至低凹处凝作细小水珠，那水珠不断吸附积渍，渐渐胀大滚圆，直到凹处再咬合不住，终于……

滴答一声，正落在因惊恐而收缩不定的心脏之上，溅起更小的水滴，一颗又一颗，沿着温热心壁四下滑落。急回头时，顶上马灯渐次熄灭，憧憧雾影瞬间逼近，骤然映于眸中的影像除了黑暗，还是……黑暗。

端木翠魇住了。

她的瞳孔渐渐张大开来，眼底眸光一点点涣散，喉咙似是被什么扼住，喘不过气来。

也不知过了多久，耳畔忽地嘈杂难耐，车马辚辚人声鼎沸，连那金鼓鸣响锅碗磕碰之声都无一不备，端木翠颅内剧痛，直欲炸裂开来，正痛楚间，蓦地自千声杂混中辨出展昭声音来，似是发自无穷远处，焦急唤她："端木，端木。"

这声音，终将她自六神失主、元神溃散的边缘唤回来。

清明意识一点一滴汇聚，继而浑身战栗，喉底逸出低低呻吟，冷汗涔涔而下，端木翠双膝一软，扶住那屏障软软滑坐于地。

声响不大，展昭却立时停下了——方才骤然降下黑幕，伸手比于眼前亦不得见，巨阙抽出，浑无剑光，端木翠又突然偃了声息，直叫他心急如焚，于咫尺方圆内换步移位，慌忙拍那屏障，不住口地唤她，心下一阵凉似一阵，忽然听到她的声音，简直是欣喜欲狂。

凝神听了一回，辨出端木翠气息似是在右首身后，遂摸索着屏壁转回身来，向着端木翠所在方位慢慢屈下身去，不确信道："端木，是你在外面吗？"

端木翠气息未匀，有气无力在外壁叩了两下，低低应了一声。

展昭听到她应声，一颗心终落回实地，两腿一软，亦扶住屏障慢慢滑坐下来，这才发现胸口滞涨得生疼，后背一阵冰凉，里衣已尽数汗湿了去。

一时间内外竟都无话，两人背靠屏障而坐，俱是精疲力竭。

静默是展昭先打破的。

"端木，你有没有听到什么……声音？"

端木翠没有回答，却下意识地坐直了身子。冷风吹过，鼻端掠过丝丝血腥味道。

冷风……

冷风？！

方才还在说，人世间的一切行止皆已凝滞，既已凝滞，就不该有风。

既然有风……

难道，已经到了冥道？

端木翠脊背寸寸绷紧，人在目不能视时，听力便似乎分外殷勤。有极细小的怪异声音，起自不知几许远处，呢喃着危险气息。更要命的是，她竟能辨出那声音是向这边过来的，不紧不慢，却如渐沉砝码坠压绷紧长弦。

端木翠睁大眼睛，徒劳地向四周看过去。

现代科学业已普及：我们之所以看到东西，是因为有光反射映入我们的眼睛。

所以端木翠什么都看不见，映入她眼睛的，只有黑暗。

"端木？"展昭似已觉出不妥。

端木翠定了定神，轻声道："等我一下，待我举火照明。"

语毕便是衣料窸窣摩挲的声音，展昭虽目不能见，亦猜到她是作法念咒。

谁知等了时许，仍不见亮光。

别说不见亮光了，连方才能听到的衣袂窸窣之声都息了去。

展昭刚刚才放下的心又提了起来。

他觉得自己几欲失去耐性——困在这方圆之地，瞎子般四下摸索，与端木翠近在咫尺却如隔天涯。更可气的是，端木翠似乎根本就不了解他的担心，忽然就大半天不出声，简直是要活活把人急死。

如此一想，更觉胸口闷痛，下意识伸手抚住，手肘正触到腰带。

忽地便心下一动：公孙策将这制好的腰带送于他时，曾说过夹层之中会有"救命之物"，里头……会不会有火折子？

心念至此，再无迟疑，伸手解下腰带暗扣，将那夹层之物倒于手上。先入手的是两粒金瓜子，随手弃去，再入手是个小小的桑皮纸包，想来是包着些祛毒医伤的药末，亦丢了去，直到一个扁圆的粗糙卷筒滚入掌中，这才如释重负，对于远在聚客楼的公孙先生，几乎是要生出崇敬之情来。

说起来，也是际会巧合，那日衣坊将新衫送到，不知是不是开封府定制衣物的人说了是做给展护卫的，那素未谋面的绣娘尤为上心，官服常服都是寻常样式，编排不出花样来，便在这腰带之上做起文章——料子自然上好，针脚极细密，重层暗绣，普通一条腰带，做得且厚且宽且精心。张龙、赵虎他们还打趣说，如此腰带，炎夏时系了必捂出痱子来，隆冬时用便刚好，不显臃肿还能挡风，不只挡风，必要时还能救命，过来一刀亦能挡半刀。

说笑时引来了公孙策，将那腰带翻来覆去看了好久，最后被那句"必要时还能救命"引发了灵感，乐颠颠捧着腰带去了。第二日送返来，将正中镶饰玉处改作了暗扣，得意道："展护卫，里头多了夹层，我放了些紧要物，必要时真可救命的。"

其时腰带内设夹层倒也不稀奇，展昭笑笑接过，随手按拿，摸到金瓜子形物，想到钱财确是不可或缺，也便一笑置之。那时正值炎夏，这腰带用着颇为不便，自然束之高阁。说起来，还是去岁入冬时重又翻拣了出来，想不到今日竟派上了用场。

火折子的光一晃，身遭丈余果然便晕糊着亮了起来。展昭一眼看见端木翠低头立于屏障之前，心头一松，语中却不觉有气："你明明在外面，为什么不说话？"

端木翠先是一动不动，如同泥塑木雕。

终于抬起头时，一张脸煞白，连嘴唇都露出灰败颜色。

嗫嚅了许久，终于开口唤他。

"展昭。"

如果声音有颜色，此际她的声音定是透明的，轻飘飘像是一阵风就能吹作支离破碎，偏偏每个字却还能将他的耳膜撼得鼓振不休。这鼓振不适之感自耳膜向内，灼过喉间，直抵心室。

"我使不出法力来了。"

一时间，展昭不知道该去如何消化端木翠的话。

或者说，他是不相信。

端木翠平日里是极喜欢说笑的，但是这个笑话，真的一点都不好笑。

展昭的喉头艰涩地滚动了一下，忽然觉得嘴唇干得厉害。

端木翠睁大眼睛看他。

展昭一直很喜欢看端木翠的眼睛，生动得像是能猜透任何人的心思。更重要的是，她的眼睛里是有笑意的。委屈的时候，得意的时候，促狭的时候，佯作恼怒的时候，他都能准确无误地自她眸底捕捉到星子一样扑闪而过的笑意。

这笑，如同带着暖意的光，那般乖巧地笼住他心头最柔软的角落，似是时刻提醒于他：纵使宦海无常、江湖险恶、人心诡诈，这世间，总还是有值得守护的美好事物。

可现下，她的眼睛里蓄满泪水，柔弱无助而又惊惶，展昭几乎心疼起来。

"端木，你别慌。你仔细想想，除了法力，还有什么办法可以打开这屏障？"

他反是最先冷静下来的那个。

或许是被他声音中的温和力度所感染，端木翠似乎平复了些，喃喃道："我的血也可以。"

"这就好。"展昭语气更加平静，"用你身上的尖锐什物把你的手划破，把这屏障打开。"

端木翠心乱如麻，一时无法定心，展昭的话便似为她指出一条路般，当下略略点一点头，抖抖索索便去摘取腕上的穿心莲花。

展昭不易察觉地舒了一口气，将火折子又举高了些，这才发觉端木翠身后不远处竟是一个黑魆魆的洞口。

难道，这便是冥道入口？

展昭心中作如是想，面上却不动声色，屏障未破之前，有些事情，他不想去提醒端木翠。

端木翠许是太紧张了，穿心莲花既解，却未能拿住，链子滑落地上，忙俯身去捡。

展昭本待将火折子举低些，方弯下腰，忽觉心头一紧，猛然转过身子，将火折子向着屏障另一端照将过去。

茫茫墨色之中，现出憧憧黑影，举目间不知几许，亦不知火光照不见之处是否还有更多，竟都是向着这边过来的！

早已听到怪异声响，知道这周遭必有蹊跷，没承想竟来得这么快！展昭牙关紧咬，转回身时，见端木翠不知什么时候已经站起身来，一手攥住穿心莲花的扣钩抵于腕间，眼睛却死死盯住他身后。

"展昭，那是……"

"打开屏障。"

"可是……"

"你不要管那么多，先打开屏障！"展昭几乎是吼将出来。

端木翠咬了咬唇，心一横，便将扣钩生生按入腕内，再狠狠一旋，鲜血立时涌出，很快滑过手腕，滴落地上。

扣钩在血肉内旋搅的痛楚，把端木翠痛清醒了。

她忽然抬起头来，含泪道："展昭，打开了屏障，你怎么办？"

该死！

展昭心头一沉，垂下的手死死攥拳。他方才那般催促于她，就是怕她清醒过来权衡什么全局考量什么轻重，没想到还是功亏一篑。

"端木你听我说，"展昭喉头发紧，只想先稳住她，"你先打开……"

端木翠不住摇头，慢慢向身后的黑暗退了过去："不行的展昭，你出了屏障是自寻死路。放你出来，两个人都会死……一个人死总好过两个人。"

火折子的光终是缥缈黯淡，端木翠的身形很快就隐于黑暗之中。

展昭僵立半晌，忽然重重一掌击于屏壁之上。

屏壁固若金汤，力道反击回来，腕骨折断般痛。展昭却不觉，他生平从未有一刻如此际般，痛恨端木翠的上仙身份。

他亦痛恨那些句句属实却摧肝断肠的大道理。

端木翠的说辞固然合理，即便放他出来，也敌不过冥道妖魔，一人死总好过两人蒙难。可是，要他苟全性命于屏障之内，眼睁睁看她去死，他是断做不到的。

所以，明知无济于事，仍是拼足了全身气力，向着那道看不见的屏障击出一掌，又一掌。

也不知过了多久，只觉胸腹间气血翻涌，踉踉跄跄退开去，撑住屏壁勉强支住身子。垂目处，眼角余光瞥到一个又一个臃肿怪状黑影自屏障旁过去，喉头一哽，眼前立时模糊起来。

有几次，黑影该是撞在屏障之上，撞了几回之后知道此路不通，才慢慢掉个方向，重又前行。

看来，都是些脑子不灵光空具蛮力的蠢笨妖怪，搁着以往，怎么可能会是端木翠的对手？

偏偏现在，任何一个，都能轻而易举杀死端木翠。

展昭合上双目，强迫自己不要再去想这件事，直到火折子灼到他的手，才猛然睁开眼睛。

　　屏障外围，正对着他的，竟是一具直立的惨白人尸！

　　明知那人尸进不了屏障，展昭还是禁不住心头巨震，连手心都汗湿了去，俄顷强自定神，将火折子稍举高些，这才发觉说那是"人尸"并不妥当。

　　确切地说，那只是一具"人形尸"，徒具人的轮廓，五官手足并精细处却都不备，很像是孩童玩耍时捏的泥人，粘好了躯干头颅四肢，尚不及进一步加工。

　　火光跃动处，那"人形尸"表皮似是泡于水中多日，入目处是令人作呕的惨白。展昭强压心头不适，疑窦更增：这怪模怪样物事立于近前，究竟所为何来？

　　刚有此念头，那人形尸已有异动。

　　但见它表层皮肉蠕动起伏不休，光秃秃的腕处渐渐抽伸出指节，原本圆滚滚的头颅四下乱撑变换形状，不多时面上已凹凸成五官形状。

　　展昭这才省得它是要幻作人形，心头更觉嫌恶，方将头扭向一边，那怪尸竟也移了位置，大有不站在他对面不罢休之势。

　　再看了一回，展昭突然觉得那怪尸化作的人形，眉眼处似有三分熟识……

　　何止是熟识……

　　电光石火间，展昭只觉手足发冷：面前站着的，不正是自己吗？

　　那怪尸咧嘴一笑，伸臂虚捞，手中便多了一件同展昭所穿一般无二的衣裳，慢条斯理将衣裳穿上，又盯住展昭端详了一回，有样学样，渐次将腰带、发带、佩剑诸物补齐。

　　展昭再忍不住，怒道："你是什么人？"

　　那人并不答话，却似是发现什么，弯下身去，伸出手指在地上抹了一抹，又将手指竖于眼前，颇为玩味地盯住指尖的血迹出神。

　　那是端木翠的血。

　　那人看了片刻，慢慢张开嘴巴，血红肉舌竟伸出尺余长，在指尖绕了一圈，舔尽血迹，于口中细细咂摸。

　　再然后，他似是发觉什么，转头向端木翠消失的方向看了许久，露出极其怪异的笑容来，也不管展昭在屏壁内如何怒声引他注意，转身跟了过去。

　　端木翠的惊惧起得汹涌，去得倒也着实不慢——这多半要感谢穿心莲花戳的那一记狠的。那一下子，流出的不只是血，还有她骨子里潜藏许久的斗狠筹谋之气。

横竖已是一场必输之战，除了这条命，她已没有什么可输，接下来，该把目光转到"对方"身上了。

从古至今，沙场正面遭遇，绝无不费一兵一卒而全胜这种奇迹的存在，不是有句话叫"杀人一万，自损三千"吗。

如果注定她是被杀的那"一万"，死之前，她也一定要让对方付出代价。

行走在不可视的黑暗之中，端木翠居然微笑了。

尚父其实很是怵头她这性子吧。不止一次，他教训她："让你去打仗，是要你活着回来，不是要你跟人同归于尽！"

她嘻嘻笑着点头，银色战袍蒙了尘污，链枪随意搭在臂上，枪头血犹未干。

点头归点头，下一次外甥打着灯笼，照的还是舅。

西岐的探子刺探军情归来，谈到端木翠时，无不眉飞色舞："商兵私下里嘀咕说，遇到西岐的将领，若是别人，尚可迎上一战。如是端木将军，还是避开了好，她是连战败了都要扳成平手的人。"

她不是没有战败过，只是每一次败，她都如同被剜了心头肉，血红了眼宁死不退，一刀刀，一步步，哪怕扭不了战局，也必给商军以同等重创。

哪怕是尚父督战，情形也不会有什么改观。于山头主帐外观战，商军明明已潮水般溃败而去，西岐阵地却杀出那么突兀的一队人马，紧紧咬住穷寇不放，再看幡旗，便知端木翠麾下之军必是在这一战中蚀了本，不把亏空补平，她是不会鸣金收兵的。

多数时候，长叹一声，也就随她去了。

有些时候，商军虽然退却，但不呈败象，尚父恐她吃亏，急让杨戬追她回来。

杨戬劝她的台词，翻来覆去也就那么两句。

——"留得青山在，不怕没柴烧。你非要搞到山崩了不成？"她听着有理，饶是心不甘情不愿，还是令旗一挥收兵。

——"你们女儿家的锱铢必较，延到这战场，恁地吓人。"

这话明贬暗褒，她听着心里受用，也便掉转马头折返。

回归主帐，尚父的一顿训是少不了的。

"战场之上，吃败仗有什么稀奇？你这斗勇好胜之心，什么时候才能压服下去？"

她嘻嘻笑，赔着小心，一副幡然悔悟的架势。

尚父如何不知她的性子，知道说也是白说，末了一声长叹："端木，你这样，终究会栽跟头的。"

一语成谶。

崇城之战一年又九个月后，她亡于牧野。

史书中对于牧野之战，寥寥数笔带过，说是商军主力远征东夷，不及回防，紧急中拼凑的奴隶队伍又在牧野阵前倒戈，大军长驱直入朝歌，纣王绝望之下，自焚于鹿台。

真正的牧野之战，何等惨烈！

奴隶倒戈不假，可是纣王还没有糊涂到只用奴隶开战的程度。总体说来，商军布阵呈三级梯次，第一梯次是作为人墙肉盾的奴隶，第二梯次是归降殷商的战俘，截阻西岐头鼓冲杀，真正殿后的，才是刀戟如林背水一战的商军精兵！

《诗经》记载，当时"殷商之旅，其会如林"，史称有七十万之众，而伐纣的西岐军，"兵车三百乘，虎贲三千人，士甲凡四万五千"，虽然抵达孟津之后会合了诸方国部落的队伍，但是兵力对比仍是悬殊。

更何况，对于纣王来说，这一战关系殷商生死，只要拖得够久，就能等到征讨东夷的大军回援，使北的大将蜚廉也行将归来，到那个时候，未必不能翻身。

所以，牧野这一仗，直杀得山河变色血流飘杵，那十来万倒戈的奴隶夹于两军之间，跌跌撞撞左冲右突，于本就处于劣势的西岐军，实是帮了倒忙。

连尚父都急红了眼，嘶声怒吼："给我破出条道来！"

要从如同蚁聚般的商军中破道，谈何容易，但是令下如山，帅令一出，数十路人马，如同数十道尖利的楔子，直入商军部众纵深处。

楔形阵势并未能持续长久，商军的人数实在太多，这强行楔入的部众如同细流没入了沙漠，很快被斩不尽杀不绝一拨又一拨蜂拥过来的商军分割阻围于包围圈中，然后，诛杀殆尽。

端木翠失声痛哭。

突入商军之围却最终折损的，全部是她的前锋兵将。

十五岁领兵，六年跃马扬刀，这些起自西岐的兵将鞍前马后，与她同生共死情逾手足，如今一个个身首异处，叫她情何以堪？

怒喝一声，胯下骏马如蛟龙腾跃而出，旁侧的牙旗手先是一怔，而后毫不犹豫，誓死追随。

牙旗者，将军之精。牙旗向着哪里，旗下兵将就跟到哪里。端木翠的牙旗一动，身后待命的麾下将士刀戟前倾，势如下山猛虎，声如雷震，越众而出。

杨戬大惊，待要追回端木翠时，身后传来尚父叹息："由她去。"

回头看时，尚父虎目之中，竟有悲戚之色。

杨戬立时明白过来。

此时此刻，尚父太需要悍不畏死的虎狼之师为西岐军破开一条血路，不管付出怎样的代价，哪怕明知她是有去无回。

她没有让尚父失望。

倾麾下全军之力，如同开山利斧，硬生生将第二梯次的商军冲劈开来，旋即呈东西二路突杀。如此一来，商军合围不成，第二梯次原本铁板一块的战阵变作了两军混杀。

战阵既变，良机焉能纵逝？武王军令马上递传过来："上快马重车！"

史家有云，商军以优势兵力而迅速崩溃，根本原因自然是士气低落，但最直接的原因在于西岐武器上的重大优势。

西岐军使用了当时世界上最先进的重武器——战车。

如果从现今的军事角度去看，当时的战车无异于今时的坦克，快马重车，冲力何等惊人，商军步兵纵列组成的人墙实在不堪一击。

武王的用意不言而喻：三百乘战车齐出，呈一字梯队直直碾压过去，迅速瓦解掉商军士气，将第二梯次的混杀变作商军溃败的大逃亡，再利用奴隶倒戈的人潮，将殿后商军精兵的阵势冲垮。

那才是真正意义上的兵败如山倒。

但是这样一来，西岐的大军无法策应端木翠，端木翠的兵将必须直接对阵殷商第三梯次的精兵，同时，无法躲避战车之上如林般激射而出的羽箭。

棋局之上，是为弃子。

尚父一声长叹，语声却无半分迟疑："战车列阵！"

熠熠朝阳之下，广阔平坦的牧野大地上，主力战车呈一字梯队全线进击，车身重橐，轮走辘辘，如同地平线上席卷而来的巨大乌云，四野为之震颤。

魂飞魄散的商军狼奔豕突、哀号而走，端木翠急回头时，眸底映出铺天盖地的箭雨。

只这一错神间，心口一凉，青铜长戈透心而过，旋即狠狠抽将回去。

不知为什么，这一刻，感觉竟是异样宁静，重重跌落马下，耳畔最终回响的，是护卫兵将撕心裂肺的恸声。

而看到的最后一幕，是她的牙旗中段折断，旌旗迎着干净和暖的日光缓缓落下，如同曲声渐渐消落的哀歌。

为什么这些日子，如此频繁地忆起西岐旧事，难道真的是大限将近？

如此想着，眼前突然亮起。

许是没有料到竟会骤然有光，端木翠踉跄着后退了一步，全身立时重又裹入黑暗之中。

心中蓦地一动，思忖片刻，慢慢向前行挪了少许。

果然是有光的。

青碧色的磷光，鬼魅般盘绕于巨大的嶙峋洞壁之上，虽然仍是晦暗不明，但比之于适才的漆黑，实在是好太多了。

端木翠低下头，缓缓伸出手来。

刚开始，只看到中指的指尖，紧接着，是纤长的五指，再然后，是半个手背。

再慢慢缩回手，手背渐渐隐没不见。

端木翠眉头微蹙，索性侧过身子，将一半的身体暴露于幽光之中。

果然，低眉看时，只能看到半个身体。

看来，自己现下站的位置，正是冥道入口处。

冥道内是有光的，只是这光如此怪异，在入口处便被平展展劈阻，一丝一毫也透射不出。

听闻冥道之外，裹绕着最厚重的黑色雾霭，这便可以解释为什么冥道显形之后，她与展昭什么都看不见了。

那么，曙光到哪里去了？

冥道内的磷光不是曙光，冥道外又黑幕浓重，浑然无光。

难道说，曙光虽亮，但仍大大逊色于女娲的剖心沥胆之光，所以一时三刻之内，冲破不了冥道外围的雾霭？

进一步设想，是否曙光不入，她的法力就使不出来？

似乎也不无可能。

记得之前听杨戬提过，纯正的仙家法术在阴邪奸佞之地施展时会有些微滞阻——冥道成形于上古，数万年阴邪之气淤积不休，法术施展时大打折扣或者全然失效也并非突兀。

端木翠的心头渐渐升腾起希望。

如果所料不差，只要她能拖的时间长一点，活得更久一些，等到曙光透入冥道的那一刻——一切，均可重回掌握之中。

计议既定，端木翠再无犹豫，忙撕下裙边布条，将腕上的伤口包扎好。方向冥道内行了两步，想了想又停下，再撕下一道裙边，复将伤处缠了几道，低头闻过，确信再无血腥气，这才重又行前。

此处妖孽丛生，生人气和血腥气极易暴露自己，她既为上仙，身上本就没有生人气，只需将血腥气好好掩过，再寻个隐蔽之处藏身，挨过这一时三刻便好。

端木翠步声放得极轻，行进间极为谨慎，于四下地形位置察看甚详，不时附耳石壁之上，细细探过周遭声息。

其实冥道内壁不时有怪石突兀而出，内凹石槽亦不在少数，藏身之处并不难找，只是端木翠决意要寻那万无一失之所，是以尽数淘汰，越走越深。

再行了一回，视野陡然一阔，竟行至一巨大的石穹之中，方圆几有十余丈，原本一条道走黑的冥道在此处一分为三。那三条蜿蜒岔道，打眼看去鬼气森森，也不知究竟通往何处。

端木翠沉吟了一回，又跪下身子，附耳于地听了听身后的动静，左右打量了一番，迅速掩至不远处一块半人高的块石之后，悄无声息地矮下身去。

冥道既于此处分岔，此地必是进出通衢，通衢之处走马行车甚疾，往来之众甚多，一般人伏兵掩藏，多选山林水泽凶险之地，殊不知设伏于大道通衢，抢敌先机出其不意，往往奏得奇效。

当然，端木翠选择此处藏身，其根本目的不是抢敌先机，她只是觉得藏身于这些妖孽的眼皮底下，远远好过那些精挑细选的犄角旮旯。

从某个角度来说，她还真是，押对了宝。

掩身未久，主道处便传来拖沓沉闷而又缓滞的步声，端木翠心知必是方才在冥道外看到的那些黑影，忍不住微微侧身，向着来路看过去。

再等了片刻，果见两个身量甚高之人走了进来，手足俱备，持矛执盾与人无异，独一对凿子般的长牙穿透下巴而出，看去甚是可怖。端木翠认出这是黄帝时生活在南方沼泽的怪兽，掠人为食，名唤"凿齿"，心下"咯噔"一声：传闻凿齿已在昆仑山为后羿射杀，想不到冥道之中仍有存活。

凿齿之后，却是一队平常装束的百姓，面上一概惨白寡淡，眼眸无光，木木然机械而走。端木翠往脚下看时，才发觉这些人的脚俱离地寸许，并不踩实。虽然之前也曾猜想宣平亡魂是被带入冥道，但当真看到时，还是吃惊不小，略略点数，约莫有三十人。

亡魂过后，又有数十个半人高的腌臜丑陋怪物，似羊非羊，似猪非猪，身形笨重，口中发出嗯啊声响。端木翠先还未认出，待听得这些怪物口吐人言，忽地省得：这些也是上古怪兽，名唤"媪"，传说在地下食死人脑，善人言，用柏枝插其脑可杀之。

不管是凿齿还是媪，端木翠都是不放在眼里的——只是现下形势不如人，虽然心中恨恨，也只得按捺下不动，眼睁睁看着那队宣平亡魂被押入最右边的岔道之中。

直到步声去得远了，方才长吁一口气：这一回虽是无惊无险，但她亦绷紧了弦不敢掉以轻心，否则折在凿齿和媪的手中，真真是阴沟里翻了船。

方庆幸间，眼角余光又瞥到主道处过来一人。端木翠心中一紧，凝神看时，禁不住目瞪口呆。

展昭……怎么会……也进了冥道？

刹那间，端木翠脑中转过无数念头。

难不成，自己失了法力，原先设下的屏障也随之失效，展昭因而得脱？

没道理啊，方才在冥道之外，展昭不是还被困得牢牢的吗？

可是事实摆在眼前，又由不得她不信。

正犹豫间，展昭已自她面前而过，去的方向，正是最右首边的岔道。

端木翠唯恐他撞上凿齿和媪一行，当下顾不得细想，忙从藏身之处出来，急声唤他："展昭。"

展昭停下脚步，缓缓回过身来。

端木翠心下略宽，疾步过去伸手握住他手臂："快随我走。"

语毕转身便走，忽地腕上一紧，脚下一个虚踏，反被展昭狠狠拽了回去，一个收身不住，正撞在展昭怀中，直撞得额角生疼，忍不住心中有气，低声叱道："你做什么？"

展昭不答，一手控住她肩膀，另一手却强行将她包扎好的手腕抬起来。端木翠心觉不妙，待欲挣脱，力气终拗不过他，角力之下，手腕便被他抬至唇边。

展昭略略低头闻了一闻，手上猛然用力，端木翠痛哼一声，忍痛看时，布条下方已滴下血来。

这血激得他目中异光大盛，俯首舐过去。端木翠此时纵是不明所以，也已知面前之人必有蹊跷，大急之下，另一手猛然抬起，狠狠掴于那冒充展昭的人形尸面上。那人形尸似是一怔，觑此空隙，端木翠趁势得脱，心下再无迟疑，转身便逃。

跌跌撞撞奔至主道处，那人形尸却并不来追，也不知为什么，身后愈是安静，端木翠便愈是惊惧，最后横下一条心，扶住石壁回过身来。

只见那人形尸好整以暇立于当地，容色间颇多玩味。

端木翠见他神色，便知自己断逃不出去，再见他满目戏辱耍弄之色，更是怒火渐炽，因想着：今日之事，有死而已，我端木翠堂堂上仙，总不至在你这孽畜面前失仪求生。

那人形尸见她站定不动，目光森冷如箭，倒有几分讶异，只是很快便恢复常态，忽然咧嘴一笑。

方张开嘴巴，一条红色肉舌激射而出，迅速伸至数丈长，端木翠尚未反应过来，便觉腰间一紧，黏腻肉舌已在她腰上缠了三道。

肉舌？

端木翠猛然想到：这是傲因。

《神异经·西荒经》载："傲因异兽，类人，喜食人脑、肝脏，舌长，抽伸能十余丈，善伪装。"

傲因怪笑几声，猛地仰起头来，肉舌上力道甚是汹涌，端木翠站立不定，被硬生生抛至半空，正气血翻腾间，只觉力道又转，整个人竟向着地面狠狠砸将过去。

端木翠咬牙：这孽畜竟要将她活活摔死！

电光石火间，端木翠脊背微弓，尽量低头靠近胸前，一手护住头颈，另一手前阻，拼着废掉一只手臂，避过一死。

手方接地，便觉大力后挫，就听"咔嚓"一声，臂骨已断。

一时间冷汗如雨，眼前一黑，几欲昏厥，好在下意识间却还记得自己先前对策，借着臂骨断折的阻势，弓起的背脊先行着地，虽说化摔为滚，卸去了大部分力道，还是全身巨震，骨节直如散架了一般。

还未待一口气喘匀，身后又起呵呵低吼之声，竟是先前入了岔道的两个凿齿听到动静跃将出来。眼看利刃般的长牙向着自己胸腹插落，端木翠如被冰水当头浇下：先前小心翼翼万般谨慎，只怕是尽数功亏一篑了。

利齿甫及衣襟，就听傲因怒吼一声，煞是凶悍，凿齿互视一眼，似有畏惧，虽说齐齐向后退了一步，但是面上显见不甘之色，磨磨蹭蹭于当地，并不离开。想来这冥道内的怪物，俱是各自为营，并不同心齐力——端木翠苦笑：自己竟成了它们争抢的食物了。

争抢也好，若是它们亲密友爱，寻求共赢，自己恐怕早已被分而食之。

私心里，端木翠盼望着它们能打起来，打得越凶越好。毕竟拖延得越久，她的希望便越大些。只是看起来，凿齿对傲因甚是畏惧，指望它们为了口腹之欲作搏命之争纯属痴人说梦。

正如此想时，傲因又有异动，腾身一跃，已蹿至端木翠身前，将肉舌收回口中，居高临下看了她一回，慢慢俯下身来。

端木翠反平静下来，冷笑道："你也知道自己的样子见不得人吗？还是现了原形的好，你这下三烂的孽畜哪里配得起这一身样貌？"

傲因似是听了个八九不离十，嘿嘿一笑，面上五官已起了变化，不多时回复本来样貌，只见脖颈之上顶着光秃秃黏腻腻的一个肉球，上有三个黑洞。端木翠心知是眼并口，一阵恶心翻将上来，强自忍住道："果然是见不得人的，要杀要剐，你且快些。"

傲因顿了一顿，伸出手来扼住端木翠下颌。

如此一来，端木翠的嘴便无法闭合——古时青楼中为防女子咬舌自尽，多用此法，下手重时下颌脱臼也不定——只是这傲因这般行事又是为何，难不成怕她自尽？

这问题很快有了答案。

这答案让她魂飞魄散情愿一死。

只见傲因张开嘴巴，血红肉舌慢慢向她口中垂下来，舌苔恶腻，其上腥臭黏液泛出光来。

端木翠脑袋轰了一声，最后一根弦戛然而断。

先前再怎样恐惧或是疼痛，哪怕臂骨生生断折她都可忍，只为多挨一刻等到曙光。但此时，她只恨之前为什么没有死掉！

原本以为傲因杀了她之后才会碎脑取脏，哪里想到竟是肉舌从口中探入，自喉管而下，活生生将她脏器摘取出来？

眼见那肉舌愈垂愈近，端木翠当真是要疯了，拼死挣扎，屈膝重重撞于傲因下体。

这一下惹怒了傲因，痛嘶一声，目中赤色乍现，伸手抓住端木翠头发，强将她的头带起，又重重向地上砸去。

端木翠惨然一笑，闭目待死：这样死法，总好过受傲因之辱。

千钧一发之际，就听一声怒喝，傲因惨呼一声，手上动作立止。端木翠急睁眼看时，见傲因的下半身还在自己身侧，上半身却飞到丈余外。过了片刻，分截处才慢慢渗出血来，足见来人出手之快。

不意竟能得生，端木翠泪盈于睫，模糊中只见一熟悉的身影疾掠过来，急道："端木！"

这声音再熟悉不过，却不是展昭是谁？

端木翠却不信自己幸运如斯，只怕又是一只口吐人言的傲因，颤声道："你又是谁？"

展昭见她神志混乱，心头酸楚难抑，道："是我。"说话间，伸手去搀她起身。

方挨到她身体，端木翠如被刀噬，一把推开他，哑声道："你要杀便杀，不要再耍花样！"

展昭见她目无焦距，反应又是如此激烈，知她不信自己是真，也不欲刺激她，慢慢缩回手来，想了一回，柔声道："端木，适才在冥道之外，我们谈起沉睡之事，你还说要幻作牡丹，可还记得？"

适才戏言，只是一时三刻之前，端木翠此际听来，已然恍如隔世，愣了一回，意识终于明晰了些，抬眼见到展昭眸中焦灼之色，刹那间悲凄难忍，扑于展昭怀中大哭。

这一哭何等凄惨，方才所历，接二连三，几至求死。她性子素来刚烈，适才隐痛不发，此时爆发出来，直哭得肝肠寸断，纵是铁打的心肠听了也要落下三升泪。展昭一时间也寻不出话来安慰于她，只是下意识拥紧她，伸手帮她将发理顺，方垂手时，忽地碰到她手臂，脸色一变，道："端木，你的手臂怎么了？"

端木翠竟已忘记臂骨折断之事，茫然道："啊？"

展昭心惊，也顾不上男女有别，伸手将她袖子撩起，目光所及，只见白色断骨已戳破皮肉透将出来，不由倒吸一口凉气，对傲因简直是恨入骨髓。

端木翠虽看不到，但目光触及展昭脸色，已知必是伤得不轻。展昭伸手握住她手腕，道："你忍着些，我先帮你接上。"话到中途，已然动手，心知接骨奇痛，不欲她多受痛楚，手上动得极快，一拉一推，话才说完，臂骨已然复位。

端木翠猝不及防，眼前一黑，便自展昭怀中软瘫下去。展昭托住她腰助她站定，长叹一声，低首在她发上吻了吻，也找不到什么能固定臂骨的东西，只好先用布条将她手臂缠紧，再图他法。

正包扎间，就听端木翠断断续续道："展昭，将来你若不在开封府做护卫，还可做……接骨大夫的。"

展昭低下头来，见端木翠虽是玉容惨淡，但眸中仍有笑意，心中一宽，点头道："是，必然客似云来，日进斗金。"

端木翠果然笑出声来，展昭拍了拍她肩膀，柔声道："你先歇一歇，养养精神。"

端木翠苦笑道："这是什么山清水秀的地方了，还让我养精神？"语罢抬起头来，见两个凿齿仍在角落处虎视眈眈，心中疲惫之极，向展昭道，"你方才伤了傲因，这两个凿齿心中忌惮不敢上前，但你身上生人气重，我身上血腥气重，两人在一起，何愁引不来妖怪？"

展昭循她目光看过去，见傲因虽然断成两截，但仍蠕蠕而动，便知刀剑伤它容易，要它性命却难，又听端木翠说什么"何愁引不来妖怪"，不觉失笑。

端木翠气道："就这么好笑吗？你好生在屏障中待着，何苦又跑出来……"

说到此处，忽地"咦"了一声，奇道："我倒是忘了，你怎么从屏障中出来的？"

展昭知她方才惊吓过甚，有心逗她展颜，想了想道："端木姑娘法力太差，那屏障经不住巨阙劈砍，也就开了。"

果然，端木翠登时就急了。

"我法力差？我法力哪里差？"

展昭不答，只微笑看她，心中默数一、二、三。

三字刚过，端木翠气焰已落了一半，嗫嚅道："现下没有法力，也不是我的错，都是那曙光不顶事。"

展昭双眉一挑："哦？"

端木翠心中不情不愿，但还是将自己先前的怀疑拣要紧处说了说，末了道："都是那曙光不顶事，怎么能赖我法力差？"

展昭再忍不住，轻笑出声，端木翠立时知道被他给捉弄了，气道："你又混说，你是怎么出来的？"

展昭轻叹口气，就听极低一声清吟，巨阙出鞘。

展昭横过剑身，向端木翠道："看出什么端倪来了？"

端木翠看了半天不明所以，慢吞吞道："一把破剑。"

展昭叹气道："有位神仙姑娘，非但法力差，脑子还不好使，我都把答案送到眼前了，她还不知。"

端木翠好生委屈："巨阙而已，怎么就是答案了？上次还断过一次，若不是我……"

说到此，忽地想到什么，极短促地啊了一声，向展昭道："难道是……"

展昭点头："还没有笨到家，总算开窍。"

端木翠也不生气，想了一回，只觉唏嘘不已："上次帮你修补巨阙，那些个断续仙胶虽然有用，但总免不了在剑身留下创痕，恁地难看。我便想将它回炉重铸，但是宝剑毕竟是刀兵凶器，重铸需食血腥，我虽做不到欧冶子那般以身饲剑，流点血总是不怕的。那屏障需要用施术者血才能打开，偏巧巨阙上又有我的血……这也是天意使然，看来我是命不该绝。"

顿了顿又觉后怕："若我当时小气，只用仙胶帮你续剑，今日你出不了屏障不及救我，那我，也就死在那傲因手下了……还是亏得我宅心仁厚。"

展昭哭也不是笑也不是："端木，不管别人帮你做了什么，你胡编乱扯、七绕八绕总能把功劳绕到你自己身上。原来你方才得救，只是归功于你人好，跟我是没半分关系的。"

端木翠嫣然一笑："我不好吗？我若不好，你怎么会拼了命赶来救我？"

展昭见她言笑晏晏，并未因方才之事留有阴霾，心中也自替她欢喜，目光略向周围扫了扫，淡淡道："你自然是好，只是我们现下，非常不好。"

端木翠知她方才与展昭言谈之间，中首与右首的岔道处又涌出不少怪形怪状的物事，当时也未予理会，现下细看时，除了凿齿和媼，自己能认出的还有人面豹身的诸犍、类猪双头的并封、吸人魂气的猤囊、人脸猴身的山膜等，至于那些个自己认不出的，就更多了，因喃喃道："怕是亘古以来的妖兽，都在这冥道中集合了。展昭，此番你可开了眼界了。"

展昭不语，提剑交于右手，低声问道："它们怎么还不上？"

端木翠轻蔑一笑："它们个个都想上，个个又忌惮着旁人，不过你放心，总有出头的那个。"

"那么，你打算怎么办？"

"怎么办？"端木翠一怔，顿了顿轻声道，"我也不知。看起来宅心仁厚也不是什么好事——若你还被关着，现下要死的人，可能会少一个。"

展昭答得很快："不知怎么办就少说话，危言耸听动摇军心，先记三十军棍。"

端木翠先是一怔，继而一喜，仰头道："展昭，你是不是有法子？"

展昭见她满目希冀，实是不忍心拂她之意，低头附于端木翠耳边，压低声音道："端木，我的确是没有办法，可是我也不愿意束手待毙。是你说，多拖得一分，希望便大一分。中首和右首边俱有妖兽，若向主道奔逃，恐怕很快便会被追上，只有左首岔道杳无声息，我有心往此处走，又怕内里凶险更甚，反害了你。"

端木翠接口道："若是不去试上一试，你又不甘心，是不是？"

展昭微笑点头。

端木翠轻吁一口气，将头埋于展昭胸前，叹息般道："那便走吧，这条命是你救的，任凭支配。若是其中还有更大凶险，死前开开眼界也不冤枉。"

展昭合上双目，环住她腰身的手臂随之收紧，轻声道："它们有异动时，我便发足向左首岔道疾走。中途若有交手，可能无暇顾你。"

语毕沉吟片刻，伸手解开端木翠腰上束带，另一头从自己腰间绕过，至起始处绾结，道："这样更稳妥些。"

端木翠笑道："更稳妥些？我看是那些妖兽更欢喜些，抓着了一个还附带一个。"

展昭不语，将结扣扣死，忽然轻声道："端木，你当真一点都不怕吗？"

端木翠不明白："什么？"

"我看你方才吓得那么狠，只片刻工夫，却又言笑如常，真的不觉怕？伤处也不疼？"

端木翠沉默了一下，偏转头去，低声道："我以前打仗时，受了伤娇气得很，疼得直流眼泪，后来有一次被尚父骂，言说：'战场之上，受伤是常事，卸胳膊断条腿也不稀奇，你在这里哭，哭给谁看？'我被他一骂，再不敢哭。后来仗打得多了，受伤成了家常便饭，这边包扎好伤口下一刻金鼓又响，哪有空去想什么怕不怕疼不疼？虽然这么些年我在瀛洲养得娇气了些，但这些习惯还是留下来了。展昭，你若不提，谁会问我怕，谁会问我疼？"

展昭让她说得好生难过，半晌才道："这里又不是战场，有什么不要憋在心里，说出来便是。"

端木翠认真想了想，蹙眉道："怕倒不怕，疼是真疼。"

末了又补一句："待我恢复法力之后，再撞上傲因这个下九流的孽畜，必要叫它好看！"

展昭微微一笑，忽地压低声音，道："来了。"

最先按捺不住的是凿齿，来势极其汹汹，两柄长矛，自左右两路直刺而来。展昭于矛头来势觑得分明，脚下微错，矮身避开右路长矛，另一手迅速抬起，抓住左路长矛矛身，借着长矛前刺之势猛力前拽。那凿齿猝不及防，脚下一虚，上身倾前，展昭一声冷笑，腕转如电，狠狠将长矛后挫。凿齿收势不及，胸口正撞上后顿的矛尾，怪叫一声，跟跟跄跄退了开去。

左路既退，右路长矛重又刺到，展昭听风辨声，头也不抬，抬手搭上矛身，长臂前探，已绞住矛杆。这一绞之力甚大，那凿齿把持不住，长矛脱手，展昭手肘微带，将长矛半空翻转，一瞥眼看见那先前退开的凿齿又跃跃欲试，眸光一冷，森然道："找死！"

话音未落，手中长矛激射而去，直直插透第一名凿齿心口，余势未尽，又贯穿第二名凿齿胸腹。那两个凿齿被串作一串，左右跌跌撞撞了一回，方才倒下。

这几下兔起鹘落，一气呵成，且不提拿捏分外精准，单论身姿已是赏心悦目之极，端木翠心中暗暗喝彩，笑道："展昭，你功夫这么好，我真可安心睡觉去了。"

展昭唇角微扬，低头道："若觉得困，便睡一会儿，待会儿叫醒你就是。"

端木翠低低呵了一声，因差他："好大口气，你眼里放了什么？竟不把它们当回事吗？"

展昭眸中现出促狭笑意来，道："我眼中放了什么，你仔细看看不就知了吗？"

端木翠未及回答，忽觉腰间一紧，身已腾空，方反应过来，耳边又起剑声，不由暗道一声惭愧：只顾着跟展昭说话，竟忘记群敌环伺了。

这一回却比方才艰难许多，妖兽性情凶残，只顾扑食，打斗亦无章法，且除了凿齿外，其他妖兽均是皮坚肉厚，巨阙力有未逮，兼有那怎么也打不死的，挨一剑权当搔痒——展昭支撑起来煞是吃力。好在他用意在退而非战，虽是左支右绌，渐渐地也移近了左首边的岔道，再觑个空子，身形突地拔起丈高，腾出搂住端木翠的手臂，以巨阙剑鞘于一妖兽首上轻点，借势便要腾空，方拔起身子，就听端木翠惊呼一声，腰间一沉，迅速下坠。

眼见得下方便是群妖血盆大口，一旦落入围中，再难逃出生天。展昭心念急转，指翻如电，就听一声金石脆响，巨阙生生插入洞壁之内，两人下坠之势立止。

低首看处，这才发觉一只人脸猴身的山臊不知何时贴于端木翠身后，一双瘦骨嶙峋的前肢竟自后绕进两人身间，紧紧搂住端木翠的腰不放。

展昭倒吸一口凉气。

这山臊也忒会抓准时机了，算起来，自己松开手臂也就那么眨眼工夫，这样的空当都能被山臊抓住？

是这山臊运气太好了？

有可能。

还有一种说法，那就是：机会总是光临有准备的山臊的。

山臊身量本就瘦小，兼又诡诈，借着端木翠身体掩住自己，展昭若要用剑，自然投鼠忌器。

果然，展昭一怔之下，竟不知如何是好了。

展昭发怔，底下的妖兽脑子却分外活络起来，又一只山臊吱吱乱叫一气，忽地跃将起来抓住了前一只山臊的后腿，进而又欺身上来，这一来展昭承受的重量又增，眼见巨阙是扛不住了。

俗话说得好，趁热打铁——山臊显然是发觉此招甚是管用，于是乎第三第四只蓄势待发，俨然也要上阵了。

好家伙，这是要拔萝卜还是怎的？

展昭心下念头转得飞快，忽地眸光一紧，伸手抓住将两人系于一处的束带，腕上施力一弹，就听刺啦一声，束带断开。

布帛撕裂之声不大，听在端木翠耳中却不啻当头一击。

刹那间，被尚父弃于战场的诸般复杂心绪汹涌潮水般扑将上来，一颗心瞬间浮沉于滚烫的沸水之中，煎熬，却又无可奈何。

当年被尚父弃下，于瀛洲重生，杨戬曾问她心中可有怨尤，她一笑置之。

"战场之上，军令如山，为全局计，常需作手足之弃，端木是带兵之人，深谙此理，怎会心有怨懑？况且尚父为保我登仙，自弃神位，我只会感念尚父恩德。"

杨戬释然："端木，你真是深明大义。"

扪心自问，真的一点遗憾都没有吗？

当然是有的，弃子也好，背弃也罢，都绕不过那一个"弃"字，既"弃"，就说明她"可弃"。

可弃二字，让她觉得自己可有可无，这样的感觉，于任何人，都不会愉快。

不过还好，也仅止于不愉快而已。

这世间事，哪能件件让你如愿。

既然自己视同生父的尚父都能弃她，旁人弃她又有什么奇怪？

不管怎样，展昭陪她行路至此，结伴之谊，虽非长久，亦铭感五内。

端木翠一声轻叹，身子急速下坠间，双目微合，唇角扬起一抹淡淡笑意。

一声闷响，坠地。

端木姑娘反是安然无恙的那个。

要问为什么，那是因为她身下有一二三四只山臊做垫背。

先前拽住她的第一第二只是断逃不掉的，等着下海捞金的那第三第四只也未能幸免。

对此，我们只能满怀同情地说一句：打斗有风险，加入须谨慎。

貌似又跑题了，拉回。

前面说到端木翠是无恙，但是那一二三四只山臊可倒足了霉，本来从高处摔下来就不是什么轻省事儿，何况最上头还压了一个端木姑娘？端木姑娘再苗条再身轻如燕也是一个有斤有两的大活人不是?

一时间,山臊唧唧乱叫分外聒噪,兼之痛得撂胳膊蹬腿——这样也好,紧紧钳住端木翠腰身的胳膊总算是松开了——天知道,她险些被勒死!

还未及吁口气,就听展昭厉声喝道:"端木,闪开!"

端木翠惊怔睁目,竟见展昭拔出巨阙,势如破竹般倒冲下来。

一时间反迷糊起来:他还下来作甚?

如此想着,下意识将头一偏,只觉眼前剑光一闪,巨阙紧贴她的鬓边疾挥而过,身下山臊惨呼一声,身首已分。

适才端木翠掉落之时,周遭的妖兽已然围将过来,现下山臊惨死,或多或少将它们震慑了那么一下——说时迟那时快,展昭觑此空当,伸手托住端木翠的腰,臂上用力,暗喝一声"起",先将端木翠抛上了半空去。

冥道中的妖兽一定是很少见到人抛人这样的稀罕场景——或者说妖兽终究是妖兽,虽然脑子有片刻活络,但是大多数时候还是糨糊——与展昭这样的强敌对阵,居然临场开小差,统一抬头张嘴瞪眼睛,齐刷刷看西洋景去了。

此时不把你们这些碍手碍脚的家伙给了结了,更待何时?

端木翠被抛至半空,去势既尽旋即下坠,兼之听到下方传来妖兽惨呼之声,也不知展昭究竟如何,正自焦急间,腰间又是一紧,仰目看时,正对上展昭俯下的笑脸,心中一宽,待想开口说些什么,竟什么都说不出。

方才这番起落,瞬息万变,处处临场变招,却又端的不差分毫,连俺这样阅尽打斗的,都忍不住要拍桌子感叹一声:俺料中了这开头,没料中这结尾啊!

端木翠心中也不知是何况味,只觉好生疲惫,将头埋在展昭怀中,只盼着这场打斗快些结束。

再过了一会儿,忽觉浑身一震,知是重又履地,心中一惊,正想抬头,展昭俯至她耳边低声道:"我们进岔道了。"

端木翠心中一动,忙自展昭怀中挣脱下来,向岔道口看时,那些妖兽目光烁动不定,明明心有不甘蠢蠢欲动,却任谁也不敢上前一步。

展昭低声道:"看起来,它们忌惮得紧。"

端木翠点头:"这岔道深处,定然更加凶险。展昭,我们莫要往里走了。"

展昭有些不甚了然:"不……走了?"

端木翠伸手指了指黑魆魆的岔道深处："妖兽聚在岔道入口不敢擅入，一定是忌惮里头有更难缠的物事——不管是什么，我们撞上了也绝讨不了好去。莫若在此处等上一等。"

说话间，背倚石壁慢慢坐下。

展昭思忖片刻，也撩开下襟在她身边坐下，问道："等上一等？等什么？"

"曙光。"

展昭几乎忘记还有曙光这回事，一时语塞。

端木翠却似信心满满："我觉得周遭比方才亮上好些，你不觉得吗？"

展昭倒确是不觉得有什么变化，但端木翠既如此说，他也并不拂她，只是问她："手臂可还痛得厉害？"

端木翠实话实说："是。"顿了顿又加一句："我困得更厉害些。"

展昭知她昨夜未眠，方才又经历诸多颠簸，料想也是乏得狠了，便道："横竖一时无事，你不妨睡会儿。"

端木翠嗯一声，就势将头靠向展昭肩膀，安稳了片刻却又叹息着坐起，展昭奇道："又怎么了？"

"你的肩膀太硬了。"

展昭一时无语，他的肩膀还是头一次如此遭人嫌弃。

要说展大人的肩膀，呃，之前因缘际会，或办案或救人，的确也有不少佳人倚靠过，试用下来满意度极高，端木姑娘可能是第一个投诉的客户。

展昭想了想，还是为自己的肩膀辩护了下："所以那是肩膀，不是枕头。"

端木翠也不去理会展昭的话外之音，上上下下把展昭打量了番："你身上，就没有软些的地方？"

看情形，是不需要展昭回答了，因为问话那位姑娘话音刚落，便盯住展昭腰腹笑得意味深长。

"展昭……"

"不行。"展昭拒绝得干脆利落，他当然知道就形状或是舒适度来说，腰腹处最最接近枕头。但是若真的答应端木翠了……

四个字——

成！何！体！统！

"就只是垫一下，我又没有别的想法。"端木翠委屈，"你们大宋子民，于礼教守得也太严了些。"

"知道于理不合，就不该提。"展昭头也不抬。

"可是我是神仙。"端木翠嘟囔，"也没什么于理不合的，再说了，也没有人看见。"

难得她如此低声下气，展昭无端心软，可是一抬首，看到端木翠的眼神——分明是热切地看枕头的眼神！

于是继续不理睬她。

"不让垫就算了。"端木翠终于死心，犹有不甘地做最后陈词，"我一个神仙，不远万里，从瀛洲到宣平，一路上水也没喝上两口，到了宣平就忙前忙后，还帮人去开封府拿剑，也不知图的什么。进了冥道多灾多难，险些被妖兽吃了不说，胳膊都断成两截，只剩了最后一口气，休息也休息不好，因为只能枕着石头睡……"长吁短叹，作势就往地上倒过去。

倒没当真枕到石头，展昭适时拦住了她。

端木翠咬住嘴唇，一双大眼睛看住展昭，要多无辜便多无辜。

"怕了你了，神仙。"展昭叹气，微微撑起身子，将自己腰腹让了出来。

端木姑娘如愿以偿，终于枕上了心仪的"枕头"。

临睡前不忘许愿。

"希望我睡醒的时候，曙光就到了。"

展昭也咬牙切齿发了个誓。

"再多话，扔出去喂妖兽。"

"展昭你太小气了。"端木翠眼皮渐沉，不忘最后打击一下展昭，"佛祖舍身饲虎毫无怨言。我与你的交情比之佛祖与虎只深不浅，我朝你借个枕头，你就要扔我出去喂妖兽，未免叫人齿冷……"

眼见自己出力不讨好，展昭气结，待要呛她两句，忽听到端木翠气息浅浅，竟已睡着了。

展昭心下一怔，动作不觉放轻柔许多，低头看时，见她睡颜恬静，唇边犹有笑意，一时间心中说不出的柔和煦暖，因想着：若醒时有睡时一半乖巧，当不至于把人气到那般狠了。

如此想时，眸中笑意愈深，伸手帮她将遮住脸庞的秀发拂开，竟未曾留意到周遭荧光漫起，点点幽碧磷光之间，终于渐渐溶进玉色曙光来。

第十七章　温孤苇余

鸡叫过三，天色明起，公孙策大门一开——

原本准备直面新鲜空气兼直抒胸臆迎接又一日新生活，谁知迎来一对状似逃难的男女。

难怪有人说，生活便是一连串意料之外珠串而成。

四分之一炷香的工夫之后，公孙策好整以暇地捧一盏热茶，细呷细品，兼听展昭讲述那发生在冥道的故事。

正听到咋舌处，梳洗整装完毕的端木翠自楼上下来，因问："展昭，你说到哪儿了？"

公孙策关切之情溢于言表："端木姑娘，听说你受伤了？"

"胳膊吗？"端木翠刷地举起手臂，未等公孙策反应过来，上下左右一通摇摆："已经好了，拎个千八百斤不成问题。"

展昭咳了两声，补充说明："后来曙光重现，她法力恢复，手臂也就没事了。"

公孙策一时语塞：信息不畅，自己的关切之情也送得如此滞后。

"不管怎样，此趟冥道之行着实凶险——倒是多亏了展护卫在侧。"公孙策直觉展昭功不可没。

"话是如此，"端木翠想了想，提出个人意见，"展昭，下次救我，能不能不要把我球一样扔来扔去，五脏六腑都险些颠将出来。"

"还有扔来扔去？"公孙策好奇。

"可不是……"虽说受人救命之恩，端木翠原计划按下不表，但是听得公孙策问起，还是忍不住诉苦，"展昭素日里，都是这般救人？"

"当然不是。"公孙策断然否认，"将人抛来抛去成何体统？何况你还是个姑娘家，更加不妥。"

展昭暗暗叫苦。

端木翠一双眼睛瞪得溜圆："先生的意思是，展昭只是针对我？"

"正是！"公孙策一脸严肃，"端木姑娘，难道你看不出来，展护卫这是对你心有积怨？"

展昭咬牙：这是多明显的挑拨离间啊……

"为什么对我心有积怨？"端木翠委屈，"我又没有得罪过他。"

"难道你忘记，刚开始时你将他困在屏障之中？"公孙策给端木翠指点迷津。

端木翠似有所悟，半晌，颇为幽怨地看展昭："难怪在冥道之中朝你借个枕头都诸多搪塞，还说什么于理不合，原来公报私仇。"

"借个枕头？"

"就是……我受伤时倦了，借他靠一靠……展昭只是不肯。"端木翠说得含糊。

"这就更不对了。"公孙策摆事实讲道理，"展护卫以往办案，也救过不少官家小姐，或倚或靠，他何曾道过半个不字？"

"公孙先生！"展昭终于忍不住。

公孙策心情大好，很是得意地溜了展昭一眼：虽说搬弄是非不是君子所为，但是偶尔为之，的确是怡情怡性，妙不可言。

这厢公孙策刚消停些，那厢端木翠又叹开了，偏还故意叹得幽怨缠绵，直叹得展昭忍无可忍。

"你还要不要同公孙先生商量冥道之事？"

于是，话题总算是扯回正道来了。

端木翠伸指在空中比比画画，为公孙策详述冥道情由。

"这里是个穹顶，冥道在此处一分为三，先生可看得明白？"

点画之间，冥道构图已隐现半空，哪里为顶，哪里分道，清清楚楚，一目了然。

展昭轻吁一口气：眼前图景太过惟妙惟肖，一时间竟有重处冥道的错觉。

"右首岔道是关押宣平亡魂的地方，我曾亲眼见到凿齿将亡魂押入。左首岔道是后来我跟展昭的藏身之所。"言及至此，端木翠有些许得意，"我早同展昭说，妖兽不敢入内，个中必有蹊跷。展昭，后来我带你入内看过，你总算相信了？"

展昭微笑："何消你带我进去看，我自然相信的。"

公孙策使劲瞪大眼睛，试图从那小小岔道内看出端倪来："这岔道内究竟有什么蹊跷？"

端木翠笑而不答，忽地袍袖一展。

公孙策尚未反应过来，便听到无数翅膀拍叠之声，紧接着图幅中寸许方圆的岔道之内，竟飞出黑压压成千上万只血蝙蝠来，乍看只粒米大小，密密麻麻飞赴不绝，一出图幅见风即长，双目赤红如血，利爪虬曲如刀。更瘆人的是其面目，虽只拳头大小，偏五官具备，皱纹交叠，挤眉弄眼，怪异之至。公孙策猝不及防，腾腾腾连退数步，险些跌坐地上。

就听展昭急道："端木，莫要吓先生。"

话音未落，只听端木翠一声清叱，眼前所现，顿化乌有。

即便知道方才所见皆是幻景，公孙策还是忍不住冷汗涔涔。展昭看向端木翠，目有责备之色。

端木翠低声嘟囔："公孙先生重任在肩，我只是想让他先适应一下。"

展昭语气略重："先生要对付的并非血蝙蝠。"

"先生若连血蝙蝠都不怕，当不致忌惮鬼差。"

公孙策先是如坠云里雾中，继而头皮发麻："为何是我重任在肩？让我习惯什么？鬼差又是什么？"

展昭沉默片刻，字斟句酌："公孙先生，此番当真是要偏劳于你。听端木所言，宣平死者，只要尸身尚在，还是可以返生的。"

公孙策这一惊非同小可："当真？"

端木翠点头："冥道罗魂不比黑白无常勾取人命——冥道鬼差收走的魂魄，都是不当死之人。只要尸身无损，将魂魄放归之后再以七星灯续命，返生理当有望。"

公孙策慢慢平复下来："你所言的七星灯，可是诸葛孔明在五丈原点起续命的七星灯？听闻要点七盏大灯，外围七七四十九盏小灯，个中又有本命灯，恁地烦琐。"

端木翠笑道："是这灯没错，不过不必这般复杂。只要在尸首头脚七寸处各点一盏槐油灯，放归魂魄后护灯三刻不灭，当可事成。"

公孙策似有三分明了："端木姑娘如此说，是想让我护灯？"

"名为护灯，实为救命。还乞先生成全。"

公孙策哑然，继而失笑："端木姑娘，你怕我回绝吗？事有可为不可为，既为救命，公孙策岂敢有二话？"

"有句话我须说在前头，羁押亡魂的妖兽即为鬼差，它们不会听任你护灯，兴许会用尽手段阻挠于你。"

公孙策大笑："那也唯有兵来将挡水来土掩，鬼差来了公孙挡了。"

端木翠这一下好生意外，笑向展昭："公孙先生的胆子，可比我先前所想大得多了。"

展昭轻声道："公孙先生不是胆大，是任重而无畏，着实令人叹服。"

端木翠却不明白胆大与无畏究竟有何差别，疑惑了一回，也不再略萦心上。

倒是公孙策又想起一事，因问道："你方才说亡魂被羁押在冥道岔道之中，又提及'放归魂魄'，难不成要二进冥道？"

端木翠神色颇为郑重："确是如此，曙光力弱，只能让冥道显形一个时辰。方才在冥道之中，法力甫复，曙光便行退却，我只得与展昭匆匆离开——初探冥道，可说是一无所成，二进冥道势在必行。而且，为了不耽搁时辰，再入冥道之时，我会径自去寻温孤苇余，放归魂魄一事，要请展昭帮我去做。"

公孙策心惊："那岂不是很危险？端木姑娘，你进了冥道就失去法力，如何去寻温孤苇余？展护卫要单独对付妖兽吗？可有万全把握？"

端木翠笑道："公孙先生，你要护灯，岂非也有危险？谁敢讲有万全把握？尽力趋吉避凶罢了。"

一席话说得余皆默然。

端木翠见两人面色凝重，倒是暗悔自己将话讲得重了，忙又说："先生且放宽心，在此之前，我也会做些准备——如果事先在你和展昭身上写上符咒，鬼差当不能轻易近身。"

公孙策皱眉："那么你又当如何？"

端木翠笑道："吃得一堑，如何不长一智？此番我都想好了，开始就要同曙光之灵讲定——冥道显形之后，它们不要再傻愣愣挂在中天，径自来找我便是，我带着曙光入冥道，就不会再有失去法力的风险。"

公孙策细细想了一回，心下稍定："这样听来，似乎已有八分妥当。只盼着莫要再出意外才好。"

端木翠禁不住苦笑，因想着：若能事先预知，只怕也不叫意外了。

事既议定，接下来自然要由李掌柜出面张罗，于是一通打门，唤起睡眼惺忪的聚客楼掌柜。

李掌柜倒也不是闷头不问事之人，听过公孙策吩咐，径自将心中疑惑道出："宣平有疫以来，为防瘟疫扩散，因疫而死之人的尸身向来是就地焚毁。公孙先生，现下不但不让烧，还要一并送至城隍庙存放，又要首尾点灯，实在……"

李掌柜面现为难之色。

又不能将个中缘由向他细解，公孙策唯有含糊其词："在下颇通玄异之术，或许能招得魂归也未可知。"

"招魂？"李掌柜的眼珠子险些没瞪出来，"先生还会招魂？"

公孙策汗颜，硬着头皮继续忽悠："略通一二。"

李掌柜还待感喟几句，端木翠却嫌他啰唆："掌柜的，你照办就是了。公孙先生若真能招得魂归，救人一命胜造七级浮屠，可谓功德无量。就算是招不回来，你们又有什么损失？横竖试上一试。"

听着确也在理，李掌柜心一横，跑腿去也。

到得此刻，展昭与端木翠方才真正消停下来。

一时相对无话，反觉白日漫漫，待了半晌，端木翠叫饿："公孙先生，有吃的没有？"

公孙策朝灶房努了努嘴："昨夜剩下的饭菜，都在那儿了。"

"就没有早膳吗？"

"你也看到了，李掌柜是直接被叫醒了去忙活的，哪里有空备餐？"

"那先生不做吗？"

"应该由我做吗？"

"那展昭不做吗？"

"应该由展护卫做吗？"

如此超强对答，展昭听得面部一阵抽搐。

末了，端木翠终于在公孙策的引导下了然自身使命，老老实实进了灶房。

八分之一炷香的工夫之后，期期艾艾出来请展昭入灶房"议事"。公孙策好奇之下也想跟进去看看，端木翠说死也不让。展昭心下叹息，待看到几个熏得乌黑的碟子里其状难辨的烧焦物事，更是以手扶额，呻吟不止。

端木翠赔着小心解释："原本只想那个……加热一下，谁知道三昧真火威力太强，直接烧得好像炭一样了。"

展昭毫不客气："你若不做神仙，改行卖炭足可养活自己，卖炭翁还需伐薪烧炭南山中，你就地取材，无本生利。"

端木翠不吭气了，她确有这么点好处：但凡自己真的做错了或者理亏，立刻心慌气短斗志不再。

顿了顿，清清嗓子，老调重弹："我一个神仙，不远万里，从瀛洲到宣平……"

"一路上水也没喝两口，到了宣平就忙前忙后，还帮我去开封府取剑。进了冥道九死一生，好容易脱险还要进灶房备膳，是吧？"

端木翠笑得分外热情："展昭，你真是……善解人意。"

"从你口中听到夸赞之语，还真是难得。"展昭没好气，"礼下于人，必有所求。你让我进来，究竟为的什么事？"

"自然是……请你帮忙。"

"帮什么忙？"展昭故作惊讶，"让公孙先生把这些炭给吃了？"

"当然不是。"端木翠笑得面颊发僵，"展昭，你还记不记得，上次你煮粥，险些把开封府的灶房……给烧了？"

真是……

好事不出门，坏事传千里，哪壶不开提哪壶！

那次险些烧了开封府灶房是不假，但明明事出有因：若不是当时刺客正好来犯，他也不会离了灶房——谁能预料到灶膛的火烧将出来，引燃了柴堆？灶神不明因果，便去跟端木翠搬弄口舌，着实可恨。

"记得，又怎样？"

"那这次……"端木翠吞吞吐吐，目光便在展昭与碟中炭之间逡巡。

展昭先是莫名，而后瞠目结舌。

"你不会是想说……这些炭是我烧出来的吧？"

端木翠笑得愈加温柔："展昭，反正上次已烧了灶房，这一次你帮我下厨，烧焦了菜也不稀奇……"

展昭径自打断端木翠："为什么是我烧焦了菜而不是你？"

"我是神仙啊。"端木翠再次把身份问题摆上桌面试图博取展昭同情，"如果公孙先生知道我连这些小事都做不好，岂不是颜面尽失？"

"你的意思是，我把菜烧焦了就很风光？"

"人家只是同你商量商量，"端木翠委屈，"你就这么咄咄逼人。"

展昭无奈："菜烧焦了就烧焦了，公孙先生也不是非吃不可，跟先生实话实说，先生不会为难于你。"

"那多没面子……"端木翠嘀咕。

姑娘哎，你是有多爱面子……

展昭终于无语，凑近碟中炭又端详了一回，实话实说："不是我不帮你，你自己看看，我实在是没那个本事将菜烧焦成这等模样——先生何等聪明，定不会相信的。"

"那你总有办法吧？"端木翠对展昭寄予厚望。

展昭苦笑，只得给她支招儿："平日里脑子倒聪明，此刻反糨成一团了？既是神仙，穿墙出去，现下正是早膳时分，去邻近人家借些来，也可蒙混过关。"

"借些……"端木翠喃喃，蓦地双眸亮起，"是了，我怎生没想到，我这就去。"

笑吟吟转身欲走，却又被展昭拽住。

"身上有银子没有？"

"还要银子？"

展昭掏出碎银子给她："都是普通百姓人家，你还真白拿了别人的？记得与人些银子。"

端木翠接了银子，忽地又想到什么："那先生那边……"

"快去快回，我替你瞒过便是。"

端木翠喜上眉梢："展昭，我便知找你没错的。"

展昭不答，含笑目送她穿墙而没，这才掀帘出了灶房。

公孙策果然有些好奇："端木姑娘找你何事？"

"端木她……"展昭脑子倒也转得飞快,"问起先生喜欢吃什么,也好有个准备。"

"都是昨日剩饭,还能翻出新来?"公孙策笑着摇头,"不过端木姑娘也真是有心。"

展昭暗道一声惭愧,暗暗期盼这位"有心"的姑娘快快归来。

端木翠这次倒没让展昭失望,不多时便笑盈盈自灶房出来,左手捧了个蒸笼,右手端着盛满饺子的瓷碗,身后还跟了三四个忽上忽下的海碗,凑近一看,酱菜有之,米粥有之,油馍有之,卤肉有之,掀开蒸笼,却是热腾腾一笼包子。

看起来,是扫荡了不少家。

公孙策讶异:"端木姑娘,这不是昨日的剩菜吧?"

"当然不是。"

展昭舒了一口气:她若答曰"是",才真真骇人。

"那这些……是怎么办到的?"公孙策着实欢喜。

"当然是神仙法术的精妙之处了。"端木翠大言不惭。

展昭想到灶房中平白多出的那几块炭,微微一笑,话中有话:"神仙法术,的确精妙非常。"

公孙策自察觉不出展昭弦外之音,伸筷拈起一只包子:"端木姑娘,这包子是什么馅的?"

"啊?"端木翠倒不提防有此一问,她方才走东家串西邻,知道蒸笼中是包子拎了便走,倒的确不知包子是什么馅的。

不过她反应倒是不慢:"这包子馅可费了我许多工夫,先生不妨猜猜看?"

彼时展昭正低头喝粥,听她如此讲,便知她又在胡混,一个忍俊不禁,便被汤粥呛到,拼命低头忍住笑,借着咳嗽掩饰过去。

公孙策倒认真起来,将筷子移近跟前,翻来调去看了半天,又细细嗅了嗅,有些不确信道:"是荠菜的?"

"先生说是,就是吧。"端木翠语焉不详,继续故弄玄虚。

公孙策哈哈一笑,反觉得端木姑娘今日分外讨人喜欢,张口一咬,不由点头:"是荠菜的,香得很。"

端木翠这才长长舒了一口气,也伸手拈了一只,想也不想径自递与展昭:"展昭,你也吃。"

展昭未料到她竟是拿给自己的，愣了一回才接过，抬眼时便见公孙策看住他若有所思，目中尽多戏谑意味，不觉面颊发热，微微偏转了头去。

公孙策却不放过他，意味深长道："端木姑娘费了这许多工夫才做好的包子，味道确是不凡。展护卫，你快尝尝。"

展昭盛情难却，只得咬下一口，含糊其词："的确不凡。"

两人话中有话，弦外有音，只端木翠听得心中称奇，因想着：那户人家的主妇，也未见什么奇特之处，能做出怎样不凡的包子了？想来想去委实纳闷，拈了一个来吃，自觉也属平常，心下愈加不解。

那边厢公孙策不但自己吃得高兴，还一个劲撺掇展昭："展护卫，端木姑娘一番心意，你多吃些。"

展昭有苦难言，扛不住公孙策热情推销——"这包子馅端木姑娘费了许多工夫""总是端木姑娘一番心意"，只得辛苦埋头吃包子，吃完一个，公孙策又分外热络地递上一个。

一顿饭下来，其他碗中动的都少，独那一蒸笼包子，堪堪见了底。

饭毕，公孙策带同二人一起去城隍庙看李掌柜准备得如何。路上展昭寻了个空子，将端木翠拉后一些，咬牙道："下次再去寻吃的，除非是立了心意要把人撑死，否则莫要弄这么多包子来。"

不提还好，一提至此，端木翠分外委屈："公孙先生直说那包子好吃，我只吃了一个，都没品出什么味来。有心再吃一个，就见你左一个右一个，吃着一个还抓着一个，唯恐你不够吃，都省了给你吃，你反嫌我弄得多了？弄得多了你还全吃了，没说留我一个？"

展昭未料到她反有理了，语塞半晌，末了恨恨道："总之，你若再下厨，做什么都好——除了包子。"

未及端木翠回答，公孙策回首招呼二人道："脚下放得快些，前头便是城隍庙了。"

进得城隍庙来，李掌柜果带了一群人忙活得正紧，前面的大殿中分左右两边，各摆了约莫二三十具尸首，问起昨日移入的重疫病人时，原来都已差人抬去了后殿。

见公孙策左顾右盼似在点数，李掌柜过来解释："前几日的死者都已烧掉了，这里是这两日的。"

顿了顿又道："有几户都已抬走要烧了，听闻先生能招魂，又赶紧追回送了过来。"

公孙策略点了点头，心中却不禁沉了几分，四下看时，在尸首边忙活的多是死者家人，听到李掌柜的所言，都抬头看向公孙策，目中尽多希冀之色，还有几个妇人当即便过来给公孙策跪下，未及开口便抹开了眼泪，慌得公孙策忙不迭将人扶起。

展昭亦是心下恻然，因问李掌柜自己可有帮得上忙的地方，李掌柜道："此间就不麻烦展公子了，家里人尽可安排妥当。后面公孙先生招魂时，还望展公子多多帮衬。"

他忖度着展昭与公孙策本是一道，既然公孙策会招魂，想来展昭也是不差的。

展昭微微颔首，算是来了个默认，四下走动看了一回，几次欲上前帮忙，死者家人只是含泪婉拒——料来至亲之人的身后事，他们并不想让旁人插手，展昭也就不再坚持，淡淡一笑便退了开去。

此时才发觉不见了端木翠，问公孙策时，公孙策道："方才好像还在这里，一晃眼便不见了。"

展昭又等了一回，不见端木翠回来，心下有些着急，正没理会处，忽听端木翠叫他："展昭。"

回头看时，端木翠正站在殿门口向他招手。展昭快步过去，就见端木翠手中托了个盛了一半水的水钵，钵中斜搭了支小毫。正觉奇怪，端木翠拉他向外走，道："横竖你在里头也帮不上忙的，出来我帮你写符咒。"

展昭了然，随她到殿前阶上坐下。端木翠将水钵搁在一旁，从腰间取出碧玉小刀，便在中指腹处割了一道。俄顷血珠渗出，端木翠以手作笔，在钵中水面之上迤逦写过。展昭只见淡淡血线氤氲开来，原本平静的水面忽地便如烧沸般鼓震不休，待得重新平静下来，一钵水已然丹砂般赤红。端木翠吁一口气，将那小毫在钵中蘸过，微微仰起脸来，先就展昭衣袖处写开。

展昭留神看她笔法，只觉行笔甚是怪异，忍不住问道："端木，你写的是什么字？"

端木翠一边写一边道："自然是仓颉造的字了。传说他闻鬼神夜哭而造字，用他造的字写就符咒，那些个妖兽鬼差更敬畏些。只是笔法太过冷僻，有些我都忘记怎么写了。"

这话说得倒是实在，展昭见她中途几次停下，眉头颦起，只是咬住笔杆出神，便知她又忘记怎么写了。还有几次，似是忘了符咒，口中念念有词，默念了好几次，方才续笔。展昭忍不住想着：端木这等性子，要她记这些繁复符咒和冷僻笔画，确也不是易事。

不多时日头高起，冬日和暖阳光洒将下来，暖意似从四肢百骸而入，叫人全身心融融得分外舒服。端木翠略略抬起头来，姣好容颜恰似镀上一层柔柔金色，面上神情分外认真沉静，较之往日，异样美丽。展昭一时看得怔住，竟微微失神。

也不知过了多久，忽听端木翠一迭声唤他，回过神时，但见端木翠满目狐疑，道："展昭，你看什么？我唤你几次你都不应。"

展昭唇角微微上扬："我只是觉得，你这般安静不说话时，似与平日间换了一个人，尤其的……好。"

端木翠奇道："尤其的好？我不说话时反尤其的好？好在哪里？"

展昭看住她，眸中笑意愈显，也不言语，只等她自说自话。

果然，端木翠自己臆想开了："不说话时反尤其的好？展昭，你是嫌我素日里聒噪了吧？"

展昭笑而不答，稳当坐看她如何应付。

这一点上，端木姑娘从不让他失望。

"展昭，我也觉得，你不说话时，分外的好，好过你平日间千万倍。不如这样，我们都不说话，互不理睬，索性让你好到底。"

端木翠说到做到，除了偶尔翻展昭两个白眼之外，接下来果然再不理睬展昭——是为一言九鼎，真信人也。

展昭却也乐得自在，这几日劳碌奔波，于冥道内出生入死，一颗心几曾落过平地？忽然间便能如此安闲地坐于此间，沐着冬日晴光，旁侧美人"红袖添香"——虽然这美人只是在他袖上鬼画符，间或扔两记眼刀破坏情调——在展昭看来，已是难得奢侈了。

更难能可贵的是，这姑娘主动缄默，给他留出大幅余地，回味这几日跌宕辰光。

许是性格使然，劫后余生，展昭更喜静坐一隅，将凶险之途细细梳理，酸甜

313

苦辣，诸多情愫，该扬弃者自扬弃，该收藏者自收藏，歇得一回，缓过劲来，重又整装上路。旁人看来，还是往日形貌，殊不知心中自又沉淀许多——数十年来，习以为常，哪一次真缺了这一环节，反周身各处都不自在，直觉少了些什么，恁地怪异。

因此上，此时此刻，更觉分外宁静、别样安详，略略展目，远处屋舍之上，偶有炊烟扬起，也不知是哪户懒起人家，误了早膳时辰，此刻方才急急生火起炊。

人生起伏，一起需得一伏来平；世事悲喜，悲处需待喜处熨帖。就如方才经历大劫，必得眼前这样的大安宁大祥和大平静方能抚慰，否则永处骇浪，频经谲险，他纵是铁打筋骨也吃不消。

心念至此，胸中五味杂陈，一时间喉头发酸，双目亦随之发涩——他总是如此，笑对生死淡看沉浮，却常为身边寻常细小事感动如斯。轻轻合上双目，静静压服下突如其来的情感上涌，这才叹息般低声道："端木，这样真的很好。"

"哈！"端木翠扬起脸来，一脸烂漫笑意，"展昭你输了，说好了互不理睬的，你先开口，你就输。"

"是，我输了。"展昭微微点头，"若得眼前景长久，我愿多输几次。"

端木翠微微一怔，旋即笑道："你今日变作了文人吗，说话都如此拗口。"

说话间，忽听巷口悲恸声起，两人齐转头看时，却又有一户人家抬了担架往这边过来。啼哭的是旁侧依着担架的素衣妇人，身后跟了两个才总角的小儿，牵着那妇人衣角哀哀而泣，一行人急急忙忙进殿去了。

展昭暗自叹气，看端木翠时，却见她面上竟似有羡慕之色。

"人若死了，需得这样哭哭啼啼方才热闹。"

展昭愕然："端木，人之殁亡于家中亲人，是一大不幸。"

"我知道啊。"端木翠眸光黯淡下来，将手中小毫在钵中搅来搅去，"可是我若死了，连个为我哭的人都没有，想想都觉身后凄凉。"

展昭笑："你是神仙，与天地同寿，安康长久。"

"那也未必，前些日子，狸姬擅入瀛洲，不就戕害了瀛洲女仙？还有今日早些时候，在冥道之中，我也险遭不测。谁敢说安康长久？"

展昭竟不知如何出语安慰于她。

又听她低声道："展昭，我希望我身故之后，有人将我风光大葬，有儿孙为我披麻戴孝，出殡时沿路哀哭撒下纸钱，年年有人为我上坟烧纸，时时念叨起我，这样才热闹些。可是能为我做这些事之人，朋友也好，亲人也好，都死在我的前头。有时候想起他们，连面目都记不清了，实在是隔了太久太久了。"

展昭低声道："瀛洲的日子，不尽如人意吗？"

端木翠摇头道："不是不尽如人意，是太冷清了些。我有个大哥叫杨戬，他远在天庭，被封作司法天神，事务繁忙，隔着很久才能来看我一次。有时候想想好生无趣，生也孑然死也孑然。世间那么多人想要登仙，登仙有什么好，一个人孤零零的，纵有行天走地翻江倒海的本事又能怎样？"

展昭笑道："说的什么话，什么叫生也孑然死也孑然？我不是你认识的人吗？公孙先生不是吗？还有张龙、赵虎、王朝、马汉他们，不都是吗？"

端木翠看住展昭，好生认真道："展昭，我若死了，你会好好安葬我吗？"

向来只有托生，望君好生照顾云云，未料到竟从端木翠口中听到截然相反的话来，展昭知她并非说笑，但若真要说出"好好安葬于你"的话来，又觉匪夷所思违背常理，是以左右为难，只是说不出口，如此踌躇好久，忽地抬眼见到端木翠眸中满是期冀，心中一悸，已有了计较，将她拉近身前坐下，柔声道："自然会的。不但风光大葬，还要年年上坟烧纸，时时心中记挂，不会让你觉得地下冷清，日子寂寞。"

端木翠怔怔看了展昭良久，嘴唇微微翕动，反说不出话来，末了垂下眼帘，将小毫在钵中又蘸了一蘸，拉过展昭另一只衣袖继续为他写上符咒，只是心神不定，写了几行又停下，将展昭衣袖在手中攥揉了许久，这才低声道："展昭，你这个人，真的是很好……很好的。唉，你这么好，将来莫要被人欺负才好。"

展昭失笑："有谁会欺负到我？"

端木翠摇头："我也不知道，不是老说人善被人欺吗。以后当真有人欺负你，你就告诉我，我会好好整治他。"

展昭逗她："那你若不在了，我去找谁为我出气？"

话甫出口，便觉后悔，只因着方才端木翠提起身后之事，他一时未跳将出来，这才脱口而出。虽说知道端木翠不会介意，但心下总觉怪异，似是故意出语咒她一般，不觉有些讪讪。

端木翠反认真起来，颦眉想了一回，喃喃道："这倒也是……"

越想越觉理不出头绪，不自省自己思绪混乱，反觉得眼前提问之人分外多事，索性脸色一沉，没好气道："展昭，你这个人真是麻烦。别乱动，我在写字。"

于是顷刻工夫，展昭由"很好很好的"变作了"麻烦"。

所谓冰火两重天，想必亦如是。

是夜，月洗中庭。

在聚客楼匆匆用了晚膳之后，公孙策、展昭并端木翠三人便回到城隍庙。李掌柜先还陪三人坐了会儿，不久疲乏上身，被公孙策劝了回去休息。近子夜时，陪同在侧的逝者家人也三三两两离去，走之前少不了过来又拜谢公孙策一回，目中殷殷期待之意。公孙策未曾施力便受人大礼，心中不知暗道了多少声惭愧。

丑时初刻，偌大城隍庙，便只剩了这三人。

日间劳碌，本就乏人，丑时又是一天内最疲困的时辰——偏这三人浑无睡意，一个赛一个地清醒。

端木翠就不用说她了，神仙构造，体质异于常人，虽说也会乏会困，但耐久力绝对一流，再撑个几晚也不成问题。

至于展昭，他是心中有事——这一趟言说是并肩作战，实则兵分三路，"主战场"完全不同，两两之间无法策应，公孙策和端木翠，哪一个都让他足够忧心。

再说公孙策，他实在是给……吓精神的。

胆子小不是缺点，从某种意义上说，更利于侧面提醒我们谨小慎微热爱生命，公孙策一介书生，闲时磨磨墨浇浇花研究一下岐黄之术，子不语怪力乱神若许年，平生做过最为凶险之事估计就是在刺客来袭之时保持镇定兼与大人互相掩护着撤退，忽然间被许以大任，要在群魔乱舞之间独立守住这一亩三分地，心下波涛翻滚、忐忑难安是绝不奇怪的——昏昏欲睡饱暖思温床才叫不正常。再说了，大半夜的，坐在这破败的城隍庙门槛上，身后是一殿的死尸，时不时还有阴风袭背，回头看时，殿内漆黑一片，借着夜色，勉强能辨出躺着的一具具人尸，尸体首尾处的油灯内，盛着满满的泛着怪异光泽的槐树油……这场景，搁着谁谁都瘆得慌。

原本三人还是饶有兴致地闲聊着，只是后来聊到"奇闻逸事"这一环节时，端木翠无端热情高涨。公孙策敏锐地察觉出她很有显摆自己阅历非常想给大家讲鬼故事的倾向，当机立断，腰斩了谈话。

于是端木翠很是悻悻，谈兴一落千丈，懒洋洋背倚门楣，双手环膝，下巴直如小鸡啄米，在膝盖上点来点去。

待得展昭注意到时，她已经不亦乐乎地点了许久，偏还点得很有规律很有节奏，让展昭平白想起寺庙中的木鱼，也是这般隔一会儿敲一下，颇有异曲同工之妙。

再看了一回，展昭心中好笑，忽地伸出手去盖住她膝盖，端木翠这一点恰点在他手背之上，心中奇怪，歪头看他道："你干吗？"

展昭抽出手来，顺手将她垂落的发丝拂到耳后，微笑道："你倒是不嫌累。"

两人这边一说话，公孙策也从发怔之中反应过来，忽地想起什么，向端木翠道："端木姑娘，你晚间帮我写的符咒，能写在你自己身上吗？"

端木翠摇头："那符咒是保护凡人免受鬼差伤害的，于我没什么用。"

"若你失去法力又变作凡人，符咒不就可以保护你了吗？"

端木翠嘴一撇："我此番带着曙光入冥道，怎么会又变作凡人？"

公孙策叹气："话不能这么说，最中央的岔道你没有进去过，谁知道温孤苇余在里面搞什么名堂？里头没准有更厉害的妖兽，说不定就有专门吃曙光的。"

展昭原本以为，依着端木翠的性子，必会出语把公孙策堵个够呛，哪知端木翠不但没有回口，眼中反露出诧异之色来。展昭心中一动，脱口而出："端木，的确是有吃曙光的妖兽是不是？"

端木翠迟疑了一下："是有的，有一种很小的妖兽，只婴孩拳头大小，因为天狗食日，这种妖兽吞噬曙光，其状又类狗，上界称之为小天狗。"

公孙策误打误撞，竟还打中撞中，心中说不出的得意："你看看，如果你遇到温孤苇余，他到时候放出一群小天狗，曙光落荒而逃，你哪里还有法力？到时候还不是要凭符咒救命？"

端木翠为自己辩解："可是小天狗不是上古时候的妖兽啊，冥道怎么会有？"

"说不定是温孤苇余带进去的。"

"温孤苇余好端端的，为什么要带小天狗进冥道？"

这两人若如此绕下去，只怕到天亮都绕不出个所以然来，展昭叹了口气，语气略略放重了些："端木，先生是为你好。"

"又要写字！"端木翠气苦，"还是那么冷僻的曲里拐弯的字，第三遍！"

展昭的目光在传递出同情的同时，也明明白白昭示出绝无半分商量余地的坚持。

端木翠哀怨地盯了展昭许久之后，俩字，认命。

这一次写符咒与先前给二人写时又不同，只是以手指蘸着钵中血水在面前凌空点画，那只小毫依着手指点出的笔画在她衣裳之上走走停停。她写得起劲时，那小毫也走得雀跃；一时想不起笔画时，那小毫也巴巴停在当地。更好笑的是有几次她写得烦恼，呻吟着将头埋在膝间，那小毫竟也如同遭了霜打一般弯下腰来，全然没了平日间"笔直"的形象。

展昭见惯不惊，公孙策却看得叹为观止，因想着万物有灵，的确不只是口头说说这么简单，扭头看城隍庙的一砖一瓦，感受亦是不同往日。

就这样有话没话，有搭没搭，辰光如涓涓细流，留之不住追之不及——转眼间，已是入曙时分。

公孙策看着端木翠唤下曙光，听她给曙光加持归去来咒，又看着那团曙光高高去向中天，竟没来由地心慌起来。

端木翠也有些紧张，方才大把闲暇，她都没什么话说，此刻分别在即，她反涌出许多事来要交代，其实说来说去，都是她先前吩咐过的。

"公孙先生，曙光现于何处，冥道便在哪里显形。待会儿我们所在的位置，就是冥道入口。展昭成功放归魂魄之后，这些人首尾处的七星灯会自行燃起火焰，届时鬼差追魂而至，会想方设法灭灯。我已在灯上设下符咒，他们无法近前打翻油灯。最要防四个鬼差聚在一起吹灯，是为'四面阴风'，灯灭人死，最是凶险，切记。"

原来这就是鬼吹灯……

公孙策心跳如鼓，唯恐漏掉什么，用心记下，不住点头。

吩咐完公孙策，待要向展昭说两句，眼前忽地一黑。

就听展昭沉声道："冥道显形了。"

端木翠低低"嗯"一声，因惦记起吩咐展昭的事来，却又不知从何开口，犹豫了一回，于黑暗之中，几不可闻地叹了口气。

不多时，曙光争先恐后，渐次回归，一粒粒微渺曙光，在半空中划过一道道极细的光痕，愈是近前愈是莹亮，随意附着于端木翠衣袂之上，起偃无序，明灭不定。朦胧光影流转之下，端木翠的样貌忽而明晰忽而模糊，一时观之可亲，一时却又疏远陌生。展昭忽然生出空落之感，只觉天地尤其阔大，余一颗心飘飘荡荡，上下左右茫然试探，终年累月也触不到壁。

曙光归毕，端木翠思忖片刻，伸出手指隔空向着展昭和公孙策袖上各比画了一回，顿了一顿，自两人袖上各自翩翩飞下一只蝴蝶来。展昭心中一热，只觉分外亲切，脱口道："信蝶！"

端木翠含笑不答，伸手弹了弹自己衣袖，低声叱道："过去几个。"

话音未落，就见数点曙光自她袖上起来，慵慵懒懒，与信蝶会于中道。过了一会儿，曙光不见，两只信蝶却通体散出光来，晶莹剔透，直如明灯。

公孙策暗暗称奇，低头看衣袖时，才发觉袖口处破了一块，视其形状，正与信蝶轮廓吻合，料想展昭袖上亦如是，因胡思乱想：不知道这信蝶不飞时，是不是恰能将空处填上？若是随意寻块布料补了，便是块蝴蝶补丁——又不是大姑娘小媳妇，袖上补上这么个物事，张龙、赵虎他们背后定会笑个没完……

正如此想时，原本飞在一处的信蝶已然分开，一只停于展昭肩上，另一只却飞回殿中，立在一只七星灯的灯沿处，蝶翅微颤，连带殿内忽明忽暗，阴影憧憧欲动，说不出的怪异。

端木翠笑道："曙光若全被我带走，你们便什么都看不到啦，留下两只信蝶，给你们照明用。"

顿了顿又道："那……我先走啦。"

这一时刻终是到来。

端木翠去势极快，瞬息间已没入冥道入口。展昭轻吁一口气，也不再多作耽搁，转身向公孙策拱了拱手，亦疾步向冥道去了。

公孙策眼见巨大阴森的黑色洞口正对着城隍庙，不由打了个冷战，下意识往殿内后退了一步。

其实方才端木翠收曙光之时，周遭一切声息已然停歇，只是三人或说或话，并无明显感觉。现下两人一走，公孙策才发觉四周静得可怕，左右看时，怕是除了自己和那只信蝶，再无活物。战战兢兢退入殿中，寻了个蒲垫端端正正坐下，明明只他一人，却深恐自己手脚摆的不是地方，坐得甚是局促。也不知过了多久，只觉自己的心跳声慢慢放大开来，开始时震得耳朵嗡嗡作响，紧接着偌大殿内，不知名的犄角旮旯，似乎也有这般一下紧过一下的声音涤荡开来，将自己的心跳带得愈加急促沉重，胸口滞涨无比——心知如再这样下去只怕不妙，紧要在快将注意力转移开去。

于是跟信蝶打招呼："在下公孙策。"

信蝶很是安闲地停于灯沿之上，偶尔懒懒扇动蝶翼——总之是完全没有搭理公孙策的意思。

不过公孙策的紧张却舒缓了不少。

意识到这是一个不错的减压方法之后，明知接下来的对话过于荒诞，公孙策还是决定继续下去——再说了，自说自话，横竖没人看到，也没人听到。

"你读过书没有？"

信蝶沉默。

"读过啊？"公孙策煞有介事，"那么你对刘安的《淮南子》怎么看？有人认为其偏道家，有人又觉得应列入杂家，你怎么想？"

信蝶继续沉默。

"《主术训》里说'国之所以存者，仁义是也'，尊仁义为存国之本，此前大人与我谈起时深以为然，想必你也是赞同的。"

信蝶似乎动了动。

当然，在公孙策看来是"似乎"——因为就信蝶的形状构造来说，除非是凑近了仔细看，否则"前"与"后"实在是看不出有什么差别的，再加上公孙先生那不甚锐利的眼神——他完全有可能认为信蝶还是没动。

事实上，我敢跟你保证，信蝶不但动了，而且是不耐烦地转了个身——在此顺便批评一下端木姑娘，如果你给公孙先生的不是一只信蝶，而是个信猴什么的，公孙先生现下面对的应该就是信猴的屁股——那么他就会及时发现信蝶对《淮南子》没什么兴趣，进而早些结束这冗长而又无聊的学术对话。

接下来，公孙策又兴致勃勃地与信蝶进行了《把论篇》及《泰族篇》的探讨——当然还是单方面的探讨——再然后，信蝶估计是忍无可忍了，终于扇动翅膀向殿门外飞去，很有壮烈到黄鹤一去不复返的派头。

公孙策及时刹住了话头，急道："那我们来说说展护卫和端木姑娘！"

就以往对信蝶的观察来说，信蝶其实是不会说话的——至于端木翠早期是如何利用信蝶来进行消息传递我们就不去深究了——所以它究竟能否听得懂别人的话，个人一直很难确认。但是此刻，本人终于可以给出一个肯定的答复了！

因为信蝶在听到关于"展护卫和端木姑娘"的话题之后，硬生生刹在了半空，然后以一种异样热情友好的姿态，向着公孙策直扑而去！

公孙策暗暗松了口气，虽然家长里短背后论人是非不是君子所为，但是！总算！是跟信蝶找到共同话题了！

于是公孙策将自己一直以来的担忧和盘托出。

"就你看来，展护卫对端木姑娘，是不是好得有些……过了？我不是说展护卫不该对端木姑娘好，但是你知道的，凡事要有度……再说了，端木姑娘不是个普通的姑娘，如果展护卫喜欢上端木姑娘，那可麻烦得紧，人仙殊途不说，端木姑娘那头还有一个什么'故人'，这么多年过去了，看她还是念念不忘的……"

信蝶听得津津有味。

"有时候我想着，人仙相恋也不是没有先例，人间乞巧岂不就是为了牛郎织女？只是一年才见一次，太过不合情理……"

正说得忘我，忽觉眼前一闪，公孙策心头打了个突，一股凉气自足底升起，不置信地揉了揉眼睛，向方才闪动之处看过去。

不错，没有眼花，右首边最末的一具尸首，首尾处的槐油灯突兀地冒出赤红色的火焰。火苗四下跃动，血色直直映入公孙策的眼眸深处。

第一盏七星灯已经燃焰，看来，展昭那头，是交上手了。

如果我说，三人各自为战的主场，以展昭负责的地头最为枯燥、乏味、无悬念，会不会被一干期待着看到展昭在冥道中大展神威的看客们给拍死？

……

可是，事实如此。

与冥道妖兽交手，于展昭而言，是第二次。

一回生，二回熟。

何况，第一次时，他拖了个带伤的端木翠，瞻前顾后，对阵之时大为受阻。

而第二次，轻装上阵不说，身上还施下了符咒。

试想想，鬼差不敢近他的身，还不由得他爱怎么挥洒怎么挥洒？巨阙出鞘，剑锋过处，所向披靡，直如砍瓜切菜一般。

总之当时的情景，众看官可自行想象，在下可友情提供几个关键词，如蓝衫衣袂翩飞、眸光冷冽如电、剑光潋滟似水、剑气横扫似练。

至于妖兽那头，也有若干关键词可以参考，譬如狼奔豕突啦，抱头鼠窜啦。

这就是为什么个人觉得展昭个人主场枯燥、乏味、无悬念的原因。这哪是战场，分明秀场！

什么什么？你们觉得不枯燥不乏味，恨不得接着再看五百年？随便啦，我就是这么一说……

接下来，个人要小小地曝光一下展昭很少流露的另一面。

试想想，堂堂南侠，武功何等卓绝凛冽，对付这些个粗大笨重空具蛮力的妖兽，还不是手到擒来？所以，你犯得着用上自己成名的若干绝技，譬如梯云纵、飞鸿渡，还有对身体柔韧性要求极高的燕子三点水？普通招式譬如隔山打牛、白鹤亮翅、猛虎掏心足可应付！

你不是自我炫耀是什么？

别急着否认，你干脆利落地完成这些个漂亮招式时，嘴角分明微微勾起，带出一抹丝毫不加掩饰的自得之意。别以为当时冥道没别人，作者的眼睛是雪亮的！

似乎这里的每一个人，独自为营时，总会或多或少，流露出不同于往日的另一面，公孙策如此，展昭亦如此。

那么，端木翠呢？

端木翠完全没有想到，冥道的中央岔道居然如此之长，长到让人有一种看不到尽头的心慌。

其实她的速度已经足够快，一路疾掠而入，生怕赶不及在一个时辰内事了。

看起来，还得更快些。

端木翠眉头微微蹙起，以手结印，正要再施神行符咒，忽然"咦"了一声，硬生生刹住脚步。

前方的甬道处，翻滚着浓重至灰褐色的雾气，竟是把前行之路全然遮没了。

端木翠回头看了看来路：来时一路平稳，连半个妖兽都未曾遇到，难道说凶险之处尽藏于眼前的浓雾之中？

再沉吟一回，计议已定，两手轻轻搭起，默念飞廉咒，立意召出风伯，以风力驱散浓雾。

俄顷咒毕，低叱一声"去"，平地骤起劲风，向着近前浓雾疾扑而去，看似啸声雷震势不可当，哪知甫接浓雾，竟似被吸附了一般，瞬间偃息。

"连风都驱不散？"端木翠喃喃，心中大为踌躇，迟疑间，曙光在她衣肘之处起起落落，似是急声促她莫作耽搁。

"不管了。"端木翠咬咬牙，心一横，一头钻入了浓雾之中。

也不知这浓雾究竟为厚几多，以曙光之力，居然可视处也不逾丈。端木翠不敢托大，甚是小心，行不多久，忽觉身后窸窣有声，急回头时，徒见雾霭，别无他物。

于是继续前行，这一回，窸窣之声愈加明显，前后左右，嘈嘈切切，似是有人从旁偷窥，刻意压低了声音絮絮耳语。

可奇的是，只要她稍有警觉之色，那声息立时消歇，无从寻觅。

端木翠心中着恼，索性作出一副不以为意之色来，但心中警惕，不曾放松半分。

果不其然，又行片刻，前方窸窣之声忽地转成迎来之势。端木翠早有防备，疾步旁掠避开这一击。眼角余光看时，似是一长根黑色触手，一击不中，迅速退入雾霭之后，雾气翻起，瞬间失了踪迹。

端木翠尚未回过神来，后方又起异声。这一次看得分明，两根黑色触手，一左一右两边袭到。端木翠不闪不避，急念三昧真火诀，掌心赤焰燃起，径自向两根触手抓过去。

这一抓却抓了个空，那"触手"势头不减，扑打于她身上，低头看时，才知不是什么"触手"，只是两道稀薄的黑色泥泞。原先干净的衣上，立时多了两道显眼的泥浆，掌心却还好，想是三昧真火的炽烈之焰将那泥泞迫开了去。

端木翠素来爱洁，衣裳遭污，心中不喜，搓掸了一回，泥水倒是干了，但污渍终究是留下。于这岔道之中也无他法，长叹一声，只得随它去了，因想着：幸好展昭买的衣裳够多，这套脏了，回去还有的换。

既作这般想法，便不再将此事略萦心上，说来也怪，后续再无那窸窣之声，连曙光都似乎能照得更远了些。端木翠惦记着一个时辰的期限，不觉加快了步子。

她这边紧赶慢赶，却丝毫未曾留意，那泥泞留下的污渍，渐渐缩成了个手印形状。

下一刻，落步，竟一脚迈入明亮的军帐之中。

端木翠自己都吓了一跳：不是还在冥道的岔道间艰难跋涉吗，难道这军帐，就是冥道尽头？

　　一时间好生不解，细细打量这军帐，越看越觉得熟悉，目光忽然落在帐壁搭挂的链枪之上。

　　那不是……穿心莲花吗？

　　端木翠心头一震，疾步过去将链枪取下细看，正端详间，忽听帐外细碎步声，转身看时，一个俏丽的劲装女子正掀帘进来，看见端木翠时，展颜一笑："姑娘起得好早。"

　　端木翠周身直似僵住，渐渐地雾气蒙了眼眸，颤声道："你是……阿弥？"

　　阿弥是她在西岐时的随军侍婢。

　　阿弥扑哧一笑："姑娘说这话，怎么像不认识我一般？难道昨晚饮宴，喝的酒太多了？可是我记得，敬给姑娘的酒，都让毂闳将军给挡下了。"

　　端木翠先时还有满腔疑虑不解，待得听到"毂闳"二字，哪还顾得上这些，便是连自己都抛开了去，一颗心怦怦乱跳，几乎要从嗓子眼处蹦将出来："你方才说，哪位将军？"

　　"当然是毂闳将军。"阿弥奇怪地看了端木翠一眼，"姑娘忘记了吗，为攻下商汤重镇崇城，尚父连下三道军令，急急召回四路人马。昨日是毂闳将军、杨戬将军，还有土行孙、邓婵玉夫妇与尚父汇合之日，日暮时起宴，子夜方歇。许多将士都向姑娘敬酒，姑娘不胜酒力，是毂闳将军出来挡下的。"

　　"我记得，记得……"端木翠喃喃，不察觉间，泪水已滑落眼眶，"可是，毂闳，他不是早已……"

　　"得见毂闳将军，姑娘这一夜怕是睡不好了吧？"阿弥俯身整理床铺，竟是未曾留意到端木翠异样之色，"军营中都在传言，说是毂闳将军对姑娘有意，以后端木营和毂闳营的将士，怕是要合二为一了。"

　　端木翠脑中一片混沌，只觉全身瘫软无力，扶住左近的椅沿慢慢坐下，这才发觉自己穿的是睡时里衣，心下更觉茫然。耳旁金片声响，却是阿弥将她的铠甲理整过来。端木翠下意识站起，任阿弥为她披挂，就听阿弥悄声道："姑娘，你心里也是喜欢毂闳将军的吧？"

　　"休得胡言。"端木翠心下尴尬，低声斥她。

　　阿弥却无半分畏色，笑嘻嘻道："姑娘，我从小就在你身边侍候你，你的心思，我纵是不全明白，也能猜个八九分。纵观我西岐全军，除了杨戬，论及样貌战功，谁能及得上毂闻将军？我原先一门心思希望姑娘和杨戬将军能在一处，可他却是修仙之人……这样一来，毂闻将军便是再好不过的人选了。"

说到这里，俏皮一笑，压低声音道："我听毂闻营的人说，之前姑娘孤身突围为尚父搬救兵，半道撞上的就是毂闻将军，还收了他的兵马。姑娘，毂闻将军的战功比起你只多不少，他当真打不过你？我看，他是让着你吧。"

端木翠面上一红，扭转了脸去不看她，却是来了个默认。

阿弥见她如此，已知自己猜了个准，喜道："姑娘，看来我真没说错，你真的是喜欢毂闻将军。"

端木翠红了脸道："你又胡说……我什么时候说我……喜欢他来的……"

阿弥做了个鬼脸："你不喜欢毂闻将军，难道你像邓婵玉一样，喜欢土行孙？"

端木翠气得跺脚，连铠甲都不披了，伸手将阿弥往帐外推。阿弥咯咯直笑，讨饶着出了帐门，却不急离开，顿了一顿，忽然朗声道："毂闻将军，你听到我家姑娘的心意了？你只管向丞相提亲，我家姑娘无二话的。"

就听有男子的低沉浑厚声音道："我听到了，多谢阿弥姑娘。"

端木翠听到这声音，脑中轰的一声，若说先前还有些疑心或是清明意识，此际真是尽数抛开了去，一颗心狂跳不止，周身时而滚烫时而冰凉，面颊之上直如火烧，眼看着那熟悉的高大身形往帐内过来，连喘息都不觉急促起来，双手死死绞住胸前衣襟，明知他愈走愈近，竟是不敢抬头。

来人在她身边停下，顿了一顿，伸手将她身子扳过面向自己。端木翠下意识便想抗拒，终挨不过他力大，只觉两人离得极近，鼻端闻到他身上的男子气息，一颗心更是纷乱如麻。待想把头垂得更低些，那人却伸手抵住她的下巴，逼得她不得不抬起头来。

目光所及，果是心头念念牵牵了这许久的熟悉眉眼，剑眉斜飞，眸色深沉，看似脱略疏懒，不留意时偏又锋芒陡现，直如飞箭正中靶心。

就听他道："方才你所说，我当你是应了，丞相那里，我会安排。"

语毕，也不待她应声，手臂一紧将她揽入怀中，低头吻住她柔软的唇。

端木翠如被火烙，想也不想，臂上发力，一掌将他推开了去。毂闻倒也不避，生受了这一掌，身子晃了一晃，却又凝住不发，末了笑道："这一掌未用上全力，想来你也是不讨厌的。"

说着微微一笑，转身大步出帐。端木翠目送他离开，忽地心头火起，怒道："谁说我答应了？"

彀闻身形一顿，停在门帐之外，声音虽是恢复了既往漠然，个中却不失温和："哦，你不同意？"

端木翠气他方才轻薄，恨恨道："我是尚父帐前战将，我要嫁，也必须嫁给西岐一等一的猛将。"

彀闻先是不语，顿了顿才道："在你心中，如何才称得上是西岐一等一的猛将？"

端木翠走近帐门，唰地掀开门帐，倔强对上彀闻探究似的目光，慢慢伸出手来，指向东南方向。

彀闻顺着她手指的方向看过去。

"此去东南二十里，是我西岐久攻不下的商汤重镇崇城。你若能替尚父拔下崇城，无须你花轿迎娶，我和我端木营，此后都改姓彀闻。若你拔不下……"

彀闻听她话中有话，双眉一挑："若是拔不下会怎样？"

"若是拔不下，"端木翠一字一顿，"你也不用怕，我只当被狗咬了一口，不会去尚父面前告你无礼！"

最后几个字似从齿缝之间迸出，重重甩下门帐，毫不示弱地盯住帐外那个一动不动的身形。

片刻之后，彀闻扬声长笑。

"端木，那你便好生等着，我这就去尚父帐前为崇城请战。"顿了一顿，忽地压低了声音，"你这性子，我喜欢，初见时便喜欢上了。"

端木翠听他说得如此暧昧，直连耳朵根子都红了个透，俄顷细听外间声息，知道他已走远，这才将提起的心慢慢放下。

不对，她是想将心放下，偏生又放不下。

似乎有什么不对……

电光石火间，端木翠脊背一僵：彀闻将军，不正是死在崇城一役吗？

这念头一起，直惊出一身冷汗，也顾不上细想，劈手扯下门帐。

帐外，本该是日光晴好的，这一刻，却忽然间天地齐暗，浓雾翻滚。

端木翠踉跄着倒退两步，伸手触到甬道石壁，低头看时，袖上曙光起落不定，衣上原先已经干了的污渍之处重又黏腻淋漓，现出泥泞之色。

326

还在冥道。

难道方才的一切，只是虚无一梦？

端木翠怔了半晌，忽然以手掩面，指缝间渐渐洇出泪来。

瀛洲天光漫长，无风无雨，和暖日光如老旧纺车抽出长长的线头，一年又一年，从无更改。她到了瀛洲之后，和那群仙风道骨满口黄老的术士真人总也走不到一处，闲时淡看人间事，因着蓬莱、方丈、瀛洲素有来往，渐渐地，也结交了几个相熟的女仙。

有一日，麻姑到瀛洲来探她，说起几代之前，秦皇嬴政焚书坑儒，许多珍贵典籍付之一炬，个中就有夏时《连山》、商时《归藏》，煞是可惜。

端木翠笑道："蓬莱和方丈如何我不知道，但是瀛洲设有瀚海书阁，收藏上古典籍和人间书册。《连山》《归藏》或者就在其中，改日我帮你找找看。"

麻姑笑道："我正是这个意思。瀛洲书阁号称'瀚海'，收藏之全可见一斑。你寻着了便差人给我，我下次入世之时，寻几个有慧根之人，将这书还归人间。"

受人之托忠人之事，麻姑走后不久，端木翠果寻了个方便之日，前往瀚海书阁。

瀚海书阁设在仙山环抱之间，占地广大，密竹成林，偌大仙廊阁院，却几无人声，想是罕有人至。端木翠费了好大力气，才在书阁简册高高堆起的角落间，找到埋首读书的守阁之人。

谁知连呼几声，那人沉醉书页，对她的声音竟是置若罔闻。

端木翠心下着恼，上前一把夺过他手中书册。

那人吓了一跳，这才省得有访客，赶紧起身向她行礼："见过上仙，小仙是瀚海书阁点查经史之人……"

"行了行了。"端木翠却不欲与他客套，"我问你，此间有《连山》《归藏》没有？"

"《连山》《归藏》……"那人尚在踌躇，忽见端木翠面色不耐，忙道，"小仙记得应是有的，上仙稍做流连，小仙这便去找。"

端木翠听他说有，心下不耐之情立时去了大半，嫣然一笑道："那先行谢过，劳烦帮我找找。"

她这一笑甚是娇妍，那人看得心神一晃，唯恐自己失仪，忙低头应是。

端木翠果然应他之言"稍做流连"，有心自架上取些书册翻阅，展眼一看，密密麻麻，汗牛充栋，便觉有些头晕，忍不住向那人道："人间现下喜读些什么书？"

那人正忙着翻检书册，听她如此问，忙停下手上动作，毕恭毕敬回道："人间兴起诗体，颇有脍炙人口之作。上仙左首边的王昌龄诗作，亦是流传极广的。"

端木翠"哦"了一声，伸手拿过，随意翻了翻，见多是闺怨之作，便有些不喜，正欲放归原位，忽地心头一震，将手上书册重又细细翻过，终于寻回方才引起她注意的一页。

是王昌龄的一首七言绝句，名曰《闺怨》。

> 闺中少妇不知愁，春日凝妆上翠楼。
>
> 忽见陌头杨柳色，悔教夫婿觅封侯。

前三句倒也还好，独独最后一句"悔教夫婿觅封侯"，短短七个字，不经意拧作坚铁硬箭，无声无息间，没入心肉，固执地留于当地，进不得分毫，却又退不出厘寸。

若她当日，没有要求毂閦去拔下崇城，后续种种，会否改写？

她捧着书册，将这一句诗默念了一遍又一遍，泪水打落书上，面前的墨字渐渐洇渍成一团……

也不知过了多久，抬头看时，才发觉那守阁人正局促地立于近前，手中捧着好不容易才找到的书册，欲言又止，嗫嗫嚅嚅，却总也不敢上前同她说话。

泪眼模糊之间，端木翠也顾不上要找的《连山》《归藏》，手中一松，王昌龄的诗集便跌落地上。那守阁人慌忙弯腰去捡，待抬起头时，才发觉端木翠早已去得远了。

那便是关于毂閦的最后记忆了吧。

端木翠深深叹了口气，这才发觉，厚重雾霭不知何时已经消散，而那原以为总也到不了尽头的甬道，也终现出最后的面目来。

端木翠定了定神，一步步走向那散发出光亮的所在。

目光所及，竟是一个比先前分岔口处还要巨大的穹洞，中部深深陷下，不知深及几许，偏又有一根石台突兀立起，石台顶端处黑雾缭绕，其上隐现巨大的红色封印。

　　一个长身玉立的白衣男子，正面向那石台若有所思，听到身后步声，他缓缓回过头来。

　　端木翠冷笑。

　　温孤苇余，我早知你必在冥道。

　　温孤苇余的目光出人意料地平和，没有震惊也没有惧意，更加没有被人抓个正着的慌乱，浅浅自端木翠身上拂掠而过，淡淡收回，重又转向石台。

　　这般好整以暇、轻裘缓带，似乎端木翠的出现，是一件平常到不能再平常的事情，每日都在发生，见惯不惊，以致足可忽视。

　　端木翠怒极反笑。

　　这算什么？

　　之前不是没有设想过与温孤苇余正面遭遇的情形，打起十二万分精神，随时剑拔弩张，岂料温孤苇余竟是这样一副形同路人的姿态——果真无招胜有招，轻飘飘四两拨千斤，反叫她无从应对？

　　心念转处，目光适时捕捉到温孤苇余身体的刹那僵直。

　　果然，温孤苇余重新回过头来。

　　"你……"他微微皱起眉头，"我不记得你穿过这样的衣裳。"

　　这算是……开场白？

　　端木翠有点糊涂，她以为两人的话题不是瀛洲图便是宣平瘟疫，怎么想也不会想到衣裳上去。

　　温孤苇余似乎并不期待她的回答，声音反低了下去："在瀛洲时，你大多穿罗碧色衫裙，再就是鹅黄，有几次，我还见过你披挂……现下这一身，却不适合……去换了吧。"

　　这一身，是展昭选的。

　　端木翠原本打定主意不置一词，先听听他话中端倪，谁料愈听愈是云里雾里，待听到他说这身衣裳不合适，心下更是着恼，冷冷道："衣裳穿在我身上，合不合适我比你清楚。"

　　温孤苇余陡然退开两步，面上现出极其怪异的神情来。

　　端木翠却失了跟他言来语去的兴致："温孤苇余，你应该知道我为何而来。你若不肯束手就擒，便亮出家伙，手底下见真章吧。"

温孤苇余仍是不答，眼眸处却渐渐带出强自抑下的惊喜："你是端木翠？"

"你以为呢？"

得到肯定的答复，温孤苇余竟长长舒了一口气："我以为，你是沉渊的幻影。"

"沉渊？"

"人间迷梦，冥道沉渊。难道上仙在甬道时，未曾被沉渊的触手试探？况且……"温孤苇余话中有话，"沉渊对上仙似是青眼有加，否则，也不会在上仙的衣衫上留下烙印。"

"烙印？"端木翠一怔，下意识低头：衣上先前被沉渊触手触及之处，泥渍未曾消弭，反而更加分明，且凝成手印形状，伸手去拂，又黏了一手泥泞。

端木翠冷哼一声："迷梦也好，沉渊也罢，不见得能把我怎么样。"

温孤苇余淡淡一笑："每一个进入这里的人，都会被沉渊的触手试探，我也不例外，否则我也不会在冥道中频频见到你的幻影。现在说这些，你可能以为我是包藏祸心，但我的确是在好心提醒你：沉渊在你身上打下烙印，必有缘由。今日你或者可以平安出冥道，但你未必出得了沉渊。"

端木翠只是冷笑，并不曾将他的话认真听进去："你怎么会在冥道中见到我的幻影？印象中，我跟你应该没什么交情吧？"

温孤苇余容色极是平静："或者是因为，瀛洲值得我记住的人，实在不多。"

端木翠微微蹙眉，她纵是再迟钝，此际也察觉出温孤苇余对她似是别有情愫：在瀛洲时，她虽然时有进出瀚海书阁，但与温孤苇余的碰面实在不多，就连那寥寥的几次，温孤苇余也是畏首畏尾局促不安，几乎不敢抬首看她——否则她也不至于连他的样貌都记不真切。

那么他话里话外，余音袅袅，处处留有未尽之意，又作何解？

端木翠沉吟不语，眼角余光蓦地瞥到袖上曙光，心下一紧，因想着：此番进冥道时辰吃紧，千万不能被他三绕两绕耽误了正事。

心念至此，索性将之前疑惑尽数抛开，四下环顾一回，冷冷道："瘟神和疣熊氏呢？"

"死了。"

"死了？"

"难道不该死吗？"温孤苇余提醒端木翠，"瘟神位列仙班，却为着一己之私涂炭生灵，论罪当诛。至于疣熊氏，本就是下贱精怪，死不足惜。"

端木翠怒极："温孤苇余，亏你有脸说出这样的话来！若说论罪当诛，瘟神也许只死一次就够，你死上十次百次，都不足赎罪！"

"我跟他们不一样，做大事，必然要有牺牲，所谓一将功成万骨枯，上仙原为战将，应该比我更明白此节。"

端木翠气得几欲咬碎银牙："我真是没见过你这样无耻的人，做大事？你要做什么大事？"

温孤苇余并不正面回答，只冷冷道："死了几个凡夫俗子而已，上仙何必如此动气。我听闻西岐伐纣之时，上仙曾与杨戬合营，两日间连下三城，战车不知碾过多少人骨，死在你手下的人，只怕比宣平疫死之人多得多了……又何必在此惺惺作态，指责于我！"

端木翠怒不可遏："我跟你怎么会一样！"

"有什么不一样？"温孤苇余咄咄逼人，"死在你端木营兵将手下的商汤将士，又是什么大奸大恶之人了？听闻端木营作战极狠，冲杀凶悍非常，否则你一介女流，也不会跻身姜子牙帐前骁勇战将之列——你行军布阵之时，可曾给对方留过活路？上仙，你与我是一样的人，无谓作五十步笑百步之举。"

端木翠气得说不出话来，只觉心口一阵窒闷，连带呼吸都滞重非常，明知温孤苇余强词夺理，偏偏一字字一句句都入了耳，也入了心。

至少有一点温孤苇余是说对了。她行兵布阵素来决绝，甚少妇人之仁——所以一直以来，帐前领下的都是前锋令。

彼时志在求胜，忙于征讨，倒也不觉何不妥，后来安居瀛洲，闲时忆起前事，不安之感反一日胜似一日，难免暗悔昔日悍勇有余却失之仁厚——她平日里伶牙俐齿，此际让温孤苇余说中心事，反而一句驳斥之语都说不出。

正气恼难平之时，忽听有人沉声道："纣王无道，残良损善，武王伐纣，顺天应人，是依德行事。两军遭遇，难免死伤，况且兵连祸结之时，生死悬于一线，当行非常道，存非常义，怎可因对敌之仁废全军之功？端木身在将位，行将之事，无可厚非。倒是你温孤苇余，位列仙班却存龌龊之心，不思仁义反行孽畜之事，死到临头还巧言偏辞颠倒是非，何止无耻，堪称下流！"

端木翠心中一喜，脱口道："展昭！"

转身看时，来的果然是展昭，面色倒还称得上是沉静，只是眸中锋芒如电，有刹那间森然冷冽，竟是叫人不敢正视。

端木翠好生欢喜，迎上两步，问道："你几时来的？"

展昭看向端木翠，口气和缓下来："来得虽不算早，好在赶得及为你救场……平日里能说会道，怎么能被这样的歪理逼进死胡同？"

端木翠嘻嘻一笑，正待说些什么，展昭微微摇头，以目示意她留心温孤苇余。

端木翠会意，看温孤苇余时，心中咯噔一声：温孤苇余先前与她说话，虽称不上如何热络亲和，但总还算是彬彬有礼，此际面色却难看到了极点，一言不发，只是冷笑连连。

见端木翠看他，越发连冷笑都转作了轻蔑不屑："我还以为上仙是孤身进冥道，原来还带了帮手。只是上仙拣选的眼光太差了些……展昭再怎么能耐，也只是凡人，我只消动动手指，便可将他碾个粉碎。"

端木翠冷冷道："你倒是动动看。"

这番对答虽短，杀伐之气却是满溢。温孤苇余眸底阴鸷之色渐浓，语气却出乎意料地平和："上仙，我们先时那般说话不是很好吗，何必多这么个人来煞风景。"

话音未落，忽地身形暴起，行进处如影似电。展昭未及辨清他身形，已觉迎面劲风迫到，力道且狠且急，刹那间逼得他喘不过气来。

几乎是与此同时，另一股力道直直冲撞过来，却是端木翠瞬间掠至。两股力道相撞，将展昭所受的迫压卸去了大半。

展昭踉跄退了两步，急抬首看时，温孤苇余动得奇快，刹那间已退回原地，衣袂疾翻，身形却是稳如磐石，冷笑道："上仙总是护着凡人，先前对梁文祈如此，现下对展昭又是如此——总与这么些凡胎肉骨纠缠不清，传扬开去，怕是于上仙声誉有损。"

端木翠听他恶意妄言，越发觉得其人可憎其心可诛，厉声道："如此恶毒无行，瀛洲怎么会出你这样的败类！"

话音未落，身周三丈平地起风，先时还只是鼓荡衣袂，而后风声急起，旋绕直上，边缘处风头如刀。展昭竟是站立不住，强自退开数步，扶着甬壁定身，但见端木翠稳稳立于当地，三尺青丝随风四下张拂，极动处偏起自极静，对比煞是鲜明，竟透出灼人目的惊艳来。

温孤苇余不再托大，面色渐转凝重，目中亦多了防备之色。展昭知道二人对战在即，因想着：哪怕自己帮不上忙，也绝不能让端木翠分心。稍做沉吟，不动声色地退了开去。

也不知是端木翠先动还是温孤苇余先动，抑或是两人同时动手——只是一错目工夫，风作龙吟劲气如剑，力道横扫之处，坚硬石壁都裂出道道缝隙来，更遑论碎石四下飞溅，波及之处是何等触目惊心。至于相斗的两位，自始至终，展昭都辨不出其人身形，目光所及之处，隐约知道白色光影应是温孤苇余，另一抹浅紫若隐若现，该是端木翠无疑。只是两团光影移形换位所在不定，变转如电倏合即分，也分不出究竟是谁占了上风。

展昭正自心下焦灼，忽觉周遭气浪排山倒海般过来，紧接着就听轰然一声，战作一处的两人终于分开，各自向两边退开——温孤苇余收步不住，重重撞在石壁之上，端木翠倒是稳住了身形。展昭先还暗自松了一口气，待见她脸色煞白，已知不对，疾步过去，就听端木翠急促道："扶我。"

展昭不及细想，单手托住端木翠的腰，只觉她身子颤了一颤，紧接着全身重量都向着自己手臂压过来，不觉心中一凛，另一只手迅速与端木翠垂下的手相握。端木翠气息甫定，便觉一股浑厚力道源源不断自掌心相接之处过来，知是展昭用真气助己，几不可察地摇了摇头，低声道："我还好。"

展昭心下略安，问道："可有胜算？"

端木翠声音压得很低："我不至于败给了他，但要胜他也难。"

展昭眉心皱起，这样的对局，他并不陌生，之前屡次与白玉堂对阵，也是这般胜败皆难，两人功夫愈近伯仲，就愈难分出高下——看起来，温孤苇余的法力并不输于端木翠。

温孤苇余应该也是同样的看法。

因为他突然冷笑两声，沉声道："上仙，这样打下去，何时才能分出胜负？"

端木翠咬了咬牙，借着展昭手臂的托抵之力站定身子，向前走了两步，字字似从齿缝进出："那么你说，如何才能分出胜负？"

温孤苇余的目光忽然柔和下来："没有什么胜负可分，因为你绝无胜算，难道……你不曾留意到女娲的封印？"

女娲封印？

端木翠怔了一下，抬眸看向高耸的巨大石台。

"女娲的封印本是赤红朱丹之色，可是目下，已渐被黑色的戾气吞噬……"温孤苇余唇角慢慢扬起，"再有片刻工夫，封印祛除，冥道内深藏了上万年的邪戾之气就会如地火喷涌般而出，遇神杀神遇佛杀佛。届时即便是人母女娲苏醒，也未必能够再次封住冥道，上仙何必蚍蜉撼树，螳臂当车？

"所以，你唯一的胜算，是在这片刻之间打败我，用你的法力修复女娲封印——可惜你我法力不相上下，方才我们已经交过手，你应该明白，短时间内，你胜不了我。"

端木翠默然。

"退一万步讲，即便你打败了我……"温孤苇余顿了一顿，忽然俯身捡起一块碎石，向着石台扔了过去。

碎石方一脱手，石台周遭不知深可几许的凹陷之处忽地腾起冲天炽焰。展昭与端木翠站得虽远，亦被热浪迫得退了两步。

温孤苇余轻轻拍了拍手，示意端木翠看向那凹陷深洞："当年女娲封印了戾气，在石台周遭布下炽焰屏障。现在你是仙，自然可以轻易越过屏障抵达石台——可是要修复封印，必定耗尽你的法力真元。上仙，真元一去，你便是凡人，届时如何越过屏障回来？只怕你会活生生困死在石台之上。

"所以，此番对阵，不管是胜是负，你得到的，都不可能是好结果。"

端木翠面色惨白如纸，双唇微微发颤："所以呢？"

"所以……"温孤苇余自有得色，"上仙，我是为你好。你权当什么都不知道，不要再插手此事。冥道的戾气认主，封印开启之后，深藏了上万年的邪戾之力尽数为我所用，届时三界之内，鲜有人能与我为敌——我不但不会与你为难，还会善待于你。上仙昔日是将兵之人，如何去审时度势择木而栖，总不要我教吧？"

端木翠眼睫低垂，双手绞作一处，内心似是交战无休，忽地仰起头展颜一笑："容我想一想。"

温孤苇余不意料端木翠竟有转圜，面上渐透出喜色来："上仙果然是聪明人。"

端木翠淡淡一笑："我辈登仙之人，本应心系苍生万民福祉。但事有可为有不可为，若要我去死，实在有些强人所难。我虽不畏死，也不愿为了这些个素不相识的凡人耗了性命……况且你我之间并无深仇大恨，既如此，我何不作个顺水人情，助你成事？"

这番话一出，温孤苇余还好，展昭却直如一盆冰水兜头浇下，不置信道："端木！"

端木翠看向展昭："我说得不对吗？展昭，你也听到温孤苇余适才说过些什么了，难道你觉得我该为了宣平这些素昧平生之人去死？"

展昭不语，半晌缓缓道："端木，你心中很清楚温孤苇余是什么样的人，若届时果真三界鲜有人能与其为敌，谁知道他还会做出什么灭绝人性的事来？"

温孤苇余冷笑一声，并不答话。

端木翠柔声道："我自然知道温孤苇余不是什么好人，我若还有选择的余地，也不愿这样。可是展昭，我真的已经没有办法了，你想我怎么做？你想我去死吗？"

展昭竟不知如何答她，怔怔看了她许久，摇头道："端木，我好像……忽然不认识你了。"

端木翠轻轻叹了口气，目中隐有歉然之色："那是因为一直以来，你把我想得太好了。展昭，除了法力之外，我跟普通人也没甚两样，或者还更贪生怕死些。我知你心中不快，但是我心意已决，你不用多说了。"

展昭合上双目，面上掠过极轻微的痛苦之色，俄顷缓缓睁开眼睛，直视端木翠道："端木，你不要糊涂，我怕你将来后悔。"

端木翠眸底渐起不悦之色："我哪里糊涂？"

一直冷眼旁观的温孤苇余适时插话："上仙，你的帮手似乎有异议。"

端木翠冷笑一声，不屑道："帮手？他能帮到我什么？"

温孤苇余似是对端木翠的回答十分满意，淡淡一笑，不再多话。

展昭一颗心渐渐沉底，嘴角牵扯出极苦涩的笑容，轻声道："端木，我不知你今日因何一反常态，但是……"

端木翠终于失了耐性，怒道："但是什么？展昭，横竖死的是我，你站着说话自然不腰疼。你想充英雄，怎么不自己去死？"

温孤苇余冷眼看两人对答，面上波澜不惊，心底却掠过讥诮冷笑。

端木翠这是……

想把展昭支走，然后与自己做生死之争？

很好，符合仙界对阵绝不殃及凡池之鱼的第一准则。

基本上，无可厚非，除了让他感觉不舒服。

他已经不舒服了很多年，他不愿意见到别人舒服地活着、顺利地行事、在他眼皮底下玩一些自以为是的小把戏。

所以，他适时地开口了："如此说来，上仙是愿意与我结盟？"

"结盟？"端木翠觉得好笑，"我只是作壁上观，眼不见为净而已。"

"人世间黑与白之间，或许有大片荒芜的地带可供上仙择取，但是仙界与魔道对阵之所，却没有什么明哲保身不蹚浑水的立足之处。上仙既纵魔，心已成魔，谈什么作壁上观，眼不见为净？"

展昭默然，眼角余光处，他看到端木翠的身子战栗了一下，但很快重又绷紧，脊背笔直如无法撼动的松。

"你说得没错。"端木翠平静道，"今日我既已决定不插手此事，道心便已沦入魔道，无谓再以上仙自居。"

顿了一顿，又自嘲般道："更何况，我原本就没什么道心。"

声音很轻，温孤苇余却似被震到了。有一瞬间，一股无法名状的喜悦自四肢百骸缓缓漫溢出来，封印周遭的炽焰热度逼人，却只让他觉得温暖。

"你终于发现这一点了。"连他自己都未察觉，自己的声音已然柔和下来，"上仙，我真怕你在瀛洲的漫长岁月中忘记了自己的本来面目，和那些抱着道家典籍夸夸其谈的修真之人一样，活到后来，一样酸腐一样面目可憎。我之所以一直坚持认为可以争取到你，是因为我了解你是什么样的人。那么，上仙，你愿意同我结盟了？"

"无所谓。"端木翠的声音懒散下来，"你知道的，我并不热衷。"

温孤苇余笑了："你这副姿态，倒是越来越像你原本的性子了，凡间讲究歃血为盟，我们不如也效法行事？"

端木翠眼帘轻抬，看似不经意地瞥向温孤苇余所指的方向。

其实，即使不看，她也知道他指的是展昭。

"冥道妖兽众多，随便择取一个都可以，何必一定要牺牲展昭？"端木翠口气并不十分强硬。

"那是因为，此时此地，我二人成魔，妖兽为妖，展昭或许是当下唯一干净正直善良的事物了。虽然这些都让我憎恨。"

温孤苇余居然如是说。

无耻的人或许非常无耻，但那不代表他内心深处没有良知的标尺——唯一不同的是，那标尺从不附着在他的行为上，价值如同古玩，闲暇时摩挲于掌中把看，然后束之高阁。

温孤苇余对展昭突如其来的认同似乎让端木翠颇为受用，仿佛他夸的并不是展昭，而是自己一般。

"我也是这么认为的。"端木翠笑得非常好看，眼眸中浅浅地溢着别样温柔。她还是头一次如此发自内心地附和温孤苇余，但是她的目光很快就黯淡下来。

"只是，我不忍心下手。"

"何劳上仙下手？"温孤苇余显示出绅士般的体贴和好不识趣的自告奋勇，"上仙不介意的话，在下愿意代劳。"

端木翠不答话，身子却微微侧了一下——无异于为温孤苇余直取展昭性命让出了一条康庄大道。

展昭忽然开口了。

"端木，我想跟你说两句话。"

温孤苇余皱了皱眉头，不悦清楚地写在了脸上。

端木翠很是抱歉地朝温孤苇余笑了笑，柔声道："死囚上路前都有酒肉相送，就让他说两句吧。"

说得在理，理字当头，温孤苇余也反驳不了什么。

况且，端木翠的眼神和语气都足够温柔，带着请示般的小心翼翼，这一点多少让他有点飘飘然，以至于压服下了内心深处不断膨胀的对端木翠反常之举的怀疑。

展昭上前两步，停在端木翠身前很近的地方，或许太近了，迫得端木翠不得不仰起头来看他。

他们从未如此认真地打量过彼此，尽管两人已经熟悉到闭上眼睛也能想出对方的模样。今日的容颜其实也与平日无异，或许还更安静更平和些，展昭稍嫌湍急和不安的心绪也因着这安静慢慢和缓下来。端木翠的眼神澄澈非常，没有畏缩没有歉意，却透出坦荡的清明，这清明如同铺出一条笔直的路，直直通到他的心里。

展昭微笑了一下，那些想说的话忽然像苍白的泡沫一般撒去，轻飘飘没有分量。

顿了很久，他缓缓低下头来，附于端木翠耳边低声道："端木，接下来，都交给你了。"

端木翠极低地"嗯"了一声，耳语般道："你不怕所托非人？"

"怎么会？"

言语犹在耳畔，身形却已退了开去，颊边还残留着展昭俯首时带来的暖意，抑或是恍惚的幻觉？

抬眼看时，展昭的唇边还停留一抹淡淡笑意。

尽管心中已有了应对之策，端木翠的眸中还是蒙上了一层泪雾，她咬咬牙，决绝地转过身去。

温孤苇余骤风一般从她身后掠过。

相接而过时，冰冷的风缘如同刀锋，森冷的凉意瞬间冻结每一寸肌肤，巨大的恐怖之意几乎要把心脏撕裂开来，端木翠猛然失控，带着哭音道："温孤苇余，留他全尸！"

回应她的，是冷冽而又残忍的颈骨折断声。

端木翠的视线迅速模糊，影影绰绰间，她看到那个熟悉得不能再熟悉的身形软了下去，然后一声闷响，倒在地上。

端木翠僵在当地，刹那间，她觉得断的不是展昭的颈骨，而是自己的。呼吸开始急促，进而困难，意识转成了混沌和茫然，温孤苇余的声音飘忽着，像是来自最遥远的天际："上仙，现在我们之间，有了契约了。"

端木翠嘴唇嗫嚅着，也不知什么时候流了满脸的泪，忽然间像意识到什么，战栗着往展昭倒下的地方走去。

温孤苇余伸手拦住她："何必徒惹自伤？"

"啪"的一声，够响亮的一记耳光。

温孤苇余抚着火辣辣的脸颊苦笑，垂首看到端木翠伏在展昭的尸身之上恸哭。

女人嘛，就是这样，温孤苇余心中宽慰的同时却又有些不齿：是她自己同意牺牲展昭的，可当展昭真的死了，伤心难过的也是她。

哭过一场便好了吧？

不管怎样，拔掉了展昭这颗刺，断了她的念想，也许她就不会再玩什么别的

338

花样了。

如此想着，心底渐渐涌起自得之意。

不过，端木翠实在是哭得太凄惨了，叫他心生恻然。

"上仙这是何必……"温孤苇余叹息着，忍不住去抚端木翠的头发。端木翠似乎并不以为忤，这让温孤苇余的胆子大了起来，缓缓俯下身子，手慢慢滑至她的腰间，另一只手略略用力，抬起了端木翠的下巴。

她满眼的泪，泪光遮住了眼底深处的某些东西，反而让她看起来倍加惹人怜惜。

温孤苇余似是痴了，手臂微拢，便将端木翠拥进怀里。

端木翠竟没有抗拒，这多少有点让他失望。

他并不希望她是一个三贞九烈的女人，否则要她如何忘掉毂阊或是展昭？但她如此驯服，还是让他失望了。

这样的征服，太过索然无味，怀中的美人，也失去了原有的滋味。

"你……"话甫出口，心口猛然一阵刺痛。

心口一阵麻痹，这麻木如同道道长虫，蠕动着自心口处向四肢延伸，寸寸啃噬，处处结茧，肢体的知觉渐渐丧失，不能动弹半分，徒留意识分外清醒。

"锁心指……"温孤苇余想微笑，但是面部的肌肉已全然僵住，喉底发出的声音都显得怪异非常，"你用了锁心指？"

"你太碍事了。"端木翠冷冷起身，面上泪痕未干，"我前日刚把狸姬送进炼狱，不知道是否有比炼狱更适合你的地方。"

"所以，刚刚只是做戏给我看？"尽管早有预料，温孤苇余心中还是止不住叹息，"你哭得那么惨，我居然被你骗过了。"

"眼泪是真的，是为展昭。"端木翠的声音抑制不住地颤抖，目光极快地掠过展昭尸身，"今日展昭死在这里，修复了女娲封印之后我也难逃生天。好在锁心指会制住你，直到瀛洲的人查到这里来。届时我希望后来者好好惩治你，给我也给展昭一个交代。"

"我们是歃血结过盟的，上仙。"温孤苇余毫不掩饰自己的失望，"你这么快就违背了盟约？"

"不要再跟我提展昭，你不配。"

"所以，展昭只是你用来牺牲引我大意的工具？上仙的绝情，真是超过我的想象。"

端木翠的目光恍惚了一下，然后缓缓转身面向石台。

"我想，展昭不会反对我这么做的。"

温孤苇余的喉底逸出几不可闻的一声叹息。

在这似有似无的叹息声中，端木翠的身形轻盈扬起，涉入炽焰。

冲天的炽焰瞬间膨胀开来，整个穹洞洞壁如漫洒了鲜血一样赤红，端木翠的影子立时模糊在浓烈的炽焰之间。温孤苇余眯起眼睛，目光颇为玩味地追随着端木翠若隐若现的身影。他忽然觉得端木翠像一只飞入沧海的蝴蝶，很快就被卷入暴风雨的混沌之中。

待得烈焰偃下，他看到了端木翠立于石台边缘处的纤细背影，淡紫色衣袂被真气鼓胀的几欲离飞，竟也肆意如炽焰般热烈了。

而那充斥了戾气的女娲封印，也渐渐地从黑气弥漫转成赤红了。

温孤苇余忽然觉得自己很无聊。

要搞什么歃血为盟的玩意儿，老祖宗早就告诫过他了，道不同，不相为谋。

既不能为我用，留之亦无益。

端木翠回头时，温孤苇余很得意地看着她面色刹那间苍白一片。

很好，非常好。

温孤苇余作如是想，立于石台边缘摇摇欲坠，然后慢条斯理地抚平自己的衣襟。

炽焰带起热浪，衣襟甫经抚平重又褶皱——他完全没有必要多此一举，但是他还是刻意为之，并且丝毫不忌惮端木翠会看透他的刻意。他只是想让她明白，他早有防备，锁心指并不能将他怎样，他活动自如，而她煞费心机剜心割肉的布置也被证明只是东流之水。

"展昭死得真冤枉。"温孤苇余抱歉地笑，"不过你也不用太放在心上，每个人都要死的。或重于泰山，或轻于鸿毛。我记得你离开瀛洲之前跟长老说，人固有一死，最重莫过于泰山，最轻莫过于冻死，你现在可以放心，你不会被冻死，你会被烧死。"

端木翠惨然一笑，嘶哑着声音道："为什么？"

"是因为你把我看得太轻，以为略施小计就可以蒙骗过我。你够狠，居然能想到牺牲展昭性命的法子，但你也够蠢——你凡事都聪明，只在这件事上蠢到了家。"温孤苇余的面上恢复了惯常的阴鸷，"难道你也跟瀛洲的神仙一样，以为我温孤苇余只是个无足轻重的典籍小吏？"

"我不是问这个。"端木翠声音很轻，"我是想问你，瀛洲有什么地方对不起你，为什么要反出瀛洲，做这样伤天害理的事情？"

温孤苇余微微眯起眼睛，狭长的双目中透出冷漠与讥诮的意味来："我也想告诉你，可是我怕你没那么多时间——如果我不小心这么轻轻一拂，炽焰一起，你就会被烧成灰了……"

说到此处，他忽然死死盯住了端木翠："而我，向来是这么不小心的。"

于是，他真的"很不小心地"伸出了手。

炽焰起得很快，快到他还来不及缩回手来，映入眼瞳的除了赤红，还是赤红。

已经看不见端木翠了，她已全然被烈焰裹住——或许，已经化成了青烟也说不定。凡人的肉骨，哪里经得住炽焰的舔舐？

这样想着，温孤苇余抬起头看高处，不知道是错觉抑或是其他，他真的觉得自己看到了袅袅薄纱一样的青烟扬起，那么脆弱而又柔软，瞬间便被热浪荡涤得无影无踪。

这一幕忽然就灼痛了他的双目。

"我也不想这样的。"温孤苇余叹息着喃喃，"给过你机会的，你用锁心指对付我时，何曾手软？枉费这许多年，我对你另眼相看……"

喃喃声中，炽焰嘶鸣着低伏下去，眼角余光所及，温孤苇余背脊一紧，猛地抬起头来。

端木翠还在，稳稳地立在对面的石台边缘处。她已经很狼狈，衣袂处俱已焦黑，面颊边的垂发也被灼起了卷，双唇已然干裂，有极细的血丝在裂口处慢慢渗出。

温孤苇余很快明白过来："你在自己的身上布下了仓颉字衣？"

"仓颉字衣可挡两次炽焰之袭，只要你不再那么不小心，我死之前应该还有时间听完你的解释。"

端木翠的声音听起来相当怪异，沙哑且低沉，带着让人不舒服的唧哳。温孤苇余先是一怔，忽然明白过来：端木翠的嗓子已经被灼伤了。

一股难以言喻的伤感忽然将他整个人都摄住，他闭上眼睛，强行抑下猛然上涌的酸楚，顿了顿才道："不是你所想的那样，瀛洲并没有对不起我。"

"我只是想死得明白一点。"

"你……住口！"温孤苇余自己都未料到会如此失态，顿了顿才道，"你还是不要说话了……我只是……不甘心……

"我原是士族子弟，高阔门楣，奴仆成群，锦衣玉食，不恋慕世间荣华，一心寻访神仙洞府，不顾家严怒斥家慈苦求，撇下尘缘，只身入深山，潜心向道。

"不知道历经几载苦修几番试炼，寒暑转瞬过，亲族凋零殆尽，忽然一日，身轻飞举，得登瀛洲。

"论道排位，为最最下等，昔日为凡，不事粗重，今日得仙，反成了任人呼来喝去的下等小吏，做些洒扫服侍的低贱活儿。"

温孤苇余衣襟禁不住颤抖，双目渐渐转作赤红："端木翠，若早知苦修至瀛洲反而身为低贱，我还修什么道？在人间逍遥一世，娇妻美妾、香茗佳酿，不好吗，巴巴到瀛洲去任人作践？"

的确不是什么设想中的大悲大恨，但端木翠竟无言以对。

"更何况瀛洲时日，无穷无尽，人间十年河东十年河西，总有出头一日，在瀛洲竟是一条道走死无从变更的。换了你，你也会不甘心。"

端木翠垂下眼睑，良久才低声道："我原是不知道这些的。"

"你？你怎么会知道？"温孤苇余怒极失笑，"你是姜子牙义女，杨戬义妹。杨戬在天庭居高位，瀛洲上下，谁不忌惮他几分？但凡你有个不痛快，杨戬就敢甩脸色给长老看。你如何知道这些，你上哪里知道这些？"

端木翠默然，她心中不是不知道杨戬对她颇多照拂，但是照拂到这般地步，她的确也是"不知道的"。

提及此节，温孤苇余心头愤懑竟是无法自制，将先前对端木翠生出的怜惜之意尽数撇开了去，冷冷道："都说仙界洁净之所，作践起人来，还不都是一般无二！那些个登仙之人，又是什么了不得的人物了，守着丹炉日久，胡混炼出些仙丹来，早些成仙，在我面前就以长者自居了？吆五喝六，什么东西！"

这话倒也不尽然，瀛洲仙人，倒颇有几个人物的，只是汉晋之世，修仙之人甚多，虽不致全民修仙，数量也蔚为壮观。基数大，录取率再低人数也不会少，那时节神仙素质良莠不齐在所难免。天庭不是没有察觉到这一点，所以自唐一代之后，几乎不曾再度化世人成仙——至宋一代，掂掂量量有名的也就录取了个陈抟老祖，跟汉世隔村邻乡隔三岔五就出神仙不可同日而语。

或许是温孤苇余运道不好，尽撞上神仙中的这群人物，想必是颇吃了些苦头，性子才这么乖佞孤僻、喜怒无定。

有些人的不甘心只能于夜半无人私语时在唇舌心间走个过场，有些人的不甘心就能日复一日膨胀成魔，就如同有些人得了刀只能劈柴除草，有些人得了刀就能反上朝堂——凡事因人而异，的确琢磨不清也道不明白。

"原本，我对你也算高看。"温孤苇余的目光终于落回端木翠身上，"想着你跟他们不一样，心中存了三分亲近之意，有意结纳，想不到……"

端木翠淡淡一笑："愿赌服输，与人无尤。"

温孤苇余竟有些为她惋惜："你若不是把我想得太简单了，也不会败得如此惨。"

"把你想得太简单了？"端木翠似乎听到了再好笑不过的话，"温孤苇余，你处处心机深沉高人一着，我何曾敢看轻于你，我何曾敢把你想得简单？"

说话间，她缓缓褪下右臂衣衫，露出白玉也似的手臂来。

温孤苇余觉得奇怪，不觉失笑："你这是做什么……"

语到中途，瞳孔猛然收紧，厉声道："你的穿……"

"哧"的一声轻响，温柔得像是花开的声音。

他其实是想问："你的穿心莲花呢？"

现在他已不需要端木翠的回答，因为那莲花就自后心而入，绽放在他心口之上，根根锃亮倒钩，带着血肉死死扣住心窝，愈收愈紧，打眼看去，竟似血意滂沱般盛放。

而那瓣瓣血色之间，隐有女子纤细玉指般的灼目金光蜿蜒而走，一如女子指下温柔缠绵，偏偏一触之下，肌体寸寸成僵。

这才是她深埋后着的锁心指。

端木翠的唇边终于漾出微笑，低低呢喃，像是发问，又像是自言自语。

"我何曾敢看轻于你，我何曾敢把你想得简单？"

温孤苇余没有理会他，他努力使尽最后一丝力气，死死拗住锁心指的力道，看向穿心莲花袭来的方向。

这一次，轮到他面如死灰。

握住穿心莲花另一头的那人，面色刚毅如铁，蓝衣覆就的身形挺拔如松，似是劲风也撼不动毫厘。

"展昭……"温孤苇余震惊失语，"你不是已经……"

展昭没有理会他，他的目光停栖在对面的端木翠身上。

"你能杀他，我就能救他。"端木翠平静得像是在叙述一件与己无干的陈年往事，"你说得没错，我的确是假借同意你击杀展昭引你大意，然后对你下手。只是你料错了两件事：第一，第一次对你施锁心指，用意并非杀你，而是引你入瓮，让你误以为自己已经识破了我的计谋；第二，我并没有准备亲自动手杀你，在我看来，展昭对付你的胜算更大些。"

"我那时，明明已经杀死了他。"温孤苇余的目光几欲将端木翠吞噬，"你什么时候救回的他？"

"我伏在他身上哭的时候。"端木翠微笑，"那时你色迷心窍，想来是未曾察觉。"

"难怪你要我留他全尸……我原先以为，哪怕你之前都在做戏，你的眼泪总该是真的。"温孤苇余骇笑，"想不到，连眼泪都是假的。"

"你没想到吗，我原以为你该想到的。"端木翠露出惋惜之色来，"你早该想到，我既为战将，该有多么擅长这些请君入瓮虚虚实实置之死地而后生的计谋。我从未看轻你，是你把我看得太不堪一击了。"

垂目半晌，目光忽地转于柔和，向展昭道："女娲封印已经修复，冥道一时三刻之内就会冰封，温孤苇余先有穿心莲花穿心，又中了锁心指，再也掀不起风浪。此间终于事了，我也算求仁得仁功德圆满。展昭，你快回去吧。见到先生，就同他说，我有事，走不了啦。"

展昭只是摇头，端木翠叹气："难道你不曾发觉，曙光已经不在我身上了？赶紧出去吧。"

其实适才端木翠涉入炽焰之时，曙光已然退却——不过那时主要是经不住热浪，现下算算辰光，也差不多快到一个时辰了。

展昭还是不动，端木翠摇头道："你这个人，就是这么死心眼，难不成你还想我们都能全身而退？如今的结果已是最好的了——你快些走吧，被烧死又不是什么好看的玩意儿……"

展昭忽然开口："端木，我身上也有仓颉字衣。"

端木翠约略猜到他所想，只是摇头。

"你听我说，"展昭心中焦灼，语气也失去了往常的镇定，"我身上的仓颉字衣还能抗两次炽焰，你的还能抵挡一次，我可以用穿心莲花在深渊之上搭起链桥……端木，你在那头别动，我先过去，然后带你回来。"

端木翠心中一动，尚未答话，就听温孤苇余冷笑道："不妥，这样不妥。"

展昭虽不欲听他妄语，奈何关心则乱，忍不住向他道："如何不妥？"

温孤苇余眼底渐渐露出阴毒之色来，一字一顿道："你当我是死的吗？锁心指的确厉害，可惜我的手指还能动上一动，端木翠，这已足够我送你上路！"

展昭脑中轰的一声，怒吼一声，拼尽浑身气力向温孤苇余猛扑过来，方挨到温孤苇余肩周，就觉热浪扑天倒海一样过来，登时便被掀翻在地。展昭顾不得这许多，就地一滚，避开火头，急抬头看时，只觉脑中似有什么一声脆响，齐齐断裂，眼前一黑，几欲栽了过去。

但见对面石台之上，平平展展，热气袅袅，哪里还有端木翠的影子？

展昭呆立半晌，手足冰冷，五内却直如火烧，忽地浑身打了个激灵反应过来，凄厉一声长叱，唰地便抽了巨阙在手，大踏步向温孤苇余过来。

温孤苇余存了必死之心，早料到此节，但是乍见到展昭双目尽赤，还是忍不住心头一凛，道："你待怎样？"

展昭脑中一片混沌，竟也听不到温孤苇余说些什么，一言不发，挥剑便往温孤苇余心口斩落。哪知那锁心指凶悍非常，只将温孤苇余身子锁得寒冰坚石一般，一击之下，温孤苇余倒没有什么，展昭的虎口已然进出血来。

展昭竟不自觉，牙关咬死，目中寒光竟似比巨阙更为慑人。温孤苇余心中咯噔一声，忽地开口道："展昭，你可想端木翠回来？"

展昭身子巨震，他于温孤苇余的话全然无觉，只端木翠三字听得清清楚楚，腾腾腾倒退开去，嘶哑着声音道："端木翠怎样？"

只刹那间，温孤苇余心中已有了计较，淡淡道："你若跪下向我磕三个响头，或者我会知会于你。"

展昭虽然心神俱损，却也不至于被他拿话诳了去，冷冷道："端木翠已经被你害死了。"

语毕，再也不拿眼看温孤苇余，径自走到石台边缘处，衣襟一摆，重重跪了下去。

温孤苇余冷眼看展昭对着深渊连叩三个重首，心内不屑之极，偏面上肌肉僵住，半点神色也露不出来。

展昭叩首既毕，眼前已是模糊一片，强自定了定神，记得端木翠让他尽早离开冥道之语，当下一言不发，大踏步向外走去。

方经过温孤苇余身边，就听温孤苇余阴阳怪气道："就这么撇下端木翠走了？展昭，若是你在此，端木翠必不会撇下你的。"

展昭受激不住，猛地俯身攥住温孤苇余领口，怒道："你不配提她！"

温孤苇余喉部块肉尽数僵住，虽是勉力发声，仍不免听来瓮声瓮气怪异非常："我却没有诓你，展昭，你朝深渊下看，还能看到火焰吗？"

展昭一愣，方才炽焰扬起重又偃去，他只道端木翠必遭不幸，况且一旦身临深渊带起异动，必然重启炽焰屏障，是以完全未曾起过朝深渊之下查看的念头。

明知温孤苇余其言不可信，但此念头一起，竟是无论如何都压不下去，正踟蹰间，温孤苇余又道："横竖你有仓颉字衣护身，当真去看看又能怎样？"

展昭松开温孤苇余领口，径自走向边缘，俯身下查。

果然，真如温孤苇余所言，渊底已无炽焰，打眼看去，漆黑如油，反射出精钢黑铁般的亮光。又仔细看了一回，虽是浓稠，竟似流质般缓缓而动。

温孤苇余虽见不到渊底究竟如何，却将展昭面上神色尽收眼底，冷冷道："现下总算信我了？方才你只顾着拼命阻止我，无暇顾及究竟发生了什么——你可知炽焰屏障扬起之前，端木翠就已经不见了？你蠢笨如斯，目无所察，还以为她当真被烧死了，真是可笑。"

展昭心底渐渐升腾起希望，只觉口唇发涩，颤声道："那么，她去哪里了？"

温孤苇余平静道："她是沉渊选中的人，除了沉渊，还能去哪里？"

"沉渊？"

"所谓人间迷梦，冥道沉渊。你也曾身历迷梦，当知个中玄虚。只是，迷梦易破，沉渊难出。端木翠是沉渊选中的人，身上打下了沉渊的烙印，凭她一己之力，今生今世都休想离开沉渊。展昭，相伴同行，真的要将她丢下不管吗？"

展昭不语，顿了顿才道："如何才能入沉渊？"

"简单得很，跳下去，找到她，然后带她回来。"

"你会这么好心，告诉我这些？"展昭忽然有所警觉，"温孤苇余，你是在故意拖延时间，意图把我困死在冥道？"

"你若这么想，大可一走了之。"温孤苇余冷笑，"沉渊若梦，你可能会在梦中逡巡很久很久，醒来也无非盏茶工夫——换言之，沉渊的时间远远慢过冥道，足够你找她回来。试与不试，全在你一念之间。"

展昭沉吟片刻，忽然向温孤苇余拱手抱拳："不管你用意为何，展某都谢你指路。"语毕微微一笑，正待迈步，就听温孤苇余淡淡道："我的用意很简单，只是想让你回不来。"

展昭一怔，步下略停："此话何解？"

"沉渊是端木翠的沉渊，不是你的。如果你劝不回端木翠……你这一世，都会挣扎在不属于你的虚幻之境。你二人害我至这步田地，我不想看到你们舒舒坦坦地活着，把你引去沉渊，横死异世，就是我的用意。"

展昭微微颔首，淡淡一笑："如此，还是多谢温孤门主指路。我信得过端木，她不会如此糊涂，耽于虚幻之地。"

温孤苇余再不言语。

展昭面向沉渊，忽然忆起端木翠清明水样眼神，心下一片澄澈，唇角扬起一抹笑意，身子微微向前倾去……

石台处一片死寂，温孤苇余死死盯住修复已毕的女娲封印，印色赤红如血，几欲四下漫溢开来。

温度一点点低下去，冰封始于这一刻。

温孤苇余忽然爆发出一阵歇斯底里的笑声。

"展昭，说你蠢笨，果然不假。"他一时呛咳到，几欲喘不上气来，"端木翠的沉渊是西岐，你当然信得过她，可她要两千年之后才会认识你……你如何接近她？如何自毂闱身边带走她？到最后，你们一个永堕沉渊，一个横死异世，也算遂了我的心愿……"

风大起来，将温孤苇余的骇笑声卷起，抛掷，再传将开去，最终，覆遍冥道……

崇城西北二十里，西岐军帐，端木营。

烛花暴起，端木翠一惊之下，翻身坐起。

夜已深，烛影将壁挂的铠甲投射出长长斜影，风般摇曳。

阿弥听到动静，急急掀帐进来："将军，可有差遣？"

端木翠以手扶额，好生疲倦："方才做了个噩梦，梦见尚父命我们攻打崇城，久攻不下，死伤无数，着实可恨。"

阿弥擎起案上铜壶斟水，寂静夜里，细细水斟之声，潺潺渐渐，煞是好听。

"听说毂闾将军已经请得崇城战牌，将军若不放心，大可与毂闾军合营，届时两营大破崇城，想来会是一世风光。"

端木翠不答，伸手接过堃碧铜杯，顿了一顿，嫣然一笑："说得是，我正有此意。"

第十八章　初至沉渊

殷商月色，比展昭这一生所见的任何月色都要旷远。

兜头一轮巨大的模糊冷月，似乎触手就可搅散，愈往边缘处愈是稀薄，最终与暗灰色的黑夜融作一处。

走了很久，才遇到一棵光秃枝丫的树，孤零零地立于荒野之间，也不知在此处守候几多寒暑，伸手轻轻一掸，像是能掸下成年累月积下的寂寞。

遇到这树之前，展昭已经走了很久很久。原本，他并不准备停下，可是现在，他改变了主意。

展昭伸出手去抚住树身，慢慢摩挲着粗糙且千沟万壑般的树皮，鼻端传来树木特有的气味。

这已经是一棵老树了，也许来年就抽不出枝芽，又或许下一个电闪雷鸣的日子过后，徒留朽烂的树身。

但是此时此刻，它是与他最为亲近的事物。

异世所带来的陌生与荒芜之感远远超出了他的想象，坠下深渊，他并无痛楚，身陷泥淖，他也并无知觉。可是恢复知觉时，竟似再世为人。睁目之时，浑身战栗，犹如重历脱胎母体之痛。

踉跄着起身，居然不知往何处去。东西南北，一般景致，极目处都是若隐若现的天边。随意取了一个方向，踽踽而行，足音叹息般在身后萦回不去，一路踏起尘土，没有遇到一个人。

无妨，他心中有要找的人。

寻人，从来都不是一件轻省的差事，尤其是茫茫如大海捞针，寻而无索，求不得，无怪乎位列佛教八苦之一。

好在，端木翠不属此类。

位高权重，身世显赫，她是风云人物，众目所向，人流如潮水般向她拥去，他甚至不需要费力去找，随人流而去，只求与她双目相会。

念及至此，展昭面上现出温柔笑意来。

他向来不将什么高官厚禄权势出身放在眼里，但是端木翠的种种，却让他既感亲切，又觉骄傲。

此时，他并不知，沉渊不同于迷梦，迷梦中的种种或许能如蛛丝般即抹即去，而沉渊，却势必在他心口剜下一道深痕。

若听之任之，那深痕渐渐鼓胀开来，终有一日划地为壑，渐深渐阔，两人各守一端，无舟无楫无渡桥，直到远至目光都无法相会，真正形同陌路。

只盼有人知会于他，亡羊补牢，时犹未晚，那碎金断玉的一刻，永不到来。

歇息了片刻，正欲继续前行，忽然略略偏首，凝神听了一回，眉心微微一皱，迅速伏下身子，将耳朵凑近地面。

有隐隐的有节律的震动声，再过了片刻，面前的黄土似乎都有扬尘。

这声音他并不陌生。

马蹄声。

确切地说，是杂乱的马蹄声。

有马蹄声，就一定有人。而蹄声杂乱，往往是故事的开端。

果然，一骑快马，绝尘而来。

马背上坐着的，似乎是个姑娘。

当时，展昭的身形倒有一大半是隐在树影之间的，那姑娘若没瞧见他，可能就直接驰过，也就不会有后续的种种了。

但是那姑娘目光旁落，忽然就瞥到树下的人影，面色一变，急勒马头。马儿吃不住痛，摇辔嘶鸣不已，前蹄猛地扬起。那姑娘猝不及防，"啊呀"一声摔飞了出去。

当然是摔不着的。

展昭身形直如离弦之箭，瞬间掠至，长臂前探，半空一个急转，已将那姑娘揽在臂间，另一手急拉马缰，腕上使力，那马儿执拗了一回，也便服帖了。

低头看时，那姑娘鬓发散乱，直将面目都遮了大半，面色惨白如纸，嘴唇嗫嚅不定。展昭不意料她竟吓成这样，倒是暗责自己唐突，当下微微一笑，正欲安慰她则个，那姑娘忽然目中滚下泪来，扑通一声向着展昭跪倒，哭道："侠士大仁大义，还乞救我家人性命。"

展昭心中一凛，忙伸臂将她扶起，急道："你家人现在何方？遭遇何事？"

那姑娘泪如雨下，指向来的方向，哽咽道："就在那头，遇到剪径的贼人。"

展昭再不多话，一掌拍向马头，那马儿嘶鸣一声，掉转头向，展昭顺势跃上马背，伸手将那姑娘也拉了上来，沉声道："坐稳了。"

那姑娘未及反应过来，身子一仰，险些又甩了出去，好在这一回动作倒快，忙伸手环住展昭的腰，这才觉得耳边呼呼风声，两旁路景，迅速后撤了开去。

行不多久，果见前方横着一辆倒翻的马车，车上的家什物料散了一地，车辕边还凌乱插了几根羽箭。三个短服葛衣之人，正围攻车旁一须发皆白的孔武老者。那老者功夫平平，胜在力大，舞一根手臂粗的辕棍，左冲右突，虽然破绽百出，倒也颇具声势，兼之那三个葛衣人嬉笑谑骂，颇似猫儿戏鼠，并不急将他收于囊中。不远处另有一花白头发的精瘦汉子，持了根拐杖，也与面前的葛衣人对阵。那葛衣人出手颇重，眨眼工夫，那精瘦汉子臂上已挂了彩，转身奔逃时一瘸一拐，展昭才知他是身有残疾。

得见眼前情景，那女子已是按捺不住，先叫一声"爹"，再叫一声"二叔"，声音凄楚，面目惨然。

展昭大怒，喝道："住手！"

与此同时，袖笼微垂，三根袖箭一经入手，激射而出。就听一声痛喝，那与精瘦汉子对阵的葛衣人臂上中箭，另两根袖箭却从另三个葛衣人间横掠而过，并未伤人，只是将对阵之势打散了开来。

那中箭之人怒喝："遇到硬点子了，留神着点。"

另三人齐齐应声，刷地各自提刀在手，分左中右三路向展昭直劈过来。展昭见他们衣着倒是齐整，有两人身后还背着弩弓箭囊，倒不似一般的贼匪，当下撤步避开当头来势，剑鞘打横，一个挡字诀在先，跟上出腿如电，屈身横扫。那三人"啊呀"一声，全部被带翻在地。

那中箭之人面色一凛，似是十分忌惮。展昭并不欲伤人性命，淡淡道："你们立誓改过，不再做这剪径勾当，我便不与你们为难。"

此话一出，非但那中箭之人露出讥讽之色来，连另外三个葛衣人都冷笑不迭，七嘴八舌道："你是什么东西，要我们听你的吩咐！"

话未落音，三人竟是齐齐猱身扑上。展昭面色一沉，正欲出招，当先的两人忽地撤了兵器，一左一右，死死抱住了展昭胳膊，双腿去绞展昭下盘，直似老树盘根一般，另一人面露喜色，举刀砍到。

展昭倒未曾见过这般无赖打法，心下怒极，双臂一震，欲将两人甩脱开去。哪知那两人浑不畏死，反缠得更紧了些。展昭无奈，勉力挪身换位，那人砍来之刀便失了准头，竟招呼在同伴背上。与此同时，先前受伤的那人觑此空当，疾步奔至那姑娘马前，伸臂将那姑娘拽落马来，策马便走。方行了两步，忽觉前蹄一矮，却是那舞棍老者持棍猛击马儿前蹄。那人不防此招，滚落马下，未及站起，后脑重重挨了一击，正是那瘸腿汉子过来援手。

一击方嫌不足，又补上几记，直接将这人送回了老家。

这边方料理清净，就听展昭那头一声怒喝，却是展昭再按捺不住，终于出重手将缠住自己的二人震了开去，劈手夺过第三人的腰刀，反转刀刃，以刀背在那人头上重重一击，将那人撂了开去。

身遭甫得空，展昭已飞身掠至伤马之侧，俯身探那葛衣人鼻息，知已身亡，心下又惊又怒：虽说那姑娘言说他们是剪径强人，他也并未存了伤人之心，未料到这两个老者出手竟如此狠辣。

方念及此，又听惨叫连连，急起身时，却是那老者和那瘸腿汉子，又将那三个葛衣人击首毙命。

见展昭面有惊怒之色，那老者忙上前道："侠士有所不知，这群剪径贼人另有老窝，若让他们逃了回去，纠集了人来报复，老汉一家，可不止亡丁灭口那么简单了。"

那瘸腿汉子也言道："大哥说得不错，这群强人素来行事狠辣，我们小小城邑，不知叫他们祸害过多少次，哪一家跟他们没有血仇？侠士觉得我二人下手不容情，但凡多来几个，我还是这般做法。"

展昭默然，顿了一顿，叹气道："我看他们进退有度，对阵时颇有章法，倒不似一般的匪盗。"

那老者冷笑道："侠士也看出来了？什么剪径匪盗，分明就是流散的兵勇，在军中学了本事，却来与我们这些百姓为难。"

说话间，那姑娘已整衣过来，向展昭盈盈拜倒，叩谢救命之恩。当下两两厮见，才知这姑娘叫旗穆衣罗，那老者是她的父亲，名唤旗穆典，那瘸腿汉子是旗穆典的二弟，名唤旗穆丁，皆因原先住的地方频犯兵火，这才举家往就近的县邑去，未料半道之上遭人剪径。

旗穆一家感念展昭救命之恩，邀他同行。展昭因想着此地荒僻，一来可以沿途照应，二来进入县邑，也便于打听端木翠的消息，当下颔首以应。

旗穆典和旗穆丁草草掩了那几人尸身，这才重整车马上道。这一路倒无多话，入曙时分行至安邑，竟是一个再小不过的城邑。低矮城楼之上亦无守兵，进得城中，只一条主街，因着时候尚早，亦无人气。

旗穆典叹道："西岐军过境，守军望风而逃，只留下我们这些百姓遭殃。"

展昭心头一震，忍不住道："西岐军过境？"

旗穆丁奇怪地打量了展昭一眼，道："展侠士竟不知吗，西岐丞相姜子牙的军帐就在数十里外。只是人家一心要拿的是崇城，从安邑绕城而过，连驻守兵丁都未留下。"

展昭又惊又喜："姜子牙既在，他旗下兵将也都在？"

旗穆典嗤了一声道："这点何消用问？姜子牙连攻两次崇城无果，急招四方兵将驰援。现放着崇城外猛将如云，这两日还源源不绝有兵将到，只待时机一到，这崇城……唉，这崇城……"说到此处，摇头叹息。展昭略一思忖，已猜到旗穆一家必是殷商属民，是以对姜子牙攻崇城，颇多嗟叹。

说话间，已行至街中一户大宅之前，旗穆丁先下车，一瘸一拐前去叫门。旗穆典向展昭道："亏得之前在安邑置产，否则兵荒马乱，还不知往何处去。"

展昭心下踌躇一回，忍不住道："老人家，听闻这西岐军中……"

话未说完，门扇"吱呀"一声打开，一个蓬头垢面的少年探首出来，迷迷瞪瞪打量面前之人。旗穆丁一拐杖打在他膝上，怒道："狗崽子，连主人都不识得了？"

那少年吃了这一痛，反打个激灵清醒过来，待看清面前之人，惊喜莫名，忙将门扇大开，一边厢出来搭手，一边厢大声向门内道："老太爷、二太爷并姑娘都回啦，还不起来！"

旗穆典呵呵一笑，携了旗穆衣罗的手向门内去。旗穆衣罗行了两步，回头见展昭仍是立于当地，忍不住轻声道："展侠士？展侠士？"

展昭这才反应过来，微微一笑，提襟缓步跟上，忽觉面上一凉，再抬头看时，云天之上暗灰色云气涌动，竟是暴雨来袭的前兆。

这一场雨来势极猛，展昭在风急雨骤之中沉沉睡去，睡梦之中，依稀觉得有橐橐步声，眼前模模糊糊，旌旗满目，似看到行伍之军无穷无尽，一惊而醒，细细辨时，果有沉重步声，似是铺天盖地而来。正惊疑时，听到外间有下人向旗穆典回话："是西岐高伯蹇的军队，想来也是应令赴崇城一役的，绕过了安邑……"

原来如此，展昭放下心来，翻了个身，重又睡去。

眼见外间的事张罗得差不多了，旗穆典转身回房。刚进得门来，便见旗穆丁倚桌而站，腋下夹了个长条包袱，只是不住冷笑。

旗穆典忙转身将门扇掩上，伸手抹了抹额上冷汗，低声道："此次赖展义士相助，总算是有惊无险。"

旗穆丁哼了一声道："有惊无险？依我说，麻烦刚开始才是真的。你倒是说说，我们和西岐兵遭遇，也不是一次两次了，哪次他们像这次般拼了性命？方才那展昭言说只要他们改过就饶了他们，你见他们中哪一个听进去的？还不是凶神恶煞一般，不顾性命扑将上来。"

旗穆典不以为意道："这个你也放在心上了？时值两军交战，西岐那边比常日谨慎也是在所难免。"

旗穆丁顿足道："你怎么还没想到，我问你，兵有将风，西岐哪个将领，是这般悍勇无退拼死求胜的？"

旗穆典一愣，忽然心虚起来："依你说，不会撞上那煞星吧？"

旗穆丁不理会他，将腋下包裹直掷到旗穆典身上："你自己看。"

旗穆典不解其意，忙将那包裹打开，才发觉是方才从车辕上拔下的羽箭。他擎起一根，用指腹细细摩挲箭根之处，先摸到一个"端"字，脸色先自灰败下来，待摸到个"木"字，虽是早已料到，还是忍不住叹气："说好不好，果然惹到她。"

旗穆丁面色愈来愈沉："西岐诸将之中，以她最为悍勇，也最为护短。现在她的兵丁死了，你说她会不会善罢甘休？"

旗穆典摇头："老二，你忒小心了些。再怎么说，端木翠是端木营的主将，死的是最下头的喽啰，她犯不着为了这些个喽啰撂下狠来。"

旗穆丁叹道："搁着往日，自然不会。但今日天公不作美，诸事不利，我怕事不从人愿。"

旗穆典笑道："那些兵丁的尸首我们都掩埋了，事情未必就会捅出来。"

旗穆丁摇头："第一，那些人因追查殷商细作失踪，端木营的人一定会追查；第二，我们并未将那些人深埋，骤降暴雨，那些人的尸首一定会暴露出来；第三，今日高伯骞的军队赴崇城之役，势必会发现那些尸首，略加追查，便会发现这些人都是端木营中的。你想想，高伯骞将尸首送过去，能不惊动端木翠？依她的性子，还不知会怎样恼羞成怒。你且等着瞧，不消多久，端木翠的兵将一定会来将安邑翻个底朝天。"

时候恰是正午，毂闾营素有午时安寝的惯例，是以营门虽是大敞，打眼看去走动的兵卫却是不多，只留了当值之人巡守营。

马蹄声由远及近，明明是单骑人马，蹄音听来却分明吃重很多。守营兵卫好奇地眯起眼睛细看，待那骑行得近些了，一眼觑见马上之人虽是仪容清俊，目中却是精光慑人，更兼鞍上斜搭一柄重手青铜三尖两刃刀，识得是杨戬，忙迎上前去执缰。杨戬翻身下马，也不言语，大踏步向中军帐去了。

中军帐外持戟的兵卫远远看见杨戬，正要行礼称喏，杨戬抬手作止，一干兵卫果噤了声，齐齐向旁侧让了开去。

杨戬行至帐外，止步少顷，面色蓦地一沉，唰地扯落帐帷。

就听一声惊呼，一个长发披散的赤裸女子翻身坐起，待看清帐前所立之人时，

更是羞得无地自容。杨戬冷哼一声，狠狠将帐帷甩到她身上，那女子手忙脚乱，忙将帐帷胡乱裹了身子，诺诺着退了出去。

杨戬目光冷冷锥视那女子，话却是向着毂阆说的："毂阆，你给我收敛些。"

毂阆懒懒坐起披衣："又不是第一次，何必大动肝火？"

杨戬冷笑："若个中没有牵涉到端木，再多几次也与我无干。"

毂阆哈哈一笑："端木不是这么小气的人。"

"是吗？或者我让她进来？"

说话间，果抬脚向外。毂阆面色一变，怒道："杨戬！"

杨戬于身后风声来向听得分明，头也不回，腕翻如刀，掌缘下切。毂阆情急之下忍痛受他一切，另一手自腋下钳住杨戬手臂。杨戬任他辖制，纵声长笑，毂阆向帐外看时，但见白日朗朗，哪有半个人影？心知受了杨戬捉弄，怒斥一声，将杨戬搡了开去，自披挂穿衣，此时方觉后背发凉，竟汗湿了大半。

杨戬笑声不绝："搬出名头就把你吓成这样，果真一物降一物。毂阆，待得丞相答应你的请婚，我看你那些个随行的姬妾，还是打发了去吧。"顿了顿又道，"说正经的，早上端木那边的事，你都知道了？"

毂阆点头："听说了，殷商的细作是越发嚣张了，素日还只是打探消息，今次居然连取数条人命。可见崇城一役，朝歌也是越发上了心。"

杨戬道："那是自然，崇城一下，朝歌如失左膀右臂。今日早些时候，我们安插在朝歌的探子传回消息，说是费仲那边有异动。"

毂阆饶有兴味道："哦？说来听听。"

"听说召集了一干非常人物……明里打不过，便要行些见不得光的手段。"

"又要玩些谋刺丞相的伎俩？"

杨戬点头："今次略有不同，听说费仲想取的人中，你我俱在其列。"

"费仲想杀战将？"

"军中无将，譬如群龙无首。近日驰援之将众多，真正独当一面者寥寥无几。如今日所到高伯骞之流，本为殷商降将，贪生怕死，壮声势勉强充数，谁还当真指望他攻城略地？你请得崇城战牌，更加是第一号的眼中钉肉中刺。丞相吩咐下来，我们这干主将尤其要提起十二万分小心，如若阴沟里翻船，折在宵小手上，那便大大失算。"

　　毂阊沉吟片刻，问道："可知费仲派来的人现在何处？"

　　"最近的城邑就是安邑。"

　　毂阊跌足长叹："当初瞧不上安邑，绕城而过，竟连守将都未曾留下，平白留了这么个隐患在。依我看，戕害端木营兵士的细作，多半也藏身在那里。"

　　杨戬失笑："我刚从端木处过来，她也是这般说。"

　　"她现下如何？早上发生那么大的事，气得够呛吧？"

　　杨戬苦笑："可不是，若不是我拦着，只怕现下已经点足兵将到了安邑。她口气大得很，说什么也不用挨家挨户搜了，就在安邑城周堆上柴火，一把火烧了，什么探子细作，通通见阎罗去。"

　　毂阊哭笑不得："她明知这样行不通，非得把狠话撂出来，唬人也是好的。那后来怎生了结的？派往安邑的是谁？"

　　"高伯骞。他想在丞相面前露脸，立功心切。兼之要讨好端木，说什么定给端木营惨死的兵士一个交代。"

　　这次换毂阊冷笑了。

　　"他？成事不足败事有余，贪财好色、纵属行凶，不出纰漏就谢天谢地了，别的是断指望不上。"

　　"端木也如此说，为万全计，派了两个副统随着高伯骞一起过去。反正安邑离着也不远，但凡有紧急事由，白日打旗语，入夜行灯语，总来得及策应的。"

　　展昭这一觉直睡到午后方醒，起来看时，雨虽不似临睡前那般大，却还是淅淅沥沥，平白惹人心境烦扰。

　　起身不久，便有下仆过来伺候洗漱，接着便将展昭引往正厅，却是旗穆典、旗穆丁兄弟已备下酒菜相候。展昭也不推辞，略让了让便推盏入席，方才举杯，眼角余光瞥到门边有一年轻女子过来，容色娇妍，发漆如墨，着圆领窄长袖绛紫云纹长衣，腰束丝带，足蹬木底麻面履。一来商裳与宋服有别，二来此女看着面生，展昭不觉多看了两眼。

　　旗穆典笑道："衣罗，还不过来敬展义士一爵酒？"

　　展昭这才省得这女子便是自己救下的旗穆衣罗，先时蓬头垢面毫不起眼，想不到略作修饰，竟是难得明娟。

旗穆衣罗倒不矫饰，落落大方上得前来，先向展昭行礼，而后便奉上一爵子酒。展昭含笑颔首，向旗穆兄弟略略致意，酒才挨到唇边，忽听外间铜铙声响，展昭微怔，抬眼向外看时，就见早间那少年，名唤杞择的，上气不接下气地进来，气喘吁吁道："老太爷，高伯蹇的兵将正朝安邑过来呢。"

旗穆典脸色一变，和旗穆丁使了个眼色，也不理会展昭，双双疾步出了门去。展昭一时好生踌躇，不知是该跟上还是不跟，倒是旗穆衣罗忖得展昭心意，柔声道："展义士，我们也跟上去看看吧。"

安邑城小，城墙四角俱有望楼，家户稍大些的，登上自家檐台就可望见外间情势。展昭随着旗穆衣罗登上檐台，远远便见烟尘漫起，依稀间可见大幅旗氅舒来卷去，略算了算，领头的十来骑，步兵似有上百人之多，再四下看时，角楼上人头攒动，都是些听到风声的安邑百姓，面色仓皇，不知所措。

旗穆典眉心紧锁，低声向旗穆丁道："依你看，可是早间的事发了？"

旗穆丁"哼"一声，算是来了个默认，顿了顿又道："你怕什么，真惹急了，横竖这里有个顶死的。"

说话间，眼光有意无意往展昭这边飘了飘。

旗穆典唯恐展昭生疑，也不看他，只将声音又压低了许多："那是个难得的好手，就这样顶了死未免可惜，若能为我所用……"

旗穆丁"嗯"一声："走一步看一步，谁知道高伯蹇走的什么棋。"

高伯蹇的兵将分作两路，一路将安邑外城入口围得死死，另一路径自入城，气势汹汹，破门入户，觑着可疑的青壮男子便押将出来。一时间鸡飞狗叫，妇啼婴泣，惶惶不安之情漫卷全城。

旗穆家位于街中，一时半刻搜户的兵丁还过不来，但哭闹声是愈来愈大了。旗穆典吩咐杞择闭了门户，镇定自若地回到厅中闲坐。不多时，连外间呼来喝去的说话声都听得分明，恰有妇人啼哭闪避及兵士污秽之语传来。展昭面色一变，腾地站起身来，行了两步又强自按下，向旗穆典道："旗穆先生，外间搜户的不是西岐的兵将吗，都说武王之师素行仁义，缘何……"

话未落音，就听轰的一声，大门的门扇被冲将开来。十几个持载横刀的兵士，一拥而入，兀自叫嚣着："快将戕害西岐兵丁的贼子交出来！"

旗穆典稳坐不动，倒是旗穆丁拄着拐杖一瘸一拐迎上来，赔笑道："军爷，可得瞧仔细了，我们旗穆家是安邑大户，素来安分守己，可不敢做窝藏贼子之事。"

说话间，杞择已捧了一盘子的铜贝兼散铜块过来。为首的兵丁上手抓了一把往怀里塞，后面诸人纷纷围了上来，你拥我挤，推搡间盘上的铜贝倒有一半撒到了地上。于是众兵丁争先恐后，趴在地上争抢不休，颇有猪猡争食之态。

那为首的兵丁又四下扫了一扫，本打算就此回头的，哪知偏巧不巧，目光就落到旗穆衣罗身上。

旗穆衣罗面色微变，不动声色地向展昭身后避了避。

那兵丁目中露出淫亵笑意来，涎着一张脸过来，围着旗穆衣罗上下左右打量了一番，嘿嘿干笑两声，这才转脸向所带兵士一挥手道："走！"

展昭向阶下走了两步，目送这一干人走远，眸中目光渐转深沉，俄顷缓缓转过身来看旗穆衣罗，话中有话："衣罗姑娘，晚间安寝，紧闭门户。"

旗穆衣罗一怔，旋即会意，微微点了点头。

回头再说那群兵丁，走出了一段之后，为首那人停住脚步，转身看了看旗穆家的门户，干笑道："那家的姑娘，生得很有几分姿色，将军多半喜欢。"

旁边有人奇道："怎生他家里还有美貌的娘们儿了？我却没瞧见。"

那人劈头啐了他一口："你眼里都快叫铜贝给撑满了，能看见什么？要我说，今晚上索性心一横，把那娘们儿给偷了来献给将军……以后哥几个在营中，还不是想风来风说雨来雨？"

一席话说得一干人蠢蠢欲动，却有个胆子小的怯怯道："这样不好吧，听说姜子牙御下甚严，素来不许这些乱七八糟的勾当。若单是我们也就罢了，现下营中还供着两个端木营的副统呢，要叫他们知道了，回去告上一状，将军面上须不好看。"

那人冷笑一声道："只要动作利落些，手脚行得干净，那两个副统上哪知道这件事去？再说了，俟得事成，将军顺水推舟，把那娘们儿收作了随军的姬妾，旁人又能说上什么？西岐军的将领，除了杨戬修道，现放着土行孙有邓婵玉，毂阊更是姬妾成群，偏我们将军收一个就了不得了？端木营的人再霸道，也管不到这么宽吧？"

今夜的安邑较往常要异样些，皆是西岐军终于驻扎的缘故，城门与望楼处俱都插起了桐油火把。火光掩映之下，依稀可见值夜兵丁刀戟交动的剪影。

外围人声尚可称鼎沸，内城却是一片死寂——安邑是殷商降城，城中百姓对西岐军或多或少总有些畏惧之意，是以家家户户不约而同早早熄灯，但心中忐忑不定，是否安枕就不得而知了。

按理讲，这个时候，安邑主街之上，是绝不应有人的。

虞都眯着眼睛打量了那个黑影半天：鬼鬼祟祟，掩身于主街尽头的拐角之处，时不时伸长脖子东张西望，要多诡异就有多诡异。

莫不是……殷商细作？

这个念头不起还好，一旦起了，怎么撇都撇不开。虞都皱了皱眉头，一手按住腰间的刀柄，自旁侧仅容一人过的巷道悄悄绕到了那人后头，趁着那人不备，一个虎扑，扭麻花样将那人胳膊反剪到身后，顺势再一推，将那人推倒在主街之上。

"啊呀……"那人短促地痛呼一声，本待翻身坐起，哪知抬头看了眼虞都，竟吓得又坐倒下去，结结巴巴道："虞、虞副统……"

说话间虞都也看清了那人装扮，应该错不了，是高伯骞帐下的兵丁。

看起来，是大水冲了龙王庙了。

虞都憨憨一笑，伸手去把那人拉起："这么晚了，你在这做什么？"

简单问题，那人却傻眼了。

该说什么？总不能说仆射长成乞正要强绑人家姑娘，他站这儿望风吧？

见眼前之人目光闪烁、吞吞吐吐，虞都疑心顿起，正要开口，忽听脚步杂乱，一行人自巷后急匆匆过来。为首之人闷头正奔得急，忽觉有异，硬生生刹住脚步，紧随之人猝不及防，一头撞在那人背上，"哎哟"一声叫将出来。

不过多亏他这一哎哟，后头几人倒是及时止了步。

为首的正是仆射长成乞，他一眼认出眼前这高大汉子是端木营派来的副统虞都，心下暗叫糟糕：今次实在是撞了邪，竟被抓了个正着。

虞都很快注意到成乞身后的两名兵丁正死死控着一个麻包，那麻包翻来扭去，里头显是装了人。

"里头是什么？"联想到素日里在端木营听到的关于高伯骞部肆意掳掠的传闻，虞都心头火起，厉声喝问。

那两名兵丁吓得一哆嗦，失手把麻包砸到地上。

虞都大踏步过去，唰地抽刀，但见刀光一闪，麻包破开，个中滚出一个口中塞布五花大绑的人来，约莫十三四岁年纪，目光惊异不定，拼命嗯啊着挣扎。

正是旗穆家的下仆杞择。

"他……犯了什么事？"虞都倒是未料到会是这情形，很是有些莫名。

成乞更加莫名。

天可怜见，他明明亲见那姑娘进了房熄灯睡下，候了许久，俟周遭没动静了，这才命人动手，干脆利落，塞了口绑了就走，中间并无纰漏啊。

怎么倒出来的，是这样一个邋遢少年？

不过倒是解了他的燃眉之急。

成乞眼珠子转了转，计上心来，上前一步道："回副统的话，日间我们搜户之时，就察觉这少年鬼鬼祟祟形迹可疑，疑心他是殷商细作，故而不动声色，晚间复去查看，果然又发现些许蛛丝马迹，这才绑了他，带回去详加审问。"

成乞如此漫天扯谎，倒不怕虞都会戳穿：要知道虽说论权势，端木翠比高伯蹇高出不知几许，但名义上二人同列战将之席，高伯蹇部抓到的人，端木营是无论如何不能中途押了去另加审问的——横竖杞择口不能言，只要混过此关，打发了虞都便好。

果然，虞都兴味索然，挥挥手，示意成乞自行安排便是。

成乞点头哈腰，目送着虞都走远，这才咬牙切齿，狠狠瞪着那两名绑人的兵丁，压低声音怒道："这是怎么回事？"

那两人哭丧着脸道："这从何晓得？好好的姑娘，怎生一转眼，就变成了这么个东西？"

成乞一听，心头火气更大，抬脚便踢向杞择面门，尚未踢到，忽然惨呼一声，抱住膝盖倒地翻滚。旁人不明所以，赶紧过去扶他，这才发现他膝盖之上竟插着一枚袖箭。

那么，这下手之人藏身何处？

左顾右盼之下，心下寒气陡生。

但见右首前方屋脊之上，正立着一个持剑男子，背对模糊月色，反现出轮廓异常英挺鲜明的剪影来，虽只是那么随意一站，却是渊停浪滞，形如岳耸，周身散发出的凛冽之意，直让一干人顿生畏怯。

那人淡淡一笑，吐字虽轻，却是字字分明。

"心肠歹毒，无故掳人在先，不思悔改，意欲伤人在后。怙恶不悛，好不要脸！"

成乞面上块肉簌簌而动，狰狞之下，怒极反笑："你找死！"

虞都本来已经走出好远了，却让成乞的一声惨呼激得周身悚然。

再侧耳细听，隐隐有刀剑相击之声，心知不妙，快步奔回。

离着尚远，便见剑影舞作寒光，一个颀长身形在一干人围攻之中腾挪换位、进退若定，剑光过处，成乞一干人真正是人仰马翻狼狈不堪。

同声相应同气相求，同为西岐效力，虞都顾不得多想，抽刀在手，一声怒喝，猛身劈将上去。

展昭听得身后风声有异，脚下微微一个错步，避开身后来势，长臂一伸，便去切虞都肘弯。虞都变势倒也不慢，身子一矮，就地滚将开去，招式未老，转为挥刀横切，攻向展昭下盘。

展昭先前与成乞诸人交手，只觉一干人空有臂力，功夫却是平平，只当虞都也是如此，未料到过手之下，身手竟是不错，微微"咦"了一声，旋即面色一沉：他平素最恨身有技艺者不行正道为非作歹，此人难得一身好武艺，却与成乞等蛇鼠一窝，委实可恨。如此想时，手下再不留情，低斥一声，巨阙横练般递出。虞都下意识侧身避过，哪知展昭这一下乃是虚招，于虞都避势觑得分明，微微冷笑一声，手臂陡地伸长，就势拿住虞都小臂，微微向内一带。虞都只觉臂上一麻，展昭的手已铁钳般控住他肩胛，紧接着"咔嗒"一声，一条右臂竟叫他以重手法卸脱臼了。

虞都痛呼一声，左手抱右臂，踉踉跄跄退开十多步，倚住临街屋墙喘息不定。

展昭也不多话，干脆利落地还剑入鞘，行至杞择身前，俯身伸指拉住绳索，指上微微用力，就听"哧"的一声轻响，绳索已向两旁断开。

杞择一经得脱，手脚并用爬将起来，先扯了口中塞布，呸呸呸连吐几口唾沫，这才哭丧着脸道："展大哥，你只说让我去小姐屋里装睡，可没说让杞择遭这份罪啊。"

展昭温言道："你辛苦总还是值得的，免了你家小姐被这帮歹人劫持，你说是不是？"

杞择向周遭看了一眼，面上现出恍然神情来，复又转作喜色，雀跃道："原来如此，展大哥，以后这样的差事，还交给我做，杞择愿意遭罪的。"

展昭哭笑不得，也不理成乞他们如何，向杞择道："走吧，旗穆姑娘想是等急了。"

杞择"嗯"了一声，急走几步跟上展昭，忽听身后虞都"咦"了一声，奇道："你们方才说什么？什么小姐被歹人劫持？"

展昭身形微微一顿，转过身，面上掠过一丝讶异之色："你不知吗？"

虞都摇头："我真的不知。"

展昭见他虽是人高马大，神色间却透着几分憨色，再看他目光茫然，确不似伪诈之人，心下微微思忖，倒有三分信他，伸手指向成乞道："或者你问问他，会知道得更多些。"

成乞先前只盼着展昭早些走，能将这桩丑事遮掩过去，哪知虞都又多此一问，现下听展昭语意森然，虞都看过来的目光又是惊怒不定，惊怖之下，脱口道："虞副统，你莫要信他，他和这少年是一伙的，都是殷商的细作！"

展昭听他此时还信口雌黄，心下震怒，也不多话，大踏步过来，经过虞都身边时一记错手，虞都手中一空，腰刀已到了展昭手中。

成乞只觉眼前刀光一闪，紧接着脖颈一凉，刀锋压附之处寒意四下漫开，就听展昭冷冷道："你且说说，你夜半潜入旗穆家小姐的闺房，当真是在捉拿细作？"

成乞心下侥幸，还在妄图垂死挣扎："我的确是在……"

话音未落，展昭冷笑一声，下压之力复又大了几分。成乞只觉脖颈一痛，紧接着温热液体顺着脖子滑落下来，这才晓得展昭并非威吓他了事，吓得魂飞魄散，哪还敢攀东咬西，当下一五一十，将自己觊觎旗穆衣罗美色，妄想趁夜掳夺之事交代了个清楚。

虞都愈听愈怒，未料到高伯蹇部下竟是这般歹毒无耻，待到后来更是按捺不住，上前一脚，狠狠将成乞踹倒在地。

展昭反手将刀掷于地下，向虞都道："副统现下可听明白了？既为副统，就该以法令节律御下，如此无法无天干犯百姓，西岐想要安民得天下，难！"

虞都听得又羞又愧，对高伯蹇部更是恨得咬牙切齿，汗颜道："还请义士放宽心，回营之后，自会有个了断……"

说到后来，忽觉有异，抬头一看，方才察觉风动月影，展昭与那杞择，早已

离去了。

低头看时，见成乞脸色惨白，眸中透出乞怜谄媚之色来，心下更觉嫌恶，怒道："还不走？"说话间，俯身去拾地上腰刀，竟忘却肩胛脱臼，又是一声痛喝，连退了好几步。

成乞忙道："何劳副统之力，小的来捡便是。"

他只盼着能讨好一分是一分，虞都回营之后，言辞莫要那么绝。否则高伯蹇要卖给端木翠面子人情，一怒之下，把他推出去斩了也不定。

虞都见成乞一瘸一拐，满脸堆笑地递刀过来，更觉其小人作态，目中轻蔑嫌恶之色展露无遗。

成乞抬目触到他目光，只觉心下一凉，四肢百骸先是僵住，紧接着又似烈火样炙烤得难受。

恍惚之中，复又听到虞都不耐烦道："还不拿来？"

成乞慢慢将刀递将出去，动作慢得出奇，脚步忽然像是踩在棉花上，轻飘飘的。

他还在递，周遭的一切仿佛静止了。

而眼前，忽然什么都没了，只剩下虞都轻蔑的眼神，如同长满獠牙的兽，铺天盖地，围着他妖行魔舞。

"还不拿来？"

又是一声不耐烦的呼喝，这一声呼喝，将成乞喝清醒了。他双目赤红，嘴唇嗫嚅了几下，忽然发狂般扑了上去，锃亮的刀锋，死死抵住了虞都的咽喉。

鲜血喷溅出来，虞都喉底发出嗬嗬的声音，手脚拼死痉挛着，眼球似乎都要爆将出来，眼底的神色在瞬间灼亮得吓人，下一刹那便暗将下去。

成乞不管，两臂还在渐渐加力，刀锋似是卡到了脊柱顶端的骨头，怎么都切不下去，直到旁边吓呆了的兵丁们反应过来，连拖带拉地将他跟虞都分开。

虞都，那么大的一条汉子，软软绵绵，没根没骨一般悄无声息地栽倒，脖颈撕开了半拉，鲜血瞬间就在身下汪成了血泊。

"仆、仆射……仆射长……"拼命拉住成乞的兵丁吓得话都说不周全，"你、你、你杀了端木营的副、副、副统了……"

成乞阴恻恻地笑了一下，阴阳怪气道："谁杀了？谁看到了？你们看到是谁杀了？"

那兵丁吃了一惊，再不敢作声。

成乞将那兵丁推开，摇摇晃晃行至虞都尸身旁，干笑了两声，俯身拾起虞都的腰刀，颇为玩味地打量了一下虞都脖颈的破口，举起刀来掂量了两下，狠狠劈了下去。

血珠溅了成乞一身一脸，他随意抹了一把，将砍卷了刃的钢刀扔在一旁，伸手拎起一个血淋淋的人头来。

"你们都看到了……"成乞喝醉了酒般目光迷离，含含糊糊道，"是那个殷商的细作……杀了端木营的副统……"

第十九章　是邪非邪

高伯骞，倘若人如其名，理应高高大大，至少，是个威风凛凛的战场杀将。

其实不然。

将军案台后坐着的高伯骞，矮矮圆圆、黑黑胖胖，脸上的肉一层叠着一层，下耷的厚厚眼皮几乎要把绿豆小眼给遮没了。他很响地啜了一口酒，用袖口抹了抹嘴唇，眼中透出既欣喜又迫切的光来："先生，继续，继续说。"

于是那坐在案台对面摇着雉毛长尾扇的丘山先生——高伯骞的亲信幕僚，或者说是狗头军师，摇头晃脑，拿腔拿调，继续为高伯骞演说投诚西岐之后的生存之道。

插一句，时下正值秋冬之交，丘山先生的雉毛长尾扇绝非纳凉之物——事实上，殷商时出现的扇子，那时称"翣"，起初都是用作装饰的。所以丘山先生将手中的雉毛扇摇得风生水起，用意并非取凉，而是觉得这样一来，自己的气质更加卓尔不凡，风度更加翩翩优雅。

　　丘山先生一边摇扇，一边慢悠悠地指点高伯蹇的人生。

　　"西岐将领，素来不怎么瞧得起殷商的降将——土行孙邓婵玉夫妇算是功劳不小了吧？将军今日也看到了，他们和西岐战将的关系颇为疏离，远远谈不上热络。将军也是殷商投诚过来的将领，更须行事低调，不要太过张扬。"

　　"那是，那是。"高伯蹇猛点头，兼赞叹不已，恨不得掏出个笔记本记下重点，时时研读，温故知新。

　　"目下看来，武王自然是西岐的首领——但是绝大多数的权力，还是控在姜子牙手中。"

　　高伯蹇露出"然也，英雄所见略同"的神情来。

　　"要说姜子牙，不能不说起他的身边人。姜子牙的女儿邑姜，嫁给了武王。"说到此略略压低声音，"倘若武王事成，将来这邑姜，就是武王的皇后啊。届时，姜子牙的权势还不更是如日中天？"

　　高伯蹇重重地捶了一下案台，唏嘘不已："先生说的，我也知道，但是今次驰援，丞相连见我都不曾见，又如何攀上关系？邑姜已经嫁给了武王，想从邑姜处通关节，更是想都别想。"

　　丘山先生哼了一声，内心很是不屑，但是面上是绝不会现出来的："将军怎么糊涂了？今日在端木营见到的端木翠，是姜子牙的义女啊。"

　　高伯蹇连连摆手："只是义女，这关系可疏了去了。"

　　"非也！"丘山先生一阵激动，双手猛地扒住案台边缘，习惯性地伸出舌头舔了舔嘴唇。高伯蹇吓了一跳，赶紧将面前还未饮的一盏茶推过去："先生辛苦，喝茶，喝茶。"

　　丘山先生摆摆手，复又恢复了世之大儒的姿态："将军这么想，未免谬之大矣。姜子牙是什么人，什么阿猫阿狗他都认作义子义女的？"

　　说罢还很富幽默感地拿自己举例："怎么不见他认我？"

　　"那是，那是。"高伯蹇虽然脑中一片莫名，脸上装出的恍然表情倒是逼真得很。

　　"姜子牙认端木翠作义女，个中深意绝非常人所能明了。"丘山先生很是骄傲于自己"非常人"的见地，"端木翠的生父是端部落的首领端木桀骜，母亲是虞山部落首领的女儿虞山望姬。这两个部落势力不小，兼又远离岐山，掌控起来本就不易。文王姬昌在时，用的是离间之计，让这两个部落互生龃龉，频起争斗，这样一来互有损耗，就落得姬部落独大，端部落与虞山部落，任何一方，都无法与姬部落抗衡。谁知端木桀骜偏偏喜欢上了虞山望姬，谁知虞山部落的首领竟将女儿嫁过去，谁知道两个部落竟联姻了！"丘山先生连用三个"谁知"，心中的激越之情溢于言表。

"然后呢？"高伯蹇听得渐入佳境。

"虞山部落的首领只有这一个女儿，按照规矩，虞山望姬是未来的虞山部落首领，端木桀骜是端部落的首领，那么他们生出的后代，不论男女，未来都是要统领两大部落的。"

"那就是端木翠了？"高伯蹇双目放光。

"是啊……"丘山先生感叹，"可惜事不从人愿，端木桀骜大婚之后一年就亡故了，虞山望姬生下端木翠之后思夫心切，一直郁郁寡欢，七年后也去了。"

"想不到端木将军身世如此坎坷。"高伯蹇顿起怜香惜玉之心。

"更坎坷的还在后头呢。"丘山先生很是嫌弃高伯蹇没见过世面，当然，面上神色依然不显露半分，"端木桀骜的弟弟端木擞觊觎首领之位，欺负端木翠年幼，说什么端木翠父母地下孤寂，无人尽孝，连哄带骗，哄得端木翠同意为母亲殉葬。"

"同、同、同意殉葬？"高伯蹇惊得话都说不利索了。

"他对外说是这样说，谁知道是不是真的同意了？"丘山先生体现出严谨的求证态度来，"端木翠当时年纪小，许是被逼的也说不定。总之虞山望姬死后第二天，端木擞做主，一大一小两口棺椁都入土了。"

"埋、埋、埋……真埋了？"高伯蹇双眼发直。

丘山先生点头："虞山部落与端部落离得有些距离，本来听说虞山望姬死了，大半数的族人头上扎着蒲草捧着随葬的土陶赶往端部落吊丧，刚走到半路呢，忽然又听到这个消息……"

"这可坏了。"高伯蹇适时插话。

"那可不。"丘山先生追忆前景，历历如在眼前，"一听说连小主人都给埋了，奔丧的虞山部落族人可炸了窝了，听说有那老弱的，当场便气死了。青壮族人捶胸顿足，半道上大哭失声，砸了所有的土陶，纷纷把头上扎的蒲草都扯了缠在腕上——虞山部落逢战要在腕上缠蒲草，这是要同端部落开战了。"

"然后呢？"高伯蹇迫不及待想知道下文。

"然后？那还用说？"丘山先生激动得脖子上青筋直暴，"虞山部落那是倾巢而出啊，连妇人都把待哺的幼儿缚在背上出征，临行前一把火烧光了部落屋舍，意指这一战有去无回，要么歼了端部落，从此之后占据端部落的聚居地；要么战败，无颜再回旧地，死生由天。"

"这样未免也太……"高伯蹇不知该怎么说，"若真的战败了，虞山部落岂不就此亡族？"

"他们也想到了这一点，从族人中挑选出六名与端木翠同岁的孩童，三男三女，送去了与虞山部落交好的掉者部落，以防万一虞山部落战败，希望这三男三女结亲，繁衍后代，以期来日重兴虞山部落。"

高伯蹇点头，对虞山部落留有后路的做法深深赞同。

"当时文王与姜子牙正在附近巡狩，闻听此事之后，彻夜赶来——要知道他们虽不乐于见到端部落与虞山部落交好，但是绝不希望见到两大部落做生死之争，折损了这两大部落，西岐的国力等于削减了十之三四，根本没有能力与殷商抗衡。

"说来也巧，到得适时，两大部落才开战不久，文王与姜子牙费劲心力才将两家暂时调解开来，言说先行丧葬仪式，让死者安寝。

"于是端部落和虞山部落暂停兵戈，为虞山望姬和端木翠行祭天之礼。哪知典礼之上，原本晴天历历，忽然……"

他这声"忽然"调子蓦地转作尖细，眼睛刹那间瞪得滚圆，绘声绘色，吓得高伯蹇差点滚落案下。

"忽然之间电闪雷鸣，天地间黑得不见五指，只余祭天的火焰柴堆熊熊燃烧。虞山部落的大巫师本来围着柴堆静坐念咒，腾地就立起身来，径直行至姜子牙近前，叩首不止，说听到端木翠的哭声，部落的小主人在地下受苦，请姜子牙开棺。

"当时是虞山望姬和端木翠下葬的第三天，姜子牙左右为难，但是虞山部落群情激奋，只得下令掘坟开棺。"

"然后，端木翠又活了？"高伯蹇心惊肉跳，他早上才见过端木翠，虽说明白知道端木翠本就活着，但是竟是这样"活过来"的，实在匪夷所思。

"坟墓掘开之时，莫说是那大巫师，近前之人都听到了棺中哭声。端部落族人面如土色，叩头不止。姜子牙也觉奇怪，挥剑斩开缚棺索，就听'砰'的一声，棺盖裂开，端木翠直接从棺中坐起来了。"

高伯骞实在经受不住这一惊一乍，抖抖索索道："这个这个……端木将军，怎么会直接从棺中坐起来了？是先生亲见的吗？她那时，早该死了吧？"

丘山先生摇头："都是听说，怎么会是亲见。据说端木翠坐起之后，黑云弥散，阳光重新照射下来，近前的人都看得清楚，棺椁内壁，一道又一道抓痕，有的深可逾寸，哪里是她一个稚幼孩童能办得到的？

"后来端木翠成为姜子牙帐下第一女战将之后，有一种说法流传开来，说是真正的端木翠在棺中就已死了，后来复活，其实是被地下的恶鬼附身。细想想倒也有几分可信，端木翠的戾气一直很重，行兵斗阵，悍勇狠辣，一般将领都惧她三分。在殷商战将中，更有人称她为鬼煞，谈之色变。"

"原来鬼煞说的就是她！"高伯骞恍然大悟，"难怪之前总听说'鬼煞旗，望风靡'，我还莫名所以，原来说的就是她……"

丘山先生忽然意识到对高伯骞的指点离题万里，已经偏到鬼故事环节上，咳嗽两声，赶紧拉回正题："端木翠既然不死，端部落和虞山部落的族人自然还是奉她为主。姜子牙认了她作义女，只要端木翠听话，无形之中，等于把两大部落的人都牢牢控在了手中，你说这义女认得岂非大大合算？姜子牙，哼哼，就是个人精。

"跟随姜子牙之后，端木营的兵将只来自虞山部落、端部落以及之前提过的捭者部落族人。有人指她护短，乃是因为她不收新丁不纳降兵，所有兵将都是心腹子弟，打一个少一个，自然珍之重之。端木翠旗下有四偏将七副统，送到捭者的三男之中，出了两个偏将一个副统，三女之中，出了一个偏将，兼作端木翠心腹使女，名唤阿弥的，将军今日也见过了。端木翠这条命，间接可以说是虞山部落族人所救，所以她对虞山部落最为亲厚，在端木营，同一级别之中，虞姓兵丁的地位更高，譬如今次跟随将军一起来安邑的两名副统，一唤虞都，那就是虞山部落的，另一唤捭和子，那是捭者部落的。同为副统，但是……"

点到为止，其意不言而喻。

高伯骞显然也深得其精髓："原来如此，看来趁着在安邑这两日，我要多多与虞都副统亲近亲近……"

正说到酣处，帐外骤起铜铙金磬之声，高伯骞还未反应过来，帐外的传令官已经跌跌撞撞冲将进来。

"大胆！"居然不请示就进帐，无组织无纪律，高伯蹇很是恼火。

"将、将、将军，大事不好，端木营的副统遇害了！"

啥？

高伯蹇与丘山先生一齐傻眼。

先反应过来的是高伯蹇，刚刚上过端木营的知识课，很是活学活用："遇害的副统……是哪、哪一个？"

"虞都副统。"

高伯蹇两眼一抹黑，晕了。

展昭睡时素来警醒，何况这一晚与成乞诸人缠斗，睡得本就不沉，外间动静一起，即刻起身。

凑近窗扇细听，却是旗穆丁和旗穆典兄弟脚步匆匆，低声絮语些什么。展昭置之一笑，正待折回，忽地听到"端木翠"三字，心中一凛，又顿了一顿，待二人步声去远了，这才披起外衣，动作极轻地开启门扇，沿着旗穆兄弟去往的方向追了过去。

行了几步，眼觑着旗穆两兄弟上了檐台，展昭心下略一思忖，暗运气力，轻身提起，一个倒挂金钩，将身子缀在檐台之下。

就听旗穆典低声道："我才看见，就急急召你来了……城楼起灯，依你看是端木营的灯语吧？"

旗穆丁嗯了一声道："杨戬、端木翠他们入夜惯用灯语进行军中传唤，高伯蹇那个草包想必也不识得这些。听说他营中跟了两个端木营的副统，现在这灯语，九成是端木营的副统打的。"

旗穆典奇道："这就怪了，这一日城中安稳，有什么要紧事，这时辰向主营打灯语？"

旗穆丁压低声音道："这一日你我看到城中安稳，可谁知是不是真的安稳，这灯语说的是什么，你是辨得出还是辨不出？"

旗穆典叹气道："这是军中密语，隔些日子就变的，我哪能辨得出？这几日怕是要出事，你我都小心着些。"

旗穆丁失笑道："自然须得小心，何须你提……"

两人又絮絮说了一回，这才一前一后离了檐台。

候着两人走远，展昭才轻身跃将下来，疾步上了檐台，这才发现城楼方向高挂一串六盏明火灯笼，上三盏红光，下三盏绿光，隔了片刻旁侧又起一串，也是六盏明火灯笼，只是每盏灯笼都蒙了一半，只露半盏。展昭知是军中密语，不同的颜色与组合代表不同的传唤，一时也不明所以，因想着：这旗穆一家必非普通邑民，因何连西岐军中的传唤方式都了解得这么清楚？

愈想愈是生疑，默立檐台许久，这才折返回房。

后半夜时，高伯謇熬不住，打着哈欠回房，不忘交代丘山先生务必将虞都的丧葬牙帐布置得华丽大气。

"这样一来，端木将军看了，心里想必也会舒服些。"

天蒙蒙亮时，隐约听到外间马蹄声响，高伯謇一惊而醒，急问道："是端木将军到了吗？"

外间传令兵嘟囔了句什么，高伯謇没听清，翻了个身，鼾声又起。

这一睡，直睡到日上三竿。

懒洋洋披衣起床，在帐中踱了个来回，很是悠闲地掀开帘帐……

高伯謇忽然傻了。

只一夜工夫，城周及营内的牙旗旌旗，竟全换作了端木营的！

不对不对，细细看，好像还有杨戬营和毂闾营的……

高伯謇愣了半晌，一把揪住传令兵的衣领："端木将军是不是已经来了？"

"是来了呀。"传令兵很奇怪，"将军之前不是问过了吗？"

"那那那……杨戬将军和毂闾将军……"

"端木将军到了不久，杨戬将军和毂闾将军就到了。"

"你这个……"高伯謇气得险些背过气去。

他老早计划好，端木翠到的时候，他应该满目伤悲泪流满面，以示对虞都副统的不幸痛断肝肠，给端木翠留下一个好印象——这下砸了，端木翠到的时候，他非但未能如期出演，还在中军帐里呼呼大睡；更崩溃的是，杨戬和毂闾也一起到了，今次他真是一跟头栽到了姥姥家，再扳回谈何容易？

高伯謇叫苦不迭，在虞都丧葬牙帐前踯躅再三，愣是不敢进去。还是丘山先生出来撞见，没好气地将他拽了进去。

杨戬和毂闾正立在一处低声说着什么，见高伯謇进来，不咸不淡地冲他点了点头。端木翠单膝跪在虞都尸身之前，掀起尸布查看尸身，听见声音，缓缓转过头来。

高伯骞只觉两道锥子般锐利的目光刺将过来，猛地想起丘山先生昨日对端木翠身世的那番讲述，一股凉气自脚底直透天灵盖，舌头打了结一般，磕磕巴巴说不出话来。

端木翠将尸布重又盖上。毂闾上前一步，将手递给她，端木翠略略点头，扶着毂闾的手借力起身。

高伯骞觉得自己必须说点什么了。

"虞都副统……年轻有为……实是一员将才……本将军与他一见如故……"

"高将军。"

"……一见如故，情同兄弟，今次虞都兄不幸遇害，本将军恨不得以身相代……"

"高将军！"端木翠的声音多了些许不耐烦。杨戬忍住笑，略略别过脸去。

"端、端木将军……"高伯骞结巴。

"虞都的头呢？"

"头……"高伯骞额头开始渗汗。

昨夜虞都的尸身被抬回时，的确是没有头的，他也曾跳脚了半天。但是没有就是没有，总不能临时再长一个。

"什么人跟虞都有这样大的仇恨，连砍两刀斩首，要虞都死无全尸？"

"咳……"丘山先生清清嗓子，准备打圆场，话到嘴边，被端木翠冷冷的一瞥给堵了回去。

"头……"高伯骞硬着头皮开口，"虞都副统他……"

"报！"帐外传令兵骤然发声。高伯骞吓了一跳，正待出声呵斥，端木翠冷冷道："什么事？"

"高将军帐下仆射长成乞求见。"

端木翠皱了皱眉头，看向高伯骞。高伯骞向帐门走了两步，怒道："不知道牙帐内有要紧事相议吗？不见。"

"仆射长说……他知道虞都副统的头在哪里。"

西岐军来得蹊跷而又突然，旗穆典当真是一点准备都无，被打了个措手不及，眼睁睁看着如狼似虎的一批人登堂入室。

旗穆丁也全然失去了素日的镇定自若，随着成乞一干人在屋内屋外翻箱倒柜，他的脸色转作煞白，向着旗穆典惨然一笑，佝偻的躯干几不可察地颤抖起来。

最最得意的，莫过于成乞了。

他先前暗自将虞都的头颅掩埋在旗穆家的后院，而后奉命前来搜查，原本在屋内翻检一番只是虚张声势，没想到旗穆家竟是偌大一座宝山：且不说搜出的那些个寻常百姓家绝不会用的匕首暗器，单凭那几份暗通朝歌的密信，旗穆家已是全族都脱不了罪。

果不其然，密信送至中军帐，莫说端木翠怒了，连一向持重的杨戬和彀闻都大为光火。这也难怪，前几日姜子牙丞相主持近期工作会议，还强调指出细作问题是重中之重，你旗穆家顶风作案，可不是逮了个正着树了个典型？

哪还有二话，一个字：抓！

令出如山，旗穆家顷刻间被围了个水泄不通。横竖脱不了一个死字，旗穆典和旗穆丁心意出了奇地一致：豁出去拼了！

只是两个人力量低微，蚍蜉撼树谈何易，三下两下，便被捆成了麻花一般。

原本，如果展昭加入的话，战局或许会被拖得长久一些，只可惜自始至终，展昭都未曾拔剑。

识时务者为俊杰，展昭纵是再愚鲁，也猜到这旗穆家不是普通人家了，否则好端端的，怎么尽跟西岐军较劲？

当然，这一点不足以让展昭自愿受缚，真正的原因在于，包围旗穆家的西岐军众，打出的不仅有高伯骞营的鳌旗，还有端木营的。

这样也好，不管是偷入还是被绑入，总算是进去了。

只是……

路漫漫其修远兮，被抓进军营，不代表就能见到主帅。

展昭，连同旗穆一家，以及旗穆家的一干下人，通通被丢到地牢里去了。

一夜无眠，旗穆典、旗穆丁兄弟被拉出去受审，归来时浑身血迹斑斑，只剩了半条命。旗穆衣罗扑在父亲身上痛哭，展昭心下恻然，却无法出语安慰。从牢头的冷言冷语之中，他多少也猜到了事情的情由，做细作的，不管是在西岐还是在北宋，下场大抵都是一样的。只是可怜了旗穆衣罗，她委实不知自己的父亲和二叔竟是细作，但同处一室，牵蔓绕藤，若想不被连累，实在是痴人说梦。

他与旗穆一家，总算是有些交情，如果能见到端木翠，端木会看在他的面子上，放旗穆家一条生路吗？

己所不欲勿施于人，这样强人所难的要求，他自忖是开不了口的。而且端木翠既然身在将位，当明晓主将之责，军中尤其讲究令行禁止，怎么可能因为他而徇私？

展昭心下惘然，极轻地叹了一口气。

也不知过了多久，忽然传来牢门辄辄打开和镣锁的碰撞声，紧接着便是一个年轻女子的声音："你过来认，是哪一个杀了虞都的？"

展昭循声看去，见一个面容俏丽的劲装女子缓步过来，正偏了头向边上的男子说话。火光映跃之下，展昭看得分明，那男子一身仆射长打扮，一脸的谄色，却不是成乞是谁？

展昭心中忽地生出不祥预感来。

果然，成乞抬眼看向展昭，唇角抹过一丝阴鸷笑意，顷刻间就转作毕恭毕敬，抬起手往前一指："阿弥姑娘，就是他！"

阿弥"嗯"了一声，向前两步，上下打量了展昭一番，略略点了点头道："我还以为是什么穷凶极恶的角色，想不到是这样干净利落的人，可见人是不可貌相的。"

成乞忙道："阿弥姑娘说得是，我初见到时，哪曾想到他是这般蛇蝎心肠的人……与这样的人打交道，阿弥姑娘须得提起十二万分小心。"

阿弥冷笑道："我要提起什么小心！犯下这样的大罪，哪还要问什么话，合该直接拉出去斫尸的！只是姑娘另存了心思，才说要见上一见。"

成乞赔笑道："也是，在下也猜不透端木将军的心思……"

之前成乞在端木翠等人面前一通拨弄，坐实了展昭的罪，只盼赶紧把展昭推出去斩了，最怕的就是节外生枝。他心里摸不清端木翠要见展昭的意图，是以七上八下忐忑非常。

列位，你们不要对端木姑娘抱太大希望，真以为她是明察秋毫，杀之前还要细细审问以免枉杀无辜？

非也，她另有打算。

对于端木翠的打算，毂闻说不上是支持还是反对。

他饶有兴味地看着面前巨大的铜荆棘木笼，每一根木笼的栅棍都有手臂粗细，其上绕满尖利的铜刺。

"你当真是为了让你的副统偏将们练手？"

"你觉得不妥？"

"我觉得你是泄愤多些。以六敌一，你的副统操刀持剑全副武装，而他手无寸铁，端木，这不是练手，是杀戮。"

"他杀了虞都，原本就该死，我只是给他选了另一种死法。再说，我端木营的将士同气连枝，由他们为虞都复仇，合情合理。"

的确是合情合理。

毂闻不再说什么，事实上，他的注意力已经被吸引了开去。

那个被阿弥带进来的男子，实在不像是个颓丧失势的阶下囚，他的背挺得很直，蓝衣虽然沾尘，却绝无褶皱，面上微露倦色，眼眸却依旧清亮，看不到丝毫的恐惧或是慌乱，平和中带着看不到底的深邃。如果不是事先知晓来人是谁，毂闻简直会错当他是端木营的客人。

不过只瞬间工夫，毂闻就察觉到异样了。

因为自进帐开始，展昭的目光就胶着在一处，再未移开。

帐中这么多值得他关注的事物，比如杵在当地的自己，再比如，那个巨大的铜荆棘木笼。

在他眼中，竟都似是透明的。

毂闻看了看展昭，又回头看端木翠，顿了一回，重又转回头看展昭。

他并不吃味，也不恼怒，相反的，他觉得好笑。

糟糕了，毂闻如是想。

端木，肯定会把他的眼珠子给挖出来的。

机敏慎察如展昭，很快就发现了端木翠的异常之处。

有的时候，五年甚至十年的流光，就可以全然改变一个人，更何况是两千年遥远而又漫长的变迁？

　　眼前的女子，除了轮廓样貌与自己认识的端木翠相似，穿着、装扮、眼神、气质、性情乃至其他无法一一历数的种种，都相差甚远。

　　单是她周身透露出的凛冽杀气和目光中无法掩饰的霸道，就已经让展昭望而却步。

　　先前终能得见的惊喜跌落得极快，巨大的失落、愕然以及惶惑排山倒海般涌将上来。

　　难道说，从最开始，他找寻的方向就是错误的，沦入沉渊的端木翠，并没有回到姜子牙身边？

　　在这个军营里的，一直是两千年前的端木将军？

　　展昭忽然有些明白，当日他身赴沉渊之时，温孤苇余缘何笑得那般怪异了……

　　身后有人重重揉了他一把，展昭猝不及防，踉跄着跌入铜荆棘木笼，半跪下的膝盖重重磕压在木笼底部林立的荆棘牙上，鲜血刹那间透衣而出。

　　展昭咬牙站起，怀着最后一丝侥幸，回头看端木翠。

　　端木翠压根连扫都没扫他一眼，她转向另一个方向。

　　那里，六名全身披挂握戟持锤的大汉跃跃欲试，罩面头盔蒙得严严实实的脸上只露出眼鼻，目光凶悍至极。

　　端木翠缓缓抬手指向展昭，一字一顿："那里是朝歌派来的武士，他的身上沾满虞都的血，现在，我要你们十倍百倍地把这笔血债，讨回来！"

　　齐齐的一声"喏"，六个膀阔腰圆的身形，气势汹汹、争先恐后挤进了木笼，旁侧的兵卫迅速上前将木笼门用铁链缠死。

　　阳光从军帐的缝隙处透进来，六个人肩并肩形成了一堵墙，把展昭罩在了阴影之中。

　　透过他们肩并肩的间隙，展昭的眸底清晰映入端木翠的影子。

　　"端木，"展昭忽然异常平静地开口了，"你真的不认识我了吗？"

　　回应他的，是端木翠唇边抹开的一丝冷笑，与此同时，一柄木瓜铜锤带起劲风，当头砸下。

　　阿弥叹了口气。

　　如果展昭是个样貌粗鄙的男子，她也许不会这么惋惜，但是这样一个气度出众的男子血溅当场，她多少是有些不忍的。

所以她略略偏转了头，就在这当儿，她听到铜锤落地的咣当声，还有毂闾刻意压低的声音："好身手。"

阿弥赶紧将目光转向木笼之内，那个率先向展昭出手的兵卫抚腕后退两步，喉底发出猛兽受伤般的低吼。阿弥未能看清展昭的身形，因为就在这刹那之间，另外五名兵卫已经猛身扑上，戟、叉、矛、斧、钺，各个方向，毫不容情。

说不清过了多久，又是一声低叱，一柄长矛飞将出来。说巧不巧，正落在端木翠身边不远处，持矛兵卫重重撞在木笼边上，铜荆棘牙狠狠扎入背中。那兵卫倒也硬气，一声不吭，拔身起来，那排铜荆棘顿成赤红。

端木翠的脸色愈来愈难看。毂闾上前一步，轻轻搭住她的肩膀，低声道："能杀了虞都的，定然是好手。"

端木翠没吭声，只此片刻间，但见展昭身形惊鹤般冲天而起，半空之中疾转如电，腿法连绵不绝，又两名兵卫一左一右摔飞出去。端木翠心念一动，上前一步喝道："住手。"

展昭于激烈打斗之中乍听到端木翠声音，浑身一震，竟忘了身处何地，自然而然停将下来，身形尚未站定，忽觉背上剧痛，却是那持钺的兵卫杀红了眼，收手不及，钺刃狠狠在展昭背上砍了一道。若不是展昭反应极快迅速运起内力弹出，这一下伤及心肺也未可知。

饶是皮肉伤，片刻间血透重衣，展昭一声不吭，伸手自衣襟撕扯下一大幅来，略折了折自后紧紧束住伤口，在身前打了个结。端木翠大步过来，信手解下腰间链枪，以链做鞭，透过木笼，重重抽在那兵卫身上。这一下劲力非常，那兵卫被抽得连退几步，但看得出素日里训练极严的，又马上挺直脊背，几步走回原先所站的位置，一动也不动。

端木翠怒道："我说住手，你可有听进去？素日里行兵，难道你也不听我的命令？"说话间，扬手又是一鞭。

那兵卫"喏"一声，硬生生又受一鞭。

端木翠待要再给他几记，却又无端心软——她护短之名倒也不是白来的，只皱了皱眉头，示意笼中几人道："出来。"

旁侧的兵卫赶紧上前将木笼的门打开，端木翠吩咐道："给他一把刀。"

顿了顿又看向阿弥："阿弥，你进去试试他的刀法。"

阿弥吃了一怔，鬼使神差间，脱口而出："将军，他受伤了！"

端木翠透出讶异神色来，阿弥这才省得自己说了不该说的话，面上刹那间火烧一样烫热，再不说一句话，抽出腰间朴刀，进了木笼。

展昭接过笼外递进来的刀，顺手起了个刀势。他虽不善用刀，但天下武功，同出一理，练至炉火纯青处，以刀御剑招也不是什么难事。

端木翠退开两步，毂闾略低了头，轻声道："此人功夫了得，无论在西岐还是朝歌，都足可拜将。"

端木翠"嗯"了一声，亦低声道："你以为我看不出来？"

"那让阿弥跟他试招？"

端木翠微微一笑，待要说什么，目光忽地投到木笼之中，面色凝重起来，示意毂闾专心观战，莫再发问。

阿弥是使刀的高手。

至少，在端木营中，刀法能胜过阿弥的，寥寥无几。

展昭淡淡一笑，缓缓举刀，有血自衣襟边缘滴下，在他脚边渐渐聚作一汪。

阿弥的目光在血泊处极快地停留了一回，咬了咬牙，挥刀递出，刀锋划出一道闪光，直取展昭脖颈。

展昭身形极快，侧身避过，以刀背抵刀锋。阿弥因势变招，刀刃翻起，切向展昭腰侧。展昭接得也不慢，横刀转作竖挡，两刀相击，金石之声不绝，隐有火花迸出。

第一回合，不胜不负。

端木翠不动声色，忽地眼睫低垂，轻声道："死丫头，未出全力。"

毂闾忍不住笑出声来，附向端木翠耳边："虞都是两刀斩首，斩痕错牙，足见杀人者刀法不精。此人身手绝佳，刀法亦精，应该不是杀虞都的凶手。"

端木翠白了毂闾一眼："要你说！"

"你既然已经看出来了，他们……"毂闾以目光示意笼中，"还要打吗？"

"为什么不打？"端木翠笑得别有深意，"阿弥这丫头，今儿处处留招……我且看她动的什么心思，演的什么戏。"

说话间，阿弥和展昭的第二回合已经交上了手。

这一回合以快打快，顷刻间已过了四五招。展昭先时换剑为刀颇感生涩，现下已渐渐顺手，巨阙剑招的精妙之处杂于刀势中使来，隐有风雷之意，威力煞是惊人；阿弥招式固然巧妙，但终究是女子，臂力有所不逮，加上先时有所留手失了先机，渐渐力不从心，心下只是焦躁：将军让我同他试招，若是胜不了他，岂不是拂了将军的面子？

如此想时，偷眼看端木翠，但见端木翠一脸的似笑非笑，心中更是慌张。

高手试招，哪容她这般心猿意马？忽地手中一空，朴刀脱手，阿弥心中一慌，脚下踩空，向着旁侧倒去。

要知旁侧栏杆之上遍布铜荆棘，棘牙锐利无比，她这一倒，若只是伤到身体也就罢了，若是刮伤了容貌，那便大大不妙。

这一下连端木翠都慌了，待要上前施救，忽觉眼前蓝影一闪，却是展昭抢先一步，快步横臂拦腰截住了阿弥。

端木翠松了一口气。

就见阿弥讪讪退开，自去捡了朴刀退将出来，立于端木翠身侧，一言不发。

端木翠看在眼里，也不多话，示意兵卫先将展昭押回狱中。

直到展昭去得远了，阿弥才吞吞吐吐道："姑娘，这个人，不像是会杀死虞副统的。"

"怎么说？"端木翠故作不知。

"他刀法精妙，而虞副统是两刀斩首，斩痕……"

"即便不是他杀的虞都，但他跟旗穆一家有干连，脱不了细作嫌疑。"

阿弥不说话了。

端木翠忍住笑，故作严肃："此人来历可疑，须得严加审问。交给别人我不放心……就由你来安排吧，不管你用什么手段，都得给我问出个子丑寅卯来。"

毅闻咳了两声："若是动刑拷问，需审得分寸，他现在身上有伤，如若扛不住，那可就什么都问不出了。"

"动刑？我看阿弥多半不会。"端木翠看向阿弥，话中有话，"是吧？"

自展昭被从牢中带走那一刻起，旗穆衣罗悬起的心就未放下过，直到斜上方的甬道处隐约传来地牢门开启的铁链锒铛声，她才微微舒了口气。

睁大眼睛向着甬道入口的方向看了许久，展昭的身形渐渐清晰，旗穆衣罗的

脸色却渐渐变了。

"展、展大哥……"旗穆衣罗的声音止不住地战栗,"他们……对你用刑了?"

其实她早该想到的:自己的父亲和二叔被刑讯如斯,展昭能囫囵着回来,已经算是上苍庇佑了。

饶是离着牢门还有数丈远,展昭还是听见了。他略微抬起头来,冲着旗穆衣罗淡淡一笑:"不碍事。"

这句"不碍事"不知怎的竟惹恼了押送的兵卫,离着较近的一个想也不想,重重一脚踹在展昭的膝上,骂骂咧咧道:"不碍事?真贱骨头,不死不知道怕!"

展昭身子略略晃了一晃,旋即稳住。旗穆衣罗眼见他膝盖周遭都被血染透,眼泪唰地流了出来,哭道:"他膝上有伤……"

那兵卫冷笑道:"明儿脑袋和身子在不在一起都指不定,到时有你哭的!"

旗穆衣罗站都站不住,挨着墙慢慢软倒,双手掩面痛哭不止,依稀听到牢门开启闭锁的声音,也不知过了多久,忽听得耳边一声叹息,展昭轻声道:"旗穆姑娘,你不要哭了,我真的没事。"

旗穆衣罗哽咽着抬起头来,泪眼模糊中,见展昭虽是面色苍白,但唇边仍带着浅浅的和煦笑意,目光澄澈如初,清明中透着亲和宽慰之色,也不知怎的,心情竟渐渐平静下来,怔怔看了展昭良久,慢慢垂下头去,泪水打落膝上,低声道:"展大哥,你救了我们,反受我们连累……我心里,实在难过得紧。"

展昭只是摇头,沉默许久,才道:"旗穆姑娘,我倦得很,想休息了。"

旗穆衣罗待想说些什么,见展昭已合上双目,唯恐打扰了他,忙往角落处避了一避,眼角余光瞥到昏死一旁的父亲和二叔,念及前路渺渺生死不定,刹那间悲从中来,倚墙潸然,竟不知不觉沉沉睡去。

再醒来时,已是子夜时分,壁上的火把早已灭了,整个地牢一片漆黑,旗穆衣罗茫然四下乱顾,过了好大一会儿,双目才渐渐能适应黑暗,模糊地看到些影像。

旗穆典和旗穆丁还在昏睡,而展昭,依旧维持着先前的姿势,腰脊挺直,乍看上去,竟似黑暗中凝固着的塑像一般。

旗穆衣罗盯着展昭的背影看了许久,一个念头忽地自心头浮起:展大哥是真的睡着了?还是……一直没有睡?

如此想时,蹑手蹑脚起身,轻轻踱到展昭身边,方抬眸看时,展昭恰于此时转过头来，眼眸亮若晨星，于此黑暗之中，更是精光慑人。旗穆衣罗猝不及防，啊呀一声向后便倒，忽觉腕上一紧，方借着这力稳住身子，展昭已迅速撒开了手去。

旗穆衣罗面上微烫，讷讷地说不出话来，顿了一顿，才轻轻挨着展昭身边坐下，鼻端闻到展昭身上的男子气息，更是心慌意乱，偷眼打量展昭，黑暗中偏又看不真切，心中百种思量，先还理得清分得明，到后来乱作一团，只用手拼命捻那衣角。可怜那丝络织锦，几不曾被她捻作破棉烂絮。

终耐不住这气氛僵滞，旗穆衣罗忍不住开口："展大哥，你是不是有心事？"

"心事？"展昭怔了一怔，轻轻吁了口气，苦涩一笑，"我也不知道。"

"心中是否有事，自己怎么会不知道呢？"旗穆衣罗关切之中不免带三分好奇，"展大哥，若是有事，说出来也许会舒服些。"

展昭不语，沉默半晌，忽地开口："旗穆姑娘，若是你有一个朋友，原本交情甚深，后因变故天各一方。终能得见之日，她却与往日判若两人，你心下作何想法？"

旗穆衣罗有些不解："展大哥，你口中的判若两人，指的是……她对你不复往日情分？"

黑暗中，展昭的身形不易察觉地一震："我指的是，她似乎从来就不曾与你认识过。"

旗穆衣罗心下已猜得七八分准，微微笑道："展大哥，你与她分离多久了？"

若说才分离片刻，未免失之偏颇，因此上，展昭语焉不详："很久了。"

旗穆衣罗叹了口气："展大哥，人是会变的。"

"变到与自己的旧交形同陌路？"

"或许她不想认你，又或许今时今日，你们的地位天差地别，她不想让你打扰她现在的生活。"

"她不是这样的人。"展昭微笑，"旗穆姑娘，你终究是不明白。"

旗穆衣罗愣了愣，垂下头去，忽地想到什么，又很快抬起头来："又或许，你后来见到的，根本不是她，只是和她模样相似的人罢了。"

"我也是这么想。"旁观者的想法与自己不谋而合，展昭竟没来由地有几分欣慰。

"又或者……"旗穆衣罗的确想法多多，"她根本是忘记你了。"

"忘记？"展昭显然不曾想到此节，"怎么可能忘记？"

"那也说不清啊。"旗穆衣罗倒并非信口开河，"我记得我小的时候，有一天半夜，爹爹突然从外头带回来一个奄奄一息的男子，说是自己的旧交。那人浑身是伤，爹说是被剪径的强人掳去，受了不少罪。好不容易救活转来，那人却不认识爹爹了，以前的事情也通通都不记得了——展大哥，这不是忘记是什么？"

展昭不说话了。

也不知过了多久，旗穆衣罗听到展昭压得极低的喃喃声："忘记？真的是……忘记了？"

这一夜漫长却又飞快，日头高起之时，又有一队兵卫下狱来提展昭。奇的是，今次他们的态度比之前日，非但好得多，简直是可称得上恭敬了。

原以为要有刑讯，没想到却被引至一方干净素雅的军帐之内。且不说案几家什卧榻衾裳一应俱全，帐中竟早有位随营的大夫候着了，手边摞着大堆草药，正埋头在药钵间捣杵，见展昭进来，分外客气："公子且稍坐，这便给你敷伤。"

一日夜间，如履天壤，展昭不动声色，亦不置一词，单看他们又有何布置。只是仍忍不住要想：莫非是端木念及旧情从旁安排？

正敷药时，忽有人掀帘进来，未见其面，已闻其声："大夫，他怎么样？"

来的竟是阿弥。

展昭一怔而起，忽地意识到自己衣衫半掩，不觉有些许赧然，下意识将衣襟整了整。阿弥倒是浑不在意——少时部落征战，部落里的青壮勇士精赤身体仅围兽皮者也不在少数，司空见惯习以为常，哪会拘泥于此？只是展昭这一整，倒是提醒了阿弥，她忍不住道："你的衣裳装扮看起来眼生得很，你是哪里人？"

展昭一来不欲隐瞒，二来也无此必要，当下实话实说："常州武进。"

"常州……武进……"阿弥蹙眉，"那是哪里？在岐山的哪个方向？"

展昭虽对周武时事所知不多，但"凤鸣岐山"的典故多少还是听过的，略略思忖，答道："岐山去往东南，路途遥远，几近海滨。"

阿弥沉吟片时，忽地展颜一笑："难怪你的打扮有些怪，岐山去往东南，想来你是东夷人。武王向四方发下檄书，要合蛮夷部落之力共平商纣。你可是应檄书而来？"

冷不丁居然成夷人了……

不过殷商之际，王土不展，王土之外，俱称蛮夷，这么一想，倒也不难接受。

只是"应檄书而来"此话，又当如何作答？

阿弥却也不是当真要他回答，想了想又问："你叫什么名字？"

"展昭。"

"展……昭……"阿弥自言自语，"想来你是东夷展部落的族人，我是没听过，不过姑娘多半知道。"

"姑娘？"一时半刻之间，展昭竟未反应过来。

"就是我们端木营的将军，昨日你不是见过嘛。"阿弥粲然，"我叫阿弥，是端木营的偏将。"

"端木营的将军，的确见过。"展昭不提防话题如此快便绕到端木翠身上，不觉有些恍惚，强自定了定神，问道，"是将军命你这么安排的？"

"这么安排？"阿弥有些不解，但很快便明白了展昭所指，扑哧一笑道，"不是，是我自作主张。"

原来眼前种种，跟端木翠并无关系。

展昭止不住有些失望，顿了顿才勉强笑道："阿弥姑娘，展某感谢你这番好意，只是你自作主张，端木将军恐怕……会不高兴。"

"是将军让我自行安排的，何况我大小也是营中偏将，这么点主也做不得吗？"阿弥故意板起脸来，只是她性子单纯，板不了片刻便破了功，调皮地吐吐舌头，"再说了，将军根本不在，昨儿晚上她就走啦。"

"走了？去哪里？"展昭心头一震，竟顾不上如此追问有失常理了。

"自然是回丞相那边了。"阿弥不疑有他，"大军聚合在崇城之外，攻城略地自然是第一要务，要不是因为虞副统……将军也不会来安邑。只是虞副统的事情再大也大不过崇城，将军匆匆做了安排，就随杨戬将军他们折回了。"

阿弥的声音好听得很，一字一句，俏生生脆冷冷。只是，展昭愈听愈是心灰，到最后，连面上的黯然之色都藏敛不住。

果然，在端木翠心中，他只是一个无关紧要的角色，或者也不能说是无关紧要，至少他是作为"细作"被带进来的。但即便是这样，她也不屑于为他多作停留——如果他不是"细作"的话，她恐怕连看都不会看他一眼吧。

困扰了他一夜的问题重又萦上心头：此时此地的端木翠，究竟的确是另一个人，还是真如旗穆衣罗所说，她已经把他"忘了"？

如果她不是自己要找的人，那么在此地延留毫无意义，他必须马上离开，另设他法以作找寻。

但如果真的是"忘了"……

展昭止不住打了个寒噤。

阿弥的眼睛没有略过展昭任何一个细微的动作。

"展昭，你是不是有些冷？"

她眯起眼睛，向帘门之外看了看："今天的日头很暖，要不要出去走一走？"

此时此刻，端木翠正在姜子牙军帐营外大发脾气。

"凭什么你们都留下来部署攻打崇城，要让我回去守安邑？安邑弹丸之地，有高伯骞在绰绰有余，平白加上我算什么！"

说话间，狠狠拽住马缰，马儿吃痛，一边吭哧吭哧喷着白气，一边蹄下踢踏，在沙土上乱刨。

縠闾牵马立于一旁，只是软语安慰她："丞相也说了，只因有传言说朝歌派出高手意图刺杀西岐将领，这些高手多半藏身安邑，所以要你镇守安邑。这种事情，高伯骞那个草包想必做不来。"

"那我就做得来了？"端木翠气恼，"我从来都是行军打仗，什么时候精于缉拿细作了？真是……"

银牙紧咬，越想越气，忍不住就要踹上一脚才解气。

踹什么好呢？踹縠闾显然不合适，踹自己的马又舍不得……

于是下一刻，就听一声马儿哀鸣，縠闾的马一边蹦跳着一边尥蹶子，摇缰脱缰，落荒而逃。

"你……你……你……"縠闾哭也不是笑也不是，气也不是恼也不是，"你踹我的马？"

"踹不得？"端木翠瞪縠闾，但想必自己也觉得好笑，目中隐现促狭笑意，倒是颇有点似嗔非嗔的意味。

縠闾纵使有天大的气，也早消散了。

忽的俯首在端木翠耳侧，低声道："踹得，马也踹得，人也踹得。"

呢喃声喷出的温热气息惹得端木翠耳垂发痒，忍住笑便要避开。縠闾哪里给她机会，猿臂一伸便箍住她腰身，俯首在她雪白颈上深吻。端木翠痒得很，左闪右避，只是埋头往縠阆怀里缩，笑道："别闹，大哥快来了。"

縠阆心下不舍，却又无可奈何，只得松开手臂，叹气道："杨戬在搞什么玄虚，你明明都走到这么老远了，他非让你等上一等。"

"这叫什么话，难道只准你送我，不叫大哥送我？"端木翠哼了一声，待要再抢白縠阆两句，忽地露出笑意来，指不远处道，"大哥来了。"

马蹄踏踏，来的正是杨戬。

端木翠迎上去："大哥。"

杨戬不答，扬手将一件物事扔了过来："端木，你看看这个。"

端木翠一怔，抬手接过，入手冰硬，似是把长剑，解开裹缚的粗糙麻布，入眼便是阳刻古朴纹路的剑身。

"这是……"端木翠不解。

杨戬翻身下马："你还记不记得昨日高伯骞部下从旗穆家押回的一干细作，个中有个仪容不俗的年轻人？"

"他？"端木翠点头，"他功夫也很好。大哥，昨日不知因何寻不到你，那时我和縠阆试他的功夫……"

"端木，这是他的佩剑。"

端木翠"哦"了一声，眉头微蹙了蹙，随手拔剑出鞘，只觉一股寒气扑面而来，待要赞一声好剑，忽地心中一动，鬼使神差之间，一句话脱口而出："好大的血腥气！"

縠阆凑近前来，仔细嗅了嗅，摇头道："只有佩剑的兵铁气，哪有血腥气？端木……"正说话间，眼角余光忽地瞥到杨戬神色，端的怪异之极。

果然，就听杨戬缓缓道："端木，你能闻到剑上的血腥气？"

"是啊。"端木翠心下大奇，"难道你们都闻不见吗？"

"把剑给我。"

端木翠不解，但还是依言将剑递了过去。杨戬接过剑来，蓦地面色一沉，伸手捉住端木翠手腕，反转剑来，在端木翠手掌中央划了一道。

端木翠吃痛，忙不迭缩回手去。縠阆怒道："杨戬，你做什么？"

杨戬不答，异常冷静地将剑身竖起。

　　只见如泓如水剑身之上，端木翠的血缓缓迤逦过一道痕迹，紧接着，刹那之间，突然全部渗入剑身，隐没不见。

　　非但端木翠，连毂闾都愣住了。

　　杨戬冷笑一声，又伸手握住剑身用力抹过，鲜血如缕不绝，不多时便冷凝在剑身之上。

　　"昨日高伯謇的人将在旗穆家搜出的物事带回，我当时就觉得这剑必非常物，仔细琢磨之下不得其理，想找佩剑主人问个究竟，那时才知你和毂闾在试他的功夫，也就不便打扰。昨日离开安邑时，我将佩剑一并带回，呈交丞相。我当时想，丞相见闻广博，或许他能辨识出些什么也未可知。"

　　"尚父怎么说？"不知为什么，端木翠竟没来由地有些心慌。

　　"丞相说，这剑应该是巨阙。"

　　"巨阙？"毂闾讶异，"不可能，我听说干将、镆铘、巨阙、辟闾四大剑尚封存在上古剑池之中，现在还不到它们出世的时候。"

　　"是啊，大哥。"端木翠另一手掩住掌中伤口，只是摇头，"尚父会不会是……看错了？"

　　"就因为四大剑尚不到出世的时候，所以丞相也不敢肯定。"杨戬神色并不因此而轻松分毫，"若不是因为崇城战事吃紧，丞相或者还可去剑池查勘……退一步讲，即便这剑不是巨阙，也绝不会逊于巨阙。"

　　"杨戬，你到底想说什么？"毂闾有些沉不住气。

　　"神剑认主，那个男子，绝非池中物。"

　　端木翠撇撇嘴，不置可否。

　　"还有一件事，丞相说，这剑曾经断过。"

　　"断过？"端木翠不信，伸手从杨戬手中接过剑，细细端详，"大哥，我怎么看，这剑都不像断过。"

　　"丞相说，是有人用血重新铸接了此剑，那人的血在剑身之内四下游走，将断剑重铸的痕迹消弭得干干净净。"

　　"这么厉害？"端木翠惊讶，将那剑翻来覆去重新看过，浑没留意到杨戬愈来愈怪异的脸色，"也就铸剑大师欧冶子才有这功力了……可是我听说，这欧冶子也还在上界闭关，略算算，他也还有好几百年才会投凡胎。要他投胎之后，才会炼成巨阙……难不成当今之世，有可与欧冶子比肩的铸剑大师？"

"丞相还提到……"杨戬的声音愈来愈轻，"只有那个用血重铸此剑的人，可以闻到剑身上鲜血的味道……"

"啊？"端木翠没听明白。不过片刻，她便回过味来了。

这一惊非同小可，连巨阙都撒手了，一声闷响，坠地。

"大、大、大哥……"端木翠惊得连说话都说不利索了，"你不会是想说，这剑，是我重铸的吧？"

"你有几斤几两我还不知道？"杨戬苦笑，缓缓俯身去捡地上的巨阙，"可是端木，你方才也看到了，这剑……只认你的血。"

回安邑的路不算长，端木翠勒马走走停停，倒是消磨了大把时间，时不时把裹住剑身的麻布扯开，细细看过，百思不得其解。

"我的血……"端木翠皱眉，"尚父真是……一派胡言……"

当然，后一句话说得很小声，说完了之后还做贼一般东张西望，确信大不敬之语只有天知地知己知，这才带着些许得意，扬手一鞭。

马儿昂首嘶鸣一声，四蹄踏踏，向着安邑扬尘而来。

进了营门，守营兵卫小跑着迎上来牵马。端木翠正待收紧马缰，忽然咦了一声，看向营寨的场地中央。

按理说，若是端木营的本寨，断不会如此从大门外一览无余。但是一来这是安邑，扎营条件有限；二来临时挤占高伯骞的场子，也不能有太高要求。

所以从寨门外打眼那么一望，就看到了场地中央闲庭信步的两位。

当然了，这"闲庭信步"只是针对阿弥而言的，展昭心里乱麻一般理不出个头绪，哪里当真有这心思？只不过诸多无解，一动不如一静，且待别人编排便是。

但阿弥是真的很当那么回事，说把展昭拖出来"晒太阳"就真的拖出来了，也不顾忌着在端木翠眼中，展昭仍被定位成细作及杀虞都的嫌犯——横竖她是端木营的权力中枢人物，只要端木翠不在，还是很敢自作主张的。

这边厢，端木翠差点把鼻子都给气歪了。

好家伙，让你好好地"审"，你就是这样给我审的！

过来牵马的兵卫也觉得端木翠脸色不对，生怕自己一个行差踏错惹来主将不悦，哪知端木翠压手做了个噤声的姿势，轻巧翻身下了马，原地站了一回，手中

巨阙左手交右手，又从右手交左手，忽地唇角带出一抹笑，不紧不慢向着场中两人过去。

走得近些，便听到阿弥轻快语声，讲些西岐风物，有时也问展昭几句。展昭话不多，只是略点头或摇头，间或低低应一声。

端木翠停下脚步，重重地咳嗽了几声。

展昭是早知有人来了，但是周遭的守卫都不动声色，阿弥既未作反应，他一个身份特殊之人，自然不好有所动作。

阿弥不一样，她的确是心无旁骛以致没有察觉到有人靠近，直到端木翠的"刻意"提醒。

咳嗽的确是很有效的。

两个人几乎是同时浑身一震，转过头来。

眼见来的是端木翠，阿弥心中暗暗叫苦，好在深谙伸手不打笑脸人的道理，笑嘻嘻道："姑娘这么快便回来了？"

端木翠也笑："不回来也不知你审得这般顺利，镣铐都取了，可见罪名是洗脱了？"

阿弥自知理亏，语气先软三分："我有问过，他说不是他杀的虞都……"

"他说不是他？"端木翠怒极反笑，"依我看就是他，来人哪，拿下！"

旁侧的守卫看似目不斜视，其实心里早琢磨上这头的情形了，耳朵恨不得伸到此处，哪怕端木翠不发令，也于场中情形猜了个十之八九，现下端木翠一搭话，哪敢半分怠慢，齐齐喏一声，便有两个人上来，一左一右钳制住展昭，又用绳索紧紧捆住。因当着端木翠的面，生恐捆得不卖力，简直是要使出吃奶的力气来。展昭伤口处被绳索捆磨，疼痛袭来，牙关紧咬，双手死死攥拳，却是哼也不哼一声。

端木翠自靠近二人起，一只手便没离过穿心莲花，就防展昭有什么异动。毕竟展昭身份未明，她心中还是有几分忌惮，倒是全然没料到展昭竟是如此配合的。

阿弥好生委屈："姑娘，你不讲理，你为什么就是不相信他？"

展昭先前虽与阿弥有过接触，但当时心事重重，对阿弥并未十分在意，现下听到她如此说话，心下一怔，忍不住向阿弥看过去，因想着：这姑娘怎么说也是端木营的偏将，怎生说话如此不作顾忌的？

但于她这份全然维护之意，确是有些感动。

他自然不知阿弥虽为偏将，却甚少当真冲锋陷阵，与端木翠一处长大，名称主仆，情逾姐妹；另一方面，阿弥是当年虞山部落选出的三位女童之一，身份自是不一般。

端木翠面色一沉："相不相信他，我心中自有分寸。倒是你，事情还未水落石出便解他枷锁松他束缚，万一出了事，你如何善后？"

阿弥察觉出端木翠语气重下来，倒也不敢再造次，声音渐低下去："姑娘，他功夫那么好，如果真有异心，只怕早就逃了。况且刚才姑娘让人将他拿下，他也未做反抗的……"

端木翠冷笑："当真是细作，必然人前掩饰百般做戏，好骗取你的信任，自然不会逃的，是吧？"

最后那句"是吧"却是向着展昭说的。展昭微微一笑，倒也不生气："将军思虑万全心思缜密，说得的确在理。"

端木翠瞪了展昭一眼："要你拍马屁！"

展昭心中叹气，有些人果然天生就难伺候，说她不好不行，说她好也不行。天可怜见，他方才说那些话，绝非要讨好端木翠，只是以己度人，觉得两军交战之际，存几分防人之心在情在理而已。

相较之下，阿弥心地单纯，与充满血腥杀伐钩心斗角之气的沙场之地格格不入。

因为她又打抱不平了："姑娘，人家在讲你的好话，你怎么也不领情？"

端木翠冷笑："讲我好话的人多了去了，我个个都领情，累也累死了。你回帐去好好反省，我不发话不准出来！"说完再不理会阿弥，转身吩咐那几个兵卫先将展昭押去主帐，稍候待她亲自来审。

阿弥眼睁睁看着展昭被押走，委屈得眼圈儿都红了，虽说知道此刻多嘴又要惹端木翠生气，还是忍不住小声道："姑娘，你不会为难他吧？"

端木翠心中不快，待要狠狠瞪她一眼，正见到阿弥眼圈泛红，心头一软，一指头戳在阿弥额角："死丫头，跟我这么久了，怎生这么没出息？见到生得出众的，连自己姓什么都忘了！"

阿弥是素知端木翠心意的，听她口气松动，脸上也忍不住泛出笑意来："姑娘，他真的是好人，你信我一次，我决计没看错的。"

端木翠扑哧一笑："你当然没看错的，差一步你就要拉人家进你的帐篷了。

若不是好人，想来你也不乐意的。"

阿弥羞得整张脸都红了："我才不是……姑娘，你不要混说。"

端木翠逗她："你那点心思，还想瞒过我去？聪明点的早早认了，我还能做主给你搭个桥，否则我也不用费心了，改明儿也把你嫁个土行孙一般的人物……"

阿弥低头捻着衣角，红晕一直染到脖子上，偷偷拿眼看端木翠，吞吞吐吐道："姑娘此话当真？"

端木翠装傻："什么话？要把你嫁土行孙？"

"不是啦……"阿弥急得跺脚，"是那个……搭个桥……"

端木翠笑而不答，目光向主帐方向扫了一扫，轻轻吁了口气道："我还有些话要问问他……你的事应该不难，只要他能答应我两个条件。"

"什么条件？"阿弥紧张。

"第一，如果真如你所说，虞都不是他杀的，他就必须要把杀虞都的真正凶手擒获；第二，我端木营损了一员副统，如果他可以改姓虞，转入虞山部落……我可以考虑让他接虞都的位置。这样一来，他的身份地位，与你也更相配些。"

阿弥简直不敢相信自己的耳朵，愣了许久，才渐渐喜上眉梢："让他接虞都副统的位置？姑娘，我方才误会你了，我没料到你竟这般看重他！"

端木翠笑而不答。

看重他吗？未必，但杨戬方才交代过："此人是将才，若不能为西岐所用，来日效力朝歌，必为西岐所患。你可审时度势而行，善待此人，以图笼络。若能用之，端木营如虎添翼；若不能用……再杀不迟！"

第二十章　水落石出

端木翠又同阿弥说了会儿话，问了些展昭的事情，这才进了军帐。

　　两个押住展昭的兵卫见主将进来，一人按住展昭的肩膀，另一人就往展昭的腿弯里踹。端木翠摆摆手，示意不用逼他下跪，再一挥手，两人会意，行了礼便退下了。

　　端木翠走到展昭面前，上下打量了他一回，也不言语，正待绕过他坐下，忽然"咦"了一声，目光落在展昭背后。

　　展昭背上原本挨了一刀，早上才让军中的大夫敷药包好，经方才两个兵卫如狼似虎般那么捆磨，鲜血又重新洇将出来。端木翠眸中掠过一丝不忍，沉吟片刻，自腰囊中取出匕首，便要上前为展昭松绑。

　　展昭一愣，下意识间竟避了一避，脱口道："将军方才还责怪阿弥姑娘松我枷锁，如今解我束缚，就不怕节外生枝？"

　　端木翠秀眉微挑，嫣然一笑："怕什么？我方才已问过了，你是东夷展部落的吧？说起来，西岐出兵如此顺利，倒是亏了东夷先行起兵拖住了商纣的大军。否则商纣大军挥戈反指，我西岐军可真的是要遭殃了。前几日，展部落还有讯息送到丞相那里，长老们可都还好？武王命他们在岐山等候，你是展部落族人，怎生跑到安邑来了？"

　　她一边如此说，一边低头为展昭松绑，匕首在绳索结头处慢慢划割，耳边忽然传来展昭笑声。端木翠心中一凛，手上动作即刻停住，抬头看展昭道："你笑什么？"

　　展昭笑道："我笑将军说得似模似样，好像东夷真的有个展部落一般。所谓长老、给丞相讯息云云，想必都是将军自己编出来的，倘若我心中有鬼，顺着将军的话答一声是，将军立刻便能猜出我在撒谎了，是吧？"

　　端木翠静静听他说完，面上渐露出笑意来，缓缓将匕首插回鱼吞口鞘中："你果然聪明，想套你的话居然也被你识破了。如此看来，你不是一般人物，我想不提防你都不能。"

　　展昭苦笑："我对将军从无恶意，只是苦于无法自证而已。"

　　端木翠冷笑："你当然无从自证，你来历不明，又同旗穆一家牵扯不清，连虞都的死你都脱不了干系。从无恶意？这话说出来你不觉好笑吗？"

　　"展某句句实情，问心无愧，不觉有半分好笑。"

　　展昭说得诚恳，有刹那工夫，端木翠只觉得自己禁不住就要相信了，但心念一转，又想着：这样的人，人话鬼话，都是练熟的了，假的说得比真话还真，断不能轻易信了他的。

展昭见她面上神色阴晴不定，便知端木翠并不尽信于他，心中焦灼，却又无计可施。一个念头忽地闪将出来：我与端木交厚若斯，何苦与她在这里唇枪舌剑话里藏锋，只消问她究竟还记不记得开封的事情，她若记得，必是端木无疑了。但是……倘若真的记得，又怎么会视我为敌？如若不记得，我便能认定她不是端木翠吗？

一时间心乱如麻，心神恍惚之间，忽听端木翠问道："这是你的佩剑吗？"

展昭抬头看时，识得端木翠手中拿的是巨阙，点头道："是。"

端木翠抽剑细看，指腹在冰冷剑身之上缓缓摩挲，顿了一顿，才道："确是把好剑，你这把剑，可有称号？"

问出这话，她心中也有几分紧张。

"名为巨阙。"

端木翠持剑的手几不可察地颤抖了一下，又立刻握紧了剑柄，看向展昭，咄咄逼人："展昭，你的剑可曾断过？"

展昭猛地抬起头来，面色竟有些苍白："你怎么知道？"

"那就是有了？"端木翠咬牙，"是谁重新给你铸的剑？"

展昭看住端木翠，那个"你"字几乎立时就要脱口而出。

片刻之后，反将目光收了回去，轻吁一口气，平静道："无风不起浪，将军忽然问起这把剑，问起这把剑是否断过，又问及铸剑的人，我想，将军并非不知道是谁铸剑，而是不愿相信是那个人铸的剑，所以才一再追问于我，是吧？"

端木翠被展昭反将一军，一时间无法出语反驳，嘴唇嗫嚅不定，忽然好生委屈："展昭，我从来没有见过你，凭什么人人都说，你的剑是我铸的？"

语毕，狠狠掷剑于地，眼圈一红，背过身去——她倒也知不适合当着展昭的面失态的。

"不是你。"

端木翠浑身一震，抬眸看向展昭。

正对上展昭温和而微带笑意的目光："帮我铸剑的人的确跟将军长得很像，但是……"

说到这里，他微微摇头："不是。"

端木翠心头一松，面上泛出笑意来："真的不是？"

此刻她心头尽无挂碍，笑得极是娇艳，与昔日在沉渊之外的端木翠竟是毫无二致。展昭心中有融融暖意淡淡化开，对上端木翠探询的目光，答得极是认真："的确不是。"

端木翠轻吁一口气，放下心来。

再看展昭时，忽然觉得此人言语温和，行止极是有礼，不觉生出几分亲近之意来。

转念一想，又有几分好奇："你方才说那铸剑之人与我长得很像，那是个姑娘家吧？真的很像吗？有多像？她叫什么名字？"

展昭一时语塞，奈何端木翠目色殷殷，大有不问出个究竟不罢休的架势，展昭只得硬着头皮现编："轮廓模样的确与将军很像，但若细看的话，便知不是一个人。她叫……"

叫什么？这可难倒了展昭，他本就不擅长给人起名字，随口乱诌一个也不是不行，但是他实在不想给端木翠安上什么春花秋月牡丹之类的名字。

迟疑了一下，才道："那位姑娘性子有些古怪，并未曾向在下透露她的名姓。"

封神的年代，想必怪人怪事层出不穷，因此对展昭的解释，端木翠倒是很能接受，顿了顿又问："看你的装扮，不像是本地人，你到安邑来做什么？"

连她自己都不察觉，自己的语气比起先前，已然柔和了许多。

展昭心中明镜一般：除非交代清楚自己的来历，否则无论问多少问题，端木翠都不可能完全消除对他的疑虑。

问题在于……

他倒是想交代，端木翠能信吗？

难得两人之间能建立起初步对话关系，不像先前那般剑拔弩张，展昭不愿冒险去进行这样的尝试，沉吟了一回，坦然迎上端木翠的目光："展昭不想欺瞒将军，在下与西岐或是朝歌，并无半分瓜葛，跟东夷或是展部落亦无关联。展昭自小拜异人为师，修习武艺。家师是隐逸之士，只好周游山水，不愿名扬列国。巨阙剑本是家师赠予，不久前因故折损，后来因缘际会，遇到那位神似将军的女子替我铸剑。那女子临走之时，言说金德已衰，火德将盛，希望我于此纷乱之世，能有一番作为。在下亦为那女子所言心动，禀明师父之后出外游历，不日前才到安邑，与旗穆一家结识，也只在此数日之间。其间发生这许多变故，在下确是始料未及。"

这番说辞合情合理，与商末的大势吻合，当时纷纷盛传商属金德，周是火德，以火代金是天下大势，因此有许多隐逸的高人出世，劝说能人异士于此朝代更迭之时建一番功业，像展昭这样的情形，实是再正常不过了。

他这样一说，端木翠心里倒有八九成信了，想了想又道："既然如此，你到安邑也不过两三日，你把你与旗穆一家的结识经过以及这两日发生的事情细细说与我听。"

展昭心下稍定，便将先前之事一一述来，他心下坦荡，不避担当，并不忌讳提及曾帮旗穆一家制服葛衣人之事，也不讳言曾在夜半与西岐军的将士交手。

端木翠面色阴晴不定，听到葛衣人之事时，不觉心头有气：端木营的这几名卫士虽非你所杀，但若非你从旁干预，他们也不致白白送了性命。

待述及夜半交手之事，听展昭言说"并不伤其性命，只是卸脱那人一条手臂"，端木翠立时断定那人必是虞都。她曾细细检索过虞都尸身，除了首级无索外，手臂被卸脱亦是一大伤处，想不到又是展昭所为。

一时间气恼难当，对展昭刚生出的些许亲和之意，尽数去个干净，不过孰轻孰重，她倒是也能拿捏个八分准，沉吟了一回，不动声色道："展昭，如若你所言不虚，杀虞都的人的确不是你。倘若你能把真凶找出来，我或许可以考虑既往不咎，放你一条生路。"

展昭淡淡一笑："这有何难，我与虞副统交手之时，现场只寥寥数人。将军若能开方便之门，允展昭往高伯蹇营查问，展昭必不会让将军失望。"

端木翠嫣然一笑："我正有此意，只是……"

"只是将军还不能信任展某，怕展昭借机遁逃？"

"不错，你功夫这么好，如果我松了你的束缚，小小的安邑城，没有几个人能是你的对手。"

"将军嘴上这么说，神色却如此安闲，想必已有了对策。"

端木翠微微一笑，将案几之上铜壶的壶盖取下，当着展昭的面，自腰囊中取出一粒碧绿色丸药，投入壶中。刹那间，水声嗞嗞作响，一股刺鼻的白气自壶口腾出。

展昭面色平静，不置一词。端木翠走近展昭，衣袖微震，匕首重又滑落掌中，指上略紧，已割断捆索结扣。

展昭周身一松，尚未将断索尽数抖落，端木翠的匕首已送至他的心口。

展昭失笑："将军是怕我不喝吗？"

端木翠也笑："知道就好。"

展昭面色如常，伸手缓缓擎起酒壶："将军先前提过，要我去找杀害虞都的真凶，想来也不会这么快就要我的命。我只是想知道，饮下这壶酒，我还有几日可活？"

"明日日落之前，你都死不了。"

"日落之后呢？"

端木翠冷笑："那要看我愿不愿意给你解药。"

展昭微笑："也好。"

话音未落，眸光一冷，指探如电，端木翠猝不及防，只觉腰间一麻，向后便倒。展昭长臂前伸，箍住端木翠腰身。只此片刻工夫，端木翠反应奇快，手腕急转，匕首已压住展昭咽喉，几乎是与此同时，展昭手中的壶口也压到了端木翠唇边。

"展昭，"端木翠怒极反笑，手上加了几分力，"你若轻举妄动，我会把你的喉管割破。"

"是吗？"展昭唇角挑出一抹淡淡的笑意，意味深长道，"彼此彼此。"

"那倒未必。"端木翠隐有自得之色，"喝下这酒，我还有回天的机会，可是我的手如果稍微往前这么一送……"

展昭只觉得匕首冰凉的尖刃已经穿透重衣，面上却仍是一派云淡风轻："是吗？"

说话间，他突然撒手！

端木翠猝不及防，腰间支撑立消，身不由己，向后便倒。

展昭他……居然把端木翠给扔了！

自古以来，咱只见过英雄怜香惜玉把美人给扶住的，没见过展护卫这么着不动声色就把人给扔了的，还扔得这样干脆利落，一点都不拖泥带水。

端木翠也没想到，惊愕之情展露无遗，不过人家不愧是战将，处变不惊，临场反应那是杠杠的。就在她行将结结实实倒地的前一刻——据我细致观察，与地面倾角绝对小于十五度——一道银色光影自她腰侧疾探而出，穿心莲花势如破竹，枪头迅速抱上帐内立柱。端木翠借力弹起，半空中一个旋身，黑发如瀑，链走光弧，几乎是电光石火之间，枪头立转，如同银色环蛇，直取展昭。

展昭素知穿心莲花威力，当下不敢托大，觑着枪头来势，双膝一矮，向后便仰。链枪挟着风势，自他面上不逾寸处带过，直激得他面皮生痛，方才堪堪躲过这招。链环脆响，链身之活络几如蛇身，枪头重又翻转，展昭翻身如鹞，探臂捞起地上巨阙，想也不想，掷出手上铜壶。

就听短促铿锵之声，穿心莲花何等力道，竟将铜壶穿身而过。铜壶串于枪头之上，倒似是枪头带了个铜球。

端木翠怒不可遏，腕上施力，力道贯穿链身，将铜壶击飞了开去。只此片刻工夫耽搁，展昭唇角微扬，身形纵起，如同穿云惊鹤，掠出帐外。

端木翠稍迟一步，待她抢出帐外时，展昭已跃上帐顶，足下借力，去得极快。变故起得突然，帐外守卫都有些不知所措，端木翠几欲咬碎银牙，见展昭去势虽快，身形尚在视野之内，心下发狠，喝道："拿弓来！"

如若手边有弓，端木翠确有七八分把握拦下展昭。

只是帐幕外的守卫皆是持戟步兵，要戟要刀的话一搂一大把，想弓想箭却没法立时可得。待那个领命而去的兵卫一手持弓一手抱箭囊吭哧吭哧跑来的时候，展昭早已不见了。

"将……将军，弓！"

倘若这兵卫对端木翠多些了解，不声不响悄悄退下，也许就什么事都没了。要知道此时的端木翠正在气头之上，谁撞上谁倒霉，他居然还这么不解风情，来了句："弓。"

端木翠慢慢转过头来，慢得他心惊肉跳。

"你不会跑得快点吗？"

快点……

可怜这兵卫很少跟高层直接对话，脑子有点糨糊，稀里糊涂之下，居然还辩解了一句："属下已经……竭尽全力……"

"竭尽全力还跑这么慢，真正上场杀敌，能指得上你吗？"端木翠面无表情。

"不、不能。"小兵卫终于醒悟到不能跟领导对着干，领导怎么说，你就得怎么附和。

"既然这样，还愣着干什么？"端木翠给他指点迷津，"绕着这营寨，跑啊。"

"属下谢将军……点拨。"小兵卫欲哭无泪，一手把弓挎在肩上，另一手搂紧了箭囊，吭哧吭哧，踢踏踢踏，开始跑步健身。

这次他多了个心眼，没问端木翠要跑几圈，他生怕端木翠慢条斯理地回答："是一千还是八百，你自己掂量吧。"

站得较近的守卫忍俊不禁，有几个定力不足，笑出声了。

但是他们很快就不笑了，因为端木翠正看着他们，语气平和，但话中有话："很好笑是吧？你们跑得就比他快了？"

"不、不比。"

"那还站着干什么？"

下一刻，铠甲金片的撞击声相继响起，又有几个人加入了跑步健身的队伍。

端木翠目光左右扫了一下。

很好，剩下的兵卫都站得笔挺笔挺，眼观鼻鼻观心，不敢心有旁骛。

世界清静了。

晚膳时分，阿弥过来伺候端木翠进膳。白日里，她也略微听到点风声，但是在场的兵卫一个赛一个地沉默寡言，尤其是那几个跑得像是水里捞出来的，问他们更是口风丝毫不露。

没办法，只得小心翼翼，在端木翠这里旁敲侧击。

"姑娘，"阿弥咬嘴唇，盛好的汤碗捧在手上，就是不递过去，"我听说，展昭，他走了？"

"嗯。"

"姑娘放他出去查虞副统的案子吗？"

哪壶不开提哪壶，端木翠面色一沉，饭也不吃了，筷子"啪"一声拍在案几上，正待开口……

"什么人？"

"有刺客！"

嘈杂声中，一声重物坠地的闷响。端木翠脸色微变，疾步掀帘出帐。阿弥知道不对，手按朴刀，紧随其后。

帐前的场地中央，十几个守卫团团围作一圈，手中戟戈前指，尖刃全部对准

了场中央的两人。

说是两人，有些失之偏颇，因为其中一人五花大绑，口中塞布，眉目可憎，呜呜有声，头脸尽是血污，正是高伯骞旗下的仆射长成乞。

至于另一人……

夜风猎猎，袍翻青蓝，薄唇紧抿，星目如炬。

端木翠面上冷冷，心底却有笑意淡淡化开。

展昭，他居然又回来了。

"关于虞都副统的命案，还请端木将军会同高伯骞将军，联审此人。"

展昭的声音不大，沉静中透着不容置疑的力度，字字分明。

夜色之中，他的目光清明而又深邃，穿透稀薄夜雾，与端木翠的目光相萦，一触即退。

端木翠眼睫微垂，低声吩咐阿弥："请高将军。"

阿弥去至高伯骞营，只说端木将军有请，并未漏太多口风。高伯骞怕不是以为端木翠要请他吃饭，红光满面，兴奋非常，一路上跟阿弥问长问短，极是殷切。丘山先生摇着羽毛扇跟在后面，身为智囊，他不像高伯骞那样盲目乐观，思前想后，总觉得端木翠这"有请"来得蹊跷，但是具体蹊跷在哪儿，他又说不出。

高伯骞直待进了主帐，才觉情势不对。但见两边戟卫林立，端木翠坐在高起的主案之后，支颐低首，面色漠然，听到步声渐近，明知是高伯骞他们到了，竟连眼皮儿都没抬一下。高伯骞正要开口，丘山先生忽地用手碰了碰他手肘，嘴巴向案前跪地之人努了努。

这跪着的人……

高伯骞看着眼熟，一时间想不起名姓，但看身上的装束，便知是自己营下的。高伯骞心中打了个突：好端端的，把自己请过来，帐中还跪了个自己旗下的属卫……

如此想时，又朝边上跪着的另一人看了几眼，见那人至多十三四岁，蓬头垢面，是个破衣烂衫的少年。

阿弥快步行至端木翠身边，低声道："姑娘，高将军到了，这便开审吗？"

端木翠摇头："等展昭回来。"

阿弥一愣，这才察觉展昭并不在帐中，心下好生奇怪：展昭不是将成乞都带回来了吗，又出去作甚？

一时也不好多问，只得应声退开，请高伯蹇入座。高伯蹇在丘山先生的一再"提示"之下，终于想起那下跪之人是营下的仆射长成乞，一时间如坐针毡，因想着：成乞那日说他知道虞副统的头在哪儿，还引人去找，按说是立了功，怎会受缚帐前？莫非是谎报的消息？了不得，这可大大丢脸，得罪了端木将军，以后还如何在丞相面前露脸？

前途攸关，愁上眉梢，心内正长吁短叹，忽觉帐帘一挑，抬眼看时，一个眉目清朗的蓝衣男子正大踏步进来。因着他装束少见，高伯蹇不由多看了两眼。

展昭径自走到案前丈余处，对着端木翠略一点头。端木翠会意，微微颔首，淡淡道："应你所求，我已将高伯蹇将军请到帐下。你直指成乞与虞都的死有关，个中理由，说来听听。"

展昭微微一笑，伸手指向那跪地的邋遢少年："这少年名唤杞择，是旗穆家的下仆。"语毕转身看向杞择，温和道，"杞择，你将那晚发生的事，细细从头讲过。"

杞择既惊又怕，哆哆嗦嗦，将那一晚发生之事一一述来：如何进入旗穆衣罗的房间装睡，如何被人兜头装进麻袋带走，途中如何遭人喝问，展昭如何救助，如何得脱，说得虽非十分明了，倒是详细非常。至于那途中喝问之人，细问其相貌，便知是虞都。

述毕，高伯蹇尚不知所以，只以为是属下肆行掳掠，犯了姜子牙的忌讳，一时额上发汗，正要开口圆上两句，就听端木翠沉声道："这么说，你们离开的时候，虞都只是受伤，根本还没有死？"

杞择一时没反应过来"虞都"是谁，正茫然间，听到展昭的声音："正是。"

"那然后呢？"端木翠不动声色，"这还不足以证明你没有杀死虞都。"

展昭似乎早已料到端木翠会有此问，不慌不忙，淡淡一笑："接下来发生的事，或许让成乞来讲会更好些。"

说话间上前一步，伸手扯下他口中塞布。

成乞先前口不能言，身子抖得直如筛糠一般，现下塞布既卸，目中恨色大盛，忽地腾腾跪前几步，向着端木翠叩头如捣蒜："将军明鉴，小的是冤枉的。"

端木翠冷笑，却不拿眼看他，只是盯住展昭："你说让他来讲，就是让他来

喊冤吗？"

展昭看向成乞，语气出奇平和，并无愠怒："你是如何杀害虞都副统，适才我问你之时，你不是尽数招供了吗，缘何现在又矢口否认？"

成乞双目赤红，嘶声道："适才你以我性命相胁，重刑威逼之下，我为求保命，自然假意供认。现下到了将军案前，我就不信你当着将军的面还敢随意杀人，自然要请将军主持公道。"

高伯蹇纵使再蠢笨，此刻也听出三分不对。要知道掳掠妇人虽为姜子牙所不喜，毕竟不算什么弥天大罪，但是杀害虞都意味着同端木营结怨，虽然犯案的是成乞，他高伯蹇营上上下下都会被连累，这罪名他是万万不愿担的，一时间急火攻心，怒斥展昭："你是什么人？威逼成乞承认杀害虞都，嫁祸给我高伯蹇营，意图挑拨两营关系，何其可恨！"

阿弥见成乞如疯狗般撕咬乱攀，高伯蹇咄咄逼人，展昭却是一派温文，忍不住暗暗摇头：展昭实在是历练太少，他这样轻信于人心无戒备，怎么斗得过成乞这样的阴狠之徒？唉，现下也不知如何帮他才好，不知道姑娘是信他还是信成乞……

如此想时，忍不住看向端木翠。端木翠正擎起桌上茶碗，缓缓贴在唇边，不紧不慢，细细啜吸，袖袂微微滑落，露出一截皓腕如玉，长睫如扇，在下眼睑处投下柔柔暗影，面色难得平和，也不知她在想什么。

展昭一声冷笑，将手中塞布又塞回成乞口中。成乞拼命摇头挣扎，喉底嗬嗬有声。高伯蹇气得不行，几乎从椅子上跳起来："你、你是何人？如此嚣张，你、你、你眼中还有没有主将？"

展昭面色一冷，眸中犀利之色大盛："将军且坐住了，尚有后话！"

高伯蹇心头一凛，竟被展昭目中的森冷之色逼退了开去，见端木翠仍是一派云淡风轻的品茶闲情，便知自己不好再开口，只得讪讪坐回原位，不忘低声愤愤："不像话，实在不像话！"

展昭向左右略使了个眼色，便有载卫过来将成乞带至主帐角落暗影处，又移了幅帘帐将成乞遮住，想来也是先头交代好的。阿弥只当端木翠早已知晓，待见到她目中露出的疑惑之意，才知都是展昭一手安排。

眼见这头都已收拾利索，展昭向帐门处走了几步，朗声道："带进来。"

帐外戟卫得令,就听橐橐步声远去,过了一会儿,杂乱步声渐行渐近,帘帐掀起,又进来几个人。

待看清这几人装束,高伯骞立时头大如斗:今儿是撞了什么邪了,怎生又是他下头的兵卫?

那几人眼神慌乱,你推我搡,才刚行至案前,就听展昭厉声道:"大胆狂徒,现有高将军营下仆射长成乞将你几人告下,还不速速将你几人夜掠民女,被端木营副统虞都撞破之后杀人灭口之事从实招来!"

一声断喝,石破天惊,那几人直如晴好天遭了惊雷,一时间目瞪口呆,继之面色灰败。别样死寂之中,忽有一人扑通一声跪倒,重重以头叩地:"将军明鉴,杀害虞副统之事都是仆射长一人所为,与属下等无关哪!"

至此,明眼人皆看得明白,这案情已有八九分明了。

阿弥喜上眉梢,悄声向端木翠道:"姑娘,展昭他真聪明。"

"是吗?"端木翠不动声色,眼眉抬都不抬一下,"小聪明罢了。"

阿弥心中不服气,不过很快,内心汹涌的喜悦就把这么丁点儿的不服气给淹没了。她看向展昭的眼神异常明亮,眸子间闪烁着很多说不清道不明的情愫。

高伯骞冷汗涔涔,一个劲儿去扯丘山先生,声音压得几乎低不可闻:"先生,先生,你倒是给支个招啊……"

丘山先生扇子也不摇了,恨不得把脑袋给缩到肚子里去——虽然他一向自诩有大智慧,但是大智慧也有无用武之地的时候,是吧?

端木翠的手指轻轻摩挲着茶碗外沿的刻纹,若说生气,应该是得知虞都死讯的那一刻最怒不可遏——经过这么些天的缓解,她心中的震怒已经和缓许多了。她现在在想,要拿成乞怎么办。事情牵涉到高伯骞营,她要怎样做到既解气又不伤和气?

待她抬起眼帘时,心中已有了打算。

"高将军。"

高伯骞被她这么温和的口吻吓得浑身一激灵:印象中,端木翠从未对他这么客气过。

"怎么说,成乞也是贵营的仆射长,我们端木营不便管得太多……"

高伯骞一头雾水:"成乞……这个,戕害虞都副统,罪不可赦,如何发落,全凭端木将军一声示下……"

"高将军有所不知，"端木翠字斟句酌，"我此来安邑，丞相另外交代了事要我做，实在无暇分心。虞都一案既已有了线索，想请高将军代为善后。"

"既然……如此，在下愿意为端木将军分忧。"端木翠话都说到这个地步，高伯骞虽是云里雾里，嘴上应答却干脆得很。

丘山先生慢慢回过味来。

端木翠这么做，一石二鸟。

一来，她给足了高伯骞台阶下，明白表示自己不会因为成乞的事情与高伯骞结怨，高伯骞尽可放宽心，不必狗急跳墙穷极思变；二来，高伯骞得了这承诺，于善后一节必然尽心尽力。究竟如何善后，自然是成乞下场来得愈惨端木翠才愈满意。他若是成乞，恐怕情愿落在端木翠手中会更好些。

只是高伯骞懵懵懂懂，尚未勘透其中玄虚，丘山先生叹了口气：看来回营之后尚需详加点拨。

偌大军帐之中，还有另一人也勘透了端木翠的心思。

展昭。

展昭素来不喜这样明里暗里的心思辗转、步步为营，虽然他很理解端木翠在其位谋其事的立场，但他控制不住心中的失落渐渐扩大。

虽然之前端木翠"血铸巨阙"的询问让他肯定了眼前之人便是自己要找之人，但是很显然，这个端木将军与他认识的端木翠，相差甚远。

她并不是不好，恰恰相反，端木翠的很多行止，让他心服口服。她谨慎、小心、不轻信于人、顾全大局，有战将的悍勇之气却又不失机谋，他若是姜子牙，也乐于见到端木翠拜将。

但是，所有的这一切，只会让他觉得更加生疏和失望，让他更加想念曾经与自己亲密言笑的端木姑娘。

展昭的眼角有些许温热，他微微合上了眼睛。

端木翠似乎就在眼前了。

她一身翠绿色的衫子，扬扬得意，仗势欺碗，小青花在一旁眼泪汪汪……

她眉头皱得老高，张口就是："展昭，都是你们皇帝的多不好……"

她笑得意味深长："展昭，你脸上再飞上两抹酡红，不知要迷死多少姑娘……"

她可怜兮兮求他："展昭，下次救我，不要把我球一样扔来扔去，五脏六腑都险些颠将出来……"

……

展昭、展昭、展昭，声声都是她在唤他。

"展昭！"

一声厉喝，展昭浑身一震，自恍惚之中拔身出来，抬眼看时，端木翠就在眼前。

她面色有些不悦，冷冷看着他。

环视左右，高伯蹇一行，两列戟卫，乃至阿弥，皆已退得干干净净。

他居然失神至此，连周遭发生的动静都不曾察觉，若有人趁此向他下手，他怕是早已死上千次百次。

展昭暗自叹息，尽力平复下内心种种，平静迎上端木翠的目光："将军有何示下？"

"我在问你，"端木翠说得很慢，"明明已经逃走了，为什么又回来？"

展昭忽然就笑了。

"将军不是认定我是细作吗？身为细作，必然人前掩饰百般做戏，好骗取将军的信任，必然不会逃的，是吧？"

端木翠的眸子渐转森冷："展昭，没有人敢用这种口气同我讲话。"

"那是因为他们都怕你，你位高权重，生杀予夺。"

"你不怕吗？"端木翠冷笑，"我知道你在想什么，你白日从我手中逃走，自以为来去自如，不受我胁迫，就敢在我面前放肆了是吗？"

字字生冷，咄咄逼人，展昭眉心蹙起，强自压下心头不悦，漠然道："不敢。"

"你当然不敢。"端木翠盯住展昭的眼睛，缓缓自腰间抽出穿心莲花，链枪自她腕上搭下，链身轻荡，雪亮的银色枪头映出周遭不规则的怪异暗影，"因为这样的事情，绝不会发生第二次。"

展昭几乎就要被激怒，修长手指死死抓住巨阙剑柄，手背青筋隐约可见。

她居然还要打！

他不是不清楚端木翠绝难认输的性子，也曾想到白日里他的逃脱，不啻给了端木翠响亮的一记耳光：众目睽睽之下，堂堂端木营的主帅，居然擒不住一个无名之辈！

他只是心怀侥幸，他认为自己的去而复返和为虞都一案做出的种种努力，可以让端木翠稍稍探知他的心意——他绝无恶意，至少，不要再用那种审视和怀疑的目光冷冷打量他。

有那么一瞬间，他几乎认为自己已经成功了，因为她很冷静地配合他，允许他带人去高伯蹇营捉拿成乞的同犯，审问成乞之时她绝不干涉，任他依计行事，哪怕这计谋是瞒着她的。

他以为这是两人难得的默契，甚至一度为了这默契暗自欣慰，直到这一刻，如被冰水当头浇下。

被利用和戏弄的愤怒之火瞬间鼓作烈焰。

这算什么，鸟尽弓藏？兔死狗烹？方才她所有的不动声色都只为了虞都一案能水落石出，如今心愿得偿，与他重算旧账？

或者不是重算旧账，自他逃脱那一刻起，她就心心念念要连本带利讨回这笔账吧？她的穿心莲花，渴饮他的颈血已经很久了。

展昭觉得前所未有地疲倦。

以前，他觉得这世上没有什么事情是说不清道不明的，清者自清，倘若言语无力，他的行止总还能堵住悠悠之口。

但是在这里，言也好行也罢，都是那么苍白。

展昭惨然一笑，握住巨阙的手慢慢垂下去："我不会跟你打的。"

"你不跟我打，难道你要引颈就戮？"端木翠觉得荒唐，纤长手指慢慢抚过链身，触及枪头锋芒，"展昭，出剑吧。"

展昭垂目不动，颈上忽地一凉，链枪的枪头已经抵住了他的喉咙。

"我没什么耐心的。"看得出端木翠是在强自按压怒火，"你再不出剑，我会割断你的喉咙。"

"我只是不知道怎么能让将军满意。"展昭忽然开口了，"打赢了怎样？打输了又能怎样？将军不想要我的命，若要我死不会拖至今日。既不让我死，又不让我安生活着，处处猜疑于我，我逃是罪，回来也是罪，背负杀副统的嫌疑有罪，为自己洗清冤屈还是有罪，当初隐瞒自己来历有罪，将身世禀明将军之后还是有罪。若将军与展某易位而居，还请将军扪心自问，要如何自处？"

他这番话字字有力掷地有声，端木翠惊愕之下，手上微颤，枪头一抖，在展昭颈上划出一道极细血痕。

"你……"端木翠咬牙，"你先前说是为人言辞所动，要在这乱世之际立一番功业，我姑且可以认为你是要投奔于我。但是展昭，既投身我旗下，就该听我调遣，你怎么敢跟我对着干？刀戟相向在先，毒酒相逼在后，任意出入，视我军营于无物？"

展昭怒极反笑："原来在将军眼中，我有罪只是因为我不听话？"

端木翠一怔，倒是来了个默认。

"展昭堂堂男儿，顶天立地，就算真的投身将军旗下，也必枕戈待旦、倚剑亮锋做出一番轰烈功业，绝不会为了讨好将军只顾仰将军鼻息、唯命是从。将军荆棘木笼困我在先，毒酒相逼在后，一切只凭意气不问缘由，把展昭视作无颜无骨之人，践之如踏草木，有什么资格要展昭作琼瑶之报？想必是平日里对将军摇尾献意之人太多，将军以为偌大天下，尽是如高伯蹇向将军唯唯诺诺逢迎讨好之流吗？"

端木翠脸上白一阵青一阵，有生以来，她还从未被人这么当面指责过。正僵持间，外间脚步声起，伴随着阿弥清脆的声音："姑娘。"

端木翠迅速收回链枪，随即转过身去，再不看展昭。

帐帘一掀，带进微微寒气，阿弥的脸被夜风吹得有些发红，她的目光在展昭身上停留了一回，明亮的眸子里透出笑意来："姑娘，军帐已经收拾好了，我现在就带展昭过去吗？"

展昭一愣，下意识看向端木翠：她让人为他收拾了军帐？

"不用了。"端木翠眼睫低垂，语气平淡，"我想来想去，展昭还是不适合留下来，你送他出军营吧。"

阿弥一怔，不明白为什么这么短的时间内端木翠就转了心意："送他出军营？那……展昭要到哪里去？"

"我怎么知道。"端木翠脸色一沉，"安邑这么大，他爱去哪里就去哪里，只不要在我眼前晃便是！"

语毕，她连留也不愿多留一刻，皱着眉头从阿弥身边过去，狠狠掀起帘幕，一矮身便出去了。

阿弥愣在当地，看了看还在轻轻晃荡的帘幕又看看展昭，一脸的不知所措，

好久才迟疑道："展昭，你……又怎么得罪我们姑娘了？"

展昭不答，顿了顿轻声问道："将军让你为我收拾军帐？"

"是啊。"一说起这个，阿弥好看的两道弯眉又蹙到一处，"方才打发了高伯骞将军他们之后，姑娘让我收拾一处干净的军帐出来，还要拨两个兵卫给你差遣的……谁知道一晃眼的工夫，唉……"

阿弥轻轻叹气，一只手负气般扯着腰间的束带，忽地看到展昭面色不对，忙开口劝和："不过我们姑娘一直便是这样的脾气，才刚说的话，忽然要改了也不定……展昭，姑娘让我送你出营，这便是放了你啦，想必姑娘不再疑心你是朝歌的细作了，只是……你会去哪里？"

她如此问时，心中好生忐忑，生怕自展昭口中说出要远离安邑的话来。

展昭被阿弥方才那番说辞搅得好生烦乱，他以为端木翠一心疑他，按不下心头火气，这才有先前那番怒斥，原想着依着端木翠的性子，必然暴跳如雷，还不知要生出多少后事来，没料到她竟忍了下去，还让阿弥送他走——念及此节，展昭心中忽地一空，他的话说得那般重，也不知端木翠有没有往心里去，这要搁着是在开封，必是眼圈儿红红地走了。一时间心里又是难受又是心疼，转念又一想，为何我到了沉渊之中，素日里的沉静平和全不见了，这般急躁难耐？

一时间心乱如麻，内里五味杂陈，阿弥连喊了他几声，他才回过神来："什么？"

"我是问你，会离开安邑吗？"阿弥咬着嘴唇，又是期盼又是紧张。

"一时间也没有什么地方可去，暂时在安邑住下，再图出路吧。"

阿弥一颗心落回平地，展颜一笑，极是可爱："那我送你出去吧，展昭，你要去哪里住下？"

展昭在安邑所识之人寥寥无几，下意识道："或者我先回旗穆家的宅院……"话到中途，忽地想起旗穆一家，忙道："阿弥姑娘，将军……会怎么处置旗穆家的人？"

阿弥不解："展昭，你跟旗穆一家非亲非故，缘何这么记挂他们？"

想了想又道："搜出那么些暗通朝歌的证物，旗穆一家必是细作无疑了。只是那两个老家伙嘴巴严得很，再怎么用刑也问不出半个字来，想必也是存了死念。听将军的口气，端木营后头就不管这事了，也让高伯骞将军善后。"

展昭犹豫了一回，忍不住向着阿弥微微拱手："阿弥姑娘，展昭有一事相求。"

"什么事？"

"旗穆家的案子，暗通朝歌的指控，恐怕有一大部分都要落在旗穆丁和旗穆典身上。旗穆家的其他人，譬如旗穆衣罗姑娘，还有一干下人，株连获罪，罪不至死。如果不是很为难的话，还请阿弥姑娘得便处能为他们说两句好话。"

阿弥静静听着，依着她的身份，要到高伯謇处为旗穆一家人带句好话，想必高伯謇也会卖她三分人情，只是……

旗穆衣罗姑娘……

阿弥忽然想起去地牢提押展昭时，站在展昭身后的那个女子，虽然神情凄苦披头散发，但是细细端详，不失为一个美人胚子。展昭自保尚且无暇，居然为她求情？

一时间好不舒服，又是委屈又是不快，只是低头不作声。

展昭见她面色有异，倒没猜到她这许多心思，还以为她只是为难，当下微微一笑："阿弥姑娘，若是为难的话，展某方才所言，你只当没有听过，不要往心里去才好。"

阿弥莞尔："展大哥，我记下就是了。改日得空，我会专门去高伯謇处跟他讨这个人情。"

她忽然改口唤他展大哥，展昭心中咯噔一声，诧异之色自眸底一掠而过，旋即低下眼睫，不动声色："既如此，阿弥姑娘受累。"

端木翠这一晚睡得极不踏实，翻来覆去，一闭眼便是展昭厉声斥她，一字一句，利若钢锥，让她哪怕只是想起都觉胸口闷疼，忽然就后悔起来：早知不该这么轻易把展昭放了的，应该吊起来打一顿再说。

后半夜时才迷迷糊糊有了些睡意，正渐入酣甜之时，枕边有人轻声唤她："将军，将军。"

端木翠一惊而醒，翻身下床，这才发觉帐中雾气弥漫，寒气逼人，帐外似有暗哑呜咽之声，声声惨厉，直叫人毛骨悚然。

端木翠素知朝歌军中颇多能人异士，行些诡异迷障之法，心头倒也不惧，冷冷一笑，抽了穿心莲花在手，连大氅也不披，行至帐门处，缓缓伸手掀起帘帐。

外间早已不复白日模样，天色变作土黄，浓云低压，乌鸦成群噪叫而过，原

本护在主帐之外的兵卫眼下半个人影也无。

端木翠不动声色，正待踏步，忽觉有异，低头看时，主帐前竟是一个巨大无比的黑色深坑，坑底泥浆如墨，水泡翻滚不休，而坑底正中处，竟躺着一个女子。

隔着太远，看不真切，隐约觉得那女子身着淡紫色衫裙，面目似有几分熟悉。端木翠心中浮起怪异感觉来，也不知为什么，她俯下身去……

只此刹那之间，坑底泥浆深处，忽地伸出两道黑色触手，来势如电，声势极是骇人。端木翠心头一紧，正待撤后，那触手竟似有知觉般，一道拦腰将她缠住，另一道扼住她咽喉，生生拖了下去。

端木翠一头栽入泥浆之中，眼前漆黑一片，耳边汩汩有声，只觉温热黏稠的泥浆几乎要将整个人都裹住，拼命挣扎了一回，踏到实地，强撑着一站而起，不住咳嗽，大口大口吸气。

待气息稍稍平定了些，伸手抹下面上泥浆，四下环顾时，忽然如被雷噬。

那个在泥浆环抱之中静静沉睡的女子，怎么长得……跟她这么像？

或者不能说是像了，简直可称得上是一模一样，端木翠看着她，感觉像在揽镜自照。

正愣神间，身后的泥浆翻滚喷溅之声忽然大起来，端木翠无意识地回头，看到一团泥浆愈翻愈高，紧接着渐渐转作人形，只是空具轮廓，头部两个幽深的窟窿，死死盯住她。

"将军……"

这声音起得突然，如毒蛇吐芯，喑哑晦涩，瘆得端木翠出了一身冷汗。

"你是什么人？"

那人似是叹息："将军不该来的。"

端木翠定了定神，一只手缓缓按向穿心莲花："荒唐，若不是你们行这么些鬼蜮伎俩，我又怎么会在这里？"

"将军难道还不满意吗？"那人空洞的眼眶黑得见不到底，"将军现在，可谓是要风得风，要雨得雨，有部落子弟倾力相随，有营中将士誓死拥戴，不愁高位，不愁爵赏，再假以时日，必能与倾心相爱之人双宿双飞，永结同好。人世之乐，莫过于此，将军难道还不满意吗？"

端木翠假意敷衍于他："自然满意。"

那人冷笑："满意？若是满意，一贯死水般的沉渊之潭怎会翻沸如此？须知世上之事，果然十全，必难十美。将军好自权衡，真要为了不相干的人，赔上你在西岐的所有东西吗？"

"孽障！"端木翠一声怒斥，链枪前掀，自那人颅上直切而下，就听"嘿嘿"两声干笑，那人倏地溶于泥浆当中，消失之处，泥水翻滚愈烈。

"将军……"

端木翠咬牙，看来这东西打是打不死的，移形换影，只能以鬼魅论。

缓缓回头，身后不远处，那人诡谲而立，周身黑色浆液滴流不休，望之欲呕。

"将军……"那人声音渐转森冷，"只盼将军珍惜眼前，莫再为他人挂牵。否则，唤醒了她，将军拥有的一切，顿作烟消云散。"

唤醒了……她？

不知为何，端木翠似有所感，目光渐渐飘忽，最终落在潭底熟睡的女子身上。

"她是谁？为什么我会唤醒她？"端木翠心乱如麻，"她怎么样才会被唤醒？"

"她就是你，你就是她。她之所以长睡不醒，是因为这里是沉渊，只需要你醒着就足够了。你为沉渊、为西岐、为你在西岐的牵挂之人而活，不应心有旁骛，更不应该涉足她的所思所想。你每涉足一分、陷入一分，她便清醒一分，真到了那一刻，合沉渊之力，都留不住她，你明白吗？"

端木翠头痛欲裂，忽地想起什么："那她现在在哪儿？"

那人哈哈大笑，身上忽然就分出了一只触手，蜿蜒辗转而来，轻轻搭住端木翠的肩膀，压得极低的絮语，如同通体冰凉蠕蠕而动的虫："在你的身体里面，她与你如影随形，从未远离。"

端木翠一觉醒来，只觉得头昏沉沉的，似乎做了一个很长的梦，却又记不大真切了，扶着床栏起身，一抬脚险些踏空。

阿弥在外间听到动静，赶紧取了端木翠的披挂进来，哪知端木翠已经躺了回去，凑近看时，见端木翠脸色不太好，不由担心道："姑娘，你没事吧？"

端木翠"嗯"了一声，顿了顿又道："今日乏得很，阿弥，兵卫晨练你看着些，有什么事来回我。"

阿弥应了声，轻手轻脚将披挂搁在床头，向外走了两步又回过头来："姑娘，今日胃口怎么样，想吃什么？"

等了一回，却不见端木翠回答，阿弥吐了吐舌头，脚下放得更轻。正待出去，端木翠忽地坐将起来："阿弥，拿玉牌和匕首给我。"

阿弥应了一声，自去外间取，拿过来时，端木翠已披衣起来，左手接过玉牌，右手持了匕首便往玉牌上刻字。阿弥在一旁小心扶着，时不时轻轻吹去玉牌上刻下的玉屑。

彼时文字字形怪异繁复，并不通行，阿弥虽然知道端木翠是在刻字，却不知她写的是什么。端木翠俄顷刻毕，纤长手指抚了抚玉牌，随手自枕边掏出一方绢帛裹住，向阿弥道："阿弥，晨练之后你替我跑一趟丞相那边，将这块玉牌交给杨戬将军。"

阿弥将玉牌送至时已近正午，杨戬正与副将在营帐前练手，听得端木营有人到，微微一怔，将手中的青铜三尖两刃刀掷于副将，沉声道："带进来。"

阿弥虽然经常跟端木翠没大没小，却不敢跟杨戬放肆，见面之后赶紧将玉牌奉上。杨戬接过玉牌，方将绢帛掀开，忽地"咦"了一声，奇道："沉渊？"

说这话时，眉头微蹙，忍不住看向阿弥。阿弥忙道："我什么都不知道，姑娘今日起来便怪怪的，也没说什么事，就让我送了这信笺过来。"

杨戬淡淡一笑："我知道了，你先回去好了。"

阿弥行礼退下，方到帐门处，听到外头有橐橐脚步声过来，忙退到旁边，就见帐帘一掀，进来的男子高大英俊，眉目线条直如刀刻，正是毂闿。

毂闿没料到竟在此见到阿弥，下意识就向帐内看去。阿弥抿嘴一笑："只有我来了，我家姑娘没来。"

毂闿不提防让阿弥一语道破心思，只得顾左右而言他："你怎么来了，你家将军可好？"

阿弥悄悄指了指身后："我替姑娘送信来的，你想知道，问杨戬将军好啦。"说话间嘻嘻一笑，掀起帘幕出去。

毂闿苦笑，旋即大踏步走向帐内："端木有信到吗？可是安邑那头有异动？"

杨戬摇头："端木这信来得蹊跷，好端端地，她怎么会问起沉渊？"

"沉渊？"毂闿有些莫名，"那是什么东西？"

"没什么打紧的。沉渊并非人间之物，我们修行之人也只是略有耳闻，不知端木起了什么性子，急急打发了人来打听这事。"

"那你是怎么回的？"

"横竖今日无事，我让阿弥先回营，晚些时候我去端木营走一趟，顺便瞧瞧那丫头。"语毕，意味深长地看毂闻，"只不知是否有人想要同去？"

阿弥回到营中，惦记着先去向端木翠报备杨戬要来之事，哪知进到内帐一看，床铺上空空如也，披挂尚搭在床头，端木翠人已不见了。

再一翻检，见端木翠日常衣物中少了一套便装，心中便猜了个大概，出帐朝守卫的兵士一问，才知道她回来前不久，端木翠刚刚离开，也没提要去哪儿，只说是在安邑城中四处走走。

阿弥没法，只得吩咐下去准备酒水糜羹，自己倒也不敢乱走，生怕杨戬到了之后端木营连个主事的都没，平白失了礼数。

再说端木翠，她在帐中歇了片时，反而愈歇愈闷，索性披衣起来。原想穿上披挂的，转念一想，莫若出去走走，穿披挂反而惹眼，因选了套便装，略略绾发，并不特别打眼。

一路走来，安邑城池的确小得可怜。也不知是不是近日西岐军在此驻扎的缘故，城中百姓个个畏头畏尾，很有些瑟缩意味。端木翠沿着城中主街停停走走，渐走到一户大宅之前，因想着：这户宅子倒是气派，想来是安邑城中大户。正巧边上有人过，端木翠半是好奇半是无所事事，便向那人打听这宅子是哪户人家的，哪知那人脸色突变，撇下一句"旗穆家的"，再不肯多说，急急去了。

端木翠一时不解，愣了片刻才反应过来：难怪"旗穆"二字如此熟悉，原来就是移给高伯蹇营善后的那户细作。

如此想时，忍不住对着旗穆大宅多看了两眼，这一多看便看出蹊跷来了，但见宅院内的烟囱之中，正袅袅冒出炊烟来。

端木翠心中打了个突：旗穆一家不是尽数下狱了吗？难不成还有漏网之鱼？

青天白日，端木翠倒也不怕屋中之人有什么异动，大大方方推门进去。那门倒是虚掩的，并不落闩。

院内狼藉一片，都是前两日西岐军突袭的辉煌战果。端木翠小心绕开院中翻倒的物事，径自进了灶房。

灶房中却是无人，灶膛内炉火正旺，木柴毕剥作响，灶上一口陶盃，正突突突冒着热气。端木翠心中好奇，忍不住去掀陶盉的盖儿，却忘了那陶盉盖也是烧得极烫手的，一眼看到陶盉之中滚得冒泡的混了菜的白粥，愣了一愣，这才发觉五指烫得吓人，痛呼一声，赶紧撒手。

低头看时，指上已然烫得通红。端木翠连连甩手，痛得直吁气，忽听门外脚步声起，有人抱了劈好的木柴进来，一袭干净的蓝衫，身材极是挺拔修长，眉目清俊，黑眸深邃通透，正是展昭。

两人不提防在此见面，俱是一愣。

展昭目光四下一扫，先见陶盉盖砸在地上，又见端木翠不住甩手，立时便猜出一二，迅速将手中的柴火扔下，大踏步过来，一把抓住端木翠手腕，道："过来。"

端木翠猝不及防，被他拉了便走，心中竟冒出一个稀奇念头来：展昭该不会以为，我要偷他的粥喝？

正胡思乱想时，脚下一个趔趄，险些撞到展昭，却是展昭已停下脚步，揭开面前的水缸盖板，抓住端木翠的手直探下去。

缸水冰凉，一直没到臂弯处，先前烫到的地方乍触到冷水，奇痒难耐。端木翠下意识缩手，哪知手腕被展昭捉住，竟是缩不回来。

缸中水四下震荡，涟漪鼓动不休。

就听展昭温和道："好在烫得不重，还未起水泡，多在水中浸浸，千万不要包扎，再痒也别去搔它，过一两日自然好了。"

端木翠愣愣看着展昭，俄顷水面渐转平静，映出两人靠得极近，几至暧昧的倒影来。

展昭脑袋"嗡"的一声，一下子反应过来：他竟忘记她是端木将军了！

连端木翠都感觉到展昭身体的瞬间僵硬。他缓缓缩回手来，尴尬到无以复加："将军……再浸一会儿，感觉好一点之后……再说。"

短短几句话，他说得异常艰难，在原地僵立了片刻，这才走回门边，俯下身子将方才散落的柴火一并拢起，走到灶膛边屈膝蹲下，为膛中添柴。不多时火焰跃起，在展昭的脸上打出忽明忽暗的轮廓。

陶盉中的菜粥沸得更加厉害，米粥略带盐咸味的香气渐渐充满了整个屋子。

"将军用膳了吗？"

端木翠没提防他有此一问，随口应道："还没。"

"若是不嫌地方简陋，莫若……用了膳再走？"

"啊？"端木翠有点没反应过来，"就是……喝粥？"

展昭微笑："若只展昭一人，喝粥足以支撑。但若要留将军用膳，自然不能如此单调。将军稍候，展昭去去就来。"

不待端木翠开口，他已将巨阙斜靠灶边，振衣起身，出门去了。

直到展昭走远，端木翠才意识到自己应了什么。

这算什么跟什么啊，昨日还拼得你死我活，今日她居然就跑到展昭这儿……两人一团和气，共进午膳来了？

端木翠越想越觉得别扭，一时间拿不定主意，忽地听到宅院之外人声沸腾，还夹杂着马蹄踏踏声，心中一紧：按说现下安邑城中驻扎的，只有高伯骞和自己的兵卫，这是出了什么事情，大白日的飞马过城？

如此想时，也顾不上很多，几步抢出门去，正赶上一队骠骑兵卫过去，马蹄踏起的灰尘呛得她一阵咳嗽。烟尘飞扬之中，于其中的一个背影看得分明，端木翠大声叫道："杨戬！"

话音未落，当前的几匹马齐声嘶鸣，杨戬勒马回缰，朗声笑道："端木，你在这儿！"

旋即转向毂闾："接上端木，一同回营吧。"

毂闾笑道："那是自然。"说着掉转马头，双腿一夹马腹，马儿"啾"的一声，沿着来路回跑，快近端木翠时，他略略倾下身子，朝着端木翠伸出手来。

端木翠狡黠一笑："毂闾，小心了。"

毂闾见她眸光之中异色流转，心知不妙，待想缩回手去，哪知端木翠动得极快，伸手拽住他手臂，两腿几乎是同时绞上马鞍，一声低喝："下来！"

她的劲力用得巧，毂闾又没防备，竟真的叫她拽脱了马鞍，有心不让她上马，又怕摔着她，心中暗暗叹气，只得借力使力，轻托了她一把，稳稳落地。

端木翠过招之间便夺下了马，心中好生得意，拽住马缰坐直身子，又往前奔了几步才转过马头，对着毂闾盈盈而笑。

杨戬笑着摇头叹气："胡闹，将来真成了亲，可怎么得了？"

一旁的副将也过来凑热闹："听说丞相已经允了端木将军和毂闾将军的婚事了。"

"是。"杨戬点头，"拿下崇城之后，便是这桩大喜了。"

　　那副将嘿嘿干笑，杨戬顿了一顿，提气高声道："端木，有什么事，先回营再说。"

　　端木翠应了一声，策马过来，经过毂闾身边时，伸手将他拉上马来。毂闾借力一蹬，坐到端木翠身后，双手环过她拉住马缰，笑道："你坐稳了。"

　　端木翠仰头笑道："该坐稳的是你，若我一个不高兴，又该踢你下去了。"

　　说话间，杨戬那头已打马先奔，毂闾一紧马刺，随后跟上，方紧赶了几步，忽然觉得端木翠身子一僵，心中奇怪，低头道："怎么了？"

　　端木翠笑得有些勉强："没什么，大哥在前头，我们快些吧。"

　　毂闾不疑有它，猛踢马刺，马儿似离弦飞箭般嘶鸣而去。

　　端木翠忍不住回头向来处看过去。

　　那里，烟尘渐渐偃息，露出展昭消瘦而又模糊的轮廓来。

　　阿弥早已在营中备下酒菜，几人入席之后，推杯过盏，倒也热闹。端木翠因着先时见到展昭，暗责自己走得匆忙——那时见到大哥和毂闾，一时兴起，竟忘了和他道别；又想起在马上看见他时，他提着一个兜篮，里面放了好些什物。害他白忙活一场，也不知他心里怎么想……

　　一时多少有些郁郁寡欢，蔫蔫得提不起兴致，杨戬连问她几次她才回过神来，愣怔道："什么？"

　　杨戬又是好气又是好笑："丫头，你在想什么？魂儿都飞没了。我是问你，早上让阿弥送过来的玉牌信笺是怎么回事？"

　　"是我昨晚上做了一个梦。"端木翠以手扶额，眉心微微皱起，"有些不大记得，隐约有印象有人一直在同我提沉渊……大哥，沉渊是什么？"

　　杨戬轻描淡写，一笔带过："若说到沉渊，不能不提冥道，但这些都是陈年往事，即便是我们修仙之人都知道得不多。端木，你要问它作甚？难不成想跟我修仙？"

　　端木翠瞪他："我才不要。"

　　杨戬哈哈大笑："就你这性子，没个千八百年压服不下来，我看你是修不成仙了，送你个神仙当当倒是可以。"

端木翠嘻嘻一笑："真的能送吗？大哥，若能送的话你且送我一个，省得我修仙那么麻烦。"

杨戬只是含笑摇头，又喝了一轮酒，忽然想起什么："端木，我上次跟你说的事，那个年轻人，他现在怎么样了？"

端木翠没提防他会提到展昭，一时语塞，顿了顿才道："后来我同高将军又仔细查过，他并不是杀虞都的凶手，我……放他走了。"

杨戬一愣，不觉把酒放回案上，盯住端木翠，不置信道："你放了？"

"是。"

"你可有查清他的身份？"

"他……是东夷人，与朝歌并无干连。"

杨戬眉头渐渐皱起："他说他是东夷人，你可有派人去东夷查证？"

端木翠沉默，良久才低声道："没有。"

杨戬眸中掠过一丝怒色，强自按住火气，一字一顿："我同你说他的剑似是巨阙，让你无论如何先设法稳住他，你可有听进去？"

端木翠垂下眼帘，只是不作声。

杨戬心头火起，忽地一掌拍在案上："你知不知道现在是什么时候？都在传闻朝歌派来高手，要谋刺西岐战将，大肆搜捕尚来不及，你把人放走了？"

端木翠咬了咬嘴唇："我看他……不像奸佞之人。"

"不像？"杨戬这次是真的怒了，"端木翠，你是第一天做将军吗？你什么时候看人只凭像与不像了？哪个细作会在脸上写了字让你去认的？"

端木翠让他一吼，也来了气："总之他不是，我说不是就不是，就不是！"

毅闻一阵头痛，他素知两人脾气，端木翠是个死不认错的，杨戬又何尝好相与了？这两人要是斗起来，那实在比打崇城还让人头疼。眼见僵持不下，只好是他出来做和事佬。

"端木，杨戬也是为了你好，当此非常时刻，遇事还是小心谨慎为上。那人去哪里了，还在安邑附近吗？"

"不在了。"端木翠嘴上答他，眼睛却是看着杨戬的，"我跟他说，走得越远越好，省得那个杨戬来了，又要把你抓回去，少不得折腾得半死。"

"你！"杨戬气得腾腾腾冒火，抬眼见到端木翠一脸的倔强，一腔火气无处

可发，忽地伸手拂落桌上杯盏，将氅一扬，大踏步出帐。

紧接着，便是踏踏马蹄声。毅闿暗叫一声不妙，急抢出去掀帘，果见杨戬带同贴身侍卫，已然策马远去。

毅闿苦笑："端木，你这是何苦来，他专程来看你，却活生生被你气走了。"

端木翠也不知今日自己是怎么了，如此沉不住气，闷闷喝了一回酒。毅闿温言劝了她一回，眼见天色已晚，吩咐了她几句，也自离去了。

晚上就寝之时，伸手去解衣带，手指触到结扣，忽地钻心一样疼，抬起看时，食指中指之上，已经起了两个水泡。

端木翠皱了皱眉头，自取了针细细挑破，忽地就想起展昭的话来。

"好在烫得不重，还未起水泡，多在水中浸浸，千万不要包扎，再痒也别去搔它，过一两日自然好的。"

也不知展昭现在怎么样了……

端木翠想起炉灶之上那口小小陶盉，野菜混着白粥。

"若只展昭一人，喝粥足以支撑。"

展昭身上还有伤吧？吃得这般清淡……

恍惚之间，好像看到展昭的眼睛，沉静宽和，带着清浅笑意，似是又在同她说："但若要留将军用膳，自然不能如此单调。将军稍候，展昭去去就来。"

端木翠好生懊恼，愣愣坐了半天，忽地心一横，把手上的针一抛，疾步向外走。

出门时险些跟阿弥撞了个满怀，阿弥奇道："姑娘，你去哪里？"

"去去就来。"她走得奇快，话音未落，人已在数丈开外。

阿弥急道："将军，要让人跟着吗？"

这一下，更是连回应都没有了。

阿弥叹了口气，进屋看时，见衾裘乱作一团，中间一物细致莹亮，近前看时，正是穿心莲花。

连穿心莲花都不带，看来的确是去得不远，去去就来。

阿弥摇摇头，着手整理端木翠寝铺，忽然"啊呀"一声，险些跳起来。

她答应了展昭要去高伯謇营为旗穆衣罗他们求情的，怎生给忘了？

端木翠走得急，营门的两个守卫不敢多问，直到她走远了才忍不住嘀咕："将军夜间出去，怎生也没叫人跟着？"

　　正嘀咕时，阿弥也急匆匆过来，一阵风样出去。两人对视一眼，不约而同松了口气：有阿弥姑娘跟着，必没事的。

　　端木翠疾走一阵，已到了旗穆大宅所在的主街。与往日无异，这安邑城，一入夜便死气沉沉，道上半个人影也没。

　　端木翠忽然放慢了脚步。

　　不知为什么，她总觉得有人在跟着她。

　　再走几步，忍不住回头，身后的墨黑让她有点心慌。

　　似乎……也没什么人。

　　端木翠暗笑自己疑神疑鬼，正要回过头来，忽觉风声有异。她反应极快，也不及看见什么，矮身就地滚将开去，抬眼看时，刀光如泓，森冷刀锋正从自己方才站立处劈将过去。

　　气息甫定，身后铿锵有声。端木翠听风辨向，猱身一个转翻，眼角余光觑到一条布满荆棘铜刺的长链，心头由怒转惊。这荆棘链取绊马索之意，两人同使，意在趁乱偷袭，如此看来，现在她的对手，已经有三个人？

　　果不其然，方才那使刀之人掉转方向劈将过来，端木翠一声怒斥："找死！"伸手就去解腰间的穿心莲花。

　　这一摸摸了个空，刹那间念头急转，惊出一身冷汗：我竟把穿心莲花给扔下了！

　　高手过招，容不得她半点疏忽，端木翠略一定神，掌翻如刀，径自去切那使刀之人手腕。那人缩得极快，刀身半空反转，顺势扫她下盘。

　　端木翠于刀锋来势看得极准，腕上一转，急按住那人刀背，借力轻身跃起。那人一声冷笑，刀身力气将她疾推开去，低声喝道："绊她！"

　　端木翠听到身后铿锵之声又起，心知不妙，急使一个坠身，终是慢了一步，正撞在荆棘链之上。链身铜刺扎入后腰，痛得她几乎流下泪来，忽地一咬牙，拼了再受一轮伤，双手猛然抓住荆棘链，奋力一拽。其中一个持链之人下盘不稳，竟被她拽将过来。端木翠银牙紧咬，出手如电，将荆棘链往那人颈上一套，然后死死勒住。那人双目爆出，拼命去扯颈间铜链，端木翠冷笑一声，腕上用力更紧，忽地膝上剧痛，翻身便倒，身子急坠之时，抬眼看到屋脊上立着一人，再一低眸，一根重羽铜箭已穿膝而过。

原来谋刺她的，不止三个！

端木翠重重倒地，剧烈喘息不止，屋脊上之人轻身跃下，三个人围将过来。其中一人蹲下来去看那被端木翠用荆棘链勒喉之人，俄顷重又过来，慢慢摇了摇头。

那放冷箭之人俯向端木翠，伸手捏住她下巴，将她的脸转向月光一面，沉声道："是她没错。"

方松了手，忽见端木翠向着他粲然一笑。

那人心中一惊，尚未反应过来，忽地下盘一空，却是端木翠趁他不防，双腿疾电般扫过，绞住他的腿，随即翻身一带，竟将他压在身下。那人待要坐起，端木翠起得更快，一手拔下膝上长箭，向着他面上便刺。这一下力道何等生猛，竟硬生生刺穿头颅，直将他钉死在地上。

变故起得突然，旁侧两人俱是猝不及防，待得反应过来，其中一人再不多话，重重一脚踏在端木翠受伤的膝盖之上，就听"咔嚓"一声，腿骨断裂。端木翠浑身疼挛，差点儿痛晕过去。

那人狠狠道："把她的头砍下来！"

另一人低低应一声，迎着月色抢起刀身。端木翠脑中嗡嗡作响，几乎炸将开来，忽地拼尽全身力气，嘶声喊道："展昭！"

那挥刀之人愣了一下，雪亮刀身在半空中一滞，转向另一人，疑惑道："她叫谁？"

那人闷哼一声，压低声音道："不知道，下手，不要生出他事来！"

那挥刀之人点点头，刀身又扬，正待狠劈下去，忽觉身后大力涌来，力道既狠且快，没等他反应过来，已被重重撞飞开去，直直撞到边墙之上，一声闷响，又坠下来。

另一人悚然色变，急退开两步，抬眼看时，来人正背对他俯下身去，不禁心中一喜，腕上使力，待要将荆棘链套将过去，链身只刚一摆，忽觉眼前寒光暴起，紧接着腹中一凉……

他心头莫名恐慌，缓缓低下头去看，饶是夜色浓重，还是能看到衣襟之上，更加墨黑的一道，慢慢洇将开来……

终于不支倒地，看到的最后场景，是端木翠被来人抱起。

如此布置周详的袭杀，居然还是让她逃过了。

展昭大踏步回到旗穆大宅，一脚踹开内室的门，将怀中的端木翠放到床上。

屋里没有点灯，端木翠的气息很弱，一双眸子点漆般亮，血的味道越来越浓。

展昭晃亮火折子，他的手抖得厉害，火折子的火焰总是凑不到灯芯，也不知费了多大工夫才点好，端着油灯移近端木翠，只觉脑子轰的一声，下意识死咬牙关，只是站着不动。

端木翠的身上全是血，鲜血洇染开来，有些地方已经转作暗红，他一时间竟判断不出她受伤在哪儿。

端木翠见他不动，嘶哑着声音道："在腿上，还有腰上。"

展昭浑身一震，这才反应过来，也不吭声，上前就去解她衣带，哪知结扣繁复，竟被他搅成死结，心一横，道一声："得罪。"

哗啦一声就撕开。

她的腰身之上，早已血肉模糊成一片，部分地方跟里衣粘在一起，分都分不开。展昭不忍再看，将巨阙垫到她背后——他若知道她伤到后腰，方才就不该把她直接放下，挪动时不知又要增几多痛楚。

又去看她膝上，亦是被里衣粘住伤口，展昭小心翼翼一点点剪开。她的腿伤更重，膝盖之上全是血污，隐约见到箭孔。展昭不知道有没有伤到骨头，只能伸手去拭，待要触到之时，不觉迟疑了一下，看端木翠道："将军你忍着些。"

若是骨头碎裂，这一触之下，必然疼痛难忍。

端木翠点头。

展昭收回目光，动作尽量轻柔地慢慢探到她膝周，缓缓合掌，只一用力，就听端木翠一声惨呼，腾一声从床上直坐起来，伸手揪住展昭衣襟，怒道："展昭我杀了你！"

她这一下来得突然，展昭猝不及防，差点脚下踩虚，抬眼见到端木翠瞳孔空洞、眸光散乱，便知她是痛得失了神志，伸手搂住她肩背，只觉她身子绷得厉害。

端木翠也不知是在瞪谁，双手揪得更紧，指节处根根泛白，只恶狠狠道："展昭我杀了你。"

展昭心中难过，却又无法可施，只得柔声道："是，你先睡一觉，再杀不迟。"说话间，慢慢将她放平至床榻之上，另一手缓缓伸到她颈间，将她如云长发拂至一边。端木翠眸光终于尽数黯去，双目轻轻合上，只口中还兀自不依不饶："杀

了你，杀了你……"

展昭见她额角鬓发尽已被汗濡湿，心中酸楚之至，轻轻与她额头相抵，贴了贴她柔软面颊，但觉颊上湿意更甚，耳边是她渐渐偃息的声音："杀了……杀……"

略略抬头看去，她即便昏迷之时，眉目之间还带着杀伐凛冽之气。展昭伸出手指温柔轻触她眉眼，低头吻在她冰凉唇上。

她终于安静下来，鼻息浅浅，身子亦随之放松。

掰开她攥住自己衣襟的手，这才发觉她双手亦是血肉模糊。展昭将她的手轻轻搁下，这才深吸一口气，疾步出了屋子。

刚迈出门槛，只觉眼前一黑，身子晃了一晃，赶紧扶住门框，先往灶房走了两步，想了想又快步回房，一阵翻箱倒柜，将一件素白帛衣撕作布条，怀中掏了一阵，将金创药什么的全部摊在床上，待要为她包扎，忽然想到水还没有烧，只得又去灶房准备。

亏得端木翠此时已昏迷不醒，伤口亦不再血流不止。

待得准备停当，展昭先用织帛浸了热水，将她伤口仔细擦过，手上和腰间伤处皆用布帛密实扎好，只是擦拭膝盖伤口之时，眉头愈皱愈紧：他只能先为她正骨，后续种种，不是他力所能及，必须将端木翠送回军营。

只是正骨……

又有一番好痛的了。

展昭叹气，忽然想起，这已经是他第二次为端木翠接骨了。

"展昭，将来你若不在开封府做护卫，还可做接骨大夫的。"

"是，必然客似云来，日进斗金。"

只是这客，缘何一次是她，两次还是她？

展昭微微合目，手掌缓缓覆在她膝上，略略拿捏一番，陡然双目睁起，手上一紧。

端木翠身子一痉，竟醒了过来。

展昭顾不上多话，马上用两片仓促劈就的短木片夹住她膝盖，又用布帛层层紧缠，这才长长舒一口气。

回头看端木翠时，她不哭不闹，虽然面上惨白，毫无血色，神情倒极是平静的，一双黑眸定定看住他，柔和眼神之中带着说不出的奇怪。

她忽然就开口叫他："娘。"

如此说时，还向他伸出手来。

若非今晚情势如此凶险，展昭真要哭笑不得。

先头是气势汹汹要杀他，现在叫他什么？娘？

好在，今晚纵是端木翠再闹出什么古怪玩意儿，他也不会奇怪，当下只是微微一笑，握住端木翠的手，就势在床边坐下："端木，你醒了。"

端木翠不答，还是那般古怪的神气看他，忽然略略偏转头，神色中竟有稚龄女童的娇憨："娘。"

展昭忽然发现，他对端木翠，其实并不那么了解。

他从未听过端木翠谈及自己的家事，以至于他根本忘记，世人都有父母，端木翠纵是上仙，也脱胎凡体。

最最痛楚的时候，一切都不重要了，忽然就回归稚子时，一门心思想起娘亲来了？

展昭心中酸涩，继之是疼惜。端木翠撑住身体坐起来，忽然就粲然一笑，慢慢靠进展昭怀里。

展昭一只手臂环在她腰部以上，另一手轻轻在她发间摩挲。端木翠少有的乖巧柔弱，那么安静靠着，他很想开口说一两句话，想了想还是放弃，只轻轻蹭了蹭她的头发——这时候她心中想念的是娘亲，纵然他能给她一样温暖的怀抱，也给不了她娘亲般的软语细慰。

就听她柔声道："娘，我记住了，是熊飞。"

展昭身子一僵，急低头看端木翠时，她已缓缓合目，长睫细密如扇，眼角犹有泪痕未干。

展昭的喘息越来越困难，胸口起伏得厉害，一颗心在胸腔之处乱跳乱撞。

她刚刚说什么？熊飞？

莫说她还是沉渊中的端木将军了，就算是真的端木上仙，他都从来没有跟她讲过自己表字熊飞，因为她根本不耐烦去知道这些东西。她连他一连串的官位名衔都觉得啰唆，只是叫他展昭展昭。若问她熊飞是谁，她估计会瞪回来：我怎么知道？

她怎么会突然说出这样一句没头没脑的话来？

　　待得端木翠醒转，已是第二日午时。甫一睁眼，见到帐内女侍立了一片，床边不远处两个随军大夫正低声谈着什么，自己先前受伤之处，已然包扎妥当。

　　不觉心中一松，想了想便要坐起，有那眼神活络的女侍，赶紧上前扶住，另有女侍过来，在端木翠背后垫起衾被。端木翠四下看了看，问道："阿弥呢？"

　　话音刚落，阿弥已经掀帘进来了，想来是听到里间动静。

　　端木翠示意她近前，屏退左右不相干之人，问道："是展昭送我回来的？"

　　阿弥点头称是。

　　"没有为难他吧？他人呢？"

　　"在帐中休息。"

　　端木翠略略点头，沉吟了一会儿又问："昨夜谋刺之人，尸首可全带回来了？"

　　阿弥点头："都是生面孔，身上没带不相干的东西，看不出蹊跷来。"

　　端木翠冷笑："想必是远道而来。昨夜是我失察，给他们钻了空子。"

　　阿弥心有余悸："姑娘，你伤得不轻，好在昨夜遇到展昭。"

　　端木翠不答，忽地想起什么："我遇刺一事，有无声张？"

　　阿弥摇头："天快晓时展昭送姑娘过来的，里里外外兵卫的嘴巴都严实得很，没有把消息漏出去。"

　　端木翠微笑："做得好，就该杀杀他们的威风。"

　　阿弥扑哧一笑："姑娘，你都伤成这样了，到底是谁杀了谁的威风？"

　　端木翠也笑："你不妨散布消息出去，就说昨夜有人谋刺我，一个个都叫我给收拾了。"

　　两人说笑一阵，阿弥径自出来，去到右首一个较小的军帐之中。展昭侧身榻上和衣而眠，衣上尚有暗黑血迹。阿弥犹豫了一下，小声唤他："展大哥？"等了一回，未见展昭应声，阿弥伸手去推他肩膀，忽见展昭双目陡睁，出手如电，瞬间钳住她手腕。

　　阿弥痛呼一声，与此同时，展昭急撒手回去，局促道："阿弥姑娘，我以为……"

　　阿弥抚住手腕，只不敢抬头去看展昭，低声道："展大哥，姑娘让你进去。"

　　展昭一怔，旋即起身往外走。阿弥看住展昭背影，只是紧咬嘴唇，但见帐帘掀落之间，帐内先是一亮，无数细小尘埃在光线之中飞舞，只瞬间工夫，旋又隐去。

　　阿弥原地立住不动，慢慢倚住睡榻坐下，忽然就将脸埋入榻褥之中，眼眶酸涩发胀。褥上还隐隐留着展昭的气息，温暖，带着不知名草药的淡淡味道，阿弥的眼泪不知不觉滑落下来。

从昨晚到现在，她都几乎不敢抬起头来看展昭。

怎么办呢？她恍惚地想，展大哥只托我办这一件事情，我居然都没能办好。

昨夜她匆匆赶去高伯骞营，去时才知旗穆丁和旗穆典均已刑讯至死；再问起旗穆衣罗时，高伯骞忽然就支吾起来，先是说死了，问及尸首在哪儿，他又讷讷地说不出。

阿弥越问越是疑心，忽然想起军中先前关于高伯骞的传闻来，眼神便直往高伯骞的内室飘。高伯骞更加慌张，身子挡住她视线，说话颠三倒四不着边际。

这一来更加印证了阿弥疑心，她忽然就拨开高伯骞，往内室直冲而去，待见到眼前情景，只觉浑身的血一下子直冲颅顶。

既然撕开了脸皮，高伯骞也就不再顾左右而言他了，只是夹枪带棒话里有话："阿弥姑娘，你来这里，可有端木将军的授意？"

阿弥不理睬他，一声不吭地走到床榻边，解下身上披氅，裹住目光呆滞全身赤裸的旗穆衣罗。

高伯骞有些恼怒："阿弥姑娘，本座看在端木将军的面上，礼让你三分，但你也别太过放肆！"

阿弥扶着旗穆衣罗站起，隔着大氅，她都能感觉到旗穆衣罗身体的单薄和瑟瑟发抖。

走到外间时，被丘山先生拦下。

他大抵也知道是自家主子无耻淫乱，说话并不是很有底气，但是占了三分理："阿弥姑娘，怎么说将军也是丞相亲封的将军，就算是端木将军在，也得给高将军几分颜面。你这样，不是往将军脸上打吗？"

阿弥迟疑了一下，但转瞬就继续迈步向外走去。

身后是高伯骞气急败坏的叫嚣："端木翠就是这样调教她底下人的吗？"

人她是带回来了，但是……

旗穆衣罗疯了。

不知这样说是否贴切，她不是歇斯底里的那种疯，她目光呆滞，不说一句话，谁也不认识，蜷缩在军帐的角落里，安静得像个死人。

　　展昭掀开帐帘，见到女侍正服侍端木翠羹饭，心中微微松了口气：她原本都是外伤，而今能如常进食，想必是无大碍了。

　　端木翠眼角余光瞥到展昭，挥手让那女侍退下，向着展昭莞尔。

　　展昭微微一笑，缓步过去："将军好些了？"

　　端木翠仰头看他："你何不坐下说话？我这样看你，脖子都仰酸了。"

　　展昭略一迟疑，还是撩衣在榻边坐下。端木翠若有所思看住他，忽地开口："展昭，昨晚是你救我。"

　　展昭答非所问："将军深夜独自一人出营，连兵器都未曾携带，所为何来？"

　　端木翠不答，顿了顿才道："昨夜袭杀我之人，是朝歌派来的细作。展昭，你怎么会那么巧正好赶到？"

　　展昭不动声色："那要问将军为什么深夜独自一人，出现在我住处附近。"

　　端木翠丝毫不为所动："问得好，我也想问，我为什么不是在别处，偏偏是在你住处附近遇袭？"

　　两人这一番对答下来，针锋相对，句句咬合，虽非剑拔弩张，但互不相让之意显而易见。

　　展昭浑不在意，略一低首，似是习以为常："罢了，你若怀疑我是细作，我救你与不救你，都没什么干系。昨夜我做了个梦，梦见你会经过，所以赶紧安插了人埋伏你，在你危难之时现身相救，试图博取你信任，进而讨一官半职，没想到将军目光如炬，一眼就识破了，句句诘问，展某分辩不得，甘愿束手就缚。"

　　端木翠绷着脸，眸中隐有笑意："你可以跑啊。上次我没有受伤都没能留住你，现在我受了伤，这军帐之中，可没人是你的对手。"

　　展昭点头："我正有此意，但是昨夜累得狠了，现下还没缓过来，待我坐上片刻，歇上一歇，再逃不迟。"

　　端木翠扑哧一声笑出来，她腹背有伤，这一笑牵动伤口，疼得她眉头立锁。展昭暗悔自己口没遮拦，急道："你……"

　　待想伸手扶她，甫挨及她衣角，又硬生生刹住。端木翠目光在他手上逡巡一回，缓缓抬起头来，探询似的看着他的脸，目中狐疑之色大盛。

　　展昭避开她目光，慢慢将手垂下，端木翠忽然道："我想起来了！"

　　展昭心中一颤，猛地抬起头看她，就见端木翠眉头慢慢锁起，一字一顿道："展昭,昨天晚上我似乎听见你叫我'端木'……我们何时相熟到这般境地？你那时……是在叫谁？"

你那时……是在叫谁？

两人四目相投，端木翠脑中似有流光疾逝而过，星火微芒，恍惚中似乎要想起什么，却怎么都抓不住。

帐外忽然喧哗声起，传令兵的声音响得仓促："高将军求见！"

说是求见，高伯謇可并不当真是"求"，还未待端木翠说一声请，他已经掀开帐帘进来了，未戴将冠，不着披挂，身后跟着踉踉跄跄的丘山先生，双手举一托盘过头，里头端端正正一方将印。外帐的女侍不敢当真拦他，只得一边虚挡，一边急道："将军身子不适，尚未起身……"

端木翠心中一凛，不觉坐直了身子。高伯謇一路牛气哄哄地杀将过来，当真见了端木翠，倒是不敢放肆，只是虚一拱拳，道："端木将军，我这方将印，早晚也是留不住，还请将军收回去吧。"

端木翠心中咯噔一声，知道事出有因，也知道高伯謇是在装腔作势，只不过见他炸毛炸得厉害，明白先得顺毛捋捋，当下微微一笑："高将军有话慢慢讲，我昨儿受了凉，现在脑子里还嗡嗡的，你讲快了讲重了，我可是听不进去的。"

丘山先生赶紧冲高伯謇使眼色，毕竟他们这一趟过来算是占了几分歪理，好声好气地跟端木翠说，就算没什么好处，最后卖给端木翠一个人情，也算是赚了。

高伯謇这次倒聪明了，果然就顺着端木翠所言，把昨夜之事添油加醋一一道来。他避重就轻，只说是自己看中了一个姑娘，有意收归帐下，谁晓得端木营旗下的偏将阿弥，不问青红皂白，闯帐拿人，浑不把自己放在眼里。众目睽睽之下，将军威信荡然无存，想来想去，不如封了将印，归去云云。

端木翠素来知晓高伯謇为人，知他若非占了七八分理，绝不敢在她面前摇头摆尾转以颜色，不管这事真相如何，多半是阿弥犯了忌讳，当下心头火起，面上却强自平静道："高将军少安毋躁，你的将军是丞相封的，谁敢不把将军放在眼里？去把阿弥叫来，她带回来的姑娘，也一并带过来。"

两个兵卫"喏"一声出帐。展昭心中隐约猜到几分，却也不敢肯定，不觉有些为阿弥担心。

不多时阿弥进来，后头两个女侍扶着神情恍惚的旗穆衣罗。她已重新梳洗过，换了干净衣裳，容色极是秀美，只可惜一双目珠直如死鱼眼珠般黯然无光。

展昭心中巨震，脑中顿时轰然一片。先时他已猜出高伯骞口中的女子可能就是旗穆衣罗，但终究是存了三分侥幸，现下见到旗穆衣罗这番模样，便知她必是受了欺辱。他平生最恨荒淫无耻欺凌女子之人，眼见旗穆衣罗变成这等模样，心中之痛悔难过，实是难以尽述。

端木翠平静道："阿弥，这姑娘是你昨夜从高将军营中带出的？"

阿弥恨恨瞪了高伯骞一眼，道："姑娘，你不知道，高将军他……"

端木翠面色一沉："我问你是还是不是？"

阿弥一怔，见端木翠脸色不豫，心中忽地升起几分忐忑，顿了一会儿，才轻咬下唇，低声道："是。"

"是从高将军的军帐内带出来的？"

"……是。"

"这姑娘是我端木营要缉拿的要犯？"

"……不是。"

端木翠冷笑："你身为偏将，有什么资格到将军营拿人？即便是我，与高将军同属战将，有什么事还要报请丞相定夺，谁给你的胆子直接闯帐拿人？"

阿弥先前也知自己做得造次，但并不觉得有多严重，现下听端木翠如此严词厉色，又见高伯骞找上门来，知道不好收场，扑通一声跪了下去。

端木翠越想越气："此事传将出去，别人还道我端木营上下如何嚣张跋扈，一个偏将都敢闯将军军帐，还敢……"

她原想说"还敢自床榻之上拿人"，转念一想还是得给高伯骞遮羞，只得略去不提："高将军的将印是丞相给的，你眼中没了大小没了将军，连丞相都没有吗？"

阿弥始知祸大，叩头不止，泪水夺眶而出："是阿弥不知轻重，请将军责罚。"

端木翠看向高伯骞，语气和善，并无半分不悦："高将军，阿弥是我虞山部落族人，自小照料我起居，偏将一职只是虚衔，甚少料理外务，是以不知轻重不晓进退，得罪了将军，我在这代她赔个不是。那位姑娘你自带走，至于阿弥，你也带回去，如何责罚，全凭将军。"

展昭先前怒火难遏，全力克制之下，于端木翠质问及阿弥的对答，并未听得十分真切，只这最后一段话，偏偏字字分明，猛地就抬起头来，脱口道："慢着！"

他这下猝然发声，每个人都惊愕异常。阿弥满脸是泪，只以眼色示意他切莫轻举妄动；端木翠眉心微皱，心下叹息不止；高伯蹇和丘山先生则是一脸茫然，不知这突然开口之人，究竟是何方神圣。异常静默之中，只见旗穆衣罗目珠微动，呆滞目光渐渐转到展昭身上，苍白干裂的嘴唇微微翕动，不可置信道："展大哥？"

扶住她的两个女侍尚未反应过来，便被大力推开，只见旗穆衣罗跟跟跄跄，直向展昭冲过去，半途忽然双膝一软，险些扑跪在地。展昭不及细想，疾步上前扶住，旗穆衣罗全身战栗，软倒在展昭怀中痛哭。

这一下事起突然，高伯蹇呆了半天不知做何反应，只得讷讷看向端木翠："将军……这……"

端木翠没有听到他的问话，她看着展昭，轻咬下唇，眼睫一低，遮去眼底无数无法言说的复杂心思，强作平静的声音，有着不易为人察觉的波动："高将军，你暂且回营吧，此事……暂缓两日，我定给你一个交代。"

高伯蹇不是很情愿走，但适可而止的道理他还是懂的。

出了军帐，高伯蹇抹一把额上的汗，很是忐忑地问丘山先生："先生，这样一闹，端木将军她会不会恼火啊？"

"不会。"丘山先生给他吃定心丸，"端木将军是明事理的人，这次分明是那个什么阿弥的不对。而且就方才形势看来，她料理自己营中的内务还来不及，哪有工夫跟将军过不去？"

想了想继续鼓励高伯蹇："将军，能忍是不错，但是也不能让人骑到头上来。端木将军身份显赫，礼让她也就算了，她下头的阿猫阿狗，凭什么对将军无理？将军不吭气，他们还以为将军怕了，就得时不时给他们点颜色看看！"

高伯蹇对丘山先生佩服得五体投地："先生所言甚是，甚是啊！"

感叹了一番又小心翼翼地咨询："那那个女人，我是该要还是不该要呢？"

丘山先生眉头紧皱，似是钻研什么亘古难题，良久缓缓摇头："难！"

"难在何处？"高伯蹇虚心求教。

"若能要回来，今日端木将军就该松口了，她既不松口，看来来日也没什么指望。不过将军不必挂怀，端木将军既说了两日后会给你交代，届时必然会有结果，将军不会吃亏的。"

丘山先生料得不差，端木翠的确是"料理自己营中的内务都来不及"了。

她目光淡淡扫过在展昭怀中痛哭的旗穆衣罗，落在阿弥身上，苦笑一下，似是自言自语："指不上你们帮忙也就算了，总还给我添乱。"

声音很轻，展昭却听得分外清楚，他身子微微一震，转头看向端木翠。

"我说得没错吧？"端木翠直直看进他的眼睛里，"我跟高将军赔不是，怕他闹大了又出事端。你无端开口做什么，你是端木营的什么人，你说一声'慢着'有谁要听？你能跟高伯骞过不去吗？事情闹开，尚父责问下来，还不又是我去担着？你们一个个的，这么英雄，自以为天塌下自己去顶，天真的塌了，还不是先把我砸死！"

她忽然好生疲倦，提不起再说的兴致，将脸转向内侧，挥了挥手："都下去，一个都不要留。"

她若果真大发雷霆也就算了，忽然这样平静，面无表情，似乎在讲别人的事，直叫展昭心中隐隐作痛，无端难过。

僵持的静默之中，帐中人三三两两喏喏退下。阿弥经过展昭身边时，犹豫着是否该带走旗穆衣罗。展昭看出她心思，点了点头，双指在旗穆衣罗颈后的昏睡穴微微一点，起身将旗穆衣罗交给阿弥。

阿弥不说话，吩咐一旁的女侍过来扶住旗穆衣罗，走了两步之后才发觉展昭没跟上来。

回头看展昭时，展昭只是冲她摇头。阿弥有些着急，却又不敢高声讲话，只是冲着端木翠努了努嘴，示意展昭切莫再生事端。

展昭微微一笑，递给她一个安心的眼神，仍是立住不动。

阿弥一怔，旋即猜到他应是还有话要与端木翠说，心中犹豫了一下，还是步出了军帐，因想着：展昭昨夜刚救了将军一命，将军再怎么生气，也不会将他怎样的。

片刻之间，除了展昭，其他人等退得干干净净。帐中静默异常，端木翠将头仰起，呆呆看帐顶扣纹，良久才转过头来，眼角余光觑到帐中还有人在，心中一惊，不及细想，迅速伸手将眼角泪痕擦去。

展昭缓步过去，在床边坐下。端木翠抬头看他："你怎么还不走？"

她眼圈微微泛红，眸子泪洗之后更显清亮，不发脾气，绸缎样的长发软软垂过面颊，整个人都窝在衾裘之中，裘边滚着的玄狐毛边密密拂着她玉色下颌，宛若轻轻托起。

展昭心中泛起异样温柔，柔声道："是我不好，你不要往心里去。"

端木翠诧异看他，展昭微笑，他自她眸中看到自己，微微透光的帐顶过滤下浅淡日光，柔柔暖暖，一如他现下的平静心绪。

难得宁谧静默之中，他忽然想起一句话来：琴瑟在御，莫不静好。

"我一时忘记你是将军，虽非帝王，仍是牵一发而动全身，上下左右，四面八方，如城要御，如塞待守，对上不能搪对下不能推。我忘记你有诸多难处，是我不好。"略一停顿，唇边划过一丝苦涩，"你说得对，不能帮忙，反而添乱。"

端木翠一时怔住，呆呆看他，有异样情绪缓缓自百骸注入周身。展昭这样说话，她居然一点也不觉奇怪，相反，似乎很久之前，便与他如此亲近。即便寒冬腊月，他亦是她取暖之源，静静相拥，便可忘却俗世纷扰，不理红尘喧嚣。

良久，她才惊觉自己失常，瞬间身子紧绷，努力压服下心中潮涌，顾左右而言他："那位姑娘……是谁？"

她没有见过旗穆衣罗，有此一问也不奇怪。

"她是旗穆姑娘。"

"哦。"

短暂对话之后，又是长久沉默。许久，端木翠才低声道："你是不是，想把她留下？"

"倘若将军不为难的话……"展昭字斟句酌，"旗穆姑娘不是坏人，她遭此欺辱……我实在是不愿她落到高伯骞那种人……手中。"

端木翠看住他，若有所思："展昭，我记得你跟我说过，你之前避居世外，只是最近才离开家乡，希冀在此纷乱之世，能有一番作为，是吗？"

展昭不明白她为何突然岔开话题，略一思忖，点头道："是。"

"你对旗穆家的姑娘知道多少？只是略有交情，便愿意为她挺身而出？"

展昭迎上端木翠探询的目光，淡淡一笑："扶危济困，俯仰无愧罢了。"

端木翠缓缓摇头："展昭，在这里，你活不下去的，你回去吧。

"我十三岁之前，一直待在西岐行宫，虞山和端部落族人，由丞相收编，划归各将旗下。军中看重出身门第，虞山和端部落兵丁地位卑微，稍有行差踏错，便会有鞭笞亡命之祸；加之部落无主，丞相委派的领主对部落中人不闻不问，虞山和端部落每况愈下，原是西岐数一数二的部落，后来竟沦落到连周遭小部落都敢前来掳掠行凶。

"后来军中出了一件事，有个虞山部落的兵丁不满仆射长暴虐，争吵之时误将他杀死。那仆射长所在的部落长老不依不饶，当时的副将为了平息部落长老怒气，接连吊死十二名虞山部落兵丁，终至引发虞山部落兵丁哗变，端部落亦起而佐助。丞相火速调兵，一日内平变，羁押哗变兵丁八百余名，定于第二日行大辟之刑。

"虞山部落和端部落的长老们知道大事不妙，有七名长老连夜进宫，要与我见面。当夜狂风骤雨，电闪雷鸣，我那时……"

说到此，她突然苦笑："我那时和丞相的女儿邑姜饲蚕弄桑，寝殿里还放着丝帛织架，心里恼恨他们过来煞风景，吩咐了下去一概不见。

"七名长老一直跪在寝殿之外，半夜时我已熟睡，忽然听到殿外凄厉惨呼，吓醒了之后，侍卫护着我出殿去看。

"刚出殿门，有一名长老便起身指着我大骂，言说两大部落灭族在即，我却不闻不问，不配做部落之主。我心中气急，还与他顶嘴说是部落兵丁闹事，理当责罚，与我何干……

"那长老暴跳如雷，指我背弃部落，说是留着也是祸害，不如杀了干净，说着他就朝我冲过来。侍卫连连喝止，见他不停，最后手起刀落，将他拦腰砍断……"

她突然哽咽，双手死死抓住衾被。展昭心中直如翻江倒海，也不说话，只伸手过去覆住她手背，察觉她手背轻颤，迟疑了一下，用力握住。

端木翠并不抬头："那长老被腰斩之后，并没有即刻死去。他两臂撑地，上半身一直朝我爬过来，身后一道血路，被大雨一冲，整个殿外都如血池一般。连侍卫都吓住了，眼睁睁看他爬过来，抓住我的脚踝不放……"

展昭眼眶酸涩，忽然道："你别说了。"

端木翠直如没听见一般："我当时吓得尖声惊叫，连连踢腿想把他甩脱，谁知道怎么甩都甩不掉。他死死瞪着我，那时他居然还能说话。他说，唇亡齿寒辅车相依，小主人能在，是因为还有虞山和端部落的族人在，虞山和端部落若消亡，小主人在姜子牙心中，再无半分价值。小主人纵是不为族人考虑，也要为自己想想……

"还说了很多，我都记不清了。后来侍卫反应过来，挥刀去砍他，他的血溅飞到我脸上，我看什么都是血红一片……

"后来清醒过来，他的话就一直在耳边，好像死了变成鬼也一直在同我说话一样。捂住了耳朵不听，那声音居然能钻到颅脑去，我……"

她顿了一下，似乎那时的感觉重又出现。

"后来，天还没亮，我就跑去丞相寝宫，为八百部落族人请命。丞相很不高兴，责难虞山和端部落族人桀骜难驯，又说我好好和邑姜一处玩耍便好，此事不当我管。我当时也不知是怎么了，一下子跪倒在地，请丞相给我将令，从此之后虞山和端部落的兵丁由我掌管，倘若再生事端，愿以一身领受大辟之刑。丞相呆住了，他想了很久很久，说我不能领兵，我一再坚持，他去找西伯侯商量，也不知他们说了些什么，回来时居然同意了。但是他说我的兵权只限于虞山和端部落，我不能从其他部落征丁。后来捭阖部落也加进来，但捭阖部落太小了，丞相也就没说什么。"

"再后来……"她泪水渐渐滑落，"就一路领兵，不断征战。我很怕打败仗，因为一旦战败，我就害怕丞相质疑我不能领兵，害怕他拿走我的兵权……可是后来我发现，即便是打胜了，丞相也不见得高兴……杨戬同我说，丞相不高兴，是怕虞山和端部落势力不断坐大……不让人打败又不让人打胜，展昭，这仗要怎么打……"

她控制不住，伏在展昭怀中恸哭出声。

"难怪不让我打崇城，要把我调在安邑。就算我势力坐大，我也不会同尚父为难，为什么一直防我……"

展昭听到她喃喃："姜子牙你这个小气鬼，后世还一直尊你太公望、昭烈武成王，只有我知道你是小气鬼……"

后世？

展昭心中巨震，不及细想，瞬间坐直身子，低头看向端木翠。她眼中一抹极熟悉的星样光芒，瞬间即逝，展昭脱口而出："端木？"

端木翠全身一震，眼神有一瞬间的散乱，继而清明如初，她下意识坐直身子，伸手去扶额头，眉心微微蹙起。

"刚才说到……"她抿了抿嘴唇，似是勉力思索，"值此乱世，枭者活羔羊死，展昭，你心地很好，我希望你能秉持这份坦诚良善，不要想着什么建功立业，搅到这一片腥风血雨中，迷失自己的本性。"顿了一顿，唇角缓缓扬起一抹笑意，"如果可以的话，把阿弥带走吧。她如果还这样的话，我未必保得了她第二次。"

展昭没有说话，他根本就没有听清她说什么，他脑子里嗡嗡的，只想着一件事。

刚才，端木翠来过。

第二十一章　旦夕惊变

这一日再无他话。

阿弥得了端木翠的默许，请展昭暂留端木营军帐之中。小小一方军帐，收拾得整洁素雅，足见阿弥是费了一番心思的。

阿弥的军帐离得不远，晚膳时展昭过去看旗穆衣罗，她恸哭之后，仍是一番痴痴傻傻的样子，只是在看见展昭时，眸中微露出一丝活气。

女侍正在喂她粥饭，阿弥斜倚床上绣花，秀眉微锁，右手拈一枚骨针，左手指腹轻轻摩挲帛上绣样，眼角余光瞥到展昭进来，眼梢眉角尽是笑意："展大哥。"

展昭微笑，低头看阿弥的绣样。虽说绣花起自虞舜，但及至商周，仍然没有技术上的重大突破，阿弥的绣法并不繁复，胜在式样质朴可人，用针倒也精细。展昭忽然想起日间端木翠的话来，心中一动："阿弥姑娘，你平日里都忙些什么？"

阿弥不疑有他，想了想道："自然是料理将军的日常起居，闲时也练刀演武，看看操练什么的。"

闲时？

展昭叹气，阿弥这个偏将果然做得轻松，难怪她敢从高伯蹇帐中拿人，不知者不畏罢了。

隔了一会儿，两人目光几乎是同时落到旗穆衣罗身上。阿弥忐忑道："展大哥，你日间同将军说了什么？将军有提过会儿把旗穆姑娘送走吗？"

按说她跟旗穆衣罗也无甚交情，但是情之所切爱屋及乌，既然展昭挂在心上，她也便一同关心起来，即便有小小呷醋，也抛在了脑后不想。

展昭摇头："将军没有多说，但是她既然要给高伯骞一个交代，想必心中已有打算。"

什么打算？展昭心中确是没把握端木翠会不会把旗穆衣罗给送出去，念及至此，面色难免黯淡。

阿弥咬了咬嘴唇，想了很久，忽然下了决心："展大哥，你不要着急，我晚间再同姑娘说说，劝劝她。"

展昭心中一怔，忍不住抬起头来，认真看着阿弥。

她白天才被端木翠厉声训斥过，已经忘在脑后了吗？居然还要再去"说说"？只是为了让他"不要着急"？

她这是何苦。

对阿弥的心意，展昭隐有所察，他自忖绝难接受，但，没法不感动。

"阿弥，"他的声音柔和下来，"不要去说了，再惹得将军生气，对你也不好。"

阿弥低下头去不说话，只有她自己知道，她的心里正极细巧轻微地开出一朵花来。

展昭是在关心她，就算因此被端木翠再骂两句，有什么大不了的？

没有人注意到，旗穆衣罗死气沉沉的眼眸中忽然掠过一丝狠戾。

阿弥虽然打定了主意去跟端木翠说说，但是事不从人愿，当夜端木翠睡得很早，她在帐外站了半天，只得讪讪回返。

也没什么关系，明日再讲不迟。

回帐时，旗穆衣罗已经睡下，阿弥想起她的遭遇，心中好生难过，将自己的狐裘氅轻轻盖在她身上，这才睡下。

转瞬夜已过半，帐中一片沉寂无声，旗穆衣罗忽然翻身坐起。

黑暗之中，眼眸亮得吓人。

她动作极轻地起身，屏息走到帐帘旁，悄悄解开帐帘与帐篷的上下结扣，将帐帘微微掀开一道缝。冷风顺着缝隙直扑进来，她不觉打了个寒战，但身子没有挪动分毫，眼睛微微眯起，死死盯住不远处一方最大的军帐，主帐。

军帐门口，两个持戟的兵卫肃立如雕像般不动，不多时，又有一队夜巡的持戈兵卫经过。

帐前搁架上浸了油脂的蒿草火把燃得正旺，跃动不定的橘色火焰直直映入她眼眸，将她眸中怒火煽得更旺。

旗穆典临死前的话言犹在耳。

“设法潜回家中大宅……如此这般……”

端木翠这一晚睡得极不踏实，几乎是一合眼开始，她就一直在走一条向下的甬道，层层阶梯，一级又一级，入口处原本方圆数丈，走到底时抬头一看，只碗口大小，有刺目天光直直透入，她忍不住抬手遮住。脚下是一个泥潭，泥浆翻滚，汩汩泡翻，潭中央立着两人，其中一人浑身泥浆，颅上只余两眼一口三个深洞，至于另一人……

端木翠愣愣看她：她居然醒了。

她一身淡紫色衫子，罩轻罗纱，一手拈着发梢，歪着头看她，眸中笑意愈显，忽然向旁边那人笑道：“不错，我那时就是这样的。”

那人毕恭毕敬，丝毫不见先时倨傲之态：“上仙所言极是。”

端木翠有些蒙，什么上仙，什么那时就是这样的，她有些恼火，大声喝问：“你们是什么人？”

奇怪，他们像是根本听不到她说话一般，只是互答互话，间或看她一眼。

“这里真的是阴曹地府？”

“正是。”

“地府是这样吗？”那被称作“上仙”的女子皱眉头，“我曾送狸姬下过地府，酆都入，黄泉摆渡，好像不是这样的。”

“而且，”她眉心蹙起，想了想又加一句，“我位列仙班，死了也会下地府吗？”

“上仙失了法力，视同凡人。是凡人的话，死了都会下地府。”

“那牛头马面何在？我大小也是神仙，怎么不见阎罗王过来接？”她四下看看，似是对死之一事并不忌讳。

“上仙身份不同，先在此湮留，待其他事了，阎罗自会亲来接驾。”

"在这里留着做什么?"她皱眉头,提起被泥浆弄污的裙角,"地府十八分层,我怎么没听过有这样一层?阎罗即便有事来不了,也该好好招待我喝茶,扔在这里算什么?"

"还有,"她忽然就指向端木翠,"我为什么会看见她?"

"生前种种,过眼云烟,上仙会一一见到。"

她一怔,不再说话,仔细打量端木翠,似是在回想极久远之事:"她这身衣裳我认识,是攻崇城之前,阿弥为我做的。"

不知为什么,提起阿弥时,她眼中渐渐漫开哀伤来:"我死之后,阿弥撞棺而亡,那也是很久之前的事了。"

那人仍旧毕恭毕敬:"上仙节哀。"

她不答,忽然叹气:"我居然死了两次,上次死了没多久,杨戬就来接我,说是尚父将仙位让了给我。这次……杨戬连我死了都不知道。"

"上仙……节哀。"

"宣平的事情怎么样了?"

"仰仗上仙之力,冥道闭,瘟疫解,宣平百姓重归和乐,上仙心愿已了,不妨……小睡片刻。"那人说得平淡,只是提到小睡一词时,略有停顿。

她不说话,眼睫低低垂下,那人身上触手缓缓扬起,轻轻搭在她肩上,似是抚慰,又似蛊惑:"上仙舍生取义,人神共敬。何妨暂洗倦尘,小憩片刻,卧榻安眠?"

她不吭声,良久忽然抬起头来,声音不大,但字字分明:"那展昭呢?他怎样?"

展昭?

端木翠大惊,下意识抬脚,却一脚踏空。

猛然睁眼,帐内一片幽黑,方才历历,如在眼前。

端木翠僵卧半晌,蓦地掀被下床,竟忘记腿上有伤,重重扑在地上。

帐外兵卫业已听到动静,一阵慌乱之中,有人便想进来:"将军……"

帐内传来端木翠急促的声音:"去,把展昭叫来,快!"

展昭被急促的嘈杂声吵醒,听得是端木翠急着找他,不及穿衣,囫囵披上件外衫就往外走,进了主帐才发觉没有灯烛,心下略一踌躇,从怀中抽出火折子点起,一眼便看到端木翠伏在床下。

他这一惊非同小可，熄了火折子大步过去扶她起来，手臂环过她细软腰身，端木翠忽地低声唤他："展昭。"

展昭动作一停，端木翠凝目看他，轻轻咬了咬下唇，面上却不露半分。

她微微仰首凑到他耳边，语声细若呢喃："我记得宣平。"

黑暗中，展昭的身体瞬间僵住。

"我记得宣平。"端木翠语调缓缓，轻暖气息微微拂过展昭耳边，"我还记得冥道、瘟疫，还有上仙……"

她没能再说下去了，因为展昭忽然就把她拥进怀中。他的身体颤抖得厉害，双臂铁箍般锁她在怀，这绝不是让人舒服的拥抱了，两人之间近至没有间隔，端木翠几乎没法呼吸，她试图推开他："展昭……"

有大滴温热的液体落在颈间，随即慢慢滑落，端木翠一怔之下，手上一滞。

她忽然有些后悔自己拿话去诈展昭，她这一下，一定是触及了展昭的殇痛之处，否则他不会这样难过。

她并不想让他难过，不知为什么，她竟因为他的难过而心中苦涩。

"展昭……"她迟疑着，徒劳地推他的肩膀，"你听我说……"

回应她的，是双臂的缓缓收紧，还有烙在她耳后炙热的吻。

这个吻让她方寸大乱，被吻的地方灼热发烫，热度沿着肌肤延伸，至四肢百骸。在这极短的战栗之中，她猛然清醒过来，挣扎着想从展昭怀中挣脱出来："展昭，不是的……"

她的惊怔和多余的解释在展昭低头封住她唇的那一刻化作一片空白，接着是天旋地转的混沌。展昭的气息层层围拢过来，像初晨拂过青草草尖的温暖阳光，唇上的温润触感渐渐化开她绷紧的弦，她的身体慢慢柔软下去，重量一点点交托于展昭……

"咣啷"一声响，不知是哪个夜巡的兵卫戟戈坠地，两人几乎是同时浑身一颤，闪电般分开。

端木翠面上直如火烧，双唇嗫嚅了一回，讲不出半个字来。展昭实在也是比她好不了多少，亏得这帐中没有灯烛，否则此刻让两人四目相对，真比杀了他还叫他难受。

端木翠脑中一片糨糊，她搞不清自己怎么会允许这样的事发生，她跟毂闾的婚事已是板上钉钉，她居然没有阻止展昭。

半晌静默，展昭忽然向她倾过来。端木翠吓得一颗心提到嗓子眼："你、你干什么？"

展昭的声音有点沙哑："端木，你先睡吧，我明日再来找你。"说话间，他伸手将端木翠抱起，手臂自她后腰环过。即便是隔着两人的衣裳，与他手臂相触之处的肌肤还是泛起通电般细小的战栗。端木翠的脑子里又开始拌糨糊了，展昭身体的稍稍靠近都让她呼吸急促，直到展昭离开，她僵硬的身子才稍稍复苏。

她拥着衾裘在床上坐了许久，忽然掀被下床。

好在这一次，她没再摔着。

"来人，备车！"

大半夜的，任是谁被从睡梦中叫醒，心情都不会愉悦。

杨戬更甚。

日间他与毂闾去丞相军帐，商讨了进攻崇城的计划，从列阵到助攻，从粮草到后援，事无巨细，时间不觉而过，筋疲力尽，子夜就寝，几乎是头沾着枕头就着。还没等睡得实诚，营下副将就进来唤他，一声不应，就继而再，再而三，很有点不达目的不罢休的架势。

眼见装睡不理无济于事，杨戬只得睁眼。此刻他目中寒光冻死个把不识相之人绝不成问题，谁料副将浑无畏惧之色，很是镇定自若："将军，端木将军到了。"

杨戬准备泼将出去的无名之火只得自产自销，难怪这副将今次连一点小心翼翼的神色都不露，原来来者势大，他吃准了杨戬不会对端木翠发什么脾气。

杨戬慢腾腾穿衣，若搁着往日，端木翠老早不耐烦进来，抓起他大氅披挂往他身上套了，今天却安静，他磨蹭了好久，仍不见端木翠进来。杨戬有些奇怪，沉吟了一回，嘴角掠过一丝笑意：这丫头，不会还在为前两日跟他吵架的事闹别扭吧？

真是杞人忧天，他怎么会跟她计较？

如此想时，不觉摇头苦笑，边系束带边掀帘到外间。端木翠正靠在食案旁，一身裘衣大氅，裹得严严实实，氅帽的毛边细细密密，遮住了她大半张脸，听见杨戬步声，她抬头朝这边看过来，脸色憔悴得很，口唇一丝血色都无。

杨戬一怔，大踏步过来，急道："端木，身子不舒服吗？"

端木翠"嗯"了一声，垂下头去，自里面将大氅拢了拢，很是委屈。

杨戬伸手去摸了摸她发顶，笑道："外面冷，我们进去说话。"说话间便拉端木翠往里走，这一拉差点把她拉倒。杨戬心中咯噔一声，眉头忽然拧起，一声不吭，掀开她大氅。

一看之下，不觉倒吸一口凉气，失声道："怎么伤成这样？"

端木翠小嘴一扁："叫你给气的。"

杨戬又好气又好笑："我能把你气成这样，早把纣王给气死了，还辛苦打仗做什么？"说着蹲下身去，伸手去试她膝弯，端木翠急了："别别，你手上没轻没重，别把我给弄瘸了。"

杨戬闻言收手，面沉如水："是不是朝歌派来的人干的？"

端木翠低声道："可能是，人已经全收拾了，没有活口，问不出话来。"语毕，见杨戬那架势像要动气，赶紧把手臂伸给他，"大哥，走不了了，你扶我吧。"

杨戬没法，只得挽扶她进里间，只走了几步就无语，端木翠单腿跳着走，跳得杨戬一颗心七上八下的，对她受伤而起的那么点怜惜之心很快烟消云散。

哪有人受伤还跳得这么乐呵的，又不是参加单脚跳比赛！

索性甩了手："你自己走。"

端木翠抱着他胳膊笑嘻嘻看他，歪着脑袋尾音拖得老长："大哥……"

杨戬心软，每次她喊他大哥，都让他想起三妹杨婵。那时母亲瑶姬因恋上夏朝书生杨天佑被上界镇于桃山，兄妹无人照料衣食难继，杨婵每次肚子饿时都会可怜兮兮看他，叫他："大哥……"

按说杨婵该叫他二哥才是，杨蛟才是大哥，但是杨婵更依赖他些，反抛了大哥不理，口口声声这么叫他。

然后去玉鼎真人门下学艺，艺成之后助阵西岐，杨婵被封华岳三娘，算起来，兄妹俩已很久不见了。

及至后来在西岐见到端木翠，按说端木翠的性子跟杨婵实在天差地远，却不知为什么，对她总有对妹妹般疼爱的心思。

杨戬叹口气，伸手扶住她腰，将她抱起来。

端木翠得意，伸手勾住杨戬脖颈："大哥，还是你好些。"

杨戬瞪她："毂闻对你不好吗？"

端木翠愣了一下，忽然就不吭声了。

她今天处处透着奇怪。

杨戬不动声色，进了里间将她放在榻上，话中有话："大半夜的，身上有伤还要过来，到底什么事？"

端木翠咬了咬嘴唇："沉渊的事。"

"沉渊？"杨戬实在是搞不明白，"沉渊跟你有什么关系？"

"没关系啊。"端木翠目光闪烁，"我就是想知道，大哥，你是修仙之人，你上次不是也说过什么冥道、沉渊嘛，你给我讲讲吧。"

杨戬自然不相信她问沉渊的原因是"就是想知道"，但是见她目光闪烁，知道硬问下去也套不出什么来，索性先顺了她的话头："那还是上古时候，共工和颛顼争夺帝位，共工不敌，怒而触不周山，天倾地覆不说，连阎罗森殿都分崩离析。一时间人间妖魔横行，但是最邪恶奸佞的鬼怪，都聚集在冥道之中，沉渊是其中最为恶毒的一种。后来女娲娘娘力挽狂澜，炼五色石补天，又剖心沥胆封印了冥道，人间始得太平。"

端木翠听得入神："这么说，沉渊其实是妖怪？"

"是，世上妖怪，林林总总，有的以男子精气为食，有的以女子美色为食，有的以人的贪婪暴戾为食，至于沉渊，它以人对逝去之事的眷念为食。"

"以人对逝去之事的眷念为食？"端木翠讶异，"那要怎么吃？"

"沉渊有无数触手，可以探知人内心最深处的眷念，倘若这眷念足够深厚，沉渊便可以以此搭建出幻境，幻境种种栩栩如生，一旦沉溺其中，根本分不清虚幻真假。"

"那也不对啊。"端木翠若有所思，"大哥，譬如我很想娘亲，倘若沉渊找上了我，让我进入了幻境，那我岂不是会变成幼时形态？即便我眷念那时情形，但我心里还是知道我是西岐战将的啊。"

杨戬点头："这就是沉渊的恶毒之处，在进入幻境之后，你的清明意识会被封闭，残留的只是你幼时记忆，你根本不会记得后来当了战将，也不会记得认识了我或是毂闻。"

端木翠愣住："那就是说我永远都不会醒了？"

杨戬沉吟："除非……你进入沉渊之时，有人为了寻你归来，进入你的幻境。譬如你入沉渊之后，我去找你回来，你的幼时自然不可能有我的存在，我的出现本身就是对沉渊的一种冲击。倘若你与我接触日久，记忆日深，或者可以记起什么也未可知。"

"若是记起来了会怎样？"端木翠紧张。

"没那么容易记起，倘若你的清明意识苏醒，沉渊必然竭尽所能，花言巧语，哄骗你再度睡去。而且……"

"而且怎样？"端木翠追问。

"而且，就算你的清明意识苏醒了，你也出不了沉渊。因为在沉渊做主的，是另一个你，除非……"

"除非什么？"

"除非那另一个你明明确确知道自己是虚幻的，偌大沉渊皆为幻境。她会死去，愿意让你重新主宰身体。"

端木翠听得云里雾里："一定要死吗？"

"当然，死即破，不破不立。"

"自己知道自己是假的，还要愿意让真的那个出来，还要去死……"端木翠头大如斗，"大哥，我听不大懂。"

杨戬大笑："不懂才好，沉渊深锁冥道，与你何干？"

"可是……"端木翠揉着额角，想问什么又记不真切，愁眉半晌，忽然冒出一句，"大哥，我们现在……不会是在沉渊吧？"

杨戬又好气又好笑，伸手在她脑门上敲了一个栗暴："端木，你不会是做梦做糊涂了吧，你看看我，哪里像假的？我们怎么会在沉渊？"想了想又大笑，"若是在沉渊，对你倒好。"

"为什么？"

杨戬忍住笑，一本正经："若是在沉渊，你能苏醒，那么下一刻，你身上的伤也就不治而愈了。幻境中的伤害亦是虚幻，苏醒之后如风过无痕。端木，你要不要试试看？你现在抹了脖子，没准苏醒之后，一点伤都没有，跳得比谁都快……"

端木翠大怒："才不！"

天光已现，展昭在校场外围时停时走，演武的兵卫已陆续散去，只留三三两两之人还在互相切磋。晨时的空气尚显清冷，展昭一袭蓝衣，迎风翻起，竟不觉半分寒意。

一夜混沌，脑中杂乱搅嚷，额角跳突疼痛不止，心中却前所未有地踏实平静。

昨夜他亲耳听她说，记得宣平。

记忆沿着宣平延伸开去，冥道、信蝶、公孙先生、开封府、包大人……诸多亲切印记，自进入沉渊之后，宛如潮过沥沙，平展无痕，如今终于一一凸起，渐渐清晰，一如在脚下铺开一条返乡之路。

展昭的双目有些温热。

不知道公孙先生他们都怎么样了，大人在府中可好。温孤苇余曾说，沉渊的时间远远慢过冥道，那么对他们而言，自己并没有离开很久，或者只是盏茶工夫；但是对自己来说，沉渊种种，实在度日如年。

好在，一切皆可揭过。

身后传来匆匆步声，回头看时，正是阿弥。

她身后不远处，两个女侍扶着痴痴傻傻的旗穆衣罗。

"展大哥，"阿弥吞吞吐吐，"旗穆姑娘她……她一早醒来，一直念叨回家回家，问她什么她也不知道，我在想……"

展昭含笑："你想带旗穆姑娘回旗穆大宅看一看？"

"是啊，"阿弥双颊微粉，"她现在这副样子，回去看看或者能帮她记起什么，好得快些。展大哥，我不知道她的家在哪儿，你能不能和我们……一道……"

阿弥说得艰难，她不知道旗穆大宅在哪儿是真，但安邑就这么大，营中去过的兵卫也不少，随便唤一个人带路便是，无谓劳烦展昭。

她存了自己的心思，姑娘家的一点点绮丽心思。

志忑间，听到展昭温煦的声音，如同和风轻拂："好啊。"

阿弥没有抬头，反而更低了下去。还是不要抬头了，她的笑意藏都藏不住，让展昭看见了可不好。

脚下本是沙砾尘土，在她眼中，亦成流光织锦的明娟繁花。

一路行来，展昭及阿弥一行人甚是显眼，早起三三两两的路人中，有认出旗穆衣罗的，无不交头接耳窃窃私语。想来旗穆一家暗通朝歌之事，在安邑已然不是新闻。

旗穆大宅还是先番离去时的那般模样，院内狼藉一片，屋中桌倾椅翻。想起前两日初到旗穆大宅时所见，再与眼前情景比对，展昭难免有些嗟叹。

眼见它起朱楼，眼见它宴宾客，眼见它楼塌了，成败或荣辱，兴盛或衰落，也只瞬间工夫。

又想到此时的西岐，姜子牙挟精兵猛将，来势何等汹汹，周天子王鼎，行将镇九州，但是后来呢？莫说是周了，即便是周以后的历朝历代，又有哪个真的万世千秋了？

只盼旗穆姑娘不要触景伤情才好，展昭不无担心地看向旗穆衣罗，她的情形似乎要好一点了，虽然面上仍是一团痴傻，但双眸之中，终于也泛起几丝活泛之相。

阿弥将不相干之人都支在门外，只同展昭两个带同旗穆衣罗进入宅中。阿弥先还带同旗穆衣罗四下走走，后来看到展昭独自在院中沉思，忍不住便想过去，犹豫了一回，低声向旗穆衣罗道："你好生待在这里，不要乱走。"

她说这话时，语声软软，似是安抚不晓事的孩童，旗穆衣罗一动不动，两眼呆滞，直如没听见一般，阿弥放下心来，拍了拍她手背，转身离去。

展昭早听到她步声，转身朝向她淡淡一笑，又抬头看了一眼远处的旗穆衣罗，压低声音问："旗穆姑娘怎么样了？"

阿弥亦随之放轻声音："我瞧着，旗穆姑娘精神是好点了。展大哥，你放心吧，姑娘不是坏人，跟她好生说说，她不会把旗穆姑娘交给高伯骞的。"

展昭一愣，旋即笑道："我知道。"

阿弥奇道："你知道？"想了想展颜一笑，"展大哥，你同姑娘之间，误会都讲清了吧？讲清了就好，她若是还记恨你，我夹在中间，也不好做。"

"说起来，这几日，多赖阿弥姑娘从中说和。"展昭言辞恳切，"难为阿弥姑娘处处维护，展某实是无以为报。"

阿弥脸一红，垂下头去，声音细不可闻："都是自己人……说什么回报不回报的。"

展昭耳力何等敏锐，阿弥声音虽轻，他却听了个字字分明，心中咯噔一声，脱口道："自己人？"

阿弥头垂得更低，青葱般玉指绞作一处，直绞得指上红一处白一处："姑娘没跟你……说起吗？"

"说起什么？"展昭是真的莫名，但与此同时，心中又有几分端倪。他不是傻子，阿弥是个害羞的姑娘，不过很多时候，害羞绝藏不住心意，反而欲盖弥彰。

"就是……"阿弥艰难启齿，"就是……"

展昭头皮隐隐发麻，理智提醒他，绝不可让阿弥继续说下去，否则弄到不可收拾，他要如何周全？

关键时刻，旗穆衣罗帮了大忙。

"旗穆姑娘呢？"展昭忽然发觉出不对，顺势转移了话题。

"不是在那……咦？"阿弥也愣住了——她记得旗穆衣罗明明就在门廊边的，她是什么时候离开的？

"我去找找，她这阵子神思恍惚，别出什么事才好。"展昭刻意避开阿弥的目光，寻了个由头离开。

阿弥没动，她的目光看似闪烁，实则没离开展昭身周半分。

展大哥很在意旗穆姑娘吗？阿弥洁白细巧的银牙轻轻啮住下唇，直啮得唇瓣边缘微微泛白。

话说回来，旗穆姑娘也真的是很可怜，自己还是大度些，若是展大哥喜欢，娶她也未尝不可。上古时的圣人舜帝不是还有娥皇女英吗，姐姐妹妹，一团和气，凡事有商有量，也不失为美事一桩。

展昭没费什么周折便找到了旗穆衣罗，她正倚着后院的院墙呆坐着，手里拈一根断枝，在面前无意识划拨着什么。

展昭轻轻走近，停在旗穆衣罗身边。她面前的泥土已经被划拨得翻起，间杂着扯断的草叶，展昭心中五味杂陈，向着旗穆衣罗伸出手，柔声道："旗穆姑娘，我们回去吧。"

旗穆衣罗柔柔一笑，抛下手中的断枝，眸中满满的信任，将手轻轻搁在展昭温厚的掌心。

旗穆衣罗起身的刹那，身后院墙靠近地面的接合处，杂草掩映之下，似乎有什么不规则的笔画，更像是杂乱无章的线条。

一瞥之下，展昭甚至没有觉出什么异样。

事实上，就算他俯下身去细看，他也未必能看出个子丑寅卯。

当代集许多人力物力财力，都未能完全破解释读出殷墟甲骨文的表意，何况是甲骨文的变体暗语？

展昭不识甲骨文，他连听都没听过。

旗穆衣罗的消息，就这样，传送了出去。

回至营地，杨戬营那头有传令兵过来，只说杨戬要留端木翠住一日，明日再回。

阿弥素知杨戬宠溺端木翠，见惯不惊，随口应了一句："知道了。"

展昭却隐隐嗅出不对味来。

按说，端木翠既已苏醒，理应知道沉渊即是幻境，第一要务在回冥道收拾温孤苇余搞出来的烂摊子，缘何本末倒置，先是夜半离营，然后没事人一般在杨戬营小住？

展昭越想越是不对。

不过，他强制自己不要再胡思乱想。

端木这么做必有原因，他尝试着去说服自己，两人交厚，倘若连这点信任都没有，谈什么结伴同心相伴同行？

这一日倏忽而过。

夜间起了大风，呜咽如百鬼齐哭，四处支起的军帐被大风牵扯得摇摇欲倒，粗糙沙砾被风裹起，劈头盖脸朝巡夜的兵卫脸上砸过去，迷得人眼睛都睁不开，连主帐前的脂油火把都被大风吹灭，数次点起，数次又灭。

天鸣地咽的迷乱暗沉之中，有一条诡谲黑影，避过众人耳目，神不知鬼不觉，贴近了阿弥的军帐。

旗穆衣罗没有睡，她圆睁着双眼，听帐外风声，仇恨是一剂非凡养料，足以支撑她忘记饥渴和疲乏，一味应战。

帐外传来突兀的金石碰击之声，三下，间隔前长后短，然后又是三下，前短后长。

电光石火之间，旗穆衣罗一下子反应过来，身体瞬间僵直，旋即火烫。她的心跳得厉害，几乎要擂破胸腔，以至于她不得不双手按住心口，生怕这心跳声吵醒阿弥。

也不知过了多久，才慢慢镇定下来，将自己的衾被盖好，做出还在熟睡的假象，蹑手蹑脚出了军帐，尚未站定，便听到压得极低的声音："跟我走。"

循声看去，一个高瘦身影正向帐后疾走。旗穆衣罗一声不吭，裹住衣裳紧紧跟上，略大的下摆被风鼓满，乍看上去像个涨大的灯笼。

曲曲折折，避避绕绕，也不知过了多久，那人闪身进了一处棚下，风声瞬时小了许多，马粪的味道扑面而来，棚内深处有牲口不安的闷哼声，却是到了马厩。

那人声音极是低哑："你是旗穆典的女儿？"

即便是在这般浓重的夜色中，也能看出旗穆衣罗惨白的面色："是。"

"你爹把暗语的法子教给了你？"那人听来颇为不屑，"你能做什么？"

旗穆衣罗不答他的问话，只是一字一顿："我要杀高伯骞。"

那人冷笑："那个草包，不配我们费工夫。"

旗穆衣罗很固执："我要杀高伯骞，他用汤镬活活煮死了我爹和二叔。"

那人并不奇怪："高伯骞善使酷刑，你爹死得还不算最惨，你若是知道那个叫成乞的是怎么死的……哼……"

旗穆衣罗的齿缝唇舌间溢过铁锈般生涩的血腥味，黑暗中，她的眼睛亮得可怕，字字斩钉截铁不容商量："我要杀高伯骞。"

那人皱了皱眉头，没有说话。马厩的棚顶被风撼得左摇右晃，草料的味道四散开来，有细小尘粒撒在两人身上。

那人忽然怪笑一声："安邑的人手是留着杀端木翠的，你帮我们除了端木翠，我们就帮你杀高伯骞报仇。"

"怎么杀？"旗穆衣罗毫不迟疑。

那人递了个东西过来，旗穆衣罗下意识接住。

入手光滑而冰凉，是个铜管。

"上次杀她打草惊蛇，来硬的近不了她的身，只能暗地里毒杀。我们知道你现在暂居端木营，应该有机会下手。"

旗穆衣罗有些迟疑："我虽然住在端木营，但是很难近她的身。她的军帐都是族人兵卫把守。"

那人语气有些急躁："自己想办法，见机行事，最好这一两日间下手，否则崇城那头打起来，安邑这边马上得退，届时可顾不上什么高伯骞了。"

旗穆衣罗心中一紧，下意识攥紧了手中的铜管。

　　第二日天气愈加糟糕，狂风挟着黄沙，晨起就一直未曾停过。端木翠直到晚间才回营，马车辚辚行至主帐门口，阿弥带着女侍顶着风去车前扶端木翠下来，车帘被风扯得在半空中打横，车厢里灌了个通透满饱。端木翠将大氅的雪帽罩起，向阿弥说了句话，阿弥只听见杨戬二字，后半句早让风刮得不知道哪里去了。再想问时，端木翠已经扶住女侍进帐去了。阿弥跟了两步，想了想还是转身问了一回车夫，才知道端木翠是说杨戬会更晚些过来，让她为杨戬准备军帐。

　　阿弥点头称是，让那车夫先下去，走了两步又喊住，问道："将军是用了晚膳过来的吗？"

　　车夫摇头道："杨戬将军那头倒是留膳了，想是不合将军胃口，将军都没吃什么。"

　　阿弥笑道："那我知道了，将军这两日口淡，杨戬将军那头的肉羹汤炙，将军必不喜欢的。"

　　说话间掀帘进帐，先头的女侍已经扶着端木翠在榻上歇下。阿弥示意女侍们下去，向端木翠道："姑娘，杨戬将军晚些时候过来吗？来做什么？"

　　端木翠淡淡道："也没什么事，他怕朝歌的袭杀之人再有妄动，遣了副将过来帮我守安邑。我走时他原说要送我的，谁知丞相那头有事，我只说让副将过来就行了，谁知他定要过来看看，那也由得他。"

　　阿弥笑道："这自然是杨戬将军疼爱姑娘，换了别人，他也不过来的。"

　　端木翠也笑："我叫他大哥是白叫的吗，自然该多疼我些。只是丞相议事，怕是又要很晚，那时候还过来作甚。"

　　说到此间，忽然就叹了口气："阿弥，你过来。"

　　阿弥不解，忙趋身过去，端木翠握住阿弥的手，顿了许久，才轻声道："我要同毂闾成亲了。"

　　阿弥先是一愣，继而大喜："姑娘，怎生这么快？原先不是说了攻下崇城之后再成亲的吗？"

　　"三日之后攻城，丞相说，城破之日，就为我和毂闾完婚。"

　　"是丞相同你说的？"

　　端木翠摇头："不是，杨戬同我说的。他们去丞相帐中商议攻城之事，丞相许诺毂闾，若能城破，当同日大婚，是为吉上加吉，双喜临门。"

阿弥揣酌着端木翠的脸色："姑娘，怎么你说起时，好像不高兴似的？"

端木翠缩回手来，将衾被往身上拉了拉，淡淡道："我有什么不高兴的。"

阿弥摇头："姑娘，你瞒不过我的，你这哪像是高兴的样子，换作了是我嫁给展……大哥，我不知道要开心成什么样子呢。"

端木翠垂下眼睫："没什么不高兴的，嫁给毂闾是我先头答应了的，现下丞相只不过是定了日子而已。"

阿弥听她如此说，倒不知该说什么了，顿了顿才道："姑娘，你吃了吗？想吃什么？"

端木翠轻轻合上眼帘，低声道："让伙房做些豆羹过来吧，不要加肉糜了，素些就好。"

阿弥应了声，轻手轻脚往外走，走了一段回身看时，端木翠侧身向内，似是睡着了。

一时间好生惘然，心中空落一片，因想着：姑娘今日奇怪得很，缘何一点喜色都没的？

怎么想也想不破，只得先下去，掀帘时只觉寒气扑面而来，忙将雪帽带起，裹住大氅顶风出去。大风将扣领处的结带吹起打到守卫的脸上，结带处的玉铃铛发出低低的脆音，那守卫往边上让了让，仍旧一副目不斜视挺立如松的模样。

阿弥左右交代了一番，这才哆嗦着回至帐中。女侍正陪旗穆衣罗坐着，见阿弥进来，忙迎上来帮她解下大氅，因笑道："外间冷得很，姑娘穿着这大氅，若不出声，都认不出谁是谁了。"

说者无意听者有心，旗穆衣罗脑中似有一道灵光闪过，心中忽地鼓振不休，面上却依然痴傻神气。

阿弥笑道："我让伙房给将军做了豆羹，你去看着他们，做好了拿过来我看，我再给将军送过去。"

那女侍应了一声便往外走，阿弥忽地又把她叫住，道："让伙房的手脚快些，上得慢了，将军怕是都睡着了。"

想了想又摇头，笑道："其实我方才走时，将军已经睡下了……不管怎样，快些就是。"

伙房的手脚不慢，不多时女侍已拎着食盒过来。阿弥将盒盖打开，又取下食鼎的鼎盖，闻了闻味道，用银针试过，这才将食盒又盖起，拎起食盒要走，那女侍忙道："外间冷得很，我送过去便是。"

阿弥摇头道："非宣不得入，你哪里能随便进将军军帐，届时守卫盘问，又是麻烦，我去就是了。"

那女侍应一声，起身帮阿弥掀帘，旗穆衣罗侧了侧身，从她的角度，恰能看到阿弥到军帐的这一段。

风沙很大，隔得稍远些，只能看到模糊的人影，果如阿弥所说，守卫并未怎么盘问，略向旁让了让，便放阿弥进去了。

只片刻工夫，阿弥又退出来，女侍一直打着帘子等到她进来，阿弥吁了口气，将裘氅解下搁到案上，笑道："好冷。"

顿了顿又向那女侍道："将军已歇下了，我将食盒放在餐案上，今夜不用收回，你且下去吧。"

说话间才看到旗穆衣罗，这些日子，旗穆衣罗不言不语，安静地蜷缩在角落里，模糊至行将融入背景之中，阿弥经常会忽略她的存在。

阿弥缓步过去，伸手抚了抚她垂在肩上的头发，柔声道："你这两日好些了吗？"

旗穆衣罗不动声色，依旧垂眸静坐，对阿弥的问话似是浑不在意。

阿弥叹了口气，不过她也并不当真指望旗穆衣罗应她，当下缩回手来，心下只是嗟叹，忽听帐外有人朗声道："阿弥姑娘。"

阿弥心中一喜，脱口道："展大哥！"

帐帘打起，进来的果是展昭。外间这么冷，他仍是一袭单薄蓝衣，容色平和，眸光湛然，并无一丝委顿困乏之色。

"阿弥姑娘，是不是将军回来了？"

阿弥点头，眸中笑意愈来愈显，忽地悄声道："展大哥，我有话要同你说。"

她语气极是踌躇，眼光四下逡巡一回，面上赧色大盛，心知旗穆衣罗听不到什么，却仍是想避开她，低声道："展大哥，你进来一下。"

营中军帐，多分里间外间，外间起居迎客，角落处帘幕隔开一小方，算是里间卧房，展昭见她朝里间走，心中好生犹豫，阿弥掀开里间帘幕，转身看他："展大哥？"

只要心中坦荡磊落，进去也无妨，展昭吁一口气，下襟旁撩，缓步入内。

帘幕放下，下摆处尚悠悠晃摆，旗穆衣罗忽然站起身来，几步抢到案边，颤抖着抓起阿弥方才解下的裘氅，纤长玉指死死攥着细密毛边，洁白玉齿深深陷入下唇中，手上却没半分迟疑，极快地将裘氅套到身上。

帐帘一掀，冷风透骨而入，旗穆衣罗打了个哆嗦，紧了紧裘氅，将雪帽压得低低，强自镇定了一回，向着主帐过去。

帐门处的守卫见阿弥又从帐中出来，心中略略诧异，却没多问什么。

擦身而过时，风舞起裘氅扣领处结带上的玉铃铛，清脆的响音被风搅散，回回旋旋，煞是好听。

守卫不觉回头多看了一眼，只是他迟了一步，只看到帐帘掀落间的窈窕身形。

阿弥迟迟不说话，展昭有些不自在，或者说，对他来讲，这方小小的里间，有些太局促了。

"阿弥姑娘，"展昭刻意与阿弥拉开了些距离，"叫展某进来，何事相商？"

"展大哥，"阿弥鼓足勇气，"再过几天，端木营中会有一桩喜事，你知道吗？"

展昭微笑："什么喜事？"

"就是……嫁娶之喜。"阿弥双颊发烫，"展大哥，我同姑娘从小一起长大，情同姐妹，我一直想着，若是能跟姑娘同时婚嫁……"

展昭听得云里雾里："阿弥姑娘，是你要出阁吗？"

"出阁？"阿弥听不懂。

想来西岐时还没有出阁这种说法，展昭笑了笑，换一种问法："展某是想问，是否阿弥姑娘不日将大婚？"

"如果攻取崇城得利，将军三日后就会大婚，我想……"

"将军？"展昭心中咯噔一声，打断阿弥的话，"哪位将军？"

"这里还有哪位将军？"阿弥奇怪，"自然是我家姑娘了。"

"你是说，端木将军三日后会大婚？"展昭的声音突然奇怪起来，"大婚的是端木将军？她和谁？"

"和毂闾将军啊，西岐军上下几乎都知道这事，我们将军早晚是要嫁给毂闾将军的，只欠定下日子了。方才将军回来说，如果攻取崇城得利，婚期就在三日之后。"

　　展昭忽然退了一步，脸色有点发白："是她今日里回来说的？"

　　"是啊。"阿弥有些慌，她被展昭的反应弄到手足无措。

　　"不可能。"展昭摇头，喃喃道，"她不是已经都记起来了么，怎么会还有大婚一说？"

　　"记起什么？"阿弥糊涂了。

　　"将军就在帐内？"展昭答非所问，也不待阿弥回答，忽然转身就走，劈手掀开内帘，大踏步向外。出帐时迎面撞上一人，展昭直如没看见一般，侧身一让，直直往主帐过去。

　　他是没什么，旗穆衣罗却吓得一颗心差点蹦出来，她迅速闪至一旁解下裘氅，只此错目工夫，呆在当地的阿弥已追将过出来，急道："展大哥……"

　　她亦没空去注意旗穆衣罗。

　　眼见阿弥就要追出帐外，旗穆衣罗忽然开口了："阿弥姑娘。"

　　阿弥猝不及防，硬生生刹住脚步，待看清说话之人时，惊得几乎说不出话来："旗穆姑娘……你、你好了？"

　　旗穆衣罗淡淡一笑，苍白的脸上难得现出一抹嫣红。

　　她将手中的裘氅展开，慢慢披在阿弥身上："阿弥姑娘，外面很冷。"

　　阿弥愣愣看她，下意识将裘氅围合，脑中忽然有些混沌，蓦地又想到展昭，忙道："旗穆姑娘，我现在有事，待会来瞧你。"

　　一边说着，一边围住裘氅，急急追了出去。

　　旗穆衣罗双腿一软，跌坐在毡上，怀中那个已经空了的铜管，骨碌碌滚将出来。

　　展昭还未至帐前便被守卫拦下，僵持之中，阿弥急急奔过来，扣领结带上的玉铃铛叮叮作响："展大哥，方才我进去看过，将军已经歇下了。"

　　守卫见阿弥替展昭说话，面色不再那么冷峻，但横于身前的戟戈却是纹丝不动："将军既无宣请，旁人不得擅入。"

　　"展大哥……"阿弥的眸中有忧心的焦灼，她不明白展昭这是怎么了，"先回去好不好？有什么事明日再说。"

　　展昭不语，忽地运起内力，一字一句，即便在这狂风肆虐的夜里，也字字清晰。

　　"展昭求见端木将军。"

语毕，一干人似是有默契般，同时安静下来。

也不知过了多久，久到阿弥几乎快失去耐性，里间终于传来端木翠平静的声音："让他进来。"

阿弥犹豫了一下，没敢跟进去。

展昭见到端木翠时，她正从榻上坐起。旁侧的餐案上摆着餐鼎，鼎盖似乎没怎么盖严，有若隐若现的白雾丝丝透出，豆羹的香气满溢。

端木翠并不看他，只是出神盯住鼎中透出的袅娜羹雾："展昭，夜半求见，所为何来？"

展昭一颗心蓦地沉下去，顿了一顿，忽然笑了："夜半求见，所为何来？端木从不这样讲话。"

端木翠淡淡一笑："果然骗得了一次，骗不了第二次，迟早瞒不过你的。"

虽然早有准备，但听她亲口承认，展昭心中，还是被什么狠狠碾过一般，有那么刹那，似乎吸气呼气，都带断血脉筋骨，钻心般难以承受。

"你说你记得宣平冥道，都是谎话？"

端木翠笑笑："都是谎话，我从未到过宣平，也不知道什么冥道，我只记得西岐。"

"那你怎么会知道宣平，还有冥道？"

"机缘巧合罢了。"

"将军口中的机缘，对展昭而言，比什么都重要，还请将军不吝一言。"

端木翠沉默，顿了一顿，忽然抬头看向他："展昭，这里是沉渊吗？"

"是。"

"你是来找我的？"

"……是。"

"你认识的那个端木姑娘，是什么样子的？"

展昭一愣，有一种说不出的奇怪况味弥漫胸间，迟疑道："将军……似乎对沉渊并不陌生。"

端木翠淡淡一笑："我知道一点。展昭，我想，你之前同我说的你的来历也不全是真的。大家都不是傻子，何必话里有话云遮雾绕，不妨敞开了说。"

展昭轻呼一口气，奇怪的，心中竟有一丝没来由的如释重负，点头道："好。"

端木翠微笑："那你坐下说。"

说话间,她移去餐鼎的盖子,低首闻了闻,顺手拿起餐盒里搁着的调羹,想了想又问展昭："你用膳了吗?"

帐外风声依旧,军帐的幕壁被吹得内外震颤,帐内却是另一个世界。难得如此平和温暖,豆羹的香气袅袅如雾,透过这雾气看端木翠,眉目一时清晰一时模糊,明知她不是要找的人,心中却并不失望。相反地,忽然觉得这端木将军,也是一个亲切的朋友,可以毫无负担地同她说说话、饮饮茶。

她低首用膳,乌黑的发遮住脸庞,却露出颈后一抹莹润玉色。展昭移开目光,心中却慢慢柔软下来,轻声道:"端木是我的朋友。"

端木翠咬住调羹,忽笑起来:"你喜欢她?"

展昭没提防她有这一问,面上微窘,待想找个话题岔过去,正迎上她明亮目光,只觉无所遁形,讷讷了一回,点头承认:"是。"

端木翠"哦"了一声,很有些小小得意,顿了顿又问:"你怎么会到沉渊来?"

展昭不再隐瞒:"有人擅开冥道,意欲危害人间。端木是瀛洲上仙,职责所在,不能坐视,我同她一起进了冥道,原本力战之下,封闭冥道屈指可成,谁知……谁知沉渊作怪,端木堕入沉渊之中,我希望能找她回来,所以跟了进来。"

端木翠听得很认真:"这是……多久之后的事?"

展昭开始没听明白,不过他很快反应过来:"两千年后。"

端木翠吃了一惊:"两千年后?是殷商治下吗?还是武王后裔治下?"

展昭微笑:"不是殷商,也不是武王,那之后朝代更替,帝王轮转,数都数不清。"

"你说那个端木姑娘是瀛洲上仙?"

"是。"

端木翠拉长调子"哦"了一声,一时无话,拿调羹在餐鼎中搅了搅,只喝了几勺,又兀自出神:杨戬还说我修炼千八百年也成不了仙,可见都是胡说的……

忽地又想起什么,一笑莞尔:"难怪你总不愿说自己的来历,两千年后……两千年后的人,长得也不稀奇嘛,你们怎么长来长去还长这样?"

展昭啼笑皆非:"难不成我要头上长角?"

他只是这么一说,端木翠却当真细细打量起他来,目光在他头上逡巡不去,看得展昭头皮发麻，真怕忽然有两只角破皮而出。

也不知过了多久，她忽然没头没脑冒出一句："展昭，若是找不到她，你就自己回去吧。"

展昭一怔，脱口道："你说什么？"

"我说，"端木翠认真道，"若是找不到她，你就自己回去吧。"

展昭愣在当地，"自己回去"这样的念头，他根本就从来没想过。况且，依着温孤苇余所说，找不回端木翠，他也根本无法离开沉渊。

端木翠见他发愣，只当他是没明白，反而认真地给他逐条理析起来："展昭，你既然是两千年后的人，你的朋友或者亲人，应该还在那边，难道你就不想念他们吗？你已经找了那个端木姑娘这么久了，既然找不到，就不要再找了。有些东西，丢了就是丢了，何必执着？"

展昭面色一青，腾地站将起来，吓了端木翠一跳。

她愣愣看他，吃不准他为何有此举动，哪知过了片刻，展昭又慢慢坐下去，面上是平静下来，胸膛处起伏得厉害，足见方才是动了气的。

顿了一顿，他才低声道："你不懂。"

"倘若我不懂，你说了，我不就懂了？"端木翠嫣然一笑，"我只知道，若换了是我，身处异世，找不到想找的人，难道还耽留一辈子？展昭，你方才说喜欢她，想来你是不舍得，但是再不舍得，总还要过下去的。我从小到大，不知道不舍得过多少东西，但是有些事情，也由不得你的，当时难过伤心，很久之后再回头看看，再厉害的伤口也结了伤疤，不那么难受了。"

展昭淡淡一笑："我知道。"

接着不再言语，目光有些恍惚，似是念及旧事，眸中渐渐化开温柔之色："端木是个很好的姑娘，有时她脾气很大，好像炎夏一场急雨，打得你浑身透湿，但还没等你反应过来，她又转怒为喜，叫你哭笑不得……"

他的声音渐渐转低："总之……是个很好的姑娘。"

端木翠"嗯"了一声，静静听他讲。

"她下界是为了除妖，温孤苇余串通瘟神，在宣平城中散播瘟疫，短短几日时间，不知害了多少无辜百姓。包大人派我和公孙先生前往宣平，见机救治。但是人力卑微，白芷艾草怎敌得过妖孽奸佞，若没有端木，我和公孙先生又能救助

几人？

"我从来没有听过冥道的恶名，但我也知若冥道被打开，人间必然生灵涂炭，说不定便是白骨露于野，千里无鸡鸣。当时我便想，若能阻止这一惨事，哪怕是要展某肝脑涂地，也是值得的。

"所幸老天有眼，端木阻止了温孤苇余。开始我不知她身堕沉渊，只当她是死了，所以决定离开，即便心中有不舍有痛苦，但无谓在冥道耽留，徒添一条人命。可是后来温孤苇余同我说，端木没有死，她只是堕入沉渊之中。

"既知她不死，哪怕拼了我这条命，也自然要找她回来。冥道封闭，人间重得太平安乐，是端木舍了自己换来的，难道我能因为惧怕沉渊凶险，就将她孤零零撇下，贪生怕死苟且偷生？吃水尚不忘掘井人，世人不知她所为，不会念她一句好，不在意她生死前途或者说得过去，但是我伴她左右，一切看在眼里，我再弃她，有谁念她？我抛了她不管，有谁管她？

"你说得不错，开封有我牵挂的亲人好友，亦有展某未尽的责任，若力有所逮，展某自然希望能早日携端木归去，但若天不眷我，无法得返……"

说到这儿，展昭面上掠过一丝几不可察的殇痛："若天不眷我，无法得返，那展昭心中，虽有憾却无愧。展昭亦算是为封印冥道，为宣平百姓而死，不算死得毫无分量。你说我是舍不得她，又对又不对。我舍不得她，是对她有情；我要找回她，更为全一个'义'字。展昭为人立世，一身担待，但愿有情有义，不想做无情之人废义之士，旁人如何评论，自由得他，我自己问心无愧便是。"

端木翠听得怔住。

其实她也未必完全能了然展昭所思所想，只是觉得他这一番话说来，赤诚坦荡、恳切真挚，字字句句，在自己心中激起的波澜，实在是前所未有。她幼时遭变，年纪尚小便要思虑周全面面俱到，后来得姜子牙调教，晋身战将，攻城略地，更是性情狠辣，凡事只求一个赢字，不问手段不计战法，权谋为上利字为先，何曾想过什么情字义字？即便有，也是小情私义，不咸不淡不轻不痒，呼之即来，弃之亦不可惜。

有那么极短时间，她甚至羡慕起那个端木姑娘来。

这一晚她召展昭进来，言明"不要云遮雾绕，大家敞开了说"，倒也并非欺瞒。她并不忌惮跟展昭言明：虽然她心中有怀疑此处即是沉渊，但她并不愿意牺牲目

453

下的一切去博这一赌。在她看来，这里一切都好，尚父、毂闾、杨戬、阿弥，都是她熟知熟稔之人，从小到大，往事历历，她愿意就这样继续下去。虽然对展昭不无好感，但展昭是谁，她并无印象，她也不知那个两千年后的朝代是什么模样，她为什么要舍下眼前一切，甚至抛却生命，去听信展昭的一家之辞？

可是，在听了展昭的话之后，她犹豫了。

这犹豫并不是说她改变了想法，她只是忽然想把这个必须面对的"言明"时刻拖下去，为自己多争得一些时间。或许她应该再想一想，有很多事情，应该再想想明白……

"展昭，我……"

话没能说下去，她的脸色一下子变了。

她的手按向小腹，眼前忽然模糊起来，只觉面前的人一忽儿扯长一忽儿压短，有纷乱的色块乱碰乱撞，然后蒙上一层血色。

有黏稠微腥的液体从眼角流出，那一定不是眼泪。

端木翠的意识如同渐煮渐沸的水，开始还能模糊地分辨出形色声，后来就只能听到沸滚的水声了。这声音像是从身体内部蔓延开的，渐渐没过耳膜，然后她听到自己居然还很镇定的声音："我中毒了。"

这一声过后，所有的堤坝和防线全盘崩开。她不知道自己倒下没有，似乎是被展昭扶住了，有一瞬间，周身的大穴被外力冲压，有刹那清醒。她看见展昭焦灼而苍白的面容，但她无暇去顾及这些了，她盯住了展昭眸中自己的影像。

"我居然死得这么难看。"她忽然冒出这么一个奇怪的念头。

然后，即便是对穴道的冲压也无法让她保持清醒了，什么也看不见，什么也听不见，她觉得自己像一只黑色的折翼的鸟，正向着不可知的深处急速坠落。

有很多快速闪回的记忆碎片，喧闹着嘈杂着挤进脑海，又很快被后来者气势汹汹地拨开。许多往事，悲哀或是喜悦，印象深刻或是浅淡，重要或是不重要，都争前恐后地来，不待她辨清就消逝散开。她确切知道自己是要死了，这种感觉，她并不陌生。

谁来救我？她想。

那一次，她也是这么想的。

她原不知道殉葬竟是这么可怕，开始时棺上尚有气孔，躺在棺中摇摇晃晃，眼睛死死盯住从气孔中透入的两线细细的光，耳中传来哀哭号啕之声。她并不觉孤单，隔着棺椁，她还在人间。

但是后来，掩棺入土，最后一线光都没了，窒息的感觉和着黑暗扑面而来，她害怕到哭出来，拼命用手去抓用腿去踹暗沉沉的棺壁，后来知道徒劳，只剩下哭，开始扯着嗓子哭，然后哭累了，很小声地间断着呜咽地哭。

哭着哭着，忽然听到娘亲叫她："小木头。"

她吓了一跳，好奇竟大过了惊喜，一双眼睛瞪得乌溜溜圆，奇道："娘，你怎么来了？"

她亲眼看到娘冰冷的尸身被放入另一口棺材的，难道是她哭得太大声，把娘给吵醒了？

棺中很黑，她看不到娘的样子，但她能感觉到娘云朵一样柔软的手，轻轻抚着她的头发，声音好听极了："小木头，睡一会儿。"

她听话地睡了，也不知睡了多久，醒来的时候听到刺啦刺啦的声音，像是指甲在刮擦棺壁，听得她毛骨悚然。

她忍不住问："娘，是你吗？"

娘低低应了一声，柔声哄她："娘要把棺材弄破，让小木头出去。"

"那别抓了，好难听的。"她抱怨，想了想又一本正经地跟娘讲道理，"抓不开的，我那么使力踹都踹不开。"

娘扑哧一声笑了，声音愈加绵软温柔："好，不抓，那小木头好好睡。"

她心里叹了口气，怎么又要睡呢，虽然她确实很喜欢睡，但是以前睡多了不是还会被娘揍的吗？

不过，睡就睡吧，不睡白不睡。

也不知睡了一天，两天，还是三天，醒来之后她睡不着了，她轻轻去拉娘的衣裳，小声道："娘，我做了个梦。"

娘"嗯"了一声，在她额上亲了亲，嘴唇微凉，像是经了薄霜却不失饱满的花瓣，带着凉凉透透的香："那小木头说说，做了什么梦。"

"我梦见我就要死了。"她皱着眉头回忆，兼总结，"后来天空飞过一只熊，我就好了，不死了。"

其实她做的梦很长很长，梦里，她遇到很多危险，很多稀奇古怪的死法，有一次，被一只蚊子叮了一口，她就觉得自己要死了。

但是每一次，她都转危为安了，为什么呢？就因为天空飞过一只熊？这是多么奇怪的梦啊。

文王的第四个儿子周公旦精于解梦，但那个时候，他声名未起，端木翠也没听过他，她只能问娘："娘，这个梦是什么意思？"

"这个梦……"娘一时语塞，不过她很快就想到如何去回答，"说明小木头是很好很好的孩子，哪怕是遇到危险，也会有人来救你帮你。"

"是吗？"她兴奋起来，追着娘亲问，"那他叫什么？"

小孩子，总是喜欢打破砂锅问到底。

"他叫……"娘想了想，"他叫熊飞啊，你不是梦见熊在天上飞吗？"

她觉得娘说得不对，难道梦见熊在天上飞救她的人就叫熊飞？如果她梦见熊在地上跑娘亲会不会说那个人叫"熊跑"？

总之她觉得说不通，但是她还是"嗯"了一声，很乖："娘，我记得了，是熊飞。"

这句话说完之后娘就不见了，拥着娘的那种暖暖的感觉亦随之消失，黑漆漆的棺材中又只剩下她一个人，她呼吸困难，几乎喘不过气来。

我要死了，她想，谁来救我？

棺外传来鼎沸的人声，棺身似乎被人腾挪移动，棺盖上有什么在敲击打叩，然后，突然之间，棺盖就被掀开，刺目的光灼得她睁不开眼，但她腾地一下就坐起身来，大口大口地呼吸。

她能感觉到周围的人声变化，开始是惊惧的，有人在倒吸凉气，然后是不加掩饰的哭声，那是虞山部落的族人喜极而泣，再然后，她终于就睁开了眼睛。

她第一眼就看到一个老头儿，白头发白胡子白袍子，脸上的皱纹堆得像老核桃，立在棺材的正前方，弯腰仔细打量着她。见她睁眼，那老头呵呵一笑，伸手过来："丫头，起来吧。"

那时她还不知道这老头儿就是姜子牙，她只是觉得这老头儿笑呵呵的，好慈祥的样子。她突然就很委屈，抓着姜子牙的手起身，"哇呀"一声就哭了。姜子牙笑呵呵地搂着她，轻轻拍她的背，哄她说："丫头别哭了，吃饭去吧。"

后来她一点点听说了姜子牙的事情，尤其是那为后人津津乐道的"姜子牙钓鱼，愿者上钩"。当时她一点也没觉得姜子牙有什么聪明的,她忧心忡忡的同时又为姜子牙感到庆幸:幸亏尚父没有打鱼为生,否则饿死一人不算,还得饿死全家……

知道姜子牙道号飞熊的那一天,她如同醍醐灌顶,棺中所梦历历如在眼前,娘果然是说错了,那个人不叫熊飞,而是道号飞熊。那个帮她救她之人,原来就是尚父。

那天她沉默非常,一个人坐在殿前的台阶上揪青草,忽喜忽悲,时而感叹时而发怔。周公旦挟着绢册从她面前过,顿了顿又退回来,好奇道:"端木,你做什么?"

"我在想,"她摆出一副思想家的架势,清澈的目光中带着几丝遥远飘忽的迷离,"做梦这个东西,真是很奇怪啊。"

"有什么奇怪的?"周公旦莫名其妙。

"就是很奇怪啊。"她说,"你想想,一个人做了什么梦,居然能预示到会遇到什么事,不是很神奇吗?比那些个龟甲占卜要神奇多了。"

想了想她又长长吁一口气,很是少年老成地拍了拍周公旦的肩膀:"周公旦,你这么聪明,你肯定能搞明白做梦是什么意思的,肯定能!"

把周公旦忽悠得云里雾里之后,端木翠晃晃悠悠走远。她揪了一天青草,饿得不行,很想喝一碗面糊糊。

大预言家端木翠,歪打正着,瞎猫碰上死耗子,一辈子也就这件事预测得荡气回肠:周公旦原本的志向是成一代圣人,经端木翠这么一点拨,他觉得拨点时间研究一下解梦之道也未尝不可。

时至今日,《周公解梦》还在各大地摊盗版书排行榜上占据一席之地,端木姑娘可谓功不可没。

虽然很多人都激赏宁为玉碎不为瓦全、舍生取义死得其所之类的豪情壮语,但是事到临头,总还是信奉"好死不如赖活着"这一套的。

活着有什么不好的呢?有清风拂面,有香茗醇酒,有小曲儿听,有新戏看,有新花样新口味的小食,有数不清的未知和期待,但是死了是什么?是茶凉,是灯灭,是一了百了。

端木翠并不想死。

电光石火之间，有个念头闪电般将她纷乱杂攘的思绪照得明白透亮，她浑身一颤，也不知哪来的力气，忽然就伸手攥住了展昭的衣襟："展昭……"

事情起得突然，几乎没留给展昭任何惊愕或者判断的余地。他迅速趋身过去，稳住端木翠摇摇欲坠的身子，指出如电，连点她周身几处大穴，然后他竟不知道要做什么了，眼见她七窍流血，血色如乌。毒性如此猛烈，"救不回了"这四个字在脑中急急旋转，迅速扩张。他嘴唇发干，一颗心如同桅缆立断，不知要坠向哪里。

浑浑噩噩之间，听到有人一声暴喝："孽障！"

展昭茫然抬头，帐帘处不知何时竟立了一人，将帅大氅，周身冷冽如冰，但目中却是怒火难遏，暴喝落处，手中的三尖两刃戟半空划过疾风般一道黑弧，大氅落展，几如鹏鸟之翼，裹挟披靡杀气，直叫人心惊胆战。

只因端木翠尚在他怀中，杨戬投鼠忌器，这一戟只是慑其心志，并不当真要他性命，否则展昭此刻心神不定，怕是难当一击。

且说展昭直到戟至面门，方才浑身一震，情急之下，以坐案为轴，矮身避过。戟尖贴着面门横扫而过，直激得他面皮生痛。他夜半入帐，巨阙并未随身，心念急转，身子尚未扬起，腿上用力，足背绷如硬铁，将食案疾踢而起。食鼎荡翻，羹汤四溅，趁此刹那，挟住端木翠，顺势抢过她枕边链枪，疾挥之下，力道劲猛，将主帐后壁硬生生破开一道口子，飞身而出。

甫一出帐，不觉倒吸一口凉气，但见周遭火把幢幢，明晃晃刀戟枪尖内指。要说端木营兵卫，也的确是训练有素名不虚传，只片刻工夫，知道主帐生变，竟已在外围布下了包围圈。身后一声冷笑，却是杨戬自主帐破处追来。展昭手无寸铁，知是难逃，薄唇紧抿，不置一词，只是低头去看端木翠。她已是气若游丝，展昭喉头一哽，心中似是被狠狠撕开一道，嘶声向杨戬道："她不行了，你……"

他原本是想让杨戬叫随军的大夫过来，哪知话未说完，前襟忽地一紧，却是端木翠猛然间攥住他衣襟，哑声道："展昭……"

展昭一愣，下意识伏下身去，她的话不多，声音弱不可闻，偏每一个字，他都听得清清楚楚，心怀激荡之下，眼前蓦地蒙上一层泪雾。忽觉臂上一沉，端木翠已然气绝。

展昭死死咬住嘴唇，慢慢站直身子，向着杨戬淡淡一笑："端木将军身中剧毒，

倘若你我僵持不下，误了时机，她这条命可就保不住了。何妨让开一条路，你放我我放人，两不相干，皆大欢喜？"

杨戬入帐之时，一瞥之下，已知端木翠遭了暗算，现下见她伏于展昭怀中一动不动，并不知她已死，只当她是遭了挟制，心下怒不可遏。他生平最恨受人威胁，若不是端木在他之手，直欲立时将展昭劈作千片万片，哪里肯放他走脱？

只是展昭此言既出，却如一石激起千层浪，周遭的端木营兵卫俱都骚动不安起来。要知他们多是端部落和虞山部落族人，此刻心系主帅安危，哪顾得上杨戬所思所想？面面相觑忐忑不安之下，竟自发自觉，让出一个缺口来。

展昭目光所及，淡淡一笑，忽地触及一人，蓦地怔住。

阿弥就立在包围圈之中，眸中尽是不置信和绝望之色，俄顷惨然一笑，道："展昭，你果然是朝歌的细作。"

展昭眼帘微垂，他并不想欺骗阿弥，可是时至今日，谎言也好，辩解也罢，已没有太多的意义，他并不想耽搁，留此有用之身，他还有事要做。

阿弥的眼眶之中渐渐漫起一层水雾，泪眼蒙眬之中，她听到展昭平静温和的声音："你认为是，就是吧。"

话音未落，他忽地身形暴起，如孤鹤纵天，直直拔起数丈高，身在半空，蓦地撒手，端木翠的身体坠将下去。下方立时鼓噪搅嚷作一片，此时此刻，追捕十个八个展昭，都没有保护主帅来得重要。

高手过招，险处求生，求的无非就是这刹那生机。趁着众人忙乱间隙，展昭向外疾掠，但心中毕竟记挂端木翠，使出这一招迫不得已，若非确属势急，无论她是生是死，他都不会抛却她的。

他怕万一没有人接住她。

急回头看时，杨戬已将端木翠接住，发觉端木翠气绝，他发出一声猛兽受伤似的低吼，极其愤怒地抬起头来，目光正与展昭相碰。

这目光刀锋砺血般森冷狠绝，遇神杀神，遇佛绝佛。

展昭心头一凛，激灵灵打了个冷战。

不过他没有做丝毫停留，背影很快消失在夜色之中。

兵卫们蜂拥着朝杨戬围过来，不知是谁先惊恐地叫了一声："将军死了！"

不安和惊惧潮水般蔓延开来，刀戟坠地的闷响此起彼伏，有人忽然就号哭起来，有人压抑着啜泣，有人一屁股坐倒在地，僵住般一动不动。

杨戬觉得烦躁无比，怒喝道："混账，号什么！"

这一声运足了气力，直震得在场诸人耳膜嗡嗡作响，场内有片刻死寂。

就听杨戬冷冷道："打灯语封城，这一刻始，没有我的命令，谁也不能进出安邑。"

顿了顿又道："端木将军亡故的消息，谁也不能外泄一个字，外泄者，斩！"

这一夜的安邑，称得上满城惶惶鸡飞狗跳，几乎无一家不被侵扰。气势汹汹的西岐兵破门而入，四下翻扫而去，街巷之内火把憧憧，映得半边夜空红得发亮。

只差掘地三尺。

展昭哪里都没去，他待在自己的军帐之中，听帐外人声喧扰，静静掩身于黑暗的角落处，摩挲着端木翠的那根穿心莲花。

方才，她对他说："展昭，如果你说的话都是真的，那么，你等着，我让她来找你。"

第二十二章　魂兮归来

阿弥将手中的柔软绢帛浸入铜盆的暖水中，待绢帛舒展浸满后，拿出，拧水，展开，叠成方方正正的一小块，细心帮端木翠擦去面上的污血。

不时有泪珠自面上滚落，她不得不暂停手上动作，将泪拭去。

主帐里很静，只她和杨戬二人，杨戬背对着她，坐在将案之后的榻上。案上烛火微弱地跃动着，像极了最后一线行将脱逝的生命。烛晕微微，勉力倔强地笼住杨戬落寞而又疲倦的背影。

帐外有人低声回报："毂闺将军到了，被拦在安邑城外。"

毂闿到了？

阿弥一惊，脊背似是僵住，杨戬淡淡道："请。"

来人步声远去，杨戬振篦站起，似是自言自语，又像是对阿弥说话："我临来之前，邀毂闿同行，三日后攻崇城，我想应该让他见见端木，谁知……"

谁能料到端木营生此不测？

"那怎么办？"阿弥手足无措，语声微微战栗。她纵是再不谙沙场世故，也知此刻毂闿是绝不宜见到端木翠的，"要不要……"

说话间，她攥住白色盖布，竟是想将端木翠掩藏起来。

"要不要怎样？"杨戬自嘲一笑，"毂闿不是蠢人，堂堂西岐大将，被拦在安邑之外，岂猜不出安邑生变？进得城中，看到满城鸡飞狗跳，不会心中生疑？毂闿桀骜性烈，定会找人逼问，端木营兵卫得我示下，必不敢泄露，但目中殇痛面上哀情语中踟蹰是断做不了假的。都是于这疆场死生看惯之人，想必已猜出五六分了。"

顿了一顿，待要再多说些什么，忽听到帐外急起马蹄之声。

蹄音初听尚远，转瞬已到近前，马儿嘶喘之声甚切，鞍辔闷响，帐外有片刻搅嚷，似是有人试图阻拦："将军……"

一言未竟，已被掀翻开去，重重扑地，铠兵碰击。杨戬笑道："蹄音湍急如乱流，来人性烈如暴雨。阿弥，纵是不见其人其面，由其声势，你也能断出轻重缓急。"

阿弥睁大眼睛，不明白杨戬此刻，为什么竟向她解释起兵家行事来了。

还未反应过来，帐帘刺啦一声被扯将下来，帐外风沙迎面扑入，杨戬双目微微眯起，模糊之中，看到毂闿高大身形定定立在帐外。

一时无言，俄顷，就见毂闿摔下手中帐帘，大踏步向端木翠置身之处过来。

阿弥有些心慌，下意识避让开去。毂闿蓦地止步，死死盯住端木翠煞白面庞，良久颤抖着伸出手去，以手背轻触她面庞。

触手冰凉，毂闿喉头一滚，双目合起，两行热泪无声滑过脸庞，闷声道："我就知道。"

静默之中，响起杨戬平静至几乎冷漠的声音："你知道什么？"

毂闿缩回手来，惨然一笑，并不答话。

"三日后攻崇城，战事谋划如何？营下兵卫操练已精？云车何在？粮草可足？

前锋点谁为将？后卫谁人控兵？"

毂阊大怒，猛地转过头来："杨戬！"

"如何？"

"端木尸身未冷，你在这里说这些无关紧要的！"

"无关紧要？"杨戬冷笑，"毂阊将军须得谨言慎行，你所谓的无关紧要，在我看来，和你性命交关。你请得崇城战牌，得丞相手令三日后攻城，此时此刻，你不该紧锣密鼓，置沙盘召麾下，以谋战事吗？"

毂阊虎目圆睁，眸中怒火几欲焚噬杨戬："杨戬，端木死了！"

"她是死了，你从何得知？"杨戬面色寒若坚冰，"战事在即，主将不离军帐，你今夜本该在营中筹划，你怎么知道安邑生变？你怎么知道端木遇刺？你本不该来此，所以你什么都不知道。

"我若是你，我现下就理衣整鞍，回营筹谋以应战事，一心扑于攻城，心无旁骛。待得攻下崇城，要疯要醉要死要活，都由得你。"

毂阊默然良久，哑声道："杨戬，你何其心狠。你可知，端木险些便是我的发妻。"

杨戬叹息："我自然知道。但是毂阊，你首先是战将。若非攻城在即，我可任由你在此酩酊大醉号啕大哭，惜乎战事一触即发，你一身系全营兵卫性命，更系两方战局走势，个中关系，相信我不说你也知道，哪容你在此处蹉跎？回去吧，忘记今夜你来过安邑，城破之日，丞相会单独见你，告知你端木亡故，那时你才会惊闻噩耗，殇痛失形。在那之前，一切如常。

"我想，换作死的是你，端木也不会做无谓伤悲，必然披挂上阵，以枪头血祭你屈死亡魂。

"端木是被朝歌细作所杀，你若想为她报仇，最好的方式，莫过于拔下崇城。

"言尽于此，是去是留，你自己定夺吧。"

杨戬果不再说一句话。

毂阊僵立良久，忽地抽刀出鞘，一手挽过端木翠发丝，于刃上滑过，锋芒过处，带起幽幽发香。

收一缕入怀，再无多话，转身大踏步离去。

行至帐帘之处，忽地停下，沉声道："杨戬，若缉得行凶之人，莫要杀他，候我归来。"

语毕，也不待杨戬应声，径自去了。

蹄声又起，只是这次，不急也不缓，杂沓零落，漫无所向，似是声声叩在心上。

阿弥心中一酸，以手掩面，指缝中慢慢洇下泪来。

这一夜杨戬耽留安邑，并未回营。第二天高伯蹇风闻杨戬在此，巴巴地跑来会面，被杨戬冷言冷语命人挡了去。他知端木翠亡故一事不宜外传，一面令人封口，另一面遣人深挖地窖，置端木翠棺椁于其中，窖中四周堆冰，上覆海量稻草，暂作冰室以用。

要知殷商一朝，已有富户冬日凿窖存冰，以作夏日凉饮之用，安邑虽小，亦有贮冰之家，且大部分存冰，竟是取自旗穆家的地窖的。

这一日夜，展昭静处军帐之中，夜间曾有两个兵卫进来查看，展昭略施技力，轻身飞举，倒缀顶帐之上，倒也瞒将过去。自那后，兵卫在帐外行行走走，竟是无人再进来。

展昭先时听到端木翠言说"你等着，我让她来找你"，心中震撼之外，不无欢喜，因此并不当真觉得端木翠是死了，心中并无十分殇痛。哪知这一日夜以来，独自静处，细细推思这多日与端木将军的行来过往，点点滴滴，犹在眼前，愈到后来，心中酸楚之意愈甚，因想着：她既说出"让她来找你"这样的话，可见她与端木，并不是一个人。这许多日以来，与端木将军由两相敌对到可面坐夜谈，二人之间，终究不输一段情谊，我竟眼睁睁看她在我面前横死了。

心潮激荡之间，忽又想到：她与端木，当真便是截然不同的两个人吗？她岂不就是当年的端木？她除了不记得我之外，一颦一笑，性情举止，哪一样不是跟端木相同？假以时日，我与她渐渐相知，与后来的端木，又有什么不同？她的种种，譬如端木早年旧事，如此举步维艰，我眼睁睁看着，竟是半分力都出不上的。

一时间情难自已，想到凄恻之处，竟怔怔落下男儿热泪来。如此不知过了多久，忽听帘幕轻动，他心思疾如电转，知是有人进来，当下闪身避于内间，将里外间开的帘帐留了一线，向外窥看。

当头的是个普通打扮的兵卫，与外间巡卫并无二致，奇的是跟进来那人，竟是旗穆衣罗。

看旗穆衣罗时，见她目光流转，面有警惕之色，与之前的痴傻之态判若两人，展昭心中奇怪，因想着：只一日夜工夫，她竟好了？

正思忖间，就听旗穆衣罗压低声音道："我依你吩咐做了，端木翠既死，理当为我杀高伯蹇。"

这话压得极低，于展昭听来，却不啻半空一记惊雷，只觉手脚冰凉，呆立当地。

心神虽是杂冗轰鸣，于两人对答，却是一字不漏。

"安邑布下天罗地网，杨戬坐镇，再杀高伯蹇不易。"

"你们应了我的，我杀端木翠，你们就杀高伯蹇，怎么能出尔反尔？而且我也不能再在端木营待下去，若是他们疑到我身上……"

"咔嚓"一声骨节脆响，展昭一惊之下，收回心神，急向外看时，就见旗穆衣罗软软瘫地，那人的手正自旗穆衣罗颈上移开。

这一下变生突然，展昭知道对方无非过河拆桥杀人灭口，心中怒不可遏，正待抢将出去，忽听帐外有人恭敬道："见过将军。"

然后便是杨戬的低低应声。

知道杨戬就在帐外，展昭硬生生刹住脚步。

那兵卫却是不惧，将旗穆衣罗尸身拖至一角，又用帷幕盖了，理理衣襟，大大方方出去。展昭心念转处，已猜出八九分：此人既扮作端木营兵卫，即便出去撞上杨戬，也可推说是进军帐查看，然后大摇大摆离开。莫说杨戬未必进帐，就算是进了，发现旗穆衣罗尸身，再要找那人，要往何处去找？他这一走，杳无音踪，那端木将军身死之恨，怕是无从得报了。

展昭心一横，再不作逗留，抓起立于旁侧的巨阙，一声怒喝，竟从帐中抢了出去。

原本以为空空荡荡的军帐竟闯出一个人来，场中兵卫，俱都怔了一怔。杨戬本已走过，闻声止步，看清展昭身形，眸中转过阴鸷狠绝之色，怒道："戟来！"

展昭自一出帐起，目光便死死盯在那看似浑不起眼的兵卫身上，哪管杨戬如何，一声低喝，青锋出鞘，半空一道银弧，蛇吻般直击那人后心。

那人倒也不是稀疏平常人物，直如脑后生眼，闪身挪避。展昭哪容他逃脱，腕翻力走，一招未老，变直击为横削，眼见便能将那人阻在当场，脑后风声忽至。展昭心知不妙，一边厢袖底袖箭击如走珠，一边厢回身急挡，巨阙锋刃死死卡住杨戬三尖两刃戟的戟尖，竟有火星迸射开来，金石相击之时，那边厢已传来那人中箭惨呼之声。

展昭容色镇定，道："杨戬，方才那人便是毒杀端木将军的朝歌细作，你若

有心，细一推想，便知我所言不虚，莫同我多作纠缠，走脱了真凶，还不快让人擒住他！"

语声未竟，臂上施力急挑，将杨戬的战戟挡了开去。杨戬虽不尽信于他，但也知宁枉勿纵，急喝道："将那人擒住！"

场中兵卫得令，纷拥向那中箭之人，展昭唇边漾起笑意，趁着杨戬略一分神的当儿，身形疾退，竟也混入了兵卫之中。

他身上衣裳与众兵卫有别，不求掩人耳目，只求这片刻先机。果然，纷乱之间，杨戬的追击便慢了一拍，眼见展昭身形隐于帐后，杨戬急喝道："封营！"

杨戬昨日与展昭有过一回交手，知他武功极高，兼多计谋，既失行踪，一时难追，因此另辟蹊径，急令封营。昨夜之后，守卫森严，营外俱有栏架守卫，兼有望台弓手，突围不易，因此上，先困展昭，再瓮中求索不迟。

展昭于杨戬思谋，亦猜得八九分。他方才趁着混乱，只是暂隐形迹，就如同昨日般，只是趁乱潜回自己的军帐，真想突围而走，谈何容易。

因此今次故技重施，不可在外停留太久，必须尽早再在端木营中找到掩身之处。

他以林立军帐暂作掩身，时隐时走，忽见前方不远处新起一方军帐，前两日似未见过，帐前兵卫听到这边腾沸宣令之声，俱都仰首而看，展昭趁其不察，身形疾如鬼魅，但见帐帘微起微落，展昭已然进帐。

这军帐却是奇怪，内里空空如也，似是拿军帐圈了一块地般，展昭心中讶异，在帐中且走且看，忽觉脚下一空，他心道不妙，待想轻身上提，已是不及，竟直直摔了下去。

展昭直以为是中了计，丹田提气，一挨地便矮身滚将开去，顶上带下一蓬稻草，急起身时，激灵灵打了个寒战，这才发觉四壁尽是凿作方方正正的冰块。

入目昏暗，过了片刻，展昭才慢慢看出自己是身在一个地窖，周遭有白色帷幕垂下，正中一口巨大棺椁，棺盖半合，棺中寒气袅袅外盈。

展昭心中一动，缓步走过去，一挨身便觉寒气逼人，伸手推那棺盖，竟是异常沉重。展昭薄唇紧抿，以掌抵那棺盖，内力运处，就听低闷声响，那棺盖辄辄移了开来。

一瞬间寒气大盛，展昭几睁不开眼来，顿了一顿，才看清棺中四围俱堆了冰块，再向内看时，脑中轰的一声，只觉身子忽然滚烫忽然冰凉，双唇嗫嚅，竟说不出一个字来。

端木翠正睁大了眼睛看他，睫毛上一层冰屑，嘴唇发紫，似是动了一动，只是没有声音。

展昭愣了半天，忽地反应过来，一颗心几乎要从胸腔中蹦出，竟不知怎么把她抱出棺材的，急脱下身上衣裳将她裹住，四下再看，将那垂下的帷幕通通扯落，也不管扯落之声会不会引起帐外留意，将端木翠裹了一层又一层，怕是没裹成一只白熊。

帷幕裹往，又没了计较，伸手去捂她面颊，探得鼻息，一颗心重重落回实处，想了一想，又以掌贴于她后心，内力绵绵，源源注入她体内。

也不知过了多久，她的身子终于不可抑制地颤抖起来，长睫之上挂一层霜水，牙关磕打，格格之声一阵紧似一阵。

展昭定定看住她，目光须臾不转，那牙关磕碰之声，在他听来，竟似是平生听过最美妙的声音一般了。

端木翠终于抬头看他，嘴一扁，几乎哭出来："展昭，你再来迟一步，我就冻死了。"

她扑于展昭怀中大哭，这一扑力道甚猛，展昭经夜不睡，下盘虚浮，差点被她扑翻了去，身子晃了一晃，方自稳住，轻轻伸臂环住她，下巴在她湿湿发上蹭了蹭，唇边渐渐噙起笑意来。

她一边哭一边骂温孤苇余，骂得甚有创意，株连带坐，阖家往上十八代往下十八代，外加亲戚朋友邻居，有罪之余，再加三等，男女老少，无一得免。

展昭竟插不得话去。

好容易待她骂累了，展昭才叹息道："你就不会小声点，这么大声，十里八乡的人都招来了。"

端木翠不解，扬起脸看他，奇道："大声了怎样？"

展昭不答，只抬头看向自己跌落之处，那里渐有人声，人影憧憧，还有刀刃戟尖，不时从破口处往下戳探。

他淡淡一笑，垂下脸来，端木翠正两手搓着口中呵气，见他垂目，又问一次："大声了怎样？"

她倒是两耳不闻窗外事的。

展昭微笑，摇头道："不怎样。"

想了想又柔声道："再大声点，也没关系。"

正说话间，地窖顶盖呼啦一声被掀开，顶上大亮，四壁放下矮梯，有那等不及的，舞刀持戟，呼喝着跳将下来。

端木翠吓了一跳，从展昭怀中坐起身来，抬头打量来犯者。这一打量不要紧，打前锋的一干人心中俱都一咯噔，高高扬刀弄戟的手，不知是该放下还是该不放，一时间皆如被施了定身法，蜡像般排排站。

刹那死寂当中，只有端木翠兴高采烈，献宝般道："展昭你快看，这些人的打扮，跟我在西岐时的部下都是一样的。"

想了想又添一句："温孤苇余还颇费了心思，从哪儿把他们弄来的？以为这样一来我就念旧手软了，哼。"

这一哼相当有气势，把展昭哼得想去撞墙。

"端木，你到底知不知道这是哪儿？"

端木翠眨了眨眼睛，正待回答，那十来个打前锋的反应过来，又是哭又是笑："将军活了！将军活了！"

声音不大，但是相当有震慑力，一嗓子嚎过，四壁正爬梯子的骨碌碌滚下一串，还没来得及蹬梯子的赶紧将消息散播出去。有那熟知端木翠早年旧事的，散播消息的同时加重了一个"又"字，语曰："将军又活了！"

这个"又"字用得相当贴切，须知死去活来，素来是端木翠的本事和特长，她自己懵然无知，偏把周围搅得翻江倒海，非常有感染力、感召力、影响力。

端木翠瞪大眼睛，看眼前人仰马翻。展昭头大如斗，心中轻叹一口气，扶着端木翠起身，起身的一刹那，低声道了一句："这里是沉渊。"

"沉渊哪……"端木翠恍然，但是这一恍然敌不过骤然起身时的膝上剧痛，她不禁大怒，"谁把我的腿弄成这样子？"

与展昭在沉渊中一波三折惊险选出的经历不同，端木翠自坠下沉渊，所历种种基本可分为四步。

第一步：坠下沉渊。

第二步：被沉渊之怪蒙蔽，认为自己已然杀身成仁，阎罗迟迟不来接，她只好在那个简陋且不上档次的泥潭会客厅中等候，等候之余，生前旧事一一闪回，百转千折。当时不解，此刻看了个透彻，心中殊不是滋味，待想起西岐一节时的尚父所为，心有不甘，翻白眼若干，然后下定论："姜子牙你这个小气鬼。"

谁承想那时节端木将军亦在陈言旧事，有刹那间，两人情为一体心意相通，她的所思所想，诉诸将军之口，惊到了展昭，那也是意料不到。

说到展昭，她倒是想得极少，概因一旦想起，好生难受，这难受来如山倒，待要忘却消弭，却艰难如抽丝，一丝一丝，盘在心窝深处，被人硬生生拈起头，一点点往外抽取，牵筋动血，痛到连呼吸都带下眼泪，只能强迫自己不去想，不能想，找些什么引开自己的注意力。

找什么呢？自然是去骂始作俑者，来来去去，把温孤苇余腹诽了个体无完肤——否则刚刚为什么骂温孤苇余骂得那么熟练？无他，操练纯熟耳。

第三步：忽然就来了另一个端木姑娘（或者说是端木将军更贴切些），让她快走，她觉得奇怪，正要细问，潭中异声大作，将军变了脸色，一把将她拽上岸来，急道："往出口走，走！"

第四步：不管好歹，往出口处疾奔，刚一得脱，冷气透骨，定睛看时，竟是身处棺椁之中，四肢俱已冻得麻木，想略移指节亦是不能，心中叫苦不迭：早知刚刚不走了，原来是叫我来受冻的，只知阎罗殿有热油灌顶、尖刀剜心，什么时候多了棺里挨冻这一节？

接下来前文都已交代，此处不再赘述。她得见展昭，了悟自己应该是没死，还想着又被冥道中什么妖兽蒙蔽，直到展昭提醒，她才知自己是身在沉渊。

"沉渊哪……"

她恍然的同时对沉渊无限好奇，加上这里是西岐，目光所触，带起心头尘封两千余年的旧事，一时间恍恍惚惚，脚步虚浮，晃晃悠悠如在梦中。

直至见到杨戬。

两人四目交投，都如见了鬼。

杨戬得兵卫回报，言说端木翠死而复生，先时还不尽信，匆匆赶去，迎面正撞上她来，眉眼口唇，恁地熟悉，不是她是谁？

端木翠先前所见，都是西岐的小喽啰，心头虽有震撼，也自了了，现下终于见到重量级人物，跟记忆中的杨戬一般无二，气势威仪，不让本尊，当下眼珠子都快掉下来，上前几步，盯住杨戬瞅了半天，忽然就做出了让杨戬险些吐血的举动。

她伸手揪了揪杨戬耳朵。

杨戬猝不及防，竟然也就让她这么做了。

手感不错，她想了想，又拈起杨戬垂下的一缕头发。

指腹摩挲了半天，端木翠感慨万千，金口一开，给了一句点评："真真啊！"

感情这姑娘以为沉渊里的都是充气娃娃，非得亲手试试材质不成？

众目睽睽之下，杨戬面上一阵红一阵白，终于忍无可忍，怒道："你干什么？"

想不到这个假冒伪劣产品还敢对她吹胡子瞪眼，端木翠立马回瞪回去："不干什么！"

说话间，将杨戬头发在指上绕了几绕，负气似的往下一拉，不待杨戬叫痛，又松手弹将回去。

杨戬气得那叫一佛出世二佛升天，围观诸人看得目瞪口呆，偏偏两位都是主将，旁人位卑言轻，不敢露在脸上，憋得非常辛苦，辛苦之余，还得给自己打气："憋！憋死了都得憋！"

只有展昭忧心忡忡。他万料不到端木翠还有这么深藏不露的一出，低头看了看自己垂在肩上的头发，不着痕迹地将它们拂到肩后。

端木翠却是洋洋得意，歪着脑袋看杨戬："大哥我饿了。"

一句含嗔带娇的"大哥"，杨戬无话可说。

怎么样都是死了又活转来，不管如何生气，面子上也得疼她宠她的。杨戬虽觉得蹊跷，还是先顺她意："你先回去换过衣裳，待会儿用膳。"

语毕又看展昭："你随我来。"

这年轻人，周身透着奇怪，更怪的是，怎么他一到，原本死了的端木又活了？他得好好问问。

展昭略一踌躇，正想举步，忽地臂上一紧，却是端木翠握住他手臂，警惕地看杨戬道："他跟你去做什么？"

她还有潜台词没出口：反正你都是假的……

杨戬没好气："我有话问他。"

"他跟你又不熟。"端木翠越俎代庖，也不管展昭乐不乐意，"有什么话你

跟我说不就行了？"

　　然后看展昭，也不管会不会气煞杨戬："展昭你跟我走，别理他。"说着，果然扯着展昭就走，走了两步腿脚不便，改单脚跳，展昭只得过去扶她，兼小声提醒："你的军帐在那头。"

　　初来乍到，南辕北辙。

　　她"哦"一声，转了个方向，又跳。

　　杨戬心中默默祝愿她摔一跤才好。

　　边上立着的是杨戬带过来的副将，旁观者清，他心头总觉得蹊跷，忍不住低声道："将军，端木将军死而复生……似有些古怪。"

　　"古怪什么？"杨戬憋了一肚子气，"死了一回，原形毕露才是。"

　　半道上，阿弥已得了消息迎将过来，一见到端木翠，眼泪便扑哧扑哧往下落。端木翠拉了她的手，伸手去刮她鼻子："死丫头，哭个没完没了了。你哭也就罢了，将来我真死了，你也不准死。"

　　对于阿弥当年的撞棺而亡，她到底存了心结，"将来我真死了，你也不准死"这话，在心里不知憋了多久，也不知向谁去说，如今撞着她的面，明知她是假的，还是认认真真将这话说出来。

　　阿弥偏头躲她的手，破涕为笑："谁说要为你死了。"

　　人再假，这份情确是真的，端木翠喉头一哽，倒不知说什么好了。阿弥的目光极快地从展昭面上掠过，仍旧回到端木翠身上："姑娘，我扶你进帐更衣。"

　　端木翠自苏醒以来，纷纷扰扰，到如今都没能跟展昭说上几句话，就惦记着寻个清静处，两人赶紧思谋正事，忙向阿弥道："展昭扶我进去就是。阿弥，你去伙夫那里，吩咐准备几样我爱吃的。"

　　阿弥不疑有他，匆匆引人下去，端木翠冲展昭使了个眼色，屏退旁人，进了军帐。

　　一进军帐，甫得清静，两人相对，一时无言，俄顷，一齐笑出来。

　　帐中摆设，恢复如旧，思及昨夜端木将军中毒身死，恍如隔世，展昭眼眶骤然一热，半晌强作镇定，低声道："端木，我在沉渊已久，不知冥道情形如何，曙光可曾退却，不管怎样，都经不得耽误了。"

　　端木翠嗯了一声，低头想了想，道："这倒不打紧，沉渊不比人世，日子会慢许多。"

展昭点头道："温孤苇余也说，沉渊的时间远远慢过冥道，只是，我已耽留很久，总觉得担心。"

端木翠轻轻揉着膝盖在榻上坐下："这你倒不用担心，黄粱一梦，卢生在梦中娶妻生子，举进士，累官舍人，迁节度使，为相十余年，八十而卒，结果梦醒之时，主人家的小米尚未蒸熟，沉渊比之黄粱一梦犹可，你才来了几日，人间恐怕只是眨眼工夫。"

话说得在情在理。

展昭默然，顿了一顿，犹豫再三，话还是出口："端木，我怎么感觉，你并不想走？"

端木翠一怔，咬了咬嘴唇，低声道："我只是想说，不用那么着急而已。"

展昭原本那一说，只是心存试探之意，想不到她竟直认了，一时间竟不知如何再答，顿了一顿，忽觉焦躁，忍不住道："我已经来了很久了。"

黄粱一梦，所指为何，他并不是不知，但是看别人容易，落到自己身上，想镇定却难。在沉渊已耽留许久，开封府怎样，包大人怎样，公孙先生独对妖兽，又会怎样，念及至此，归心似箭，恨不得胁生双翼，须臾得归。

话一出口，即悟得自己说得重了，见端木翠低头不语，心中好生不忍，待要说些软话，又不知从何开口，想了想一声轻叹，默默退出了军帐。

帐外天色惨淡，阴云压顶，似又是风沙漫天之兆，展昭静静伫立，心头不知怎的，竟起了空落之感。也不知过了多久，身后有了声响，却是端木翠扶着帐壁过来，展昭待想伸手扶她，她略略避开了去，却拿眼看住展昭，认真道："展昭，我们就只待一夜，明晨就走，好不好？"

展昭见她如此恳求，心中难过，越发觉得是自己刻薄了她，心中内疚，默然不语。端木翠见展昭不答，还以为他是不愿，又急急道："只一夜，你信我，不会误事的。"

展昭待想说什么，那头阿弥已引人端着食鼎过来，一时不好多言，只是轻轻点头。端木翠面上露出淡淡笑意来，阿弥紧走几步上前，将端木翠扶将进去。

帐外只剩了展昭一人，待想进去又觉不妥，只得先回军帐。帐帘一掀，一眼便看到帐角覆着的帏幕，这才省得旗穆衣罗尸身尚在此间，只得出来向兵卫交代了，遣人将尸身移走。

一番折腾，又费了许多工夫，待得人清，心下疲惫，想到方才与端木翠似是言语不合，只盼她莫要多心才好，正心乱如麻，忽听到帐外有人叫苦不迭："阿弥姑娘只说将军要拐杖，又没说什么样的，要怎么做才好？"

　　展昭心中一动，掀帘出去，两个兵卫正凑在一处愁眉苦脸，见展昭出来，吓了一跳。展昭微微一笑，问起缘由，这才知方才阿弥出来，匆匆交代了两人给端木翠准备一根拐杖，三言两句，便打发两人去做。原本一件简单事，只因是"将军要的"，经了两人千沟万壑的脑瓜子，变得异样复杂。须知领导的事，再小也是大事，领导点到为止，做人属下的就得多行一步多想一分面面俱到，一根拐杖，要金的、银的、铜的，还是木头？何等样式？要雕花不要？要刻山水鸟儿不要？是长些好还是短些好？粗些好还是细些妙？

　　这么简单件事，两人寻死的心都有了。

　　展昭心中好笑，打发两人道："你们去寻根丈长木头来，我来做便是。"

　　两人巴不得有人应承，乐得屁颠屁颠去了，不多时便寻来根藤木，入手轻便，只藤身有些木疙瘩。展昭寻了把趁手的刀子，将藤身细细削过，又用粗粝磨石打磨一回，打眼一看，只是普通拐杖式样，展昭想了一想，微微一笑，掏出袖箭，以箭尖为刻刀，在拐杖把手处刻了幅小画儿。

　　俄顷刻完，将藤屑轻轻吹去，唤了那两人进来，将拐杖交出去。那两人大失所望，因想着：还以为做出什么天上有地下无的宝贝来，原来就是这么个木头木脑丑模样的。

　　只是事已至此，也只得忐忑着交了上去，见阿弥收了，半天帐中没有旁话，这才放下心来。

　　其实依着端木翠的意思，找根能拄的木头便好了，哪管你什么其他乱七八糟的。

　　这一日再无他话，杨戬忙着审问那名朝歌细作，只到端木翠帐中坐了一回，见她提不起兴致，原本想问的话也只得按下不提，因想着：让她多休养两天，届时再问不迟。死而复转这种事，终归蹊跷。

　　夜间，展昭翻来覆去，只是睡不着，到了后半夜时，风声又起。展昭卧听风声，正渐渐有了睡意，忽听到端木翠声音，一惊而醒，再仔细听时，却又没声了，轻轻走到帘帐处掀看，就见阿弥一人站在场中向外张望。

　　展昭心中奇怪，想了想，穿戴齐整了出去，唤阿弥道："阿弥姑娘。"

阿弥忙回转头来，乍见展昭，似是想到什么，面上一喜。

展昭便知她是有事："怎么了？"

阿弥指向外头："展大哥，你跟着我们姑娘吧，她一个人拄了根拐杖出去，也不叫我们跟着，也不叫杨戬将军知道，只说是有事。硬要跟着，她还着恼了，发了好一通脾气。姑娘先时遭过刺杀的，虽说那细作落了网，外间也有巡卫，但是再出事怎么办？展大哥，你不如偷偷跟去看看，千万别出事才好。"

展昭心中一惊，忙道："我知道了。"

急向外走了两步，又折身回去拿了巨阙和穿心莲花，不及再跟阿弥说什么，急急追出去了。

追不了多久就见到端木翠，她一个人，拄着那根拐杖，走走停停，并不匆忙。此时，安邑的主街之上空空荡荡，只一轮冷月亮洒下淡淡光来，连巡卫都不见一个，她的大氅被风扬起，露出单薄纤弱的身子来，直叫展昭忍不住想上去替她把结带一根根扎好。

她倒是浑无所谓的，在街中央站了半晌，抬头望了一回月亮，又拄杖到墙边，伸手去摩挲斑驳墙皮，过了许久，轻轻叹一口气，低下头去，额角抵住墙面，也不知在想些什么。

展昭怔怔看着，心中似是猜到几分，却又说不真切。

俄顷她站直身子，将大氅紧了紧，一路向城楼而去。守城的兵卫识得她，待要上前相扶，她摆摆手，反将城楼的守卫都给屏退下去了。

偌大城楼，只她一人，倚着女墙站着，风过，舞起万千发丝，像是鲜花盛放在黑夜之中。

顿了一顿，她似是站得累了，将拐杖靠在一边，整个身子都伏在墙垛上，两只手臂交叠着放在垛上，小巧的下巴轻轻垫在手臂之上。

目光所及，只不过是城外漫漫黑夜，了无人声。

展昭忽然就不想再躲躲藏藏，他从掩身之处出来，故意放重了步子。

端木翠没有回头，待他走近时，低声叫他："展昭。"

她还是没有看他。

展昭轻轻应了一声，走到她身边，不露痕迹地站到迎风一面，一时间寒风侵衣。

她站了那么久，竟不冷吗？

她目光飘忽，低声道："这是我家。"

"你家？"展昭不解，"这里不是……安邑吗？"

怎么说她的家也该在西岐而非安邑，若非要较真了说，西岐也不是，应该是端部落才对。

"是啊。"她似是没听出展昭的弦外之音，忽然就高兴起来，仰头道，"看，我家的月亮。"

一轮巨大的模糊的冷月亮，透着拒人于千里之外的疏离。

可是她看得兴致勃勃："我很多年没有看到过了，好不好看？"

展昭突然就懂了。

"月是故乡明，"他的声音低得几乎听不真切，"好看。"

"好看吧？"端木翠笑得很开心，"只是我家里冷清了一点，不像开封，那么多人，那么多店铺，那么多花花绿绿的东西。以前王朝、马汉他们去端木草庐看我，总会带些新奇的小吃食，跟我说，端木姐，这是哪个斋买的，这是哪个楼买的，我那时就想，我家里是没有的。

"我家里太冷清了，人不多，东西也少，没那么多新奇的玩意儿，老是在征战，从这里到那里，好不容易空闲下来，我就到城楼上站一站，看看远处；有时候天黑了，什么都看不到。

"没有瀛洲那么舒服，也没有开封那么热闹。"她叹了口气，声音渐渐低下去，"可是这里是我家啊展昭。我明知道沉渊里的东西都是假的，可是又做得那么真，我醒来之后，看到那时候常住的军帐，吃饭时用的餐鼎，常吃的豆羹，穿的衣裳，这个那个，那个这个，数也数不清，感觉好像回了家一样。"

她喃喃："那时候，就是这样子的，月亮就是这样的，晚上也是这样的，连风都是一样的，呜呜的像是谁在哭。人家说少小离家老大回，我真是很羡慕这些人，他们还有家可回，就算只剩下断瓦残垣，满院的野草，那还是自家长的，一砖一瓦，是小时候看惯了的，他们还不知足，还捶胸顿足地哭，说什么斗转星移世事全非，他们哪里知道世事全非是什么样子的。我掘地三尺都挖不出家里的一片瓦来，我都没哭，他们一个个哭得肝肠寸断的。"

说着说着，她又不平了，展昭微笑，只是眼眶渐渐湿了。

"白天的时候，我不是不想走，只是突然间回到这里，我想多看一看，看看假的都好。这么多年过去了，很多事情我都不记得了，一个人如果连自己家的样子都不记得了，那多糟糕。"

她不说话了，近乎贪婪地看面前的黑夜。这夜晚跟开封的夜晚有什么不一样呢，展昭看不大出来，但是他知道端木翠是能分辨得清楚明白的，就如同秦人好秦砖，汉人知汉瓦，她知道自己家里的夜晚与别处有什么不同。

这里不是他的家，风云草木，与他无干，所以他归心似箭，弃如敝屣。

但她不同，一草一木，叶脉木纹都烙到她血液中，她不舍得，又不能不走，只要求一个晚上，"只待一夜，明晨就走，好不好？"

真也好，假也罢，这里是她的家，他有什么权利定她去留？

展昭合上双目，将眼角处的温热藏起："端木，是我不好。"

"嗯。"她应得很快，毫不客套，还翻他一个白眼，"你一向对我不好的。"

前头说过，端木翠向来是破坏气氛的高手，前一步还花朦胧鸟朦胧秋月正朦胧，让她一句话打岔就能偏到养牛耕地种田忙、挑水烧柴真欢畅上去，就拿这次来说，姑娘你不说话，让展昭自个儿内疚伤情不就得了？保不准他日后对你好上加好了。

偏扣这么一顶结结实实的大帽子过去，还"一向"！

展昭气结：哪有"一向"那么始终如一？不就是态度上有那么点点不耐，都没敢说什么重话，她就敢给他上纲上线。孔夫子一语中的，唯女子与小人难养也，但是孔夫子也说得不尽然，应该再加一句，两相较之，女子更难养也……

索性不理她。

她却似忽然想起什么，偏了头看他："展昭，今天大哥来找过我，同我说了一会儿话，你在沉渊之中，是不是遇到端木将军了？"

展昭心中一突，一时间口唇干涩，半响才应了一声。

"她可有为难你？"

展昭摇头，顿了顿轻声道："她很好。"

"那就好。"

一时无话，端木翠的目光重又投回暗沉夜色之中。展昭心底生出淡淡怅然，他突然发觉，即便是自己，对于沉渊，也并非全无眷恋。

他们虽是虚假幻象，但有血有肉，泪是真的，笑是真的，悲是真的，喜是真的，情……也是真的。

比起那些占了人的躯壳，却无人心不做人事之人，岂非好了太多？

"展昭，我带你四处看看可好？"

展昭的思绪收回，淡淡一笑。

其实安邑这么小，人丁冷落，屋舍寥寥，该看的自己多已看过，未必能看出什么新意来，但他了然端木翠的心思，她如同任何一个敝帚自珍的主人家，一草一木对她而言都大不同，怀着炫耀也好忆旧也罢的小心思，她想带着远道而来的客人，四处走走看看。此处再鄙陋，也是她的家，瀛洲或者开封，都替代不了，也永难替代。

展昭伸手去扶她。

她偏不让，拎起拐杖瞪他："现在才扮好人，方才我三步一个跟头，也没见你来扶我。"

展昭微笑，眼神示意了一下那根拐杖："谁说我没来扶你？"

端木翠没明白。

展昭隔着衣袖捉住她手腕，将她的手略往下移了移。

她先还有些茫然，指腹摩挲到轻微刻痕，一下子明白过来。

将拐杖举到面前细看，借着城楼悬灯的微光，看到小小的一方笑脸，熟悉的官帽，两条垂下的发带，寥寥几笔，已得其形神。

她还想装作漫不经意，只是唇角眉梢的笑意，藏都藏不住。

她看看那刻画儿，又抬头看看展昭，俄顷又低头看画，再抬头看展昭。

展昭让她看得局促，面上微微发烫，不着痕迹地侧了侧脸，避开她目光。

"一点都不像。"她口是心非。

又撇嘴："难怪方才路都走不稳，总要摔跤，原来是你做的拐杖。"

喂喂喂，走路要摔跤是老天听到了杨戬的心声，关展昭什么事……

"那还我。"展昭不干了，佯作伸手要抢。

端木翠哪里肯还，格格笑着闪避，忽然脚下不稳，身子一歪，展昭出手相扶不及，她已跌入他怀中。

展昭下意识想扶她，她反一低头，埋首在他胸膛，轻轻环住他的腰。

展昭身形一僵，只刹那间便反应过来，心头融融一层暖意，似是酒后微醺渐渐化开，不淡反浓，收紧双臂，拥她在怀。裘氅轻暖，即便隔着氅衣，亦能感觉到她不盈一握的细软腰线，伏贴柔软得让他想叹息。

过了许久，他才低低叹道："磨人的姑娘。"

端木翠仰脸看他，很是不服："哪里磨人？"

她话还没完，忽地住口，面上神色变了几变，怔怔看向展昭身后远处。

展昭没有回头，却自她眸中，看到急速升起的串灯。

西岐军中，惯用灯语传军情。

"明日……攻城……"她细细辨别灯语，喃喃自语，"攻什么城……崇城？攻城的是……"

她忽然收声。

展昭心中不忍，扶她站定，犹豫了一回，低声道："我在西岐军中，听说三日之后，毂阘将军要攻崇城。只不知为何，居然提前了，或许……"

或许是因为端木将军的横死，让他急欲血仇，这才提早攻城。

"你要不要，去见见他？"

这话他原不想说，他对端木翠与毂阘的关系，并不确切知晓，但既已谈及"大婚"，想来非比寻常，端木翠既至沉渊，一草一木都念念挂怀，遑论毂阘？

即便知道是假，见见也好。

端木翠不说话，俄顷抬头看展昭，双眸之中，像是陡然间陷入巨大的苍凉和荒芜。

"展昭，我们走吧。"

"去哪儿？"

"一直往西，沉渊东南北三面广袤无极，生路在西，我们一直走，很快就能出沉渊。"

"你不要四处走走看看了？"

"不看了。"她摇头，"反正是假的，早就没了的，看一眼就是了，赖着不走算什么？毂阘……是死在崇城，何必看他多死一回。很多年以前的事情了……我自己记得就好。"

她忽然决绝，反倒是展昭有些不舍了。

来得容易，想走却难。

就这样走了，一路向西？

杨戬还在帐中，不知审问那名朝歌细作有何斩获，他或许还惦记着再去帐中看看端木，嘘寒问暖一番；阿弥在营中翘首以望，将军未回，展大哥也未回；毂圉那边鼓振金锣，战事一触即发；始终未曾谋面的姜子牙彻夜不眠，谋划着一举夺鼎，直捣朝歌；安邑的百姓惶惶不安，看兵连祸结，今日不知明日事……

沉渊如此庞大，如此真实，牵葛绊藤，万千人物，每个人都有自己的喜怒哀乐，都有自己的所思所想，这里也是一个广袤世界，谁敢说它不真，谁敢言它是假？

他忽然想起了端木将军。

她临死前那一晚，跟他说"有什么话敞开了说"，只是身中剧毒，未能卒言，那之后，他不止一次在想，她究竟要跟他说什么？

现在他突然就明白了。

她应该是想说，她并不想离开。身为上仙堪透世情的端木翠尚且对西岐如此记挂，何况是从来未曾离开过西岐的端木将军？

端木翠此番历劫，身入沉渊，乃是因为沉渊之怪探得了她的心结。她的心结并非单纯地牵挂毂圉，而是复杂得多，有乡愁有离恨有情有爱有责有义，这一切，幻化成那个他见到的端木将军。端木将军始终未能离开沉渊，她生于沉渊，死于沉渊，就如同两千年前的端木将军，生于西岐，死于牧野，一缕亡魂，绕乡三匝。

所以，最终能够离开沉渊的，还是端木上仙而非端木将军。

展昭微微合上双目，他对端木将军，始终存了一份难解情怀。或许，他可以与她心意相通，可以与她夜谈把盏，但他始终近不得她。她站在两千余年前的烟尘晓雾之中，对他粲然一笑，身后飘着西岐旗氅，周身漫开马骑胡尘，杀声如沸，金鼓喧天，她生于斯，长于斯，不离于斯，而后，死于斯。

将军和上仙，究竟是一个人还是两个人？这个问题，展昭自忖是再也参不透了，就如同看山是山看水是水，而后看山不是山看水不是水，但是临到终了，仍归为看山还是山，看水还是水。

只是端木翠的这个心结，经此一番，究竟是解开还是没有解开？

端木翠没有看他，她扶住女墙，抬头看那轮巨大的月亮。月光淡淡抚着她光洁面庞，其实自古及今，明月都只是这一轮，不言不语，无甚不同，你看它或者不看它，它都在那里。

过了许久，她才道："展昭，走了。"

展昭没有动，他也抬头看那轮月挂。这轮月亮，曾经照过端木将军，照过他，也照过万万千千他有幸谋面和未曾谋面的人。月只一轮，人却万千，他记得这轮明月，这明月，却未必识得他。

"喂！"端木翠瞪他，"这是你家的月亮吗？还看！"

展昭唇角带出一抹笑意，慢慢转过头来。端木翠将拐杖在地上磕了几磕，干脆利落道："走了。"

语罢，也不等展昭，一手扶墙一手拄杖，径自下阶，下了两步终觉麻烦，于是扶着墙一级一级地跳。

难怪性子如此跳脱。

展昭忽然就释然了。

端木翠的心结，是解开了还是没有解开，又有什么重要的呢？他只知道，眼前的她，眼中看得清楚，心里透亮如镜，她懂得什么叫时过境迁，懂得要放手，懂得要离开。有些心结是死结，久解不开会作茧自缚，但有些心结，却能开出花来。

何必一定要解，何必一定要忘记。

展昭紧走两步，稳稳扶住她。

"一路往西？"

"嗯。"

于是一路向西。

守城兵卫也不敢多问，主将既至，慌忙放行。一出安邑，夜色挟着苍茫，和着风声来迎，先时她跳一阵走一阵，后来累了，展昭扶她慢慢走，再后来，她实在走不动，改由展昭背她。

她手臂环住展昭的脖颈，附在展昭耳边低声同他说话，后来忽然倦意袭来，说了一声："展昭，我困了。"

她没听清展昭在说什么，眼皮就合上了。

似乎只是睡了一小会儿，就感到展昭在唤她："端木，醒醒。"

"什么？"甫一睁眼，便是万道金光。端木翠被刺得睁不开眼睛，展昭轻轻把手覆在她目上，道："沉渊日出了。"

她"嗯"了一声，待得目力适应后，方才拿开展昭的手。那里，他们离开的方向，一轮巨大红日，渐渐自地平线下升起。

这红日大得让人咋舌，几乎占据了东面的半个天空，赤焰张炬，金光到处，本该是一片光耀，偏最东面的地方，似是打翻了砚墨般洇开一团。这墨色渐渐扩大，迅速漫延。

那样一个广袤世界，喧嚣人间，随着这金光起落，城楼、军营、山川、碧水、老树，渐自毁弃，天空陷落，土地崩塌，烟尘起落处，尽数化作了灰烬。

人世崩塌，惊心动魄，但又何其壮观，与眼前所见相比，什么乱石穿空惊涛拍岸，什么长河落日大漠孤烟，统统算作了小儿科。

那根拐杖既是沉渊之物，亦是留之不住，杖身上展昭的笑脸，顿作灰散。

沉渊依托于端木翠对既逝之事的心结而存在，你既决意不再耽留挂念，我也无谓再留，倒是颇有几分"你既无心我便休"的傲骨。

向闻有为一人而倾城，今次为了端木翠，倾覆了一方世界。

展昭尚未从震撼之中回过神来，身周已尽数化作飞灰，风急且啸，目几不能睁，混沌之中，端木翠低声道："展昭，我们回去了。"

展昭伸手与她交握，刹那间天旋地转，身如片叶入湍流。片刻工夫，风息气定，睁眼看时，已在冥道。

与方才所历相比，冥道算是异常安静了。赤焰已歇封印已毕，四壁渐渐挂下冰凌，温孤苇余静静坐于当地，双目闭合，面上一层薄薄寒霜，似是睡着了。

展昭趋身去探他鼻息，而后对着端木翠摇了摇头。

端木翠极低地叹了口气，将目光转向甬道入口。

那里，犹有几道曙光上下浮游未曾退却，见两人现身，登时雀跃，似是召唤二人快走。

冥道之内寒气上涌，冰封只在须臾，展昭赶紧拉住端木翠："走。"

于是曙光在前，两人缀后，一路疾奔，出口处幽光烁烁，愈来愈近……

一步迈出，尚未看清眼前事物，一柄扫帚当头砸下……

"孽障！还敢来！打不死你！"

展昭第一反应是想一脚踹过去，听声音耳熟，心中咯噔一声，拉着端木翠往旁边一闪……

一扫帚扑了个空，来人毫不气馁，转了一个身，扫帚又高高举起……

……

然后，三人面面相觑，没动静了。

半晌，公孙策咳两声，很是镇定地把扫帚掉了个个儿，唰唰扫了两下地，不紧不慢："怎么这么快……就回来了？"

第二十三章　嫁衣

开封府，夜。

后院素来是下人们忙碌扰攘的地方，此刻也安静得像是在沉睡。灶房的门扇虚掩，里头隐隐透出晕黄的光来。

公孙策坐在泥炉旁，手上的卷册书页微微泛黄，泥炉上模样笨拙的砂锅正突突冒着热气，汤药的味道越来越浓。

门扇发出吱呀一声响，烛光有了轻微的明暗变化，公孙策下意识看向门口，面上露出惊讶的神色，忙站起身来："大人，你怎么……"

包拯略显疲惫的脸上露出宽厚笑意来，示意公孙策坐下。

公孙策有些局促，但还是坐回泥炉旁的凳子上。对面还有一张矮凳，公孙策心中转开奇怪的念头：大人也会落座吗？

印象中，包大人从来都是正襟危坐，或临堂审案，或凭几检书，这样矮矮的凳子，是庄户人家闲话家常时坐的，非但没什么仪态可言，反称得上是不登大雅之堂了——大人会坐吗？

他这么想着，包拯已经坐下了，常服的前襟随意撩在一旁，坐得很自然，像是素日里坐惯的。

公孙策自嘲：自己实在是想得太多了。

大人深夜前来，是要说什么事呢？

公孙策仔细地回忆起这一日，稀松平常，无甚不同，大人下朝归来，便一直在书房翻检卷宗，神色平和，用膳饮茶，一如往日。

有什么事是一定要找他说的？还要留到这样夜深人静的时候，在这么一个看起来似乎很是不合时宜的地方。

"汤药是给展护卫的？"

"是，"公孙策的目光极快地掠过放在一旁的卷册，"展护卫这阵子身子不好，日间翻了几卷医书，得了些滋补的方子，拿来试试。"

包拯略略点了点头，顿了一顿，轻声道："今日有宣平的消息过来。"

"宣平？"公孙策微微一怔，下意识坐直了身子。

离开宣平已有数日，牵挂不减，听到宣平之名，自是不同。

"圣上褒奖了庞太师，说是太师进退得法，行止有度，令行禁止，使得宣平之疫一朝缓解。"

公孙策微笑，不置一词。

"派往宣平的人回来报说，当地百姓感念庞太师和圣上的恩德，捐了一座功德碑，碑前香火昼夜不息，为太师和圣上祈福祈佑之人络绎不绝。"

民心最是淳朴，没有人知道天子是因为夜半先帝的托梦冷汗涔涔夜不能寐，急下手令要庞太师救城。他们只知道，最最绝望无助的当口，城门大开，如同为他们铺开一条生路，庞太师骑着高头大马，仿佛神祇降临般代天子宣诏，同时带来了开封最好的一十二名大夫，以解宣平之困。

再然后，像是有上苍庇佑，宣平的疾疫，真的不再蔓延了。病患在慢慢复苏，那些明明已经死了只是尚不及下葬之人，居然也奇迹般还阳。

巨大的狂喜席卷了整个宣平，在这样翻江倒海的欣喜之中，什么猫妖戕害人命，什么公孙先生作法招魂，统统拂过脑后。公孙策他们走得悄无声息，李掌柜忙着酒楼重新开张，也未顾得上相送。

他们的步子轻而缓，没有过多回首，走的时候是黄昏，三条被夕阳拉得很长的身影背后，留下一座死而复生的宣平。

"公孙先生，委屈你了……"包拯的话将公孙策从零碎的恍惚记忆中唤回。

公孙策不觉哑然失笑："大人，学生有何委屈？"

包拯叹息："宣平之疫得解的功臣是谁，本府心知肚明，莫说端木姑娘因此散去一身法力，就连你和展护卫，都险些不得全身而归。叹只叹如今尘埃落定，论功行赏，真正有功之人却……"

包拯沉默。

言有尽而意无穷，包拯的意思，公孙策明白得很。自古以来，一件事两样笔墨书，奸恶的可以被颂上高台，忠贞的可以被踩进尘埃，叛贼可成明主，明主可变昏君。都说公道自在人心，人心是何其可变扭曲蒙蔽的东西，连带着将公道带累得可变扭曲蒙蔽。

"此次前往宣平，原本就不是为了作名利计，又何必在事后作名利之叹？"公孙策淡然，"大人，夜色已深，早些歇息吧。"

包拯微微颔首，公孙策既然看得如此超脱，他亦不便徒作嗟叹。

目送大人的背影走远，公孙策收回目光，垫着隔布将砂锅的盖子掀开，浓郁的汤药味扑面而来。

移锅，熄火，盛药。

寂静的回廊，通向展昭卧房，公孙策捧着汤碗，小心翼翼。

展昭是在临近开封的路上病倒的。

原本以为，宣平疾疫得解，端木翠一并归来，于开封府而言，怎么样都说得上是一件庆事，公孙策甚至筹划着一番小聚，两盏薄酒，三五家常菜，无拘无挂，其乐融融。

谁承想展昭会倒下去。

那时他们在简易的小茶铺中饮茶，茶汤浑浊，茶屑飘在面上，端木翠很是小心地将茶屑吹向茶杯杯缘。公孙策犹豫了半天，问出自己一直想问的问题："端木姑娘，你暂时……不会走了吧？"

展昭忽然就停下了饮茶的动作，茶杯擎在手中，一动不动，茶面却微微漾开纹络。

端木翠继续吹茶屑，头也不抬："怎么走啊，再走个百十年也去不到瀛洲啊。"

"那……"公孙策试探。

"先回开封住下咯。"

展昭轻轻吁一口气，唇角漾出极淡的笑意来。他站起身来，朝向还在茶摊处忙活的小二："小二，结账。"

紧接着，公孙策感觉似乎有暗影当头罩下，伴着带翻茶碗的声音，急抬头时，就看到端木翠慌乱地架住展昭的身子……

再然后呢？

再然后就是马不停蹄地进城，直奔开封府。端木翠的归来与展昭的倒下都不是易于消化的小事，张龙、赵虎、王朝、马汉他们甚至不知道该以怎样的姿态迎接他们的归来。

"展大哥怎么了？端木姐你没事？你没事就好。展大哥是不是受伤了？快进房去……端木姐你这阵子可好？"

语无伦次颠三倒四，不知是该喜还是该忧。一味烦忧似乎对端木翠的归来过于忽略，太过欣喜又似乎显得对展大人有些漠然。

更何况，开封府中本就有事。

匆匆安顿下展昭，张龙急急带端木翠去了红鸾的卧房。

卧房窄小，窗棂微启，红鸾静静躺在床上，似是睡着了。

"端木姐你看看，前一阵子还好好的，两天前突然就……"他一边说着，一边去掀红鸾的衾被。

男女有别，张龙此举过于突兀，端木翠不觉皱了下眉头，不过她很快就明白发生了什么事。

衾被掀开处，她看到红鸾的身体，上身还是女子形状，着淡粉色衫子，下身触目惊心，尽是盘根错节的曲根，树皮斑驳，还带着干裂的泥土。

换言之，她上半身是人，下半身是树，木棉树。

端木翠轻轻叹一口气。

变化是两天前开始的，按日子推算，正是温孤苇余死的时候。

看起来，温孤苇余是以极恶毒的手段操纵了这些精怪的精魂。他是宿主，这些精怪是他主体上抽生出的须芽，须芽若断，不损主干繁茂，但主干若灭，须芽难逃溃散的命运。

端木翠轻轻为红鸾盖好衾被，向着张龙摇摇头。

"救不了了？"张龙的眼圈忽然红了。

红鸾动了一下，苍白的眼皮睁开一线，目力所及处，模糊地看到张龙僵立的

身影。

"张大哥……"她虚弱地呻吟出声。

张龙喉头滚动了一下，近似哽咽地"嗯"了一声，趋身过去。

端木翠咬了咬嘴唇，悄悄退了出去，轻轻为两人掩上门之后，却没有立刻离开。

天气像是要转暖了，廊外的碧色潭水漾开春日的气息。

他们在宣平所历，固然是值得大书特书的历险故事，但是同一时间，在这里，开封府里的诸人，也有自己的故事，或许平淡，或许寻常，但是于他们而言，已经是全部的世界。

她无意去探究张龙是否是对红鸾有意——红鸾的命运已成定局。门扇背后的故事，正在慢慢死去。

也许过些日子，会看到张龙一个人喝闷酒，脾气古怪，不理人。

决意杀死温孤苇余的时候，没有想到会带累红鸾吧，又是一个我不杀伯仁，伯仁因我而死的遗憾。

回廊之上，仆从明显比平日里忙乱，有捧铜盆热水的，有急往灶房煎药的，擦肩而过时，不时听到急促且轻声的"展护卫怎样"。

其实之前她跟公孙策说过："展昭没有大碍，只是被冥道的戾气所冲，一时逆气攻心罢了。"

公孙策很紧张："不是有仓颉字衣护身吗？"

"那是冥道啊。"

公孙策"哦"了一声，并不见得轻松多少，又是把脉又是施针又是下方子让灶房赶紧熬汤剂，把一干仆从支使得人仰马翻。

这样的忙碌之中，端木翠觉得自己有些多余。

"那我先回草庐，明日再来看展昭。"开封府不是她的地头，人来人往，大多是生面孔，她不得一分松懈，又帮不上什么忙，强烈地想回到草庐，休整一番。

毕竟这一趟回来，日子还长。

彼时公孙策正忙，随口"嗯"了一声，或者是因为他跟端木翠已经够熟，无谓拘泥俗礼。

直忙到掌灯时分，大人回府之后，免不了又是一番询问，终于得闲，洗漱之后，带着一身疲惫就寝。

半夜时忽然醒来，只是觉得心里有事，翻来覆去一番，忽然就想起来了。

端木草庐不是被烧了吗？

这一下目瞪口呆，激灵灵从床上跳下来，只趿拉着一只鞋去敲张龙、赵虎、王朝、马汉的门。展昭还昏睡着，不敢让他知道。

事情一说，几个人都慌了。今时不比往日，她一个年轻姑娘，无处可去，出事了怎么办？

于是提着马灯沿街去找，几乎把街巷都给找遍了，后来跟守城的官兵说了好一通软话，出城，往西郊，去端木草庐。

快到端木桥时，赵虎眼尖，一眼看到桥下似是坐了个人。

公孙策提起马灯看了看，知道是端木翠，一颗心终于放下的同时，鼻子忽然一酸。

他让赵虎他们留在原地，自己提了灯过去，小心翼翼地提起衣襟，一步步走下坡度不算陡的河堤。

端木翠抱着膝盖，在堤下不知道已经坐了多久，眼睛呆呆地看着水面，眼底映出一片黑得发亮的水光。

马灯的光照亮她身前一小片湿润的土壤，她忽然低声道："公孙先生，这草庐，怎么说没就没了呢？"

公孙策自责到说不出话来，他忽然觉得自己很自私，为什么一回到开封，心思就全扑在开封府和展护卫身上，把端木翠给忘了呢？

她现在没有法力，没有可以驱使的精怪，没有其他朋友，没有栖身之处，甚至，身上连一文钱都没有。

做神仙的时候，她是不需要这些东西的，但是现在是凡人了，柴米油盐酱醋茶，忽然一起面目狰狞地挤到她面前。

她在这里坐了这么久，有没有想到过这些？她或许想着，自己做过将军，做过神仙，听起来是风光无限，但是又怎么样呢，一旦打落回凡人，她连自己都养活不了。

难怪她没有回开封府，依着她执拗的脾气和性子，一旦钻了牛角尖，怕是能在这儿坐到天亮。

公孙策忽然就气展昭倒下得不是时候。

他如果好端端的，那样细心的一个人，一定会提前为端木翠打理好一切：饿不饿，想吃什么，要住在哪里，要不要仆从侍候，闷不闷，想买什么新奇玩意儿，要添置什么样的衣裳、脂粉、钗钿……事无巨细。

不像自己，完全忽略了这一切，任她一个人孤零零地面对这种突如其来的落差，直到后半夜才想起她来……

看到她单薄的、在夜半的冷风中瑟缩的纤弱背影，公孙策心中涌起父亲之于女儿般的疼惜。

"端木姑娘，跟我回府吧。"

"不想回。"

这个答案实在是在意料之中。

公孙策叹口气："那你打算……怎么办……"

……

"……不知道。"

这不是成心找别扭吗？

公孙策叹了口气，好说歹说，想了个折中的法子，先把她安顿在城中的客栈住下了。

大半夜的，一队公差敲客栈的门，险些没把掌柜的吓出心脏病来，搞清缘由之后不敢怠慢，赶紧领去了上房。

回去的路上，王朝提出个人意见："公孙先生，让端木姐住客栈不好吧。客栈那地方，人来人往随聚随散的，我端木姐万一想得多了，徒增伤感。"

公孙策没吭声。

他在纠结另一个问题：这丫头一个人住客栈，又没人看着她，她不会念头一起，偷偷跑了吧？

这个问题值得重视，现在展昭还昏睡着，她若是跑路了，将来如何向展护卫交代？

不行，得把她转移到安全的地方去——考虑到王朝的提议，最好暂时转移到夫唱妇随阖家幸福温情融融的大家庭，让她感受到人情温暖。

把这个想法向张龙、赵虎他们一说，大家纷纷表示支持。

再那么一合计一选择一考量，这户人家赫然浮出水面。

人倒不是外人，跟在张龙下头的一个衙役，名唤李年庆，四十上下，憨憨厚厚，据同僚反映，共事多年，从未跟他红过脸，绝对的老好人。

背景也很是让人满意，兄弟妯娌，四世同堂，已经是三个娃儿的爹了，热热闹闹，母慈子孝，羡煞旁人，想必端木姑娘住久了都舍不得走。

公孙策越想越满意。

第二天张龙就找到了李年庆，只说是展护卫的朋友，要在他家暂住几天。李年庆哪有不乐意的？头点得跟鸡啄米似的，说死也不要张龙塞过来的银子。

事情就这样定了。

唯一遗憾的是当事人不是很热衷，跟端木翠提起的时候她正在展昭床边坐着，两手支颐俯着身子不知在向展昭嘀咕些什么。听完公孙先生的话，她"嗯"了一声，然后回答："随便。"

公孙策大人不计小人过，心说你过去了就知道我们的一番苦心了。

抬脚欲走，想了想又关心了一回展昭："端木姑娘，展护卫到底什么时候能醒啊？"

根据把脉的结果，他觉得展昭身体的各项机能都正常得不能再正常了，怎么就是不醒呢？说是被冥道的戾气给冲撞了，这戾气怎生这么邪门？

"过几天就好了啊。"端木翠帮展昭掖了掖被角，"展昭醒了之后多给他吃点滋补品，保准没事。"

"没事怎么就不醒呢？"公孙先生在鸡生蛋蛋生鸡的问题上纠结不休。

"累了呗。"端木翠白了公孙策一眼，然后低头看展昭，喃喃道，"懒猫。"

再然后，当着公孙策的面，她食指微弯，在展昭挺直的鼻梁上刮了一记。

公孙策目瞪口呆。

敢情，她还照顾得挺乐呵的？

有这么照顾人的吗？

以前，开封府里也来过不少照顾展大人的年轻女子，不管人家是女侠还是苦主，关键是，人家照顾得专业啊。

每当展大人中了毒受了伤昏迷不醒时，小姐们如秋水般的眼眸总是长久盈着泪水，眼眶永远泛着红，青葱般的玉指总是绞着衣角，不知道绞坏了多少件罗裳。她们的泪水总是不知什么时候就滑落下来，公孙策发誓自己有好几次听到她们的

488

心啪啦一声碎掉的声音。

还有几次，公孙策在后花园撞见她们焚香祈天："若能保佑展大人早日康复，××愿折寿××年。"

看看人家这觉悟，再回头看看端木姑娘，云泥之别啊。

当着他的面就敢这么对展护卫，背着人的时候不知道还有多少花样呢，没准她会揪着展昭的耳朵问："懒猫，怎么还不醒？"

她这哪是来照顾人的，分明是来自娱自乐的。

相较之下，公孙策觉得还是她昨夜的样子更讨喜一些。她怎么就不继续多愁善感了呢，自我修复能力咋就跟壁虎一样强韧呢？

公孙策百思不得其解，但有一点他可以肯定：将来他若有个头疼脑热的，坚决不要端木姑娘前来照顾，坚决！

当天晚上，端木翠住进了传说中其乐融融温情洋溢的大家庭。

李年庆对贵宾入住很是上心，率领一家老小到门口迎接。李家年近九十的老太太拄着拐杖颤颤巍巍，很是热情地牵住端木翠的手，一张口满嘴没牙，莹亮口水在老树皮一样褶皱的嘴边滴滴拉拉。端木翠看得心惊肉跳，压根儿没听清她絮叨了些什么。

接着是济济一堂，一大家子围坐桌旁用膳。李年庆下了血本，鸡鸭鱼肉全上，一个劲儿地招呼端木翠："端木姑娘，别客气，来，来。"

端木翠不想客气，但是她吃素，面对着一桌子的油荤无从下筷。正犹豫时，李年庆年仅八岁的二儿子忍不住了，伸手抓了一个猪蹄。

这还了得？客人都还没动筷呢，李年庆媳妇勃然大怒："你个千刀万剐的二娃子！"

二娃子见势不妙，蹿下凳子就跑。李年庆媳妇脸上挂不住，操起扫帚就追。不一会儿院子里一阵鬼哭狼嚎，号得端木翠目瞪口呆。

李年庆觉得很是有失体面，一个劲向端木翠赔礼："端木姑娘你别放在心上，女人家就是头发长见识短。"

……

也不知怎么把这顿饭给熬过去的，李年庆和媳妇带着端木翠去卧房。房间不大，收拾得很干净，李年庆媳妇献宝样抱出一床新被子："端木姑娘，这被子是新的，

新棉花，闻着喷喷香。"

说话间，她以身作则，深深吸了一口气。

一口气吸过，脸色陡变，忽然就咬牙切齿："老二的败家媳妇，敢换我的被子！"

李年庆媳妇不识字，典型庄户人家性子，也不知当人面要遮丑三分，一阵风般卷将出去。待端木翠和李年庆跟过去时，她正和一个女人分抱被子一头，扯得如火如荼，一边扯一边对骂，开始只关被子，后来就扯到陈芝麻烂谷子的事情上去了，你上月偷用了我的醋，上上月多用了米，再上上月……

端木翠头大如斗，只有干瞪眼的份儿，忽然就觉得出生入死的沙场杀伐，比之妯娌唇枪舌剑，大大不如。

好容易消停下来，李年庆媳妇得胜，扬扬得意抱着被子回归。

端木翠借口困乏，打发走了李年庆夫妇，稍事洗漱便上了床，躺定之后再不愿动弹半分，暗下狠心定要睡到日上三竿……

谁晓得后半夜，风云又变！

原来李年庆深感这一日的接待工作没有做好，家属不给力，在端木姑娘面前丢了人，就等同在展护卫面前丢了人，在领导面前丢了人，就等同于前途无望，越想越是憋气，床帏之中，把媳妇一通臭骂。

李年庆媳妇先还不还口，后来架不住他絮絮叨叨，也来了气：她这一日尽心尽力，做了那么一桌子菜，对端木姑娘客客气气、面面俱到，就算是皇后来了也未必能做得强过她，你还不满意，鸡蛋里挑骨头是怎的？

于是战事扩大，李年庆甩手就给了媳妇一巴掌，他媳妇哪里是吃素的？掀开被子下床，鞋子也不穿，光脚冲到院里仰天就是那么一号："这日子没法过了……"

李年庆鼻子都要气歪了，接待工作没做好也就算了，半夜还不让人好好睡，这要吵醒了端木姑娘可怎么是好？

老婆三天不打，就得上房揭瓦，反了你！

于是李年庆也来气了，为免夫纲不振，一不做二不休，直奔灶房，未几拎了一把菜刀出来。

李年庆媳妇原本跌坐院中捶胸顿足，忽见形势不对，再一衡量敌我力量悬殊，也顾不上哭了，手忙脚乱爬起来，掉头就跑。

这一番吵闹，早已惊起了院中旁人。适才和李年庆媳妇争被子的女人看得眉开眼笑。李年庆的弟弟看了会儿热闹，上来劝和。李年庆放狠话："这婆娘，我非砍了她不可！"

李年庆媳妇放声号哭："端木姑娘，杀人了，救命啊。"

端木翠其实早已醒了，对外间的鸡飞狗跳也听得分明，就是冬日夜冷，被窝焐得暖和，她实在不愿意起来蹚这浑水，但人家都指名道姓了，她也不好再作壁上观，只得哆哆嗦嗦披衣起来。

李年庆见到贵客被惊扰，更是急火攻心，唰唰唰挽了个菜刀花，来了招力劈华山。

端木翠吓了一跳，疾步挤进两人中间，一手推一个："别打了，有什么事坐下来商量。"

李年庆见端木翠过来，倒是不敢舞刀了，气焰降下不少。

倒是李年庆媳妇得了倚仗，重燃斗志，躲在端木翠背后对着李年庆破口大骂："没良心的，杀千刀的，活该生大疮的！"

端木翠一回头，被唾沫星子喷了一脸。

李年庆嘴笨，一时间脸红脖子粗，眼见又要挥刀霍霍。

端木翠忽然就火了，大喝一声："再吵，再吵我灭了你！"

不待李年庆反应过来，端木翠劈手夺了他的刀，往半空一扬。

虽说成仙之后久不练功，好在之前的功底还在，借着屋中烛光，所有人看得分明，那菜刀直直剁入院中那棵大槐树的树身，只留刀柄还露在外头。

"现在都给我回去睡觉，再有一点声音，有一个剁一个！"

说这话时，她一字一顿，眼光瞅到哪一房，哪一房的人便两股战战，逃难般回房。

世界终于清静了。

然而第二天一早，她还是未能如愿睡到日上三竿。

蒙蒙眬眬之中，院中总有压得极低的声音传来，一波又一波，在她耳边苍蝇般赶不走。

于是披衣起来，白色里衣，罩着白色裙衫，发未绾，直直披下，门扇一开，抱臂倚住门框，面无表情，眉峰冷冷，江湖老大风范十足，怎一个酷字了得。

院中立刻鸦雀无声。

但见大槐树下，靠了把木梯，昨晚和李年庆媳妇争夺被子的女人连同李年庆媳妇的三个娃正紧紧扶住梯子。梯顶，李年庆媳妇正伸手不知够着什么。

"一家人等着吃饭……"李年庆媳妇怯怯解释，"就这一把刀……"

端木翠摆了摆手，示意闲杂人等让开。

李年庆媳妇赶紧下了梯子。

端木翠连梯栏都不扶，还是抱臂上了梯子，伸手握住刀把，只那么微微一用力。

那把刀就这样递到了李年庆媳妇面前。

李年庆媳妇接过来，谢都不敢谢，嘴唇嗫嚅了几下，带头撤了，一干人紧随其后。

片刻间，寂然无声。

端木翠就这样站在梯子上，动都不想动。早晨的清冷阳光透过疏落的叶子照在她身上，白色裙裾懒懒拖在梯踏之上。

也不知过了多久，身后忽然传来熟悉的声音："端木。"

端木翠大喜，想也不想，急转身，抬脚就迈。

于是连人带梯，砸向展昭。

展昭吓了一跳，好在反应端的不慢，急上前一步揽过她的腰身，从旁便闪，顺便一脚把梯子踢回原位。

她却完全无视，站定之后，对着展昭左看右看："展昭，你什么时候醒的？"

展昭似乎清减了些，面色还有些苍白。

刚想答她，忽然低下头，以手掩口，轻咳了几声。

端木翠面上露出担心的神色来，忙帮他拍背："刚刚醒，怎么不歇着？"

展昭微微一笑，答非所问："在这里可住得惯？"

不出所料，他看到一只如同经了霜打的茄子。

展昭伸出手，帮她把垂下的长发拂到耳后："还不快梳洗了，我带你看宅子去。"

"看什么宅子？"

"去了就知道了。"

端木翠撇了撇嘴，正待回房，想了想又停下步子："展昭，我的草庐为什么没了？"

她不是没问过公孙策，公孙策支支吾吾了好久，把包袱丢给展昭："你问展护卫去，他知道。"

现下她果然问起，展昭生性不喜背后论人是非，哪怕是论一只碗他也是不愿的，

略顿了顿，摇头："我不知道。"

端木翠自然不信，她瞪展昭："你不知道？我看八成叫你给吃了！"

也不等展昭作答，鼻子里哼一声，噔噔噔回房。

展昭苦笑，未几只觉胸闷得厉害，嗓子眼里既是干涩又是痒痛，按将不住，又是好一通咳嗽，两边面上都起了淡淡潮红。

端木翠听到声音，发绾了一半就出来，伸手扶着发髻，髻上一支钗子摇摇欲坠，急急道："展昭，你喝药了没？"

展昭微笑："不碍事。"

说话间，伸手把她拉近，仔细帮她将钗子篦进发间。

端木翠微低了头，却沉不住气，一迭声问："好了没，好了没？"

"好了。"

"你篦得紧不紧啊？"她似是不怎么相信展昭的手艺，左右晃荡着脑袋。

展昭赶紧伸手去挡，她挨到展昭的手便停下，半侧着头看他。齐齐的鬓发挨着他温热手掌，几根未篦上的青丝在他掌心挠着痒，撩拨得他的心尖似乎也痒起来。

"像你这样晃，篦得再紧也松了。"展昭含笑摇头。

"你别动。"她忽然伸出手掌，贴住展昭的心口。

展昭愣了一愣，耳缘处开始发烫泛红，他略局促地四下瞥了几眼：虽然这院子里空空荡荡，但是他敢肯定，看似闭合的抹了榆树油的纸糊窗后头，多的是三姑六婆贼亮贼亮的眼睛。

"你干吗？"他依言站着不动，却忍不住开口问她。

"你看不出我在念咒吗？"她眼皮也不抬，"自然是给你治病。"

展昭哑然。

顿了顿，他硬着头皮再问："你的法力不是已经没了吗？"

"不试试怎么知道真的没了！"

合着拿他当试验田了。

俄顷她缩回手去，双手一击掌："好多了。"

展昭气结，这也未免太忽略当事人的感受了：我还没吭声呢，你怎么知道我好多了？

他故意沉下一张脸，端木翠却装作没看见般，只是嘻嘻笑："不是说看宅子吗？展昭，宅子呢？"

于是两个人肩并肩地沿着街巷走。

时候尚早，道上的人稀稀落落，卖早点的铺子却热闹，哗啦啦蒸笼盖掀开，蒸汽腾地冒将起来，发好的馒头像极了娃娃白嫩的小胖手，松松软软，按下去一个小小的凹窝儿，很快恢复如初。

铺子口很多人笼着手伸长脖子等，你三个我五个，不多时就卖了个精光。

端木翠看得若有所思，走过包子铺好远，她还回头看。

展昭以为她是饿了，谁知她忽然郑重其事地说："展昭，我卖包子好不好？"

上仙端木翠堕为凡人之后的第一个梦想就此新鲜出炉，在此容我膜拜一番：真是太有出息了！

"不好。"展昭摇头。

她"哦"了一声，根本没问怎么不好，因为她的注意力很快又被另外的事物吸引了去。

巷口支了油锅，锅里的油滚烫，稍显浑浊的滚油之中，上下滚着几个油炸糕，不多时用长长的木筷子夹起，通体金黄，香气扑鼻。

"哎，展昭。"她眼睛发亮，下意识去扯展昭的衣角。

展昭还以为她又找到了创业项目，赶紧泼冷水："也不好。"

端木翠可怜巴巴看他："就吃一个。"

敢情她是想吃，想必开始准备来两个的，被否决之后退而求其次。

小贩赶紧用油纸包了两个递过来，汗津津的额头上黑一道灰一道的："展大人的朋友，想吃尽管拿。"

端木翠一脸粲然，接过来大口咬下去，一副很满足的样子。

展昭搁了几文钱在案上，回头取笑端木翠："你在开封也待过不少日子，没吃过吗？"

"以前忙啊。"她理直气壮。

说得倒也是，从前她忙着捉鬼拿妖，眨眼工夫就水遁土遁，即便偶尔有空到城里来晃晃，想必也留意不到这些小商小贩小吃食的。

"还想吃什么？"

"不吃了。"她感慨，"现在穷了，要节俭度日才行。"

展昭无语，富人节俭可以守业，穷人节俭可以持家，可是你一个身无分文穷得叮当都不响的姑娘，你节俭图的是啥……

不知不觉行至城郊，拐进一条安静巷子，展昭指着尽头处给她看："那里。"

打眼看去，最普通不过的样子了，不大的黑漆门扇，青色的瓦，覆满青苔的飞起的檐角。院墙之上，显眼的一处，挤挤地挨着一丛紫色的花，说不出是什么花，总之花瓣淡紫间泛着白，绿色的弯曲而又狭长的叶片在风中颤巍巍地晃着。

朴实无华，但奇怪的是，走在凹凸不平的石板阶上，居然像是回家，越近越是情怯，连说话声都压得低低的。

门楣下挂了小小的一串铜花蕚铃铛，有斑斑的铜绿，依稀还能看出从前的小巧精致，她好奇地伸手去拨，铃铛的声音已经不清脆了，有些闷，但是她一下子就喜欢上了，又伸手拨了一下，再一下。

"展昭，这宅子像我。"她说得很认真。

"哪里像？"展昭好奇。

她似是被问住了，有好一会儿说不出话来。想了很久，才道："就是像啊。展昭，你们喜欢把女子比作花，这个像兰花，那个像梅花。既然能比作花，自然也能比作宅子的，我就是这宅子。"

展昭笑道："为什么是这宅子？不能更漂亮些吗？"

若真的要把女子比作宅子，也未尝不可。这世上的宅子多种多样，有纤巧灵秀的亭台楼阁，有简简单单的住家宅院，还有富丽堂皇的朱门府邸、雄浑大气的塞外堡垒……

私心里，若把她比作宅子，也必然是最美的宅子。

"为什么不是这宅子？"她认真起来，"你看这檐角、这瓦、这铃铛，不都像我吗？你走在街上，忽然看到这宅子，不就像看到我一样吗？"

这话说得拗口而又晦涩，若换了旁人，必然鸡同鸭讲，这檐角、这瓦、这铃铛，哪里像你了？

展昭却不觉得突兀，含笑道："你说像，就像好了。"

他伸出手去，红色的衣袖褶起，手指微屈，在门上叩了两下。

有细碎的脚步声一路过来，门开处，立着一个衣着整洁的妇人，五十上下，水墨色的褂子，袖口滚银边，头发整齐地绾作髻，插了枚简单的木头簪子，笑起来眼角有深深的尾纹，让人看着很是亲近。

展昭礼貌唤她："刘婶。"

刘婶忙向展昭见礼，然后细细打量端木翠。

这姑娘模样儿生得好，眼眸跟星子似的，会说话一般，很精神（一大早就上梯子拔刀的，能不精神吗），里头是白色的衬裙，外披翠绿色的褙子，长发缎子般光亮，鬓角滑落几丝，反显得俏皮。她跟展昭站在一处，怎么看怎么登对，好像阳光一下子照进屋来，敞敞亮亮的。

刘婶打心眼里喜欢她，一见面就合了眼缘。

"这是端木姑娘。"

刘婶赶紧见礼，端木翠反有些不好意思。

"以后端木姑娘的起居，劳烦刘婶上心，我会常过来，缺了什么，跟我讲便是。"

端木翠没顾得上听他在讲什么，她好奇地打量着院子——只一进，地方小小，却紧凑得很，右首是灶房，沿墙角的地方摆了口缸，缸里的水满沿，尚在微漾，想是刘婶新满上的；透过木格窗棂，能看到灶台和壁挂的勺子、铲子、搁板上大大小小的碗碟。

以前草庐里也有灶房，不过那是精怪们家长里短喋喋不休的地方，现在看到这样的灶房，她觉得又是新鲜又是好奇。

正对面是连着客厅的卧房，左下首是客房。院子里青砖辟出一个花坛，土壤松软，还没有种上花。

这宅子真小，小到一切都紧紧凑凑，似乎要迫到她肘间来，但是贴人心般暖。

不知道里头是怎样的布置。

她赶紧往里走，走了两步才发觉展昭没跟上来，于是又走回来。

展昭微笑："你慢慢看，有什么想要的吩咐刘婶就是了，我还要入宫。"

"入宫干什么？"她一下子就忘记了宅子，眼睛瞪得溜圆。

"说是圣上那边有差遣，大人也一并去。我寻空出来，也该回去了。"

"那你身子还没好啊。"端木翠对圣上很不满，"就说你还没醒不就好了？"

"我醒了啊。"展昭笑。

"那再回去睡。"她总会出一些馊主意。

"我晚点再来看你。"

"是今天吗?"她忽然就对展昭生出说不清的眷恋与不舍来。

"是今天。"他给她吃定心丸。

"那我等你吃饭。"她抬起头,两泓清澈的眼波一直映到他心里去。

麻雀虽小,五脏俱全。

这屋里的布置摆设,的确是"全"到让人挑不出半点不是来,衾被、锦枕、罗裳、绢帕、书案、墨砚、宣纸、笔洗,诸多用度,无一不备。

端木翠好生奇怪,抽开梳妆台一格,里头若干钗环,样子极是精巧细致,且甚少金银珠玉之造。端木翠从中拣出一只藤镯来,低首轻嗅,似乎还能闻到藤木古朴的极淡暗香。

端木翠的眉头微微蹙起。她原本以为这宅子是展昭为了她有个居处临时置办的,但恁他多大神通,也不可能在一两日内置办到这般面面俱到,且方才见到的什物,有些痕迹尚新,有些分明是有些日子了,反像是淘来的古旧玩意儿。

正如此想时,刘婶擎了新沏的茶进来。端木翠略一思忖,笑道:"刘婶,你在这儿多久了?"

刘婶亟盼能和她多说些话尽快熟络的,闻言忙放下茶碗,道:"也有好些日子了,展大人置下这宅子后,便雇了老身过来,虽说没人住,但日日洒扫,是万短不得的。"

端木翠奇道:"没人住?难道置下之后便一直空着吗?"

刘婶笑道:"可不就是这么说。我也问过展大人,只说这宅子空了可惜,莫若寻个可靠的租户人家,也好日常有些进项。可是展大人说这宅子是为朋友备下的,宁可空着,也不外借的。"

端木翠"哦"了一声,因想着:原来不是特地为我置办的。

这么一想,难免有点意兴阑珊,但又不免好奇:"展昭可曾说过是什么样的朋友?"

"听说是个姑娘家,原本的宅子走水了,那姑娘不在开封,大人说,若是回来,连个去处都没,是大大不妥的。"

说到此,笑着看端木翠:"今儿个才见到了。"

端木翠这才省得刘婶是把自己当成"那位姑娘"了，当下摇了摇头，道："不是我。"

　　她之前不见了端木草庐，虽然嘴上嚷嚷着要问展昭、公孙策，其实心里根本就把事情归结到温孤苇余头上，还以为是温孤苇余施了什么法子毁了她的草庐——其实当时若细细查看，虽然日子过得久了，但是烧毁的痕迹还是找得出的。她一叶障目，一头钻进牛角尖中，只是想着：我的宅子虽然也是没了，可不是走水没了的，那什么姑娘的，定然不是我了。

　　顿了一顿，更是提不起兴致来，半晌才道："那这宅子里的东西，那些个钗环什么的，是你备下的？"

　　刘婶摇头："也不全是。展大人隔三岔五过来，有些东西他遣我去办，有些是他自己带过来的。就说前些日子，连下几场雪，城里冻得很，展大人便让我添置几床暖和些的被子。那些钗环什么的，是展大人自己买的。我那时还说，若是给那姑娘备的，何不买些贵重的，当时展大人笑了笑，说是那姑娘见多了奇珍异宝，金银珠玉是断不稀罕的，就喜欢这些精巧的玩意儿……吓，连金银珠玉都不稀罕，必是公主一样金贵了。"

　　端木翠听了这话，心头更是闷得很，将那藤镯往案上一丢，她先时以为一切都是展昭给自己备的，看什么都心里透着喜欢，现下一听是别人的，看什么都别扭起来，只觉得是自己占了人家的地头儿，处处局促，透着小心，又像是来做客一般了。

　　刘婶瞅着她脸色不对，多少也猜到几分，只得讪讪地找话说："我那时还问展大人，那这姑娘多会儿过来住？展大人答得也怪，有时说不会回来住，有时又说他也说不清楚……"

　　说到兴起，见端木翠全无反应，刘婶一时卡了壳，顿了顿，忽地想起什么："端木姑娘，展大人晚上可是要过来吃饭？要张罗些什么菜色？"

　　半晌，端木翠才慢吞吞道："面条。"

　　啥？面条？

　　刘婶怀疑自己听错了："就只有……面条？"

　　"面疙瘩。"端木姑娘额外开恩，给加了道菜。

　　刘婶一时发蒙，看向端木翠。

端木翠也抬起头来看她，预备着刘婶再有二话，她再给加一道面糊糊。

回到灶房，刘婶认真揣摩了一下这位新主人的意思，心中的嘀咕一个赛一个地翻涌。

面条加面疙瘩？

是单纯的面条加面疙瘩，还是……

不可能啊，招待展大人吃清汤面加清汤面疙瘩，讲不过去嘛，难道是这姑娘想考验一下自己，看自己能不能做出了不得的面条和面疙瘩来？

刘婶一下子就充满了战斗的豪情：这是绝难不倒她的，鸡汤或者骨头汤打底，面条要用鸡蛋面，有嚼劲，面汤里要加小蘑菇、笋丝儿、火腿丝、海参丝，还得有青菜叶儿……

四下一合计，灶房里别的菜不缺，差了新鲜的蘑菇和笋，无妨无妨，赶紧采买便是。

刘婶是典型的行动力强，片刻工夫挎上菜篮子就要出征，刚想出门又想起什么，只得来麻烦端木翠。

"端木姑娘……"

这姑娘正坐在台阶上，两手托着腮发呆，闻言脑袋一歪："嗯？"

刘婶只觉好笑："姑娘，我出去买些东西，待会儿我侄女儿采秀过来，我有包东西交给她，就放在灶房搁板最上头，一个绿包裹儿。"

"知道了。"

其实端木翠也说不清楚自己是为了什么发呆。

原本挺开心的，怎么一下子就失落起来了呢？

就因为这宅子是展昭给另一位姑娘备下的？

那位姑娘也太不小心了，自己的宅子，自己看好嘛，怎么说走水就走水了？走水了之后也得尽快想办法自己解决，麻烦展昭算什么事儿？

如果是她的宅子走水了，她肯定不会来麻烦展昭的，她会……

她会……

端木翠还在纠结，门扇上忽然笃笃响了几声，伴着一个怯怯的声音："婶子？婶子？"

端木翠先是一愣，旋即反应过来：方才刘婶交代过的，想必是她的侄女了，叫采什么来着？

门没闩，端木翠把门扇打开，门口立着个姑娘，身量瘦小，矮了她一个头，水红褂裙、湖绿裤子，裤脚上还绣了一对大黄蝴蝶。

那姑娘看到她，吓了一跳，很是局促地退后一步："小、小姐……"

端木翠笑笑："你是采秀吧？"

奇了，想半天没想起来，脱口居然就说出来了。

采秀忙点头："婶子让我来拿东西。"

端木翠把她让进来："刘婶同我讲过，我给你拿。"

她带着采秀往灶房走，一进门就看到搁架最上面那个湖绿色的包袱，伸手够不着，若是采秀不在她可以飞身上去——算了，还是不要吓到人家……

端木翠搬了个踏凳，站上去帮采秀拿包袱。采秀很不安，她原想说自己来的，但是这不是她家，她在主人家搬凳上架成何体统……

因此她仰着头看端木翠，生怕她摔着。

端木翠很快拿到包袱，低下头向采秀笑。

那笑容，忽然就僵在了脸上。

采秀仰着头看她，生怕她摔着，嘴唇微张，眸子里有关心也有紧张。

这都没问题。

问题是，采秀的背上，伏了一个女人。

那个女人，蓬头垢面，身上像是被烧过，原本应该是手的地方只剩下光秃秃的肉疙瘩，两只胳膊绕过采秀的脖子，发亮的涎水从嘴角滴下，一滴又一滴，滴在采秀的发上。

她搂着采秀的脖子，也微仰着头看端木翠。她的眼睛翻得太厉害了，只有白眼珠，死鱼肚皮一样白。

端木翠"扑通"一声就栽下来了，栽得绝对够结实。灶房是夯实的泥土地，我发誓她这一栽，扬起不少土尘。

采秀吓坏了，眼泪都快掉下来："小姐，小姐……"

她手忙脚乱地过来扶端木翠。

端木翠跌得不轻，以手撑地，呻吟着抬起头来。

采秀就是采秀，只有采秀，那个女人，已经不见了。

"小姐，"采秀的眼泪扑扑簌扑簌掉下来，"我不是故意的，小姐……"

关她什么事呢，就因为她的姊子是伺候端木翠的，连带着她也自觉低人一等，生怕得罪了小姐，带累了姊子的差事……

端木翠慢慢回过神来，一副没事人的样子，笑道："是我一脚踩滑了，采秀，你扶我起来。"

采秀赶紧拿袖子擦擦眼泪，扶着端木翠坐在灶房的坐凳上。

端木翠用手抚了抚膝盖，面上现出痛楚的神色来："采秀，你去厅堂里，案上有瓶跌打的药油，你帮我拿来。"

采秀"哦"了一声，转身小跑着去厅里。

案上有瓶跌打的药油？骗鬼吧，她找得到才怪。觑着采秀的身影消失在门外，端木翠腾地站起身来，目光很快地环视一圈，嘴里念念有词：柴米油盐酱醋茶，柴米油盐酱醋茶……

去灶膛处捡了块柴屑，米缸里抓了把米，油壶里倒几滴油，一小撮盐、酱油、米醋，还有方才刘姊泡茶时洒落在桌边的一些茶屑……

柴米油盐酱醋茶，都让她找齐了。

沿着距门槛丈余处一字排开，刚伸指画完符，采秀的身影便出现在视线之中。

端木翠缓缓起身，站在符咒之后，注视着采秀走近。

她才不信方才自己是眼花，采秀背上的那个女人，必有玄虚。

没了法力，她不敢贸然一口咬定，不过没关系，收妖多年，她有的是法子。

死去的人，不息的怨念，性属阴冥，惧人间烟火。柴米油盐酱醋茶，加上她的符咒，布下人间烟火障幕，采秀若能过来，就此风平浪静相安无事，她若是过不来……

细花流，怕是得重新开张了。

距离障幕一两步的时候，采秀忽然停下了。

端木翠不易察觉地皱了下眉头。

"小姐，厅堂的案上根本没有药油。"

她直视着端木翠，腰背挺得笔直，下颌微微仰起，先前的谦恭和卑微荡然无存，稀疏平常的面庞上，却也看不出什么倨傲来。

"是吗，那是我记错了。"端木翠笑笑，重新登上踏凳，把那个绿色的包裹拿下，

"采秀，你要的包裹。"

采秀微笑了一下，脚下如同生了根，一动不动："小姐为什么不送出来给我？"

"我刚刚摔了一下，"端木翠难得这么好脾气，"懒得走动，还是你进来拿吧。"

两个人，屋内屋外，浅浅而笑的眼波背后，隐现着锋芒毕露的互不相让。

"那我不要了。"采秀忽然偃旗息鼓，转身欲走。

"喂。"端木翠下了踏凳。

采秀不动声色。她长得并不美，小鼻子小眼，眉毛略显杂乱，暗黄色的皮肤，两颊上有细小的白斑，身量瘦小，穿水红裩裙，湖绿裤子，裤脚上还绣了一对大黄蝴蝶。

即便不是扔在人堆里，你都很难注意到她，即便注意到了，也很难记住她。

但是现在，她就那样直直地站着，再大的风都撼不动一般，所有的事物都成了衬托，眸光如同静水，不知深几许的地方，涌着要人命的暗流。

端木翠没有看她，只是将那绿色包裹放在手中掂了又掂："真不要了？"

"又不是什么稀罕东西，小姐若是喜欢，就送给小姐好了。"

"那恭敬不如从命了。"端木翠嫣然一笑，一点都不生气，像是占了天大的便宜。

她当着采秀的面把包裹的扣结打开，里头是一双大红色的鞋面儿，尚未纳底，面上金线绣着鸳鸯交颈。还有块盖头，也是大红色，四四方方，边上缀着红缨子。

明眼人一看便知，这是新嫁娘要用的。

端木翠失笑："送我吗？那不妥当，我还不急着嫁人呢。"

她忽然咦了一声，好看的两弯眉微微扬起："难道是采秀姑娘要嫁人？"

"姑娘家到了年纪，总要嫁人的。"采秀不去理会她的话里有话。

端木翠有点着恼了。

上不得台面见不得光的玩意儿，偏偏还嚣张到跟她唇枪舌剑毫不相让，天知道她多想把手中的东西当砖头砸过去，非砸得她头破血流不可。

想了又想，掂量了再掂量，毕竟不是过去做神仙翻手云覆手雨的时代了，现下形势不如人，辨得出她、挡得了她，但收服不了。

要想收服她，还得有万全的准备。虽然她不需像一般虚张声势的道士摇个三清铃叮叮当当，但是伏鬼所需的法绳、铜镜、天蓬尺之类，总还是要的。

念头就这么转了几转，面色也随之阴晴不定，端木翠忽地展颜一笑，反将包裹重新包起，落落大方地步出门来："给。"

采秀伸手接过，似乎早在意料之中："那谢过小姐了。"

她吃准了端木翠不能拿她怎么样。

于是谁都心知肚明，薄薄一层窗户纸，谁也不伸手去捅，言笑晏晏，顾左右而言他，客客气气，互相道了别。

采秀是怎么想的我是不知道，毕竟跟她不熟，但是对于端木翠，我敢肯定，她扶着门楣儿笑得特诚挚地向着采秀挥手说着"下次再来"的时候，磨得咯咯响的银牙，说不定能咬碎铁尺。

神仙的尊严不容挑战！落架的神仙更需要得到各方的关爱和尊敬，让个孤魂野鬼欺负到头上来，她还要不要混了！

因此，当采秀的身影隐没于巷口时，端木翠立刻就不笑了。她气得心口疼，太阳穴突突乱跳，于是她效法西子捧了片刻心，这也是效颦的一种，因为地球人都知道，西子捧心那叫一个眉尖微蹙我见犹怜，哪像这位姑娘捧得杀气腾腾、眉眼带煞。单纯从美学鉴赏角度来看，东施都甩她三条街。

她还撂狠话："你死定了！"

展昭到的时候，日头刚刚开始斜着往西走。其实宫里的事还没完全了，他提前向包大人和圣上请了辞，只说有要事。

在包拯和圣上眼里，展昭是个极其守礼极其省得分寸的人，他说有事，那一定是要事；他若说是要事，那一定是十万火急火烧眉梢。

于是无多话，当即便准了。

他们当然不知道，展昭的要事，只是一顿人约黄昏后的家常便饭。

行文至此，请容我掩面三分钟。

是的，你们没猜错，女主角不负众望，跑了。

展昭到的时候，刘婶在灶房里忙着擀面条，灶上的铁锅里煮着鸡汤，突突突滚着泡。香气从灶房里一直飘到院中，慢慢笼罩住院子里零落堆着的法铃、镇宅镜、铁扁磬、木制法印、桃剑、甘露碗，靠墙的地方散着令旗倚着幢幡，不知从哪里吹来一阵风，幢幡的帜角便微微掀动。

展昭吓了一跳，若不是鸡汤的香味太过浓郁，他还以为这里要开一个道场的斋醮科仪。

他还没回过神来，刘婶已经小跑着出来，两手沾着面屑，讷讷道："那是端木姑娘买的。"

天知道，她采购归来，这姑娘就问她借银子，刘婶之前得过展昭示下，端木姑娘想买什么，由得她去，是以赶紧将银子双手奉上。

择菜洗菜的当儿，刘婶还畅想了一番端木姑娘会买些什么，是胭脂水粉呢还是绢帕罗裳？古琴箫笛还是笔墨纸砚？这姑娘模样儿讨巧，定是温柔可人，琴棋书画样样精通，可巧自己的侄女采秀要嫁人，没准能央端木姑娘写幅喜字……

谁料到她今次看人的眼光左到了姥姥家，这姑娘抱着一堆法器回来，后头还有伙计帮着搬送的，鼓儿磬儿旗儿幡儿，慌得她以为端木翠要出家做道姑，一时间惊得双目发直，捂着心口连念了七八句阿弥陀佛。

这一念把端木翠念叨得十分感慨。严格论起来，她应是道家神仙，这么几千年下来，眼见佛教香火旺盛，心中难免愤愤，私下里也是颇有微词。唏嘘之余，深感自己肩负光大门楣重任，路漫漫其修远兮，一定要迈出掷地有声的第一步，于是追着刘婶问出采秀家住何处，然后携带道具若干，一阵风般呼啦啦刮出门去。

"采秀？"展昭眉头微微皱起。

"是老身的侄女儿。"刘婶赶紧添一句，想了想又自作聪明臆测，"都是年轻姑娘家，想来投了缘，有些体己话要说。"

带着道家法器去跟人说体己话儿？展昭无语凝噎，半晌才又发声："采秀姑娘家住何处？"

采秀家住东城近郊，和端木翠的新宅子南辕北辙，两个方向。

展昭步履如飞,开封城中的老住户都是见过大世面的，隔着大老远便让开道去，然后凑至一处猜测着是什么样的案子又劳动了开封府的展护卫。

也有头遭儿进城的，伸长脖子看热闹，满眼的羡慕，心中琢磨这繁华地头儿的人就是不一样，相貌英俊出众不说，跑起来都赏心悦目，衣袂掠风，真是看你千遍都不厌。

饶是紧赶慢赶，快到东城郊时，日头还是落到了檐角之后。淡灰色的暮霭自

四面八方慢慢汇聚过来，街巷两旁的屋内渐自透出摇曳而暗淡的烛光来。

过了这条街巷，就是采秀的住处了。展昭的步子有些急乱，他觉得红色官袍的前襟有些碍事，伸手略略向旁撩开了，就在这当儿，忽然有一句话从左首一间铺子里飘了出来，没头没尾。

"那新郎官要穿什么样的衣裳？"

展昭猛地刹住了脚步。

稳住身形的刹那，他才发觉双腿竟有些微的战栗，心也跳得厉害。

展昭暗笑自己太过紧张，轻轻吁一口气，向着那间铺子走过去。

铺子的门楣有些老旧，匾额的漆字多处斑驳。近郊的商铺多是如此，上门的客寥寥，自己也无心梳洗，任由破落。

这是一家帮人裁剪衣裳的衣坊。

黑色的尺柜上，立着盏铜油灯，光焰小小，勉力照亮身周丈余处。尺柜后头立着衣坊里的伙计，面上透着生意人特有的热络。他的对面，是那位约人吃饭继而失约的姑娘，抱着一件大红色的嫁衣，嫁衣的裙裾闲闲拖在地上。

端木翠没有看到展昭，只是向着那伙计，又把自己的问题重复了一遍。

"那新郎官要穿什么样的衣裳？"

那伙计张了张嘴，正要答她，忽觉得光影一暗，经验使然，知是有客上门，忙抬头向外看去。原本面上堆了笑要招呼客人，待看到展昭一身官服，心头咯噔一声，反哑了声。

端木翠顺着他的目光看过来，半是惊讶半是欣喜："展昭？"

"展、展大人？"那伙计听过展昭的名头，知是开封府尹的左膀右臂，心里更慌了。

展昭温和一笑，示意那伙计无须挂心，然后伸手将拖到地上的嫁衣裙裾提起了些："你买的？"

"嗯。"端木翠将嫁衣展开了些，"好不好看？"

料子算不得上好，但色正丝密，簇簇新，陡然间这么一展开，眼前流泻开一片鲜艳夺目的喜庆。展昭唇角微扬："好看。"

"那个……姑娘，新郎官的衣裳……"伙计自尺柜后递过来一件。

端木翠将嫁衣塞给展昭，自己将衣裳接过来，抖开了细看。其实样子无甚特别，展昭看来，也就是一件红色的男衣罢了，她却看得仔细，末了似乎还想找人比画比画，目光那么一溜，就停在了展昭身上，俄顷发现了新大陆般"咦"了一声，奇道："展昭，你每天穿着新郎官样的衣裳干什么？"

奇了怪了，这身官服他在她面前又不是第一次穿，她今日反觉得不顺眼了？

她却是问了便忘，将手里的衣裳又往展昭怀里一塞，向伙计道："其他的也包好了给我。"

伙计应了一声，又从尺柜里递出大红色的尺幔和布帐，叠得方正，用红布包好。端木翠这头接过来，那头又塞到展昭怀里。

"哎……"展昭两手抱得满满，最后一个布包摞得老高，几乎遮了他的眼，他忍不住抗议。

端木翠在付账，伙计在收钱，总之是没人理会他。

出了铺子，这姑娘总算良心发现，帮他拿了几样。

展昭此时才觑得空子问她："你买这些做什么？"

"成亲啊。"她答得理直气壮。

展昭不走了。

端木翠走了几步才发觉展昭没跟上来，她回头看他。

"谁成亲？"

端木翠眼珠子一转，笑嘻嘻道："我啊。"

展昭面色一沉，不说话了。

端木翠先还笑嘻嘻的，等着展昭再问她，谁省得展昭非但不问，连看都不看她了，眼帘低垂，面沉如水，只是立于当地，有风过，衣袂轻掀。

"哎，展昭。"她等得不耐烦，只得开口唤他。

"哎，展昭。"她只好走回去，仰了脸看他。

"哎，展昭！"她急了，拽住他的袖子，"展昭。"

展昭看了她一眼，只一眼，看不出表情，也看不出喜怒。

端木翠语气软下来："不是我成亲。"

"那是谁？"

……

于是我们把时间拉回到这姑娘风风火火出门去的时刻。

话说这姑娘携天蓬尺和法索，一路杀气腾腾，探得采秀住处，先是按兵不动，以免殃及旁人；待得采秀独自出门汲水时，暗暗避于一旁，念动法咒，法索加身，直把采秀捆得结实，这才得意扬扬地自避身之处出来。

采秀挣了几下，见她出来，面上的惊惶之色反消了去，身子挺了挺，淡淡道："原来是你。"

端木翠抱臂而立，如沐春风："怎么，没想到吧？"

她的意思是：没想到会是我吧？

哪知采秀"嗯"了一声，镇定自若："我没想到你这么小心眼。"

一棒子砸过来，端木翠气得险些没栽过去。

横竖采秀被绑着，料她也跑不了，端木翠决定用神仙的胸怀感化一下她，于是跟她理论："收服鬼怪降妖除魔，我怎么就小心眼了？"

"人分好坏，妖鬼也分善恶。就算我不是人，我也没有害过人，你凭什么抓我？"

在端木翠以往的收妖生涯中，从来不缺对答环节，而采秀提出的问题，她实在已经总结出一套回答的套路了。

"既然分了阳世阴冥，就要各安各处，难道妖不害人，就容得人和妖比邻而居？这就如同山泽猛虎入了闹市，老虎说自己不吃人，市井人家就容得它闲庭信步走街串巷了？"

采秀愣了一下，咬牙道："不公平。"

"想要公平去问阎王爷讨，阳间可没人审得了你的冤。再说了，"端木翠越说越气，"你只不过是一缕残念，不能立于灼日之下，你能走街串巷，分明就是吸附采秀的阳气归为己用，令采秀折损阳寿。况且我听说你还要嫁人，这不是害人是什么？还说自己没有作恶，单凭以上两条，我足可打得你灰飞烟灭。"

采秀沉默了一下，半晌意有恻然，叹息道："我的确是对不住采秀姑娘。"

"那你嫁的人呢，你就对得起了？"端木翠不满，"我问过刘婶，听说是个赶货帮的年轻后生，从小跟采秀一同长大的。他二人情投意合，你从中搅和什么？"

采秀突然抬起头来，声音不大，但字字清晰："不是他。"

"什么不是他？"

"我要嫁的不是他。"

端木翠这一下吃惊不小："那你要嫁的是谁？"

"那她要嫁的是谁？"展昭此刻的惊愕，并不比当时的端木翠来得小。

端木翠叹了口气："跟着我走，你就知道啦。"

于是展昭不再多问，只是跟着她走。两个人时而并肩，时而一前一后，渐渐走到了荒郊，两边渐无人家，荒草没过了脚踝，打眼望去，极目处一片漆黑，无一丝光亮。脚下的路凹凸不平，展昭提醒她："端木，你小心。"

话音未落，自己脚下反趔趄了一下。端木翠噗地笑出声来，忽地站定身子，伸臂遥遥前指："就是那儿了。"

顺着她指的方向看过去，只觉黑魆魆的一片，过了片刻才辨出是个屋宅轮廓，似乎还是个大户人家。展昭奇道："这一带还有人家？"

端木翠摇头："早荒废了。"

俄顷走至近前，大门已朽了一半，右首边的一扇门轴脱落，松松地挂将下来，恰留出一人大小的缝隙。门边跌落了一只风灯，灯身破了几处，勉强还能用。

端木翠俯身将风灯拾起，向展昭道："展昭，火折子。"

展昭将怀中的布包拢了拢，腾出手来掏出了火折子。方点着了，风一时大起，又吹熄了去。展昭往檐下避了避，再点着，才凑近风灯，一阵风过来，火头扑跃几下，又灭了。

展昭没法，道："端木，你过来挡着些。"

端木翠应一声，站到展昭对面。展昭俯下身子，如同半穿状小心地护住火折子，端木翠也俯下身来，将展昭护不住的一边遮紧。两个人，似乎笼出了一方小小天地，风雨再甚，也浸渗不入。

哧的一声轻响，伴着淡淡烟气，焰头终于燃起，端木翠喜道："好了。"

展昭微笑看她，新起的焰光如同淡淡的粉黛，在她的眉目间温柔着色。迤逦施下的妆容，这世间最好的粉黛都难描难画。周围黑漆漆的一片，伸手不见五指，连声音都听不到半分，展昭恍惚中忽然有种错觉，天地之间，只此时此处，是亮的、暖的。

他小心地将火折子凑近风灯内芯，未几，晕黄的光透过脏兮兮的糊纸，将身周丈余处点亮。

两人小心地自门狭缝处进去。院子里更是寂静，终年没有人的模样，提灯四下一照，朽烂的家什东倒西歪，许是被风灯的光侵扰，有不知名的长节虫子，飞快地从家什上爬下，没入齐膝深的荒草之中。

端木翠引着展昭从廊下走，廊沿处有深深的雨窝儿，雨窝儿里积满了水和草屑。展昭忍不住看向檐角，从飞檐上滴下的雨珠，要经过多少年的积累，才会在铺阶的板石上剜出这么深的雨窝？

正失神间，端木翠已拐进旁侧一间厢房。风灯的光晃进去，满室的尘土，正中一摊灰烬，生过火的模样，旁边歪着一个破钵盆，盆里还汪着些羹汁。

风灯转向另一个方向，展昭这才注意到角落里蜷缩了个老头儿。他已经很老了，干瘦，面上的斑皮松松垮垮地耷拉着，身上盖着一件破洞连着破洞的皮袍子，毛边已经脱落得差不多了，仅剩几缕油汪汪的黑，早已辨不出先前的颜色。老头儿睡相粗鄙得很，一条腿大大咧咧地伸在外头，光着脚，脚底结着厚厚的老茧。

他似乎睡得有些不舒服，拧着眉头哼啊了一声，伸手去挠脖子。抬起手的时候，展昭看到他鸟爪样枯瘦的手，指甲很长，里面积着厚厚的垢。

"喂，张文飨。"端木翠俯下身子，在他耳边很大声地叫他，"就要当新郎官了，怎么能睡着了？"

张文飨？无论如何，展昭都无法将这个斯文的名字与眼前这个斯文扫地的老者联系到一起。

张文飨吓了一跳，茫然地睁开眼来。出于迟暮者的老迈，混浊的眼眸过了许久才慢慢聚到一处。看到端木翠，他似乎有了点表情，张了张嘴，嘟囔了一句什么。

端木翠根本听不懂他在说些什么，他说话漏风，像是和着黏住喉咙的痰。事实上，自见到这个人开始，她就从未听清楚过他说的任何一句话。

"今晚你要成亲，不要再睡了！"端木翠一个字一个字很慢很大声地讲。张文飨似乎听明白些了，又哼啊了句什么，口水顺着嘴边流下来。

端木翠叹了口气："展昭，我们去布置新房。"

两人穿过回廊去后院，风拂在草尖上，发出奇怪的响声，像是有不可名状的动物在暗中追逐着他们的步子。

端木翠有点紧张，忍不住回头看了一眼。

"那个张文飨，"她突然压低了声音，"听说年轻的时候，是一方才子。"

"那是什么时候？"展昭的声音很轻。

"不知道，兵荒马乱的时候，天下初定，或者还没定。展昭，他看上去有一百岁了。"

一百岁？展昭失笑，如果真是这样，那他年轻的时候，这世上还没有大宋。

"静蓉说，张文飨写得一手好词，文辞绝妙处，不让李后主——静蓉就是附在采秀身上的那一缕残念。"

李后主？违命侯？亡国之君，半生折辱，日夕只以泪洗面、仰人鼻息，连枕边人都无法庇护。坊间传言太宗觊觎小周后美色，数次强留小周后宿于宫中，小周后每次归来，都是又哭又骂。

说起来都是前代之事，展昭初出江湖时略有耳闻。他并不热衷探听这些私帏之事，只是对凌辱弱质女流之人深为不齿，及至后来跻身庙堂，对皇家之事更是三缄其口，若非端木翠忽然提起李后主，他也想不起此节。

只是李后主多才多辱，半生苦痛，以李后主比张文飨，怕也不是什么好兆头。况且兵荒马乱之际，更是文士贱如蒲草，飘零横死者不计其数。

也不知这张文飨如何支撑，才走到这老迈凄凉、招人嫌恶的晚境。

"静蓉是张文飨未过门的妻子，两家逃难之时，遭遇流匪，仓促间各奔东西，说好了要回老宅重聚，届时完婚。之后静蓉历经千辛万苦，带着一个丫头回到老宅，两人变卖了些什物，苦苦支撑，只等张文飨归来。谁知左等右等，总不见他归返，也不知是发生了什么事。

"也是命中又有劫难，左近的一个恶棍觊觎静蓉美色，又欺她无依无靠，寻了个晚上，纠结了群人，洗劫了这宅子，糟蹋了静蓉不说，还杀人灭口。"

展昭猛地刹住脚步，怒喝道："混账！"

端木翠也停下来，愣愣地看了展昭一会儿，垂下头去，伸手掩住风灯糊纸上的裂缝。她的目光也有些恍惚，许久才轻声道："也不知为什么，即便黑白无常收走了她，还是有一缕残念留了下来。

"她就一直留在这宅子里，每天都倚着门栏等张文飨归来，归来了好成亲。"说到这儿，她唇角掠过一丝讥诮的笑，"也不知道等了多少年，总有六七十年，那张文飨居然回来了。"

她的声音有些颤抖："真是奇怪了，他既然活着，为什么这么久都不回来？有什么了不得的事情牵住他绊住他，要六七十年这么久？"

展昭默然。

"静蓉终于等到了他，高兴坏了，就想着终于能成亲了。可是她不是人，张文飨看不到她也听不见她的声音，所以她附上采秀的身，去张罗自己和张文飨的婚事。

"我和静蓉聊过，她是大户人家的小姐，有主见、明事理，可是不知为什么，这件事上，她偏执得像是失了常。张文飨为什么这么多年都不回来、发生过什么事，她什么都不问，满脑子就是成亲。"

端木翠顿了一顿，她的呼吸急促得很，胸口起伏得厉害："展昭，你见到那个张文飨了，根本就已经老得痴呆了，跟他说什么他也不知道，就是一具任人摆布的木偶。他话都说不清楚，什么都不记得了，这样的人，静蓉为什么还要同他成亲？"

黑暗中，她的眸光尤为莹亮，像是噙了泪。

"我在想，这张文飨，说不定早在别处成亲生子，过了许多年安稳日子，谁知道老来颓丧，无依无靠，所以倦极归乡，回老宅看看，根本不是为了当初和静蓉的承诺，他哪里还记得要同静蓉成亲！

"谁知道静蓉就是钻了这牛角尖。我不许她附采秀的身，要把她打落轮回，她苦苦求我，说是哪怕魂飞魄散，也要先成了亲。她等了那么久，她求我再给她点时间，让她成亲。

"展昭，你说，她成这个亲是为了什么？还有什么意义？那个张文飨，那个快要死了的人，什么一方才子，什么诗词绝妙，都是个……屁！"

她憋了半天，忽然就骂了句粗话。

展昭微笑，柔声道："那你还不是答应了她？非但如此，还为了他们四下奔走，张罗婚事。"

"我可不是为了他们。"端木翠急急反驳，"我只是觉得静蓉可怜，别的事情都看得通透，独独这件事，简直可气到可恨！"说到可恨二字，她咬了咬嘴唇，忽然就大步往前走，负气似的踢开大厅的门。老朽的门扇吱呀了一声，向内翻倒下去，呛人的尘扬起，端木翠后退两步，呛咳了几下。

展昭紧走几步，将端木翠手中的风灯接过，斜斜插在另一片门扇的高处。风灯微微晃了几下，灯影忽大忽小，借着灯光，他看到厚厚的积尘、破烂的幔布，还有屋角高处一层缀着的蛛网。

"这要怎么布置？"展昭有些发愣，把这样的地方打造成新房不是不可以，但绝非一朝一夕之功。

　　端木翠奇怪地看了他一眼："要怎么收拾？有个新房的样子就好。"

　　她把怀中的布包一股脑儿摊到地上，解开包着红幔的布包，将幔布的一头扯起："这个挂在梁上好不好？"

　　展昭仰头看了看梁木，正待开口，她又摇头道："没有挂钩，挂不住。"

　　展昭笑道："那也未必，你将幔布带上去，我来挂便是。"

　　端木翠半信半疑，想了想道："是你说的！"

　　话音未落，她身形轻举，倏地向梁上飞身而去，手中红幔迤逦展开，艳红色的丝密绸布一路向上延伸，直如铺开一条波光潋滟的飞天之路。

　　顷刻之间，她的身子已跃过大梁，将手中幔布往梁上随意那么一搭，促狭道："展昭，该你了。"

　　绸布软滑，哪里搭得住，几乎是她开口同时，搭在梁上的幔布已滑落下来。展昭微微一笑，袖口微垂，腕上一甩，但见袖中寒芒一点，一枚寸余长袖箭破空而去，势头疾如流星，力道却拿捏得好，穿了那幔布，却不刺透，反将幔布的下垂之势带起，噌一声轻响，牢牢钉入梁中，几欲没羽。仰头看去，就如同一个铆钉钉住一般。

　　端木翠愣了一下，旋即展颜："展昭，这个好，你再来。"

　　说话间，她托起幔布另一头，飞身向梁柱另一边而去。展昭这一次却动得比她更快，腕翻如电，几枚袖箭隔空而去，待得端木翠跃下，最后一枚袖箭恰好射完。

　　抬头看时，偌大横梁之上红幔招展，每隔丈余就有一枚袖箭铆住，将尺练幔布间隔成半月形的几个垂幔，兀自还在轻轻晃动，衬着风灯灯影，突然间就漫溢出了几分喜气。

　　端木翠大喜："展昭，你怎么想到的？"

　　展昭笑而不答，将手中布包放下，解开看时，非但有帷帐嫁衣，竟还有一大沓喜字，想来是衣坊送的。

　　端木翠将两边的衣袖往上卷了卷："展昭，你帮我把喜字贴上。"

　　"怎么贴？你连糨糊都没有。"

　　"有啊，也在包袱里。"她小跑着过来，蹲下翻检几个包袱，然后连呼糟糕，

"漏了！"

展昭低头看去，只见那糨糊是装在碗里的，外头用几层油纸包住，再拿绳结好。

"只漏了丁点，不打紧的。"展昭将那沓喜字分了一半给她，"你贴这边。"

窗上、桌上、门上、柱上，大红喜字张张不漏，展昭却愈加感慨。他亦曾贺过好友大婚，那时节鞭炮齐响锣鼓喧天，何等喜庆热闹，现下虽是在贴喜字，但是桌木朽烂，潮阴生霉，梁柱上一个微颤都带下大蓬灰尘来，呛得人口鼻发涩。

端木翠贴得比他快，她去到门边把风灯取下，搁在厅堂正中，小心地将手中最后一张喜字贴在风灯上。

原本晕黄的灯光顿时就转作了微醺的烟红。

没有歇坐之处，也亏得端木翠想到，拖了几张吱吱呀呀的椅子过来，红布一蒙，姑且充作是床帏。

死气蔓延阴冷潮湿的破败厅堂，因了这帷幔、喜字、临时拼成的床帏，还有灯光，竟十足有喜堂的模样了。

新房备好不多久，采秀就到了。她怀中抱着一个孔明灯，细细的竹篾支架，棉纱包壁，腋下居然还夹着一摞袋子，有面袋有麻袋。她把孔明灯放下，将袋子递给端木翠，连清秀都称不上的脸上带着几丝潮红："端木姑娘，这个……"

"这个是干吗的？"端木翠有点糊涂。

"要铺在新房的门口，新娘子踩着一个一个袋子走，这叫传代。"

展昭看了看采秀，又看了看墙角处昏昏欲睡的张文飨，同端木翠一样，他也无法理解采秀的执念。

但转念一想，若不是有怀着执念的人，也就没有这许多难解难量的故事了。

端木翠没有多说什么，拿了袋子往新房走，到门口时又回过头来："静蓉。"

"我知道。"采秀微微一笑，竟现出与容貌极不相称的娴雅和妍丽来，"我不会让端木姑娘为难的，成亲事了，我会马上离开采秀姑娘的身体。"

端木翠"嗯"了一声，转身离去。采秀怔怔看了她许久，这才回过身来，面上浮起动人而又温柔的神色。

她捧着那袭新郎官的衣裳，挨着张文飨坐下，柔声道："文飨，我们成亲了。"

张文飨眼皮耷拉着，他还在睡，睡梦之中，喉咙滚了一下，咕噜咽了口口水。

展昭就站在旁侧不远处，自始至终，采秀，或者应该说是静蓉，未曾抬头看他一眼。

在她眼里，再多几个展昭，都比不上眼前这个张文飨，这个老态龙钟、行将就木的男人。

这真是展昭生平经历过的最最奇怪也最最印象深刻的婚礼了。

没有宾客，没有酒馔，没有祝福，也没有未来。

静蓉扶着路都走不稳的张文飨，火红的嫁衣拖在地上，背后似是延开一条混着荆棘和血泪的路。她的一生是什么样子的，端木翠并没有太多地描述，寥寥几句就概括得干净，但是这条路，静蓉自己走了六十余年，做人的时候在走，死后也从未停下，最后，终于走到了今夜的新房。

红盖头将她的脸遮得严严实实，展昭看不到她的脸，却可以想见该是怎样的虔诚。

临到新房时，张文飨忽然睁大了眼睛，眸子有片刻聚焦，又立刻暗淡下去。他的衣裳很不合身，过分宽大，穿在他身上，像是宽袍广袖罩了个骨架子。

说到底，这是静蓉一个人的婚礼，张文飨只是个借来的摆设而已。

没有夫妻对拜，也没有冗杂烦琐的仪式，直接送入洞房。门扇坏了一半，没有门可以关，端木翠很知趣，去拉展昭："我们走。"

路过先前张文飨栖身的房间时，她拾起了那个孔明灯。

说是要走，也不可能真的离开，他们在前院的屋顶上坐着，两个人都沉默着。从这个角度，可以隐隐看到后院透出红色微光的那间新房。

也不知过了多久，端木翠叹了口气，把边上的孔明灯拿过来搁在膝上，背倚着展昭的肩膀在孔明灯上用手指点画着什么。

"写什么？"展昭好奇。

"符咒啊。"她懒懒答道，"静蓉的残念离开采秀之后，就会护庇在这孔明灯中，然后带归酆都。"

"你的法力还管用？"

"这哪需要什么法力？"端木翠对展昭贫瘠的想象力表示不满，"任何一个有点道行的道士都可以的，哎，你别动，动了我怎么靠？"

做靠垫的，自然应该安稳如松，这才能保障消费者使用的舒适度。

新仇旧恨顿时涌上心头，想起在冥道时当人枕头还不讨好，今次又要沦落到

做人靠垫的地步，展昭觉得不能再沉默了。灭亡绝不是南侠该选择的路，因此南侠决定爆发一下……

爆发的导火索正在哧啦燃着……突然！

端木翠居然整个儿倚到他怀里去了。

"这样好。"她把孔明灯搁在一边，胳膊架在展昭屈起的膝盖之上，还煞有介事地点评了一下，"好像个椅子一样，两边有扶手，上面……"

她抬起头，正对上展昭的目光。

"上面怎么样？"展昭面无表情。

"上面……"端木翠噗地笑了出来，"上面还长了个头！"

展昭差点儿晕过去，他忽然两臂用力，一下子把端木翠给扔了出去。

他是真扔，没怎么手下留情。

所以端木翠当着他的面，掉到屋檐下去了。

当然没有预料当中的砰一声，凭她的功夫，若是真摔着了，那可丢人丢大发了。

但是她也没重新爬上来。

檐下静悄悄的，像是什么人都没有。

顿了一顿，展昭试探性地喊了一声："端木？"

没有声音，被抛下去的端木翠，像是被抛到另一个世界去了。

展昭有点慌了，站起身来，疾步向檐边走。

离着檐边尚有寸许，下面忽然伸出一只纤细白皙的手来，一把抓住展昭的足踝，伴随着端木翠的怒喝："展昭，你敢扔我！"

说话间，她猛地将展昭的足踝向外一拉。

展昭机变迅速，一个倒身后钩，腿上用力，向上挑起。腿力毕竟强过女子臂力，竟把端木翠整个身子都带出了檐角。

端木翠变招也快，中途便撤了手，横腿去扫展昭下盘，力道够狠，毫不容情："展昭，你敢扔神仙！"

展昭身形跃起，避过她这一扫，哪知方将站定，她手刀又到颈边："你敢扔我！"

于是场景有些混乱，拆了几招后，也不知是谁先停手的，两人不打了，站在颤巍巍的檐边，脚下檐瓦松动欲坠，檐土蓬蓬地往下掉。

"你敢扔我！"

"摔不着的。"

"万一真摔了呢？"

"我知道摔不到你的。"

"万一摔了呢？"

两人对答陷入摔着还是摔不着的无限循环模式，展昭忽然伸出手去，搂了她的腰，向着檐下便倒。

端木翠大脑立时短路：这是要干吗？吵不过她要同归于尽？

好在檐角距地面不高，没时间让她多想，这个念头刚冒出来，就是一声坠地闷响。两人没入潮湿的荒草之间，她却没有摔到，因为展昭就垫在她身子底下。坦白说，软绵绵的，她垫着还挺舒服的。

展昭的手臂还环着她的腰，人却没声息了。

"哎，展昭。"端木翠伏在他身上，拍了拍他的脸，"你不会就摔死了吧。"

没声气。

"这么矮你也能摔死？"端木翠纳闷了，侧耳听了听展昭的心跳，怦怦怦跳得还挺有力。

"真摔死了。"史上第一庸医下诊断。

半晌，展昭慢吞吞道："姑娘，我早说了你是摔不着的。"

"地上多脏啊。"端木翠叹气，身下的泥是湿的，没准有地方还汪着水，"快起来。"

"端木。"展昭忽然叫她，喷出的气息暖暖的，她的耳垂直发痒。

"嗯？"

"我小时候很皮的。"

"啊？"端木翠有点接不上茬，"你小时候？"

"谁没有小时候。"展昭微笑，伸手将她垂在自己面上的发丝温柔拂到一边，"那时跟着师傅学艺，几个师兄弟互相打闹。有一次也是这样，一失足把师兄踹到了水里去。"

端木翠静静听着。

"师兄也像你一样，入了水就不再出声，隔了一会儿水面上平静下来，我以为师兄淹死了，害怕得不得了，站在水边哇哇地哭。"

端木翠轻声笑了一下。

"后来师兄一下子就从水里冒出来，把我按下水去，灌了个水饱。隔了几天，我也故技重施，喂招时装作被师兄打晕了，趁他发愣时，翻身起来，把他按倒揍个半死。

"有时候玩累了，和师兄弟们去草丛里躺着，就像现在这样。"黑暗中，展昭的眸光带着浅浅笑意，"草汁和泥水沾在衣服上洗不掉，回去之后，被师父罚蹲马步，师娘在旁边帮我们洗衣服，一边洗一边骂，活该。"

沉默了一下，他忽然轻声道："好像回到了小时候一样。"

"那你那些师兄弟呢？"

"不知道。"

"不知道？"端木翠惊讶。

"那是最初学艺的时候，跟的一个教头师傅，很多人家都把孩子送过去学武，有练了一两个月的，有练了三五个月的。师兄弟都换得很快，我练了没多久就回家读书了。后来拜了一个异人为师，那是真正的学艺，很辛苦，师父的弟子很少，师兄比我大很多，没人同我玩闹。我一直很怀念最初和师兄弟们在一起的日子。"

"这样玩闹吗？"

"嗯。"

"这都怪你吧。"端木翠语不惊人死不休，"你不能和包大人、公孙先生他们玩吗？比如把包大人从屋顶上扔下去，包大人装死吓唬你，趁你不注意时一把按住你，押到虎头铡上铡个干净……"

展昭先是哭笑不得，后来终于听不下去了，腾地翻身起来，一把反剪了她的手腕："你这个死丫头……"

端木翠早笑得上气不接下气了，原本还想编派一下公孙策的，现下笑得一个字都说不出来。

展昭忽然"咦"了一声，松开她的手腕："端木，孔明灯。"

端木翠心中一凛，急忙仰起头来。半空之中，那个竹篾棉纱的孔明灯飘飘悠悠，正向着高远处而去。

端木翠吁了口气："静蓉走了。"

这倒是在展昭意料之中："那她都不同你道个别？"

"或许她来找过我，那时……"端木翠忽然不说话了。

那时，她与展昭戏耍玩闹，全然忘记了身外之事，静蓉或许来过，在旁侧静静看他们，最终没有上前打扰。

展昭亦想到此节，沉默一会儿，忽然想到什么，猛地抬起头来，几乎是和端木翠异口同声："张文飨！"

此刻，张文飨也许是这世上最安闲的人了。

他四仰八叉地睡着，然后翻了个身，大红色的喜服上满是褶皱，前襟被涎水湿了一大块。

采秀委顿在一旁，展昭上前试了试她的鼻息，给了端木翠一个安心的眼神。

端木翠瞪着张文飨，忽然就来了火气，几步过去，大声道："喂，张文飨，你就这样睡着了？"

张文飨眼皮动了动，好像是要睁开。

端木翠咬牙："你今天和静蓉成亲，她同你说了什么？她已经走了，你居然还睡得着？"

张文飨皱了皱眉头，自然地翻了个身。

端木翠气得说不出话来，伸手想去扳张文飨的身子。

"端木！"

回头看时，展昭正俯身抱起采秀："走吧，送采秀回去。"

"那他……"端木翠不甘心。

"静蓉都已经走了，你还有什么放不下的？"

送还采秀的时候，展昭的动作很轻。她的家人只是普通的百姓，根本听不到门扇的轻响和刻意放轻的足音。

掩好了门出来，端木翠站在屋前等他，仰着头看墨漆一样的夜空，似乎还在寻觅那盏孔明灯的影子。

"展昭，"听到展昭的脚步声，端木翠没有回头，还是执拗地看天，"你说，新婚之夜，静蓉到底和张文飨说了什么呢？"

"早知道该去听个墙角的……"她低声喃喃。

"你没听到吗？"展昭惊讶，"说得那么大声，你都没听到？"

"你听到了？"端木翠更惊讶，"说什么了？"

"静蓉说，"展昭皱着眉头做出极力回忆思索的模样，"外面的那位姑娘，说好了等人家吃饭，结果把人家支使了半夜不说，连水都没给送一口……"

刘婶早已睡下了，锅里的面条微温，糊成了面疙瘩。

端木翠把碗里的鸡丝、火腿丝、肉丁儿统统挑给展昭："这个给你，这个给你，这个也给你。"然后捧着清汤白面碗看展昭，"嗯？"

"嗯。"展昭还以为是让他快吃，用目光稍稍致谢，正准备大快朵颐，端木翠急了。

"哎哎，我把荤的都给你了，你不得把素的都给我啊？"

合着是这意思，展昭咽了口口水，只得把碗里的菌菇片、笋丁都挑给她，想了想又有点不甘心："这面是鸡汤下的，里头无论荤素，都沾了荤腥，你能吃？"

这个问题提得很是尖锐，端木翠思考了一下，严肃道："我可以忍一忍。"

然后她带着大无畏的忍耐和牺牲精神开始喝面汤，吃得挺乐呵的，鸡汤煨的笋丁菌菇，味道的确更好些。

展昭不吃了，盯着她看了半天："既然已经沾了荤，横竖是破了例，再吃点荤也没什么。"

"那不行。"端木翠表示自己的原则性很强。

"你都已经喝了鸡汤，那跟吃荤的有什么分别？"展昭纳闷得不行。

"当然有分别了。"端木翠振振有词，"这就好比我把一个人打得半死跟打死，你说有没有分别？"

这是多么让人发指的歪理啊，展昭动容：神仙的队伍实在是太良莠不齐了，没准就是因为像端木翠这样的神仙多了，世人才觉得位列仙班不过尔尔，当上神仙也不见得多光彩，不如脚踏实地追求人间富贵。

两人就着微弱的昏黄烛火埋头吃面，吃了一半，端木翠又出幺蛾子："展昭，我真是可怜。"

"哪里可怜？"展昭问出这句话之后就后悔了。

"堂堂一个神仙，半夜在这里吃面，还是冷的。"她把筷子头含在嘴里，开始顾影自怜，"堂堂一个神仙啊。"

"而且吧，要是不认识你的话，连面都没得吃。"说到这儿，她忽然觉得应该增加一点和展昭的互动，"哎，展昭，你说，如果不认识你的话，我现在在干吗？"

"讨饭吧。"展昭答得飞快。

"我怎么会讨饭？"端木翠不满，"怎么说我也有一技之长，我好歹也做过将军。"

"那从军？"展昭瞥了她一眼，"不过除非你女扮男装，否则军中也是不收的。"

"从军……"端木翠不想从基层从头开始，"就算女扮男装，还不是做个新丁。"

"你的意思是要做将军了？"展昭白她，"那你嫁入杨家好了。"

"杨家是哪一家？"

"就是天波府……"展昭话到一半，忽见这位姑娘目光炯炯，顿时心生警惕，"反正你也嫁不进的。"

"我怎么就嫁不进了？"端木翠不服气。

展昭想了想，慢吞吞道："杨家的人都是自小定亲的，你这样中途杀出来，只能做妾。"

"那不行。"端木姑娘一贯有原则，"那太丢人了。"

展昭无语，看来还是做妾事小，丢人事大。

"我还有一身功夫，实在没法子也可街头卖艺的。"端木翠开始点数自己的其他特长，"不过卖艺也太辛苦了……"

"或者卖卖字画、弹弹琴什么的……"

"你还会琴棋书画？"展昭大吃一惊。

"我怎么就不会？"端木翠有点着恼，"我在瀛洲待了两千年，两千年什么学不会啊，就算是猪……"

她及时住口，展昭憋笑憋得很辛苦。

不过想想也有道理，很多少年成名之人浸润的无非也就是那十几二十来年的功夫，这姑娘就算脑袋不灵光，她胜在时间多，即便没有很高悟性，成不了画家她可以成画匠，成不了书法家她可以成写文书的……

如此一想，展昭顿时对端木翠刮目相看。

"你闲着无聊时，都学过些什么？"

"那可多了去了。"端木翠掰指头，"养过花，锄过草，种过水稻，磨过大米，织过布，糊过灯笼，编过箩条，打过铁，包过饺子，还吹过唢呐……"

展昭震惊了。

天哪，这是神仙吗？展昭印象中的神仙，尤其是女神仙，都应该衣袂飘飘、长袖善舞、明眸善睐，闲时去播洒一下甘霖聆听一下仙乐的，他对端木翠挽着袖子拉风箱打铁的场景实在想象无能。

神仙洞府，那是多么高雅神秘的所在，吹的风都是香的，下的雨都是醇的，你怎么净在那儿搞点下里巴人的玩意儿？

端木翠看出了展昭的心思，上界那就是个围城，她对这种围城之外的人的心态实在是太熟悉了："展昭，你以为我们神仙没事就画画弹琴什么的？那多闷啊，再说久了也烦啊，当然要尝试些新鲜玩意儿。你知道那个太上老君吗，就是骑青牛入函谷关的李耳？"

展昭点头，他是学过几句道可道非常道的。

"他在府邸后面圈了一块地，日出而作日落而息，每天赶着他的青牛耕地，收成了之后就去磨坊成米面，自己打成年糕……老实说，他的书我是看不大懂，但他做的年糕味道是真不错。"端木翠面上露出几分神往。

展昭没说话，他还沉浸在幼时诵读佶屈聱牙的《道德经》的苦痛当中。记得那时他暗中咒过这个读书人最好大字不识一个，一辈子过面朝黄土背朝天的生活，没料到人家在上界已然身体力行之。

"太白金星就更奇怪了，他喜欢箍碗，就是砸碎了的碗，一块块拼起来箍住，就着破碗的缝隙一点点抹胶。手艺不错，但是生意不兴隆。"端木翠嘻嘻笑，"我们还是喜欢用新碗。"

展昭的眼前似乎浮现一幅士农工商的生活画卷，鸡鸣三声，青烟袅袅，下田的下田，打水的打水，还有箍碗的手艺人调子拉得悠长的吆喝声……

"就没有人喜欢诗词歌赋饮茶抚弦？"

"也有，但是少。"端木翠眉头微皱，"那多土。"

土？

展昭哭笑不得之余，竟生出恍惚的荒唐感来。世人都想成仙，由古至今，洋洋洒洒，万言笔墨描摹神仙华府的逍遥惬意雅好清高，哪知神仙所喜好的，竟是最普通不过的市井生活。既然如此，何不就做一世凡人？还是说做了神仙之后，才了然万丈红尘，虽是苦痛烦恼，方最显人间真味？

正思忖间，边上的姑娘如梦初醒："展昭，这样一算，我还真算得上是全才啊……"

飘飞的思绪顿时拉回，展昭微微一笑："全才姑娘，明日若出去找活计，必然人人争抢。待我回来，你想必已是开封的大忙人了。"

端木翠怔了一下："待你回来？你要去哪儿？"

"今日圣上有召，要出外几日。"

端木翠不作声了，把手上的碗放到桌上，顿了许久，才闷闷道："那你这几日，都不来了？"

刚把她安顿好就抛下她出外，展昭心中也有几分歉然："我会早些回来。"

端木翠盯着汤碗出神，只觉一点胃口都无："那你的身子还未大好。"

"不碍事的。"展昭宽慰她，"你看我现下不是很好？"

"几时走啊？"

"天明动身。"

端木翠又不说话了，只是莫名烦躁。

"那，危险不危险啊？"

她也说不清自己为什么忽然就婆婆妈妈起来。

"小事而已。"

"小事？"端木翠不信，"皇帝差遣的事，会是小事？"

展昭并不想瞒她："圣上走失了一个妃子，差我去找一找。"

端木翠不高兴了："自己的妃子走失了为什么不自己去找？谁找到了归谁，找到了也不给他！"

展昭知道她是气话，只是微笑，也不接茬。

吃完饭，时候已是不早，夜色隐隐消退，东方抽出一丝丝白来。

端木翠送展昭到门口，倚着门框看展昭的身影隐于巷子尽头处。

抬起头，伸手去拨门楣上吊着的那个铜花萼铃铛，铃铛的声音起初闷闷的，到后来，终于透出丝响铃的清音来。

端木翠有点困了。

这一天真是好长，她记得，刚开始的时候，还在李年庆的家里，然后就被展昭带到了这里，再然后为了宅子究竟是给谁准备的事情有那么点烦闷，接着采秀出现了，最后为了静蓉和张文缒的婚事忙活了半夜……

事情一件接着一件，以至于这一天发生的大半事情，她都已经忘记了。

或者说不是忘记，只是懒得去想。

现在她只想一件事情，希望展昭此行顺利，能早些回来。

开封志怪

下

尾鱼

作品

四川文艺出版社

第二十四章　春情劫

这一夜，似乎分外漫长。

姚蔓青竖起耳朵听绣楼外的动静，风晃动檐上空灯笼挂架的声音、楼上破了的栏杆接合处吱呀的摩擦声、窗外突然掠过的夜鸟嗒嗒的叫声……

忽然……

"噗"的一声，似乎有什么东西轻轻敲在窗上。

姚蔓青一骨碌从床上翻身坐起，披上衣服趿拉着鞋子匆匆下楼。拨开楼下门门的时候，她注意到自己的手在抖，纤瘦苍白的手指，带着病恹恹的青色。

迎面一股混着胭脂的酒气和寒气，刘向纨动作极快地侧身进来。姚蔓青慌张地向门外看了看，急忙把门掩上。

这样的夜晚，这样的场景，已经有过许多次了，但她仍然压制不住自己的心慌，每次开门关门，都像有一座山迎面压下来，压得她喘不过气来。

"急着叫我来，到底什么事？"刘向纨压得极低的声音中透着三分不耐。今晚万花楼的饮宴未能尽兴，临走时那个叫雪娇的红牌阿姑脸上写满了不舍，送他到门口时，小指在他的手心里挠啊挠，挠得他现在心还痒痒的。

最好三言两语打发了姚蔓青，没准还能赶回去和雪娇鸳鸯帐暖，共此良宵。

"我……"姚蔓青两只手绞在一处，羞耻和难堪让她无从开口。

"你什么你？"刘向纨更加不耐烦，"有话就说……"

姚蔓青心一横，豁出去了："我像是害喜了……"

"啊？"刘向纨疑心自己听错了，"你说什么？"

"这个月癸水没来，老是犯恶心，奶娘说，怕是有了……"姚蔓青急急说着，"这才找你过来，向纨……"

刘向纨心里打了个突，有些发愣。

"向纨，你快央家里上门提亲啊……"姚蔓青手心背后密密渗了一层汗，"这事叫我爹知道，会活活打死我的……"

"你有了身孕，找我过来干什么？"刘向纨忽然斜着眼睛看她，声音里透着一股子阴阳怪气，"你不会抓服红花喝了吗？"

"不能喝红花，奶娘说会死人的。"姚蔓青没有留意到刘向纨异样的语气，只是溺水样一味沉浸在自己的慌乱之中，"我爹要是知道了，会打死我的。"

"那找我算个什么事？"刘向纨慢条斯理地掸了掸下襟，似乎要把他和姚蔓青的关系给掸个干干净净，"谁知道你这肚子里，到底是谁的种？"

"你、你说什么？"姚蔓青有点蒙，她这一辈子，怕是都没听过这么粗鄙下流的话，猝不及防间，竟不知道生气，只是愣愣道，"你说什么？"

"我说，"刘向纨睥睨着她，"你这绣楼的门，既是能为我刘公子开，自然也能为那些个什么张公子王公子开。经手了这许多人，出事了抓我做便宜爹，这活计我可揽不来。"

姚蔓青的双唇刷地没了血色，浑身哆嗦着抬起手来指向刘向纨："你、你血口喷人。"

"若没我的事，那我就先走了。"刘向纨没事人般，"你不妨把什么张公子王公子的也找来问问，兴许有人乐意当这个便宜老爹。"语罢作势就要去拨门闩，姚蔓青顿了半晌，忽然疯了一般扑过去，死死抓住刘向纨的袖子："你不能走。"

"叫啊，叫得再大声点。"刘向纨冷笑，"把你爹给吵醒，让他看看他女儿做的好事。你们姚家可不是普通人家，听说你有个姐姐，还在宫里头伺候皇上，这事如果宣扬出去，我倒要看看你老爹丢不丢得起这个人，你的皇帝姐夫丢不丢得起这个人！"

姚蔓青脑袋嗡的一声，嘴巴张了张，眸中掠过极其惊惧的神色。刘向纨冷哼一声，一把甩开她的手，开了门扬长而去。

说扬长而去也不尽然，出门之后，他还是极尽小心之能事，包括踩着凹窝攀墙出去的时候。

姚蔓青瘫坐在地，地上冰凉，心中凉得更甚，面上却是火烫得厉害。她抬起头看着大梁，想象着自己单薄的身子被白绫吊起，晃悠悠地在半空荡来荡去。

再不然，前院还有一口废弃的井，井里还有水，沤着经年的恶臭。爹嫌那味道瘆人，差下人用青石板盖了。那石板不重，挪开了，一狠心跳下去，也就一了百了了，要多少时日以后，才会有人发现自己鼓胀惨白的尸身？

姚蔓青像是魇住了，恍惚中，她似乎看到自己被一席破苇子裹了扔在乱葬岗上，一只脚上失了鞋，突兀地伸出来，几只离群的癞头野狗，围着苇席吸嗅扒拉着。

眼前模糊起来，牙齿深深刺入唇中，鲜血的味道迅速在口中蔓延开来。不知为什么，血腥的味道竟让她莫名兴奋。

眼前的场景似乎又有变换，冲天的火，血一样赤红，心中涌动着要把一切烧尽的罪恶渴望，还有锃亮的尖利刀锋，一下下捅进刘向纨的身体里，发出好听的声音。温热的血喷溅在脸上，亲切得像娘亲的抚摩。

她的身体颤抖起来，说不清是恐惧还是兴奋，忽而炽热得烫人，忽而冰冷得可怕，就在这样持续的冰火两重天的循环往复之中，忽然听到奶娘的惊呼："小姐，这是干什么？"

姚蔓青战栗了一下，茫然地向发声处看过去，却被白昼的日光刺痛了本就酸涩的双目——天已经亮了。

她居然就在这里坐了一夜。

奶娘张李氏动作麻利地扶着她起身，半架着她回到房中。姚蔓青身子软软的，无根骨般倒伏在床上。张李氏给她盖上被子的时候，她的眼睛微弱地掀开一条线，忽然就伸出手去握住了张李氏的手。

"奶娘，"她觉得自己就快死掉了，"刘公子他，不认。"

张李氏愣了一下，旋即反应过来，恨恨道："我就知道这是个孬种！"

"奶娘，"姚蔓青缓缓合上双目，两条水线自眼角处缓缓滑开，"我要死了，爹不会放过我的。"

"乱讲！"张李氏啐她，"有办法的，一定有办法的。"

"有什么办法？"姚蔓青惨然一笑。

"老话说，天无绝人之路。"张李氏宽慰她，"小姐，总有法子的。为什么你要死？听奶娘的，叫别人死都不能叫你死。"

"叫别人死都不能叫我死？"姚蔓青喃喃，细密而又纤长的眼睫微微颤动了一下。

茶香悠悠，虽不是什么名茶，却别有一番味道。展昭用茶盖在沿上微微扇了

扇，擎起茶碗，向着姚知正略一致意，低首品茗，目光看似不经意地掠过姚知正
的脸，眉心却微微蹙了起来。

姚知正，曾任廉州陇县知县，现已离任，膝下无子，长女姚蔓碧，入宫经年，
封美人。

先前他同端木翠说，皇上走失了个妃子，此话并不妥当，一来美人离妃子的
级别相差尚远，二来姚蔓碧并非走失，她打晕了居处守夜的宫女和小太监，卷了
细软，不知所终。

圣上言及此事，恼怒非常："朕可不知姚美人竟有这等本事！"

好在并无株连下罪之意，将此事交由开封府暗中查办。

宫中一番查问下来，这姚美人，竟是最寻常不过的一个主了，性子寡淡，从
不在后宫争风吃醋，或许也是因为她出身普通，不似其他嫔妃贵人般有势大的娘
家作倚仗。圣上对她亦是平淡，虽有恩泽，不曾隆宠。是以她本分行事，不敢
逾矩，姚家也不曾因她得过什么了不得的富贵——这一点从姚家略显老旧的家宅
可见端倪。

这么多年本本分分，怎么就突然一反常态，打晕下人，卷了细软，杳然无踪？
就算她出得了自己的居处，又怎么出得了戒备森严的偌大宫城？

诸多疑点，本待一一勘查，只是圣上加了一句："姚美人在京城并无亲眷，
亦无友朋，展护卫不妨去她的家乡一趟。"

这才有了廉州陇县之行。

其实在展昭看来，这一行实属多余。预谋出逃，唯恐带累亲眷尚且不及，怎
么会回到自己的家乡？

只是圣上既有此意，又驳他不得，只得受这一趟累。

陇县天高地远，已近荒凉之境，距开封三日夜行程，多尘沙，街道亦显寥落，
客栈老旧，只几处销金烟柳之地，称得上十分气派。

晌午之前到了，递了拜帖，只说是偶经陇县，特来拜会。府上想必很少有从
开封来的客人，还是四品武官御前行走，姚知正大喜过望，殷勤有加。

一巡茶水，数句寒暄，察言观色间，展昭更加确信自己之前的判断，姚家对
姚美人之事浑不知情，尚且要向自己打听姚美人的消息，串通出逃之说，实属无稽。

搁下茶碗，心中已有了计较：再在此处耽留一日，向邻人街坊打探一下姚美

人入宫前的讯息，即刻便返开封。

要查姚美人的案子，突破点还是在皇城。

哪知尚未露出请辞之意，姚知正已是殷勤挽留："外间客栈老旧，怕是不合展护卫的身份，若是不嫌舍下粗陋，不妨在此小住几日，亦让老朽尽些地主之谊。"

说得倒也在情理之中，展昭略一思忖，含笑拱拳："如此叨扰了。"

姚知正欣喜非常，忽地想到什么，忙吩咐下人："让小姐出来见客。"

见展昭面有疑惑之色，姚知正忙向他解释："若是旁人，自然不好让小女抛头露面。只是展大人是京城的贵客，又是御前行走，让小女见见世面亦是好的。"

姚蔓青来得很快，身边有个老妇人陪着，看得出是个知书达礼的闺阁女子，行止有度，向着展昭微微一福，低声道："见过展大人。"

起身时，她身子略晃了晃，旁边的老妇人忙上前扶住。这一下许是让姚知正觉得有些失礼，他面色沉下来，只是有客在，不便发作。

姚蔓青与那老妇人很快便下去，一切稀疏平常，如同任何一次本应没有下文的会面。

姚蔓青同张李氏慢慢走在通往后院的甬道上，迎面过来几个下人，抱着新的被褥什物，恭敬退在一旁，候着姚蔓青二人过去了，才又匆匆往前头去了。

姚蔓青若有所思，停下步子，向那几人看了看，问张李氏道："奶娘，这是做什么？"

"就是那个展大人，老爷要留他用膳，还要在此地住两日。"想起方才厮见的场景，张李氏啧啧，"小姐，京里头的官，派头什么的就是不一样，人品相貌也出众，老婆子这辈子都没见过这么亮堂的人物，若是小姐能嫁了他……"

姚蔓青一声冷笑。

张李氏省得自己说得造次，忙刹了口。

"天下乌鸦一般黑，这世上有什么好男人，通通该送去喂狗。"姚蔓青咬牙切齿，像是要咬上谁几口才解气。

张李氏不再多言，陪着姚蔓青回了绣楼。恰灶房那头因着要待客，央人来寻她帮忙，便匆匆去了。

姚蔓青一级级登上梯阶，抚着楼上老旧且摇晃的扶栏回至房中，这才觉得疲乏得厉害。方才强撑起最后一丝力气表面鲜亮地去见父亲口中的贵客，此刻，她真是再多一分都扛不下去了。踉跄着行至床边，伸手将衾裘拉盖上身，胳膊一带，将床头的腰形瓷枕带到了床下。

旁侧的几块瓷片脱落下来，里头藏着的包扎得方方正正的纸包掉出来。

这是刘向纨带来的春药，名曰"颤声娇"。二人春宵夜度之时，略服少许，聊以助兴。刘向纨曾言绝不可多用，怕失了神志，于己有损。

昔日床帏欢爱场景，如今想来，讽刺非常。

姚蔓青咬了咬牙，猛地抓起药包，就要往窗外掷过去。

方扬手间，忽地动作一滞。

站在绣楼临窗处，恰将前院场景一览无遗，西厢客房处，几个下人正忙进忙出，张罗待客。

姚蔓青动作极慢地缩回了手。

她努力去回想方才见到的那位"展大人"的样子，只觉模糊。方才厮见之时，她精神恍惚，并未留意眼前人。

"让别人死，也不能叫我死。"姚蔓青喃喃，目光有些许茫然和迷离，连她自己都没注意到，自己攥着药包的手指愈收愈紧，指节处透出泛白的颜色。

哪怕是这样，她的手，依然是很好看的。

满满一大勺的猪油膏，入锅瞬间便在灶火的热力下融化开来，不多时滋滋滚开，香气四溢。

张李氏动作麻利地将砧板上切碎的葱白蒜瓣和着姜片倒入锅中爆香，就听刺啦一声，烟气腾起，饶是早已掩了口鼻，还是被油烟熏得呛咳不止。烟气蒸腾中，她似乎看到二小姐姚蔓青的脸，在正对着窗的瓜架下一闪而过。

不是吧，张李氏有些愣神，小姐怎么来了？

揉了揉眼睛再看，却不见有人。

张李氏有些不放心，昨夜发生的事不是小事，万一小姐想不开……

还是谨慎些好，如此想时，忙让边上的婆子顶了自己的活，两手在衣侧抹了抹，三步并作两步往灶房后头走。

四下张望了一回，却不见有人，张李氏暗笑自己杞人忧天，掸了掸手，正待回去，身后忽然传来压得极低的声音："奶娘。"

循声望过去，墙角处露出姚蔓青略显苍白的脸来，只是那么一下的工夫，又退了回去。

看情形，她是让自己过去。不知为什么，小姐的行动如此反常，张李氏竟也有了见不得人的心虚感觉，惴惴地方到跟前，姚蔓青忽然抓住她的手腕，使力将她拽了过去。

这是灶房同柴房之间的夹道，宽不逾丈，少有人来，即便是阳光大好的日子，也总是阴阴的，墙体下方长满了青苔，潮湿黏腻。

"奶娘，这一次务必帮我。"不待张李氏反应过来，姚蔓青已附到她耳边。

她说了很久，张李氏茫然地听着，每一句话她都听得很清楚，但是组合起来之后的内容，让她觉得自己只是在听一个与自己无关的故事。

甚至于姚蔓青说完之后，她都不觉得荒唐，也不觉得害怕，只觉得可笑。

"小姐，"她带着一股子好笑的神气，"你是说笑吧。"

姚蔓青没作声，只是将手里的东西轻轻塞给张李氏，然后笑了笑，姿态极其端庄大方地离开。

张李氏还是觉得好笑，这丫头，从哪儿想来的这么不着调的点子？见天地胡思乱想，可别癔症了。

于是又是摇头又是叹气，然后去看手里的纸包，心中忽地咯噔一声：若真的是一时兴起的说笑，给她纸包干什么？

张李氏有点不安，将纸包抠了个破口，凑到鼻子前头嗅了嗅。

作为过来人，她对这东西不陌生：这不是春药吗？

小姐刚刚，好像的确提到了"春药"两个字。

于是方才姚蔓青对她说的，每一个她认为无意识的字，每一句她心不在焉听着的话，重新在脑子里排列、组合，逐渐成形，耳边似乎又响起姚蔓青方才的声音。

张李氏突然就打了个哆嗦。

姚蔓青正对着镜子解下绾得过于繁复的头发，发色有些暗淡，手边搁着润发的兰膏和梳子。

她似是早已料到张李氏会来找她，唇边挑起一抹极淡的笑，定定看进镜子中张李氏的眼睛："奶娘，有事吗？"

"小姐，你方才，不是认真的吧？"张李氏哆嗦着从怀中掏出那包春药，抖抖索索送到梳妆案上，方想撒手，姚蔓青的手已压了上来。

姚蔓青的手冰凉，寒意顺着两人肌肤相触的地方慢慢渗开。

"小姐，这可不是说着玩的。"张李氏只觉嘴唇发干，"姑娘家的名节最是紧要……"

"名节？"姚蔓青似是听到了这世上最可笑的话，"我还有名节吗？"顿了一顿，她意味深长，"再说了，奶娘帮我做成了这事，我才有名节可言。"

张李氏愣了一下，还是摇头："小姐，那展大人可是京官啊，听说官拜四品，在皇上面前都是红人……"

"王子犯法，与庶民同罪。他是皇上的红人不假，可我姐姐亦是皇上的枕边人，事情闹将出来，难道皇上会偏帮他？"

张李氏心乱如麻，一横心道："小姐，你这是害人哪。老爷若是将他送了官，莫说展大人的前程毁了，说不准连脑袋都得搬家，这不是作孽吗？"

"奶娘，你怎么就想不明白呢？"姚蔓青缓缓转过头来，"若换了随便的阿猫阿狗，爹势必恼怒，定会将那人送官，这便是害了人了，我也不会去做这昧良心的事。可是若是这展大人，事情就不一样了。"

"怎、怎生个不一样法？"张李氏愣了。

"他是京官，官拜四品，门第不差，奶娘不也说平生没见过这样的亮堂人物吗？若真的闹出了事，爹但凡有一丝顾及我名节之心，定会与他商量，让他顺水推舟，娶我过门，非但不会将他送官，还会纳他为婿。这样一来，我失节之事就会无声无息掩饰过去，如此岂不祸事变喜事，何来害人之说？

"再说了，我是哪里配他不上？无论是相貌还是才学，都不至于埋没了他。我姐姐是皇上的人，他娶了我，算是跟皇上做了连襟，这样的运气，旁人是想都想不来的，他怎么会不情愿？退一步讲，我自知对他不起，过门之后，定然尽心尽力弥补。他若是外头有了相好的人，要多娶几房妾，一切由他，我不会多一句嘴。上奉公婆，下教子女，内外事务，绝不叫他操心。这算是害了他吗？"

张李氏脑子本就不灵光，被她这么一说，更是晕乎得厉害，细细一琢磨，忽然就觉得这事如同买菜过秤细较斤两一般，也是一桩不错的交易。

"奶娘，"姚蔓青的声音愈加柔和，"此事于他无害，于我而言，更是解我燃眉之急，将眼下这桩十万火急的事遮将过去。奶娘不是说天无绝人之路吗？哪有这么巧的事，他今儿便到了，莫不是上天派来救我的命中人？奶娘，你是要我死还是要我活？蔓青的性命，就托付在奶娘手上了。若是奶娘不愿，蔓青也无旁话说，还请奶娘看在蔓青是被你奶大的分儿上，年年今日，坟头烧一捧纸钱……"

到后来，她说得凄楚，眸中珠泪盈盈，看得张李氏心里一阵紧似一阵地难受。

"小姐，你千万想开着些，这世上哪里真就有过不去的坎了……"张李氏的口气终于松动了，"此事还得从长计议……"

"我倒是想从长计议，可此事哪里是拖得了的？"姚蔓青轻轻吁了口气，"奶娘，那人只在此间暂住一两日，若是下手不及走脱了他，奶娘就等着给我收尸吧。"

"又说这档子丧气的话！"张李氏啐了她一口，末了心一横，"罢了，横竖不是害人，给他送门好姻亲，有什么做不得的！"

"话是这么说，总还要带三分小心。"姚蔓青微微一笑，将那纸包重新塞到张李氏手中，"这展大人是武官，身子定然比一般人能挨，剂量下重些，否则成不了事。"

论理吃的该是午饭，但是一来拜会耽搁了时辰，二来姚家张罗准备也颇费了工夫，拖延下来，竟至天擦黑时方开席。

陇县地近西北，多的是酒性极烈的烧刀子。姚家用来待客的酒虽已是经过精挑细选的上品，仍脱不了烈酒本色，初饮时尚不觉什么，下肚不久才觉得腹中似有滚烫的火焰在烧。展昭知这酒后劲极大，不欲多饮，但架不住姚知正频频劝酒，陇县之行又极顺，称不上什么凶险，自己亦有些掉以轻心，不觉多喝了几杯，去席之时，步子竟有些虚浮。回房歇息了一阵，仍觉得脑子有些昏沉，因此出来吩咐外间送些醒酒汤过来。

不多时便有个老婆子擎了茶托过来，除了醒酒汤之外，亦有一壶清茶。展昭谢过之后，自去取那醒酒汤喝。老婆子觑他喝了那汤，暗暗松了口气，不动声色地掩门出去了。

这老婆子正是张李氏。

她一出门，便背倚着廊柱大口喘气，却也不是不慌的，俄顷定了定神，向着屋子后头过去。黑暗中，姚蔓青急急迎上来，低声道："奶娘，怎么样了？"

张李氏亦将声音压得低低的，道："我眼看着他将那放了药的醒酒汤喝下去了，不多时他必口渴倒茶喝，那茶里亦下了药，这便是双份的了，便是头老虎也扛不住。"

语毕，又从怀里掏出块帕子给她："这帕子上拍了迷烟，兴许待会儿用得上。"

姚蔓青奇道："要这帕子做什么用？"

张李氏笑道："你这丫头就不懂了，他是练武的，手底下本来就没个轻重，如今又被下了药，还不把你折腾得死过去？你若受不住，用这帕子迷晕了他，自己也少受点罪。"

她说得这般露骨，姚蔓青面上直如火烧，将帕子攥在手中，声音细如蚊蚋："知道了。"

展昭一杯醒酒汤下肚，登时就觉出不对来了。

若说先前腹内如火烧，那还确是酒劲，混着一股子难受，可现在这难受全转作了燥热，一时间坐立难安，将那一壶清茶尽数送进肚去，这一下非但没将焰头压下去，反似淋上火油一般，焰苗腾一下自腹部窜至四肢百骸，连咽喉处都炽烫发干。在这遍体难耐的不适之中，陡然生出的欲火如同长了利爪，在身体里面四处挠抓，似是下一刻就要破体而出。

展昭的眼前渐渐模糊起来，才抬脚要往外走，只觉双腿一软，竟跪倒在地上，膝盖处碰撞到的疼痛让他有瞬间清醒：莫非被下了药了？

这个念头如同尖锐的冰凌，稍稍冷却了一下似滚水般混沌的脑袋。展昭伸手抓住桌腿，咬了咬牙站起身来，衣袖略略滑下，露出青筋暴起的手臂，表层的皮肤炭烤般赤红。刚立定，周身一个痉挛，又一次跌在地上，脖颈处如同拴了个绳套，越收越紧。展昭的气息粗重起来，伸手便将衣襟扯开，陡然暴露在夜间清冷空气中的皮肤有片刻适意，但眨眼工夫又是赤红一片。那情形，似是即便淋上冷水，也会似滴上火炭般转作白烟。

展昭的牙关几欲咬碎，忽地齿上用力，重重咬破嘴唇，齿间瞬间蔓延开的血腥气略略唤回了些许神志，下一刻迅速探手入袖，拈了支袖箭出来，想也不想，一手握了上去。锋利的箭尖深深刺入手心，尖锐的痛楚让他浑身一震。

方定了定神，门口处突然传来惊呼："展大人，你、你怎么了？"

好听的女子声音，若是平日里听来，只是脆生生的好听，此刻听来，似是抹上了脂粉，说不出的甜腻，余音袅袅，蛊惑人心。展昭未及开口，那人竟惊怔着扑了过来，捧起他受伤的手。展昭只觉女子的馨香味道充满口鼻，低首见到她莹亮发丝与白皙纤细的手指，脑袋轰的一声炸开，拼尽力气一把推开来人，声音沙哑道："快走！"

姚蔓青被他推得一个趔趄，尚未反应过来，就见展昭腾的一下立起身来，双目充血，面上神情极是痛苦，忽地攥住她的胳膊，拖起她往门口带。

姚蔓青被他带得跌跌撞撞，急道："展大人，你听我说……"

展昭哪里还听得进去，恨不得一把把碍事之人扔将出去了事。姚蔓青惊惶之至，脚下一绊，摔倒在地。展昭趋身过来，忽地被一方帕子迎面蒙住，待要伸手拿开，却被人死死扑将上来捂住口鼻。展昭怒喝一声，浑身一挣，将那人震飞出去，正待坐起，眼前一黑，晕倒在地。

姚蔓青挣扎着慢慢坐起身来。她素日里娇生惯养，展昭这一震，几乎没将她浑身骨架给震碎。她忍着痛站起身来，将门自内闩上。

慢慢去到展昭面前，俯下身细看，惊诧于展昭竟生得如此好模样，颤抖着伸出手去抚他眉梁，心下忽地有几分安慰：好在，自己并不是委身给那些其状如猴的粗鄙之人。

顿了一顿，她伸手去解展昭的衣裳，不知为什么，这一幕让她想起之前同刘向纨的种种，泪水如珠般滑落。

展昭的呼吸一下重过一下，饶是昏迷之中，眉头仍拧得紧紧的。

姚蔓青动作极轻地帮他除去里衣，手指忽地碰到他起伏得厉害的炽热胸膛。

她的手指冰冷，凉意水一般荡漾开来，展昭忽地睁开了眼睛。

姚蔓青没想到他居然会醒，脑子嗡的一声，半边身体都僵住了。

展昭的眼睛里，再无素日清明，有的只是炽焰漫天。

他一把将姚蔓青拉到怀中，铁箍样的手臂牢牢环住她的身子，一个翻身便将她压在身下。

姚蔓青缓缓闭上了眼睛。

她的脑海中最后闪过的，是刘向纨的脸。

端木翠回到家的时候，刘婶已经拉着公孙策嘀嘀咕咕老半天了，一边嘀咕，眼神儿一边往院中那方青砖砌起的花坛上飘。

"端木姑娘说，这花坛空着可惜，种上些花花草草热闹些，我隔天就给她带来了老多花种。我怕年轻姑娘家没长性，还特意跟她说：端木姑娘，有些花开得晚，花期长，你得耐得住……

"她笑笑没说话，头天晚上全种下了，第二天白日里倒也罢了，晚上……"

说到此，刘婶激灵灵打了个寒战。

那天晚上是怎么个情况？她本是睡下了，半夜觉得口渴，摸黑穿衣起来去灶房倒水喝，房门刚拉开条缝……

她看到端木翠就站在花坛前面，微红色的烛光盈盈冉冉，把整个花坛都笼住了。

刘婶觉得很怪异，开始她也没想到到底怪异在哪里，片刻过后，她突然就反应过来了。

端木翠两手空空，根本没有持着蜡烛！

后来端木翠俯下了身，刘婶终于看见那根蜡烛，静静悬在端木翠肩膀偏上的地方。微红色的烛光像是春蚕抽丝，一丝一丝地吐出来，将整个花坛笼在烛光织就的茧里。

刘婶一颗心都快要跳出来，她避在门后，目光慢慢移到花坛正中。

她惊诧地发现，所有的花都开了！

当季或者不当季的，紫荆、金钟、慈姑、金鱼草、蜡梅、金桂，还有大爿罗盘样碧叶托着的粉荷。

刘婶是没念过书，但常识是懂的，再怎么说，这荷花不应该是院子里一方小小花坛就养得活养得住养得长的。

而且，所有的花都是破败的。

枝叶凋零、藤蔓枯皱、花瓣萎缩，有的从中折损，露出惨白的茎干来。

端木翠忽然动了一动，疑惑地向着刘婶这边看过来。

刘婶吓坏了，身子一颤，居然很是此地无银三百两地将门给关上了。

寂静夜里，门被砰地关上的声音，分外刺耳。

刘婶暗骂自己糨糊脑子，紧紧背靠着门不知所措。惶然间，她听到端木翠的声音在门外响起："刘婶，你别怕。"

说不怕是假的，刘婶屏着气不作声，自欺欺人地装作自己已经睡着了，暗暗祈祷着端木翠快些离去。

过了许久，外头似是已无动静，刘婶这才觉得后背凉飕飕地渗满了汗，三步并作两步奔到床边，哆哆嗦嗦拉起被子蒙住脑袋，一夜无眠。

第二天早上，日光大片大片把屋中照了个敞亮，白日果然是让人心里踏实的，刘婶心定了许多，披衣下床。

花坛里光秃秃的一片，还是松得软软的泥土，莫说是花了，连根草也看不见。

刘婶做好了早饭，给端木翠送过去。端木翠已经起身了，正将簪子插在发间，见她进来，粲然一笑。

刘婶也笑了笑，笑的同时，她心里犯嘀咕：昨晚那个，不是端木姑娘吧？

她一点也不怕眼前的端木姑娘，非但不怕，心里还透着三分喜欢。但是昨晚上那个，她真的有点怕。

"刘婶，以后晚上你就不用陪我了。"

先前是展昭拜托刘婶晚上在端木翠这边留宿的，他的考虑自是周到：端木翠是个姑娘家，一个人住恐她害怕，若是刘婶能陪着就再好不过了。

他这样拜托的时候，怕是没想到端木翠没什么，刘婶是险些吓掉了半条命。

"从那以后，我晚上就不在这儿住了。"刘婶叹了口气，抬头看了看西斜的太阳，"时辰差不多了，我该回去了。"

公孙策"嗯"了一声，有些心不在焉，顿了一顿，问道："这里的事，你还跟别人说起过吗？"

"没有没有。"刘婶赶紧摇头，"做下人的，得有张闭得牢的嘴，我在外头从没提过。姑娘说过开封府的人不是外人，我才跟先生说的。"

公孙策点了点头，又问："这些日子，端木姑娘还好吗？我差张龙、赵虎他们来过几次，只是见不到人。"

"那倒是，姑娘很少待在家里。"刘婶皱着眉头，"展大人刚走那一两天，姑娘无精打采的，连门槛都没迈出过，后来就老往外头跑，有几次，夜深了都不见回。我还想着给她开门来着，谁知道自己挨不住就睡了，也没听见叫门，隔天起来一看，她就在房里了，也不知怎么进来的。"

公孙策笑了笑："端木姑娘是江湖人，行止自然跟一般的闺阁小姐不同。"

"江湖人啊……"刘婶惊讶不已的同时又有几分恍然大悟，"那难怪呢，我听说江湖人都会飞檐走壁的。"

又聊了聊，眼见天黑下来，刘婶拾掇拾掇也就回去了。这几日为她的侄女采秀准备婚事，要忙的事情多得数不清。

刘婶一走，公孙策看似毫无心事挂碍的表情渐渐换作了愁眉紧锁，他来来回回不安地踱着步子，时不时伸出手去，按住怀中的一封书笺。

书笺外的封壳纸有些硬，每次按过去，便有挺括的纸声，窸窸窣窣，嘈嘈切切，让他本就烦躁不安的心更加纷乱。

信是姚美人的父亲姚知正写来的。

说是信，倒不如说是状纸更贴切些。

状告御前四品带刀护卫，开封府展昭，德行沦丧，恃酒行凶，强暴了姚美人的妹妹，姚家二小姐姚蔓青。

天已黑透的时候，端木翠终于回来。

看到公孙策的时候，她心情大好，笑嘻嘻道："公孙先生，我方才去府里了。"

去府里了？

公孙策略一思忖，旋即反应过来："你是去看红鸾姑娘？"

她点了点头，面色说不出是难过还是释然："红鸾已经……我把她接回来了。"

说话间，她伸手一摊，雪白的掌心中，一粒黑漆莹亮的种子，木棉花种。

公孙策看了看那粒花种，又转头看了看花坛，突然间就福至心灵："你这花坛里是……"

"刘婶跟你说的吧？"端木翠一点就透，"也不全是。"

"不全是？"公孙策目中露出疑惑之色。

端木翠眉头微蹙，似是思考着该怎么说才能让公孙策更明白些，顿了一顿，才道："我先前有一次出外散心，在外耽留得久了些，回来时已经很晚，路过一条巷道时……"

她找不到合适的词来描摹自己遇到了什么，眉头皱得更紧："公孙先生，我虽然在冥道失了法力，但是似乎又不尽然，我对某些东西的感知，总是要超过常人许多……"

"莫非你在那巷道遇到了鬼？"

时至今日，怪力乱神、妖魔山精，公孙策谈来，终于如拈纸笔，无惊无怖。

"也不是鬼，是打散了的三魂六魄。换言之，即便已成了鬼，还被别有用心之人打散了魂魄，七零八落，无法聚合，也无法投胎，当然，也不会害人。"

公孙策了然。

"我不想多事再去追查他们身前之事，只想做件功德，将他们的魂魄散片一一找回，以种子育其命，让他们在此静静休养，承受日月精华。待他们魂魄养成之时，送他们去酆都鬼界，重入轮回，投胎做人。"

"所以，这花坛里的全是……"公孙策有些心惊。

端木翠微微颔首。

两人的目光一齐落到那花坛之上。

这花坛已经有了动静，所有种子，在天黑之后始萌发，根芽一齐破土抽生，瞬间长成。

刘姉方才的描摹还不尽然，这一方小小土壤，盛置的远不止是花。他看到有芜杂野草，有攀爬藤蔓，甚至还有一棵金黄色的稻禾，坠着空瘪的穗子。

孕育生命的都是普普通通的一粒种子，至于之后的千差万别，枯荣繁华，登殿堂或是任人践踏，却不是先时人所能料到的了。

端木翠伸出手去，轻轻扶住一棵快要折落的芍药，叹气道："这一个折损得太厉害，或许是养不成了。"

"端木姑娘，展护卫出事了。"

"啊？"端木翠扶住那棵芍药的手一下子缩了回来。那芍药失此稳持，摆荡了几下，更近末路。

"出事了，是什么意思？"

黑暗中，公孙策清癯的面容之上，出现少有的沉重之色。

"出事了是什么意思？"端木翠又问了一次。

"端木姑娘，这件事非同小可，你一定沉住气，听我说完。"

"展昭死了吗？"端木翠声音都颤抖起来。

"端木姑娘，你听我说……"

"公孙策！"端木翠夯毛了，"我烦死你这个死老头说话了。我问你展昭死没死，死就一个字不死两个字，你扯那么多没用的干什么？"

鄙人认为，这确实是公孙策的不是。公孙先生可能素日里给苦主传达信息惯了，凡事喜欢委婉，但是端木翠出身军伍，讲究单刀直入直切主题，好消息也罢坏消息也罢，一定要马上、即刻、确切知道并且立时作出反应。不妨设想一下，人这边火烧火燎地问攻城攻下了没，你只要回答"攻下，前锋卒"这不就结了嘛，干脆利落、简单明了，不拖泥带水。

但是换了公孙师爷，先摆出一脸沉痛的表情，然后开腔了："将军，此事非同小可，你一定要沉住气，听我说完……"

你还指望她沉住气？马上拖出去打一百军棍！

好在公孙策马上摸清了她这边的路数："没死。"

"受伤了？"

"没有。"

"中毒了？"

"没有。"

"他好端端的是不是？"

"姑且可以这么说。"

端木翠长吁一口气，双腿一软，跌坐在花坛沿上。方才的那番气焰好像借来的般，瞬间就被债主连本带利讨了个空，现下哪怕是高声说话都提不起气来。

她轻声道："只要人好端端的，没什么事是解决不了的，公孙先生，你说吧。"

公孙策的称谓又从死老头变回了先生。

公孙策叹了口气，将陇县的事情一一道来。端木翠静静听着，她似乎还没有从先前的惊悸中回过神来。公孙策先还担心她接受不了这事，不过看起来，只要展昭人还好端端的，端木翠的接受能力还是挺强的。

端木翠一直听他说完才开口问话，此次算个不错的听众。

"我不知道展昭酒量如何，但是展昭素日里是个极稳重谨慎的人，不可能放任自己酒醉，即便醉了，也不可能做出这样的事。"

公孙策点头："我和大人也是这么说。"

"展昭是不是被人陷害了？是不是被人设计的？"

公孙策苦笑，缓缓摇了摇头："端木姑娘，你想到的也是我和大人想到的。我们都不相信展护卫会做出这样的事，这件事日后一定会查清，但已不是迫在眉睫。"

"为什么？"

"展护卫没有答应姚家提出的要求，姚知正勃然大怒，带了信到开封。他算是还给包大人几分面子，暂时未将此事宣扬开，愿意让开封府的人从中斡旋。如果展护卫还不改口，他就要告御状。届时非但展护卫身败名裂，只怕这条性命都难保。"

"姚家提出什么要求？"

"三媒六聘，娶姚蔓青过门。"

端木翠不说话了。

公孙策叹了口气，低声道："端木姑娘，坦白来说，姚家的要求不算过分。"

端木翠不吭声。

"事后让稳婆验过姚姑娘的身子，她的确已非完璧，而且她的衣服上有落红……这件事，展护卫难辞其咎。"

"那说不定是别人啊。"

公孙策惨然一笑："姚家的下人听到姚姑娘的呼救冲进去的，可以说是……抓了个现行。"

任你一千张嘴、一万张嘴，众目睽睽，证据确凿。

端木翠忽然就哭了："展昭会难受死的。"

她现在想不到别的，只是一心一意心疼展昭，忽然间觉得，哪怕是这辈子和上辈子加起来，生离也好，死别也好，一颗心都没这么疼过。出了这样的事，依展昭的性子，该自责到何等地步？更何况是众目睽睽之下，被人一哄而入夹枪带棒捉拿起来，那些乡野村民，该是怎么样羞辱展昭？堂堂南侠，四品护卫，这一下岂非生不如死？

她摇摇晃晃站起来，泪落如雨，眸中却透出狠戾的杀伐之色来："我去杀了这帮人！"

公孙策拦住她，又是无奈又是心疼："端木姑娘，你设身处地为姚家想一想，姚家是无辜的。尤其是那位姚姑娘，事发之后悬梁自尽，若不是奶妈子发现得及时，怕是早就死了。"

端木翠听不进去，想到展昭现时处境，心中一阵接一阵地绞痛。

公孙策微微合上双目，极力将上涌的酸涩压服回去，顿了一顿，强自语气平静道："端木姑娘，当务之急，是不能刺激姚家。展护卫是个极有担当的人，哪怕虽非情愿，为节义计，他也会答应迎娶姚蔓青，这一次却出人意料，原因无非两个，第一是他也发觉此事蹊跷，不愿意如木偶般被人玩弄于股掌；第二是……"

说到第二，他忽然顿住了。

端木翠等了半天不见他回答，抬头问道："第二是什么？"

公孙策极其苦涩地笑了笑："第二是什么，你还不知道吗？有些事情，展护卫知道，你知道，连我这个外人都知道。只是你装作不知道，展护卫怕你为难，也从来不说。大家总想着，有一日峰回路转，说不定皆大欢喜。谁知这一日没有等到，反而横生变故。既是事出突然，我这个外人不妨觍着老脸，多事一回，来戳破这层窗户纸。端木姑娘，展护卫心中喜欢你，你一直知道吧？"

端木翠轻轻点了点头。

"只是你身份不同，今日不知明日事，能守在一处的日子少之又少，更不用侈谈什么长相厮守了。端木姑娘，你既不能嫁他，展护卫娶了谁，都没什么分别，你明白我的意思吗？"

端木翠眼睫一垂，硬邦邦道："不明白。"

公孙策叹气："端木姑娘，你不用跟我赌气，大家都是为了展护卫好，他若真是为了这件事身败名裂，他这一生可算是毁了。"

端木翠冷笑道："你想让我去同展昭说，让他娶那个姚姑娘。我为什么要劝展昭做自己不情愿的事？我……"

她突然顿住了。

"那展昭足上还没有系上红线，保不准就是一个天煞孤星……"

这是当年月老三跟她说的。

还没有系上红线……

那就是说，即便展昭答应了这门婚事，中间也会横生枝节，让此事不能如此终了。

不管中间横生的枝节是怎样的，这枝节一定是救展昭的关键。

公孙策见她突然不说话了，只脸上的神色阴晴不定，不由得心下惴惴，不知这姑娘又转什么念头。正忐忑间，端木翠忽然就开口了："好，公孙先生，我答应你，我会劝展昭娶那位姚姑娘。先生几时动身？我收拾了好同行。"

公孙策不知她为什么转得这么快，但听她如此说，还是依言道："明日一早便走。"

送走了公孙策，端木翠一丝一毫的倦意都无，在花坛边呆呆坐着，脑中转来转去，都是展昭。

先时总觉得做神仙很烦，现在想来，神仙还是好的，起码，她若还是神仙，现下一个土遁，就可以到展昭身边。若是展昭不想说话，她定不吵他，只陪他坐坐都是好的。

一时间思绪如潮，下巴一下下磕着膝盖。

忽然又想起进冥道前一夜，她也是这般，抱着膝盖点着下巴。那时展昭在一旁看了好久，忽然就伸手盖住她的膝盖，她一个不留神，下巴点在展昭的手背上。

端木翠唇边浮出温柔笑意来：展昭待她，的确是极好的，极好极好的。

她目光巡睃，落到一旁行将折断的芍药之上。

许是因为对展昭的想念，她对这原本准备弃之不理的芍药，竟也起了怜爱呵护之心。

她伸手在自己发间捋了几下，拈出一两根发来，放在手心中微微捂住，默念法咒，俄顷摊开手来，将那发丝一圈一圈缠绕在芍药的断茎之上。

说来也怪，那芍药原本暗淡枯萎，衰垂如死，经这一缠，又慢慢挺了起来。过了片刻，枯萎的花盘之上泛出幽碧的绿光来，绿光隐现间，透出一个女子苍白委顿却不失清秀的脸。

那女子满脸感激，向着端木翠微微顿首："小女子姚蔓碧，谢过姑娘。"

端木翠回以一笑："举手之劳罢了。"

清晨的陇县过于安静，晨雾静静在巷陌间流淌，这时节，搁着开封理应是春暖花开了，但在这偏远的北地，依然冷得有点过分。

端木翠倚着马车的辕架，脚尖在地上蹭来蹭去。他们到的时候天还没亮，公孙先生不让叫门，说是再等会儿。

等会儿，再等会儿，日头像是给什么绊住了，总也不见升起来，端木翠急得不行，心里把三足乌骂了个狗血淋头。如果此刻让她见到，她一定要把三足乌圆滚滚的身子踩得扁扁的，扁得不能再扁。

她盯着姚家黑漆漆的门扇看。展昭应该就在这扇门里，他在哪儿呢？在干什么呢？姚家是不是善待他？门扇或是高墙，对她来讲都不是障碍，但是公孙先生不让她进，说是等等，不要轻举妄动。

好，等就等，反正已经到了面前，也不急这一分。

于是她耐着性子等。她觉得很委屈，她盯着马车里的公孙策看，心里对自己说：这个人不是好人。

也说不清为什么，这两天看公孙策横也不顺竖也不顺。她憋了一肚子的气，这气像是火炉上的水，从开始的微沸到滚沸，说不准什么时候，就能把盖子给掀了。

公孙策却不识趣，掀起车帘跟她说话："端木姑娘，大老远地赶路过来，怎么还带一盆芍药？"

"我乐意！"端木翠的火气像是找到了出口，毫不客气地呛回去，"我爱带什么带什么，管得着吗？"

公孙策好脾气地笑，这丫头这一路看他都不顺眼，为了什么，他是心知肚明。

女娃娃家真是小心眼，他不就情急之下说了句让她劝劝展昭迎娶姚蔓青吗？瞧她这脸拉得，都能量布了，一路上就没给他好脸色看。

公孙策微笑着看端木翠的侧脸，皱眉、翻白眼、咬嘴唇、嘀嘀咕咕，多半是在嘀咕他，嘀咕的也多半不是好话。

"明明已经到了，为什么不能打门？"她终于忍不住。

"我们不急。"

"不急？"端木翠险些跳起来，"这一路火烧火燎的，饭都没正经吃过，到了跟前你不急了？你不急我急，你慢慢等，我先进去。"

她作势就要走。

"端木姑娘，"公孙策无奈，只得下车，"我们此趟来，是为了跟姚家有个交代的。"

"那是你。"端木翠斜他，"我来可不是为了什么姚家不姚家。"

"话是这么说，"公孙策一点点分析给她听，"你当然能大大咧咧闯进去，找着了展护卫就走，但是之后呢？举国追缉，身败名裂，老鼠过街，人人喊打，莫说是开封府回不去，连江湖中都不能立足，你为展护卫想过吗？快意恩仇当然是好，手起刀落也痛快，但是事后那一大堆烂摊子，你让谁去收拾？"

端木翠咬了咬嘴唇，似是想说什么，到底没说，顿了顿，突然就火了。

"哎，公孙策，我哪里留下一大堆烂摊子了？我不是老老实实在这里等了吗？

你啰里啰唆这么一大堆，你比姚家还烦！"

末了脚一跺，看红日东升，下巴颏儿对着公孙策。

公孙策目瞪口呆，挣扎了许久，才把要和她继续理论的念头压下去。

原因很简单：他觉得这姑娘不讲理。

对牛弹琴，哼，对牛弹琴，君子不欲为之亦不屑为也。

终于等到"吉时"，公孙策严整衣襟，款步上阶，朱门三叩，不卑不亢地道明身份和来意。

一切无可挑剔，换来端木翠嗤之以鼻的一声：装吧你就。

公孙策暗暗发笑：的确是在装，但你还不是得好生配合着？

在门厅慢条斯理地饮茶，一杯未尽，姚知正已匆匆赶过来，大老远朝他拱手："公孙先生，久仰久仰。"

姚知正到底也是在官场上摸爬滚打过的，知道就算自己占着理，也得给对方留足颜面，不像某些人，一上来就气势汹汹，诘问不休。

公孙策兵来将挡，面上带笑，看不出一丝一毫的焦急愠怒，你来我往地讲些场面话，路上如何，吃住如何，京里如何，风物如何。讲到后来，连端木翠都禁不住有点佩服他了，也有点为他可惜：若是生在春秋战国，合纵连横场上，公孙策的名字，怕是也不输苏秦、张仪。

然后话锋一转，终于点题。

"小女姿色平平才学稀疏，若是常日，也不敢高攀展大人，只是……"夹枪带棒话里有话，公孙策哪会听不出来，当下微微一笑："展护卫年轻气盛，性子执拗鲁莽，一时间转不过弯来也是有的。临行前大人托我带话给他，姚大人若能行个方便，容在下和展护卫点明其中利害，也就皆大欢喜了。"

姚知正大喜："公孙先生顾全大局面面俱到，得先生臂助，实乃包大人的福气。只是……"他似有隐忧，"展大人武艺高强，寻常屋子，也是关不住他，为了留他在此，多有得罪……"

公孙策不动声色："无妨无妨，姚大人前面引路便是。"

姚知正哈哈一笑，长身站起，右手前托作引，目光忽地就落到端木翠身上。

"这姑娘仪态不俗，眸光灵秀，不像是个普通的丫头啊。"

端木翠不说话，反冲着公孙策挑衅似的瞥了一眼。

公孙策知道她的意思，临行前，他让她换上普通庄户人家的衣服，蓝布撒白花的褂裙，发饰简简单单，背后的长发编成两根油亮辫子拖在胸前。

端木翠很是不情愿，虽是换上了，还是一迭声地跟他抱怨："公孙先生，你是想让我装作随行的丫头，可我这通身的气派，也不像啊。"

果然一下子就让姚知正给叫破了。

公孙策不慌不忙："这姑娘是练家子，这一趟过来，恐路上不太平，特意邀了她同行，又怕招摇，这才作此打扮。"

姚知正"哦"了一声，也就不再追问。

姚家算是清白为官人家，想不到竟是有地牢的。

拾级而下的时候，公孙策的脸色有点难看。姚知正多少猜到，解释道："此地靠近北方，不比京城，本朝未立之时，频有匪寇之扰，大户人家起宅子，多设了地牢水牢，后来日趋平定，也就废了不用了。"

他说的倒是实情，越往里走，地牢里长年累月积着的霉味儿就越重。里间过冬的柴火堆得高高，这里的确不是专门用来关押人的。

当真细细究起来，姚知正也没那么大的胆子羁押朝廷四品官员，只是一来事出突然，展昭的确百口莫辩；二来展昭当面拒婚，越发叫他怒不可遏，索性不管不顾，先关了再说。

方走到阶下，姚知正止了步，将手中提的马灯递给公孙策："那公孙先生跟展大人好好聊聊，在下就不奉陪了。"

马灯的光晃晃悠悠，边缘所及处是个牢房。里间的人听到声响，略略向这边转过脸来，看身形轮廓，应是展昭无疑。

公孙策大怒。姚知正送到此地即止，摆明了没把牢房的门打开的意思，那他们此趟前来，岂非成了探监？你姓姚的有什么资格，先定了展昭的罪？

费了好大气力，才将这股子火气压下去，伸手接过马灯，平静道："多谢了。"语毕，提着马灯快步向牢房走过去。端木翠正要跟上，姚知正伸出手臂拦住："这位姑娘。"

端木翠眉眼一冷，眸光如刀："干什么？"

她口气凌厉得很，姚知正心头激灵灵打了个突，强笑道："没什么，公孙先生跟展大人有事要聊，姑娘不妨上去饮杯清茶。"

端木翠冷冷道："不用了，我是开封府请来保护公孙先生的，理当寸步不离。"说话间伸手一挡，将姚知正的手臂拨开了去。姚知正只觉得半边手臂发麻，心下骇然：这练家子的姑娘可真要不得，这么不懂规矩。如此想着，不住摇头，自上去了。

那一头，展昭起身走到牢栏边，公孙策见他身上无伤，面色虽然苍白，精气神倒还不差，心里头先自松了口气。

展昭隔着栏柱向公孙策微微点了点头，目光旋即转到正往这边过来的端木翠身上。

忽地就淡淡一笑，声音压得很低，不知是自言自语还是向公孙策说话："端木瘦了许多。"

公孙策正不知该如何开口，听他这么一说，呵呵一笑，顺势接了下去："能不瘦吗？展护卫，不跟这丫头同行，不知道她有多挑食，荤菜不吃，素菜做得不可心了也不吃，豆芽菜拈那么一两根，瓜丝儿夹那么一两条，我说她比皇帝还挑。现今还长得好好的，也真是上苍庇佑了。"

端木翠走到跟前，正听到公孙策向展昭编派她的不是，立时就不干了："哎，我哪里挑食了？"

展昭是素知端木翠脾气的，连一贯老成持重的公孙策都能小孩儿一般跟她顶上，足见这路上是受了她不少气的，当下含笑摇头："端木，不可对先生无礼。"

端木翠闻言抬头，一眼见到展昭长身而立，还是行前那熟悉的一身蓝衫，眸间带着淡淡笑意，面上却难掩憔悴，顿时就把公孙策及挑食问题忘到爪哇国去了，几步赶过去，两手抓住牢房的栏柱，急急道："展昭，你好不好？"

展昭低头看她，正对上她黑玉般莹亮的眸子，心头只觉平安喜乐，笑道："好。"说话间，伸手出去，似是要抚她面颊，忽地念及公孙策就在一旁，不觉顿住，缓缓收回。

公孙策看在眼里，只作不知，蓦地"咦"了一声，背过身去东张西望，大声道："这陇县的地窖，修得甚是精巧，也不知立柱怎生承重……"

说着说着，竟行到另一边，对着立柱煞有介事。

端木翠知他用意，倒有些羞赧起来。展昭伸手将她拉至身前，俯首以额相抵，轻轻吻了吻她的面颊，低声道："你怎么来了？"

端木翠仰头道："我自然看你来的。"

说话间，自然而然，伏向展昭怀中……

呃，容我打断，此伏未能成功。（牢房栏柱发言：废话，当俺们是透明的……）

端木翠这才发觉栏柱极是碍事，眉头皱了皱，向展昭道："你让一让，我要进去。"

展昭知她法力虽失，尚有法术符咒可施，兴许是要捏个口诀让栏柱退让，果然往边上让了让。就见端木翠口中念念有词，俄顷面有得色，向着栏柱空当就钻。

在展昭先是期待后是惊愕的目光之中，这位姑娘的脑袋卡在了栏柱之间。

一时间分外安静。

端木翠镇定自若，面上还带着尽在我掌握之中的笃定神色，很有风度仪态地把脑袋给缩回来，开始上手去揉被栏柱卡到的地方。抬头见到展昭一脸的目瞪口呆，她先是不情愿，后来觉得有必要解释一下："那个……符咒记得有点不熟……有话就这样说吧，也挺方便……"

展昭还是定定看她，忽然就忍不住哈哈大笑起来。他弯下腰，几乎笑出了眼泪。

"端木，"他笑得说不出一句完整的话，"幸好你今天是穿栏柱，改天你穿墙，也忘了符咒，岂不是卡在墙中央……到时候想救你，是不是要把一堵墙都给砸了……"

终于能三个人面对面切入主题，但是……

端木翠一直揉着她的脑袋，对严肃的话题很是心不在焉；至于展昭，笑劲估计还没过，不看到端木翠时还能正经说上两句话，偶尔看到，旋即就是一副憋笑憋得受不了的样子……

三人会议主持人公孙策非常不满。

太不严肃了，他想，一个是当事人，一个是跟当事人有密切关系的人，形势如此棘手，前路还坎坷得很，两人居然一点压力都感受不到，剩他这个局外人在此劳心劳力，信不信他撂挑子不干了？

这件事非同小可，大家表现得严肃一点沉重一点嘛，以往遇到棘手的案子不都是这样吗？早知道就不带端木翠来了，苦大仇深的场合让她搞得跟迎春茶话会似的……

公孙策终于忍不住，清了清嗓子，单刀直入："展护卫，之前你为什么不答应娶姚家小姐？"

展昭没料到他问得如此直白，愣了一愣，没有作声。

"大家都是自己人，有些话我就不避讳地说了。大人跟我都很了解你的为人，你素日里极有担当，大丈夫难免行差踏错，万事难不过一个敢做敢当。你不答应这门亲事，是否有什么难言之隐？"

这一话题足够尖锐，甫一抛出，旋即冷场。端木翠没吭声，两只手轻轻搭在一起，展昭犹豫许久，才道："先生说的是，大丈夫敢作敢为，若我真的玷污了姚家小姐的清白，自当对她负责，但是……"公孙策隐隐听出些弦外之音，也不知自己猜测得对不对，一颗心咚咚跳得厉害："展护卫，听你的意思，莫非你根本不曾侵犯姚家小姐？"

这事众目睽睽言之凿凿，他一直以为是板上钉钉，哪知听展昭适才所言，似乎别有隐情。

展昭极是为难："此事……我也不大确定……"

他吞吞吐吐，只是不肯明言。端木翠猜到几分："展昭，你有什么说什么，我、我也没什么不能听的。"

公孙策这才反应过来，笑道："论理有姑娘家在，有些话你是说不出口，但现在大家聚在一处，也是为了寻出个对策。展护卫，你且将你那些顾虑收起来，先把事情理清了才好。"

展昭淡淡一笑，末了点了点头，细细追思前事："我记得当时昏昏沉沉，饮多了酒，应该是被人下了药，难以自控……不知为什么姚家小姐会进来。我那时失了神志，对她……多有失礼……后面的事记不清了。姚家小姐似是大声呼救，很多下人冲进来。后来姚大人也赶到，怒声斥骂，还让人把我关进地牢醒酒……

"第二日，姚大人来牢房见我，把姚小姐的衣裳拿来，衣服上有落红，还说找人验过了姚姑娘的身子……"说到这里，略略顿住。公孙策叹气道："这些在姚大人给开封府去的信中都有提及。"

展昭微微点头，又道："事后我仔细回想，虽说那时失了神志，但做过什么事总有模糊的印象，我不记得我侵犯过姚家小姐。"

公孙策摇头："展护卫，你也说当时昏昏沉沉，兴许你做过什么，自己都忘了。"

展昭面上微烫，低声道："是……也不仅仅是因为这个，还因为……"他声音越说越低，抬眼间见到公孙策和端木翠都不明所以地盯着他，暗暗叹了口气，心一横，道，"还因为我被关进地牢这一夜，实在是生平最难熬的一夜……险些折腾掉半条命去。"

他说得隐晦，公孙策先还听不明白，过了一会儿才反应过来："你的意思是，那春药的药力，根本未曾得到缓解？"

展昭的脸腾地红了。

公孙策大喜之下，倒是顾不得口上择言了："不错，若是你和姚姑娘有过夫妻之实，那春药的药性自行消去，怎么还会把你折磨得死去活来？但也不对啊，若是没有，姚姑娘那边又是怎么回事？稳婆验过她的身啊……"说到后来，公孙策又迷糊起来，百思不得其解。

展昭定了定神："所以我总觉得此事蹊跷，不想贸然答应姚家的要求，思忖着能否拖延时日，好查清个中究竟。想不到因此惹怒了姚知正，将我囚禁在此，不肯放我出去。我思之再三，想了个法子，假意装作惧怕包大人，求他莫让此事传到大人耳中，他果然中计，隔日便得意扬扬同我讲，已修书一封，将此事呈到包大人案上。"言及此，微微一笑，"我是想着，既然我不能去查这桩案子，便让大人派人过来查，总好过困于此地一筹莫展。"

公孙策啊呀一声，甚是懊恼："早知如此，便带同张龙、赵虎他们过来了。我和大人竟没看出你的意思，只想着先稳住姚家。"

稳住姚家，自然要能言善辩的公孙策出马。都想着公孙策一到，展昭必能得脱，届时查什么案子都是展昭亲力亲为，旁人也就不用随行了，哪料得到此次是展昭身陷囹圄，要另外有人手前去查案？

公孙策这头还在悔之不及，展昭已笑道："没什么干系，有端木在也是一样的。"

端木翠前头半天没作声，乍听到自己名字，吃了一惊："我？"赶紧摆手，"我没查过案的。"

"行军打仗，千军万马都指挥若定，查一桩案子能难到哪里去？"展昭给她吃定心丸，末了还不忘送顶高帽，"再说了，你是神仙。"

千穿万穿，马屁不穿，高帽子一戴，端木翠没异议了，想了想表示认可："不错，神仙出手，嗯……"

总算她还知道谦虚，没有得意扬扬地说什么一个顶俩。

公孙策有心泼她冷水："查案可不是那么轻巧的，你且说说，从何查起？"

端木翠哼一声："待我回去想一想，理清了头绪再说。"

"查姚蔓青。"展昭的面色忽然严正起来，"我想了又想，这个姚姑娘始终有蹊跷。闺阁小姐大门不出二门不迈，半夜三更，她不在自己的绣楼待着，为什么会出现在我房里？"

"不错。"公孙策眉头皱起，"这个姚姑娘的确有些不同寻常。事不宜迟，端木姑娘我们这便走吧。"

"啊？这就走了？"端木翠大吃一惊：开什么玩笑，她还没能跟展昭说上几句话呢。

公孙策知道她的心思："早日水落石出，展护卫也早一日得脱。见到姚知正时，我只说展护卫已有些松动，慢慢劝说不迟。暂时还将展护卫留在此处，这样不会打草惊蛇。对方的视线集中在展护卫身上，不会过于留意我们做些什么，查起案来也便宜些。"

"可是……"端木翠脑子转得飞快，拼命找借口。

公孙策话里有话："端木姑娘，夜长梦多啊。"

夜长梦多几个字，他说得格外用力。

端木翠万般不情愿地"哦"了一声，跟着公孙策向外走。才走了没几步，忽然听到展昭叫她："端木。"

"嗯？"端木翠又折回来。公孙策料是两人有话要说，也不等她，只是慢悠悠地拾级而上。

展昭见她回来，想说的话反给忘了，顿了顿，才微笑道："公孙先生身子不大好，跑进跑出的事，辛苦你了。"

"我知道。"语毕不忘挖苦公孙策，"让他去查，笨手笨脚，我还不放心呢。"

展昭微笑，末了轻声嘱咐她："不要太过挑食，好好吃饭。"

"那不行。"端木翠坚持原则，"做得好吃才好好吃，不好吃硬塞也塞不下。"

好吧，说的也是实情，展昭没辙了。

"没了？"端木翠瞧他，"那我走了……"

话音未落，展昭忽然伸手在她发上一拂。端木翠只觉髻上一松，再抬首看时，展昭正把她发上插的簪子拢入袖中。

"你拿它做什么？"端木翠好奇。

"没什么。"展昭轻描淡写，"我只是突然想到，身边一直没你的东西。"

"那不行。"端木翠不依不饶，"你拿走了，我怎么办？"

展昭微笑："回到开封，赔你一根就是。"

"那不行。"端木翠扯着他的袖子不松手，"还我。"

她抓着他的袖口左看右看，也不知展昭使的什么戏法，袖笼里空荡荡的什么都没有。端木翠生气了："哎！"

这一声有点响，连走到地窖口的公孙策都止不住回过头来张望。展昭见她脸色沉下来，心中咯噔一声，笑道："这就气了？"

端木翠翻了个白眼，只是不理他。展昭叹气："端木，怎么看你都不像如此小气的人。"说话间手掌一翻，那枚簪子赫然便在掌中。端木翠瞥了那簪子一眼，只是立着不动。展昭拉她过来，将簪子插进她发间，淡淡笑道："我不拿就是了。"

忽听端木翠低声道："这簪子是在梳妆台里随手拿的，原本就是你买的东西，又不是我的。你从未开口向我讨过东西，既然说了，我得正正经经送你个，可不能拿随便的东西充了数。"

展昭一怔，心中似有暖意淡淡化开，嘴角忍不住扬起笑意来："可不许赖。"

端木翠哼一声："我只怕送的太好，到时候你不敢收……"正说着，忽然"咦"了一声，抬起头来，一双乌溜溜的眼珠子转了转，似是想到什么，那脸上的笑，怎么看怎么觉得贼，"展昭，我想问你啊……"

展昭忽然就有了三分提防："你想问什么？"

"你说，"她期期艾艾，越笑越是意味深长，"我听说春药极是难挨的，你是怎么……熬过来的？"

展昭一张脸登时就烧了个通红，待想不理她，架不住她的目光溜溜地直往自己脸上瞟，忍不住咬牙切齿："关你什么事？"

"问问嘛。"她笑得人畜无害。

展昭瞪了她半天，忽地大声道："公孙先生，端木这就来了。"

那边厢公孙策配合得恰到好处，语声远远飘过来："端木姑娘，你快些。"

"哎，展昭……"

展昭下定决心不再理会她，眼帘一垂，眼观鼻鼻观心，再不看她。

端木翠叹了口气，那边公孙策又催，只得心有不甘地转身离开，一边走一边絮絮叨叨："展昭你太小气了，取个经而已。江湖险恶，万一我自己下次遇到，也好有个应付……"

展昭眼前一黑，差点栽了过去。

公孙策见到姚知正时，果然就把先前对好的说辞拿来讲了一遍。姚知正虽有点失望，但多少也在意料之中，面上并未露出许多不满，礼数上依然周到，殷勤邀请公孙策和端木翠在自家留宿。

公孙策略略客套几句，便不再推辞。

他与端木翠分住前院的两间厢房，恰好隔壁。

终于见到展昭，心中有些松懈，再加上前几日奔波劳累，实是疲乏，用完晚膳，两人各自回房。公孙策睡前看了卷书，总觉得端木翠那边不安生得很，似是有什么响动，再听听又没声息了，忽然一下子又是什么东西咣当一声翻倒。公孙策吓了一跳，试探性地叫她："端木姑娘？"

没声音。

公孙策暗笑自己多心，再过一会儿，上下眼皮打架，索性起身更衣，脱掉外罩长衫，去解里衣结扣，一颗、两颗……

轰隆一声响，靠墙的铜盆架子被什么东西撞翻在地。公孙策吓得浑身一个哆嗦，闪电般回转身来，就见端木翠一手捂着前额，笑得异常得意："哈！我就说我会穿墙的……"

扬扬得意间抬起头来，正见到公孙策呆若木鸡，一只手掩着衣襟，另一只手哆哆嗦嗦指着她："端木姑娘，你……你……"

"我练法术啊。"端木翠答得理所当然，"公孙先生，我回去了。"

"深更半夜，你知不知道一个姑娘家跑到……"

端木翠还沉浸在穿墙之术终告成功的喜悦之中，哪里听得进他的话，穿个墙如穿豆腐，又回去了。

克制，克制，冷静，冷静，吸气，吐气，吸气，吐气……

公孙策成功劝说自己不要跟她一般见识，继续宽衣，方又解开一颗结扣，身后忽地响起一声："哎，公孙策！"

公孙策气着了，猛一回头，张了张嘴，想好的话又咽了回去。

就见端木翠只一颗脑袋露在墙这边，面上神色极是不忿："什么叫'深更半夜，一个姑娘家跑到……'，还有，你的手一直抓着衣裳干什么？"

干什么？公孙策没好气："人前衣衫不整，不是君子所为。"

"是吗？"看起来她不信，不过也没有多说什么，哼了一声，脑袋又缩了回去。

只是缩回去的刹那，公孙策听到压得低低的一声嘟囔："紧张成那样，难不成我会非礼你……"

公孙策差点儿吐血。

这一夜辗转反侧，被她气得精神奕奕，直到半夜才有了些许睡意。闭上眼睛之前，公孙策暗下决心：此趟之后，再也不跟端木翠一同查案了，绝不！

第二日用完早膳，公孙策与端木翠随着姚知正去到姚蔓青的绣楼。方踏进门去，就见张李氏赔着小心迎出来，见着姚知正，先行了个礼，面露为难之色。

姚知正有些诧异："小姐呢？"

张李氏毕恭毕敬："回老爷的话，小姐今儿个身子不大爽利，刚歇下了。"

说这话时，眼神看似无意地往公孙策这边飘了飘，然后丢过来一个不屑的白眼。那神气，分明是说：他们家小姐搞到如今这境地，跟你们那个展大人脱不了干系。

公孙策眼皮一低，只当看不见，倒是端木翠很是不甘示弱地又把白眼翻回来——只是张李氏压根就没注意她。

所以发招，发招，无人过招，招招落空，有招似无招……

姚知正似是过意不去，又往门内行了两步，唤了声："青儿……"

床上的帷幔皆已放下，内里传来虚弱的应声。借着清晨的日光，隐约看到幔内一个纤弱的身形正挣扎着坐起身来。张李氏三步并作两步过去，微微把帷幔掀开一线，视线所及处，是姚蔓青苍白如纸的脸。

公孙策无话可说，姚蔓青都病成这样了，他总不能硬要人家姑娘撑着病体听他问话，但就此铩羽而归又实在心有不甘，琢磨着怎么样都该把端木翠留下来，兴许她守在姚蔓青身边，能发现些蛛丝马迹。借口他都寻好了，只说遣端木翠在这里帮忙照顾姚蔓青。都是年轻姑娘家，熟得快，也好说些体己话儿。

哪知把话头一挑，就被姚知正给堵了回来："这姑娘是保护公孙先生的，怎敢劳动她的大驾照顾小女？有下人在便好。"

端木翠赶紧表示不劳驾，自己心甘情愿得很，公孙策也在一旁帮着说话。不承想姚知正客气得一塌糊涂，说什么也不答应。到最后，公孙策也不好表现得太过坚持——再坚持下去唯恐姚知正起了疑心，也只得作罢。

回去的路上，他忍不住问端木翠："这姚老爷为什么那么不情愿你留在姚小姐身边？"

"谁知道。"端木翠哼一声，"我还是头一次这么低声下气要照顾人，结果热脸贴个冷屁股。公孙先生，你以后可别给我出这种馊主意了。"

公孙策没吭声。

他猜是姚知正心中有鬼。

其实真正的原因很简单：姚知正不喜欢端木翠，更加看不起姑娘家抛头露面做什么练家子——自己的女儿是娇生惯养饱读诗书的大家闺秀，可别让这种不知礼数的野丫头给带坏了。

只是不能接近姚蔓青，就没法着手查案，没法着手查案，展昭的案子就不能早一日明朗。回到客房，公孙策急得团团转，一个劲撺掇端木翠："端木姑娘，你不是会穿墙吗？你穿到姚家小姐身边去。"

端木翠对公孙策再一次给她出馊主意表示很不满："公孙先生，这大白天，府里的下人来来往往的，我穿墙算个什么事？再说了，就算真的穿进去了，那姚家小姐病恹恹的，没准被我吓个半死，还能指望从她嘴里套出什么话来？"

"那你说怎么办？"公孙策头一次体会到第一线查案人员的辛苦。

端木翠很是胸有成竹："你放心，我就不信那个姚小姐能一天都待在绣楼里不出来！"

她说这话不是没根据的——离开绣楼的时候，她听到姚知正吩咐张李氏："别老在屋里闷着，晌午过后扶小姐去园里走走。"

姚家上下怕是没人敢拂姚知正的意，因此晌午过后，饶是姚蔓青很不情愿，还是老老实实地出现在院子里，扶着张李氏的胳膊，一副没精打采的模样。

张李氏担心地看姚蔓青的胳膊："小姐，伤好点了没有？"而后皱眉，"胳膊上划拉那么大一道口子，小姐，你也当真狠得下心，小时候被根刺戳到都要哭半天……"

姚蔓青笑了笑："奶娘，不说这个了。"

张李氏这才闭嘴，两人走到园里的鱼池边，看碧水中懒洋洋的鱼儿。

有句话怎么说来着？你站在池边看鱼，池对面有人看你……

池对面的人，正是公孙策和端木翠。当然两人掩身在假山后头，位置很是隐蔽。

端木翠手中拈着两颗石子儿，抛起来，接住，抛起来，又接住。公孙策的目光随着那石子儿忽上忽下，他有点搞不清端木翠的用意："端木姑娘……"

话还没问完，两颗石子儿已经出手了，再然后，张李氏"哎哟"了一声，几乎是与此同时，"扑通"一声，水花溅起，原本懒洋洋凑在一处的鱼儿四下奔散。公孙策还没搞清楚状况，那头张李氏已经杀猪样号起来："来人啊，小姐落水了……"

端木翠掸了掸手，很是扬扬得意。公孙策终于明白过来这姑娘想干什么了，敢情她是要自导自演一幕舍身救人的戏码，就此拉近和姚蔓青的距离？

只是，要舍身救人，你倒是赶紧的啊！

前院有人声喧哗着过来，想必是听到了张李氏的呼救，这边厢端木翠还是一副稳坐泰山的模样。公孙策急了："端木姑娘，那姚小姐……"

"干吗？"端木翠丝毫不顾及火烧眉毛的境况，"让她在水里多泡会儿不好吗？"

公孙策急得直跺脚："姚小姐还病着呢，可经不起这样折腾，你可别闹出人命来……"说话间，前院的下人们已经吵吵嚷嚷拥进后院。端木翠觑着时机已到，噌地飞身出去。

作为第一现场目击人，公孙策对端木翠的救人手法表示十分质疑。之前他可是见过展护卫从水中救人的，一招漂亮的燕子三点水，踏水而来，待到落水人的位置，略一停顿，俯身探臂入水，捞起后一个提起轻身飞举，瞬间就到岸边。整个过程一气呵成，说不出的干脆利落。

话说端木翠的前半程倒是中规中矩，只是到了姚蔓青的落水处，她一个千斤坠，整个人泰山压顶般下去。可怜姚蔓青刚挣扎着露了个头，就被这不明坠落物结结实实压到了水底，池面又是一个大水花和一声扑通，扑通得公孙策无语凝噎。

于是池这边的公孙策，池那边的一干人，N道目光，都愣愣看着水面。一时间无人动作，似乎还不明白到底发生了什么事。再然后，兴许是为了增加冷幽默效果，池面上还咕噜噜翻出一串水泡来，像是有鱼儿在吐泡泡。

直到池边的人出现了不安，有人自告奋勇要跳下去救人，端木翠才带着灌饱了水近乎昏迷的姚蔓青哗啦一下分水出来。方将姚蔓青软绵绵的身子搁到池边，下人们便哄一下围上去。端木翠很是好整以暇地退到一旁，全身湿漉漉的，很快就把站的地方湿了一摊。横竖此刻没人留意到自己，公孙策也索性过来，正待对端木翠说什么，那边蹲围着的下人中忽然就有人惊呼了一声："小姐受伤了！"

张李氏只恨那人嘴快，待要掩他的嘴，已是来不及，一时间周围净是倒吸凉气之声。端木翠听得分明，赶紧拨开众人进去，但见姚蔓青的衣裳湿乎乎地黏在身上，左边肘处有醒目的一摊红，因着被水打湿的关系，那颜色近乎粉，还有细细的血线自手边流出。

端木翠皱了皱眉头，单膝跪下，俯身去捋起她的衣袖，触目是一条不算深的刀痕，血肉翻开，裹伤的布条抹在一边，想来是自己方才在水下搜起她时抹落的。张李氏手忙脚乱地将姚蔓青的衣袖抹下来，瞪边上人道："还不快把小姐抬到屋里去。"

于是七嘴八舌，七手八脚，一群人乱哄哄远去，倒是把端木翠和公孙策晾在了当地。端木翠正盯着远去的一行人若有所思，耳边传来公孙策的惊叹："端木姑娘，你在水底下还给了她一刀？"

端木翠没好气，抬眼时，公孙策摇头啧啧个不停，面上的表情分明写着：最毒妇人心，妒忌的女人是可怕的，得罪谁也不要得罪女人……

屋内的小盘香散发袅袅的安神香气，姚蔓青静静躺在床上，双目微合，只忽缓忽急的呼吸声暴露了她并未睡着。姚知正站在屋子中央，背着手来回踱步，时不时往这边瞥一眼。张李氏心中七上八下，看看小姐，看看老爷，最终将目光停在给姚蔓青把脉的大夫身上。

这大夫五十上下年纪，黑中杂着花白的山羊胡子，两只眼睛细细长长，眯起时更是成了一条线。都说眼睛是心灵的窗户，他这窗户缺材少料到一定程度，无论你怎么努力地想从窗户往里瞅，都瞅不到他半点心思。

现下，他的两只手指，正看似虚虚地搭在姚蔓青的脉搏上，不动声色，不置一词，直叫张李氏心惊肉跳，相信躺在床上的姚蔓青也绝不轻松。完了完了，张李氏的冷汗自背上涔涔滚落，落水事件惊动了姚知正，硬是从外头请来了大夫。请来了也就罢了，他居然全程在侧，害得她想跟这大夫暗通款曲都不成，万一大夫看出些端倪……正思忖间，大夫忽地轻咳了一声，把手缩了回去，而后振衣起身收拾边上的药箱。姚知正听到动静，向着这边看过来，张李氏的心一下子提到了嗓子眼……

大夫长得清瘦，背不宽，却足以挡住姚知正的视线……

只此片刻工夫，姚蔓青暮地睁开眼睛，猛地抓住大夫的手腕，她几乎是拼尽全身的气力，指甲深深地陷入大夫的腕中。那大夫吃痛，待要出声，忽地触及姚蔓青的目光，吓得将声音咽了回去。

他真是从未见过如此狠毒凌厉的目光，这目光透着血腥杀气，不像是养尊处优的闺阁女子应当有的。

只片刻工夫，那目光又收了回去，姚蔓青努了努嘴，以眼神示意枕边。

枕下露出黄澄澄的一角，那大夫心中一动，装作俯身拿药箱，不动声色地将手从枕边带过。那东西入手，沉甸甸的，冰凉，元宝形状。

大夫的嘴边露出一丝微笑，给了姚蔓青一个会意的眼神。姚蔓青回之以一笑，又轻轻合上了双目，睫毛纤长，气息清浅，似乎一直就在睡着，还不曾醒来。

公孙策擎起茶杯饮茶，眼皮掀起，透过半开的门扇，正看到下人将大夫引出门去。他想了一想，再抬头时，换好衣裳的端木翠正一边拿巾帕擦着头发一边步进门来。

公孙策用目光示意了一下大夫离去的方向："端木姑娘，给姚家小姐瞧病的大夫刚走。"

"嗯。"端木翠随口应着。

公孙策知道她没明白："你快些出去，向他打听打听。"

"打听什么？"端木翠奇怪。

"问问姚家小姐的情况，要用些什么药，晚间你过去看她时，也好有个准备，好过两手空空。"

端木翠撇嘴："哪里还要带东西过去，我可是她的救命恩人。"

"既是做戏，就做足些，总没坏处的。"公孙策笑笑，"再说了，横竖现在也没事。"

"那倒是。"端木翠想了想，将手中的巾帕往公孙策桌子上一扔，三步并作两步出去了。

出得门来，四下一看，右首边一个拎着药箱的老头已走出数十丈远。端木翠猜想着他便是大夫，因喊他："哎，大夫，停一停。"

那老头吃了一惊，快速回头看了一眼，非但没停，脚下走得更急了。

端木翠奇了："哎，大夫。"

这一下走得越发快——近乎是小跑了。

端木翠心下生疑：这大夫，怎么跟做贼似的？

于是一边喊一边追："哎，大夫，你停停，我有话问你。"

怎么喊他也不停，端木翠恼了，一瞥眼看到墙根处几块碎石子，想也不想，伸手拿过一块，向着大夫腿弯处打过去。

根据之前姚蔓青姑娘的不幸遭遇，我们可以推算出端木姑娘的命中率还是很高的——果不其然，就听"哎哟"一声，那大夫扑倒在地，药箱跌开了口，药箱里的什物撒了一地。这还不是最关键的，最关键的是，从他的袖笼里跌出了一锭金元宝，骨碌碌滚出很远。

端木翠的目光也粘在这金元宝身上。金元宝滚到哪儿，她的目光便粘到哪儿。待到那大夫忍痛起来将药箱重新理好时，端木翠已抢先一步将那金元宝捡在手中，上下打量了下大夫略嫌寒酸的衣裳，一声冷笑："你这个贼！"

"哎，姑娘，东西可以乱吃，话不可以乱说！"那大夫冷静下来，"你回姚家打听打听，是姚家小姐赏我的。"

"姚家小姐赏你的？"端木翠有些不信，就这两日见到的姚家上下的吃穿用度，可不像是出手豪阔的人家。

"不信的话，自己去问姚姑娘。"大夫气冲冲地伸手夺过金元宝，将药箱的顶盖砰一声关上，拎带斜挎上肩，拔腿就走。

端木翠有点不甘心："姚家小姐干吗给你这么大锭金子？"

那大夫头也不回："我给她瞧了病，她赏我的。"

"什么病？"

大夫的身子忽然就震了一下，他慢慢转过头来，带着一股子奇怪的神气："也没什么，就是受了惊吓，淹了水着了凉，好好调理几日，也就没事了。"说完了，掉头就走，走出老远之后，终究有点不放心，偷偷回过头来看。

这一看险些没把他气得吐血：端木翠居然没走，不疾不徐地跟着，见他回头，居然还没事人样仰脸冲他一笑。

"你、你怎么还跟着？"大夫气得话都说不利索了。

端木翠一手绕着发辫梢子，答得挺诚恳的："我觉得你没跟我说实话。"

大夫心头打了个战，强装镇定："我怎么没跟你说实话？"

"我现在还没想到。"端木翠皱了皱眉头，"等我想到了，我再问你。"

她说的是实话，也不知为什么，她总觉得那大夫的答话透着一股子古怪劲儿，究竟差在哪里她又说不出——但是就这么放他走了她又不甘心，索性就先跟着。

那大夫心中有鬼，受不了她这么跟着："你再跟着，可别怪我不客气了。"

"我跟着你碍到你什么事了？"端木翠越发觉得他不对劲。

大夫没辙了，只得继续往前走，再一回头，她还跟着，又是仰脸那么一笑，笑得他心中发慌。他可一点没觉得被个年轻的美貌女子跟着是多么荣幸的事，在他眼中，她就是个拖累，了不得的拖累。

再走了一阵，进了一条僻静的巷子，经过一户人家门前，大门上挂着锁，门口立着个笤帚，还有口缸。大夫决定动用武力，他呼啦一下上去把笤帚抓起来，半空中唰唰舞了两下："你再不走，信不信我打你？"

他是认真的：这姑娘的烦人程度跟要饭的叫花子、讨钱的二流子实在没什么两样，被打也是自找的。

端木翠停下脚步："说什么都不让我跟着，我看你是心中有鬼。"

大夫咬咬牙，心一横，一笤帚朝她扑了下去。

眼前一花，笤帚扑了个空，揉揉眼睛四下望望，那么大个活人居然不见了。正诧异间，有人在背后戳了戳他的脊梁骨，回头看时，端木翠的脸冷得跟三九天的冰凌似的："我本来想跟你好声好气地说的，现在，可是你自找的。"

大夫还没反应过来，颈上忽地一紧，端木翠揪着他的衣领就往后拖，他怎么挣扎都挣扎不脱——看上去文文弱弱的姑娘家，怎么手劲这么大？正纳闷着，脚下一踉跄，下一刻脑袋就被按进了那缸水中，霎时间，冰凉冰凉的缸水灌进了他的脖子、耳朵、嘴巴。

"唔……"他拼命想仰起头来，两只脚四下踢腾。有一段时间，他还四下扭动着屁股，妄想给对手造成一定程度的冲击，未果。

哗啦一声，终于又呼吸到空气，大夫努力睁开眼睛，透过眼帘处滴拉的水，他看到端木翠一脸的冷笑。

"你同我说，姚家小姐到底是怎么回事？"

"我真的不知道。"

咕噜噜……咕噜噜……继续挣扎……咳嗽……

哗啦一声，又把他的脑袋拽起来："姚家小姐到底是怎么回事？"

"我真的……"

咕噜噜……咕噜噜……

再次拽起："到底怎么回事？"

"姚家小姐得的是风寒，身子弱，要好好调养……"

语毕片刻没动静，心下刚浮起三分庆幸，眼前一黑，这小姑奶奶又把他摁下去了。

咕噜噜……

"说不说？"

"姚家小姐是风寒……"

咕噜噜……

"还不讲真话？"

"她有宿疾，心脉弱，恐难长寿……"

"不对！"

咕噜噜……

端木翠发狠了，她其实没有确凿的证据去怀疑大夫讲的话，但是她就是觉得不对，就是觉得他没讲真话，索性摁下去，再摁下去，横竖淹不死他。

咕噜噜……咕噜噜……咕噜噜……

也不知道咕噜噜了多少次，大夫终于下了一个重要的决定：金子固然是好东西，但是命这个东西更加宝贵，不是有句老话叫金银诚可贵性命价更高吗？

于是在下一次脑袋被拎出水面的短暂间隙，他铆足了劲儿嘶哑着声音喊："姚家小姐是有了身孕，身孕！"

公孙策已经喝下四杯茶了，正动手去斟第五杯，一边斟一边纳闷：这姑娘跟大夫套个话而已，难不成改拜师了？

正想着呢，端木翠一阵风样哗啦啦卷进来，脸色难看到了极点："先生，我们去找展昭。"

姚知正对他们再次去见展昭并未加以阻拦，但脸色已是相当不好看。虽说姚蔓青的落水纯属"意外"，但是在他看来，展昭仍是所有不幸事件的始作俑者。

为顾全大局，公孙策少不得要说些圆场的话，端木翠就没那么好脾气了，从头至尾，她的脸都拉得跟晚娘似的，心里早有了计较：这糟老头子要是不同意，摁到缸里去，没得商量！

终于又见到展昭，公孙策舒了口气，看向端木翠："端木姑娘，你究竟发现了什么，现下可以说了吧？"

展昭闻言一怔，也看向端木翠。她像是跟谁赌气，看样子，气得还不轻。

她谁也不看，阴沉着脸，把方才所见所闻一五一十道来。

语毕满室皆静，公孙策愣愣站在当地，手中拎着的马灯似是也被震住，灯焰一动也不动。

良久他才喃喃道："这么说，展护卫的事情，根本就是先有预谋，栽赃嫁祸。姚家小姐既然已有了身孕，那么那一晚……她的落红……"

忽地想到什么，拊掌叹息："是了，今日她落水被救起，我看到她肘上有刀伤，难道所谓的'落红'，就是……"

俄顷眉头紧锁："怪了，她跟展护卫无冤无仇，为什么要如此栽赃陷害？难道说，姚家知道展护卫是来查姚美人的事情的，故意设下这毒计？"他先前自言自语，端木翠只是听着，并不置词，待听到姚美人一节，忽然就摇头道："不是，此事跟姚美人没有关系。"

展昭奇道："莫说是先生了，连我都在猜想姚家的事情跟姚美人是否有关联，端木，你缘何这般肯定姚美人并未牵涉其中？"

端木翠叹了口气，只得把先前收得姚蔓碧魂魄一事讲了一遍，末了道："我问过那姚美人，她入宫之后，和姚家几乎就断了音讯，根本没有私下串通逃离宫禁一说。而且，她稀里糊涂就被人打散了魂魄，之前一直安分待在宫里，什么卷了细软打伤值夜之人，纯属无稽之谈。"

展昭惊怔之下，待想多问几句，端木翠却急了，跺脚道："展昭，先莫管那姚美人，顾着你自己是正经。现下真相大白，你不用受这等腌臜气了，我去找姚知正那个老头子。他的女儿在外与人私会，到头来却要你背这黑锅，他是要脸不要脸？"说着转身就走，方走了两步，就听展昭在身后唤她："端木。"

端木翠没好气地走回来："又什么事？"

展昭叹气："你这性子，怎么什么时候都急成这样？"

端木翠一双眼睛立时睁得溜圆："我急？也不知道我是为谁急！你居然嫌我急？那我不急了，随你干什么，最好你和那姚家小姐明日就成亲，白头偕老才好了。"

展昭哑然失笑："越说越没谱了。"

端木翠说到做到，果真不急了，非但不急，连瞅都不瞅展昭一眼了，眼帘微微合着，神色要多轻松有多轻松，跟正在喝下午茶的老佛爷似的。

公孙策暗自好笑，只是心中终究有事，顿了顿忧色重上眉头："端木姑娘，你查到的证据固然有用，但在解救展护卫这件事上，依然杯水车薪。你有没有想过，现有的证据根本无法证实展护卫那一晚没有侵犯过她。"

端木翠没吭声。

"她可以全然否认春药一说，横竖我们都没有确凿证据证实展护卫那一晚被下了药。她之前与别的男子有染，跟被展护卫侵犯，完全是两回事。你查到的线索只能证明姚家小姐素日里品行有亏，却无法帮助展护卫洗脱罪名。退一步讲，哪怕能证实那一晚她对展护卫下了药，只要她一口咬定被展护卫侵犯过，展护卫就不可能全身而退。"

端木翠静静听着，不置一词。

展昭微微一笑，轻声道："你现在明白了？"

端木翠瞥了他一眼，慢吞吞道："明白什么？反正我不——着——急。"

不着急三个字，调子拉得老长，满脸的漫不经心，看得展昭牙痒痒。

公孙策叹气："你们两个，什么时候才能着急一点？都这种时候了，还顾着闹吗？"他说这话的时候，忽然就觉得说不出的疲倦。马灯的光映着他这几日苍老了许多的脸，面上的皱纹似乎也比往日深了许多。

他是真的为展昭忧心。较之展昭，他年岁长上许多，更加懂得官场的沟壑和前路的不易，此事若是无法善终，展昭的处境异常困难不说，只怕最后还会落个银铛入狱的下场——这是他无论如何都不愿意看到的。鲜衣怒马神采飞扬早已在江湖中扬名立万的南侠，在他眼里，也只不过是后起的年轻子侄般，需要长辈的引领和看似唠叨的操心。

你们两个，什么时候才能着急一点？都这种时候了，还顾着闹吗？

端木翠听得一怔，也不知为什么，心里忽然就涌起许多的负罪感来。

"公孙先生……"她讷讷，"我其实……很着急的。"

公孙策没有说话，只是笑了笑。马灯的暗光下，他的笑容透着疲倦和无力。

"公孙先生，"端木翠有点难过，"你放心，我会想出办法来的。"

公孙策还是没有说话，又笑了笑，慢慢地转身离开。

他的背影有些许佝偻，脚步沉重了许多。端木翠从来没有哪一刻像现在这样强烈地意识到：眼前的公孙策，已经是个老人了。

她的眼睛忽然就湿了。

"我会想出办法来的。"端木翠咬着嘴唇，倔强地低声喃喃。

有人轻轻从旁握住了她的手。

"展昭……"她抬起头看他，视线慢慢模糊，并不掩饰自己的难过，还有些许的委屈。

展昭不知怎么安慰她才好，许久才柔声道："端木，先生不是同你生气。"

"嗯。"声音低低的，头也垂得很低。展昭从未见她这样过，像个做错事的孩子，心底深处最柔软的地方，忽然就触动了一下。

"端木，"他换了个轻松的表情，带着淡淡的微笑，"你的穿墙术如果练成了，该有多好。"

"为什么啊？"端木翠抬起头看他，眼睑处还微微泛着红，与此同时，心中泛起小小的得意：我就是不告诉你我练成了，届时吓你一跳！

"因为……"展昭顿了一下，唇角慢慢扬起。他的眼神清澈而干净，没有不安和犹豫，透着专注和清明的坦然。他轻轻靠近她耳边，低声道，"端木，我想抱抱你。"

端木翠先是没反应过来，再然后，她的脸腾一下红了，连耳根都透着可爱的红润。

"这样啊……"她咽了口口水，故作大方偏又语无伦次，"我、我还没练成，还要多练……不然……卡中间。嗯，大事为重，现在有着急的事，你的事情要想个法子，要好好想个法子。卡中间就不好了，出不来。嗯，想法子。我打过仗。嗯，我会想法子……多练练……嗯……想法子……"

说到后来，脑子里一团糨糊，也不知道自己叽里呱啦在讲些什么。

展昭微笑着看她手足无措的样子。

"说到法子，"他慢吞吞道，"我倒是有一个，愿意拿出来给端木将军参详参详。"

姚知正想破了脑袋也想不通：公孙策和展昭同在开封府供职，听闻彼此间交情不浅，怎么能说谈崩了就谈崩了？

天将黑时，数十个县衙的差役一哄而入，喝退姚家上前阻拦的下人，径自去到地窖，给展昭上了镣铐枷锁，推拉着押解去了县衙的大牢。

领路的是公孙策。

展昭被从地窖里押出时，公孙策还冲着展昭冷笑："自作孽，不可活！"

姚知正傻眼了，他先前嘴上呼喝得厉害，内心里可从不曾想将事情闹大——一旦闹开，姚家的脸要往哪里搁？

眼睁睁看着展昭被带走，他急得话都说不周全："公孙先生，这、这又是怎么说？"

公孙策余怒未消："什么御前四品带刀护卫，江湖草莽，匪气未消，敬酒不吃吃罚酒，打量我不敢整治他吗？"

"只是……小女……"姚知正急得不知如何是好，忽地心生疑窦，"公孙先生，你不会嘴上说要拿他下狱，背地里行纵他之实吧？"

公孙策袍袖一挥，冷笑连连："姚大人若是不信，不妨自己去县衙的大牢探个究竟。"

姚知正明知不该和公孙策生出龃龉，奈何情急之下，也顾不得这许多，竟当真跟到了大牢——当着他的面，展昭被投进了大狱，牢门上数重铁链，偌大枷锁。

无可奈何之下，姚知正反过来对着公孙策服软："公孙先生，老朽并不想闹到这种境地，即便办了展大人，小女的名节也……"

公孙策并不咄咄逼人："在下此举，实是无可奈何。展昭不知天高地厚，让他吃些苦头也好。不过姚大人尽可放心，在下省得分寸。"

姚知正无计可施，也只得暂且压下不提。回到府中，越想越是气闷，待想喝口水润润喉，一提茶壶，空空荡荡，登时间气不打一处来，狠狠将茶壶摔到地上，一声脆响，瓷片四下崩飞。

就听有人怯怯道："爹……这是……"

却是姚蔓青闻听县衙的差役带走了展昭，心下忐忑，央奶娘扶她过来探探口风。

姚知正不见她还好，一看见她，更是怒不可遏，大步行至近前，扬手就是一个巴掌，直把姚蔓青打得跌碰在旁侧案几之上："不要脸的东西，姚家的声誉尽是让你给败了！"

姚蔓青被打得眼冒金星，唇角都裂出血来。张李氏看得心疼，忙上去扶住她，哭道："老爷，都是那姓展的坑人，小姐也是被他糟践的啊……"

姚知正冷笑一声，指着姚蔓青的脸破口大骂："姓展的固然不是好东西，你却也清白不到哪里去。我嘴上不问，心里明镜一般——那一晚你若老实待在房里，姓展的又怎么会寻到机会？总是你心中惦记上了，夜半偷偷跑去，这才有了后头的祸事。老话怎么说，苍蝇也不叮无缝的蛋，你自己干净，也不会摊上这档子烂事！想来姓展的也寻思你行止不端，说什么也不同意这桩婚事！"

姚蔓青双目含泪，死死咬着嘴唇，只是不吭声。姚知正骂了一阵，悲从中来，又是捶胸又是顿足："姚家怎么就出了你这么个孽障，想你姐姐仪容端方，贵为皇妃，你闹出这种事来，叫你姐姐都没脸见人。依我说，也不要嫁那姓展的了，你自己了结是干净！"

姚蔓青闻听此语，终于受激不住，失声痛哭。张李氏唯恐真闹出什么事来，也顾不得姚知正了，连哄带劝扶着姚蔓青回房，身后是姚知正暴跳如雷的怒吼："哭，你还有脸哭！"

这一头公孙策支走了姚知正，略略同展昭知会了两句，便匆匆赶去了客栈。先前定下了计议之后，他便同端木翠在外间寻了住处，以便后续行事。客房在二楼右首尽头处，图的便是一个清静。方一进门，便听到端木翠有些愠怒的声音："姚大小姐，我好话说尽，你是答应还是不答应？"

公孙策叹了口气，回身掩上门扇，又往里走了两步，正见到端木翠瞪着桌上的一盆芍药，神色甚是不耐。此刻夕阳西斜，日光正自窗棂处慢慢消退，那盆芍药枝干细弱，那般伶仃地立在花盆之中，说不出的楚楚可怜。

公孙策上前两步："怎么，姚美人不同意？"

端木翠"嗯"了一声："倒也在意料之中，蛇鼠一窝，胳膊肘总是往自家拐的。"

忽然就发狠："早知如此，救你作甚？你信不信我即刻解了你的支托，让你这一刻就魂飞魄散？"

公孙策没吭声，目光落在芍药茎干处缠绕的青丝之上。

那盆芍药浑无动静。

公孙策安慰端木翠："手足情深，她也狠不下这个心来，算了吧。"

端木翠掉头就走，走到门边时，又噔噔噔回来，向着那盆芍药冷笑："即便你不帮我，我也有法子把姚家治得死死的，你倒是瞧瞧我有没有这个本事！"

撂完狠话，转头看公孙策："先生，我们走！"

公孙策还未及回答，身侧忽然就响起了一个女子喑哑的声音："端木姑娘，还请留步。"

夜阑人静，子时的梆子已经敲过许久，即便白日里被许多烦心事搅扰，姚知正还是渐入黑甜之乡。他时而眉头皱起，时而舔舐嘴唇，翻了个身，似乎又寻到更为舒适的睡姿。

忽然间就是惊天动地的一声，像极了战场上圆木撞破城门的巨响，然后便是列队的兵卫呼喝着闯入。姚知正一惊而醒，蒙然间竟不知身在何处，在床上呆坐了一会儿，门外传来杂沓的脚步声，夹杂着管家惶惶不安的声音："老爷，快起，大小姐归家了。"

大……大小姐？

姚知正心里打了个突：大小姐，难道说的是蔓碧？

这一惊非同小可，左右脚的鞋子都趿拉错了，抓起枕边的衣裳就去开门。风有点大，管家手中的马灯被吹得东摇西摆，借着昏暗的灯光，他看到管家的外衣都穿反了，想来也是仓促间起身的。

"你刚刚说，大小姐归家了？"

"是，大小姐，姚妃娘娘，在、在前厅……"

姚知正顾不上多问，跌跌撞撞就往前厅去，管家提溜着马灯紧紧跟上。走到半程时，姚知正注意到绣楼那边也亮起了灯火。管家顺着他的目光看过去，忙加了一句："娘娘让人把二小姐也叫过去。"

姚知正"哦"了一声，顾不上姚蔓青那头了，脑子似乎还混沌着，一个念头忽然冒将出来：好端端的，蔓碧怎么会返家？

蔓碧入宫经年，每年只有简单的书信发回，寥寥几字，例行公事一般。再说了，近期也并没有听闻官家要放皇妃省亲啊？即便省亲，蔓碧也只是美人，怎么样也轮不上她的。

怎么说回来就回来了呢？还是这么半夜三更的。

如此想着，一抬脚便迈进了前厅。厅中灯火大盛，两旁分列着宫人，正中立着的女子，蛾眉淡扫，发髻高绾，珠鬓钗钿，锦绣罗裳，端的贵气逼人，见他进来，眸眼一抬，那通身的皇家气派，迫得他喉咙发干。

下意识地，膝盖便软了下去："见过姚妃娘娘。"

即便有父女血缘，君臣之礼仍不可废。

"免礼。"

姚蔓碧不冷不热，声音中透着几分疏离。姚知正不疑有他，待想说话时，姚蔓青与张李氏也匆匆赶到了。她倒是没有姚知正那般拘泥，乍见姚蔓碧，又惊又喜："姐姐。"

姚蔓碧微微一笑，手掌向外一摊，旁侧立着的宫人两手高举一把剑过头，毕恭毕敬地交到姚蔓碧手中。

剑长三尺，鞘镶珠玉，一看便知不是寻常之物，难不成是皇家封赏？不通不通……

姚知正正心下揣测，姚蔓碧忽然一声冷笑，甩手将剑摔在地上，哐当一声响，剑身跌出剑鞘半尺有余。剑身之上，鲜血淋漓，血腥气登时逸将开来。

"家中变故，我俱已知晓。"姚蔓碧一字一顿，"展昭不过是个小小的护卫，居然做出如此大逆不道之事，如此臣子，留之何用！"

姚知正心中一紧，声音竟有些发颤："蔓碧，你不会是……"

"我已经斩了他！"

此话一出，姚知正倒还好，那边姚蔓青眼前一黑，竟直挺挺倒了过去。张李氏慌忙上前扶住，姚蔓碧冷冷朝这边瞥了一眼，向张李氏道："把她叫醒。"

张李氏诺一声，颤抖着伸手去掐姚蔓青的人中。不多时姚蔓青醒转过来，一张脸白纸般，半点血色都无。她与张李氏对视一眼，两人俱是面无人色。

姚知正叹了口气："蔓碧，那展昭也并不是非死不可。"

姚蔓碧淡淡一笑，顺势在桌案边坐下："青儿怎么说也是我的妹妹，官家的小姨子，展昭以下犯上，原本就罪无可恕，何况他还拒不迎娶青儿？我的妹子，想嫁什么样的人嫁不到？还不是我一句话的事？"

"话是如此说，只是，终归是名节有损，名节……"姚知正嘟囔了几句，还是忧心得很。

姚蔓碧微笑："父亲，你且先下去吧，我和青儿许久未见，有些体己话儿要说。"

看似在征询姚知正的意见，实则口气强硬得很，衣袂一挥，两旁的宫人都退了出去。姚知正虽有些不情愿，也只得转身离去，一瞥眼见到张李氏呆立当地，竟似魂飞天外一般，不觉心下恼怒，低声斥道："还不退下！"

张李氏这才回过神来，慌里慌张抬脚便走，险些让门槛绊了个狗啃泥。一时间厅中人退得干干净净，姚蔓碧站起身来，缓缓行至姚蔓青身边，握着她的手，柔声道："青儿，难得这一晚我们姐妹重聚，可得好好说说话儿。"

姚蔓青慢慢抬起头来，眸中竟是蓄满了泪："姐姐，那个……展大人，何必一定要杀了他。"

"我方才不是说了吗，以下犯上，斩了他都便宜他了，怎么，你觉得不应该？"

姚蔓青顿了一顿，强笑道："不是，只是，爹爹之前说，想促成我和展大人的婚事。"

姚蔓碧淡淡一笑："这世上的好男子数以千万计，多的是想与我姚家联姻之人。改日我同爹爹商议，另给你择一门好夫婿。"说到此处，秀眉微挑，似笑还嗔，"说到这儿……青儿，你心中可有什么中意的人选？"

姚蔓青一怔，蓦地局促起来，讷讷道："姐姐，这个，哪里是由得我选的。"

"怎么就由不得你选了？"姚蔓碧面上现出倨傲之色来，"我是皇上的妃子，想把你配给谁，还不是一句话的事儿。只是……"言及此，似有所憾，"只可惜你没有中意的人家，既然这样，全凭姐姐做主如何？姐姐倒是有个不错的人选……"

姚蔓青猛地抬头："姐姐，你说的是真的吗？"

"什么？"姚蔓碧故作不知，"你是说姐姐帮你相中的人吗？"

"不是，"姚蔓青赶紧摇头，"是说，可以把我配给中意的人……"

"那是当然。"姚蔓碧不动声色，"你可有合心的人？"

姚蔓青嘴唇嗫嚅了一回，忽然"扑通"一声跪在姚蔓碧面前："青儿的确是有心上人了，还祈姐姐成全。"

姚蔓碧伸手扶起她："自家姐妹，说什么见外的话，你那心上人姓甚名谁，说来听听。"

姚蔓青喜出望外，忙将刘向纨其人一五一十道出。

姚蔓碧仔细听她讲完，轻轻颔首，叹息道："原来青儿你早已心有所属。听你所言，那刘公子对你未尝无意，若能促成，实乃天作之合，恨只恨那展昭从中横插一杠，委实好事多磨。"

姚蔓青心中一颤，咬了咬嘴唇，低下头去没有吭声。

半晌没有声息，姚蔓青心下奇怪，抬头看时，不觉吓了一跳，但见姚蔓碧面色惨然，泪珠滚落颊上。

"姐姐你……"姚蔓青慌了。

姚蔓碧轻轻摇头，以衣袖拭去眼角泪珠："我只是在想，青儿你何其苦命。让那刘向纨娶你不难，可是天下男子，无不在意所纳女子的清白，你既已失身展昭，那刘向纨心中定有芥蒂，届时……唉……"说到此际，哽咽连连，竟是说不下去。姚蔓青心中难过不已，犹豫了一回，心一横，低声道："姐姐，你别难过了，此事我只同你说……我并未失身给展昭。"

姚蔓碧一怔："真的?"

说这话时，她眸中露出喜色，掩在衣襟下的手却狠狠攥了起来。

"真的。"姚蔓青颇为自得，"姐姐，青儿好歹读过几天书，知晓烈女不事二夫的道理，女儿家名节最是重要。况且我心中只有刘公子一人，岂能让别的男人坏了我的身子。"

"可是……"姚蔓碧暗中咬牙，"我听说那展昭是被逮个正着……"

姚蔓青一笑："他那时欲火攻心，意图非礼于我，我拼命呼救，引来下人，这才得保清白。"

"那落红……"

"那是我割破手臂流的血。"

"那你的身孕……"

"那是刘公子……"

说到此际，姚蔓青忽地住口，一股凉气渐自心头生出："姐姐，你怎么知道我有身孕……"

姚蔓碧面色冰冷，眸中目光渐渐凛冽。姚蔓青忽然有一种恍惚的错觉：面前的女子，并不是她的姐姐。

"青儿，"她的声音淡漠而又平静，"你老实跟我说，那日展昭为什么会意图非礼于你？"

"姐姐……"姚蔓青慌了。

"说实话！"姚蔓碧忽地声色俱厉。

"因为……因为……"姚蔓青嗫嚅着，身子哆嗦得厉害，"他、他被下了药……"

"你下的？"

姚蔓青不吭声。

姚蔓碧伸手抚住她的脸，柔声道："先前我怎么想也想不透，现下我明白了。青儿，你和刘向纨私会在前，有了身孕，然后不知为什么，刘家迟迟没有上门提亲，你慌了，怕爹发现，所以想找个人顶缸。恰好此时展昭到了姚家，你就设计了他，是不是？"

姚蔓青强笑："姐姐，你……"

"别打岔，我还没说完呢。"姚蔓碧的语气越发平静，"你原本想着，把事情嫁祸给展昭，这样爹就会逼着展昭娶你。只要和展昭完婚，就没有人会发觉你之前做过的丑事，对不对？至于肚子里的孩子，择个时机堕胎便是，如此便天衣无缝了。"

她忽然微笑："幸亏你多了个心眼，那一晚没让展昭得逞，否则嫁给刘公子后，怕是无法心安。"

姚蔓青先前一直忐忑，见她忽然微笑，登时便舒了口气，面上一红，道："那时原本想嫁了展昭也便算了，只是事到临头，想到刘公子，心中好生不甘，这才呼救引来了下人。果然天可怜见，现下遂了我心意，可以与合我心意之人举案齐眉，可见老天也是开眼的，不枉我先前一番辛苦。"

姚蔓碧轻声道："是啊……可见老天也是开眼的……"

说到此际，她脸色陡变，重重一掌掴在姚蔓青脸上，怒喝道："那展昭呢？我把他斩了，活生生一条人命，你怎么算？"

姚蔓青没料到她竟突然发难，一时蒙住了，待得反应过来，连哭带爬，抱住姚蔓碧的双腿，哭道："姐姐，你不要生气，我知道错了，我会给展大人多多烧些纸钱，去庙里给他多做几场法事，求菩萨让他早日超生……"

姚蔓碧哈哈大笑，笑着笑着，泪水便滚落下来。

"你给他多多烧些纸钱？展昭在你心中，也就不过等同于几沓纸钱？你这么算，有没有问过我答不答应？"

"姐姐……"姚蔓青又是惊惶又是不解，"我毕竟是你妹妹……再怎么样，展昭是外人……"她的话没能说完，因为方才关上的门，咣当一声被谁踹开了。

姚知正似是站不稳，被边上的宫人搀扶着，或者说是挟制着更确切些。他抖抖索索地伸出手指指向姚蔓青，嘴唇哆嗦着，说不出一句话来。

方才一出门，他便被旁侧的宫人制住了，刚想呼救，嘴巴已被塞了个严实。动弹不得间，眼角余光瞥到了同样被挟制住的管家、张李氏，以及其他在侧的下人。

姚知正蒙了，他第一时间猜测是不是遇到了打家劫舍的匪寇，然后他忽然觉得有几个宫人的样貌很熟悉，似乎……是之前来姚家带走展昭的县衙差役……再然后，他就顾不上这么多了，他被屋里时断时续的对话转移了注意力——某些句子由于音量压得太低，他并没有听全，但是没关系，这不影响他对整个事件的解读。

听到后来，他如同被兜头浇了一盆凉水，全身上下，先是麻木地僵直，后是不可抑制地战栗。

他没有忘记用眼角的余光去关注他人的面色。家门不幸啊，出了这么大的丑事，还让这么多人都听了去，以后叫他怎么在人前抬起头来？姚家的声誉、门楣……毁了，全毁了。

姚知正有点失魂落魄，耳边嗡嗡的，像是鼓儿磬儿齐响，两条腿面条样发软，整个人虚虚地挂在挟制他的"宫人"身上。再然后，咣当一声响，有人一脚踹开了门扇……

姚蔓青的脸唰一下就没了血色，脸上的肌肉抽动了一下。

"姚老爷，令嫒方才所言，你可都听清了？"声音传自外间。姚知正茫然回头，来人一袭青衣，身形瘦削，不消看脸，他也知道来的是公孙策。

"听……清了。"他也只能这么回答。

"那就好。"公孙策微微一笑，"既然如此，咱们开封府的展护卫，应该是没事了吧？"

姚知正脸上青一阵白一阵，只是不说话。

穷寇莫追，公孙策倒也不拿话去挤对他，几不可察地冲着厅中的姚蔓碧使了个眼色，而后挥了挥手。那群事先安排好的"宫人"心领神会，悄然离去。

"既然没事了，那在下少不得要去一趟县衙，请差役放了展大人。展大人遭此无妄之灾，堂堂当朝四品，现下还在牢里押着呢。展大人若是不计较这事还好，若是计较……"公孙策微微一顿，意味深长，"这世上大不过一个理字，人人都要讨个说法不是？"

语毕，也不待姚知正应声，冷笑一声，拂袖而去。

方才还乱哄哄的厅堂，刹那间便安静下来。姚蔓青脑子里一片混沌，下意识地往姚蔓碧身后避了避。

"蔓碧……"最先回过神的是姚知正，他声音沙哑，急急过来，"蔓碧，你想想……想想办法。"

"父亲要我想什么办法？"姚蔓碧眼眉儿一抬，似笑非笑。

"那个展、展昭……不会善罢甘休。万一他将此事捅了出去，那我们姚家的声誉可就全完了……"

"声誉？"姚蔓碧笑笑，"父亲，姚家有什么声誉？是鸿儒辈出还是德行远播？我怎么不记得姚家有什么声誉？"

姚知正讷讷的，越发觉得眼前的女儿竟似是不认识般，又想了想，忽地打了个激灵，口吃道："方才……方才你不是说，已经斩了展昭吗？"

"堂堂御封四品，说斩就斩，父亲当我有这么大本事吗？"

姚知正又被呛住了，今夜发生的所有事情，都透着一股子诡异和不合理。原本，给他点时间，他一定会察觉出不对劲的——事实上，他开始也有过疑心：蔓碧怎么会回来？

只是后来，事情起得突然，一件接着一件，毫无转圜的余地，他整个儿就糊涂了。

"蔓碧……"姚知正口气软下来，"一家人……你怎么反帮着外人设计自己妹子……一损俱损……青儿固然有错，我必狠狠责罚她，只是，当务之急……"

姚蔓碧笑了笑："父亲的意思，我明白得很。父亲放心好了，展昭那头，我自会让他闭嘴。至于青儿嘛……"说到此，她语声越发温柔，"青儿想嫁给刘向纨，容易，还不就是我一句话的事。"

夜色渐转稀薄，东边的空中泛出鱼肚色来，展昭终于坐不住，腾地站起，向公孙策道："先生，端木怎么还不回来？"

公孙策也奇怪得很："先前跟她说好的，我走了之后她尽快回来的，这丫头，又跑哪儿去了？"

展昭眸中掠过一丝焦虑之色："先生你且坐，我去找她。"

公孙策叹了口气："展护卫，那丫头那么能耐，一忽儿能穿墙一忽儿能穿什么魂魄衫，我瞅着她绝不会出事。"

顿了顿又道："你还是耐心在这儿等着。"话未说完，外间已传来熟悉的脚步声，公孙策呵呵一笑，"是不是，说曹操，曹操就到了。"

展昭被他笑得一窘，忙过去开门，抬眼看时，那一声"端木"便卡在了嗓子眼，怎么也喊不出来。

端木翠瞥了他一眼，笑嘻嘻道："怎么，我换了件衣裳，你就不认识了？"

声音自然是端木翠的，但是通身的打扮，尤其是那张脸，明明便是姚蔓碧的。展昭叹气："你换的衣裳，可不是谁能穿得的。"

"那是自然。"说话间，很是得意地进屋，在公孙策对面款款落座，端的是仪态万方，然后饮茶，一只手擎起茶杯，另一只手微微抬起，以袖遮面，小口呷饮，眸光自袖顶往外溜，见公孙策看鬼样看她，不慌不忙地回以嫣然一笑。

公孙策无语凝噎："端木姑娘，你赶紧换回来吧。"

"我觉得这样挺好的。"端木翠不紧不慢，"过个十天半月再换也不迟。"

公孙策默然，脑子里有什么东西轰的一声塌了。

过个十天半月？让他每天看着这位根本不优雅的姑娘如此优雅地饮茶、行路、说话，以及……嫣然一笑？

公孙策出汗了，求救似的看展昭。

展昭苦笑，想了想叫她："端木，借一步说话。"

"有什么话是公孙先生不能听的？"

"我不想听。"公孙策赶紧配合展昭，"端木姑娘，也许展护卫是有要事，你快去。"

端木翠不情愿地"哦"一声，跟着展昭出门。展昭反手把门掩上，将她拉得离屋子远些："你还是快把这件什么魂魄衫子脱下来吧。"

"好端端的，干吗要脱啊。"端木翠漫不经心地拿手指绕发梢，绕得展昭牙痒痒，"我多穿几天，又不是经常能穿到的。"

"听公孙先生说，这魂魄衫子是姚美人仅存的魂魄幻化，终究……不是普通衫子，穿着，怕是不好。"

"这个你就不用担心了。"端木翠得意，"姚美人的魂魄是被人打散了的，虽说被我聚合成形，依然脆弱得很，不能行路不能害人，是我用符咒帮她幻化成衫子的，跟普通的衫子根本没什么两样。"

"怎么没有两样？"展昭叹气，"她是能听见的吧？"

"听见又怎么样？"

"她也能说话？"

"不能，只是我在姚家时，借了她的声音——只是声音罢了，说话的依然是我。"

展昭"哦"了一声，调子拖得老长："这可麻烦了……"

"怎么麻烦？"端木翠奇怪。

展昭唇角笑意若隐若现："我有些话，想私下跟你说，让别人听去了，终究不好……"

"什么话？"

刚问出声她便明白了，面上一红，嘟囔道："那你过几天说就是了……"说着扭身就往屋里走。展昭眸中闪过一丝促狭笑意，虚拦她去路，迅速低首轻声道："端木，若此时抱你，抱的是谁？"

说着，也不待端木翠回答，伸手就去揽她的腰身。

下一刻，端木翠尖叫："不穿就是了！"

公孙策正在房中等得无聊，忽地听到屋外尖叫，吓得一个激灵。再然后，走进来的终于是原生态的端木姑娘了。公孙策一阵欣慰，向跟在后面的展昭露出赞许的神色：还是展护卫有办法啊！

展昭不置可否。端木翠手中虚托一件衫子，缥缈隐现直如云气，她径自走到桌边的那盆芍药前，默念法咒，须臾，那云气转了形状，复作人形，赫然便是姚蔓碧。

端木翠舒了口气道："这一夜你也累得很了，一时三刻间便日出了，你回到芍药中好生养着吧。"

姚蔓碧不语，蓦地咬住嘴唇，重重跪下去，叩头不止："端木姑娘开恩，你如此做法，青儿是必死无疑的啊。"

端木翠也不看她，慢悠悠道："她怎么会死？她设毒计陷害展昭，不拿别人的命当命，只是为了自己活命——这么怕死，怎么着都不会寻死的，你尽可放心。"

公孙策先还听得糊涂，此际明白过来："端木姑娘，你回来得这么晚，又干什么去了？"

端木翠不答，却又向姚蔓碧笑嘻嘻道："你放心吧，你妹子若死了，我保准给她多烧纸钱，比她准备给展昭烧的还要多上许多，烧它个七七四十九日，不算亏待她吧。"

正说着，衣袖忽被人扯了一下，转头看时，展昭冲她摇了摇头。端木翠冷哼一声，不再说话。就听展昭温言道："姚妃娘娘，听你方才所言，似乎还有别情，可否对展某明言？"

他愈是和颜悦色，姚蔓碧便愈是羞愧难当，但事涉自家妹子，总不能甩手不管，犹豫再三，终究是将后来的事情说了出来。

原来前番端木翠拿话稳住了姚家之后，假作离去，不久重又折返，向姚知正言说展昭这头事已平了，至于刘向纯，据说是身有热孝，三年不能娶——所以风光迎娶断不可能。姚家可备一顶小轿，将姚蔓青送过去。

姚知正羞愤之下，自是不允。端木翠便给他条分缕析：现下青儿已有了身孕，始终是瞒不住，届时姚家的名声便全毁了，不如趁早作成了这门亲云云。她嘴皮子功夫着实厉害，三绕两绕，绕得姚知正头昏脑涨，不及多想，招来管家，吩咐了明日送嫁事宜。

不过姚知正的脑子终究也不是糨糊，不多时又反应过来，越想越是不对：一个宫中的娘娘，大半夜的，身边一个随从都没，给姚家和刘家做这个中人，怎么看怎么不合规矩。况且刘家既然答应了，怎么着也该派个人一起跟过来吧？

把这疑惑向端木翠一提，端木翠也懒得去绕花花道子给他解惑了，反正大事已成，二话不说，一掌就把姚知正给打晕了。

打晕了之后拿绳子捆了，嘴巴塞得牢牢的，塞床底下去了，然后笑盈盈寻到管家，说老爷心中着实郁结，眼不见为净——明日一早送嫁便是，不用请示老爷了。

　　管家也是晚间那场戏的被迫旁观者之一，对二小姐的做法甚是不齿，内心里深深同情老爷的遭遇——既然老爷吩咐了，大小姐又强调了，自然照办。

　　言至此，明眼人自然明白：刘家对此事一无所知，姚家的送亲轿子怎么也进不得门去的。闹将起来，姚家岂不成了整个陇县的笑柄？届时姚蔓青既不容于刘家，又不容于姚家，走投无路，真如姚蔓碧所言，唯死而已了。

　　展昭听得眉头皱起，末了看端木翠道："端木，你这样闹得有些不妥了。"

　　端木翠哼了一声道："有什么不妥？比起那些怀了人家的孩子要栽赃给不相干之人的女人，我是大慈大悲得多了。"

　　公孙策之前一直默不作声，此刻才开口道："端木姑娘，你想什么我是明白的。只是，这姚姑娘虽然狠毒，终究罪不至死。"

　　端木翠慢吞吞道："按照人间律法，的确罪不至死，只是……"说到这里，她两手一摊，摆出一副无可奈何的架势，"只是不是有天理昭彰报应不爽这么回事吗？人间律法管不到的，自然有老天出头。谁代老天出头，自然是神仙了。"

　　末了嘻嘻一笑："我也不想为难她的，是老天看不下去，假我之手给她点颜色看看。不然这些人越发嚣张，当老天是吃干饭的呢。"

　　不管展昭和公孙策怎么说，她颠来倒去都是一句话："我有什么办法，老天看不下去了。"

　　末了打哈欠："我去睡了。"

　　姚蔓碧似是惧她得很，别说拦她，连出声哀求都不敢了，只眼巴巴看着公孙策和展昭。公孙策咳嗽了一声，尽最后的努力："端木姑娘，即便你不整治姚姑娘，她后续的日子都不好过了——姚老爷定会狠狠责罚她的，你又何必跟她过不去？"

　　"错！"此时此刻，端木翠的脑子分外清醒，丝毫不受干扰，她把事情掰开揉碎了分析给公孙策听，"姚姑娘会被姚老爷整治，是因为她私通刘向纳有了身孕。在姚知正看来，这是败坏了门风的事，势必要动用家法。一码事归一码事，一笔账归一笔账，展昭这笔怎么算？难道说，她陷害展昭的事，就此无人追究，风平浪静地过去了？"

　　公孙策愣了一下，话到嘴边又咽下去了：端木翠说的的确有三分道理，严格说起来，姚蔓青犯的错事儿有两桩。第一桩是跟刘向纨那档子事，不管其间有没有掺和到展昭，只要事发，姚知正都会责罚她；第二桩是她设计陷害展昭，依展昭的为人，断不会告她到官府——那此事就如一页纸般，掀过去了？

不妥不妥，这一下，连公孙策都有点不平了：展昭坐了这么些日子的牢，都白坐了？他和包大人接信后的焦急心灼，都白受了？展昭的前途和名誉险些就全毁了，真能这么便宜放过姚蔓青，当作什么事都没有发生过？

"而且，"端木翠的神色郑重得很，"展昭，你是有我们帮你，神也来鬼也来，总算平安度厄。如果这趟她算计的不是你，是别人呢？那个人该怎么办？她心计歹毒如斯，焉知将来会不会还有什么害人的伎俩？若不给她点颜色看看，真当老天是不开眼的吗？"

末了转头就走，到门边又回过头，撂下句话来："横竖我是不会回去救她了——现下天还没亮，你们要是实在收不住恻隐之心，尽可去姚家当这个烂好人！"

门扇"砰"的一声关上，展昭和公孙策面面相觑，一时间分外静默。

去是不去，登时两难。

顿了许久，公孙策才喟叹道："展护卫，大丈夫立世，自然应当心胸广阔，得饶人处且饶人，但若一味地纵容罔顾，只怕助长恶人气焰，殃及无辜良善。姚蔓青行事歹毒……"

说到此，他略顿了顿，看姚蔓碧道："姚妃娘娘，手足情深，你袒护自家妹子，无可指摘，可是还请你公允一些——展大人若是将她告了官，姚家会有什么后果？而今她只是被刘家拒婚，在我看来，端木姑娘已经手下留情了。"

姚蔓碧怔住。

这一节她倒是全然没想到：是啊，展昭无辜受陷害，凭什么要他全然不追究？他若是真告了官，自家妹子与人私通的丑事、陷害朝廷命官的毒计，一桩一桩，都会被揪出来，到时候全家的面皮儿都被人扯下踩在脚下，哪里还有半分转圜的余地？公孙策说得在理，而今她只是被刘家拒婚，虽然旁人会有议论，但局外之人，掀不起什么风雨，权当听不见便是了。两害相权取其轻，姚蔓碧长叹一声，渐渐隐去，复归于芍药之中。原本那芍药的花瓣是片片绽开的，此时全然内收，似是十足地心灰意冷，再不愿过问俗世纷扰。

公孙策虽那般说法，见姚蔓碧如此这般，心中到底不忍，轻轻叹了口气，向展昭道："展护卫，大家伙都忙了一夜，还是趁便歇息吧。午时用了膳，我们便离开陇县。"

展昭点头，径自回自己的房间。

路过端木翠房间时，脚步略停了停，待想敲门，听听里头没动静，料想她已睡下，转身欲走时，屋里忽然传来一声尖叫。

展昭吓了一跳，忙叩门道："端木，你怎么了？"

里头没应声，展昭心中焦急，腕上使力，便将内侧的门闩震开，大踏步推门进去。

端木翠正坐在梳妆台前，一身月白里衣，缎子般莹亮青丝直披到腰间。她转头看展昭，诧异道："你怎么来了？"

展昭无语，敢情她根本就没听到自己的叩门和问话。

"你方才叫什么？"

一句话就把端木翠给拉回到严峻的现实，她嘴一撇，差点儿哭出来："我长白头发了。"

展昭一愣，目光下意识落到她的发上："哪有？"

"我刚才把头发散下来时，忽然看见的，只一晃眼，又不知道哪里去了。"她一边说一边用手将长发一缕缕拨开，"展昭，你帮我看看。"

说完，自然而然将头低下去。

展昭走到近前看了看，摇头道："没有。"

端木翠抬头瞪他："有你这么看的吗？你不会看仔细点？"

展昭只得微微俯下身去，伸手将她的长发一缕缕细细拨开。长发细软，带着微温的淡淡香气，展昭的唇角不由绽出微笑来："是你自己多心吧，我看……"

说到此，忽地一顿。

万千青丝之中，的确混着一丝极细的雪白。

端木翠极敏感："找到了？"

答也不是，不答也不是，展昭犹豫了一下，才"嗯"了一声。

"那给我拔下来。"

展昭指腹轻轻按住她发根，另一手极快使力，只怕她疼。

只不过，对端木翠而言，这样的小小疼痛，远敌不过这根白发出现的打击。她盯着展昭手里的那根白发，脸色青一阵白一阵，眼泪在眼眶里转了好几圈，忽地带了哭音："我长白头发了！"语毕也不管展昭如何，径自走到床边，往下一躺，伸手拽过被子，从头蒙到脚，隔着被子呜咽，"老了。"

展昭有些手足无措。端木翠的心思他多少了解些，但了解得没那么透彻：他是远不能体会白发对于女子意味着什么的吧。

手中的白发细软，抛也不是，不抛也不是，展昭叹了口气，近前去坐到床沿，拍拍被子："端木。"

端木翠没理他，只是小动物样呜咽了一声。

展昭又是好笑又是心疼："只是长了一根白头发，算不得什么大事。"

没人理他，他自说自话："小时候，我在学里念书，有个同窗，小小年纪，长了许多白头发，后来去看了大夫，大夫说，不一定老了才长白头发，即便是年轻人，累得狠了，也会长上一根两根的。"顿了顿，听听没动静，于是继续，"你是这些日子太累了，连日奔波，劳心劳力，所以才会……伍子胥一夜白发，也是因为心力交瘁……"

这比喻太崩溃了，被子里的那位姑娘噌一声就坐起来了。展昭猝不及防，差点从床沿上掉下去。

这姑娘气势汹汹："你提伍子胥是什么意思？你怕我没一夜白头是吧？"

展昭无辜中带着无奈："我的意思是，你只长了一根……"

"我说我为什么会长呢。"端木翠终于找到了罪魁祸首，"还不是为你愁的？什么南侠，什么久涉江湖，栽在一个闺阁女子手里！公孙先生说你以前中过很多毒，都快百毒不侵了，怎么就能被春药撂倒了？你自己倒霉也就算了，还拖累别人！"

锴锴铃声响，秋后好算账！

展昭还能说什么，只能沉默，沉默是此刻的主旋律。

端木翠越说越委屈："公孙先生把消息告诉我之后，我就愁得很，茶不思饭不想的……"

据当事人公孙先生后来回忆，端木姑娘茶不思饭不想是因为挑食，偶尔饭菜对胃口的时候，她吃得还是很乐呵的……

"也幸亏是做神仙的，身体比常人要好，不然也追随伍子胥去了……"

展昭嘴角不易察觉地抽动了一下。

"果然没了法力之后，不能像做神仙一样逍遥自在了，偶尔发点愁，也能长白头发，以后说不定还会长皱纹……"端木翠悲从中来，再次躺倒，好在这次没拉被了装挺尸了。

顿了顿她哀怨地自言自语："这才叫误交损友呢，凭什么你出事我长白头发？公孙先生和包大人都跟你认识得比我久，要长也该他们长……"

展昭张了张嘴，正想说话，她继续无视展昭："这下死定了，你可不是省事的材料，听说挨刀挨枪中毒中邪都是经常事的……"

展昭抗议："哎，我什么时候中邪了？"

端木翠不理他："若是你有点事我就长一根，有点事我就长一根，要不了几年，我可以顶南极仙翁的位子了……"

展昭哭笑不得："端木，我哪里就那么容易出事了？"

"谁知道……"她嘟嘟囔囔。

展昭微笑，决定不再由着她胡思乱想，伸手给她盖上被子，低声道："好好睡一觉，就什么事都没有了。"

端木翠叹了口气，微微合上眼帘，长睫一颤一颤的，倒是没再说话了。

展昭在床边坐了一会儿，听她气息渐匀，这才动作极轻地起身离开。方转了个身，就听到端木翠轻声叫他："展昭。"

回头看时，她睁大眼睛看他，黑玉般柔和的眸子深不见底，一字一顿说得很认真："展昭，我希望你一世平安才好。"

说完便闭上眼睛，她是真的很累了。

展昭愣在当地，也不知过了多久，眼中慢慢蒙上一层泪雾。

良久，他才轻声道："端木，我同你，都会一世平安。"

她睡得很熟，也不知听到了没有。

这一时刻，姚蔓青终于跨进了刘家的内院。

她理了理散开的衣襟，捋了捋凌乱的头发，微笑着看脸色铁青的刘向纨。

"现在你知道，我是什么事都做得出来的了。"她温柔地笑，"反正我是无路可走了，怎么样撕破脸皮都不怕，你不让我进门，我便站在刘家门口，把你刘向纨始乱终弃的丑事都说出来。堂堂一个士子，夜半翻人家小姐的墙头……哦对了，

还有，你有不举之症，行房时要靠春药助兴……"

"贱人！"刘向纨脖颈之上青筋暴起，一把揪住了姚蔓青的头发。

姚蔓青疼得眼泪都出来了，面上却仍是笑的："以后就是一家人了，只要你对我好，我会记得谨言慎行的，以后和和气气，夫唱妇随，一世平安才好。"

第二十五章　皇城魇

回到开封，展昭先将事情的前因后果报知包拯，因事涉怪力乱神，不好对官家明言，只得商定以"陇县之行无甚斩获，姚家与姚美人出逃案无关"的托词先行应对皇上。

仁宗对此事倒也了了，他的怒气只是在获知姚美人出逃的那一刻沸反盈天，经过这些日子的消磨，已然有了明显回落。再加上正宠幸张贵妃，对姚美人一案就多少不那么挂心，下令开封府全力追查便是，连期限都不曾限定。

皇上这头虽然没有施加压力，开封府一干人的心中大石却不曾有片刻放下过。尤其是包拯，忧心忡忡至夜不能寐，向展昭、公孙策道："听闻那姚美人是在宫中无故身死，魂魄尽散——难道说皇城宫苑竟深藏妖孽？倘若听之任之，焉知不会伤及天子？"

一连几日，计无所出，眉心的川字深如刻凿。这一日入朝议事，散朝时李太后遣人相请，说是有上好贡茶，邀包拯同享。

自狸猫换太子一案之后，包拯便是李太后的座上宾——其他朝臣看在眼中，虽是心中嫉妒，却也不好说什么，任你再小心眼呢，也不得不服气：使得李氏由破窑寒妇而至当朝太后，这是多大的功劳？天天烧香供着都不过分，奉为座上客实属应当。

包拯同李太后品茶之暇，忽地就生出一计来，回至府中，尚未坐定便急令人请展昭、公孙策议事，开门见山道出用意："展护卫，本府想让端木姑娘入宫。"

　　想来想去，天子身侧若果有妖孽，任你派多少禁军侍卫，终是肉眼凡胎，起不到什么作用；若是送一堆和尚道士入宫去，皇上以为你脑子有病不说，朝野内外也势必议论纷纷。为免打草惊蛇，送端木翠入宫自是再好不过了——目标小、能耐大、低调不张扬、收妖经验丰富。所谓端木上场，一个顶俩。

　　展昭一怔，一时间竟不知如何作答，愣了片刻，语气颇为踌躇："端木的法力失去大半，大不如前，属下担心……"

　　包拯惊讶之余，看向公孙策："不是说这丫头穿墙过户毫不费力吗？如今她的法力究竟恢复至几成了？"

　　这里，包大人显然是混淆了法力同法咒的概念了。即便不是神仙，只要能施展道术法咒，也能够降伏小鬼，荡平菜鸟小魔头。民间不是流传很多游方道士画符捉鬼的故事嘛，《聊斋志异》中还记载某个书生向道士学艺念咒穿墙的故事，可见法咒一节，只要有心有力进对师门，凡夫俗子亦可施为。

　　可是对付棘手的魔头妖怪之时，法咒威力如同隔靴搔痒，皆因这些魔怪亦精通咒术，两相抵消，以力论高下。端木翠身为细花流门主之时，收妖降魔，靠的多是法力。况且这丫头之前仗着法力高超，咒术的背诵可谓一塌糊涂。公孙策只看到她穿墙过户毫不费力，可没有看到她背后的辛苦——因为背错了符咒，脑袋上不知道撞了多少包。

　　看到这里，大家可能会问了，为啥展护卫说"端木的法力失去大半，大不如前"，而不是法力尽失呢？难道她的法力有恢复的迹象？

　　对此，我们的回答是：然也……不尽然也。

　　打个比方，用完了的蓄电池，你放一段时间，说不定在某个时刻，某个场合，它还忽然能发挥一下余热——端木翠的法力目前正在这个状态上逡巡。

　　和包大人谈过之后，展昭和公孙策决定去端木翠那里走一趟：好端端的，你要把人送进宫去，可不得跟当事人知会一声？人家端木姑娘乐不乐意还不一定呢。

　　这当儿，刘婶出外买菜未归，端木翠在水缸边练法力——自从她发现自己还有些残存的法力，且这些法力时灵时不灵之后，她大门不出二门不迈，热衷于法力的修炼。

院子里还有一位客人，开封府的四大校尉之一，张龙。

此时此刻，他坐在花坛的边沿上，出神地看着光秃秃不长一物的坛土，忍不住问道："端木姐，这木棉树，究竟什么时候能长出来？"

"该长出来时就长出来了。"端木翠一心二用，"起！"

"起"字不是对张龙说的，是对水缸里的一条鱼说的。

端木翠不沾荤腥，按理讲水缸里应该养点海带海草什么的，之所以有鱼，是因为展护卫经常过来吃饭——大厨刘婶自然不会亏待他，鸡鸭鱼肉，时不时侍弄点精细的菜色奉上。端木翠和展昭一起吃饭的场面是道风景：展昭那边是鱼肉羹汤，端木翠是白粥、馒头、素馅的包子。好在这粗神经的姑娘暂时心心念念法力的修炼问题，没太注意饮食有别，等她将来回过神来……掩面……展护卫的荤食时代差不多也就终结了。

现在她正跟鱼铆劲儿，"起"字音落，那条鱼"哗啦"一声脱水而出，嘴巴一张一合，在半空挣扎着摇尾巴。水珠四下溅开，端木翠首当其冲，弄得满脸都是。

不过惊喜大于恼怒，端木翠瞪大眼睛看着那条鱼儿，待到此鱼接近脱氧边缘时，她才笑嘻嘻放人家入水。

入水不到半炷香工夫，她又把人家折腾起来了。

"起！"

鱼儿又在半空做垂死挣扎，端木翠眉开眼笑，呼唤旁观者："张龙！"

没见回应，回头一看，张龙一腔哀思全寄托在泥土疙瘩块上，心无旁骛。

如此精妙的法术居然没有观众捧场，直如锦衣夜行，端木翠悻悻，只好把鱼儿又放回水中。正叹气呢，身后门扇吱呀一声响，展昭和公孙策到了。

端木翠喜出望外，三步两步过来，一手拉展昭一手拉公孙策："过来过来，看我变戏法儿。"

张龙见展昭和公孙策到了，赶紧把儿女情长暂寄一旁，也参与到旁观者的队伍来。

端木翠得意扬扬："起！"

关键时刻，法术失灵，鱼儿还在水中游，没起。

端木翠脸上挂不住了："再起！"

鱼儿很不给面子，非但没起，还往下沉了沉，冒出咕噜噜一串气泡儿。

　　端木翠脸上红一阵白一阵的，展昭和公孙策心照不宣，有心给她台阶下，齐齐回过头看张龙："红鸾姑娘怎么样了？"

　　于是三人一齐来到花坛边，留下那姑娘一个人在身后："起！再起！你起不起！你给我起！"

　　功夫不负有心人，最后一次，那鱼儿真的又起了，在半空中扭来扭去。

　　端木翠吁了口气，喊展昭他们观摩之前，她凑近那条鱼，恶狠狠伸出手指戳它的肚子："关键时刻掉链子，待会儿让刘婶烤了你！"

　　这条鱼生气了。

　　要知道，它不是一条普通的鱼，它相当有思想有个性。原本它已经接受命运的安排，准备直面血腥的砧板和森冷的菜刀，谁知道在生命的最后时刻，这姑娘硬是不让它安生，几次把它从水里提溜起来，把人家置于缺氧的濒死境地，太不人道……太不鱼道了！

　　哪里有压迫，哪里就有反抗，它定要奋力一搏，挽回自己的尊严。

　　但见它使尽浑身的力气，尾巴高高扬起，以迅雷不及掩耳之势，冲着端木翠的脸，重重拍了下去……

　　"啪"一声脆响，如同拍下一个巴掌。公孙策他们吓了一跳，赶紧望过来："端木姑娘，怎么了？"

　　哗啦水声，鱼儿落水，然后是端木翠淡定的声音："没事。"

　　没事？公孙策和张龙吁了一口气，继续低头看泥土疙瘩块儿。

　　没事？展昭才不信，他大踏步过来，拉过她的胳膊，身子是对着他了，脸是往边上偏的。展昭心中咯噔一声，往边上侧了一步去看她的脸，她赶紧把脸偏向另一边。如此循环往复，一个要看，一个不让看，偏了又偏，终于马失前蹄，某次转脸时跟展昭的目光对了个正着。

　　但见她光洁白皙的左边面颊之上，赫然一个鱼尾形印记，正泛出粉红颜色来。老实说，挺有美感和艺术感的，鱼尾的形状清晰不说，连鱼鳞的纹络都印上了。

　　展昭糊涂了，看了半天，只得重复老问题："怎么了？"

　　"没什么。"这姑娘笑得可温柔了，一边笑一边捋袖子，"展昭，晚上留下一起吃饭，有鱼吃！"

　　不及展昭拦她，端木翠已弯下腰去，一手抓着缸沿，另一只胳膊直直探下水去。那缸起码有半人多高，她捞了一回没捞着，又往下探了些，卷到肘上的衣裳一直湿到了上臂，几缕长发亦浸入水中。展昭看得直跺脚："好好的你跟鱼较什么劲儿！"

公孙策和张龙亦好奇地张望过来："展护卫，端木姑娘忙什么？"

展昭转向这边，一句"捞鱼"方出口，身边腾起巨大水花，与此同时，是重物入水的声音。

展昭被水花扬了一头一脸，反应过来之后，顾不上其他，伸臂就往缸里捞，挨着她的腰之后，另一手握住她的肩膀，臂上用力，将她带出水面。

端木翠抬手抹了一把面上的水，居然没有出水缸的意思："我会避水的，展昭。"

展昭一时无语，眼角余光瞥到张龙和公孙策目瞪口呆的模样，忽然就来了气："我管你会不会避水，快些给我出来。"

连公孙策和张龙都听出他语气不对，更别提端木翠了。她心中咯噔一声，扶着缸沿不动："哎，展昭，你气什么？"

展昭见她从头到脚湿了个遍，还一副不以为意闲庭信步的模样，面色一沉，松开扶住她的手，转身就向外走。

端木翠见他非但不接茬，还甩手就走，心下也来了气："哎，展昭！我下水又关你什么事了？"

展昭一声不吭，径自开门离开。端木翠瞪着虚掩的门半晌，转头看公孙策："他气什么？管天管地，他还管得着我进水缸捞鱼吗？"

语毕，哗啦一声，重新坐回缸里去了。

公孙策和张龙面面相觑，半晌小心翼翼凑过来看。缸水原本只大半，经她这么一坐，竟险些溢到缸沿。透过一漾一漾的水面，隐约可以看到她抱着膝盖倚着缸壁坐着。公孙策心中喟叹：果然是会避水的，避水的功夫还相当不凡。

两人突然间就闹了别扭实属始料未及，不过正事还是得办，公孙策敲敲缸沿："端木姑娘，有要事同你商议，可否……借一步说话？"

半晌不见回答，以致公孙策一度质疑水这种介质的传声效果，思忖着如果她不愿出来，自己是不是还得拿瓢儿将缸里的水给舀干……

"有话说。"

看情形，她没打算出来。公孙策心中叹了口气，长话短说，将事情交代了一遍。

其间，那条鱼儿在端木翠面前游来游去，买盐兼打酱油 N 次，见端木翠浑无找它碴的意思，委实是心花怒放欢欣鼓舞。

端木翠声音懒懒，听起来并不热衷也不抗拒："全凭包大人安排便是，什么时候入宫？"

事情就这样定了。

轿子是两天后的入暮时分到的。先把端木翠接到开封府，然后同包拯的轿子一起进宫。等包拯的空当儿，端木翠倚着轿窗捻帘子玩，把好好一块平展展的窗帘布捻得跟麻花似的。正捻得起劲，眼角余光觑到包拯一行过来，目光再一溜，溜到一身绛红官服的展昭身上，面色一沉，二话不说，把窗帘布甩下了。

她是一门心思准备甩出气势甩出效果的，试想想，"唰"的一声，窗帘布带风，将两人隔得严严实实，明眼人一见，就知道她有多生气了。

可惜她忘记自己方才把窗帘布捻成麻花了，这一甩非但没出效果，还弄得窗边一根布棍儿晃来晃去的，很煞风景。有心要把布给抚平了，看看展昭要到眼前，只得偏了头装不知道。

包拯是没留心这边，公孙策却把她的动静看在眼里，心中好笑，故意转头去看展昭。展昭让他看得面上发烫，心里叹一口气，径自过去，帮她把窗帘布散开，觑到她脸色不对，明知她不待见，还是微笑同她说话："端木，这两日可好？"

端木翠动也不动，鼻子里带出一声哼。

展昭原本准备放下帘子离开的，待听到她这一声哼，忽然就停下了步子。

公孙策也被这声哼给吸引过来了，听出她鼻音重得很，奇道："端木姑娘，这两日受了凉了？"

端木翠"嗯"一声："这两天忽冷忽热的，受凉也没什么奇怪的。"

公孙策打趣她："这两天忽冷忽热是不假，可你若不是把自己泡缸里那么久，也未必着凉。"

端木翠脸色一沉，伸手把窗帘布重重拉了一下。这一次，可真是内不见外外不见内了。

就听轿夫在外头齐声呼喝着使力："好嘞，起！走着！"

轿子晃晃悠悠，就这样进了皇城。

包拯将端木翠安置在太后宫中，对外只说太后当年流落民间时，受过这姑娘家的恩惠，后来想起来，便委托包拯私下代为查访，这几日终于有了消息。这户人家后来家道中落，只余下个孤女，因此接进宫中住几日，一叙旧日情分。

李太后对包拯托付的事也甚为上心，老早让宫人在殿中收拾了间上好的屋子，还给配了几个使唤的下女。当面见时，见她模样儿生得俏，冰肌雪肤，眉目间透着一股子惹人喜爱的劲儿，越瞧越觉得心里舒服，拉着她说了好一会儿话，才让宫人带她下去休息，回转头向贴身的侍女银朱道："你看这姑娘生得多招人喜欢，一看就是好人家的姑娘，又乖巧又伶俐，不像那个什么张贵妃，妖里妖气的狐媚劲儿。我们皇上若能纳到这样的妃子，我也没那许多愁了。"

李太后素来不喜张贵妃，人前倒还不太表露，此刻是在自己宫中，兼没把包拯当外人，说得就有点露骨了。

包拯听得心中咯噔一声，原本不准备接这个茬，哪知李太后越说越来劲儿，向包拯道："这姑娘家世如何？多大年纪了？许了人家没有？"

包拯清了清嗓子："微臣之前问过她，已许了人家了。"

"哦……"李太后微微点头，声音中带着无尽遗憾，想了想还不死心，"那还没过门吧？"

包拯答得干脆："快了，听说换过了八字，仪礼也议过了。"

李太后叹了口气，向银朱道："看看，这是我们皇上没福气呢。"

于是这个话题就此揭过，包拯这才吁一口气。他先前拜托太后时，只说是查一桩刘后执掌后宫时的旧案，李太后一听"刘后"二字，立时兴味索然——没想到她对案子没兴趣，倒先对人上了心了。

端木翠一进房就嚷嚷着犯困，就势把屋里侍候的下人打发了个干净，门上闩之后又吹了灯，黑暗中听了那么半晌，确信外头没动静了，这才换上事先准备好的宫人衣裳，从屋子后面穿墙出去。前头公孙策给她比画过从太后寝殿到姚美人住所的路线图，曲里拐弯，看得她脑袋发蒙，最后一瞪眼："你就跟我说朝哪个方向走吧，反正我会穿墙。"

一路向西，穿墙过屋越石无数，有时亦大大方方在道上行走。横竖她穿着宫人衣裳，不是那么招人眼。

不多时便来到姚美人的居处，门户紧闭，贴在门上听听，内间一点动静都无。

听闻姚美人走脱之后，圣心大怒，将一干下人都责罚去了别处做脏累活儿，不过这倒方便了端木翠，省得她躲躲藏藏了。

穿墙进了内院，凝神嗅了嗅内院气息，并不觉得异常，便又进了姚美人的卧室。一进门便闻到极淡的酒香气，循味来到桌案旁，顺手起了个明字诀，半空中起了小小一朵灯焰。就着焰光看时，才发觉案上翻倒着一个细吞口长颈的羊脂玉薄胎瓶儿，瓶上绘着美人簪花图，拿起瓶子正对着焰光看，瓶底还残存了几滴酒。端木翠对着瓶口仔细嗅了嗅，总觉得酒气中带着怪异的靡香味儿，想了想不明所以，顺手上了木塞，先放到怀里去了。

榻上被褥叠放得整齐，端木翠上前看了一回，不觉有异，转身要走时，脚下一动，一声低低脆响，似是什么被她踩裂了。

端木翠忙跪下身子，那朵灯焰亦急急降了下来，目光所及处，是一小堆黑色的碎片。拈起一片细看，有微凸的纹路，却也认不出究竟是什么，思忖了一回，这东西是在床榻边被她踩碎的，莫非床底下还有？于是指挥着那朵灯花去了床底下，自己也顾不得什么形象，手脚并用爬将进去，就着灯焰暗光，一边细看，一边伸手摸索着。

忽然就触到一物，圆滚滚细长身条，细细摩挲时，身上还有微凸的纹路。端木翠心中一喜，将那物攥在掌中，正欲拿到眼前细看，耳边忽然响起一个苍老沙哑的妇人声音："姑娘，你在找什么呀？"

这声音阴恻恻的，正响在耳边，床底只这么大点空间，难道还有一个人也像她这样爬了进来？她是什么时候进来的，自己怎么丝毫没有察觉？她来多久了？难道方才自己在床底到处摩挲时，她一直在边上看着？

端木翠胆子算是大的了，这一时刻，也禁不住毛骨悚然。她撑着手臂，慢慢转过头来。

果然是一张老妇人的脸，说不清有多老了，面上的老皮一层叠着一层，眼珠子浑浊得可怕，最中心的瞳仁一点却亮得惊人。

见端木翠回头，她咧嘴笑了一下，红红的牙肉间稀松点缀着几颗黄黑色的老牙："姑娘，你在找什么呀？"

端木翠尖叫一声，一脚就往老妇人肚子上踹了过去。也难为床底下这么丁点空间，她居然能施展开。

这一脚下去，着力的地方绵绵软软，说不出的异样。好在力大，竟将那妇人踹出了床底。

端木翠跟着就从床底翻出来，伸手去拔腰间的碧玉小刀。玉石纳天地之华，本是精纯之物，又跟她日久，自有些辟邪驱怪的灵气，哪知方拔刀在手，抬眼看时，那老妇人已不见了。

端木翠有些发愣，慢慢扶住床沿起身，四下张望了一回。卧房中空空荡荡，平静得一如初来，并不见有什么异样。那朵灯焰便在她左近上下漂游，端木翠皱了皱眉头，拈了那灯焰在手，念了个复字诀，双手一分，灯焰变一为二，再一分，由二转四，不多时已分作了百余朵。袍袖挥处，这些个灯焰或上梁，或入旮旯，四下分散开来，不多时便将整个屋子照了个通透，明亮几如白昼。

端木翠就着焰光四下查看，看到后来，实在辨不出什么端倪，怒道："你不是要向我问话吗？现下我就在这里，怎生没胆子出来了？"

念及方才被她吓得汗流浃背，不觉恼怒，一脚把边上的圆凳给踢翻了。

几乎是与此同时，外间传来鼓噪呼喝的声音，有小太监尖细的声音飙起："就在那儿，姚美人的寝殿！"

声音由远及近，杂沓的脚步声瞬间已到门外。端木翠暗呼糟糕：她这么大大咧咧地亮灯，浑没料到此处是姚美人被封的寝殿，光芒骤起，岂不是惹人怀疑？

思及此处，袍袖急收，数百朵灯焰瞬间合于一朵，而后缓缓入她袖笼，终归熄灭。

外间议论纷纷，于内室都听了个清清楚楚。

"方才明明亮灯……"

"里头似是有人，是人是鬼？"

"灯光一下子就没了，莫非是鬼？"

……

端木翠心中也自焦急，有心穿墙出去，看情势外间已被围了个水泄不通，只怕从哪边出去都会被人拦到，那就只有束手就擒了？擒住了也罢，就说自己睡不着，出来溜达溜达……

正思忖着，外间忽然响起男子熟悉的清朗声音："什么事？"

一干人忙不迭退让："展护卫，这屋子里有古怪。"

展昭？

端木翠不禁皱眉：大半夜的你不睡觉，跑到宫里瞎晃什么？

她哪里知道展昭身为御前四品带刀护卫，深夜耽留宫中实属常事。加上她新近入宫，包拯吩咐了展昭这几日一定要多在宫中行走，一来为和她里应外合，二来也多照应她——因为公孙策预言说：端木姑娘百无禁忌，怕是会搞出什么让人咋舌的响动来。

"你们都下去吧，这里交给我。"

"展大人……"听起来有人有异议，不过片刻之后即告退去。

端木翠站在当地，心中并不想见他，但躲躲藏藏似乎更说不过去，只得偏了头，一副爱理不理的模样，浑没留意到那个老妇人的头慢慢从自己的肩膀上探出，往她耳边愈靠愈近……

吱呀一声门扇推开，带入一地水银般月光。门口立着的那人身量颀长，冠束严整，唇角带着淡淡笑意，却不是展昭是谁？端木翠只当没看见他，鼻子里哼一声，抬脚就往外走。展昭身形一晃，便挡住她去路，见她脸色不豫，又是好气又是好笑："端木……"

端木翠语出惊人："你认错人了。"

好家伙，果然气得别致，居然翻脸就不认人了。展昭忍住笑，低声道："你不姓端木？"

"不姓。"

"哦……"展昭慢慢让出道来，言若有憾，"那是在下认错了。"

端木翠没好气，大踏步出门，擦肩而过时，狠狠撞了展昭一下。

撞完就后悔了：该死的展昭，骨头生得那么硬，撞得她半边身子发僵。

没走两步，展昭居然又伸手虚拦她："姑娘留步。"

端木翠气恼："你又想干什么？"

"姑娘半夜三更的，怎么会出现在姚妃娘娘的寝宫？"

说这话时，他双眉微挑，诧异的神色虽是装得十足十，到底没掩过眸中的促狭笑意。

端木翠按下火气，慢吞吞道："摸鱼。"

敢情还是为了那天的事生气，展昭失笑："缸里的鱼还不够你捉的？"

"管得着吗？"语毕抬脚就走，臂上忽地一紧，却是被展昭握住了。

"哎，你这个人，我跟你又不认识，干什么拉拉扯扯的。"

展昭叹气："端木，天底下有比你还小气的姑娘吗？我何曾说过你一句重话？你就记仇记到现在。"

端木翠没吭声。

展昭将她拉近，低声问："吃药了吗？"

"死不了。"

展昭淡淡一笑："在宫中走动，许多禁忌，自己要留心些，莫要仗着有法术胡来。"

"啰唆。"

"我适才去过太后寝宫，央银朱给你煎了药，回去记得喝。"

"无事献殷勤。"

"路上小心，早些歇息。"

端木翠哼一声，抬脚便走，走了一阵，到底是意难平，又折回来："哎，展昭。"

"什么？"展昭似是早已料到她会回来，眸间满满的笑意。

"你这个人，没脾气的吗？"端木翠气结，"我说你，你不会说我吗？"

"说你什么？"展昭佯作不知。

"傻呀你？"端木翠跺脚，"这还要人教吗？"

"这么说，端木姑娘到处欺负人，自己都看不过去了？回来教人不要做受气包？"展昭逗她。

"我哪里有到处欺负人……"小声嘟囔着，终归底气不足。

展昭忍俊不禁："谁有那个胆子去说你？根本什么事都没有呢，就吃了你那许多白眼，还闹到翻脸不认人，要是真说了你几句，还想有安生日子过吗？也只得忍气吞声，夹着尾巴做人了……"

端木翠噗地笑了出来，细想想越发觉得不好意思，低下头去不再言语，半晌才道："那我回去了。"

展昭"嗯"了一声，伸手环住她的腰，轻轻拥了一下，低声道："回去记得喝药。"

这个拥抱轻柔得很，蜻蜓点水一般，展昭的温暖气息方将她笼住，旋即离去。端木翠愣了一下，像是回到了小孩子的时候，即将抓住什么，又偏偏眼睁睁看着它飞了，满心的怅然空落和不悦。

她咬了咬嘴唇，闷闷道："反正没人，多抱一下又不会死。"

展昭没听清："什么？"

"没什么。"她无精打采，转身走了两步，忽然想起什么，伸手将怀中那个羊脂玉的薄胎瓶取出递给展昭，"你回去让公孙先生看看，这是什么酒。"

展昭伸手接过："在姚美人这里找到的？"

端木翠点了点头。

"还发现了什么没有？"

端木翠脑海中闪过那个老妇人的脸。

算了，还是先不同展昭讲这个了，等她寻个机会再过来一趟，到时备足了法器，也不怕那个老妇人作怪。

两人些须说了点话，便掩上门扇一同出来。院子里是无人，院外却是人声杂乱，展昭失笑："他们还在等着呢，我去打发了他们，端木，你从后面走。"

端木翠点点头，看着展昭开门出去，正待转身离开，忽然想起自己从床底下找到的那个圆滚滚的黑长条儿。

方才惊惶之下，似是落在地上了。

于是赶紧折回屋内，又起了灯焰，终于在床榻边寻着了。

寻着之后，起身四下看看，不见有异动，也便离去了。

原路返回，倒未曾遇到旁事，进屋歇息了一阵，用火折子将灯花挑起，顺手将方才寻到的东西扔在案上。不多时外间便有宫人敲门，想是见到灯亮了，开门看时，果然是送药膳来的。

端木翠伸手正待去接，那宫人慌了："奴婢给姑娘放在案上便是，怎敢劳姑娘的驾。"

端木翠便侧身让开条道，那宫人方走到案边，忽地尖叫一声，手中药碗跌在地上，药汁溅得到处都是。宫人心知不好，忙跪下叩首不止。端木翠奇道："怎么了？"

那宫人怯怯的，先是不敢说，后来见到端木翠面善得很，不似要责罚她的模样，方抖抖索索道："姑娘开恩，是奴婢的不是，奴婢见到这案上的东西，还以为是条虫子……"

虫子？

端木翠心头咯噔一声，目光落在自己自姚美人处寻来的东西身上。

圆滚滚细长身条，身上还有微凸的纹络，打眼看过去，可不就像是一条虫子？

说是虫子，倒也不尽然，自己先番不是踩碎了一个嘛，留下那么一小堆碎片……

莫非……

端木翠蓦地反应过来，她拿起案上的东西细看。入手轻巧，直似没有分量一般。

莫非，这是虫子褪下的壳？

端木翠这一觉一直睡到日上三竿。

也不知道是不是因为宫里的床分外柔软分外舒服，早间明明醒了，实在舍不得起身，翻了身又睡着了，做了个奇怪的梦，梦见了汉武帝，双手袖在身后围着承露台的铜仙人转来转去。

汉武帝刘彻，算是帝王中追求长生的前锋战士。他听信方士之说，认定用天降甘霖拌食玉石碎屑可以长生不老，所以在建章宫中建了一个承露台。承露台上设跪立的铜仙人，整日托着仙掌承接天降甘霖。端木翠那时被杨戬接去天庭小住，见天闲得发慌，视窥看人间为一大乐事，最喜欢趴在一尺碧潭边看人世种种。一尺碧潭，潭如其名，四四方方，长宽均一尺，潭水如碧玉，深不见底，窥看人间需持念符咒，念咒之时，小小潭中雾气缭绕流急浪高，不多时复转清明，人间万千气象，悉具眼前，清晰如镜，伸手可探。通俗点说，也就跟看电视差不多了，那么多频道任君择选，端木翠偏偏就好上了皇宫这一款——汉武帝求长生。

看得最多的就是承露台的铜仙人，日日聚甘霖，聚满了一小杯之后，守着的宫人如获至宝，赶紧拌匀了玉屑去给刘彻享用。端木翠喜欢看刘彻服食时的模样，那面上的满足与得意之情，实在叫她叹为观止。有几次，杨戬找过来，她还同杨戬说："这皇帝，脑子是有病吧？"

杨戬瞪她："趴在地上，有一点女仙的样子没有？"

她突发奇想："大哥，我去往他的托盘里吐口口水吧，反正也是神仙的口水。"

杨戬毫不客气地拎她起来："再这样趴着，赶回瀛洲去。"

两人一个讲东，一个讲西，鸡同鸭讲，谁也听不进谁的。

汉宫……

端木翠揉揉脑袋，打着呵欠披衣起床。汉宫里，委实是发生过不少让她看着觉得很新鲜的事情的——只是好端端的，怎么会梦到刘彻？

睡眼惺忪地开门，门外候着的宫人赶紧见礼，不多时洗漱的铜盆帛巾就送将进来，还有人侍候着更衣梳发。方收拾清爽，太后的贴身宫人银朱引着膳食宫人进来，在案上布好早膳。

都快正午了，也难得人家还给她备着早膳。银朱挥手让旁人退下，亲自动手给她盛了碗青粳小米粥，抿嘴笑道："端木姑娘好睡，展大人早间来过一趟。"

端木翠奇道："是展昭吗？他来做什么？"

银朱揶揄道："自然是找你来的，总不见得是找我，即便是找我，也是吩咐煎药啊熬粥啊……"

端木翠唇角不由浮出笑意来。

都是年轻姑娘家，说笑之间，自然熟得快些。端木翠低头喝粥，银朱坐在案旁双手捧着脸看她："端木姑娘，展大人是不是喜欢你啊？"

端木翠白了她一眼："乱讲。"

银朱撇撇嘴："端木姑娘，宫里人的眼睛鼻子耳朵都比宫外人好使百倍，听一句话都能揣摩出许多用意来。展大人的心思，我只用一只眼睛都能瞧得明白，何况是两只眼睛看着呢。"

端木翠慢吞吞道："喜欢便喜欢嘛，他要喜欢，我也不能让他不喜欢不是？"

银朱像见了鬼一样看她："端木姑娘，你这才是得了便宜卖乖呢，你可知道这宫里，有多少人惦记着展护卫？"

"怎么有很多人也喜欢展昭吗？"这个端木翠还真是不知道。

银朱叹气，伸手朝外头虚指了一下："端木姑娘，你知道这宫里有多少宫女吗？可是宫里才有几个男人？皇上只有一个，其他的那些太监公公，不说也罢。禁军侍卫倒是有几个周正的，只是，也不大能见到。

"后来展大人封了御前行走，那样的人品模样，那样的功夫气派，哪怕和下人说话呢，都透着谦和气，这样的人，谁会不喜欢？莫说那群小丫头惦记着，便是我，有时他同我多说两句，我也心慌呢。"银朱笑嘻嘻的，倒是不避讳。

端木翠也笑，似乎旁人喜欢展昭，自己也与有荣焉。

银朱看着她，忽然就叹了口气。

"端木姑娘，你是个福气人。展大人那么好的人，必是个疼人的。有些人，长了张好面皮，内里行的都不是人事……"她忽然压低了声音，"你知道御史台殿院的章大人吗？"

"啊……嗯。"早知道宫里头必有些飞短流长，端木翠含混以对。

"那样文采风流的一个人，表面上文气清秀，床帏里，能把女人折腾得死过去。听说新近死的那个侍妾就死在那档子事上头……"

端木翠不明白话题怎么就绕到这上头了，心中尴尬不已，赶紧岔开话题："银朱，昨日我随包大人进宫时，掉了根簪子。"

"是吗？贵重吗？"

"也不是很贵重，只是娘亲留下来的，丢了总是可惜，可不可以帮我找一找？"

银朱皱了皱眉头："宫里头人多手杂的，端木姑娘，如被人捡了去，可就难找了。"

"我记得……"端木翠蹙着眉头，"似乎在御河西首那间偏殿门口还戴着的，后面一转头就不见了……附近好像还有个老妇人……"

"御河西首的偏殿？"银朱回想了一下，"是不是锁着门？那是姚美人的寝殿吧。"

"可能……是吧……"端木翠含混其词，"我也不清楚。"

"那多半是叫那个老妇人捡了去。你记得她的样子不曾？若记得还好找些。"

"好像还记得……"端木翠心中一动，"银朱，替我寻笔墨来，我把她的样子画了你看。"

不多时笔墨备好，端木翠装模作样运笔，笔头颤巍巍上了纸面，横不是横竖不是竖，抖抖索索勾勒出一个千奇百怪的人形来，银朱笑得肚子疼。

端木翠故作不悦地揉掉一张，然后起身将银朱往外推："你在旁看着，我紧张得很，你出去走走，留我一人画。"

"哎，哪个画师还怕人看她作画的？"银朱咻咻笑着，到底被端木翠推了出去。在门外站了半响，忽地想起太后午后要用的桂花茶还没备，赶紧拔腿往正殿走，赶得急，廊道拐弯处迎头撞上一人。

"展大人……"不消抬头，只看那绛红官服和下摆处的天蓝色云海纹，她便知来的是谁。

果不其然。

"银朱姑娘，"展昭微笑，举止一如既往地平和有礼，可是促狭的银朱，偏偏就从此间嗅出了几分局促的意味。

这也怪不得她，要说展昭，常在宫里行走，可来太后处的次数屈指可数，每次还都是例行公事般跟着包大人一起来，今儿日头是打西边出来了，才刚过午呢，已经造访两回了。

"端木姑娘吗？醒是醒了，关门画画儿呢，怎么都不让人看。"不待展昭问话，她筛豆子般噼里啪啦，然后一拧身，偷笑着跑开。

展昭转身看着她的背影，苦笑摇头。

宫里头这班姑娘的心思，若说展昭不懂，也未免太小瞧他了。还记得耀武楼初封御猫之后入宫觐见，一路走来，那些个宫人都拿眼偷瞄他，有几个聚作一处，窃窃私语也不知说些什么，忽一下笑开，个个脸上都飞了红云。

那一次，他真是连耳根子都红透了。

还记得同行的是禁军侍卫向天启，以过来人的姿态安慰他："展大侠，日子久了也就习惯了……这群小丫头片子……宫里又没什么新鲜事……"

画外音谁都听得出来：宫里头没什么新鲜事，忽然多了这么个生面孔，之前又有那么多关于他如何有本事如何威风的传闻进来，如今真身驾到，可不是要被指指点点、议议论论？说不定午夜梦回之时，他都是香闺枕畔细诉记挂的对象。

有一回入宫，一时失了方向，问一个路过的宫人偏门在哪儿，第二日就被禁卫军中的兄弟们打趣："展大人，可是对皇后的身边宫人上了心？"

他不消去打听，心里清楚知道，自己的一举一动、说了什么，都有许多人看着、传着。所以自此之后，谨言慎行，尽量不在宫中耽留，遇人遇事，彬彬有礼，测之有度，但一概挡于三尺之外。长此以往，关注他的目光一样许多，但不着调的传言也就渐渐偃息了。

这一趟，因着端木翠入宫，全盘破功。

他几乎可以肯定，过不了两日，端木翠身边，也会远远地不着痕迹地围上那么一圈指指点点评头论足的人：这姑娘长相如何、妆容如何、家世如何……再过几日，这些评点就换作了不同人心中的好恶，或许有人会与她分外交好，也会有人看她生厌，背后给白眼，暗地里使些不着痕迹的绊子看她出丑……

哪怕没这么些事，他也不想让端木翠陷入宫中的飞短流长。宫中数十年如一日，日子都比外间流淌得慢些，长日苦多，无事生非，多少外间的私密事儿都被

拿来揉碎了掰开放大了反复说，传得不堪入耳？无论真假，他都不想让她被动地搅和其中……这些细小的烦躁忽然蛛丝一般，千缠百绕，把展昭搅得有些不安，他深深吸了一口气，把方才那些忽然生出的近乎庸人自扰的念头抛到脑后。

对了，方才银朱说，端木翠在……画画儿？

画什么画儿？

展昭在外间转了这许多心思，端木翠可是半点都不知道。

她对着眼前那根费了许多力气好不容易立于纸上颤巍巍不倒的笔，摩拳擦掌，得意扬扬。

再然后，她进行了一项在现代社会恐怖界长盛不衰不分国籍种族老少咸宜的活动。

请笔仙。

但见她神秘兮兮，对着毛笔小声三呼："吴道子？吴道子？吴道子？"

毛笔没动，端木翠大失所望："不是吧，已经投胎了？"

吴道子愤怒的画外音：老子是唐朝人，都几百年了，不投胎干吗？

略一思忖，又换了个对象："阎立本？阎立本？阎立本？"

阎立本彬彬有礼的画外音：上仙容禀，小生也是唐朝人，也已经投胎了。

……

这都要怪端木姑娘不是圈子里的人，对宋初的画坛所知不多，仅知的几个又都作古良久，几次请笔仙不成，她终于气急败坏："会画画的给我死出来一个！"

毛笔忽然剧烈颤抖了几下，然后以一个近乎倾斜的握笔姿势，定住。

端木翠轻轻吁了一口气，缓缓伸出手去，摩顶般触着笔端。

"我记得，昨晚……"思绪渐渐飘忽，整个人近乎入定，恍惚间又来到了姚美人的卧房，在床底下撑着手臂，然后缓缓回头。

目光定格于这一刻。

她只看到那老妇人的脸和发髻，没有看到衣裳，床底下太暗……

与此同时，手下的那支笔，被看不见的手牵引，在纸面上迤逦滑动……

提笔，起，勾勒，运笔，转，笔锋按，旋，点，绕……

展昭动作极轻地进来，回身掩门。他向端木翠走了几步，发觉不便打扰她，旋即停在她身侧不远，目光落在她身前的纸面上。

这无名画师十分尽职尽责，还在用极细的笔锋，一点点描出那老妇人面上的褶皱。

展昭皱了皱眉头，这老妇人的样貌可谓普通，不寻常的是她的头发，似乎全部梳在脑后，从正面看，一丝一毫的式样都没有。

那支笔忽然猛烈顿了一下，似是耗尽了全身气力，颓然委地。与此同时，端木翠喘得很急，身子颤抖得厉害。

"端木。"展昭疾步上前稳住她的身子。

端木翠睁开眼睛看了看展昭，似是想说什么，然后目光很快转到了画像上。

"这发髻……"显然，她也觉得很奇怪。

又看了一阵，还是展昭最先反应过来："我想起来了，这应该是垂髻。"

"垂髻？"端木翠有些不解。

"现在梳这种发髻的人很少，我一时间竟未想到。"展昭微笑，"还是早年行走江湖时偶尔看到。"

他比画给端木翠看："所有的头发都疏在脑后，末端绾成一把，结成一个小髻。这种发饰有些简单，乍看，像是没有结发。"

"垂髻……"端木翠喃喃，神思有点恍惚。

"怎么了？"展昭发觉她神情有异，眉峰微挑，眸中掠过一丝疑惑。

端木翠没有答他，她又想起了早上的梦。

梦的末了，汉宫的宫人从承露台的铜仙人仙掌上小心地汲下甘露，仔细集作一杯，将碎雪般的玉屑撒在其中，然后小心翼翼奉于盘上，双手平托，毕恭毕敬走向宝座上的汉武大帝。皇帝的面目是如何庄严威仪，她是半分都没留意，她的目光紧紧追随着那名宫人的发髻。

汉宫垂髻。

展昭心中生疑，追问再三，端木翠才将前一晚在姚美人寝殿遇到老妇人之事讲了出来。

展昭听得眉头皱起。

"那老妇人出现之时，你一点防备都没有？"

"谁说我一点防备都没有？我明明……"端木翠口吃，"我明明……那什么的。"

"那什么的？"展昭追问。

"明明……踹了她一脚的。"端木翠努力攀扯依据，"后来她也没出现了，可能被我一脚就踹死了呢？"

"乱讲！"展昭又好气又好笑，"以后不可擅自做主，如此莽撞。"

"什么擅自做主？"端木翠听不明白。

"你进姚美人寝殿，事先可曾告诉过我？"

"是你们让我进来查案的啊。"端木翠急了。

"让你进来查案，可没让你一个人乱跑乱窜，以后去到哪里，需得先同我说。"

"哎！"端木翠生气了，"展昭，你知不知道什么叫将在外君令有所不受？倘若事起仓促，谁还巴巴地先跑去跟你知会一声？届时黄花菜都凉了。再说了，进宫之前，你们也没说什么事都要知会你啊。"

"那我现在说了。"展昭答得倒快。

"那我不干了。"端木翠答得更快。

一时间冷场，两人互相瞪着，谁也不让。

末了端木翠先动，将那画纸卷作一轴，哼一声转身就走，可巧展昭正挡了她的道。端木翠下颌一仰，拿卷轴敲了敲展昭的肩膀："展护卫，让一让。"

展昭心中叹气：哪有这样的姑娘，一语不合就翻脸不认人，玩儿陌生人的游戏还真就乐此不疲了。

无奈之下，只得往边上挪了挪，给她让道。

端木翠就像一只骄傲的大公鸡……呃，或者对待神仙，我们说像孔雀更合适些？总之她是得意扬扬，走了两步又折回来："展护卫。"

"嗯？"展昭下意识应声。

"你也是读过圣贤书的。"她神色严肃得很，"男女授受不亲，你不要总往姑娘家的房里窜。"

"我……"展昭哭笑不得，还没来得及辩白，人又骄傲地迈着挑衅的步伐离去了。只余展昭留在当地，良久，面上露出又是不解又是无奈的神色来："窜？"

端木翠去找银朱，将画儿展开给她看："这老妇人，你见过吗？"

银朱皱着眉头看了半天，然后摇头："没有。"

虽说答案早在意料之中，端木翠还是止不住叹了口气。

银朱有点忐忑，总觉得帮不上忙挺对不住她的："那个……端木姑娘……我们再想想办法……"

"算了……"端木翠蔫蔫的，"一根簪子罢了，实在寻不着也没办法。"

银朱正忙着给太后准备香茶，端木翠也不好打搅她，只得原路折返，老远就看到展昭还没走，抱剑立在门边。

果然是学乖了，难不成是怕她又说他往她房里窜，所以不肯在屋里等她？端木翠只觉好笑，故意绷着脸走近："还没走？"

展昭淡淡一笑："正事还没来得及同你说。昨儿你交给我的羊脂玉瓶，我给公孙先生看过了。"

"先生怎么说？"端木翠暗叫惭愧，她险些就把这事给忘了。

"酒里面掺的是迷药，药性极强的，先生说若是喝上那么半瓶，足可昏死一日夜的工夫。"

"喝上半瓶……"端木翠喃喃，忽地想起了什么，"我想起来了，当日我问起姚美人死前的情形，她只说不知道，说是晚上喝了些闷酒，然后就睡着了，再清醒时，魂魄都已被打散了。如果酒中有迷药，那是什么人要算计她？"

"我也不知道。"展昭摇头，"按说姚美人是不得宠的妃子，娘家的权势也只平平，即便涉及宫中争宠，也不会有人把矛头指向她。依你看，此事会不会同你昨日遇到的那个老妇人有关？"

"九成九是有关系的。"端木翠恨恨，"死老太婆装神弄鬼的。哎，展昭，我要出宫一趟。"

"出宫做什么？"

"拿法器啊。"她理所当然，"我前些日子买的那些法铃、桃剑、甘露碗什么的，不然怎么跟人斗？"

"宫中是什么地方，想来就来，想走就走的？"展昭头痛。

"一来一去，又不要多少时辰。"她嘻嘻笑，"再说了，你若不想让宫门的守卫知道，寻个没人的当儿，我还可以穿墙的……若是回头银朱问起，我就说，去御花园逛去了。"

银朱一直惦记着端木翠央她的事情，手头的活儿忙完之后，她忽地想到：自己是不认识那个老婆子，但是没准别人见过啊，多找几个人问问，不就成了吗？

匆匆来找端木翠，人却不在，推门进来看了一圈，未理的床褥上扔了个画轴，展开一瞧，正是先番她让自己认的那个老妇人。

兴冲冲携了画卷出来，先找太后殿里的宫人问了一圈，未果。旋即又去到殿外，老远瞅见了路过的宫人便招手。

宰相家臣七品官，银朱是太后跟前说得上话的丫头，论地位，怕是比有些小嫔妃还得势，行来过往的宫女，谁不巴结着？不多时身边就围了一群人，有那特别殷勤的，走了之后道上遇着人，还不忘帮她召集："银朱姐姐那头有事认人儿呢，你赶紧去瞅瞅。"

一时间分外热闹，有说不认识的，有说眼熟的，有说眉毛像你鼻子像她的，有说自己老了之后没准就长这样的。喧闹之中，一个不起眼的宫女，悄悄捭开众人，不声不响地离去了。她一路急匆匆地走，小心地左右看看，绕过姚美人被封的寝殿，再走了一阵，是个荒僻的园子。垒砌的假山石坍塌了几块，一直说是要整修，说了好几年了，也不见动静。

横竖这头住的都是些不得势的妃子，应景。

园子角落处是口井，井沿上头堆了许多废弃的家什砖瓦。那宫女用力将堆头往边上移了移，露出寸许方的口子。

眼睛贴着口子往下看，黑漆漆泛着油光的井水，波光一漾一漾的。

她低低唤着："婆婆，婆婆……"

井底的水开始翻泡，先露出来的是头顶。若是井底的光再亮些，可以清楚看到，梳的是垂髻。

那宫女有点心慌，赶紧后退了两步，再定神看时，破口处两颗绿莹莹的眼珠子，随着眼皮的眨动明灭。

"婆婆……"那宫女咽了口口水，小声而快速道，"方才，太后宫里的银朱，拿了你的画像让人认，说是帮一位姑娘找丢了的簪子。"

"看清了？"那声音喑哑得很。

那宫女愣了一下，赶紧点头："看清了，那画儿画得跟真的似的，我只瞥一眼，就认得是婆婆。"

"银朱有没有说那姑娘是谁？"

"昨儿才进宫的，说是家里头对太后有恩，太后很拿眼看她，所以上下都赔着小心。"

里头半晌没动静，再然后，从那寸许见方的破口处伸出一只鸟爪样乌黑干瘦的手来，指甲长而蜷曲，还藏着污垢，食指和拇指指尖，拈了一根细小的银针。

那宫女赶紧掏出身上的锦帕，裹着手将那银针包起，低声道："我知道了。"

破口处，那对莹绿色的眼珠子眨了两下，突然就不见了。

与此同时，井底传来重物入水的闷响声音。

那宫女将锦帕收入怀中，吃力地将井口的堆头移回原状。

端木翠抱着一大兜子的法尺法铃，走到岔路口就忘了道，东张西望间，一直远远缀在身后的展昭叹了口气，大步过来："往西。"

端木翠嘻嘻笑："皇上的后宫，路也忒曲里拐弯了。哎，展昭，你说皇上会不会迷路啊？"

"皇上会不会迷路我不知道，"展昭慢吞吞道，"我只知道你若是没人引路，指不定窜到哪个殿去了……一直往西，就是太后寝殿，记得了？"

"记……"端木翠还没答完，扭头看见展昭已经转身走了，"哎，你就走了？"

姑奶奶唉，展大人是御前四品带刀侍卫，可不是后宫四品带刀侍卫，总在后宫跑来跑去的，算是怎么回事？

见展昭没理会她，端木翠撇撇嘴，将一兜子的东西拢了拢，依着展昭所说，一路往西。再走一段，老远见到银朱从殿门出来，银朱也看见她了，小跑着迎上来。

"端木姑娘，你这拿的是什么啊？"银朱把兜布掀开了看，不住咋舌。

"拿着玩的。"端木翠笑。

"骗鬼呢。"银朱才不上当，"要不要我帮你？"

"不用。"

两人慢悠悠地一边说话一边往殿里走，斜地里忽然冲出一个人来，一头撞上端木翠。端木翠被她撞得不稳，手上的东西撒了一地。

"你这个……"银朱跺脚，抬头看见那人面目，更是气白了脸，"小贱货，谁准你在太后殿前晃了？"

那宫女吓得浑身哆嗦，赶紧俯下身子去捡什物。端木翠有点发怔，问银朱："她是谁啊？"

"姚美人殿里的，笨手笨脚，打发去做粗重活儿，怎生又跑这儿来了。哎，

你小心着点！"后一句话却是向那宫女说的。

银朱一边骂，一边自己俯身去捡，端木翠自然也不好闲着，方蹲下捡了两件，身后传来小心翼翼的唤声："端木姑娘？"

"嗯。"端木翠下意识应了一声，未及回头，后侧腰间忽然微微一疼，似是被什么刺了一下。

端木翠愣了一下，蓦地回过头来，身后的宫女吓了一跳，抱着捡起的法器不知所措。

"给我吧。"端木翠四下看看，也说不出有什么不对的，伸手把那宫女怀里的法器接过来。那宫女讪讪的，行了礼便匆匆离去了。

银朱也过来，两人蹲下身子，将法器重新包回兜布里。

"方才你说，她是姚美人殿里的？是不是那个逃掉了的姚美人？"端木翠忽地反应过来。

"可不就是，笨手笨脚，也不知怎么伺候主子的，竟让主子在眼皮底下跑了。也是官家心地好，没追究这事，否则她哪里讨得了好去。"

晚膳是同太后一起吃的，很家常的清粥小菜。太后虽然富贵日久，到底还是吃不惯宫里头的菜式，于微时的家常菜更为喜欢。端木翠原本就不沾荤腥，吃得津津有味，太后看在眼里，心里着实欢喜，因想着这姑娘果是个朴素不挑的，只可惜了怎么没早点见到。

端木翠可不懂太后转了这许多花花肠子，吃完饭向太后请辞回房，起身时忽地皱了下眉头，右手下意识扶住了腰。

银朱眼尖，忙道："端木姑娘，怎么了？"

端木翠摇头："没什么，有点疼。"

太后一笑："你们这些年轻姑娘家，大门不出二门不迈，多走两步路都喘得慌，可不会有点腰酸背痛的，搁着我在民间时……"

银朱嘻嘻笑："太后又要老调儿重弹了。"

"这死丫头，"太后瞪她，"越发没规矩了。"

想想自己都觉得好笑，绷着的脸到底松下来："今儿还就不弹老调儿了，端木姑娘身子不爽利。银朱，送姑娘回房。"

银朱过来扶端木翠，端木翠觉得有些小题大做，当着太后的面，又不好推辞，只得含混应了，刚出了门就甩脱了银朱："又不是不能走，哪里真要人扶那么娇弱？"

银朱果撇了手，坏笑着看她："端木姑娘，好端端的你腰疼什么啊？"

"我怎么知道？"端木翠没好气，"我又不是大夫。"

银朱见她不上道儿，索性挑明了说："你今儿和展大人，都干什么了？"

"没干什么啊，说了会话儿，拿了点东西。"端木翠老老实实作答。

银朱不信："那会腰疼？"

"哎，你到底想说什么？"端木翠觉出不对味儿来了。

"没想说什么嘛。"银朱拿胳膊肘碰了碰她，哧哧笑着压低声音，"这里又没外人，你害羞什么，有什么事儿不好说的？你老实说，你们是不是……"

银朱咬了咬嘴唇，坏笑着比了个手势。

端木翠终于回过味儿来，她看着银朱，哭也不是笑也不是，一指头戳在她脑门上："整天胡思乱想个什么劲儿！"

语毕转身就走，将银朱撂在了当地。

回到房中，想想觉得蹊跷，撩起衣裳对着梳妆镜细看，腰侧果然红了一大片。

也不知是什么时候撞到的，伸手按压了一下，硬邦邦的有点疼。端木翠皱了皱眉头，开门央宫人取了药油来，搽上之后清凉凉的，似是好了些，也就没往心里去了。

晚上，却说什么都睡不着了。

总是想起银朱的话。

"你老实说，你们是不是……"

这话魔音穿耳般，一直在脑海里旋着，眼前总是浮现银朱的坏笑和暧昧的神情。

这宫里果然是个酱缸啊，会把人带坏的，让人心志不坚，一不留神就入了邪魔外道……端木翠哀叹连连，像她这样根红苗正的大好神仙，居然也会因为银朱的话而辗转反侧心猿意马，明儿一定要把老子的《道德经》翻出来念两遍，还有，珍惜生命，远离展昭……

如此想时，又翻了一个身……

这一下痛得她直嘘气，所有的念头腾地飞了个无影无踪。

好像是压到了先前搽过药油的地方。

端木翠咬了咬嘴唇，伸手去拭腰侧。

还是硬邦邦的，中间似乎已经鼓起了一条，端木翠的手指慢慢抚上鼓起的肿块，心中诧异着是不是被什么毒虫给叮了，后果竟如此严重。

正这么想着，全身的血忽然呼啦一下直冲脑际，整个人都僵住了。

那肿块居然蠕动了一下——这绝对不是她的幻觉。

半晌，上冲的血开始慢慢回落，端木翠忽然就反应过来，尖叫一声，几乎是跳下床来——却忘了自己裹着被子，当场连人带被子翻下床来。她顾不上疼痛，甩掉被子起身，跌跌撞撞往桌案边摸。黑暗中一连碰翻了几个圆凳，情急之下，也忘记了自己可以用法术举灯焰，颤抖着手用火折子去点蜡烛捻子，一连点了三次才点着。

点着之后便掀起衣服对镜细看，这一看险些晕了过去：腰侧白皙的肌肤之下，俨然伏了条黑色的虫子，周身圆圆滚滚，跟她在姚美人寝殿找到的几无二致。

端木翠蒙了，下意识伸出手去触了一下，那东西受惊般动了动，牵动她的血肉，痛得险些没死过去。

端木翠僵了半晌，终于反应过来，披起衣裳冲出门外。外间还有守夜的宫女，见她冲出来都慌了，端木翠急道："银朱呢，快找她来。"

银朱在太后寝殿外值夜，来得很快。她原是不知端木翠为何找她的，笑盈盈地还准备打趣她几句，一抬眼见她脸色不对，心里也慌了。端木翠没说话，拽住她的手腕急急进了屋。

进屋之后掀衣给她看，银朱也蒙了，讷讷道："端木姑娘，我在宫里这么多年，还从来没见过这样的……"

她不知该怎么形容那东西。

端木翠没说话，从枕边摸出自己一直随身带着的碧玉小刀递给银朱："帮我剜出来。"

银朱吓得一哆嗦，险些把刀子掉在地上："剜、剜出来？"

"是，剜出来。"端木翠伏到床上，撩过头发咬到嘴里，声音有些含混。

银朱哆哆嗦嗦的，只是不敢下手："要不，我去找太医……"

太医？端木翠愣了一下，这东西不是常物，她是从没起过向太医求助的念头。

"端木姑娘，我、我不敢，我没做过……"银朱带了哭音，"你还是让我去

找太医吧。"

也只能这样了，端木翠叹了口气："也好。"

得了她的首肯，银朱跌跌撞撞出去了。端木翠撑着手臂起身，又去到梳妆镜前细看。

这东西若是安分待在那儿也就罢了，偏偏一直蠕动个不停，看得端木翠毛骨悚然。再一想这东西就在自己身体里面，真是止不住要疯了。

太医来得很快，银朱也顾不得男女之嫌，帮端木翠将衣服撩起，忽然咦了一声，又是惊诧又是害怕。

端木翠听出不对，急道："怎么了？"

"方才只、只一个……现在……三、三个……"

端木翠脑子里嗡嗡的："有三个？都在哪儿？"

银朱小心地伸手去触她的皮肤，一个是腰侧，另外两个在背上。

"跟先前的一样大吗？"

"小、小一点。"

小一点？那就是还会长大？长大了会怎样？难道这两个小的，是方才那个大的生的？那这两个小的长大之后，岂非还会再生，届时她的身体，还是自己的身体吗？岂不是成了……

端木翠的脑子一片空白，不知不觉间眼泪流了满颊。她咬了咬牙，回头看太医："太医，你动作快些。"

太医有点发愣："是要动刀子？姑娘，那得先熬上些麻沸药酒。"

端木翠咬牙："不用，你下刀便是。"

太医也搞不清是怎么回事，不过倒是见过蚂蟥之类钻进人的皮肤里的例子，虽然不清楚今次遇到的是什么虫子，想当然地以为都差不多，取了锋刃趁手的刀出来，待得端木翠伏住之后，示意银朱按住她的双手，屏了气，向着她腰侧的肿块割了下去。

刀锋入肉，黑色的血立时流了出来。银朱和太医看得分明，那虫子疯了般挣扎起来，前半身钻入肉中，只余尾部在外摆动。两人吓得双腿发软，端木翠身子猛一痉挛，惨叫一声，从床上翻了下来，重重跌落地上。太医忙趋身来扶，端木翠额上满是细汗，意识渐渐失却，模糊中见到太医手中的刀子，喃喃道："不要

动刀子了……它会钻进去的……进去了就出不来了……"

银朱急得眼泪都出来了，拼命将端木翠扶到床上，带了哭音道："端木姑娘，那怎么办？要不要我去找太后……"

端木翠虚弱地摇头，苍白的嘴唇微微翕动了两下，银朱凑上前去，依稀听到她的声音："找展……昭……"

银朱立时反应过来，拿袖子擦了把泪，道："我这就去找展大人。太医，你照顾着些。"

太医眼睁睁看着银朱趔趄着跑远，一时也不知该说什么，只得浸湿了汗巾给端木翠拭汗，又伸手去帮她把掀起的衣裳放下。方触到她的衣角，忽地浑身一颤，失声道："姑娘，你背上……"

端木翠几乎连抬头的力气都没有了，惨然笑了笑，低声道："又多了吗？"

太医伸手指着她的背，竟是说不出话来。

但见她光洁白皙的肌肤之下，道道黑气交缠潜行，停在哪里，哪里便凸起黑色的肿块。方才还只三个，而今竟有四五个之多了。

正惊怔间，门扇忽然重响，回头看时，银朱发鬓散乱，上气不接下气地扶着门站着，哭道："端木姑娘，展大人今夜不轮值，他、他回开封府了……"

端木翠只觉得脑子空了一下，有片刻间，连背上的疼痛都感觉不到了。

"现在让人去请，几时能赶到？"

"这个……不好说。"银朱嗫嚅，"我只是个宫人，使唤不了外头跑腿的……托三央四、紧赶慢赶，也得近一个时辰……"

"一个时辰……"端木翠嘴唇苍白，慢慢摇头，"来不及的。"

"什么？"银朱听不懂。

"没什么。"端木翠笑了笑，慢慢撑住床沿坐起来，理好身上的衣裳，低头半晌，向银朱道："银朱姑娘，送太医出去吧。"

"这个……姑娘，你的身子……"这太医倒还敬业，竟不愿走。端木翠挥挥手，银朱看出她虚弱得很，赶紧给太医使了个眼色。那太医实在理不清个中缘由，跌足叹了一回，也只得离开了。

银朱只将太医送到外殿，便又匆匆折回，一进门便见案上摊满了符纸，端木翠咬破中指，在符纸上写上铭文。背上疼痛依旧，几次手臂颤抖，几乎写不下去。

按说银朱在宫中多时，遇事也是个冷静的，只是今次实在太过怪异，竟是按捺不住，眼泪直在眼眶里打转："端木姑娘……"

端木翠抬头看她，淡淡笑了笑："怎么，我还没哭，你反哭了？"

"那些……虫子……"

"是蛊虫。"

"蛊虫？"银朱听不明白。

"这东西少见，你不明白也在情理之中。"比起先前，端木翠竟是出奇镇定，"改天问问懂史的人，让他们给你讲讲汉宫巫蛊案，你也就明白了。若是……展昭问起……"

说到此处，她略略一顿，眸中瞬时间蒙上泪雾："若是……展昭问起，你也这么跟他说。"

"说什么？"

"说……"端木翠正待开口，忽然又是一声痛哼，再抬头时，额上密密一层汗珠，"银朱，帮我找金屑来，再打一盏清水。"

"金、金屑……没、没有……"

"金簪或是镯子也好。"

银朱愣了一下，忽地想起自己头上插的就是三股的金钗子，赶紧拔了递上去，而后匆匆出去打了水过来。端木翠将符纸烧作灰烬化入水中，伸手将金簪握在掌心。金质细软，但钗头毕竟锋利，银朱忙出言提醒："小心。"

端木翠淡淡一笑，缓缓松手，但见无数流光般的金屑，慢慢撒入水中。

这……这是什么功夫？银朱吓得呆住，还未及开口询问，端木翠擎起水盏，一饮而尽。

银朱脑子嗡的一声，也不知自己是怎么扑上去的，手忙脚乱打落端木翠手中的水盏，哭道："端木姑娘，这是金屑，吞金会死的啊……"

要知古代后宫，帝王赐死后妃，除鸩酒外，多用金屑酒，银朱久在后宫，焉能不明白此节？

端木翠低头看她，泪水慢慢流出来，她轻声道："我知道，我要它们陪葬。"

银朱仰起头来，她到底还是不理解端木翠的话。端木翠并不解释，只是吩咐银朱："给我找间少有人去的暗房，门上落锁，让我自生自灭就好。"

608

银朱身子巨震，透过蒙眬的泪眼，她问端木翠："端木姑娘，你会死吗？"

端木翠没有正面回答她，她抬起头来，目光有些飘忽，不知落在几许远处。

她低声道："反正，我已经活了很久很久了。"

安顿完端木翠，银朱只觉得浑身的力气都使尽了。她拖着沉重的步子慢慢走上廊道，直到这个时候，她才有精力去回想到底发生了什么事。

那么怪异的虫子，原本只有一个，为什么会突然变多了？好好的金钗，到了端木翠手中，忽而一下，为什么就变成金屑了？还有那许多符纸、纸上画的符咒、她带进宫的那么多法器，这个端木姑娘到底是什么人？

银朱的脑子昏昏沉沉的，双腿陡地一软，赶紧扶住边上的廊柱，歇了半晌，听到有急促的脚步声自廊道那头过来。

银朱抬起头来，许是因为太累的关系，她的视线有些模糊，费了好大劲去看疾步过来的那人——翻飞的绛红官袍、修长身形，那是……展昭？

如此想时，展昭已到近前。

银朱愣愣的："展大人，你不是回开封府了吗？"

展昭微笑："有急事回去了一趟，不过到底记挂宫中这头，向大人交代了之后又匆匆回来了。银朱姑娘，方才听禁卫军的兄弟们说你去找过我……出什么事了？"

银朱的神色太过奇怪，展昭越说越觉得不安，他越过银朱的肩膀看向太后寝殿的内院："端木姑娘……睡下了？"

银朱还是有点恍惚，直到展昭提到"端木姑娘"这几个字，她才似是忽然想起了什么，从袖笼中拿出一个做了一半的香囊递给展昭。

"端木姑娘让我给你的，她说曾经答应过要送你东西……只是现在，做不完了……"

展昭心中一沉，下意识伸手接过。香囊的料子倒是上好，尚未塞上香草，借着宫灯的微光，可以觑到香囊面上的针线，歪歪扭扭，情急之下，也认不出绣的到底是什么。一股不祥的预感自心头生出，展昭看向银朱，沉声道："她人呢？"

银朱低下头去，避开展昭的目光，低声道："端木姑娘说，这事跟汉宫巫蛊有关，你若不明白，可以去问公孙先生……"

"她人呢？"

"端木姑娘交代了，只留她……"

展昭听不下去了，一把攥住银朱的胳膊，死死盯住她的眼睛："端木姑娘人呢？"

银朱吓住了，胳膊被展昭攥得生疼，她忍住眼泪，小声道："端木姑娘交代过，要……"

"我不管她交代过什么。"展昭怒喝，"她交代的话再说不迟，银朱，我现在只要人，你带我去找！"

银朱带着展昭一路七绕八绕，终于到了那处少有人至的暗房，路上略略把事情讲过。展昭只是听着，并不言语。

房门落锁，银朱持了钥匙过去开锁，也不知是心慌还是什么，几次对不上锁孔，忽地被大力拽到一旁，抬眼看时，剑光一闪，金石相击，火花迸处，展昭手起剑落，一脚踹开门扇，大踏步进去。

屋内没有点灯，却也并非伸手不见五指，借着模糊夜光，一眼看见简陋的床榻上伏了个人，长发垂下床沿。展昭心中陡地一酸，疾步过去，低唤："端木。"

无人应声，展昭伸手抚她面庞，只觉濡湿，沉声向银朱道："掌灯。"

按说他是御前行走，银朱是太后跟前得宠的宫人，他是断不能支使银朱做什么的。放了往日，银朱必然心生不满，只今日甚是惶恐，竟也顾不得此节了，匆匆忙忙，唯恐自己做得慢了。

俄顷灯起，展昭拂开端木翠的长发，见她仍是昏迷不醒，忍不住看向银朱。银朱这才省得忘了交代此节，忙道："端木姑娘朝我讨了迷药，说是疼起来自己也受不住……"说到此陡地住口。迷药这东西，宫女手中是断不应藏的，但偏偏很多人就是有，这也是秘而不宣的事实，她这样大大咧咧说出来，等于直承自己也有私藏，是以慌忙住口，面上火辣辣的，唯恐展昭记了去。

"背上？"

"啊？"

就听哧拉一声响，端木翠背上衣衫已被展昭撕开。银朱将灯持近了些，见到端木翠背上情形，吓得差点持不住灯，嗫嚅道："又多了。"

初始只一个，继之三五，现在粗略一看，竟有十五六个之多，黑色狰狞的突起衬着白皙光洁的背部肌肤，看起来煞是触目惊心。银朱心中觉得不适，偏过了头不忍再看。

展昭的手停在端木翠腰间，待要伸指去触那突起，又过电般缩了回来，顿了一顿，向银朱道："她曾说，要剜出来？"

"开始是这么说，可是太医一动手，端木姑娘就受不住了，那虫子受了痛，会往里钻，端木姑娘说，若是钻进去，就出不来了。"

展昭不吭声，自皂靴中拔出一把匕首来去了吞口。那匕首极小巧锋利，刃口森然，银朱看得心惊："展大人，太医试过了。"

"我知道……银朱姑娘，借钗一用，要金钗或者银钗子，细股的。"

银朱发上的钗环却也不多，摸索了一回，拔了一根带银抓的珠花给他。展昭接过来，将钗头的珠花扯落，两根银股子拧作一股，手上用力，弯出钩针形状。

银朱看不大懂，却也隐约知道展昭的用意，忍不住又提醒一回："展大人，太医试过的……"

展昭不看她，只是将端木翠的衣裳往边上拂了拂："我比太医快些。"

银朱咬了咬嘴唇，点头道："那我打盆水来，再备些绢布伤药。"

"再备个火盆，尽快。"

银朱应声离开。

待得准备停当，展昭深吁一口气，目光停在端木翠腰间。那里太医已经下过刀，伤口豁然，虫子钻得很深，只留小半截在外可见。

展昭将钩针在灯焰上燎了燎，蓦地眸光一森，出手如电。银朱眼前一花，就见他抬手起来，钩针头上吊着一只四下扭动的蛊虫。

银朱一阵反胃，只觉恶心无比。展昭臂上用力，将蛊虫抖落在炭盆之上，哧拉一声白烟冒起，带着刺鼻的恶臭。银朱捂住口鼻后退两步，展昭将先前备好的绢布拿过来，捂住端木翠的伤口。

银朱忙把伤药的玉瓶递过去，低声道："展大人，要不我帮端木姑娘把伤口洗一下，然后上药？"

展昭摇头："来不及，先粗上一回药，都完备了再洗。"

说话间伸手来接玉瓶，银朱无意间触到他的手背，这才发觉他的手有点发抖，一怔之下，又疑心是自己错觉：他若手不稳，还怎么下刀？抬眼看时，展昭将绢布移开，给端木翠的伤口上药。银朱凝神细看，果见他撒得不成章法，有些药末都撒到衣服上，应该是手上颤抖所致。

银朱思之再三，见展昭又拿起匕首，忍不住道："展大人，你若是拿不住，就歇会儿再下刀。万一你一个不小心，那虫子就……"

展昭手上略停，低声道："我会小心。"

"不是……"银朱有点语无伦次，"我知道你要先把皮肉割开，再用钩针把蛊虫挑拽出来，这一来一回，稍有耽搁，就会出岔子……我、我也是关心端木姑娘……"

她不知该怎么说。

"银朱，你出去吧。"

银朱愣了一下，自己一番好意，展昭竟赶她走，霎时间好生委屈，眼泪在眼眶中转了一回，见展昭再不看她，只得一步步出得门去，反手把门掩上。

这地儿在皇城郊处，少有人来，一条卵石铺的小径曲曲折折绕出去。银朱抱膝坐在阶上，噙着眼泪看高处树影婆娑，一时间觉得展昭好不通人情，一时间又为端木翠担着心，忽地想到：他要先用匕首割开皮肉，蛊虫受惊时会拼命往里钻，然后又要用钩针去挑，在蛊虫入肉之前将其挑出来，他究竟是有多快？手偏了怎么办？看走眼了怎么办？

想了又想，都觉得无从下手，忍不住起身看向房中。门扇已掩，只能看到晕黄灯光愈转散迷，展昭的身影似是凝住，偶尔才有轻微的动作……

也不知过了多久，那身形忽地站起，银朱反应过来，下意识后退了两步。

门扇缓缓打开，展昭脸色苍白，眸中透着说不出的疲惫之色，低声道："银朱姑娘，麻烦你给端木清洗上药。"

这就……好了？

银朱几乎不敢相信自己的耳朵，僵了一僵，拎起裙裾小跑着进去，只见炭盆之上，隐约可见烧化的虫尸，端木翠背上伤口均撒上了药，虽经绢布擦拭，仍有细小血迹不断自伤口溢出。

银朱赶紧拿绢布给她擦拭，一瞥眼看到自己方才打来的那盆水还搁在案上，顺口道："展大人，水。"

展昭应了一声，向桌案过去。银朱忙着揩拭血迹，忽听咣当一声，抬头看时，那铜盆正翻在桌案之上，盆水淋了展昭一身，他双手仍是上托之势，似是一时失手。

银朱眉头微皱，觉得他笨手笨脚，多少有些不悦，终究不好说什么，只好道：

"展大人，那烦劳你去前头打一盆来。"

展昭沉默了一下，说得艰难："银朱姑娘，这事……还要偏劳你……"

银朱一时不解，但到底在宫中行走多时，心思较他个玲珑剔透些，忽地就有几分明白，快步过去，也顾不得什么男女之防，把住展昭的手臂。

隔着衣裳，他的手臂颤抖得厉害。

银朱鼻子一酸，正待说什么，展昭不动声色地抽开手去，淡淡一笑："方才只求快，真气运得狠了，停将下来，一时三刻间，竟是控它不住。银朱姑娘，偏劳你了。"

银朱强笑了一下："展大人哪里话，这些粗重活儿，本该我来做的。"

说着端起铜盆，快步绕开展昭出去了。

展昭舒了一口气，顿了一顿，重又走回床边，单膝接地，慢慢低下身子，凝神看她容颜。

迷药的药性似是将过未过，她睡得不安稳，眉头时不时地皱一下，长长的睫毛颤巍巍的，眼角的泪痕始终没有干。展昭伸出手去帮她拭泪，笑道："一会儿醒了，可不能赖我手艺不好……一十七刀，若要找我算账，也只能让你砍还了……"

忽地停住，到底还是说不下去了。

银朱打水回来，帮端木翠清洗伤口兼上药，这一番忙活停当下来，算算时辰，离天亮还早得很。一来唯恐太后那头有什么事，二来总觉得自己在这处晃来晃去的像个外人，碍眼得很，便同展昭言明要先走。

展昭倒不留她，只是欲言又止，似是有事嘱托。银朱早料到他的心意，笑道："展大人，银朱在宫中多年，嘴巴严实得很，你且放心，今日的事，我不会对外乱说的。"

展昭见她通透如斯，倒也不好开口了。银朱笑了笑，自出门去了。

展昭坐在床边，看护端木翠许久，疲乏困倦袭来，眼皮也愈来愈沉重，恍恍惚惚间，手中握着的端木翠的手忽然就动了一下。

展昭一惊而醒，俯下身子看她，果见她长睫颤了两下，慢慢睁开眼来。

第一眼看见的就是展昭，端木翠有些愣怔，一时间也不知身在何处，俄顷渐渐记起前事，没说话眼圈儿就红了："展昭，你跑到哪里去了？"

她问得委屈，展昭也让她问得心中酸楚，一时不知怎么答她。端木翠见他不答，倒也不追问，撑着手臂就想起来，这一下牵动伤口，痛得连连吸气。展昭忙伸手

去虚按她："背上有伤，不能躺，不要乱动。"

"伤？"端木翠顿了一顿才反应过来，"虫子呢？你取出来了？"

"都取出来了。"

一时无话，还是端木翠先开口："我让银朱找你，你不是回开封府了吗？"

"回去向大人报备些事，又很快回来。"

"哦。"

这一声哦之后，又无旁话了。疼痛很是消磨人的元气，端木翠只觉得连讲话都提不起劲来，只是埋首在衾枕之中，浑身都松垮无力，想了想又问："很多虫子吗？"

"……很多。"展昭含混其词。

端木翠叹了口气，失神了一会儿，低声道："那一定很多伤疤，很难看。"

展昭微笑："宫里头多的是上好的伤药，效用灵验得很。若是宫里的药不管用，公孙先生那头还有很多方子，不会叫你留疤的。"

"又乱讲……"端木翠低声呢喃，"虫子钻得那么深，刀口也不会浅，怎么可能不留疤。"

展昭一时语塞。

端木翠心中难过，这一时间，只觉创口狰狞难看，疼痛一节倒不怎么放在心上了，忍不住伏下脸来，任眶中泪水浸湿衾枕，好一会儿才道："你若不走，我或者少挨几刀。"

展昭默然，这倒是实情，当时他若是在侧，端木翠要挨的或者只是一刀两刀，不至于要一十七刀之多。

"或者……不要来……我也算舍身除了妖……现下妖没除成，人还搞得这么狼狈……"

她声音压得极低，许是抱怨，许是只说给自己听，偏偏四下俱寂，展昭的内力又极好的，一字一句，听得明明白白，分外刺耳。明知此刻绝不应发火的，心中的那股怒气却怎么都按压不住。

"舍身除妖……"展昭声音生硬得很，"我听银朱说，你喝了掺了金屑的符水，还说什么锁在屋里自生自灭，可是有了灭妖之法？"

端木翠"嗯"了一声，闷闷道："只是现下都前功尽弃，要另谋他法。"

前功尽弃？

展昭手指蓦地狠力一攥，冷笑道："看来是我多事了，害得你前功尽弃。"

端木翠奇怪地转头看他："展昭，你说话要不要这么阴阳怪气的？"

展昭不怒反笑："难道不是吗？听银朱说，端木姑娘决断得很，片刻之间就有了定夺，不愧疆场出身，顷刻间杀伐决断，舍生取义，断然赴死，叫展某好生佩服。"

"哎，"端木翠的脸色沉下来，"展昭，你到底想说什么？"

展昭的胸口起伏得厉害，待要开口，忽见她背上伤疤错杂，心中一软，缓缓合上双目，压服下心头怒火，淡淡道："没什么。"

"没什么？"端木翠素来是个眼里揉不得沙子的，哪里容他话里有话，"展昭，你心里有什么不痛快，不妨当面说出来，说话遮遮掩掩婆婆妈妈，算个什么事？"

展昭让她一激，终于顾不上那许多："这件事当真就重要紧急到你要去死的程度？如果……如果我今晚没回来，是不是就要等着给你收尸了？"

说到后来，胸中气血翻滚，几乎说不下去。

"那当时……你不在……"端木翠张口欲辩。

"是，我不在。"展昭打断她，"当真就没有更好的方法了？银朱说是太医动了手，你疼得受不了，不让太医继续了……所以就去死了？死都不怕，反怕疼了？若是虫子在胳膊上，不会把胳膊砍了吗？虫子在腰上，哪怕就多剜一块肉下来，我就不信剜不出那虫子。哪一种法子都能保你一条命，你反蠢到避轻就重要去赴死？"

端木翠从未让展昭如此声色俱厉地痛骂过，一时间头皮发麻，整个人都蒙了，小声道："那……我没想这么多……"

"你当然想不到这么多。"展昭冷笑，"因为你活得够久，把自己的命视同蒲草，想死就死，也不管是不是还有人牵挂你，是不是还有人看重你的命！"

端木翠眼泪断了线的珠子般从面上滚落："我想到的展昭，我托银朱……"

"香囊是吗？"展昭咬牙，从怀中将银朱交给自己的香囊取出，狠狠掷还给端木翠，"上仙美意，展某领受不起。"

语毕转身就走。

端木翠把那个香囊攥在手中，失声痛哭。

展昭开了门正待跨步出去，忽听得端木翠哭声，身形晃了一晃，不由得僵在当地。

听她哭得凄惨，自己心中也万针穿刺般难受，眼前渐渐模糊，惨然一笑，因想着：她有伤在身，好不容易逃脱此劫，我何苦同她搅缠这些？

这么一想，先前生出的那些火气刹那间逝去无踪，整个人似是被狠狠碾压过一般脱力。展昭慢慢地走回床边，缓缓坐到床沿上，俯下身子从肩后搂住还在痛哭的端木翠。端木翠愣了一下，哭声小了很多，只还是止不住抽噎。

展昭的额头轻轻靠住她散乱的长发，埋首在她颈间，下巴贴住她光洁裸露的肩部肌肤。端木翠的身子战栗了一下，没有说话。展昭也没有说话，有一滴滚烫的泪水滑过面颊，滴落在端木翠发上。

"端木，生命可贵，不到万不得已，绝不要轻言赴死。"

"嗯。"

展昭沉默，良久才低声道："你昏睡的时候，我一直在想今晚上回府的事情。那时大人还说，不忙这一时，也不必今夜就赶回宫。在庭院里遇到公孙先生，先生说大人刚赠了他御赐的贡茶，问我要不要尝尝。后来出府的时候遇到张龙、赵虎，两人不当值，想拉我去饮两盅酒……端木，我不断想起这些事，我在想，要是我那时耽搁了，喝醉了或是今夜没有回来，是不是就再也见不到你了？"

他的身子颤抖了一下，手臂搂得更紧了些。

"只差那么一点点，是不是事情就会完全不一样了？端木，再不要轻言赴死，就算付出其他昂贵的代价——不管发生什么事情，哪怕是瞎了、聋了、瘸了、哑了，只要你还活着，只要你还有一口气，你都是我的珍视之人。展昭依旧待你如珠如宝，可是，如果你死了……"

展昭忽然恍惚起来。

他低声呢喃："如果你死了……我还剩什么？"

端木翠沉默着。

过了许久，她伸手拉过展昭的手，慢慢贴在自己的面上。

她的脸上泪痕未干，仍是濡湿一片，长长的睫毛刷过展昭的手心。

展昭叹息，低声问她："喝下的金屑，有没有关系？"

端木翠摇摇头。

展昭心中的石头落了地，又问她："累不累？"

她不说话，慢慢闭上眼睛。

展昭忽然就心疼起来，又悔方才把话说得重了，想宽慰她两句，见她蔫蔫的没什么精神，也不想拿言语去扰她，待要慢慢起身，端木翠忽然动了一下，低声道："展昭，你抱抱我。"

展昭愣了一下，方才唯恐触到她的伤口，只是自肩后搂了搂她，真要抱她，还真无从下手。

只好同她商量："端木，你身上有伤，伤好了再抱好不好？"

端木翠抬起眼看他，眼圈一红，咬着嘴唇道："不好。"

委屈得像个固执的孩子。

展昭无端心软，目光又落到她衣裳沾着的血迹之上，好生矛盾："端木……"

她听出他的犹豫，竟腾地一下坐起来了。

展昭一急："谁让你起来的！"

她眼泪都快落下来，狠狠看他："你再骂我试试？"

展昭张了张口，却说不出话来，末了撩开后襟挨着床边坐下，扶着端木翠的肩膀慢慢让她倚到怀里。

看她后背时，果然有几处创口又迸开了，知道再说她她定不喜的，只得拿过一旁的绢布，小心帮她把溢出的血丝擦去。

端木翠却一点都不觉得，她往展昭怀里缩了缩，轻声道："展昭，小时候你娘打过你没有？"

展昭低头蹭了蹭她的顶发，笑道："打过。"

"打得狠吗？"

"我的皮厚些，娘下手轻，倒是不疼的。"

端木翠低低"哦"了一声，顿了顿才道："我娘打我时，下手从来都是重的。"

"哦？"展昭失笑，伸手将她的发缩到耳后，"为什么挨打？端木小时不乖吗？"

"谁知道。"她闷闷道，"也不懂怎么就逆了娘的意。总说我做得不好，不像是该执掌部落的人。"

她抬头看展昭："我那时才多大，哪里就知道什么执掌部落了。"

展昭低头亲了亲她的额头，笑道："然后呢？"

"然后娘打着打着就哭了，想来抱我。"她又低下头去，"我哪里让她抱，跑得远远的，哇哇地哭，哭得整个部落的人都能听见。"

想到那样的场景，展昭忍不住微笑。

"那时我想，我要是有爹就好了。那样娘打我，我就躲到爹身边去，爹一定护着我的。"她唇角显出笑意来，"展昭，那时我只这么小……"

她伸手比画那时自己的身量给他看。

"如果爹抱我的话，谁也伤不着我。"

"是，"展昭点头，"身子蜷起来，那么小，像个小兔子一样。"

端木翠也笑，只是笑意慢慢就淡去了："我爹死得很早，我从没见过他，也从没被他抱过。"

展昭没说话，揽住她肩膀的手紧了一紧。

"所以被娘打的时候，就只能跑出去哇哇地哭，快哭断气了才被长老领回家。后来有了尚父……"她叹气，"展昭，尚父从来不会抱我。"

展昭轻声道："尚父同你，毕竟不是亲父女。"

她嗯一声："展昭，大哥也抱过我。"

"杨戬？"

"嗯，大哥很疼我，在我心中，他比尚父更像亲人。只是大哥每次抱我，都好像哄不懂事的小孩子一样，无可奈何又不能不管，每次哄好了，他都卸下重担一般，撇下我跑得比谁都快。"

展昭忍不住笑出声来，忽然就想起在沉渊中见到的那个杨戬，大氅翻飞，眉峰冷冽，要他按下性子来去哄端木翠，定不是个轻省的差事，难怪哄完了逃之夭夭。

"还有毂阆……"说到毂阆时，她顿了一顿，偷眼去看展昭。

展昭咳嗽了一声。

"毂阆……"

展昭又轻咳一声。

端木翠笑出声来："展昭，你嗓子不舒服吗？"

"关于毂阆将军……"展昭慢吞吞的，"可以不用说。"

端木翠"嗯"了一声，将头埋进展昭怀里，学着展昭的语气慢吞吞道："现在抱我的这个人，我最喜欢。"

展昭一愣。

只短短一句话，他消化了很久，一个字一个字地去念去想，然后合成这句。

展昭的嘴角慢慢扬起微笑，他觉得，生平听过的任何一句话，都没有这句话来得动听。

"你说什么？"

她果然不会乖乖地再说第二遍，抬眼翻了他好大一个白眼。

展昭笑出声来。

他附到她耳边，说得很认真："现在我抱的这个人，我也最喜欢。"

公孙策被迫起了个大早，因为赵虎把他的门捶得砰砰响："公孙先生，起来了，我端木姐过来了！"

公孙策翻了个身，假装这是个梦魇。

但是赵虎精神很高涨："公孙先生，起来了，展大哥和端木姐找你！"

魔音穿耳，公孙先生叹息着披衣开门，抬头看天时，天边几颗星星眨巴眨巴的。

"展大哥和端木姐让我过来找先生，在展大哥房里。"赵虎很尽责。

公孙策只好抬脚往展昭的住处走，一边走一边腹诽：不是入宫了吗，怎么又跑回来？宫里又不是菜市场，任你跑进跑出的。

进门一看，咦……

展昭还好，端坐在桌案旁的凳子上擎着茶杯喝水，看见公孙先生进来，他放下茶杯，起身微笑相迎。

至于端木翠，她大大咧咧地趴在展昭的床上，肘下垫了个衾枕，看见公孙先生，还很是好整以暇地打招呼："先生。"

公孙策瞪大了眼睛。

这是什么待客之道？趴床上？难不成这是宫里流行的新法子？

展昭适时解释："先生，端木背上有伤。"

"有伤？"公孙策先前的那些古怪念头登时就抛到了九霄云外，"怎么会受伤？出什么事了？是不是因为姚美人的案子？"

话题终于重新绕到了姚美人的案子。

端木翠先从在姚美人寝殿遇到的那个老妇人讲起，讲到蛊虫，讲到展昭相救。

公孙策皱眉头："蛊虫怎么会下到你身上的？"

"我记得……"端木翠歪着脑袋，"我好像被人用针戳过一下。"

"用针戳，又不是虫子咬。"公孙策不以为然。

"如果针尖是中空的，里头可能放的就是虫卵，戳一下，相当于就把虫卵送了进来。"

展昭点头："开始时什么事都没有，半夜才发觉有虫子，可见当时送进的，应该是虫卵。"

"然后这个虫子还多了，虫子还可以生虫子？"公孙策诧异。

端木翠煞有介事地点头。

展昭叹气："端木，你不要再卖关子了，还有事要央先生帮忙呢。"

"先生知道楚服吗？"

"楚服？"公孙策一时间丈二和尚摸不着头脑，"谁是楚服？衣服？"

"汉宫巫蛊，楚服。"

"楚服？巫女楚服？"经她提醒，公孙策终于想起来了。

展昭却还不清楚，公孙策解释："汉武帝时，皇后陈阿娇嫉恨武帝专宠卫子夫，串通女巫楚服以巫蛊之术暗害卫子夫，被人告发后武帝勃然大怒，废后不说，巫女楚服连带同犯三百余人均被处死。"

"楚服，跟蛊虫有关？"公孙策似乎有点头绪了。

"楚服饲养蛊虫，武帝恨其险诈，令人将其推入枯井，将其所饲的蛊虫尽数倒入，然后封住井口，一连三日，楚服惨呼不止。三日后启封，尸骨已被蛊虫啃噬殆尽。"

"那井中还剩下什么？"公孙策追问。

"据说是什么都没剩下。"

"不可能。"公孙策摇头，"端木姑娘，何谓蛊？传说取百虫于皿中，使互相蚕食，最后所剩的一虫即为蛊。蛊虫可能先行啃噬了楚服，但它们接着也会自相残杀，直到剩下最后一个。上古巫蛊认为，最后胜出的这个蛊虫，集所有蛊虫之毒于一身，尤为狠戾。所以，那口井里，一定还剩下最后一只蛊虫！"

端木翠微笑："果然瞒不过先生，那井中的确还剩了最后一只蛊虫。楚服原本就身具异术，为蛊虫所噬之后，怨念不减，魂魄得以长存。"

"你的意思，难不成最后剩下的那只蛊虫是楚服？"

端木翠摇头："不全是。"

对这个"不全是"，公孙策多少有些迷惑，倒是展昭适时拨开迷津："莫非那楚服以人之魂魄，托于蛊虫之身，与蛊虫合为一体？"

"可以这么说，楚服本应为蛊虫所噬，但她天赋异禀，阴差阳错之下，居然与蛊虫融而为一。"

公孙策心惊："楚服本就有一身邪门的本事，再加上与蛊虫相融，岂非祸害更大？"

"先生又猜错了，若是楚服为祸，上界不可能没有察觉。事实上，这近千年来，楚服甚是小心谨慎，从未掀起过大风大浪。"

公孙策自知猜得不得法，索性不去猜了，只等端木翠一一道破。

倒是展昭微笑："莫非楚服转了性，改邪归正？"

端木翠瞥了他一眼："才怪。"

展昭也不恼："那你说。"

"我猜测是楚服惧怕武帝。有很多人死后成了鬼怪，但是奇怪的是，他们生前惧怕什么，死后照样惧怕什么——哪怕死后已经可以兴风作浪。楚服死于武帝的雷霆怒火，这份惧怕在她与蛊虫融为一体之后仍未消减，所以她小心谨慎，哪怕有了再大的本事，也不敢过分造次。"

"不敢过分造次？"展昭剑眉一挑，眸中隐有笑意，"也就是说，小小造次一下，还是敢的？"

端木翠点头："这数千年来，楚服一定杀过不少人，只是做得隐秘，所以不为人知。我猜，姚美人应该是受害者之一。"

公孙策若有所思："楚服为什么要杀人？难道是为取食？"

端木翠迟疑了一下，然后缓缓摇头："我现在还不清楚。"

"还有，"展昭沉吟，"如果说楚服真的小心谨慎，为什么选择在宫里杀人，杀的还是美人？岂不是平白惹人注意？"

"她在宫里杀人是因为她无法去宫外。我猜是因为她死于汉宫，死后习惯使然，数千年来，始终逐王气而走，安居于帝王后宫。非因改朝换代，绝不迁徙住处。"

"长居帝王后宫，居然从未被人发现？"公孙策觉得不可思议。

"先生，这世上有一种手法，叫杀人灭口；还有一种手段，叫收为己用。"

"所以，姚美人之死，是杀人灭口；你被人暗中下了蛊虫，是因为那人已完全听命于楚服驱使？"

"事情未查明之前，姑且可以这么推测。"

公孙策默然，良久才喟然道："方才展护卫还说选择在宫中杀人平白惹人注意，要叫我说，在宫中杀人，才最不惹人怀疑。因为钩心斗角蝇营狗苟的人太多，值得怀疑的人太多，什么鬼怪作祟，反而被淡化了去。对了，端木姑娘，你怎么会知道那个老妇人就是楚服？"

端木翠愣了一下，一时倒不知从何开口了。

她怎么会知道那个老妇人就是楚服？

若非蛊虫钻体，若非恰好之前做过关于汉宫的梦，她的确是很难一下子想起楚服这个人来。

要知道，当年在一尺碧潭之中，她是见过楚服的。

那时，楚服是陈阿娇皇后身边的红人，眉清目秀，说话不紧不慢，体态窈窕，跟在姚美人殿里见到的老妇人，判若云泥。

只是，楚服纤细柔美的身体，却总喜罩于一袭男装之内。

楚服好男装这一点，让杨戬甚是不喜，每次若是端木翠恰好看到楚服，而杨戬又恰好过来，他肯定会拎小鸡一样把端木翠从地上拎起来，恶狠狠道："看她做什么？"

端木翠委屈得不行，说得跟她是楚服的粉丝似的——只是一尺碧潭的面上恰好现出的人是楚服，又不是她要求电视台播放楚服专场……

奇怪，杨戬为什么那么不喜欢楚服？

端木翠恍惚起来，以至于公孙策连叫了她好几声，她都没有听进去。公孙策不得不伸手在她眼前晃了晃："端木姑娘？端木姑娘？"

"什么？"端木翠一下子反应过来。

"你和展护卫天不亮就来开封府找我，是不是已经有了对付楚服的法子？"

端木翠的想法很简单，在宋宫之内，重现汉宫未央，重现楚服被武帝传旨赐死的场景，利用楚服的片刻恍惚，毕其功于一役。

"楚服与蛊虫融为一体，以我目前的法力，很难找到她的死穴，必须候她妖力暂退之时，方可寻到她的罩门。届时展昭出面，用附着符水和金屑的袖箭攻其罩门，足可收服此妖。"

"重现楚服死时场景，她的妖力便可暂退？"公孙策不放心。

"那是她一生最为恐惧的时刻，倘若能够成功给她错觉，让她以为自己置身未央宫，那一刻，她全心以为自己还是女巫楚服而不是什么蛊虫之妖，妖力便可暂时退却。"

"附着符水和金屑的袖箭……"展昭沉吟，"之前你喝下掺了金屑的符水，也是同样用意？"

端木翠点头："楚服是众虫相噬而后生，合而为楚服，分而成众虫。她置于我体内的蛊虫，事成之后会重新与她融为一体。倘若蛊虫……吃了我，体内就会混入我饮入的金屑符水，回到楚服体内之后，符水就会成功送进楚服体内……"

"那要是蛊虫饮下金屑符水，不等回到楚服体内就先死了呢？"公孙策急问。

"怎么可能？"端木翠撇撇嘴，"要知道，死一虫楚服无恙，楚服死众虫才亡。所以我在符水中设下咒语，必须要等蛊虫与楚服融为一体之后金屑符水方奏效。"

大致情形公孙策已经知道得差不多了，也别无他话："要在宫里重现汉宫未央，还要包大人出面才行。这次太后点头还不够，瞒不过皇上的。"

端木翠笑："说是重现汉宫未央，并非真的要在宋宫大兴土木。我虽然法力失却大半，但行些小小幻术还是可以的，只要给我巨幅未央宫帛画，用帛画围住楚服所在的位置，我可以让人入画境，对眼前场景信以为真。之所以来找先生，一是要请先生说动包大人，让包大人进宫面圣——收妖免不了大动干戈，此事瞒不过圣上，一定要说服圣上让左近之人届时远远避开；二是，有一些要准备的东西，比如武帝赐死楚服的圣旨，届时我们的穿着打扮，也都得依汉时规矩，以免楚服生疑。先生学贯古今，此事难免偏劳先生。"

公孙策频频颔首，忽然想起什么："用帛画围住楚服所在的位置？你已经知道楚服藏身何处？"

"我猜测多半还是藏身废弃井中。但是具体的位置还不清楚，少不了要入宫再看一趟的。"

事不宜迟，公孙策匆匆回房翻检史册，只待大人早朝归来言明此事。

眼见公孙策去得远了，展昭才轻轻叹一口气，行至床边坐下。端木翠抬头看他，奇道："有话说？"

展昭叹气："为灭楚服，居然起意让蛊虫吃了你吗？端木，从哪里下的这样狠心？"

端木翠想想也觉得后怕，待要开口，又听展昭道："你身上有伤，好生歇着，我进宫去查便好。"

"你？"端木翠哼一声，"楚服是妖人，你怎么查得出？"

"你不是说她多半藏身废弃井中吗？宫中废弃的水井能有几个？"

端木翠翻白眼："那也不能让你一个人去。"

"那你身上的伤怎么办？"

"皮外伤而已，又没有伤及筋骨。"

"现在倒说得轻巧了，皮外伤？先番差点送命。"

端木翠不乐意了："哎，展昭，事情都过去了，还提做什么？"

展昭屈起食指在她额上弹了个栗暴："不提的话，这姑娘不长记性。"

原以为这一记弹下去，她必要急的，没想到人根本不闹，拿手揉了揉额头，很是淡定。

展昭好奇："咦，端木的性子，倒是压服了许多。"

"那是。"端木翠扬扬自得，"所谓戒急用忍，君子报仇，十年不晚。等我养好了伤，什么一十七刀，什么弹我一记，慢慢再跟你算。"

展昭哭笑不得："端木，你怎么小气到这种地步？"

天光大亮之时，两人重又进宫，先到太后殿里找到银朱。

银朱刚伺候太后用完早膳，见到端木翠时下了一跳，下意识想去看她后背："端木姑娘，你这就……起来了？"

若换作自己，刀刀入肉见血，不在床上躺个十天半月，断起不了身的。

端木翠不答她，只急急问："银朱，昨日在殿外，撞到我的那个宫女，你可还记得？"

"撞到你？"银朱一时没反应过来。

端木翠忙加一句："那时你提过，她是姚美人殿里的。"

"哦，那是莲喜，之前是姚美人的侍女。后来姚美人失踪，圣上迁怒一干人等，她被罚去做粗重活儿。"

"她住在哪儿，我有要事找她。"

银朱只知莲喜与洒扫宫人居于一处，也说不清究竟住在哪儿。展昭与端木翠又怕打草惊蛇，不想一路询问着去找。后来还是银朱想了法子，遣了太后殿里一个不惹眼的小宫女先行过去悄悄打听了，然后过来带着展昭与端木翠过去。

临走时，端木翠向银朱道："此番可劳烦了你不少回，改日必备大礼谢你。"

银朱抿嘴一笑："大礼不敢收，不过你拿走的金钗，展大人拿走的珠花，可统统要给我还回来！"

说来也巧，方走到洒扫宫人居处附近，便见到莲喜匆匆自门内出来，端木翠心中一动，拉着展昭掩身墙角之后，以目示意那小宫女自行离去。那小宫女倒也乖巧，略点点头，装作什么事都没有，不慌不忙与莲喜擦肩而过。端木翠心中会意，笑着向展昭道："保不准将来又是一个银朱。"

两人远远缀在莲喜身后，只见她行进甚是小心，东张西望，总显鬼祟。不多时跟到一处，展昭"咦"了一声，低声道："是姚美人的寝殿。"

端木翠也奇怪："姚美人的寝殿不是已经封了吗，她还能进去？"

这问题很快有了答案，但见莲喜七拐八拐，竟自后面的小小角门进去了。

端木翠与展昭对视一眼，随后跟上。

莲喜径自去到姚美人卧房，门扇虚虚掩着，自门扇处看进去，她似乎是在等什么人。端木翠眼珠子一转，伸手就在窗棂上轻磕了一下，莲喜一惊，脱口道："是婆婆吗？"

端木翠心中一动：婆婆？莫非莲喜等的，就是楚服？

正思忖时，莲喜见外头不答，心中警惕，起身出来查看。

端木翠看向展昭，以手示檐，展昭心中会意，两人身法极快，以手交握，瞬间身形轻起，缀于檐下，待得莲喜出来，趁她不备，迅速落地疾步入房，四下看了一回，一前一后，伏到了床底下。

这几下动得极快，前后相接，环环相套，心随念动，一气呵成。端木翠只觉好笑，展昭却担心她这几下运功带到伤口，正要出口相询，端木翠却突然拉了他的手，另一手在地上迅速划动。

展昭低声问道："写什么？"

"若莲喜等的是楚服，楚服一来，便会察觉房中有别人。我设下咒语，届时我们不出声，也千万不要有什么动作——只要楚服不朝床底下看，应该就会没事。"

正说到此处，门扇忽然吱呀一声响，紧接着重重关上，室内陡地一暗。展昭动作极快，迅速揽住她的腰，向内里避了避，两人对视一眼，同时噤声。

寂静之中，听到莲喜压得低低的颤音："婆婆……"

莫非楚服到了？

端木翠心中一凛，当真是动也不敢动，连呼吸都放缓了许多。

就听有阴恻恻的声音道："事情都办成了？"

"办成了，昨日已经按婆婆吩咐，给了那女子一针，料想她以后不会再找婆婆麻烦了。今日晚些时候，我再去探听一下消息，不过……我猜想她也跟姚蔓碧一样，已经被蛊虫吃得干干净净了。"

端木翠心中大恨。

"放出去的蛊虫尚未归返，你再去探听一下也好。"

紧接着便是步声窸窣，听声音，是往床边走的。端木翠正暗暗祈祷两人再多说些，好让她多得些消息，忽觉顶上床板一沉，似是有人躺倒。

端木翠糊涂了。

这是怎么回事？莫非楚服又要行什么妖法？

她看展昭，展昭的眸中也掠过一丝疑惑。正纳闷着，莲喜忽然嘤咛了一声，紧接着，便是压得低低的喘息。

端木翠皱眉，展昭神色慢慢起了异样，眼帘一垂，避开她的目光。

再听了片刻，莲喜的喘息声慢慢转作了销魂的呻吟，床板摇晃得厉害，发出了吱呀吱呀的声响。

端木翠怔愣了半晌，忽然就反应过来。

难不成这两个人……这两个人在行羞耻之事？

可是……莲喜不是女人吗？楚服不也是女人吗？女人和女人之间……

她脑海中闪现出楚服着男装时的模样，还有杨戬每次看到楚服时，不加掩饰的厌恶之色。

男男相欢称作龙阳之好，女女相慕谓为磨镜之癖，难不成这楚服，是磨镜？

耳畔的呻吟声越发肆无忌惮，端木翠的脸热得发烫，这样的羞耻之事，任谁碰上了都难免尴尬，何况……

何况这床底下，可不止她一个人啊……

端木翠恨不得地上裂条缝让她钻进去，目光再不敢看向展昭。

公孙策非常明显地感觉到，刚从宫里回来的这两人，有点……不对劲。

明明是走在一处的，一个看东，一个看西，距离保持得刚刚好，半尺，不远不近。看起来是三人对话，实则都是一对一，要么公孙策和展昭，要么公孙策和端木翠，展昭与端木翠之间的交流，根本为零。

画工将未央宫帛画的底稿送来，公孙策让两人将帛画展开，两人都很有默契，戳在原地一动不动，硬是不挪窝儿。

公孙策急了，再催时，两人才磨磨蹭蹭，展昭拈起帛画一头，端木翠拈起另一头，都只拈那么一小角，似乎拈多了就会男女授受不亲。

末了，公孙策言说今日还要准备些什物，明日再行大计，两人可以各回各家，自行安歇。刚说完，眼前一对男女健步如飞，一个回房，一个回家，唯恐走得慢了。公孙策个人感觉，用落荒而逃形容二人，最是合适不过。

这是怎么个情况？公孙策百思不得其解，难道是此趟合作不甚愉快，闹了别扭？想了半晌无索，只得先将帛画卷起，方卷好，外间传来展昭的声音："赵虎。"

"哎，展大哥。"从声音听来，赵虎今儿精神不错。

"这是涂抹外伤的药膏，你跑一趟，给端木姑娘送过去。"

赵虎假惺惺推辞，如同一切热心的旁观者，试图给两人多多营造独处的机会，声音里带着故意作出的暧昧："展大哥，为什么不自己送呢？"

展昭的声音蓦地转作凌厉："让你送！"

赵虎一定是吓了一跳，因为下一刻，公孙策就从虚掩的门扇中看到赵虎小跑着出去的身影，手里分明握着个白净瓷瓶儿，跨门槛时，还跟跄了一下。

展昭的身形还映在窗扇之上，公孙策微微一笑，似是独吟，又似是有暗指："城门失火，殃及池鱼。"

展昭一定是听到了，他略略偏过身来，唇角微扬："先生房上，积雪甚厚，是时候扫扫了。"

积雪？开春的天气，哪里的积雪？

公孙策怔了一怔，才反应过来展昭是绕着弯儿让他莫管他人瓦上霜。

于是公孙策更加肯定了自己的猜测：一定是吵架了！一定！

晚间，包拯、公孙策与展昭三人在书房议事。公孙策表示诸事完备，只等在宫中起未央幻境。包拯看向展昭："那楚服的藏身之处，已经找到了？"

展昭点头："姚美人寝殿不远处，有一口废弃的水井，属下亲眼见到那妖人隐入井中。"

公孙策适时添了一句："包大人，此事还需大人入宫面圣。明日晚间，屏退姚美人寝殿左近居住之人，亦不能让洒扫的宫人靠近。"

包拯浓眉紧皱，顿了顿才道："端木姑娘有没有说，要怎么样收服楚服？"

"袖箭之上附着符水金屑，取丹炉炼金之力，届时袖箭入体，火烧楚服。"展昭顿了顿，又想起一节，"端木说，楚服被火烧之时，会分体成万千着火的蛊虫，蛊虫四下逃窜，可能导致走水，要宫中备下救火的水囊麻搭，先应对着。"

"那姚美人的案子……"

"楚服为妖，此趟收服凶险异常，只能趁其失神片刻予以袭杀，怕是无法问案，不过……"

"不过什么？"包拯和公孙策听出展昭语音有异，齐齐看向他。

"不过据属下推测，姚美人被杀，很可能是因为她撞破了楚服和侍女的奸情，看到了一些不该看到的，所以才被……灭口……"

"楚服和侍女的奸情？"公孙策眼睛瞪得溜圆——拜托，展昭和端木翠回来之后，可从来未曾向他提及此节，"这楚服，不是女的吗？"

展昭咳嗽。

公孙先生一来急着解惑，二来不喜欢半途而废，三来的确没想清楚其中蹊跷，自然而然表现出了打破砂锅问到底的求知精神："这楚服不是女的吗？"

这次咳嗽的是包大人和展昭两个人。

于是公孙策明白了。

他也咳嗽了几声，三人对视一番，各自偏过头去，俱是心照不宣。

第二日午后，端木翠到开封府来与公孙策一行会合。衣坊的伙计将昨日连夜赶制的汉式中贵人的衣裳送过来，也就是说，公孙策责任重大，要扮演传旨赐死楚服的宦官。

先前公孙策对这一安排甚为抗拒，极力推荐皇上身边的陈公公出演。端木翠看穿他的心思，鼻子里哼一声："东汉以前的中贵人，并不都是阉人，也不用陈公公出面。再说了，此事知道的人越少越好，万一陈公公临场怯阵，岂不是坏了大事？"

公孙策觉得端木翠这是在变相夸他临危不惧，可担大事，心里头一舒坦，也就没有异议了。

端木翠先看了看那身衣裳，也没提出什么修改意见，忽地大声对公孙策道："先生，你让展昭给我两根袖箭。"

公孙策奇怪地抬头看了看丈余外的展昭，正想说他不就在这儿吗你不会自己向他要？展昭自觉主动地过来了，也不多话，便将两根袖箭搁到桌上。

端木翠拿了袖箭，自去隔壁引金屑符水。公孙策打量了展昭一回，压低声音道："跟端木姑娘，又怎么了？"

"没什么。"展昭语焉不详。

"会没什么？"公孙策不信，换了我我也不信。

只是展昭不开口，他也没辙，只好絮絮叨叨："你也不是不知道她脾气大些，多说几句软话不就好了？"

展昭苦笑："先生是不知道……这要怎么说软话……"

公孙策心中咯噔一声：看起来，不像是展昭的错啊……

横竖还有时间，好人做到底，索性去了隔壁房间。端木翠正将两根袖箭浸入金屑符水之中，公孙策待她收拾停当才发问："跟展护卫，可是又闹别扭了？"

端木翠面上一红，揪着袖箭的箭羽不说话，末了小声道："没。"

这明显是在歧视自己对周遭事物的观察能力嘛，公孙策不乐意了："既然没有，怎么一天两天的都不说话？"

端木翠咬嘴唇："先生别管了。"

说得公孙策顿生多事之感，末了一甩袖子，爱咋咋地，还真就不管了。

万事俱备。

入宫时已是深夜，离着姚美人寝殿还很远，便见到有禁卫军把守，见是展昭等人过来，旋即放行。

公孙策心中感喟：果然是清场了。想了想低声问端木翠："楚服会不会临时有事出去了，不在那口井里？"

端木翠摇头："两次见她，都是在姚美人寝殿，她害我时也未亲自出面，而是假手莲喜，我猜，她的活动区域很小。"

又行了一段，眼见已近姚美人寝殿，三人停下脚步。公孙策将中贵人的衣裳穿好，又将黄帛圣旨取出，低声道："万一这楚服打开圣旨看怎么办？这圣旨可是空的。"

端木翠亦低声回道："先生依我说的去做便好，只要楚服有片刻失神，事情就算是成了。"

说话间，她展开随身带着的帛画。帛画还只是线稿，只有大致的亭台殿阁。端木翠口唇翕动，默念了几句法咒，那帛画自行舒开，飘飘展展摊于半空。

端木翠以手触画，静静合上双目，极力回忆先前在一尺碧潭中看过的汉宫场景，口中呢喃有声："这里是角亭……这里是曲台、猗栏，这里是碧潭……嶙峋石……"随着她语声轻缈，偌大帛画之上，渐渐如水墨图般晕开了浅淡层次，远景近景……

末了她一声低叱："借我高天白日，气象万千，于目下宋土，生汉宫未央。"语毕，手臂一扬，那帛画浑似毫无重量，飘飘洒洒，雾气样于夜空之中弥散开来。不多时，天光渐渐泛起，刺得几人睁不开眼睛。

待得平定，俨然午时光景，亭台楼阁，巍峨起扬，和风送暖，鸟语花香。公孙策几乎怔住，他看向远处融在淡淡天幕之上的飞檐楼角，难道这里，便是史载"依托龙首山地势，居于长安城之上，周围二十八里"的汉宫未央？

端木翠低声道："先生，传旨。"

说着小心转至廊柱之侧，与此同时，展昭迅速掩身嶙峋石之后。

公孙策定了定神，蓦地右手举起，高托圣旨，厉声喝道："楚服何在？"

一阵风吹来，拂过枝上叶片。沙沙作响。

公孙策又喝一声："楚服何在！"

话音刚落，就听"砰"的一声，前方丈余处的草地上，腾起大团黑雾，土块纷飞处，现出一个老妇人的形状来。

那老妇人从头到脚罩一袭黑袍子，面上皱纹层叠，身周黑雾涌动不休，抬眼看看周遭，又看看公孙策，眸中显出极其困惑的神色来。

公孙策强自镇定，跨前一步，厉声道："女子楚服坐为皇后咒诅，大逆无道，着速死，蛊杀之！"

楚服死死盯住公孙策手中的黄帛圣旨，身子不易察觉地战栗了一下。

公孙策没有漏过这一微变化："楚服，还不接旨？"

楚服愣了一下，竟不自觉地双手平托，颤抖着接过圣旨。

公孙策退后一步，目不转睛地看着楚服，心中却不禁焦灼：端木姑娘怎么还未叫破楚服的罩门？

这一头，廊柱之后的端木翠，心中也是急得不行，楚服身上的妖气虽然退却许多，但仍起伏不定，根本无法看破她的罩门所在。

果然单凭这未央幻境，不足以使楚服深信自己身处真正的未央，她心中，怕是还有许多的怀疑。

端木翠心一横：顾不得那许多了！

她伸手便将外罩的衫子扯下，内里竟穿了一袭火红裙袍，再伸手拔下头上钗钿，如墨长发瞬间泻下，将她半边脸尽数遮住。

公孙策正紧张地盯着楚服，眼角余光忽地瞥到廊柱后冲出的端木翠，实在搞不清她为什么改袍易装，一时竟呆住了。

就听端木翠惨呼一声："楚服杀不得！"

她一语呼出，忽地脚下一绊，重重摔倒在地。

楚服浑身一颤，猛地转过头来，颤声道："皇后！"

公孙策心中一震，忽然觉得，楚服这一声，个中对陈皇后所流露出的关切呵护之意，倒的确不似作伪。与此同时，伏在地上的端木翠猛地仰起头来，双目之中透出极其凌厉之色，厉声喝道："展昭，后颈，风池！"

两枚袖箭破空有声，一前一后，以锐不可当之势，先后破入楚服风池穴。

楚服惨呼一声，周身黑气登时大作，周遭似是地动山摇。飞沙走石之下，风力奇劲，三人俱被刮得睁不开眼睛。

再下一刻，幻境散去，仍是身处静夜的宋宫，面前的楚服哀号不止，身上烈焰直腾夜空，忽地长嘶一声，化作数万蛊虫四下游走，如山石崩塌而下。

端木翠还伏在地上未及起身，带焰的蛊虫已然行到近前。她吓得尖叫一声，未及反应过来，已被人拉腰带起，就听展昭急促道："走！"

端木翠借力站起，急道："还有先生。"

语毕发足便奔，奔了数丈，忍不住回头看，见到展昭架住公孙策，一路疾奔而来，不觉心下稍定。外头的禁卫军见到火起，早已带了先前备下的水囊麻搭，一路冲将过来。

三人与禁卫军兵卫交互而过，心下渐渐平静下来。

回头看时，姚美人寝殿附近一派呼喝搅扰，端的混乱不堪。

公孙策忽然想起什么："端木姑娘，倘若灭了火，岂不是……救了蛊虫？"

端木翠摇头："蛊虫身上的火是下了符咒的，蛊虫烧尽火才会灭。我先前让人备下水囊麻搭，只是怕这火引着外物罢了。"

公孙策"哦"了一声，放下心来。

只展昭听出她声音闷闷，似是不乐，寻了个不备处低声问道："怎么了？"

端木翠抬起头来，看了展昭许久，才低声道："虽说楚服害人，理当有此下场，但是……"她叹了一声，喃喃自语，"但是我最后诳她之时，抬头见到她的脸，她的面上净是焦灼之色……她对陈阿娇的关切，倒是出自真心，我却利用这一点计杀她，想起来，总觉得……"她也说不清到底是为什么，末了低下头去，只觉心头空空荡荡，似是做了什么错事一般。

展昭轻叹一声，他自追随包大人以来，亲历过许多案子，其中不乏利用案犯之人的真情挚意诱人入彀之事，个中滋味五味杂陈。端木翠此时的心情，他感同身受，自知此刻言语无力，当下默不作声，只是伸出手去，与她交握。

就在这时，公孙策忽然"咦"了一声，望向宫城的另一头，眼睛越瞪越大。

"展护卫……"公孙策愕然，"那、那边，怎么也起火了？"

第二十六章　青花记事

和所有被狂暴怒火冲昏了头的人……或者碗一样，小青花刚开始，光顾着恨了，彻头彻尾地恨，咬牙切齿地恨，恨到风云变色，山无陵天地合。

当然，小青花的恨不是简单的咆哮、以头抢地、拿拳头砸墙或者胸口碎大石，它的恨包含了诸多想象，而这些想象都可以归结为一句：要展昭怎么死才好？

小青花为展昭设计了以下戏码。

走路篇。

比如，展昭正在路上走着，忽然天外飞石……

再比如，展昭正在路上走着，忽然半空惊雷……

再再比如，展昭正在路上走着，忽然地下裂一大坑……

饮食篇。

比如，展昭正在喝水，忽然剧烈咳嗽，双目赤红，最终宣告不治……

再比如，展昭正在吃鱼，忽然鱼刺卡喉，脸色先青后紫，公孙先生连连摇头，叹息不止："学生无能"。

再再比如，展昭正在啃馒头，忽然噎住无法换气，席上无茶，方圆三十里地井水干涸河道淤塞，天都要灭了你……

睡眠篇。

比如，展昭正在酣睡，忽然刺客闯入，抢一把鬼头大刀，刀光闪过，血溅高墙……

再比如，展昭正在沉睡，忽然刺客闯入，手上拎一串麻绳，绕着展昭脖颈左一道右一道，右一道左一道，然后腕上用力，那么一勒……

再再比如，展昭正在会周公，忽然刺客闯入，怀中抱一枕头，对着展昭口鼻死死捂住，展昭乱蹬乱踢，终告不救……

还有其他形形色色充满了小青花式创意的死法：被蛇咬、被狗追、被鸡啄、失足掉进沟里、中各种各样无药可解的毒、染上时疫、被鬼活活吓死、像潘安那样被围观之人看死、长年累月失眠因睡眠不足而死、厌食而死、营养失调而死、难产（呃，小青花，展昭不具备这个功能）而死、人格分裂而死、过劳死且朝廷没有下发补助、去沙漠办案遭遇沙尘暴、去海边办案遭遇龙卷风、待在开封府遇地震且只有展昭住的那间屋被震塌……

整个归纳起来，简直能出一本死亡全记录了，而且我们翻页之余，还要忍不住唏嘘：展大人，你是有多背啊……

不过咱必须承认，适当的意淫有助于缓解当事碗的焦灼与烦闷，将当事碗从难以自拔的愤怒和殇痛中解救出来。

所以，展昭的种种不幸，伴随着小青花含泪的自我麻痹和嘿嘿的痴傻笑声，度过了最艰难的第一阶段，我们称之为：恨欲狂。

小青花不是一个普通的碗，它是一个有头脑有素质的碗，所以当它灼热的脑壳稍稍降温之后，它开始意识到复仇大计的实施遥遥无期。

虽然它有思想有个性，是碗中的佼佼者，但是它没有权势，没有关系网，孤碗奋战，没有靠山——准确地说是靠山已倒。所以在与展昭的对决中，它不占胜算。

它四体不勤，剑法不精，逻辑思维能力弱，大脑结构简单，唯一的优势是嘴皮子比较溜，会吟几句风流诗句逗碗儿碟儿开心，还会深情款款搞个烛光晚宴，但是这些对展昭构不成致命的杀伤力。它唯一可以做的可能就是把全天下的碗发动起来，让它们在展昭就餐时自戕以舍生取义，让展昭无盛饭的器具而活活饿死——但是展昭可以吃手抓饭。

就这么纠结着痛苦着又过了几天，它的脑壳温度慢慢降至正常之后，它忽然觉得：其实所有的事情并不都怪展昭。

当然，无论如何，展昭都是要负责任的。这种责任在刚开始的时候被小青花认为是百分之百，然后是百分之八十，然后是百分之五十，一路呈曲线下降。在这个数值降至百分之十的那个寒风凛冽的晚上，小青花忽然觉得展昭其实也是可怜人，于是它潜然泪下，对着天上一轮明月吟出了千古名句："同是天涯沦落人，相逢何必曾相识。"

心灰意冷、肝肠寸断（如果它有肠子的话），想想真是生无可恋，还不如质本洁来还洁去，一抔净土掩风流。

于是，小青花决定……殉情！

当然，小青花的文学素养一向欠佳，"殉情"这个词用得跟当初的"孽缘"一样拙劣，但是没关系，意思到了就好，你们明白就行了。

这是第二阶段，当梦想照进现实，有人开始醒悟，决定过柴米油盐、上网蹲坑的平凡日子，但是高洁如小青花者，决定结束自己的生命。

决定殉情之后，小青花着手自己的自戕大计。

要怎么死才能死得唯美、浪漫、壮烈、摄人心魄、忠义、体面，叫后人传唱且万古流芳？

它的第一次尝试是自焚。

场所选在端木草庐，它觉得这个地点的选择非常有意义，见证了它与端木翠的主仆情深。它搞来了很多花瓣、松针和树叶，在草庐屋内铺开一张柔软的花床，它还给自己写了一副挽联。

上联是：为报知遇之恩凛然赴死

下联是：重续主仆之情只在黄泉

横批：为主殉情无怨无悔

写完之后，小青花感慨万千，正所谓慧及必损情深不寿，想不到一代才碗，殒命今晚。

它最后一次在草庐中徜徉，含泪告别往昔熟悉的一草一木，从容点火之后，双手胸前交叉，安详地躺在了花床上。

火愈烧愈烈，毕毕剥剥，火舌吞吐，烈焰映空。就在整个草庐被大火吞没的刹那，我们听到杀猪样一声号叫，小青花以迅雷不及掩耳之势离弦飞箭般奔出（由于全身都被烧黑，它看上去像一个碗状煤球），扑通一声跳入了端木桥下的溪水之中。

半个时辰之后，小青花以狗刨式的泳姿登岸。

诚然，这一次结束生命的尝试以失败告终，不过小青花并没有气馁。半个月之后一个月色朦胧的夜晚，它避开城门守卫，爬上了开封的城墙。

这是一个非常适合自杀的夜晚，风吹过，城外密林呜咽有声，像是群鬼夜哭。小青花挪动着它的小细腿，向城墙边缘处挪近了一点点，又一点点，再一点点。

它悄悄探头往下看了看，赶紧缩回来，觉得头晕目眩。这城墙似乎太高了，要不然找个矮一点的？它举棋不定，又往外探了探头……

就在这时，不远处忽然响起了急促的马蹄声！

小青花被这突如其来的马蹄声吓得一激灵，腿一软，重心一偏——要知道，它的身材本来就不走寻常路，脑袋占的体积、面积和重量都大，重心偏向的结果是——

如它所愿，它一头栽了下去。

完了……小青花一双绿豆眼儿发直，这不是它梦想中的归去方式啊，这顶多能算是意外死亡吧。小青花的腿儿、胳膊缩回身体，最恐怖时终于还归原状，耳边风声呼呼作响，忽然……

它被一只手稳稳握在了掌中央，紧接着是愠怒的喝问声："什么人敢暗算你白五爷？"

小青花魂不守舍，身子定了，一颗心还在半空随着风声呼呼来呼呼去，被那人喝得头皮发麻，偷偷以绝不引人注意的小幅度动作将眼皮微微掀开了一条线……

这是怎样一个英俊的少年侠士啊！白衣胜雪，黑发如墨，鼻如悬胆，长眉斜飞，如玉黑眸隐有桀骜之气，银鞍白马尽显不羁风流……

在小青花的印象当中，只有两个人可以与之媲美，一个是温孤苇余，因其反派性质剔除在外，还有一个是展昭……

但是展昭此人，徒具外在美，心灵美建设方面有待加强，哪像眼前这位"白五爷"内外兼修？

纳闷，小青花，你从哪里看出这位白五爷内外兼修了？

小青花还沉浸在一见倾心的震撼之中，有人远远向这边招呼："五弟，该走了。"

"白五爷"应了一声，随手那么一扔，把小青花连同它的那颗倾慕之心，一起扔到道旁的草丛里去了。

马蹄声远去，小青花满头满眼绕金星地从草丛里爬出来，脑门上顶了两蓬草，双手交叉着放在胸口——那里，一颗心扑通扑通跳个没完。

然后，小青花声情并茂，欣欣然吟诗一首："赵客缦胡缨，吴钩霜雪明。银鞍照白马，飒沓如流星，十步杀一人，千里不留行。若问他是谁，就是白五爷！"

很远很远的地方，不为人知的地下，李白被小青花念叨得坟里翻身，一宿噩梦连连。

这是第三阶段，连死两次未能如愿，小青花忽然就不想死了：连死都不怕，还怕活着吗？

不死，不代表就要携柴米油盐穿花街柳巷。小青花自觉醍醐灌顶大彻大悟，念了两句色即是空空即是色之后，它觉得自己已经了无牵挂，所以，它决定……

出家！

那是一个薄雨霏霏的黄昏，站在大相国寺门口，小青花看到了自己的未来：青灯古佛，木鱼八宝，它会日日诵经为端木翠亡魂超度……

它耐心地等到晚课已毕，趁着闭门的一刹那骨碌碌地滚了进去。门僧没觉着有什么异常，打了个哈欠，会周公去也。

小青花一夜无眠，在大相国寺走来走去，参观这个它后半辈子要学习和生活的地方，最后它来到主殿，看佛祖高踞莲台，宝相庄严，跏趺而坐，结无相印，慈眉善目，悯怀众生。

小青花热血沸腾，抱拳作拱："佛祖在上，还请多多关照！"

佛像额头惊现三条黑线……

佛祖的担心不是没有道理的。下半夜，小青花挨个僧房乱窜，为自己准备行头。无人为它量体裁衣，它自力更生，蹦到一件僧袍上，挥舞长剑，切切砍砍划划割割，嘴里念叨："阿弥陀佛，罪过罪过……"

有一段时间，大相国寺的僧人们出离愤怒：他们的缁衣总是莫名其妙被剜去一块。要说这下手之人委实可恶，剜去的部分不是在前胸就是在后臀，早起抖衣，上下两个大洞遥遥相望，往身上一套，袒胸露臀，成何体统！

僧人们怒火难遏之时，小青花正裹着自制的僧衣，蜷缩在后院菜园子的墙角处晒太阳。阳光大好，昏昏欲睡，它念着"色即是空"打盹，叨着"空即是色"翻身，忽地打个激灵醒转，一迭声罪过罪过，然后眼皮又下耷……

如此反复日久，小青花异常苦闷。都说僧人清苦，它入寺这十天半月，腰身反而肥了一圈，佛经是一部没背会，菜畦里的菜式品种，倒是认了个齐全……

这是为什么呢？小青花反省，作为一个清心寡欲之碗，它早已看透红尘潜心向佛，按照它的资质，不日就能精研佛法，成为一代宗师，为何它总是恹恹无力不思进取？端木翠地下有知，该是何等伤情？

小青花苦闷之至，在一个没有月亮的晚上，它找不到发泄的出口，把菜畦里的葱拔了个干干净净！

然后，它枕着葱白盖着葱叶，辗转反侧，蒙眬睡去，梦里，它看到一个人。

那个人面沉如水，冷冷喝问："什么人暗算你白五爷？"

小青花一惊而醒。

它一下子就明白了，原来万丈红尘，还有这一桩心事未了。

"白五爷"对它有救命之恩，给了它第二次生命，如此恩泽，它必须回报，必须的！否则端木翠都不会原谅它的——细花流门人，最讲究滴水之恩涌泉相报，它身为细花流仅有的几个幸存者之一，光大门风，义不容辞！

它必须去报恩，报了恩之后，才能真正放下心头负荷，重归佛门，将佛法的光辉遍洒天下……（求你了，你快走吧，弘扬佛法不缺你一个……）

于是第二天，薄雾蒙蒙的清晨，小青花脱下僧袍，腰悬长剑，背着硕大包裹，内装夜间搜集而来的用品若干，踏上了寻找恩人的征途……

包裹很重，扑嗒扑嗒拍打着它的屁股。在这有节律的扑嗒声中，小青花想：这个"白五爷"，究竟是谁呢？那人叫他"五弟"，他莫非还有四个哥哥？茫茫人海，要怎样去找呢？

雾越来越浓，似乎预兆着它浓雾般未卜的前路，伴随着扑嗒扑嗒的声音，小青花的身影消失在浓雾之中……

那头的火，起得快，灭得也快。展昭几人赶到时，现场已是一片水意淋漓，太监宫人们拎着水囊三三两两而下，一队禁卫军护着此处，神色甚是紧张。

起火的是旁侧的偏殿，但是看到隔壁挨着的位置，展昭心中一沉，薄唇不觉紧抿。

端木翠扯扯展昭的衣袖："展昭，这是哪儿？"

"御书房。"

非请不得擅入，展昭想要前往查看也是不能，只得向外围的禁军询问："火起时，圣上在何处？"

得知圣上宿在张贵妃寝宫，展昭略舒一口气。端木翠四下走了一回，向展昭摇摇头，示意并无异样。

一时打探不出什么，三人也就先行回开封府，刚回至府中，尚未及梳洗，宫中的信使飞马来传。

"着御前四品带刀护卫展昭入宫觐见。"

展昭此行并未能见到皇上，只有皇上身边的红人陈公公站在御书房前的阶上等他。

对，没错，就是那位口口声声"大宋气度"的陈公公。

见到展昭，陈公公叹口气，示意展昭跟进来。

迈步进了御书房，陈公公掌了盏灯，往侧面的照壁上一映："展护卫，你看看吧。"

于是展昭看到了几行狗刨一样的墨字，这几行字连起来，该是一首诗吧。

> 宫里起了一把火，
> 放火是我就是我，
> 如果要问我是谁，
> 陷空岛上来找我。

于是自然而然地，展昭想起多年前在类似的地方，看到的另一首诗。

> 我今特来借三宝，
> 暂且携回陷空岛，
> 展昭若到卢家庄，
> 管叫御猫跑不了。

只是……那已经是很早之前了吧……

而且白玉堂的诗才，没进步也就算了，怎么还滑坡得这么厉害？

展昭只能判定一件事情，若真有人窜到皇城来放火，那么这个人一定不是白玉堂；若这个人留书的目的是陷害白玉堂，那这个人的大脑结构，实在是有点……呃……

可是官家不这么想。

不管是不是白玉堂，先找来再说。

所以，宣展昭觐见，目的是：让他去陷空岛"请"回白玉堂。

走出宫门的时候，展昭有片刻的恍惚，脑海里忽然冒出了这样一句话：历史总是惊人的相似。

那以后，很多修史的、写史的、论史的，提笔之际，总要文绉绉来一句：历史总是惊人的相似……

这句话首出于谁？对了，就是滥觞于展昭。

回到开封府时，天光已然微亮，四下看不见端木翠，问了才知她已回去了。

公孙策撑不到他回来，也先去会了周公。包大人早朝未归。展昭吩咐灶房的下人烧了锅水，挪了浴桶进来，舒舒服服泡了个澡，卸去一身疲惫。

浴毕起身，换了一身干净的里衣，整个人都清爽了许多，半湿的发结起，搭在肩上的几缕很快便浸湿了衣裳。展昭却不以为意，连巨阙都没带，便信步出门，去到临街的茶铺吃早点。

茶铺的老板李老实殷勤地迎展昭入座，不待展昭开口，便将热腾腾的豆浆和细豆沙馅的包子端上来，还附赠了一小碟切得细细的咸菜梗儿。

展昭深深吸了一口气，素日沉稳的面上竟露出孩子似的满足来，擎起筷子拈起一根咸菜梗儿送到口中慢慢嚼着，明明只是普通的咸菜，旁人看来，倒似是品尝山珍海味一般。

铺子外头慢慢热闹起来，辚辚的行车声、叫卖声、呼喝声，此起彼伏，展昭手中筷箸略停，静静听外间人事种种。

"老板，来一大碗粥，两笼肉包子！"

这声音响得突然，与此同时，是重物闷闷搁在桌上的声音。展昭眼角余光瞥到一个五大三粗的背影，忽地就想起一个人来，脱口道："徐三哥？"

来人一愣，赶紧转过身来，一照面就乐了："展猫……呃，展护卫？"

果然是陷空岛的第三鼠，穿山鼠徐庆。

算起来，也有好一阵子没同徐庆会面了，可巧这处撞见。徐庆忙把包袱挪过来同展昭一桌，那一大碗粥和两笼肉包子，也得以和展昭的早饭同桌。

"三哥怎么会到开封来？"展昭斟酌着开口。

"嗨，还不是为了大哥在开封的绸缎庄生意，说是又到了查账的时候，他自己走不脱，让我来看看。展护卫，你也不是不知道我徐庆大老粗一个，看到账本就怵头。好在五弟也在左近，算算日子，明日也快到了，届时都扔给他，我是不管的。"

"白兄也在左近？"展昭心中咯噔一声。

"前些日子在洛阳，也不知忙些什么，知道我来开封，他说也要过来。"

说到陷空岛五鼠，数白玉堂的性子最是跳脱，天南地北地晃荡，每年和哥哥

们会面的日子，怕是一个巴掌都数得清，得知徐庆要来开封，自个又离得近，自然赶来一晤。

这就更加佐证了自己的推测，在皇城放火留书的，绝对不是白玉堂。

那又是谁呢？展昭头疼。

俗话说，几家欢喜几家愁，展昭固然是有点头疼，但皇城的某一处，确切来讲，是皇城御膳房某个废弃的碗柜，正洋溢着欢腾的气氛。

让我们把镜头拉近。

只见一个豁了口的青花瓷碗，正得意扬扬地倚着碗柜的破壁坐着，左右各蹲了一个身量小些的砂碗，正卖力地帮这个青花瓷碗敲打着细伶伶的小腿。

"老大，你辛苦了！"

"辛苦了老大！"

"舍得一身剐，敢把皇帝拉下马！古往今来，也就老大敢在皇宫里放火了！"

"我们在宫里待了大半辈子，从来没见过老大这么杰出的碗物！"

"不愧是跟着神仙混过的！"

……

小青花，对，你没看错，这个乐得东倒西歪豁了口的青花瓷碗，正是那个千呼万唤始出来的最佳男配，小青花！

小青花乐得合不拢嘴，假惺惺地装谦虚："哪里哪里，过奖，过奖！"

这两个小砂碗，一个出生于太祖年间，一个出生于太宗年间，都是有点岁数有点江湖阅历的碗了。也合该它们走运，制作它们的黏土怕是被哪个神仙踩过，相当有灵性，于是在某年某月的某一天，突然之间醍醐灌顶，从两眼一抹黑的蒙昧状态，过渡到开始对这个世界有了原始感知。

那时它们还不能动，它们第一眼看到这个世界的时候，就已经被淘汰到这个御膳房后院的破败碗柜中了。漫长而寂寞的时光很难打发，两碗有一句没一句地搭话，为了称呼上的方便，还根据自己的出生时期给自己起了名字，出生太祖年间的叫大胤，出生太宗年间的叫小义，也算是纪念一下大宋开国的赵匡胤、赵光义兄弟，给自己的名字增加点文化内涵。

再然后的某一天，小青花出现了！

小青花那时经历了艰苦的长途跋涉，寻觅白玉堂依然无果，但是在寻觅的道路上，它听到了一个关于盗三宝的故事。

于是它灵机一动：与其大海捞针一样去寻找，为什么不巧施一计，引君入彀？所谓山不能向你走，就引你来朝山上爬。

于是，它来到了皇城。那时它还没想好计策，急需一个藏身之所，在这种情况下，它邂逅了御膳房后院的这个破败碗柜，还有碗柜里的这两个具有灵性的小砂碗，大胤和小义。

很自然地，它以过来碗的姿态，指点大胤和小义完成了由不能动转向能动的升级。

大胤和小义对小青花崇拜得一塌糊涂，加上小青花的传奇经历，追随上仙、力克猫妖什么的，更是把两碗震慑住了。它们死心塌地追随小青花，自愿供其驱使，还成立了以小青花为领导核心的帮派，简称青帮。

这一天是小青花的大计得以实施的日子，看着皇城火起，它心中简直比灌了蜜还甜，唯一一点美中不足的是：皇城的那一头，不知道什么原因也起火了，多少有点抢了它的风头。

一阵风吹过，松动的窗棂发出吱呀吱呀的声响。折腾了半宿，小青花也有点累了，很有派头地挥手示意大胤和小义可以休息了。

当然，它自己没有休息。

它出神地看着窗棂的缝隙，从那儿望出去，可以看到半天上渐渐泛出鱼肚白的晨曦。

这么一闹，自己心心念念的那位白恩公，应该会在开封出现吧？如果白恩公被抓起来了，它就再去皇城放一把火，再留一首诗，诗中示意皇上抓错了人，那么，白恩公就不会有什么麻烦了。

到那时，它要正式地拜会白恩公，表达自己愿意追随恩公的心意！

小青花暗暗握了握拳。

展昭婉转地向徐庆转达了自己有急事要见白玉堂的意思。

"我就住绸缎庄里，五弟来了之后应该也住那儿，我让他找你去。"徐庆笑得憨厚，"不过，就算我不说，他也会去找你的。"

这倒也是，白玉堂但凡到了开封，都会拉他喝酒打架，好像……都已经成了

习惯。

算算时辰，包大人也该回府了，这件事还得向大人报备一下。展昭向徐庆抱拳作别，方转身走了几步，徐庆在后头喊他："哎，展猫……护卫，你知道绸缎庄在哪儿吧，就从这里一路朝西，城郊那……"

展昭应了一声，忽地想起，卢岛主在开封置办下的绸缎庄，距离端木翠住的地方，并不远。

徐庆候着展昭走远，呼啦啦解决了面前的包子米粥，结了账拎了包袱便走。他的包袱奇重——可不重嘛，自己的拿手家伙，两把开山大铜锤，可都裹在里头呢。

他方才还指点过展昭去绸缎庄的路，自己走时，居然就走迷糊了，在曲里拐弯的小巷口茫然四顾：到底该怎么走来着？上次明明来过，好像是该从一棵大槐树那儿拐过去……

正犹豫着，前面有个穿灰白色褂衫的妇人挎着篮子过来了，年纪四十上下，头发绾得齐齐整整。她抬头看了徐庆一眼，见这人五大三粗，身形壮实，像极了说书人口中打家劫舍的匪类，心里头便有些发怵，往边上避了避，挨着墙根儿走。

"哎，婶子，跟你打听个道。"徐庆大大咧咧地，上前就挡住那妇人的去路。

这妇人不是旁人，正是展昭请来照顾端木翠的刘婶。

要说这刘婶吧，一辈子安分守己，活动区域从未出过开封，典型的胆小本分的妇人家，偶尔听说点匪盗之事，都能心惊肉跳上好几天。徐庆这样的，她看着便怵头，不自觉地拿他往坏人身上套，如今见他伸手拦路，心里头更慌了，压根就没听清徐庆跟她说了什么。

"这光天化日的，你想干、干什么……"

徐庆一听就知道刘婶误会了，老实说遇到这种情况还真不是破题儿第一遭，谁让老娘把自己生得这副钟馗模样，对敌之时那么一声喝，的确是挺威风的，但是闲常时候，总会时不时吓哭俩娃娃……

"嘻，婶子，你多想了！"徐庆跺脚，扯了扯肩上的包袱带儿。也合该他不走运，这么一扯，往常系得挺紧的包袱角儿居然就松了，那些日常的换洗衣物掉了一地也就算了，关键是，两柄大铜锤，咣当两声落地，把铺着的青石板都砸豁了角。

这下刘婶真怕了，惊叫一声就往后躲。

这也不能怪刘婶见识少，这样的情形，搁在现代，可能跟身上扛两把 AK47

的效果差不多，安分守己过日子的小老百姓，见到这样的凶器，可不吓得一哆嗦？

徐庆赶紧俯身去捡，趁着这当儿，刘婶挎篮子飞跑，跟受惊的兔子似的。

徐庆心里怪过意不去的，包袱皮儿裹着衣裳往腋下一夹，一手一柄脑瓜子大的铜锤，向着刘婶跑走的方向直跺脚："嘻，婶子，这算什么事？"

吱呀一声门扇响，端木翠开门出来了。

刚打开门便和惊魂未定的刘婶撞了个满怀，刘婶气喘吁吁，一只手指着外头，哆哆嗦嗦。

端木翠好奇地探出脑袋去看。

吓，那么个铁塔似的人，一手一柄铜锤，要开山是怎的？端木翠袖子一拶，满心准备跟徐庆过上两招。

不过片刻之后，她就改变了主意。

眼前这人，长得是凶了点，但看那尴尬的眼神、欲辩白无从下口的表情，更关键的是，手舞那两把威风凛凛的开山大锤，见到她过来时，竟局促地退了好几步。

端木翠停下脚步，看看徐庆，又回头看看刘婶。

刘婶只探出一个脑袋，很是紧张地看向这边。

八成是误会了，端木翠噗地笑出声来。

事情的末了，徐庆被请进端木翠的院子里，喝了一大碗茶。

刘婶也知道是误会了，怪臊得慌，一迭声地抱怨说书先生害人。

徐庆憨憨地坐在花坛沿上，咕噜噜将碗茶饮了个底朝天，拿袖子抹了抹嘴，又挠挠脑袋："姑娘，你这花坛，怎么草都不长一根？"

端木翠抿嘴一乐。

徐庆脸一红，讷讷的也不知要找什么话说，忽然想起正事，向刘婶打听绸缎庄的所在。刘婶恍然："那庄子，原来是你家的啊？"

"也不是我家的……"徐庆嘴笨，嘟囔了许久刘婶也没搞清楚他跟他口中的卢方究竟是个什么关系，好在，刘婶也压根不关心。

问清了绸缎庄的所在，好像也不好在这里叨扰了，徐庆把包袱褡裢一挂，往外走了两步又回头："那……姑娘，我走了啊。"

走就走呗，谁还留你不成，端木翠扑哧一笑：还真没见过这么逗的人。

徐庆让她笑得紧张到不行，三步并作两步跨出门去，逃荒一般。

走了一段，他偷偷回头看，大门已经从里头关上了，院墙上挤挤地挨着一丛淡紫色的花，花瓣间泛着白，雅致得很。

这姑娘……

徐庆挠挠脑袋：还真好看。

第二天，徐庆老早就起身，绸缎庄里上至掌柜下到伙计，见到他无不恭恭敬敬，尊一声：三老爷。

三老爷？什么三老爷？徐庆皱眉，准是大哥搞出来的，江湖人，什么老爷不老爷的。

不过他也没说什么，伸长脖子往架子上堆得高高的布匹上瞅，红的绿的白的蓝的，绸的缎的丝的麻的，压花的织锦的提暗纹的，看得他眼都花了。

"三老爷这是要……挑布？"掌柜的迎送八方，瞅着眉高眼低便能将人的心思猜个八九分，对着憨厚老实的徐庆，更是一猜一个准。

"嗯……"一下子被人猜了个正中，徐庆有点不好意思。

"这样的布……"掌柜的目光在徐庆瞅得最勤的那一爿处巡睃了一回，"可都是姑娘家用的……"

徐庆腾地就闹了个大红脸。

"嗯，姑娘家……姑娘家……远房的妹子……"

掌柜的登时就心里透亮了。

这三老爷，慢说也三十好几的人了，生得五大三粗，为人透着几分子莽，但人是好人，只不知为什么一直没有成家。记得年前五鼠一同过来时，大老爷卢方还瞅个空子跟他吩咐要帮三爷留点心，看看有没有什么中意的姑娘家，他一直惦记着这事。奈何这三爷也是个一年到头不常见到的，这事也就一直拖到现在了。

难不成，莽夫也开窍了？

掌柜的心里头窃喜，绸缎庄的几位东家都是待下人宽和的，他也乐得他们顺风顺水玉成好事，当下殷勤到不行，踩高架子将镇店的几款都拿下来了。

"三爷看这个……这个……还有这个……"

刘婶一开门，便看到了徐庆，还有他抱着的两匹绸子。绸子是淡绿色的，笼了一层纱样，一看就是上好的货色。

"婶子……"徐庆讷讷的，"也没啥，就是谢谢昨儿姑娘招待喝茶……"

刘婶是过来人，看看布，再看看徐庆，又看看布，得，全明白了。

明白之余，还勾起了她的些许回忆。

想当初，她家那死老头子，也是第一天打了个照面，第二天就扛了半袋玉米棒子来，往门口一搁，冲着她傻呵呵地笑。半个月之后，媒人就上门了。

历史，总是惊人的相似啊……

待得刘婶从回忆中清醒过来，徐庆已经在门口站了老半天了，心慌慌的，捧着布匹的手放也不是，不放也不是。

"徐爷……"刘婶为难，"姑娘还没起，这东西，我不好收……"

"不妨事，先收下。"徐庆出汗了，"也不值什么钱，就是谢谢姑娘昨儿请喝茶……"

那么大块头一人，居然也紧张到说不下去了，忽然就把布匹往刘婶怀里一塞，逃也似的去了。

"哎，徐爷……"刘婶急得直跺脚。看看叫不回他，只得先把布匹送到厅上，继续回灶房给端木翠熬汤。

早上她过来时，端木翠给她开了个门，又回房睡回笼觉。她看着端木翠脸色不大好，多问了几句，果然，端木翠只说不小心撞着了，腰背不舒服。

这要吃什么补一补，刘婶大伤脑筋，这丫头嘴挑，什么鸡汤骨头汤的统统不沾，也只能给她熬点菌菇类的素汤汁了。

正忙活着，外头又有人笃笃笃地叩门，刘婶将手在围兜上抹了抹，赶紧过去开门。

果然是展昭，一袭绛红官服，乌纱官帽，发带前缀，官帽正前缀一颗莹润白玉，衬得整个人越发精神爽利。

展昭通常是便装过来，见他这一身严整官服，便知他不会久留。

果然，展昭并不进来："端木起了吗？"

"说是身子不舒服，还在睡。"

展昭微笑，将手中拎着的食盒递给刘婶："方才路过百味楼，买了些虾醢浸的荠菜菌菇蒸饺，端木若问起，告诉她里面是没有虾仁的，只是入了味而已。我买得多，刘婶也尝尝。"

刘婶下意识接过来，看了看展昭，欲言又止。

展昭察觉到了，剑眉微扬："刘婶，有话？"

刘婶心一横，豁出去了。

"展大人，"她拎着食盒，一字一句说得小心，"按说呢你是主，我是仆，你是官，我是民，这话说出来，怕拂了你的意。你就当我长你几岁，算半个老人家，听进去就听，听不进呢，也由得你。"

展昭一怔，笑意渐渐隐去，点头道："刘婶但讲无妨。"

刘婶鼓起勇气："这端木姑娘，如果看着好，心里头喜欢，干吗不娶回家去呢？"

展昭万料不到她说的竟是这个，一下子愣住了。

横竖头也开了，索性百无禁忌："像现下这样，外头置了个宅子，每日来看，展大人，说句不中听的话，我们那儿，只有男人在外头讨了外室，不敢带回家，才这样的……"

展昭嘴唇动了一动，忍住了没说话。

"展大人若是根本就没存娶的心思，就不要做这些让人多心的事，平白耽误了姑娘，也惹来那许多闲话；若是立意要娶，那就早些合了八字下了聘礼，免得夜长梦多，有不相干的人来插一杠子。要知道，你不想要的，还有人争着抢着当宝贝呢……"

"展昭！"

话说了一半，被人生生打断。两人一起转头，端木翠站在阶上，长发披下，穿着睡时里衣，虚虚搭了件翠绿色外衫，正看着两人。

刘婶被她这么一声喊，蓦地发觉自己说得造次，心下忐忑，忙拎了食盒回了灶房。端木翠步伐轻快地过来，走到展昭跟前仰脸看他："找我吗？"

展昭定了定神，低头微笑："给你送吃的来，背上还疼不疼？"

端木翠皱了皱眉头，声音里带了些许嗔意："痒。"

"那就是要好了。"

"嗯。"她这么答着，忽然飞快地回头往灶房处看了一眼，压低声音，神秘兮兮的，"展昭，刘婶欺负你啊？"

展昭哭笑不得："又胡说。"

"才没有胡说。"她哼一声，"我听到外头说话，起来看时，就见刘婶说个不停，你在旁站着，脸上青一阵白一阵的，跟做贼被抓了似的……"说到此处，她忽然就伸手碰了碰展昭的面颊，然后咯咯笑起来，"脸还是烫的，还想骗我……"

清晨的阳光柔柔照在她脸上，她笑得格外好看，黑玉般的眼眸中央有一点分外明亮，好像暗夜里的碎银子一样，忽闪忽闪的。

"端木，我们成亲好吗？"

端木翠还在笑着，一时没听清："嗯？什么？"

慢慢地，她就不笑了，惊惶地后退两步，张了张嘴，没有说话。

展昭的心缓缓沉了下去，那么温暖的阳光好像突然就不见了，还有和煦的风，瞬间也消逝得无影无踪。

早就知道，很早很早就知道，肯定会是这样。那句话，埋在心里就好，何必要问？不问会后悔，问了呢，心就真的能安吗？展昭忽然就笑了，他上前一步，顺手刮了刮她的鼻子。

"吓唬你的，傻姑娘。"

"吓……唬我？"端木翠有点呆呆的。

"是啊，"展昭看起来心情很好，"公孙先生老说你聪明，依我看，也是傻里傻气。真话假话都分不清吗？"

"哎，展昭。"

果然，一说她傻，她就急了。

展昭微笑："给你带了吃了，好好吃饭，好好休息。"

"嗯。"听出他是要走，端木翠听话地让到一边。

展昭走了两步，又停下来："端木，晚上还有些事，可能来不及过来看你了。"

端木翠点头："那好。"

她送展昭到门口，挨着门楣看他的身影消失在巷角，那个熟悉的身形，看起来既是沉重又是疲倦。端木翠鼻子一酸，慢慢地把门关上。

她走到灶房门口，看着来回忙碌的刘婶，一字一顿："刘婶是跟展昭说，让他娶我是吧？"

刘婶正忙着揭盖搅汤，忽然听到身后有人说话，吓得险些把手中的搅勺掉到汤里去。回头看到端木翠直盯着她，心头打了个突，竟不知怎么开口了。

"刘婶，以后再不要跟展昭提这事了。"

刘婶一下子急了："姑娘，我是为你好。"

"我知道。"端木翠打断她，"但是不要再提了，省得他为难。"

"展大人不愿意娶你？"

"不是，"端木翠摇头，"展昭很好的。"

"那是他家里头不同意，嫌弃你家世不好？"端木翠孑然一身，吃喝用度全是展昭一力承担，刘婶想当然地以为她是家世不好，"姑娘我同你说，娶妻娶贤，有没有钱有没有势并不打紧。若是老夫人老爷不喜欢你，你赔着小心，多说几句软话，手脚麻利勤快些，嘴巴甜些，也就过去了。"

端木翠拼命摇头，也顾不上地上又脏又凉，倚着门框慢慢坐下来，眼圈渐渐红了。

"哎哟姑奶奶，这又是个什么事啊。"刘婶慌了，三步两步过来，"好端端的怎么要掉珠子了？是不是家里不同意？"

她终于想到这一节了。

端木翠喉咙发哽，低低"嗯"了一声。

"展大人这么好的人品相貌，又有官职在身，你家里人眼睛是长哪儿了，竟看不见吗？"刘婶义愤填膺，"咱不怕，展大人有一身的好功夫，你叔伯兄弟要是不服，让展大人赶他们走！"

端木翠没吭声。刘婶抱住她，小声给她支招："姑娘你听我说啊，都是女人家，我说这话不怕害臊，反正你现在人在这里，你家里人也管不到，等生米做成了熟饭，到时候有了娃娃，你家里人也没法了。"

端木翠听她说得荒诞，忍不住含泪笑出来，抬头看刘婶时，见她面上满满的怒气夹杂着疼惜呵护之色，显然不拿自己当外人看，心中不觉暖融融的。

她往刘婶怀里缩了缩，小声道："刚刚展昭走了。"

"走了还会回来的。"刘婶安慰她。

端木翠没说话了。

展昭的那个背影，在她的脑海之中盘旋不去。

面对她的时候，他还是笑的，叫她"傻姑娘"，好像真的骗到她一般笑得那么得意。

可是一转过身……

他走得很慢，慢慢地走出她的视线，他把笑容给她，留了一副什么样的表情给自己？

白玉堂赶到绸缎庄的时候，徐庆不知道还在哪个犄角旮旯晃荡。掌柜的笑得合不拢嘴，上去就冲着白玉堂作了个揖："五爷，三爷怕是好事近了。"

"这话怎么讲？"关系到三哥，白玉堂立马来了兴致。

掌柜的喜滋滋地把徐庆这两日的"异常表现"渲染了一通。

"也不知是哪家的姑娘，不过我看，三爷是上了心了。"

"还有这事？"白玉堂乐了，"三哥这趟，当真是腊月里的萝卜——动（冻）心了？"一时按捺不住，恨不得立时找到徐庆问个究竟。只可惜徐庆不在庄里，让他心痒痒得难耐，待想出去找，又怕一个走一个来，两两走岔了。

"五爷急什么！等三爷回来，不就知道了？"掌柜的素知白玉堂习性的，"洛阳此来，一路风尘仆仆，要不要给五爷烧上水，洗浴一番？"

说到洗澡，白玉堂是比展昭讲究和会享受得多了。绸缎庄里现成的浴房，大块的汉白玉石砌成的池子，注了半池子香汤，池壁上凿了两个注水的孔洞。若嫌池水凉了，拉一拉边上的银摇铃，浴房后头烧热水的赶紧摇轳辘放水。水流来得小小细细，以防来势猛，把人给烫着。浴池边上铺着蒯草细席，席边放着叠得整整齐齐的雪白粗细葛布巾，另一侧放了个小木几案，几案上摆着清凉润口的果茶。

白玉堂倚着池壁坐着，双目微合，墨样长发浸入水中，露出水面的肩背结实饱满，一看便知是常年习武所致。即便是在如此适意悠闲的时刻，他眉峰唇角处隐现的桀骜不驯之色，仍是分毫不减。

洗浴完毕，换了一身干净的白缎压暗锦长袍，月白宽腰束带，上绣精致海蓝色纹样，银色发带松结发髻，前襟缀一块碧绿镂花翠玉，目若朗星，鼻若悬胆，面如敷粉，唇似涂朱，端的风流倜傥，英姿华彩。

去房中看了一回，徐庆还是没回来。

白玉堂闲得无聊，把玩着折扇慢悠悠到布庄前头来。掌柜的正看着柜外头发愣，白玉堂上前一步，扇子在他肩上敲了敲："愣什么神呢？"

"哎哟五爷，可不好了。"掌柜的反应过来，一个劲跺脚，"三爷送去的布，叫人家给退回来了。"

"什么？"

掌柜的拿手指向柜案上搁着的两匹上好淡绿色笼纱绸给他看："可不就是三爷早上送过去的，刚来了个下人模样的婆子，说是谢过三爷好意，东西不敢收，原封不动给退回来了。"

好家伙，才洗了个澡的工夫，竟然就风云突变了。

"那婆子呢？"

"刚走。五爷现在追出去，没准还撵得上。"话还没完呢，眼前白影一闪，再看时，白玉堂早没了人影。

要说白玉堂心里不急那是假的，自家三哥的事，比自个儿的事还上心。布匹退了回来，看着小事一桩，背后的玄妙却大——多半是人家姑娘不乐意，三哥这好事，眼看要黄。

刚拐过巷角，就看到前面不远处一个灰白色褂衫的妇人正不紧不慢地走着，前后没旁人，来退布的多半是她。白玉堂心中咯噔一声，索性远远缀在了后头，存了心思要看看，到底是哪家姑娘眼高于顶，连自家三哥都不放在眼里。

要说三哥，长得是憨厚粗重了点，人品拿出来，任谁都挑大拇指，热心肠不说，私底下也是个疼人的，身边还有他们这几个兄弟帮衬着，吃不愁穿不愁，这姑娘被三哥看中，那绝对是上辈子修来的福分。

三哥这愣头青，不知道鼓起多大勇气送了那两匹布去，就这么退回来，三哥得耷拉着脑袋喝多少顿闷酒啊……

走不多远，那妇人进了巷道尽头处的一户人家，看起来那姑娘也多半住这里。白玉堂四下看了看，这里偏得很，大白天的也少有人来，普通人家地段，绝非大富大贵，小门小户人家，也这么拿腔拿调的。

白玉堂心中多少有些别扭，在外头待了一阵，听到里头传来年轻姑娘的说话声，心痒痒得难耐，就想看看三哥相中的女子是怎样的人物。明知道这么做有些不妥，还是略一提气，轻身上跃，一手攀住院墙，借着墙头藤蔓遮掩，矮着身子看院中动静。

触目所及，是个干干净净的小院，先前见到的那妇人拿了扫帚，正在院中拾掇着。通往卧房的阶上坐了个绿色衫子的年轻姑娘，双手抱膝，下巴在膝盖上点啊点啊的，点了一会儿又停下来，拿手去绕乌油油的垂发。

这个方位瞅不清面目，不过单看轮廓，便知长得出众。白玉堂多少就有点理解人家退布的心思了，因想着：这样年纪的姑娘，长得出众些，自然思谋着嫁个翩翩公子、饱学书生，两相较之，三哥的确是不怎么占优势。

正想着呢，那姑娘忽然就站起来："刘婶，这里没扫干净。"

声音脆声声得好听，白玉堂原本都准备走了，听她支使下人做事，又见她手指的地方明明扫得干干净净，不觉又停耽了一回：明明扫得干净，她偏要鸡蛋里挑骨头，难不成是个待下人严苛的？

刘婶也奇了："姑娘，扫干净了啊。"

"哪有……"端木翠皱眉头，伸手接过刘婶手中的扫帚，"墙头上缀那么老大一只狸猫，刘婶看不见吗？"话未说完，忽地眸光一转，唇角抹出一丝坏笑，不由分说，轻身飞举，手臂一扬，扫帚朝着白玉堂藏身之处劈头盖脸打了下去。

白玉堂先瞧着乐呵，待听到她说什么"墙头""狸猫"，心中还纳闷着，忽见她气势汹汹杀到，这才恍悟她说的是自己，狼狈之下，忙不迭飞身后撤。

要说锦毛鼠白玉堂，平日里绝不会如此迟钝，今次他认定了端木翠只是普通人家女子，先入为主，哪里料得出她居然会武？撤身不及往日迅捷，虽躲过了扫帚的泰山压顶，却未曾逃过那一击之下的眼前扬尘。一时间满头满脸，俱被扫帚上的尘垢所蒙。

要知白玉堂素来爱洁，今次又是沐浴新毕，忽地被尘垢蒙了个满头满脸，心里真是比吞了只苍蝇还难受。待想不去理会，鼻端偏偏闻到菜汁汤羹的味道，猜想这扫帚势必伺候过不少残羹冷炙，心下更是作呕，一怒之下，脱口喝道："你做什么？"

"哟，还问我做什么。"端木翠立于院墙之上，两手后背，拎一把扫帚，下巴抬得高高，翻白玉堂老大一个白眼，"我还没问你呢，光天化日，扒在人家的墙头，鬼鬼祟祟，是要做什么勾当？"

白玉堂一时语塞，到底是自己没理，攀墙头这一节有失礼仪，怎么圆谎都圆不过的，待想甩袖而走，见端木翠一副得意扬扬的睥睨小样儿，心中实在气不过，怒道："五爷我有急事，飞檐走壁之下，借你家的墙头一踩，也碍着姑娘了？"

"五爷？"端木翠撇嘴，上下打量了白玉堂一眼，"莫不是我这墙头上抹了胶，五爷踩了一脚之后，恁怎么着都挪不动窝了？"

白玉堂也知道自己的借口拙劣，多半混不过去，只得鼻子里哼一声。

"又或者是……"端木翠笑嘻嘻的，"五爷的腿脚不好，颤巍巍地使不上劲？要不要喊了轿子进来，把五爷四平八稳地给抬出去？"

白玉堂气得牙痒痒，待要狠狠呛她两句，到底顾忌着男子汉大丈夫，不屑和妇道人家做此口舌之争，但就此偃旗息鼓，一口气憋着委实难平……

关键时刻，救星到了。

"五弟！"

白玉堂心中一喜："三哥！"

来的果然是穿山鼠徐庆。白玉堂和徐庆久别重逢，乍然相见，喜不自禁，见徐庆大踏步过来，忙迎将上去。这一迎迎了个空，徐庆无视他的热情，急吼吼从他肩旁擦了过去，一开口，更是险些把白玉堂的鼻子都给气歪了。

"端木姑娘，你怎生站那样高处？仔细摔着。"

个中殷切之意，实在溢于言表。白玉堂白眼都不知要翻给谁，只得悻悻转过身来。端木翠居高临下，手中扫帚晃了晃，看看白玉堂又看看徐庆，笑得人畜无害："原来是徐爷的熟人。"说话间，拎着扫帚轻轻落地。徐庆大吃一惊："端木姑娘，你……会武？"

白玉堂也大吃一惊："三哥，你不知道她会武？"

言下之意：你连她会武都不知道，你到底知道人家多少，就巴巴送了布来？

"三哥？"端木翠喃喃，不解地看向徐庆。

"这个，是我结义的兄弟，白玉堂，在咱们陷空岛五鼠里排行第五。"徐庆赶紧给端木翠解惑。

"怪道开口闭口五爷五爷的。"端木翠笑得越发灿烂，故意拿话挤对白玉堂，"既是熟人，叫五爷怪生疏的，不如改口叫五弟吧。"

五……弟？

白玉堂七窍怕是有六窍都生了烟："丫头，你才多大点，敢管五爷喊五弟？"

"老五，怎么说话的！"端木翠还没开口呢，徐庆先把脸沉下来了，"没大没小的，对端木姑娘这么没规矩。"

"没大没小的？"白玉堂怒极反笑，"三哥，你烧糊涂了怎的，你自己看看，这丫头比我还小上几岁，究竟是谁没大没小？"

"究竟是谁没大没小？"端木翠扫帚往墙角一搁，很是好整以暇地掸掸衣裳，"白玉堂，较真论起岁数来，哼……"

徐庆直觉白玉堂和端木翠若是较起真来，口角争执怕是鸡生蛋蛋生鸡一般缠杂不清，赶紧把白玉堂拉到一旁，压低声音道："赶紧回去，展昭找你。"

"猫儿？"白玉堂奇怪，"在布庄？"

展昭如此着急找他，想来是有要事，白玉堂就坡下驴，也不欲再同端木翠多做争执。倒是端木翠不依不饶，觑着白玉堂同徐庆走远，忽地开口来了一句："五弟，慢走啊。"

白玉堂脚下一个趔趄，险些摔着。

想想实在愤愤，索性把气撒在徐庆身上："三哥，从何处认得这么刁钻古怪牙尖嘴利的丫头！"

"哪里刁钻古怪了。"徐庆是情人眼里出西施，怎么看她怎么顺眼，"这姑娘待人多和气，心地可好了，昨儿还请我喝了一碗茶……"

白玉堂乜了徐庆一眼："你从布庄过来找我？想是知道那布被退回来了？"

"是啊。"徐庆乐观得很，"这姑娘不贪人钱财、不占人小利，是个难得的。"

白玉堂无语凝噎，看徐庆这昏了头的架势，想来就算端木翠缺胳膊少腿，也会被他夸成做衣裳省布料。

不过还是不得不泼他冷水："三哥，那丫头会武，你先前不知？"

"不知。"徐庆老实摇头。

"依我看，对她少上点心。"白玉堂语气郑重起来，"这丫头武功不俗，一个人住那么一个独门小院，除了下人，也不见有家人陪着，这性子也不像闺阁里出来的。三哥你对她的底细又是全然不知，真娶了回来……"

"谁说我要娶回来？"徐庆的脸腾一下涨得通红，"我就是……就是觉得这姑娘人好……"

"得了吧三哥。"白玉堂拍拍徐庆的肩膀，"兄弟这么些年，你在想什么我会不知道吗？坦白说，我还真没觉得这丫头有哪点好，不过三哥你既然喜欢，做兄弟的必然帮衬……"

"白兄！"

白玉堂刹住话，抬头看时，前面不远处，正对着布庄的槐树下，展昭一身绛红官袍，飒然迎风而立，看见两人时，唇角微扬，大步迎上来。

"白兄，展某有事相商。"

"哪个敢陷害我家五弟！"徐庆听得火起，一拍桌子站起来。

白玉堂却不领情，翻了他一记白眼：你家五弟？好家伙，现在终于记得是你家五弟了，方才在那丫头面前那般拆我台，可不见你顾及兄弟情分。

展昭擎起面前茶盏，不慌不忙呷了一口：对方会有此反应，实在是意料之中的。

"哎，展昭，"徐庆听完事情始末，对展昭说话便老大不客气起来，"怪道你那么急吼吼地要找我家老五，难不成想抓五弟见官？"

"徐三哥多虑了。"展昭淡淡一笑，"方才不是说了，此来是同白兄共同商议此事的。"

白玉堂却甚是不以为意："说完了？"

"事情是说完了，但是……"展昭还没来得及把重要的转折之处陈述出来，白玉堂"噌"一声从椅子上跳起来，再看时已蹿了个无影无踪。

过了一会儿，布庄掌柜的慢吞吞进来带话："五爷洗澡去了，说是两位爷若是有话，可以移步浴房。"

浴房里蒸汽盈室，展昭在池边踱了一回，回头看池子里优哉游哉的两人，心中实在是要叹倒一座山。

徐庆一头扎在池底，憋不住了才呼啦啦冒出水面，抹一把面上的水，眼睛瞪得老大："哎，展昭，要不要下来一起？"

展昭面色一沉："不用。"

"三哥，何必招惹他。"白玉堂倚着池壁闭目养神，连眼皮都懒得抬一下，"他是官，我们是民，还是有案在身的嫌犯，你说，他会不会下来一起？"

"那倒是。"徐庆往身上泼拉了几捧水，也学着白玉堂的样子倚着池壁，双臂搭着池边，好不逍遥自在。

展昭有些动气："白玉堂！"

"知道了展大人。"白玉堂眼皮掀开条缝，透过池水面上袅袅雾气，看对面模糊的人影，"皇城走水之时，五爷还在洛阳快活逍遥，一班子江湖朋友可以为证。展大人若是不信，尽可飞鸽传书，召他们前来问个清楚。那么多人的供词送到官家前头，还怕官家为难我吗？展昭，怎么说你也办了这么多年的案子，怎生一点揣度都没有，慌里慌张，还没五爷来得稳当。"

展昭竟是不恼："如此一来，自然是好。只是……那幕后栽赃陷害之人，白兄就不想会他一会？"

白玉堂心中一动，慢慢睁开眼来。

"宫里起了一把火，放火是我就是我，如果要问我是谁，陷空岛上来找我……能写出如此歪诗，想来也是个歪才，我的确有心拜会……"白玉堂忽地勾唇一笑，爽快拍板，"好，展昭，你有什么法子？说来听听。"

展昭的法子很简单，放出假消息去，宣称白玉堂已然受缚，羁押开封府大牢，守株待兔，引君入彀。

"慢着慢着，"白玉堂凤目眯起，双臂舒服地枕到脑后，"展昭，身为开封府的护卫，像我们这样的守法百姓受了诬蔑，你不是该尽力奔走擒拿凶犯吗？怎么，没辙了？办案不力，主意打到五爷头上来了。你们开封府的大牢是什么镶金嵌玉的好地方不成，五爷为什么要去住？"

展昭淡淡一笑："只是对外声称白兄已经受缚而已，并不当真要委屈白兄受囹圄之灾。当然，白兄若是住惯了这样的舒服房子，想要换换口味，开封府的牢狱也会对白兄大开方便之门。"

"免了！"白玉堂表示十二万分地不领情，"话说回来，展昭，你就这么笃定那个人会自投罗网？万一他不上当，五爷岂不是白忙活一场？"

"有了法子，总得试它一试，倘若试都不试，岂不是全无出路？"

"展昭，真没别的法子了？"徐庆纳闷，"那什么走水的地方，就一点线索都查不到？宫里头那么多侍卫，就没有一个人注意到那歹人的行踪？"

"哎，三哥，说这些没用的干吗？"白玉堂懒懒叹了口气，"若真有法子，这猫能跑到这里来找我们吗？说到宫里的侍卫，我倒是知道为什么没人注意到那歹人的行踪……哎，展昭，你知道为什么吗？"

"为什么？"眼见白玉堂一脸讳莫如深，展昭心生警惕。

"因为朝廷里的这么些人，都是……"白玉堂盯着展昭，唇角笑意越发嚣张，"吃——干——饭——的！"

展昭也不恼，整了整衣裳，慢条斯理："展某不同你计较。"

白玉堂一下子乐了："哟，展昭，越发不受激了，包大人调教得你好猫性子……"

转念一想："不对，你跟包大人也有些年头了，那时也没见你这么耐得住气，是谁这么大本事，磨得你越发懂事了？"

展昭只当没听到："老鼠果然就是老鼠，再怎么洗，身上那股子酸臭的汤饭气，也是洗不掉。"

白玉堂一时没找到应对之语，竟眼睁睁看着展昭出去了。

徐庆神经大条，好久才反应过来。反应过来之后，他忍不住大笑出声。

于是白玉堂恼羞成怒了，他对展昭不负责任信口开河的行为表示了严正的抗议。

"明明就……洗掉了！"

当天晚上，白玉堂大摇大摆地入住了开封府的客房，美其名曰既然是要做戏，那就要似模似样。

与此同时，锦毛鼠被羁押开封府大牢的消息，通过各种渠道，沸沸扬扬地撒播了出去。

公孙策对白玉堂的入住表示很有压力。白玉堂没来之前，他就纳闷自己的头皮为什么一直发麻，白玉堂出现之后，他顿时就醒悟了。

虽然说现在白玉堂和展昭的关系已不似先前猫鼠名号之争时那么紧张，但是一朝被蛇咬十年怕井绳，眼见两个如此有精力、战斗力、爆发力的人在方圆这么小的地方抬头不见低头见，公孙策就很有把他们一个安放天涯一个踢归海角的冲动。这种冲动在白玉堂手按画影斜乜展昭来了一句"要不要比画比画"之后达到了顶峰。

公孙策赶紧就把展昭拉到了一边。

"该去看端木姑娘了。"

他觉得现在唯一能支开展昭的法子就是把他打发去端木翠那里了，如果端木姑娘给力一点的话展护卫就能晚点回来，到时候说不定白玉堂已经睡了，那样就不会横生事端了……

如果端木姑娘能更给力一点的话展护卫今晚就能不回来……

展昭神色忽然就有点异样，说得也有些勉强："今日府中有事要忙……改日再去不迟。"

"哪里忙了？"公孙策不解风情。

被撇在一边的白玉堂冷哼一声，朝这头翻了个白眼，对两人这种避在边上窃窃私语的小家子气行为表示不屑。

展昭不想明言："先生，展某还有事，先去忙了。"

公孙策看着展昭的背影不明所以，末了摇头，叹息似的喃喃自语："现在能看到，还不多看看，哪天走了，就真看不到了……"

展昭似是没有听到，步伐不改，原本垂下的手却突然攥了起来。

公孙策叹息完毕，转身过来时，白玉堂正莫名其妙地看他："什么叫'现在能看到，还不多看看，哪天走了，就真看不到了'？公孙先生，看的什么新奇玩意儿？"

公孙策乜了他一眼，慢吞吞道："神仙！"

再然后，他满意地看着白玉堂无语离去的背影，笑得很是得意："就知道你不会信的。"

之前既对公孙先生说了有事，就不好在府里待着，况且，自己也并不当真想待在府里。晚膳过后，展昭便出了府。白玉堂先还想跟出来："展昭，喝酒去吗？"

展昭回了两个字："巡街。"

"你不是四品官儿吗，还要巡街？"白玉堂鄙视归鄙视，到底没深究，晃晃悠悠回房了。

夜晚的东京城热闹不减，展昭心中有事，只是信步随人流而走，不觉便行至马行街附近。马行街是城内一等一的酒楼繁盛地，人声喧嚣，呼声四起。有宋人在《铁围山丛谈》中记述说："天下苦蚊蚋，独都城马行街无蚊蚋。马行街者，京师夜市酒楼极繁盛处也。蚊蚋恶油，而马行街人物嘈杂，灯火照天，每至四更鼓罢，故永无蚊蚋。"

马行街以油却蚊蚋，此处的繁华热闹可见一斑。

展昭只是行路，心不在焉，忽地有人到面前，很是熟络地叫了一声："展大人！"

展昭这才回神，看眼前人时，原来是刘婶。一怔之下，不觉向刘婶身后看去。

刘婶猜到他的心思，笑道："姑娘没跟我一道，我给姑娘备了晚饭之后就走啦。"

自从端木翠在院中花圃以花为胎养取破碎魂魄以来，为了怕刘婶受到惊吓，入暮之后便打发刘婶返家。这一节原也跟展昭提过，只是现下展昭心中挂碍太多，

一时倒是忘了。

反应过来之后，展昭微笑："刘婶怎么会在这儿？"

刘婶一抬手，手中正拎着一个油兜子："来买些猪胰胡饼，家里的小子们爱吃。"顿了顿似是想起什么，"展大人现下不忙，怎么不去找端木姑娘？"

又是这个问题……

展昭笑了笑，尚未思及怎么回答，刘婶自说自话开了："那么一个年轻姑娘家，整日闷在房里，岂不是要闷出病来？展大人，城里的夜市这么热闹，倘若不忙，也带端木姑娘出来逛逛。上次我闲着跟她讲瓦子里的傀儡戏，她听得津津有味，我问她看过没有，她只是摇头。我有心带她出来逛逛的，又想着终是年轻姑娘家，让我这老婆子带着抛头露面不妥当……"

展昭一时听得失神，似是问刘婶又似是自言自语："端木……喜欢看傀儡戏？"

"给她讲的时候，她听得入神，都不带挪窝儿的。"刘婶笑，"两只眼睛溜溜地圆，睁这么大……"说着，她还伸手比画，腕上套着的油兜子一晃一晃的。

刘婶惦记着家里的娃等着吃猪胰胡饼，很快便离开了。展昭却在原地站了很久，脑子里乱得理不出个头绪来。直到有车行的伙计拉货过来，在身后一迭声地请："这位大人，借个道成吗，借个道……"

展昭蓦地转过身来，那伙计吓了个激灵，展昭却不理会他，大踏步转身离去。

到了端木翠门口，原本想伸手叩门，手到门上，又慢慢收回来。

以往他日间忙碌，往往到得晚上才有时间过来，那时刘婶早已走了，他叩门时，总是端木翠兴高采烈过来开门。

这时他突然想知道，开门前的那一刻，她究竟在干什么。

展昭退后两步，四下看了看，忽地促狭心起：往常藉由门进出，这次何不做一回墙上客。

提气上跃，方稳住身子攀住院墙，看院内时，蓦地愣住。

她原来并不曾进房，抱着膝盖坐在进房的阶上，身边有一盏桐油灯，灯焰小小。她伸手去捻灯焰，吹一口，灯灭，捻一下，焰起，再吹一下，灯又灭，复捻一下，焰又起。

展昭怀疑自己若是不来，她能这样乐此不疲地玩一晚上。

不是没有见过她安静的模样，但是安静到近乎寂寞的模样，却是第一次见。

只看一眼，展昭心中已是说不出的难受。

她可以哭，可以闹，可以生气不理人，可以发脾气吵架，但是，实在不应该寂寞的。

趁着她尚未察觉，展昭悄然撒手下来。

他在墙下站了许久，眼眶不觉酸涩，顿了顿，深深吁了口气，走到门边，轻轻伸手叩门。

展昭听到院内响起急促的脚步声，几乎是刚停手，门便开了。

"哎，展昭。"端木翠又惊又喜，带着三分得意，"我刚才还想，你会来的，结果你就敲门了！"

展昭没说话，只是仔细看她，试图从她脸上找出方才寂寞的模样。居然没有，一丝一毫的痕迹都没有。

"哎，展昭。"端木翠让他看得奇怪，伸手在他眼前晃晃，不见他反应，心下有些着慌，"展昭？展昭？"

"嗯？"展昭回过神来，伸手捉住她的手放下来。

端木翠没好气："你傻了吗？我喊你那么多声。"语毕头一歪，"你不是不来吗，怎么又来了？"

"又来怎么了？"眼见她挡着门，竟是一副不让进的架势，展昭不觉微笑。

"大丈夫言而无信。"

展昭沉吟片刻，缓缓点头："端木姑娘说得是，言而无信，何以为言，确实不该来的。"

语罢，竟真的当着她的面转身离去。

端木翠眼睁睁看着他走远，一时摸不清他在唱哪出。

正犹豫是不是要叫他时，展昭又停下步子，转过身来，一脸的为难。

"只是……"他好看的眉峰蹙起，"实在找不到别人陪我去看傀儡戏，怎么办？"

白玉堂自己在房里躺得四仰八叉，那头徐庆闲得发慌，晚膳后急吼吼跑来开封府，一进门就嚷嚷："五弟，五弟！"

正东张西望，一粒飞蝗石嗖地擦着自己鼻尖过去。顺着来势看过去，对面的

厢房窗扇大开，白玉堂懒洋洋窝在椅子里，两条腿高高架在桌上，右手高擎了盏细长嘴儿的酒壶，正仰头欲饮。

"哎，五弟。"徐庆兴冲冲进来，"难得咱兄弟来开封走一遭，闷在屋里干什么，走，出去遛遛。"

白玉堂乜了他一眼："三哥，怎么说这也是开封府的地头，你在里头大呼小叫的，当这是陷空岛了？"

"哎哟……"徐庆一巴掌拍在自己脑门上，"忘了忘了，不过，包大人也不会跟我计较。哎，五弟，走是不走？"

"不走。"白玉堂懒懒的，"有什么好看的，无非瓦肆百戏。"

"瓦肆百戏怎么了？"徐庆奋起捍卫民间艺术的价值，"叫你耍，你还耍不来呢。"

"我有正事。"白玉堂屈指弹了弹酒壶肚子，指尖叩处，发出好听的清脆声响，"你没听展昭说吗，守株待兔，引君入毂，爷要在这儿等那陷害小爷的恶人。"

"哎哟……展昭说，展昭说，"徐庆故意拿话挤对白玉堂，"老五，什么时候展昭说了话，你当圣旨一样扛着？"

"我呸！"白玉堂腾地就坐直了身子，"爷什么时候把那臭猫的话当回事了？爷不是说了，要在这儿等那陷害小爷的恶人！"

"今儿刚把风声放出去，那人就来了？"徐庆梗着脖子，"再说了，晚膳刚过，府里灯火通明，外头人来人往，那人是脑子进水了挑这时辰来？依我说，咱就出去遛它一遭，吃饱喝足了，正好夜半擒贼！"

事情的末了，白玉堂改换了装扮，还是跟徐庆一同出门了。

改换装扮是徐庆的意思，这大老粗有时也精细得很："你别整这套白茬茬的衣裳，怕人不知你是白玉堂吗？那人要是在外间守着，见到你大摇大摆地乱晃，一准知道你不在牢里，你还怎么守株待兔？"

千不情万不愿，白玉堂还是把装束给换了，上唇还滑稽地贴了两缕小胡子，一边走一边抱怨："爷素日里夜行都不改衣装，此番这么遮遮掩掩，传出去还不让人笑掉大牙！"

徐庆可不关心别人是不是会笑掉大牙，他在人流如织的夜市间且走且停，遇到感兴趣的摊子，便凑过去看一看。

　　白玉堂渐渐看出端倪来了，这徐庆不是来看戏的吧，都一连过了三个演戏的场子了，人家昂首阔步目不斜视，很有赶超大禹三过家门而不入的架势。

　　再一看徐庆流连的店摊，白玉堂一肚子没好气。

　　"一个大男人，摆弄这些玩意儿算什么事？"白玉堂伸手拿过徐庆手中的胭脂盒儿，翻过来掉过去地看，睥睨的目光时不时往徐庆脸上溜一回。

　　"那个……大嫂操心我们哥几个的事……也没谢过她，买点东西……聊表心意……"徐庆心虚。

　　"哦……"白玉堂故意拉长调调，"那你慢来，慢慢来。"

　　语毕也不看徐庆，自顾自东瞅瞅西瞧瞧。

　　展昭和端木翠，就是这个时候撞入他的视线的。

　　看到他们的刹那，白玉堂的脑子有片刻停止一切思维活动，然后，超速运转。

　　凭良心说，展昭身边多了个姑娘，他并不怎么惊讶，大家都是男人不是？没有男欢女爱，哪来子孙后代？理解，理解。

　　但关键是，这姑娘他居然打过照面的，而且拜她所赐，他险些挨了这一生中第一次扫帚。

　　所以再借给他一个脑子，他也想象不出这两个人会在一起的。有一瞬间，他甚至起了一个奇怪的念头：会不会是这张扬跋扈的姑娘犯了事，被展昭依法带回开封府？

　　这个念头很快被他摒除了：两人言谈神色之间甚是亲密，尤其是展昭，低首时不经意流露出的回护之意……还有那个姑娘……

　　原来这姑娘也会和和气气地说话，温温柔柔地笑。

　　"哎，老五，看什么呢？"察觉到五弟半天没说话了，徐庆好奇地抬起头来张望。

　　就连白玉堂都惊诧于自己的反应居然如此迅速，他一手掰过徐庆的脖子。可怜徐庆，人影儿都没看到一个，脖子险些被白玉堂掰扭了筋。

　　"你！"徐庆气得要命，一边嘘气一边伸手揉着脖子。

　　"那个……三哥，"白玉堂讪笑，"我忽然想起，刚才走过的地方，有一家卖钗环的，式样儿新奇得很，大嫂一定喜欢，走……带你看看去……"

　　不由分说，拽起徐庆便走。

　　方走了没两步，身后突然就响起了一声惨叫，随即是骇极的惊呼声："杀人

啦……"

两人一惊，同时回过头去。这街上的人本来就多，街边有不少人听到了响动之后都向出事之处拥过去，刹那间那头已是水泄不通。

人声哗闹之中，有一人身形纵起，顷刻间跃至沿街屋檐之上，四下里迅速看了一回，极快地向着东首赶了过去。

"哎，老五，"徐庆伸肘捣了捣白玉堂，嘴巴朝那人消失的方向努了努，"那是展昭吧？"

"嗯。"白玉堂含混应了一声，眼见已经有巡夜的差役听到动静后奔过来，他又催了徐庆一把，"横竖有官府的人在，走吧。"

之前也同展昭办过几件案子，闲聊时，展昭曾经提过，有些人专门选在人潮如水的闹市作案，那时大街之上摩肩接踵，凶犯借着遮掩，一击之下迅速离开，待到身后人发现苦主已经受伤或是殒命之时，案犯早已退开了一些距离，同时借着围观者的推搡扰攘，悄无声息逃离现场。

所以遇到这样的情况，比较适合的做法是即刻跃到高处，居高临下俯瞰人群。一般而言，大多数人是往凶案发生地拥来，案犯却逆人流而走，行色匆匆，神迹可疑。所以反应快的话，可以在第一时间锁定疑凶，否则机会稍纵即逝，再要查出凶犯，又要旷日持久。

方才，展昭的动作，可真够快的，几乎算是听到声响之后即刻做出了反应吧，果然不愧是经验丰富的御猫。

走了几步，白玉堂忽然心中一动，忍不住又向人群看了过去。

那里比先前更加拥挤了，外围的人看不到情形，扒着前头人的肩膀踮起脚伸长了脖子张望。几个赶来的差役正呵斥着分开人群。

那姑娘，白玉堂心想，是被落下了吧？

白玉堂拉着徐庆走了一程，也是凑巧，竟真的叫他碰上了一家钗环店。白玉堂嘴一努："喏，挑吧。"

徐庆被满目金玉的钗钗环环弄到头晕眼花，再加上店伙计天花乱坠地左推右荐，很快就迷失了方向，左手钗右手簪的打不定主意。眼见他一时三刻完不了事，白玉堂索性到门外抱臂倚着廊柱等他。

正等得无聊，忽见一个六品校尉服饰的人急急忙忙过来，看看眼熟，似乎是开封府四大校尉中的一个。那人走得急，也没瞅见白玉堂，忽地眼前一亮，喊了声："端木姐。"

顺着他的目光看过去，正见到端木翠一个人沿着街边慢慢走来。

那人迎上去，也不知跟端木翠说了句什么，就见端木翠点了点头，那人又匆匆离开了。

白玉堂虽然不明就里，也猜了个八九分：定是展昭缉凶之后脱不了身，所以差旁人来跟端木姑娘报备一声。也不知两人原先是有什么节目，不过现在看来，八成是泡汤了。

眼见端木翠孤零零一个人站着，白玉堂心中先是有些唏嘘恻然，转念一想，又止不住幸灾乐祸：这坏丫头，那般挤对小爷，合该受人冷落的。

于是接下来，白玉堂的心情都很好。他唯一操心的事情是该如何把徐庆那不应该萌发出的爱恋掐死在萌芽状态——一定要说得委婉，免得愣头青的三哥想不开。

那时，端木翠正偏了头问展昭："展昭，一折子戏要多久？"

展昭低下头正要答她，前方不远处忽然传来惨叫，紧接着是慌乱的喊声："杀人啦。"

两人俱是一愣，端木翠未及反应过来，眼前蓝影闪动，急忙仰首，也只捕捉到他迅速离开的背影。

人群刹那间拥过来，推搡呼喝，端木翠几乎立不住脚，直到巡夜的差役过来，她才得以从人群中退出来。

一时不知道要去哪儿，傀儡戏还要不要看？展昭还会回来的吧，那自己就不该回家，还是，原地等等吧。

她胡思乱想，又不敢走得太远，只是沿着街边，向前走走，又向后走走。差役很快将受害者的尸首送走，不消片刻，周遭又恢复了原先的热闹，只是这热闹，到底跟她没什么关系。

也不知等了多久，等来了匆匆忙忙的张龙。张龙只说是展大人走不开了，让端木姑娘先回去。

想必是出了大案子。

端木翠嘴上应了张龙，张龙走了之后，她反不想回去了，蔫蔫地随着人流挪着步子，忽然就涌上来很多委屈：早知道，在家里老老实实坐着多好，好过欢天喜地地出来，打了一篮子的空水。

走着走着有些乏了，索性在路边寻了个台阶坐下来。台阶边上是个捏泥人的摊摊，她抱着膝盖看花白胡子的老大爷捏泥人，开始只是彩色的泥坯子，然后有了圆滚滚的脑袋、眼睛、耳朵、衣裳，还有指甲盖大点的鞋履，倒也似模似样。

这一晚上，老大爷也不知道捏了多少个，她看得认真，反反复复地看，每次都像是头一次看到。

后来，那老大爷把工具都装起来了，端木翠不明所以，瞪大了眼睛看老大爷。老大爷的眼睛瞪得更大："姑娘，这都什么时辰了，你还不回家？"

说是夜市，到底也到了人流稀落的时候，街上已经没多少人了。端木翠愣了一下，慢慢地起身回家。

出了夜市，主街之上更见寥落，远远地传来打梆的声音。端木翠先是贴着街边走，走着走着突发奇想，专拣街心横冲直撞地走，心里倒也慢慢得意起来：想那些个张扬跋扈的人物，平日里也是这样的，谁又不会摆谱了？也不见得有什么了不得的。

正自娱自乐，眼角余光忽地瞥到贴着街边墙根疾行的一抹黑影。端木翠警觉地回过头来，就听"砰"的一声响……

眼光落处，只是一只再普通不过的砂碗儿，在墙角处打着转儿，似乎是刚被谁扔下的。换了普通人，定是揉揉眼睛，暗笑自己多心，不过可惜了，端木姑娘跟碗打交道的历史，实在是很长。

她走过去，俯身把碗给捡了起来，打量了一番，恫吓它："少装了，我刚才见你有胳膊有腿的。"

那碗装死。

"那砸了算了。"端木翠说到做到，手一松，那碗向下疾落。

果不其然，伴随着微弱的骇叫声，端木翠清楚见到那急速下落的碗，伸出了胳膊腿儿。

端木翠抿嘴一笑，伸脚把那个碗勾住，足上使力，又把那碗抛回了掌心。仔细看时，那碗两条小细腿儿抖得跟筛糠似的，两只手死死捂住眼睛，指缝开处，两只小眼睛骨碌碌乱转。

一点都不淡定，跟她家小青花比，可差多了。

想到小青花，端木翠的心微微沉了一下。她实在是很想念那个傲娇的小破碗。

"哎，你，"端木翠瞪它，"是干什么的？"

"你、你要是杀我，你就死定了……"那碗哆哆嗦嗦地恐吓端木翠，"我、我老大，很厉害的！"

端木翠无语：谁说要杀你了？你该不是有被害妄想症吧？

慢着慢着，还有老大？

"你老大是谁？"端木翠好奇。

"就是我！"

如同一切黑帮片的固有定律，幕后大 boss 总是悄无声息地出现在主要演员背后。有一句话怎么说来着，未见其人，先闻其声，端的是气势夺人！

端木翠无语，慢慢地回转身。

"小青花，许久不见，咋咋呼呼的本事见长啊。"

虽然没能看成傀儡戏，但是端木翠的心情，实在是出奇地好。

她窝在椅子里，椅的两只脚离了地，前一下后一下地晃荡，手里捏了根筷子，在另一只手的掌心里拍来拍去。再然后，她突然一瞪眼，一筷子抽在桌上："都给我站好！"

于是，桌边上一溜排站着的三只碗，通通一个激灵，双手抱头，站得笔挺笔挺。

"小青花，"端木翠调子拖得老长老长，"不错嘛，我才走了多久，就另辟山头自立门户了？"

"主子我冤枉啊！"小青花激动得唾沫星子四溅，"我跟它们萍水相逢，都不怎么熟啊……"

"老大你怎么能这么说话？"一旁抱头的小义愤慨了，"你不是我们的帮主吗？"

"哟……帮主……"端木翠煞有介事地点头，"这么大架子，可见我这个门主，你是不放在眼里了。"

"没有啊，一直放在心里啊！"小青花一激动，抱头的手就放下来了。

666

端木翠眼睛一瞪，起手又是一筷子："站好！"

小青花吓得一激灵，赶紧站好。

"你们两个，"端木翠笑眯眯地看大胤和小义，"都是哪儿来的啊？"

"回神仙娘娘的话，"小义——也就是方才的被害妄想症患者，赶紧摆出一副毕恭毕敬的架势，"我和大胤哥都是宫里来的。"

"哦……大地方。"端木翠点头，"那跟小青花，是怎么认识的？"

"我们帮主……"小义一时间还改不了对小青花的尊称。小青花大怒："谁是你们帮主，我跟你们又不熟！"

"帮主你怎么能这样呢？"还是大胤稳重些，"你不是还说只要跟着你就有肉吃吗？你还说要带着我们投奔白恩公……"

小青花吓得脸色都白了："诽谤！你这是彻头彻尾的诽谤！"

"投，奔，白，恩，公。"端木翠每说一个字，就停顿那么一下下，她每停顿那么一下下，小青花就哆嗦那么一下下。

"这是怎么回事啊！"果然，端木翠怒了。

"神仙娘娘，我来说。"小义对小青花关键时刻抛弃帮众的做法非常不满，奋起揭发小青花。

于是……

从某一个月黑风高的晚上邂逅小青花开始说起，重点渲染小青花对白恩公的仰慕，以及小青花是如何绞尽脑汁要接近白恩公，然后小青花如何在一个晚上纵了火，如何写了诗……

"宫里那把火是你放的？"想起收服楚服的那个晚上，皇城莫名其妙出现的另一把火，端木翠恍然大悟。

"可不是！"小义彻底叛变，"小青子还说，这是一石二鸟之计。"

小青花差点气晕过去，刚才还青帮主呢，转眼就小青子了，这掉价也掉得太狠了。

"一石二鸟，怎么个一石二鸟？"端木翠奇怪。

"小青子说，一来可以找到白恩公；二来，把事情交给开封府，那个展昭又要吃苦头了！"

"这个关展昭什么事？"端木翠皱眉，同时招呼大胤和小义坐下，然后瞪一眼小青花，"站好！"

于是大胤和小义你一言我一语，争先恐后地揭发小青花对开封府四品带刀护卫展昭的怨愤之情。

由于句句属实，小青花只能耷拉着脑袋，无话可说。

"今儿下午，我们探听到消息，听说白恩公已经被展昭拿回了开封府，小青子就带我们往开封府来。大白天不好露面，只好趁夜赶路，但是我们走得慢，天快亮才到夜市那头，想不到竟然遇到了神仙娘娘。"

至此，整件事情，端木翠总算是明白了过来。

这些日子，展昭都忙得很，难不成，就是在忙小青花造出的这件案子？

端木翠若有所思。

展昭经手的案子，只要不是事涉怪力乱神，端木翠一般不会过问，除非展昭主动提及。所以这么些天，她只知展昭忙得很，但究竟忙什么案子，展昭不说，她也没问过。

端木翠脸色一沉："小青花，你长本事了，真的要追随那个什么白恩公，你不会自己去找吗，干吗要在皇帝的御书房留书陷害人家？万一皇帝是个昏君，不分青红皂白就把那个什么白恩公给砍了头，你岂不是害了人家？"

小青花不吭声。

大胤和小义也不作声了。

"君子成人之美，你那么想追随白恩公，他又在开封府，那你找他去好了，我也不留你。"端木翠托起小青花就往外走，到了门口把它放门槛外头。小青花手足无措，仰起头来眼巴巴地看端木翠，端木翠也不看它，"砰"一声就把门给关上了。回到桌边坐下，大胤和小义吓得面面相觑。

"你们两个，想留就留下，不想留可以走，只一条，不要随便现了本形吓人。"

端木翠的脸色不好看，两只碗你看看我我看看你，最后齐齐看向关着的门。

大胤鼓起勇气为小青花求情："其实……神仙娘娘，青帮主它也挺惦记你的。"

端木翠"嗯"了一声，脸上看不出什么表情。

"其实,青帮主它也挺好的。"刚才揭发了小青花那么多，小义也有点过意不去，"它对神仙娘娘你，从来就没有半句不是的话。青帮主说了，是以为神仙娘娘被妖怪害死了，这才要找那个什么白恩公的……"

端木翠又"嗯"了一声。

也不知过了多久，她才起身到门边，把门扇打开。

小青花正可怜兮兮地扒着门槛翘首以待，见到大门终于打开，又是激动又是伤心，哇啦哇啦泪飞顿作倾盆雨："主子啊，我不是要追随白恩公啊，白恩公虽然对我恩同再造，但是我对他的感情没有我对主子的感情来得深啊。当时我是以为主子你死了，才明珠暗投、琵琶别抱啊，我要是知道主子你没死我绝对会守节的啊……"

它哭得伤心，端木翠也让它哭得鼻子酸酸的，一时心软，伸手托它在掌中软语安慰："好了好了，我知道，这也怪不得你，别哭了……"

小青花受宠若惊，它哪里经受过这样的温柔对待，一时情感翻滚如潮，恨不得以死明志："主子啊，我当时是想跟你一起去的啊。我当时想把我自己烧死的啊，想不到没烧死我自己反而把草庐给烧了啊，后来我又想跳城墙，被白恩公给救了……"

端木翠半晌没动静，小青花还想抒发一下久别重逢的欢悦之情，端木翠阴恻恻来了一句："我的草庐，是你烧的？"

掩面，镜头拉远，咱不忍再看了。

守株待兔，守株待兔，白玉堂守了一夜的株，也没等来那只自投罗网的兔子，反倒等来了……咦……

端木翠拎着食盒，一进门就撞见了早起的白玉堂，两人一般大眼瞪小眼，几乎是同时脱口而出："你怎么在这儿？"

白玉堂先反应过来，笑得幸灾乐祸："怎么，兴师问罪来了？"

想想在理，被人扔在大街口不管，可不是赶早兴师问罪来了？

端木翠没空理会他话中有话，唇角一扬，笑得异样灿烂："白五爷，又扒了哪位姑娘家的墙头，被开封府给逮进来了？"

这个……死……丫头……

白玉堂暗暗咬牙：死丫头，休想嫁进我们陷空岛的大家庭，休想！有这样的三嫂，他白玉堂铁定英年早逝，碎了一地美人心。

端木翠正自鸣得意，忽地灵光一闪——

慢着慢着，白玉堂，白恩公，白恩公在开封府，白玉堂也在开封府，难不成小青花口中的那位白恩公，就是这个白玉堂？

要不要真的……这么巧？

小青花想追随的，就是这样的……人？

端木翠撇嘴，后头张龙急急赶过来："端木姐，听衙役说你过来了。"

白玉堂嗤之以鼻：端木姐？开封府的差役怎么也这么酸掉人的大牙？四处攀亲戚，不嫌臊得慌。

"展昭呢？"端木翠不理会白玉堂，白玉堂也懒得理她，大摇大摆从她身边过去。

"展大哥还在大人书房，知道端木姐来了，让我带你去房里等。"

"还在大人书房？"端木翠好奇，"一夜没睡？为了昨儿晚上夜市的案子？"

"可不，"说着说着，张龙止不住叹气，眉头也皱了起来，"昨儿晚上杀人的那个，岂止是展大哥认识，我们哥几个也熟得很。开封府一班衙役惯常在那里吃饭的，临街茶铺的老板李老实，多憨厚老实一个人，端木姐，搁着你，你能想象他拿把刀把自己的表兄弟给捅了？"

"昨儿他杀的，是自己的表兄弟？"

"可不。"张龙连连摇头，"任谁都想不到他会做这样的事。他娘子一年前给他生了个带把的娃，一家子和和美美的，守着茶铺子，虽然赚不了多少钱，难得的是平安二字。这一来全完了。昨儿晚上他娘子抱着娃儿哭到开封府，还是展大哥出来劝回去的，唉……"说话间，已到了展昭房门口。张龙为端木翠开门，"端木姐，你且坐坐，展大哥空了就来。"

端木翠"嗯"了一声，径自走到案前坐下，食盒一掀，小青花的脑袋就冒了出来："主子，杀自己的表兄弟啊？"

"你又知道了？"端木翠瞪它，"展昭这么忙，你还给他揽这种破事！待会儿展昭来了，赶紧一五一十给我交代清楚！倘若包大人要铡了你，也由得他！"

小青花不服气："开封府没有碗头铡！"

"还要碗头铡？"端木翠冷笑，"往墙上一摔，弄不死你！"

真是太残忍了，小青花腹诽着，又把脑袋缩了回去，还把食盒盖挪回去以寻求安全感。

也不知等了多久，外间传来急促的脚步声。端木翠心中一动，方站起身，展昭已经一个箭步跨了进来。

明明是急着来见她的，真的见到了，胸中忽然涌上许多复杂的情愫来，缠绕着丝丝的愧疚。

"哎，展昭，"端木翠仰起头来看他，"张龙说你一夜没睡，你困不困？"

这一夜发生的事情很多，她还真的就忘记了夜市上被抛下的那一点点委屈，只是小心翼翼地看着展昭现出憔悴和疲惫的脸，还有眼底浓重的暗影："展昭你困不困？"

展昭微笑，双手环住她的腰，轻轻把她拥进怀里，长长吁一口气，低声道："傀儡戏我们晚上再去看好不好？"

"不看了，反正也不好看。"端木翠眨巴眼睛，伸手去触展昭眼睑下方，柔软的指腹触得展昭痒痒的，他笑着躲开。

"看着多没精神啊。"端木翠叹气，"展昭你闭上眼睛吧，闭一会儿。"

"闭上眼睛？"展昭的唇角扬起，"然后呢？让端木姑娘点石成金的手指碰一碰，又变得生龙活虎精神百倍了？"

"我以前是可以这样的。"端木翠不服气，"没准现在也可以呢？"

"那试一试。"展昭微笑，真的把眼睛闭了起来，睫毛微微颤动着，面上藏不住的笑。

"没准也可以呢。"端木翠嘀咕着，伸出手去帮他轻揉着两侧的太阳穴。

展昭没有睁眼，唇角的笑意更深了。

端木翠泄气，好像被人戳穿了心思一般，没好气地把手放下来："好了。"

"好了？"展昭睁开眼睛，煞有介事地"嗯"了两声，然后感叹，"果然，神清气爽。"

端木翠噗地笑了出来，揪住他胸前的衣襟不放："又乱讲。"

她笑得格外明媚，展昭心中情动，低头吻下去。

衣袖忽然就被什么东西扯住了，确切地说，两人的衣袖都被扯住了。那股力道，似乎是试图把两人分开。

两人齐齐低头。

端木翠叹气，展昭却蓦地睁大了眼睛。

他见到了什么？一个故人！呃不，故碗！

"你你你……干什么？"小青花惊恐万状，眼珠子都快瞪脱眶了，"你你你……给我放手！你你你……你敢非礼神仙！"

想起方才的亲昵情状尽收小青花眼底，尽管这个旁观者是碗非人，展昭还是禁不住面颊发烫。端木翠也有些赧然，不过到底还是欺负小青花惯了的，反击来得异常迅速："关你什么事？"

"关、关……我……什么事？"小青花结结巴巴，"他、他、他非礼……神仙……"

"神仙都没说话，要你多嘴！"端木翠凶巴巴吼它。

"可、可是……"小青花有点糊涂。

"可是什么？"端木翠不给它反应过来的时间，"我带你来是干什么的？还不把你陷害那个白玉堂的事讲出来？"

"陷害白玉堂？"展昭吃惊不小，"端木，你是说，陷害白玉堂的……是它？"

"是谁？"伴随着诧异问话，白玉堂一脚跨进来，"展昭，你刚才说，陷害我的是谁？"

端木翠和展昭齐齐回头。

看到端木翠，白玉堂下意识哼了一声，待要说话，忽然发现……

眼前的构图有点……不和谐啊……

端木翠和展昭的中间，桌子上搁着的……那是一个……碗？

也不对啊，这碗的下头，怎么还支棱着两条腿一样的东西？

白玉堂晃了晃脑袋，得，管它支棱着两条腿还是三条腿呢，眼前有更重要的事情。刚才，展昭似乎说到陷害自己的人，莫非已经找到了？

就在他准备华丽丽地忽略小青花的时候，小青花采取了主动。

"白恩公！"

一边打招呼，还一边冲着白玉堂挥了挥手。

白玉堂瞬间就石化了。

向他打招呼的是一只碗？一只碗向他打招呼？莫非自己在做梦？

展昭咳嗽了两声。白玉堂来得突然，他没来得及让小青花藏起来，当然，这主要也怪小青花很极品——你不声不响地装死不就行了？何至于骚包到要跟白玉堂打招呼？

端木翠看看白玉堂又看看小青花，虽然她并不主张让小青花在人前如此肆无忌惮地抛头露面，不过，事已至此，也好，就让小青花当着白玉堂的面交代"罪行"，一了百了，省得后面还得找借口跟白玉堂解释。

她清了清嗓子："小青花，你把事情的经过……讲一讲。"

于是在懵懵懂懂茫茫然然的情况下，白玉堂听完了整件事情。

居然还从那么久远的时候追溯起吗？他救了一只跳城墙的碗？仔细想想，似乎真的是有这么回事，然后这只碗就想追随他？再然后，就有了皇城走水这一出？哦，对了，还有那首让他"惊艳"的诗……

世上本无事，庸碗自扰之。所以，事情的始作俑者，就是这只……碗？不不不，最关键的不是这个，最关键的是，一只碗怎么会有胳膊腿儿，怎么会讲话？

"这是个……碗精？"

听完整个故事，白玉堂问出的第一个问题完全偏离主题。

展昭叹气，看来，在白玉堂眼里，所谓的陷害不陷害，都不值一提。

小青花对"碗精"这样的定性非常不满，但是它又不好当着端木翠的面说自己是"碗仙"，只好闷闷地不吭声。

"世上真有精怪这回事？"白玉堂盯着小青花看个不停。

看什么看嘛，小青花暗自嘀咕，白长这么好看了，这么没见识，看见精怪就这么稀奇？太没内涵了，当初自己怎么就头脑发热准备投奔他了呢，真是美色误碗。还是原先的主子淡定啊，一看就知道是大风大浪里过来的……

"你是从哪儿来的？"白玉堂继续问不着边的问题。

"自己修炼出来的。"

两个人对答均不得要领。端木翠实在看不下去，主动出来为小青花代言："总之呢，如今误会都解释清楚了，白五爷，你不会跟它过不去吧？"

白玉堂倒是想跟它过不去，不过，欺负一只碗……

"谁会欺负一只碗那么无聊……"白玉堂哼一声。

展昭和小青花齐齐看端木翠。

"看我干什么？"端木翠怒，顺手给了小青花脑门一记，"难道我欺负你？"

事情的末了，白玉堂搬回绸缎庄住了。

出门的时候，他问展昭："那碗，跟那个端木姑娘，怎么看起来很熟悉的样子？"

"因为……"展昭字斟句酌，"端木姑娘颇为通晓玄门法术，跟那碗，颇有……交情。"

"玄门法术？"白玉堂皱眉头，"难怪行事疯疯癫癫，亏得三哥没娶她进门。"

"三哥？三爷？"展昭心中咯噔一声，"娶……端木姑娘？"

"可不，"白玉堂悻悻，"你说看上什么样的姑娘不好，什么样的人会喜欢这样的……"

他的话戛然而止。

他突然想起来，昨儿晚上在夜市，跟那姑娘肩并肩走着的，不就是……

于是在跟展昭大眼瞪小眼之后，白玉堂走为上策，干脆利落地撇下一句："后会有期。"

最终，还是要包大人出面，去收拾这个烂摊子。

"所以？端木姑娘希望我跟皇上说，在御书房内外放火留书的，是一只……碗？"包拯费了很大劲，才理清端木翠的意思。

"嗯。"她答得倒是轻巧飞快。

"这个……"包拯为难，"官家未必会信……"

"不信就说到他信啊。"端木翠说得跟砍瓜切菜一样容易，"上次，我去文水收妖，包大人不是还向皇帝要到了龙袍？那次大人是怎么说的，还不是涉及怪力乱神？那次皇帝信了，这次为什么不会信？"

包拯被她呛得半天说不出话来。

他不是不能如实跟皇帝讲，但自己的形象素日里是多么严肃郑重啊，要自己言之凿凿地跟官家讲："启奏圣上，御书房走水一案，真凶业已落网。据臣所查，那是一只碗。此碗跟白少侠颇有过节，因此设计陷害……"

包拯叹气。

倒是公孙策看得开："大人，御书房走水，财物并无大损，亦无宫人伤亡，想必官家也不会太过追究，大人略略提及便是，无须如此烦恼。"

好像，也只能这样了。

末了，包拯婉转地对端木翠转达了自己的期望："还望姑娘之后，好好约束门下门人，切莫横生事端。"

端木翠不置可否，倒是她拎着的食盒里，忽然发出了一声闷响。

看来，是小青花又傲娇了。

交代好事情，已然接近正午，展昭帮端木翠拎着食盒，送她出门。

方才还挺精神，但事情一了，疲倦就来得特别快，从包拯书房到开封府大门这一路，走了不到一半，端木翠便呵欠连连。

看她上下眼皮打架的模样，展昭很怀疑她能不能清醒地回到家。

"要不要去我房里睡会儿？"展昭微笑，"晚上一起用晚膳。"

"睡一会儿……"端木翠自言自语。

她倒是不在意是不是能多睡一会儿，只是，确实好像很久没和展昭一起吃饭了。

"好啊。"她点头。

食盒"唰"的就被顶开了一条缝。缝隙里，小青花的眼睛滴溜溜乱转："那个……孤男寡女，不好同处一室……"

不待它说完，展昭砰的一声把食盒盖子盖上了。

端木翠脑袋一挨到枕头，眼皮便再也睁不开了，连展昭跟她说话，她都不带睁眼的。展昭一边帮她掖被角一边笑她："怕是地震都震不醒你。"

端木翠"嗯"一声，往里缩了缩，整个脸都埋进被窝里。

展昭叹气，把被子往下拉了拉："这样睡，还真不怕闷死。"

端木翠努力想睁开眼睛，奈何眼皮黏住了般沉重，只得低声呢喃："展昭，你不要歇息的吗？"

"张龙、赵虎还在门房等我，去茶铺查李老实的案子。"

"很麻烦吗？"

"有点。"展昭微笑，"不过，比这再烦的案子都办过。"

"那就好……"她气息渐趋平和，展昭几乎以为她睡着了的时候，她又含混不清地来了一句，"早点回来。"

展昭失笑，一时间不想就这么离开，伸出手去虚虚沿着她的眉划下来，指腹触着她长长的睫尖，酥酥痒痒的。端木翠白皙的肌肤下渐渐泛出红润的粉来，呼吸也变得轻一下重一下的。

展昭逗她："睡着了？"

　　她的睫毛急颤了几下，红润的羞色一直延伸到脖颈之上。展昭几乎快笑出声来，她要忍得多辛苦才能装出这副故意睡着了的模样？不过，在儿女私情之上，她的确是格外害羞，这样的害羞在他眼里，实在是极可爱的。她的确是要装睡的，如果是醒着，该是怎样的手足无措躲闪慌乱？

　　他慢慢凑近她的唇，温热的气息拂着她的脸。隔着被子，都能感觉到她的紧张，展昭唇角的笑意愈来愈深。此刻，相对于吻她，他似乎更想见到她窘迫的模样，更愿意维持着这份若即若离的暧昧情愫。

　　端木翠突然就睁开了眼睛。

　　她的眼睛出乎寻常地亮，几乎是没有任何犹豫，温软的唇贴住他的。

　　蜻蜓点水般，展昭还没反应过来，她又躺了回去，飞快地扯过被角把脸蒙住。

　　展昭听到她含混的声音："也就这样……"

　　展昭不依不饶，把被角又拉下来，斜飞的眉微微一挑："也就这样？"

　　"嗯。"有了方才的经验，端木翠觉得自己的回答很有权威性。

　　展昭坏笑："那是因为你不会。"

　　"我不会？"

　　展昭没有回答她了，低头吻向她的唇。

　　"那个……"不知道为什么，方才近乎捣乱一样去吻展昭，她并不觉得紧张，但是展昭一旦靠近她，她的心就慌慌的，"那个……小青花还在……"

　　后面的话，展昭没让她有机会说出来。

　　房间的外间，有一只食盒静静搁在桌上。

　　食盒里，传来小青花跳脚的声音："放我出去！为什么出不去！展昭！一定是你搞鬼！放我出去！我告诉你，我很厉害，我生气的话后果很严重……"

　　于是镜头转到食盒外。

　　我们看到，食盒的扣格上，华丽丽地插了一支……

　　袖箭。

第二十七章　买路钱

展昭刚把李何氏引到牢门处，就听锁链急响，李老实急急扑了过来，两手死死抓住牢狱的牢柱："娘子，娘子，煦儿还好吗？"

李何氏满眼的泪，把怀中的襁褓松了松，露出小小婴孩的脸——睡得正熟，透着一股子奶香气，小脸鼓得像个包子，嘴唇抿了一下下，似乎睡梦里还在咂奶。

李老实目不转睛地看，李何氏止不住哽咽："老爷，你这做的是……什么孽……"

展昭叹气，悄无声息地离开。

狱门处，张龙、赵虎正低声交谈着什么，见展昭出来，两人止了谈话，疾步迎上来。

"展大哥，李掌柜……"

展昭叹气："人证物证俱在，他自己也供认不讳。"

张龙愕然，沉默半晌，忽地一拳重重砸在墙上："李掌柜是个老实人，此番怎么就……这么糊涂！"

赵虎心里也不好受："那……展大哥，当街行凶，岂不是……"

"斩立决。"

回到府中，本想先向包大人报备案子的，谁知包拯入朝尚未归来，再去房中找端木翠，床上的被褥叠得齐齐，人却不见了。出来看到桌上的食盒尚在，便知她应该没有离开开封府，抽掉扣格上的袖箭，掀开食盒盖一瞅，小青花睡得四仰八叉的，还不耐烦地翻了个身。

展昭失笑，轻轻把食盒盖放下。

出得门来，四下看了看，恰见到赵虎从内院出来："见到端木姑娘了吗？"

"好像在公孙先生那儿。"赵虎挠挠脑袋，"说是跟着先生学写字。"

学写字？

她还真是……闲得慌。

展昭迈进门来的时候，公孙策正为端木翠糟蹋了他一张又一张上好的宣纸而心痛不已，一抬眼看到展昭，激动到不能自已。

展昭微笑："先生，我带端木出去用膳。"

公孙策赶紧点头，一瞥眼看到端木翠攥着笔杆子不放，恨不得把笔从她手里夺下来："端木姑娘，你不是有点饿了吗，正好让展护卫带你去吃些可口的。"

"字还没写完……"端木翠头垂得低低的，又在宣纸上胡画，"再说了，我又不饿。"

展昭多少猜到她的心思，走过来从她手中把笔拿过："不是说好了一起用膳的吗？"

"那……跟公孙先生一起。"端木翠别扭得很，就是不想跟他单独在一起，似乎扯上旁人，就会更有安全感些。

看起来是又闹别扭了，公孙策暗暗感叹。基于自己无数次做电灯泡的经验，目下看来，走为上策。于是公孙策撇下一句"失陪"，消失得那叫一个健步如飞。

"哎，公孙先生……"端木翠下意识就想追，刚抬脚，大门"砰"的一声就被公孙策关上了。

年轻人就是爱折腾爱别扭，公孙策慢悠悠地步下台阶，关起门来慢慢吵吧，不要有事没事都扯上老人家。

端木翠的心擂鼓样跳个不停，现在，只要是跟展昭单独在一起，她就紧张到不行。

"那……吃饭……赶紧出去吃饭……"端木翠急急就往门外走。公众场合，安全系数来得高些。

才走了两步，腰上一紧，下一刻，已经跌进展昭怀里。

"哎，展昭，这样不好。"她红着脸扶着展昭站定。

"怎么个不好？"展昭憋着笑。

"你以前，不是这样的。"端木翠咬着嘴唇。

"那以前是什么样的？"展昭好奇。

端木翠觉得自己的气势有点落下风，太不符合将军的格调，也没有神仙的气场——于是她清了清嗓子，抬起头来勇敢地看展昭："以前，你跟我说话，有时候都会……脸红……"

"嗯……然后呢？"展昭听得认真。

"你也不会……这样……抱我……"她越说声音越低。

"也不会亲你是不是？"展昭微笑。

端木翠不吭声了。

展昭叹气，低头蹭了蹭她的发顶："那时我跟你还不是很熟，行止之间，自然许多忌讳。但是端木，总不能一辈子跟你说话，都会脸红的。"他忽然笑出声来，"倒是你，以往你跟我说话是不脸红的，怎么现在一开口脸就红得跟煮熟的虾子似的？"

"你才像虾子，你整天穿红衣裳，你更像虾子。"即便脸红，端木翠的口角功夫仍是半分没撂下。

展昭笑："我们原本是陌生人，然后认识，成为朋友，再然后，互相喜欢。难道喜欢一个人，不会想跟她更亲密些吗？"

"你说我以前不是这样的，你以前也不是这样的啊。"展昭唇角的笑意若隐若藏，"第一次在草庐见到你，我若行止孟浪，你会怎么样？"

"那你死定了。"端木翠嘟囔。

"可是现在……"展昭揶揄她，"端木姑娘好像也没生气，也没有赏我两个耳光。再说了，端木姑娘是神仙，真的不愿意的话，大可一掌推开我，穿墙走人是不是？你既然不走，就说明你并不是不愿意，既然愿意，就说明这样并不是不好，既然并不是不好，为什么之前要说这样不好？总是你口是心非，是吧？"

生平头一次，端木翠让展昭给说晕了。

"我、我我、我哪里口是心非？"半晌她才气急败坏。

"难道不是？"展昭皱眉，"你别忘了，之前在房间里，好像是你……先亲我的。"

端木翠气结。

"不过你放心，"展昭很是郑重地跟她保证，"我不会告你非礼朝廷命官的。"

"死猫！"端木翠咬牙切齿，"现在学得这么坏！"

"我又没对别人坏。"展昭答得飞快。

端木翠愣了一下，不知为什么，短短一句话，好像比之前那许多话，都更加入心些。

我又没对别人坏。

她低下头不说话。

展昭微笑着牵住她的手："饿了吧，出去用膳。"

才走到外院，就见张龙气喘吁吁迎上来："展大人，包大人急着找你……"忽地看见端木翠，似是想起了什么，"说是事情跟端木姐也有关系，端木姐，你也一并过去吧。"

端木翠心中咯噔一声，抬头看了看展昭，后者眸中也是满满的疑惑不解。

有什么事，跟展昭也跟自己是有关系的？难道小青花放火的事情，官家不相信？

事实证明，皇帝对小青花一案，根本没有过多关注，包拯找他们，为的是另外的事情。

"今日，庞太师的亲从从宣平回来，说是宣平出了桩怪事。"

宣平？

两人心中俱是一震。

这个名字，已经太久没有听到了。

包拯看向端木翠："端木姑娘，宣平一役后，庞太师的亲从一直留守，以便和京城互通讯息。昨日晚间，宣平飞马来报，'夜现白昼，天有二日'。此异象虽然延续的时间不长，但是在城中已经引起极大恐慌。据称，有一些百姓，不待天明，便拖家携口聚在城门下，等待城门开时逃离宣平。"

端木翠愣了许久，直到展昭唤她，她才回过神来，有些语无伦次："夜现白昼，天有二日，我也不曾听过这样的……异象。"

包拯不疑有他："宣平刚刚经历过一场浩劫，再也经不起第二次了。端木姑娘，我记得你先前提过，冥道在宣平被封印，会不会是冥道之内，又有异动？"

"不会。"端木翠说得很坚决，"冥道已经被封印，不可能再起祸端。"

"那这事……"包拯有些迟疑。

"包大人，再等一段日子看看。再等一段日子，如果……那我应该知道发生什么事了。"

她说得含混，展昭不觉心生疑窦，待想问她，包拯已经行进到下一话题："展

护卫，还有一件事，本府要与你私下谈谈。"

看起来是要端木翠回避，展昭有些迟疑，端木翠却是浑不在意："那……我先走了。"

包拯微微颔首，端木翠转身离去，出门槛时，忽地就绊了一下。展昭一愣，下意识想上前，就见她扶住门楣稳了稳身子，反手把门给带上了。展昭还未反应过来，身后传来包拯平静的声音："展护卫接旨。"

展昭浑身一震，刷地转过身来，一撩衣襟，单膝跪地。

"着御前四品带刀护卫展昭，见旨之日，即刻动身前往西夏兴州，不得有误。"

"臣领旨。"

事情来得突然，展昭一时间心乱如麻。

"大人，缘何会要属下忽然前往西夏都城？"

"个中缘由，本府也不得而知。到了兴州，入松堂的人自会接应你。"

"入松堂？"展昭一怔，这名字包拯曾向他提起过，"那不是……庞太师秘密布置在西夏的暗卫？"

"是。"包拯点头，"辽国和西夏境内，皆部署有我大宋的入松堂，用以传递军讯。此趟借调你去兴州，想来是有军机要事。按理说，边境秘事，你绝不应卷入其中，但是庞太师请奏，官家允准，此事已是铁板钉钉。展护卫，你收拾收拾，明日动身吧。"

"属下遵命。"

"展护卫……"包拯欲言又止，顿了许久，才叮嘱道，"此趟需得万事小心，身在异地，不比在宋境，也不比居江湖，事若可成自当尽力；事若不可成，切勿作无谓牺牲。"

展昭心头一热："属下铭记在心。"

目送展昭走远，包拯的眉头渐渐拧成了疙瘩，一张黑脸犹如罩上浓重的阴云。

西夏，兴州，入松堂，究竟出了什么事？

端木翠心事重重出了开封府的大门，忘了去接小青花，也忘记了和展昭约好的晚膳。

宣平，夜现白昼，天有二日……难道说……

正想得入神，忽然撞到了一个人。

抬头看时，是一个满面泪痕的妇人，发髻微乱，怀中抱着个襁褓婴儿，呆呆看了端木翠一会儿，面无表情地从她身边过去。

端木翠撇撇嘴，抬脚欲走，忽觉得脚下有异，俯身拾起时，是个叠得方方正正的红纸包。

难道是方才那个妇人掉的？端木翠正欲喊住她，眼角余光忽地瞥到纸包的背面有字。

看似随意的勾勾画画，换了这主街上任何一个人，估计都不会看懂。

除了端木翠。

昔日仓颉造字而鬼神夜哭，这是上古的初始文字。

买路钱。

端木翠看着那妇人远去的方向，咬了咬嘴唇，快步跟了上去。

李何氏走了一阵，想起当家的吩咐，伸手往襁褓外层探了探，忽然就僵住了。

老爷珍之重之，交给她的那个纸包呢？

这一惊非同小可，慌慌张张在襁褓中一通摸索，想是硌着了孩子，煦儿小嘴一撇，哇哇地哭了起来。李何氏顾不上软语哄慰，抱着煦儿急急沿原路往回走，一头就撞上了端木翠。

端木翠笑了笑，伸出手来，食指和中指间拈着一个红纸包，在李何氏眼前晃了晃。

"你这姑娘，怎么随便拿人家东西？"李何氏心慌，"还给我。"

劈手去夺，端木翠手一回，她便夺了个空。

"你再不给，我、我就喊人了。"李何氏更慌了。

"喊人做什么？我从地上捡的，又不是从你那儿抢的。"端木翠反手把那纸包握在手心，"这纸包上又没写名字，谁敢说它就是你的？"

李何氏愣了一下，忽然想起什么，急急从腰囊里取出一块碎银子，抓住端木翠的手就往她掌心塞："姑娘，姑娘你行行好，你还我，这东西不值钱……我给你钱，我给你钱好不好？"

端木翠看着她的脸，脸色渐渐沉下来。

"我原以为，你一个普通的妇道人家，根本不知道这纸包是干什么的……"她说得很慢，一个字一个字，鼓点样播在李何氏心上，震得她耳膜嗡嗡乱响，"现

下看来，你根本就是心知肚明。你知不知道这纸包里，包了一条人命？"

眼见秘密被端木翠叫破，李何氏如遭雷噬，她后退两步，惊恐地看着端木翠。

"那就是知道了？"端木翠大怒，"总是天意叫你撞着了我，让你奸计不成！"

眼见端木翠转身就走，李何氏情急无状，惨呼一声，一头向端木翠撞了过去。

端木翠听到身后动静，眉头皱了皱，往边上略让了让。

李何氏于武功身法，完全一窍不通，抱了你死我活的心，哪知端木翠的身形突然就避了开去。李何氏脚下一绊，向着旁侧的墙撞了过去。眼见她这一下势必撞个够呛，只是怀中还抱着婴孩，若是小儿有失终是罪过，端木翠迟疑了一下，闪身过去轻轻一带，抢在李何氏头破血流之前拦下了她。

李何氏哪里还辨得清东南西北，眼见端木翠就在近前，哑声嘶吼一声，伸手就抓住了端木翠的发髻。

"喂喂喂！"端木翠从未经历过泼妇打架的场面，一时间有些手足无措，加上发根处的扯痛感——她恨不得一脚把李何氏给踢飞开去，又怕她身子经不住……

端木翠的眼角余光觑到周遭的人正渐渐围上来，还有些人正讥笑着指指点点……

糟糕了，堂堂一个神仙，被人当街揪住了不放……

"你放不放手！"端木翠怒了，正要出手，身后传来惊呼声。

"是端木姐！"

"李婶子，失心疯了是怎的，还不住手！"

来的是王朝和马汉。两人平日里多是处理莽汉争斗，于女子口角的解决，实在是非常生疏。马汉很是不得要领地去拽李何氏的手，端木翠疼得直嘘气："哎，疼，疼。"

手忙脚乱之下，王朝加入进来，扳住李何氏的身子那么一用劲……

李何氏尖利的指甲从端木翠髻上直划到面上，指缝间带下了她的头发不说，还给她脸上增了三道血道子。

"你！"端木翠气得差点哭出来。

王朝和马汉傻眼了。

于是，一个都不能少，通通带回了开封府。

展昭得到消息赶过来的时候，公孙策正帮端木翠的面上上药。她的发髻也散了，长长的黑发全部解披了下来，眼圈红红的，时不时抽搭那么一下子。

"好了好了。"公孙策软语安慰她，"幸好抓得不深，上了药，静心养几天，再忌个口，就没事了。"

"我背上还有十七道，现在又添三道！"端木翠悲从中来，眼泪吧嗒吧嗒往下掉，"我跟开封是有多不合！"

"我的主子啊！"刚到门槛，小青花就发出惊天动地的一声号丧。展昭还没来得及阻止它，它已经手脚并用爬过了门槛。

"是哪个心狠手辣的下这样的毒手啊？"未及看到端木翠的脸，小青花已经捶胸顿足开了，"这以后要怎么见人哪！"

它这一干号，端木翠不哭了，她怒视小青花："你倒是给我说说，我怎么不能见人了？"

公孙策叹气，在小青花试图证明"怎么不能见人了"这道命题之前适时把它拎了起来："小青花，我们出去走走。"

不等小青花反对，公孙策拔腿就往外走。

"哎哎，别拎我胳膊，我胳膊……"小青花的抗议声越来越远，"还有那个……孤男寡女……不好同处一室……"

展昭叹了口气，转身掩上门，走到端木翠身边坐下。

端木翠低下头，啪嗒又是一滴眼泪。

"好了，我看看。"展昭伸手去触她的脸，端木翠转了脸不让，不过到底是拧不过他。

抓痕倒不深，但是创口渗着血丝，看得展昭好生心疼。

"好端端的，怎么跟李婶子较劲？"展昭去拿公孙策方才放在边上的药瓶。

"又不是我想的。"端木翠眼圈儿又红了。

"头偏一点，上了药就好了。"

她也不知跟谁较劲，拧着脖子不动，展昭叹口气，伸手硬把她的脑袋按到自己肩上。在她试图再次乱动之前，展昭恐吓她："再不老实上药，当心日后留疤。"

这丫头终于老实了。

展昭伸手用指腹搭了点药膏，轻轻帮她点在创口之上。药膏凉凉的，带着丝

痛痒，端木翠忍不住皱眉。

展昭想笑一笑，只是心头有事，压得他一颗心沉沉的，似乎连笑都成了为难。他低声道："怎么好好让你回个家，都能带着伤来，让人怎么好放心。"

"又不是我想。"端木翠闷闷的，把手中的纸包儿几乎攥成了团。

"那是什么？"看到她握紧的手中露出的红色边角，展昭顺口问起来。

"那个女人，一定是杀了人了。"端木翠低声呢喃。

展昭心头咯噔一声，停下手上的动作："你是说……李婶子？"

他失笑："又乱说，李婶子胆子小，街坊四邻都知道。"

端木翠摊开掌心，出神地看着掌中攥成一团的纸包："展昭，若我说，这里头包了一条人命，你信不信？"

"神仙的话，谁敢不信。"展昭微笑。

凝目看时，那纸包渐渐展开，纸面上褶皱不散，似有什么东西，在纸包内奋力挣扎。不多时似是挣扎得过猛，纸包掉翻过来，可以清晰看到背面看似随意的勾勾画画。

"这是……什么字？"展昭倒是极敏锐的。

"买路钱。"

"买路钱？"

端木翠不吭声，反向展昭怀里缩了缩。

展昭把她圈在怀里，看着她颊上的抓痕，到底是心疼，低下头去，轻轻在边上吻了吻。

"展昭，小时候抓过周没有？"

"抓过。"

"抓到什么？"

"我想想……"展昭眉峰微微蹙起，"剑穗、毛笔、香囊、手帕儿，还有……"

"抓这么多？"端木翠扑哧一笑，"贪心不足。"

"是。"展昭微笑，"还想抓甜糕桃果儿，我多吓得不行，抬手就给我一个大耳刮子，说，别是到头来养了个吃货。"

"展昭，你信不信，人这一生，要做什么，要走什么样的人生路，能走多远，能走多快，都是定好的？"

展昭摇头："我只信事在人为。"

端木翠看向展昭的眼睛："你不信也好。"

"那到底，有没有这回事？"

"信则有，不信则无。到底有没有这回事，也不是真的那么重要。"

展昭点头，忽地想起什么，笑道："怎么今儿说话，处处露着禅机？"

"展昭，这世上，有许多地方，律法管不到，也没法管。鬼蜮之中，有许多勾当，上界虽然不允，但始终未能根除。"

"比如买路钱？"展昭的一颗七窍玲珑心，到底是比旁人反应来得快些。

"嗯。"

"鬼蜮中有一种说法，命随天定。每个人自出生那一刻起，就注定足下会走出什么样的路，就好像拴上的红线一般，你看不见摸不着，但是它就在那里。"

说到这里，她突然就坐起身来，低头看向展昭的脚底下。

展昭也低头看下去。

"他们认为，你的脚下已经有一条路了，不管你承认不承认，愿意不愿意，你都会沿着这条路走下去，直到死。"

说话间，她伸出手去，轻轻触到展昭皂靴的鞋面："如果我有路魅的眼睛，我应该就能看见你脚下的路是什么样的，就好像布匹伸展开去，可能是直的，也可能是弯的，还可能是残破的。"

"路魅？"

"是啊，它们管着你脚下的路，看你是走官路还是商路，穷路还是富路，安稳路还是颠簸路。"

"那买路钱又是什么意思？"

"有些人，不愿意一辈子受苦受罪，他们觉得别人的路更坦荡更好走些，愤愤不平，觉得同是生而为人，凭什么有人享富贵有人遭穷迫。他们觉得，这脚下的路，若是能换能改能买，就好了。"

"那这买路钱，不会是冥间通用的纸钱吧？也不会是真金白银，对不对？"

"对路魅来说，钱不重要，重要的是路。"端木翠叹气，"它们只做翻倍的生意，两条路才能跟它们换一条路。当然，两条路能买一条怎样的路，还得看路衡量。"

展昭剑眉一挑："看路衡量？"

"谁愿意做赔本的生意？"端木翠淡淡一笑，"这世上，穷路绝路多了去了，富路官路却不多。如果两条穷路可以换一条巨富之路，岂不是来得太容易了？"

"所以说，这两条路便等同于买路钱。"展昭恍然，"倘若是两条好路，便可以换一条更好些的路。"

端木翠点头。

"你怀疑李婶子杀了人……"展昭沉吟，"但是其实，杀人的是李老实，他杀了自己的表哥邵须弥。这个邵须弥与李老实虽是表亲，但平日里甚少走动。还有，两家的家境相差甚大，李老实经营茶铺，中下人家；邵须弥家却很有家底，听说这邵须弥虽是年近不惑，但还在准备明年应考。"

"难怪。"端木翠差不多已经理出了头绪，"李老实杀了邵须弥，路魅便可以剪下邵须弥后半程的路，那是官路。"

"还有一条呢？"展昭提醒她，"不是说两条路换一条吗？而且李老实已经被捉拿归案，大人判了斩立决。他不日命丧，还要换路做什么？"

两人对视一眼，几乎是同时反应过来。

"他不是给自己换！"

在死牢里，端木翠第一次见到李老实。

李老实的目光掠过她的脸，然后停留在她身后。那里，李何氏哆哆嗦嗦地抱着煦儿，飞快地看了他一眼，赶紧低下头去。

李老实面上的肌肉簌簌抖动起来，声音也沙哑得厉害："你……不是让你回家吗？又来？"

展昭面色一沉："李老实，噤声！"

李老实从未见过展昭如此犀利含威的模样，心头一凛，心虚地低下头去。

"李老实，"端木翠开口了，"买路钱这回事，你是怎么知道的？"

"什么买……路、路钱？"李老实结巴，"我、我不知道。"

端木翠微笑："你的名字叫李老实，此番说话，可是一点都不老实。你不知道？那我撕了这个纸包好不好？"

李老实突然看到那个红纸包出现在端木翠手中，惊出了一身冷汗，但是他很快冷静下来："说了不知道就是不知道，姑娘就算撕了这个纸包，我也是不知道。"

"好得很。"端木翠早已料到他会这么作答，"你当然敢这么硬气，因为你知道，印了路魅鬼符的纸包，火烧不毁水浸不毁，想就这么撕掉，当然也不容易。"

乍然间听到"路魅鬼符"这四个字，李老实一下子僵住了。

端木翠举起那个纸包冷笑："这里头包了邵须弥三滴血，困住了他一条命，也就相当于取下他后半生的官路。来日你大行之时，李何氏只要再取你三滴血，你后半生的路，也会被纳入其中。让我想想……"她眉头轻皱，好像真的在想猜不透的难题，"听说你自小孤苦，颠沛流离，而立之年始有营生，惨淡经营数十年，方有今日茶铺。前年成亲，去岁喜获麟儿。你的后半生，称不上大富大贵，但也必然平和喜乐，吃穿不愁。"

"所以你的后半生，实在是不差的。"

"你的后半生，加上邵须弥的后半生……"她略顿了顿，看向李何氏怀中襁褓，目光落在煦儿雪白粉嫩的小脸上。

"可保此子一世无忧，是吧？"

李老实半晌无语，蓦地一个抬头，凄厉的目光直直锥向李何氏的脸："我同你说了让你……"

"不关她的事。"端木翠冷冷打断李老实，"她很听你的话，不管怎么问她，都没吐露半个字。尤其……"

她指着自己面颊上的抓痕："尤其……她还抓破了我的脸！"

"端木……"眼见问案有向私人恩怨转化的趋势，展昭适时开口。

端木翠不高兴了："说说也不行？"

展昭苦笑。

"你若不告诉我，你是怎么知道买路钱这回事的，"端木翠拈起那个纸包，"就别怪我剪碎了它。"

李老实的身子哆嗦了一下。

"这种事情还用得着考虑吗？"端木翠冷笑，"我剪碎了这个纸包，就不存在买路钱的交易了。邵须弥死，你亡，一命抵一命。只可惜留下这孤儿寡母，真不知今后如何残喘过活……"

"姑娘，姑娘开恩！"李老实忽然重重跪倒在地，隔着牢栏叩头不止，"我说，我说便是。只是这纸包，姑娘千万不能剪，否则煦儿这辈子……就毁了啊……"

李老实终于和盘托出。

原来李老实祖上是游方卦士，非但供养路魅，也熟知路魅买路换路之说，还留下了路魅抓周的签具。只是到了李老实父辈那一代，转而为工为商，所谓卜卦玄门之术，俱作了浮云。

诚如端木翠所言，李老实自小孤苦，颠沛流离，年近而立方安身立命，苦苦打拼数十载，方有目下生计，虽不豪富，心下足慰。不久前正值煦儿抓周，煦儿于百样什物之中，抓取笔砚，夫妻俩更是喜上眉梢。

也合该有此一劫，煦儿抓周之后，李老实忽然想到祖上留下的路魅抓周签具，虽说并不尽信，还是兴致勃勃地取出，避开旁人一试。

谁知一连试了三次，抓取的都是"绝路"签！

言至此，李老实哽咽不止。展昭和端木翠对视一眼，俱是心下恻然。李何氏背过身去，泣不成声。

"小人……不管受什么苦，都是不打紧的。"李老实用衣袖揩去眼泪，"只是，小儿……实在不忍小儿受苦，尤其还是绝路……小人只想为他铺就一条好走些的路，这才……这才翻出祖上留下的卷册，寻了这个……法子……"

"那卷册签具，现在何处？还有什么人知道这件事？"

"都在家中，放在斗橱下第二个抽屉里，姑娘可以取走。除了小人，再没有别人知道此事了。小人给煦儿抓周之时，连娘子都未曾在侧。"

"对了，"展昭忽然想起一事，"你为什么选中邵须弥下手？你怎么知道邵须弥的后半生就一定是好的？"

"邵须弥是小人的表兄……"李老实声音越说越低，"也算是李家旁系，当年出生之时，也都抓过路魅周。只是他已算是外系，所以未能得到家传的卷册……"

"邵须弥盛年横死，如此命数，也算是好命？"展昭冷笑。

李老实没敢吭声，倒是端木翠接了一句："他这一死，相当于命和路都被人剪了去……但是他若不死，后半生的路，委实是不差的。"

展昭没吭声了，良久才道："那么这件事，就这样了？"

"什么就这样了？"端木翠听不懂。

李老实和李何氏，却惊惶起来，心中的不安渐如滚水沸开。

"为着一己之私，戕害他人性命，致使邵须弥横死……难道要听任他得偿所愿？”

“这么说……”端木翠迟疑了一下，“你是想让我，剪了这个纸包？”

“展大人，展大人，使不得啊，展大人。”李老实叩头如捣蒜，“那邵须弥已经死了，小的也给他赔命了，一命偿一命，也不欠他什么了。但是煦儿，煦儿是无辜的啊。展大人，你侠义心肠，你忍心看到煦儿这辈子走上绝路吗？展大人，展大人，求你千万开恩啊！娘子，还不快求展大人？”

一直呆怔着的李何氏这才回过神来，扑通一声跪倒在地，膝行着步步挨到展昭腿边：“展大人，展大人可怜我们孤儿寡母，对这事睁一只眼闭一只眼，就是我们煦儿的大恩人了，煦儿给展大人磕头了……”说话间，她按住煦儿的小脑袋就往地上磕。展昭大怒，伸手攥住她的手腕：“你干什么！”

“展大人！”李何氏泪流满面，“求展大人开恩啊……”

一时间，死牢之内净是哀哭叩头之声。展昭心中气急，但也无可奈何，只得重重叹了口气，转过身去，再不看这二人。

“谢过展大人，谢过展大人！”李老实却是多少知道展昭的，见他这番情状，知道多半已有松动，含泪叩头不止。

李何氏长吁一口气，瘫在当地，竟是提不起半分力气。

端木翠看看展昭，又看看李何氏，忽然冷笑一声：“哪能这么便宜了你！”

展昭未及反应过来，只觉手中一轻，巨阙已被端木翠抽了去，急回首时，只见白光一闪，剑锋朝着李何氏脖颈削去。

“端木住手！”

“娘子！”

咕咚一声，李何氏直直往后便倒，双眼翻白，竟是昏死了过去。幸好未伤及煦儿——煦儿倒是不哭，一双黑亮的眼睛骨碌碌乱转，伸手在半空乱摆乱晃。

低首看时，李何氏发顶秃了一块，露出光亮亮的头皮来，发髻连带底发，尽数被削了去。

李老实吓得半晌说不出话来。

展昭无可奈何：“你何苦……公报私仇？”

端木翠哼一声，巨阙还鞘，掷回给展昭：“谁说我是公报私仇？我跟她只有私，哪来的公？”说着转身便走，展昭叹了口气，实在不想再见到李老实夫妇，便也跟了出去，只吩咐牢狱里的差役好生看着，待李何氏醒了，便送她出去。

出得门来会合了端木翠，先去临街茶铺李老实家里取卷册签具。李老实家只剩了看门的老妈子，见官差上门，也不敢多问什么，端木翠径自进屋寻着了东西，去到灶房，通通塞进了灶膛之中。

火焰炽起，鲜红火光直直映入展昭的清亮双眸。

端木翠还嫌不够，俯下身子往灶膛里添了几把柴火。

展昭微笑："这样的买路邪术，就此便销声匿迹了？"

"谁知道？"端木翠拍拍手上的灰尘，"谁知道这世上还会不会有第二第三个李老实，清掉一个是一个吧。"

展昭轻轻叹了口气："李老实在开封府临街开茶铺多年，为人憨厚老实。我和开封府的兄弟们，经常在他那里用膳。"

"怎么，可怜他？"

展昭摇头："只觉得便宜了他，他为了替煦儿换路，原本就准备搭上自己的性命，算是自作自受，但是邵须弥何辜？如今这等收拾，只觉事事遂了他的愿，恶人得不到恶报，心中别扭扭，总是不舒服。"

端木翠宽慰他："就算你不想放过他，又能拿他怎么样？真要剪了纸包，让煦儿走投无路？"

展昭苦笑："稚子何辜。"

"不说这个了。"端木翠脑袋一歪，"展昭，饿了。"

"饿了？"

端木翠撇嘴："不是说要带人家吃饭吗，事到临头，又不认账。"

"哪有不认账？"展昭微笑，"想吃什么？"

"去马行街吧。"端木翠兴奋，"展昭，李老实的案子算是结了吧？那今夜没事了？我们去马行街吃东西好不好？吃完东西，去看傀儡戏好不好？"

展昭顿了顿，没有立即答她。

"怎么了啊？"看出展昭脸色不对，端木翠有点奇怪，"展昭，你不是不想看吧？"

"不是。"展昭迟疑了一下，伸手轻轻握住她的手，"端木，我有话同你说。"

第二十八章 生死盘

整个晚上，端木翠都闷闷的。

两人在马行街最中央的太白楼二楼用膳，透过打开的窗扇，可以看到远远近近的灯火和热闹。展昭给端木翠夹菜，菌菇、竹笋、芽尖、糖藕，那么小一个砂碗，堆得高高颤颤。

她不看展昭，也不夹菜，自顾自拿筷子在碗和碟子之间搭桥。

展昭叹气："端木，多少吃点，都饿了这许多时候了。"

"没胃口。"

展昭顿了顿，柔声宽慰她："一会儿吃完饭，去看傀儡戏好不好？"

不提还好，提起这茬，她更火了："不稀罕，一辈子不看都不稀罕。"说着腾地起身，噔噔噔下楼去了。

展昭下意识也想起身，边上忙活的小二看看情势不对，赶紧过来点头哈腰。展昭是官，他也不敢明说是怕展昭不给钱，只得拼命朝展昭笑，笑得那叫一个风生水起，希望展昭能明白他笑容底下的辛酸用意：爷，你若是不给钱，掌柜的会扣我工钱的……

待展昭结好账下去，端木翠早不见了。

好在，他知道她是去哪儿了。

到端木翠家时，刘婶还没来得及走，见着他第一句话就是："姑娘睡下了。"

这么早就睡下了？展昭无奈。

刘婶倒是善解人意："那……我先走了，姑娘刚睡下，展大人若去叫门，没准还能喊她起来说会儿话。"

送走了刘婶，展昭将门闩上，方一回身，就见端木翠穿着里衣站在阶上恨恨瞪他。

展昭哑然，半晌才找到话说："不是睡了吗？"

"饿了！"

翻遍了整个灶房，也只剩下面的材料了。展昭将鸡蛋打在碗中用筷子搅散，揭开盖时，面条正咕噜滚着翻身。展昭将蛋花倒下去，最后加了盐巴和葱末，然后起锅。

热腾腾的葱油蛋面送到端木翠面前，她一声不吭，操起筷子在面里搅个不停。

展昭叹气："吃水还不忘掘井人，端木，我忙活这么半天，你连谢字都没有一个。"

端木翠白他："为什么要谢你，都是你害我没吃成饭。"

展昭哭笑不得："又是我？"

端木翠拿筷子敲敲碗边："真心请人吃饭看戏，为什么事前把坏消息告诉人家？你那样一说，谁还有心思吃饭看戏？总是你小气抠门，把请人吃饭看戏的钱给省了。"

展昭委屈到不行："那桌子饭你是一口没动，饭钱我可半分没少付。"

"活该！"端木翠撇嘴，心情复苏了那么一点点。埋头吃了两口，忽然抬头问他，"要去多久？"

"什么？"

"就是那个什么西夏东夏。"她不高兴，"要去多久？"

"大人没说。"

端木翠气结："那你老死在那头，别回来了。"

展昭也不恼："我会尽早回来。"

"事情由得你吗？"端木翠瞪他，"你连去干什么都不知道。"

"到那里就知道了。"展昭顿了顿，"我会给你来信。"

"不稀罕，不！识！字！"

"端木，不要耍小孩子脾气。"

端木翠不说话了，筷子在面里搅了搅，忽然没头没脑来了句："那我也去。"

"你不能去。"

"你说了算？"端木翠哼一声，"你走你的，我走我的，你去办事，我去……收妖。"

展昭叹气："端木，我真的不能带你去。"

"谁要你带，我有手有脚，自己能去。"

"端木，我走了之后，你搬去开封府住，跟先生他们一道，彼此有个照应。"

"不去，我忙，我要去西夏。"

"你就住我的房间，日常跟先生学些东西，聊胜于无。"

"不学，我去西夏。"

"端木！"展昭面色一沉，语气就重了几分。

端木翠委屈："西夏是你的，我去转转不行？"

展昭心中一软，语气也随之软下来："我这趟去，是有要事在身，等同于潜入兴州，何等凶险？收敛形迹尚且不及，哪里能带上你？"

"都说了不要你带。"端木翠烦躁，"都说了我自己能去。"

"西夏是什么地方，你一个孤身女子去到那里，我如何放心得下？"

"那你一个孤身男子去到那里，我就放心得下了？"她非得跟他对着干，还很不客气地揭他老底，"再碰上三个四个姚姑娘，哼……"

展昭哭笑不得，顿了顿才握了她的手："端木，正经说话。"

"以前也好，现在也罢，哪怕是将来，我总会有许多日子在外不归，缉凶办案，端木，你不可能次次跟着我。"

端木翠咬着嘴唇不吭声。

"我知道你担心我，只是，不要任性，安心等我回来。"

"可是……"

"端木，"展昭直直看进她的眼睛里，"只有知道你好端端的，我才能安心离开。听我的话，搬去开封府住，等我的消息，嗯？"

这样的目光和温柔之下，端木翠纵有一千一万个不情愿，一万一千种脾气，也发不出来了。

"那……"她讨价还价，"如果你真要在那里长久待着，展昭，我是要去找你的。"

"好。"展昭答应得干脆。

睡下时，展昭帮她掖好被角，顺势在床边坐下。

"明儿几时走？"端木翠从被窝底下伸出手来，牵住他的衣角。

展昭微笑："天交五更的时候，那时，你还没起床。"

"那不及送你了？"端木翠一下子反应过来。

"不要送。"展昭低头吻了吻她的额头，"你若送我，我怕我舍不得走了。"

"才怪。"端木翠瞪他。

"瞪什么？"展昭逗她，"再瞪，眼睛也不会再大些。"

端木翠撇撇嘴，忽地想起什么："行装都收拾好了吗？"

"还没，"展昭摇头，"回去了再收拾。"

"那早些回去。"端木翠赶他，"早些收拾了早些睡，明日赶路才有精神。"

展昭微笑点头："等你睡着了我就回去。"

端木翠闭上眼睛："我睡着了，展昭，你快些回去。"

半晌不见动静，神秘兮兮地睁开一只眼睛，正看见展昭笑意浅浅的唇角。

"哎，展昭，你怎么还没走？"

"你也没睡着啊。"展昭答得理所当然。

"你在这里吵我，我怎么睡得着？"端木翠急了，坐起身来推他，"走走走。"

"好，这就走。"

确实，也该走了。

"哎。"看他真的转身要走，端木翠忙叫住他。

"什么？"展昭回头。

"要不要抱一下？"她笑嘻嘻的，"过了今晚，想抱我的时候，就只能去路边抱木头了。"

"为什么是抱木头？"展昭有点发蒙。

"因为我是端……木……翠啊。"她重点强调了自己名字中间的"木"字，"小时候，我娘叫我小木头。你想我的时候，当然要看木头。"

"哦……"展昭恍然大悟。

他走回床边坐下，故意跟她讨价还价："那抱石头行不行？土坷块行不行？瓦罐行不行？水缸行不行？"

端木翠没好气："行，都行。"

展昭笑出声来，伸手拥住她，用力搂了搂："那不行，还是留着力气，回来抱小木头吧。"

端木翠不说话，埋头在他怀里，忽然低声说了句什么。

"说什么？"展昭没听清。

"没说什么，早些回去，好好睡一觉。"

展昭走了，端木翠反睡不着了。

那句话，她到底还是没敢清楚大声地说出来。

"展昭，若是我不做神仙，会娶我吗？"

话到嘴边怯了场，是怕展昭不娶她，还是终究不敢把"不做神仙"这样的话说出来？

端木翠叹气，翻身，又翻身。也不知过了多久，才有了蒙眬的睡意。

她做了一个奇怪的梦。

梦里，她被"咚咚咚"的砸门声给吵醒，开门一看，居然是公孙先生。

公孙策急得满脸是汗，大声向她说着什么，一边说一边挥手。但是她听不见公孙策的声音，只能看到他的嘴快速地张合、张合。

她忽然就分辨出他的口型，他来回反复，说的只是两个字："西夏。"

"是不是展昭出事了？"她紧张起来，抓住公孙策的胳膊，又问了一遍，"是不是展昭出事了？"

公孙策回答不了她，只是大声地重复着那两个字。

端木翠撞开公孙策就出了门。门外的巷道，像是笼罩着一层雾气，有许多人站在门外，听见开门声，他们动作极慢地转过身来。

她看到一张张熟识的脸，有刘婶的、包大人的、银朱的、张龙赵虎王朝马汉的、白玉堂的、徐庆的……他们的脸上带着难以言喻的悲伤之色，向她慢慢地摇头。每个人都在说话，嘴唇不停地张合，她听不见声音，却清楚知道他们在说同样的两个字："西夏。"

"是不是展昭出事了？"她慌慌的，一张口就带了哭音。

没人答她。

"我去找他。"

抬脚想走，却发现足上似是坠了千斤重，低头看时，竟是小青花，死死抱住她的腿，拼命向她摇头。

她不管，她要去找展昭。

也不知怎么的真的就到了西夏，寥落的焦土战场、四处倾折的氅旗、横七竖

八的尸体，四周安静得可怕。端木翠一边哭着一边在死尸间翻检：展昭不是说是潜入兴州的吗？他怎么会出现在战场？他不是兵卫，为什么要征战沙场？

恍恍惚惚间，脚下一绊，端木翠摔在地上，前方不远处落着一面氅旗。

看到那面氅旗，端木翠的心中忽然生出不祥的预感，她慢慢地伸出手去，把那面氅旗拿了过来。

这不是西夏或者大宋任何一位将领的氅旗，这是她的氅旗，是她端木营的氅旗。

周遭的呐喊声忽然齐震，端木翠猛然反应过来：这不是西夏，这是牧野！

战鼓擂如山响，旌旗挥蔽了半个天空，端木翠茫然四顾，身后响起戈戟破空的声音。

"将军！将军小心！"示警声唤回了她的清明意识，她忙转过身来。

来不及了，一柄青铜长戈直直穿透她的心口。

耳畔响起护卫兵将撕心裂肺的恸声，她倒在地上，侧脸贴着冰凉而泛着血腥气的泥土，胸前流出的血渐渐在身下渗开，如同一朵盛放的花。

端木翠惊醒之后，便再也睡不着了。

看看时辰，才是四更天的模样，她穿好衣裳，急急往开封府过来。

门口值夜的衙役认识她，先是惊讶后是心领神会地笑："端木姑娘，这么早？哦，展大人还没走。"

端木翠"嗯"一声，急匆匆跨进门去。廊道里没有人，只有她的脚步声，轻一下重一下。

展昭的房门半掩着，房内透出晕黄的灯光来。隔着几步，端木翠就听到公孙先生在说话："这一瓶是金创药，这一瓶是玉露丹，衣裳都带齐了吗？那头冷，怕是还在下雪……"

端木翠推开门，房内的两人齐齐抬头看她。展昭还穿着睡时里衣，桌上的行李都摊放着，床上衣裳摆得左一件右一件的。

"端木！"展昭惊讶地迎上来，"这时怎么会过来？才四更天。"

"睡不着。"端木翠嗫嚅着。

公孙策抚着山羊胡子呵呵笑起来："理当是睡不着的，来了也好，帮展昭收拾收拾，也省得我这个老人家忙进忙出。"

"偏劳先生。"展昭将公孙策送到门口，轻轻把门关上，尚未及回身，端木翠忽然从后面抱住了他。

展昭先是一怔，继而微笑，顿了一顿，才拿开她的手回转身来："怎么了？又不开心？我们先前不是说好了吗？"

"说好了什么？"端木翠闷闷的。

展昭笑着将她拥进怀里："不是让你好好睡，不要过来送吗？"

"睡不着。"端木翠咬了咬嘴唇，侧脸偎着他的胸膛，伸手揪着他胸前的衣襟，一下又一下。

展昭笑她："真该有面镜子，让你看看自己的模样，像个舍不得人远行的小孩子。"

"我又没送过人远行。"

展昭不说话了，叹了口气，低下头时，正看到她面上的抓痕，伸手轻轻触了触："是不是做噩梦了？"

"梦又不是真的。"她答得飞快。

那看来是了，展昭失笑："那再睡会儿。"

"什么？"

"你再睡会儿，我走的时候再叫你。"

展昭并不避嫌，待她躺下后，拉过被子帮她盖上。被褥微温，想是展昭起身未久，端木翠往被子里缩了缩，展昭微微一笑，坐在床边将衣裳一件件叠好。

"以前，也会这样，总要远行？"端木翠到底睡不着。

"是。"展昭点头，"来来回回，都收拾习惯了。"略顿了顿，忽然浅笑，"若是每次离开，都有端木在身边，就好了。"

"为什么？"

"不为什么。"展昭低下头去继续叠衣裳，"以前来来去去一个人，无牵无挂，乐得洒脱；现在突然觉得，两个人也是好的。"

"突然觉得？"端木翠翻了个身，支颐看他，"什么时候突然觉得的？"

"就是刚才，看到你睡在这里。"展昭微笑，声音却忽然变得很轻，"好像……一个家一样……"

端木翠愣了一下，慢慢坐起来。

家？

"展昭，你好像不常回家。"

"是，我少时离家，拜师学艺，然后闯荡江湖，入公门，很少回家。偶尔回去，也是来去匆匆。"

"家里……还有些什么人？"

"有娘，还有哥哥嫂嫂。"展昭想了想，唇角绽出微笑来，"还有侄儿侄女，上次见，皮得不行，现下应该长高些了。"

"这么想家，为什么不常回去？"

展昭顿了一下，手上的动作慢慢停下来："离家太久，每次回家，娘待我都像贵客，诚惶诚恐，客客气气，唯恐哪处怠慢了。回到了家，反而不自在。倘若能住久些日子，说不定能找回素日一家子人的和气，只可惜，总只那么一两天。有一次离家，娘和哥嫂送了我一程，他们一路上聊些家事，哪家的租该收了，该去给哪位亲戚做寿了，该采买什么，该给孩子添什么衣裳——我插不上话，看他们絮絮叨叨，好生羡慕，似乎自己是个外人。"

"展昭……"端木翠不知该怎么安慰他。

展昭笑笑："其实没什么，只是有些时候，有些感喟罢了。"

"展昭，如果……"端木翠说得吞吐，"我是说如果，我们是一家人，那是什么样子的？"

"如果我们是一家人……"展昭手上的动作慢慢停下来，他微笑着看向端木翠，"那怕是要用光我一辈子的福气了。"

"你不愿意？"

"我只怕我的福气不够。"

端木翠愣住了，看着展昭，眼泪慢慢流下来。

"怎么又哭鼻子？"展昭抬手给她拭泪，"眼泪沾到伤口就不好了。"

"我想跟你做一家人，展昭，你娶不娶我？"

"娶。"

"福气用掉了也娶？"

"娶。"

"没有骗人？"

"一家人，不说两家话。"

端木翠含着眼泪笑出声来，伸出手去搂住展昭，凑在他耳边低声道："展昭，我一定嫁你，谁都拦不住我。"

横竖是睡不着了，端木翠爬起来帮展昭叠衣服。

这怕是她头一次像模像样地叠衣服，展昭微笑着在一旁指点她："先摊平了，袖子收过来，依着中线……"

"也不难嘛。"很快就叠好了一件，端木翠很得意，"怪道说世上无难事，只怕有心人，原来我也会叠衣裳的。"

"行兵打仗都不在话下，叠件衣裳，能有多难……"话还未说完，门外忽然传来笃笃笃的叩门声，然后是小衙役毕恭毕敬的声音："展大人，马备好了。"

展昭顿了一顿，才道："知道了。"

原来不知不觉，已近五更天了。

包袱都打好了，巨阙横在桌上，展昭穿好皂靴，伸手去拿搭在床头的蓝袍和腰带。端木翠抢先一步拿过来："展昭，我来吧。"

"你？"

"是我们部落的习俗。"端木翠将蓝袍展开，凌空抖了一抖，"展昭，伸手。"

展昭从未让人服侍过穿衣，端木翠也从未服侍过别人穿衣，两人拙手拙脚，穿得那叫一个费劲。展昭失笑："你们部落的女子可真够累的。"

"又不是天天这样穿。"端木翠帮他把肩上的褶皱抚平，"只有……夫……君远行的时候……"

她拿过展昭的腰带，双手围住展昭的腰："抬手。"

展昭乖乖抬起手来。

"以前，我带兵打仗，麾下多是部落里的男丁，若是在外还好，在外行军不带家眷。但若是从部落走，起兵那日的早上，就有很多女子嘤嘤而哭。她们为夫君束衣带，低声唱部落的歌谣。我那时只觉得她们婆婆妈妈，即便不到起兵的时辰，也会让兵卫击鼓而催。行军的时候，很多女子都尾随队伍跟出很远……唉，展昭，那时，我到底是不理解她们的心情……"她叹气，低头去结腰带上的扣钩。

展昭低头蹭了蹭她的发顶："那首歌谣，怎么唱？"

"什么？"

"你们部落的歌谣，临别时唱的歌谣。"

端木翠脸一红："我不记得了。"

"一定记得。"展昭不依不饶，唇角绽出微笑来，"唱给我听。"

"我唱得不好。"

"展大人！"门外又传来衙役的催行声，"五更天了。"

"知道了。"

展昭叹气，低头看见端木翠笑得促狭，伸手去刮她的鼻子："等我回来，记得唱给我听。"

展昭不让端木翠送出门，只吩咐了她好生休息。端木翠睡不着，竖起耳朵听外间的说话声音渐渐远去，想着展昭出门的样子，上马的样子，策缰而去的样子……

那首歌谣，到底是怎么唱来着？

那时，她很烦听到那样的歌谣，总觉得女子的嘤嘤哭音，损了麾下战士的士气，每次听到都气不打一处来。

可是那些女子，并不因为主将的气恼或是不喜就停止了歌唱，每一次出征的日子，她们为夫君束上甲带，含着泪低声吟唱。

那首歌谣，到底是怎么唱来着？

她慢慢记了起来。

> 缶上羹沸，君子无归，尝无味。
>
> 夜闭窗牖，君子无归，独拥被。
>
> 荷锄而耕，君子无归，望野垂泪。
>
> 愿做刀戟眼，锋刃不加君子背，愿为摇辔马，千里负君归。

屈指一算，展昭走了已有七天。

端木翠如展昭要求，住进开封府，还发展出了新的爱好，总去揪公孙策花圃里种着的所谓奇花异草。

"这花怎么个奇法了？"她把花瓣翻过来掉过去地看，就差扯下来了，"不就是红色里头带了点点白，哎，公孙先生，这就叫奇花异草了？"

"主子说得甚是！"小青花带着崇拜的眼光看端木翠：还是自家主子见识多

啊……

"还有这个小黄花……野地里遍地都是嘛……"

公孙策气得把手中的《世说新语》卷作一卷，砰砰砰地直敲桌子："野地里的叶片是尖的，这个是圆的，圆的！"

"也差不多嘛，圆的就更金贵些了？哎，这又是什么花？"她好奇地托起另一朵白花的花托儿，看起来像是茶花，白色的花瓣儿密密簇簇的，奇的是每一朵花瓣上都有一抹子淡淡的绿晕，外加一道红条子。

公孙策没好气："抓破美人脸！"

"抓破美人脸啊……"端木翠感叹，"抓破了有红条子也就算了，这道绿的是怎么回事，美人气得脸发绿了？"

公孙策不想理她：这姑娘是怎么回事嘛，除了展护卫走的那天她表现得很有离情别绪之外，其余的日子怎么都跟打了鸡血似的精神亢奋。看花的时候你就不能愁上眉梢，吟两首哀婉凄恻的词什么的，比如"未见君子，忧心忡忡"，比如"何处相思明月楼"，你净跟我的花较劲是怎么个事嘛……

公孙策决定点化一下她，他放下手中的《世说新语》，换了卷《诗经·国风》。

"一日不见，如三秋兮；一日不见，如三岁兮……"

小青花神秘兮兮地看端木翠："公孙先生思娇了。"

端木翠一个忍不住，噗地笑出声来，手上的力没使好，居然就把花托儿给拽了下来。抓破美人脸华丽丽升级为扯断美人颈。

公孙策的所谓"思娇情绪"刹那间风消云散。

"你！你！你！"他气得撑住桌子的手臂抖个不停，透过窗扇看花圃中的肇事分子，脸上青一阵白一阵。

端木翠讪讪地笑："公孙先生你看……这花，一点都不结实……一扯就掉……我还没怎么使劲呢……"

你还没怎么使劲呢，你使么大劲是要翻天怎的？

眼见公孙策目光不善，隐隐流露出当日在宣平夜斗妖兽的风采，端木翠顿感不妙："公孙先生，我赔，我赔！"

"你赔！"在公孙策爆发出怒吼声之前，端木翠脖子一缩，溜得那叫一个利索。小青花屁颠屁颠紧随其后，翻过花圃围砖时还摔了个跟头，也不知门牙又报销了几颗。

一人一碗，落荒而逃。

出门时恰好遇到张龙进来，端木翠忙揪住他："哎，张龙，我问你，开封的花市在什么地方？"

"哦，马行街后头，顺着大路直走，尽头拐个弯就是。"

端木翠应一声，正要跨步出去，忽然又回头，低头看着地下，声色俱厉："你，老实待着，不准跟我出去！"

小青花开始默默地捻衣角、咬嘴唇、对手指，可能待会儿还会蹲墙角画圈圈。

"端木姐，去买花吗？"张龙看看端木翠又看看小青花，"要不你等等，我把信报知大人之后陪你一起去。"

"又是什么信？"端木翠好奇。

"还不就是宣平天有二日的事情。"张龙皱眉，"这都一连七天了，也不知后头是个什么响动儿。照我说，有什么事要来就赶紧来，就这么吊着算个什么事，嘻！"

这就像整日都喊狼来了，结果一天两天狼都不露面，徒留人心惶惶——还不如赶紧来，让人死也死个明白。

端木翠的脸色有点不对："那你忙吧，我自己去就是。"

"哎，端木姐……"张龙还想喊她，见她走得急，也只得作罢。

白日的马行街，远不如夜晚那般热闹，端木翠想起方才张龙的话，心底不免烦躁。

这七天来，她每天都能得知宣平的消息。

"一连两日夜如白昼，天有二日……"

"一连五日夜如白昼，天有二日……"

"这都一连七天了……"

端木翠咬了咬下唇，理论来说，如果没有回应，这异象应该很快就停止了，为什么还这么一日日地执拗不休？

思忖间，慢慢绕过了马行街，清淡的花香绕于身周，越往里走越是馥郁，端木翠晃了晃脑袋，把乱七八糟的念头晃了开去，快步向花市内里走去。

"老板，哪有卖茶花的铺子？"

"再往里走走，第三家就是了。"

细数一二三，果然就到了。门楣上大大的匾额，上书"茶花园"三个大字。

其实端木翠是真的不懂什么花的，她装作懂行的样子瞅了又瞅，心里已经晕菜了一半。矮矮胖胖满脸堆笑的老板跟在边上亦步亦趋："姑娘，姑娘看起来是个内行，想挑什么花？"

"那个……"她清了清嗓子，"给我来一盆……抓破美人脸。"

老板吓了一跳。

她说这话的时候，就跟进了随便哪个饭铺子，嚷嚷"给我来一碟卤水花生"一样来得那么轻易。

"抓、抓、抓破美人脸？"老板以为自己是听错了。

"就是那种白的花瓣，上面有条绿道子，还有条红道子的。"

"这花……"老板傻眼了，"小的是听过，但从没见过。"

"什么？"端木翠开始意识到事情的严重性了，说话都开始打磕绊，"这、这、这花，很贵？"

"哪里是贵那么简单啊。"老板给她扫盲，"姑娘，这花是茶花中的极品啊，小的从来都是只闻其名，没见过真东西啊。不是小的打诳语，这整个开封，都未必能找出一株两株来。"

就那破花？

端木翠心里泛起了嘀咕，这公孙先生摆弄的还真的是"奇花异草"？在她看来都普普通通嘛，整个开封都未必能找出一株两株来，喊！

"那姑娘看看，要不要买盆别的？"老板极力想促成生意。

端木翠果然不愧是将军出身，极其具有杀伐决断之才，但见她目光在四下溜了一溜，最后停留在地上一株最普通的白色茶花身上："就它了！"

就它了？老板欲哭无泪。

这是怎样的客户啊，开始还以为是个肥羊，那么耀武扬威的，一开口就不同凡响。到了后来，居然就买了这么一盆……

打个什么样的比方呢，这么说吧，就跟进了珠宝店，开口就要海洋之星，结果店员屁颠屁颠殷勤了一圈下来，人拿了张宣传页跑路了……

老板懒得理会她，收了两个叮当响的铜板，几乎是用脚把那个盆挪到她面

前的。

端木翠兴致勃勃，一点都不在意："老板，有石绿吗？"

端木翠右手石绿左手胭脂，就在这茶花园里公然造假。她得意扬扬地用指甲揩了一点点石绿，小心地用指腹抹匀在白色茶花的花瓣上。老板在边上看得眼珠子都快脱眶了：她以为这样，就能造出名贵的"抓破美人脸"？

端木翠却做得认真，她打开胭脂盒，胭脂的甜腻味道浮上鼻端，仔细揩抹着花瓣，唇角忍不住绽开促狭的坏笑：这样做当然是瞒不过公孙先生的，只盼先生念她这份心意，不要再摆出那副吹胡子瞪眼的模样……

身后突然有人唤她："端木。"

端木翠身子一颤，这声音……

这声音熟悉而又陌生，似乎起自不可名状的遥远之处，但明明近在肘间。

她有多久，没有听到过这声音了？

拿着胭脂石绿的手不可抑制地抖了起来，许多埋没却从未消失的记忆自四面八方迫将过来，潮水般风急浪高，又好像深不见底的旋涡，她是最微小的尘埃，死死攀附着水沫，被动而走，无所适从。

端木翠慢慢站起来，眼底渐渐蒙上一层泪雾。她没有回头，压得极低的声音中还是带着些许难以置信。

"大……哥？"

端木翠回过头来。

杨戬正立在门口，柔和的天光自他身后披入，细小的尘埃在光晕中浮动。也不知是因为眼泪还是天光的关系，端木翠的眼睛涩涩的，一时间看不清杨戬的模样，只模糊看到他熟悉的身形——只那么一个轮廓，她已经止不住眼泪了。

说不清是开心、激动还是委屈、难过。杨戬于她，早已不是一个普通的亲人那么简单。她过往的岁月，与他有千丝万缕理不清的关联，不管是血雨腥风的沙场，还是漫长悠远的仙家岁月。

他是含威的师长，亦是亲切的朋友，是战场的同袍，亦是可以依靠的亲人……

端木翠含着眼泪笑出来："大哥。"

矮矮胖胖的老板看看端木翠又看看门口：这姑娘癔症了？干吗对着空气又哭又笑？下一刻，他的眼皮千斤重，他打了个呵欠：是关门的时候了。

于是他迷迷瞪瞪地去上门板，对门卖花种的沈嫂子隔街冲他嚷嚷："哎，你这个老抠油儿，今儿怎么这么早关门？"

他浑似没听见般，上好了门板，落了闩，闭着眼睛，云里雾里，深一脚浅一脚，终于摸上了床，一头栽进了黑甜梦乡。

端木翠根本没有留意到身边发生了什么，她的眼光一直停留在杨戬身上。

他的样子，几乎是没有丝毫变化的，还是那般意气风发、俊逸出尘。银色发冠、黑色大氅，通体散发着不可侵犯的凛然之气。

他是天神，是战将，也是自己的骄傲。

杨戬向端木翠行了一步："端木。"

不知为什么，端木翠竟自惭形秽起来，下意识退了一步。

她低下头去看自己。

她穿了件普普通通的翠绿色布衫子，裙边上沾了点泥，想来是在公孙先生的花圃里胡闹时沾上的。早上束发时漫不经心，方才一通折腾，发髻已经有点散了，几缕发拂在面上，颊上还有三道抓痕，浅了些，但到底有碍观瞻。

她不知道自己下巴上还沾了一点石绿。

她原来如此狼狈，杨戬好像一面镜子，把她映衬得手足无措。

杨戬走上前来，目光停在她脸上，伸手触上她面上的抓痕。

"怎么搞得这么狼狈？"

他的声音柔和得很，指腹在抓痕之上慢慢抚过，拂过的地方又酥又痒，继而奇迹般凝成羊脂般嫩滑白皙。

"好了？"端木翠眨了眨眼睛，又是兴奋又是忐忑。

杨戬微笑："好了。"

他伸手在半空轻轻一拂，半空中波光粼粼，凭空出现了一面镜子。端木翠对着镜子看自己的脸，似是不敢相信，又伸手验证了一回，这才露出笑靥来，对着镜子里的杨戬展颜一笑："谢谢大哥。"

忽地心下一动：背上也有伤，能不能让大哥也如法炮制？正想说话，杨戬却突然开口了："端木，我在宣平，数次以异象召你，缘何从不回应？"

端木翠一愣，目光对上镜中杨戬的眼睛，又迅速避开："我……我不知道有异象的事。"

　　杨戬淡淡一笑："端木，坐下谈。"

　　坐下？

　　端木翠这才发觉地上不知何时已多了一张小几案，几上的盘中盛着瑶果，还有一盏细吞口的长颈玉壶、两个玉杯。

　　端木翠咬着嘴唇坐下来，杨戬坐在对面，轻托衣袖，给她斟上一杯酒。琥珀色的玉液，香气馥郁。

　　"我们兄妹，好久没有这么坐着喝酒谈天了。"

　　端木翠"嗯"一声，伸手拿起酒杯，迟疑了一回，一饮而尽，而后用手背揩了揩嘴角："谈什么？"

　　杨戬失笑："这般喝酒？牛嚼牡丹。"

　　"谈什么？"端木翠沉不住气。

　　杨戬深深看了她一眼，酒到唇边，又放回案上。

　　"瀛洲这帮酒囊饭袋，急急将事情报到天庭，说是冥道生变，温孤苇余作乱，端木上仙舍命封印冥道，与妖孽同归于尽。"

　　"他们……这么说？"端木翠心中怅然，也不知是高兴还是失望。

　　"你失去了法力，仙迹在冥道最后一次出现的地方踪绝，他们会这么想，也不奇怪。"杨戬顿了顿，唇角抹出一丝轻笑，"到底不是自家妹子，他们是不在意的。"

　　端木翠鼻子一酸，小心地抬眼看杨戬："大哥找我了？"

　　"为什么不找？"杨戬轻描淡写，"我有很多个妹子可以丢吗？"

　　端木翠不说话了。

　　"以往，天庭不是没有发生过上仙在人间遇险失去法力的事，上界这班懒散之人只凭仙迹寻人，而仙迹在出事的地点踪绝，要找寻起来很是困难。可是真要用心找，其实也不难。

　　"而且……"杨戬看向端木翠，"即便是失去法力，只要自己有心，日日上祷于天，这缕回归的孤愿，总会被上界攫取到。端木，你从未做过这样的尝试。"

　　"嗯。"杨戬说的是事实，端木翠不能否认，她思忖着是不是要找个借口敷衍过去，比如，自己很懒，所以不愿意费事……

　　杨戬淡淡一笑："不过端木向来疏懒，上祷的仪式繁复，想来你也懒得为之。

既然这样，我来找便是。我在宣平以异象传唤你，夜如白昼，天有二日，一连七日，你都不曾烧符纸回应。"

"都说了我不知道天有异象的事。"端木翠嘟囔。

杨戬叹气："端木，在你心里，大哥很蠢吗？"

"不蠢……"端木翠瞪大眼睛，不明白杨戬为什么岔开话题。

杨戬脸色一沉："既然不蠢，就不要在我面前诸多搪塞。你不回应，是因为你怀着一丝侥幸，认为只要不回应，我就会偃旗息鼓就此返回，那样，你就能留在人间了是不是？"

端木翠让他一激，猛地抬起头来，大声道："是！"

杨戬看着她一脸的倔强，忽地就忆起西岐往事，心中不觉酸楚，语气也放缓了许多："端木，你实在低估我对你的关心。我们是一家人，不找到你，我如何放心？"

端木翠眼圈红了。

"凡间有一句老话，叫生要见人死要见尸。仙迹踪绝，不代表你已经死了。你不回应异象，我不知道你是不愿回应，我以为你不能回应。世事变迁，此地不是西岐，你又身无法力，如何在世间立足？这个世道，对女子终究苛刻，我很怕你遭遇到不好的事情。"

他说得很慢，端木翠的眼泪慢慢流下来，终于忍不住扑进杨戬怀中大哭："大哥，是我对你不住。"

杨戬搂住端木翠，微笑着摩挲着她的长发："你喜欢上了展昭，所以不愿走了对不对？"

端木翠哽咽："大哥不要怪展昭，是我喜欢上他。"

"我没有怪他，他把你照顾得很好，我反倒要谢谢他。"

端木翠抬起泪眼看杨戬："大哥，不做神仙行不行？我留下来行不行？"

杨戬的脸色很平静，他把端木翠从怀中扶起："端木，我们还没有谈完。"

"大哥就是想跟我谈这个的是不是？"端木翠用衣袖擦干眼泪，"那我们谈，大哥，要怎么样才能留下来？"

她的目光如此殷切，杨戬低下眼帘，实在不忍让她失望，过了很久，才低声道："端木，你要知道，展昭的足上没有红线。"

"我知道啊，我早就知道。"端木翠急急扯住杨戬的衣袖。

"你早就知道？"杨戬的眸中掠过一丝疑惑之色，"那么，你是怎么想的？"

"因为人仙不恋，因为展昭……喜欢我。"端木翠咬了咬下唇，说得很是艰难，"月老不可能在我和他的足上牵线的。他没有红线，我在他身边陪他，不是顺理成章吗大哥？"

杨戬定定地看着端木翠，忽然爆发出一阵大笑，他笑得如此夸张，以至于笑出了眼泪。

端木翠在他的笑声中渐转不安。

"因为人仙不恋，因为展昭喜欢你？端木，你还真是自以为是！"杨戬笑得半天喘不过气来，"你还真是，自以为是！"

"那是因为什么？"端木翠努力想让自己平静些，但还是控制不住语声发颤。

"那是因为，展昭年二十七而卒，死于西夏，未及娶妻，亦无子嗣，所以他的足上根本就没有红线！"

死一般的寂静。

"大哥说的那个展昭，是我认识的……那个？"

杨戬也不看她，自顾自斟酒，一饮而尽。

端木翠咬牙，猛地坐起身子，"砰"一声将几案给掀翻了，壶中琼浆倾了杨戬一身。

杨戬不动声色，将氅袍拈起一角，静看酒液流下。

"大哥，我们谈自己的事，何必咒展昭！"

杨戬微笑抬头："原来大哥在你心中，不但蠢，还很小气。诅咒一个凡人？我杨戬还不屑为之。"

端木翠的眼前一片模糊。

"展昭真的会死？"

"知道你喜欢上展昭之后，半是好奇半是愠怒，我去查了展昭的底，想不到此人如此福薄……"杨戬眸中掠过一丝惋惜，"不过这样，倒省得我费许多口舌了。他若活着，你必然舍不得走；他既死了，你也该死心了。夜现白昼，天有二日，我为何一直等到第七日才来找你，就是想避过兄妹相争，等到你死心的这一日。端木，红尘世事，皆是幻象，跟大哥回家吧。"

端木翠心中一凛："为什么今日是我死心的日子？"

"因为今日是展昭殒命之日。"杨戬口气疏淡，"就在我们谈话的时候，他正在死，或者已经死了。你相信也好，不相信也好，承认也好，不承认也好，天命合当如此。"

端木翠痛哭失声，跪倒在地，死死抓住杨戬的衣襟："大哥，救救展昭，他是好人，他不该死。"

杨戬叹息，慢慢俯下身子："如果可以的话，我也想救展昭，以答谢他对你的救助之谊。但是端木，天地之间，唯命数不可变，命数不到的时候，他若是横死，仙法可以救活他；但命数到了，任何大能者都无法力挽狂澜。你记不记得上一次，你只是延迟了梁文祈魂魄归位的时间，就遭了惩罚？你是上仙，那么你应当知道，这一次，大哥的确是无能为力。"

端木翠泪如泉涌："展昭是好人，大哥，好人理应得到好报。"

"这只是凡人一厢情愿的梦想罢了。"杨戬的目光落在不知几许远处，"端木，你也做了上千年的神仙，于世事看得也不少了。古往今来，好人并不一定都得了好报，恶人也并不一定有报应。之所以有那么多人祈望世事公平，就是因为不公平才是常态。展昭的确是好人，大哥希望他下一世能有好报，封妻荫子，福祚绵长。"

端木翠不说话了，良久，她才攀住杨戬的手，慢慢地站起来。

"说这些话或许对你残忍，但长痛不如短痛。"杨戬抚摩着她的发，"端木，就当是做了一场梦吧。回去之后，长长地睡一觉，等你醒来之后，就会发现，别说是展昭，你认识的所有人，乃至这个大宋国，都已经改朝换代了。那时候，失去展昭的痛苦，也就不那么深了。"

端木翠全然没有听进去，她呆呆看着杨戬的脸，忽然道："我记得，我刚上战场的时候，打过败仗，那时我觉得给尚父丢脸，一个人躲起来哭。尚父找到我，把我给骂了一顿。"

杨戬一怔，不明白她为什么会突然提起此节，但还是体贴地顺着她说："然后呢？"

"然后我就很少哭了，因为眼泪不能帮我打胜仗，也没什么人在意我哭还是不哭，痛还是不痛。"

"然后呢？"杨戬深吸一口气，压服下心头的酸涩之意。

端木翠面上泪痕犹湿，唇角却绽出温柔微笑来："但是在展昭面前，我总是哭，有时不当哭，也要狠狠哭一场。"

她仰脸看杨戬："大哥，我可笑不可笑？"

杨戬不知该如何答她。

端木翠轻轻伏进杨戬怀中："大哥，我或许脾气不好，不懂事，但是事涉大体，我总还是知进退的。我不会让你为难，也不会提过分的要求，只有一件事，请务必答应我，送我去看看展昭。"

杨戬沉默。

端木翠微笑："我答应过展昭，和他做一家人。现在他孤零零地一个人在外头，我要去送他一程。一家人，理当是这样的，是不是？"

……

"好。"

展昭乔装改扮，星夜兼程，第四日的傍晚，到达兴州城郊外。

兴州城是西夏都城，自七年前夏主李德明之子李元昊继夏国公位之后，西夏和宋的关系便日趋紧张。李元昊先弃李姓，自称嵬名氏，此后的几年，订立西夏自己的年号、建宫殿、立文武班、颁布秃发令，并派大军攻取吐蕃的瓜州、沙州、肃州，俨然已成了笼罩宋土的一块阴云。

而这块阴云在去岁隐有变电雷雨之势——李元昊称帝，建国号大夏。宋廷极为愤怒，双方关系正式破裂。有传闻说李元昊意欲对大宋谋战，也正是因为这个，庞太师所属的暗卫入松堂在兴州活动日趋频繁，希望能够刺探到更多的西夏军情，以应不测。

这一趟急令到兴州，怕是入松堂这边，有了什么纰漏。

兴州内外盘查甚严，加上党项人秃发，与宋人更是有别。展昭即便穿了胡服，也无法遮掩发上差别，若是身着斗笠帷巾，更是平白惹人生疑。因此只得远远避开，依着联络秘法，趁着夜黑无人，在尽东城墙下首处寻着了一块松动的砖石，用粉石在上画了一棵小小的松树。

第二日清晨，如他所料，一队出城的马帮和一队进城的货队在城门口因为一点小事而"争执"起来。撒泼式的争斗引发了城门兵卫的哈哈大笑、指手画脚，一片扰攘之中，谁也未曾留意到马帮的一人偷偷溜了开去，再回来时，笠子帽低压，已换成了展昭。

事情的结果，马帮的马夫头破血流倒地不起，展昭和另一人抬了他头脚入城去找医馆。因着马帮出城时皆已验过路条，守城兵卫不以为意，摆了摆手放行。

一路上，马夫哼哼哈哈，并不露有异样，展昭不动声色，也不出言询问。不多时到了挑帘的医馆，馆中有不少求医的党项百姓等候，马夫很是恃强地大叫："大夫，快给咱瞧瞧，再迟上一迟，可就死人啦。"

那大夫掀了掀眼皮，很是嫌恶地挥挥手："送到后头去，空了再说。"

马夫很是不情愿，大嚷大叫着被送入了后院。求医者中爆发出一阵哄堂大笑，还有人出言称赞："凭什么他先看？就该这么着杀杀他的威风！大夫，他若同你胡闹，我第一个不依的！"一片附和哄闹之声中，三人疾步进了后院。那马夫再不哼哈，敏捷地下地，四下警醒地打量了一回，压低声音向展昭道："随我来！"

展昭心中好生赞他们行事滴水不漏。

进了屋，先拐去书房，展昭心中已猜了个大概。果然，那马夫挪了挪架上的青花瓷瓶，轳轳声过，挨着整面墙的书架移了半爿开来，露出一条向下的幽深石阶。

直到一行人进了地道，那马夫才向展昭见礼："入松堂堂主旗下齐得胜，见过展大人。"

展昭略一拱拳："不敢当。"

齐得胜上下打量了一回展昭："听说展大人被称作南武林的第一把剑，又称南侠，剑法卓绝，一手袖箭的功夫更是惊人，可有这回事？"

这话说得有几分无理，只是久在北地之人，说话多半如此大大咧咧，展昭微微一笑，并不略萦心上："那都是江湖朋友谬赞。"

齐得胜哈哈一笑："谬不谬赞不知道，不过兄弟只信一句话，是骡子是马，拉出来遛遛便知。"他自顾自说笑间，已到了一处上行石阶，石阶顶头处是一块铁板，下头缀着挂环。齐得胜先行一步，附耳过去听了听动静，这才伸手一撑，将铁板自下而上掀开。

出来四下一看，却是身在一处嶙峋假山石之中。透过山石孔洞看出去，可以见到一爿干净宽敞的院落，和顶上瓦蓝色的天空。

方向院中行了两步，齐得胜回身向他拱手："展大人，还请在此稍候。"

　　客随主便，展昭旋即止步。齐得胜带同随行的那人一走便再无音信，空空的院落显得分外寂静。这一行虽然顺畅，展昭却是不敢片刻掉以轻心，手中紧握巨阙，另一手拿住笠子帽，步子轻移，原地踱了几回。

　　正信步间，忽听得背后飕飕风声，似是什么暗器分上中下三路过来。展昭心下一凛，不及回身，一招梯云纵，生生将身子拔高了三四丈高。与此同时，耳辨来势，腕上使力，手中的笠子帽如飞梭般旋将出去。

　　这一招使的回旋巧劲，那帽子看似飞去，实则打了个旋儿又飞将回来。展昭手臂伸长，擎了那帽子在手，仔细看时，帽身上不同位置分插着三支袖箭，那袖箭的样式跟他的袖箭极是相似。展昭心下生疑，正寻思处，身后脚步声起，有人哈哈大笑着迎出来："果然不愧是南侠，这番规避的身法，你认第二，这世上绝无人敢认第一的。"

　　展昭一怔，忙回过头来，就见一颀长身形的男子含笑迎出，身后不远处跟着齐得胜。那男子一身绯色锦袍，袍上暗金线绣着大朵盛放牡丹纹样，银色腰带，面貌极是俊秀，只是眸光阴鸷了些。

　　展昭业已猜到对方是在试探自己的功夫，淡淡一笑，举步迎上，行到丈余处，两人几乎是同时伸手抱拳。

　　只是，展昭的确是在抱拳，那人抬手之时，看似随意从腰间掠过，噌一声金石脆响，再看时，一柄青光软剑，银蛇吐芯般照着他面门袭来。

　　展昭变式也快，腰身一软，向后便倒。倒势看似将穷，出其不意处突地飞起一脚，直踢那人手腕。那人"咦"了一声，旋即回腕收剑。这一趟，展昭看得分明，那软剑回入束带之内，剑柄作扣钩，竟是搭合得分外精妙。

　　展昭冷笑一声，眉峰一挑："怎么，还要试吗？"

　　那人回以一笑："不用了，高手过招，一两招间可见端倪，用不着拆到千八百招。展大人的确是把好手，在下入松堂堂主沈人杰。"

　　展昭不动声色，回之以礼："果然人中之杰，幸会幸会。"

　　沈人杰淡淡一笑，装作听不出展昭口中的弦外之音："展大人，屋里谈。"

　　厅堂之中，业已备下一桌酒馔，俱是上好的精细菜色，精切细炙，一瞥之下，便让人食指大动。展昭一路行来，风餐露宿，入了北地之后，因着当地民俗，吃得更是简单粗糙，乍见到这样的精细盘餐，竟似是回到江南形胜之地，不觉有些恍惚。

屋内熏香极是淡雅，有美人着朱红锦袍，松绾发髻，青丝如瀑，正凭着琴案抚弦。淙淙琴音，宛若涓涓细流，沁人心脾。

沈人杰亲自为他斟酒："上好的梨花白，展大人，尝尝看。"

展昭并不贪饮，只浅浅呷了一口，旋即停杯，若是白玉堂在，怕是又要笑他小里小气，做不成酒中神仙。

一杯过后，沈人杰单刀直入："展大人，想必你也知道入松堂的营生。不瞒你说，自去岁狼主李元昊称帝，一直有风声说西夏要对我大宋谋战。朝廷那头急令不断，要我们尽快打探军情。"

展昭一愣，没想到沈人杰竟如此直接，此刻虽是屏退了旁人，但那抚琴的美人尚在，若是走漏了风声去……

沈人杰似是看透了他的心思："无妨，自己人。"

那美人闻言，抬首向着展昭浅浅一笑，容色极是鲜妍，这一笑更如春花初绽，光影动波。展昭面上一窘，向着那美人略一颔首："展某多虑了，姑娘见谅。"

沈人杰继续方才的话题："我入松堂经营多年，终有小成，在李元昊的质子军中植入了细作。"

说到此处，略略一停："狼主的质子军，展大人可有耳闻？"

展昭点头："略有耳闻。听说质子军人数逾千，是李元昊在豪族子弟中选拔善骑射者组成的卫戍部队，分三番宿卫，保卫狼主安全。只是……"他欲言又止，沈人杰看向他，以眼神示意他但说无妨。

"只是质子军净选豪族子弟，要植入细作……"

沈人杰唇角隐有得色："展大人莫管我入松堂是威逼引诱还是偷梁换柱，总之，这个细作，算是植进去了。"

展昭微微一笑，静待下文。

"此人名叫骨勒仁冗，在质子军中深得李元昊信任，屡次擢升，算是贴身禁卫。涉及军机大事，李元昊也并不避他……所以，他为我们送出不少得力的情报。展大人，你身在开封，可能并不知道，西夏虽然现在并未大规模对宋用兵，但边境接壤之处，已经打过了几场仗。骨勒仁冗送出的情报，对我们很有用。"

展昭不动声色："只可惜操之过急，未能戒急用忍，这几场仗的失利，引起了李元昊的怀疑，对不对？"

沈人杰诧异地看了展昭一眼，虽是不情愿，却不得不点头承认："是我们目光过于短浅，这件事的确引起了李元昊的怀疑。据骨勒仁冗说，李元昊并不敢肯定是谁，但是他已经开始留意几个人，其中有一个就是他。与此同时，李元昊的亲卫，也嗅到了入松堂的味道。"

"所以？"展昭挑眉。

"所以，为自救也好，为解除骨勒仁冗的怀疑也好，入松堂必须有一次扰乱视听的刺杀。"

"刺杀？"展昭悚然心惊，"刺杀谁？李元昊？"

沈人杰讳莫如深地一笑，并不正面答他："这几日，骨勒仁冗恰好被擒生军调用，也算是机缘巧合，让他无意中知晓了李元昊近日的行猎日程。"

"所以，你想趁这个机会刺杀李元昊，洗去他对骨勒仁冗的怀疑？"

沈人杰微笑："展昭，你果然聪明。和聪明人说话，要少费许多力气。"

展昭摇头："要刺杀西夏国主，谈何容易？沈堂主，倘若此事闹大，你可曾想过，李元昊可能以此为借口，与大宋交恶？"

"我当然想过。"沈人杰面上现出倨傲之色来，"所以，我们并不当真要行刺李元昊，只是打草惊蛇，惊扰外围，转移李元昊的怀疑而已。点到即止，不会给李元昊留下可抓的把柄。"

展昭淡淡一笑，低头不语。沈人杰留意到展昭的面色，心中一动，话中有话："怎么，对这一安排，展大人有异议？"

展昭抬起头来，平静地看着沈人杰的眼睛："沈堂主久在西夏，一手打理入松堂，这件事的安排，原本无可厚非，细细想来，也在情理之中，只是有一点，展某百思不得其解。"

沈人杰一挑眉："愿闻其详。"

"为什么是我？"展昭一字一顿，"严格算起来，展某不是边臣，不通军务，出身江湖，行走内廷，跟入松堂的事务八竿子都打不着，圣上怎么会突然下急令，召了我来？

"若说是入松堂短了人手，未免说不过去。"展昭并不想表现得咄咄逼人，但眉宇间的犀利之色愈来愈盛，"有什么样的事，要千里迢迢调展某前来？行刺李元昊？展某在其中，又要扮演什么样的角色？"

沈人杰不语，倒是那美人忽然站了起来，行至桌边擎起酒壶，便欲为展昭斟酒。展昭伸手虚挡："贪杯误事，不用。"

沈人杰忽地长身立起："丝丝，招呼展大人。"

不及展昭回应，他径自负手而去。

展昭面上薄怒，随即站起，忽地肩上一沉，却是丝丝纤长玉指，搭上他的肩胛。

展昭肩上一矮，错开身去。

丝丝抿嘴一笑，手中酒壶微倾，清冽玉液自壶嘴而下，将展昭的酒杯斟得满满当当："酒不沾唇，哪里就称得上贪杯误事了？展大人，请了。"说话间，两手擎杯，高送至展昭面前，忽地咯咯一笑，"展大人，你看我们这样子，算不算得上是举案齐眉？"

展昭眸光一冷："丝丝姑娘慎言！"

"不喝也罢。"丝丝神色自若，将酒杯送回案上，"有些话，沈堂主不好说，便由我代而传之，展大人，坐下说话。"

展昭冷瞥了她一眼，拂袍就座。

"沈堂主方才有一节故意漏过了没有明言。"丝丝挨着展昭坐下，两手抚弄着鬓下垂发，"李元昊之所以嗅到了入松堂的味道，并不是因为他李元昊的卫队多么敏锐厉害，而是沈堂主有一次潜入宫中，露了行藏，一番激烈打斗之后，方得全身而退。他掉了入松堂的腰牌，李元昊这才知道兴州城内竟有这样的组织。"

展昭心中一凛："这件事，庞太师可否知道？"

"不知。"

"不知？"

"将在外，军令有所不受。出了点纰漏，自然想方设法弥补，谁愿意事事报备上去，遭上峰惩治？"

展昭默然。

"适才在庭院中，沈堂主试过展大人的功夫，一为袖箭，二为剑术，展大人觉得，沈堂主的功夫如何？"

"袖箭的准头不差，只是力道稍嫌不足，否则袖箭应该透帽而出，而非插于帽身；至于剑术，点到即止，展某无法置评。"

丝丝笑了笑："展大人看得不错，那是因为沈堂主先前入宫的那次打斗，受了很重的伤，以至于功夫无法施展自如。此事对外秘而不宣，只你、我、沈堂主三人知道而已。"

"所以呢？"展昭终于理出些头绪。

"所以此次刺杀李元昊，沈堂主不能带队。但是为了把戏做足，那个精于剑术、袖箭的'沈人杰'又必须露面。纵观朝野，谁的剑术和袖箭功夫可与沈堂主比肩？而且事涉机密，此人最好是在朝之人，又口风极紧……展大人，这个名字呼之欲出了吧？

"所以明日刺杀李元昊，请展大人带队前往，一击之下，火速撤离，性命自当无虞。但至关重要的一点是，一定要射出沈堂主的袖箭，亮出几招剑式，西夏人就会知道，刺杀李元昊的，同先前潜入宫中之人是同一伙。这样，我们方能保骨勒仁冗洗去嫌疑。展大人，骨勒仁冗，比你我想的都要重要许多，来日西夏和大宋倘若真有一战，骨勒仁冗可立首功，也不枉我们尽心尽力保他一场。"

展昭沉默半晌，才低声道："展某明白了。"

第二日一早，展昭带同齐得胜等入松堂的好手数十人，先行埋伏于李元昊狩猎卫队的必经之地。

齐得胜虽然佩服展昭的功夫，但对展昭带队甚是不满："他一个朝廷的官儿，于入松堂的事务什么都不懂，我们凭什么听他差遣？"

沈人杰冷冷锥视他一眼："一切安排，都听展大人的。我们会坐守入松堂，敬候佳音。"

齐得胜再愣头青，这股子不服之气也终于压制下来。

时近晌午，李元昊的狩猎大队终于遥遥在望。

幡旗满目，毛旌随风，李元昊的车驾前后，俱是刀戟如林的京师卫戍人马，看这架势，近身都不可能，行刺谈何容易？

好在，只是外围惊扰，做足了声势便可。

眼瞅着车马将到，诸人将面巾蒙上，展昭低喝一声："起。"

数十人齐齐呐喊，自掩身处冲将出来，两方接壤之处登时一片混乱。

不过京师卫戍部队，到底是李元昊精挑细选百里挑一出来的，个个应变极快。

初时的慌乱过后，人人擎了夏国剑在手，逆势而袭，入战极快。展昭等攻势虽猛，不久仍被遏制在小小的包围圈中。

展昭觑到空子，长身纵起，一声清啸，以夏兵头顶为脚蹬，孤身向内楔入竟达十余丈，趁着内围惊呼之际，袖管微垂，三枚袖箭入手，向着李元昊车驾内激射而去。

沈人杰的袖箭，比之自己常用的，重了一分三两，不过，依然趁手。

如前所料，袖箭未到近前已被护卫舞刀拦下，不过事已达成，展昭也不恋战，喝一声："走！"

身如鬼魅，形动如电，一行人得令，齐齐向一围攻薄弱处冲杀，趁着西夏军不备，撤得飞快，不多时便将西夏军的愤怒吼声远远落在身后。

撤退的路线亦是先前定下的，齐得胜领着众人撤下，正行进间，展昭忽地停下脚步，沉声道："不对。"

十余人齐齐刹步，齐得胜愕然道："展大人，有什么不对？"

展昭看向来路："西夏人为什么追都不追？"

"那是因为我们撤得快啊！"齐得胜跺脚，"展大人，快走吧，过了这峡谷，前头就是孤岭山，山势险峻得很，翻过这孤岭山，也就没什么事了。就算被西夏人追上，躲在这山间，西夏人搜山亦是不易。"

展昭心下隐隐觉得不对，可又说不出是为什么，只得随着齐得胜疾走。方进峡谷，便觉异样，忽地听到远处破空之声，不及细想，怒喝道："趴下！"

话音未落，就地便滚，一排白羽铜箭，铮铮铮钉入方才所站的位置。同行十数人，有两三人闪避不及，铜箭穿骨而过，一时间难禁痛楚，滚翻在地，抱着伤处惨呼不已。

展昭迅速掩身至山石之后，小心打量峡谷顶上的动静，但见峡谷之上，影影绰绰，前后都围了人，不觉悚然心惊，向齐得胜怒声道："这撤退的路线，是你定的？"

齐得胜嘻声连连："不是我，是骨勒仁冗，龟儿子，西夏人怎么会在此处设伏？"

展昭叹气："或许是李元昊根本已经怀疑了骨勒仁冗，这所谓行刺，根本就是故弄玄虚引我们入毂，要不然，就是骨勒仁冗已经变节了。"

"那不可能。"齐得胜连连摇头，"我见过骨勒仁冗，他……"

"沈堂主！"峡谷之上遥遥传来呼喝之声。齐得胜蓦地住口，猛然色变："是骨勒仁冗的声音！"

"沈堂主，大家相识一场，送你上路之前，聊表问候。"

展昭面上无波，静静掩身石后。齐得胜目眦欲裂，忽地跳将出来，指着峡谷之上破口大骂："骨勒仁冗，你这个叛徒！"

"叛徒？"骨勒仁冗冷笑，"我原本就是大夏之人，自然对圣上尽忠。可笑你们入松堂，自以为小小利诱，就能策反于我？狼主将计就计，命我假意投诚，博得你们的信任，等的就是今日，将你们一网打尽！沈堂主，你怕是看不到，现在你的老巢，该是一片狼藉尸横遍地了吧。你们自诩同生共死，都是好兄弟，我还是快些送你上路和他们团聚吧。"

"你这个狼心狗肺的混账东西，堂主真是错看了你……"

一声痛呼，齐得胜滚倒在地。展昭于石后看得分明，他脖颈之上，赫然插着一支白羽铜箭。

"齐兄！"展昭觑着外围似是无声息，飞快地将齐得胜拖将进来。齐得胜口中迸出血沫来，上气不接下气："展大人，这骨勒仁冗，想不到……"

"人心易变，现在说这个，于事何补？"展昭伸手按住他的创口，"噤声。"

"噤声也不会……多……活两日。"齐得胜咧嘴一笑，"想不到我老齐死时，身边陪着的，是南侠……"

展昭微笑，心中却止不住叹息。

"果然是非我族类，其心必异……"齐得胜的目光渐渐涣散开来，"堂主是不是也疑心他，所以今日不带队，却推了……你……出、出面？只是堂主没想到，骨勒仁冗如此心狠……双刀齐下，竟掀了入松堂的……总舵……堂主……老齐地下见你了……"他语声越来越弱，胸膛处终于再无起伏。

展昭一声叹息，伸手帮他将双目合上。

西夏人搞什么玄虚？既然已经围住了他们，缘何还不动手？展昭心下生疑，探头看时，只见峡谷之上，齐齐推出数十辆兵车来。

兵车？

电光石火间，展昭的脑袋轰的一声：那不是兵车，是西夏人的旋风炮！

西夏人的泼喜旋风炮，实则是抛石机，用于攻城掠寨。据《宋史·夏国传下》

记载，有"炮手三百人，号'泼喜'"。

只是对付几个小小刺客，何至于用上旋风炮？

这个念头方起，头顶已传来石块相击之声。这一处峡谷的山石早有皲裂，经石块猛击，更加禁之不住，呲呲裂响不绝，头顶落尘不断，紧接着是一声巨响。

展昭心中一凛，迅速飞身而出。就听"砰"的一声，巨石砸在方才掩身之处，泛起无数烟尘。浓密的烟尘之中，四面八方破空之声愈来愈密，耳畔不断传来己方的惨呼之声。展昭手中巨阙舞得密不透风，但是箭雨实在太过密集，忽地足踝一痛，知是中箭，方低头看时，背后又是裂石之声。展昭大惊之下，飞身撤开，奈何足上无力，到底迟了一步，背心重重挨了一下，血气上涌，一口鲜血喷出，当场昏死过去。

李元昊端坐行宫书案之后，正翻检枢密院的折子，忽闻门外步声橐橐，抬头看时，进来的正是骨勒仁冗和前锋卫将野力图。野力图臂上缠着绷带，行动倒是无碍，想来只是小伤。

李元昊唇角弯起："怎么样？"

野力图面色恭敬："如圣主所料，入松堂一班贼子果然中计，被我们绞杀于孤岭山前的峡谷中，只是……"

李元昊面色一沉，眸光暗如鹰隼："只是什么？"

"只是那沈人杰，甚是狡诈。他身中数枚羽箭，又为重石所击，属下还以为他是死了，方近前，就挨了他一箭……"野力图恨恨，"不过圣主放心，他逃上了孤岭山，属下已派重兵封山，料他插翅也难飞。"

"射了你一箭？"李元昊的笑容甚是玩味，"什么箭？"

野力图将手中沾了血迹的袖箭毕恭毕敬奉上。

李元昊伸手拿起了细看："我记得，先番有人潜入宫中生乱，相斗之时，留下的也是这样的袖箭。沈人杰，听说是入松堂堂主？"

后一句话是向着骨勒仁冗说的，骨勒仁冗忙道："正是。"

"果然是个英雄，连我的前锋卫将都险些折在他手中。不过话说回来，若是个窝囊人物，也领不了入松堂。大宋，果然还是有几个人的。"

野力图和骨勒仁冗对视了一眼，没敢应声。

"只是……"李元昊冷笑，"区区袖箭，宋人的小玩意儿，如何经得住我们大夏的重剑！"语毕扬手，就听"铮"的一声，袖箭钉入了墙上悬着的羊皮疆图上。

那是大宋行省疆图。

入夜。

骨勒仁冗回到家中，屏退一干守卫，径自进了卧房。

卧房中央，好一幅香艳绮丽场景，丝丝酥胸半露，绢衣不掩香肩，正偎在沈人杰怀中，举杯喂饮。沈人杰低啜两口，蓦地抬起头来，一双鹰眼精光四射。骨勒仁冗心头一凛，慌忙见礼："堂主！"

"事情都办妥了？"沈人杰的声音阴恻恻的。

"已经办妥了。"

"李元昊没有生疑？"

"堂主尽可放心。"骨勒仁冗面上现出倨傲之色，"李元昊深信经此一役，入松堂已被一网打尽，所谓的堂主沈人杰也将不日殒命孤岭山，自己日后便可高枕无忧了。他却不知置之死地而后生，今时今日，才是我入松堂真正扎根西夏之日。"

"不错。"沈人杰面上终于露出笑意来，"费尽心机，虚实变幻，甚至赔上这许多条兄弟性命，终于让李元昊尽信于你。骨勒仁冗，你可不能负了朝廷期望。"

"堂主放心吧。"骨勒仁冗面沉如水，"西夏人掳我边庭，杀我父母，与我有不共戴天之仇。幸遇堂主，杀骨勒仁冗，使我李而代之。在下敢不效犬马之劳？"

沈人杰微微点头，忽地想到什么，忍不住唏嘘："倒是可惜了展昭……"

"堂主不必挂怀。"丝丝欺身上来，软语宽慰于他，"又不是为了一己之私，想来展昭也不会怪堂主。说起来，合该他不幸，偏偏擅使袖箭，剑术又佳，要找一个人假冒堂主，非他莫属，这也算是匹夫无罪怀璧其罪吧。退一步说……"

她语声渐低，呵气如兰："退一步说，我听说庞太师对那个包黑子甚是不喜，想来对包黑子的羽翼也是看不惯的。这一回除去了展昭，庞太师嘴上不说，心中定是大悦，没准还会记堂主一功，你说是也不是？"

一时无话，窗外风声渐起，撼得窗棂吱吱作响。骨勒仁冗走到窗边，启牖看了看天，语焉不详："今夜无月……天色不好，怕是会有……大雪……"

端木翠到达孤岭山时，漫山遍野，素白一片。举目看去，孤岭山像一个巨大的坟头，冷冷清清。

"哎，端木上仙。"哮天犬守候多时，很是殷勤地迎将上来，大得与整张脸不相称的鼻子吭哧吭哧冒着白气，"多时不见，更加漂亮了。"

杨戬没说话，只是冷冷瞥了哮天犬一眼。

哮天犬立刻不吭声了。

"这山叫什么山？"端木翠茫然看孤岭山巨大的弧形山线，也不知为什么，这山，她第一眼就不喜欢。

"孤岭山。"哮天犬毕恭毕敬。

"这名字不好，大哥，改了它。"

哮天犬吓了一跳，她这口气，就像杨戬只是她的小跟班一样，你说改就改了？你又不是山神。

"哮天犬，改了它。"杨戬顺口就将责任过度给哮天犬。

"是、是……改了它。"哮天犬结巴。

"展昭在哪儿？"

哮天犬小心地看着杨戬的脸色，得到默认之后，他指了指远处的山洞。

端木翠也不理他，慢慢向那洞口走去。

"哎，主人。"哮天犬看着端木翠的背影，又是迷惑又是好奇，"她怎么就不问问我，展昭是死是活？"

"你不说话，没人当你哑巴。"

哮天犬吃了杨戬一呛，蔫巴得茄子般低下了头。顿了顿，它又有发言的欲望了："那……主人，我们要不要跟过去看看？"

杨戬抬腿就给了它一脚。哮天犬在雪地上打了个滚，再站起时，已化了原形，尾巴左摇右摆，一条大红舌头颤巍巍地垂着。

"老实待着，等上仙出来。"杨戬冷冷撂下一句，飞身上了高处巨石，大氅一掀，偎雪倚石而坐。

远处，十几个小小的黑点，正模糊地晃动着。

杨戬的眉头皱了起来。

西夏兵这是在……搜山？

端木翠一进洞，一颗心就整个儿缩了起来。洞内虽然很暗，但暗褐色的血迹分外刺眼，迤迤逦逦，一直往内延伸开去。

端木翠的眼泪又涌出来，她顺着血迹往里走。血迹的尽头处，有一人伏在地上，身下洇了一摊血。端木翠慢慢地走过去，她又想起展昭临行前夜自己做过的梦，西夏、焦土、战场。她流着眼泪，在死尸之间翻检展昭的尸体。

她颤抖着伸手把他的身子翻过来。

明知一定是他，看到脸的刹那，端木翠还是几乎委顿在地。

展昭面如金纸，双目紧闭，眼睑下浓重的暗影，唇角是暗褐色的干涸血迹，身子冰凉，冷得像块冰。

他……死了吗？

端木翠颤抖着手去试他的鼻息，只觉空空如也，又觉得还有一丝游气，反复几次，总也不能确定。巨大的恐怖慢慢蔓延开来，她抱住展昭，低头去吻他的唇，吻了又吻。

"展昭，"她晃他的身子，"你睁眼看看我，是我啊。"

展昭不答，她不死心，拼命晃他，晃着晃着，就失去了所有的力气，贴着展昭冰凉的面颊大哭。

"展昭你说话不算话，你还说等我唱歌给你听……"

她哭得几乎喘不过气来，开始还絮絮叨叨哽咽着说话，后来就全然不知道自己在说什么了，只是更紧地拥住展昭的身体，脑中只来回盘旋着一个念头：这个和自己这么亲的人，就真的这样走了？

也不知过了多久，耳畔忽然传来微弱的声音："端木。"

端木翠浑身一震，惊得几乎跳了起来。她低下头去看展昭，他微笑着，眸间是那么熟悉的温暖笑意。

"我都睡着了。"他的声音很低，低得端木翠得把耳朵凑到他的唇上，才能听清他在说什么，"后来有一个姑娘太吵了，吵得人睡不着。"他伸出手来，轻轻贴着她的脸，"端木不要哭，你再哭，我也要跟着你哭了。"

端木翠拼命摇头："不哭，再也不哭。"

她手忙脚乱地伸手拭泪，擦得脸上一道道的，像个小花猫。

展昭笑出声来，不经意带到肺腑之伤，面色一变，唇角流出新血来。

"展昭。"端木翠伸手去揩他唇边的血，展昭捉住她的手："端木，扶我起来。"

端木翠不敢真的扶他坐起来，只是换了个姿势，让展昭能尽量舒服地倚在她怀里，然后低下头去，静静地听他说话。

"端木，我要死了是不是？"

"不是，乱说。"

展昭微笑："自己的事，自己明白。"

端木翠不说话。

"人在死之前，总会想到很多很多事，想到很多很多人。"

"那想到我没有？"端木翠低声问他。

"想到了。"展昭笑，"想得最多的，就是端木。"

"真的？"端木翠微笑，"真的想我最多，比大人，比家人，加起来都多？"

展昭点头。

"为什么？"端木翠眼中噙着泪，脑袋一歪，像极了以往俏皮的模样，"是不是因为，最喜欢我？"

展昭点头："是，最喜欢你。还因为……"他的语气柔和起来，温柔看进她含泪的眼睛里，"还因为，娘有哥哥嫂子照顾，大人有公孙先生陪着，有张龙、赵虎他们照应着，但是端木，只有我了。"

端木翠的视线瞬间模糊，她嗫嚅着，不知道说什么才好。

"我想了很久，端木要怎么办，端木要怎么办，托付给谁我都不放心，有谁能像我这样，把端木放到心里面去，去关心端木过得好不好，穿得暖不暖，饿不饿，开心不开心，生气不生气……"

他的语气愈加温柔："我想了很久，谁都不行。那端木要怎么办，这样一个坏脾气的姑娘，发脾气的时候没人顺着她怎么办？她难过的时候偷偷跑到一边哭怎么办？我这么心疼的姑娘，到时候没人理会她怎么办？"

端木翠泪如泉涌。

"我总怕我的福气不够来娶你，不够与你厮守，现在看来，真的是不够。"他笑，勉强伸出手去，帮她擦干眼泪，"不过，展昭这一生，俯仰无愧，自信算是个好人。我想，我应该还存了那么一点点福气。如果上天还顾念我，端木，我想帮你，拿这点福气，去换一个心愿。"

"什么心愿？"

"我想了又想，端木最好的归宿，就是回到上界去。"展昭的声音很轻很轻，"那里平安喜乐，没有人会欺负你。你还有个大哥，能好好照顾你。你虽然还会伤心难过，总好过在凡间孤苦无依。是不是？"

端木翠伏在展昭胸膛上，哭得说不出话来。

展昭伸出手去，摩挲着她柔软的细发，嘴角却带着一丝笑意："端木，只有你好端端的，我才走得安心。我不知道我还剩下多长时间，是一炷香，还是一盏茶？现在拿走就好，都不要了，拿这一点点的命，和那一点点福气，去换端木的平安。希望老天能听到我的心愿，让你的亲人快点找到你。不然的话，做了鬼都不安心。小时候，娘说人一旦死了，做了鬼，就只知道往前走，不知道回头看了。我想，我做了鬼之后，脑袋一定是长反了的，因为放心不下端木姑娘，一定要看到你才安心……阎王看到我，会不会吓一跳，怎么有长得这么丑的鬼？"他轻轻地笑，慢慢地闭上眼睛，端木翠的泪水一滴滴打在他面上。

胳膊忽然就被人攥住了，抬头看时，是杨戬。

"端木，西夏兵就快搜到这里了……"他的目光极快地掠过展昭的脸，"他没多少时间了，走吧。"

端木翠没有动。

"端木！"

"杨戬，你放手。"她一字一顿，"你再拉我，我就一头碰死在你面前！"

杨戬愣了一下，叹了口气，慢慢走出洞去。

不远处，数十个西夏兵正向这头过来。

"主人主人，怎么办？"哮天犬原地打转，尾巴乱摇乱摆，"上仙还是不出来？"

"都要寻死了，你敢拉她出来？"杨戬冷冷瞥了它一眼。

哮天犬叹气："一哭二闹三上吊都是凡间女人的毛病，上仙真是在凡间待久了，学了不少坏毛病。"

下一刻，听到西夏兵的呼喝声，哮天犬的眼睛一下子瞪得溜圆，浑身的毛都竖了起来："来了来了，怎么办？"

"怎么办？"杨戬冷笑，"自然不能露了神迹，否则是要犯天条了。"

"那要怎么办？"哮天犬反应很慢。

杨戬慢条斯理地解下大氅："也算他们幸运，可以跟上界的天神——二郎真君，实打实地过过招了。"

哮天犬的眼珠子都要瞪掉下来了："主、主、主人……你要动手？"

杨戬的身形犹如电闪，眼前影晃，再看时，已在数丈开外。

"跟凡人动手？"哮天犬还沉浸在久久的震撼中，"这不行，主人，还是我来吧，还是我……来吧！"

洞外的刀戟相碰之声传来，展昭渐渐陷入沉寂的身子陡然一绷。

端木翠温柔搂住他："展昭，记不记得你说要娶我？"

"端木？"展昭茫然，睁开眼时，眸光已然暗淡下去，"我是在梦里对不对，端木怎么会来。"

"我听说，"端木翠微笑，"凡间的男女婚配，都是要交换生辰八字的。展昭，你的生辰是什么时候？"

"八字？"展昭呓语般喃喃，"辛亥、乙酉、丙申、壬寅……"

"辛亥、乙酉、丙申、壬寅，是不是？"

"是。"他眼睫疲倦地合上，吐出的每一个字，都像是叹息。

端木翠低头，将展昭平放到地上，最后一次吻他的唇，起身向外走去。

洞外数十丈处，杨戬被数十个西夏兵团团围在当中，他好整以暇地左突右闪，兵刃四下招呼，就是近不得他分毫。

哮天犬在边上看着，大红舌头拖得长长的，眸中露出又是倾慕又是崇拜的目光来。

而这一切，对端木翠来说，都像是无关紧要的布景。她在雪地上跪下来，伸手拔下头上的簪子，面无表情的刺入左手掌心。

鲜血涌出，她以手做笔，在雪地上画下一圈大大的圆盘。

圆盘的顶端，她写下展昭的名字，还有展昭的生辰八字。

再然后，她的目光转到圆盘底端，手上的簪子一笔一画，端端正正写下了三个字。

端木翠。

公孙先生费了许多工夫教她写宋时的文字，她到底还是没学会，写的，还是仓颉鬼书。

她微笑着念动法咒。

半空之中开始云起雷动，有一道极小电光，穿透云层，准确无误地击中她的手。嗤的一声轻响，她的手上就多了一个血窟窿。

端木翠笑了笑，抬头看天，唇角露出讥诮的笑意来。

"还有什么更厉害的，都使出来。"她轻描淡写，"我不怕。"

第二道电光随之越空而来。

嗤的一声，又是一个血窟窿。

这诡异的天象终于引起了杨戬的疑心，他猛地转过头来，悚然色变。

"端木翠！"他怒喝，"你给我停手！"

来不及了，轰的一声巨响，大地震颤，方才画着圆盘的地方，突兀地升起丈余高，盘面呈墨黑色，正中一道鲜红色的上下指针微微颤动。而盘的外围，她的名字和展昭的名字，正快速地围绕着圆心旋转着。

端木翠目不转睛地盯着盘面。

"端木！"杨戬大惊失色，"你不能妄动生死盘！"

端木翠像是听不到他的声音。

"生死盘的指针恰好置换你二人性命的概率少之又少，很可能轮空，也有可能什么都改变不了。但是妄动生死盘，一定会有天谴，端木，这样做，不值得！"

端木翠笑了笑，盯着盘面，轻声道："你不懂。"

杨戬无奈，忽地牙关一咬，手中的三叉戟化作三道金光，直取生死盘柱。

生死盘遭此一震，猛烈晃动起来，周身腾起烈焰。端木翠眸光一冷，双手伸出去，稳住了盘身。

杨戬眼睁睁看她双手在烈焰中炙烤，一颗心直如油煎一般，那十几个西夏兵俱呆了。

哮天犬幻回人形，急急窜回杨戬身边："主人……这要怎么办？"

"怎么办？"杨戬唇角泛起苦涩至极的微笑，"在这儿等着，给她……收尸。"

地面又是一阵剧烈的晃动，生死盘飞转的盘面慢慢停下来。

杨戬没有去看盘面，只是看着端木翠的脸。他忽然觉得，这个妹子，他其实并不太懂她。

毅阎死时，她夺战牌出战，那时自己好生钦佩她，觉得巾帼不让须眉，她并不是耽于儿女情长的软弱女子；身为上仙，他教她上界律条。数千年来，她虽然偶尔玩闹，但从不曾触犯戒条让他为难，他觉得她知进退，是个不让人操心的妹子。他放心她，所以很少看她，她也不闹，虽然偶尔跟他发发脾气，但只要他接她去司法天神府邸小住两日，她的所有脾气都会烟消云散。

甚至知道她喜欢上了展昭，他都不担心她会违背上意执意留在世间。他只是觉得，只要将道理和利害关系慢慢同她讲清楚，她还会像从前一样乖巧听话。

到底是哪里出了错，谁出了错，导致这样惨烈收场。

端木翠抬起头来，面上露出如释重负的微笑。她抬头看向杨戬，似乎是想唤他："大哥……"

第三道金光从天而降，直直刺透她的心口。

杨戬没有去扶她，他静静看着生死盘柱崩散如土，静静看她倒在地上，侧脸埋入雪中，胸口鲜血如同泉涌，瞬间染红了身下的雪地。

杨戬背过身去。

早知道还是要死，早知道还是同两千年前一样的死法，成仙做什么，孤守这么多年的寂寞做什么？

杨戬突然觉得滑稽，踉跄着行了两步，哈哈大笑，面上滑过两道泪痕。

"主人……这……"哮天犬也呆了，"这、这怎么办？"

还有展昭，还有这十几个西夏兵，还有端木翠的……尸体……

杨戬疲倦地挥了挥手。

"清清场，都散了吧。"

他大踏步地离开，再也没有回头。

第二十九章　天上人间

人间。

七个月后，允州城，雨夜。

展昭将客栈客房的窗牖微微启开了一条线，犀利的目光久久停驻在对面檐下那个行藏诡异的斗笠人身上，唇角泛出一丝冷笑，而后不动声色地闭窗。回转身时，客氏母女正坐在床上，瑟缩着抱成一团，目光中透着惊惧不安。

"夫人不必惊慌，有展某在，贼人不敢乱来。"

客氏抖抖索索着没应声，倒是客氏的女儿客子芹问了一句："展大人，我们真的能平安到达开封府，找包大人告状吗？"

"姑娘放心，展某一力承担。"略顿了顿，又道，"夜深了，夫人和小姐早些歇息吧，为免贼寇猖狂，展昭在此间护卫，还望夫人和小姐不要介意。"

客氏嗫嚅道："展大人言重了。"

一时无话，客氏伸手将床上的帘幕放下。不多时，帘内传来窸窸窣窣的宽衣声响，虽是看不见，展昭还是别转了脸去。

窗外雨声不住，凉意侵衣，不知不觉，又是一年秋风紧。

也不知过了多久，帘内传来客氏母女匀长的呼吸声。展昭端坐椅上，膝上横着巨阙，双目微合，似是已经睡着了。

只有他自己知道，漫漫长夜，分外难挨。

寅时的梆子声过后不久，雨意初歇，檐上积雨，却仍不紧不慢，一点一滴打着台阶。

在这样的寂静之中，展昭的耳朵敏锐地捕捉到"咔"的一声轻响。

他猛地睁开眼睛，眸中精光迸射，嘴角微抿，寒霜罩面，整个人如同一头蓄势待发的猎豹，嗖地飞身撞破窗扇。与此同时，墨夜之中寒光乍起，巨阙已然出鞘。

客氏母女听到动静，仓皇地拥衣奔向窗口的时候，街面上那场短暂的打斗已然偃息。展昭面色冷峻，长剑递出，锋刃轻触那斗笠人的脖颈。那人胸膛起伏得厉害，喘息的动作大了些，颈上立时多了一道血痕。

展昭的剑握得很稳。

"是客万卿派你来的？"

那人倒也硬气："是！"

展昭淡淡一笑："希望公堂之上，你也可以如此硬气。"

话未说完，"噌"的一声回剑入鞘。那人方舒一口气，展昭剑鞘闪电般点至，未及反应过来，耳门、百会两处大穴已被点中。

那人只觉耳鸣如蜂，头昏脑涨，旋即软软瘫在地上。

门扇声响，却是客氏母女叫起客栈掌柜的开门出来。掌柜的五短身材，慌得左右脚的鞋子都趿拉错了，一脸惊惧地看着眼前场景。

"劳烦掌柜的，差伙计报官提人。"展昭的声线波澜不惊，听不出什么好恶。掌柜的虽不知展昭身份，但想来亦是有来头的，一迭声地去了。

展昭这才转头看客氏母女："夫人，为免夜长梦多，我们还是趁夜起行吧。希望这一趟脚程快些，可以甩脱客万卿派来的刺客。"

客氏哪里会道半个不字？自前日她母女被展昭从贼人剑下救出之后，两人性命，皆托于展昭一身。可恨客万卿这贼子，仗着身有功名，杀兄霸嫂，夺了夫家家财。她忍辱负重，终于觑得一个空子，携女出逃。客万卿唯恐事泄，买凶灭口，若不是展大人相救……念及恨事，客氏悲从中来，泣不成声，面前摊开的行装亦无心整理。

"娘，你又伤心了。"客子芹察言观色，体贴地过来帮客氏将衣裳叠好，"到了开封府，将案情禀告包大人，包大人定会还我们一个公道。客万卿那狗贼，会有天来报应他。"

客氏以袖拭泪，微微点了点头，顿了顿才道："现在想想，我母女亦不是没有福气的，前日险些成了刀下之鬼。子芹，展大人是我们的大恩人，这份恩情，可不能忘。"

"谁说要忘？"客子芹俏皮地一笑，"都记在心里了。只是，人家是大官儿，我们是平民百姓，我们想报恩，人家也不稀罕。"

客氏噗地一笑，伸指就戳她的额头："死丫头，恁地贫嘴。若不是到底舍不得，我还真想就把你送了展大人，一辈子端茶倒水……"

"娘……"客子芹嗔怪，"哪有这样编派自己女儿的？"

客氏笑了笑，低头去结好包袱的结带，想了一想，还是忍不住打趣女儿："怎么，给展大人端茶倒水，还薄待你了？要我说，展大人必是个对下宽和的，给展大人做婢女，说不准好过嫁入平常人家……"

"娘真是越发没边了……"客子芹抿嘴一乐，"是是是，展大人是大恩人，是全天下最好的人，只是……"

她忽然顿了一下。

"只是什么？"客氏奇怪。

"只是，展大人笑得实在太少了。"客子芹叹气，"娘，展大人若是多笑笑，就好了。"

又有两日的行程，快到开封时，淅淅沥沥下起雨来。正是清晨时分，薄雾漫张，青石板路上积了一层水渍，走不多久，鞋边和衣裳的下摆处尽数湿了。

展昭撑着一把桐油伞在前，客氏母女共着一把伞在后。客氏心事重重，从不抛头露面的妇人家，为着家事生变，居然要千里迢迢远上开封，见到包大人后会怎么样，他真的是那个人口相传公正无私的"包青天"吗？

相对客氏，客子芹要轻松很多。到底是女儿家年轻，又是头遭到开封，看着什么都透着新奇，忍不住拽住客氏问东问西："娘，这是哪儿啊？这才早上，怎么那一片还张着灯笼，这么热闹？"

"多话。"见前方的展昭停下脚步，客氏忍不住责客子芹多事，"这是皇上待的地方，自然不一样的。"

客子芹嘟起了嘴，老大不乐意。

展昭知道客氏母女在被客万卿拘囚时受了许多苦，与她们说话时，便自然而然带了几分亲和："客姑娘，这里是夜市，每晚有百戏出演，到晚上时，还要热闹许多。"

"夜市？"客子芹来了兴致，"晚上的闹市吗？展大人，在我们允州，晚上是没什么人的，那些小商小贩，早回家休息去了。"

展昭语气温和："开封会热闹许多，若得了空，晚上可以到夜市逛逛。这里的百戏很出名，有杂耍、顶缸、焰火戏、傀儡戏……"

他忽然就沉默了。

客子芹正听得津津有味："展大人，还有呢？"

"包大人可能已经上朝归来了，我们还是快些赶路吧。"

听他答非所问，客子芹诧异地看了他一眼，想开口问他什么，话到嘴边，到底咽了回去。

回到开封府，又是异样忙碌。将客氏母女交由张龙安置后，便去向包大人报备此案，包拯听得浓眉拧起，为官多年，这样的案子办得也不在少数，但不知为什么，每次听到，仍是忍不住火烧中庭。

回过头一想，这样也好，好过见惯不惊不闻不问冷漠如冰。

"属下在允州投宿时，擒住了客万卿派来的刺客。已经密令允州令将人犯押来开封，想必不日就到。"

"这一下人证物证俱在，料想那个什么客万卿也无从抵赖。"公孙策面有喜色，"大人，可以派王朝、马汉赶赴允州，协同允州令拿人。"

包拯略略点头："展护卫，此趟辛苦你了。"

"属下职责所在，大人言重了。"

出得书房，顺着廊道回房，比之方才，雨更大了些。风过，雨被打斜着扑上身，靠外围的半边身子尽数湿了。

"展大人！"

欢快的声音，展昭诧异地抬头，正看到客子芹快步过来。

"客姑娘？"展昭微感讶异，"不是派张校尉带你们去休息吗……这里……不好乱走。"

"我知道了。"客子芹俏皮地吐吐舌头，"我这就回去。"

转身刚走了两步，又回过头来："展大人，娘说，要给你供个长生牌位，感谢你的大恩大德。"

"分内之事，谈什么恩德，让你娘不要费这些事了。"

"那怎么行？"客子芹不服气，"展大人，或许在你看来，救我们的命只是举手之劳，但是对我和我娘来说，是一辈子都不能忘的大恩。不只是我娘，我都会时不时为你上香祈福，求上天护佑好人的。"

她说得郑重，也不等展昭回答，转身又要走。

"客姑娘……"

客子芹停下步子，柳眉微挑："嗯？"

"能不能请你帮我，做件事？"

"好啊。"客子芹大喜，"展大人，若能帮到你，是最好不过了，你只管说。"

"你方才说，会时不时替我上香祈福……"展昭犹豫了一下，"为我就不必了，能不能，帮我为一位朋友祈福？"

"朋友？"客子芹糊涂了，"为什么不为自己，反而为朋友？那是……什么样的朋友？"

展昭的声音很轻："是个姑娘。"

"姑娘？"客子芹的脑子快速转起来，"展大人，莫非是你的……心上人？"

展昭没有回答，聪明的客子芹却从他的眉宇间捕捉到一抹从未见过的温柔之色。

客子芹兴奋起来："她不在开封吗？我能见见她吗？展大人，你人这么好，那姑娘一定也是个好人……"

她忽然想起了什么，有点口吃起来："你刚才说……祈福？她生病了吗？是不是受伤啦？严重不严重，她……"

"她不在了。"

客子芹一下子愣住了。

"客姑娘！"路过的张龙听到这番对答，又急又恼地从后面抢上来，"后面是大人的书房，你不能乱走！"

客子芹没有留心张龙的话，她忽然意识到自己可能犯了个错误，很是忐忑地看着展昭。

展昭却没有再看她了，转过身，慢慢消失在客子芹的视线当中。

客子芹收回目光，茫然地看着又是无奈又是气恼的张龙："展大人喜欢的姑娘，不在了？"

厢房里，张龙尽量简短择要地跟客子芹把事情讲了一遍，然后一脸无奈地看着她哭得稀里哗啦。

"子芹，你吵不吵啊？"厢房里间，正要入睡的客氏迷迷糊糊地责备了她一句。

客子芹立刻压低了声音，还是忍不住抽抽噎噎。

"那然后呢？"她哽咽着，"就找不到那姑娘了？"

"我们找来找去，都找不到。公孙先生把全开封的花市都跑遍了……大家都怕展大哥回来会问。"张龙念起往事，眼圈不觉就红了，"后来展大哥回来了，我们你推我我推你，不知道要派谁跟他说，哪知展大哥笑笑说，端木姑娘已经不在了。"

"什么叫不在了，是死了？"客子芹咬着嘴唇，"你们就没问问？"

"谁敢问？"张龙瞪她，"你是没看到展大哥当时的样子。公孙先生说，可能在西夏出了大事，展大哥不想说，就由得他吧。"

"那展大人还让我为端木姑娘祈福？"客子芹拿手背拭泪，"这要怎么祈？"

"这也就是个心意吧。"张龙叹气，"展大哥是个好人，他帮过很多人。以前，他帮了人，别人要谢他，他都谢绝的，可是那以后，他会问人家，能不能帮我个忙……"

"就是要为端木姑娘祈福吗？"客子芹又哭了。

"你这姑娘，怎么跟个水桶似的，说哭就哭？"张龙无奈，然后点点头。

"祈福的话，放在自己心里不就行了？"客子芹多少有点不理解，"为什么要找那么多人？人家可能根本就没见过端木姑娘。"

"我也这么问过。"张龙叹息，"展大哥说，自己的福气太薄，想沾多一点人的福气。"

"展大人那么好的人，怎么会福气太薄？"客子芹觉得自己很不争气，眼泪像脱了闸的水，就是止不住，"展大人要祈什么福？让端木姑娘回来？起死回生？可以永永远远不分开？"

年轻的姑娘，脑子里终究还是离不了美满结局的调调。

张龙呆呆看着她，然后摇头："展大哥说，祝我端木姐平安就好，平平安安的，比什么都强。"

临睡前，公孙策给展昭熬了一大碗安神汤，浓褐色的汤汁，一股子刺鼻的药味。

展昭无奈地笑："公孙先生，我已经好多了。"

"那也得喝。"公孙策瞪他，"那一阵子，整宿整宿地睡不着，白天累成那样，晚上还精神奕奕跟个夜猫子似的，眼睛亮得能给大人点灯了。"

"公孙先生！"展昭哭笑不得，"喝了公孙先生的药之后，不是就好了？"

"那也不行，还得喝一阵，慢慢减轻剂量。"

展昭拗不过，当着先生的面，咕噜咕噜，把一碗安神汤喝了个底朝天。

"这就好。"公孙策满意地笑，"好好睡一觉，前两日辛苦你了。"

他看着展昭合上眼睛，听着他的呼吸声慢慢变得匀长，这才吹灭了灯，轻手轻脚地退了开去，轻轻掩上了门。

也不知过了多久，黑暗中，展昭慢慢睁开眼睛。

他的唇角浮出一丝苦笑。要怎么跟公孙先生说，他的汤药，不管是多大的剂量，都不管用？

开始时，他是真的睡不着，后来，很怕睡着。因为每次睡着了，他都会做一个同样的梦。

梦里，他总会回到西夏，那个孤岭山冰冷的山洞里。

他记得，在那个山洞里醒来之前，他做了一个很长的梦，梦见自己伤得很重，梦见端木翠来找他，抱着他伤心地哭，跟他说了很多很多话。

他还梦见她死了，鲜血染红了洞口的雪地。

惊醒之后，他居然无比感激这个噩梦，他庆幸地想，幸亏这只是一场梦。

他伤得很重，但是不足以致命。他约略包扎了伤口，扶着洞壁挣扎着往外走。

再然后，他看到了自己终生难忘的一幕。

他看到了洞口的雪地上大摊的血，跟梦里的一模一样。

他还看到雪地上有一个模糊的人形，似乎是先前有人躺在那里，然后被带走了。

他死死地盯着那个人形看，他觉得那个身形和那个名字，熟悉得就要呼之欲出了。

他一遍遍地同自己说：一定不是的，这一定不是端木。

下山之后，展昭惊讶地发现，孤岭山的山头被削去了半边。

他听当地人议论，就在前一天，不知为什么，孤岭山发生了山崩，天上异光闪耀，半边山体都被削了去。当时有很多西夏兵在搜山，躲避不及，最后一清点，有十来人被埋进去了。

然后就有人改称孤岭山叫半岭山，因为它只剩一半了。

入松堂被夷为平地，先前熟识的人再也找不到一个。

对展昭而言，这已经不是最重要的事了。他秘密出了兴州，顾不得身上的伤，星夜赶回了开封府。

回府之前，他去了端木翠的家里，在那里守了三天。

小青花迷上了打花牌，它聚集了大胤和小义，围作一圈打得不亦乐乎。眼角余光瞥到展昭进来时，它顺口提了一句："我家主子好几天没回来了。"

"是啊。"经此一提，小义也有点吃惊，"神仙娘娘去哪儿了，怎么这么久都不回来？"

"出牌，出牌，我要赢啦！"小青花双目炯炯，激动得满目放光。

后来刘婶来了，看见他时，也问他："展大人，不是说姑娘在开封府住吗？我去找了她几趟，怎么不见人？"

展昭没有答她，他甚至没有去注意刘婶在边上做了什么。他静静地待了三天，看太阳慢慢升起，慢慢落下，黑夜来临，晨曦亮起。

三天后，他回了开封府。

张龙、赵虎、公孙策他们聚了一屋子，一番推搡之后，公孙策清了清嗓子："展、展护卫，有件事……"

展昭笑了笑："端木已经不在了。"

说这话时，前所未有地……平静。

天庭，七天后，司法天神府邸。

哮天犬悄悄扒上庭院的矮墙，将脑袋探出那么一点点，看远处天兵天将剑戟如林。

稍微近一点的地方，多闻天王和广目天王正凑在一处窃窃私语。

这两个老小子，还真不嫌累，哮天犬一肚子的没好气。

正腹诽间，忽然见到远处的戟林自动分开了一条道，远远看去，银色的大氅迎风鼓开。

是自家主子回来了！哮天犬立刻觉得胆气大壮，噌地就把半个脑袋伸出了院墙。

来的果然是杨戬，他步履如常，面上看不出喜怒，眼中也看不到什么天兵天将。快到府邸门口时，广目天王忽然伸手拦住他："真君留步。"

杨戬停下脚步，冷冷的目光在他面上巡睃了一回，然后下行——那里，广目天王的法宝花狐貂吓得浑身一激灵，嗖地躲回广目天王的衣袍下。

"小的们也是奉命行事，还请真君行个方便，不要让小的们难做。"广目天王说这话时，的确是很为难。

"魔礼寿，"都是西岐伐纣时实打实在战场上碰过的，杨戬毫不客气地直呼他全名，"我怎么让你难做了？"

"说说看，我怎么让你们难做了？"见广目天王不答，杨戬又把问题重复了一遍。

明明是配合的语气，但他的表情……

广目天王的拳头暗暗握起，又松开，再握起。

"端木上仙妄动生死盘，犯了天界大忌，玉帝盛怒之下，要我们前来拿人。"

"真是笑话。"杨戬冷笑，"你们不知道妄动生死盘是有天谴的？当日我带回的，是端木翠的尸体。人都死了，还要来拿？"

"话是如此，"眼见两人要说僵，多闻天王赶紧出来打圆场，"但是有风声传出，真君连日召华佗仙等医圣进府，众医圣七日不出，这摆明了是要……"

"你是说那群子酒囊饭袋？"杨戬似是动了怒，"不错，七日里好酒好菜伺候着，也没见把人给我救活，枉称医圣，白受了世间香火。我没把他们的庙宇砸烂，算是很给面子了。"

广目天王气得三尸神暴跳，多闻天王拼命咳嗽，示意广目天王务必淡定、淡定。

"小的们也是奉命行事，"多闻天王打哈哈，"上命难为，真君能不能行个方便，让我们带走端木上仙的尸身，也算是敷衍了差事。"

"你们哪只眼睛看到我拦着你们办差了？"杨戬双臂一抱，俨然一副事不关己高高挂起的模样。

多闻天王喜出望外："如此，多谢真君成全。"谢完了杨戬，两人拔腿就想往门内走，杨戬在背后凉凉的一句话，钉子般将二人钉在了当地。

"不过，办差归办差，谁敢乱进我府邸，别怪我把他的腿给砸断！"

广目天王气得想骂人，杨戬你是拿爷消遣是不是？

当然，这话他只敢在肚子里说。

于是两位气得太阳穴突突乱跳的天王，眼睁睁看着杨戬从面前走过。

哮天犬趴在墙头，流了一墙头的哈喇子：上天入地，也就他家主子嚣张得如此不可理喻如此天理难容如此萌死人了，有没有、有没有、有没有？

杨戬一进门，哮天犬就屁颠屁颠迎了上来。

"爷真是英雄，够硬气！"哮天犬拍杨戬马屁，"就是……得罪了玉帝，不太好吧？"

"怎么着？他还能咬我不成？"杨戬一句话就把哮天犬给呛回去了，"他要是真敢咬，不是还有你吗？"

哮天犬咽了一口口水，不说话了。

"端木怎么样？"

哮天犬打了个突，小心翼翼观察着杨戬的脸色，语气尽量委婉："还是老样子，医圣们都束手无策，说是……"

说到这里，它停顿了一下。

"说下去。"

"说是心脏受的伤太重了，伤了一次还好，连续伤了两次。普通兵刃的伤好救，但是生死盘的天谴实在是太厉害了。创口处的戾气大盛，根本缝合不了，不管什么样的线，刚挨近就断。"

"什么样的线都试过了？"

"开始试的是普通的针线，后来用缠夹了金线的棉线、纯金线、金银索，再后来找了上古名剑干将、镆铘，抽了剑丝，还是不行。"

杨戬沉默半晌："如果找不到合适的线，会怎么样？"

"医圣们说了，缝合不了伤口，就没有一颗完整的心。那样，不管有怎样的灵丹妙药，都救不活。"

杨戬没再说话了。

过了许久，他才淡淡道："尽人事，听天命吧。"

"主人……"眼见杨戬转身欲走，哮天犬欲言又止。

"什么事？"

"还有一种线没有试过。"

"什么线？"

"织女的云丝。"

"织女？"

世人总有一种错觉，认为天上的一切都是美的、好的、脱俗的，哪怕是天牢。

事实上，天牢天牢，重点不在于天，而在牢。

杨戬踩着齐到脚面的肮脏积水走在阴湿牢狱的过道间，看守天牢的兵卫殷勤地打着灯笼给杨戬引路："真君这边走，这边走，尽头那间，就是了。"

走到尽头处，杨戬略略转过身子，在牢狱门口站定，透过牢栏的间隔，他看到织机旁埋头织布的织女。

她的手在机杼的织丝上拂过，十指一直滴血。杨戬曾经听说过，为了给织女应有的惩罚，她拂到的织丝，全部是荆棘。

她的头发已经有些花白了，没有绾发髻，寥落地散着，似是感觉到杨戬的注视，她迟疑着抬起头来。

"真君？"

整个天庭，怕是没有人不认识杨戬的。

织女的容貌还是很美，不输于凡间任何一个娇美的女子，但是眼睛里透出的深重疲倦和憔悴，又让人觉得她已是沧桑的老者。

兵卫将牢门打开，而后悄无声息地退下。

杨戬走到织机对面，缓缓坐下。

织女笑了笑，手上的动作不停："真君是个大忙人，怎么会有空造访这里？"

杨戬答非所问："前些日子，我到人间走了走。"

"哦？"织女微笑，"人间，早就几度沧海桑田了吧。"

杨戬也笑："人间不管怎么变，只要还有人在，这些情爱纠葛、恨怨纠缠，就一直在继续。"

织女的手微顿，然后恢复如常："生而为人，总是脱不了这样的感情，这不正是神仙嗤之以鼻的地方吗？"

"我在人间，听到关于织女的故事。"

"哦。"织女的语气很平淡，似乎杨戬口中的织女跟她毫无关系，"凡人编派我些什么？"

"他们说，织女和牛郎并没有分开。织女被抓上天之后，牛郎带着两个孩子追了上去。王母娘娘勃然大怒，拔下头上发簪，在他们中间划下一道银河，两人隔河相望，苦无聚日。后来天上的喜鹊看不过去，在每年七月七日这一天，衔彩线织桥，两人得以每年相聚一次，以慰相思之苦。"

"是吗？"织女笑起来，弯起的唇角不无讥诮，"这么美好的故事，我居然是最后一个知道的！"

"凡人的生活困苦，承受不了太多的苦难和悲剧，所以，他们总爱世事圆满，这样，即便目下困顿，将来，总还是有希望的。"

织女淡淡笑笑，将摇轮摇得吱呀作响。

杨戬看着织女，他本为求云丝而来，但或许是因为，织女和端木翠，两人的故事有那么一丝相似之处，他终是忍不住多问了一句："后悔吗？"

"后悔？"织女挑起秀眉，似是不解。

"你应该知道，后来牛郎有再娶。"

"他一个人，带着两个幼子，生活多有不便，再娶也在情理之中。"

"现在还为他讲话？"

"不是为他讲话，只是看开了，不觉得有什么不对。"织女慢慢踩动脚踏，"谁不想辛劳一日，回到家里有热腾腾的饭菜奉上？谁不想家中有人缝缝补补，内外打理？谁不想入眠之时，身畔有相伴之人？孤守那一份寂寞，一年可以，两年可以，十年呢，二十年？人生苦短，他想过得适意些、舒服些、美满些，人之常情。"

"那你呢？"杨戬定定看着她，"后悔吗？"

"若我说后悔了，真君会怎么想？觉得我咎由自取，自作自受？"织女莞尔一笑。

顿了许久，她忽然轻声道："我确实是后悔了。"

杨戬心中咯噔一声。

"在这里织荆棘，一年，我并不服气，觉得真心相爱没有什么不对；十年，我不服气，觉得我与牛郎相守一场，到底值得；一百年，我还是有怨气，就算爱上凡人，没有伤及别人，有什么罪过？五百年……"

"五百年……"她唇角的笑苦涩至极，"五百年，我几乎没有再去想牛郎了。我只是想着，我这样的处境，何时有个尽头。为着那一晌贪欢，落无穷困顿，到底值不值得。我甚至在想，如果当初，没有那场相遇，是不是会更好些？"

杨戬叹息："织女娘娘能有这样的想法，距离离开这里的日子，也就不远了。"

织女笑笑，似乎离不离开这里，对她来讲已经无所谓了："真君，这就是天庭，不惜动用千八百年的时间，把你的欲望、怨气、真心、爱恋，通通磨得干干净净，终于造就一方清静之地，造就这许多行尸走肉。依我看，还不如坠万丈红尘，爱一场、怨一场、哭一场，然后饮一碗孟婆汤，前尘两忘，来得痛快。"

杨戬似有所动。

"真君此来，不会只是和我闲话家常吧？"织女抬眼看他，"我这样的落魄神仙，还有什么帮得上真君的？"

"想向娘娘，求一缕云丝。"

"云丝？"

"听说娘娘的云丝，虽细却韧且坚，可当万重山压，可阻刀锋剑气。"

织女很平静："真君请回吧，我很多年都没有织过云丝了。再说了，困顿之身，也没有心思，去为他人华裳添锦。"

"娘娘，求此云丝，只为救命。"

"救命？"织女略感讶异，"小小一缕丝，如何救命？"

杨戬犹豫了一下，将事情的始末简述一遍。

织女动容，但不改初衷："真君太高看云丝了，生死盘的天谴戾气，我虽然没有遭遇过，但听闻极为险恶，我恐怕云丝也抵之不住。"

"如今只剩下云丝这一线救命稻草，无论如何，都请娘娘援手。倘若端木能活，也是娘娘成全了她。倘若不能活，天命如此，杨戬也不会再做无谓争取。"

织女没有答话，半晌，她忽然抬起头来，满面的疑惑："真君，你说，我当日，为什么没有去死呢？"

"嗯？"杨戬一愣。

"当日抗争得那么惨烈，求过、哭过、挣扎过，甚至跟天兵天将动过手，怎么从来就没有想到去死呢？我记得有一句老话说，民不畏死，奈何以死惧之，如果我当初，以死相抗，事情，会不会有什么不同？一个人连死都不怕了，还有什么能奈何她？"

杨戬有些动气："娘娘，端木去死，并非抗拒分离，而是她不忍心展昭去死。若非走到绝路，谁会愿意去死？你口中的以死相抗，跟端木的死，根本就不一样！"

他振衣起身，拂袖而去。

守在外头的兵卫小跑着过来，将牢门锁上。

"真君！"杨戬都快走出过道了，身后忽然传来织女的声音。

他回转头，看到织女不知什么时候已经离开了织机，站在牢栏后面微笑看他："给我送日月星三光，七日之后，可以遣人来取云丝。"

杨戬心头一热，待想说什么，织女已经回到织机前，轧轧轧的织布声重又响起，单调而又重复，像是从未停过。

越七日，司法天神府邸前。

"让让，让一让，借道，借个道！"哮天犬趾高气扬，捧着盛了云丝的锦盒为杨戬开道。若是杨戬不在，它或许不敢在两位天王率领的天兵面前如此放肆，但是有杨戬在就不同了……

有句话怎么说来着，狗仗人势……

不是不是，这是骂人的话，转念又一想，自己本来就是狗嘛，要挺起腰杆做狗，不能为自己的出身感到自卑。

估计广目天王和多闻天王在外头守了这么多天，也累着了，这一次换了另外两个：增长天王和持国天王。

见杨戬过来，这两位天王脸色不豫，但是还是忍下了气，没有上前拦他。

坦白说，这两位天王对玉帝的怒气更大些。

都什么跟什么嘛，杨戬是你外甥，他连你的账都不买，能买我们的账？这小子眼一翻就是要打人的模样，谁敢跟他动手？害老子们整天在真君府外风吹日晒，不敢撤也不敢进，你当上演十月围城呢……

进了府邸，直奔厅堂，为首的华佗仙先迎过来。老实说，杨戬还就只认识一个华佗，其他的那些，都是让哮天犬抓壮丁抓过来的，据说有什么思邈，什么仲景，杨戬懒得去记。

上界的神仙不会生病，有了了不得的事一颗两颗仙丹亦能祛灾，只是端木翠这情况，一定需要个大夫，这才不问青红皂白，不分内科外科，全抓了来蹲守。

杨戬眼帘一掀，哮天犬颠吧颠吧，赶紧把云丝奉上。

华佗仙取了缝针，小心翼翼地将云丝穿上，转身去到床边。

不知为什么，杨戬反不敢跟去看了，他看向哮天犬："你过去看看。"

"主人不用太担心。"哮天犬比杨戬乐观，"去取云丝的时候，织女娘娘说了，这怕是她织过的最好的云丝了。"哮天犬说完，小跑着跟了过去。床上是端木翠的尸身，面色如常，但胸口处一个血洞，血渍经久不干，若是留意，还能看到时不时横冲直撞的白色煞气。

华佗仙深吸一口气，稳稳地伸手，下针，锋利的针尖穿过心肉，带动后续长长的云丝。

哮天犬紧张起来，屏住了气，瞪大眼睛看云丝走向，眨都不敢眨。

煞气开始冲撞云丝，缝合，第一道针线。

缝合，第二道针线。

缝合，第三道针线。

哮天犬喜不自禁，回过头，向着杨戬大叫："主人，没断，云丝没……"

针线绷断的闷响，声音不大，屋子里刹那间静得吓人。

哮天犬还未说出的话咽了回去，它全身发僵，尤其是脖子，以至于居然不能扭过头去看发生了什么事。

华佗仙转过身来，他一手还拈着针，另一手是绷断的云丝。

"真君，云丝也不行。"

杨戬的声音异乎寻常地平静："知道了，都下去吧。"

众人不敢停留，唯唯诺诺地退出了房间。哮天犬先还想留下的，触到杨戬平静无波的冷漠目光时，浑身打了个激灵，嗖地窜了出去。

杨戬慢慢走到床边坐下，伸手拂开端木翠的头发，定定看着她苍白的脸颊、根根分明的长睫、失了血色的唇。

"端木。"他低下头，在她的额头轻轻印下一个吻。

"天命如此，大哥……尽力了。"

人间，十四个月后，开封。

"展昭！"

听声辨人，未及回头，展昭唇角已化开淡淡笑意："白兄。"

"展昭，有日子没见了。"来的果然是白玉堂，只是这一回，怀中抱的不是剑，是大大小小的大红礼盒。

展昭剑眉微挑："怎么，有喜事？"

"哎哟，猫儿，在公门里摸爬滚打过，这看人看事的功夫，还真是不一般。

怎么着，有没有兴趣去陷空岛喝一杯水酒？也沾沾我们三哥的喜气。"

"三爷？"展昭心中一动，"大喜？"

"要不然呢。"白玉堂哼一声，"谁能劳动五爷跑前跑后给置办彩礼？"

"是哪家的姑娘，这么有福？"

"是大哥远房亲戚家的侄女儿，年头时来陷空岛，一来二去，就和三哥对了味了。大嫂出面做的媒，定在下个月大婚，哎，猫儿……"

白玉堂忽地想起什么，笑得贼兮兮的："说起来，你还承我们三哥一份情。"

"此话怎讲？"

白玉堂不乐意了："猫儿，别说你不知道，三哥当初，对你们那位端木姑娘，也是动过心的。只是碍于你展猫儿在先，咱们三哥光明磊落，忍痛割爱，大方退出，成人之美。你说，这不是承了我们三哥的情是什么？"

展昭没有作声。

"细论起来，五爷也出了不少力。"白玉堂得意扬扬为自己邀功，"那两天，嘴皮子都快磨破了，净在三哥耳朵边吹风，说什么天涯何处无芳草，何必单恋一枝花，还有什么大丈夫何患无妻，这愣儿爷才算转过弯儿……哎，猫儿，真去我们陷空岛喝喜酒，可别带那姑娘一起去，免得我们三哥看了心里不对味儿。"怀中顶上的红盒颤巍巍欲倒，白玉堂伸出一只手扶住，"猫儿，下月初八，记得了？"

展昭原本是往开封府走的，忽地改了主意，转身去往端木翠住过的院子。

刘婶给他开的门，小青花和大胤、小义老老实实待在碗柜里睡觉——但凡刘婶在，它们就是这副状态。当然，只要刘婶一转身，这院子里绝对是鸡飞狗跳。

展昭客气地跟刘婶打了招呼，径自走到花坛边——端木翠走后，花圃里所有的花便不再开了，不管是白天还是晚上。展昭向公孙策讨了些花苗，自己过来种下。说起来，他养的花，多半是不活的。这一年多来，不知死过多少了，但是他半分气馁的意思都没有。作为旁观者，刘婶很怀疑，他到底是在种花，还是借着种花的由头消磨时间。

身后传来窸窣的声响，回头时，刘婶正搓着围裙，不安地站在那里。

"怎么了？"展昭慢慢站起身子。

"展大人……"刘婶说得犹豫，"你看，这端木姑娘出了远门之后到现在还没回。我每日里，其实也没什么事做，白白支了展大人的银子，我想……"

展昭了然，淡淡一笑："刘婶不必往心里去，姑娘在与不在，都是一样的。刘婶日常过来洒扫便是，银钱半分也不会减。"

"不是的……"刘婶为难得很，半晌，心一横，将实话和盘托出，"是我的侄女儿采秀，展大人还记得她吧？"

"采秀？"展昭一怔，旋即记起。端木翠刚搬进这院子时，曾和自己给一个叫静蓉的女子布置过婚堂，当时，静蓉附身的女子，就叫采秀。

展昭点头："我记得。"

"姑娘搬来没多久，采秀就成亲了。上月生了个大胖小子……"刘婶不安地搓着围裙角儿，"他们年轻夫妻，很多事要忙，想找个可靠的人带带孩子，也省得在外头做事辛苦，展大人您看……"

展昭轻声打断她："我明白了。"

刘婶走时，展昭给她包了双份的银钱，刘婶只是不要："使不得，展大人，这个月都没做满，事情又清闲，我哪里还有脸收……"

展昭硬塞给她："多出的钱，就当是给采秀的孩子买些新衣裳。"

刘婶却不过，只得红着脸收了，末了没话，只得找话说："展大人上次说，姑娘是家去了？怎么一住住这么久？一年半载都不回。"

展昭微笑："想来是她玩心重，总之她喜欢，也由得她了。"

刘婶免不了叮嘱他："话是这么说，可是别太由着她了。展大人，我看着，端木姑娘就是被你宠坏了。你知道我们那里的男人是怎么待老婆的，疼是得疼，但老话怎么说，老婆三天不打，就得上房揭瓦……"

展昭笑出声来。

刘婶知道自己说得造次，一张老脸涨得通红："当然，这都是我们这些人的粗俗话，展大人是官儿，自然是，嗯，不会的……"

刘婶走了之后，展昭站在院子中央，抬头看屋上的檐瓦，正午的日光洒下来，并不很热，也并不太刺眼。他想象着端木翠上房揭瓦的模样，唇角泛出温柔笑意来。

只要她喜欢，别说是上房揭瓦，就算是把整幢房子都拆了，又有什么关系？

忙里忙外，奔进奔出，指挥这个呼喝那个，白玉堂烦得掌心冒汗顶上冒烟，把大哥二哥四哥腹诽得体无完肤。

什么叫"老五做事仔细"、"这样的大场面非五弟主持不可"、"老三最看重老五"？几桶子甜言蜜语这么灌下来，他居然头脑发热，心里甜丝丝地就把这活儿给接下来了？

我呸！下次，绝不掺和哥哥们成亲这档子事，一门心思当甩手大掌柜，看旁人忙得焦头烂额。

"五爷，梁上的红绸子好像扎得不牢靠……"

"五爷，迎亲的鞭炮是等看到了轿子放呢还是轿子停稳了再放？"

"五爷，洞房的龙凤烛是等新娘子进了房就点呢还是没进房的时候点？"

"五爷……"

"五爷……"

白玉堂觉得自己一辈子都没被这么多人同时这样念叨过，屁大点事，自己不会决定吗？都来问爷，爷是婚庆民俗大全吗？

好容易清闲点，春寒料峭的天气，白玉堂居然热得冒汗了。他把领口往边上拽了拽，正想喘口气……

"小五哥！"

轻快的悦耳声音，白玉堂头也不抬："丁小三，你也来凑这热闹。"

"哎，小五哥。"丁月华不乐意了，秀丽的瓜子脸绷了起来，"什么叫我也来凑这热闹？人家三哥可是正经给我们丁家下了喜帖，我和两位哥哥才巴巴赶来送贺礼的。"

丁月华的身后站着两位年轻公子，一色的身材颀长，一样的英俊眉眼，一样的料子上好的青绸子衣衫。右首的一位拿扇子拍拍丁月华的肩："三妹，别理他，就跟进了自己家一样，该横走就横走，该竖走就竖走，白小五管不着。"

丁月华哼一声，趾高气扬地从白玉堂身边过去。

白玉堂没好气："你是丁老大还是丁老二，信不信五爷揍你？"

陷空岛和茉花村隔着一方水域，白玉堂和丁兆兰、丁兆蕙也算是熟识，但不管哪一次，愣是分不清谁是谁。大哥他们倒是能一眼辨出，反过头来说是他认人不上心。

怪了，他干吗要在分辨这对双生子上上心？五爷又不是闲得慌。

白玉堂这头冷哼，那头丁兆兰和丁兆蕙却是笑嘻嘻地迎上来："白小五，废话少说，今儿上门贺喜的……"

"有没有什么青年才俊……"

"年少有为……"

"一表人才……"

"惊才绝艳……"

两人你说完了我接，我说完了你接，滴水不漏，果然心有灵犀，都不带打磕绊的。

"干吗？"白玉堂眼一横，"你俩有什么心思？"

"哪是我们的心思……"

"还不是为了三妹……"

"算算是年纪了，老太太也发愁……"

"你也知道三妹看人的眼光……"

"惨不忍睹……"

"哥哥们若不为她把关……"

"她指不定挑个什么样的……"

两人对视一眼，愁容满面，又是齐齐一声叹。

白玉堂乐了，觑着丁月华已经走远，他压低声音："你别说，还真有个人，虽说比起五爷那是大大不如，但是各方面都还凑合，配你们家丁小三也不至委屈了她。就是人家好像是有心上人了……"

白玉堂很是得意地看丁氏昆仲吃瘪的神情。

"对不住了，"白玉堂耸耸肩，"五爷我也爱莫能助。"

丁兆兰、丁兆蕙对视一眼。

"不怕，我们先看看人。"

"若是一般货色，也随得他。"

"若是真不错，再争取争取。"

"这年头，找个好夫婿不易……"

"动之以情晓之以理……"

"三妹也不差……"

白玉堂无语地看丁氏昆仲一唱一和，好在，救星来了。

"五爷！南侠展昭的贺礼到了！"

白玉堂转身，看到门口接礼的家丁毕恭毕敬在后头站着。

若是有展昭的信儿，不管是贺礼到还是人到，都要家丁跟他说一声，这是白玉堂先头吩咐过的。

听到家丁的来报，白玉堂先是一喜，继而皱起眉头："什么叫南侠展昭的贺礼到了，人呢？人没来？"

"人没到，有信到。"

白玉堂抢过信来，扯出了内里的封书，一目十行，眉头拧成了结。

"不是吧，"白玉堂大叫，"去延州？"

"延州？"丁家昆仲中的一个皱起眉头，"听说西夏兵大兵压境，和朝廷的军队在延州城外拉锯好久了。"

"不错。"另一个接口，"延州战事吃紧，这阵子消息纷传，说胜说败的都有……"

"你个死猫，你又不会打仗，延州是有多稀罕你？我三哥成亲你都不来，你信不信下次你和那个什么木头成亲，我也不去！"

丁家昆仲清了清嗓子。

"白兄息怒。"

"南侠展昭的事且放在一边。"

"方才你说到的那位青年才俊……"

"姓甚名谁？"

"可否引见？"

"武艺如何？"

"人品怎样？"

……

白玉堂面无表情，良久，才慢吞吞，一字一顿："丁老大、丁老二，你们两个，哪里凉快，给我上哪里待着！"

哮天犬将列位医圣送到大门口，门一开，正对上四大天王阴沉得快要滴水的脸。

哟，这趟终于聚齐了嘛。

哮天犬哼了一声，抬着下巴颏儿看列位医圣："打哪儿来，回哪儿去，都认得回家的道儿吧？在下就不送了。"

"上仙言重了。"列位医圣都是战战兢兢。他们虽在人间已位列圣人，但是到底没见过杨戬这么大一尊神，铆足了劲儿想在真君面前留个好印象的，想不到都铩羽而归。

从没有人把哮天犬尊作"上仙"，不过你别说，这话一入耳，还挺受用的。

广目天王和持国天王互相交换了个迟疑的眼神：这算是……没能救回？那玉帝的命令，是要遵还是不遵？

"要我说，"多闻天王压低了声音，"人既然死了，就别跟人家的尸首较劲了，反正也得了天谴了不是？如果强行带走尸身，惹怒了杨戬，以后这事了了之后，玉帝是没什么，这小子铁定见我们一次打一次。"

"有理，杨戬这小子，历来不是省油的灯……"

几人叽叽喳喳一通议论，其间增长天王瞥见哮天犬满目狐疑地看这边，赶紧以目光示意众位兄弟再将是非之语调低八个音阶。

哮天犬撇撇嘴，当着四大天王的面，"砰"一声把大门撞上了。

回到厅堂门口，正见到杨戬缓步出来。

"主人，现在要怎么办？"

"准备后事吧。"

"那……那……"哮天犬结结巴巴，"埋了，还是烧了？"

杨戬眸光一冷："哮天犬，你找死是吧？"

"不、不是……我跟随主人这、这么……多、多年，就没给人准备过后、后事……没有经、经验……"话到一半赶紧扇自己嘴巴子：自己说的果然不是人话，听起来就跟是抱怨真君没死过，所以自己从来未曾得到过操办丧事的经验……

杨戬却没有留意到哮天犬暗地里转的这些道道，他垂下眼睫："请北海龙王敖顺过府，告诉他，用冰棺，将端木沉入北海最深的海底。"

看到气喘吁吁的敖顺押着巨大冰棺急急而来，四大天王更是觉得无趣。

"要不……"持国天王提议，"先回去向玉帝复命，就说端木上仙真的是救不活了，尸身什么的，就让杨戬自行处理吧。"

几人意见一致，不过围住杨戬府邸的天兵天将暂不能撤，只留下多闻天王一人镇守，其他三个回去向玉帝复命。

杨戬将端木翠的尸身放入冰棺。

"敖顺，人间有一句话，叫事死如事生，端木虽然死了，但是……"

他没有说完，话中有话。

"真君放心。"敖顺于他的言外之意领会得异常通透，"我会将端木上仙的冰棺沉入北海最深处，不管是风浪还是鱼虾妖魔，通通侵扰不到。"

"那就好。"杨戬没有看他，伸手轻轻拂过端木翠冰冷的面庞，"盖棺，走吧。"

"真君，不一道来吗？"随行的从侍起棺，见杨戬没有动的意思，敖顺忍不住开口问他。

杨戬背过身去，疲倦地挥了挥手。

敖顺不敢多话，指挥着从侍们离开。

"那个，主人……"哮天犬小心翼翼，"端木上仙落棺，真的不去看看？"

"不去了。"杨戬的声音很轻。顿了顿，他又添了一句，"要不你去吧，多少也有个照应。"

哮天犬跑得飞快，敖顺这老头儿，明明腰背已经佝偻得那么厉害了，居然还走得这么快，刚出门就不见影儿了。

哮天犬很是不耐烦地让天兵天将边上退散："都让一让，让一让。"出了这道人墙，远远看到敖顺的龙气在南天门处隐现，哮天犬心头一喜，正想奋起脚程追过去，东首边上传来兵卫的厉声呵斥："下届小仙，也敢妄闯上界，拖下去……"

"不是……小仙有事要找真君……烦请列位行个方便……烦请……"这声音越传越远。哮天犬伸长脖子看过去，一个褐色衣衫的老头儿正被两个兵卫拖着往外走。那老头儿还想号啕，被其中一个兵卫一戟砸在背上。

刚才好像听到"真君"两个字……莫非是来找自家主子的？

哮天犬对天兵天将这种霸道的行为极为不满，当然，他的不满跟见义勇为半毛钱关系都没有。他只是觉得，人家都提到"真君"这两个尊贵无比、神圣无匹的字眼了，你们怎么还能这么粗暴对待人家？这样下去，他们家主子威仪何在？

所以哮天犬怒了。况且现在只剩下多闻天王一个人，他的顾忌也少了很多。他用了大概一秒钟的时间去思考是追敖顺还是为真君立威。一秒钟之后，他做了一个重大的决定。这个决定直接导致了某些人的命运变更，某些事的历史改写。

哮天犬顾不上去追放顺，两手叉腰，嗷地就来了一嗓子："给我站住！"

他拨开众兵卫，气势汹汹地走到近前，低头那么一看……

咦，这不是华佗仙吗？

可怜的小老头儿，被那么一戟砸得只有出的气没有进的气了。这天庭的兵卫也太不尊重知识分子了，下手如此狠毒，要不是它哮天犬从天而降，这华佗仙铁定是被臭揍一顿扔回自己的神庙去了。

"哮天犬，你想怎么样？"拖着华佗仙的兵卫甲皱起眉头，"下届小仙，擅闯天庭，这可是重罪。"

哮天犬没话说了，它看华佗仙："不是让你们走了吗，你怎么又回来了？头一次是我带你们进真君府邸的，那不算擅闯；这一次你都走了，无宣无召地又回来，这可是有罪，你知道吗？"

可怜华佗仙，眼睛直直盯着哮天犬，嘴唇一张一合的。

"说啥？"哮天犬好奇，把脑袋凑了过去。

华佗仙嘴里含混不清，他只听清楚两个字：端木。

哮天犬心里咯噔一声，心中转开了小九九：华佗仙是大夫，他走了，又回来，还念叨着端木上仙的名字，莫非？

下一幕，哮天犬精瘦的小身板儿负起华佗仙，急急往真君府邸走。后头那两个兵卫厉声喝止："哮天犬，擅闯天庭是大罪，你想抢人怎么着？"

"就抢了，你还打我啊！"哮天犬一溜小跑，嘴上不忘嚣张，"也不看看这是谁的地头儿，我主子就在屋里，你打我试试？"

顾嘴不顾脚，进门时一脚绊倒。可怜的华佗仙，陀螺样骨碌骨碌滚了两三丈远。

见旗下的兵卫扰攘，多闻天王很不满："随它去，跟这种小角色计较什么，一点天兵天将的样子都没有。"

杨戬实在是对华佗仙的出现一点好奇都没有，不过念在他这十来日尽心尽力的分儿上——虽然无所建树，还是舍了他一粒仙丹，固住他那么一点元气。

"多谢真君。"缓过气来之后，华佗仙感慨万千，他一直以为自己这一生中最值得书写的故事是关云长刮骨疗毒，现下看来不然。此趟的故事生死一线，实在是更加精彩许多，遗憾的是已经没有人能够为他列传传唱了。

"走了又回，到底为了什么？"杨戬对他的谢意毫无兴趣。

"那个，真君……"华佗仙抖抖索索地伸手入袖，取出一缕莹亮的丝线来。

杨戬淡淡瞥了一眼："又是什么线？你还真是乐此不疲。端木的心脏，是让你试验针线的地方吗？"

"不是，真君。"华佗仙咽了口口水，"当时，小仙已经离了天庭，驾于云气之上，恰好遇到了在天上四处巡游的四方仙。"

四方仙算是天庭的巡卫，常年在云气之上游走，杨戬对此倒不陌生："然后呢？"

"小仙停下和他们攀谈了两句，无意间提起端木上仙的事，四方仙就说起了最近的一桩奇事。"

"哦？"杨戬冷笑，"有多奇，说来听听。"

"四方仙提起，近来巡游之时，足上频频缠到来自人间的丝缕游愿，有很多，都是关于端木上仙的平安祈福愿。"

"游愿？"杨戬眉头皱起，"端木在人间没有庙宇，亦没有什么广为人知的功德，怎么可能会有平安祈福愿……"

他忽然想到展昭，语声戛然而止，半晌冷哼一声："臭小子，还算有心。"

"当时，四方仙还撷取了几缕给小仙看。"华佗仙毕恭毕敬地把手上的丝缕递与杨戬细看。

"然后呢？"杨戬忽然就有点猜到了华佗仙的意思。

"真君，普通的针线不行，云丝也败下阵来，能不能试试这些游愿？小仙常听人说，众志成城，真君不要小觑这丝缕游愿，若是汇集起来，捻作一根，说不准也能扛住生死盘天谴的戾气。

"而且……"华佗仙小心翼翼斟酌着杨戬的脸色，"针线缝合的心脏总有疮疤，就算救活了端木上仙，她终生都免不了心痛之疾。可是游愿不同，游愿是全心全意为她，可以与端木上仙的身体相融，缝合之后，自动化作护壁，护她心肺。说不定，连原先穿心的旧伤都能弥合消逝。"

哮天犬听得双目发光："主人，这个可以试试，真的可以……"

杨戬不语，指腹轻轻摩挲着那几缕游愿，忽地皱起眉头："为什么这丝缕游愿，有的亮些，有的暗些？"

华佗仙叹气："皆因世人祈愿，很多不可取，第一就难在忘我无私。很多人祈福是为自己，我要娶娇妻、封官职、聚钱财，我要如何如何，这样的游愿，不能上达天听；第二难在全心全意，就算是为他人祈愿，也分许多种，敷衍者有之，草草了事者有之，一时兴起者有之，很少至诚至性；第三难就是祈愿的心念之坚。因此种种，游愿也分明暗。坦白说，那些暗沉的游愿，可能挡不了戾气，那些莹亮的游愿，可能可以挡得久些。所以小仙才提议将所有的游愿捻在一处，希望积众愿之力，可以多争取些时间。"

哮天犬咽口水："主人，这个可以试试，真的可以。"

杨戬慢慢起身："端木的棺椁，走到什么地方了？"

三大天王金殿归来，正准备招呼多闻天王一同撤兵，忽地劲风掀来，抬头看时，头顶云气急涌，杨戬带同哮天犬及华佗仙，风驰电掣般走远。

广目天王和增长天王面面相觑，持国天王面色一沉："杨戬怕是又在弄什么玄虚，跟过去看看！"

值得庆幸的是，敖顺的老胳膊老腿，出了南天门之后好像就迈不动了，杨戬没费什么力气就追上了。

"真君这是……"敖顺不解，"要一同去？"

杨戬也不理会他，一掌推出，冰棺轰然作响，棺盖平展展被震了开去，细小的冰屑打了端木翠一身都是。他俯下身去，把端木翠的尸身放在棺盖之上，凝视她的面目半晌，缓缓念动法咒。

八方游愿，如丝缕般纷飞流转而来，有一些直接飞过，有一些在端木翠身边停留片刻，旋又掉头而走，还有一些末梢轻动，终于在她身侧慢慢伏了下来。

如华佗仙所言，果然众多游愿，或明或暗，闪烁不定。

而在这些游愿之中，有一根，最为明亮，通体莹透，几乎灼痛了杨戬的眼睛。

他沉默半晌，轻声道："那是展昭的？"

似是发问，又像是自言自语。哮天犬讷讷的，也不知该不该答。

杨戬叹气，衣袂浮动之处，众多游愿自行聚在一处，捻作一根丝线，轻柔落于杨戬掌心。

杨戬将丝线递与华佗仙："开始吧。"

华佗战战兢兢接过丝线，对着针眼穿了几次都穿之不过。杨戬抬起头来，冷冷看向四周黑压压的天兵天将，目光最后停在四大天王身上。

"让他们让一让。"他语气平和得很，"挡着我们的光了。"

尖利的银白针身插入心肉的瞬间，就听到线绷断的声响。

难得华佗仙不愧医圣之名，心中震撼不已，拿针的手却是分毫未动。

"有一根已经断了。"他如实告知杨戬。

杨戬嗯一声："继续。"

华佗仙深吸口气，继续下针。

线的绷断之声犹如弦上音，不绝于耳，华佗仙聚精会神，绝此音于耳外。

哮天犬紧张到双腿直哆嗦："只要能坚持到最后一刻，只要有最后一根线留下来，端木上仙这条命，就算是保住了。"

琴上音忽然全盘止歇，只剩下最后一根游愿，亮得刺眼。

华佗仙吓得不敢再动针。

杨戬竟也紧张起来。

"还剩几针？"

"大概……还要三针。"

"缝！"

华佗仙得了指令，咬了咬牙，继续下针。

惨白的煞气冲撞着最后一根游愿。杨戬目不转睛盯着这根游愿，声音压得很低："展昭，她为你启生死盘，你应当能为她扛住这三针的生死盘煞气，希望……我没看错你。"

一针。

两针。

三针。

收线。

只是片刻工夫，杨戬觉得，像是一辈子那么长。

华佗仙的手不可抑制地颤抖起来，他简直不敢相信，自己居然缝合了生死盘的戾气造成的创口。

至于哮天犬……

它在一旁哭得稀里哗啦，一边哭一边抽噎："太感人了，连我这样铁石心肠的狗，都被感动了……"

那一瞬间，杨戬有把它踹到开封府给包拯守门的冲动。

只是，喜悦来得太过强烈，他也无暇去顾及这些小节了。

他仰首大笑，以至于笑出了眼泪。

"展昭这个臭小子，也算是做了件人事！"

"杨戬！"是广目天王愤怒的声音。

这声音，将他从狂喜状态唤回到凉薄的现实中来。

"你你你……"广目天王气得说不出话来，"你逆生死盘而动，就不怕玉帝发下雷霆之火……"

"哦，玉帝，对了，玉帝。"杨戬笑声渐歇，他指了指华佗仙一行人，"他们就在这里为端木医治，你们谁都不许动，敢动他们一根汗毛，我拆了你们的骨头。至于我……"他掸了掸袖上的尘，"随你们上殿，面见玉帝。"

"真君是想为端木上仙请罪？"多闻天王犹豫了一下，还是问了出来。

"是请罪。"杨戬微微点头，"不过……"

他的调子转作意味深长："请罪之前，先要邀功。"

"邀功！"玉帝一拍御案，气得帽子前头缀着的珍珠垂帘乱晃，"端木翠妄动生死盘，她有什么功好邀。"

"是啊二郎神。"王母娘娘伸手拈了个果子，启开朱唇咬了一口，果子鲜红的汁液染红了她的贝齿，"妄动生死盘，她是开天辟地第一位吧，闯下这么大的祸，她还算有功？什么功？莫不是要奖她胆色可嘉？"

"舅舅怕是忘了，"杨戬淡淡一笑，"舅母也忘了，你们这些站着的人也都忘了，冥道是被谁重新封印的？"

他的目光缓缓扫过一旁的在列神仙，太白金星、太上老君、赤脚大仙等均面现愕然，继而浮上羞惭之色。

"冥道一开，上古妖孽作乱，伏羲女娲尚在沉睡，目下的大小神仙，谁有那能力扛住这一场浩劫？届时人间腥风血雨，万里白骨。端木纵有千般不对，她总是力挽狂澜，为众生消弭了一场无形的危难，是也不是？若说这不算是功，我真的就奇怪了，这都不算是功劳，什么才能算是功劳？"他说得不紧不慢，偏偏每一个字都如利箭，直插利害之处。

一片默然之中，太上老君出来打圆场："玉帝，二郎神说得不错，端木上仙封印冥道，当记一大功，但是她妄动生死盘，又确是犯下大过……依小仙所见，莫若功过相抵，就此……算了吧。"

王母娘娘眸中掠过一丝不悦，这丝不悦在目光触及杨戬之时，更是转作了厌恶：玉帝这个外甥，她素来不喜。往日里他自己嚣张也就算了，带了个不知哪儿来的妹子，居然违逆天条，如此嚣张。这口气，她实在咽不下去……

但是杨戬言之凿凿，她又实在找不到好的借口。正暗自生闷气，杨戬忽然又开口了。

"功就是功，过就是过，有功要赏，有过要罚，功过相抵不可行。这就譬如在人间，你杀一人，再救一人，难道因为你功过相抵，就不计较你的杀人之罪了？"

一时间人人茫然，摸不清杨戬是在打什么主意。按理说，端木翠是他的妹子，功过相抵，不是正顺他的心意？

玉帝沉吟了片刻："二郎神，依你所言，这功，应该如何赏？"

"端木翠动了生死盘，她的命数已经被换给了凡人，即便我将她救活过来，没有命数，她也活不了很久。倘若玉帝要赏，就续她的命盘，玉帝以为何如？"

"这怎么可以！"王母娘娘尖细的声音响起，"妄动了生死盘，就这样一笔带过了？"

"娘娘不要忘了，生死盘自身带有天谴，端木翠已经受了天谴，能再活过来，实属命不该绝，玉帝续她命盘，也并不为难。再说了，我们现在在谈'赏'，待会儿，不是还会论她的过吗？"

王母娘娘按压下心头怒气："那你说，这个'过'要怎么论？"

"小神不敢僭越，要怎么惩罚端木翠，还是要凭娘娘做主。"

王母娘娘重重拍案："既如此，罚她同织女一样，永生永世去织荆棘。"

"这个不好。"

王母娘娘大怒："杨戬，你让我做主去惩罚端木翠，我现在做了主，你又说不好？"

杨戬不动声色："小神只是说听凭娘娘做主，并没有说娘娘做主之后，小神就不能反对。娘娘，端木跟织女不同，织女天生擅织，端木则出身武将，跃马扬刀。让端木去织布，岂不是荒唐？"

王母娘娘方才盛怒之下，口不择言，其实此时一想，也知自己说得不妥，只得就坡下驴："既如此，就罚她入老君香炉，受烈焰焚身之苦。"

"这个也不好。"

"杨戬！"王母娘娘怒极反笑，"这个也不好？"

"烈焰焚身，是惨烈酷刑。端木翠之前总算是有功，即便现在要罚，也不适宜用这类火烧雷劈之法。传将出去，于娘娘的胸怀威仪有损。"

王母娘娘被呛得说不出话来。

更可气的是，玉帝居然还很认同杨戬的说法。非但如此，他还很是嫌恶地瞪了王母娘娘一眼："堂堂王母，母仪三界，动不动要烧要劈，还有没有点仪态？"

王母娘娘发觉自己的战略方针错误，她费了半天劲儿才压下怒气，换了一副似笑非笑的模样："那么依真君看，怎么样的处罚，才算合适？"

"妄动生死盘是仙家大忌，身为神仙，连这样的戒条都守不了，也就不配再做神仙。依小神看，可以夺了端木翠的仙籍，让她重归凡胎。"

太上老君吓了一跳："除去仙籍，这个……有点重了吧，二郎神，她怎么说，也是你的妹妹……"

杨戬声色俱厉："就是因为我是司法天神，才更加不该庇佑她。之前娘娘也说了，妄动生死盘，她是开天辟地第一人，若不严加惩治，只怕之后的神仙，更加肆无忌惮为所欲为。"

王母娘娘哼了一声："太上老君，除去仙籍这个惩罚，说轻不轻，说重不重。若是除去仙籍，成了凡人之后在人间享一世富贵，这还算什么惩罚？"

"那娘娘想怎样？"杨戬不动声色。

"照我说，自然应该夺她仙籍，这样的神仙，留在上界也是祸害。不过成了凡人之后，也该叫她好好吃点苦头，叫她受贫病之苦、爱不得，她才真正知道厉害。"

杨戬怒不可遏，猛地抬首，眸间怒火炽如烈焰。

看到杨戬如此盛怒，王母娘娘的那一腔子郁结之气，忽然就平复了。怎么说来着，简直是大暑天吃冰激凌……

"怎么样？本宫的提议，可还合适？"她笑得分外娇媚，先看玉帝，"玉帝你觉得呢？"

"倒还……妥当。"

"列位仙家觉得呢？"

"不如就依娘娘的……"

"二郎神，你看呢？"

杨戬强忍心头怒火："既然众仙家都如此说，杨戬亦无二话。"

"那好。"王母娘娘站起身来，"夺了端木翠仙籍，知会月老和掌困疾贫病的神仙，端木翠在凡间一世，受贫病之苦，无情无爱。"

"砰"的一声，杨戬踢翻了旁侧的玉柱，大氅一掀，掉头就走。

金殿之上鸦雀无声，只有王母娘娘神色自若地左右看看，又拈了一颗果子在齿间细细咬啮："这个杨戬，越发没规矩了。"

哮天犬在府邸外张望了许久，才看到杨戬步履如常地过来，它一溜烟样迎上去。

"主人，听说你今日在金殿上气得不轻啊，连玉柱都被你踹翻了……"

杨戬没说话，径自跨进门来。哮天犬随后跟进，一边掩门一边喋喋不休："这王母娘娘也太狠了，想出那样的恶毒法子，把你气成那样……"话没说完，一片暗影当头罩来，却是杨戬解下大氅，把它的脑袋当成衣架随手一搭。

哮天犬不屈不挠地伸出脑袋，正对上杨戬畅快至极的笑："你懂什么，若是不装成怒不可遏的模样，那婆娘怎么会罢休？"

杨戬回来得晚，是因为他去了两个地方。

第一是掌困疾贫病四厄的神仙张吉利的家。同华佗仙一样，张吉利也没怎么见过杨戬这么大尊神，喜出望外地迎上来，被杨戬一掌给打晕了。醒来时，他才发觉自己被捆猪样捆起，杨戬施法术把他变小塞在袖笼里，没忘扯下他的衣角塞住他的嘴。

张吉利险些被自己衣角的味道给熏晕过去，他有这么久没洗衣服了吗？

第二是月老祠。

花白胡子的月老正在眯着眼睛牵理红线，祠堂里摆着数以万计的人偶木像，足上的红线也迤逦出数万条。

"端木在哪里？"

"端木上仙即将为凡胎，已经有了凡胎人偶。"月老给他看边上的一个女子人偶，小而精巧，看面上神情，俨然端木翠的模样。

"展昭呢？"

端木翠为展昭妄动生死盘之事已不是秘密，月老笑呵呵引他看另一尊。

杨戬看到展昭人偶的足上，依然未牵红线。

"这个……"他伸手指向那边，"没有红线？"

"不是。"月老赶紧解释，"依着展昭先前的命数，的确是没有红线的。但是端木上仙改了生死盘之后，展昭的命数也变了，论理当有红线。我还在翻检婚书，为他择取合适的女子……"

"有合适的？"杨戬略一挑眉。

"有几个，茉花村丁家的女儿丁月华、开封城中李尚书的女儿李芝兰，还有两个江湖女子，不过看来看去，似乎丁家的女儿更合适些……哎，真君，你干什么？"

杨戬将端木翠和展昭的人偶取下："牵这两个。"

"不是，真君可能还不明白。"月老耐着性子，以秀才的条分缕析去对阵杨戬，"王母娘娘的意思是端木上仙这一世无情无爱，所以端木姑娘没有红线。展昭有了红线，我在给他牵丁家的女儿……"

"啰唆！"杨戬面色一沉，夺过月老手中的红线，也不分是几根，自己上手去牵。

"哎哎哎，真君，你没懂我的意思……端木姑娘没有红线，所以不用牵，牵的是丁家的女儿……哎哎，真君，牵一根就行，不要浪费我的红线，哎，真君！"

杨戬非常满意地将数十根红线都扎在两人足上，打了个死结，然后非常满意地，抬头看月老。

"不是，真君你这是做什么？"月老欲哭无泪，"王母娘娘有旨意，王母娘娘说……"

"你不说，谁知道？"

"哈？"月老愣了。

"我说，你不说，谁知道？"杨戬慢吞吞地把话给重复了一遍。

"不是，真君，"月老慌了，"这是违抗上意，这是欺瞒娘娘……"

"是啊，"杨戬打断他，"你聋了还是怎的，我不是说了吗，你不说，谁知道？"

"不是的，真君，"月老禁不住有了老泪纵横的冲动，"小仙，小仙实在是不敢得罪王母娘娘啊。"

"那就是说，你敢得罪我？"

月老可能从来没想过这个问题，张了张嘴，不作声了。

"王母娘娘不会有那么闲的心思整天盯着端木，偶尔想起来问问，你搪塞搪塞也就过去了。可是我就不同了，自家妹子在凡间受苦，每次想起来，心里都像扎了一根刺，一旦扎了刺，就要找人出气，一旦想找人出气……"

他不说话了，目光从月老的头顶溜到脚底，又从脚底溜到头顶，似乎是在掂量这月老全身到底有几根骨头供他拆的。

在四分之一炷香的时间里，月老做了一个重大的比较，他比较了一下杨戬和王母娘娘这两个柿子到底哪个更硬些，以确定准确无误地捏住那个软柿子。

"小仙、小仙明白了。"月老咽了口唾沫，"我不说，没人知道。嘿嘿，我不说，没人知道。"

对于自己差点儿把月老这个善良的老头逼成神经衰弱，杨戬是一点负疚感都没有，他大摇大摆走出了月老祠，选了个僻静的地方，把袖中那个一直旁观的张吉利放了出来。

"我懂，我懂，我明白，我明白的真君。"自张吉利能开口开始，就一直在表忠心，"我明白的真君，我不说，没人知道。"

"娘娘问起呢？"

"就说一切都如娘娘所愿。"

"娘娘若要看证据呢？"

"我就……我就随便找个蓬头垢面看不出面目的女子，跟娘娘说那就是端木上仙，被贫病折磨得……都不成人样了。"

杨戬定定看了张吉利半天，然后点头："很好，你比月老上道。"

这里的这些玄虚，他自然是不会对哮天犬讲的。虽然哮天犬足够忠心，但是这样的事情，还是越少人知道越好。

所以哮天犬怎么也捉摸不透：王母娘娘那么恶毒的惩罚，主人在金殿上气得那么厉害，怎么回到家里，笑得这么……

呃，如果它形容说笑得这么让人脊背发凉，杨戬会不会一脚踢死它？

杨戬不理会它："端木怎么样？"

"刚醒，在里面，什么都还没敢跟她说。"

　　杨戬大踏步往内院走，刚进月亮门，就看到一身素白里衣的端木翠扶着门楣站着。她未绾发髻，长发披散下来，更显得一张脸苍白瘦削得厉害，眼睛里倒还是黑亮有光的。看到杨戬进来，她眼圈一红，松了门楣朝他走来："大哥。"

　　杨戬抢上两步，在她摔倒前搂住她。

　　端木翠倚着杨戬温暖的胸膛，双手紧环住他的腰，眼泪一滴滴流下来："大哥，我知道连累你了。"

　　杨戬心中叹息一声，端木翠单薄的身子在他怀中颤抖得厉害。她抬起头来，一双大眼睛里盛着满满的自责和不安："大哥，我妄动生死盘，玉帝会不会责罚你？"

　　杨戬笑了笑，伸手托起她的脸，慢慢帮她擦去眼角的泪。

　　"端木，"他看进她的眼睛里，"以后的路，要自己走了。"

第三十章　风雪同路

　　有一件事，白玉堂的确是误会展昭了，他前往延州，还真的不是打仗去的。

　　西夏兵和宋兵在延州附近的征战的确已经进行了一段时间，入松堂费尽心思递过来几次确切的消息，但是由于主将的犹豫不决，加上三川口之战中鄜延都监黄德和临阵脱逃，宋兵还是着实吃了几次败仗，用溃不成军来形容并不夸张。

　　因此，延州的局势，只两个字，死守。

　　而西夏方面，一来出于天降大雪，夏军缺少御寒的衣物，军纪松散，无心再战；二来李元昊得报，宋麟州都教练使折继闵等率兵攻入夏境，唯恐他处有失，在围困延州七天七夜之后，终于下令回兵。

　　展昭就是在朝廷得知李元昊回兵的消息之后被派遣去延州的。

761

　　他到延州，是带一封王丞相的手书给延州知州范雍，坐等范雍的回信，然后带回京城。

　　之所以要从包大人处借展昭一用，是因为据说书信的内容涉及延州的攻防、此战的过失和下一步举措，事关机密，为免中途生变，派个功夫高强的好手来回，更加妥当些。

　　展昭因此入选。

　　书信送到，范雍头痛不已，只觉战事芜杂，一时间无法细回，只得请展昭暂住几日，待自己细细思量斟酌之后，再回这一封书信。

　　展昭被安排在副统李萧寒家住下。

　　李萧寒四十上下，一家四口，住在城中一户不大的院落中，除了妻子李秦氏，还有一个女儿李洛水，十八岁；幼子李洛闵，八岁。

　　李洛水自小随父习武，使得一手好剑，容貌更是出挑，是延州城中众口交赞的大美人。展昭还记得第一次见到她，她一身红色裘氅，站在院中那棵疏落的梅花树下，衬着梢头三两梅花，对他展颜一笑。

　　她的笑如同她那件火红色的裘氅，张扬而艳光四射，迫得整个人的呼吸都为之一滞。

　　若是早几年，她的倩影和艳光，也许能在展昭的眸底多留一会儿，只是现在，所有的女子，在他眼中无非分为两类。

　　是她或者不是她。

　　而不是她的女子，在他看来，都是一样的。

　　他淡淡一笑，一袭蓝色的衣袍，简单干净，明明那么普通，却似乎有暗沉掉一切光芒的力量。她的艳光到了他面前，竟是不能迫近一步。

　　展昭向她颔首，客气地称她："李姑娘。"

　　他就此在李萧寒家住下，一日三餐，偶尔和李家共席，其他的时间，要么在房里待着，要么出外信步走走，再不然，就和八岁的小洛闵在院中说笑，教他读书认字。

　　日子好像一下子就疏懒下来，一天变得很长，长得让他无从打发。

　　印象中，自到延州开始，纷纷扬扬的大雪，就始终没有停过。

　　但凡到了下雪的天气，展昭就会异样沉默，不怎么和人说话，更喜欢一个人待着。夜晚到时，也睡得更加不踏实。

算起来应该是到延州的第二日，天还没亮，他就起身出门，没有披氅袍，却也并不觉得冷。

他踩着细碎的雪，沿着门口那条古旧的巷道往外走，快到巷子口时，忽地听到有人讲话，下意识停下脚步。

"我不想回去。"

"又说傻话了，得赶在天亮前回去，否则让你爹发现，可怎么了得？"

"真喜欢我，为什么不去我家里提亲？"

"你也知道，我爹送我来军中历练，半点出息没有，反先寻思成家，我爹会打断我的腿。"

"那今夜，我们还见不见？"

"今夜再说，我得走了。"

男子软语安慰的声音过后，便是一连串远走的脚步声。

那女子的声音，展昭听得清楚，是李洛水。

李洛水满心惆怅，怀着女儿家千回百折的心思转过墙角，忽地看见展昭，一张脸刹那间就失了血色。

"你、你、你……"她结巴，"你怎么会……"话未说完，她一拧身，匆匆就从展昭身边跑过去了。

只是不多久，她又急急跑回来。

"展、展大人，求你千万别告诉我爹……"

展昭没有回头。

"展某不是多事之人。"

李洛水咬着嘴唇，嗫嚅道："那、那就好……"

展昭淡淡一笑，迈步离去。

其实他没有什么目的地，只是在延州的大街小巷，走走看看。

这一日只是平常的一日，除了早晨无意间撞破李洛水的情事，发生的其他事情都再平常不过：夫妻口角、孩童嬉戏、邻里相呼、商贩吆喝，平淡生活的平淡幸福，流水般在肘畔流动。

午饭是在一个小小的面摊子上解决的，普通的一碗肉丁三丝面。他另要了一个空碗，把肉丁通通夹到另一个碗里，又拨了一半的面过去，然后，先吃面前素的一碗。

面摊的伙计很纳闷：敢情这位客人是茹素的？既然茹素，开始为什么还要点肉丁面？

吃完了素的一碗，展昭又开始吃另一碗。

伙计更纳闷了：既然不茹素，干吗要分开吃？

这个问题跟猫爪子似的，一直在心里挠着。展昭结账走人的时候，他忍不住就问："客官，干吗要分开吃？"

展昭愣了一下，想了想，微微一笑："习惯了。"

其实也没有什么特别的理由，这么做的时候也不觉得难过或是痛苦，就是习惯了。

傍晚的时候，他原路返回，穿过距离李萧寒家最近的那条街道时，忽然发现街边有一个小小的算卦摊子。

算卦先生两撇山羊胡子，抱一块卦旗，坐在木案子后头百无聊赖，目光闪烁不定，下巴尖尖，一脸的鼠相，典型的街头骗子。

展昭唇角泛起微笑，径直走了过去。

"哎，客官，坐、坐！"居然有客光顾，算卦先生喜出望外，"客官是问前程功名，还是问夫妻姻缘？"

"问故人平安。"

"待本人掐指一算……"那算卦先生装模作样，忽然"嗷"的一声，脑瓜子上挨了一萝卜。

好大一条白萝卜，萝卜缨子攥在一个腰膀粗圆的妇人手上，她气势汹汹，抬手又是一萝卜。

"你个江湖骗子，昨儿满口说我妹子一定生个男娃，今儿生的怎么是女的？你若不把卦金给吐出来，老娘今儿打不死你！"

"哎哎哎，你这妇人这么不讲理，我说你妹子一定生个男娃，又没说是头胎生的……嗷……"

卦摊上顿时就乱作一团。街面上尚在溜达的人也团团围了过来，看热闹的看热闹，添柴火的添柴火。展昭静静在卦摊前坐着，身后的那场揪斗，似乎是另一

个世界的场景。

也不知过了多久，人群散了，那算卦先生哼哼唧唧，脸上添了两道血口子，上嘴唇也磕破了，才坐回座上，眼睛一下子瞪圆了：咦，这人怎么还没走？

"问故人平安。"展昭提醒他。

"哦，对对，故人平安。"算卦先生咽了口唾沫：这人莫不是有病，眼见了方才砸场子似的争斗，任谁都知道自己这个算卦先生是混混儿了，他还愿意在这里等他算卦？

算卦先生装模作样一回，然后故作喜上眉梢："客官大喜，据小人方才一卦，客官的那位故人，非但平安，而且前程似锦，将来妻娇子孝……"

"她是个姑娘家。"展昭再次提醒他。

"哦哦哦……"算卦先生尴尬得不行，"口误，口误。总之这位姑娘，平安得很，客官不必挂心……"

"是吗？"展昭面上露出欣慰笑意来。

算卦先生渐渐不紧张了，他看出来了，这位客官，用意并不在求平安，他只是想听听好话而已。

而见人说好话是自己的强项，死人都能叫他给说活了。

果然，展昭走时，给他留了好大一块碎银子。

算卦先生攥着银子，笑得合不拢嘴，只是上嘴唇磕破了，笑着笑着，又疼得直嘘气。

不过，总体而言，今儿还是走运，宰到一只肥羊。

算卦先生心里甜丝丝的。

回到李萧寒家，正是暮色四合的时候。半天上的云层镀了一层黑金，还在不断往黑里去沉，灶房里传出肉菜混炒的香气，李洛水在檐下看书，小洛闵正缠着李萧寒讲故事。看到展昭进来，他飞跑着扑过来："展叔叔，教我认字！"

展昭蹲下身子抱住他，小洛闵的身体软软香香的，嗅在鼻端，分外好闻。

李萧寒呵呵笑起来："闵儿，不要吵着展叔叔。"

"无妨。"展昭温和地笑，"闵儿想学什么字？"

"我去拿爹爹的字帖！"小洛闵扭动着身子，从展昭怀里挣脱出来，蹦蹦跳跳地去往李萧寒的书房。

李洛水还是装作看书的模样，心里却是慌得不行：这个展大人，会不会把自己的事情告诉爹爹？爹爹知道了会怎么样？

扑棱棱的拍翅声响起，展昭抬起头时，云层只剩了最后一缕金色的云丝儿，暮色团团围过来，一只灰白色的鸽子扑棱着翅膀飞来，似乎想停在梅枝上。颤巍巍的梅枝晃了几晃，枝上积着的那层微雪扑簌簌落在展昭肩头。

鸽子的腿上绑着个纸筒，展昭伸手将纸筒取下，展开。

小洛闵蹦蹦跳跳取了李萧寒的字帖出来时，就看到展昭在梅花树下站着，手中拈着一张字条。

"展叔叔，展叔叔。"

没有人答他，他好奇地转到展昭正面，看了看展昭的脸，又伸手去掰他手里那张字条。

展昭的手似是没什么力气，小洛闵不费什么劲儿就把字条扯出来了。

他清了清嗓子，一个一个去辨认字条上的字："……木姑娘已去……州找你，可同归。策字。"

小洛闵挠了挠脑袋，伸手去搜展昭的下襟。

展昭低下头来。

"展叔叔，这个是什么字啊？"他指了指打头的那个笔画繁复的字。

"端字。"

"哦，那这个呢？"他又指指中间那个字。

"延字，延州的延字。"

小洛闵满意了，这趟，他终于把字都给认全了。

他清了清嗓子，又大声念了一遍："端木姑娘已去延州找你，可同归。策字。"

他想了半天，又伸手去扯展昭的衣裳。展昭单膝跪地，慢慢俯下身来。

"展叔叔，这个端木姑娘，是谁啊？"

暮色中，展昭的唇角浮起温柔的微笑来："公孙先生没有把名字写上，展叔叔也在想，这个端木姑娘，到底是谁。"

"怎么你认识很多个端木姑娘吗？"小洛闵惊讶。

"也没有。"展昭轻声道，"只认识一个。"

换了往常，公孙策是绝对不会留这样一张没头没脑、语焉不详，惹人无限揣

度的字条的。

这张字条来自端木翠的强烈要求。

短短几个字，公孙策数次搁笔："这样写，你是不是要把展护卫给急死？"

"怎么就急死了？"巴巴跑到开封府却没见着展昭，端木翠也满肚子不高兴。

"要不然就正正经经写上你的名字，你非要写什么端木姑娘，展护卫那孩子……你又不是不知道他，万一患得患失地乱猜，这几天他还能过上安稳日子吗？"

"怎么他认识很多个端木姑娘吗？"

"话不是这么说。"公孙策气得想用笔头去敲她的脑壳，"他第一反应当然是你，但是他肯定又害怕是哪个不认识的和你同姓的姑娘，这样子揣度着，心情大起大落，对身体也不好，你知道吗？"

"我就是怕他一下子见到我，大喜过望对身体不好，才让你写这么一张含混的字条，让他先有个心理准备啊。"端木翠觉得自己很占理。

"展护卫是见过风浪的，怎么会大喜过望？"公孙策鄙视她，"我见到你，也没大喜过望啊。"

"你又不是展昭。"端木翠白他，"我见到你，也没怎么高兴啊。"

这死丫头……

公孙策暗暗咬牙，你别说，刚见到端木翠时，他的确是喜出望外的。有那么一瞬间，他还背过身去，悄悄揩去眼角的泪。

但是相处了没多久，那股子和她相处时的特定心情又回来了：没好气、想敲她栗暴。还有，自己那棵早已忘却早已决定不和她计较的抓破美人脸啊……

刹那间回到十四个月以前，熟悉得像是她从未离开。

"你最好早点动身，快点到。"公孙策瞪她，"不然展护卫又会睡不好觉。"

说着说着他又唏嘘起来："你是没看到，展护卫那些日子，整宿整宿地睡不着，大晚上眼睛亮得能给包大人点灯了，亏得我后来夜夜逼他喝安神汤。"

"知道了知道了。"端木翠嫌他唠叨，"都叨叨八次了。"

公孙策又抑制不住拿笔杆子敲她的冲动了："我是想跟你说，以后对展护卫好一点，他这一天天的，我是看在眼里的，他不容易。"

"都说知道了。"端木翠嘀咕。

公孙策非常生气，这死丫头就不能表现得悲情一点吗？他又开始追忆以往和展昭有过或多或少接触的柔情女子了。人家的大家闺秀风范是多么十足，说着说着眼圈儿就红了，然后拈起袖子拭泪；要么就轻启檀口，吟两句让人心碎的诗，譬如"但愿君心似我心"，譬如"执子之手，与子偕老"，譬如"山无陵天地合乃敢与君绝"，这样在深刻抒发内心情感的同时还能顺便熏陶一下旁观者的文学素养，可谓一举两得……

"得得得，让张龙给你备马，你快走快走快走。"公孙策一个劲儿挥袖子，跟赶某种会飞的讨人厌的东西似的。

"我还没去看小青花呢……"端木翠嘟囔。

"我敢跟你打包票，小青花的状态比展护卫要好。它都快成开封府的赌神了，一手打花牌的技艺无人能出其右。你问问张龙、赵虎他们，都在小青花手下输过。"公孙策亦在小青花手下输过不少银子，想起来就恨得牙痒痒，"也不知它一只破碗，攒那个钱做什么用……你回来的消息，我会告诉它，你先去找展护卫是正经。"

端木翠撇嘴："那我走了。"

府衙外，张龙牵着马等她，右臂上挎了个包袱。

他扶着端木翠上马。

"端木姐，这个你带着。"他把那个包袱递给端木翠，"子芹蒸的糕点，大人和先生都爱吃，端木姐路上带着吃。"

端木翠把包袱接过来，怔了一怔："子芹？"

张龙的脸腾地红了："是……客姑娘，她半年前和她娘来开封告状，后来……后来就在开封住下了……"

"哦……"端木翠善解人意地笑，"知道了，代我谢过客姑娘吧。"

"端木……姐……"张龙讷讷的，"你心里不会气我吧？"

"气你什么？"端木翠噗地一笑，"因为红鸾？"

张龙不说话了。

"这有什么好气的，你跟红鸾毕竟相处的日子短……"端木翠不知怎么说才好，"别往心里去了。"

张龙沉默了半晌，才点了点头。

"端木姐，你路上小心。先生说，你已经不是……神仙了。"

"不是神仙，我还有武功啊。"

"那不一样，毕竟刀剑无眼，万一有个磕着碰着……端木姐，路上没什么大事，就别多插手，一路去找展大哥就好。"

"知道了。"端木翠嫣然一笑，勒转了马头就走。

身后，张龙忽地想起了什么，两手拢在嘴边向她大声喊："端木姐，寻着了展大哥，就早些回来，等你们回来了，我们像像样样，一起吃顿饭！"

端木翠的声音远远飘回来："知——道——啦——"

又是一日的雪不停，李萧寒进屋的时候，连连跺脚，把皂靴上的新雪跺去："论理该转暖了，不该是下雪的日子。"

李秦氏体贴地帮他把大氅解下："算起来，也就冷这些日子了，说不定是最后一场雪了。"

"也是。"李萧寒把手拢在嘴边呵了呵气，忽地想起了什么，"展大人呢？"

"一早就出去了，说是今儿不回。"

"不回？"

"你忘记前两日展护卫收到的信了？"李秦氏提醒他，"他那什么朋友，不是这两日就到吗？"

"所以呢？"李萧寒觉得好笑，"他这是去……迎着？候着？这都入夜了，城门就要关了。再说了，延州四个城门，他去哪一个守着？不怕走岔了？"

"兴许就是要入夜了才去守呢。"李秦氏到底心细，"万一他那朋友是入夜来的，守城的兵卫不给开门，展大人在那儿，就能照应到了不是？"

"倒也是。"李萧寒笑了笑，"洛水呢？"

"在房里呢。"

"走，找丫头说会儿话去。"李萧寒行了两步，又回头看李秦氏，"你同我一道吧？"

"陈副统的儿子？"李洛水心中一惊，下意识攥紧了衣角。

李萧寒没有留意到女儿的异样面色，兀自呵呵笑着："可不，今儿托了金校尉同我讲的。陈副统的儿子现在开封，不是武官，在翰林院里做事，是个稳妥的，年纪也相当。洛水跟了他，也就不用待在延州了……"他回头看李秦氏，"届时你带了洛闵也跟过去，先在开封住下。这延州到底是前线，战事究竟怎么样难说得很，你们回去了，我也放心。"

"我不嫁！"李洛水腾地站起身来，原本娇艳的脸庞一片铁青。

"这丫头，说的哪里话？"李萧寒面色一沉，"好声好气跟你商量着，你摆什么脸色？你不嫁？哪个姑娘家嫁人不是父母之命媒妁之言？"

"总之，就是不嫁！"李洛水发狠。

"荒唐！"李萧寒也动气了，重重一掌拍在案上，"怎么跟父母讲话的？"

李洛水咬了咬牙，忽地一拧身，拔腿就往门外跑。

"你给我回来！"李萧寒更怒了，"跟谁学的这般拧气的性子……"

"哎哎哎，当家的。"李秦氏慌了，赶紧伸手拦住，"洛水她小孩儿家性子，你可别跟她动气……"

她那边忙着去拦李萧寒，这一头李洛水怒气冲冲开了门，刚往门外冲，就和一个姑娘撞了个满怀。那姑娘"哎哟"一声疼得直嘘气。李洛水原本想停下道个歉的，忽地又听到李萧寒在身后的斥骂声，面色一冷，也不顾那姑娘怎么样，快步离开了。

李萧寒气坏了，指着虚掩的门扇破口大骂："有本事，走了就别回来！"

他这厢怒火中烧，那半扇门外，忽然小心翼翼地探出了一个姑娘的脑袋。

"那个……"她弯腰拿手揉着膝盖，一双乌溜溜的眼睛转来转去，目光在小院子里溜来溜去，"展昭在不在？"

城门缓缓闭合。

看着两爿大门间的罅隙越来越小，展昭几不可闻地叹了口气。

转身欲走时，一抹火红的身影风一般掠过身侧。

"让我出去！"李洛水伸出手，砰砰砰用力拍打门扇，"让我出去！"

"李小姐……"守城的兵卫识得是副统李萧寒的女儿，语意中带了几分为难，"已经关城门了。"

"那又怎么样，你知不知道我是谁？"李洛水噌地就把腰间悬剑拔出了寸许，"想跟我动手是不是？"下一刻，腕上突地一痛，李洛水痛呼一声，剑身重又滑回剑鞘，回头看时，竟是展昭。

"你……"李洛水又羞又气。

"李姑娘不要太过分了。"展昭面如寒霜，言辞间甚是不留情面，"入暮闭合城门是延州军令，管你是谁，都不得违令。你无理在先，呵斥守卫在后，你以为你是什么人？即便是李萧寒来了，也不敢如此放肆！"

李洛水听他直呼自家爹爹的名讳，心里激灵灵打了个突。

她直到此时才发觉，这个展大人，并非借住在自己家的好说话的普通客人，他非但有官职在身，官衔尚在自家爹爹之上。他并不因为她年纪小，就纵容姑息于她；他也并不像那天早晨遇到的那样，对所有的事情都高高挂起不闻不问。

她突然发觉自己造次了，对眼前的展昭，竟止不住地害怕起来。

"李姑娘请回吧，不要在此地再作耽留。"

李洛水咬了咬牙，忽地别转身，噔噔噔跑远。旁侧的兵卫向展昭赔着小心："展大人，你也别太动气，李小姐年纪小，家里又宠着，骄纵些在所难免。"

展昭"嗯"了一声，看不出什么表情。

"只是……"那兵卫踮起脚看李洛水消失的方向，"李副统家不是那条路吧……李小姐今儿气大得很，怕不是出了什么事吧？"

展昭心中咯噔一声，那天早晨发生的事迅速在眼前闪过。

他迟疑了一下。

"我去看看她吧。"

"又不在？"面对守城兵卫的回答，端木翠急得差点儿哭出来。

兵卫看看端木翠又看看李萧寒，也不好将李洛水在城门口闹事的事说出来，只是含混其词："原先是在这里的，后来……后来有点事情，就离开了。"

"那，端木姑娘，"李萧寒也没辙，"要么，还是回去慢慢等吧，展大人他总会回家的。"

展昭追上李洛水的时候，她寻了个僻静的角落，正趴在墙上大哭。

展昭叹了口气，抱剑静静站在一旁——一个姑娘家，伤心成这样，原因可能有很多。她若不说，他也实在不想主动去探听。

李洛水哭着哭着就不哭了，她抬起头来，透过婆娑的泪眼看展昭。若换了另一个年纪相当的男子在边上，她一定早就哭着闹腾开了，或者仗着美貌女子特有的权利恃宠而骄，可是对着展昭，她平日里那么些骄纵含嗔的举动都施展不出来。出于女子特有的直觉，她觉得展昭并不想同她亲近。他跟过来，并不是要宽慰她或是哄她，只是怕她出事。

这让李洛水有些挫败感。

展昭静静看她："回去吧，入夜了，你一个姑娘家在外头，你爹娘会担心的。"

"不回。"不提还好，一提到"爹娘"二字，李洛水的火气就按捺不下，"我再也不会回去了。"

展昭微笑："怎么，父母和儿女间，还有过不去的坎？"

"你不明白的！"李洛水一开口就带了哭音，"我爹要把我嫁给我不喜欢的人，我死也不会嫁的，死也不会的。"

"小小年纪，怎么开口闭口就是死字？"展昭的面色慢慢沉下来，"你爹逼你了？"

李洛水愣了一下。

回想一下方才和爹爹的对谈，似乎并没有什么言辞激烈的地方。李萧寒只是不喜她的态度，重重斥骂了她几句，爹逼她了吗？好像也没有。爹说一定不让她嫁给自己喜欢的人了吗？好像也没有。

只是……

只是她年纪小，一贯骄纵，一贯如意，忽然有了一点点不合心意，一下子就觉得全世界都是自己的敌人，张牙舞爪地跟全世界叫嚣：别逼我，逼我就去死。

"你有试过跟你爹谈过吗？"

李洛水沉默，然后摇头。

"世上没有不爱儿女的爹娘，你试着跟你爹去讲，你爹是个明事理的人，我想他会明白你的心意的。"

"如果……"李洛水咬着嘴唇，"如果我爹还不同意呢？"

"那你就去死？"展昭失笑，"你死了，你喜欢的人怎么办，他不会难过吗？"

李洛水不说话了。

"你从未跟你爹讲过你有喜欢的人，你爹从何得知你的心意？他跟你谈起你的嫁娶之事，你不加解释便怒火中烧，甚至于以命相逼。李姑娘，这是不是太小题大做了？"

李洛水只觉得展昭说得平和，但字字在理，自己竟是反驳不得，可骄傲的性子使然，又不想这么认输，连连跺脚之下，强词夺理："你不懂的，若是不能跟

自己喜欢的人在一起，活着还有什么意思？"

展昭只觉好笑，好笑之余，却又有酸涩之意在心头泛起："李姑娘，你现在年纪还小。这话，过了几年之后你再想想，就不会这么说了。"

李洛水咬牙："跟你说也说不通，你不会明白的。"

展昭敛起笑意，声音平静得很："世上相恋的男女，有很多原因不能在一起。有的是因为门第相差太大，有的是因为上一代的恩怨纠葛，还有的阴差阳错失之交臂。李姑娘，你信展某一句，你的事情并不是什么解决不了的大事。你回去之后，好好跟你爹谈谈，我想你爹会明白的。若是谈不通，展某也不介意帮你去劝劝你爹。"

李洛水只听进去他最后一句话。

她猛地抬起头来，又惊又喜："展大人，你说真的，你会帮我去劝我爹？"

展昭微微颔首。

李洛水喜极："太好了，展大人，你比我爹的官儿大，你说的，他一定会听。"

也只有在这个时候，李洛水才觉得官大一级压死人，是件挺不错的事儿。

"想不到你还是个好人。"

这样的夸奖，展昭实在听得哭笑不得。

"哎，展大人，你为什么愿意帮我？"李洛水忽地想到什么，面上有些发窘，"你在我们家这些日子……我对你也不是……很好……"

展昭淡淡一笑。

"相爱之人，相守不易。展某乐得成全……走吧。"

"好。"李洛水展颜一笑，快步跟了上去。

快走到李萧寒家那条巷子时，身后忽然有人喊他："展大人，展大人！"

展昭停下步子，疑惑地回头看身后那个匆匆跑过来的传令兵。

"小的去李副统家请了几次了，副统只说展大人还没回。"传令兵气喘吁吁，"展大人，范大人有请。"

范雍？

展昭心中咯噔一声，回身看李洛水："李姑娘，你先回去。"

"哦，好。"范雍是延州知州，振武军节度使，听得来人是奉了他的命令，李洛水也知道是要事，点了点头，径自回去了。

"所以，展大人原本是……跟你一起回来的？"李萧寒原本是准备好好骂李洛水一顿的，听她说起方才情形，忽然就掉转了话题。

"是啊。"李洛水点头，好奇地看李萧寒身后那位一脸失望的姑娘——家里又来了客人？

"然后呢？"李萧寒追问。

"然后范大人差人来请，展大人就跟着传令兵走了，就是刚到门口的时候。"李洛水伸手指了指外头。

"这样啊……"李萧寒一脸抱歉的神色，回头看那位姑娘，"端木姑娘，要不你先歇着吧，不要等了。"

"我早知会这样的。"端木翠咬嘴唇，"次次都要扑空，一路都在扑空，我再也不找他了。"

李萧寒待要说什么，端木翠站起身子，满面不快地回房去了。

"爹，她是谁啊？"李洛水好奇。

"多嘴。"李萧寒愠怒地看了她一眼，"方才才说了你几句，就那般使性子跑了，还有没有半点规矩？"

李洛水拿手绞着衣裳，偷眼打量着李萧寒的神色："爹？"

"嗯？"李萧寒余怒未消。

"我想跟你说个事儿。"

展昭从范雍手里接过那封沉甸甸的书信。

"此趟若不是李元昊主动撤兵，延州岌岌可危。但是老夫身为主帅，失塞门、金明二寨，三川口大败，损兵折将，唉……"

展昭也知道，范雍如此说，并非要对自己倾诉些什么，只是一时感叹而已，当下并不多言，接了书信，旋即告退。

后来，范雍果被撤了振武军节度使一职，不过，这都是后话了。

回到李萧寒家时，已是子时三刻。展昭方走到门边，忽地想到李萧寒一家应该已经都入睡了，思忖着不便打扰，转身欲走时，身后的门却腾一下开了。

"展大人。"李洛水压低了声音。

展昭惊讶："还没睡？"

"我怕你回来，所以守在门边同你说。"李洛水的脸一红，"那件事，我跟我爹讲了，爹也没生气，还说，抽日子要会会面……展大人你不用跟我爹说了，爹若是知道我把这些事乱讲，又要生气。"

原来如此，展昭微笑："知道了。"

李洛水侧开身子把他让进门来："你回来就好了，有个姑娘等你好久了。"

展昭一下子僵住了。

李洛水奇怪地看他。展昭听到自己的声音，陌生得像是另一个人："有个姑娘？"

"是啊，在你房里。"

李洛水伸手一指，顺着她手指的方向，展昭看到自己房中正透出晕黄色的微光来。

"什么样的姑娘？"他的声音有些颤抖。

"就是个模样儿好看的姑娘。"李洛水想了想，"我听爹喊她端木姑娘，可是再多问，爹也不说了，只说是展大人的朋友。"

顿了顿她又道："你去看看不就知道了？"

"说得也是，那，李姑娘早点休息吧。"

李洛水"嗯"了一声，步履轻快地回房去了。展昭伸手扶住边墙，竟再也迈不动步子。

他抬头看那片微弱的灯火。

门关着。

如果推开，会怎么样？

展昭深深吸了一口气，迈步往屋子走去。

这段路，他忽而觉得很长，又忽而觉得很短，似乎盼着盼着，还未反应过来，就到了门口。几次伸手去推门，几次又把手缩回来，最后一次，也不知是哪里来的力气，砰一下，就把门推开了。

身后的寒气顺势而入，桌上蜡烛的烛焰飘忽了几下。展昭的心，像是突然从最高的山顶开始往下掉，掉到了湖面还不够，又一个劲地往最深处沉。

屋里没有人。

展昭茫然地向屋里走了几步，看摇曳的烛焰，看叠得齐齐整整的床铺，看暗褐色的内墙，看床头搭着的自己的衣裳，耳膜处开始嗡嗡作响。

他忽然就体会到那种盛得满满的希望瞬间化成泡沫的感觉。

一股子难以言喻的酸涩之感涌上心头，喉头处蓦地一腥，鲜血自唇边溢出。

端木翠的声音就是这个时候自身后传来的。

"哈，展昭。"她得意扬扬，"一连叫我扑空了四次，也让你扑空一次。"

展昭浑身一震，慢慢回过头来。

他已经看不清她的样子了，只觉得视线一片模糊，听着她得意的声音："展昭，我躲在门后面，你都没察觉吗？你们学武之人，不是讲究眼观六路耳听……"

她突然就停住了。

透过模糊的视线，他看到她急急地过来："展昭你怎么了，怎么会吐血？是不是跟人动手了？"

展昭低下头，还是看不清她的样子，眼中一片温热模糊，声音轻得像是要飘起来："扑空了四次？"

"是啊。"端木翠担心地看着他，抬手拿衣角去帮他拭唇角的血迹，"你受伤了吗？要不要紧？"

展昭摇头："怎么会扑空？"

说话间，他慢慢地伸手拥住她。

熟悉的气息扑面而来，端木翠愣怔了一下，唇角泛起微笑来。她掰手指数给他看："去开封府找你，你不在，一次；到这里来找你，你不在，两次；去城门找你，你不在，三次；后来李小姐回来，你又没回，四次。"

她强调："整整四次。"

说着，她比画着"四"的手势，晃来晃去。

展昭微笑，低下头去吻她的鬓角："所以，就躲到门后去吓唬我？"

"是啊。"她忽然想起什么，伸手把垂下的几缕发绾到耳后，让他看额头，"自己看。"

"怎么了？"

"你刚刚推门进来，砰一声，就撞到了。"

"那你都不吭声？"

"忍着呀，若是忍不住，岂不是吓不到你了？"她忍不住笑出声来，带着小小的得意。

"疼不疼？"

端木翠晃晃脑袋："怕是要撞傻了。"

展昭也笑："那不要紧，本来就是个傻姑娘。"

"我哪里傻？"端木翠白他。

"哪里都傻。"展昭唇角的笑意愈来愈深，"不但傻，而且小气得很，从来不肯吃半点亏，从来不饶人……"

"那不要抱我了。"端木翠没好气，"去抱又聪明又大方的姑娘。"她伸手去掰他的手，展昭的双臂箍得牢牢的，她怎么掰都掰不动。

展昭没有看她，只是埋首在她发间，似是喃喃自语："我怎么会喜欢上这样的姑娘？"

端木翠气结："难道我一点好处都没有？"

这一下似是问到了重心，展昭抬起头来，若有所思地看着她，眉头皱得紧紧："好处？"

思索了好一会儿，他给她肯定的答复："没有。"

端木翠差点儿气晕过去。

"怎么会没有？我不是经常行侠仗义吗？"端木翠提醒他，"还有，我也收妖的，我心地也很好啊……我武功也好……以前打仗的时候，我脑子也好使啊……还有，我长得也好看啊……"

展昭笑出声来："前头都是假的，最想说的是自己长得好看吧？"

"哪有……"端木翠装得似模似样，"前头的才是重要的，至于长相嘛，我都不在意的……"

等了半天，没见展昭回答，端木翠好奇地抬起头来。

展昭的目光温柔得很，只是静静看她。

端木翠脸一红，咬着嘴唇，脑袋一歪："看呆了？有这么好看？"

"是端木回来了。"

"嗯？"端木翠听不懂，"什么？"

展昭没有再答她了，他的双目缓缓合起，身子软软沉了下去。端木翠慌张地搂住他，只听见他梦呓般的低语："是端木回来了。"

大半夜的，李萧寒一大家子都被折腾起来了，再接着，城中回春堂年近七十的老大夫杜汝言挎着药箱，在家仆的搀扶下也颤吧颤吧到了。

杜汝言伸出两个手指头，虚虚号着展昭的脉。端木翠双手托腮半跪在床边，一会儿看看杜汝言，一会儿看看展昭，紧张到不行。俄顷，杜汝言慢吞吞收回手，迎着端木翠忐忑的目光，无比淡定但是口齿漏风地吐出几个字来："没……什么事……啊……"

端木翠急了："没什么事还会吐血？"

杜汝言眼皮都不抬，颤巍巍扶着家仆的手站起："他这身子骨，吐血还好点。"

"这话怎么说？"端木翠恨死了杜汝言这么一副拿腔拿调的模样。华佗够牛吧，华佗也没你这么拽啊。

"这年轻人，心里头憋着一股子郁结之气，老朽也看不出有多久了，不过长久这样郁结着，对身子定有损伤。这次也不知是被什么一激，反而发将出来。所以老朽才说，吐血反倒好点。"

端木翠吁了口气，一颗心总算是放下了。

"那，杜大夫，要么你写个方子？"李萧寒在旁添了一句。

"也用不着什么方子……"杜汝言皱了皱眉头，"早起时给熬点米粥，熬得稠些……他气息浑厚，掌心有薄茧，该是习武之人，不打紧……多给他说些宽心的话，引他多笑笑，心里头舒畅了，这病，自然也就好了。"

展昭这一觉睡得很沉很沉。

他做了一个很奇怪的梦。

梦里，他回到了开封府，在庭院中练剑，时候好像是秋天，有叶子从树上落下，飘飘洒洒，打着旋儿落在脚边。

公孙先生和包大人在廊下弈棋，两个人一般地愁眉紧锁，手中的棋子迟迟不落。张龙、赵虎、王朝、马汉分作两派，各自拥趸一方，时不时争辩几句，有几次，还试图帮包大人或是公孙先生落子。

于是公孙先生连连抗议："观棋不语真君子！观棋不语真君子！"

最后一招剑花挽过，银光一闪，巨阙入鞘。下棋观棋的诸人都无暇顾及他，他微微一笑，转身出了开封府。素日里走过无数次的街道，有孩童在嬉戏，有夫妻在口角，还有临街的屋子里传出的膳食的香气。他步子不急，走得很稳，迎面走来一人，面目熟悉得很，擦肩而过时，他忽然想起来：这不是赵小大吗？

他记得赵小大被蚊蚋精怪所害，从此失落无踪，他回头去找，人来人往，已经看不到赵小大的身影。

前方忽然马蹄杂沓，急转头时，正看到惊马，还有委顿在地的荷衣女子。他顾不上多想，疾奔过去，长臂一挽，那女子在他怀中仰起脸来，向着他嫣然一笑。

女子的家仆们惊惶赶来，他放开那女子，转身离开。拐角处，一辆两人抬的小轿静静停着，梦蝶将轿帘掀开一线，似在看他，又似没有。轿子身后是云气缭绕的小巷，而轿子顶上，狰狞而又嚣张地悬浮着一件凌霄红衣。

他脚步不停，路过晋侯巷，温孤苇余的大宅檐下，悬着两盏白色的灯笼。檐角处立着猫妖，她黑色的裙裾随风飘扬，鬓角簪着一朵极其艳丽的牡丹。

而前方伫立的，便是宣平城楼。

三丈三的地气夹杂着疫气扑面而来，低空掠过无数纸做的蝶。破落的城隍庙里，七星灯依次点亮，沉渊巨大的触手，迎着灯影兜头罩下来。

再睁眼时，半空一轮巨大的冷月亮，西岐伐纣的低沉号角声远远传来。他还是不停地走，身边的山川河流，伴随着他的走过，寸寸化作了飞灰。这飞灰一下下地旋绕，托起一盏去往酆都的孔明灯。他抬头看那盏灯，灯却突然直直掉到地上，火焰燃起灯壁，隐隐现出姚蔓青的脸。展昭下意识后退，却撞上一人，回头看时，那人一身中贵人服饰，捧着圣旨，面无表情：“女子楚服坐为皇后咒诅，大逆无道，着速死，蛊杀之！”

喧嚣的声音渐渐平息下来，周遭的场景转作晴明，这里是开封，西郊十里。

流水潺潺，桥的另一面，有草庐静静伫立。

背倚青石靠，细流绕柳腰，非是主人引，不过端木桥。

展昭的唇角浮起淡淡微笑，他慢慢地步过小桥。

草庐的篱笆门虚掩着，有只青花碗，在篱笆疏落的条上牵了两根绳，做了个秋千，正蹩脚而努力地荡啊荡。秋千下方，站了一只戴花的碗和一只绞着手帕儿的碟子。

那只青花碗看见展昭，好奇地抬起头来，一开口，说话透风，展昭这才发觉它是一只豁了牙的碗。

“你找我家主子吗？”

展昭点头微笑："端木在不在？"

青花碗指了指灶房。

远远地，透过灶房简陋的小窗，看到锅铲卖力地左左右右，菜刀上上下下，砧板的笃笃声不绝于耳。

展昭微笑着推开了篱笆门。

……

展昭是在压得低低的絮语声中慢慢醒过来的。

对话声很轻，但是他还是能分辨出其中的一个，是端木翠。

他努力地睁眼，开始看到的是一片混沌的颜色、模糊的人形，慢慢地，所有场景的线条明晰起来，他看到端木翠背对着他，正和李秦氏说话。

"好像还是有点烫……"

"很香……"

"待会儿展昭醒了，我让他吃……"

李秦氏一抬眼，正对上展昭的目光。她怔了一下，拿手肘碰了碰端木翠："端木姑娘，展大人醒了。"

端木翠回过头来，迎着展昭的目光展颜一笑："展昭，你醒了。"

展昭撑着身子想坐起来，端木翠快步走到床边，扶住他的上身，将衾被垫在他身后，垂下的长发拂过展昭的脸庞，痒痒的。

"还有没有不舒服？"她伸手去探展昭的额头。

展昭抬头看她，直到此刻，他才清楚看到她的样子。展昭伸出手去触了触她的面颊，那里，原本该是有三条抓痕的。

李秦氏有点发窘，见他二人丝毫不避讳旁人，也知自己不应再待，识趣地退了下去，还给两人带上了门。

端木翠一时间倒不知该说什么，想了想才道："大夫说，你心里一直积着一股子郁结之气，此番吐了血，发将出来，反而好些。"

展昭没有应声，只是轻轻点了点头。

端木翠低下头，她也知这趟离开，于展昭而言，应是分外难熬。现下乍见，他心中诸般滋味涌将出来，怕是会平添伤感，又想起那位杜大夫的话，只想引他开心，思忖了一回，再抬头时，面上分外狡黠。

"展昭，"她期期艾艾，"你心里的郁结之气……是不是……因为我啊？"

展昭一怔，原本是想跟她安安静静说会儿话的，奈何这姑娘就是静不下来。再看她得意的狡黠模样，玩闹之心顿起，偏偏就不依着她："自然不是。"

端木翠撇嘴，不服气道："那是为谁？"

展昭慢吞吞道："为国，为民，为包大人，嗯……还有操心公孙先生的事，还有张龙、赵虎……"

端木翠眼睛睁得溜圆："那就没有一点是为了我？"

说是一点都没有未免太不可信，展昭摇头："有那么一点点。"

"有那么一点点，那是多少？"端木翠伸出手来，拇指和食指比画了个寸许长，"这么多？"

展昭半眯起眼睛看了看，伸手将她的两指往里并了并，缩到半寸大小："大概这么多。"

端木翠讨价还价："就不能多点？"

她又把手指张开了些。

"嗯……"展昭勉强点头，"就这么些吧。"

他故意不去看她，眼角余光却把她愤愤的表情尽收眼底。

"我也不怎么想你。"她哼一声，然后两指像是拈了一粒黄豆，"也就这么点吧。"

展昭憋着笑，不去理会她。她愤愤地去到案旁，捧了碗粥过来，手中的瓷调羹在粥里搅来搅去。

"大夫说你要喝些粥。"她把粥碗塞给他，"自己吃。"

"我不舒服。"展昭提醒她自己是病人。

端木翠瞪了他一眼，把粥碗拿回来，舀了一调羹给他送过去。

粥到唇边，展昭正要张嘴，她动作很快地又把调羹缩了回去。

真是……

展昭气得牙痒痒。

但是端木翠很淡定："我尝尝看。"

她把第一勺粥送进自己嘴里，然后频频点头回味："李夫人的手艺，果然不错。"

于是，第二勺粥，也送进了自己嘴里。

展昭眼睁睁看着她一口又一口，吃得眉飞色舞，直到一碗粥都见了底。

"然后呢？"他终于忍不住提醒她。

"什么然后？"端木翠挑眉看她。

"你就这样……吃完了？"

她慢条斯理地把碗放到一边，拿绢帕揩了揩嘴角："你的意思是……我该再吃一碗？"

展昭忍不住了，伸手就去呵她痒痒。端木翠咯咯笑着躲开，展昭哪里肯让，伸手将她圈住，低头狠狠吻在她耳后。

端木翠痒到不行，挣扎了一回没挣脱，索性也不挣了，只是瞪他："展昭你真小气，我吃的哪里是你那碗，你那碗还好好在桌上放着。"

展昭低下头，与她额头相抵："那你装作是要喂给我吃？"

"大夫说要逗你笑啊。"她理直气壮，"我多不容易，为了逗你开心，生生把一碗都吃下去了，撑死了都。"

展昭笑出声来："果真不容易，这世上，为了逗我开心吃到撑的姑娘，你还是头一个。"

她果然大为得意，似乎吃到撑，是一件很了不起很骄傲的事情。

"那放我起来，拿粥过来给你。"她试图坐起身子，展昭却不放手。端木翠好奇地看他，展昭微笑，问出了一直想问却又没敢问的话。

"端木这一趟，能留多久？"

端木翠的笑容渐渐淡去。

展昭的笑，也随之慢慢隐去。

"这一趟，能留多久？"他又轻声问了一遍，怀抱缓缓松开。

端木翠坐直身子，只是不出声。

"端木？"展昭有点慌，轻轻抬起她的下巴，看到她的眼圈已然泛红。

展昭心里沉了一下，但是很快就故作淡然地微笑："不能留很久也没关系，端木，你平平安安的，比什么都强。"

"大哥说，"她声音很低，"若是能嫁出去，就不用回去了……若是嫁不出去，那实在也太丢人，也不要回去了……总之，都不要回去了……"

展昭愣住了。

他用了好大的力气，才消化完她的话。

再然后，他差点儿气晕了。

"那你刚才……那、那样……"

"难受是吧？"她一副镇定自若的样子，"被大哥赶出来，当然心里难受了……"

展昭再也忍不住了，手臂收紧，低头就去吻她的唇。

她忽然柔声叫他："展昭。"

展昭停住了。

她的眼睛异常明亮："展昭，我能嫁出去的是吧？"

展昭唇角浮出一抹笑意，他给她吃定心丸："当然。"

"那嫁给谁呢？"她又淘气了。

展昭没好气："废话。"

李萧寒牵马，送展昭和端木翠到城门口，试图做最后一次挽留："展大人，你身子还未大好，不妨多留几天……现在雪这么厚，路不太好走，看情形晚些时候还会下，万一路上没有投宿的地方……"

"展某有要事在身，亟须回京复命，李大人的好意展某心领了，实在是不便久留。"

见展昭如此，李萧寒也不好再说什么。端木翠一身宝蓝色的裘衣大氅，牵着马在十余丈外等候，时不时向这边看上一眼。

展昭向她投以微笑，回身向李萧寒略拱了拱拳："此番多有叨扰，展某在此谢过。来日李大人去开封，展某定当做东，陪李大人好好喝几杯。"

李萧寒只得回以一拱："展大人，来日再会。"

"再会。"

展昭翻身上马，挽住马缰，一夹马腹，踏雪嘶鸣一声，小跑着前行。

端木翠见他上马，正要踏鞍上马，展昭已行到身边，伸手给她："端木，上来。"

"我有马啊。"端木翠解释，却下意识伸出手，接着就身子一轻，已被展昭拉上了马去。展昭自后拥住她，将马缰塞到她手里。

"我有马啊。"她抬头又重复了一遍。

"你赶路赶到这里，一路不停，现在还要骑自己的马，不怕你的马累死？"展昭瞪她。

"累死也不怕啊。"她不以为然，"大哥给的嫁妆够多，累死了再买不就是了。"

展昭暗暗腹诽：二郎神，炫耀自己有钱也不是这么个炫耀法……

"走了。"他不理会她，催动踏雪前行。端木翠的马摇摇尾巴，居然也就乖乖跟上来了。

出了延州城，便是茫茫雪地，这两日少有人进出，雪地上的脚印都稀疏得很，极目远望，四处白皑皑的一片。踏雪走得很慢，辔上的马铃叮当作响，端木翠仰头看展昭："为什么不放马儿跑，这样走，几时才到开封？"

展昭答得轻松："我又不急。"

"那你着急走？"

"你不觉得李家的人太多了？"展昭微笑，"与其挤在那一屋子里，不如我们这样，慢慢走，一路到开封，只我们两个人，好不好？"

"可是李副统说，待会儿会下雪……"

几乎是话刚落音，远处的阴云便聚合起来，压得低低的空中飘下细小的雪末儿，然后是雪珠、雪花。端木翠抬起头来，一片六棱的雪花，恰落在她小巧的鼻尖上。

"看，展昭。"她不敢动，生怕把雪花给抖落了，也不敢大声说话，声音飔飔的，"看我鼻子上。"

展昭失笑："你果然是无聊得很了。"

"你能吗？"她不服气。

"这有什么难的。"展昭也抬头，漫天的雪花映入眸底，不多时鼻子上也落了一片。

"看。"他声音也飔飔的，听起来很是滑稽。

端木翠笑出声来。

又走了一程，四野分外寂静，只余马铃的轻响。风大起来，展昭将端木翠搂紧了些，用自己的大氅将她围好，马蹄落下，将松散的雪压合的沙沙的声音，虽然小，却分外分明。

端木翠有些累了，好一阵子，她都没再说话，再开口时很突然："展昭，我眼睛疼。"

展昭一怔，旋即反应过来这是轻微的雪盲，暗悔自己没有提早提醒她，忙将她的脸转向自己怀中："闭上眼睛，歇一会儿就好。"

端木翠乖巧地"嗯"一声，向展昭怀里缩了缩。展昭将大氅又紧了紧，见她被围得严严实实，几乎连脸都看不到了，唇角不觉露出笑意来。

她安静了好久，展昭几乎以为她已经睡着的时候，她又开口了："展昭。"

"嗯？"展昭低下头，看到她被遮住的小小的脸，两只眼睛亮得如同点漆，瞳仁里清楚映出自己微笑的脸。

"有件事我还没同你说。"

"你说。"

"大哥说，以后我就会像普通人一样变老了。"

"然后呢？"

"这么多年，我只看过凡人变老，自己没有变老过。"她叹了一口气，又往展昭怀里缩了缩，"我看着他们原本那么年轻，然后脸上多了皱纹、头上有了白发，接着眼睛也看不清了，腿脚也不灵便了……展昭，我以后也会变老的，这可怎么办？"

展昭低下头，轻轻吻在她冰凉的颊上："我陪你一起老就是。"

我陪你一起老就是。

短短几个字，端木翠愣怔了很久，她忽然觉得，变老，好像也不是那么可怕的事。

她唇角露出笑意来，换了个舒服的姿势，倚着展昭的胸膛，安静地睡了。

雪越下越大，马铃声渐渐听不到了，而那几排南去的马蹄印，也终于渐渐隐没于这席天幕地的风雪长卷之中。

【全文完】

番外一　小青花的枕下日志

001

主子今天同我说，我应该多读点书。

我认真想了一下主子的话，觉得主子说得很有道理，因为主子毕竟是神仙，神仙的话如果没有道理，这个世上就没有道理讲了。

多读点书，会让我的碗生更加有意义。

本来我准备今天就开始读的，但是小碟喊我去扑蝶。其实我不大赞同这种行为，本是同根生，相煎何太急啊，小碟何苦为难小蝶。

但是我刚说了她几句，她就要哭了，算了，明天再读吧，今天还是陪她扑蝶好了。

主子在屋里忙活，草庐刚刚建好，她要忙的事很多。

主子说，明天要去见包大人，因为包大人是文曲星下凡。

为什么好好的天上不待，都要下凡呢？

目前我还不懂，可能书读得多了，自然也就懂了。

002

今天主子派人从外面抓来一只魖，据说已经活了四百多年了，长得真是难看啊。她活了那么长的时间，怎么不把自己收拾得好看一点呢？我们精怪的形象就是被这样的少数分子给破坏的，不知道的肯定以为精怪不知道长得多丑呢。

像我，就长得挺好看的。

但是主子没有立刻把那只魖给收了。主子说，包大人要派自己的手下帮她，但是那个手下，叫什么展昭的，没有见过鬼怪，所以要慢慢来，不能让他一下子吓死了。

后来展昭就来了，一起来的还有一个张公子。

我个碗觉得吧，展昭的胆量还是可以的，因为那个张公子都吓得尿裤子了，

展昭除了神色有点不对，其他的倒都还好。

作为凡人，展昭长得还算不错，当然，比起我是要差一点点的。

我把前一篇日记给主子看了，主子说没有文采。

文采，什么是文采？我很忧郁，后来碗儿来找我，我还跟她探讨了这个问题。

003

展昭现在总是到草庐来喝酒！

我非常生气，这是你家吗？想喝酒不会掏钱买啊，为什么老是跑到草庐来喝？

要知道主子给了他镇活符，他每次一来，我们都像被施了定身法一样，动都不能动！

004

今天是我一生中最黑暗的一天。

当时我正在跟碗儿讨论郊游的事情，有两个莽汉官差追着一个人犯乒里乓啷地打到草庐来了。主子先前吩咐过，如果草庐附近出现陌生人的话，我们是绝对不能现形的，否则，她会把我们全部卖去做苦工。

可怜我躲到那么高的碗架子上都未能幸免，那个人犯拿我去扔其中一个官差，那个官差用剑一挡，磕掉我一颗门牙！

也幸亏我平时注意养生锻炼，不然那一磕，绝对不止磕掉门牙那么简单，我会散架子的。

还有篱笆门兄也很可怜，他被一个官差踹了一脚，用他的话说，那一脚，都能踹死一头驴了。

总之大家都很惨，惨得像进了地狱一样。主子回来之后我们去请愿了，我们恳请主子一定要好好惩罚那两个官差。

主子说，她会好好考虑。

注：后来那个展昭来道歉了，原来那两个官差跟他是一伙的，真是蛇鼠一窝。道歉有用的话，官府是干什么用的？

005

听主子说，开封府被猪妖搅得一团乱，那两个官差天天被派去守猪圈。

该！活该！

主子真是体恤下人啊。

最近有点烦，昨天小碟来找我的时候差点被碗儿看到。晚上我跟酒壶兄探讨了这件事，酒壶兄批评我不应该脚踏两只船。我跟他解释说这不是脚踏两只船，我只是不忍心伤害两颗爱慕我的心罢了。

酒壶兄这样的光棍是不会理解我的。

006

主子最近吃得不大好，想想也是的，人间的饭菜，哪里有天上的珍馐美馔来得可口呢。

我现在都能写"珍馐美馔"这样的话了，这两天的唐传奇真不是白看的！

但是主子吃不好，我也高兴不起来。后来我想起一件事，就跟主子说，很久之前有个叫象牙的人，他做的饭菜很好吃，如果主子能找到他用过的锅铲的话……

主子很高兴，第二天就去了，想不到我无意间立了大功，我觉得我真的很不一般。

注：原来那个字是"易"不是"象"。

再注：主子走的时候，居然还特地跟展昭打了个招呼，这关展昭什么事？我很气愤。

007

这两天不对劲，有个官差，一直在草庐前头的小桥那儿走来走去，走去走来。

莫非他想偷东西？我们大家都很警惕。

008

今天我非常气愤，主子刚回来，水都还没喝上一口，就被那个官差给请走了，说是展昭出了事。

出事就出事嘛，出事难道不应该找官府？

更气人的是，主子还把象牙的锅和铲子都给带走了，说是可以做东西给展昭吃。

展昭不吃又不会饿死。

788

注：是易牙，一时气愤，写错了。

009

今天的事情有点混乱，当时我在睡觉，酒壶兄慌慌张张把我晃醒说主子好像在和人打架。我一看果然灶房里多了个长得很丑的老头，正在跟我主子较劲。身为主子的得力助手，此时不上，更待何时！

我好不容易爬上架子，本来准备观察一下之后再投入战斗的，谁知我主子被那老头气糊涂了，抓起我就扔那老头……

其实这事真不怪我主子，我主子也是无心的，我觉得她是跟展昭他们在一起久了，受了不好的影响，真是近墨者黑啊。

主子说，可以给我赔偿。

我需要什么样的赔偿呢？昨天晚上，酒壶兄跟我分析了一下我的感情问题，说是我现在之所以很烦恼，是因为小碟和碗儿两个合起来是线型结构，所以不稳定。

酒壶兄还说，三角形是世上最稳固的结构，你看人家盖房子，大梁和屋顶都是三角形状的。

所以我就跟主子提议说，我还需要一个红颜知己，构成三角形状，这样三足鼎立，以后感情上的纠纷就少一点。

也不知主子听没听进去。

010

今天下雨了，但是心情很好，因为主子早上起来跟我说，会去外头逛逛，看看有没有适合我的精怪碗。

不过我高兴了一会儿就高兴不起来了，因为展昭来接我主子的时候，他只带了一把伞！

一把伞！

你不会多带一把吗？开封府又不穷，你还是四品官儿，多买一把都不行吗？

我本来想跟我主子说的，但是她走得快，我没来得及。

这件事导致我一天的心情都很不好，我觉得展昭这个人有问题，我主子最好

还是不要跟他来往过频。

011

今天我差点儿气死了。

我花了整整一个下午的时间，给碗儿做的烛光晚宴，全毁了！

全怪那个赵虎，太可恨了，走路不长眼，他踩坏的不是烛光晚宴，是我的心啊！碗儿不问青红皂白就跟我发脾气，说我说话不算话，我怎么解释她都不听。光棍茶壶在一边看热闹，笑得合不拢嘴，我诅咒他一辈子没有茶杯配。

最让我生气的不是这个，是我的主子明显帮着赵虎，我的主子越来越没有原则了。

注：主子对不起，我不是故意这么说你的。

012

今天我的心情很灰暗，我被碗儿给打了。

她拿着鸡毛掸子，追了我足足三里地，硬说我瞒着她跟小碟去约会，还说我跟小碟在河边看月亮看星星，从诗词歌赋谈到"人生哲鞋"……

这完全是造谣，我从来没有穿过哲鞋，我听都没听过！

013

这两天没什么事做，主要就是吃饭睡觉，偶尔被碗儿追打。

小碟一直没来找我，不知道出了什么事，我很牵挂。茶壶兄说小碟可能是知道我和碗儿的事了。

我决定去为小碟写一首词，就叫《碟恋碗》，小碟一直比较爱好文学，我想写了词就会没事了。

014

主子今晚回来，讲了关于一条蛇的事情，说是一个人吃多了蛇，然后蛇回来报复。真是太恐怖了，吓得我一夜没合眼。

恐怖故事什么的，最讨厌了。

015

主子说，开封城东四道附近有妖气，接连派了很多门人出去查看，结果女的都回来了，男的有去无回！

太可怕了，我为自己的生命安全感到深深的忧虑。

主子说，她要自己出马一探究竟。

我一点都不担心，我主子都出马了，还能有什么解决不了的事情呢？

016

东四道的事情应该顺利解决了，不过我主子这两天有点不对劲，她会一个人发呆，偶尔居然还会一个人微笑。

我和茶壶兄为此事争论不休。茶壶兄说这事纯属正常，我一点都不觉得，茶壶兄那是没谈过恋爱，以为人家笑都跟它似的是想笑，就我个碗的专业经验吧，我觉得我主子似乎是……

啊，掌嘴，自掌五十下，不，八十下，我怎么能乱想呢？太邪恶了，我看不起我自己，深深地唾弃我自己！

017

主子说她要去文水收妖，三个月。

本来吧，我挺舍不得的，可是后来展昭来给我主子收拾东西，送这送那的，我觉得很不对劲，反而盼着我主子快点走了，别和这个展昭有太多的往来。

我就知道展昭这个人居心不良，希望我主子不要被他迷惑了。

018

我已经两个月没记日记了，当然这绝对不是偷懒，主要是主子不在，我没什么精神。

实在没什么可记的，我和碗儿分手又复合，共计三次；和小碟的关系比较复杂，因为小碟每次看见我，都会仰起她高傲的大脸盘，问我："我们认识吗？"

我也是有自尊的，别指望我主动去道歉，休想！

019

按理说，主子应该回来了。

展昭来过几次，我本来不想理他，但是草庐里能跟我对得上话的精怪实在不多，因为他们都不怎么读书，所以有时候，我也会跟展昭说上两句。

展昭看起来很担心我主子，我很不高兴，难道不应该是我表现得最担心吗？我跟我主子亲还是你跟我主子亲？

020

今天展昭过来跟我说，我主子不回来了。

我难过得写不下去了……

021

主子很久没回来了。

不过我还是相信奇迹的，每天爬到墙上望一会儿，酒壶兄说我都要成望主石了。

今天晚上展昭也来了，展昭也很想念我的主子吗？人走茶凉之后他还能惦记着，其实挺不容易的。

相比之下，我就更不容易了，是吧？

022

连续好几天没记日记了，乃是因为我在做一件重要的事情。

我琢磨着，这件事做成之后，我就能见到我主子了。

事情太重大了，我不敢事先张扬，希望我明天的寄傲山庄之行可以顺利。

023

这是我的绝笔。

今天，是我存活于这世上的最后一天。

这些日子发生了很多事情，但是我一直待在开封府那边，没有随身携带日记本，没能及时记录。

现在我的脑子很乱，提起笔来，却不知道要写什么。

我的主子已经死了，被猫妖杀死了。

猫妖已经被温孤苇余门主抓住了。

我的手在颤抖，我写得很乱，我不知道要怎么把整件事情记录下来。

还记得前一篇我写过的那件重大的事情吧？那时候，我想找到《瀛洲图》。《瀛洲图》是人间和仙界的通路，那时我想，借由《瀛洲图》，就能找到我主子了。

当时我也没想到居然会牵涉这么多人和事，本来我们都拿到图了，但是展昭为了救红鸾，把《瀛洲图》交给猫妖了。

如果当时我知道猫妖拿到了图之后会去害我主子，我一定会拼死阻止的。

我去找展昭算账了，我本来打算跟他同归于尽的，但是他警惕性太强了，加上公孙先生在旁边，所以我没有成功。

事后我想，这件事也不全怪展昭。

如果不是我那么多事要找图，后面的所有事情都不会发生了吧？

我主子待在瀛洲有吃有喝的，不是很好吗？

我是罪碗。

今晚是我的赎罪之夜。

我决定把我给烧了，去陪我主子。

做了这个决定之后，草庐里的精怪都走了。酒壶兄临走时说，他很佩服我的勇气，但是它希望留待有用之身，做一些有意义的事情。

碗儿和小碟也走了，她们走的时候眼泪汪汪的，我是多么希望她们能留下来啊……

爱情实在是太脆弱了。

算了，我一个将死之碗，也不去计较这么多了。

该点火了，我走了，不要想我。

024

上一本日记本烧掉了，换一本新的，把这段日子以来发生的事情记录一下。

我现在在一个寺庙里，出家。

出家碗的生活很平淡，我每天都生活得很充实。

大家可能很奇怪我为什么还活着，没什么好奇怪的，天命使然。老话说得好，死都不怕，还怕活着吗？

活着，也需要莫大的勇气。

025

这日子没法过了！

出家什么的，最无聊了！

我一天都待不下去了，一天都待不下去了！

026

昨天晚上，佛祖在睡梦当中，给了我启发。

怪不得我总是静不下心来出家，根本不能怪我，原来我在红尘当中，还有一段恩情未报！

我的恩人叫白玉堂，我决定报恩去。

027

这日子没法过了！

路太难走了，白天还不能赶路，怕吓着别人。

危险性也很大，昨天被一只老母鸡撵了一里多路。

这样慢慢地走，要到哪辈子才能见着我的白恩公！

028

今天发生了一件很重要的事情。

我暂时住着休整的那个茶寮，来了个说书先生。他穷得要命，没钱喝茶，就给茶客说了一段书，叫《锦毛鼠三戏御猫》。

真是踏破铁鞋无觅处，得来全不费工夫，原来白恩公跟展昭之间，还有这么一段恩怨过往。

我顿时就有了一个主意。

029

在宫里待了有一段日子了，我的计划逐渐成形。

这段时间过得还不错，毕竟是皇帝的家，生活水平还是挺高的。

更重要的是，我结识了两个碗，大胤和小义。

本来我是要跟他们以朋友相称的，但是他们实在太崇拜我了，非要叫我"老大"。

老大就老大吧，跟他们相比，我的确更优秀一点。我的那些经历，随便挑一个故事来讲，他们就听得双眼发直。

这让我很自豪，人生经历真的是很宝贵的东西，钱是买不来的。

030

今天是个值得纪念的日子，我酝酿已久的计划开始实施了。

连"酝酿"这么复杂的词我都会用了，我觉得我的文学素养上升得真的很快。

御书房边上起火的时候，我兴奋得不知道怎么办才好，很快那些太监侍卫们就能发现我在墙上的题诗了。

我都会写诗了。

注：奇怪的是，皇城另一头也起了一把火，烧得比我放的火还大。难道说，冥冥之中，还有另一个碗，也在期待着通过放火的方式找到自己的恩人？

我想那是不可能的。

031

上一本日记本扔在宫里了，我又换了一本全新的日记本，因为从今天开始，我的生活要揭开新的一页。

你们知道为什么吗？

我！找！到！我！主！子！了！

不是那个白玉堂，是我原先的主子哦，如假包换哦，神仙主子哦。

激动死我了，我的激动心情，你们是绝对不会了解的。

注：激动之余，我内心有点忐忑。因为主子说在御书房外放火那件事影响很坏，明天要带我到开封府自首。

包大人不会铡我的吧？

032

这两天我的心情很乱。

跟自首没有什么关系。

我发现，展昭和我主子之间的关系，有点不对劲了。

我没好意思把事情跟大胤和小义讲，只是含蓄地跟他们探讨了一下，一个人在什么情况下，会去抱另一个人呢？

大胤和小义七嘴八舌地说了很多，比如说高兴的时候啊，久别重逢的时候啊，喝醉的时候啊，昏了头的时候啊……

后来我小心翼翼地问："那喜欢的时候呢？"

小义想了想说也有可能。

我的心情更乱了。

不过后来我想了一下，觉得我主子应该不会喜欢展昭的，她毕竟是神仙啊，神仙要是喜欢了凡人还了得？所以我看到的情形应该不是我想的那样，我猜当时我主子肯定是要摔倒，然后展昭扶了她一下。

但是要怎么解释展昭看起来好像要去亲她一样？

我心里很乱，乱！乱！乱！

033

这两天心里还是很乱。

大胤见我心情不好，介绍我去打花牌。

花牌是什么玩意儿？玩物丧志，我不是很看好。

不过有好消息，听主子说，展昭去西夏了，就是不知道要去多久。

要是去个十年八年的就好了，最好展昭在那头成了亲、生了孩子之后再回来。

034

我主子把公孙先生种的珍贵茶花的脑袋给揪下来了，先生生气得很，我主子说，会赔他一个。

那个茶花叫什么名儿来着？抓破美人脸？听先生说，只有大理才有。

我主子都出去一天了还没回来，我猜，我主子可能找花找到大理去了。

035

我主子有好几天没回来了，我猜她没找到那个抓破美人脸，公孙先生火气太大，她出去暂避风头了。

这两天，我仔细研究了打花牌的技巧，我发现这是一项很有意思的活动。

我还得再研究研究。

036

我觉得我可能是打花牌方面的天才，我才玩了几天啊，就把大胤和小义远远甩在了后头。

可惜只能晚上打，白天刘婶在的时候我们不好活动。我心里痒痒的，做梦都在打花牌。

注：今天展昭回来了，他看起来很奇怪，坐在我主子房间里不动。幸亏我主子出去避风头了，最好避个一年半载的，不要跟展昭有太多接触。

037

打花牌这种活动，它不仅仅是打花牌，它其实蕴含着很多深刻的人生哲理，不是三言两语就能讲清楚的。

我觉得如果不会打花牌，人生都是不完整的。

我很庆幸，我这辈子遇见了花牌。

注：我主子好像挺久没回来了，有一个月了？我记不大清楚了，我每天跟大胤、小义他们琢磨打花牌的技巧，日子过得嗖嗖的。

主子去哪儿了？

038

展昭受伤了。

他来的时候是晚上，大胤和小义都睡着了，我听到声音从碗柜里爬出来，看到主子房里亮着灯，地上一串血迹。

我还以为是主子回来了，跑进去一看，才知道是展昭。他肩上被砍了一刀，流了很多血。

他没看见我，自己草草包扎了，然后出来打水烧水。后来水烧好了，他一个人坐在桌边清洗伤口，一盆子的水都染红了。

上药的时候，肩后的地方他够不着，上得很吃力，我只好出来帮他，他这才看见我。

我问他干吗不回府里去，他说伤得不重，自己先料理了，怕包大人和公孙先生看了担心。

真奇怪，要是我的话，我恨不得嚷嚷得全世界都知道。

看他受伤了怪可怜的，我同意他在主子的床上躺一躺。不过他受了伤，躺得也很吃力，只能斜靠在床上。我反正也睡不着，就趴在床上陪他说话。后来不知怎么说到我主子了，我说，要是主子看见他受伤了，肯定会嘲笑他功夫不好。

展昭笑了笑，没说话。

再然后，我就睡着了。

第二天我醒的时候，展昭已经走了。

唉，展昭也挺不容易的。

039

我今天忽然发现，我主子已经走了很久了。

看来不是去避风头的，这都避了快一年了。

怎么还不回来呢？难道像上次一样，回瀛洲去了？没听展昭提过啊。

算了，不想这事了，晚上要和张龙、赵虎打花牌。

040

最近手气很好，张龙、赵虎、王朝、马汉通通败北。

王朝不服气，说今天要拉公孙先生和我一决雌雄。

哈哈，不管是公孙先生还是公孙后生，遇上了我，还不是输得只剩一条裤子！

041

张龙今天跟我说，谢绝我再去开封府跟他们打花牌。

鄙视，真是输不起。

展昭不在，说是去延州了，老是这么跑来跑去的，也真是辛苦。

我和大胤、小义谈起展昭，大家都觉得展昭这样的肯定讨不着老婆了——哪个姑娘喜欢独守空房啊。再说了，展昭还总是没事受个伤什么的，老是为他担惊受怕的，谁受得了啊？

我说，这样的人，叫天煞孤星。

这么高深的词我都懂，大胤和小义非常羡慕。

042

今天发生了两件事。

第一是，我的主子回来了！

我的主子真是神出鬼没的，走的时候没打招呼，回来的时候也没提前说一声。

第二是，我一直以来担心的事情终于发生了！

当时是半夜，我不知道怎么的就醒了，从碗柜里爬出来之后，我看到主子房里的灯亮着，我还以为是展昭又受伤了，谁知道走近一看，门里有两个人！两个！

我看到主子牵着展昭的手跟他说话，然后展昭就抱我主子了，然后我主子居然就让他抱了，也没打他一巴掌什么的。

天哪！

这是违反天条的啊！后果很严重啊！

043

无心打牌，无心睡眠，无心练剑。

我主子犯天条了，我看来日必将有一场大祸。

我还是专心练剑吧，将来天兵天将杀到，我还能抵一阵子。

044

我主子要成亲了！我感觉一道闪电劈中了我的脑壳！

神仙都要成亲了，这个世界颠倒了，我决定不记日记了。

045

很久不来，日记本都蒙了半寸厚的灰。

我就是来记录一下，我主子生了一个女儿，小名叫弯弯。

046

我又来记录一下，我主子生了一个儿子，名字还没起好。

047

帮人带小孩什么的，最烦啦！

还要一下子带两个！！！

番外二　好事近

"展昭，真想清楚了？"

展昭方掠上房顶，一个酒坛子便迎面抛过来。展昭扬手接住，低头看时，白玉堂懒懒倚靠在屋脊之上，腿跷得老高，手中擎着另一坛子酒，已然开封。

他狭长的凤目眯起，眸中掠过促狭笑意，将问题又重复了一遍："展昭，真想清楚了？"

展昭唇角扬起浅浅笑意："怎么，抢在白兄前头，白兄不高兴了？"

"喊。"白玉堂嗤之以鼻。

顿了顿又道："展昭，你这个亲成得，好大派头，听说皇帝还给赐了宅子？"

展昭微笑："是。"

"还听说广邀四方亲朋？"

"是。"展昭点头，"端木喜欢热闹些。"

　　白玉堂哼一声："那她那边呢，没有人来？"

　　展昭眼睫微垂，没有应声。

　　"有江湖好事者已经在四下打听了，南侠未过门的夫人到底是什么来头，只说是细花流的门主。细花流前两年倒是活动得频繁，可是究竟是干什么的，还真没人说得明白。新娘子相貌如何，家世如何，人品如何，是否配得上南侠，南侠又是否配得上她——这些日子，可都是江湖上的热门话题。"

　　"白兄也对这个感兴趣？"

　　"我感什么兴趣。"白玉堂白了展昭一眼，"你别忘了，我是见过那丫头的，脾气臭不说，还嚣张得紧，所以我问你，是不是真想清楚了？"

　　展昭自顾自拍开酒坛子的泥封，仰首饮了一回，披着一肩浅淡月色，唇角微扬，并不看白玉堂："到底要想清楚什么？"

　　"这还用问吗？"白玉堂舒服地将双手枕于颈后，"江湖中惦记着南侠的美人可不少啊，相貌好、家世好、性子温柔的，那是一箩筐又一箩筐，怎么，不再看看了？"

　　"不看了。"展昭促狭地笑，"看多了头晕，白兄既然喜欢，留着慢慢看吧。"

　　"得，五爷为你着想，你听不进去。"白玉堂两手一摊，"那也没法子，将来你后悔地拿脑袋撞墙，可别找五爷诉苦。"

　　"一定不会。"展昭的眸间泛起笑意。

　　白玉堂讨了个没趣，神情便有些悻悻："日子定下了？丑话说在前头，到了日子，我和哥哥们只管喝酒吃饭，可不听你胡乱支使。"

　　夜已经深了，端木翠还没睡，她托着腮看桌上忙前忙后的小青花，很是不合时宜地打了个哈欠。

　　"到时候酒是太白楼送，预付了五十两银子的订金，送的是女儿红和梨花白。嗯嗯，梨花白不好，沾了个白字，明儿跟公孙先生好好说说……

　　"到时候皇帝赐的宅子就能用了，酒宴摆在前院？那得摆个二十桌，不，三十桌！这边是展昭的家里人，这边是开封府的人，据说还有江湖朋友……

　　"到时候新娘子是从开封府走呢还是从这里走？从开封府走热闹些，花轿也好转圜开；这边偏了点，看热闹的人一多就显得拥挤……

"嫁妆，对，还有嫁妆，我们神仙嫁娶，讲究的就是一个气势！一定不能输给凡人，那些个妆奁，装它个百八十箱……"

端木翠上下眼皮直打架，小青花一抬眼见到她昏昏欲睡的样子，登时就不满了。

它一路小跑，越过半张桌子走到端木翠面前，拽端木翠的袖子："哎，主子，主子，是我嫁展昭还是你嫁展昭？你用心点行不行？"

端木翠被它摇清醒了片刻，她瞪小青花："我也说，是我嫁展昭还是你嫁展昭，我都不急，你急个什么劲儿！"

小青花眼珠子都要瞪脱眶了："关键是气势，气势！主子你是不知道，凡间讲究门当户对，展昭的官儿不小啊，我们嫁过去，这排场可不能叫人给看扁了……"

"是我嫁过去！"端木翠提醒小青花措辞不当。

"反正都一样。"小青花气吞山河地一挥手，"主子你说，咱要收展昭多少聘礼？"

"不管多少聘礼，最后还不是得带过去。"端木翠提不起兴趣来，"别忙活了，睡吧。"

"不能睡！"小青花激动得唾沫星子四溅，"明天就要跟公孙先生见面合计成亲的事情了。公孙先生负责展昭那头，我负责你这边。我负责的事情没做好，岂不是让人看笑话？"

端木翠真是想哭："那到底还要看什么？"

"看这个！"小青花把自己方才鬼画符一样的酒宴分布图拿过来，"你看看，二十桌……三十桌够不够？"

端木翠拿起图来细看，小青花伸长脖子目光炯炯地等着端木翠示下，哪知端木翠突然就把图给扔了。

"三十桌也好，三百桌也好，反正都是展昭的亲戚朋友，也没有我的。"

"怎么会？"小青花赶紧标榜自身价值，"有我呢，还有大胤和小义呢，足足三个呢！"

"你们？"端木翠没好气，"你们三个碗上酒席，你怕吓不死人怎么的？"

"那怎么办？"小青花眼巴巴看她。

"不知道。"端木翠赌气，"不嫁了。"

"我好像听见有个姑娘说，不嫁了。"门外突然就传来熟悉的声音，展昭微笑着踏进门来，"不会是端木说的吧？"

端木翠哼一声，下巴颏儿对着展昭。

小青花叹了口气，看看展昭又看看端木翠，然后自觉自愿地爬进了桌上的食盒之中，不忘把食盒盖给盖上了，顿了一顿又突然把盖子给掀起来："那个……你们好了之后，喊我一声。"

眼见展昭乜了它一眼，很有要出袖箭的架势，小青花心知不妙，噌一声把盖子盖上了。

展昭把端木翠拉近，手臂轻轻环住她的腰，亲了亲她的鬓角："不嫁了？"

"都是你的亲戚朋友，没劲。"端木翠撇嘴，伸手去捻展昭的衣裳，捻了又捻，似乎要在那处捻个洞才解气。

"谁说的？"展昭一挑眉，眸中现出诧异神色来，"端木是有亲人到的，你不知吗？"

"有？"端木翠这一下吃惊不小，"我怎么不知道，是谁？"

"真的不知道？"展昭伸手就去敲她脑袋，"居然猜不到？这脑瓜子里，装的莫非是一团糨糊？"

端木翠不乐意了："哎，展昭。"

展昭忍住笑："走，带你去见。"

端木翠身不由己，被他拉将出去："哎，展昭，是大哥吗？大哥几时来的？你怎么不告诉我？"

声音渐渐远去。

良久……

食盒里传来小青花闷闷的声音。

"你们是走了吗？"

"那我能出来了吗？"

"吱个声行吗？我还有很多事情要做……"

展昭带着端木翠，一路行至一处高大的宅子前头。

"这不是……"端木翠奇怪，"皇帝赐的宅子吗？"

她上前推了推门，门闩着。

"这两日刚收拾停当，明日家具什物才会送进来。只留了看门人，现下怕是睡了。"展昭微笑，"端木，我们从墙上走。"

"自己家，还要从墙上走。"端木翠嘟囔。

展昭心头一暖。

自己家。

很普通的三个字，那样微微抱怨的语气，听在耳中，却是说不出的受用。

自己家。

他在心里很轻地把这三个字又重复了一遍，没舍得说出口，藏着掖着就好。

跃下院墙，好宽敞的一进前院。端木翠是第一次来，她向前走了几步，回头看他："展昭，皇帝怎么赐了这么大的宅子，我们哪里住得下？"

"端木不喜欢？"展昭上前两步，挨着她站定。

"也不是，只是更喜欢现在住的屋子，看着紧凑。"端木翠皱眉头，"这个宅子这么大，以后喊你吃饭都不容易，如果我在后院，你在前院，怎么喊你你都听不见的。"

她两手拢在嘴边，对他做着口型："展昭吃饭，展昭吃饭。"

展昭笑着揽住她的腰："又胡闹。"

她到底还是惦记着先前的事，扯了他袖子不依不饶："大哥呢？"

"不着急，既然来了，就先到处看看。"

端木翠忽然起了疑心："展昭，你又骗我，大哥来了，怎么会先找你？"

展昭不由分说，拉了她的手就往前走："都说了不着急……既然是自己家，怎么能不先看看？"

端木翠拗不过他，只好跟着他走。展昭一一指给她看，这里是前院，那里是后院，这里是厅堂，那里是卧房。

端木翠沉不住气，走到卧房门口时，再不肯走了，抓着展昭不放："大哥呢？要见大哥。"

展昭笑着看她："我说端木有亲人过来，可没有说是大哥啊。"

"我就知道！"端木翠恨恨瞪他，"就知道你要说什么你的亲戚就是我的亲戚，狡猾！"她不理展昭，径自走到台阶上气哼哼坐下。

展昭忍住笑，一本正经地也挨着她坐下，半晌才慢吞吞道："我也不是想说

我的亲戚就是你的亲戚……我只是想说，到时候，这酒席桌上，有端木的夫君在，还不是最亲的亲人吗？"

"狡猾！"

展昭眸间笑意不减："成亲当日，来了三十桌的客人也好，三百桌的客人也好，要跟我过一辈子的，也只有端木一个。我要在意他们做什么呢？"

"狡猾。"她还是那句话，脸照旧绷着，笑意一点一点从抿起的唇角溢出。

"终于肯笑了？"展昭伸手去刮她的鼻子。

端木翠咯咯笑着避开："展昭，去看看房间。"

家什还未送到，卧房里空荡荡的，里头没有举灯，也看不大真切。端木翠却看了很久，末了悄声问展昭："以后，就在这里住了？"

"是。"展昭答得认真。

"会搬家吗？"

"可能……会。"

"那我要跟着你的！"端木翠提醒他。

展昭白了她一眼："你不跟着来，还叫搬家吗？"

"也是。"

她笑盈盈的，黑亮的眼眸星子样闪烁。展昭一时情动，拉她入怀，下巴在她发顶上亲昵地蹭了又蹭。端木翠安静地伏在他怀里，忽地悄声道："展昭，今晚不回去了吧。"

"在这里睡？"展昭一怔，"这里空空的，连床都没有。"

端木翠笑嘻嘻的："没有床，但是有枕头啊。"

枕头？

展昭心中咯噔一声，蓦地反应过来，翻了她老大一记白眼："不让。"

"在冥道时你都让的。"端木翠不满，"展昭你越过越回去了。"

"怎么老是我做枕头？"展昭也不满，"这次轮到你了。"

端木翠眼珠子一转："那猜拳。"

第一局，展昭赢了。

"不算不算，重来。"端木翠摆手。

第二局，展昭又赢了。

"不算不算，再来。"

第三局，还是展昭赢。

"不算，再来。"

展昭不干了，靠着墙边坐下，一声长叹："不讲理。"

端木翠笑嘻嘻地过来，舒服地倚到他怀里，对上展昭无奈的目光时，冲他做了个鬼脸，得了便宜卖乖："枕头。"

展昭也不生气："三十年河东三十年河西，枕头也会有翻身的日子的。"

"那看你几时翻身。"端木翠故意跟他抬杠，"一年？两年？"

展昭也不理会她，没人搭腔，她自然就腻了的。

果然，不多久，她就不闹了，再开口时，声音柔柔的。

"展昭，如果我没有遇到你，现在在干什么？"

"嗯？"展昭一时间没反应过来。

"如果我没有遇到你，"端木翠眉头微微蹙起，"我在开封收完了妖，现在已经回瀛洲了吧？应该一直在瀛洲待着……"她抬头看展昭，"展昭，你呢？你在干什么？你会不会娶别的姑娘？"

展昭摇头，良久才低声道："或许，我已经死了。"

一时间，异样沉默。

端木翠咬了咬嘴唇，忽地展颜一笑，伸手去抚平他微蹙的眉心："展昭不会死的，会长长久久地平安。"

展昭回以一笑，低头吻了吻她的额角。

"端木，我一直在想，世上事，真的很难说清楚。如果我们不在一起，你在瀛洲孤独一个人，我在凡间可能已经死了，两个人，谁也称不上过得幸福。可是在一起了，忽然就什么遗憾都没有了，你说奇怪不奇怪？这样的反转，究竟是怎么达到的？"

端木翠往他怀里缩了缩，语义含混："所以……才要成亲啊。"

番外三　雨霖铃

明明已经入了冬了，这两日，雨居然下得没完没了。府里没什么事，公孙策在房里看书写字，闲时伺弄花草，倒也自在。

端木翠是前儿来府里住的，展昭外出公干有些日子了，她一个人住那么大的宅子着实无聊，跟几个下人也说不上什么话，索性又跑到开封府来住了。

是的，又跑来住了。

基本上，公孙策已经总结出规律来了，展昭一旦外出，不出十日，端木翠是必会到开封府来住的。

"府里热闹啊。"若是问她，她多半这么说。

其实有什么热闹的，公孙策还真不觉得，不就是自己和大人长年驻扎，张龙、赵虎他们经常进进出出嘛，哦，对了，还有客子芹客姑娘。她同张龙的婚事也差不多定下了，这些日子在府里进出得也频繁。

不过转念一想，比起她和展昭住的那个大宅子，嗯，是热闹多了。

说起来也是，皇上怎么赐了那么大一进宅子呢？

这个问题，公孙策和包大人聊起过。据包大人透露，皇帝赐这个宅子也不全是为了展护卫，据说还考虑到其他因素，比如晋阳收妖、宣平疫情、皇城除孽种种。当然，太后在其中也功不可没，她对着皇帝不无感慨地说："原来展护卫娶的是那姑娘，我见过，讨喜得很。"

于是三绕两绕，绕出这幢让端木翠怨念无比的宅子来。

有一次，公孙策上门去看望两人。当着展昭的面，端木翠对他长吁短叹："这么大的宅子，都能放牧了，展昭又三天两头不在，我看过不了两年，我就成深闺怨妇了。"

彼时展昭正在旁边喝茶，闻言噗一口喷将出来，呛咳不止。

公孙策憋笑憋得肚子都疼了，他可从没见过端木翠这么精神的深闺怨妇。

念及前事，公孙策不觉微笑，手中小豪略蘸砚上墨，正要下笔，门外忽然传来"哎哟"一声。听声音像是端木翠，公孙策吓了一跳，赶紧出来。果然，廊下阶旁，端木翠抚着脚踝坐在地上，头发衣裳，尽数被雨打湿了。

公孙策也顾不上打伞，忙过来扶她起来，低头时看到阶上青苔一抹踏痕，便知道她是踩滑了。

进屋坐下，撩起衣裳看，脚踝处果然青紫了一片。公孙策找出药油来，一边递给她一边叹息："还是不是习武之人，连走路也走不稳当。"

端木翠一边吸着气一边往脚踝上抹药油，也顾不得搭理公孙策。公孙策倒是不以为意，顿了顿又问她："这么急匆匆过来，为的什么事？"

"也没什么，方才路过灶房，里头问先生今晚想吃什么。"

"灶房的下人也忒不懂规矩，什么时候都支使你做事了？"公孙策有些不悦。

"又不是他们支使我的。"端木翠嘻嘻一笑，"反正我也是闲着，又不想看小青花跟张龙他们打花牌，就找个借口过来了。"

"还在打？"公孙策无语，"怎么张龙他们不当值吗？"

"开始是跟王朝他们打，后来张龙他们回来换班，又跟张龙他们铆上了。"端木翠抿嘴笑，"好在打着玩，不当真讨银子，不然的话，张龙他们哪里肯的。"

"也是，老早输怕了。"公孙策也笑，"那大人那头呢？"

"一直在书房写折子，我寻思着是为了黄河水患赈灾银两被吞的事。听说负责赈灾银调配的王千哲是庞太师的门生，看来这趟，又要跟太师杠上了。"

公孙策一摊手："反正跟太师杠上又不是一日两日了。那天我还跟展护卫说，幸亏咱们开封府没有挨着太师府，否则在朝堂上吵，回了府也吵，那可真是永无宁日了。"

端木翠扑哧笑出声来。

冬天里日头落得早，又下了一日的雨，到晚间更是冷气浸人。端木翠早早便睡了，她睡的正是展昭未离府时住的屋子。展昭成亲离府之后，这屋子就一直空着，大人言说不定展护卫以后还是要住的，没想到展昭住的次数寥寥，反倒是端木翠光顾的时候更多些。

公孙策却是一如既往地晚睡，读了几章《淮南子》，又临摹了几幅《兰亭序》，方伸了伸懒腰要去洗漱。外间忽然传来脚步声，接着便是小心翼翼的叩门声："公孙先生，展大人过来了，说是接夫人回去。"

公孙策一愣，忙披上外衣带了伞出来。叩门的小衙役毕恭毕敬站着，公孙策问他："展大人呢？"话未落音，便看到展昭撑伞自角门过来。雨下得不小，他的蓝衣下摆都有些湿了。公孙策挥挥手，让小衙役下去，又弯腰将手边的伞搁在墙边。

"公孙先生。"方直起身来，展昭已到了眼前。

公孙策微笑："展护卫，几时到的？下午还同大人说，你得有两三日才到。别是惦记着那丫头，又连夜赶路赶回来的吧？"

展昭没应声，公孙策看他神色，便知又是猜中了，摇头笑道："下次若不放心，带这丫头同去就是，她就算帮不上忙，也不会坏事的。"

展昭也知公孙策在打趣他，笑道："此趟倒是顺利，本要跟大人报备的，大人已先就寝了，明日再报不迟。端木睡了？"

"可不，早早就睡了。"公孙策看向端木翠的房间，"早熄了灯了。你也别吵这丫头了，明日接她回去不迟。"

展昭犹豫了一下，不说好，也不说不好。

公孙策见他这般，登时醒悟，暗骂自己糊涂了：他这样紧赶慢赶回来，想来就是想早些见到端木翠，自己反让他明日再来，岂不是大大不妥？

忙改口道："外头雨大，路上回去也不方便，不如你今晚也宿在这头。"

展昭在门外站了一会儿，听内里呼吸匀停，唇角扬起一抹微笑，俄顷动作极轻地推门进去。

这丫头，又忘记上门闩了。以往两人在一处时，总是他最后把门给闩上，她老是不记得。问她时，她反有理了："我在瀛洲那么些年，也没上门闩啊。"

你若是同她讲凡间不同瀛洲的道理，她又歪理一大堆："展昭，锁门这回事，防君子不防小人，那些个盗贼，若是想进来，上不上门闩，他们都进得来的。"

横竖都是她有理。

展昭关了门，动作极轻地走到床边。屋里并不很黑，依稀辨得出她熟睡时的样子。展昭微笑着俯下身去，隔着被子搂住她。

她身子一绷，登时就醒了，眸中闪过惊惧之色，忽然间又醒悟过来，喜道：

“展昭。”

展昭伸手出去，狠狠刮她鼻子：“越过越回去了，睡得这么死，旁人进屋到床边都不知道，叫人拐走了怎么办？”

端木翠受了他这一下狠刮，伸手去揉揉鼻梁，居然很是有理：“这是在开封府嘛。”

展昭瞪她：“不管是在哪儿，都不能这么掉以轻心。”

她嘻嘻笑着，也不恼，末了柔声道：“几时回来的？”

展昭不答，低头吻了吻她面颊，伸手进去搂住她纤细的腰身，忽然便“咦”了一声：“又瘦了。”

端木翠急了：“才没有，不能罚我吃饭。”

展昭忍俊不禁，噗地笑出声来，端木翠这才省得他是逗她，气道：“狡猾。”

端木翠重新临凡之后，倒是能吃些荤腥了，只是饭量总是那么一点点，有时比小青花吃得也多不了多少。展昭在时，总是硬逼她多吃些，外出时无法监督于她，便与她约定要吃好睡好，若是他回来发觉她瘦了，以后每餐就要多罚一碗饭。端木翠对这一碗饭甚是怵头，每次都绞尽脑汁要赖避过，谁说她瘦了，她必是要着急的。

展昭一边与她说话，一边更衣上床。这床不算宽，端木翠往床内让了让，给他腾出地方来。方盖上被子，忽觉腰上一紧，展昭揽了她的腰身，又把她抱到外侧来，柔声道：“好不容易焐暖了这么丁点地方，又去睡凉的地方做什么？”

端木翠嘻嘻笑道：“若是我睡外头，掉下去怎么办？”

“捞上来便是。”

黑暗中，端木翠朝展昭吐了吐舌头，也不知他瞧见没有。

顿了顿，展昭的呼吸声渐渐匀长，端木翠反睡不着了，因想着：真掉下去了，展昭会不会知道？

这么想着，促狭之心顿起，悄悄移了身子往边上去。方移了寸许，展昭手臂突然穿过她身下，略一用劲，将她抱起到自己身上。

端木翠吓了一跳，低头时见展昭眸间闪着促狭笑意，不觉也笑出来，低声道：“你还没睡着吗？”

展昭吻了吻她的唇：“真睡着了，你掉下去怎么办？”

说着略转了身，又将她送回里头去，那里已经焐得暖暖的。展昭帮她掖好被角，低头见她眸子晶亮得很，便知她还没有睡意，笑道："这几日在家里都做什么了？"

端木翠委实想不出什么有新意的事，想了半天才老老实实道："今儿摔了一跤。"

展昭一愣："哪里？"

"脚上。"

展昭下意识就想起身，端木翠忙拉住他："展昭，你莫要起来坐下的，这被子里就这么点热气，全让你放跑啦。"

展昭失笑："搽了药没有？"

"嗯。"

"走路疼不疼？"

"有点，过两日就好啦。"

一时无话，两人静静相对，听外间雨声泠泠。

良久，展昭才低声问道："端木？"

"嗯？"

"我外出这些日子，自己在家，闷不闷？"

"不闷。"

黑暗中，展昭的唇角扬起笑意来。他伸臂将她搂在怀里，想了想道："这趟我又出去了十四天。"

"十六天。"她赶紧纠正他。

展昭微笑，低头温柔看她："还说不闷，多少天都记得这么清楚。"

端木翠一时拿不出话来说，咬了咬嘴唇，低声道："反正不闷。"

"那气不气？"

"气什么？"

"总也不在，三天两头往外跑，差点儿把端木气成深闺怨妇。"

端木翠扑哧一声笑出来，往展昭怀里缩了缩，顿了顿才柔声道："真的不气。"

"为什么不气？"展昭抚着她如云般散下的长发，低声问她。

她仰起头来，凑到展昭耳边低声道："因为展昭以前等我的时间，比我等展昭的时间，要长得多啦。

"你等我时，都不知道我是生是死。我等你的时候，起码还知道你在哪里。

"若不是等你，我怎么会知道，你等我的时候，有多难挨。便是让我再等你久些，也没什么的。"

她说得极是认真，说话时的温热气息惹得他的耳根痒痒的。展昭忽然就翻身起来，低头认真看她："我在想，能不能有个法子，让端木一个人在时，不要那么闷。"

"都说了不闷了。"端木翠皱眉头，想了想到底好奇，"什么法子？"

"如果……"展昭故意说得慢吞吞的，"如果端木有了孩子，是不是会好些？"

"那不是还没有吗？"端木翠白他。

展昭坏笑："是啊，所以要努力啊。"

端木翠忽然明白过来他在说什么了。她的脸瞬间涨得通红，咬着嘴唇偏开头去，奈何展昭居高临下，怎么避都避不开他的目光。

"随便……"她窘得很，"你……看着办吧。"

番外四　岁月静好

端木翠生的第一个孩子是个女儿，笑起来眼睛弯弯的，像半天上的月牙儿。端木翠给她起了个小名，叫弯弯。

临盆那天，展昭一直在门外守候。产婆不让旁人进，自己在屋里嚷嚷着指挥，下女捧着铜盆温水进进出出。展昭原本不慌的，看到她们慌慌张张的架势，心里也忐忑开了。

公孙策和张龙、赵虎他们也来了，在前厅等着。人来人往，小青花它们不便露面，只得在碗柜里待着。

"你说，"小青花是坐不住的，对着大胤和小义两个嚷嚷，"万一我主子生了个女儿，展昭他会不会重男轻女啊？"

"不会吧。"大胤和小义有点不确定。

"你们说，会不会有事啊？"小青花一张嘴被乌鸦附身，净往不好的地方想，"万一有事，展昭他是保大还是保小？"

"保大！"这回大胤和小义的回答倒是相当斩钉截铁。

小青花很欣慰："他要敢保小的，我跟他拼了！"

顿了顿它又预言："我主子有了孩子之后，这清闲的日子，算是彻底到了尽头啦！"

基本上，小青花的预言相当精准，除了一点。

它预测错了对象，因为……

"小青花，给弯弯拿片尿布来……"

"小青花，弯弯哭了，逗她笑笑……"

"小青花，给弯弯唱个小曲儿……"

……

小青花委屈得要命。一次，它鼓足了勇气问端木翠："主子，这些事干吗要我做啊，不是有那么多下人吗？"

端木翠笑嘻嘻的："哄着弯弯玩不好吗，你一来她就乐，弯弯喜欢你，你没看出来？"

弯弯喜欢我？弯弯喜欢折磨我吧，小青花腹诽。

很长一段时间里，小青花都很讨厌弯弯。它曾经试图把弯弯的注意力引到大胤或者小义身上去，但是端木翠说得没错，"弯弯喜欢你"，这个"你"字，大胤和小义无法取代。

于是小青花度过了苦恼的三年。

然后，弯弯渐渐懂事了。她的性子像展昭，沉静得很，一个人拿着拨浪鼓在边上玩儿，不吵不闹的。

小青花慢慢觉得，弯弯真是越看越顺眼，小粉团儿一样讨人喜的小姑娘。

它长长舒了一口气，觉得自己解放了。

那天晚上，它拉着大胤和小义，痛痛快快地打了一个通宵的花牌，直到下人开始忙早膳了才窝在碗柜里沉沉睡去。就在行将睡着的一刹那，它听到灶房的刘婆子喜滋滋地跟烧水的陈丫头说话，声音还压得低低的："听说了吗，夫人又有喜了。"

啥？

晴天一个霹雳，小青花登时睡意全无。

又？有？喜？了？

接着，展昭迎来了自己和端木翠的第二个孩子。这次是个男孩，起名展骥。

接触了展骥之后，小青花才发觉，弯弯她就是个宝啊，弯弯是一个多么不淘人不淘碗的小囡囡啊。

在小青花眼里，展骥足可称得上顽劣。别人睡觉的时候他精神足足；别人有精神逗他的时候他钻被窝里屁股朝着你；喂他吃饭的时候不吃饭，过了饭点他哭着喊饿……

这还都不是最顽劣的，最让小青花接受不了的是，他喜欢扯它的耳朵，每次都把小青花扯得哇哇乱叫。

端木翠管过几次，管多了就有点听之任之的意思。她跟小青花说："反正也扯不掉，扯扯没准还能长长点。"

这叫什么主子啊，小青花欲哭无泪，它又不想长成兔子，要那么长的耳朵干啥？

展骥长到一岁半的时候，咿咿呀呀会说很多话了。他爱黏着端木翠，端木翠到哪儿，他晃动着两条小短腿儿就跟到哪儿。

弯弯已经在跟展昭学写字认字了，小小的人儿，似模似样地持着毛笔，一张大字写下来，脸上涂得跟花猫似的。每次展昭都忍俊不禁，抱着弯弯去洗手洗脸。弯弯乖得很，也不乱玩水，老老实实站着，仰着小脸等着展昭拿绞干的热毛巾帮她把脸擦干净。

而展昭帮弯弯洗脸的时候，端木翠通常都在一旁跟展骥吵得热闹。

"骥儿最坏。"

"不……坏。"展骥眼睛睁得圆溜溜的，含混地反驳她。

"最坏。"

"不……坏。"

"反正最坏。"

"不……坏……"

争论的结果，往往是展骥哇哇大哭。

每次都是展昭苦笑着过来，自端木翠怀中把骥儿跑走，软语宽慰着。而端木翠，总是扬扬得意地朝弯弯张开手来："总算摆脱了这个小磨人精，来，弯弯，让娘抱抱。"

展昭怀里的展骥登时就不哭了，他嫩得能掐出水来的脸上挂着眼泪，鼻子底下还拖着鼻涕，惊怔着朝端木翠伸出手来，生怕被姐姐抢了先："娘……抱，抱抱……"

端木翠不理他，把弯弯拉进怀里，在弯弯嫩嫩的小脸上亲了又亲："还是弯弯听话。"

展骥又哭了，他在展昭怀里踢腾着腿儿："要娘抱，要娘，抱抱……"

展昭哄不住他，只得把展骥又送回来。

一进端木翠的怀里，展骥就不哭了，两条嫩藕样的手臂紧紧勾住端木翠的脖子，谁拉也不松。端木翠发狠，作势要打他，展骥还是不松手，一个劲儿往她怀里缩。

展昭笑出声来："随他，儿子就是跟娘亲些。"说着坐到端木翠身边，将弯弯抱坐在自己腿上："弯弯背诗给爹听。"

"爹要听什么？"

"就背……骆宾王的《咏鹅》。"

弯弯小大人样清清嗓子，奶声奶气地背开了："鹅鹅鹅，曲项向天歌……"

而在这样宁和的气氛之中，边上的两位依然安静不下来。

"骥儿坏……"

"娘坏……"

"打骥儿……"

"娘不打……"

……

骥儿三岁的时候，开始喜欢黏着姐姐。弯弯年纪小小，却似比端木翠还有耐心，牵着骥儿的手，走到东走到西。

有时候，展昭和端木翠不忙，带着弯弯和骥儿去郊外玩，最多的是去端木草庐的旧址。那里已经没有草庐很久了，青石依旧，小桥依旧，桥下流水潺潺。

弯弯牵着骥儿的手走在前面，一字一句教骥儿念诗。

"背倚青石靠……"

“白一青石靠……”

“不是白一，是背倚。”

“背倚。”

“细流绕柳腰……”

“细流要柳腰……”

“不是要，是绕。”

“是绕。”

“非是主人引……”

“非是主人引。”

不容易，这句终于说对了。

“不过端木桥。”

“不过端木敲……”

“不是敲，是桥！”

“不是敲，是敲！”

“桥！”

“敲……”

弯弯的小脸憋得通红，结在边上的小辫子一翘一翘的：“桥！”

骥儿也憋红了脸，努力地吐字：“敲！”

端木翠抱着展昭的手臂，在一旁笑弯了腰。展昭伸手揽住她，笑着摇头：“看看，哪有这样看人笑话的娘。”

有一次，正玩得兴起，赵虎匆匆寻过来，说是包大人有要事请展昭相商。展昭应声而起，走了两步又回头看端木翠。端木翠笑着冲他摆手：“你去吧，我带弯弯和骥儿玩，晚些回去。”

展昭微笑，不忘叮嘱她：“小心些。”

端木翠点头，直到展昭走远，她才在草地上慢慢坐下来，双手枕在脑后，慢慢躺下。

骥儿在边上叫：“娘，地上脏，脏！”

端木翠闭着眼睛答他：“娘累了，要歇一歇，你和姐姐在边上玩，不准走远。”

弯弯和骥儿齐齐“嗯”一声。

那时，端木草庐还在时，跟展昭还没有走得这般近时，她总爱在草庐边的草地上躺下来，听草丛里不知名的虫子对话，闻鼻端好闻的青草味道。

弯弯和骥儿在边上窃窃私语，弯弯好像在给骥儿编草环，不多时两人争执起来，你的虽然好看，但是我的大些，我要你的，给我重编，咿咿呀呀的，却又尽量压低声音，怕吵了娘亲休息。

端木翠没有睁眼，唇角却扬起微笑来。

也不知怎么的忽然就有了睡意，迷迷糊糊间，蓦地觉得，好像没再听见弯弯和骥儿的声音了。端木翠一惊而醒，四下看时，弯弯和骥儿站在林子边上，正仰着头跟一个男人说话。

端木翠忽然就想起了公孙策他们经常跟她讲的话。

"千万看好弯弯和骥儿，不要让那些和展昭有嫌隙的坏人乘虚而入……"

端木翠大叫："弯弯，骥儿！"

她身形如电，疾掠过去，那男人听到响动，一晃眼就进了林子。

端木翠在弯弯和骥儿身边停下，俯下身子将两人搂在怀里，手臂还是抖的。抬眼看时，林子里早已看不见那男人的影子。

"不是说不准走远吗？为什么不听娘的话？"端木翠有些生气。

骥儿吓得不敢说话，弯弯委屈："娘，我们没走远，不知怎么的，眼一花就到了这里。"

又乱说……

端木翠沉下脸来，正想说她两句，忽然看到弯弯的颈上挂着一个玉项圈儿。转头看时，骥儿也有一个。玉的成色极好，碧水一般，似乎下一刻就要流动起来。

端木翠奇怪："这是哪里来的？"

骥儿仰头，含混道："不认识的人给的。他说，我们要管他叫舅舅！"

舅舅？

端木翠一怔之下，眼圈忽然就湿了，仓皇向林中走了几步："大哥！"

展昭找过来时，天已经全黑了，端木翠抱膝坐在树下，低着头一声不吭。弯弯和骥儿站在她身边，小手搭在她肩上："娘不哭，娘不哭。"

一边安慰着端木翠，一边紧张地看四周，小孩子，总还是怕黑的。

展昭心中咯噔一声，把弯弯和骥儿拉过来："娘怎么了？是不是你们惹娘生

气了？"

骥儿赶紧摇头，小脑袋摇得跟拨浪鼓似的。

还是弯弯比比画画着把事情向展昭讲了。

展昭走到端木翠身边，她抬头看他："展昭，大哥既然来看了弯弯和骥儿，为什么不见我？"

杨戬来过，为什么不见端木翠，展昭也说不明白。

他把端木翠拉起来，轻轻拥进怀里："大哥既让你做凡人，是打定主意不再相见了。"展昭柔声安慰她，"但是做舅舅的，总得跟外甥和外甥女见一面不是？弯弯和骥儿是你的孩子，说明大哥还是记挂着你的，嗯？"

过了好久，才哄得她展颜。

弯弯和骥儿听不明白，小心翼翼看着端木翠，悄悄拉展昭的衣裳："爹，娘是不是生气啦？"

"嗯，生气了。"展昭逗他们，"所以今天要听话，格外听话，懂不懂？"

弯弯和骥儿拼命点头，也不敢吵端木翠，手牵手走在前头。展昭携了端木翠的手，跟在后头。

天很黑，道上不平，骥儿忽然就扑通摔了一跤。

他赶紧从地上爬起来，紧张得很。

身后，端木翠的声音传来："骥儿摔跤了？"

"没有没有。"骥儿拼命摇头，一个劲拉弯弯，"姐姐快走，快走。"

端木翠微笑，展昭凑到她耳边轻声道："看，骥儿多乖。"

路过马行街时，弯弯和骥儿嚷嚷着饿，一人买了一个甜酥糕。边上小摊卖的手提马灯做得小巧，骥儿的眼睛都挪不开了，于是又买了两个莲花灯，弯弯和骥儿一人一个。

展昭笑着看端木翠："要不要看傀儡戏？"

"不看了。"端木翠撇嘴，"都看腻了。"

两个孩子，手牵着手，高高兴兴走在前头，时不时蹦跶那么一下。

端木翠出言提醒："慢慢走，不着急，弯弯，拉着骥儿些。"

她只顾着弯弯和骥儿，不留神脚下绊了一下，亏得展昭一把扶住。

弯弯和骥儿赶紧过来，也不乱跑了，将手里的莲花灯举得高高的，给展昭和

端木翠打着路。

不过到底是小孩子心性，打了一会儿灯又跑远了。端木翠仰头看展昭："哎，展昭，你要不要装作摔一跤？"

展昭笑出声来，看看路前路后无人，低头抵了抵她的额头："好狡猾的娘。"

端木翠吐了吐舌头，眼角余光瞥到弯弯和骥儿已经拐过了墙角处，赶紧拉展昭："快些，仔细他们又摔着。"

两人的身形很快便隐于墙角之后，这边的暗影处，忽然就走出两个人来。

哮天犬脖子伸得老长，向杨戬道："主子，上仙看起来过得不错，你这下总该放心了？"话未落音脑袋上便挨了一下子，杨戬斜着眼睛瞪他："我有什么好不放心的？端木这夫君，怎么说也是我看过了同意的。我的眼光，能差到哪里去？"

……

独家番外　冥市

01

一大早，白玉堂就火烧火燎地来找展昭。展昭刚起身，正在铜盆里浸了绢布准备拭脸，绢布还未浸透，就听到窗扇哗啦一声……

那么大个白玉堂站在面前，展昭硬是忽视了他，只是皱着眉头看窗扇：显然，昨儿晚上，窗子是没扣上的。这个习惯不好，容易招老鼠。

白玉堂压根儿没注意到展昭嫌弃的表情，他沉浸在自己的激动之中："展昭，你听说了吗，昨儿玄武大街东四道闹鬼了！"

"嗯。"

"听说大半夜的，街中心平白出现一辆牛车，粗蓝布包的车篷，风把车帘一掀，里头有个漂亮姑娘在画眉，画着画着，一转头，后脑勺上还有一张脸！挤眉弄眼的，要多丑有多丑！"

"嗯。"

"听说当时街上有几个人，都吓傻了。其中一个今儿早上就发寒了，裹着被子说胡话。展昭，开封府辖制一方，这事你们得管吧？"

"嗯。"

后知后觉的白玉堂终于察觉不对劲了："你嗯来嗯去的，到底什么意思？"

"不信。"

合着自己绘声绘色动情描述了这么老半天，就换来这两个字，白玉堂气坏了。

出了开封府，白玉堂决定去找展昭的女朋友。

在形形色色的开封故事里，展昭有形形色色的女朋友，但是在这个故事里，他的女朋友只有一个，身世很离奇很怪异的端木姑娘。

这个时候，展昭和端木翠已经从延州归来有几个月了，不过还没有成亲，因为公孙先生坚持要选一个黄道吉日。

选日子的时候，开封府一窝子人都在场，公孙先生面带红光地在各种版本的皇历书中翻了又翻，翻得脑门子上汗津津的，然后宣布：黄道吉日是三年零六个月后！

当事人包拯回忆说，跟展昭认识以来，他头一次在展昭的目光中看到了比巨阙还锋利的寒光。

但是公孙先生坚持自己的意见。读书人，有时候就容易犯迂腐的毛病，据他说，这个日子非常有意义，非但关乎人文地理，还关乎天文，涉及星体运行的最佳排列位置。由于太复杂，解释不了，但相信他没错的，这个日子就是吉，吉得不能再吉！

事情有点复杂了，展昭的脸往下沉了，但是主要当事人之一端木翠表示无所谓——当然咱们不能用常理来揣度她，对于一个在瀛洲待了两千多年的人来说，三年零六个月，太短暂了，白驹过隙，弹指一挥间。所以她大方地表示，三年就三年，零六个月就六个月，零六十个月都无所谓。

后来还是包拯出来主持大局。他把公孙策拉到隔壁的小房间里恳谈了一番，中心思想是：阿策啊，你别给展护卫添乱了。想当初展护卫认识端木姑娘的时候

那叫一个风华正茂青葱少年，后来中间等了那么久，一会儿等个一两年一会儿等个七月又七月，都快等成大龄男青年了你还要人家再拖三年零六个月你什么意思啊你？

公孙策顿悟，吉日改到了六个月后。

消息在江湖上传开。陷空岛方面，以徐庆最为热情。他乐颠颠地带着一堆所谓陷空岛特产——特制鱼干前来探望。念及白玉堂跟端木翠之间颇有"干戈"，也把他拖上，希望能造就点玉帛。

照旧，两人还是住在大哥卢方开的绸缎庄里。

但想不到的是，虽然这一趟白玉堂和端木翠之间熟络起来了，但是气场就是不对！

两人争议的焦点在于小青花。白玉堂认为能做小青花这么个怪物的主人，端木翠不是江湖骗子就是走歪门邪道的术士，考虑到展昭的面子，勉强承认她是个"有点法术的女侠"。但是端木翠根本不买账，一口咬定自己是神仙，重量级的神仙！

两人争吵的时候，小青花一直脸红脖子粗地在一旁大叫："我不是怪物！不是！"

但是没有任何人理会它。

后来接触得多了，白玉堂私心里的确觉得端木翠对怪力乱神很了解，但要他承认端木翠是神仙那是万万不能的。至于端木翠，也跟白玉堂较上劲了，见面不到一炷香的时间就黑口黑脸，非得让白玉堂承认她是神仙。

玄武大街闹鬼这事，展昭是不感兴趣，但端木翠一定感兴趣，白玉堂对这一点很有信心。

果然，端木翠听到这事，眼睛都亮了，满手的花牌一扔，撒了小青花它们几个牌友满头满身："真的？闹鬼了？"

任何一个把花牌当成严肃的终身事业的人，或者碗，都不能容忍端木翠这种半途而废漫不经心的行为。小青花默默地洗牌，然后腹诽：牌品！牌品！

白玉堂有点发汗，端木翠的表现太出乎他意料了，她居然用盼了一年才盼到过年的欢欣表情问他：闹鬼了？

白玉堂把事情又叙述了一遍，其间端木翠发出了如下感慨。

"牛车啊，还有车！"

"画眉？倒挺悠闲的。"

"也就是吓到人了，不知道是不是存心的。"

……

事情的末了，端木翠决定晚上和白玉堂一起去玄武大街看一看，约在丑时初刻。

离开端木翠住的宅子的时候，白玉堂开始觉得别扭了。原因之一是此趟和端木翠的沟通是如此顺畅，居然没有争吵也没有脸红脖子粗。

原因之二是……

他居然跟展昭未过门的娘子相约夜半！虽然说身正不怕影子斜吧，到底还是有点怪怪的……

白玉堂的纠结一直持续到丑时、初刻、玄武大街街头，然后立马烟消云散。

因为他陆续看到了张龙、赵虎、王朝、马汉、公孙先生、展昭，还有端木翠！

好家伙！白玉堂咬牙，这就是跟他的"相约"？害他忐忑了那么久，生怕引来闲言碎语，谁承想到最后成了开封府的聚会，也就差个包大人了。包大人一到，就能升堂开铡了吧？

展昭似乎看出了他的疑惑，很是好整以暇地朝路边茶楼的二层指了指。

那是一身常服的包大人，凭栏临桌而坐，隐约看到桌上有茶盏，还有小食。

这都干吗来了？看戏来了？

"我只是跟展昭打了声招呼。"见到端木翠时，这始作俑者居然向他抱怨起来，"他说放心不下，也不想想我当年，那是神挡杀神佛挡杀佛……"

至于张龙、赵虎他们，更是笑得连嘴都合不拢了："好久没看到端木姐出手了，看个稀罕，嘿嘿，看个稀罕。"

公孙策的解释则透着读书人的风雅："怪力乱神，古已有之。姑且观之，姑且记之，集之成卷，兴起小读，也是一大快事。说到这个，白五侠，在下有一卷《冥道·妖志录》，闲时所作，不知有兴观否？"

至于包大人，官方发言人展昭给出了解释："大人今日无事，听说我们过来，也就一起来了，说是看看个中是否有冤情……"

是啊，东四道这事，一日之内，已经传得沸沸扬扬，添油加醋，有鼻子有眼。展昭去了解时，目击者只说是牛车里坐了个姑娘，到后来越传越是离谱，有说在画眉的，有说那姑娘有两张脸的……

这还了得！哪能任由好事者这么传下去！

丑时末，许是因着前一日的传闻，玄武大街东四道空空如也，却又热闹非凡，因为有开封府一干人包场。

聊案情聊时事，分外热闹。小青花它们也在，一身戎装，黑衣带剑，却拉着王朝打花牌，不知怎么的翻起旧账，你欠我银钱，我赊你二两。一口破碗，也不知道积攒那么多钱作甚，难不成是想放高利贷？

白玉堂翻着白眼，看什么什么不顺眼，忽然发觉不见了展昭和端木翠，四下一看，两人不知何时坐到了对面的屋顶上。夜风习习，身后枝头叶片婆娑，再映着一轮巨大月挂，两人言笑晏晏，倒也赏心悦目。

白玉堂画影一抱，斜倚身后檐柱，忽觉今日之行恍如一梦：真个是看鬼捉鬼来了？是他太大惊小怪，还是开封府一干人太举重若轻？

寅时初刻，王朝忽地骇叫，顺着他手指方向，可以看到东四道中央影影绰绰，虚无缥缈，似是水波衍动。先是牛车，好大一头笨牛，呆呆傻傻，皮毛上还黏着土坷垃。然后是牛车拉着的车篷，蓝色粗布围得拙劣，布帘下伸出一双赤脚，白净纤巧，像是刚剥出的嫩笋，连白玉堂看了都有些脸热，很是不自在地别过脸去。

衣袂轻动，端木翠自屋檐之上飞身而下。展昭比她后动，却抢先着地，伸手便去拦她："小心，今时不比往日。"

小青花也紧张，刷地拔剑出鞘："主子，我先去！"

端木翠蹙着眉头看前方的牛车，然后摇头："不对。"

她轻轻拨开展昭前挡的手，慢慢向着牛车走了过去。展昭愣了一下，并不去拦她，倒是白玉堂紧张起来，眼见着端木翠跟牛车越来越近，一颗心跳得如同播鼓，伸肘碰了碰展昭："哎，那是鬼，你不拦她？"

展昭唇角扬起一抹笑意，反而向旁侧让了一步："白兄要不要过去看看？"

难得见到这猫儿满眼的挑衅之色，白玉堂顿时就怒了："你白五爷不是吓大的！"

他大踏步向着牛车而去，近前时终究心里发虚。端木翠已经到了车前，闻声转头看他，眼睛里居然是跟展昭一模一样的促狭笑意："五弟，过来帮美人卷个珠帘。"

这臭丫头，又占他便宜，五弟！爷跑江湖的时候，你不知在哪个犄角旮旯流鼻涕呢。

见他僵着不动，端木翠笑嘻嘻的："哟，锦毛鼠也有怕的时候呢。"

身后传来展昭的轻笑，白玉堂被激得险些跳起来："怕？了不得是个长了两张脸的女人，爷是觉得男女有别，冒冒失失掀了人家的帘子，不成体统。"

端木翠眼珠子一转，出手如电，一把就攥住他的胳膊："来来来，掀个车帘而已，保不准是个大美人，说不定成就一桩好姻缘。"说着硬拽他的手去掀帘子，白玉堂急了："端木翠，男女授受不亲，展昭就在一边看着，你你你……"

话没说完，自己先"咦"了一声。

手触到帘子，像是触到了空气，手在帘布中间随意划过，帘子却纹丝不动。

这帘子，只是幻影吗？

白玉堂缩回手，看看手心，又看看手背，最后看端木翠。

端木翠歪着脑袋看他，只是笑。

白玉堂愣怔："这是怎么回事？"

端木翠答得飞快："除非你承认我是神仙。"

这就是女人！这么关键的时候还揪住鸡毛蒜皮的小事不放！白玉堂恨得牙痒痒，扭开了头不理她。倒是王朝、马汉他们挤过来，一个个探手朝牛车上捞，捞了一把空气之后七嘴八舌问端木翠："端木姐，这是何方妖孽？"

"妖孽什么妖孽，冥市蜃楼罢了。"端木翠答他们的话，却向着几步外的展昭眨了眨眼，眼睛里亮晶晶的，满是笑意。

冥市蜃楼，什么玩意儿，白玉堂心里犯着嘀咕，又伸手去掀那车帘。

忽然就起风了，不不不，像是看画儿，画上起的风，这玄武大街东四道，连个风的影子都没有。

车帘被"风"掀开了，一个十四五岁的小姑娘，好看得不得了，两只手捧着脸，眼睛眨巴眨巴的。她转头时，白玉堂看得分明，后面是乌油油的头发，上了兰膏一样发亮，哪有什么第二张脸！

可惜了，风马上就过了，帘子又飘下来，映进白玉堂眼睛里的，又只剩下一块死板的蓝布帘。白玉堂急了，转头看端木翠他们："刚才有个……姑娘，你们看见了吗？"

没人看见，每个人都在分心，居然只有他看见了。

展昭问端木翠："这冥市蜃楼，常见吗？"

"少见得很，上百年才得一次，多在山林邱泽，出现在街市上，我也是第一次听说。"

"会持续多久？"

"一两日吧，多不过三五日，只是个意外罢了。"

"能寻个法子消了吗？别吓到百姓才好。"

端木翠笑："自然是能的，你也不想想我是什么出身。"

她吩咐王朝寻来一包小块木炭，碾碎了沿着牛车慢慢围了一圈，又让张龙找来火把把木炭都给点着了。也不知她在木炭上做了什么手脚，烟气腾起时，竟是别样浓厚，很快就把牛车给围裹住了。那原本就虚无缥缈的牛车，在烟气的熏压之下，竟像是遭了重碾般摇摇欲坠。

白玉堂听到端木翠对着牛车说话："你住你的，我住我的，人间烟火气太重，你闻不惯的，早些回去吧。"

过了好大工夫，那烟气才全部散去。一同散去的，还有那辆蓝粗布的牛车。白玉堂不死心，俯下身子原地查看了好久，除了黑色的炭线，什么都没留下，连牛车的车辙子都没有。

众人到端木翠的宅子坐了一回才离开。白玉堂故意拖拖拉拉走在最后，瞅着端木翠的门将关未关，赶紧伸手抵住了，贴着碗口大的门缝看端木翠。端木翠在那头瞪他："怎么说？"

"冥市到底是个什么地方啊？"

"人死后住的地方呗。"

"那是鬼吗？鬼不是都住十八层地狱吗？"

"你家鬼都住十八层地狱，你不嫌挤啊？"

"那地方人能去吗？"

"都说了是冥市了，你说人能不能去？"端木翠不耐烦，趁着白玉堂抵门的劲儿稍泄，"砰"的一声就把门给撞上了。也亏得白玉堂闪得快，否则这鼻子也就保不住了。

白玉堂悻悻，越发觉得今儿晚上发生的事情不真实。他摸着鼻子往外走，好像鼻子真遭了重创一般——刚走了两步，身后"吱呀"一声响，端木翠又把门给打开了。

"哎，白玉堂。"她叫住他，"刚才说错了，其实有一个人，是能去的。"

"谁啊？"

端木翠眼睛一瞪："猜！"

临睡前，展昭把白绢布浸在黄铜盆中，准备拭脸。绢布还没有浸透，就听到窗扇"砰"的一声，伴随着白玉堂的一声"哎哟"。

这一下绝对撞得不轻，展昭心里都替他疼，有点心虚地走过去开窗。窗扇一启，白玉堂捂着鼻子怒视他："你睡觉不是不关窗的吗？"

"最近……夜里……老鼠多……"

搁着往日，这么明显的话里有话，白玉堂老早跳起来了，这一次反常了，竟似听不懂般，只是盯着展昭问："那个丫头，以前真是神仙？"

这事，端木翠自己可以瞎嚷嚷，展昭是断不会给她坐实的，他笑着看白玉堂："你看她像吗？"

白玉堂皱眉头："真不像。"

顿了顿他反而叹气："可是她说，她能去到冥市。"

展昭心里咯噔一声，仔细看了白玉堂一眼："是今晚上端木说的那个冥市吗？"

"嗯。"

"我记得你还说过，你见到一个姑娘。"

"嗯。"

"你不是想去冥市吧？"

"嗯。"

素日里吵得人耳朵疼的白玉堂忽然成了闷葫芦，再迟钝的人也能察觉不对，何况是心细如发的展昭。他把白玉堂让进屋里，给他沏了一壶茶。斟茶时，细巧的叶片在杯子里舒展开来，颜色从一抹浓墨展成了淡绿。

白玉堂开口求他："展昭，我素日里定是得罪端木姑娘太多了，我请她带我去冥市，哪怕是指条路也好，她说，没门！天王老子来了也没门！不过我想，你开口的话，她总是还能把门开条缝的。"

　　展昭想笑，却又笑不出来，顿了顿轻声问了句："那牛车上的姑娘，你是不是认识？"

　　"认识。"

　　"她怎么死的？"

　　白玉堂不说话了，举起面前的茶杯一饮而尽，干干净净，连茶叶都吞下去了。

　　平日里，他是那么爱干净的一个人，这个时候，居然很不在意地用衣袖擦了擦嘴，他说："我也想知道，她是怎么死的。"

　　02

　　下了早朝之后，展昭去找端木翠，拎了一盒子太白楼的桂花糖蒸栗粉糕。

　　端木翠刚洗完一大盆衣服，晾衣绳上挂完一件又挂一件。小青花两只小细胳膊挂在盆沿上，也不知是做俯卧撑还是单杠，一个不平衡，头朝下栽在一盆待挂的衣服上。端木翠很嫌弃它："去去去，弄脏了你给我洗干净！"

　　展昭莞尔。

　　端木翠刚回开封不久时，正赶上他有几桩案子集在一处，东奔西跑，心里头很怕冷落了她。公孙策晓得他的心思，写来的信里让他放一百个心，原话展昭还记得，"端木丫头越发精神"。

　　展读时，都能想象到公孙先生执笔时的愤愤模样。

　　后来，跟端木翠独处时，展昭颇为小心地提起此节，原意是想问她在人间生活是不是觉得太阿，哪知这位姑娘眼睛一瞪："我忙着呢。"

　　她还得意扬扬地拿出个本子给展昭看。这是她离开仙界时在杨戬允许之下打包下界的为数不多的几样行李之一，厚度之惊人，足以让展昭咋舌。封面空空如也，打开扉页，一行鬼画符，据说那是仓颉造字时的原版文字。

　　仓颉字书展昭是不认识的，在端木翠的指点下，他才知道这是她的座右铭，读出来豪气冲老天一个窟窿。

　　——如若再世为人，待办之事万万件！

　　万件也就算了，还万万件！展昭一滴冷汗。

　　册子里还分了目录，诸如洗衣篇、绣花篇、面食篇、木刻篇，再如打铁篇、牧羊篇、驯马篇、金银器篇，林林总总，不一而足。展昭虚心求教："端木，继太史公之后，你是决意编纂一部民间史记，万象全书？"

端木翠答了两个字："非也。"

接下来的理由陈述让展昭哭笑不得，大意是，瀛洲两千年漫漫长路，无聊之至，闲时贪看人间百态、种种新奇玩意儿，于是一一记录在案，留待哪天下界不做神仙时逐样尝试——诸位，两千年的发展啊，两千年，奴隶时代进入了封建社会，丝绸之路开了，火药发明了，唐僧出国了，鉴真东渡了，这得多少新发明多少新进步多少新尝试啊，她样样看着新鲜，样样都想尝试，那可不是万万件！

信手翻到洗衣篇，什么皂角、澡豆、面涂法、生麦粉、棒槌捶、搓板搓，展昭又是一滴冷汗："那你在上界时，横竖无事，怎么不一一试过？"

端木翠嗤之以鼻："展昭，你知道什么叫天衣吗？天衣无缝，连针线都不用，怎么会脏呢？偶尔蒙污，抖一抖灿然一新，我还洗个什么劲儿，不是脑子有病吗？"

这里，端木翠是撒了谎的，就凭她那性子，怎么可能不试？她把杨戬那件上镜率最高的酷帅兼具的大氅放在池子边一通木棒猛捶，捶没捶干净我是不晓得，反正据称臀部位置被捶了个洞。气得杨戬拎着三尖两刃戟满府找她，后来还是在哮天犬的帮助下翻墙跑了的——当然后来有很长一段时间，杨戬不允许她再收看一尺碧潭的民间洗衣频道。

扯远了，以上题外话，中心思想无非一个：这姑娘兴趣多多，精力充沛，视洗衣为一大乐事，偶尔还拉上张龙、赵虎、公孙策他们一起洗，美其名曰交流体会，洗得四大校尉面如菜色，公孙先生胆战心惊，难怪下笔时牢骚满腹。

端木丫头越发精神！

展昭把桂花糖蒸栗粉糕放在边上，从盆里拿起一件，抖开了帮她晾上，问她："这次又是怎么个洗法？"

端木翠神秘兮兮："我拿脚踩的。"

好家伙……

展昭看看衣裳，又看看她："我可不曾听过中原有人这么洗衣。"

"不是中原人，高丽人。"

展昭无语，半晌劝一句："咱们中原人洗衣裳的法子就挺好，用不着效法高丽。"

端木翠深有同感："她们光着脚踩，倒是不怕冷的，我踩了那么小会儿，冻得浑身都哆嗦了。"

春寒料峭，她倒是真有这个闲情雅致。展昭苦笑，又晾几件衣服，把话题往正事上转了："端木，昨儿晚上见到的，你说叫冥市的，记得吗？"

"嗯。"

"那个地方，人去不去得？"

端木翠正把一件褙子摊开了晾，闻言突然就不动了。过了会儿，她从衣裳后头探出头来，看着展昭笑得意味深长："啊哈，合着展护卫是无事不登三宝殿，话里有话，替人打探消息来了。"

居然才开头就被人识破了，展昭只好老实交代："五弟托我……"

"哪个五弟，展家行五的小弟吗？我怎么没听说过。"

"白兄……"

"就知道是那只白老鼠。"端木翠撇撇嘴，"他不是能耐得很吗，他要是高兴，玉帝的御花园都能走上一圈，问我冥市做什么？我又不是神仙，只是个江湖卖艺的。"

展昭坐到边上花坛阶上，揭开点心盒盖拈了块栗粉糕给她："小气神仙，白兄只说过那么一次你是江湖卖艺的，你记到现在。"

端木翠很警觉地不吃："吃人嘴软，想贿赂我吗，那是没门儿。"

展昭也不恼火，转了个方向，把栗粉糕送到自己嘴里："冥市，人去不去得？"

"都说了是冥市，自然只有鬼去得。"端木翠鼻子里哼一声，"要是人去得，就不叫冥市了，那是开！封！大！街！"

最后四个字，拉长声音，一字一顿，像是跟人赌气。

小青花适时亮了个嗓子："就是！"

配合得当，狗腿之气展露无遗。

展昭长叹一口气："那是帮不到白兄了。"

他低头，看似愁眉不展，心里暗数一二三。果然，数到第三时，她有声响了："那姑娘，白玉堂认识吗？"

展昭暗笑，端木翠的性子果然还是没变，纵然多撑一阵，还是耐不住了要问。

他想了想，如实作答："也不算认识，白兄说，那是早年初出江湖时，管的一桩不平事。说出来稀疏平常，那姑娘和家人一道回乡，山路上遇到歹人，正好让他撞到，少年心性，出手救人，如此而已。因着是学成之后第一次行侠仗义，脑子里记得牢，一眼就认出是当年那姑娘。"

端木翠若有所思："所以呢？"

"他说，冥市里那姑娘的模样，俨然跟他当年看到的一模一样。如果这就是那姑娘死时的模样——也就是说他救下那姑娘不久，那姑娘就又遭了毒手，他想知道个中缘由。"

端木翠的眼睛眨巴眨巴的："那就是想查案咯，那么就去找包大人，去找展护卫，去找当地的官府，巴巴地要去冥市做什么？"

已经过了这许多年了，翻查卷宗谈何容易？更何况，有些偏僻地方的案子，根本无人报官，也无人查问。展昭真不知该如何解释，顿了顿，拉着她在身边坐下："来，坐下说。"

端木翠在他身边坐下，顺势把栗粉糕的盒儿抽了过来，自己拈了一块尝，吃完了还不见展昭开口，她觉得奇怪："很难说吗？"

展昭的面色有些凝重："端木，有些事情，你未必一下子能明白。"他字斟句酌，"白兄也好，我也好，徐庆他们也好，大家初出江湖时，仗着一身武艺，都是一般的烈性子，见不得欺男霸女张扬跋扈，一旦撞上了，往往血冲于顶，是定要狠狠教训一番的。有时候出手重了，自己反而吃上官司，上了官府的通缉文书，那也是有的。"

端木翠点头表示理解："嗯。"

"更多的，是意气用事，不管不顾。赶跑了歹人，救下的人千恩万谢，自己只笑一笑，转身就走，还自以为来去自由，潇洒畅快。"

端木翠有点明白了。

展昭看着满院晾起的衣裳出神，日光高照，微风轻拂，晾衣绳颤颤的，有几件没拧干的衣裳还在滴水，一派平和气象。

"后来办案办得多了，慢慢知道有些人歹毒心肠，不设下限。被你教训了落荒而逃，并非幡然悔过，而是伺机报复卷土重来。所以闲暇下来，会忍不住去想自己最初时救下的人，到底有没有真的全身而退。有时忽然冲动起来，想着再去循迹一番，但是一来时隔日久，二来广袤江湖，那些人的样貌都已经模糊，名姓更加记不清，又从何寻起？"

端木翠也叹气，低下头，看脚下的泥地："明白了。"

展昭伸手过来，轻轻握住她的手："白兄心里的这个疙瘩，我真是感同身受。从昨日到今晨，他怕是没有一刻安稳过。看那情形，莫说是冥市，便是刀山火海，让他立时去死，他也拼着想知道真相和缘由。端木，这冥市，到底去得去不得？"

端木翠慢慢摇头："去不得。

"都说人死了，是下黄泉、喝孟婆汤、转六道轮回。事实上，死人那么多，一道一道的关卡，都得排着队来，有时候排不上，轮了空，等个十年八年是常有的事。这些排不上的，等着的，就都去了冥市。

"冥市之内，阴气森森天愁地惨，活人哪里去得？那么明显的阳气，一进冥市，谁都嗅得到你的气息。你想想，就算你是展昭、白玉堂，武艺高强，你斗得过鬼差吗？就算鬼差管不到你，阎罗王不管你？你跑到他的地盘招摇过市，把他摆在哪里？鬼是不能到人间害人的，你也见过我收服这样的邪祟，它们的下场是什么样子？同心而论，人跑到它们的地盘去，又算个什么道理？"

展昭笑了笑："说的也是，总是我多想了。忘了你今时不同往日，还以为是冥道的辰光……我会去劝劝白兄。有些事情，你想或者不想，后悔或者不后悔，都已经发生了，有时候，知道反不如不知道来得安慰吧。"

端木翠没吭声，从脚边捡起根断枝，在泥地上涂涂画画，末了吞吞吐吐："展昭，其实，如果他真的想知道，我倒是……真能帮他去问的。"

展昭愣了一下："你？"

他并不相信："不是说，人去不到冥市吗？不是说会被发觉吗？你现在已经不是神仙了，你怎么去？"

"是啊，说得都没错。但是我毕竟跟你们不一样。"

迎着展昭疑惑的目光，端木翠狡黠一笑："你忘记了，我是死过两次的，虽然最后起死回生，但是身上，总还是有鬼气残存的。要混过他们的鼻子和眼睛，比起你们这些人，是容易得多啦，只要稍稍加一些伪饰就好。"

有史以来第一次，张龙、赵虎他们奔丧，奔得如此轻松自在。

开封府一窝子人都在，布灵堂的布灵堂，点香烛的点香烛，公孙策毛笔饱蘸了浓墨，面色严整地写祭文。

通篇的呜呼、哀哉，又追忆端木翠的生平，冥道之勇兮、宣平之义，直觉下笔如有神，文采斐然，感动得自己都唏嘘不已。

端木翠在试丧服，麻绳桑衣，纸宝店买来，并不合身，她倒也不十分在意，袖子卷卷，大差不差。

展昭叹气："你真是一点忌讳都没有。"

端木翠答得理所当然："我活了两千多年啦展昭，生老病死，人生常事，是人都有这一关，走时和来时，都应该一样坦然，要什么忌讳。"

她在梳妆台前坐下来，小青花举一把毛刷，蘸满了妆粉帮她扑脸："主子，这样行吗？够白了吗？"

端木翠睫毛上飞满白粉，勉强睁开眼睛看了看镜中的自己："再白一点，要像死人一样白才好。"

那一头，王朝心情紧张，拽着马汉确认："我要哭吗？号啕大哭？我生性不喜欢哭，届时哭得不像，会不会露馅？"

马汉指点他："哭不出来你就悲怆，悲怆就行。反正谁也哭不过小青花的。"

那当然，上哪儿去跟小青花比呢，那嗓门，那架势，碗口就是天然的一个喇叭。

……

白玉堂看在眼里，为了了自己的一个疑惑，居然劳动得开封府上下如此大费周章，他委实过意不去。展昭过来时，他虽然觉得别扭，但还是真心道谢："猫儿，谢谢你了。也多谢……端木姑娘。"

话刚落音，端木翠出来了，脸上真不知涂了几多厚，一说话就扑扑往下落粉。

她像个控场的导演，交代大戏开锣前的最后事宜。

"所有的戏，都得做到十足十。得让那头的'人'，真的觉得我已经死了。"

"祭文、烧纸、哭丧、撒纸钱，样样都不能少。这边的死气，就是我进了冥市之后伪装的'衣裳'。死气越盛，那头就越察觉不到……"

交代完毕，展昭扶着她入棺，此情此景，自己都觉得荒唐。到底有些担心，轻声问她："不会出事吧？"

她躺在棺材里，身周珠环翠绕，都是借来的"陪葬品"，看着他说："不想想我是谁。"

展昭看她："是，你厉害。瀛洲的上仙、西岐的将军、杨戬的义妹、细花流的门主，这么多头衔，真也不怕脑袋被压歪。"

端木翠眨眨眼睛，低声说："少说了一个，我还是开封府四品带刀护卫展大人未过门的夫人呢。"

展昭心头蓦地一暖："等你回来，晚上去夜市看百戏。"

棺板轰然闭合。

香烛袅袅，帷幔依依，有风吹过，吹散几张黄纸，竟真有了丧葬的诡异气息了。祭文念毕，公孙策举起袍袖，正作势要往眼角揩泪，那一头小青花一声痛呼："我主子啊……"

入戏入得如此之快，真真痛不欲生，号得惊天地泣鬼神，数次要往棺板上撞，又数次被拖回来。

黄纸烧起，烟气徐徐上行，再然后，缓缓地，在室内高处，形成了一个大的烟气旋涡。

朝上看，那一头，影影绰绰，似是另一个大千世界。

展昭低声说："端木过去了。"

气氛忽然紧张起来。

张龙抖抖索索地往火盆里添黄纸，火头稍小些，便赶紧跪下身子拼命去吹；赵虎在边上撒纸宝，哗啦一下，大片的白色纸钱扬上半空，又飘飘洒洒下来，像是下雪。

公孙策继续用袍袖拭泪，读书人难免敏感，触景生情，想到人人都有这么一天，自己百年之后，还不知道是什么光景，那眼泪，忽然间连自己都分不清真假了。

小青花已经中场休息了，据它说是嗓子哭哑了，要补充一下体力。王朝拎了茶壶，润喉的绿茶刚倒进碗里，便哧啦一声消失无踪——它吸收得倒是挺快。

旋涡在高处缓缓旋转，那头影绰的景象却从未清晰过，忽而模糊，忽而更加模糊。再然后，某一个瞬间，展昭注意到，旋涡如水一样的平面，忽然微震了三下。

这是之前，端木翠跟他约定的暗号。

展昭轻轻咳嗽了一声，示意站在边上的白玉堂："白兄，站到那底下去，适当的时候，抬一下头，方便那边……看清楚。"

03

端木翠躺在棺材里，随着外头悲声大作，元神渐渐出窍。

看到一屋子人，装得似模似样，小青花要寻死，公孙先生数度哽咽，王朝拼命学着悲怆——虽然知道是作假，但好笑之余，心头还是生出淡淡暖意。

终究是人间热闹，收获这许多温情，哪天应该把大哥杨戬也拐下界才好——守着个二郎真君府和一只整天乱蹦跶的哮天犬，不觉得无聊吗？

因着是"假死"，自然没有黑白无常带她上路。她自己出去找，没走两条街，便赶上一队鬼差人马，于是不声不响，默默缀在后头。

领队的是白无常，手里敲个铜锣，不住吆喝："跟上跟上，别走散了。"

压队的是黑无常，忙着给队伍中的一个老太太做心理建设："不要伤心，不要难过，人固有一死，差别只是早死晚死。今生的缘分尽了，就不要再牵念了……"

那老太太听不进去，一路号啕："我还没抱上孙子呢……隔壁二牛欠我家二两银子，现在都还没还……"

黑无常指端木翠，继续苦口婆心："你看看这姑娘，如花似玉年华，怕是还没出阁呢，命数到了，还不是也跟着来了？这一比较，你可比她多活了好几十年呢……"

老太太似是得到安慰，号啕终于转成清风细雨般的呜咽。

端木翠暗叫惭愧：自己可不知道活了多少个"几十年"了。

酆都过路，领路条，挤挤挨挨上了黄泉路。前头人头攒动，队伍长得望不到边，过了会儿有个牛头急吼吼过来传话，说是奈何桥塌了，在整修。

"得等上不少日子了，不过我们安排了船，船票有限……"

有那赶着投胎的、熟悉规则的，赶紧解钱囊。端木翠在边上不声不响，还无聊地打了个呵欠。

如愿以偿地，她裹挟在另一群人里，被带上了去往冥市的路。

押送的马面嘟嘟囔囔，无非是抱怨他们一群穷鬼，既没钱通关节，就老老实实在冥市待着吧，至于待多久，几年、十几年、上百年，看各自造化和"悟性"。

到了冥市大门口，宣读规则，要诸人"静心等待"，也应"积极奔走"，每日两次，子时午时，会有马面前来，甄选突出的"积德行善者"，带往轮回路。这部分人会饮一盅孟婆汤，重回人间道。

宣话完毕，人群一哄而散，如无数道涓涓细流，汇入广袤无极的冥市。

若不是亲眼得见，端木翠真不敢相信，会有人在冥市里等了这么久。

居然看到武王伐纣时的兵士，拄着青铜戟，坐在街口，仰着头看天。这里的天是赭黄色的，像极了攻进朝歌那一日。

又看到秦时的文士，哭丧着脸，怀中抱一卷简册，喃喃自语："嬴政这贼皇帝，焚书坑儒，害得我好惨……"

还有前朝的宫女，白发苍苍，摇着团扇，也不知忆起的是不是玄宗朝辰光……

他们的时光缓得几乎静止，或坐，或站，或喃喃自语，这街上，不，几乎是整个冥市都鲜少有人走动，每个人都待在自己的回忆里，像是被塑成了慢动作的蜡像。

每条街巷都设了鬼差，懒洋洋坐在街口，见到新来的就耀武扬威。

端木翠被叫住了好几次。

"你！"叫她的人气势汹汹，"身上烟火气这么重，新丧的？那头还在烧纸吧？"说话间就打了个喷嚏，被呛的。

端木翠不动声色，手一翻，袖口里递了枚纸宝过去。

鬼差眉开眼笑，夸她："一脸福相，一看就是行善积德的人，改明儿马面来选人，一定要推你出去。"

端木翠笑吟吟的，说："差大哥，我向你打听个人呢。

"十四五岁的小姑娘，模样儿挺俊，坐一辆牛车，那牛车绷的是蓝布面儿。"

鬼差奇怪："是你什么人？"

"早些年故去的一位小姐妹。"端木翠说得煞有介事，"临终的时候，我几次做梦梦见她，抽抽噎噎跟我说，还没投得了胎。我想着，八成是在这里了。"

连走带问，走了许久，终于让她找到。

一辆路中央的牛车，在玄武大街的那个晚上看得不十分真切，现在瞧得清楚——好瘦的一头牛，形容枯槁，那车子也破败，虽然垂着帘子，四面都透风，透过缝儿，能依稀看到车里小姑娘的模样。

端木翠过去，一手揭开帘子。

那姑娘吓了一跳，怯生生看着她，手足无措。

端木翠莞尔一笑，说："姑娘，我是新来的，走了这许多路，腰酸背痛，看到这儿有辆车，就想歇歇脚。"

那姑娘笑起来："姐姐随意。"

她朝边上挪了挪，给端木翠让出了地方。帘子拢在帘钩上，视野变得清明——不过再清明的视野，也只是死气沉沉的、几乎没什么动静的大街罢了。

"姐姐是新来的，不知道我们这儿的人都不怎么走动的。走得太多了伤元气——哪怕是就近的人，都不来串门儿呢，我好些年没开口说过话儿了。"

她死时应属豆蔻年华，小姑娘家心性，必然喜欢热闹，也不知道冥市这些年，是怎么挨过来的。

她叫蓝玉，许是很多年没开口说话，一股脑儿好多问题："姐姐从哪儿来？成家了吗？人间现在是什么模样？皇帝还是那一个吗？"

端木翠不知道该挑哪个先答，哪知道蓝玉又深吸一口气，脸上露出羡慕的神色来："姐姐身上，烟火的味道好重，丧事发送得很讲究吧。"

在阳间，这些都是让人忌讳的话题，然而一重世界一重天，到了这里，始料未及，反而会因为丧事的隆重而被人艳羡。

端木翠笑笑："你呢，家里还有什么人吗？"

蓝玉摇摇头，好生落寞："有时候，我也会开阳眼，可是看来看去，也就是一座孤坟罢了。"

阳眼，在这冥市，有个文艺的别称，叫作"回望来时路"。

据说，透过这阳眼，你能看到在阳世最后停留的地方。

这是只残忍的眼睛，给你最后一点念想，又剥蚀掉你最后的希望——好多人，没日没夜，透过阳眼，看自己的坟冢。先时热闹，有孝子贤孙烧纸马送纸钱，慢慢地，人丁稀落，坟头草长青，偶尔出现动静，喜得泪目心跳，定睛一看，不过是只过路的野狗。

于是渐渐地，那颗留念阳世的心终于偃息了，原来早就被忘得干净了啊，不看了，往前走吧，一碗热汤下肚，又去这世上走一遭。

端木翠问她："我能看看吗？"

蓝玉笑笑，往空气里吹一口气，那气虚虚浮浮，居然看得见。她用手指圈圈描描，然后往中央轻轻一点。

像只眼睛，又像扁长的、时刻流转的旋涡，平面像水面，偶尔波动，偶尔涟漪，那头的景色，清晰可辨。

深山，一座……

那不能被称为坟冢了，充其量是个凸起的土包，没有墓碑，连写明生卒年名姓的木板都没有一块。

这姑娘，看来死得寂寞。

果然，她自己也说："死得无声无息的，连纸钱也没人给我烧过一张。"

说完了手掌往半空一抹，像是擦除，那只眼睛就那么不见了。

她问端木翠："姐姐，能看看你的吗？"

端木翠说："好啊。"

她有样学样，也在半空里勾抹出一只眼睛。那头的影像清晰，公孙先生在念祭文，几度哽咽，几度中断，张龙红着眼睛烧黄纸，赵虎在撒纸宝，展昭守在棺边，目光虽沉静，却掩饰不住眼底的担忧和不安。小青花估计退场休息了，但抽抽噎噎的哭声还是像背景音，萦绕不去。

蓝玉看得目不转睛，好生羡慕。端木翠不动声色，觑着她不留意，食指微弯，在阳眼的面上轻点三下。

有个穿白色锦衣的男子过来，微微抬头，凤目英眉、鼻如悬胆，一身的凛然之气。这样的人，只见一面，就很难忘记。

蓝玉失声尖叫："呀，他，白恩公！"

端木翠伸手虚晃，阳眼已收。

蓝玉愣怔在当地，半天回不了神。

端木翠试探着问她："适才你叫……白恩公，你是认识我夫家的兄弟吗？"

蓝玉攥着心口的衣服，声音止不住发颤："姐姐，那位白恩公，是你什么人？"

"他叫白玉堂，是个江湖侠士。人唤锦毛鼠，是我相公的……结拜义弟。"

蓝玉低声呢喃："白玉堂，怎么叫锦毛鼠呢，明明是个……"

明明是个生得如龙如凤的人物。

端木翠察言观色："你认识他？"

蓝玉面生欢喜，白皙的脸庞上一丝透红："当年，我跟家人回乡，山路上遇到歹人，多亏了……白恩公，像是从天而降，一颗小石子，就打翻了为首的山匪。"她低着头，拿下自己腰间的香囊，犹豫半晌，探指进去，取出一颗黑色的石头来。

端木翠接过来看，光滑、润泽，这是白玉堂的墨玉飞蝗石。可是她不能用力，一旦用力，这石子就会像烟气般溃散。

人鬼殊途，冥市的所有，对她来讲，都不可能是实物，需得小心轻放。

"千恩万谢，他始终不道名姓，只说自己姓白。今儿才知道，原来他叫白玉堂，多好听的名字。我后来在山路上找了好久，才找到白恩公的这颗石子。"

白玉堂说，冥市里看到的蓝玉，妆容年纪，都跟他救下她时一模一样。蓝玉后来，发生什么事了？

端木翠把石子递回给蓝玉："后来呢，再也没见过他？"

蓝玉苦涩地笑："姐姐说笑了，没几天，我就死啦。"

"是生了重病吗？"端木翠故作惊讶，"妹妹年纪这么小，当真可惜。"

蓝玉摇头："不是生病。"

反正已是久死之人，她并不隐瞒："姐姐你想，白恩公只是过路，天大地大，他今儿在山里，明儿就到海边了，别说是人了，想抓他的影儿都抓不到。但是我不一样，我家住在那里，那山匪，也是常年盘踞山上的，想要打听到我家住哪儿、几口人，又有哪些亲戚，易如反掌。

"听说，白恩公那一颗石子打断他一根肋骨。这种山匪头头，手下多的是作恶的爪牙，白恩公在的时候，他们不敢乱来，可是白恩公一走……"

端木翠叹气。

了解了，和她想的并无太多出入。白玉堂是个潇洒来去纵马江湖的人，行侠仗义痛打恶狗是信手拈来的事儿，但如展昭所说，那时少年心性，逞的只是一时之快，并不曾深思熟虑到兼顾苦主后续如何。那么大个烂摊子，当地人惧匪如惧虎，平日里连冲撞都不敢冲撞一下，更何况白玉堂把人家给打伤了？

"家被烧了，父母都被打个半死。又抢了我欲行不轨，我拼死不从，混乱间想去抢刀，谁知刀没抢到，人家顺势那么一抹，我喉间的血就止也止不住了。他们怕事情闹大，把我的尸体装上牛车，随便拉到山里埋了……"

蓝玉轻轻叹了口气："很久以前的事了。"

她不悲伤，也不痛恨，说完了，自己发了好久的愣。街上还是一片死气沉沉，坐着的、站着的、倚着的，赭黄色的天暗下来了，每个人都有故事。

蓝玉忽然笑起来："哎呀，我讲这些陈芝麻烂谷子的事干什么。姐姐不会在这里长留的。不日就会过奈何桥，饮孟婆汤，重回六道，一定会投个富贵人家。"

端木翠看她："你怎么知道？"

"白恩公是个好人，既然和姐姐的相公结拜，姐姐的相公也必然是个有情义的人，一定会为姐姐风光发丧、大做道场，烧数不尽的银钱纸马。下头的差人得了好处，自然会为姐姐行方便，这冥市，姐姐也是路过罢了。"

蓝玉讪讪地笑，像是说给她听，又像是自言自语："哪像我，下来这么久了，纸钱都没收过一张……"

端木翠想说什么，身下忽然一声木头脆响。

了不得，她是阳世身，这冥市的牛车经不住她的重量，再坐下去，怕是要坍塌了。

是时候该走了。

临走前，她忽然想到什么，问蓝玉："心中记恨白恩公吗？"

"记恨？为什么记恨？"

"若不是他那一番大打出手，把事情搅得无法收拾，你们一家人，或许还能留得命在。"

蓝玉笑了笑，摩挲着那颗墨玉飞蝗石，答得认真。

"怎么会，我心中一直感念白恩公。至于后来，家门不幸，是我自己……命不好罢了……"

命？自己都说不清楚命究竟是什么，这小小姑娘，又怎么会弄得明白呢？

她告别蓝玉。

蓝玉一直目送她。

"姐姐，天就要黑了，你去哪儿？不如先在我这里歇一晚？"

端木翠遥遥向她挥手，说："不用啦。"

……

看守冥市的鬼差不想放她，端木翠笑吟吟递上黄金纸宝，一个，又一个。

还埋怨自己目光短浅："是我先前小气，不想拿钱给差大哥，现在想想，揣了在身上又有什么意思？差大哥行行好，我认得去黄泉的路，我想赶时间，早些搭上奈何桥的渡船呢……"

端木姐交代过，戏一定要做足。

所以张龙还在往火盆里添黄纸，鼻子被熏得已经辨不出烟味儿。刚刚邻家有人扒着墙头偷窥，大概是纳闷这院子究竟出了什么状况——不过看到满院开封府

的公人，忍住了没敢吭声。

赵虎还在撒纸钱，地上早已铺了厚厚一层，像下了场铺天盖地的雪。

小青花哭不动了，眼底干涸得像千年古井，看谁都是直勾勾的，摄人心魄。

……

就在这当儿，棺材里忽然笃笃笃三声。

展昭浑身一震，抬头去看，高处的旋涡顷刻间烟消云散。

他脱口说了句："端木回来了。"

04

看大戏，总是演的时候热闹，撤场时，最是劳神费力。

张龙、赵虎他们又忙起来了，撤灵幔、搬棺材、扫地。火盆还在用，公孙策蹲在边上烧祭文，一边烧一边"呸呸呸"，又说"不吉利"，"刚说的都是胡话，各路神灵都别当真"。

端木翠在卸妆，小青花殷勤地帮她拧毛巾："来，主子，擦擦，粉要卸干净了，不然堵塞毛孔呢。"

白玉堂也守在梳妆台边上，难以置信地，再三跟她确认。

"真的是失足掉到水里淹死的？"

"真的！"端木翠也不看他，专心对着铜镜擦去妆粉，"她说是不小心，也是时运不济，那条河平时没那么深的，谁知道那些天雨水大，忽然滑下去踩不着底，又没人来救，一条命就那么交代了……"

"这样啊……"白玉堂放心下来，又有些惘然，"太可惜了，还那么年轻。"

"可不，跟她又聊了好多，也说起你了，她还记得你呢，一口一个白恩公。"

……

收拾得也差不多了，眼见张龙、赵虎他们陆续离开，白玉堂也跟端木翠告别："那……辛苦端木姑娘，我先回去了，改日再登门拜谢。"

端木翠叫住他："等会儿。"

她扯了张纸，指尖蘸着砚台里的残墨，唰唰唰在纸上写了几行字，递给他。

"那姑娘叫蓝玉，是个贫家孤女，身后没有亲戚，也没有朋友。"

白玉堂静静听着。

"一张苇席，一口浅坑，草草埋了，连块墓碑都没有。每逢下雨下雪，她在冥市就觉得特别湿冷，这么多年了，也没人给她烧过纸钱，连口香火气都没吸过……"

冥市那些人，为什么都懒于走动？因为阳间的挂念和香火气就是他们的元气。他们死得太久了，被全世界遗忘，一走一动都要耗费元气，所以小心翼翼，不言、不语、不动、不笑，把整个冥市，活成了广袤的无声世界。

"思来想去，能记得她的，也许只有你了。

"白玉堂，这是她的埋骨地，就在你当初救她的山里，半山腰，一棵榆钱树的边上。你要是有心，什么时候路过，不妨祭拜一下，烧些纸钱，请大和尚念篇往生咒什么的，也能帮她早入轮回。"

白玉堂接过来，对叠，再对叠，放进怀里，说："知道了。"

心结终于打开，但不知道为什么，竟是没有太多欢愉之意，来时心事重重，去时依然重重心事，只是自己也说不清，明明事了，到底还在迷惘些什么。

端木翠目送他离开，不知道是不是被他的情绪沾染，自己竟也有些落落寡欢起来。

一回头，展昭还在等她，说："不是说好了去夜市看百戏？快些，换好衣裳，到那里正赶上热闹。"

端木翠笑起来，问他："是给我做好事的犒赏吗？"

她脱下丧衣，换上常服，和展昭已经熟稔，不日即成夫妻，也并不忌讳这些小节。展昭低头帮她系上腰带，抚平、扣结，头发拂到她的脸，她觉得痒，哧哧笑着呵气去吹。

展昭突然问她："那姑娘，其实不是失足溺死的吧？"

就知道瞒不过他。

端木翠的笑意渐渐敛去，末了变作倦容，轻轻靠进展昭怀里。

那些端出来的气派、声势、精神、张扬，乃至中规中矩的礼节，在最亲近的人面前，统统飞灰一样拂落。上仙又怎么样，四大校尉口中那个无所不能的"我们端木姐"又怎么样，她也会累、疲乏、想不透、钻牛角尖。

展昭微笑，低头亲她发顶。

她说："回来的路上，我其实也犹豫了好久，是说出来好呢，还是不说的好。"

事情已经发生了，过了这么多年，白玉堂也早就不是当初那个冲动意气不管不顾的少年侠士了，这一笔早年的追悔莫及和无可挽回，因为冥市蜃楼的意外而被再次提起，作为唯一的知情人，她是应该重重抹下，还是淡淡擦除？

她仰头看展昭："你说，我做得妥是不妥？"

没有对与不对，只有妥与不妥。

展昭问她："那害死蓝玉姑娘的凶徒呢，可曾伏法？"

"我偷偷央管簿籍的鬼差帮我查了，几年前一次官兵清剿，那山里的匪寇作鸟兽散。害死蓝玉姑娘的几个首恶，一个逃跑时失足坠崖而亡；一个流窜到并州地界，得罪了当地的恶霸，被人算计着关进了死牢；还有一个另立山头，跟另一帮山匪争夺地盘，被一刀捅死了。"

虽然都不算是伏法，但天理昭彰，报应不爽，也算是以命抵命了。

那到底妥是不妥呢？

展昭沉吟良久。

"这个也不好说，各人心中自有分辨。依我看，白兄之所以此趟对蓝玉姑娘的事如此上心，是因为他早已察觉自己早些年的一些看似侠义之举，实则莽撞而后患无穷。所以不惜拉下面子，再三求我，想把这事查个水落石出。他已经得了教训，把真相告诉他，其实也于事无补，只是在他心口又密植一排刺而已。"

端木翠叹气："就是这么说呢。虽然这白玉堂着实……可恨，平时看他，总是看不顺眼，但也不想这事成他郁郁心结。"

展昭笑了笑："于蓝玉姑娘，事情已经发生，无法弥补。你让白兄帮她整修坟冢，再行发送，也是功德一件，更何况……"

他欲言又止，那后半截话，到底是没说出来。

更何况，白玉堂那么通透的人，真会看不透端木翠的用心吗？也许他早已知道，只是不想去点透罢了，谢过端木翠的良善用心，也给自己留一丝虚假安慰。

时候不早了，他催端木翠："走吧，百戏怕是要开场了。"

端木翠眼睛一亮。

"去马行街吗？头天公孙先生还说，曹家婆婆的肉饼，堪称一绝。还有还有，提篮的小贩儿，卖的砂糖冰雪，入口即化，比之天庭的甜品也不逊色……"

展昭微笑："还不是你说了算，谁还敢拦着你，动不动就去二郎真君庙告状……"

两人且说且走，小青花在后头眼巴巴看着，想跟去，没有主子应允，终究是不敢。

——主子，不带我去吗？

——我好些日子没出去逛了。

——我今天哭得好卖力，嗓子都哑了呢，你听，你听……

回应它的，是"砰"的一声，大门关上。

算了，小青花无精打采，回屋枯坐片刻，看到砚里余墨未干，于是翻出日记本，唰唰唰唰，又成一篇。

"今天，主子为了我白恩公去了趟冥市，嘱咐我们把戏做足。我哭得分外卖力，嗓子都哑了，可是展昭做什么了？眼泪都没流一滴！然而最后，我主子只带展昭去逛夜市，根本就无视我的辛苦。这年头，老实的碗太受欺负了，我再也不屈服这样的命运了，我要奋起！我要抗争！我要反击！"

第二天巡街，路过绸缎庄，想起徐庆和白玉堂他们就住在这里，于是请掌柜的通报一声，说是开封府的展大人过来拜访。

迎出来的，是笑呵呵的徐庆。

问起白玉堂，他挠挠脑袋。

"你说五弟啊，昨儿连夜走了。问他为什么，他说赶着去操办一位朋友的丧事。展大人，你说怪不怪，跟五弟这么多年兄弟，我还真不知他有这么位我不认识的朋友呢……"

是吗？

风吹过，院子里的绿树枝叶婆娑，阳光透过叶片，在青砖地上洒下金色的碎影。展昭的目光从那些碎影之上掠过，想着：这样……也好。

同一时间，小青花斜躺在端木翠小院的花圃里，闲闲翻着自己的日记。

这么些日子，写了也有一厚本了，每次展读，都觉得字字珠玑唇齿留香，真是惊才绝艳的好文章呢。听说公孙先生跟印书局的人颇有交情，不知道能不能委托公孙先生帮忙付印，做个有生以来，第一个出书的碗，赚它一个青史留名。

翻到最新一篇，咦……

阳光透过头顶那株"抓破美人脸"的茶花花盘，在日志的最新篇上投下金色的碎影。

在那句"我要奋起！我要抗争！我要反击！"的下头，赫然朱批了两个大字。

——你敢！

【完】